MÉMOIRES

DE

LA LIGUE,

CONTENANT

LES ÉVENEMENS LES PLUS REMARQUABLES
depuis 1576, jusqu'à la Paix accordée entre le ROI
DE FRANCE & le ROI D'ESPAGNE, en 1598.

NOUVELLE ÉDITION,

Revue , corrigée , & augmentée de Notes critiques
& historiques.

TOME CINQUIEME.

A AMSTERDAM,

Chez ARKSTÉE & MERKUS.

M. DCC. LVIII.

PRÉFACE.

A D. M. D. T.

JE vous envoie, cher Frere & Ami, la suite du Recueil des Mémoires de la Ligue ; c'est-à-dire, un Tableau des tourmentes de notre pauvre France, qui, agitée des vents impétueux de sédition du tout étrange, a cuidé faire naufrage, si le Souverain Pilote ne se fût opposé à la violence des tempêtes, & malgré les fautes de la chiorme, n'eût jetté le Navire hors des écueils dangereux, où il alloit se briser. És siecles précédens, sous plusieurs Rois, il s'est trouvé, comme l'Histoire en fait foi, que ce grand Vaisseau de la Monarchie Françoise a été accueilli de terribles tourbillons, & a semblé plusieurs fois que c'en étoit fait. Toutesfois celui qui tenoit le gouvernail, a vérifié ce dire notable du Prophéte, au Pseaume 144, *Que c'est lui qui sauve les Rois, & par conséquent leurs Etats, sans la conservation desquels ils ne sont rien.* És années 1592 & 1593, la navigation de cette grande nef Françoise a été aussi périlleuse qu'ès précédentes. Ces bourasques tournoïantes de vers le midi & septentrion, devoient, selon l'avis de plusieurs, renverser tout. La plûpart du temps, le Vaisseau étoit comme emporté au gré de la tempête, durant l'obscurité d'une nuit misé-

Tome V.   a ij

rable : on ne voïoit point d'étoiles, en apparence le grand Gouverneur (à favoir CHRIST) fommeilloit ; les Sous-maîtres & Serviteurs dormoient, ou couroient trop de fois fur le côté, panchant au naufrage. Or s'eft-il encore trouvé quelques Paffagers, qui ont éveillé le Seigneur, qui l'ont prié de commander aux vents & aux vagues : Il l'a fait. S'il en a été reconnu, les mouvemens fuivans le montrent, & les flots irrités, fur lefquels le Navire branle, en font foi. Quel orage fût-ce, à votre avis, ce deuxieme voïage & ravage de l'Armée Efpagnole en Normandie ? & quelle merveille du Tout-puiffant, qui fit que tout cet effort reffembla proprement au flux de l'océan, qui fait peur aux plus affurés, à l'approche du rivage, où s'étant rompu contre l'arêne, il s'en retourne, chaffé par la voix fecréte du Créateur ? Ainfi cette Marée accourue des Païs-bas, pour engloutir une autrefois la France, fut, en peu de jours, renvoïée honteufement en fon lit ; & vit-on que ce n'étoit que vile écume devant Dieu & les Hommes. Ce vent furieux d'Affemblée d'Etats de Paris, pour amonceler de nouveaux déluges de maux, & enfevelir le Roïaume dans un gouffre de miferes indicibles, choqué comme de foi-même, a repouffé ceux qui penfoient s'avancer fous la violence d'icelui. Tout ce fuccès eft procédé du commandement de ce grand Dieu, lequel, étendant fa main, a dit aux vents : Tenez-vous cois, & aux vagues, Taifez-vous. Nous avons fouventefois ramentu (1) à nous-mêmes ces Vers du fage Sallufte (2), & crié au grand Patron,

Toi, qui guides le cours du Ciel porte flambeaux,
Qui, vrai Neptune, tiens le moite frein des eaux,

(1) C'eft-à-dire, Rappellés, remis en notre mémoire.
(2) C'eft-à-dire, Sallufte du Bartas, Poète François.

Qui fais trembler la Terre , & de qui la parole
Serre & lâche la bride aux Poſtillons d'Æole (1) :

Fais paroir quelque clarté parmi tant de ténebres , re-
frene ces eaux débordées , affermis la terre déſolée ,
arrête ces malins Eſprits qui bouleverſent la France.
Il n'a pas du tout dédaigné telles clameurs : d'autre
part , il n'a pas pourvu ſelon les deſirs des Supplians ,
qui ont ſouvent eſtimé que ſa volonté devoit marcher
après la leur , & qu'il les devoit faire ſurgir en tel ou
tel port , & dans un navire doré. Sa ſageſſe leur a fait
prendre une nouvelle route , les a renveloppés dedans
des vagues plus effroïables : il s'eſt levé des vents de
terre , & la clarté brillante , pour quelque temps , s'eſt
changée en ſombre obſcurité. Nous ne dirons pourtant
que tout ſoit perdu , que le moïen de ſe dépeſtrer de
tant de maux , ſoit la mort : mais avec ces belles & bonnes Ames , qui ſubſiſtent encore en l'amour & crainte
de leur Sauveur , nous lui tirerons humblement le bras ,
& le réveillant par un cri de repentance & charitable
foi , lui dirons : Sauve-nous , Seigneur , car nous périſ-
ſons. Il nous doit quelquesfois ſouvenir de ces beaux
Vers du Pſeaume 107 , leſquels je trace ici d'autant plus
volontiers , qu'ils me ſont le vif tableau de nos miſeres ,
conſolations & devoirs , au temps préſent , & à celui
qui eſt décrit particulierement en ce Volume.

> Le vent , s'il lui commande ,
> Souffle tempêtueux ,
> Et s'enfle en la mer grande
> Le flot impétueux.
>   Lors montent au Ciel haut ,
> Puis aux gouffres deſcendent ;

(1) C'eſt-à-dire , aux vents.

PREFACE.

Et d'effroi, peu s'en faut,
Que les ames ne rendent.
Chancellent en yvrongne,
Troublés du branlement;
Tout leur fens les élongne,
Perdent l'entendement.
   Mais fi à tel befoin
Crians à Dieu lamentent,
Subit il les met loin
Des maux qui les tourmentent.
   Fait au vent de tempête
Sa fureur rabaiffer ;
Fait que la mer s'arrête ,
Fait fes ondes ceffer.
   L'orage retiré ,
Chacun joie démene ;
Et au port defiré ,
Le Seigneur Dieu les mene.
   Les bontés nompareilles
De Dieu lors vont chantant ;
Çà & là fes merveilles
Aux Hommes racontant.
   Parmi le Peuple bas
Le furhauffent en gloire ,
Et ne le taifent pas
Des Grands au Confiftoire.

C'eft la Juftice de Dieu qui a lâché la bride aux vents enragés , qui ont tant remué la Mer Françoife. On a vû les flots s'enfler par plufieurs années. Le Roïaume a branlé fur l'abyme émû avec une inconftance merveil-leufe & fi périlleufe , que l'effroi, le défefpoir , le fer , le feu , la faim , a enféveli les Ames à milliers. De ceux qui font reftés , les cerveaux font encore à une grande

part tout étourdis du branlement. La patience de Dieu,
le fupport des Hommes, ne peut y remédier. Le mal
accidentel eft paffé en nature & habitude. Quant aux
autres, qui ont vû que Dieu parloit à eux, ils ont fenti
le foulagement & la confolation telle, que ç'a été pour
regarder au Ciel, & tendre là comme à leur havre defiré, où leur fage Pilote veut qu'ils afpirent. Ils ne laiffent pourtant de magnifier fa force ès délivrances qu'il
a faites : & au milieu du filence ingrat de ce grand nombre, qui ne voit goute en ce qui eft avenu, publient à
grands & à petits, s'ils veulent prêter l'oreille :

> Combien que foit l'Océan courroucé,
> Et le bruit grand de fon flot entaffé,
> Le Souverain, étant affis ès Cieux,
> Eft trop plus grand & redoutable qu'eux.

Ils difent, au milieu des tempêtes, à ce fouverain &
vigilant Conducteur & Protecteur des fiens :

> Les flots de la grand' Mer bruïante
> Tu peux faire ceffer :
> Des Peuples l'émeute inconftante
> Soudain peux rabaiffer.

Quant au temps & à la maniere, ils s'en remettent à la
fage difpofition de leur Guide, lequel repofe les yeux
ouverts, entend tous les cris de foi des Paffagers, voit
la perfidie inexcufable des autres; & nouant, du lien
de fa patience, fa juftice & fa miféricorde par enfemble, fait, quand l'heure eft venue, faire fentir fa févérité à ceux qui ne l'attendent pas, & fa bénignité aux
humbles, qui l'appellent en leurs périls. Encores donc
qu'il n'ait pas hauffé les voiles comme nous fouhaitions,
que le rivage foit autre que celui que notre penfée fe

PREFACE.

repréfentoit, ne laiffons pourtant d'efpérer contre efpérance, en telle forte cependant que nous fichions
l'ancre de cet efpoir, non en la vafe ni dans le fable
mouvant de la terre, mais au Trône du Fils de Dieu,
par-deffus les Cieux. Lors, quoi qui avienne, nous
verrons tôt ou tard l'effet de cette Sentence du Pfal-
mifte, parlant des vrais Sages, qui contemplent de tel
œil qu'il convient les merveilles du Tout-puiffant en
la conduite du monde :

> Ce voïant, ont aux cœurs,
> Les Juftes, joie enclofe ;
> Et de Dieu les Mocqueurs
> S'en vont la bouche clofe.

Plufieurs Profanes fe rient des changemens avenus
depuis quelques années, voire eftiment que les Gens de
bien ont le vent au vifage. Ils jugent des chofes felon
leur appréhenfion, laquelle n'a pour regle, finon la
vanité de leur fens, & l'événement incertain des affaires du monde. Ceux qui font voile en la mer de cette
vie, fous la faveur du Pere célefte, favent que la mort
ne peut étouffer la lumiere dont ils font éclairés : au
moïen de quoi, fans lâcher la bride au ris Sardonien (1)
des timides & vicieux, ils portent au cœur un contentement qui les rend paifibles emmi les plus rudes tempêtes. Dieu veuille maintenir cette faveur fienne au cœur
de tous ceux qu'il aime & qui l'aiment ; vous tenir
en ce nombre, & me conferver, cher Frere & Ami,
avec tous les miens, en votre gracieufe fouvenance.
Fait ce dix - feptieme jour de Février, l'an mil cinq
cent quatre-vingt-dix-huit.

(1) On a expliqué ailleurs cette façon de parler.

MÉMOIRES

MEMOIRES
DE
LA LIGUE.

AVERTISSEMENT.

LE Roi, n'ignorant pas l'intention de ſes ennemis être de mettre en totale confuſion les affaires du Roïaume, pour en livrer plus aiſément puis après une partie à l'Eſpagnol qui y continuoit ſes négociations, & retenir l'autre pour eux, ſe réſolut auſſi de continuer en ſon deſſein, qui étoit de les haraſſer ores d'un côté, puis de l'autre, pour les amener finalement à quelque raiſon. Sur-tout il deſiroit attirer les Eſpagnols au combat, où il eſperoit que la juſtice de ſes armes paroîtroit, & qu'enfin ces ennemis étrangers ne pourroient faillir de recevoir perte & honte pour l'argent par eux vainement dépendu afin d'acheter la France de la main des Ligueurs. Combien que ſes forces fuſſent éparſes en divers endroits, ſi en avoit-il aſſez encore près de Sa Majeſté, pour étonner ſes ennemis, étant aſſiſté du renfort d'Allemagne, d'Angleterre, & de Hollande qui lui ſurvint tôt après. Il réſolut donc de tirer en Normandie, & attaquer Rouen, afin que les conſeils de ſes ennemis ſe découvrant de plus en plus, il aviſât auſſi de ſa part à ce qu'il auroit à faire pour l'avenir. Cette entreprise peu ſecrette ébranla incontinent les Ligueurs, qui ſoudain envoierent donner l'allarme au Duc de Parme, lequel faiſoit de l'empêché à Bruxelles pour négocier avec les Ambaſſadeurs de l'Empereur pour la paix ès Païs-Bas. C'étoit un piége dreſſé aux Etats des Provinces-Unies, lequel ils découvrirent incontinent. Le Duc aïant commandemens réiterés d'Eſpagne de vacquer, toutes autres affaires laiſſées en arriere, à l'avancement des deſſeins de l'Eſpagnol ſur la France, commit le gouvernement du Païs-

Tome V.　　　　　　　　　　　　　　　　A

Bas au Comte de Mansfeld (1), comme l'an précédent, & avec quatre mille Piétons & trois mille chevaux se mit en chemin, mais au petit pas, pour se rendre tant plus nécessaire, & sous l'apparence des armes acheminer une autre pratique, qui étoit de faire donner par les Etats de la Ligue, la Couronne à l'Infante d'Espagne, que l'on devoit promettre pour femme à un des Chefs de ce parti. Mais avant que parler de son acheminement, de ses menées & exploits, nous présentons, selon l'intention de ces recueils une Remontrance faite par M. Hugues de l'Estre (2), Avocat du Roi au Parlement, séant lors à Châalons, le 12 jour de Novembre, 1591. En laquelle il fait un ample discours de l'être perpétuel de la Monarchie Françoise contre les prédictions de certains Prognostiqueurs des périodes & subversions d'un si puissant Etat.

REMONTRANCE

DE MONSIEUR HUGUES DE L'ESTRE

Avocat général du Roi, au Parlement de Châlons (3), faite pour l'ouverture au lendemain de la saint Martin 1591.

Messieurs,

Puisque notre vie est un perpétuel, volontaire & entier sacrifice au Très-Haut, & qu'à cela, bien que le pris de notre naissance ne nous destinât & obligeât point du tout, nous ne pourrions faire choix d'un meilleur, ni plus digne emploi. Nous nous souvenons avoir appris du Philosophe Grec, qu'en tous sacrifices la troisieme coupe du vin pur *οὐκ ἐξ ἀμπέλων ἀτμήτην*, du crû d'une vigne, qui eut à temps toutes ses façons, s'offroit à Jupiter, surnommé le Sauveur, par une dûe reconnois-

---

(1) Charles, Prince de Mansfeld, de la Branche de Mansfeld, dit d'Huldregen, né l'an 1543, mort le 14 Août, 1595. Mansfeld, Ville & Comté de l'Empire dans la haute Saxe, a tiré son nom d'un Château célebre du Païs, appartenant à la Maison de Mansfeld, qui a eu des Seigneurs qui se sont distingués en diverses occasions importantes. Cette Maison a été divisée en plusieurs branches, & plusieurs ont fait alliance avec des Maisons illustres de France.

(2) Ou de Laistre.

(3) C'est Châlons sur Marne. L'Auteur de cette Remontrance fait parade d'une érudition pedantesque, & presque toujours déplacée, suivant le mauvais goût de son temps. C'est d'ailleurs une piéce très ennuïante, & plus chargée de Citations inutiles que de bonnes raisons. Il a dû en coûter beaucoup à l'Auteur pour faire une si mauvaise Piéce, & j'ai de la peine à croire qu'elle ait été comprise par ceux qui l'ont entendu prononcer, ou qui l'ont lûe.

fance que les trois temps de chacune chofe, fa fin, fon milieu, & commencement lui appartenoient, & vouloient tenir
de lui tous les événements & favorables fuccès qu'ils en avoient
recueillis, parceque plus juftement nous préfenterons au Tout-
Puiffant, vraiment notre protecteur & Libérateur, ce difcours
que nous faifons par fa grace à l'ouverture de ce Parlement;
comme fi encore une fois Æneas, que les Hiftoriens nous ap-
parentent (1), *fumofa & exefa imagine*, de fi loin, après avoir
défait Mezentius, repandoit cette vendange dediée à Dieu,
& refufée au tyran, à l'entrée du Temple *Genitalis*, ou (à la
nommer plus à propos) *Palatinæ Veneris*; ainfi que le dit avoir
été continué & ramentu tous les ans *in Veneralibus* le docte &
judicieux Plutarque.

En cela qu'il nous benit d'une meilleure élection, & favons
mieux à qui offrir qu'eux, nous les devançons beaucoup; mais
en ce qu'ils fe rendoient fi foucieux de n'apporter rien, qui à
leur avis ne fût parfait en fon efpéce, pour y voir entrées toutes les obfervances que leurs majeurs leur avoient prefcrites,
nous n'y joindrons point notre imitation, & leur renvoïons
cette faftueufe & fuperbe diligence, *fua etiam fuperfit fuperfti-
tioni gloriofula merces.*

D'autant que le plus propre & agréable holocaufte que le
Souverain nous invite à lui amener, font nos foibleffes, ignorances & imperfections qu'il veut, avec un fimple fentiment,
du tout en lui, & du peu de nous, de fa grandeur & de notre
baffeffe, être épandues devant fa face; pource eft accoutumée
l'affiette des priants parmi les Chrétiens non affis, comme le
veut myftiquement Hefiode, non debout, ainfi que l'ont autrefois ordonné les Mages; mais les genoux, *quibus infita eft
mifericordiæ fedes*, dit l'Orateur (*ut memoriæ auribus Genii
fronti Minervæ digitis*) repliés, & toutes les parties baffes &
viles rejettées en arriere, & trainantes contre terre, d'où elles font iffues & attenantes; toutesfois ce qui eft célefte relevé,
erectos ad fydera tollere vultus; & n'étoit bon que pour ceux
qui s'adonnoient à adorer la terre *in Eleufiniis*, de s'y étendre, s'y coller & nouer du tout. Pour nous eft befoin d'une
vraie & généreufe humilité, ploïer ce qui eft d'infime & terreftre, & attendre qu'il foit bien vu du Ciel, d'où il oie cette
voix facrée, levez-vous, benits, venez. Certains que ce qu'il
daigne voir de ce même fait, il le purifie, il l'accomplit, &

(1) C'eft-à-dire nous repréfentent.

1591.

REMON-
TRANCE DE
M. DE L'ES-
TRE.

comme nos anciens Jurifconfultes même dient des refcripts des Princes, il le r'habilite & reforme en fon entier.

C'est lui, fans doute, cette *mens verticordia*, à laquelle lors d'un aveuglement & forcenerie publique, les plus devotionés appendoient leurs vœux, & redoubloient leurs prieres.

S'il nous refte quelqu'affection de fortir de ces troubles que nous voïons, voïons; mais fans bien voir ni comme il faut; voïons, dis-je encore une fois, & pleurons du même œil, feulement fi nous en voulons être eftimés fenfibles; c'eft à fes pieds que nous avons à dépouiller cet endurciffement de cœur, que les Grecs par le nom de χληροκαρδία, & Tertullian celui de *duricordia*, condamnent & marquent pour caufe & effet enfemble de nos miferes.

Ce n'eft point fans intelligence que les Egyptiens déferent à leur Ofyris l'invention de la Medecine, attendu qu'en leur langue Ofyris vaut autant que perfonnage aïant plufieurs yeux, & qu'Higynus écrit doctement que l'œil a découvert la Médecine, de laquelle la premiere piéce mife en évidence fut *Ocularia*, celle qui provéoit à la guérifon des yeux que nous avons autrefois deduit être à la merci de tant d'inquiétudes & maladies, & que dit Platon en fon Charmides ne fe porter jamais bien fi le chef eft appéfanti de quelque furcharge d'humeurs ou autrement indifpofé.

Il y a même raifon qu'aux Chaldéens d'avoir annoté qu'ès maladies aigües du total & fubftantiel de la vie, les yeux éteints, il n'y a plus de reffource ni efpérance aucune, & pour ce nul, difent-ils, ne va aux Enfers les yeux voïants: à qui ils demeureroient demi-ouverts après le dernier foupir, celui-là étoit cru avoir trop irrité les Dieux; auffi eftimoient-ils être un des premiers devoirs de la piété aux fils de fermer les yeux à leurs peres quand & quand que leur vie étoit clofe. Et de ce, fouvent ne s'en fioient-ils pas indifféremment à tous; mais par ordonnance de leur derniere volonté, y commettoient celui en qui ils prenoient plus de créance & qu'ils avifoient d'honorer d'avantage, *velut prælegandi modo*.

Tout cela pour nous faire entendre qu'à quiconque l'expérimenté Médecin du Samaritain, ceftui célefte, duquel a pu dire Homere πολλῶν ἀντάξιος ἄλλων, & qui fait *quæ fint*, *que fuerint*, *quæ mox ventura trahantur*; à quiconque il lui plaît rendre fa fanté, il lui fait voir & fentir fon mal, lui moule un cœur de chair, comme dit le Prophéte, & non de pierre, le

reveille de fa létargie, ne lui permet pas s'inhumer & s'enfevelir en fa langueur, lui infpire à qui & comment il doit recourir pour revenir à foi & fe refaire. Pource il commence de nétoïer & licer l'appréhenfive, comme la plus active & excellente partie de l'ame, à laquelle refortit la volonté & fe foumet-
tent toutes autres dépendances.

Mais plus expreffement aux maladies de l'efprit, defquelles
il fe retient la cure, comme ouvrage digne de fa bonté fortá-
ble à fa toute fapience, & facile à fa puiffance, auquel nul autre,
ni même pas une palliative ne pourroit fuffire. Car fi la raifon, eft
la premiere médecine des corps & la feule des ames, elle giffante,
elle ulcérée, quelle livraifon, quelle nourriture, quelle confection,
quel électuaire, & quelle dofe nous peut-elle droguer? Or,
eft cette *mens animi*, cette νουθεσίας δύνοσις, l'intellect de l'efprit. Il a octroïé aux hommes s'appliquer les moïens humains,
& ce que la terre peut fournir pour les douleurs, & intemperies du corps, fe réfervant ce qui eft du Ciel.

A lui feul donc, *Lucetius & Clarius* des Chrétiens, s'adref-
fera notre fupplication très-humble, *Domine, ut videam*; ou
fi nous la voulons dilater avec le Poëte, *da luce reperta in te
confpicuos animi configere vifus, da pater augurium, atque
animis illabere noftris*. Seigneur, que nous voïons quelle eft
notre bleffure, qu'il nous tourne en mémoire d'où en eft la
caufe, & que nous ne tombions pas comme ces animaux,
defquels & la condition & le fens eft du tout abruti, à nous
commettre & débattre contre la pierre, ni contre le dard qui
nous entame, fans appercevoir de plus loin d'où il nous vient,
& qui l'a décoché fur nous. Et auffi garde-nous étant griévement malades, & pourfuivis d'une fiévreufe manie, de méprifer d'en être purgés, & nous foucier feulement d'une legere paronychie d'une petite pointure, *& de reduvia folùm co-
gitare*.

Ce font les deux fautes qui entretiennent notre erreur, lequel nourri en nous ne quittera jamais notre malheur, que
Platon appelle τῆς κακίας ἀκολοῦθον. Et je ne me contente pas
qu'il mette cette Nemefis fi près de l'affection vicieufe, j'aime
mieux ouir Heliode qui l'appellera ἡλικιόθην, & *Coætaneam*, de
même âge, de même fouche, pour nous faire comprendre que
la faute & la peine font deux beffons éclos *eodem ovo* & en
même inftant. Car quant il avient qu'en une groffe fiévre, nous
ne voulons retafter que quelque petite hériffe, que la douleur

d'un ongle, que la violence de quelque audacieux fur nos biens périffables de foi, quand il n'y eut point mis la main, & que notre inflammation nous eft de peu d'eftime, notre ambition, notre avarice, notre orgueil, notre préfomption qui nous verfe & nous agite de réfolution en autre, hors de la couche de notre devoir; quelle crife prendrez-vous de cet élourdiffement furieux?

Et quand il arrive auffi que nous ne nous défaifons pas de ce qui nous apprête à toutes heures les vengeances de Dieu, au contraire nous le fomentons, nous le fortifions, nous l'attirons à nous, en remuons les plus éloignées occafions; & gardant les mouvements, & caufes, nous nous effarouchons & bandons contre l'effet d'une telle continue d'ignorance, qui eft autre qu'outrecuidé & vain pour en defirer bien, & autre qu'inepte pour l'attendre, à qui le comique n'ait pas prononcé cette diffinitive, οὐκ ἐϛὶ ἀποθυχεῖν κακοῦ πρόφασιν ᵈ ἀεὶ τίν ἐξευρίσκομεν.

Philofophes, vous avez été pouffés d'une envieufe convoitife de reprendre, quand vous n'avez pas trouvé bon que Democritus nous enfeignât à prier Dieu: *cujus cultu ac Religione vita femper conftitit*, comme Pline l'avoue; qu'il nous envoïât d'heureux & fplendides raïons en l'air, & qu'autres que belles Images & portraits defirables à notre humeur, ne fe trouvaffent point devant nous. Vous avez penfé que cette perfuafion peupleroit & importuneroit nos ames de grand nombre de phantafmes, & nous plongeroit en un débordement fuperftitieux.

Mais entendons le mieux, affurés qu'il ne nous peut échoir d'en haut plus de félicité que quand les vrais tableaux & peintures vives de chacune chofe, qui nous detient, nous falueront à tous moments, & que nul autre preftige, nulle autre impreffion ne nous viendra féduire, que la vérité feule entreprendra notre conduite.

Pour cela admirons ce trois fois grand Hermes (1), quand il nous défend d'avoir l'efprit vuide, & par même moïen nous avertit que capable comme il eft, & je dirois immenfe, fi j'admettois qu'autre le peut être que le grand Dieu, chofe aucune ne le peut affouvir, combler, ni raffafier, que fon Auteur & Créateur en l'infinité de fa gloire. *Satiabor, Domine, cùm apparuerit glória tua.* Si nous cherchons d'être éclairés, nous

(1) C'eft-à-dire, Mercure Trifmégifte.

adresserons-nous à ce Peuple ténébreux des Cimmeriens pour
nous allumer ? Si nous affectons d'être enrichis, sera-ce du souffreteux & chétif, de qui nous l'exigeons, que nous l'obtien-
drons ? quoique de-là soit la pâte de ce fard, qu'aucuns se figu-
rent pour richesses.

Si d'être guéris ; sera-ce de celui qui est couvert de plaies,
tout raïé de cicatrices, & sillonné d'ulcéres ausquels il ne sait
pas remédier ? C'est l'argument de la sagesse sacrée contre les
Idolatres. Or, tout est au grand Dieu, près duquel notre Jupiter Sauveur nous a rendu les avenues libres, & quoiqu'il habite une lumiere inaccessible, il nous en a explané les approches, *admissionali in suos beneficentia*, qui est ce grand Amour
à qui Orphée donne les clefs des concavités & coffres du Ciel &
de la Terre.

Il est honteux qu'Hippocrate, si sagement que rien plus,
admoneste le bon Médecin en toutes ses visites, ne point oublier à prendre garde s'il y a rien qui passe le cours & ordinaire
des maladies, & dequoi la cause reside en Dieu seul, il lui re-
memore souvent son τὸ θεῖον, même aux maladies épidemiques
& populaires, *quæ velut siderationes quædam videntur esse* ; &
me vient en opinion, que ce soient celles que Sophocle qua-
lifie, νόσους θεηλάτους, au pareil de celles que nomme Aristo-
phane πεπρομένους ἐνδείας. Et qu'en nos langueurs publiques,
nous n'aïons pas cette perspective & considération ; de laquelle
sous ce même terme le Poète Grec nous donne le thême en
cette sentence, ἄγει τὸ θεῖον τοὺς κακοὺς πρὸς τὴν δίκην. Je sais
bien que ce τὸ θεῖον, aucuns l'interpretent grand ; mais iceux
engagent à une trop peu signifiante interprétation l'emphase
de ce mot. Philemon l'a pris en son vrai sens, quand par l'é-
nergie de cette diction il garde Niceratus de penser même les
morts pouvoir fuir & évader de la main du seul juste, πεφευ-
γέναι τὸ θεῖον ὡς λεληθότας. En ces beaux vers, desquels & Justin le martyr, & Clément, d'une sainte émulation font honteux les Chrétiens ; vers qui rongent & picquent le cœur des
plus stupides, Admonitions qui font autant de perles Orientales, nettement arrondies au Levant d'une bien perfecte nature, par son souverain Directeur & Seigneur du premier Fief
dominant ; de la rouille & corruption duquel traitant le
même Hippocrate, son fidele interpréte, ce qu'en plusieurs endroits il conseille de se refugier à Dieu, & peregriner en diverses contrées pour cet effet, qu'il tient la Médecine pour an-

nexe de la piété, d'où échappée, il l'a repudie comme impof-
ture abortive, inutile charge au corps, & pernicieux poifon à
l'ame; fait entendre affez qu'il a jugé les maladies, nommément quand elles furprennent une multitude en même faifon,
être comme fléches dardées de la main du droit vengeur, à
qui Agrippa bâtit & dédia le Pantheon dans Rome, pour
montrer qu'il foulevoit jufqu'aux corps céleftes & divines influences, tout, contre l'homme, quand il fe révoltoit contre
lui, & que lui aiant afservi toutes chofes créées, il le châtie
lorfqu'il fe mutine contre fon Dieu, par la rebellion de quelqu'élement, & qualité approchante à la forme en laquelle il fe
rend féditieux & refractaire. Si par l'avarice il l'offenfe, il lui
oppofe la terre, l'abat auffitôt par un faix & amas d'humeurs
cacochimes, pituiteufes & terreftres; fi par audace, il arme &
enflamme le feu contre lui, force fiévres, ardeurs, fureurs
θυμοειδὲς, & comme gravelées aduftes, & ainfi des autres que
je ne veux pas parcourir en toutes leurs démonftrations & exemples.

Parcequ'en notre maladie prefque univerfelle fert affez à
nous publier, que nul n'y peut que Dieu; mais il y peut tout
auffi: ἅλις γὰρ ὁ θεὸς ὠφελῶν ὅταν θέλη. Ce font vaines illufions
& irréligieufes, que de fe profterner devant aûtres, craindre
ou fe fier ailleurs. Il n'y a pour nous, & par les théoremes de
nos Mathematiques Chrétiennes, qu'une ligne droite, qui
puiffe être nôtre direction, nous affermir un bon appui, &
nous relever debout; toutes autres font obliques & contrefai-
tes; Θεοὶ δὲ ὅταν τιμῶσεν οὐδὲν δεῖ φιλῶν, & nous nuiroit plutôt
de fureter des amitiés privées & appuis particuliers, aïant Dieu
favorable; ainfi qu'hors la connoiffance du vrai Dieu femble
l'avoir entendu, Euripide *in Hercule furente*, & fans le connoître, avoit néanmoins fu cela de lui, tant il eft manifeftement
véritable.

Quand il y a corruption en toute la fubftance, que le levain
eft aigri du tout, que les qualités élémentaires fe licentient
l'une & l'autre, le Médecin fe retire auffi, & ne difpenfe drogue aucune au patient que de la patience, *ut Dominum fufli-
neat*, & que de lui feul il attende un meilleur change. En nous,
s'il eft vrai dans Platon, que l'homme, comme il a été défiguré par fon originelle injuftice, reffemble à ce monftre marin, appellé Scylla, le deffus duquel paroît une Vierge, le milieu retiré un lion, & le bas un chien aboïant, deforte que
l'homme

l'homme n'a rien de fauf que la partie haute ; je crains fort que le plus judicieux ne le méconnoiffe à cette heure, tant il eft dévifagé depuis, & cette marque virginale, c'eft-à dire, l'intellect, polluë & déflorée.

Nous fommes à préfent plus hideux & monftrueux aux conceptions de l'efprit, que n'eft en l'extérieur cette race d'hommes que Paracelfe appelle *non Adamicos*, les Poètes Tritons, & les Hebreux Lilim, procréés d'une femence inceftueufe, & du tout dépravée ; les Thalmudiftes les nomment germe d'injuftice.

Toutesfois je ne tiens pas que notre perte ne fe puiffe recouvrer, que nous ne puiffions reconquerir ce qui eft déchu & péri entre nos mains ; ni nous raffaifonner, & remettre en nature notre mal. Il s'en faut beaucoup qu'il foit incurable. Ce n'eft à la bonté de Dieu qu'une petite concuffion, ou commotion, ores qu'à nous elle femble une convulfion mortelle qui nous affaut d'infinis élancemens hors de nous-mêmes, pour n'avoir eu la vûe & l'ouïe affez referrées & retenues ; par ces fenêtres notre infélicité s'eft coulée comme prefque au premier péché.

Le plus prompt artifice, fans art, & le plus exquis pour nous conferver en toute intégrité de notre devoir, & nous fermer chaftement en office, eft gagner cet avantage fur nous, de ne vouloir ouïr ni voir rien d'étrange, *ne quidem in medicamentis quid exterum alienum-ve*, ne point porter la vûe hors l'établiffement de notre patrie, l'inftallation de nos Loix, l'accein & enclos de nos bonnes coutumes ; que nous croïons que toutes les autres Nations bien régies ont même haleine que la nôtre, que nous nous bienheurions de la fageffe de notre régence & adminiftration publique, de la débonnaireté & valeur de nos Rois, de la conftance de nos Magiftrats, de la prévoïance de nos conftitutions ; que nous ne donnions droit de bourgeoifie à coutume, inclination ou paffion aucune qui nous affronte & aborde du dehors ; nous plantions de bonnes gardes fur les entrées & iffues, comme tous les fignalés Légiflateurs le recommandent inceffamment en leur païs, auffi en nos ames, *Spartam ornantes quam nacti*, *& ex lateritiâ marmoream*. Enfin que nous vivions contents de notre condition, qui n'a point pris coup important, & ne femble point s'être deffoudée qu'en ce fiecle.

Aprofitons à nous l'imaginative de ce Philofophe, qui difoit

Tome V. B

10

le monde être un animal, de l'éternité duquel il posoit cette seule raison, qu'il n'avoit ni œil, ni oreilles pour regarder, ni écouter au-dehors, vû même qu'il n'y a point de creux ni vuide en la nature, se manioit par mouvements entiers de soi en soi, sans ressort ni secousse d'ailleurs, tout y demeuroit, & n'en découloit rien; ainsi contregardant cette sémence de nature, qui est l'un des trois salubres que met Hippocrate rendu immortel, parceque la mort vient au déclin des parties vitales qui s'alambiquent, *& tenues vanescunt in auras*, l'humeur se tarit, les esprits s'évaporent, le solide s'ébranle, & puis se déboîte, *καὶ φύσις ἀεὶ φύεσθαι μέχρι θανάτου, & quotidie decedunt de corpore nostro partes.*

Là où quant tout s'épargne & meliore au-dedans, que l'on ne donne prise aucune sur soi à chose inaccoutumée, il semble que l'on se contracte une éternité, pour cela est sa structure ronde, en laquelle *ambit se extremitas ipsa*, dit l'Ancien, & y a fait ce grand ouvrier ce que l'on dit être le coup d'un maître pinceau, & excellence du peintre presqu'à présent ignorée, faire comme rentrer les bords de sa peinture, *extrema corporum in orbem velut facere, & desinentis picturæ modum includere.*

Les monstres fraient de jour à autre en Afrique pour le mélange de toutes difformités d'animaux. En France le pas ouvert aux Peuples éloignés, & de nos mœurs, & de nos façons, comme de notre bienveillance, nous entasse à toutes heures divers météores & prodiges les uns sur les autres, nous rend difformes, foibles, petits, & comme ces broussailles de bois, raboudris. *Diffusus es & non cresces*; c'est la malédiction dans l'Ecriture, la plus à redouter.

Si qu'il me semble que l'interprétation de ces Peuples qui devouoient leurs ennemis à la hantise familiere de mauvaise compagnie, étoit très cruelle, puisque saint Paul s'est bien voulu approprier ce trait du Poète Menandre, que les mauvais devis infectent les bonnes mœurs, & font un dégât & ravage extrême en la meilleure & plus vertueuse habitude de l'homme.

Ce n'est pas à tous l'usage de ce passage Grec, *καὶ γὰρ ἐν βαχεύμασιν ὁ νοῦς ὁ σωφρονοῦ διαρθαρίζεται*, ni de pouvoir égaler en soi ce qui s'écrit du fleuve Titaressius, qui trace & roule à travers de la riviere Peneus, fort boueuse & limoneuse, sans se tacher aucunement, ni rien ternir de son coulant clair & argentin. Chacun ne peut pas prendre la nourriture d'aucuns poissons, qui ne tiennent rien de la salure & marine en laquelle ils paissent.

Nous expérimentons trop la leçon du petit Dialectitien, que *non quantitas sed qualitas omnis est diffusiva sui*. L'œil même semble avoir sa pointe plus moussue & rebouchée, & ne porte pas son aspect si vif, s'il s'attache quelque peu à voir un chassieux : *unaque conspecta livorem ducit ab uva, multàque corporibus transitione nocent*. C'est à vous, Messieurs, & à vos semblables, que je donne le prix, & au grand Dieu seul la gloire, que comme le Soleil pénètre par-tout sans se souiller; l'harmonie de ce globe ne devient pas dissonante pour les faux tons & demi accors non ajoutés musicalement, que nous y faisons retentir, il ne vous est pas besoin de boucher les oreilles aux charmes & sorceleries des méchants, pour en être à sûreté, ni éviter à voir les impuretés de ce siecle, pour contregarder votre candeur. Votre constance y est un antidote plus que suffisant, vous êtes confirmés au centre de toute piété envers Dieu, fidélité au Roi, Justice à tous. Tout ce qui s'ahurte d'autre part, est aussi-tôt froissé que le rocher coupe incontinent les vagues, flots & marées qui l'attouchent.

Mon intention & devoir ensemble est vous conjouir cette fermeté, de laquelle je fais offre à tous pour exemple, & à vous encore pour miroir de vous mêmes, auquel à la premiere vûe, vous envisagerez ces bons François, vos aïeuls, teints d'une loïauté naïve & naturelle, aimables entre les bons, parmi les vicieux très redoutables. Afin qu'au de-là vous rendiez graces à Dieu, qui vous assied en une si courageuse résolution, laquelle d'hommes, vous rend quasi demi-Dieux. S'il est vrai que la Justice empêche que l'on ne dégénere en bête, les moïens temperés que l'on y tient, conservent la perfection de l'homme, & une valeur, relevée par-dessus le commun, éleve aussi jusque fort près de cette premiere essence, ainsi que nous allégue Platon; & celui qu'introduit Hercule en son Apothéose, dire tout haut : *Ite nunc fortes ubi celsa magni ducit exempli via : cur inertes terga nudatis ? superata tellus sydera donat*. Mais néanmoins étant tous membres de ce corps civil de la France, ne mépriserons-nous pas ceux, qui pour être fort estiomenés, sont estimés jà péris par les plus severes, ou bien atrophiés du tout, ne resuccer plus de nourriture, comme membres retranchés. Suivons ces Romains en leurs vœux publics à la Déesse *Matuta Leucothoe*, esquels ils ne demandoient

B ij

chose aucune pour eux, ni pour leurs enfans, mais bien pour leurs neveux, enfants de leur frere. Aidons, prions, consultons pour cette posterité de nos freres, que nous déplorons être si indignement pervertie, & quasi amortie, à laquelle rien ne croît que les ongles ; comme aux charognes infectes de longtemps, c'est-à-dire toute violence, toute audace pire qu'à des harpies. Sachons que cet excellent Chirurgien *manu Pæonia*, avec les appareilles qu'ils appellent θεῶν χεῖρας, pourra & voudra très-à-propos, par ses incisions, enter de la chair vive ès parties jà affectées à la pourriture, & faira ce chef-d'œuvre, que dit le Sage être à Dieu seul, *in vivis morticinium recreare.*

J'aurois en horreur quiconque, pour se présumer exempt du danger, & n'être point compris en la liste des abusés, dédaigneroit de rendre tout devoir à leur secours, & au plus fort de leur tourmente éliroit de mener une vie oisive, les bras croisés, *compressas tenuisse manus.*

Que nul ne s'y trompe, je prononce hardiment que le plus industrieux, le plus laborieux, le plus vigilant de nous, ne peut bonnement s'acquiter de ce qu'il doit à sa patrie, & aux cendres & mémoire de ses ancêtres. Nous prenons d'elle ce que nous lui païons, nous lui restons relicataires de beaucoup plus que nous ne pouvons. Nous devons tout à tous ; mais Chrysipe dit très bien au troisieme des bienfaits de Seneque, que nous tenons à courtoisie quand nous recevons d'un, non pas plus qu'il ne nous doit ; mais que nous ne nous en promettions. Nous remercions notre serviteur, quand il a plus entrepris pour nous, & géré plus utilement que nous ne l'espérions, *Ubi benevolentia fortunæ suæ modum excessit, spem Domini antecessit altius animo ausus, quod felicius nato decori esset.* Nous lui donnons lors de la louange, comme nous nous courroucerions, s'il avoit fait moins.

En ce temps *refert*, (dit Pline), *in quæ tempora probitas virtusque inciderint.* Nous voulons bien croire que parmi une si éperdue déloïauté & perfidie générale, *sua stare innocentia*, & persister homme de bien ; c'est quasi une œuvre de supérerogation, & à l'œil, & au jugement de l'homme médiocre. Mais à vous, qui portez le flambeau de la constance & magnanimité Françoise, il faut franchir, & passer outre, comme cette pierre appellée Iris, illuminée des rais du Soleil, les départ à quiconque s'en approche ; aussi faire briller aux yeux de tous l'ar-

deur, la lumiere, la prudence, l'affection qui vous a saintement attisée en la poitrine, & lui donner cours par-tout, déploïer le sujet de votre foi, éventer les fausses causes déceptives
des abusés qui les possedent si honteusement, & detiennent à si
vil prix une si chere & précieuse conquête.

Pourtant arrêtons un peu sur la méthode & termes de Médecine : ἰατρεῖον ὦ ἄνδρες τὸ τοῦ φιλοσόφου χόλιον, dit Muso-
nius, & épluchons assez considérément que pour créer une maladie, il y faut le concours & rencontre de deux points, τὸ
ποιητικὸν καὶ τὸ ἐπιδεκτικόν, la violence de ce qui agit, & la
foiblesse à l'avenant de ce qui pâtit. Le premier est vraiment
injustice, le second lâcheté & pusillanimité ; le premier cessant,
le second ne nuit guère ; car sous le droit gouvernement de la
Justice, la force & valeur n'est qu'un ornement, embellissement & parure. Ces deux sont chez nous, l'opinion que les
méchants se distribuent entr'eux, grossit leur courage, & induit à entreprendre quand ils se phantasient que leur audace
réussira, qu'ils ne peuvent avoir pis que le sort qui les régit, que
leurs licentieuses entreprises fausseront non-seulement les Loix
en toute impunité, mais aussi se guinderont plus haut, & pros-
péreront par-tout.

Et d'autre côté proportionément le défaut de générosité, &
manquement d'assurance à ceux qui n'ont pas fortement édifié
leur résolution, les supplante & surmarche : parcequ'ils se dé-
fient de voir succéder le travail qu'ils prendroient, suspectent
toutes choses, mandient par-tout dequoi se donner l'effroi &
terreur panique, *& motæ ad Lunam trepidant arundinis um-
bram*, rassemblent ce qui les peut rendre paoureux & craintifs,
se bannissent eux-mêmes de tout sujet de fiance, pensent être
talonnés à tous moments de leur désastre. Et comme s'ils n'a-
voient qu'un œil, tombent en un plus ignominieux reproche,
(puisque la faute est pernicieuse davantage) que celui rapporté
par Clement Alexandrin avoir été prononcé de Menander,
contre chacun de ceux, qui pour prendre un dégoût de mariage, ne se laissent penser qu'aux déplaisirs qui s'y rencontrent, & aux petites incommodités qui surviennent, sans estimer le total de son essence, & ainsi qu'il se comporte. Ont
possible en l'ame à bon escient la crainte que nos vieux Peres
répondirent par mocquerie aux Envoïés d'Alexandre, s'enque-
rant que c'étoit qu'ils redoutoient, attendant qu'ils leur dissent
que ce fut le seul Alexandre qui leur donnât martel, non di-

rent-ils ; mais bien qu'Atlas, depuis le temps qu'il a l'échine cour-
bée fous un fi péfant faix ne foit recru , & lui faillant , le Ciel ne
tombe fur nous ; parceque peut-être Anaxagoras voïageant vers
eux , les avoit imbus de fon opinion, que le Ciel étoit une voute
de pierre qui cherroit & manqueroit un jour.

Je ne fais nulle doute que telles impreffions de la chûte &
démolition de cet Etat, porté par un Atlas , c'eft-à-dire , un
Roi, qui *οὐκ ἄτλιος verè Athletam agit* , ainfi que le vulgaire
de longue main l'a confeffé , ne meurt jamais en France , fi
nous ne le voulons repéter de plus haut , & en dire le foutien
être en Dieu , qui l'entretiendra *in habitu Athelico , perfectiorique
valetudine* ; que telles méfiances , dis-je , ne foient ce *πλῆθος
καὶ πάθος* , caufes très preffives & fort urgentes de nos maladies & calamités publiques ; lefquelles il n'eft point merveille
pouvoir croître en quelqu'efprit groffier : mais il eft prodigieux
qu'elles aient pu prendre racine en une terre cultivée , labou-
rée , défrichée , & entendement fi bien façonné que celui que
l'on dit produire ce faux germe & nourrir cette yvraie ; qu'elles
aient pu porter la lueur de tant de doctes recherches & fplen-
deurs de méditations autrefois fi nettes , fi déliées , fi belles : *Et
hîc Arretinæ violent Chriftallina teftæ.*

Si cela eft, je crois dorénavant qu'il y en a qui fe fervent de
leurs fciences & graves décifions , comme un vieil avaricieux
de fes écus à les nombrer , jetter & compter feulement , *& pictis
tanquam-gaudere tabellis.* Et me plaît fort Anacharfis , quand à
telle comparaifon il ajoutoit cette fentence dorée , *οὐδὲν ἡ
μάθησις ἂν μὴ νοῦς πάρῃ* : *non paranda folùm*, dit Ciceron , *fed
& fruenda fcientia fapientiaque eft.* La louange n'eft pas petite
d'être eftimé favant , plus grande d'être reconnu fage ; mais
toutes deux fe fanent , féchent , & flétriffent en rufes déceptives , fi elles ne font lavées d'une , de laquelle j'exhorte un chacun à fe rendre bon ambitieux , qui d'être homme de bien. Les
autres d'érudition & de prudence font femblables à ces arbrif-
feaux que récite Ariftote ne fructifier point s'ils ne s'allient ,
tanquam confemineis maribus, à d'autres qui leur donnent feve , &
les font fleurir.

Si je croïois que telle ineptie fi mal digérée partît de la fonte
d'un homme , d'où quelques-uns la marquent , & qu'à ces re-
veries , il y eût profané la raifon , proftitué le difcours , arrofé &
provigné une fi mauvaife plante, je perdrois l'ébahiffement à force de m'en émerveiller.

1591.
REMONTR.
DE M. D'
L'ESTRE.

Que les pernicieux de cet âge n'aient été fort aises de fuppofer, comme une belle feuille bien émaillée à une fauffe pierre, le crédit de cet homme parmi les gens de lettres à une fi erronée frénefie, je ne le trouve pas étrange, parceque s'efforçant de vérifier que cet état, quoiqu'il eftrive contre ce deftin, eft fur l'atome & dernier période de fon trébuchement, ils frappent d'une pierre deux coups; accordent deux caufes contraires à notre final anéantiffement, rendent les uns outrement & effrontement ofés, perfuadés de ce fracaffement univerfel, pour accourir au bris, fourrager & butiner à la dépouille de leurs Concitoïens; les autres allangouris, atterrés, tranfis d'un tremblement morne, & hebetés, *indè ἀνίη καὶ πολὺς ὕπνος*, ne voulans pas, comme Créon, fe confumer aux embraffemens de leur fille qui brûle, vû que même l'on fait affez de difficulté de pener avec peu d'efpoir, feul relief de notre courage, fur un fujet infertile, & encore rappellés, & demus par une impie apparence de piété, de ne pas vouloir barrer les volontés de Dieu, qui auroit deftiné fi rigoureufe éverfion de cette Monarchie, *μηδὲ θεομαχεῖν.* Puifque Solon voïant Pififtratus avoir occupé la tyrannie d'Athènes, fe déporta de s'en foucier davantage, mit ou lâcha plutôt fon épée & bouclier au bas de la haute Tour & donjon, comme s'il eût rendu les armes à la force; ainfi que les nautoniers prêtent aux vents, & en plus forts termes Crates ne voulut pas devoir à Alexandre la reftauration de fa Ville de Thebes, parcequ'il lifoit aux pancartes des affaires du monde, que la viciffitude fufciteroit un jour un nouvel Alexandre pour la détruire; deforte que ce ne feroit que temps perdu.

Archimedes ne leva pas feulement les yeux de deffus ces plants, rais & figures Mathematiques qu'il ébauchoit, pendant que le Soldat forçoit non fa Ville feulement, mais fa maifon particuliere auffi, & l'empoignoit à la gorge. *Hæc diverticula ignaviæ funt, hi ftuporis cuniculi*, ce font retraites de fainéantife, ce font détours & rufes de lâcheté à ceux *qui virtutem videant intabefcantque relicta.* Nous pourrions mettre en meilleure montre l'abfurdité de telles honteufes confequences: mais ce fujet de foi très ample, nous emporteroit plus loin que le temps ne nous le concede. Difons donc feulement que pour preuver ce regne être fur la cimme & pointe de fa chûte, il met en avant trois raifons. La premiere que le climacteric de fes Rois eft expiré, étant jà prefque porté par terre par l'effort des grandes conjonctions, si qu'il ne peut plus être soutenu, quelqu'affection que l'on y apporte, vû que sa vieillesse est chenue, usée & décrepite, qu'elle ne pourra faire chyle d'aucune nourriture, ni aider à operer la Medecine, qui à son extrême maladie, ne lui peut être donnée qu'extrême & violente, *qua fit durius quàm senia aut morbo perire.*

La seconde, que cetui a été de plus longue haleine, & duré plus longuement que tous autres Etats, non toutesfois privilegié d'une exception entiere de la loi des regnes (*quæ vere lex regia*, à l'égard du grand Dieu) sujets à décadence, & qui ont necessairement à y rechoir pour avoir fin çà bas les choses créées qui y ont pris commencement. Or toutes possibilités se peuvent esperer : mais μεχρι γῆρας, dit le Poète Grec, & jusqu'à la vieillesse, laquelle non survenue seulement, mais jà logée, que ce peut-il plus attendre ? Ciceron attermoie aux vieillards, & leurs vœux & leur esperance, à survivre un an seulement, pour lequel il faut user, & consumer ses provisions, & ne se mettre jà en peine d'arracher *ingens telum* de cette necessité, *& clavos adamantinos :* bien peut-on, par passe temps, & pour se desennuier, faire quelques choses legeres pour ceux qui s'y trouveront, *& serere arbores alteri sæculo profuturas.*

La troisieme, que tout l'univers presque accourt à le déchirer, qui deçà, qui delà, & que son agitation est extrême, plus puissante que ne sont fermes ses soubassemens, & n'y a arc-boutant qui y puisse roidir, Vous voïez, Messieurs, que le langage est l'outil du vrai & du mensonge, le tranchant du bien & du mal, *at vero serpenti frigus inest quo torpescat virus.* Et encore considerons, s'il vous plaît, que la sagesse de Dieu est si admirable, qu'il fait que les bêtes venimeuses fort près de leur poison, ou dans icelui même, cachent le contrepoison. Je me veux servir de ce scorpion à l'écacher entier contre sa morsure, je veux que ces trois se joignent avec moi, pour faire toucher au doigt & à l'œil à tous, que non seulement cet Etat n'est pas à son dernier soupir, & au dernier de ses jours : mais qu'il est prêt de rajeunir, se réparer, & renouveller en ses mêmes parties & formes integrantes & integrales, que disent les Philosophes, pour se conserver jusqu'au dernier avenement de Jesus-Christ, dernier âge du monde & consommation du siecle, auquel il se representera seul & unique, & fera comparoir tous les autres Empires réduits en Provinces sous lui, & comme réunis en son bercail, & pourpris, puisqu'il est prédit que le Fils

de

de Dieu venant, il ne fe trouvera qu'une Monarchie, comme prefque à fa premiere defcente, il n'y en avoit autre que celle des Romains, & fe feta lors ce grand *Enoticon*, plus fpecieux & louable que celui que propenfoit Zenon l'Empereur.

Premierement, quoique cette rêverie que nous refutons foit manifeftement fauffe, & fur fauffes caufes, que le fard lui tombe & fe detrempe de foi-même, & qu'elle foit effilée & amenuifée à de petits échantillons, de nombres & cadences, fi qu'elle ne fait aucun corps folide, de laquelle tout homme de bien, *& illæfus & invulneratus erit*, & n'en recevra pas la moindre touche feulement : fi faut-il que pour contenter ces Ixionides, qui aiment à embraffer les nuages, j'examine ces grands Climacteres, & faffe connoître que vous verrez ce Roïaume s'offrir aux legitimes fucceffeurs par fes loix, même cette Salique, que l'on peut dire être la vraïé Ἀθανασία de la France, les Parlemens & Cours Souveraines retenir comme leur propre auffi leur fageffe & conftance ancienne, la Juftice fe debattre vigoureufement contre l'iniquité, l'ordre s'oppofer au defordre, bon nombre de Citoïens prêts de perdre plutôt la vie, que de permettre ce bouleverfement public, Avocats garder encore beaucoup de la modeftie premiere, ne penfer pas que la fcience ni le difcours puiffe advenir & atteindre d'où la confcience & prud'homie fe rebute, Procureurs non pour le gain, comme vils mercenaires, mais pour l'honneur de l'exercice fecourable & très neceffaire de leurs charges, être fans opiniatreté, diligens, & fans exceder les bornes de la Juftice, ni rendre un miniftere fordide au vice, fideles à leurs parties, & que jufqu'à l'attention des Huiffiers, chacun s'efforcera de fe r'abiller en foi-même, & fervir de fanal aux autres dévoïés. Tant que vous verrez fe rallumer, malgré le temps, toujours quelque flammeche & étincelle de Juftice. Tant que faifant la guerre à ces Scytes, pires que Nomades & Cyclopes, fans Loix, fans Magiftrats, fans ordre, fans conduite, & qui font vraiment ces ἀφράβορες, ἀπολίδες, καὶ ἀνέςιοι d'Homere, fous notre très valeureux Empereur Valens (& Dieu en reçoive nos vœux, & béniffe la prédiction) notre Etat tout meurtri, froiffé par tout & compatiffant avec nous malades κατ᾽ οὐλομελείαν, tiendra encore cet œil ouvert, & regardera, quoiqu'avec un trop languide filence fon Roi, qui auffi prendra plaifir de le vifiter, & lui donner force par fa parole, par fa préfence. Tenez que cet Etat eft prêt de fe reguinder fi haut, qu'il vous femble difparoir, & qu'en perdiez la vûe. Vivez contens qu'il est plein de vie, laquelle il y a de grands moïens d'entretenir & relever en sa perfection. Il renaîtroit même par ces signes, & gagneroit cette rénovation Pithagoriene καὶ παλγγενεσίαν, étant tous en garde, comme il faut, près du lit de Justice, où il commence de reposer malade.

De cet autre mauvais avis qu'avient-il? Comme des fruits qui naissent aux déserts, & solitude près de la Zone torride, & encore sur les plus hauts sommets; ils sont réduits en cendres auparavant presque que formés, & en tout cas il n'y a que les corbeaux & oiseaux nocturnes, bazanés, noirs, & estimés de tout temps malheureux, (l'on voit que je veux dire *Hespe-rios, ab Hespero,*) qui en goûtent, il n'y aura que les méchants, pour lesquels les guerres civiles sont toujours voile, qui s'en éjouissent pour un temps.

Autres qui n'ont pas l'esprit bien acéré, & tiennent trop du servil, ressemblent ceux, qui en une comedie, (*totus enim mundus agit histrioniam,* dit Arbiter,) se tiennent aussi enfermés dans un détroit fait de carton & d'une piéce de tapisserie, autres en une fort étroite géolle, ou bien ces insensés que l'on voit souvent liés d'une jarretiere se plaindre comme s'ils étoient à la cadene, ou attachés de grosses chaînes. Ils estimeront que cette sinistre opinion, frêle de soi, est une forte attache pour les confiner en leurs cellules, & les cloîtrer en leurs foyiers, où ils se parqueront sans se mêler de rien. Et écoutant nouvelles de la déroute de leurs païs, qu'ils attendront ce leur semble à couvert, & sans s'émouvoir, *ne præter casam,* dit le Comique, possible encore tiendront-ils à lâcheté d'en avoir les yeux moites, & faire contenance d'en porter le deuil, & possible comme ces coupables, pendant qu'on juge leur procès, & qu'on les condamne à la mort, passent le temps à quelque jeu, eux pendant que se décide par les armes cette question d'Etat, *& ingenuitatis, & liberalis causa,* la plus grande & préjudiciable de toutes, se donneront toute gaieté & joie: pour toute raison, parceque le climacterique de cet homme le veut ainsi, sa *scansilis annorum occidua Lex,* comme le définit Pline, & s'en rit quant & quant, duquel l'ordonnance ne se peut & ne se doit violer. Cette divination me rappelle ce vers Grec très véritable, Πολλοὶ τυρόγγεροι, παῦροι δέ τε μάντιες ἄνδρες. François, cet homme vous traite comme autrefois les sacriléges, à qui l'on faisoit boire d'une eau, qui s'appelloit Ophiusa, pour les

1591.
REMONTR.
DE M. DE
L'ESTRÉ.

punir, parce qu'ils n'en avoient jamais fi peu avalé, qu'ils ne
cruffent être entourés & inveftis d'infinis ferpents épouvantables, qu'ils ne fe tinffent jà mourants, & couruffent à leur ruine
jufqu'au premier précipice d'où ils fe déjetoient. C'eft prefque
cette Lycantropie μανιόδης, des effets de laquelle font pleins
les régiftres de l'antiquité, & qui ne fe lave pas en ce temps
par le fleuve de Pline. Ζεὺς μοὶ λαθοὶ σετῶν δ' ὃς αἴτιος κακῶν.
Mais comme lui fe pouvoit aifément abftenir, non pas d'une
fi curieufe, mais d'une fi criminelle recherche, puifque nous
favons tous les grands fupplices ordonnés & encourus par ceux
qui fe font enquis de la portée de la vie de leurs Princes, temps
& qualité de leurs fucceffeurs, & que l'éverfion d'un état contient la mort de plufieurs, il étoit depuis encore en fa puiffance ne point étaler les Ephemerides que cette legereté lui
auroit minuté en l'efprit, & comme les grues paffageres, par
un fobre & difcret filence fe garder en un fi gliffant & mauvais
écueil, ἀκύνδιον γὰρ ἐςὶ τῆς σιγῆς γέρας. Et s'il ne vouloit appointer fa langue au bien de fon païs, y faire pour le moins fervir
fa taciturnité, & feindre la fquinance de Demofthene, qui lui
eut été précieufe fans prix, vû que les paroles mal préfagean-
tes, les malins fouhaits, les trop hâtés propos, les pactes, les
contracts qui effleurent tant foit peu, ou écument, & fraient
fort légerement à la vie d'un particulier homme de peu, *voti
improbi captandæ mortis alienæ fufpicione*, ont été de tout
temps très confidérement punis. L'on fait le traitement que
firent à ce Libitinarius, à ce Pollinctor, ce vendeur d'étoffes
propres à funérailles, les Atheniens fur la plainte, ou à mieux
dire accufation qu'en fit Demades *impii voti*, parcequ'incon-
fidérement il avoit fouhaité une mortalité publique, qui lui
feroit d'autant queftueufe. Seneque même s'en fouvient en fon
fixieme des bienfaits. Et fi l'on fait encore la peine en Arabie
de ce crime qu'appelle le Jurifconfulte en cette Loi *faccularii*
σκοπελισμον, qui ne confiftoit qu'en un amas de plufieurs pierres qu'ils nomment σκοπελοὺς accompagnées, & chargées d'exé-
crations, & imprécations, au champ de celui à qui l'on en
vouloit. Tout cela eft moindre beaucoup, & non fi pernicieux
que ce que nous manions & détournons à cette heure. Mais il
eft en vous de paffer gué, & ne vous point abrever de ces eaux
d'Arcadie, qui très peftillentes fe trouvent fur le chemin de votre fidelité & conftance.

Je n'ai pas bien appellé cette punaife liqueur les eaux d'Arcadie, vû que de celles-là le poison étoit tellement recellé, que ni la saveur, ni l'odeur, ni la couleur, ne vous en donnoient aucun dégoût; de cette potion la crasse, le fiel, l'amertume, la puanteur nous assaut de prime-face. Car pourquoi demeurerai-je à vous dire, qu'il est très incertain que le feu Roi, que Dieu absolve, fut le soixante-troisieme ? Qui est celui si longtemps vagabond & errant aux Histoires des païs lointains, qui veuille vieillir étranger en sa patrie, & ne point prendre la lecture des annales de la France ? Quiconque en viendra-là, rencontrera une irréconciliable divorce entre les Ecrivains. En ce qu'aucuns commencent de plus haut le sceptre des François, les autres, parcequ'hors de-là où ils ont ourdi cette toile, n'ont rien pu remarquer de certain, force païssages à perte de vûe, force ombrages touffus, rien qu'ils aient pu discerner, ont pris la naissance de cet empire où ils en pouvoient le mieux répondre, comme les Grecs de Theseus, les autres y ont ajouté les âges & branches de ceux qui y queroient quelque prétention, les autres non. Autres ont passé ceux de qui la durée & la vie a été comme mort née, & moins que passagere. Autres en ont compté deux ensemble pour un, de sorte qu'ils n'y peuvent affider aucun arrangement, & nul de tous les Authentiques Ecrivains garantit au feu Roi par-dessus l'opinion & conjecture la place du 63. Les uns lui donnent rang du 61, aucuns 65. Tous οὐδὲ σαφῶς douteux, & non de pied ferme.

Ce personnage fait que toutes choses s'assujettissent à l'homme, il en a voulu jouir sur les temps passés παγιῶς, & contre la modestie & retenue ancienne, & contre l'arrêt de son étymologie sur l'histoire même, il la veut seigneurier à son apetit d'une absolue & Roïale Souveraineté, de laquelle il ne prononce point comme de ceste-ci plus juste & plus véritable le change frapper à la porte.

Ajoutons, puisque le feu Roi par un si exécrable parricide, qui fait avoir à contrecœur le nom de François au François même (*tristius est letho lethi genus*) a porté le coup qui devoit tomber sur tout son Etat; que le destin est satisfait, comme un second Cotis, un Codrus, un Decius, un Curtius, aïant pour le public sacrifié sa vie pour contenter cette *Postuorta* ou *Atropos*, qui mênaçoit cet Empire. *Quis curam neget esse te Deorum, propter quam fuit innocens ruina ?* Qui n'eut gagé, pauvre France, qu'un déluge dernier t'engloutissoit, qu'une prafonde fondriere de maux t'abîmoit en perpétuel oubli, irrévocable & immuable anéantiſſement? (pardonnez à des termes rudes d'un reſſouvenir plus dur, plus âpre, plus rude, plus fâcheux.) Car puiſque Dieu ſe ſervoit des hommes pour exploiter ſon eſtimé furieux couroux contr'eux mêmes, qui les pouvoit appaiſer? Dieu étoit offenſé, ému, irrité, les hommes aveuglés, ahurtés, obſtinés; Dieu qui ne ſe reconcilie que par l'humble entremiſe des hommes, les hommes rengregeants leurs audacieuſes forceneries, & opiniâtres à s'en orgueillir davantage, plus Dieu les en reprenoit ſeverement; à le méconnoître; plus il les appelloit, voire à dédaigner ſa mémoire, s'obligeant en un ſi détestable forfait, un aſſaſſin ſi exécrable, *quantum non ultima Thetis, non*; & touteſfois *ex Theologiæ, velut machina*, par un ſoin particulier du grand Θαυματουργὸς, par un trait de poliſſure & d'adouciſſement de ſon pinceau, plus qu'induſtrieux excellent, plus qu'excellent admirable, à quel point voïez-vous, Meſſieurs, qu'il ramene le bonheur de cet Etat? ne voïez-vous pas ſes plaies, ſes ſolutions, ſes ruptures, ſes bleſſures rebandées, lavées, liées, & prêtes à ſe conſolider? le voïant, vous ne le penſez pas voir, l'entendant vous croïez ne le pas ouïr: il eſt néanmoins véritable, *nunc & damna juvent, ſint ipſa pericula tanti*, qu'il ne ſuffiſe pas de ſe le figurer oiſivement, que la contemplation en ſoit active, *ſtantia non poterant tecta probare Deum*. A cette heure notre Roi venu à ſa Couronne par des ſentiers ſi peu fraïés & inconnus à lui-même, & par un plus qu'émerveillable ſaint Herme de l'ouvrier des merveilles ſurgi à ce port, toute cette mauvaiſe fortune eſt expiée, évolée, & effacée: *reddita Roma ſibi eſt*.

Les poulets, comme aux augures qu'ils appelloient *Soliſtima*, doivent déformais retourner à manger en toute allégreſſe, & en renovation heureuſe treſſaillir & ſe reſplendir. Je peux dire plus hardiment, & mieux que *in ſecularibus ſacris à gente Valeſia*, de laquelle le nom rapporte à cette maiſon de Valois, qu'un tel acte ne ſe vit & ne ſe verra jamais, ne ſe fit oncques ſi atroce, & ne ſe fera plus, la précation en ſera la vindicte ſévere que Dieu vous charge de faire, & nous de pourſuivre: le Roi étant très obligé de la vouloir par prudence, la deſirer par piété, l'ordonner par juſtice. Car moindres cauſes, de tels prodiges *ultor eſt ſemper qui ſucceſſit*, dit l'Hiſtorien d'Etat: & ce ne ſera dès meshui trop tôt, quoique les timides exangues & connillants de ce temps, *qui Cæſarem fortiter non amant*, eſtrivent contre.

Mais je viens plus avant à noter qu'en cette aftrologie judi-
cieufe à laquelle, comme à un ouvrage de marqueterie chacun
a agenfé fa piéce, vous n'êtes pas d'accord du Climacteric. Je
n'ai pas loifir d'emprunter des anciens ce que j'y ai feuilleté autrefois, les contre-batteries de divers Philofophes voulant que
fept fois fept foit Climacteric, autres que ce foit neuf fois neuf,
autres à la vérité que ce foit neuf fois fept.

Nombre qui peut être confidérable pour prévoir en combien
le corps humain, qui à caufe de fon altération & nourriture
reçoit accroiffement & tare par la tyrannie des années, fe peut
affiner, changer & affaiffer, comme toute autre ftructure qui
eft à la bute du temps, & dire par une bien croïable conjecture avec Seneque; *feptimus eujufque ætatis annus corpori notam
imprimit*; comme aux pubertés, parts, enfantemens, taille,
ftature, & habitude du corps : σημεῖον τοῦτο δὲ ἐςι οὐδὲ μὲν αἴτιον;
ainfi qu'aux prefcriptions, ufucapions, délais & atermoiemens
introduits de droit, qui fe moderent κατ᾽ ἐπιειxίαν, *ex Religione
judicantis*.

Car que les nombres y ébrechent aucune portion, vû que ce
font quantité nues, & amas d'unités ftériles, qui n'ont rien de
corporel, d'où proviennent toutes productions : il n'y a nulle
apparence. Ce feroit s'enrôler en l'hérefie de Valentin & de
Marcus Magicien, chacun les chiffre, & fait valoir ce qu'il lui
plaît ; ainfi que Dieu nous tous, & les Princes leurs Sujets.
Bien eft-il que la Lune, à laquelle parcequ'elle fait fon cours
de la quatrieme partie du Ciel en fept jours, & en quatre fois
fept paracheve fa carriere, les Sages pour nous duire & adex-
trer aux myfteres d'en haut, ont affigné le nombre de fept premier compofé du vrai pair, qui eft quatre, & premier impair
de trois, d'où fe fait fon retour anelé rentrant en foi, qui tient
la création de tout recours à fon origine, exerce une faculté
grande fur les corps qui ne peuvent s'affortir autre mouvement
que celui du deftin, c'eft-à-dire la nature. Car je dirai en paffant que la providence eft la plus pregnante & proche des caufes univerfelles, la nature des efpéces, & le deftin des particuliers individus, tous alliés à cette chaîne d'or que met Homere entre les mains de fon grand Architecte ; & ce qu'eft la
ratiocination à l'intellect, ce qui s'engendre à ce qui eft, le
temps à l'éternité, le cercle au point du milieu, cela même &
en pareil dégré toutes proportions premifes apparente le deftin,
quoique divers en fes principes, variables en fes progrès, dif-

1591.
REMON-
TRANCE DE
M. DE L'ES-
TRE.

férent en fes terminaifons, à une fi fimple uniment parfaite &
ftable providence : *fatumque velut præfiliens funem folùm ducit
in hac reftili mundi faltatione, atque conjunctiori devinctiffima-
rum caufarum ferie, alluente velut ambienteve chorea.* Je ne ferai
pas plus prolixe à m'ouvrir davantage, voilà le fecret du deftin,
il ne m'importe pas à vous en dire plus ; mais bien que cette
Lune & non le nombre feptenaire enfle, diminue, augmente,
attendrit, roidit les corps qui lui font ploïables, maniables &
malléables, comme bon lui femble, & ceux que n'ont aucun
mouvement libre qui les regiffe & puiffe contourner, elle les
fléchit & promene à fon plaifir felon la tenue & difpofition
qu'elle y trouve plus ou moins fufceptible. Il en eft par analogie autant du Soleil, à qui ils attribuent l'unité ou par préférence & ancienneté, ou pour fignal de fon fimple & unique
mouvement, autant par rapports mefurés des autres planettes,
à qui maints autres nombres font défignés.

Et fi dirai plus, en la faveur de notre Logarithmantien, que
non fur les corps feulement inférieurs les céleftes font leur régence par département, mais fur les ames auffi inférieures,
ames qui font fubmergées, & comme noïées au corps, fur les
efprits qui en font partie, & que la terre femble étouffer &
accravanter, qui poftillent fes paffions, fe veautrent en fes im-
mondices, s'efclavent à fes néceffités, fe nouent & mêlent à
lui du tout, fur les fouls, les impurs, les impatients & étourdis ; ainfi entends-je le texte de Salomon, que Dieu fait paffer
fa roue fur les méchants, & celui du Grec, πονηροὺς ἐν κύκλῳ
παρελκειν θεὸν ἄγειν καὶ φέρειν κακοῦς, que les impies marchent
en rond, *& eorum anima rotabitur in impetu ac circulo fundæ :*
comme il eft écrit. Et fi veux encore de furcroît concéder à
Hippocrate, Platon & Avicenne, que non feulement les étoiles ont pouvoir fur les mauvaifes ames, les contraignent, &
gênent, ou à punir la licence par une prife, ou empêcher
qu'elle ne s'échappe trop avant, & par un miniftere qu'elles
rendent à la Juftice de Dieu, font haie à barrer les confpirations des méchans, *& vias eorum fpinis obfæpiunt*, mais les
bonnes ames auffi des autres hommes, quoiqu'affublées, &
quafi perclufes & entreprifes de ce corps, s'authorifent grandement, & prenent jurifdiction *meri aliquando imperii* fur elles, leur genie les emporte & furmonte. De forte qu'après une
obftination & facilité ce leur fembloit de malfaire, il ne leur
refte que l'étonnement, d'où il peut être advenu qu'ils ne s'en

soient affouvis, fans pouvoir dire qui les ait detourné ou rompu leur entreprife. Cela eft la retenue que dit le Théologien
partir de la main feule du grand Dieu *quam fupponit*, contre
l'effort peftillent de ce Demon du midi ; que fi les gens de bien,
quoiqu'en petit nombre, voire de dix, & moindre encore, pré-
fervent d'autres prefqu'innombrables, qui doute qu'ils ne fe
garantiffent du défaftre de cette roue, la précédant ou cotoïant,
ex gratiæ incremento, & marchant en Jefus-Chrift, qui eft
la voie, au plein midi de fes Commandemens, y demeurants
fermes, voient paffer tour à tour les fignes, connoiffent leurs
éclipfes, apogées & perigées, converfions, conjonctions, re-
trogradations, paralleles, dégrés, maifons, afcendants, tripli-
cités, & autres attributions, qui foutiennent l'homme de bien
en la contemplation & admiration ftudieufe de fon grand
Dieu, fans forligner ? Au plus fort l'Ange, fans qu'ils y penfaffent, les délivreroit ou de prifon, comme Saint Pierre, ou
ainfi que Loth d'une fi funefte demeure, même les tireroit par
les cheveux à bien faire, & fervir Dieu de même qu'Abacuc,
& nous tous les jours, fi nous y voulions bien prendre garde.
Les méchants, de fang & de chair fans plus, fuivent ce char
ténébreux, comme en faifant partie, & s'obftinant à cette cadene.
& non cette vraie roue au milieu d'une autre, de laquelle parle
Ezechiel. Ptolomée même dit que le Sage domine & méprife les
aftres. Lefquels ne font non plus pour lui, que la Loi pour le jufte,
qui fe guinde à tout œuvre vertueux αὐτόμαῖος, fans autre con-
voi que celui de l'office & de la raifon. Ce n'eft pas fans fruit
d'une haute fpéculation que faint Jean dit avoir vu, non pas
en la Région célefte, mais furcélefte, l'arbre de vie, *cujus folia
erant in fanitatem gentium*, & d'où pend la guérifon des états,
du notre par plus de privilége, dans lequel *anguftiam immifit
per malos angelos*, comme parle David, ou bien ainfi que dit
Ifaïe, *percuffit Dominus aere corrupto*, lequel fe purifie par
l'homme même, affifté de la grace de Dieu, vû qu'en lui la
vérité de la lecture Hebraïque porte qu'*infpiravit Deus fpiraculum vitarum*, pour rendre de vie les chofes les plus defti-
tuées de fentiment, & les y entretenir, & accroître *fecundum
propriam virtutem*, toutesfois, ainfi que difcourent les Cabaliftes
modernes fur l'Evangile du prêt à profit que Dieu nous fait.
Je revelerois bien comme pleinement il l'a pu entendre *à fe &
à fcientia*, & approfondirois ce que l'Ecriture fainte propofe
nuement de ceux mêmes qui ont avancé, & retardé le cours

du

du Soleil, & prolongé leur vie; mais ce seroit *diem eximere dicendo*, & détourner ce peu de temps qui nous reste à une déduction non si nécessaire que celle que nous acheminons. De même nous obligeroit-elle à suivre comment il se doit entendre sainement, *& sapere ad sobrietatem*, que hors l'intelligence de Dieu de laquelle *non est numerus*, (dit le Prophete) tout y est compris, fait & tissu de nombres, nos jours y sont enfilés, nos mois comptés, nos années nombrées, & comme nos cheveux, couchés en état, & quasi par inventaire tout ce qui est à nous, puisque *profert etiam numero sæculum* : dequoi néanmoins suffit un renvoi à saint Augustin en la Cité de Dieu, saint Ambroise *ad Horuntianum*, & à cette petite Epître d'Alcuinus, Précepteur de Charlemagne, pour me réduire à l'explication qu'en font les plus zelés Idolatres de l'Astrologie, *& qui* τὰς ἐν ἅδου τριακάδας. Non pas aux astres commande le sage; mais à soi, contre les incursions, impulsions & applications des astres, & faire en somme qu'ils ne lui soient vraiment que signes & avertissemens, de la crainte desquels, tirée hors ligne d'une religieuse prévoïance, le Prophete Jeremie par défenses expresses délivre les ames des serviteurs de Dieu. Ausquels seuls j'espere faire présent & jouir quasi dès cette heure, *velut præcipiendi modo*, de la très-heureuse restauration que le Ciel nous prépare : & ne le présume pas faire entendre à ceux qui sont essourdis des clameurs des pauvres veuves & orphelins qu'ils oppressent, lesquels ainsi que campés près des cataractes du Nil, parmi le bruit de leurs furieuses armes, à peine se peuvent ils entr'ouir ; & n'ai pas estimé entreprendre ce simple, mais véritable discours pour ceux envers qui Diogene disoit qu'il falloit se servir βρόχῳ οὐδὲ μὲν λόγῳ, du cordeau, de la har, des ceps, des fers, du supplice, & non du syllogisme, de l'enthymeme, ni de la raison. Aussi n'a-ce pas été mon avis d'enseigner de la durée de cet Etat ceux qui y prennent très entiere fiance sur les bénédictions que Dieu y fait réluire plus instamment au plus fort de ses mêlées, & à la presse de ses maux, en laquelle ils voient raïonner toujours la Justice, & dissiper petit à petit les ténebres qui seront tantôt diminuées & passées, si Dieu plaît, à ce petit ombrage que s'exercent tant les Philosophes à discerner en plein Soleil. Ceux-là savent que le plus certain de tous les augures étoit celui qui s'appelloit *legum dictio*, & qu'il ne faut point admettre autre prognostic de la perpétuité des Républiques que celui enseigné par ce grand Sage,

Tome V. D

lors (difoit-il) que le Hérault, l'Huiffier, celui qui publie les
Loix, les Edits, les Sentences, les Arrêts, & décrets de Juftice, parlera le plus haut au milieu de la place, & fera bien
écouté dire clairement & intelligiblement ἀκούεῖαι λαὸι, oïez
Peuples, ici eft votre bonheur, ici votre liberté, ici votre
honneur, ici votre reftauration & confervation; mais bien
pour cette tierce efpéce d'hommes, defquels les notions font
pantoifes, douteufes & inégales, & quafi l'ame mi-partie de
crainte & d'efpérance, afin que, fuivant le confeil de l'Apôtre, *perfecta tandem charitas projiciat timorem.*

Nous reprenons ce premier point, que fur les ames les aftres
n'entreprennent pas, pour dire que cet état eft excellemment
animé, & y font cachetées par l'efprit de vie la piété, juftice,
& la magnanimité, qui font les trois parties de cette belle ame
tant illuftre & généreufe, fort proprement adaptées & efcarrées
à celles que montre Platon, & les fonctions defquelles chacun
méditera à part foi. Je ne m'y arrêterai point pour ce coup,
Igneus eft illis vigor & celeftis origo. Mais quand nous ne nous
renfermerions point en une fi forte réponfe, le parallogifme que
rejette tant Ariftote en fes élenches & rhetoriques, qui eft par
les chofes féparées & diftinctes, vouloir faire un accouplement
& réduction hors de propos, fe manifefte ici, comme en un
corps mieux étoffé & plus maffif qu'autre que puiffent choifir les
Sophiftes, auffi plus vifible & apparent. Car donnons-lui qu'il
foit bon juger la vie d'un Prince par ce nombre relipfé, comme
il le voudra, pour être une fuite continue d'années en un même
fujet, auquel il y a des différentes qualités, mais contraires &
deftructives, κατ᾽ ἐναντίωσιν au total, elles n'y peuvent être
pendant fa vie. Pour cela fuit-il que le temps & l'ordre des uns
endommage celui qui poffible fera du tout diffemblable, autant
bon, qu'aucun de fes prédeceffeurs auront été pervers, autant
avifé, que la plupart mal apprife? Le Sage ne bêche-t-il pas fa
fortune foi-même? comme dit l'ancien, ne tient-il pas beaucoup de la nature de Dieu, & par confequent à lui feul refpon-
fable & comptable à foi-même. Ignorant, qui ne le fauroit
pas: méchant, qui le dément, & diffimulé nommément, fi au
milieu des Chrétiens, à qui l'Apôtre prêche fi difertement une
fainte & ingenue liberté d'efprit en la renaiffance d'enfans de
Dieu, cohéritiers de Jefus-Chrift, à qui & par heredité, & par
acquifition d'un prix tant hors de prix, cette franchife compe-
te, qui s'appelle en l'écriture, le Roïaume de Dieu, qu'elle dit

être entre nous ; lorfque , comme cet Æſculus de Virgile ,
quantum vertice ad auras æthereas , tantum radice ad tartara ten-
dit , plus vertueuſement nous nous élevons & quaſi poulions à
lui , plus nous prenons de racine avant en l'humilité , pour leſquels deux points nous ſommes invités , de plus haut que de
Delphe , à nous connoître nous-même. Et de vrai *è celo deſcen-*
dit , *figendum & memori tractandum pectore* , puiſque la fleur
en eſt ſi belle , & le fruit ſi ſavoureux , ſi ſalubre , que Job ſe
contente de nous dire , *viſitans ſpeciem tuam non peccabis* , trop
plus philoſophiquement , & avec plus d'intelligence que ces
Stoïques (quoique Ciceron & Seneque les approuvent , faute
de mieux) nous obligeans à ſuivre la nature , laquelle encore
ne ſe demet point de toute notre conduite , & ne la réſigne pas
ès mains des nombres , auxquels ſi les particuliers , pour qui
toutes choſes ſont créées & miſes en lumieres , ne ſont point
ſoumis : quelle raiſon peut aſſujetir le général ?

Mais quant à ce ſeptieme , à qui eſt dédié le repos , & non
l'émotion , ni le trouble , que repondront-ils à quiconque de ſiecle en ſiecle , prouvera les états ſur le choc de ce nombre , s'ê-
tre plutôt acrus ou gardés paiſibles , que racourcis & meſaiſés ?
Papirius Curſor vivoit au plus haut luſtre de toute diſcipline &
grandeur abſolue , ſous le Climacteric de Rome , & toutesfois
Tite Live dit que l'Empire ne fut jamais plus heureux , *nulla vir-*
tutum feracior unquam ætas , nulla ingeniorum fœta magis. Auſſi
le propre des nombres eſt de multiplier , la ſubſtraction preſque
n'en eſt pas comme une privation de nombres & hors de
compte : ἐξεραίσιμον τὶ *dinumerabo* , dit l'Ecriture , & lors l'effet
en eſt tout proche : *ſuper arenam maris multiplicabuntur*. Il y a
quelques jours , & auſſi-tôt qu'on m'eût mis en main cet écrit ,
qui nous dit tant de mauvaiſes avantures , & penſe nous manier
motu trepidationis , je pris plaiſir de voir en chacun état , qui y
commandoit , le ſeptieme , & de ſept en ſept juſqu'au ſoixante-
troiſieme , parcequ'il ſeroit ennuïeux de le rapporter à preſent.
Au partir d'ici je juſtifierai à quiconque voudra que j'ai plus
trouvé de bonnes & favorables rencontres ſous le gouvernement
de ceux qui marchoient en ce rang , que de fâcheux & triſtes
évenemens , puis s'ennuïer & contrechanger de ſept pour un ,
quiconque m'apportera des exemples qui ſervent à méſeſtimer
ce ſeptieme. Pour les Papes , que pour le moins Sixte premier
& Gregoire le Grand ſoient ouis. Pour les Ducs Hebrieux ,
ce ſage Thola *ſub quo pax* , dit l'Ecriture : c'eſt Heli heureux

D ij

en sa tranquille vieilleße, si la folie de ses enfans ne lui en eût
intercepté & interrompu quelque partie. Pour les Rois Israelites
le juste & pieux Josaphat, le Jorham vainqueur des Ammonites :
& , après que ce peuple fut affranchi de captivité en Babilone,
depuis cette sortie le bon Joseph , tant bien voulu & honnoré
de Ptolomée Evergetes , & sous lequel parut cet excellent Jesus Syrac. Cela est des saintes lettres , irreprochables , qu'homme du monde ne peut contredire , ni s'inscrire contre.

Je laiße les autres , pour me tirer de la foule de tant d'exemples qui m'affluent de cette part , & venir à ce que signamment
les Medecins rejettent le superstitieux accueil de ce nombre,
& disent que les sepulchres sont , sans comparaison , plus garnis des corps de ceux qui hors cet âge ont été triés de nous,
que non d'autres : or, que les accidens soient mis en compte,
ou bien que l'on tienne rôle des maladies internes, τῶν ἐνεόντων
καὶ τῶν ἔξωθεν. Et sur cet avis , Maximilian second , au contraire
d'Auguste Empereur r'écrivit à son grand Maître , qui lui féli-
citoit l'issue de son Climacteric , que toutes années lui étoient
telles , & blâma tacitement cette distinction : car qui doute
qu'à soixante-quatre ans , & de là en après l'homme n'affoiblis-
se , & s'estime toujours plus , & que la plus tardive vieilleße n'a-
boutiße de plus près au tombeau ? Saint Basile convertit & du
Judaisme au batême & d'erreur à science son Medecin Juif,
qui gagea contre lui, non pas comme cet autre présomptueux
qui mit en sequestre sa réputation , pour n'être jamais estimé
Medecin , s'il lui avenoit aucune maladie : mais bien que lui S.
Basile ne passeroit en vie, le jour que son art lui sembloit bor-
ner, duquel il décidoit au pied de pareilles saillies : enseignant
par ce moïen à nous tous que l'infinité , quasi particuliere aux
nombres , n'appartient qu'à l'essence infinie de Dieu , soit pour
la savoir, soit pour l'ordonner & comprendre , parceque d'autant est-elle infinitée qu'elle r'entre & sort de l'infini. Cependant
tu ne quæsieris scire nefas , quem mihi , quem tibi. Et certes ceux
qui , là où il y a moins de vrai-semblance & de raison d'y
songer seulement, qui est pour le regard des Empires , anchrent
toutes leurs créances au nombre , *numerus sunt , & nullius nume-*
ri. Jurons-leur les tetractes & *quaterniones* de Pytagoras , & tout
ce qu'il y peut avoir de plus auguste & sacré en leurs nombres,
qu'ils sont dignes de courir la même fortune du misérable François Marquis de Saluce, qui perdit le souvenir de son nom même , & quitta notre parti François , par l'induction d'un éven-

1591.
REMONTR.
DE M. DE
L'ESTRE.

té Astrologue, lequel favorable à Charles-Quint, bruyoit &
murmuroit par tout que les affaires de France décherroient de
là en avant, & que cet Etat se démanteloit. Ainsi en firent les
Capouans aux Romains. Où au contraire parut la grande sagesse de Hieron Roi de Sicile, lequel châtia un Menéus, qui
précomptoit le denombrement des ans de l'Empire Romain, &
se rendoit plus croïable au peuple qui se besse toujours de vaines
opinions prises des evenemens présens, parceque les Romains
avoient été ja pour la troisieme fois défaits à Cannes par Anni-
bal, & toute leur jeunesse & trésors épuisés : & pour témoigner
combien il négligeoit cet homme, leur envoïa une statue d'or
massif, qu'il nomma la Victoire, sur ce temps même que le
Senat remercia le Consul Varro, *cum elogio, quod de republica
non desperasset.*

Aussi, ont toujours été rudoïés & maltraités ces erratiques,
chassés & exilés pour le moins, par Tibere, Vitellius, Dio-
cletian, Constantin, Gratian, Valentinian, Théodose Empereurs, & par l'Edile Agrippa, & par l'unanime consentement
de l'Eglise au Concile de Tolede, frappés de l'anathême & excommuniés, desquels parlant Tacite assez pour leur fermer la
bouche & les releguer *ad tacitos Amyclas : genus hoc hominum*
(dit-il) *principibus infidum, credentibus fallax, à civitate nostra semper prohibentur.* De cette tige est l'hérésie de Manichéens,
& en ce limon bourbeux respire celle de Basilides, témoins ces
trois cents soixante-cinq cieux qu'il feignoit son Abraxas faire
voir & piroueter jour après autre, ausquels il asservit & oblige
les Anges. Ces gens se sont si effrenement débandés, que dé-
tournans très mal la réponse de Jesus-Christ à ses Apôtres, qu'il
y avoit douze heures au jour, ils ont pris à cartier ce mot, &
imposé toutes ne lui être pas opportunes & propres pour faire
ses merveilles, de l'honneur desquels ils font la meilleure part
aux étoiles. Si que l'admiration leur en demeure entiere, & à
lui le prix de quelque industrieuse prudence, pour les avoir su
épier, adapter & choisir.

Passent outre les impudens, & disent que le grand œuvre,
cette premiere medecine, ce vrai Elixir de notre rédemption,
est un effet de la planette de Mars, la naissance en chair du fils
de Dieu advenue parcequ'en la neufve à l'ascendant des ju-
meaux, Saturne & Mercure étoient joints : l'établissement de
notre rédemption dû à Jupiter, & Mercure : l'honneur & repos
du Sabat à Saturne. Mais que ne diroient ces imposteurs, *quos*

gnaviter oportet esse impudentes , qui semel pudoris clauftra per-fregerint ? puifqu'ils garantissent à celui qui en fa naissance trouve Mars en la neuvieme maison , qu'il guérira de sa seule présence les endiablés & energumenes , (& non pas encore pourtant cherché pas un qui pensât leurs Maniaques , convulsions & apoplexies de l'esprit).Que qui priera Dieu, lorsque la Lune & Jupiter sont conjoints avec la tête du Dragon au milieu du Ciel , ne sera éconduit , & impétrera toujours , & toute sa demande. Qui en sa naissance a eu Saturne fort bien avec le Lion, à son décès prendra le Ciel d'emblée , & sera aussi-tôt au plus haut du dernier dégré de l'échel de Jacob , franc & quitte de toutes peines & difficultés : *dormientis rete trahet Theagenes* , & toutesfois nul d'eux peut rendre raison pourquoi Hector & Polydamas, M. Cœlius Rufus & C. Licinius Calvus, & tant d'autres, tous les jours naissent à même minute , desquels les uns néanmoins deviennent Rois , les autres diseteux & chetifs , aucuns étranglés & avilis , plusieurs empourprés en dignité. *In auro & purpura colliquescunt ac volutantur quidam , plerique in nervo & compedibus vitam trahunt* : même comme remarque le Poète , *Committunt eadem diverso crimina fato. Ille crucem sceleris pretium tulit, hic diadema.* Qui me dira d'eux , pourquoi ores que Jupiter avec Venus présidât , le fils sera tout noir en Ethiopie , & blanc en France ?

C'est un essai, Messieurs, de la vanité & impiété de ces Fatalistes , Patriarches (dit Tertullien) des Hérétiques , & pleges (ainsi que s'en pleint Varro) de toutes superstitions, *& crimine ab uno* , & de cet échantillon , jugez que si l'on veut dire que la plus rude punition contre eux , est de les laisser trainer & survivre à mépris & risée , les Alexandrins qui tiroient d'eux le tribut , lequel pour marque de leur folie ils appelloient βλα-κεννόμιον, ne les réprimoient pas assez. Leur dissension suffit à les rendre contemptibles , puisque des trois sectes , que Sosigenes accrut d'une quatrieme par l'avancement de César , nulle ne se trouve d'accord du signe de la création du monde , & n'y a que les saintes lettres , qui par le mois Abib ; qui est Septembre , auquel se solemnisoit la fête des Pavillons , nous désille les yeux ; pour voir clairement que ce fut le Soleil étant *in libra* au premier dégré , non au Bélier , ni au Lion ; qui accordera Hesiode, Thalès, Anaximander , & Eudemon sur le simple coucher des hyades & pléiades , qu'ils appellent *suculas & vergilias.* Et par-tout ailleurs presque les constellations les tiennent en contrafte & en cervelle les uns contre les autres; fi que pour tout afpect au Ciel ils n'y ont que cette Ate d'Homere & la difcorde.

Mais encore je ne puis porter que cet homme nous délivre à fi vil prix de 63. Platon quand il parle de la décadence des Empires, les furencherit, ne les adjuge pas à fi bon marché, & y met du fefquitiers, du quinaire, de l'harmonie; les autres y mêlent du diapafon avec l'hypate de l'hypermixolidion. Aucuns les déjoignent & défuniffent, au temps des plus grandes conjonctions ces hautes étoiles au Ciel, par effets notoirement contraires à leurs caufes. Secundus, quand, pour confoler Pompée, & lui adoucir un peu & tempérer l'aigreur de la mort, il lui en difcourut, y mit bien plus de façon. L. Terentius Firmianus prit la peine de dreffer l'horofcope & apotelefme de la Ville de Rome, pour prognoftiquer avec plus de bienféance, comme de maturité fur la grandeur de fon Empire, de laquelle Copernic annoblit le mouvement de l'eccentrique; & Cardan remercie la derniere Etoile de la grande Ourfe verticale à fa naiffance.

Des mutations d'Etats, Pythagoras en croit la batterie des ferrandiers, & s'en fouvient Ciceron, *fecundo de legibus*. Democrite s'en remet au vaudeville, & mufique, laquelle fi lle plaît au cinq & feptieme ton, qui eft la Lydienne & Jonienne, défendue en l'Eglife par les Conciles, & par-tout de l'ordonnance de Platon, les hommes deviennent mollaffes, énervés, effeminés & fans courage, en proie au premier ufurpateur, & quittent auffi la barbarie & l'incivilité. C'eft pourquoi on y accoûtuma les Cynethenfes feditieux, & en Arcadie, les jeunes gens y étudioient jufqu'à l'âge de trente ans, pour leur compofer, ferener, & régler plus fuavement les vehémences & mouvements troublés de l'ame au plus malaifé de leur bouillante jeuneffe. Si la Doriene eft agréable, qui eft le premier, ils font fages, pofés, raffis, & ménagent une médiocre douceur avec une gravité non-ruftique ni fourcilleufe. Pour arbitrer de l'âge d'une fimple maifon, & prévoir fi & quand elle fuccombera au mal caduc, comme ils difoient, ces folâtres interpelloient les Syftemes de Platon, ces confonances, ces nombres cubiques, fphériques, quarrés, furfolides, nuptiaux, & s'y reftraignoient pas à une menue obfervation du foixante & trois, ni ne le paffoient pas à fi peu.

Or, Meffieurs, nous finiffons à vous dire, que comme nos

Jurifconfultes très fages, *qui veram & non fimulatam Philofo-phiam profitentur*, les vrais Philofophes, ceux-là eftiment la durée des maifons, *& deducunt ætates* par la forme, la bonté & l'affiete des matériaux, lefquels s'ils font bien nervés, liés, cimentés & foutenus, on ne voit prefque jamais la fin de l'édifice, *& funt parietes æterni*, comme Vitruve & Pline les nomment; auffi cet Etat, fondé en Loix de fi longue main éprouvées, fi bien comparti qu'il eft, & conftruit de fi folide matiere, en la plus fimple, plus divine, moins corruptible forme & au plus néceffaire modéle; comme l'invention de la dictature, ainfi que d'une ancre facrée aux plus grands coups de mer, & plus périlleufes bourrafques, tumultes, guerres & féditions la fait connoître affez, avec le feul jufte gouvernement œconomique de chacun chez foi *in Regno fuo*, & davantage fur un fond ruiffelant de miel & de lait, c'eft-à-dire un terroir foifonnant en toute abondance de ce qui remplit l'homme, & lui parfait toutes fes commodités, & plus encore, furferra fa ruine jufqu'au dernier fiecle. J'ai dit ruine, comme s'entend la mort Chrétienne, fans laquelle nul ne peut voir Dieu. J'entends ruine de cet Empire, comme de cette tente, de ce Tabernacle, duquel Dieu ne fe tient pas feul vifiblement le Roi, pour fe mêler en celui que vifiblement & feul il adminiftre & gouverne par-deffus les Cieux, ainfi que Trifmegifte remontroit à fon fils, au rapport de Chalcidius. Car ce n'eft point du Ciel, le mouvement premier de nos bénédictions, & moins encore des nombres que l'on y affied plus par myftere que par effet; ainfi que ledit faint Auguftin de ceux qui fe récitent avoir arrangé la création du monde. C'eft de cette unité une, & par foi-même uniment unie, de laquelle nous devons regretter & pleurer *numquam arefcente lacryma*, que cette courtine tendue, le fecond jour que les Hebreux nomment Arachiach & maffe des Cieux, nous obftacle la vûe, la préfence, l'influence & la grace, qui, autrement nous feroit en Zenith, & tomberoit à plomb pleinement, & toujours. Auffi ne lifent-ils jamais ce mot lamentable, que gémiffans, & écrivent cet étage d'une fi déplorable féparation de la bonté informante à la fufceptive matiere appéfantie çà bas, avec l'accent du deuil qu'ils appellent Zarcho; mais jufqu'à la rupture de cette cloifon, laquelle fe faifant cet état que je proclame d'autant éternel, *in requie opulenta*, *in tabernaculis fiduciæ*, comme nous le devons croire, s'infinuera en l'unique Roïaume de Dieu;

car

car ainfi *Spiritus redit ad eum qui dedit illum*, dit le Sage, jufqu'alors, dis-je, il fera confervé admirablement, *non per fortitudinem Pharaonis in confufionem*, *aut per fiduciam umbræ
Ægypti in ignominiam*; ains comme vafe d'honneur & d'élection, & non pas de courroux par cette non célefte, mais furcélefte protection & maintien où réfide notre efpérance feule.
Et ce fera pour une autre fois que nous prouverons que fous
lui-feul il eft eftimé par les Doctes que fe fera la récollection
de tous les Empires épars & difperfés par l'Univers, pour lef-
quéls *fecuris eft ad radicem*. Et en leur nom il fe préfentera aux
dernieres Calendes, ès Comices & Etats plus que generaux, à
l'heure du grand Echiquier, du grand Tribunal, du grand
Mercana des Hebreux, *in verè æternæ civitatis pomœriis*, à
notre Jupiter Sauveur, qui a initié ce difcours au Temple de
fa Juftice, & le finira s'il lui plaît. Attendant que nous nous
prévalions à la pourfuite de ce thême de ce que cet homme
ajoute, qu'il femble toutes les autres Nations voletçr à l'entour
pour le becqueter, & dépiécer chacune, & que les Empires
grands ne fe font pas perpétués & rendus fi longtemps tolérables. Car de-là je tirerai toute contraire illation, que tous ces
Etats fe font délogés & déplacés, pour nous donner entrée &
féance, *fafcibus noftris deceffere*, qu'ils viennent à nous pour y
être confus, empreints, entés & incorporés. Et en tout je mon-
trerai la diffemblance qu'il y a de cet Etat, à tous les autres
qui étoient purs brigandages, les uns mieux revêtus & courti-
nés d'une police plus remparée que les autres, où l'utile y em-
pruntoit fouvent la décente raifon, ici l'honnête crée toujours
la jufte prudence. Et pour cela à caufe que de la France, comme
des hautes Montagnes, le relief ne s'apperçoit pas bien de
loin, il faut du pied & de fa racine en haut y porter la vûe,
l'équerre, le bâton aftronomique & le compas, d'article en article, à la premiere occafion qui pourra être, fi Dieu le veut
ainfi, après ce Pafque: je mettrai à part des Loix, Coutumes,
& Entretien de la France, pour les luicter en comparaifon
contre les plus mémorables Empires; car ainfi Alexandre ne
joutoit qu'avec les Rois, afin de louer Dieu, de combien elle
les laiffe après foi & précéde par-tout.
  Auffi que les afflictions qu'elle porte fi fermement depuis tant
d'années font vrais ôtages de fa prochaine convalefcence &
félicité, qui lui fera une fouhaitable mutation en l'Etat, pour
l'Etat, & non de l'Etat, à qui toutes fes parties font autant de

voix, difantes avec faint Paul, *cùm infirmor tunc potens fum*, attendant *fuperveftiri*, *non fpoliari*. Il n'y a que les vents qui purifient, nettoient & criblent l'air, lequel autrement feroit étouffé du tout; il n'y a que le battement des poulmons qui nous retient en vie, garantis de la fuffocation : ce qui corrompt les eaux, & quand elles font croupies, & oifives, non vifitées d'aucune agitation, *indè funeftior illa maris mortui lues*. Bref, il n'y a rien fi infortuné que celui qui ne reçut onc infortune. Croïons-en à Demetrius l'Affiégeur, qui l'affuroit ainfi. Fions-nous en ce Polycrates, de qui Amafis quitta l'étroite amitié, *ut minus doleret*, ne prenant point de part à l'extrême malheur, qui ne pouvoit faillir de charger un jour, comme il fit, fa trop délicieufe fortune, qui ne s'étoit oncques dépaïfée, exercée, ni aguerrie par défaveur, déplaifir, ou détourbier aucun, *& qui non eft tentatus, quid fcit* ? Ce ne feroit pas affez de prendre garde avec Pline, par l'avertiffement de Théophrafte, que les hommes près de la marine ne meurent pas quand elle eft corrouçée; mais quand elle eft calme, & que les flots fe retirent, *immanioréfque æftus abfcèdunt*. Si nous ne bougeons de cette connoiffance, & que fachant que l'Etre de toute chofes gît en mouvement, que la nature même n'eft que ἀρχὴ κινήσεος καὶ τῆς μεταβολῆς. Nous nous réjouiffons que l'affliction ne nous ait pas jugé indignes de nous colleter, & embraffer, ni méprifé d'entrer en lice avec nous, à notre bien; puifque les arbres mêmes s'enracinent d'autant plus que les orages les ébranlent. Et fur-tout, qu'il nous vienne à gré d'appercevoir que ce grand amas d'humeurs, que les Médecins appellent *Synatrifmum*, eft prefque confommé & mis à fec par la violence du mal qui fe nomme ὀργασμοι.

Les guerres civiles obtiennent cela pour les Peuples, que les plus tumultueux, féroces, cruels & turbulents paffent par les armes, & font place aux plus paifibles pour poffeder la terre, comme il leur eft promis, ces deux mots de poffeder, & de terre contractants une très ferme affurance d'une jouiffance longue à fi bon titre, comme je le prévois devoir être, fous la miféricorde de Dieu, dans peu de temps. Car, fi je veux fervir cet homme des pronoftics de fon Aftrologie, je ne prendrai plus long terme de notre reconciliation, & dirai que l'année quatre-vingt & quinze qui approche la conjonction de Jupiter & de Saturne, commencée des quatre-vingts & trois, parachevera d'amender toutes nos difgraces, finiffant le loifir

1591.

REMON-
TRANCE DE
M. DE L'ES-
TRE.

des douze années que Jupiter se donne à retourner, & lors se
verra une bénéfique & franche Justice surmonter par-tout, puisqu'aux poissons, qui est une des maisons de Jupiter, & non
sur les marches de Saturne, cet abouchement, cette entrevue
est faite. Poissons à qui les vents & vagues donnent esprit, &
nourriture, & fournissent tout accroissement, comme à nous ai-
dant ce grand Jupiter, nos tempêtes, nos afflictions, qui font
voile à une meilleure fortune, & ne lui font pas à charge, non
plus qu'aux navires, mais à sûreté & fermeté plus grande. C'est
de ce poisson que nous l'attendons, de cet ἰχθύς duquel Saint
Augustin épluche si soigneusement les lettres pour en tirer ces
noms salutaires, angulaires à l'entretien de tous les étages &
encognures du bâtiment continu à plein pied de la Cité de
Dieu. J'apuierois mieux cette prénotion, si ce n'étoit hors du
lieu & du temps, *simulare cupressum*, que ne se pourroit continuer cette épouvante, prise du nombre soixante-trois. Mais c'est
dequoi se contenter que retenir le Jugement du prudent Médecin, qui prend plaisir si la nature se roidit à contester contre les violents accès ; pourvû que les symptomes soient bons,
la chaleur naturelle en est pour le moins réchauffée, *& defuncta
morbis corpora validiora esse solent*, dit Tite-Live. Et cependant croire que si les Empires sont en intime recommandation
au grand Dieu, qui leur donne pour surveillants cet Ordre
Hiérarchique, que la Théologie Scholastique nomme *Princi-
patus*, par la Doctrine de ce saint Juge Aréopagite ; le nôtre
y a l'avantage, & le destin n'y touchera pas ; vû qu'il est cause,
& non privation, il bâtit, & ne détruit point, il fait, & ne
défait jamais, disent les Stoïques, & parmi eux leurs Seigneurs
& plus metables, Zenon & Cryfippe, qui l'appellent δύναμιν
πνευματικὴν τάξει τοῦ παντὸς δ᾽ ιοικητικὴν τῆς ὕλης κατὰ ταῦτα καὶ
ὁσαυτῶ. Et comment ? ὁμοῖον μὲν πρὸς ὁμοῖον, pour cela le nom-
ment-ils en trois mots ἀΐδιον τῆς προνοίας λόγον.

Sans qu'il me soit besoin gagner cette dispute, que comme il
est très vrai que toutes choses sont contenues, closes, & enfer-
mées au destin ainsi que la loi, elles ne se font pourtant par lui
non plus que par la loi & légitimement toutes. Et qu'encores
que ce premier Ciel tire tous les autres du firmament après soi,
il ne leur ôte pourtant, ni ne contraint, ni presse en aucune
manière leurs propres mouvemens, non plus que le cours du
Navire n'empêche, ni ne retarde en rien les privées actions de
ceux qui sont sur le tillac, à la proue, ou quelque part ailleurs,

E ij

dans le vaisseau. De façon que notre destin est en nos mains, notre mort, notre immortalité, de laquelle lors nous déduirons les moïens : advertis toujours & certains que notre seul astre est cette justice, que sagement les Poètes ont appellé *Astræam Uraniam*, & couronné là haut. Notre Climactere, ce Climax & gradation qui nous monte de vertu en vertu à la perfection de gouverner sagement en toute habitude les choses humaines, par la connoissance & conduite des divines. *Si Rhopalicos imitemur versus*, dit l'ancien. Nos nombres *referri in numeros legum*, en cette militie civile, *& habere in numerato* une prompte obéïssance aux Loix de cet Etat, pour le soutenement desquelles nous nous sommes enrôlés, & lors nous ressentirons la vérité de l'Ecriture sainte référée en tant d'endroits, que *justus cum ceciderit non confringetur, justorum hereditas in æternum, justus ut palma, & sicut Cedrus Libani, justitia liberat à morte, in semita justitiæ vita est, pondus justum & modus æqualis, ut vivas*. Et au contraire, *viri iniqui sublati sunt ante tempus suum*. Desquels passages les répétitions diffuses en toute l'Ecriture profitent assez, si elles nous impriment puissamment & fortement, que le radical de notre vie est la justice, plus que cette herbe de Xantus, vieil Historien des Lydiens, & après lui Pline & Stobée appellent Balim, & disent conserver l'homme en une vie immortelle, plus énergiquement & avec plus d'efficace qu'aux champs de Marathon, Thucydide ne reconnut à l'œil les corps qui reposoient sur le Scordium, autrement Alliaria, être préservés de pourriture. Par elle comme par la Momie & reste du naturel suc de l'homme, les corps s'embaument : ainsi que, par l'amertume de la Myrrhe, ce grand Moïse, qui fut catéchisé & enseigné en la Loi de Dieu, non pas *in bicipiti Parnasso*, mais en cette montagne à deux coupeaux : *Sina qui vere felicis Arabiæ nomen indidit*, s'est si long-tems conservé entier, que même à six vingt ans, nulle de ses parties, membres, & forces n'étoit écroulée, *non caligavit oculus*, *non demoliti dentes*, & qui est plus rapporté par l'Ecriture, *non innatæ irrepserunt rugæ*, & sembloit au contraire, *renovata ut Aquilæ juventus ejus*. Et de cette justice si long-temps que nous verrons le Roi soigneux, *confidite, Cesarem vehimus*; & si long-temps que nous verrons tant de gens d'honneur en prendre la garde, toutes choses seront à bien esperer, maintes à éviter, nulles à craindre, le surplus κωφων και τυφλον, *nec nomen apud nos si sit prudentia, nec numen habeat*. Car Dieu n'assaut & ne renverse jamais la premiere fortune d'un Etat, que les confeils & façons premieres n'en foient minées, & comme les défenfes abatues, *efficitque quod eft miferrimum* (remarque Paterculus) *ut quod accidit merito accidiffe videatur.*

Souvenons-nous feulement que la plus préfente médecine d'un Lion malade eft de dévorer un Singe : que ce ne font que toutes fingeries, les hypocrifies & batteleries des conjurés de ce temps, que je nommerai ainfi que le docte Varron , & le fage Seneque leurs femblables, *In eodem orbe, atque adeo urbe invifos Antipodas :* puifqu'ils vont tout à contrepied de nous, voire du naturel des hommes. Quand David , pour fe fauver du péril imminent, voulut feindre d'être fol, l'Ecriture ne rapporte pas, fans myftere, qu'il fe portoit fur fes mains, & faifoit de petits trepifnemens indécents. Ceux-ci marchent non par fiction , apparemment fur leur tête , c'eft-à-dire , ils foulent leur chef, la raifon, l'intelligence , & donnent là deffus à toute hativeté, fouillure , & partie déraifonnable & baffe. Leur prudence & acheminemens font tous deffeins de faction & non de religion , de laquelle leurs plus fanglantes , facrileges , & irreligieufes armes font timbrées , & n'en vit-on jamais plus de difcours , ni plus d'effets d'athéifme, & moins de piété. On n'ouit oncques fi bien dire , ni fi mal faire, on n'a point vû une bouche plus fucrine, ni un cœur plus fade. C'eft fur l'amphithéâtre de cette France , fur ces arenes que fe jouent ces tragiques digladiations. Accordons au grand Dieu, & à fa juftice , ce que nous trouvons bon au moindre Poète, donnons-lui fans impatience, (feule marque des efprits bizarres , qui ne font pas à foi) le loifir de finir le dernier acte de la Tragédie. Celui qui marchoit n'agueres pompeux & en grand Prince, nous verrons que l'on lui rendra fes premiers vêtemens poffibles tout fales & rompus : & fi avant cela encore , verrons-nous des changemens fur l'échafaut même , defquels la prévoïance feule nous annonce l'excellence, & certitude de la Juftice du Souverain, de laquelle, comme difent les Aftronomes de l'Etoile de Jupiter , fi benigne & bienfaifante, le cours & le mouvement eft fort dilaïant. *Et tardè molunt Deorum molæ , fed émolunt prorfus , non emolliunt tantùm.* Et cependant comme vous ne voudriez pas avoir changé de condition avec un mendiant, combien que vous le viffiez , pour tant que dureroit la comédie, porter le perfonnage d'un Lieutenant de Roi, ne fouhaitez pas d'être femblables à ceux defquels la fortune & la magnificence eft prête de s'éclipfer, voire s'obfcurcir à perpétuité & s'évanouir. *Miferere tu felicium veroque fruere non fuperbus gaudio.* Jufqu'à lors foutenons un peu, ne nous épleurons point ; ce que nous fouffrons n'eft que le flux & réflux ordinaire des chofes de çà bas, οἴμοι τι δ᾽ οἴμοι θνητὰ τοῖ πεπόνθαμεν.

L'antiquité nous enfeigne qu'il faut pâtir & combattre pour fa patrie, elle ne dit pas larmoïer, fe plaindre, murmurer, ni s'enfuir. Le combat fouvent, mais jamais la fuite, ne rend l'homme victorieux. Je foupçonnerois que ce fut une fable, ce qu'écrit Platon en fon dixieme, de la réfurrection de Herma-nus Pamphilius, parcequ'il étoit mort pour le bien de fon païs, fi Juftin le Martyr ne l'écrivoit, & ne m'en apprenoit autant. Que le Citoïen ne fe démarche point de l'affection entie-re & fidélité qu'il doit à fon Prince ; refpect & révérence de fes Magiftrats ; vigilance affidue & ordinaire à la con-fervation de fa Ville, de fon enceinte. L'Avocat très vérita-ble, s'il eft furpris quelquefois, & rarement, à fe charger d'une caufe qui ne fe trouve pas fi bonne que lui la préjugeoit, qu'il forme pour une autrefois la décifion de femblable fur l'arrêt qu'il orra, & approuvera en même-temps, & qu'il craigne plus de perdre fon honneur, que fon appel ; que ce ne foit point lui que juftement Platon compare aux ferviteurs nourris & élevés parmi les enfants de famille, qu'il dit être les Philo-fophes, qui librement, & fans lucrative, difent ce qu'ils croient être de leur devoir, honneur, décoration & ameublement de la maifon. Arriere toute convoitife queftueufe, toute impudence & façons peu refpectueufes, approchantes de-là, & qui puiffent ta-cher une fi belle profeffion, le nom de laquelle Jefus-Chrift ne dédaigne pas. Auffi n'y a-t-il rien fi divin que de s'emploïer of-ficieufement pour autrui, & y confacrer tout fon exercice & vacation ; comme de même font les Greffiers efquels nous defi-rons de la fidélité & ftudieufe attention. Les Procureurs favent combien eft requife en eux la diligence & l'éloignement autant de toute rapacité, comme de brouilleries & rufes injurieufes, l'opinion defquelles leve le plus de la réputation de leurs char-ges. Généralement que tous, & les uns, & les autres, Avocats, Greffiers, Procureurs, Huiffiers, & jufqu'aux fimples Solliciteurs, *feftinantes ingredi in illam requiem*, d'une tant defirée réforma-tion, fuivent le commandement que rapporte Platon *in Theæ-zeto* avoir été fait par les Lacédémoniens en leurs jeux & tour-nois publiques, ἢ ἀπιέναι ἢ ἀποδύνεςαι, fe dépouiller ou s'en aller, *definere citius quàm deficere.* Se dépouiller, entends-je, de toutes façons fordides, avares, fuperbes, pareffeufes & pleines de fimultés. Lors nous nous reffentirons heureux de ce faint rafraîchiffement & rétabliffement de Juftice, & chacun pourra dire de fa transformation en mieux, ἔφυγον κακὸν, εὗρον ἀμεῖνον. Et connoître que Dieu, à qui nous en rapporterons l'honneur, comme autrefois le laurier s'apportoit au giron de Jupiter le Vainqueur, rejettera par fes bénédictions cette captieufe prédiction que nous avons commencé de repouffer par difcours.

C'eft à quoi la fageffe de cette Cour pourvut, quand elle fit lire n'aguères les ordonnances qui font fes vrais νόμοι, & non charmes ni chanfons par lefquels Zamolxis promettoit l'immortalité aux fiens, & lefquels il vouloit leur être toujours en la bouche. C'eft à quoi tend le ferment que vous fîtes de les garder, *& fperare in Deum memorem fandi atque nefandi.* C'eft le fruit des communications que vous nous devez en toutes caufes pour y fonder l'intérêt que le Roi & le Public y pourront avoir, & aider la jufte défenfe & le foutien des oppreffés, & les exécutions inviolables dés Loix & Arrêts. Nous vous y exhortons & admoneftons encore derechef, *& velut currentibus calcar.* Nous fupplions notre vrai Jupiter Libérateur, de vous en faire la grace, & la Cour de vous l'enjoindre.

Avertiſſement.

LE Duc de Parme s'acheminoit cependant en France, aïant deux cordes à ſon arc; l'une d'avancer par une Aſſemblée d'Etat à Paris, l'élection d'un nouveau Roi, auquel ſeroit promiſe à mariage l'Infante d'Eſpagne, avec grands avantages de richeſſes, d'armées & autres moïens pour entretenir la guerre contre le légitime Roi, qui par opprobre étoit ſurnommé des Eſpagnols & Eſpagnoliſés, le Bearnois. L'autre corde étoit de ſoulager ceux de Rouen, aſſiégés par le Roi. Quant au premier Article, les pacquets couroient de France en Flandres, & de-là en Eſpagne. Les doublons étoient mêlés parmi. Les principaux Ligueurs s'apprêtoient à la fête. Chacun promettoit merveilles au Roi d'Eſpagne, lequel achetoit bien cherement telle marchandiſe de paroles déloïables; prétendant au bout ſe rembourſer ſur la piéce, & fruſtrer les Ligueurs & dénaturés François, comme il a fait les Traîtres de Portugal. Entre infinis mémoires & pacquets dépêchés en ce temps-là, ſuffira de préſenter au Lecteur quelques Lettres interceptées du Duc de Parme & du Sécétaire Ibarra (1), Grand Négociateur du Roi d'Eſpagne. Par icelles on découvrira une partie des menées de telles gens; attendant que le temps faſſe voir le reſte.

LETTRE DU DUC DE PARME*,
AU ROI D'ESPAGNE.
De Landrecy, le 18 Décembre 1591.

J'AI averti Votre Majeſté, comme s'approchant de moi les Ambaſſadeurs de l'Empereur deſtinés pour traiter de la paix avec ces Rebelles, je me réſolus en tous cas de les voir, tant pour montrer la bonne volonté que V. M. a de l'embraſſer,

(1) Dom Diegue d'Ibarra, Ambaſſadeur d'Eſpagne à Paris, qui eut depuis part dans la conſpiration de Lopez, Médecin Portugais, contre Eliſabeth, Reine d'Angleterre.

(*) Alexandre Farneſe, mort à Arras le 2 de Décembre, 1592, âgé de quarante-ſept ans. Il étoit fils de la Ducheſſe de Parme, qui avoit gouverné les Païs-Bas avec beaucoup de modération & d'équité. Lui-même fut un des plus grands Capitaines de ſon ſiécle, joignant à la prudence, l'habileté,

la vigilance, la fermeté, & les autres qualités que ſon état demandoit. M. de Thou en fait l'éloge dans ſon Hiſtoire, Livre 104, ſur l'année 1592. L'Evêque de Saint Omer fit l'Oraiſon funèbre du Duc de Parme. On a auſſi une Hiſtoire d'Alexandre Farneſe, Duc de Parme & de Plaiſance, Gouverneur de la Belgique, juſqu'à ſa mort, en 1592. A Amſterdam, 1592, in-12. Cette Hiſtoire eſt attribuée à Jean Bruſlé, dit de Montplainchant, Navarrois, dans une Satyre faite

comme

comme pour y laiffer l'ordre convenable devant mon départ
pour aller en France, ores que pour ce refpect je ne différaffe
mon entrée en ce Roïaume, en donnant ordre que les Troupes & le refte fut prêt pour ce faire, & étant averti qu'ils arrivoient, je dépêchai de Valencienne le Comte de Haramberg,
afin qu'il allât à Namur pour les recevoir, careffer & mener à
Bruxelles, où l'on avoit apprêté le Logis de la meilleure forme
& maniere que l'on avoit pû, préfuppofant que j'arriverois au
même temps qu'eux à Bruxelles pour ouir leur propos, & y répondre comme je verrois convenable, & auffi-tôt retourner en
cette frontiere, & fuivre mon chemin en France. A la pourfuite de cette réfolution, encore que pour lors je me trouvaffe
empêché des gouttes, je me fis mettre en un coche, & arrivai
le premier jour, qui fut mardi 3 de ce mois, à Mons, & l'autre jour d'après à Bruxelles, aïant pour plus grande affurance
de ces François (qui n'étoient encore contens de me voir retourner à Bruxelles) offert que le mardi enfuivant, qui feroit le
jour que je ferois ici avec eux, & que cependant les Troupes
marcheroient, & l'artillerie & les munitions s'achemineroient à
la Fere, où on avoit réfolu qu'on les recevroit. Et ainfi étant
eux entrés à Bruxelles le lundi, j'y entrai le mercredi, & le jeudi enfuivant je les ouis en préfence du Confeil d'Etat, comme
ils defiroient, & les aïant ouis, & confulté la réponfe, les re-
tournai voir le famedi. J'écoutai & ledit jour, & le jour auparavant, la plus grande partie d'eux en particulier, & tous en
général, & chacun à part foi. J'eftime avoir donné la réfolution
que Votre Majefté defire, & fatisfait à ce qui convient à votre
roïal fervice, & aux fins que l'on prétend de cette affaire ;
moïenant quoi, & en laiffant l'ordre qu'il falloit pour la réponfe qu'on leur devoit donner par écrit, je partis le Dimanche & arrivai ici le lundi, pour faire connoître aux François
que ni ceci ni autre affaire, aucune me pouvoit divertir d'entrer en ce Roïaume. L'on m'a après envoïé la réponfe qu'on
avoit réfolue pour ceux à qui on avoit laiffé la charge qu'on leur
a renvoïée, dépêchée avec commandement qu'on la leur baille,
qui eft de même fubftance que la copie qu'on envoie avec celle-
ci à Votre Majefté, conjointement avec leurs propofitions, afin

---

contre lui, imprimée fous ces titres, *l'O-*
riginal multiplié, ou Portrait de Jean
Bruflé, in-12. à Liége, 1712.
On trouve une bonne Analyfe de cette

Lettre & des fuivantes, du Duc de Parme &
de Dom Dieguo d'Ibarra, dans l'Hiftoire de
Monfieur de Thou, Livre 102.

qu'elle soit informée de tout, comme de raison. On envoie aussi à Dom Guillaume de Saint Clément lesdites copies, afin qu'il puisse traiter de l'affaire avec conditions proposées.

L'on m'a écrit de Bruxelles, que les Ambassadeurs n'avoient encore eu avis des Rebelles de pouvoir aller en Hollande, pour leur exposer leur ambassade. Car, il n'y avoit faute de mauvais esprits qui l'empêchoient, ores qu'il ne faille présupposer que l'on ne les admette, pour n'inciter l'Empire.

De Namur jusqu'à Bruxelles ils furent recueillis de la part de V. M. & de même à Bruxelles, & traités de telle sorte, que je crois qu'ils en tiendront compte; & des rencontres & recueils qu'on leur a faits, ils demeureront fort satisfaits, comme ils publient, m'étant avis qu'il le falloit ainsi faire, pour les respects qui regardent cette affaire, & en particulier pour montrer la bonne & sainte intention de V. M. en cette particularité, qui est si convenable pour son roïal service. A Dieu plaise qu'elle profite, & que l'on tire de cette négociation le fruit que l'on prétend, & que ces pauvres Sujets de V. M. ont besoin. Et pour ce fait peut Votre Majesté croire que sans doute j'y ferai toutes les diligences qui seront en ma puissance; & je n'ai laissé ni ne laisserai de faire par toutes les voies & moïens possibles pour me servir de cette occasion, y aïant des personnes exprès, & fort propres pour ce fait parmi les mêmes Rebelles, pour faire les offices qu'il faut, lesquels on renforce à toute heure. Et de ce que l'on apprendra, sera Votre Majesté avertie. Dieu garde la S. C. R. P. de Votre Majesté avec l'accroissement des Roïaumes & Seigneuries, dont la Chrétienté a besoin, & que ce sien plus humble Sujet desire.

Humilde criado, que sus reales pies y manos besa,

ALESS⁹. FARNEZE.

De Landreci, ce 18 Décembre, 1591.

AUTRE LETTRE DU DUC DE PARME,

AU ROI D'ESPAGNE.

A Landrecy, le 30 Décembre 1591.

APrès avoir écrit celles qui vont avec celles-ci, est venu le pacquet de Votre Majesté du 6 & 14 du passé, lequel pour le peu de temps, & n'aïant encore achevé de le déchiffrer, je n'y pourrai répondre particulierement. Partant je dirai seulement que en ce qui touche la négociation & à tout le reste, je procurerai que Votre Majesté soit obéie & servie comme de raison, ajoutant seulement que je n'ai pu faire que je ne fusse fort affligé de voir venir cette dépêche sans aucune prompte provision d'argent, car étant Votre Majesté si bien & si clairement avertie de nos miseres, & qu'il ne se faut en rien fier de la Place d'Anvers, & de ce qu'il nous faut pour l'entretenement des gens de guerre de ces Etats, & de la France, tant des vôtres que de ceux du Duc de Mayenne. Je ne sais que ce sera de nous, ni comme nous pourrons faire le roïal service de V. M. en aucun lieu, puisque le tout sera exposé au bénéfice de la fortune, & en une saison & affaire qui devoit être bien différent à ce qu'il est, de sorte que je ne sais que dire sinon le recommander à Notre Seigneur, & esperer que par sa grande miséricorde il nous conservera de sa main, & fera quelque évident miracle. Car autrement il n'y a apparence, je ne dis pas d'obtenir ce qui se prétend, mais avec nul bon succès, & si je le dois sentir, je le laisse à la grande prudence de V. M. qui de droite raison sait ce que je dois desirer. Je ne sais à qui en mettre la coulpe sinon à nos péchés, encore que pour ce qui touche ces affaires, j'en ai ma conscience bien nette, aïant fait tout ce qui étoit en moi pour le service de V. M. & obéir à ses commandements. Par ainsi l'on peut croire que traitant de la cause qui se traite, & se trouvant les choses en l'état & condition qu'elles sont, Votre Majesté soit suppliée de regarder avec les yeux de pitié ceux qui par-deçà la servent, en nous pourvoïant de ce qui est nécessaire pour le pouvoir faire.

Dom Diego de Ibarra est aussi arrivé ici ; mais pour n'avoir eu le loisir de discourir avec lui si au long, comme les affaires

F ij

qu'il a en fa charge le réquierent ; je ne pourrai pour le préfent donner autre clarté que ce que j'ai dit en mon autre Lettre, qui parle des affaires de France.

Au moïen de quelque commandement que le Duc de (1) Montemarcian a reçu de Rome, il femble qu'il foit réfolu de licencier fon Infanterie, fous prétexte que je ne fuis entré en France le 15 de ce mois, qui eft le terme qu'on lui a baillé. Enfin j'ai écrit audit Duc, & lui ai envoïé dire, de forte que je crois qu'on aura remedié à cet inconvénient, encore qu'il n'y a eu faute de peine pour lui perfuader. Ma perfonne n'a demeuré ici que pour attendre certaine réponfe du Duc de Mayenne, & voir devant moi toutes les Troupes & munitions. Et l'alte que j'ai faite ici n'a été de peu de profit. Je penfe que demain, avec l'aide de Dieu, j'arriverai au camp, & y étant en préfence, l'on compofera mieux les chofes qu'en abfence, pour le roïal fervice de Votre Majefté, ores que fans moïens, je ne fais comme j'en pourrai fortir, avec le bon defir que j'en ai. Notre Seigneur garde la S. C. R. P. de Votre Majefté avec l'accroiffement des Roïaumes & Seigneuries dont la Chrétienté a befoin, & que ce fien plus humble & vrai Sujet defire.

De Landreci, &c.

LETTRE DE DOM DIEGO DE IVARA,

AU ROI D'ESPAGNE.

Le 20 Décembre, à Landrecy.

S<small>IRE</small>,

J'ai écrit à Votre Majefté le 10 de ce mois, fur ce qu'il fe paffa, par un Courier exprès, que j'envoïai ; le double de laquelle dépêche j'envoïai ici, & comme le jour enfuivant partoit le Duc de Mayenne, & moi avec lui, la route du camp quand nous arrivâmes à Soiffons, nous fûmes que le Duc de Parme étoit à Landreci dès le 8 de ce mois, attendant nouvelles que le Duc de Mayenne fût au camp pour entrer auffi-tôt, aïant déja envoïé partie de l'artillerie & munitions, qui ne peuvent à préfent de rien fervir à la Fere, Place importante de ce Roïau-

(1) C'eft Hercule Sfondrate, Duc de Monte-Marciano.

me, mettant en icelle quatre cents hommes de garnifon de la
part de Votre Majefté, moïennant lefquels & la volonté qu'a
montrée le Vice-Sénéchal de Montelimart, qui en eft Gouverneur pour le Duc de Mayenne, pour fervir Votre Majefté, il
me femble que ladite Place eft très propre pour ce qui fe doit
préfenter, de quoi le Duc de Parme donnera plus particulier
compte à Votre Majefté, parceque c'eft une affaire qu'on a négo-
ciée pendant que je fuis allé en France, fans que je l'aie fue jufqu'après mon retour.

De Soiffons j'écrivis au Duc, comme de Mayenne ne demeuroit là, & la hâte & defir qu'il avoit de le voir, & traiter du prompt fecours qu'il falloit donner à Rouen, & tout le
fecours que je jugeai convenable; qu'il fut fon intention, tant
pour les prétentions d'argent pour lui, & les Troupes, comme
pour favoir dès l'heure précifement la volonté de Votre Majefté
fur l'établiffement des chofes de ce Roïaume, & propofer par
lui les moïens qu'il lui femble qu'il peut avoir pour l'effectuer,
& favoir clairement quelles commodités on lui fera, & l'affaire
maniée entre lui & le Duc de Lorraine, & de Guife, & autres
particuliers fes affectionés & Confeillers venir à ce point, qu'on
le mette tout par écrit, pour l'accomplir avec plus de fûreté.
Ce que je n'ai fu avec plus de certitude, que pour l'avoir recueilli
des pratiques que puis peu de jours en çà a eues le Duc de Mayenne. Etant arrivé à Rouen, il me femble qu'il étoit befoin de
m'avancer, pour le faire entendre de bouche au Duc, & ce
que j'ai connu pendant le temps que j'ai été en France des humeurs de ce Peuple en général & particulier; & lui dire par le
menu, comme je fis par-devant Jean-Baptifte de Taffis (1), ce
qui advint, & comment je tenois qu'il étoit néceffaire de renforcer promptement la garnifon de Votre Majefté, de telle
forte que les politiques de ladite Ville de la Garnifon Françoife, qui y eft pour de Mayenne, ne pût opprimer les Catholiques en quelque occafion de révolte, ni traiter à fe remettre à de Bearn, & envoïer particulierement garnifon à Orléans, puifqu'ils la demandent, & démontrent la même bonne
dévotion au fervice de Votre Majefté, tant les Catholiques qui y
font, que ceux de Paris, & font avec le même foupçon que les

---

(1) C'eft Jean-Baptifte Taxis, qui fut
depuis envoïé en Angleterre par le Roi d'Efpagne; il s'étoit trouvé à Joinville de la
part du Roi d'Efpagne, & avoit renouvellé
le traité de la Ligue fait avec le Duc de
Guife. Il fit divers exploits dans la Frife,
& s'empara de Weftergoo, & autres Places.

1591.

Politiques ne leur faſſent un mauvais tour, aidés des mêmes Conſeillers qui firent le dommage aux autres. Je le mandai auſſi au Duc, qu'il fît alte au premier logis, afin de ramener tout l'attirail & l'armée; car ce faiſant les François auroient grande eſpérance du ſecours de Rouen, & de tous les autres biens qu'ils peuvent eſpérer des armées de Votre Majeſté, le voïant ſeulement entrer en ce Roïaume; que pour le regard de Rome, & pour les Miniſtres que Sa Sainteté a par-deçà, ce ſeroit de beaucoup d'importance. J'arrivai ici le 17, & demain le Duc doit entrer, comme il a écrit à de Mayenne.

Etant arrivé, ſi l'argent qu'il a eſt ſuffiſant pour faire une (1) paie à toute l'Armée, & à de Mayenne une partie de ce qu'il prétend, ſuivant le commandement de Votre Majeſté, il le fera, & lors je donnerai compte à Votre Majeſté du nombre d'hommes, & de ce que le Duc réſoudra d'entreprendre avec eux; car encore que toutes ces matieres ſe ſoient priſes ici, & que j'euſſe voulu qu'elles ſe fuſſent débatues devant que de ſe voir avec de Mayenne, il ne s'eſt néanmoins pas fait.

Le Duc de Montemarcian a eu commandement de Sa Sainteté (le double duquel, comme je crois, enverra à Votre Majeſté le Duc de Parme) de licentier ſon armée, & demeurer avec mille chevaux ſeulement, ſi dans le 15 de ce mois il n'é-toit entré en France, & s'il y étoit, qu'il s'entretînt en lui four-niſſant pour ce fait cinquante mille écus par mois, de quoi on m'a dit qu'il a donné avis au Duc, lui diſant qu'il penſoit ac-complir ledit commandement pour être ſi précis, s'il n'entroit incontinent; & depuis que je ſuis arrivé, il a écrit quaſi comme choſe faite, & encore que le Duc lui ait répondu qu'il ſe peut tenir comme pour entré en France, puiſqu'il n'y a d'ici à Roye plus d'une lieue, & ce qui l'a retenu a été pour attendre de Mayenne, envoïant devant tout le bagage de l'armée, qui n'eſt petite machine, & qu'obéiſſant en cela à Sa Sainteté, ce ſeroit n'entendre bien ſon commandement, ni le bien ſervir; & être cauſe d'une finale ruine aux affaires de France, & en cette mê-me conformité écrivirent de Guiſe & les Nonces auſquels je parlai, aïant auſſi moi-même écrit à de Montemarcian, je ne

---

(1) De deux cens cinquante-huit mille écus d'or que le Duc de Parme avoit apportés en France, il en avoit donné cent mille au Duc de Maïenne, cent vingt mille à l'armée auxiliaire pour la ſolde d'un mois, trente-deux mille pour celle des Troupes Françoi-ſes, auſquelles il avoit promis d'en comp-ter encore onze mille dans le mois prochain, de ſorte qu'il ſe trouvoit ſans aucun ar-gent.

m'affure de ce qu'il fera, étant ce qui eft furvenu ici fur ce fait affez dommageable; car la réfolution qu'a prife Sa Sainteté de licencier fon armée, ôtera le courage aux Catholiques, & leur femblera un fecours de peu de durée, & aura ameilleuré & encouragé le parti du de Bearn. Je ne voudrois pour aucune chofe que le Duc Hercules paffât en avant, faifant fi grande faute. J'ai propofé tous les moïens pour l'interrompre, & le même en a fait Jean-Baptifte de Taffis, & quand il voudra paffer outre, l'on fera contraint prendre fes gens à la folde, & n'eft mal à-propos que les Suiffes, qui eft le plus & meilleur de fes Troupes, y veuillent condefcendre. Dieu veuille acheminer ce qui eft le plus convenable pour fon faint fervice, & garder Votre Majefté, comme il eft de befoin, pour la Chrétienté, & fes Serviteurs & Créatures defirent.

   De Landreci.

   Et à la foufcription, Au Roi notre Sire, ès mains de Dom Martin de Idiaques, fon Sécrétaire d'Etat.

LETTRE DE DOM DIEGO DE IBARRA,

A Dom Jean de Idiaques, Confeiller d'Etat du Roi d'Efpagne;
20 Décembre, 1591.

JE vous baife les mains pour votre Lettre du 24 du paffé, & pour la fouvenance qu'a Votre Sainteté de ce fien ferviteur. Et quand bien pourceque je fers en cette occurrence à Sa Majefté, je n'en pourrois avoir autre récompenfe, je m'en tiendrois pour bien païé.

Le grand nombre d'affaires qui font furvenues en deux jours, qu'il y a que je fuis arrivé ici, & la hâte qu'ils donnent à ce courrier, ne me donnent loifir de dire par lettres ce que je defire; toutesfois le plus eft contenu dans celles de Sa Majefté, moïenant quoi je demeurerai fans coulpe.

Jean-Baptifte de Taffis a été fi craintif, que le priant tous, & voïant clairement que Sa Majefté ne lui permettoit laiffer fon office, finon que je m'en fuffe chargé, & voïant que je ne le puis faire, étant occupé aux affaires de France, & aïant mis en confidération celles-ci, & autres caufes de Sa Majefté, Elle m'a fait cet honneur, que de m'écrire que voïant ce que fur ce le Duc de Parme m'écrira & commandera, il le faudra faire. Il n'a voulu fervir le peu de temps que tardera Sa Majefté à y pourvoir, finon le laiffer aujourd'hui. Je ne fais à qui le Duc donnera la charge qu'il m'a demandée pour lui en parler. Demain je penfe lui dire ce qu'il voit bien, qui eft que je ne le puis faire, ni même d'emprunt, vû qu'il me faut entendre aux affaires de France, & lorfque les Etats s'affembleront, me faudra affifter le Duc de Feria, comme Sa Majefté commande, outre les raifons alléguées, & autres mille, que je découvre tous les jours, pour ne pouvoir fervir, comme je fais qu'il convient faire. Dom Rodigo Laffo m'a dit que le Duc a propofé à Sa Majefté de le nommer, & il le favorife. Pour parvenir à la fin que nous defirons pour les affaires de France, j'euffe tenu pour plus affuré que les armes & négociations euffent été du tout en la puiffance du Duc de Parme, & crains fort que le divifant il n'en ait la conformité que Votre Sainteté fait être néceffaire, pour l'acheminer du même pas à un même temps. Et fi pour fuppléer la foibleffe en autorité, & au refte d'un fi débile Sujet que le mien, ou celui d'un autre, il faudroit la préfence d'un grand Seigneur à qui l'on eût fervi, & qui eût été affifté de la puiffance & voix de Sa Majefté. Je croirois qu'il eut été plus affuré qu'à celui des deux qui font ici l'on eût envoïé; car par cette voïe lui eut été plus agréable ce qu'il eut fait, que non venant le Duc de Feria (1) pour maître de la négociation, qu'il ne voudroit en rien dépendre de l'autorité, ni le Duc de Parme s'efforcer de faciliter avec les armes les bons fuccès; & pour un tel cas eut été fort à propos le Marquis del Gaft (2), qui eft venu pour fervir en cette journée, & qui a le bon entendement & la facilité que Votre Sainteté fait, & la langue & la connoiffance de cette charge, avec pur zéle & bonne volonté, que Votre Sainteté me peut pardonner comme auffi quelques propos particuliers d'icelle, & lefquels il faut traiter. Quant à moi, Votre Sainteté fait que j'ai pris cette charge, comme étant Seigneur mien. Votre Sainteté connoît Antoine d'Efcobar, ce Gentilhomme Portugais qui fut à Madri avec Jean-Baptifte de Taffis, qui eft homme qui a fait de fignalés fervices, & auquel, comme il dit, Votre Sainteté a offert qu'on lui feroit en bref quelque don, je vous affure qu'il le mérite, & que c'eft un perfonnage néceffaire en France, & pendant qu'il va, Votre Sainteté mandera à quelqu'un qu'on

---

(1) Laurent Suarez de Figueroa de Cor- pagne.
foue, Duc de Feria, Ambaffadeur d'Ef- (2) C'eft, Du Guaft,

lui paie à tout le moins son entretenement, & celui des autres que païoit Dom Bernardino, qui meurent à présent de faim.

Tout présentement je viens de baiser les mains au Seigneur Dom Alonso, qui est venu de Launoi pour partir demain avec son Altesse; il se porte fort bien, & je suis très content de la récompense que Sa Majesté lui a faite, laquelle encore qu'elle soit moindre que je lui desire, est un commencement, après lequel on viendra à de beaucoup plus grandes, & de ceci je vous en donne la bonne heure.

Dom Ambrosio Landriano (1) est aussi arrivé ici, qui comme honorable Cavalier, a plutôt choisi venir servir en cette guerre, que jouir du congé pour s'en retourner en Espagne, lui étant néanmoins si nécessaire demander quelque récompense, pour ce qu'il a servi & dépendu en cette occasion. Votre Sainteté la lui pourra faire plus grande, & ainsi je vous en supplie, ores que je sais qu'il ne soit besoin.

Le Duc de Montemarcian est toujours sur son treizieme. Je ne sais si à l'entrée que son Altesse fera demain en France, il tombera au même mal qu'il faisoit. Notre Seigneur garde Votre S. comme je desire.

DOM DIEGO DE IBARRA.

A Landreci, 20 *Décembre* 1591.

Dom Gaston Spinola a dit qu'il a plu à Sa Majesté lui donner une place du Conseil de guerre, & comme Dom Ambrosio a servi, comme Votre Sainteté sait, il semble qu'on lui pourroit avoir fait la même grace, & n'est seul qui l'entend ainsi, Je supplie Votre Sainteté nous faire à tous cette faveur de l'avoir fort en sa mémoire.

Et à la souscription : A Dom Jean de Idiaques du Conseil d'Etat du Roi notre Sire.

---

(1) Il étoit Lieutenant-Général de la Cavalerie de l'Archiduc, lorsqu'il mourut à Bruxelles en 1600. Ses grands exploits lui avoient acquis beaucoup de réputation. L'Archiduc donna sa place à Nicolas Basta, Chevalier Albanois, qui s'étoit beaucoup distingué par son habileté dans les armées du Duc d'Albe.

LETTRE DE DOM DIEGO DE IBARRA,

AU ROI D'ESPAGNE.

Du 12 Janvier 1591, à Neefle.

SIRE,

La copie des Lettres que j'écrivis de Landreci du 10 du paffé
à Votre Majefté, fera avec celle-ci, & ce que depuis en çà eft
furvenu, touchant l'entrée du Duc de Parme en France, &
comme l'armée de Votre Majefté marche, je m'en remets à ce
qu'il m'en écrira, par une relation qu'il me dit qu'il fait de tout
ce qui furvient à chacun jour; & ce qui s'eft fait jufqu'à préfent,
en matiere d'affaires; encore que ce foit peu, je le dirai ici.

Ce fut à Guife, où s'affemblerent la premiere fois les Ducs
de Parme & de Mayenne, & comme l'on ne s'y arrêta qu'une
nuit, & partie du lendemain enfuivant, je penfe que ce qu'ils
traiterent ne furent que recueils de nouveau venus, & parler en
général des affaires de la guerre, réfervant le furplus au fecond
logis, qui feroit à la Fere. Etant arrivés là, il fut arrêté entre
les deux Ducs, que de la part du Duc de Mayenne, le Prefident
Janin s'affembleroit avec Richardot & moi, pour traiter ouvertement de l'intention de Votre Majefté, fur les chofes de ce
Roïaume : nous nous affemblâmes; & on lui dit la particularité de la Sereniffime Infante au premier grade : ce qu'il n'ignoroit, & répondit qu'il étoit d'opinion que l'on y pourroit entendre, moïennant que pour cette fois on rompît la Loi Salique, avec condition que dedans un an elle fe mariât, avec l'avis
des Princes & Officiers de la Couronne & Etat de France : difant en outre, que pour ce fait, en faudroit particulierement
traiter avec Lorraine, Guife, Nemours, Mercœur, & autres Princes, Gentilshommes, Capitaines & Gouverneurs des
Places, & les fatisfaire & récompenfer en chofes de ce Roïaume, & avec quelques deniers en don, pour conferver par ce
moïen ceux qui font du parti Catholique, & attirer de celui de
Bearn quelques Nobles, & que dès à préfent on déclare & affure
quelle affiftance Votre Majefté baillera pour les affaires de deçà
à Madame l'Infante, étant faite Reine, attendu que fans une
fubvention en deux ans, on confommera fix ou huit millions,

& ne pourra-t-on se délivrer de la peine où on est à présent, sans
traiter de l'assemblée des Etats, ni ce qu'ils peuvent en ces affaires. Aïant répliqué à sa réponse, tout ce qui semble particulierement propre à la condition proposée, sur ce qui regarde Madame l'Infante, fut dit qu'il seroit toujours très bon de remettre
le tout à la volonté de Votre Majesté, & la certitude que ce
Roïaume devoit avoir de son assistance & aide, en prenant pour
leur Reine Madame l'Infante : vû que jusqu'ici, sans que Votre Majesté y ait un gage si cher, mais le seul zele du service de
Dieu, & la conservation de la sainte Foi envers les Catholiques, elle avoit dépendu tant de millions : nous lui dîmes aussi
qu'il étoit necessaire qu'on poursuivît l'assemblée des Etats,
attendu qu'on nous accusoit jusqu'à présent de les avoir differés,
& que moïennant votre assistance, on résolut ce que Votre Majesté desiroit; à quoi il répondit que le fait des Etats étoit un
accessoire, comme aussi ce qu'on accorderoit avec les Princes,
& la Noblesse, qui devoit seulement servir de couleur, pour
légitimer ce qui seroit ainsi convenu, attendu qu'ils seroient
composés de personnes qui feroient la volonté de Mayenne,
sans en sortir nullement : de quoi je recueillis clairement, que
les Princes & la Noblesse avoient intention d'être seuls en ce
maniement, pour tirer plus de commodité de Votre Majesté,
& qu'en differant l'assemblée des Etats, ce seroit étendre davantage l'autorité & domination que de Mayenne a pour le jour-
d'hui, dont il ne faut nullement douter qu'il ne se fâche fort
de s'en décharger, ores, qu'il semble que ce fait contredise à la
hâte qu'ils ont toujours donnée pour venir à l'élection d'un Roi,
& à ce qu'il a assuré, juré, & protesté tant de fois de son bon
desir au service de Votre Majesté. Toutefois il m'affirme que
c'est le plus certain qu'on peut à présent pénétrer de son intention. Par ainsi, j'ai dit au Duc de Parme, qu'il fasse instance
avec de Mayenne à ce qu'il assemble les Etats : mais comme
c'est celui qui les doit convoquer, il pourra en cela ce qu'il voudra, si on ne lui baille quelque autre trait, en quoi j'emploie &
mettrai le souci que je dois au service de Votre Majesté. Après
cette assemblée, il y en eut une autre des Ducs de Parme, & de
Mayenne, Janin, Richardot & moi, sur le propre fait dont
auparavant nous avions traité, sans en tirer autre lumiere, sinon
que de Mayenne représenta être necessaire différer ce qui se prétendoit de la part de Votre Majesté, & le moïen pour faciliter
le principal, outre sa bonne volonté, & ce qu'il y aideroit de sa

part, étoit avoir beaucoup d'argent pour gagner les volontés de plusieurs qui y seroient concurrens, & récompenser & satisfaire aux Princes & à la Noblesse. Sur quoi on lui dit qu'il proposât ce que bon lui sembleroit, pour ce qu'il faudroit faire avec chacun, & que pour ce qui seroit juste & raisonnable, il y auroit de l'argent assez, & qu'en ce qui ne se pourroit résoudre par le Duc de Parme, sans l'avis de Votre Majesté, qu'il le feroit avec telle diligence, que votre volonté se sauroit assez à tems, & qu'en tout on besognât sans perdre tems. Sur ce, il sortit avec la même tiédeur que Janin. Le de Mayenne fut d'avis que le Duc de Parme assemblât devant lui le Duc de Guise, le Comte de Vaudemont, fils de Lorraine, & le Comte de Chaligni, qui sont les Princes de la Maison de Lorraine qui sont ici, & qu'il leur dît l'intention de Votre Majesté, pour venir à l'élection d'un Roi Catholique. Le Duc de Parme alla de son quartier à la Fere, & les assembla devant moi, & leur dit en bons termes combien Votre Majesté desiroit l'élection d'un Roi Catholique, & leur toucha sur les droits de Madame l'Infante, & les obligations tant grandes que ce Roïaume avoit à Votre Majesté, & particulierement toute leur Maison, se remettant à ce que plus par le menu leur diroit le de Mayenne, lequel répondit qu'il savoit la bonne volonté qu'avoient les Princes, de suivre celle de Votre Majesté, & qu'il leur en donneroit plus de clarté, & qu'on specifieroit les matieres, & qu'on leur rendroit compte de tout : ils ne répondirent rien, ni jusqu'à présent, encore que le Duc & moi aïons parlé deux ou trois fois à Mayenne, & à Janin, sur ce qu'on hâtât l'assemblée des Etats : je ne vois pas qu'ils les desirent, nous donnant quelques fausses excuses, & ne hâtent non plus ce qui a été proposé de la négociation. Partant de cette longueur & autres signes que font quelques-uns des mêmes François, on a opinion que le de Mayenne n'est hors de se conserver avec le de Bearn, & qu'il s'y attend, & Monsieur de Villeroi y étoit sur cela quand nous vînmes de Paris, mais je ne le puis croire du Duc, ores que je confesse qu'il me scandalise, voïant la jalousie qu'il a des personnes qui traitent avec le Duc de Parme, & les autres qui sommes ici, & qu'il voit être affectionnés au service de Votre Majesté, & être si ardent à son interêt ; qu'il préfere toujours à tout le reste.

Depuis, en un logis plus en çà de la Fere & ici, il s'est vû deux ou trois fois avec le Duc, y étant moi présent en quelques-

unes, & fur ce qu'il a le plus débattu pour les 100000 écus, qu'il
prétend qu'on lui baille chacun mois & non en la forme que Votre Majefté commande, mais à fa libre difpofition, & auparavant ceci voïant qu'il n'y pouvoit entendre, comme Janin (1)
l'avoit demandé par delà, & comme Votre Majefté avoit commandé qu'on arrêtât avec lui, & fachant que ce que Votre
Majefté commande lui devoit être baillé par écrit, afin que
plus ponctuellement l'on déclarât l'intention de Votre Majefté à
de Mayenne, & que cela avoit été jetté dans la riviere, de
crainte des Hérétiques, entre Numeghe (2) & Ruremonde, je
dis au Duc qu'il me fembloit qu'on lui en devoit bailler une
copie, ce qui fut fait: mais avec tout cela, il n'y a moïen que
cet argent ferve feulement pour païer les gens de guerre qu'il
mande à l'armée, comme il me femble jufte: puis pour autres
chofes les 100000 écus que Votre Majefté commande lui être
baillés, fuffifent, difant que les gens de guerre qu'il a aux Villes & Places de garnifon extraordinaires, & les dettes faites
pour caufes concernantes la guerre, doivent être fatisfaites de là:
car autrement il perdroit fon crédit & fa réputation, & fe rendroit inhabile pour fi bien fervir Votre Majefté qu'il defire. Ce
qu'il dit avec beaucoup d'exageration. A quoi le Duc répondit, qu'il ne pouvoit outrepaffer le commandement de Votre
Majefté, même étant fi jufte & confidérable, & tant au profit
de la caufe, attendu que de l'entretenement & païement des gens
de guerre procedent tous les bons effets qu'on peut defirer. Par
ainfi, on a donné une paie à fa Cavalerie, qui fera, comme il
dit, jointe avec celle du Duc de Guife, & de la Chaftre, &
celle qu'a de Vaudemont 1500 chevaux, & une paie à fes vivres & artillerie, réfervant ce qui eft pour l'Infanterie qui eft
peu, jufqu'à ce qu'il ait joint ce refte qu'il attend de Cavalerie,
pour ce que de préfent, il n'y a argent pour d'avantage, & a
monté ceci 32000 écus plus ou moins, ce que avec le nombre
des garnifons fe paffe par l'état que lui-même fait, & par les
montres qu'en ont faites fes Officiers: & après avoir fait un
calcul, Compagnie par Compagnie, de ce que monte leur paie,
& le furplus qu'il faut païer, on baille la fomme entiere de tout

(1) Pierre Jeannin, Préfident au Parlement de Dijon Il fut envoïé en Efpagne par
le Duc de Mayenne, avec des inftructions
pour l'Election d'un Roi de France. On a
fes Mémoires qui contiennent principalement fes négociations. M. de Thou en
parle fouvent dans fon Hiftoire, & avec
éloge.
(1) C'eft Nimégue.

cé que cela monte à son Tréſorier , ne ſuivant en ceci la volonté de Votre Majeſté , & encore n'eſt-il content & ſatisfait ,
ſe perſuadant qu'on lui fait tort , pour ne lui donner en ſes mains
l'argent , afin de le diſtribuer comme il voudra , & comme il fit
dernierement des 100000 écus , que le Duc de Parme lui commanda bailler à Landreci , de quoi je ne ſus rien qu'après mon
arrivée à la Fere , deſquels il ne donna rien aux gens de guerre.
Mais en dût païer de vieilles dettes , une deſquelles fut 20000
qu'il dépendit à la journée & bruits de Paris , dont j'ai eu avis
depuis que j'en ſuis ſorti ; & en doit être la faute au ſouci qu'on
prend de ſurprendre les paquets , ne pouvant toutesfois de
Mayenne laiſſer de croire que celle Ville fit les démonſtrations que celle Ville
fit du deſir de ſervir Votre Majeſté , & la faute ſi grande de
faire juſtice de leur autorité de ce Préſident & Conſeillers , eſt
procédée d'ailleurs que des diligences de quelques Miniſtres de
Votre Majeſté , pour ſûreté de cette Ville & de celle d'Orléans;
j'en ai dit ce qu'il me ſemble au Duc de Parme , mais je confeſſe que les forces de Votre Majeſté , ne ſont pour-être deſu-
nies étant beaucoup moindres qu'on n'avoit propoſé : & ſont
ainſi bien beſoin , s'il faut ſecourir Rouen , il eſt toutesfois de
grande importance remédier à ces deux Villes.

Entre le Duc de Mayenne & ſon neveu , il y a peu de conformité : & l'oncle en a de grandes jalouſies ; & encore que de
ma part j'aie fait ce que j'ai pû pour les perſuader à une bonne
intelligence , il ne m'a été néanmoins poſſible : & s'il eſt vrai
que le de Mayenne n'y procede avec la vérité & ſincerité qu'il
doit , je crois qu'il ne ſera mal-à-propos lui entretenir ce con-
tre-poix : par ainſi voïant le Duc de Parme ſa grande néceſſité ,
il lui a baillé juſqu'à 6000 écus , & peu de jours auparavant lui
en avoit baillé 4000 , & ores que ces frais ſoient exceſſifs , & que
ces François ſoient inſatiables , il eſt force de paſſer par là , & le
ſera encore , s'il faut donner à ces Princes & à la Nobleſſe
quelques ſommes , ſi l'on veut tirer d'eux qu'ils ſuivent & obéiſ-
ſent à la volonté de Votre Majeſté : car c'eſt le moïen principal
pour les gagner. Partant devroit Votre Majeſté être ſervie de
commander expreſſément pourvoir à une groſſe ſomme d'argent. Pour cet effet envoie le Duc de Guiſe à Votre Majeſté
l'Evêque d'Avranches (1) , & ſa principale fin , comme j'entends , eſt tirer de Votre Majeſté quelque récompenſe. La

_____

(1) C'étoit François Pericard , qui avoit ſuccédé à ſon frere George Pericard , & qui
vivoit encore en 1615.

Chaftre le lui a confeillé, qui en emportera la moindre partie.

L'on a dit ici pour chofe certaine que Sa Sainteté a fait Cardinal l'Evêque de Plaifance (1), & Légat en ce Roïaume. Je n'en ai toutesfois lettre aucune. C'eft un homme fort entendu, & qui toujours montre avoir grand defir de fervir Votre Majefté; fi l'affaire paffe en avant, il l'accomplira, & aidera beaucoup à la brieveté de l'affemblée des Etats: car il a toujours été de cet avis. Il eft partial du Duc de Guife, & par confé-quent, non trop confident à fon oncle, les reconnoiffances & offices qu'on lui fera de la part de Votre Majefté pourront beau-coup avec lui. Car il a des fins & prétentions, & peu de biens.

Encore que le Duc me dît à Landreci que la Fere étoit avec une groffe garnifon de Votre Majefté, étant logé dedans, nous n'y trouvâmes pas plus de 200 Allemands, & les Wallons étoient au commencement aux Fauxbourg, & après plus loin: & confidérant l'inconvénient qu'il y avoit d'y ténir l'artillerie & munition de Votre Majefté mal affurées, & l'importance de cette Place, je fis inftance au Duc qu'il moïennât de l'affurer: & encore qu'il en parlât plus d'une fois au Duc de Mayenne, il le trouva dur, fe perfuadant que cette Place eft fienne, pour lui avoir cédé le droit qu'y a la Princeffe de Bearn, & ne trou-vant bon la voir en la puiffance des gens de Votre Majefté, tellement qu'après plufieurs allées & venues, devant que de venir à y faire entrer ceux, qui à préfent, comme je crois, fe-ront dedans, il voulut une promeffe fignée du Duc de Parme, qu'il en fortiroit la garnifon à mefure qu'en fortiroient les mu-nitions, & lorfqu'il le demanderoit, moïennant quoi, & de-meurant toujours dedans garnifon Françoife, la Place n'eft comme je defirerois, encore que le Gouverneur d'icelle affure la tenir pour Votre Majefté, ce que je n'ai auffi pris pour bon figne à l'avenir. Car fi le Duc de Mayenne, comme il doit & dit, eft réfolu qu'on faffe ce que Votre Majefté commande, il ne devroit être mari qu'on mît Votre Majefté en poffeffion de quelque Place, fous quelque couleur qui puiffe être. Partant, j'ai dit au Duc de Parme, qu'il feroit bon traiter fecrettement avec quelques Gouverneurs d'icelles, pour gagner ce que l'on

(1) Philippe Sega, Bolonois, Evêque de Plaifance, Diacre Cardinal du titre de faint Onuphre. Il fut élevé au Cardinalat en 1591, dans la feule promotion que fit le Pape In-nocent IX, & mourut en 1596.

pourroit. Car voir Votre Majefté fans rien en ce Roïaume , &
votre armée non gueres forte , c'eft un chemin ouvert à ces
gens-ci pour être moins affectionnés qu'il n'eft de raifon : & le
plus grand fondement qu'aient quelques-uns qui perfuadent à
Mayenne de traiter avec l'Hérétique , c'eft le mettre en confidération , que après tant de mois de délai , & tant de promeffes de Votre Majefté & de vos Miniftres , de mettre une
puiffante armée en ce Roïaume , pour fouler l'Hérétique d'une
part , & d'autre part nettoïer les Provinces , & gagner les Places qu'il y tient ; celle qui y eft entrée eft fi peu forte & mal
pourvue, que même on n'ofe fecourir Rouen , pour ne fe mettre
en hazard d'une bataille , ce qui ne peut être par faute d'argent,
aïant Votre Majefté à préfent tant de chofes à quoi l'emploïer ,
& que fi à préfent que l'on traite , que ce Roïaume foit de Madame l'Infante , & de les obliger avec les armes & négotiations
à ce qu'on le lui donne , il y a pour l'un & pour l'autre tant de
faute d'argent, non-feulement pour eux , mais pour nos gens
mêmes , vû que pour tant qui leur en eft dû , à grand peine leur
peut-on donner une paie , qu'il n'y a doute qu'à l'avenir , &
après avoir obtenu ce que Votre Majefté defire , que tout fera
beaucoup plus court , tant pour les dons qu'ils prétendent &
efperent , que pour les frais de la guerre qu'il faudra entretenir
pour établir le repos néceffaire à ce Roïaume, Et crois fans doute , que la plus forte raifon qu'ils aient pour faire chanceler le
Duc de Mayenne , eft celle-ci : & comme Votre Majefté fait
trop mieux que tous, il eft certain qu'il falloit que cette armée
entrât forte & aifée d'argent, non pour en dépendre plus que
ce que Votre Majefté a commandé & ordonné , mais afin qu'il
ne connût ce qui en eft pour n'être ainfi convenable fous votre
Roïal fervice , & pour ôter le pouvoir de voir l'état auquel
nous nous trouvons : car à ce que le païeur général m'a dit , il
apporta feulement 258000, defquels en furent baillés 100000 à
de Mayenne à Landreci , & plus de 120000, que l'on dit que
montera une feule paie que l'on donnera aux troupes de Votre
Majefté , celle du de Mayenne en a confommé 32000 , & 11000
qu'on leur baillera pour ce mois, & autres menues parties de
gages d'Officiers de l'armée de Votre Majefté , de forte qu'à
mon compte dans deux jours le Duc fera fans argent, & le peu
qui au commencement de ce mois eft refté à Anvers pour le
refte de la paie de Décembre, avec ce qui vient de Bourgogne, je
ne penfe pas qu'il vienne à 80000 écus , & jufqu'à préfent le
Duc

Duc n'a avis aucun que Votre Majesté envoïe des provisions pour ici, ni pour Flandres. Car encore que je tienne pour sans doute que Votre Majesté l'aura commandé, la dilation nous est certainement dommageable, tant pour le propre bien de Votre Majesté que pour les autres choses ; que j'ai représentées, qui ne sont de moindre importance, tout ce que je me suis hazardé de dire pour le zele que j'ai au service de Votre Majesté & satisfaire au peu que je puis, avec les grandes obligations que j'ai de mourir pour icelui, comme je ferai.

J'ai baillé au Duc de Montemarcian les lettres de Votre Majesté & lui ai ramentu les obligations qu'il a à votre Roïal service, pour ne laisser en arriere chose qui nous pût préjudicier en ceci : & encore qu'on y remediât, moïennant l'entrée du Duc en ce Roïaume, sur ce qu'il vouloit licentier toute son Infanterie, suivant le commandement qu'il en avoit de Sa Sainteté, comme j'ai écrit à Votre Majesté, il a depuis licentié l'Infanterie Italienne, où il ne s'est de gueres perdu, parcequ'il y en avoit peu, & presque de nul service, & une partie d'icelle est entrée au service de Votre Majesté ; mais lui aïant sa Sainteté écrit la forme qu'elle vouloit qu'on païât les Suisses, fort différente à celle que ceux de cette Nation ont accoutumé jusqu'ici, il le veut faire au pied de la lettre, & en traite déja : moïennant quoi sans doute, il perdra ses troupes, & encore que je lui aie dit mille raisons, & que le Duc lui ait écrit, qu'il faut répliquer à Sa Sainteté & attendre un autre second commandement, je ne l'ai vû jusqu'à présent changer de sa premiere opinion. Et outre ce il a prétendu (& dit qu'il n'en fera autre chose) précéder le Duc de Parme la premiere fois qu'il se verra avec lui en public, montrant pour cela une lettre de son frere, qu'il lui écrivit au mois d'Août passé, lui commandant au nom de Sa Sainteté, qu'il fît ainsi résolument, pour avoir été conclu cela à la Congrégation de France. Et comme cela est différent à ce que peu auparavant écrivirent le Duc de Sessa & Comte d'Olivarès, & qu'il ne semble juste au Duc de Parme le vouloir permettre, c'est la cause qu'ils ne se voient & conferent ensemble : & une fois que le Duc de Montemarcian vint, ce fut devant jour, & s'en retourna aussi-tôt, chose qui ne peut être que dommageable au bon succès que l'on prétend ès affaires que l'on a en main. Je crois qu'on en a écrit à Rome. La Cavalerie de Sa Sainteté rappetisse tous les jours & ne sont à présent 500, & s'il y a trois mille Suisses, ce ne sera peu. La relation de l'armée de Votre

Majefté, le Duc l'enverra fuivant la montre qu'on en a faite,
& pour tout ce qui fera de fervice, l'on en pourra faire une bonne réformation. Le temps & les vivres nous en défont une partie, & comme j'ai ci-devant écrit, ce feroit de grand profit de
renforcer cette armée de quelques troupes Efpagnoles, celle
qui vint de Naples & Lombardie, qui étoit 28 Enfeignes, ont
été réduites par le Duc à 14, & a-t-on mis les gens des autres
aux deux Regimens de Dom Alonfo de Idiaques, & Dom
Antoine de Cunique, moïenant quoi je penfe qu'on aura ici
quatre mille Efpagnols, qui eft notre plus grand cabal. Notre
Seigneur garde Votre Majefté comme la Chrétienté en a befoin, & fes Vaffaux & Créatures le defirent.

Dom Diego de Ibarra.

De Nefle, 12 *Janvier*, 1592.

Et à la foufcription: Au Roi notre Siré, ès mains de Dom
Martin d'Idíaques, fon Sécrétaire d'Etat.

A U T R E L E T T R E

DU MÊME IBARRA, AU ROI D'ESPAGNE.

De Nefle *, le 14 de Janvier 1592.

SIRE,

L'homme, de qui je devois favoir avec les particuliers ce
qu'apporta le Gentilhomme de la Comteffe de Saux, demeura
à Laon; mais ce que j'ai pu apprendre, c'eft qu'il venoit faire fes plaintes, qu'à fon opinion elle peut avoir du Duc de
Savoie, en donnant différentes fins aux chofes qu'il fait en
celle Province à celles que Votre Majefté fait qu'il a; & ce que
le Duc de Mayenne a envoïé faire par deçà avec grandes inf-
tances, par un Gentilhomme qui partit d'ici il y a peu de jours,
eft que le Comte de Cars & la Comteffe de Saux fe reconci-
lient & conféderent enfemble, que comme Votre Majefté fait,
ils font très mal eux deux, & ce fera pour avoir plus de moïen
d'empêcher le Duc de Savoie de gagner païs, encore que de

(1) Ville de Picardie, au païs de Santerre.

Mayenne m'a dit qu'il a tâché, & eſt très aiſe que Monſieur de Cars aſſiſte & ſerve le Duc. Il ne m'a ouvert encore la porte pour traiter du fait de la patente, & comme Votre Majeſté m'a commandé que je n'éveille ce diſcours, je n'ai oſé le faire; mais ſi la patente eſt néceſſaire, comme il me ſemble, & m'en donnant Votre Majeſté la permiſſion, je la demanderai au Duc, lui diſant ſur ce point que Votre Majeſté commande répondre à Janin, & je crois qu'il ne la refuſera. Je me ſuis informé du profit qu'on tirera des Ducheſſes de Longueville, pour la liberté du Duc d'Elbœuf: l'on me dit que Villeroi le traite plus pour elles que pour autre, attendu que ce que l'on offre d'aider pour la rançon du Duc d'Elbœuf, outre le Vi-comté de Tavanes que l'on baillera, eſt avec ſeulement vingt-cinq mille écus, & ceux-ci ne ſont de ſon bien, mais on le tirera de quelques marchandiſes qui viendront avec paſſeport, qui eſt conformement aux permiſſions des Païs-Bas; en quoi n'eut été de peu de profit en bailler la ſuperintendance à Ri-chardot, comme j'ai entendu que Votre Majeſté l'aura com-mandé, & non à celui à qui on l'a baillée, qui eſt des plus inté-reſſables hommes de ces Etats-là. Toutes les diligences que bonnement j'ai pu faire, ſans chauſſer aucune jalouſie à de Mayenne, qui en prend des moineaux qui volent, je l'ai fait afin qu'il diſpoſe de ces priſonniers; il ſera toutesfois bon que Votre Majeſté commande incontinent ce qu'elle deſire, afin qu'il vienne à temps & obéir. Il y eut hier une aſſemblée du Préſident Janin & Monſieur de la Chaſtre avec Richardot & moi, ſur les mêmes matieres qu'on a commencé de traiter. Et ce que l'on y a introduit Monſieur de la Chaſtre, a été pour aſſurer le Duc de Guiſe, que l'on ne traitoit aucune choſe à ſon préjudice; car les ſuſpicions ſont fort vives parmi eux.

Ils ſe ſont appaiſés en l'Election de Madame l'Infante, en propoſant toujours l'affaire pour difficile: & pour le remede de l'argent; outre ce qu'il faudra ſatisfaire à chacun de ceux qu'ils appellent Princes, ès choſes du Roïaume, & avec quelques dons de Votre Majeſté.

La premiere choſe qu'ils mettent en avant, eſt que Votre Majeſté s'oblige de l'aſſiſter avec quatre millions par an, pour les deux premiers de ſa Roïauté, & que ceux-ci entrent en France en argent, pour être dépendus par les Officiers ordon-nés du Roïaume, en la forme qu'on a uſé quand il y avoit un Roi; que l'Alteſſe de Madame l'Infante vienne en bref, & que dans peu de temps elle ait à se marier, avec l'avis des Princes & Officiers de la Couronne & Etats; & sur ce propos, se laisserent dire que ce seroit en se conformant avec sa volonté, dont je ne fus marri de l'ouir.

Que les Capitaineries, Offices, Gouvernemens & Garnisons des Places, ne pourroient être tenues par Etrangers, & ce qu'ils voudront pour le moins en ceci, sera que l'on observe tout ce que les Rois passés ont promis de garder.

Une grosse somme d'argent dès à présent pour gagner les personnes qui sont avec le de Bearn, & entre celles qui suivent ce parti.

Que l'armée que l'on maintient à présent est moindre que celle qu'il sera besoin pour offenser le de Bearn; & la forme d'entretenir le de Mayenne ne les satisfait pas, car il voudroit que les 10000 écus par mois fussent mis en son pouvoir, pour les distribuer comme bon lui sembleroit.

Le fait des Etats est toujours mis pour une accessoire, & disent qu'ils passeront par ce qui sera arrêté & capitulé avec les Princes, & qu'il ne sert de rien de les assembler devant que cela soit fait; & je me confirme en ce qu'ils sont aisés de le négocier sans eux, afin qu'ils ne montrent la volonté que plusieurs auront qu'on vienne à ce que Votre Majesté desire de beaucoup meilleur compte.

Qu'il convient secourir Rouen. Et combien qu'en cela nous y marchons lentement pour n'être assez forts; si cette Ville souffre, les autres perdront patience & espérance, & notre parti s'empirera en tout, & en cela je le crois.

Nous autres n'avons rien fait que les ouir, & attendre pour voir ce que le Duc de Parme dit, & selon la différence qu'il y a en l'état de ses affaires à celui que Votre Majesté croit, je ne sais si sans attendre aucune réponse votre, le Duc de Parme la pourra donner. Par ainsi il conviendra que Votre Majesté commande ce qu'elle sera servie, qu'il se fasse avec la briéveté possible; c'est une matiere où je tiens pour grande témérité de m'y entremettre; mais le dueil que j'ai que le service de Votre Majesté ne se fait comme je desire, ne permet que je me taise; car comme j'entends, les occasions qui sont cause de faire parler ces gens de cette sorte, sont le peu de forces que nous avons, & qu'il n'y a aucune Place en la puissance de Votre Majesté, que si nous avions l'un ou l'autre, c'est sans doute qu'aussi l'eût été leur langage. Et encore que nous ouvrions tard les yeux, je penfe qu'il feroit bien fait de renforcer l'armée, de forte que le de Bearn fe retirât, & ne pût empêcher ce que l'on intenteroit; envoïer auffi quelque fomme d'argent à part, pour moïennant ce gagner les volontés, & non par les mains de de Mayenne, finon avec fon avis; mais par celles du Capitaine Général de Votre Majefté ou des Miniftres dont elle fera fervie, pour mettre le pied aux Places d'importance, par intelligence & la force.

AUTRE LETTRE

DE IBARRA, AU ROI D'ESPAGNE,

Ecrite à la Forêt de Lihons, ce 18 Janvier 1592.

SIRE,

D'autant que l'armée marcha devant hier, & arriva fi tard, que nous ne pumes nous affembler le jour d'hier avec les François, on n'a eu autre moïen de leur répondre, ainfi que j'ai écrit à Votre Majefté par Lettre du 10 de ce mois, qu'à préfent; & après que le Duc, Jean-Baptifte Richardot, & moi, l'avons confidéré, avec le defir & affection que nous devons, nous fommes à réfoudre qu'il ne falloit en aucune forte leur déclarer qu'il étoit befoin d'attendre pour leur répondre la réfolution de Votre Majefté pour les inconvénients fi évidens qui en pourroient avenir; finon leur offrir que dès le même jour que Madame l'Infante fera élue & admife légitimement par les Etats pour Roine, dès lors Votre Majefté aura en ce Roïaume une armée de feize mille hommes de pied, & quatre mille chevaux des Nations qu'il vous plaira, avec fon Général & Officiers ordinaires, dix piéces d'artillerie, & que Votre Majefté entretiendra & paiera pour un an, & baillera à M. l'Infante pour ce même temps un million pour aider à païer l'armée Françoife qu'on levera; & que s'ils ne fe contentoient de ceci, qu'on s'étendroit pour le regard de l'armée de Votre Majefté jufqu'à vingt mille de pied, & cinq mille chevaux, & cent mille écus par mois à Madame l'Infante, & quant au temps, que ce feroit pour deux ans, à commencer du terme à quoi nous nous fommes-réfolus; pource que auparavant que tout foit paffé &

arrêté par les Etats, Votre Majesté, pourra bien le vouloir ou laisser, ou commander qu'il se fasse; & si votre volonté est de l'approuver pour la conclurre avec la solemnité requise, il sera besoin que Votre Majesté envoie une procuration, ou bien que comme il a plu à Votre Majesté m'écrire que le Duc de Feria doit venir, il faut croire qu'il l'apportera; mais jusqu'à présent on ne sait aucunes nouvelles; le temps se passe, & l'affaire s'achemine, encore que non sitôt que je voudrois pour l'assemblée des Etats, qui pour tant que l'on fasse, ne s'assemblent jusqu'à cette heure. Il m'a semblé bon dire ceci, & ores que Janin n'ait demandé l'assistance, l'on voit s'il faut espérer que Madame l'Infante doive regner, aïant le de Bearn si bonne part au Roïaume, & étant hors d'icelui si bien aidé, qu'il sera impossible conserver ce qui est à présent pour les Catholiques, ni conquérir le surplus, & être Reine avec sûreté, comme il convient, si le tout ne lui vient en main par les forces de Votre Majesté; car du propre Roïaume, on n'en tirera jamais les nécessités pour résister à celle que le de Bearn tient; & par le moïen de ces frais, comme Votre Majesté pourra mieux voir que tout, il est force de recevoir cette Couronne. Partant cela demeure à la prudence de Votre Majesté, résoudre en ceci ce qu'il lui plaira; & le voulant ainsi, il faudra que l'armée de France soit de tout point divisée & distincte de celle de Flandres, & pareillement l'argent & provisions; car autrement il y auroit faute aux deux endroits. L'on marche la route de Rouen avec intention d'obliger le de Bearn de lever le siege par une diversion, ou pour nous approcher si près de lui, qu'il y soit contraint; je ne sais si on changera de volonté, soit pour le temps, ou par les avis que nous aurons des forces de de Bearn; car comme nous n'en avons eu jusqu'à présent que par le moïen des François, l'on ne s'en peut beaucoup assurer. Il nous vient fort mal-à-propos de côtoïer si souvent nos frontieres, car c'est cause que nos gens se retirent tous les jours, particulierement les Valons. Le paiement de l'armée a monté plus de ce que je n'avois dit à Votre Majesté, & ainsi le Païeur général m'a dit aujourd'hui, qu'il n'y a point d'argent, ni en Flandres aussi, ce qui vient mal-à-propos, pource que nous avons affaire avec les François, qui sans doute sont gens les plus sujets à leur profit que j'aie jamais connus; & qui se refroidissent & perdent aussi tout courage; car il leur semble, & l'estiment ainsi, que tout devroit s'ouvrir. Notre Seigneur garde votre Majesté

comme la Chrétienté a befoin , & vos Sujets & Créatures defirent.

De Lihòns, ce 18 Janvier, 1592.

Et à la foufcription. Au Roi Notre Sire, ès mains de Dom
Martin de Idiaques, fon Sécrétaire d'Etat.

LETTRE

DU DUC DE PARME, AUDIT ROI D'ESPAGNE.

De Lihons, du même jour,

S. C. R. M.

AFin de paffer plus avant fur cette négociation, & defir que
j'ai de pouvoir donner quelque lumiere à Votre Majefté, de
ce que je pourrois découvrir, j'ai retenu long-temps cette dépêche, au moïen des difcours qui fe font paffés il y a quatre
jours, entre le Préfident Janin & Monfieur de la Chaftre,
Députés du Duc de Mayenne, pour traiter de cette affaire
avec Dom Diego de Ibarra, & Préfident Richardot, qui par
mon commandement s'affemblerent avec eux. Or, les deux
vinrent à fe déclarer, & efpéroient que l'on pourroit introduire quelque difcours fur la Loi Salique pour cette fois, encore
qu'ils ne l'ofent affurer pour les difficultés qu'ils favent qui fe
préfenteront pour traverfer cette affaire, comme étant de telle
importance & nouveauté qu'un chacun fait, faifant nommer
la Séréniffime Infante pour Reine fouveraine de ce Roïaume,
avec condition qu'elle y viendroit réfider dedans fix mois, &
de-là à autres fix elle fe marieroit felon l'avis des Confeillers &
Miniftres de la Couronne ; difant que lors qu'elle parviendroit
à ce point, qui eft d'être Reine fouveraine, qu'elle pourroit
peut-être choifir tel mari qu'il lui plairoit, fans ce que perfonne s'y pût oppofer, ajoutant à ces conditions, qu'il faudroit
continuer les Loix & coutumes de ce Roïaume, & les conferver en fon entier, & qu'il ne falloit prétendre de mettre des
Gouverneurs & des Garnifons aux Places, d'autre Nation
que de la leur ; & puifque le Roïaume étoit divifé, qu'il n'y
avoit apparence de pouvoir fitôt, ni fi facilement chaffer le de
Bearn Hérétique, & bien puiffant, comme il eft, ni appaifer

les autres qui se voudroient opposer à cette résolution; que
devant toutes choses il étoit nécessaire que Votre Majesté dé-
pendît dans le propre Roïaume, premierement ils dirent huit,
puis après ils vinrent à monter à dix millions pour le moins en
deux ans, afin d'appaiser & assurer le Roïaume, & le réduire
du tout à l'obéissance de la Sérénissime Infante, & que la dépense de ces deniers se fît par les Officiers & Ministres du
Roïaume, à la forme & maniere qu'ils ont accoutumé, ajoutant pour corroborer leurs raisons, qu'étant cette Déclaration
faite, la porte leur est du tout serrée pour se pouvoir jamais
plus accommoder avec le de Bearn, ni parler d'aucun autre
expédient; & leur semble pour parvenir à cette fin, que moïenant lesdits dix millions que l'on dépendra en deux ans, lesquels commenceront dès-lors que la Sérénissime Infante sera
déclarée pour leur Reine, & non auparavant, ils feront un
grand effet. Outre ce ils concluent, qu'il est force de s'accommoder avec ceux qu'ils appellent Princes, & avec les Gouverneurs des Provinces en particulier, & plusieurs autres de la
Noblesse, tant de ceux qui suivent le parti, que de ceux qui
suivent le parti contraire, qui se voudront réduire; attendu
que par le moïen de ceux-ci on doit prendre & établir l'affaire
en l'Assemblée des Etats. Car autrement on ne le sauroit faire
par les moïens que nous prétendons, & que ces Princes & les
biens affectionnés de la Noblesse desirent; nous disant librement que pour y parvenir & gagner ces volontés, il faudra une
grande somme d'argent, qui toutesfois sera déduite desdits
dix millions; outre les charges, propriétés & récompenses
qu'on leur fera dans leur propre Roïaume, lesquels aussi ils disent qu'il faudra modérer, pource qu'il ne seroit raisonnable
qu'elles fussent telles qu'elles divisassent l'Etat qu'ils prétendent
plus que jamais conserver en son entier; & le font ainsi entendre toutes & quantes fois qu'il vient de parler.

    Lesdits Dom Diego de Ibarra & Richardot ont répondu à
ces propositions ce qui leur a semblé convenable, & particulierement qu'il ne falloit douter qu'engageant Votre Majesté,
la fille en ce Roïaume, Votre Majesté ne la voudroit abandonner, jusqu'à ce qu'il fût entierement réduit, comme il est raison, puisqu'à présent sans autre dessein particulier, sinon le
général de la conservation de la Religion & bien de la Chré-
tienneté, Votre Majesté dépend, comme ils savent très bien,
peu moins de quatre millions par an: que partant ils se pourroient

roient bien tenir affurés pour les deux premieres années de la
Roïauté de la Sereniffime Infante , & que voulant venir à cette
promeffe , on croit qu'auffi peu voudroient-ils obliger Votre
Majefté , qu'elle mît en leurs mains toute cette fomme à la fois,
mais qu'on la fournira à mefure qu'on la dépendra : de quoi il
femble qu'ils fe devroient contenter , auffi bien que des huit
millions qu'ils propoferent au commencement , & non aux dix
fur lefquels ils s'arrêterent. Enfin ils demeurerent fur ce qu'ils
dirent , qu'ils me feroient réponfe de ce difcours , & fur ce qui
s'étoit propofé entr'eux , pour leur donner la réfolution que juftement on leur devoit bailler , & eft ainfi qu'ils me la donnerent hier en préfence de Jean-Baptifte de Taffis , qui , au
moïen de ce que je lui avois écrit , eft revenu de Bruxelles ici ,
& pour ce que c'eft une affaire de poids & confidération qu'on
peut eftimer , nous demeurâmes un peu pour y bien penfer &
le réfoudre tard. Car l'aïant bien regardé , confideré & pefé avec
toutes ces circonftances & dépendances , nous fûmes unanimement d'opinion , qu'il ne falloit en quelque forte que ce fût,
leur faire connoître que nous n'avons nulle charge de pouvoir
paffer avant , & conclure cette négociation fans nouvel avis de
Votre Majefté , attendu les inconvéniens qui en peuvent réuffir , defquels le differer l'affemblée des Etats en eft le moindre,
comme il femble qu'ils veulent faire , néanmoins ils les tiendront, quelque dilation qu'il y ait : & ne font encore de moindre importance que les propos de la paix , qu'ils tiennent toujours en état , qui par le moïen des mauvais inftrumens que de
Mayenne a près de foi , fe pourroit faire , lorfque moins nous
y penferions : outre ce l'ombrage & foupçon qu'ils ont de Votre Majefté , de quelques Potentats , & l'opinion que plufieurs
du Roïaume fe font imprimée que Votre Majefté prétendoit
plutôt par le moïen d'une longueur ruiner ledit Roïaume , &
par ce, donner occafion à la divifion , de forte que n'aïant ,
comme je n'ai , aucun avis de promettre cette fomme pour Votre Majefté , & qu'il faut fe réfoudre premierement fur tout ,
fans lâcher de la main le difcours de la Sereniffime Infante ma
Maîtreffe , qui eft ce que pour ce fait nous pourrions defirer ,
nous conclûmes qu'ils fe raffembleroient de nouveau ce jour-
d'hui , & avec eux Jean-Baptifte de Taffis , & que fans promettre , ni refufer la fomme de huit millions , on pourfuivroit l'affaire : leur difant que puifqu'on a commencé de parler de ceci,
qu'il faut venir au point de la prétention des Princes , & des

autres particuliers de la Nobleffe , avec d'autres prétentions , s'il
y en a , afin d'accélérer l'affemblée defdits Etats , & parvenir ,
moïennant l'aide de Dieu , à la bonne fin qu'eux & nous prétendons de cette affaire : eftimant que pendant que nous en traiterons , & de la fureté des deniers que l'on doit dépendre , outre ce qui a été emploïé pour le bénéfice de la Couronne , & de
la fureté de la Séreniffime Infante ma Maîtreffe , lorfqu'elle fera
mife dans le propre Roïaume , & qu'il fera meilleur que la fomme qu'ils prétendent foit emploïée , comme elle eft à préfent ,
en une armée étrangere , & avec des François , & non le tout
par leurs mains : qu'il y aura moïen d'avoir réponfe de Votre
Majefté , avec déclaration de fa Roïale volonté fur ce point :
mêmement l'on ne doit venir à l'exécution , jufqu'après le fait
de la Séreniffime Infante , pour laquelle il femble que ladite
fomme feroit bien emploïée , vû que Votre Majefté fans aucun
gage en main a bien dépendu tout ce qu'un chacun fait , & peut-
être lui en faudra dépendre autant , pour n'abandonner cette
fainte caufe , fans aucun autre interêt particulier. Lefdits Jean-
Baptifte de Taffis , Dom Diego de Ibarra & le Préfident Richardot s'en allerent avec cette réfolution au quartier du Duc
de Mayenne , & s'étant affemblés avec les fufdits Monfieur de
la Chaftre , & Préfident Janin , pour guider l'affaire de la forte
que nous l'avions conclue : mais cela ne fervit de rien , pour ce
qu'ils leur répondirent que traiter des particularités & des prétentions , ce feroit une affaire trop longue , & qu'il ne s'y falloit
arrêter , qu'au préalable & devant tout , on n'eût conclu le
point des millions , fur lequel on devoit fonder le refte , qui
étoit l'Election de la Séreniffime Infante pour leur Reine. Etant
retournés à moi avec cette réponfe , ores qu'ils fuffent d'avis que
je ne pouvois refufer de faire la promeffe au Roïal nom de Votre Majefté , pour lefdits qnatre millions pour les raifons fufdites , & plufieurs autres , qu'on peut bien entendre , & nous
obligent à ne differer cette réfolution , pour être néanmoins
l'affaire fi grande & de telle importance , & fi fragile , n'étant
bien féant qu'un ferviteur prenne la hardieffe d'offrir chofe quelconque , qu'il ne foit au préalable bien affuré qu'elle fera agréable à fon Maître : je leur dis , que puifque' nous étions fur notre
partement , ils pourroient s'affembler le jour fubféquent ; qu'ils
penfaffent bien ce que je leur difois , afin que tous euffions meilleur moïen de penfer aux frais & au fervice de V. M. & nous
étant attendus l'un l'autre , & chacun y aïant penfé de fon côté

pour parvenir à notre intention , & satisfaire à nos obligations, après avoir bien pensé & repensé sur les inconvéniens qui adviendroient , s'ils savoient que nous n'avons pouvoir de le conclure , & sachant la réponse que V. M. fit faire au Président Janin , par laquelle j'étois assuré de votre Roïale volonté , & touchant avec les mains , que par faute d'y condescendre , on pourroit non-seulement effacer l'affaire de la Sereniffime Infanté en tout point , mais aussi tomber en mille inconvéniens, sans être assurés de voir exclus le de Béarne de cette Couronne , mais qui plus est , nous l'établirions. Or, en une affaire si précise & contrainte , nous avons d'un commun consentement fait élection du parti qui nous a semblé meilleur pour toute la Chrétienté , & le Roïal service de V. M. présupposant qu'elle recevroit plus de déplaisir , après avoir tant travaillé & emploïé tant d'argent , & répandu tant de sang , qu'on vint à perdre de tout point une affaire de telle importance , nous aïant été offert ce qu'ils prétendent. Puisque pour l'un , étant une fois rompu , il n'y avoit plus aucun respect : & pour l'autre , ne l'aïant V. M. agréable, il sera en sa main de le refuser , sans consentir ni venir à ce qu'ils proposent & offrent : & ainsi nous avons conclu non de leur offrir l'argent net, mais jusqu'à 20000 hommes de pied , & 5000 chevaux étrangers , païés par V. M. avec l'artillerie, vivres & attirail , & douze cens mille écus à la disposition de la Sereniffime Infante ma Maîtresse pour un an , afin d'entretenir ceux du Roïaume qui nous sembleront propres , tâchant auparavant de les contenter de 16000 hommes de pied, & 4000 chevaux, & d'un seul million en deniers pour ce que dessus , afin qu'ils se contentent de cette assistance pour un an seulement , & y faire toutes les diligences qu'on pourra sans rien rompre : & quand on ne pourra mieux faire , & pour ne venir à un point si pernicieux , comme est celui de la perte de toute la Chrétienté , nous sommes aussi résolus de nous étendre jusqu'aux deux ans qu'ils prétendent , persistans toutefois , à ce qu'il y ait une armée étrangere , entretenue par V. M. pour ce qu'il nous semble que pour plusieurs respects il le faut ainsi , afin que plus promptement nous appaisions les choses du propre Roïaume, & pour plus grande sureté de la Sereniffime Infante ma Maîtresse , lorsqu'elle entrera & résidera : sur quoi & sur le remboursement de l'argent dépendu , & qui se dépendra , & les autres points qui concernent cette matière , on les traitera par le moïen desdits Jean-Baptiste de Tassis, Dom Diego de Ibar-

I ij

ra, & Préſident Richardot, avec le ſoin, diligence, & autorité
que V. M. peut ſe confier de chacun d'eux, & de moi qui vous
ſuis tant véritablement obligé Sujet. C'eſt donc à cette heure à
V. M. à ſe réſoudre en cette affaire, & à nous commander faire
la néceſſaire prévention & proviſion, tant d'hommes que d'argent, afin qu'elle s'enſuive, ſans oublier quelques ſommes particulieres pour les extraordinaires, leſquels, ſans doute, ſeront
très grands, & pour les volontés qu'il faudra ſecretement &
ſéparement gagner : & auſſi ce qui ſera néceſſaire pour le Païs-
bas, pour leur entretenement & conſervation, à quoi il faut
auſſi pourvoir : & ſe réſolvant V. M. d'embraſſer cette négociation, & cette Chrétienté, par le chemin que propoſent & prétendent le Duc de Mayenne & ces François, il me ſemble,
ſelon mon petit jugement, que ſur toutes choſes on ne doit
manquer d'un ſeul point de ce qu'il leur ſera promis, & qu'il
n'y ait aucun retardement tant à pourvoir ce qui ſera néceſſaire,
& conclure en ces affaires, puiſqu'avec ces humeurs, quelque que ce ſoit de ces deux choſes peut non-ſeulement préjudicier, mais la détruire ſans eſpoir de la faire jamais revivre.

Car, ores que je voie bien, que pour parvenir à notre intention, ſe préſentoit une milliaſſe de difficultés, & telles que ce
ſera plutôt une grace de Notre Seigneur de les vaincre, que
non d'induſtrie humaine, & par ainſi il ſemble que la crainte
ſurmonte l'eſpérance d'y pouvoir parvenir : toutesfois, s'il y a
moïen aucun, c'eſt celui de la particularité & célérité en tout :
& les connoiſſant, comme nous les connoiſſons, nous qui
ſommes ici, nous hâtons le plus que nous pouvons la convocation & aſſemblée des Etats : & tout ce qui nous ſemble plus
propre à cette fin.

Et d'autant qu'il n'y a doute qu'ils voudront voir le pouvoir
que nous avons de V. M. pour conclure l'affaire, comme de raiſon, je ſupplie V. M. de l'envoïer au plutôt à celui qu'il vous
plaira, pour conclure & mettre fin, à ce que nous ne demeurions, par faute de l'avoir, au plus beau du chemin : car je crains
fort qu'ils le nous demandent devant l'aſſemblée des Etats : &
ſur le point de déclaration, que nous prétendons qu'ils feront
en faveur de la Sereniſſime Infante ma Maîtreſſe, vû qu'ils ſont
ſi curieux en toutes leurs choſes : & certes il y auroit du danger
de dire, qu'il n'y en a point encore, & que d'autre part nous
prétendiſſions leur donner toute ſatisfaction.

C'eft à la vérité une affaire grave & de grand poids, & qui
a été, & fera de grands frais, lefquels pourvû qu'ils ne paffent
les huit millions en deux ans qu'ils prétendent qu'il montrera
pour appaifer la tyrannie, nous nous pourrions contenter. Et
quant à moi, je crains qu'il en faudra d'avantage, & pour plus
long temps. Mais d'autre part, venant à confidérer qu'il s'en
fuivra, que la Séréniffime Infante fera déclarée Reine proprié-
taire de ce Roïaume, qui eft ce que Votre Majefté prétend &
defire, & que comme il femble, il lui vient fi bien à propos,
non-feulement pour le propre Roïaume, & la Religion Catholique en général, mais auffi pour les Roïaumes & États de V.
M. en particulier. Cela me fait eftimer que l'on doit prendre
cœur d'aider & procurer de paffer outre en ces affaires, le plus
promptement que faire fe pourra.

J'ai été très aife que Sa Sainteté fe foit réfolue de faire Cardinal l'Evêque de Plaifance, & qu'elle l'ait déclaré fon Légat
en ce Roïaume, pour les raifons que j'écris particulierement
en une Lettre, qui fera avec celle-ci, pource que fans doute il
aidera avec toute célérité à faire fuccéder notre affaire, comme nous prétendons; mais aïant préfentement entendu par
un courrier du Duc de Seffa, qu'il m'a dépêché le 30 du paffé,
la mort du bon Pape Innocent (1), qui fi bien entendoit ces
affaires, & fi prudemment les guidoit, je confeffe qu'il m'a
mis en un grand fouci, non tant pour le regard de ma maifon, pour l'affection qu'il lui portoit, comme pour le fervice
de Votre Majefté fur ce que nous avons en main, & pour toute la Chrétienté, puifque par fon faint zéle Chrétien, & prudence, dont il étoit doué, on peut préfuppofer qu'il eût fait
de bons effets.

Je dis bien que cette perte nous oblige d'accélerer plus que
jamais cette affaire, & condefcendre plus facilement à ce que
propofent & prétendent ces François, afin que fi le fort tombe
fur quelqu'un, qui n'entende ces affaires, comme les deux Papes paffés, il nous trouve fi avant & fi bien établis en icelui,
qu'il ne puiffe empêcher notre bon fuccès. J'efpere en Dieu
qu'il nous le donnera bon, & fort conforme à fon faint fervice, & à celui de Votre Majefté, qui lui eft fi conjoint, &

(1) Innocent IX, nommé avant fon Election Jean-Antoine Fachinetti, fut élu Pape
après Gregoire XIV, le 29 Octobre 1591,
& mourut le 30 Décembre fuivant. Il s'étoit
trouvé au Concile de Trente, & avoit été
fait Cardinal par Gregoire XIII. Il étoit de
Boulogne. Il eut pour fucceffeur Clément
VIII.

qui aura commandé faire les préventions néceſſaires, & telles qu'on peut eſpérer de ſon ſaint zéle. Notre Seigneur garde & proſpere la S. C. R. P. de Votre Majeſté, avec accroiſſe‑ ment de Roïaumes & Etats, que ce ſien véritable Sujet lui deſire.

De Votre Majeſté,

Humilde criado, que ſus reales pies y manos beſa,
ALESS⁹. FARNEZE.

De Lihons, ce 17 Janvier 1592.

Avertissement.

ES Lettres sus écrites est parlé de la mutinerie de Paris au préjudice de quelques gens de longue robe. Pour intelligence de quoi faut noter, que certains Séditieux, nommés les Seize (1), premiers Auteurs de la Ligue entre le Peuple, desquels sera amplement parlé en un discours entier ci-après, ne pouvant porter que le Duc de Mayenne fît du maître à l'accoutumée, se résolurent de la désarçonner, & acheminer plus vîtement les affaires selon l'intention des Espagnols, en coupant aussi tout d'un coup l'espérance au Roi de venir à bout d'eux. Ils découvrirent que le Président Brisson & quelques autres, marris d'avoir eu si longuement part aux fureurs de la Ligue, pensoient à quelque remede. Les Séditieux estimerent avoir trouvé ce qu'ils cherchoient; & après quelques conseils tenus entr'eux, allerent de leur autorité saisir ce Président & deux Conseillers, ausquels en brief temps ils firent le procès, & les firent pendre & étrangler en plein jour sur la fin de l'an 1591. Ainsi périt Brisson, homme docte, qui s'étant plongé contre son devoir & savoir en cet abyme de félonie exécrable contre le Souverain & les Loix du Roïaume, reçut de ceux qu'il avoit trop supportés en leurs crimes, le salaire de ses fautes inexcusables. Aucuns afferment que si lui & les deux autres eussent vécu plus long-temps, les affaires se fussent plutôt pacifiées. A ce bruit le Duc de Mayenne accourut à Paris, fit prendre certains de ces Seize, écarta les autres, & assura sa Lieutenance, comme il put, publiant sur ce qui s'étoit passé, la Déclaration que nous avons insérée en cet endroit.

(1) Espece de Ligue particuliere pour Paris seulement, composée de plusieurs hommes qui s'étoient distribués dans les *seize* quartiers de la Ville, & qui avoient partagé entr'eux l'administration des affaires : Cette faction furieuse, qui donna à Paris tant de scenes sanglantes, étoit vendue au Duc de Guise, & ennemie jurée de la Roïauté. Ces Scélerats qui donnoient le nom de zele à la fureur, dit M. de Thou, ne craignoient rien tant que le retour de la paix. Ils persécutoient comme des politiques & des fauteurs d'hérésie ceux qui étoient ennemis des troubles, & ne cherchoient sans cesse que l'occasion de leur enlever, sous quelque prétexte que ce fût, leurs biens, dont ils brûloient du désir de s'emparer. Ces Fanatiques aïant usurpé, dans ces temps de troubles & de divisions, la souveraine puissance sur les Officiers militaires, sur le Clergé & sur les Magistrats, s'assembloient de leur autorité privée en différens endroits, pour mieux dérober la connoissance de leurs complots. C'étoit dans ces assemblées secretes que se formoient des résolutions funestes à l'Etat; & que l'on conspiroit contre les gens de biens, & contre le Duc de Mayenne lui même.

ABOLITION DU DUC DE MAYENNE,

Sur ce qui s'est fait à Paris sur la mort ignominieuse du Prési-
dent Brisson, les Conseillers Larcher & Tardif.

En Décembre, 1591.

CHARLES DE LORRAINE, Duc de Mayenne, Lieutenant
Général de l'Etat & Couronne de France, à tous présents & à
venir; Salut. Comme en la capture & emprisonnement injurieux, meurtres & assassinats commis en cette Ville de Paris,
ès personnes des défunts, les Sieurs Brisson, Président en la
Cour de Parlement, l'Archer, Conseiller en icelle, & Tardif,
Conseiller au Châtelet (1), le quinzieme jour de Novembre
dernier passé, & exposition ignominieuse de leurs corps faite

(1) Les trois Magistrats qui furent la victime de la fureur des Seize, furent, comme
on le dit ici, MM. *Brisson, Larcher* & *Tar-*
dif. Barnabé Brisson étoit premier Président
du Parlement de Paris. Il auroit pu éviter ce
malheur, s'il eût imité ses confreres qui
avoient pris la fuite. Mais sans considérer
que quelques autres étoient emprisonnés, &
que le Parlement d'ailleurs étoit sans autorité, en aïant été privé par le feu Roi
Henri III, en punition de la révolte des
Parisiens, glorieux de se voir à la tête de ce
Corps, il n'eut pas de peine à consentir à demeurer à Paris, & il fut la victime de son
ambition, & de la persuasion où il étoit,
qu'il manieroit l'esprit d'une populace furieuse, aussi aisément qu'il expédioit les affaires. Les plus mutins d'entre les Ligueurs
voïant qu'il dissimuloit les entreprises des
Seize, qu'il s'accommodoit au temps, &
qu'il panchoit vers la paix, crurent qu'il
falloit commencer par lui, pour faire l'essai
de la patience du Peuple & du Duc de
Mayenne. Ils se saisirent donc de ce Magistrat dans le temps qu'il étoit en route
pour se rendre au Parlement, le traînerent
dans le petit Châtelet, & sans aucune forme
de procès, il fut pendu à une échelle attachée à une poutre. C'étoit le 15 Novembre 1591. M. Brisson étoit un homme très
savant, comme on peut le voir par les Ouvrages qu'il nous a laissés, & dont on trouve un Catalogue à la suite de l'abregé de sa

vie, dans les *Mémoires du Pere Niceron,*
tome ix. page 297. & suiv. On peut aussi
consulter l'Histoire de M. de Thou, Livre
102.
    Le second Magistrat, dont on parle ici,
étoit Claude *Larcher*, Président au même
Parlement. Arrêté pareillement par la faction
des Seize, & conduit par elle au petit Châtelet, il eut le même sort que M. Brisson. Ses
mœurs pures & innocentes ne purent le garantir de la fureur des Conjurés.
    Le troisieme étoit Jean *Tardif du Ru*, Con-
seiller au Châtelet, homme simple & plein
de candeur, dont tout le crime prétendu
étoit d'avoir parlé un peu librement des
Seize dans une assemblée publique, & d'a-
voir répandu dans Paris un écrit sur l'origine
des troubles de France, rempli d'amertume
contre les Princes de la Maison de Lorraine
& contre les Ligueurs. Cet écrit avoir été
adressé au Pape Sixte V, par Louis de Gonzague, Duc de Nevers, dans la maison duquel Tardif & sa famille avoient commencé
leur fortune. C'est ce que dit M. de Thou
dans son Histoire, Livre 102. On ne se
contenta pas de faire mourir ignominieuse-
ment ces trois Magistrats, leurs corps furent ensuite attachés à trois gibets devant
l'Hôtel-de-Ville de Paris, avec des écriteaux
pleins de faussetés. Quelques amis les enleverent pendant la nuit, & leur donnerent la
sépulture.

en

en place publique, le feizieme & dix-feptieme dudit mois;
deux fortes de perfonnes fe font trouvées coupables; les uns
pouffés de mauvaife volonté, fe couvrant de quelque prétendue entreprife & confpiration, qu'ils publioient avoir été faite
fur cette dite Ville, & les autres s'y étant laiffés aller par fimplicité & ardeur de zele, eftimant bien faire, fans favoir au
vrai les chofes d'une telle violence, en quoi les Loix de la Juftice divine & humaine, ont été violées au grand étonnement
des gens de bien, qui craignoient que femblable chofe tolérée
ne donnât licence à chacun d'entreprendre ce qu'il voudroit en
cette dite Ville, capitale du Roïaume, qui doit fervir de lumiere & de guide à toutes les autres, & de fûreté & repos, à
tous ceux qui y réfident & vivent fous l'obéiffance des Loix &
des Magiftrats : ce qu'étant venu à notre connoiffance, nous
nous y ferions promptement rendus (toutes autres affaires ceffan-
tes) pour pourvoir à ce mal par le châtiment des principaux Auteurs d'icelui, fur lefquels nous avons avifé de reftreindre la
peine; & ufant de douceur à l'endroit des autres, les contenir
en devoir, & relever la Juftice (l'un des principaux liens de
l'Etat) qui fembloit aucunement altérée par un fi funefte accident advenu en la perfonne de fon Chef : Savoir faifons, qu'a-
près avoir fait punir le Commiffaire Louchart, Barthelemi An-
rouz (1), Nicolas Hamelyne (2), & Jean Emonnot (3), defirant empêcher un plus grand mal, & pourvoir à la fûreté publique, nous avons pour le regard des autres qui ont participé
à cette entreprife, foit en la délibération ou exécution d'icelle,
ou qui y ont prêté confeil, confort & aide, en quelque forte
& maniere que ce foit, aboli & éteint, aboliffons & éteignons
par ces préfentes (en vertu de notre pouvoir) le fait & cas des
fufdits. Voulons & entendons que tous en général, & chacun
d'eux en particulier, en foient & demeurent quittes & déchar-
gés. Comme aïant été leur fimplicité circonvenue par les inductions & artifices des autres, & ne s'en étant entremis que
fur la crainte du péril qu'ils eftimoient préfent, & le defir qu'ils
avoient de fe conferver en ladite Ville. Sans qu'ores, ni à l'a-

___

(1) C'étoit un Banquier.
(2) Nicolas Ameline avoit préfenté depuis
quelques mois une Requête à l'Affemblée des
Ligueurs, afin qu'on ôtât la connoiffance de
fes affaires au Parlement, & pour obtenir que
le décret donné contre lui ne fût point exécuté; parceque, difoit-il dans cette Requête,
il étoit un de ceux qui s'étoient trouvés en

armes au Parlement, quand on en conduifit
les Membres à la Baftille.
(3) Emonot étoit Procureur. Ces quatre
factieux aïant été enfermés au Louvre, furent pendus dans une falle baffe le 4 Décembre 1591. Ce fut le terme de la tyrannie que
les Seize exerçoient dans Paris. Voïez M.
de Thou, Hift. L. 102.

K

venir, ils en puiſſent être aucunement inquietés, travaillés ni recherchés. Et quant à ce, avons impoſé & impoſons ſilence perpétuel au Sieur Procureur Général, & à tous autres, fors & excepté le Conſeiller (1) Cromé, Adrian Cocheri, & celui qui a ſervi de Greffier (2), leſquels nous n'entendons jouir de l'effet de la préſente abolition, & les en avons, (comme' étant principaux Auteurs de cet attentat) pour pluſieurs conſidérations, exceptés & réſervés, afin que la Juſtice en ſoit faite, & parceque le mal eſt prévenu des aſſemblées privées qui ſe ſont ci-devant faites en cette Ville, ſans autorité & permiſſion des Magiſtrats, & que tels accidens pourroient encore à l'avenir produire de plus dommageables effets, s'il étoit permis aux Particuliers de ladite Ville de tenir conſeils, & faire leſdites aſſemblées: nous faiſons très expreſſes inhibitions & défenſes à toutes perſonnes de quelque qualité ou condition qu'elles ſoient, & ſous quelque prétexte ou occaſion que ce ſoit, même à ceux qui ſe ſont ci-devant voulu nommer le Conſeil des Seize, de faire plus aucunes aſſemblées, pour délibérer ou traiter d'affaire quelconque, à peine de la vie & de raſement des maiſons, eſquelles ſe trouveront leſdites aſſemblées avoir été faites, enjoignant à toutes perſonnes, ſur ladite peine de la vie, qui ſauront les lieux où ſe ſont faites leſdites aſſemblées, de les indiquer promptement au Gouverneur, Procureur Général, ou Prévôt des Marchands & Echevins de cettedite Ville. Et ſi aucuns des habitants, Bourgeois, ou autres particuliers habitants de ladite Ville ont quelque choſe à propoſer concernant le ſalut & repos d'icelle Ville, ils s'en adreſſeront audit Gouverneur, Procureur Général, ou Prévôt des Marchands & Echevins, auſquels le ſoin de la ſûreté & conſervation de ladite Ville doit appartenir. Ce que nous les exhortons de faire, avec promeſſe de les reconnoître de tout notre pouvoir, ſelon le mérite de leur affection. Auſſi défendons ſous la même peine à toutes perſonnes, de ne faire ci-après aucune mention ou

---

(1) Louis Morin Cromé, Conſeiller au grand Conſeil, qui étoit à la tête des Factieux qui immolerent à leur fureur Meſſieurs Briſſon, Larcher & Tardif : on le fit chercher pour le punir, comme Louchart & les autres ; mais on ne put le trouver; il s'étoit retiré parmi la Garniſon étrangere. Il vécut miſérablement depuis, juſqu'à l'entrée du Roi Henri IV, & ſe retira alors dans les Païs-Bas avec les Troupes d'Eſpagne, ſans eſpérance d'obtenir jamais ſa grace. De Thou, *ibid.* On dit qu'il eſt l'Auteur du *Dialogue entre le Maheuſtre & le Manant*, que l'on trouve dans l'édition de la Satyre Ménippée en trois vol. *in*-8°.

(2) Ce Greffier aïant été arrêté à Melun fut puni du dernier ſupplice.

reproche les uns aux autres, pour raisons des choses passées, que nous voulons demeurer en perpétuel oubli, comme chose non faite ni avenue. Semblablement de ne parler au mépris & désavantage de ce saint parti : ains qu'à l'encontre de toutes personnes généralement quelconques qui voudront troubler le repos & sûreté publique, & semer divisions entre les Catholiques, ou qui favorisent les Hérétiques, il soit procédé à l'encontre d'eux par les rigueurs de Justice, sans exception d'aucune personne. Si prions Messieurs de la Cour de Parlement, que ces présentes ils fassent lire, publier & enregistrer ès Registres de ladite Cour, & par-tout ailleurs où besoin sera ; & icelles entretenir, garder & observer inviolablement, faisant de leur contenu jouir & user tous ceux qu'il appartiendra, & à qui ce pourra toucher, pleinement & paisiblement, cessant & faisant cesser tous troubles & empêchemens au contraire. Car ainsi a été trouvé juste & raisonnable, & afin que ce soit chose ferme & stable à toujours, nous avons signé cesdites présentes de notre main, & à icelles fait mettre & apposer le scel de France, sauf en autre chose le droit de la Couronne & l'autrui en toutes (1). Donné à Paris au mois de Décembre 1591. *Signé,* CHARLES DE LORRAINE ; & sur le repli, par Monseigneur, BAUDOUIN, & à côté VISA, & scellée de cire verte sur de la soie rouge & verte. Lûe & publiée & registrée, oui sur ce le Procureur Général du Roi ce requérant. A Paris, en Parlement le 10 jour de Décembre 1591, & publiée à son de trompe, & cri public par les carrefours de cette Ville de Paris ledit jour.

Signé, BOUCHER.

(1) On lit dans la *Chronologie Novennaire* que cette abolition émanée du pouvoir que s'attribuoit le Duc de Mayenne, n'empêcha point qu'après que le Parlement se fût réuni, à Paris, sous l'obéissance du Roi, Bussi le Clerc, Cromé, Oudin Crucé & plusieurs autres Factieux, tous fugitifs, ne fussent condamnés à être roués & exécutés en effigie ; d'autres aux galeres, au bannissement & à d'autres peines. Ce jugement fut fait à la poursuite de Denise de Vigny, veuve du Président Brisson, d'Anne le Circer, aïeule maternelle & turrice des enfans de M. Larcher ; & de Jeanne Dupont, veuve du sieur Tardif. Voïez les Remarques sur la Satyre Ménippée, *in-8°* tom. 2, pag. 186 & 187 ; & Etienne Pasquier dans ses Lettres.

Avertiſſement.

AVant que de parler du Siége de Rouen, furent compoſés en ce temps-là quelques Diſcours ſur l'état des affaires de France, par certain perſonnage de qualité, lequel depuis les publia par impreſſion. Pourceque tels Mémoires n'ont été vus de tous, nous les préſentons ici au Lecteur.

BRIEFS DISCOURS
SUR L'E'TAT DES AFFAIRES DE FRANCE *

Comme les François n'ont jamais pu ſouffrir Etranger regner ſur eux.

LE Roïaume François eſt ancien, & a été heureux par tout le temps qu'il a été régi & gouverné par les Rois & Princes François. Le Peuple François a longtemps été ſous l'obéiſſance de pluſieurs Ducs du Sang François, leſquels ont ſuccédé les uns aux autres, ſans troubler leur ordre; & étoient les François ſi renommés, que les grands Princes les honoroient, & craignoient de les offenſer. Ils ont longuement regné en Allemagne; mais comme leurs Peuples ſe multiplioient, leur étant l'occaſion préſentée, ils paſſerent le Rhin, ſe percherent par les Gaules, conquirent grand païs, & voulurent que leur Prince s'honorât du titre de Roi; ſurmonterent les Goths & Oſtrogoths, & lors furent leurs affaires ſi heureuſes, qu'ils ſe ſont étendus dès le Rhin juſqu'aux Pyrenées, de la Mer Mediteranée à la grande Mer Britannique. Ils ont depuis transporté leurs armées non-ſeulement en Italie, mais en Grece & Aſie, où ils ont toujours proſpéré, pendant qu'il y a eu Roi regnant ſur eux, de vrais & légitimes François; & par le contraire, ſi quelquefois il eſt advenu que les Etrangers, ou ceux à qui le droit n'appartenoit de commander au Peuple François, ont obtenu l'autorité ou titre de Roi, ou ſi les femmes ont pu gagner le dégré d'avoir le commandement ſur les François, le Peuple du Roïaume de France a beaucoup ſouffert de calami-

* On ignore qui eſt l'Auteur de ces Diſcours.

tés. Gille Romain (1), Gouverneur de Sens, au grand malheur des François, (étant Childeric le vrai Roi dépouillé de fon Roïaume) fe dit & fit Roi de France, lequel affligea fi étrangement le peuple & la Nobleffe, que l'on ne peut penfer les malheurs defquels le Roïaume fut travaillé & vexé, fans gémir amerement. Combien fit-il mourir des plus Nobles Seigneurs François? Combien de tailles, fubfides & impofitions fit-il fur le Peuple? Le fang des vertueux couloit par-tout; le Peuple étoit fi attenué, que plus ne pouvoit foupirer. Les cruautés dudit Gille, & avarice extrême d'icelui, éveillerent le cœur des François, lefquels fe reffouvenant de leur Prince naturel, le rappellerent du païs de Turinge, où il s'étoit retiré, & le rétablirent au Siége Roïal, lequel lui appartenoit; & aufli les François recouvrerent leurs premieres libertés, & connurent par effet, quelles différences il y a d'être fujet à un tyran & ufurpateur du Roïaume, & d'être commandé par fon Prince & Seigneur naturel, qui ne peut ni ne veut être finon Pere & Protecteur de fon Peuple. Une autre fois, par les difcours, contentions & querelles qui furent entre les principaux François, Odet (2), fils de Robert, Duc d'Anjou, ufurpa la Couronne du Roïaume, qui appartenoit à Charles le Simple, fils de Louis le Begue, qui fut caufe de grands troubles en France, voire que le Duché de Bourgogne (3) fut érigé en Roïaume, au dommage & injure des François. Les Normands firent de grandes irruptions & pilleries audit Roïaume de France, y entrant par les rivieres de Seine & de Loire, & par divers autres endroits. Si fut contraint ledit Odet fe retirer en Aquitaine, outre la riviere de Loire, & à fa mort (4) voulut que la puiffance du Roïaume demeurât entiere audit Roi Charles; & retourna ledit Roïaume en fa fplendeur. Car ledit Charles, qui avoit contraint ledit Odet de quitter la plus grande partie du

(1) On veut parler d'Ægidius ou Gillon, Maître de la milice des Romains, qui fut élu Roi par les François en la place de Childeric, premier du nom, l'an 459 ou 460. On croit que les François étoient irrités contre Childeric, parcequ'il fe livroit aux plaifirs. Childeric rentra dans fes Etats, & mourut vers l'an 481 ou cette année-là même, âgé pour le moins de quarante-cinq ans.

(2) C'eft Eudes, Comte de Paris, & fils de Robert le Fort, qui en 888 ou environ,

fut proclamé Roi dans l'Affemblée de Compiegne, & facré & couronné par Gautier, Archevêque de Sens, au préjudice de Charles le fimple.

(3) L'Auteur veut parler de la Bourgogne Transjurane, ou de là le Mont-jou, dont Rodolphe, fils de Conrad II, Comte de Paris, fe fit déclarer Roi en l'an 888, & fut couronné dans l'Eglife de l'Abbaïe de faint Maurice de Chablais.

(4) Eudes mourut à la Fere, l'an 898, âgé de quarante ans; il eft enterré à faint Denis.

Roïaume & se contenter de l'Aquitaine, ne poursuivit pas sa victoire. Toutesfois, après la mort d'Odet, il demeura seul Roi paisible en France, sans considérer que Hebert (1), Comte de Vermandois lui étoit fort mal affectionné, duquel ne se gardant, il fut prisonnier à Peronne, en laquelle prison, au bout de deux ans il mourut; & fut le fils dudit Roi Charles, nommé Louis Transmarin, âgé de dix ans, transporté en Angleterre vers le Roi son oncle; toutes fois, comme les François sont loïaux à leur Prince naturel, ils rappellerent ledit Louis, & le rétablirent au Siége roïal, qui lui appartenoit. Lequel Louis faisant mine d'avoir oublié l'injure faite à son pere, dissimula si sagement le desir qu'il avoit de punir le mauvais Comte pour un si grand méfait, qu'aïant assemblé les grands Princes François à une solemnité qu'il faisoit, il proposa audit Hebert, en termes couverts, une rebellion d'un Sujet contre son Seigneur, faite en Allemagne; pour laquelle rebellion punir, l'Empereur lui demandoit conseil. A quoi ledit Hebert répondant, dit, qu'il falloit pendre ledit Sujet rebelle. Louis a donc dit audit Hebert, que le jugement seroit exécuté contre lui, ce que fut fait tout promptement. Qui est un exemple fort notable, lequel tous Sujets doivent bien considérer, & se garder de méprendre & offenser leur Souverain, ni élever contre lui, de crainte de tomber en mêmes inconvéniens. L'autorité du Prince souverain est tellement privilegiée, qu'en toute paction, promesse, contrat, voire encore qu'il soit validé par serment, est exceptée. Personne ne peut entreprendre ou mouvoir guerre contre qui que ce soit, sans la permission du Prince; car aussi les Loix le défendent. Si donc les Particuliers ne peuvent faire la guerre entr'eux, comment osent les Sujets entreprendre de s'élever contre leur Roi & leur Prince souverain? C'est un crime si horrible, que ceux qui connoissent qu'il y en ait qui se veulent élever, & ne le revelent incontinent, ains quelque temps après, le Prince leur pardonne sans leur donner récompense. Ce crime-là est si méchant, que voire après la mort du Rebelle l'on peut informer contre lui, condamner sa mémoire, & confisquer son bien. Incontinent que quelqu'un s'est rebellé contre son Prince, & a commis crime de Leze-Majesté, le bien d'icelui, sans autre jugement, est confis-

---

(1) C'est Herbert. Charles le simple mourut l'an 929. Sa femme se sauva en Angleterre auprès d'Adelstan son frere & y emmena son fils Louis, qui pour cette raison a été surnommé d'Outre-mer, (Transmarinus).

1591.

DISCOURS
SUR LES AF-
FAIRES DE
FRANCE.

qué, encore qu'il n'y ait jugement donné contre icelui; aux enfants est laissée la vie par pitié, mais ils ne peuvent jamais obtenir Magistrats, ni dignités, ils ne peuvent être substitués héritiers, ni recevoir légats par aucun testament, ni prétendre d'hériter ou succéder à aucun : aux filles est réservée portion de légitime, au bien de la mere seulement, qui leur sera pour dot. Que si celui qui a administration d'une Province, fait accord avec le Barbare, qui n'est autre que l'ennemi du Prince; si par ledit accord, ledit Barbare prend portion des deniers, ou autres choses qui sont levées sur les Sujets du Prince Souverain, & ledit administrateur en prend une autre partie, ledit Administrateur ou Gouverneur ne peut excuser sa faute. Car par la Loi neuvieme du sixieme Titre du Livre deuxieme du Code, Constantin veut que si ledit Gouverneur divise le pillage avec ledit Barbare & ennemi du Prince, qu'icelui soit puni par feu. Personne n'ignore que celui qui se rebelle contre son Souverain, ou adhere au Rebelle, & le favorise, il commet félonnie, & perd tous ses fiefs. Tous lesquels exemples & raisons déduites ci-devant, serviront pour conseiller aux bons & naturels François de se ranger sous l'obéissance de notre bon, vrai & naturel Roi, qui est extrait de notre propre sang; & qu'ils ôtent leur affection qu'ils ont mise en un Prince étranger, foible, de peu de moïens & pouvoir, qui n'a aucun droit au Roïaume, & si n'est du Sang François. Mais si quelqu'un veut dire que par promesses & serment ils se sont obligés à ceux qui se sont élevés contre leur Prince, par les raisons de droit ci-devant rapportées, il est assez répondu à une si mal fondée objection; & est tout manifeste que ceux qui ont fait telle folie, ont été mal avisés. Celui qui les a sollicités à faire telle promesse, & prêter tel serment, est grievement punissable : & toutesfois tel serment ne les peut obliger. L'Empereur Justinien par une de ses constitutions, a déclaré que les maîtresses des bordeaux qui obligent par serment les femmes belles à se tenir dans leurs bordeaux & se prostituer, lesquelles pour telle paction ont reçu argent & donné caution, ne sont obligées à tenir tel serment, lequel est contre les bonnes mœurs, ne restitueront aucune chose, s'en iront librement, leurs fidéjusseurs ne pourront être convenus pour telle fidéjussion. Celui qui a procuré telle méchanceté, sera sans action, & envoïé en exil. Aussi ceux qui voudront voir les Constitutions des Papes de Rome, trouveront qu'Innocent III a dit, que nonobstant toute

ferment qu'auront prêté ceux qui font compagnons d'une conjuration, la doivent dire & déclarer, voire y doivent être contraints. Le même Innocent a dit au même Titre *des Jugemens*,
que le ferment prêté au préjudice du Souverain, eft de nulle
valeur, & ce au Chapitre 19 du Titre 4, au fecond Livre des
décrétales, Chapitre 1 : Serment qui eft contre le droit,
n'oblige aucun, pource qu'il eft folement prêté. Vous voïez
donc, combien faillent grandement ceux qui fe font élevés
contre leur Prince Souverain. Que s'ils font bien avifés, ils fe
retireront d'un fi grand bourbier, & cefferont de favorifer &
tenir le parti du Prince étranger ; car perfévérants en telle erreur & crime, ils défobéiffent aux Ordonnances de Dieu. Saint
Paul a dit qu'il falloit obéir à fon Prince, encore qu'il ne foit
guères bon. Celui que Dieu a établi notre Roi, eft benin, gracieux, fage, clément & courtois, qui étend fes bras pour recevoir en grace fes Sujets. Les enfants d'Ifraël, contre la défenfe
que Dieu par Moïfe leur avoit faite, établirent fur eux des
Princes étrangers, dont ils donnerent occafion à Dieu de les
punir aigrement, tandis qu'ils étoient fous tels Princes, & à la
fin furent tranfportés en captivité ; & cependant les Juifs qui
reconnoiffoient leur Roi naturel, vivoient en plus grand repos.
Nous voïons comme Dieu punit le Roïaume pour beaucoup
de grandes offenfes, & que par fa douceur & bonté, il recom-
mence à retirer fa main peu à peu, & affoiblit le parti de cette
Ligue, qui nous a apporté la famine, la pefte, & cette cruelle
guerre, & nous fait fouffrir de grandes afflictions & tourmens.
Ouvrez donc les yeux, afin qu'un jour refpiriez & preniez courage, à ce que le Roïaume puiffe retourner en fa premiere
fplendeur & profpérité ; lors nous tous ferons jouiffans d'une
heureufe félicité, qui nous fera à tous affurée, quand nous ferons remis fous l'obéiffance du Prince que Dieu nous a établi &
donné : à quoi il faut que tous nous accordons. Et afin que déformais ne permettions aux femmes ni aux Eccléfiaftiques d'empiéter le gouvernement en ce Roïaume, nous déduirons par
autre difcours les calamités defquelles cedit Roïaume a été affligé quand telles perfonnes ont tenu le timon & gouvernement
en cette Couronne, & fur les François.

Que

Que la domination des Femmes a été calamiteuse aux François (1).

C'EST chose notoire à chacun, que celui qui occupe une succession ou quelque bien qui ne lui appartient, travaille par tous moïens.à lui possibles, d'obscurcir les droits de ceux auxquels lesdits biens appartiennent, fait perdre les titres, diminue les profits & revenus des héritages : voire que les déductions & propagations des lignées s'oublient souvent jusqu'à prendre le nom de la famille d'où ils ne sont issus. En outre, s'il a envahi une Principauté & Seigneurie, il fera mourir ceux qui y prétendent droit. De ce Athalia nous en donne preuve : car après que son fils fut tué avec le Roi de Samarie, elle se maintint en l'administration du Roïaume de Judée, & fit tuer tous ceux du sang de David, qu'elle estimoit pouvoir parvenir au Roïaume ; & regna (à la ruine des Juifs) jusqu'à ce que Joas, lequel secretement avoit été nourri au Temple, fut produit par Joïada Sacrificateur. Pareillement, Jezabel, pour avoir la vigne de Naboth, suscita des témoins aussi méchans qu'elle, qui déposerent, contre vérité, que Naboth avoit blasphemé Dieu, afin qu'après il fût lapidé : & puis donna la vigne à Achab son malheureux mari. Zenodore (2), femme de Zeno, Empereur de Constantinople, fit enterrer son mari qui n'étoit mort. Jeanne Reine de Naples fit prisonnier son mari Louis de Bourbon, & quelquefois s'allia avec les Espagnols, tantôt avec les François, à la ruine du peuple de son Roïaume. Par ces exemples l'on voit les excessives cruautés & pétulances des femmes qui ont regné, où le droit & les loix du païs ne leur permettoient pas; & par tels exemples, tous peuples & nations ont dû prévoir & se garder de tomber sous la puissance de telles personnes. En France, les femmes ne peuvent, ni ne doivent regner : que si telle loi eût été saintement gardée, la France n'eût pas tant souffert de calamités & afflictions. Si Brunechilde (3) Espagnole n'eût

---

(1) C'est la suite du Discours précédent & qui est sorti de la même plume.

(2) Le vrai nom de cette femme étoit *Ariadne*, fille de Léon, dit le Vieux. Ce fut en 458 qu'elle épousa Zenon, dit l'Isaurien. Ce qu'on raconte de la mort de ce Prince est peu fondé ; ce sont les nouveaux Grecs qui ont prétendu qu'on l'avoir enterré lorsqu'il vivoit encore, soit qu'on le crût mort,

soit qu'on fût bien-aise de s'en défaire. Ce Prince mourut le 9 Avril 491.

(3) C'est Brunchaut, femme de Sigebert Roi d'Austrasie & ensuite de Mérovée, fils de Chilperic, Roi de Soissons & de Paris. Ce que l'Auteur du Discours rapporte de la mort de cette Princesse, arriva l'an 613. Mais au lieu de Dagobert, il faut Clotaire II. Au reste on a beaucoup plus imputé de cri-

pas regné en France, elle n'eût pas fait mourir dix-huit Princes du Sang Roïal, & eût pû mourir plus heureuse : par le juge-ment du Roi Dagobert, elle fût fustigée & battue de verges, attachée à la queue d'un jeune cheval, & traînée jusqu'à ce qu'el-le fût morte ; & après, son corps fut brûlé & mis en cendre. Fredégonde Allemande, femme impudique, eut aussi tant de credit vers son mari, & étoient ses commandemens de si gran-de autorité, qu'elle put faire tuer un Roi au milieu de son ar-mée, qui assiégeoit son mari & elle en sa Ville Roïale, & put faire tuer son mari par son Ruffien. La mere de Louis (1) eut l'administration du Roïaume pendant la minorité de son fils, auquel temps les Princes François firent de grandes guerres les uns contre les autres, spécialement contre le jeune Comte de Champagne : après lesquelles guerres appaisées, quand son fils fut en âge pour regir & gouverner son Roïaume, au lieu de lui persuader de répéter le Roïaume de Castille, qui par droit d'aî-nesse (2) appartenoit à elle-même, comme fille aînée du Roi de Castille, elle permit que sa sœur plus jeune qu'elle s'emparât du-dit Roïaume, & aima mieux que son fils entreprît la guerre sa-crée, qui se faisoit en Asie contre les Sarrazins, laquelle fut calamiteuse aux François : de sorte que ledit Roi S. Louis de-meura prisonnier au Caire, & fut toute son armée consumée par l'inondation du Nil, lequel enveloppa & engloutit icelle. Le Roi Louis XI ne voulut jamais marier sa fille avec le Roi d'Angleterre, pour ce qu'il disoit qu'elle étoit si courageuse & active, qu'elle, avec telle puissance, ruineroit son frere, qui étoit trop jeune, lequel fut Charles VIII. On connut par ex-périence que le Roi Louis XI ne s'abusoit point (3). Il avoit marié sa fille au Baron de Beaujeu, qui étoit le plus jeune & le plus pauvre des fils du Duc de Bourbon. Soudain que le Duc de Bourbon frere aîné fut décédé sans hoirs de son corps, combien que la Principauté de Bourbon appartînt au second frere, qu'on nommoit le Sieur de Montpensier, elle s'empara contre toute raison & droit de la Duché de Bourbon, de laquelle elle jouit,

---

mes à Brunehaut qu'elle n'en a réellement commis ; & l'Auteur du Discours là charge d'un trop grand nombre. Pour Fredegonde, il n'en dit que ce qu'en rapportent les meil-leurs Historiens.

(1) La Reine Blanche, mere de saint Louis, ou Louis IX du nom.

(2) Les Historiens ont contesté ce fait,

& plusieurs ont prétendu que Blanche n'é-toit point l'aînée. Ce fut devant Tunis en Afrique, que saint Louis mourut, le 25 d'Août 1270.

(3) Voïez l'Histoire de Louis XI, par Philippe de Comines; & depuis par M. Du-clos, de l'Academie Françoise.

& en fut tant le Duc de Montpenſier, que le fils d'icelui, exclu & privé juſqu'à ce que le fils dudit Sieur de Montpenſier épou-ſât l'unique fille dudit Baron de Beaujeu & de ladite Dame, laquelle incontinent que le Roi Louis ſon pere fut décédé, en-treprit & s'empara du gouvernement du Roïaume, combien que ledit gouvernement appartenoit à Louis d'Orléans, pour ce qu'il étoit le plus prochain hoir mâle du ſang de France. Et ſi le-dit Louis d'Orléans n'eût été averti, elle le vouloit faire ſaiſir en un jeu de paulme : & parce qu'icelui, pour la ſureté de ſa perſonne, s'étoit retiré vers le Duc de Bourgogne, qui l'avoit reçu comme ſon ami, elle lui fit faire guerre cruelle ſous le nom du Roi ſon frere. Ledit Duc d'Orléans, après une bataille per-due, fut fait priſonnier à Loches, où il demeura fort affligé, juſqu'à ce que Meſſire François de Rochechouart lui vînt ſigni-fier que par la mort du Roi Charles VIII, le Roïaume & la Cou-ronne de France lui appartenoient. Ce n'eſt pas merveilles ſi Louis XI eut crainte de donner trop de puiſſance & autorité à ſa fille : il ſavoit combien Charles VII, dit le Conquérant, avoit ſouffert au temps du regne de Charles VI, ſon pere, lequel Char-les VI ſouvent étoit tranſporté de ſon cerveau. La femme dudit Charles VI, qui étoit de la Maiſon de Baviere, prit en haine Louis d'Orléans ſon beau-frere, & auſſi les enfans d'icelui : & au lieu qu'elle eût pû par ſa prudence reconcilier les Maiſons d'Orléans & de Bourgogne enſemble, elle fit le contraire, & ſe rangea du côté du Duc de Bourgogne, & ne fut jamais poſ-ſible de mettre les Anglois hors de France, qui y firent la guer-re par trente ans, juſqu'à ce que Philippe II, ſurnommé le Bon, Duc de Bourgogne, ſe reconcilia à ſes neveux les Ducs d'Or-léans, qui étoient captifs en Angleterre, & les tira de la priſon où ils avoient été 22 ans. Et de ce temps-là les affaires des An-glois, qui tourmenterent la France par 30 ans, furent renver-ſées, & du tout iceux expulſés hors du Roïaume de France. Le Roi François I, de ce nom, demeura Roi paiſible après la mort du Roi Louis XII (1), duquel il avoit épouſé la fille Ducheſſe de Bretagne : il donna ſi grand contentement & autorité à ſa me-re, qui étoit de la Maiſon de Savoie, qu'auſſi il l'honora du titre de Régente. Ladite Dame fut rigoureuſe, & traita rude-

(1) Voïez ſur le détail trop ſuperficiel qu'on lit ici concernant Louis XII, l'Hiſ-toire de ce Prince, par M. l'Abbé Tailhé. Au reſte l'Auteur de ce Diſcours ne vouloit que donner des exemples qui ſerviſſent de Preu- ves à la Theſe qu'il a poſée, & il n'étoit pas tenu à diſcuter les faits qu'il rapporte. Mais il nous paroît, qu'en général il a trop envenimé les actions des Princeſſes dont il parle.

ment la Reine sa belle-fille, & prit en haine le Duc de Bourbon,
débattoit contre lui les terres qu'il possedoit, d'autant que sa
mere étoit de la Maison de Bourbon, sous lequel titre elle vouloit partager par moitié avec ledit Duc de Bourbon, le rendit
odieux au Roi son fils, tellement qu'il fut contraint de se retirer ès Païs de Charles V Empereur, qui avoit la guerre avec ledit Roi François : & cette misérable guerre fut cause que le
Roi François fut fait prisonnier en la bataille de Pavie. Le Duc
d'Alençon, premier Prince du Sang de France, qui échappa de
la susdite bataille, s'étant retiré à Lyon, fut tellement intimi-
dé par les menaces qu'on lui dit que ladite Régente faisoit
contre lui, qu'il aima mieux se faire mourir lui-même, s'étant
fait couper une veine, qu'aller vers ladite Régente lamenter
avec elle la calamité du Roi, duquel il avoit épousé la sœur,
fille de ladite Régente : & si étoit, comme dit est, le premier
Prince du Sang Roïal, après toutesfois Messieurs les enfans du
Roi. Ladite Régente permit que Claude de Lorraine, Duc de
Guise, qui étoit venu en France (avec six mille livres de rente,
ou moins, que l'Evêque de Metz son oncle lui avoit données)
tira hors de France cinq cents lances, avec lesquels il défit grande multitude de gens, qui allerent fondre ès Païs-bas, au préjudice de l'Empereur Charles, Seigneur desdits Païs, lequel étoit
en Espagne, & chargé d'une grosse & merveilleuse guerre en
Italie. Que si lesdits cinq cents lances, avec nombre d'Infanterie, eussent marché contre l'Espagne, ledit Empereur Charles
eût volontiers lâché le Roi François hors de prison, afin de
tirer secours d'icelui en si grandes & tant périlleuses guerres &
adversités. Le Roi François I, se cuidant prévaloir du Pape
Clement VII, contracta mariage de son second fils avec la
niece dudit Pape, à la malheure de tous les peuples du Roïaume de France ; car icelle, par la mort du Roi Henri son mari,
François II son fils étant devenu Roi, trouva moïen par la simplicité du Roi de Navarre, auquel, comme tuteur du Roi
moindre d'ans, appartenoit & avoit été attribuée par les Etats
la tutelle du Roi Charles IX, & administration du Roïaume,
icelle empiéta l'administration & gouvernement du Roïaume
de France, qui a été cause d'infinies calamités à la France, plus
périlleuses & pernicieuses que celles qui auparavant ont été
causées par celles qui avant elle ont eu gouvernement & autorité en icelui, & autres Roïaumes. Clotilde femme de Clovis Roi de France, fit défaire & miner ses cousins & ses ne-

veux, Rois de Bourgogne : mais les enfans d'icelle s'acqui-
rent le Roïaume de Bourgogne. Celle-ci a entretenu ses enfans en querelle, tout le Roïaume de France en trouble, & a
fait quitter & donner au Duc de Savoie les Villes qu'il a en
Piedmont, & que le Roi Henri avoit encore retenues pour la
sûreté du Roïaume de France. Frédegonde fit tuer son mari :
celle-ci a mis en si grande autorité, & donné tant de puissance
à ceux qu'elle connoissoit vouloir empiéter sur le Roïaume, que
ledit Roi Henri son fils les a toujours redoutés, & à la fin est
mort d'une façon si étrange, que chacun voit où le fait de tel
meurtre a été pratiqué. Brunechilde après avoir fait beaucoup
de maux en France, fit mine de vouloir maintenir au Roïaume
d'Austrasie les légitimes enfans dudit Roi d'Austrasie : celle-ci
ne voulut pas permettre que son fils troisieme acceptât la Seigneurie de tous ces Païs-bas qui lui étoient présentés. Il pouvoit
épouser la Reine d'Angleterre, s'il n'en eût été détourné par sa
mere. La Reine Blanche de Castille consentit que son fils sortît
de France, pour aller faire la guerre en Syrie & en Afrique, au
dommage des François & du Roïaume : celle-ci a entretenu la
guerre dans les entrailles de France par plus de trente ans.
Anne fille du Roi Louis XI, mariée avec le Baron de Beaujeu,
acquit la Duché de Bourbon à son mari : celle-ci a été cause par
les mauvais Conseillers qu'avoit son fils, qu'il a perdu les Païs-
bas, desquels il étoit quasi Dominateur. La Régente, mere du
Roi François I, haït de mort le vaillant Duc de Bourbon : celle-
ci par tout le temps qu'elle a regné, a fait tous ses efforts pour
défaire, raser & déraciner entierement toute la Maison de
Bourbon, & tous ceux qu'elle connoissoit leur être favorables.
Voïant finalement qu'il lui étoit impossible de parvenir à ses attentes, & qu'elle ne pouvoit mettre le Roïaume de France en
mains étrangeres, ce qu'elle avoit toujours desiré faire, premierement en la main de l'Espagnol, & après qu'icelui eut fait mourir sa fille, elle convertit son opinion & desir sur le fils du Duc
de Lorraine, ce qu'elle connut du tout être impossible, & que
ceux desquels elle se pensoit servir, se trompant en son opinion, étoient morts, elle est morte de grand & horrible dépit ;
que si elle eût voulu, & desiré bien faire au Roïaume de France, elle eût été la plus heureuse Reine qui fut oncques en France : car elle avoit une belle génération, & furent les commencemens de tous ses fils fort heureux. Car tous furent appellés &
desirés en Païs & Roïaumes étranges, pour y seigneurier &

commander. Mais le maſſacre duquel elle permit que le mariage
de ſa fille fût deshonoré , & l'empriſonnement qu'elle fit de
ſon dernier fils , du Roi de Navarre ſon beau-fils , de tant de
Princes & grands Seigneurs de France , a été cauſe que les
Etrangers mêmes ont eu horreur d'ouir parler d'une ſi étrange
cruauté , & ne fut plus ladite Dame en réputation vers iceux ,
pour ce que même les enfans d'icelle n'eurent plus tant de
créance & autorité vers les Princes & Peuples étrangers , qu'auparavant avoient eu les Rois & Princes du Sang de France.
Que ſi la France n'eut été ſujette à ladite Dame , elle ſeroit
aujourd'hui floriſſante , au lieu qu'elle eſt pleine de gémiſſe-
mens , troubles & calamités ſi horribles , que nul ne ſait quel il
eſt , ni ce qu'il doit faire pour ſe conſerver. Mais les comportemens de ladite Dame , & de celles devant récitées , enſeignent par expérience les François , de ci-après n'admettre en
maniere quelconque les femmes au régime & gouvernement du
Roïaume de France, afin de ne plus retomber en tant de miſeres qu'il a été forcé de ſouffrir tant de fois , & que préſentement
on ſouffre , & deſquelles on ne ſait encore quelle , ou quand
en ſera la fin & iſſue.

Que la domination des Prêtres a été calamiteuſe aux Peuples ſur leſquels ils ont dominé (1).

C'Est une choſe aſſurée , & de laquelle on ne pourra jamais
douter , que quiconque a été inſtruit & bien dreſſé ès affaires
de ſon état & charge , qu'il peut en iceux verſer , de ſorte qu'il
ne donne aucune occaſion d'être repris , ains plutôt acquiert
louange & honneur. Au contraire , celui qui veut entreprendre
choſes qui ne ſont de ſa connoiſſance & contraires à ſa vocation , merite d'être vilipendé & mépriſé : d'autant mêmement ,
que puiſqu'il eſt confus en ſon cerveau , il ne peut ſinon tout
brouiller & gâter. Que ſi l'affaire qu'il entreprend eſt grande , il
s'acquiert une grande ruine & pour ceux qui lui veulent adherer. La preuve de ce propos ici a été verifiée principalement
ſur ceux qui entre tous peuples & nations s'étoient rendus &
faits miniſtres des choſes ſacrées , leſquels ont voulu entrepren-

---

(1) Suite du même Diſcours & par le même Auteur. On y rapporte bien des faits qui
ne prouvent point ce que le titre indique ,
mais ſeulement qu'il y a eu beaucoup de
perſonnes conſacrées au culte des Autels ,
qui ont abuſé de leur crédit , ou qui n'ont
pas rempli leur devoir ; ce que perſonne ne
conteſte.

dre & anticiper fur les régimes & gouvernemens des Provinces,
Nations, & Roïaumes. Ce qui fut connu entre les Perfes, lorfque le fils de Cyrus fecond Roi de Perfe fut mort : car après
qu'on eut fait tuer Mergis (1) fon frere plus jeune, un Mage, ou
autrement Aftrologue Chaldéen, reffemblant audit Mergis,
avec l'aide de fon propre frere, enchanterent fi finement & de-
çurent le peuple de Perfe, qu'ils firent croire que Mergis n'é-
toit pas mort, ains qu'il s'étoit caché pour éviter la fureur de
fon frere : & que lui, qui fe préfentoit, étoit ledit Mergis auquel appartenoit le Roïaume de Perfe, lequel il ufurpa, le tint
& poffeda quelque tems tyranniquement : & furent fes comportemens fi étranges, & fit de fi mauvais traitemens aux Princes de Perfe, qu'il ne leur étoit permis venir à lui, finon avec
difficulté, fans grande compagnie, qui donna incontinent occafion aux Princes Perfans de penfer de lui ce que c'étoit, ce
qui ne put affurément être vérifié qu'après que la fille (2) de
l'un des Princes de Perfe, premierement femme dudit Cambyzes fils de Cyrus, eut avec grande crainte trouvé pendant
qu'il dormoit, qu'il étoit fans oreilles : car ledit Cambyzes fils
de Cyrus les lui avoit fait couper quelque temps auparavant
pour quelque délit par lui commis. Depuis quelque temps, il
avoit toujours couvert fon chef, de forte que l'on n'apperce-
voit point s'il avoit faute defdits membres. Les Princes de
Perfe pour fe délivrer de cette tyrannie, occirent avec grande
peine & danger lefdits deux tyrans, lefquels, s'ils fe fuffent
contentés de traiter leurs Cérémonies agréables à la Gentilité,
euffent pu longuement & heureufement vivre à leur mode &
façon, & le Roïaume de Perfe eût pu florir fans être tant travaillé. Pompée, grand Capitaine, auparavant toujours heureux,
depuis qu'il fe voulut mêler des Cérémonies facrées à Rome, &
être Augure ou Pontife, commença à perdre fa réputation. Et
pour empêcher que Caton ne fût Conful contre fa volonté, il
mentit vilainement, en la préfence de tout le peuple Romain,
difant qu'il avoit oui tonner : ce que chacun connoiffoit être
faux, étant lors le temps beau & ferein. Il fe conjoignit avec
Craffus & Cefar, à la ruine du peuple Romain, & après à la
fienne, car il mourut miférablement. Depuis qu'il fe mêla de

---

(1) Il faut Smerdis. Voïez Hérodote, livre 3. M. Rollin s'eft étendu fur ces faits
dans fon Hiftoire ancienne, tome 2, où
il donne l'Hiftoire de Cambife & celle de
Smerdis le Mage.
(2) Phédime, fille d'Otanes, l'un des plus
grands Seigneurs de Perfe.

traiter les choses sacrées, il fut du tout pervers. Ce sont choses incompatibles, régir les Républiques, & traiter les affaires ecclésiastiques. L'un tend à grandeur, & l'autre au mépris des affaires du monde. Combien souffrirent de calamités les Romains, lorsque Heliogabalus Prêtre du Soleil, tenoit l'Empire Romain ? Combien de cruautés & vilenies, quand ledit Tyran, qui se faisoit porter en une procession solemnelle par ses Prêtres, en occit aucuns, se jouant avec le bec de son Ibis qu'il portoit, frappant sur la tête de ses Prêtres ; auxquels il disoit vouloir apprendre patience. La familiarité que Claudius Empereur avoit avec les Prêtres de Mars, fut cause qu'il fut, mangeant avec eux, empoisonné en des saulcerons : ce qui montre que l'accointance de telles gens est dangereuse. Alcimus, Jason, & Menelaus Pontifes Juifs, furent si ambitieux & convoiteux d'honneur & gloire, sans respect & crainte de Dieu, que par leur occasion le peuple de Judée souffrit de grandes calamités. Car étant grands Prêtres, au lieu de faire les sacrifices continuels à Dieu, ils inciterent les Rois Grecs à la ruine & désolation du peuple & du Temple. Alcimus envoïa de grands deniers pour offrir & sacrifier à Hercules. Il fit choisir une place là où les jeunes enfans Juifs s'exerceroient à la façon des Grecs, qu'il appella Antiochiens, & cuidant acquérir Seigneurie & domination étrange sur le peuple de Judée, tant icelui, que Jason, & autres périrent misérablement. Les fils d'Heli grand Prêtre, négligeans leurs charges, & abusans de l'autorité de laquelle on leur permettoit d'user sur le peuple, furent cause de la perte de l'Arche de Dieu, & tomberent en la bataille contre les Philistins. Leur pere fort âgé fut précipité du haut de sa chaire, se creva la tête & mourut : périt aussi toute la race & postérité d'icelui en un instant. L'avarice des enfans de Samuel qui jugerent par corruption de dons & présens, leur fit perdre toute autorité, & changer l'administration populaire en Roïaume. Il n'est possible d'excuser la faute d'Aaron, lequel pendant l'absence de Moïse, en peu de temps gouverna si mal le peuple, qu'il permit d'adorer le Veau qu'il leur avoit fait, dont Dieu fut merveilleusement offensé. Si les Gentils & les Juifs ont beaucoup souffert lorsque les Prêtres ont eu administration, gouvernement & seigneurie entre eux, il ne se faut pas ébahir, si entre les Chrétiens, quand les Prêtres ont tant gagné sur les peuples, qu'ils ont eu toute puissance, que sous le regne & domination d'iceux l'on a enduré & souffert beaucoup de maux

& calamités. Le regne de Daniel (1) Prêtre en France, fut plein
de merveilleux troubles , lorfque les Papes féoient en Avignon (2). La France, l'Italie , & les autres païs Chrétiens furent
fort travaillés. L'on vit la cruauté d'un Pape jadis Chartreux
qui fit écorcher , traîner fur une claie , & brûler vif l'Evêque de
Narbonne , lequel il haïffoit. Clement permit à Charles d'Anjou de lever de grands deniers fur le Clergé. Un autre fit vaquer
les bénéfices de ceux qui en avoient plus d'un , & furent excités de grands troubles & lamentations entre plufieurs. Fut l'ambition fi grande, qu'au lieu d'un Pape, il s'en fit trois, qui s'entre-excommunioient l'un l'autre : & au lieu de maintenir les
Princes en paix, ils ont pris leurs paffe-temps à les maintenir en
guerres & quérelles l'un contre l'autre. Urbain (3) au Concile
qu'il convoqua à Clermont en Auvergne, excita Gog contre
Magog, affavoir guerre en Surie, qui dura foixante ans , & fit
rafer la barbe aux Prêtres, qui l'eftimoient grand cas : & cependant il ne fut jamais queftion de l'inftruction du peuple, ni de
rétablir la doctrine pure. Par le contraire, chacun fe prépara
à la guerre, qui fut tranfportée en Surie : pour laquelle guerre
maintenir, fut puis après accordé que l'on prendroit le revenu
de chaque bénéfice qui vaqueroit, & ce pour la premiere année
feulement. Les Princes députerent gens pour recevoir ledit revenu : mais les Papes, qui ont voulu faire leur cuifine graffe, ti-
rert à eux tout ledit revenu, & enjamber de plus en plus fur
les Princes Chrétiens, ont voulu faire de forte, qu'icelui revenu
tombât en leurs mains. Et d'autant que les Empereurs d'Allemagne ne vouloient confentir à la volonté des Papes, ils leur
ont fufcité de grandes guerres & rébellions contre eux : voire
que le fils même s'éleva contre fon pere, lequel il contraignit

---

(1) C'eft celui qui eft connu fous le nom
de Chilperic II. Il fut tiré d'un Monaftere
par Rainfroi, qui le fit reconnoître Roi
par les Grands en 716. Il avoit été Clerc.
On ne trouve point au vrai, dit Mezerai,
de qui il étoit fils. Quelques-uns croient
qu'il l'étoit de Childebert II, d'autres de
Thierri I ; & quelques-uns de ce Childeric
qui fut affaffiné par Bodillon l'an 673.
(2) Si le Roïaume fut rempli de troubles durant le Schifme d'Avignon, ce fut
plus le Schifme en lui-même qui occafionna une partie de ces troubles, que de ce que
les Papes fiégerent en Avignon. Les faits
fuivants font la plûpart outrés ; & d'ail-

leurs que prouvent-ils ? fi non que dans tout
état il y a eu des hommes qui ont plus fa-
crifié à leurs paffions qu'à la Juftice.
(3) C'eft Urbain II. Le Concile dont on
parle, fe tint l'an 1095. On y fit trente-
deux Canons pour la réforme des mœurs,
& l'extirpation de la Simonie. La croifade
contre les Infideles, c'eft-à-dire contre les
Sarrafins, fut prêchée, à la vérité, par Urbain II, fur les Remontrances de Pierre
l'Hermite ; mais il feroit difficile de condamner au moins fur cela les intentions du
Pape. Les Réflexions de l'Auteur, qui fuivent fon récit, font trop fatyriques.

de lui quitter l'Empire. Alexandre Pape (1) , avant qu'il parvint à ce dégré , étoit intime ami de Frederic Empereur , duquel puis après il fut tant plus grand ennemi. Il le contraignit d'aller en Surie faire la guerre contre Noradin : . auquel Noradin il envoïa le portrait de l'Empereur , l'avertissant que s'il ne prenoit l'homme duquel il voïoit le portrait , il n'auroit jamais repos. Et pource qu'il ne se pouvoit saouler de lui mal faire, il troubla toutes les terres & affaires dudit Frederic en son absence. Il fit encore pis, car dans le Dome de Venise , qui étoit plein de Prêtres, il renversa par terre ledit Empereur , qui s'étoit prosterné devant lui , & lui mit le pied sur la gorge. C'étoit bien loin de réverer le Magistrat que Dieu a établi , & auquel Dieu commande obéir. Jesus-Christ a refusé de juger entre deux freres, Il a lavé les pieds de ses Apôtres , & déclaré que son regne n'est point de ce monde. Il a souffert pour la rédemption du peuple , & a commandé à ses Disciples de le suivre, & porter leur croix. Comme se pourra donc dire ce Pape-là & ses imitateurs, serviteur des serviteurs de Dieu ? ou Disciple de Jesus-Christ ? vû qu'il ensuit les vestiges de Satan , qui dit que tous les Roïaumes du monde lui appartiennent , & les donne à qui il veut ? Otho Empereur d'Allemagne , qui mourut sans enfans , au lieu d'adopter quelque sage Prince qui lui succédât à l'Empire, non seulement par le conseil , mais aussi par l'autorité du Pape , qui lors étoit, fit un reglement par lequel après lui seroit élû celui & ceux qui desormais pourroient tenir l'Empire. Et combien que ledit Pape non seulement étoit Allemand , mais aussi de la noble & grande Maison de Saxe , & avoit plusieurs Princes vaillans ses alliés , lesquels il devoit avancer plutôt , & faire que l'Empire d'Allemagne fut perpetué , & perpetuellement florissant , il médita & fit tout le contraire , & pour mieux rompre la si grande puissance qu'avoit l'Empereur en Allemagne , il soustrahit aux Empereurs qui seroient puis après , l'autorité & puissance de commander à cent Villes, desquelles l'état, à chacune spécialement , fut convertie en Répu-

---

(1) C'est Alexandre III , & l'Empereur dont on parle étoit Frederic Barberousse. Il est vrai qu'ils eurent ensemble beaucoup de différends. Mais le portrait envoïé à Noradin a tout l'air d'une fable. La maniere dont l'Auteur raconte ensuite le prétendu renversement de Frederic dans le dôme de Venise , est encore rapportée avec beau- coup plus de malignité que de vérité. Il faut voir sur ces faits , & sur les autres qui concernent les Papes , & qui sont ici , ou controuvés , ou altérés , l'Histoire Ecclésiastique de M. l'Abbé Fleuri. Notre but n'est pas d'entreprendre une réfutation de cet Ecrit anonyme.

blique, & le revenu d'icelles diſtrait de la Seigneurie & puiſſance de l'Empereur, & attribué auxdites Villes : l'élection de l'Empereur donnée à trois Evêques & à trois Princes de l'Empire, auxquels fut ajouté le Roi de Bohême, afin que ſi les ſix précédens n'étoient d'accord, il donna ſa voix, & que l'imparité ſurmontât le moindre nombre. Outre tout cela, fut dit & conclu que le Pape qui regneroit, auroit l'autorité de confirmer, approuver & couronner l'Empereur, au lieu que premierement les Empereurs établiſſoient, & confirmoient les Evêques de Rome. Cette mutation a apporté une grande plaie en la Chrétienté, les forces de l'Empire Germain étant du tout énervées, & l'autorité d'icelui perdue. Et eſt advenu de là, que Boniface Pape ſe dit être Empereur, & que l'Empire lui étant dévolu par la mort de l'Empereur, depuis, les Papes n'ont ceſſé de ſervir de flammêches & ruine contre les Empereurs & toute l'Allemagne. Et ont été les Empereurs ſi pauvres & affoiblis, qu'ils n'ont pu retenir en leur devoir ceux qui ſe ſont voulu ſouſtraire de leur obéiſſance. Et pour dire vrai, le nom d'Empereur eſt aujourd'hui un beau titre honoraire, plutôt qu'utile. Toutes les fois que les Papes ont voulu, ils ont mis la guerre en Allemagne, & eſt advenu par tel moïen, que le fils s'eſt élevé contre ſon pere, l'a contraint de lui ceder & quitter l'Empire. Quand les Cardinaux ont eu autorité & commandement en France, ils ont été cauſe de beaucoup de grandes mutations, & de beaucoup de maux & adverſités au peuple. Le Cardinal Balue (1), par le crédit qu'il avoit vers le Roi Louis XI, fut cauſe de l'inſtitution de beaucoup de ſubſides, & charges ſur le peuple. Le Cardinal d'Amboiſe obtint du Roi Louis XII, qu'il lui permît de mener à Rome le Cardinal Aſcanio Sforce, lequel étoit priſonnier du Roi. Il eſtimoit que par l'induſtrie dudit Aſcanio, il ſeroit fait Pape, lequel Aſcanio tendant à un but contraire, voulut induire ledit Cardinal d'Amboiſe de faire mourir & tuer pluſieurs des Cardinaux : & voïant que ledit Cardinal d'Amboiſe n'avoit ce malin eſprit, lui aïant déclaré que donc il ne ſeroit Pape, il appointa avec le Cardinal Roverre (2), lequel pour éviter la cruauté du Pape Alexandre (3),

(1) Pour bien connoître les Cardinaux Balue & d'Amboiſe, il faut lire les Hiſtoriens de Louis XI, ſur tout Philippe de Comines, l'Hiſtoire donnée par M. Duclos ; & la Vie du Cardinal d'Amboiſe, par M. l'Abbé le Gendre.

(2) Julien de la Rovere, Cardinal du Titre de ſaint Pierre aux Liens.

(3) C'eſt Alexandre VI.

M ij

s'etoit retiré en France , où il avoit été couvert & maintenu
par la faveur du Roi , & fut fait ledit Roverre (1) Pape , &
nommé Jule II. Incontinent après il abſolut Aſcanio du ſerment qu'il avoit prêté audit Roi Louis de retourner en France ,
& ledit Pape & lui conſpirerent contre le Roi , & les François
firent alliance avec Maximilien Empereur. Ils ſubornerent les
Suiſſes , & exciterent les Eſpagnols en telle guerre contre la
France , qu'il s'eſt conçue une inimitié telle entre les deux nations , qu'il n'eſt pas poſſible de l'éteindre , ni les reconcilier.
Le Cardinal de Tournon , lorſque ſous l'autorité du Roi François I , il manioit les affaires du Roïaume , differa tant de faire
compter 100000 écus au Duc de Saxe & au Landgrave , qui
étoient preſſés de guerre par l'Empereur Charles V , qu'on eſtime que cela cauſa la défaite que ledit Charles fit ſur eux , dont
advint grand trouble & mutation par toute la Chrétienté , &
ſpécialemeut en Allemagne & en France. Il y avoit eu auparavant un Chancelier (2) , qui fut Cardinal , & après Légat en
France , auquel le Pape donna tant de facultés , qu'il ne lui
reſtoit quaſi plus que d'être Pape de France. Il avoit acquis réputation de grande ſageſſe : mais il entra en ſon cœur de faire
publier des Loix & Edits ſanguinaires & très cruels. Car ſuivant
iceux , depuis , beaucoup de pauvres innocens ont été condamnés à mourir & être brûlés vifs , ſans conſiderer ſi ce qu'ils diſoient avoit été écrit & dit , & révélé de Dieu aux Prophetes
& Apôtres de Jeſus-Chriſt. Une pauvre femme fut brûlée , qui
prioit les Jacobins , qui lui aſſiſtoient , ſi elle étoit Luthérienne
lui ôter cela de deſſus elle , tant étoit la pauvre femme ignorante.
Un ſavant homme , qui en interprétant quelque livre de Coſ-
mographie , dit & maintint qu'il y avoit des Antipodes , fut
contraint de ſe rétracter , tant étoit l'ignorance grande , & la
force de Satan en crédit. Le Cardinal Bertrandi , Evêque de
Sens , fit le procès au Conſeiller du Bourg , qui a apporté le
commencement des grands troubles qui ont régné & regnent en
France depuis ledit temps : & tout incontinent après furent
dreſſés de grands rôles pour proſcrire & faire mourir quatorze
mille des plus grands , plus nobles , & plus puiſſans du Roïaume de France : en quoi étoit emploïé un Cardinal de grande

(1) Le Cardinal de la Rovere ne fut pas
élu Pape immédiatement après Alexandre
VI , mais après Pie III , qui ne ſiégea que 29
jours.

(2) Antoine du Prat , Chevalier Seigneur
de Nantouillet , créé Chancelier par François I , en 1515 , depuis Archevêque de
Sens , & Cardina'

1591.
Discours
sur les af-
faires de
France.

Maifon, & homme de grand efprit, lequel a fu manier les affaires de France de telle forte, qu'aujourd'hui l'état de la Couronne en eft fi merveilleufement ébranlé, que les plus avifés
font fi troublés, que quafi ne favent fur quel pied fe tenir. Mais
Dieu, qui eft tout bon & tout puiffant, qui peut & fait toutes
chofes convertir en bien, quand il lui plaira par fa bonté & fageffe appaifera tant de feux, & adoucira & r'appaifera tant de
troubles, & fera connoître aux hommes que ceux qui fe mêlent
en la maifon d'autrui, ne peuvent que tout renverfer & gâter;
& que celui qui entreprend contre & outre fa vocation, ne fait
que tout brouiller: & firent bien les Eccléfiaftiques ne fe mêler
des affaires politiques, lefquels ils laifferent conduire à ceux à
qui il appartient, qui y font propres & bien inftruits. Les Ca-
liphes de Cayran dominerent en Afrique, & celui du grand Caire dominoit auffi en Egypte, tous deux Prêtres & Pontifes Ma-
homérans. Iceux fe entre-excommunioient l'un l'autre abfol-
vans les Sujets l'un de l'autre, fe comporterent tellement, qu'ils
furent caufe de la ruine de l'Afrique & de toute l'Egypte, où
ils introduirent les Arabes, lefquels, fans certain fiege ou domicile, ruinent, courent & écument lefdits païs. Le Calife de
Baldac, ou autrement Babylonne, rempli de grands deniers
& fort riche, fut tant adonné à fon avarice, qui eft un vice
propre & peculier aux Prêtres, que afin de ne dépendre de fon
argent, il ne voulut dreffer aucune armée, ni lever gens pour
empêcher Tamburlan (1) qu'il ne ruinât les païs & peuples à
lui fujets, de quoi il fut méritoirement puni par ledit Tamburlan: car il le fit ferrer & enclorre au lieu où étoient fes grands
thréfors, fans lui bailler ni fouffrir qu'il lui fût donné aucune
chofe pour le pouvoir nourrir & alimenter: lui difant qu'il paffât fon temps avec fon or, duquel il fe nourriroit s'il pouvoit.
L'on voit de-là, qu'entre tous les peuples & nations, quelque
Religion qui y ait été tenue & obfervée, il eft toujours advenu
que fi les Prêtres ont obtenu ou ufurpé domination feigneuriale,
ès lieux où ils ont été, ç'a été à la ruine d'eux & des peuples qui
fe font laiffés affujettir fous iceux. Par tous lefquels exemples,
moïens, & raifons ci-devant déduites, & que un chacun peut
par fa prudence confiderer, fera à jamais notoire & manifefte à tous, que les regnes & dominations des Prêtres ont toujours été pernicieux, ont apporté ruine & défolation aux peuples qui fe font foumis & laiffé gouverner par iceux. Et pour ne

(1) C'eft le fameux Tamerlan.

tomber en tel inconvénient, toutes nations & peuples bien con-
feillés, empêchent que telles fortes de gens ne s'élevent fur eux :
ains choififfent gens vertueux pour les conduire, & bien confeiller leurs Princes ou Magiftrats de leurs Républiques. Tenant
tel moïen, Dieu leur affiftera, & les fera profpérer : qui eft un
bien que je defire à notre France.

Exhortation (1) *aux François de fe ranger fous l'obéiffance du Roi.*

LE devoir que j'ai à ma patrie, laquelle à mon grand regret,
eft fi étrangemént troublée, me contraint de prier inftamment
tout le peuple de France, d'écouter & entendre bénignement
ce que je déduirai ci-après, au profit de chacun : afin que tant
de troubles puiffent ceffer, & tous vivre en repos & fureté dans
leurs maifons, jouiffans des biens & commodités qu'il plaît à
Dieu nous donner. Premierement, je parlerai à l'État qui me
femble le plus affligé & malade, auquel il faut que je faffe connoître, en premier lieu, l'utilité qu'ils recevront tous, fe rédui-
fans & rangeans fous l'autorité & puiffance de leur vrai & naturel Roi : au lieu qu'il faut que jour & nuit ceux des Villes
foient en crainte & doute, fi qu'ils ne peuvent dormir de bon
fommeil, ni exercer le trafic, dedans & hors les Villes, fans
peril de biens & vies : voire ne font pas maîtres en leurs maifons.
En après, leur faut contribuer argent outre leur portée, qu'ils
empruntent à interêts, à tels, qui, peut-être ont ravagé tout ce
qu'ils pouvoient avoir aux champs, & ruiné leurs métaïers, fermiers, vignerons & ferviteurs. Si ceux-là veulent reconnoître
leurs fautes, demander pardon à Dieu, & ouvrir leurs portes à
leur bon, vrai & naturel Prince & Seigneur, il leur ouvrira les
bras, fera ceffer ceux qui ruinent & ravagent tout, tant dans
les Villes que par le plat-païs : tous rentreront en autorité, auront abondance de biens, jouiront des fruits de leurs héritages,
feront leurs trafics & affaires paifiblement. Les Magiftrats des
Villes feront honorés, refpectés, & obéis tant ès Villes qu'au
plat païs ; & non vilipendés ni contemnés comme ils font à préfent. Les Sieurs des Villes feront Peres & Rois en leurs maifons,
& le pauvre peuple des champs vivra joïeufement & comme à
fouhait, voïant & mangeant les fruits qui par fon labeur & fans

_____

(1) C'eft la fin ou la conclufion du Difcours dont on vient de rapporter les fuites,
ou diverfes parties.

icelui feront produits en leurs héritages. Le Roi même, à la
maniere de fes prédeceffeurs, leur donnera de fon revenu, tant
s'en faut qu'il veuille prendre du leur, comme on fait aujour-
d'hui avec une fi grande violence, par la néceffité & contrainte
de fi horribles troubles.

1591.

DISCOURS
SUR LES AF-
FAIRES DE
FRANCE.

Entant que touche la Nobleffe, elle ne peut, ni ne doit finon
chérir le Prince, duquel & de fes prédeceffeurs elle a été tant
refpeétée & favorifée. Les vieux Soldats du temps des Romains
avoient de grands privileges, mais nulle jurifdiction. Aujour-
d'hui, la Nobleffe eft honorée d'une infinité de grands privileges : elle n'eft tenue de païer aucun impôt, fublide, tribut
ou emprunt : qui eft une chofe qu'on doit beaucoup prifer. Elle
a encore davantage, affavoir des Seigneuries avec fi grands
droits, qu'elle peut faire punir au corps les délinquants, & peut
empêcher qu'un Etranger qui ne lui fera agréable, poffede ou
acquiere aucune chofe en fa terre : voire eft fon autorité fi grande, qu'elle ne reconnoît aucune fupériorité, finon le Roi même
& celui qui a autorité de lui & le repréfente. Si aucun eft offenfé,
le Roi le maintient en fes droits, & réprime tous ceux qui lui
veulent faire tort. Que fi on entreprend guerre contre le Roi
ou fes fujets, il leur fait cet honneur de les appeller en aide.
Les Citoïens des Républiques s'appellent honorables, qui eft
autant à dire que fpeétables : mais ceux de la Nobleffe de France, peuvent & doivent être appellés illuftres : car ils jouiffent
de tels privileges que faifoient les Illuftres du temps des Romains. Ils commettent des Officiers pour exercer & faire juftice fur & entre leurs Sujets, defquels ils font révérés & cheris
comme les enfans aiment, obéiffent & cheriffent leurs peres.
Nous voïons donc qu'il n'y a Gentilhomme en France, avec
quelque peu de moïen, qui ne foit quafi comme un petit Roi.
Et comme les Princes font nourris & dreffés en toute bénignité
& douceur : le naturel de la Nobleffe eft d'être benin, gracieux
& courtois. S'il y en a qui ne foient tels, ils font connoître
qu'ils ne font vraiment Nobles, ains bâtards. Etant donc la
Nobleffe maintenue en fi grands droits, privileges & autorité,
il n'eft poffible qu'elle puiffe délaiffer fon Prince, qui eft de fon
fang & de fa nation, & qu'elle en veuille ou puiffe recevoir &
admettre un autre, lequel voudroit préferer & cherir les fiens
qu'il connoît, pour fouler ceux fur lefquels il prétendroit dominer par force. Davantage, faut remarquer, que ceux de la
Nobleffe qui font grands & réputés, font avancés aux honneurs

& dignités des grandes Charges, par le Roi, comme auffi tous gens vertueux, de quelque dégré & qualité qu'ils foient. Comme, par le contraire, ceux qui font ennemis de Sa Majefté, ne veulent avancer aux Charges & Etats, finon Etrangers, ou gens de petite qualité, voire plutôt quelques mutins ou factieux, qui ne cherchent que toute confufion, & attirer à eux, d'où que ce foit, les moïens du pauvre peuple, qui ne peut autre chofe, finon gémir fous le faix. Ceux du Clergé peuvent-ils bien mettre en leur cœur de s'élever contre leur Prince naturel? les prédeceffeurs duquel les ont dotés & tellement enrichis, qu'ils jouiffent des quatre parts, dont les cinq font le tout, du revenu au Roïaume de France: exempts de tailles, fubfides & impôts: aux affemblées publiques font honnorés des premiers lieux, voir ès Jurifdictions Souveraines. Par le bénéfice des Princes, ils ont trouvé place, & ont été tant refpectés, comme encore aujourd'hui, que ceux d'entr'eux qui s'appellent Mendians, font, toutes fois bien logés, graffement nourris, & vêtus de même. Item, ont tant gagné lefdit du Clergé, que les Laïcs n'ont aucune jurifdiction fur eux: combien qu'iceux entreprennent Cour, Jurifdiction, & connoiffance fur les Laïcs. Que fi lefdits du Clergé ne veulent reconnoître les grands bénéfices qui leur ont été faits, & efquels ils font maintenus, qu'au moins ils confiderent en quelle forte font maniés ceux de leur qualité, affavoir, taillés & écorchés (furtout en Italie) par le Pape. Quant aux Seigneurs des Etats de France, je les prie de confiderer, que s'ils ne fe rangent fous leur bon, vrai & naturel Roi, chacun de ceux qui lui font la guerre pourront fentir le bras d'icelui, fi rudement, qu'il leur en prendra comme à maints ci-devant, tant Etrangers que domeftiques révoltés: & en outre, pourroit advenir une diffipation & ruine de tout le Roïaume. Car fi l'Empire Romain, jadis tant floriffant, a été inftrument de fa propre ruine, par fes déportemens & guerres civiles, qu'en attendent moins ceux qui y mettent au grand pas ce Roïaume & eux-mêmes? Ce qui eft fi notoire que rien plus: fi que les partages trouvés par écrit en rendent témoignage: tellement qu'au lieu d'un Roi, y en auroit multitude: de là, affavoir mon, fi l'ambition ne les pousferoit point à courir fur les uns aux autres, pour faire nouveaux partages à l'épée? & aux dépens de qui, finon de la robe & peau de ceux qui le méritent bien? Mais il y a un Dieu Tout-puiffant, qui fceptre les Rois, & qui rompt la tête aux Ufurpateurs,

comme

comme appert par les histoires. Une autre considération y a, que tandis qu'il s'en trouvera un de la Maison de Bourbon, d'Orléans, & de la Tour, qui sont du sang de France, il est impossible qu'Etranger soit reçu à enjamber ce Roïaume, sinon que Dieu par son juste jugement le laissât aller où la rage le précipite, à quoi tous vrais François ont à penser : pour exemple de quoi j'amenerai un exemple notable de la Nation élue, & maintenant vagabonde, laquelle aima mieux que l'Etranger regnât sur eux, que leur vrai & naturel Roi, a été prise au mot, à sa confusion & ruine. Par lesquelles choses pouvez connoître quelle calamité se prépare de nouveau, & quelles guerres regneront en France, qui ne cesseront que les ennemis du Roïaume ne soient domptés & expulsés. Et pourtant, le plus expédient seroit d'amender le passé, & rentrer en cervelle, à ce que le Roi soit reconnu, lequel, moïennant la grace de Dieu, fera si bon devoir, que les méchans seront réprimés, & les gens de bien maintenus, le tout selon sa clémence accoutumée, experimentée par plusieurs épargnés du glaive, qu'il pouvoit défaire.

1591.

DISCOURS SUR LES AFFAIRES DE FRANCE.

Avertissement.

Nous avons vu ci-dessus ès Lettres du Secrétaire Ibarra, que le Duc de Parme, quoique plus fort en troupes à pied & à cheval, publioit ès Païs-Bas & en Espagne, qu'il étoit trop foible pour assaillir le Roi de France & secourir ceux de Rouen. C'étoit pour attirer argent d'un côté, de l'autre pour rendre ses trophées tant plus illustres, s'il pouvoit contraindre le Roi de sortir hors de Normandie, laquelle étoit une bonne piece pour le Roi d'Espagne. Mais le Duc se trompa ; car encore que les troupes du Roi fussent harrassées, si se trouva-t-il assez de François pour chasser les Espagnols & Espagnolisés hors de la Normandie ; tellement que le Duc aïant consommé une montagne d'or, perdu ses meilleurs Soldats, reçu de la honte en diverses déroutes, fut honteusement chassé & contraint de retourner ès Païs-Bas avec un bras rompu, & néanmoins plus vîtement qu'il n'en étoit parti. Il entra dedans Rouen, où il ne séjourna pas, & sentit cette deuxieme fois qu'il étoit trop foible pour subjuguer le Roïaume, qui appartenoit aussi peu à son Maître qu'à lui. Or, les Ligueurs à leur accoutumée publierent divers Ecrits pour le siege de Rouen, dont nous avons choisi le moins superbe, que nous présentons, & pour Préface, l'Arrêt du Parlement de Rouen contre son Prince Souverain.

ARREST

DE LA COUR DE PARLEMENT DE ROUEN,

Contre *HENRI DE BOURBON*, *prétendu Roi de Navarre*, *ses Fauteurs & adhérans* (1).

De Rouen, du septieme Janvier 1592.

EXTRAIT DES REGISTRES DE PARLEMENT.

VU par la Cour, toutes les Chambres d'icelle assemblées, la requête présentée par le Procureur Général du Roi, contenant qu'à l'occasion du siége mis devant cette Ville par Henri de Bourbon, prétendu Roi de Navarre, aucuns mal affectionnés étant en icelle, ne séduisent le Peuple, comme quelques-uns se sont essaïés de faire ces jours passés, pour sous ombre de paix mettre ladite Ville sous la domination des Hérétiques, qui est la plus grande misere & calamité qui sût advenir en ce Roïaume, pour être icelle une des plus principales de France, & qui a eu cet honneur de s'être des premieres opposée à l'héréfie & tyrannie que de long temps l'on vouloit introduire en cedit Roïaume, n'étant raifonnable que pour la malice d'aucuns, l'on vînt à lâchement se rendre audit Henri de Bourbon, & partant qu'il étoit besoin de réprimer par quelque bon reglement la malice de ceux qui voudront troubler l'union & repos de cette Ville, de quelque prétexte qu'ils se voudroient couvrir; requeroit qu'il plût à ladite Cour y donner ordre, la matiere mife en délibération:

La Cour a fait & fait très expreffes inhibitions & défenfes à toutes perfonnes, de quelque état, dignité & condition qu'ils foient fans nul excepter, de favorifer en aucune forte & maniere que ce foit le parti dudit Henri de Bourbon, ains s'en

(1) Il eft bon de favoir, pour l'intelligence de cet Arrêt, qu'on avoit découvert à Rouen une confpiration. Sur l'avis de Mauclerc, Avocat au Parlement, on arrêta le fieur la Fontaine, Sergent de la Compagnie du Capitaine Saint Saturnin, accufé d'avoir traité avec les Ennemis, pour leur livrer la porte Cauchoife. La Fontaine appliqué à la queftion, accufa Champhion, Procureur au Parlement & Haillier, Huiffier de la Chambre des Compres. Ils furent pendus le lendemain 4 Janvier 1592, dans la Place publique. Le Capitaine faint Arnaud, qu'on accufoit auffi d'avoir trempé dans cette affaire, fe fauva au Camp des Affiégeans. Tels furent les motifs de l'Arrêt qu'on donne ici.

défister incontinent, à peine d'être pendus & étranglés.

Ordonne ladite Cour que monition générale sera octroïée audit Procureur Général *nemine dempto*, pour informer contre tous ceux qui favoriseront ledit Henri de Bourbon & ses adhérans. Et d'autant que les conjurations apportent le plus souvent la ruine totale des Villes où telles trahisons se commettent, est ordonné que par les Places publiques de cette Ville & principaux carrefours d'icelle, seront plantées potences, pour y punir ceux qui seront si malheureux que d'attenter contre leur Patrie; & à ceux qui découvriront lesdites trahisons, encore qu'ils fussent complices, veut ladite Cour leur délit leur être pardonné, & outre ce leur être païé la somme de deux mille écus, à prendre sur l'Hôtel-de-Ville.

Le serment de l'Union fait le 22 Janvier 1589, & confirmé par plusieurs Arrêts, sera renouvellé de mois en mois en l'Assemblée générale, qui pour cet effet se fera en l'Abbaïe de saint Ouen de cette Ville. Est enjoint aux habitans de l'observer inviolablement de point en point selon sa forme & teneur, à peine de la vie, sans aucune espérance de grace.

Enjoint très expressément ladite Cour à tous les habitans d'obéir au Sieur de Villars, Lieutenant de Monseigneur Henri de Lorraine en ce Gouvernement, en tout ce qui leur sera par lui commandé, pour la conservation de cette Ville; comme aussi aux Soldats entretenus par ladite Ville, qui seront tenus d'obéir promptement aux mandemens dudit Sieur, à peine de la vie.

Et sera le présent Arrêt lu & publié à son de trompe par tous les carrefours de cette Ville, placardé & affiché par-tout où besoin sera, afin que nul n'en puisse prétendre cause d'ignorance. Fait à Rouen, en Parlement, le 7 Janvier 1592.

Signé, DE LA COUSTURE.

LE présent Arrêt a été lû & publié à son de trompe & cri public à la Cour du Palais Roïal du Parlement, au-devant de la Cohue, l'Hôtel de saint Lo, Vieil Palais, Hôtel-de-Ville, Bouteroude, l'Archevêché, Palais de saint Ouen, l'Hôtel de Fescamp, de Lisieux, & d'Aumalle, aux portes Cauchoise, Beauvoisine, saint Hilaire, du Barc, de la Harangerie, de saint Eloi, du Quai de Paris & de la basse vieille Tour, Boucheries du vieil Marché, du pont de Robec, de saint Vivien, de saint Maclou & de saint Sever, Mont sainte Catherine, au-devant

1592.
ARREST DU
PARLEMENT
DE ROUEN.

de la grosse horloge, de la Croix de Pierre, rues de l'Autru-
che, de la Serpente, de saint Patrice, du petit Puys, des Mail-
lots, du Figuier, de Notre-Dame, des Bonnetiers, & par
tous les autres Lieux accoutumés à faire cris & proclamations
en cette Ville de Rouen, par moi Louis-Marc, premier Huissier en ladite Cour de Parlement, accompagné de Maître
François de Martimbaut, Lieutenant au Bailliage de Rouen,
Guillaume Doucet & François de Rozieres, Trompettes ordinaires de ladite Ville, & de trois autres Trompettes, le Mercredi huitieme jour de Janvier 1592 (1).

Signé, MARC.

BRIEF DISCOURS*

Des Choses plus mémorables advenues en la Ville de Rouen,
durant le Siege mis devant icelle par Henri de Bourbon, pré-
tendu Roi de Navarre, valeureusement soutenu l'espace de qua-
tre mois par les Habitans de ladite Ville, sous la conduite
de Monseigneur Henri de Lorraine, des Sieurs (1) de Vil-
lars, (2) de Gessans, & autres vaillans Capitaines, jusqu'au
20 de Février 1592, que l'Armée Hérétique leva le Siège à
l'Armée Catholique, conduite par Messeigneurs les Ducs de
Parme, de Mayenne, Sfondrato, de Guise & d'Aumalle.

A MONSEIGNEUR ALEXANDRE FARNESE,

Duc de Parme & de Plaisance, Gouverneur pour Sa Majesté
Catholique en ses Païs-Bas, & son Lieutenant-Général en
ses armées contre les Hérétiques de dèçà la Mer.

M ONSEIGNEUR,

» Aïant plû à Dieu par sa bonté & miséricorde infinie nous
» délivrer de la furie des Hérétiques, qui s'attribuoient déja la

---

(1) Le Parlement donna commission à
Martial de Loynes, Conseiller de la Cour,
d'assister à l'exécution de cet Arrêt; & ce
fut ce Magistrat qui le fit publier par des
Crieurs publics, après avoir fait auparavant dresser des potences dans les carre-

fours.
(*) Ce Discours est d'un Seigneur.
(2) André de Villars Brancas, Gouverneur
du Havre de Grace.
(3) Aimar de Chastes de Gessan, cousin
du Gouverneur de Dieppe.

» domination de cette Ville, & partageoient entr'eux les mai-
» fons des Citoïens, de forte que nous étions réduits à l'ex-
» trêmité; & ce qui nous y engouffroit plus avant, étoit les
» menées que quelques-uns des nôtres pratiquoient, pour
» nous affujétir à l'Hérétique, fous ombre de paix. Joint que
» l'Armée Hérétique croiffoit de jour à autre, tant d'Etrangers
» que de François (fi François doivent être appellés ceux qui
» par une déloïale perfidie plus que Punique, fe font unis avec
» l'Hérétique pour égorger les Catholiques.) Mais comme
» nous étions en ces altéres, après avoir invoqué l'aide de
» Dieu, & jetté dehors ceux qui nous pouvoient nuire, &
» nous étant unis d'un ferme lien pour la défenfe de nos Au-
» tels, de nos femmes & enfants, nous reçûmes inopinément
» les Lettres de Sa Majefté Catholique jointes à celle de Votre
» Alteffe, & de Monfeigneur le Duc de Mayenne, par lef-
» quelles nous fûmes affurés du fecours de l'Armée Catholique
» qui s'acheminoit en ces quartiers. Ce qui accouragea telle-
» ment le Peuple, que nous nous réfolûmes d'attendre l'effet
» de vos promeffes, fans que le dégât que l'Hérétique a fait ès
» environs de cette Ville nous ait pu induire à traiter avec lui
» en quelque forte que ce foit, encore que fes conditions fuf-
» fent fort avantageufes. Mais comme c'eft la coutume de
» l'Hérétique de beaucoup promettre, & quand il eft le Maî-
» tre, fe mocquer de ceux qui fe font laiffés abufer par fes
» promeffes, Dieu nous a fait cette grace d'avoir été fermes &
» conftants à maintenir ce que nous avons fi folemnellement
» juré, en remunération de quoi ce bon Dieu, Pere de mifé-
» ricorde nous a fait fentir fa paternelle providence par le fe-
» cours de ladite Armée conduite par Votre Alteffe, qui a
» préfervé cette Ville de la rage des Hérétiques, & fauvé par
» ce moïen ce Roïaume dont elle eft principal membre, de la
» perfécution cruelle de l'Héréfie. De quoi nous avons bien
» voulu rendre certains les Habitans des Villes unies, de ce
» Roïaume, & aïant fait dreffer un brief Difcours de tout ce
» qui s'eft paffé en ce Siége, il nous a femblé ne le pouvoir
» mieux adreffer qu'à Votre Alteffe, qui méprifant les com-
» modités de fon Gouvernement, s'eft expofée à tant de dan-
» gers pour notre confervation: de forte qu'après Dieu nous
» vous reconnoiffons avec nos Princes, Sauveur, Libéra-
» teur & Protecteur non-feulement de cette Ville, mais de
» tout le Roïaume de France, pour le falut duquel nous prions

» Dieu, le pourvoir d'un Roi vraiment très Chrétien, qui
» vous honore felon vos mérites pour tant de bons offices
» qu'avez faits à la France, & ce de tel cœur que nous prions
» Dieu,

　» Monfeigneur, vous conferver en très bonne fanté, lon-
» gue & heureufe vie, avec entiere victoire des ennemis de
» Dieu & des vôtres «.

　　　　D. V. A. Très humbles & très obéiffans ferviteurs,
　　　　　les Maires, Echevins & Habitans de Rouen.

　　　De Rouen, ce 21 Février 1592.

CEUX qui prévoïant de loin nos malheurs ont connu les déportemens de Henri de Bourbon, qui fe fait appeller Roi de
France & de Navarre, & qui ne fe font point départis de l'U-
nion qui avoit été fi folemnellement jurée en ce Roïaume, l'E-
dit de laquelle fut fait & juré par Henri III en cette Ville, ont
mieux aimé endurer & choifir toutes fortes de maux, que de
jamais reconnoître Hérétique pour Roi de France. La Ville de
Paris, Capitale de ce Roïaume, qui avoit commencé la guerre à
l'héréfie & tyrannie qu'on vouloit établir en France, a montré
à toute la Chrétienté la conftance qui fe peut attendre des vrais
Catholiques François, aïant foutenu, l'efpace de fix mois, un
fiége formidable. Ce qui fait clairement connoître la Providence de Dieu fur ce Roïaume, qui, en nous châtiant de nos péchés
arme d'une telle foi les fermes & affurés Catholiques, les éprou-
vant fur la pierre de touche de la tribulation, leur tendant toutesfois les mains, & leur envoïant fecours en temps opportun,
comme il fit à nos freres de Paris, lorfque les affaires étoient
plus defefperées, & que l'horrible famine qui étoit dedans contraignoit le peuple à fe lâcher : De forte que le Roi de Navarre
avoit donné affurance à fes partifans de s'en rendre maître le
jour de S. Barthelemi de l'année 1590 ; mais voici foudainement arriver le fecours de fon Alteffe de Parme, qui avoit joint
Monfeigneur le Duc de Mayenne, avec une telle réfolution,
qu'au partir de Meaux, ils prirent Lagny fur Marne, élargiffant
toujours Paris, jufqu'à ce que le Roi de Navarre les fentant approcher, leva honteufement le fiége. Et fans quelques affaires
qui contraignirent S. A. de retourner en Flandres après la prife
de Corbeil, le Roi de Navarre n'eût prit Chartres, ni fait les
maux qu'il a faits depuis, car on lui eut chauffé les éperons

de fi près, qu'il eut affez à faire à fe tenir fur la défenfive.

Mais, foit que nous ne fuffions pas bien unis, ou que nous efperions trop en nos propres forces, ou que pour nos péchés, Dieu ait permis que les divifions fe foient accrues parmi nous, pour d'autant advancer les affaires de l'hérétique, nous n'en pouvions conjecturer autre chofe finon que Dieu les ait voulu élever pour les précipiter d'un plus grand fault, exerçant cependant fa miféricorde & juftice, puniffant par fa juftice nos péchés, & ruinant nos ennemis pour nous faire miféricorde en nous délivrant de leurs embuches.

L'année derniere 1591 leur a été favorable jufqu'au mois d'Août, que Dieu par fa puiffance tira miraculeufement Monfeigneur le Duc de Guife hors de prifon en plein midi, à la barbe de tous fes ennemis.

Tant s'en faut que ce miracle fut fuffifant pour faire connoître au Roi de Navarre que Dieu favorife nôtre caufe, qu'au contraire il s'endurcit comme Pharaon pour perfécuter les Catholiques: commençant dès-lors d'élever fon cœur plus haut & dreffer fes entreprifes fur cette Ville de Rouen, aïant dès le 8e jour de Septembre dernier, envoïé le fieur de Rouffi (1) vers la Reine d'Angleterre, pour la prier, comme fa bonne fœur, de le fecourir au befoin en cette entreprife qu'il déliberoit d'executer au péril de fa vie, & de ne bouger de-là qu'il ne fe fût rendu maître de Rouen. Ce qu'il s'affuroit de faire par le fecours de ladite Dame, & celui de fes bons & loïaux Sujets. Si le pauvre homme eût lû Philippes de Commines, il y eut appris qu'il ne faut jamais vendre la peau de l'Ours qu'on ne l'ait pris. Et tout ainfi que Dieu permit que le fiége de Paris lui portât grand préjudice, celui de Rouen ne lui a été moins dommageable, aïant perdu devant, beaucoup de fes hommes, tant par les forties des habitans, que par les rigueurs de l'hyver, & maladies étranges dont fon armée étoit tourmentée.

Pour faciliter les préparatifs du fiege, il furprit Louviers par trahifon, où furent commifes des impiétés horribles, y aïant été par les Hérétiques le très Saint Sacrement de l'Autel foulé aux pieds, l'Extrême-Onction, & Lavoirs Baptifmaux réduits en pure prophanation par les Anglois, en la préfence de ceux qui veulent être eftimés Catholiques. Au lieu même furent pendus deux Religieux de Soiffons, de l'Ordre de Prémontré, & Monfieur de Saintes, Evêque d'Evreux, Prélat de bonne vie &

(1) Le Sieur de la Place de Ruffy.

finguliere érudition, envoïé à Tours lié & garotté, avec commiffion du Biarnois à cette Synagogue d'Hérétiques, pour lui
faire & parfaire fon procès, jufqu'à Sentence définitive. Mais
Monfieur le Cardinal de Vendôme s'y oppofa, s'en réfervant la
connoiffance (1).

La furprife de cette Ville bien fournie de vivres, vint bien
à propos au Roi de Navarre pour rafraîchir fon armée, & y
dreffer un magafin d'Etappes. Ce qu'il fit incontinent, ordonnant d'autres lieux de provifions, comme Caen, Ponteaudemer,
le Pont de l'Arche : ce qui tournoit à grande incommodité
pour Roüen.

Néanmoins, après que les habitans furent avertis par Monfeigneur le Duc de Mayenne, par fes Lettres écrites à la Fere du
dernier jour de Septembre, qui les prioit de fe réfoudre à une
bonne défenfe, & que fecours ne leur manqueroit point, ils
fe réfolurent d'attendre le fiege, avec une ferme intention que
fi le Biarnois y faifoit grand effort, de lui vendre leur peau bien
chere.

Le Vendredi quatrieme Octobre, arriva en ladite Ville Monfeigneur Henri de Lorraine (2), fils aîné de mondit Seigneur de
Mayenne, Gouverneur & Lieutenant Général en Normandie, qui fit auffi-tôt faire une affemblée générale de Meffieurs
du Clergé, du Parlement, & gens des Comptes, avec les Maire, Efchevins, & autres notables habitans, aufquels mondit
Seigneur remontra l'importance du fait, qu'il falloit fe réfoudre à valeureufement foutenir le fiege, & que l'on le pouvoit
faire plus aifément que Paris, pour être la Ville mieux pourvue de munitions : que le Roi de Navarre, harraffé de tenir fi

(1) Claude de Saintes, Evêque d'Evreux,
fameux Théologien, étoit un zélé Ligueur,
& l'un des plus obftinés ennemis du Roi.
On s'empara de fes livres, & on trouva
parmi fes papiers, dit M. de Thou, un
écrit où il juftifioit l'affaffinat d'Henri III,
& s'efforçoit de prouver qu'il étoit permis
de tuer le Roi de Navarre : c'eft pourquoi
on ne le traita pas comme un prifonnier
de guerre. On l'envoïa à Caen fous bonne
garde, pour lui faire fon procès, & le
punir comme criminel de Lezé-Majefté. Il
fut interrogé, convaincu, & il ofa même
foutenir les opinions fanatiques dont il
étoit malheureufement prévenu. En conféquence, il eut peut-être été condamné à

mort, fi le Cardinal de Bourbon & le
Clergé du parti du Roi n'euffent vivement
intercedé pour lui. On obtint que la peine
de mort, qu'on avouoit qu'il avoit encourue, felon nos Loix, feroit commuée en
une prifon perpétuelle, où il mourut peu
de temps après, au Château de Crevecœur
près de Lifieux, en 1591. Voïez M. de
Thou, en fon Hiftoire, Livre 101, &
l'Hiftoire Civile & Eccléfiaftique du Comté
d'Evreux, par M. le Braffeur, Chap. 39 &
40.

(2) Henri d'Aiguillon, à qui le Duc de
Mayenne avoit donné le Gouvernement de
Rouen. Voyez fur ce Siége de Rouen, l'Hif-
toire de M. de Thou, Livre 102.

longtemps

long-temps la campagne ne pourroit faire grand effet, & qu'af-
fiegeant fur l'hyver une telle Ville, il combattroit plutôt le
temps que la Ville. Que tout le falut ou le malheur de la France dépendoit de là. Que fi les habitans étoient fi mal avifés de
fe rendre (comme firent ceux de Chartres) on mettroit les autres Villes unies, & principalement Paris en defefpoir; car le
Roi de Navarre fe voïant maître de Rouen, viendroit aifément
à bout de Paris, & des autres Villes : mettoit encore en confidération que lorfque Paris fut affiegé, il étoit bouclé de tous
côtés, & par terre, & par eau, ne pouvant rien entrer dedans
la Ville, que par le congé de l'ennemi : & nonobftant toutes
ces difficultés, ils foutinrent valeureufement le fiege, d'une
telle conftance, que toute la Chrétienté en demeure encore
émerveillée. Que s'ils l'ont fait lorfqu'ils étoient environnés de
tant de malheurs, & après la bataille d'Yvry, à plus forte raifon nous avons (difoit ce Prince) occafion de nous bien défendre, vu que la Ville eft munie de ce qui eft néceffaire, les
Ports du Havre de Grace, & de Honfleur nous favorifans, fou-
tiendront une bonne partie de la peine, incommodant l'ennemi. Le principal étoit de pourvoir à la garde du Mont S. Catherine, & aux Forterelles & portes de la Ville.

Monfieur de Beauquemarre (1) premier Prefident de la Cour,
après avoir remercié mondit Seigneur de fa bonne volonté, requit que tous les habitans prêtaffent le ferment entre les mains
de Monfieur de la Londe Maire de ladite Ville, aux fins de relever tous ceux qui, de parole & de fait, favoriferoient le Roi
de Navarre, pour en faire punition exemplaire. A quoi mondit
Seigneur répliqua qu'on y pourvoiroit à la premiere affemblée,
& que cependant il falloit donner ordre de munir la Ville de
gens de guerre, ce qui fut fait le lundi feptieme dudit mois qu'il
y entra fix cents chevaux conduits par le fieur de Villars, &
douze cents Arquebufiers, dont il y avoit deux cens Moufquetaires conduits par le Sieur de Geffans, qui furent auffi-tôt dif-
tribués pour la garde du Mont S. Catherine, du Château, du
vieil Palais, & de la porte S. Hilaire ; les Suiffes & habitans
pour la garde des autres quartiers de la Ville.

Le mardi huitieme dudit mois, fe trouverent en l'hôtel
de S. Ouen Meffieurs du Clergé, de la Nobleffe & du Parlement avec les Maires & Efchevins, là où il fut réfolu de mettre
hors la Ville les fufpeêts, dont le rôle en fut montré à Monfieur

(1) C'eft, felon M. de Thou, de Bauquemaure du Mefnil.

Tome V.   O le Maire ; & suivant cette résolution l'on mit dehors le Sieur de S. Sever autrefois huguenot , le Conseiller Landreci , Monsieur de Haute-bruyere , Humber , Greffier du Bailliage , & plusieurs autres qui à la première assemblée avoient parlé au préjudice du parti de l'Union.

Cependant le Sieur de Roussi, qui étoit en Angleterre, sollicitoit fort la Reine d'envoïer le secours promis à son Maître , lequel ne pût être prêt qu'au 15 Octobre , & y eût beaucoup de difficultés avant que de partir ; mais Walsingham (1) qui étoit n'aguerres venu de France dont il avoit apporté de beaux présens du Roi de Navarre , résolut ces difficultés, & arriva à Bologne la veille de Toussaint avec six cents Chevaux , & quinze cents hommes de pied où le Duc de Longueville les vint trouver, qui les mena à Caen où étoit leur rendez-vous, & y arriverent le 10 de Novembre.

Le Roi de Navarre faisoit diligence d'envoïer par toutes les Villes de son parti pour l'assister en cette entreprise , ce qui fut cause qu'en peu de temps son armée fut complette , principalement de Cavalerie, car d'Infanterie il n'en avoit pas beaucoup, encore tant travaillée que rien plus. Aïant sur la fin du mois de Novembre rendu son armée en l'état qu'il la desiroit , il envoïa quelques avant-coureurs jusqu'à Longboel , Franqueville , la Faux , & autres lieux proches de Rouen , pour faire quelques ravages, ce qu'ils firent , & brûlerent beaucoup de belles Métairies appartenantes aux Bourgeois de Rouen , ce qui leur est un très grand dommage. Il fit avancer son artillerie, jusqu'à la Faux , pour essaïer la contenance des habitans, qui ne s'en soucioient pas beaucoup ; qui fut cause que ne la sentant assurée si près de la Ville, il la fit ramener à Vernon jusqu'à ce que le tout fut bien disposé, se contentant pour ce coup de les investir , & leur fermer les passages. Néanmoins il vouloit sonder leur intention par une lettre qu'il leur écrivit , & qui leur fut portée par Daniel du Quesnoi , qui se dit Heraut d'armes de France , du titre d'Alençon. Le contenu de laquelle nous avons bien voulu inserer, ainsi que s'ensuit.

(1) Le Chevalier François Walsingham , né de parens nobles, & qui fut Sécrétaire d'Etat sous la Reine Elisabeth. On a de lui, entr'autres écrits , le Secret des Cours ou les Mémoires de Walsingham, &c. contenant les Maximes de politique nécessaires aux Courtisans & aux Ministres d'Etat ; avec les Remarques de Robert Nanton sur le regne & sur les Favoris d'Elisabeth. Walsingham étoit beau-pere du Chevalier Philippe Sidney. Il a passé pour un des plus savants hommes de son temps en Angleterre.

*A nos Amés & Féaux, les Maire, Echevins, & Habitants
de notre Ville de Rouen.*

» NO s amés & féaux, encore que vous aïez pu connoître
» par le fuccès de mes affaires ma bonne & fainte intention à
» l'endroit de mes Sujets, que je defire favorablement traiter
» comme un bon pere fait fes enfans; ce néanmoins, perfuadés
» par le Roi d'Efpagne (qui me veut priver de ma légitime fuc-
» ceffion) que je veux abolir la Religion Catholique Romaine,
» vous continuez toujours en votre rebellion, encore que j'aie
» fait paroître du contraire ès Villes qui fe font foumifes à mon
» obéiffance, où ladite Religion Catholique y eft entretenue
» de point en point, & mes bons & loïaux Sujets Catholiques
» paifiblement maintenus en l'exercice d'icelle. De quoi je vous
» ai bien voulu avertir par ces préfentes, afin que fecouant le
» joug des Efpagnols qui vous rendront à jamais miférables,
» vour reconnoiffiez votre Roi légitime, & lui rendiez obéif-
» fance que lui rendent les autres Villes Catholiques, qui ont
» pour le moins autant de zele que vous à la Religion Catholi-
» que. Autrement, fi vous me contraignez de tenter la force,
» & me fervir des moïens que Dieu m'a mis en main, il ne fera
» pas en ma puiffance d'empêcher que la Ville ne foit pillée &
» faccagée. Le fecours du Duc de Parme que vous attendez ne
» vous fervira de guerres, car il ne pourra paffer jufqu'à vous
» fans une bataille, laquelle devant que me préfenter, les Li-
» gueurs fe fouviendront de celle d'Yvri. L'évenement vous en
» fera fages, & vous fera connoître la miférable condition de
» vos rébellions. Vous feriez beaucoup mieux de me rendre ma
» Ville que de vous expofer aux pertes qui vous font toutes cer-
» taines, & lefquelles vous ne pouvez éviter, qu'en me ren-
» dant ce que me devez. Dieu vous y veuille bien infpirer.

Au Camp de Vernon, le premier jour de Décembre 1591.

Signé, HENRI.

Et plus bas, FORGET.

LE s Maires & Echevins aïant reçu fes lettres, qui furent communiquées au Gouverneur, à la Cour de Parlement, & aux
habitans en l'affemblée qui fut faite à l'Hôtel de Ville le fecond

(1) M. de Thou donne un extrait de cette Lettre, dans fon Hiftoire, Livre 101.

O ij

jour de Décembre : où après lecture d'icelles faite , ils dirent
à l'Heraut qu'il fît savoir à son Maître qu'on ne se soucioit pas
beaucoup de ses menaces , & que Dieu n'avoit point été si li-
béral en son endroit de ses faveurs & moïens , qu'il n'en eût
réservé quelque portion pour son Peuple Catholique , & que
l'exemple des autres Villes qui s'étoient rendues à lui n'étoit
point une suffisante caution de sa bienveillance ; que quand le
secours des hommes défaudroit , que Dieu leur est un bon
garand , qu'il ne permettroit point que cette Ville , où l'extirpation des Hérétiques fut jurée par le saint Edit d'Union , tombât sous leur merci & domination , & que les Hérétiques Auteurs de toute désunion y fissent les ravages qu'ils y firent aux
premiers troubles : que l'on connoissoit assez ses déportemens ,
& qu'ils n'avoient pas oublié la prise d'Estampes & de Louviers , où furent faits de si cruels carnages aussi bien qu'à Vendôme , où il fit décoler Monsieur de la Maille-Bernard (1) , &
pendre un Cordelier , Docteur de Sorbonne , nommé Monsieur
Gessé ; que par l'ongle ils connoissoient le Lion , & qu'ils n'a-
voient pas à faire d'un tel hôte. Et quant au Roi d'Espagne
qu'il a si fort en haine , qu'il ne devoit trouver étrange si l'on
suivoit son exemple de se servir de l'Etranger Catholique , vu
que lui-même remplissoit le Roïaume d'Allemands & d'Anglois Hérétiques , lesquels outre l'hérésie sont ennemis conjurés
de France ; que c'étoit toute la réponse qu'ils lui vouloient
faire : partant dirent à l'Hérault qu'il se hâtât de lui porter leur
résolution , qui étoit de plutôt mourir , que de jamais reconnoître hérétique pour Roi de France , & qu'ils n'avoient moins
de cœur à soutenir leur antique Religion , que les Calvinistes à
soutenir leur détestable hérésie.

Le Roi de Navarre aïant entendu par son Heraut la volonté
des Habitants , fut extrêmement fâché , car il s'en attendoit
toute autre chose , & pensoit emporter la Ville sans grande résistance. Se voïant donc déchu de l'espérance qu'il en avoit ,
il s'approcha , & de premier abord s'empara de l'Eglise saint
André hors la porte Cauchoise , d'où il vouloit battre la Ville ;
mais le Sieur de Villars aïant fait amener deux coulevrines sur
les murailles , le fit aussitôt déloger de-là. Néanmoins il environna la Ville , de sorte que personne n'y pouvoit aller par
terre sans son congé , mais par la mer ceux du Havre , à la fa-

(1) M. de Thou dit, *Maillé de Benehart*, & nomme le Cordelier , *Cessé*. V. M. de
Thou , Livre 102.

veut des galeres du Roi Catholique, y venoient à la barbe de
l'ennemi, qui n'ofoit approcher la Ville de ce côté, tant pour
ce regard, qu'à caufe des piéces de batterie flanquées de part
& d'autre.

Le jeudi cinquieme Décembre fut faite affemblée générale
en l'Abbaïe de faint Ouen, où fut propofé de faire recherche
générale des grains qui fe pouvoient trouver dans la Ville, &
en fut donné la charge à Monfieur de Bretinieres, Confeiller
au Parlement, & à Monfieur de la Roziere, premier Echevin
de la Ville, qui après avoir fait recherche générale defdits
grains, fut trouvé quatre mille muids de bled froment, fans
le feigle, orge, avoine, & legumes, qui montoient à plus de
quinze cents muids. Les Echevins en acheterent quinze cents
muids qu'ils baillerent aux Boulangers pour cuire du pain à un
fol huit deniers la livre, pour bailler au menu Peuple, & cinq
cents muids qui furent deftinés pour le pain des Soldats.

Le lendemain on fit recherche générale des habitants qui
étoient propres à porter armes, & ceux qui n'y étoient propres
emploïés aux ateliers publics des fortifications, dreffés pour
cet effet au Mont fainte Catherine, Château, vieil Palais &
autres lieux de la Ville. Les Païfans & autres gens inconnus
qui s'y étoient retirés depuis peu, furent mis dehors, afin que
le grand nombre d'iceux ne mangeât en peu de temps les provifions de la Ville, qui étant bien ménagées, pouvoient foutenir le Siége plus de fix mois; que fi telle chofe eût été bien
prévue des Parifiens, ils ne fe fuffent point trouvés aux extrêmités où ils fe trouverent durant le Siége.

Cependant l'Armée du Roi de Navarre croiffoit de jour à autre, à caufe du grand nombre de gens qui lui venoient de tous
côtés, allechés de l'efpérance du fac dont il les repaiffoit. Et
pour cet effet le Maréchal de Biron faifoit diligence de l'enclorre de tous côtés, ce qui fut fait le vendredi fixieme dudit
mois.

Les Habitants voïant l'effort de l'Hérétique augmenter, fe
réfolurent à une ferme défenfe; & encore qu'ils fuffent pourvus
de braves Chefs de guerre, & de bons Soldats, confidérant
que la force humaine n'eft rien fans la grace divine, ils déli-
bererent de fe mettre en bon état pour implorer la miféricorde
de Dieu par une vraie pénitence. Et pour cet effet, le famedi 7
dudit mois de Décembre, fut fait commandement à tous les
Habitants d'affifter le lendemain 8 de Décembre, jour de la

Conception Notre Dame, à la Procession générale qui se devoit faire pour cet effet. Ce qui fut exécuté ; car ledit jour de
Dimanche 8 dudit mois la Procession partit sur les sept heures
du matin de l'Eglise Cathédrale Notre-Dame pour aller ès
Eglises de saint Ouen, notre Dame de bonnes Nouvelles, &
aux Capucins, où étoient les Stations & Prieres publiques,
sur le grand Autel desquelles Eglises reposoit le précieux Corps
de Notre Seigneur avec un magnifique appareil. Ladite Procession marchoit en l'ordre qui s'ensuit ; premierement marchoient trois cents Bourgeois de la Ville, sous l'étendart du
Crucifix, tous pieds nuds, chacun avec un flambeau de cire
blanche du poids de deux livres, suivis de quinze cents enfants
tous vêtus de blanc, qui chantoient les Litanies ; suivoient
après les Paroisses & Monasteres de la Ville, parmi lesquels
l'on portoit les saints Reliquaires de ladite Ville ; savoir, les
Chasses de saint Romain, de saint Godard, de saint Cande,
de saint Ouen, de saint Nicostrat, des onze mille Vierges,
& plusieurs autres saintes Reliques ; suivoient après Messieurs
du Chapitre de Notre Dame accompagnés de Monseigneur
le Gouverneur, Gentilshommes & Capitaines, Cours de Parlement, des Aides, Chambre des Comptes, Maires, Echevins
suivis d'une très grande multitude, & arrivés qu'ils furent à
saint Ouen, Monsieur l'Evêque de Bayeux (1) dit la grande
Messe, après laquelle Monsieur Jean Dadræus (2), Docteur
en Théologie & Pénitencier de Rouen fit la Prédication, interprétant ce texte de l'Ecriture : *Nolite Jugum ducere cum In-
fidelibus*, où il montra fort doctement les raisons par lesquelles l'on ne peut recevoir un Hérétique pour Roi de France,
& qu'endurer la mort pour cette cause, étoit chose sainte &
du commandement de Dieu : & sur la fin fit lever la main au
Peuple de plûtôt mourir que de reconnoître Henri de Bourbon prétendu Roi de Navarre pour Roi de France, comme
Hérétique relaps pour tel déclaré & condamné par nos saints
Peres les Papes Sixte V, & Gregoire XIV. L'assistance fut
aussi exhortée (ceux qui le pourroient faire) de jeûner au pain
& à l'eau le mercredi, vendredi & samedi de la semaine suivante, & se confesser durant icelle pour recevoir le Dimanche
après, le saint Sacrement de l'Autel, vraies & assurées armes
contre les Hérétiques. Ce qui fut observé religieusement par

(1) Charles de Bourbon, dit le Cardinal de Vendôme.
(2) Jean Dadré.

les Habitants & Gens de guerre, en si grande affluance, que tous les Ecclésiastiques furent occupés tout le long de la semaine à ouïr les Confessions, & administrer le saint Sacrement, de sorte qu'on ne pense point qu'il y pût tant avoir de Communians à Pâques.

Durant ce temps le Roi de Navarre fit dresser une batterie contre la porte saint Hilaire ; mais Monsieur de Villars la fit aussitôt terrasser. A l'instant les Habitants firent une sortie par la porte Cauchoise, où après plusieurs escarmouches, deux cents hommes du Roi de Navarre demeurerent sur la place, entre lesquels est le Vicomte de Bacqueville, le Sieur de Meru & le jeune de Montigny, un des coupe-jarrets du feu Roi. Des nôtres il en demeura cinquante personnes, de signalé, que le Sieur de saint Suplice (1), fort regretté de ceux de la Ville.

Cet exploit si heureusement exécuté rendit le Roi de Navarre si étonné, qu'il se retira du quartier de ladite porte, pour faire jouer une mine sous le Mont sainte Catherine, mais icelle étant éventée par la sage prévoïance du Sieur de Geffans, elle fut rendue vaine, ce qui étonna fort l'ennemi, qui s'assuroit au moïen d'icelle emporter la Place.

Tout le reste dudit mois de Décembre se passa sans aucun exploit de part & d'autre jusqu'au deux de Janvier 1591, qu'on découvrit une entreprise de l'ennemi qui se devoit saisir de la porte Cauchoise, à la faveur d'un nommé la Fontaine, Sergent de la Compagnie du Capitaine saint Saturnin, qui étoit en garde ledit jour, & qui en faisant la ronde devoit amasser ceux de son parti, & se saisir de ladite porte, pour donner entrée au Duc de Longueville & Maréchal de Biron, qui s'étoient avancés jusqu'à ladite porte avec cinq cents cuirasses : ce qui fut découvert par la sentinelle, qui tira une arquebusade, qui mit la Ville en allarme. Mais après qu'on se fut rassuré, l'Avocat Mauclerc, qui feignoit être de l'entreprise, & auquel la Fontaine s'étoit découvert, accusa ledit la Fontaine (2), le Procureur Champhuon, & Philippe Dallier, Huissier des Comptes, lesquels aussitôt furent appréhendés, & aïant confessé à la torture, & persisté, furent par Arrêt de la Cour, confirmatif de la sentence du Baillif de Rouen, condamnés à être pendus & étranglés en trois potences, qui pour cet effet furent dressées en la Place du Vieil Marché. Ce qui fut fait le

_____

(1) De saint Sulpice.   (2) Voïez la Note ci-dessus.

samedi 4 Janvier 1592. Le Capitaine saint Arnaud, qui étoit de la conspiration, & qui avoit le rôle des Partisans du Biarnois, se sauva, l'on ne sait comment : ce qui donna occasion à Messieurs du Parlement d'y donner ordre. Ce qu'ils firent par leur Arrêt du 7 Janvier, qui fut publié par tous les Carrefours, contenant défenses à toutes personnes de quelque état, dignité & condition qu'ils soient, de soutenir directement ou indirectement, à peine de la vie, le parti dud. Henri de Bourbon, ains s'en désister incontinent, reveler les conjurations qui se dresseront contre le repos & sûreté de la Ville. Furent aussi publiées monitions générales contre ceux qui ne reveleroient les conspirations quand ils en seroient avertis. Pour l'exécution duquel Arrêt fut commis Monsieur Martial de Loynes, Conseiller au Parlement, qui fit planter des potences par les Carrefours, pour donner terreur à ceux qui seroient si malheureux que de conjurer contre leur patrie.

Pendant que ces choses se passoient dans Rouen, Monseigneur le Duc de Mayenne étoit à Soissons pour ordonner son Armée pour le secours de Rouen, & sollicitoit Monseigneur le Duc de Parme qui étoit sur la frontiere, attendant encore huit cens chevaux qui étoient arrivés à Bruxelles, & qui se devoient joindre à S. A. près saint Quentin, suivant le mandement qu'ils en avoient de Sa Majesté Catholique. Ce qui étoit cause que S. A. tardoit de s'acheminer en ces quartiers, car il y avoit principalement affaire de Cavalerie, car d'Infanterie il en étoit mieux fourni que l'Ennemi.

Son Altesse s'acheminant en diligence pour joindre mondit Seigneur de Mayenne, dépêcha au Havre-de-Grace Dom Diego de Roquanova, le chargeant d'aller avertir ceux de Rouen du secours qui étoit proche, ce qu'il fit en diligence. Ce qui accrut le courage des Catholiques de telle sorte, que le Roi de Navarre qui faisoit donner une escalade du côté de la porte Beauvoisine y fut si rigoureusement repoussé, qu'il y perdit plus de cent hommes des meilleurs Soldats qu'il eût. Non content de ce, fit amener quatre doubles canons pour battre du côté de Saint Ouen ; mais nos gens firent une sortie si furieuse, que les canons penserent être pris, le Duc de Longueville qui étoit de ce côté, ne sut tant faire que d'empêcher que sa Compagnie ne fût défaite & sa Cornette prise, qui se voit à présent à l'Eglise de Notre-Dame.

Ainsi que les affaires étoient en tel état, l'on sut que Monseigneur

feigneur le Duc de Mayenne avoit joint Son Alteffe de Parme
à faint Valeri, & qu'ils s'acheminoient en diligence pour faire
déloger l'Ennemi de devant Rouen, ou donner bataille, felon qu'ils aviferoient pour le mieux. Ce qu'entendu par le Roi
de Navarre, part de fon camp avec la fleur de fa Cavalerie, &
s'en alla à Aumalle pour reconnoître la contenance de l'Armée
Catholique, mais ce fut à fes dépens, car il connut bien que
ce n'étoient pas des faucheurs de Picardie (comme il parle)
mais de braves Soldats qui lui mirent deux cents de fes hommes fur la place, entre lefquels eft le jeune Vicomte de Paul-
mi, les Sieurs de la Chapelle & de Bezancourt, y aïant été lui-
même légerement bleffé.

Son Alteffe s'avançant toujours vers Rouen, arriva le mercredi des Cendres devant Neuf-Châtel, qu'il fit battre fur le
midi, & fommer la Garnifon de fe rendre, qui s'y offrit pourvû
qu'on ceffât la batterie, voulant entretenir Son Alteffe fous
ombre de parlementer; mais faifant continuer la batterie jufqu'au foir, la compofition de la Place fut conclue en cette
forte; que le Sieur de Givri qui y commandoit avec quatre
cents Cuiraffes, & de fept à huit cents hommes de pied, fortiroient avec leurs armes & bagages, ce qu'ils firent le 12 de Février. Cinq jours après le Château fe rendit à pareille compofition.

Cet exploit ainfi heureufement exécuté, l'Armée Catholique
commença de marcher vers Rouen en l'ordre que s'enfuit.
L'avant-garde, conduite par Monfeigneur le Duc de Guife accompagné de Monfieur de la Chaftre & du fieur de Vitri. La
bataille conduite par Son Alteffe avec Monfeigneur le Duc de
Mayenne, & le Duc Hercules Sfrondato, neveu de feu notre
Saint Pere le Pape Gregoire XIV. L'arriere-garde conduite
par Monfeigneur le Duc d'Aumalle, Comte de Challigni, accompagnés des Sieurs de Bois-Dauphin, Balagni, faint Paul, &
autres braves Capitaines. Les Sieurs de Baffompierre (1), & de
la Motte (2) conduifoient les Suiffes & Artillerie; & en cet
ordre arriverent à Franqueville, deux lieues de Rouen, le 20 dudit mois de Février. Dont averti le Maréchal de Biron, qui
pour fuir, n'a jamais faute de courage, leva le Siége fur le
midi, contre le gré toutesfois de fes Soldats, qui étoient bien
délibérés d'attendre nos gens, aimant mieux (difoient-ils) mou-

_____

(1) Chiftophe de Baffompierre.   (2) Valentin de Pardieu de la Motte.

rir que de se retirer après les rigueurs de l'hiver, qu'ils n'avoient pas endurées à cette intention.

Le Roi de Navarre étoit allé à Dieppe, & dit-on qu'il avoit commandé audit sieur de Biron de s'ôter de devant Rouen, lorsque l'Armée Catholique seroit proche, & qu'il savoit bien le moïen de la défaire sans combattre, ou en tout évenement loger ses gens dans les Villes de son parti.

Une partie de l'Armée Hérétique s'est logée à Arques, & ès environs de Dieppe avec contenance de vouloir combattre. Son Altesse s'y achemina pour cet effet.

C'est une chose émerveillable qu'en tant de sorties que l'on a faites, nous n'y avons pas perdu 120 Habitants, où le Biarnois a perdu plus de 3000 hommes, ou tués, ou morts du froid & de maladie.

Les Hérétiques nous menacent de retourner assiéger Rouen, mais nous sommes bien délibérés de les attendre. Cependant que Son Altesse les endommagera, l'on mettra bon ordre pour la conservation de la Ville.

L'Armée Hérétique étant retirée, Messieurs de Parlement suivis de tous les Habitans allerent le jour même à Notre Dame, rendre graces à Dieu d'une telle délivrance; & après le *Te Deum* chanté, furent faits feux de joie aux Places publiques, & toute l'artillerie de la Ville tirée en signe d'allégresse.

Ce jour même la Ville fit un vœu à Notre Dame que s'il plaisoit à Dieu nous donner victoire entiere des Hérétiques, & favoriser la France d'un Roi très Chrétien, ladite Ville envoieroit à Notre Dame de Lorette, une lampe de deux cens marcs d'argent, pour y être perpétuellement allumée aux dépens d'icelle Ville.

Nous espérons que par ses prieres & intercessions, Dieu nous fera miséricorde, & délivrera ce Roïaume très Chrétien de la persécution cruelle des Hérétiques.

Avertissement.

DEvant que passer outre aux affaires de Normandie , & voir ce qui se passa entre les deux Armées jusqu'à la retraite des Espagnols , & de leur Chef le Duc de Parme , nous ajouterons la deuxieme Remontrance faite au Parlement de Châlons , au commencement d'Avril de la même année 1592 , par Monsieur Hugues de l'Estre , Avocat Général , lequel répond à certains , qui par livres imprimés , menaçoient la France de totale éversion. Combien qu'alors le Roïaume fût fort menacé , & que les Espagnols se promissent merveilles , si vit-on , tôt après , des changemens merveilleux, témoins d'une spéciale patience de Dieu , supportant & soutenant cette Monarchie ébranlée par tant d'artifices.

REMONTRANCE

Faite à l'ouverture du Parlement de Châlons , le lendemain de Quasimodo 1592 (1).

Par M. Hugues de l'Estre Avocat Général.

MESSIEURS,

Ce trouble vraiement anarchique , & désordre tonnant & bruïant confusément , au déshonneur de ce que nous voulons être estimés hommes , Chrétiens & François , aïant accueilli toutes les humeurs peccantes & rebelles d'entre nous , s'est efforcé atterrer de son foudre notre Esculape François , pour avoir entrepris de nous puiser du tombeau , & comme procurer notre résurrection (que le Seigneur Dieu veuille être échantillonnée sur cette sienne sainte & auguste , que nous adorons, & de laquelle le souvenir en ce temps , nous le prenons à bonne heure , *ut & omnia trahat post se* , & *conresurgamus* , selon la vérité de sa parole) , mais au contraire nous ressentons être advenu que ce vrai *Juvans Pater* , & Pere de lumiere ; a clairement retiré en sa cuisse , c'est-à-dire , sous sa force , puissance & protection le même notre Roi , que sous le nom d'Esculape

---

(1) Cette Remontrance est dans le goût de la premiere , remplie d'une érudition déplacée , d'allusions obscures & qui vien- nent peu au sujet , & presque dépouillée de raisonnemens convénables.

P ij

vous venez d'entendre , & possible vous le représenterez-vous mieux sous celui de *Liæus & Liber parens* , moïeneur & promoteur de notre liberté , afin de rapporter ce que les Poètes semblent y avoir figuré. Comme cet éclat qui présagit à Sylla la prospérité de sa dictature perpétuelle , & l'environna ainsi que d'une guirlande de ce surnom d'heureux & victorieux ; & autrefois cestui qui déja Mithrydates au berceau , lui détacha ses bandes , & consomma en un instant ce qui l'assujettissoit & resserroit en si petit espace , pour lui donner l'air d'une plus libre Seigneurie ; ainsi ces foudroïantes ménaces qui ont passé par la fonte & par l'artifice de tant de Salmonées, usurpateurs, géants , enfants de la terre , & en sont fort proches du même change , eussent non-seulement annoncé au Roi l'heureux succès de sa juste & valeureuse reconquête , & en la naissance de son grand Empire , duquel nous continuons à parler , affranchi davantage cet état , mais aussi à nous donné plus de hardiesse , d'assurance , de prouesse , & rendu plus François , sans écouter cet avis Lacedémonien , & dérober les victoires par un silence à ceux qui accouroient à nous , hurlant & bruïant furieusement. Nous nous sommes mis en devoir de porter par terre ce qu'un Ecrivain , pratiqué par eux , afin de nous arracher , non ce dont nous jouissons sans plus , mais aussi nos bonnes espérances, feignoit tirer du Ciel , pour entre ses grandes conjonctions y trouver la contrainte de notre déroute & division çà-bas , & par les cordages de ses nombres critiques & climactériques , que les Latins nomment *scansiles & gradarios* , d'une judicieuse apparence nous plonger en un profond anéantissement , y faisant servir celui de sept , quoique virginal , & consacré à Minerve la bénigne & bienfaisante , il soit signe de vie , de procréations & d'enfantemens , & pour cela les anciens l'aient chiffré de la lettre ζeta , parce qu'il fait ζῆν τὰ ζῶα , & donne mouvement à ce qui est animé , & se manie par les ressorts de l'esprit , comme les Roïaumes. Et combien que tous les nombres aident à grossir , dilater & proportionner ensemble , & non pas à confondre , désordonner , ou amoindrir , qui ne se fait que faute & comme par privation des nombres soustraits , d'où vient que jusqu'aux Poètes les Grecs appellent les choses bonnes douces, aimables & gracieuses ἀρθμια , comme qui diroit nombrées , & au contraire les ennemis & adversaires ἀναρτίους , à la lettre que lui donne Plutarque. A cette heure que cette défense a été bienheurée , pour le moins d'au-

1592.
REMON-
TRANCE DE
M. DE L'ES-
TRE.

tant d'attention & de bienveillance en cette Cour, que parmi les factieux a gagné d'applaudissement ce charme d'un Timon haineux, non tant des hommes en général, que de ses Concitoïens, pire que ces serpents près de l'Euphrate, *& in My-rinthe*, qui épargnent ceux du païs; & duquel si je n'estimois être le nom calomnieusement supposé, comme ce siecle est gros d'impostures, ausquelles cette maudite ἐπιχερικακία plus à cette heure Françoise, que reçue parmi aucunes des autres Nations, qui refusent d'ouir mal parler des leurs, a ouvert le pas; la bonne opinion que j'en concevois ci-devant, me rend croïable, ce que conteste Sophocle contre Zenon; que quiconque passe le seuil de la maison du Tyran, il n'a pas plûtôt pris l'air de son parti, qu'il ne lui adjuge ses préjugées creances, qu'il ne lui afferme ses persuasions premieres, & lui voue soi-même pour en devenir serf plus que mainmortable, quoique libre auparavant & de franche condition.

Nous estimons être tenus de passer outre au reste, & démê-ler ce qu'il entrave parmi ses vaines speculations : vu que la Loi militaire ne licentie point le Soldat, & ne le quitte pas de son serment, qu'il n'ait défait le camp de l'ennemi, rempli ses fos-ses, rompu ses tranchées, & parachevé la guerre.

Il se roidit sur ce que nous - mêmes conclumes, qu'autre constellation n'étoit à reconnoître que la Justice pour la manu-tention de cet Etat. Le voici qui punctile & débat sur ce mot, qu'attendu que le fond de nos troubles n'est qu'injustice, & que la justice n'est plus, ou pas assez forte pour nous garder de choper, & de terre, sur laquelle est notre chûte, nous relever au Ciel où est le seul relief de l'immortalité, notre péril est imminent. Saint Paul dit que la mort s'est glissée par le péché, qui se peut plus à propos appeller injustice, que ne le nommoit l'ancien interpréte. Nul de nous ne désavoue un édifice être ruineux, quand il panche & verse contre terre, qu'il ne tient plus sa taille & construction haute & droite.

Nous avons de ces gens pour le moins le portrait de notre laideur, pour en être, en ce qu'il y va de notre faute, honteux, & en ce qui nous vient du Souverain, plus souples & soumis à ses corrections, & susceptibles de ses admonitions saintes. C'est le fruit qui nous revient des méchans, c'est à quoi nous appro-fictons l'ennemi. Aussi entre les richesses d'une maison opu-lente, Xenophon met aussi le scélerat haineux presque au pre-mier ameublement & plus utile tableau, à nous ramentevoir tout ce qui eſt ſuſpect d'imperfection en nous. Il dit ennemi méchant, car d'être mal voulu des gens de bien, il n'y a deſaſtre ſi à craindre.

Ceux-ci nous rememorent, puiſque la juſtice porte le nom de ſanté, de proportion, d'harmonie, de convenance, de diſtribution droite à chacun de ce qui lui appartient, de récompenſe & de peine : n'y aïant rien de tout cela, il n'y peut avoir de juſtice; notre ſanté ſe montre éperdue du tout, notre maladie déplorée, il n'y a rien ſi diſproportionné, ſi diſſonant, ſi diſſemblable, & mal d'accord : les félicités affluent, & poſtillent preſque après le vicieux comme par maniere de guerdon, l'homme droit eſt couru à force de toutes diſgraces, quaſi en dédain de ſa probité. A peine y a-t-il en ce regne dequoi avoir memoire, que nous en aïons eu quelque legere & informe connoiſſance autrefois, malaiſément y pouvons-nous entrevoir quelque petit brin de celle qu'on nous publie avoir refleuri de l'âge de nos peres. Nous en aurions plus de regret, & vraiſemblablement nous étudirions plus à les ratteindre & regagner quelque piece de ce bel héritage de nos devanciers. De-là vient que pour vérifier notre maladie arriver à la mort, ils prennent à garand Hippocrate, & diſent que le premier mourant en l'homme qui tombe affoibli eſt l'œil, duquel avant que la lumiere ſoit éteinte, on prévoit l'altération, s'il fuit & ſe détourne de la ſplendeur du jour, ſi l'on ne s'y peut mirer & y voir ſa face peinte comme du paſſé, s'ils deviennent épleurés, rougenoirâtres, & enflés, *remotiores ab orbita*, & les nerfs optiques lâches, languides, & raccourcis.

Or eſt notre œil, & premier jugement obſcurci, & rendu ténébreux; le François ne peut plus diſcerner le François, & ſe reconnoître en l'ame, & au bon naturel de ſon compatriote. Ceux des Conjurés, comme un miroir contrefait, rendent en une même page pluſieurs différentes images à diverſes façons, d'une même choſe ont contraires impreſſions, volontés, réſolutions réparties ſur le ſeul ſujet de ce qu'ils ont à faire. Les plus gens de bien, il tient à peu qu'ils ne ſe voient réduits à ce dernier office de fondre en larmes, & n'y a autre perſpective aux plus foibles & mal complectionnés, qui ne peuvent pas oppoſer beaucoup de réſiſtance au mal; les nerfs optiques, & plus mettables des Provinces, qui retiennent affinité de cette partie avec l'appréhenſive, & autres fonctions du cerveau, ſont détenus par je ne ſais quel étourdiſſement & étonnement : aux autres

l'œil n'eſt pas teint ſeulement en la ſuperficie, mais auſſi empreint de couleur rouge, ſanglante, & funeſte, & encore comme bourſouflé & tumide de toutes affections dépravées. Ce ſont
aveugles qui trainent leurs ſemblables au cercüeil : car que cela
ne ſoit, j'ai trop de ferment à la vérité pour le dénier, & n'en-
nuirai point à qui aura aſſez d'artifice pour le recouvrir, ou d'aſſurance & d'affront à le diſſimuler, nos ſens en accuſeroient
l'impoſture.

Voilà donc l'œil & la conduite des François (diſent-ils) amortie, encore ne ſe paſſent-ils pas à ce reproche. Oïons le ſurplus
de leurs allégories ſur tout ce corps politique, & argumens à
ſimili : quand le patient a le cuir du front rebatu, fort endurci
& tendu, la couleur de la face, noire, un croullement par tout
le corps, une extrême puanteur de bouche, l'haléne froide, ſan-
glots continus qui ſurviennent moitié entrecoupés, le battement
du pouls, veines & arteres inégal, formicante percuſſu, ou
méconnu du tout, les oreilles glacées, les cartilages & mem-
branes ravallées : plus encore, ſi l'effort du mal l'a eſſourdi du
tout, ſi juſqu'au ſommeil, qui lui devoit apporter rafraichiſſe-
ment & repos, il lui fait peine & le travaille, ſi ja la plus grande
partie de ſes membres eſt percluſe, les eſprits totalement exha-
lés, ou ſuffoqués, & que l'humeur radical ſoit épuiſé & tari
tout à ſec. Car pour ce dernier ſe nomment les morts ἀλίϐαντες
par Gallien au premier des tempéramens. L'on pourroit faillir,
diſent-ils, au pronoſtic ſur quelques-uns de ces ſignes à part,
mais tous en bloc ſont indubitables, puiſque ce ne ſont quaſi
plus ſignes, mais la choſe ſignifiée, mais la mort même. Et plus
encore en aſſure-t-il hardiment en ſon cinquieme, ſur les Apho-
riſmes, que par cauſe & ſigne enſemble, quand une grande
hémorragie & fluxion de ſang ſuit une pamoiſon & défaille-
ment de cœur, le malade ne ſe peut plus gueres garder ; &
n'obmet pas d'en prédire autant, ſi ès maladies compliquées &
ternies de fureur, le prévenu, auparavant aſſez poſé & raſſis, ſe
met à rire, ſi ſon regard, ſes geſtes & paroles, n'ont aucune
reſſemblance à ce à quoi n'agueres ſa nourriture & habitude le
diſpoſoit, ſi l'homme grave & ſage ne s'adonne plus qu'à pliſſer
ſes draps, ſe dejetter, ſe mouvoir, ſe ſerpenter, & courber
ſur ſa couche, vane ſatagere, & carpere minuſcula quæque, ſum-
ma contentione, & faire des réponſes fieres, contenances ha-
gardes, paroles égarées : ce ſont indices violents d'une mort
bien voiſine. Ils en croient, par anagogie, autant devoir ave-

nir à ce Roïaume ; gens effrontés , qui n'ont plus rien de la blancheur du lis au visage, tous livides , plombés , basanés en, l'ame , de parure & contenance moresque , & que les moins mauvais & seulement infructueux jettent force sanglots ou hurlements horribles, à mieux dire, une respiration, & sueurs gelées , sans ouie , sans pouls , sans maniment aucun reglé & naturel, faillis de courage, ruisselants & dégoutans de sang , la bouche punaise, refroncée , & ridée en guise de ceux qui surpris *Sardonio poculo* , meurent en riant, comme s'ils méprisoient leur dernier trébuchement , avant lequel ils ne s'occupent qu'à choses sinon forcenées , pour le moins frivoles , & ne contribuent rien de leurs diligences à la nature pour la restauration d'eux-mêmes , force inquiétudes , intemperies , phantasmes nocturnes , visions épouvantables & hideuses , ταῦτα δὲ ματαῖα, καὶ φαῦλα πόλεμος ἐξεργάζεται.

Mais pourquoi ne disent-ils pas en un mot que si le cœur est ce qui s'ensevelit & se rend le dernier, on voit en quel défaut nous en sommes, & que ce qui lui reste de panthois n'est qu'un rejaillissement & sursaut qui se connoît même ès corps morts de trois jours après une violente agitation ignée & aérée, s'ils ont été autrefois robustes & vigoureux, ainsi que les Medecins nous publient.

Or , ne les laissons pas quereller plus long-temps sur les signes de leur mort, soïons d'accord qu'étant eux pis incomparablement que je ne le viens de déduire , ils sont ja morts en cet état, pourris, infects, *horum effertur funus cœnotaphon, horum justa obeuntur viventium spectris.* Il n'y faut point effleurer tant de menues raisons sur l'infirmité de leurs yeux, débilité de leurs oreilles, & autres imbecillités, κακίςης τῆς οὐλομελίας, ils ne peuvent avoir ni ouie, ni œil, puisque même au corps prodigieux des Cyclopes, ils ne se trouvent jamais hors du chef , & que ceux-ci s'en sont démembrés & distraits, qu'ils n'y ont rapport, ni conférence aucune.

Pour eux nous avouons pis , *descenderunt in infernum viventes,* & quand ils entendront *si quis manibus sensus , si cura sepultos sollicitat* , que leur condition n'a plus que quelque soublevement fantastique & imaginaire, prêt à défaillir & donner lieu à la juste providence du Très-haut, nous le trouvons bon , nous le soussignons, ils seront plus que jamais véritables. Croïons d'eux ce que l'Ecriture parle d'Achitophel , & de Pharaon , démontés (dit-elle) de cette droite tenue de l'homme : & abrutis sans discours ,

cours, fans prévoïance, fans raifon. Ecoutons Homere inter-prété chrétiennemeut, dire que Dieu aveugle les injuftes pour les perdre, ὃς ἀπολεῖτο θεὸς δ᾽ ἐπ᾽Ίνφλοσείο. Et Ammian *manum injicientibus fatis hæbetari hominum fenfus, velut in necem adac-tos, propulfofque in* πανωλεθρίαν *obtundi.* Ne prenons pas la pei-ne de nous enquerir de leur abcès, de juger de leurs fymptomes, faire crifes fur la façon de leur chûte, d'obferver leurs paroxif-mes, expliquer leurs fonges. Tenons-les pour inhumés & en-terrés, & encore ce que l'on tenoit très lamentable autrefois, en terre étrangere, & non pas recueillis avec leurs peres. Parmi eux, à la vérité il n'y a plus de juftice, de fanté, de proportion, d'harmonie, puifqu'il n'y a plus d'ame, ni de vie : c'eft main-tenant un fquelete, βίος ἀβίοτος, ce qui étoit *vitalis vitæ,* en eft déplacé à cette heure.

Mais pourtant, cet état ne laiffe de retrouver toujours fon être, & fon genie de juftice envers fes naturels, légitimes, & perfects, non monftrueux ni bâtards, ou abortifs enfans. *Qui pudenda velut parentis advenæ objiciunt,* & encourent l'impré-cation d'Ariftophane contre Cleon, qui parloit mal de la Ré-publique d'Athenes en la préfence des barbares. *Deus meliora piis, erroremque hoftibus iftum. Truculentiora hæc in Pyrrham.* Sur eux & leurs fauteurs ces préfages. Nos oreilles font à meilleur ufage que pour avoir le bruit de ce langage parricide, ἀλλά γε μετὰ δὴ μεταβητὶ καὶ ἥσω κόσμον ἀείδον. Ufons de l'obfervation atteftée par les augures anciens à leur confufion, *neque diras aves, neque ulla aufpicia pertinere ad eos qui quamque rem ingre-dientes agnofcere fe ea & excipere negaverint, prout quæque ac-cepta fint oftenta, ita & valere,* que je ne m'adreffe plus à ceux qui vieilliffent en leur déloïauté, qui s'y font obftinés, & def-quels le fupplice fe voit & verra exemplaire, pour nous con-firmer au devoir. Ils feront comme ftériles de toutes bonnes ac-tions, auffi dépourvus de toute belle confiance, ils nous feront une feconde femme de Loth transformée en ftatue de fel fur le chemin des paffans, & verra-t-on que leurs effeminées doutes & défiances les auront rendus arides, & fervans feulement à cet avertiffement. *Me intuens, pius efto.* Je parle pour quicon-que fentiroit quelque petite eftorce & déboitement en fon ame, de la conftance & générofité Françoife, qui en craindroit quel-que piece difloquée en foi. Si que comme celui qui paffe fur une planche au deffous de laquelle roule un torrent, s'il y baif-fe l'œil, s'il y fiche fa vue, ce murmure ondoïant lui troublera

Tome V. Q

le fens, il faut qu'il porte le vifage droit, & méprife ce qui eft
à fes pieds. Auffi il ne feroit gueres poffible, j'excepte les efprits
magnanimes, céleftes, & timbrés d'enhaut, que qui ne prendroit garde qu'aux vagues de ce monde, & à part encore à ce
qui nous recharge & redouble de jour à autre toute affliction,
& au décours de nos injuftices publiques & privées, pourfuivies
de calamités générales auffi & domeftiques, il ne fe vit en même tems étourdi, & creuft, par le trémouffement d'une crainte
fervile, *diem hunc fibi diluxiffe fupremum*, & répondit comme
le Chaldéen autrefois enquis du période de fa vie, lorfqu'on le
tenoit fur la plante d'un haut précipice, qu'il ne fut jamais fi
près de fa mort : *Ah pereas quicunque humana feligis mala*. Les
nobles Romains étoient mieux inftruits à ne pas fuccomber pour
chofe qui paffât à la vue de la Lune, & pour s'en avifer à tous
propos, ils en portoient le figne fous leurs fouliers.

Nous pardonnons quafi à quiconque il mefavient de fe laiffer féduire & emporter par ces tourbillons de miferes, pour
de-là redoubler le dernier effort de cet état, *fuus enim cuique
dolor in tempore acerbiffimus vifus eft*, & fi ceux qui font crue-
ment naturaliftes en mourant fe confolent fur l'impreffion qu'ils
veulent prendre, que tout éclatte quand & eux.

Nous leur pardonnons, comme à qui pendant un tems fort
nébuleux ne pénetre pas deux doigt plus loin que là où il touche, fi telles rêveries vaines s'évanouiffent à l'inftant d'un véritable réveil, s'ils s'apprêtent d'être capables de la raifon, & ne
permettre pas qu'un fecond Antiochus raviffe le chandelier de
lumiere (comme parle l'Ecriture) du temple faint de leur efprir,
que ces corbeaux leur courent au plutôt felon leur coutume à la
vue, que ce Naas Ophigene creve l'œil droit à eux habitans de
Jabes en Galaad, & ne leur laiffe que le gauche pour fe retenir
à la confidération feule de toutes chofes finiftres, & quafi mander leurs infortunes, & les envoïer querir eux-mêmes pour venir
à eux, ἀλλὰ πολυσσοδὸς κεφαλῇ ἐνδὲ κακὸν ἐν δὲ καὶ ἐσθλὸν. A la
vérité nous leur confeffons qu'en la plupart, le defordre, la
confufion, le pervertiffement, l'injuftice eft très grande, qu'aux
Provinces les Magiftrats contregardent fort peu cette naïveté,
cette pureté & intégrité qui leur doit être effentielle, & n'y
voïons pas les principaux Miniftres de Juftice fe former comme
nos peres leur ont prefcrit, *recti pervicacia, ore probo, animo
verecundo, morum comitate, ingenii lenitate, fermonis facilitate*.
Il s'en faut beaucoup que ces loix *Cintia & Titia* qui compre-

noient les Avocats foient en termes. Il n'y en a pas plufieurs qui, comme Pline, vouluffent fans être ftipendiés, & par l'attrait d'une favorable commifération, entreprendre la défenfe du souffreteux, & la garantie formelle du pauvre, de l'orphelin, de la délaiffée, & des perfonnes miférables, *facile amicorum aut illuftres amplexatur horum quifque lubens, deftitutas vero aut quæ ad exemplum pertineant vix eft qui attingat, nullus inquirit.* Plainte ancienne d'un défaut trop renouvellé en cet amortiffement des premieres ardeurs, rebouchement des lames, ou à dire plus nuement des nouvelles ames. Ce ne nous eft pas peu de n'ouir point de clameurs fourdes d'un paiement trop exact & plaintif d'une quêteufe, fordide, comme mercenaire avarice. Que le Procureur prenne ce qu'on lui donne par honneur : auffi portoit-il le nom d'honoraire, & confidere que ce n'eft ni le tems, ni la raifon de s'enrichir à ce coup des dépouilles du chétif, & butiner fa difeteufe condition. Nous ne penfons pas qu'il y ait rien à reprendre de telles méféances en ceux qui ont l'honneur de fe pouvoir réparer une bonne & fainte volonté à la vertu par les bons exemples qu'ils prennent tous les jours en cette Cour. *Cum in ipfis oculorum penetralibus, in dignitatis aditis, in pomœriis Magiftratus ampliffimi virtutis amplitudinem, ab animo in vultum profluentem, dimanantemque ab extis, ad extima introfpectant, fufpiciunt, verentur, obfervant, colunt.*

Moins fouffririons-nous de plus hardies rapacités, nous implorerions incontinent, *opportuné, importuné*, à toutes heures, & à cor & cri, comme l'on dit, la févérité de la Cour. Ce fera pour d'autres, que pour les Procureurs & Huiffiers de céans, que gardera la compofition de fon nom le favant comique, ils ne s'appellent pas ici en un mot, *quod femel arripides, nunquam poftea eripides.* Mais tant y a que nous ne difconvenons pas qu'en trop de lieux, toutes ces fonctions ne foient perverties par prévarications, audaces, infolences, immodefties, fauffetés, & fuppofitions avares, & paffent par mains qui les diffament & fe deshonorent elles-mêmes, & comme harpies fouillent & gâtent le fompueux banquet de Jupiter avec *Themis, Dice, & Eunomia* : c'eft-à-dire, la Juftice, & pour les autres déportemens fort injurieux de toutes fortes de gens, ceftui n'eft pas le tems d'en faire nos doléances.

De forte que nous fommes bien d'accord que ceux qui font en ce navire font infiniment difformes, & fi contrefaits qu'à

MEMOIRES

124

1592.

REMONTR.
DE M. DE
L'ESTRE.

peine se peuvent-ils redresser, si aveuglés que la lumiere ne leur peut bien faire, ni les éclairer. Il n'y a que Dieu qui puisse dire que ces pierres lourdes & insensibles se transmuent en pain, & en extraire des enfans d'Abraham, & lignée pleine de toute fidelle obéissance, vrai ornement de ce grand Pere des Croïans.

Nous regrettons bien aussi que gens si inconsidérés & mal mûs bouleversent tout en ce vaisseau, s'ahurtent au mas, au tillac, & aux antennes, détournent le gouvernail, & changent ce qui devroit être en proue pour le jetter à la pouppe : il ne tient pas à ces forçats que nous ne soïons pieça échoués, & que nos mauvais voisins qui guetent nos mutineries n'aient jà rassemblé des tables de cette grande Libourne, pour du bris s'en rappiecer plusieurs petits esquifs.

Mais tout cela gist-il en regrets oisifs seulement ? est-ce le repoisser, & renduire ? n'y faut-il que des larmes paresseuses, que produit une si juste & cuisante douleur, ὥσπερ τὰ δένδρα καρπὸν τὰ δάκρυα, dit Menander, & ainsi que l'arbre ses boutons, & fruits naturels, *velut præficarum genas laniantium radentium nænias funebremque lessum.* Je ne sais si le sexe l'excuseroit en petit nombre de femmes, qui ne digereroient pas ce qui s'offriroit à leur regard, & ne le porteroient pas plus loin, *salmacida spolia solaque virgo, viri, ô vere Phrygiæ, neque enim Phryges,* ils se nomment ainsi ἀχαίδες οὐκ ἔτ᾽ ἀχαιοί. Si ces Eléates, comme dit Aristote, ou bien le Egyptiens, au recit de Clement Alexandrin & de Plutarque, ou tous deux possible à diverses remises & rencontres, furent mocqués, ceux-ci, parceque voulant se tromper de croire qu'Osyris, & les autres, que la fille de Cadmus Ino, appellée Leucothoe des Grecs, & par les Latins *Matuta, ex Ciceronis nomenclatura,* fussent Dieux : ils ne laissoient néanmoins au milieu des sacrifices qu'ils leur offroient de pleurer leur mort & regretter leur absence, sans prendre garde que s'il n'y avoit point de Déité, il falloit μὴ θύειν, & ne leur rien immoler, & s'il y en avoit, ils devoient μὴ θρηνεῖν, & ne point lamenter une condition, ou plutôt une substance, une essence, une nature si heureuse. Que jugeons-nous de la plupart des nôtres, qui encore qu'ils soient très bien catechisés, que toutes ces rigueurs, ces disgraces sont décochées d'en haut, qu'ils y apperçoivent la présence de Dieu, qu'ils y lisent son decret, qu'ils sachent que d'une si bonne main rien n'en peut partir de mauvais, que tout en est divin

& recevable, voire defirable avec reverence & refpect : *cujus etiam pulcher fit autumnus*, comme d'un bon vin la lie n'en peut être que bonne : s'alangouriffent néanmoins, épleurés, non pour avoir offenfé, mais fans plus pour être moins mollement maniés & tournés, qu'ils ne fouhaiteroient par les inftrumens de la Providence & empire célefte, qui font les méchans. Ne veulent point être caracterés ni fignalés à fa marque, fcellés de fes armes, liés & preffés de fon cachet. Ores qu'il ne leur furvienne que trop, fans le fel d'une contente & mieux réfolue patience, fans cette myrrhe rien n'être trouvé de garde, exempt de pourriture, ni bien affaifonné devant Dieu. Qu'elle feule eft le titre par lequel nous nous poffedons & tenons nos ames en plein fief, & plus que de haubert de lui, il nous reçoit en foi & hommage : pour cet aveu & dénombrement d'une tenue fi noble & de tant haut prix, ne voulant que la bouche & les mains, la louange & l'obéiffance, toutes deux promptes, difpoftes, & actives en toute allegreffe, *hilarem enim datorem diligit Deus*, fans pleurs oififs & défiants, fans gémiffemens, fans larmes, & comme en la préfence de l'époux, ainfi que l'Ecriture admonefte, en ufant fincere gaieté & joie fpirituelle. Je dis de ceux qui fe tapiffent contre terre fur l'horreur de ces indignités, defquelles fuffit de fe tenir & fentir affligé, qu'ils ne peuvent plus favorablement traiter leurs ennemis, qui ne demandent pas mieux que leur allarme & defefpoir : & ne peuvent pis pour eux que crainte de la pluie, comme les blafonne le proverbe grec, fe jetter en un lac, & fous un doute de quelque naufrage s'étrangler au bas de la galere.

Or voulons leur mieux, *negemufque perire volenti defipientis necis arbitrium*, malgré eux, puifque l'Empereur & le Jurifconfulte nous le permettent, & que le nom de François nous y convie, celui de Chrétien nous y tenant obligés. *Mandavit enim cuique Deus de proximo*, & n'y doit plus avoir de Caïn parmi nous qui méconnoiffe être chargé de la garde de fon prochain. Cela étant, dis-je, débatons la caufe de leur vraie liberté comme Chrétiens afferteurs, contre ces plagiaires eshontés, & autant infames qu'ils font mal fondés en l'indue occupation & détention de ces gens qu'ils n'ufurpent, que pour les fentir d'un cœur lâche & failli, *fi cor haberent*, fuivons brievement & tant que l'heure nous y voudra entretenir, fous quel objet, & par quels moïens ils ont à bien efperer, & fe refaire le courage : & faifons connoître ce que peut la juftice, quoi-

que referrée & reftrainte à un petit recoin fur une infinité &
longue marée d'injuftices.

Pour cela n'oublions pas, fi nous avons à vivre d'emprunt de
la fageffe des plus fignalés, que les Athéniens au plus malaifé
d'une famine extrême appendoient au temple de Delphe, &
en celui de bonne efpérance ce qui s'appelloit *Erefione*, fourni
de plus exquifes viandes qui fuffent en la Cité, quafi comme
ces affiegés qui n'avoient plus que trois pains en jetterent les
deux par deffus les murailles pour faire eftimer toute abondance, d'où leur fucceda d'être délivrés. Et croïons qu'il n'y a que
ces efprits courageux que la néceffité ne peut percer, ni le trouble environner, la conftance eft cette vraie *panoplia cataphracti
foldurii*. C'eft être armé de toutes pieces, & ne donner aucune
prife fur foi, que fe revêtir d'une généreufe & active hardieffe.
Zamolxis ne haut louoit rien plus, & ne tenoit moïens plus
certains pour fe créer une éternité que d'avoir une grandeur de
courage temperament menagé, à cela fuffit le concours de la
bonté de Dieu avec nos volontés fermes.

Quant au bon Dieu, il le faut aimer & craindre, mais ne
rien craindre de ce qu'il difperfe & impofe fur nous par main
fouveraine de fa juftice, puifqu'il eft auteur de vie, *vita nof-
tra, & longitudo dierum noftrorum qui infpirat nobis fpiraculum
vitæ*.

Tout ce qui a fon origine en lui s'adapte à notre félicité : il
fait comme le bon Joab, il bat l'enceinte de la Ville d'Abela,
il ébranle le pied de fon affiette, afin qu'on lui rende Seba fils
de Bocri, qui a été traitre : après cela il eft fatisfait, faifons
fortir l'injuftice, la philautie, qui fe réfugie chez nous, perfide qu'elle eft au grand Dieu, le voilà content.

Lorfque nous tremblons fous fa roide reprehenfion, c'eft au
temps qu'il agit fur nous plus mollement que ce Roi de Perfe,
en qui nous prions une grande manfuetude, pour au lieu de
fouetter le coupable avoir fait battre fes vêtemens. Quand nous
craignons que par nos démérites, il nous faffe combattre des
Lions affamés, ou des Taureaux échauffés, ou des Ours vengeurs de leurs petits, il nous met en lice un chapon, plus digne
de rifée que de crainte, comme fit cet ancien, *ut illi feftive im-
poneret, qui impobe impofuiffet*. C'eft-à-dire, il nous donne en
tête un François efféminé, dénaturé, *& prorfus elumbem*, d'où
ne peut venir autre chofe qui nous foit aifée à furmonter &
réduire à la raifon avec le temps,

Et beaucoup plus encore nous eſt émerveillable cette divine
débonnaireté, ſi l'imitation qu'en fit *Papirius Curſor* nous doit
plaire, lorſqu'aïant fait délier les maſſes, & n'attendant plus
celui qu'il vouloit punir pour deſerteur de ſon regne que
le coup de doloire, ce fut aſſez de lui avoir fait peur, &
commanda de couper une eſcot de bois qui traverſoit le
chemin.

1592.
REMONTR.
DE M. DÉ
L'ESTRE.

Certes chacun de nous peut confeſſer ingénuement avec moi
que le Treſbon ne touche qu'à ce que nous flattons du nom
de commodités, il raie nos habits, il ne nous entame pas le cuir
ſeulement, & ne nous livre pas un ſi puiſſant adverſaire que
notre réſolution ne s'en puiſſe demêler aiſément : il nous ap-
planit & facilite le chemin, pour en tout temps, ſous ce bel
aſtre de ſa juſtice, nous réunir à lui & conſolider en la perfection de ſa grace.

Qui dira que ce ne fut un bon & amiable office que fit Jona-
thas à David, quand il lui darda ſa fleche, & toutesfois David
oublieux que ce lui étoit un ſignal ne le prit pas bien, il en tire
une ſeconde, & juſqu'à la troiſieme. David ne voïoit pas que
l'avertiſſement d'éviter les armes de Saul lui importoit autant
qu'il étoit véritable.

Or, ni à la premiere, ni à la troiſieme, ni à plus grand nombre des fleches décochées, pour nous donner avis, & non pas
nous occire ni offencer, par notre Dieu, *Iræ enim & ultionis
feritas abruteſcenti hominis animo coalita in eumdem ſolum reci-
dit*; nous n'avons pas laiſſé le lit. Prenons plaiſir de voir que ſa
bonté ne ſe laſſe jamais, & que comparée à ce puits, duquel
l'eau ſe trouve plus ſuave & meilleure, plus l'on en uſe, elle
ne ceſſe par tels éguillons nous vouloir de bout, & nous convier d'amender nos injuſtices, pour être benis d'une reſtitution
entiere.

Je ſais bien que ce n'eſt pas le projet, ni le deſſein de nos ennemis bandés à notre ruine, ne nous reconquérir cet heureux
rétabliſſement que je me promets : mais ſi arrivera à leur déſu &
contre leur gré. L'intention des guerres, des émeutes & troubles, eſt toujours bonne en Dieu, toujours ſcelerée aux complices artiſans de nouvelletés & inſtrumens de tyrannie. C'eſt
un théoreme d'Aſtrologie, duquel l'on dit Thyeſtes s'être le
premier apperçu que le Soleil & le monde ont le cours & le
mouvement contraire, & même nous ne le voïons qu'oblique-
ment dans l'eau par ſes rais. Ainſi eſt-il de ce que les hommes

propenfent, & s'embefognent de faire, d'où il en fort contraires effets deftinés par le grand Dieu , duquel la lumiere ne s'apperçoit pas droitement au coulant de nos paffions & foibleffes. Que nos ennemis fachent , & le méditons nous-mêmes pour eux, qu'ils font comme dards en la main du jufte, qui ne favent où l'on les lance , ni à quoi il vife , & fervent cependant , quoique ce ne foient qu'armes offenfives , & pointées à mal faire.

N'eft-il pas journalier de voir que le Capitaine va à la guerre avec une droite volonté à la confervation de fa patrie , de fes foïers , fervice de fon Roi , & que fous fon drapeau il y a maints Soldats qui font la faction , quoiqu'ils ne fe foient enrollés , aucuns que pour fe venger de quelque particulier reffentiment , autres pour piller , aucuns piqués de quelque fougue & caprice, fans laquelle ils ne s'y fuffent pas appointés : au refte peu foucieux de quelque côté tourne le public , pourvû que leurs paffions attifées en eux-mêmes foient affouvies ; comme ce Polus Comédien qui ne pouvoit pleurer les miferes communes , fi fur l'échaffaut même il ne fe donnoit le fouvenir de quelqu'unes de fes méfaifes domeftiques. Néanmoins ce Chef d'armées fait un gros , un corps de tous fes efprits & affections fi bifarres, & les fait ouvrer à la fin qu'il s'eft promis & propofé , comme nous épions la nature amener tous les fleuves & petits ruiffeaux à l'Océan , quelque couleur & faveur qu'ils aient , & par quelques terriers & détroits qu'ils s'étendent. C'eft (dit Saint Auguftin en fon Manuel) un trop plus excellent œuvre , fublimer & rectifier le mal , pour en tirer une effence à bien , qu'empêche qu'il ne foit du tout : *Nec infignius miraculum* , ajoute Boece, *quam cum mali malos bonos efficiunt.* Ainfi que l'expérimenté & chenu Medecin corrige les tronçons & trochiques de viperes , & autres ingrédiens deleteres , qu'il fait entrer en fa confection de Thériaque d'Andromachus , pour fervir d'un fort préfent contrepoifon : de même, quoique l'étranger attente fur nous , il ne nous tombera pas un cheveu de la tête, contre l'ordonnance du Très-haut. Les bons en feront purifiés, leurs ames épurées , & leur prud'hommie plus à l'épreuve ciaprès. Ce font coups d'en haut qui donnent à plomb , pour faire prendre terre plus avant , s'enraciner & anchrer d'avantage , ainfi que les pillaftres s'affermiffent d'autant plus qu'ils font chargés & appefantis ; τὸ δ᾽ ἀπορεῖν ἀνδρος ἐςὶ κακοῦ.

Au méchant ne manque pas le Prophete , de l'avifer , qu'il

fera

fera raclé de deſſus la face de la terre , comme la pouſſiere à
l'appetit du vent : *& ſi exaltatus ut aquila inter ſidera poſuiſti*
nidum tuum , detraham te , & terram gigantum ponam in ruinam.
Plus ils ne couvriront la terre d'abomination , plus ils ne ſeront
moleſtes aux vertueux , ains comme une groſſe nue , épaiſſe ,
pleine d'exhalations obſcurcit le ciel étonné , & menace les plus
ſavoureux & délicats germes de la terre ; mais ſoudain qu'elle ,
par la force de ce Soleil de juſtice en nature , ſe réſout en eau ,
elle eſt foulée aux pieds , & s'empuantit au bourbier : ains eux
& leur mémoire , *cum ſonitu* s'évaporera : & puiſqu'ils ont le dol
en la poitrine , la vengeance leur eſt à dos , *aſtat à tergo Nemeſis*
συγᾷ καὶ βραδεῖ ποδὶ ςιχοῦσα μάρψει τοὺς κακοὺς ὅταν τύχῃ. Comme en ces fictions de batailles navales qu'ils appelloient ναυμα-
χίας , & faiſoient cheminer ſur la terre , une heure après le jeu
fini auſſi diſparoiſſoient ces illuſions , & étoit rendue à la terre
ſa premiere face , ſes fruits , ſes fleurs , ſon ſolide , ſa fermeté ;
& poſſible ces artifices figuroient nos conſidérations : ainſi peu
de tems après tu diras qu'il n'y a point d'apparence d'avoir été
maltraité , tu te défieras de la vérité de l'hiſtoire , & tiendra à
peu que tu ne condamnes la mémoire de l'Hiſtorien , s'il t'en
remet quelque image , ou ſimple reſſouvenir ; *parva mora eſt ,*
dices , hic modo pontus erat.

A cela celui qui a dit : ἐςὶ πόλεμος πατὴρ ἁπάντων , a reconnu la guerre fort propre à purger un corps civil , de tant d'humeurs cacochimes , & faix ſi peſant d'infinis méchans qui le
ſurchargent , ainſi que ce vent qui égoute & eſſuie la terre : parcequ'elle fait que les deux parties écument leur poiſon en cette
colliſion & conflit ; & comme le ſcorpion & l'aconite ſe délogent , & chaſſent l'un l'autre , & enfin *ſerpens edit ſerpentem ,*
dit le Philoſophe , *ut deſinat eſſe ſerpens , evadatque innocuus*
draco , & lors le corps demeure temperé ; les juſtes & propor-
tionnées humeurs ne bougent pas , qui repeuplent , fortifient ,
& réforment l'homme en ſon intégrité , *atque ut fata volunt bina*
venena juvant.

Celui qui s'aigrit contre Euripide , & trouva mauvais qu'il fit
tenir langage impie , audacieux & irreligieux à Ixion , en ſa
Tragedie , s'adoucit & s'appaiſa , quand il vit qu'un quart
d'heure après il le mettoit ſur la roue au même théâtre , & eſti-
ma que c'étoit plus de rendre le crime & la peine ſi attenants
l'un de l'autre , que s'il n'eut fait mention aucune de tous
deux : & nous rendrons-nous plus maltraitables contre la divi-

Tome V. R

ne juftice ? qui patiente quelques jours le coupable bourreler
l'homme de bien, mais incontinent fait un change, & un re-
vers tel, que le méchant ploie fous la peine, & le jufte au furcroît de fes félicités, ne fe fouvient plus de fa trifteffe, *ac jam
non meminit preffuræ*. Si nous accommodons notre attente à cette fage longanimité, je n'ai pas termes plus ufités qui fignifient
ce qu'il m'eft befoin : nous nous éjouirons que ce fera lui qui
rejoindra nos deffoudurés, & reprendra pour fien ce que l'on
méprifoit n'agueres comme épave, deftitué d'aveu & de fecours humain : & diront les méchans, comme les préavertit
l'Ecriture : Nous eftimions leurs actions folles : *Ecce quomodo
reputati funt inter filios Dei*. Voici l'état que le Seigneur fait
d'eux ; voici comme il les repute fes enfans, & nous au contraire rejettés, défaifis, rebutés, & defarçonnés de tout ce
que nous ferrions & cachions pour nôtre, fruftrés de nos
préfomptueufes attentes : οὐ γὰ παῖςα θεῶν θρέπεται αἰὲν ἐόν-
των.

Je pafferai bien librement ce trait hardi, que cet Etat reçoit
tant de graces de Dieu, que quand nous ferions tous opiniâtrement embefognés & courbés à le démolir, nous ne le pourrions pas. Cette adultere, *eademque venefica*, dans Aufonne,
qui coup fur coup chargea fon mari de deux poifons, *cogeret
ut citam vis geminata necem*, le fauva, le guérit, le purgea, &
rendit (comme les Medecins le croient) plus difpos & fain
beaucoup. Cet ennemi n'eut que l'intention meurtriere, & le
cœur hommicide, mais la main médecinale, & l'effet bénéfic,
quand il trancha un vieil & enraciné *carcinoma*, & *vomicam*,
à celui qu'il perça d'une eftocade. Nous faifons ce qui nous
vient à la fantaifie, mais il n'en advient que ce qu'il plaît à ce
grand Jupiter κοσμητὶς, qui toujours *attingit omnia fortiter*,
& *difponit fuaviter*. Le plus fouvent, dit l'Ecriture, la bonté
de Dieu ne reçoit nulle contagion de la mauvaifeté des hommes. Tu maudiras, & Dieu benira : tu diminueras, & Dieu
augmentera, & en toi-même la même manfuetude s'oppofe à
toi pour ton profit, & trouve qu'en quelque danger que le défefpoir t'ait pouffé, ou la témérité t'ait mené, propre ce fembloit
infailliblement à te perdre : quoique tu t'y affrontes obftiné-
ment, *non tamen efficies ut tibi parma cadat*. Pourquoi ? *No-
lentem fequitur. tenuefque reverfa per auras, vel pede, vel tergo,
clune, vel ungue fedet*. Ta défenfe t'accompagne, te fuit, veuille non veuille : & faut un rebut, un dépit plus qu'opiniâtre,

1592.
REMONTR.
DE M. DE
L'ESTRE.

plus que contumace pour te faire quitter , voire , *arte opus est ut tibi parma cadat*, dit le Poète. A plus forte raison n'as tu que voir pour y pouvoir endommager ou nuire en ce de quoi ni la structure, ni la ruine ne peut dépendre de toi, ou tu n'as que l'usage de quelque petite partie précairement , & au contraire il jouit de toi en propre , même quand tu ne lui feras plus que boue & cendre.

C'est à la vérité le général axiome, que l'Invincible tient en sa main les Etats , *sicut aquila protegit nidum suum , & super pullos confidit, & expandit alas suas.* Même que pour le témoigner ces Prêtres Egyptiens en leurs hyeroglyphiques marquoient un œil épanoui sur un sceptre. Le particulier est qu'aux Empires Chrétiens, comme à son bercail & accein , il retient & énarre une plus pregnante affection , puisque même il promet descendre au milieu d'un petit essain d'hommes assemblés sous son nom & de son autorité. Si nous croïons l'histoire, pour r'habiller l'harmonie d'une harpe, il a fait trouver à propos une cigale , afin de suppléer à une des cordes rompues , tant il a agréable une juste & bien compassée mélodie & consonance des bons accords, quoiqu'il y aille de peu.

Mais le plus formel est, & qu'à peine est-il loisible aux forains d'ignorer, moins aux enfans de la maison, que Dieu foisonne tant de bénédictions à cet Etat, que la préférence qu'il lui octroie, est si pleinement confessée par toutes nations , que même les Docteurs Italiens , Balde , Oldradus , Aponensis , Immola , reconnoissent les Rois de France avoir la Couronne de gloire par dessus les autres. Petrus Belluga Espagnol , en son *Speculum* , les sert d'une comparaison au Soleil , que l'on fait précéder tous autres flambeaux ; que feu Monsieur d'Arques n'obmit pas quand il fit débouter l'Ambassadeur d'Espagne de la presséance qu'outrecuidemment & ambitieusement il briguoit au Sénat de Venise. Plus à point nommé Agathias se rend comme fidejusseur de la durée perpétuelle de ce Roïaume , & d'autant veut qu'on le croie ce subtil Florentin , que son impiété me garde le nommer en lieu si célèbre. Et parceque je prévois que l'heure se passera à parachever de réfuter les objections de notre partie , & me vois ja contraint replier ce que j'avois disposé pour fournir à une preuve entière de cet être perpétuel de l'Empire François par l'éternité de notre Etat , & le retenir à une autre commodité de vous y satisfaire : de toutes je choisis cette raison. Aussi à la vérité suffit presque de rejetter le con-

R ij

traire , puifqu'à l'autre point nous y fommes portés dès notre naiffance , & y r'entrerons aifément quand ces faux empêche-mens auront été levés. N'y aïant rien fi facile que de prifer l'A-thénien chez lui & faire bien efperer au courageux François du bonheur de fon païs , duquel il a été plus empêchant & labo-rieux de le faire mefeftimer : cette raifon , dis-je , me fera à cet-te fois pour toutes , que ce n'eft point pour nous , c'eft pour lui. Ainfi que le pourpris du monde , *qui quidem fluit femper , fed femper à Deo* , dit le Philofophe , il a conftitué , départi & bâti cet Etat. Nous n'y avons que quelque ufage & jouiffance , com-me je viens de dire. Ainfi ne fera-t-il plus tomber la peine de nos coulpes fur foi-même , moins qu'il ne le feroit fur nous , qui en fommes l'ame , la meilleure & la plus faine partie.

De maniere que cette Seigneurie peut s'approprier ce mot du Poète , *multaque pars mei vitabit Libitinam*. Nous avons fon traité , fon alliance , fon feing , qu'il ne fubmergera plus , & n'exploitera plus fes univerfelles rigueurs , plus n'ecimera-t-il la fécondité de notre terre , par y épandre de la marine.

Nous fommes iffus du fils aîné de celui qu'il réferva , & pour lui maintes bonnes Villes , defquelles Berofe tient la lifte , & partant il tourne à nous ce qui fut promis à fa poftérité par droit & prérogative de l'aîneffe , qui eft de recueillir les fragmens des hommes au dernier temps épars , & les clorre fous cette Monar-chie , pour énfin les faire comparoir , où notre profeffion nous enfeigne devoir être amenés tous les vivans , pour être fenten-tiés & mandés , où la juftice éternelle l'aura préordonné. Les Rabins ne s'expliquent pas , & ne cottent pas nommément le Roïaume de France. Mais ils le défignent clairement , quand ils parlent de la race des Géomérites enfans de Gomer , def-quels l'arbre généalogique nous tire en droite ligne.

Platon *in Critone* , & Pline en fa naturelle , quand ils devi-nent que , *ut omnia* εἰς τὸ ἓν *& in angulum definunt* , il y aura un Roïaume qui regentera tout cet environ du monde , & l'om-bragera de fes pampres , comme le fignifioit cette grande vigne d'Artaxerxes. Ce Roïaume fis en une terre temperée , favorifée d'un gracieux afpeét du Soleil , non recuite de fes exceffives ar-deurs , ni retraite par une trop étrainte froideur , accomplie de tout ce qui duit aux néceffités humaines , féconde de bons efprits fort adonnés à reconnoître Dieu , & lequel Empire aura été auparavant foutenu contre diverfes incurfions , plus par la prévoïance & affiftance de fon Dieu , qui voudra être apperçu

l'avoir réfervé à cet effet, que par autres moïens humains. N'eft-
ce pas en peu de mots décrire le Roïaume de France, auquel
æternas opes & imperium fine fine dedit? Et que l'on ne me die
point que celui a été de plus longue halene, & s'eft trop plus
longuement gardé que nul des autres : car l'expédient pour le
rendre immortel eft s'attacher & s'incorporer aux effences immortelles, faire fouche avec elles non fujettes à mutation. *In
phyficis enim cum tempore mutatio, non in metaphyficis*, dit le
Philofophe. La fin eft pour la nature, & n'atteint jamais les pures fur-naturels : les temps font pour les chofes caduques & fujettes à déchoir, ils ne fe mefurent pas en ce qui doit être à
toujours, c'eft-à-dire, aboutir au même moment que la confommation de ce fiecle, & fe rendre lors dans l'éternel Empire des
Fideles & Croïans, élûs avant les temps.

Jufqu'alors Dieu accablera les violens ufurpateurs, & répri-
mera les injuftices publiques, puifque c'eft fon plan, *ac fando-
rum hereditas in æternum* : que c'eft cet Archigallus blanc, que
commanda Pythagoras de garder, duquel fe fouvint Socrates
mourant.

Et vû que même ès autres périffables dominations il fait luire
quafi toujours fa juftice au fecours des vrais Seigneurs, & tire
à bas les Tyrans, par le contre poids de cette devife qu'avoit
tant à la bouche l'Electeur de Saxe : *Tandem bona caufa triumphat,*
comme vérifie Ariftote à fil d'années, que les mieux policées
& plus tolérables occupations d'Etats n'ont pas été endurées plus
de cent ans ; il le lit en celle d'Hieron, Gelon & prou d'autres, ajoutant que la netteté de l'airain, duquel les ftatues
d'Harmodius & Ariftogiton furent fondues, étoit fi brillante,
qu'éclairant tous autres à délibérer le même contre telles inva-
fions, elle faifoit être merveille, voir, *ficca morte, fine cede &
fanguine*, vieillir un Tyran.

Quant aux injuftices privées, le Magiftrat y eft pour y pourvoir, qui doit fe ramentevoir qu'il eft ce Cherub, (auffi bien
ce nom fignifie Magiftrat), que vit Ezechiel au Temple qui lui
fut montré, aïant deux faces, l'une d'homme & l'autre de
lion, & près de chacune une palme bien verdoïante, & de là
connoître qu'il faut que conftamment il paroiffe aux uns doux
& débonnaire, aux autres âpre & fevere, pour expier par une
jufte punition, ce qui pourroit provoquer le Souverain à courroux, ὀσκληρότατ[ ]ϖ ἐν τῷ νουθετεῖν τοῖς μὲν λόγοις πικρὸς ὅςι τοῖς
δ'ἔργοις πατὴρ, dit très bien Menander. Et pourtant s'il ne s'en

acquite pas, s'il eſt lui-même débordé, & des plus corrupti-
bles, la peine rebrouſſe contre ſon chef, cela n'ébranle point ce
qui eſt fondamental aux ſoubaſſemens de cet Etat. Cette Loi
Salique, ce *palladium* de l'entreſuite héréditaire de nos Rois.
Cela n'eſt point à la merci des hommes, qui ſe froiſſeroient
contre un quarré ſolide, plutôt que d'en ébrecher piece aucune.

Et toutesfois, quand nous tournerions l'œil à la prud'hommie des hommes (ce que nous ne devons pas pour la ſureté,
mais bien pour l'honneur & décoration de cet Etat), ſi pour la
fermeté de dix, Dieu pardonne à toute la cité, combien de fois
par ſa miſéricorde eſt ce nombre multiplié en France? Quand
nos maîtres diſcourent ſur la force, qui eſt en petite quantité,
atteſtée par l'Evangile, en celle qu'il attribue au petit grain,
& qu'ils ſe ſervent de cet autre paſſage qu'une ſeule perle a pu
enrichir celui qui avoit dépenſé & aliéné tout ſon bien: ils paſſent plus avant, & diſent que même les incendiaires ſavent trop
qu'une déliée flammêche peut allumer tout ce qui eſt combuſti-
ble en une contreé, & en porter la clarté par tout le monde.
Auſſi la vertu d'une petite colonie peut comme un ſeul rais du
Soleil, éclairer & échauffer enſemble les plus touffues & froides
volontés, & par-là arrêter le cours des vengeances de Dieu,
qui prend plaiſir qu'ainſi que Jacob avec l'Ange, l'on luicte avec
lui, pour un œuvre charitable, *ac velut à Deo infenſiore Deum
placidiorem, indigetem, pacatioremque, appellemus & que-
ritemus.*

Si nous avions affaire à la nature ſeule, encore nous produi-
roit-elle force exemples, *& in Halcione, & in Ipſida*, & au
phenix & au Serpent, & en l'Aigle, de ce petit qui recelé &
caché en ces corps mourans, les remet ſus, les releve & réin-
tegre du tout. Les artiſtes nous parlent de leurs inventives pro-
jections, d'un poids ſur mil, & comme ils ſont ſtilés par un
peu de levain à aigrir toute une maſſe, par un peu de vin,
ou de ſaffran, changer un tonneau comble d'eau. Et toutesfois la nature ne fait qu'ourdir & tracer ſeulement, l'art eſt
deceptif, appuïé, & dépendant d'autrui. C'eſt de la grace,
qui marche en tout appareil, ſuffiſance & perfection, qu'il faut
eſperer, & feuilleter au vieil & nouveau Teſtament ſes émerveillables crues & augmentations. Ouir les remercimens qu'en
fait la Veuve Sareptane au Prophete.

Les Romains ne ſe défioient point de leur conſervation,

pourvû que la lampe des Veſtales fût toujours allumée, & lui penſoient devoir leurs trophées. Nous nous les rapportons à celui qui ſerrera ſous ſes aîles cette petite troupe de juſtes élûs, pour à la premiere facilité en éclore d'autres, & rappeller ceux qui y auront quelque ſainte inclination. Car pour ceux à qui il ne reſte ſurjon ni ſeve aucune du naturel François, *qui ſibi eraſere funditus congenita & conſeminea omnia*, nos vœux ſeroient vains, & nos prieres injuſtes, ſi elles les réclamoient. Quoique nous adorions en Dieu toute faculté de leur rendre leur premier être, *reduces nam tradere vitas novit*, *& in cœlum manes revocare ſepultos*. Mais comme à Aaron, auſſi à nous peut-il ſuffire nous mettre entre les vivans & les morts, & ſupplier que ceux qui gauchiſſent & penchent, non abattus & péris du tout, ſe redreſſent à ſa gloire, *& qui ſtat videat ne cadat*, fuſſent-ils plus navrés, plus découpés, plus déchirés, plus atténués que le Samaritain. Je veux plus croire que Paracelſe en ſon livre *de renovatione corporum* ne montre. Encore qu'il y eût corruption maladive en leur génération, & en la maſſe ſanguinaire, & qu'ils fuſſent procrées de peres ſéditieux, *ab illa præfadiori detritiorique lepra* ils peuvent être guéris, *ſpiritu & diæta*. Cela eſt l'emploi de cette partie de medecine, triée pour l'entretien des vieillards, qu'ils appellent γηροκομικὴν, *qua ſenii μαρασμὸς in multam diem protendi poteſt*, de laquelle l'eſſai eſt ſi remarquable dedans Platon & Galien, en la perſonne de ce vieil Herodicus, uſé, havé, chargé de ſept vingt tant d'ans, & tombant par pieces, ſappé de pluſieurs maladies étranges dès ſon bas âge.

Il y en a de plus ingénieux qui ont crû qu'à la lettre nuement entendue, cette admonition de ſe renouveller & dépouiller le vieil homme, ſe pouvoit pratiquer par les émanations divines, & non par les preſtiges & empoiſonnemens d'une Medée Colchide. Et à cela les attache davantage l'Ecriture, quand elle dit, *Qui ſperas in Domino*, *aſſumes pennas ut aquila*, *mutabis fortitudinem tuam*, *renovabitur ut aquilæ juventus tua*. Mais quoi que ce ſoit, celui en qui il y a encore ſi peu de force que ce puiſſe être, pour s'appliquer, & attiedir le médicament, qui n'eſt point atrophié du tout, & peut être nourri, peut de même ſe guérir. Pour les autres, qui ſe laiſſent ſupplanter, & amortir étrouſſement par la violence du mal, & lâcheté du cœur, nous dirons avec le Prophete, *non extinguitur flamma ſucceſſionis*, & n'y a pas moïen de bien faire à quiconque ne veut admettre que de vicieuses impressions entassées les unes sur les autres, n'écoute que la rebellion, le tumulte & l'infidélité.

Toutesfois le particulier n'est pas si fort que le choc porté par réflexion en contre-coup sur l'assiette de cet Etat, force injustices des sujets l'un contre l'autre, ne lui ôtent pas l'être, mais lui incommodent le bien être, le dévisagent, le flétrissent, lui tachent son haut lustre, sa réputation, font qu'après saint Jerôme, on ne peut plus racter la France d'être exempte de monstres, empêchent le manifeste cheminement des gratifications du Tout-Puissant, & nous éloignent de cette grandeur promise, de laquelle comme par avancement nous recevrions plûtôt que l'avant-goût & désirable essai.

De toutes ces défaveurs & reculemens sont causes nos injustices, τὸ παρ᾽ δυκὰν γλύκη πικρότατα μενεῖ τελεῦτα, lesquelles Dieu nous fait grandement & continuement ressentir être très grandes & continuelles. Si sa bonté ne l'embrassoit, il romproit certes avec nous, il nous effaceroit de dessus la terre, & quoique cet état fût un diamant bien dur, si est-ce que comme le sang de bouc bouillant le peut amenuiser en pieces si déliées & primes, qu'elles soient méconnues des plus clair-voïants, & comme l'or, *cui uni ab igne nil decedit, non gallinarum solum membris*, mais par d'autres trempes veneneuses peut être consumé, & réduit à rien, aussi s'il n'avoit plus d'égard au bien de son service en la mémoire de nos Peres, au bonheur duquel il se rend indulgent à la fidelité de plusieurs qu'il a affranchis de servitude, & préservés de la contagion de ce siecle, la puanteur sanglante de tant de boucs, *tot gallinarum frustula*, les poisons de tant de traîtres vaincroient la stabilité de cet Etat, & lui étoufferoient la vie. Certes il diroit, comme en l'Apocalypse, *Babylon hoc mittatur impetu in profundum, curavimus enim eam, & non est sanata*. Et c'est ce que la peur aide à conjecturer à ceux que nous refutons, *paveant illi, & non paveam ego*; car en ce que *assiduat nobis flagella*, dit le Sage, & que de jour à autre il nous exerce & visite de sa justice, comme à toutes heures nos injustices retentissent jusqu'à lui, il nous donne gage de notre restauration. C'est la différence du bon pere d'avec le bourreau. Cestui-là châtie souvent, & s'assiet après en honneur. Cestui-ci aux plus cruelles exécutions ne frappe pas long-temps, mais il tue, & prosterne en infamie.

Et

Et quoiqu'il diffère à vexer nos haineux, Ministres de sa Justice, comme le pere qui commandera au plus infirme de ses valets de punir son fils, pourtant ne s'en fait-il pas plus qu'il ne veut, il n'excede ni la cause ni la fin de notre châtiment. *Quia quos dilexit, in finem dilexit eos,* il nous chérit, & ne veut pas que notre malice, comme victorieuse nous prive du fruit de sa clémence, & pourtant, dit-il, *Irascar, sed misericordiam meam non auferam ab eis.* Il repete ailleurs ses promesses, qu'il ne versera point sur nous le vase de son courroux jusqu'à la lie, & s'il démolit il rebâtira.

Il tient une autre méthode, quand il veut de fond en comble raser une famille : pour convaincre le criminel d'un sens reprouvé, il le plonge & veautre en son ordure, il le consigne ès mains de l'enchanteresse Circé, lui distille toutes douceurs, comme dit Homere, ὅταν κακῶσαι σῶμα πανωλέθριν θέλη, *ut qui sordescit sordescat adhuc.*

C'est ce que craignent ceux par qui sont surnommées, après Pindare, les afflictions, ξυμφοραὶ θεήλατοι. Celui qui doutoit le grand Dieu l'avoir mis en oubli, quand il ne lui dépêchoit aucun détourbier & déplaisir, ne lui envoïoit aucun malencontre.

De-là procede la Religion des Romains, quand ils prioient leurs Dieux assaisonner & tempérer leur bonne fortune de quelque légere inquiétude, *meraciorem fortunam calamitatis cujuspiam aquula diluere,* & ce fameux Capitaine, qui le jour de son triomphe pour une mémorable bataille, trouvant son fils unique au dernier soupir, court assurer le Senat, qu'il avoit païé le change de cette prospérité, au prix de ce qu'après l'accroissement public il avoit de plus cher, & qu'ils crussent qu'elle leur subsisteroit.

Si ce personnage renaissoit pour nous voir recevoir force élancemens, force traverses, force secousses, il ne lui échaperoit pas de dire que nous fussions à la veille de notre sépulture. Trop plus considérement il jugeroit notre mal être à son déclin, auquel Dieu hâteroit sa commisération, Si l'affliction est de durée, elle n'est pas violente : si extrême, elle rebouchera, se passera & faudra plûtôt. C'est une antique observation que les colonnes des Etats n'ont pu porter une trop pesante hauteur. Et pour cela le Cyprès *tanquam feralis arbor* intervenoit en toutes funérailles, pour prononcer la prochaine décade

dence de ce qui seroit trop remonté, *non eorum quæ os in pul-
vere servant*, comme parle le Prophéte.

Ainsi est-il que nul ne meurt au déchet de sa maladie, *nisi
illi frigescant præcordia*, & que le cœur ne lui faille, disent les
Médecins. De quoi il n'est pas si aisé de défendre un petit homme qu'un corps politique, auquel les maladies ne sont pas si aigües ; χρονικοὶ μὲν τῶν πόλεων νόσοι, elles sont toutes à temps, &
prêtent plus de loisir au secours, & l'occasion n'en est point
tant pressive & urgente. Il y a plus à forcer, & plus de contre-
batteries & de barrieres, qu'en un petit étui. Pour cela, remarque Aristote, l'Eléphant être de longue vie. Or, pour en cet
état y rédifier toute santé, toute justice, *caput est nosse rem pu-
blicam & pervadentis morbi profluvium comperisse.*

Car qui aura observé que cette maladie n'a source que d'une
humeur mélancolique, bilieuse, noire, telle qu'en ceux qui se
nommoient *Lymphatici, Fanatici, ac non falsa imagine emen-
titi Corybantes*, qui, se feignants surpris de Religion, couroient furieux de Temple en Temple : vu que ceux-ci pour
tout le prétexte qu'a prévu Jeremie en leur semblables hypocrites, crient le Temple du Seigneur, le Temple du Seigneur.

Qui aura, dis-je, fondé que ce leur est une passion fumeuse,
portée *per* συνδημορίαν des hypocondres & parties viles, basses,
& charnelles au cerveau : Il entendra en même temps Hippocrate refuter & réjetter tous ces doucereux empiriques, & leur
dire que cette intemperie veut pour sa cure des remedes fort
vehemens, qu'il appelle ἐλατέρια καὶ μόχλικα, c'est-à-dire *vectia-
ria*, de leviers, & d'une violente agitation. Il lui orra dire
ailleurs, qu'en telle indispositions épidémiques & pestillentes,
il faut hardiment purger le dedans par éduction, & le dehors
par frictions, toutes deux rudes : la lenteur mouveroit le mal,
l'irriteroit, & ne le résoudroit pas. Et de-là il ne tarderoit guères à inferer, qu'il faut que la rigueur ouvre l'entendement, le
sens possede l'intellect, qui se peut facilement rassoir par deux
aisées considérations.

L'une, selon l'expédient qui profita à Théophile, pour par le
commandement de l'Empereur Théodose, détruire les Autels de
l'Idolomanie, premier aux imaginatives, & de-là aux Cabinets
des Païens, qu'en leurs Temples.

Car, quand il leur fit toucher au doigt & à l'œil l'horreur de

leurs facrifices au Soleil, qu'ils nommoient *Mythram*, efquels
ils immoloient les hommes vivants, & ufoient en privé de la
générale cruauté de cet âge, finon que cefte-ci eft plus prodigieufe en ce que le plus qu'ils en vouloient eux, c'étoit aux
Étrangers, & nous fommes plus enflammés & effarouchés
contre nos voifins, nos parens, nos freres, voire contre nous-
mêmes. Lors il réduit une grande foule d'Ethniques à qui l'ignorance tenoit les yeux fillés, & la volonté blottie contre terre.
Depuis il leur mit en évidence ces vilainies vergogneufes qu'ils
reverroient, *Phallity Phallique facerrima facra* : & lors la honte,
quæ virtutis bonæ fpei femper infedit, en reconquit à Jefus-Chrift
un autre grand nombre.

Mais il ne fit jamais un tel écart fur les Idoles, que quand
il fit voir en pleine place la ftatue d'une guenon, que ces abu-
fés adoroient. *Ammonius*, qui lui étoit facrificateur, écrivit,
qu'après que les plus enragés fe défirent eux-mêmes, & les plus
fombres fe laifferent comme faner, & mourir de deuil, s'in-
terdifant mêmes toutes viandes, ils courroient à la gorge à
quiconque leur parloit par réproche de leurs fi déteftables erreurs. Pour moi, je vis affuré que fi l'on ne detenoit ces gens,
comme Pharaon les Ifraelites, à ramaffer de la paille, & faire
de la tuile de terre, & à infinies viles & vaines entremifes,
qu'on les laiffât voir ce qu'ils fuivent, & à quoi ils obligent
leurs biens, leur vie, leur honneur & leurs ames, auffi-tôt qu'ils
auroient fait tomber le fard, & levé le mafque, pour à vifage
découvert reconnoître un Hypatius du fiecle de Juftinien, un
Savetier à Munfter ces jours derniers, & qu'un ἀνδροκλείδης
πολεμαρχεῖ πραγκαπός : que ce font les plus indignes, les plus
contemptibles, & de la plus vile étoffe, qui les malmenent ;
que c'eft un vrai zero, qui groffit & met en compte cette populace effrénée, que ce n'eft que fingerie, que battellerie, que
mommerie, que diffimulation déloiale & fanglante qu'ils fervent, ils partiroient fans doute d'un fi honteux féjour, avec
une amertume & un regret ineftimable d'y avoir fi long-temps
furfis ; & prendroient réfolution de demeurer mieux en cervelle le
furplus de leurs années.

La feconde, que pour le moins ils foient appris à leurs dépens *miferrima fapientia*, dit Pline : *Epimethei qui Prometheum
implere noluerint* ; qu'ils voient quelle diffemblance il y a du
ramage d'un bon & naturel François à cette mélange confufe
qu'ils effaient tous les jours, & que quand il faudroit mourir

S ij

pour la tuition de leur patrie, ils y doivent avoir plus de cœur, que cette Theodora, femme de Justinien, de dissuader son mari de se retirer & abandonner le champ à ses Rebelles; parce disoit-elle qu'il lui seroit très précieux, que l'inscription de son monument portât la qualité d'Empereur, assassiné par ses abominables Sujets, *quique virtuti vitam immerserit.* Je n'affecte pas plus d'honneur pour quiconque je veux le mieux que de pouvoir sur son sépulchre, *Commorientium Gallorum,* faire lire, qu'il a franchi ses jours en la pureté & générosité Françoise, τὸ δὲ θανεῖν καλὸν εἰς ἀρετὴν καταδυσαμένους βίον. C'est faillir au premier article de notre connoissance, de nous tant avilir, que vouloir bien être la proie d'un tas de Maranes, *gentibus invisis Latium præbere cruorem,* qui nous ont autrefois tant respectés, & y sont obligés de tout, & qui redoutent encore maintenant cette Nation, laquelle ses plus secrets livres avertissent de nous honorer, & nous craindre comme héritiers universels de tout l'Empire Turquesque.

Or, ils ne pêcheront plus ignorans, ils ont tâté presque de toutes les Régions & Plages de la terre, ils peuvent avoir acquis cet entregent, *spectatissimæ* πολιτροφίας, & remarqué ce qu'a de bon le François en l'ame, & ce que l'Etranger fait semblant y avoir. Il ne reste plus que de partir ce cahos informe, & se souvenir que Platon a preuve. Orphée, disant qu'il n'y a que l'amour, la bienveillance, la dilection, qui ait reformé cette vieille confusion, & qui en ait puisé la lumiere. Il n'y aura que l'amour & le devoir qui nous illumine, & rétablisse. Amour au grand Dieu, qui tient cette chaîne dorée qu'Homere renomme tant, pour y attacher cet état, la laisse pendre en terre, & lui lâche la main plus ou moins, comme il lui plaît; mais il ne la permet pas tomber du tout : de quoi l'Ecriture sainte nous administre deux témoignages. L'un, quand il connive bien que l'Empire de Nabuchodonosor, comme un grand arbre, soit dépouillé de toute sa chevelure, de ses feuillages, de son embellissement; mais il ordonne que, quant à la racine, on n'y touche pas, que plûtôt on l'attache avec du fer & de l'airain, c'est-à-dire, de liens perpétuels: Et lors, quoique tout fût en friche, quoiqu'aride & desséché, *ascendet virgultum de terra,* annonce le Prophete, *& radix de terra sitienti:* le gravier même, le sablon regermeroit une nouvelle engeance, un ordre, une Justice nouvelle. En laquelle, à force d'adversités, de pointure, de picqure, d'éguillons sensibles; dou-

Ioureux & cuifants, il feroit entrer ceux qui ne fe prennent point par autre anfe. Car Dieu entend cette confidération, cette difcrétion eft à lui feul connue, dit Epictete, & pratiquée, vers qui tous autres enfeignemens chéent, rebouchent, ou fe flétriffent fans fruit, *quibus nulla tam falutaris eft Medicina, quàm quæ facit dolorem*, ainfi que l'obferve Ciceron, les Docteurs le difcourent éloquemment & fagement enfemble, quand ils traitent, *lemma illud & acroama Evangelii, compelle illos intrare*, jufqu'à y faire confpirer les vents, & par leur remuement échauffer un fouffle de vie, un efprit de réfurrection ; car ainfi parle le grand Dieu dans Ezechiel, & à la mienne volonté que ce foit pour nous, & de nous. *A quatuor ventis veni Spiritus, & infuffla fuper interfectos iftos, & revivifcant.*

Si nous fommes ainfi excités à toutes heures, & que trop mieux que Démocrite nous nous voulions entretenir en notre bien être, quoique mourant par l'odeur très fuave de fon pain de vie chaleureux, & chaud avec, ce fera pour toujours, *& in diem perfectam cui Sol non occidat, nec quid ferus vefper vehat ;* car cette odeur nous dure à jamais, n'étant point exhalée de mixtions, de confections aromatiques, compofées par l'homme corruptible, & pêtries fur chofes périffables, à peu de temps de-là infectes & corrompues. Si la refpiration des chofes odorantes nous peut conferver, comme par exemples & raifons le rend vraifemblable Ficin, *Curramus in odorem unguentorum tuorum, Domine :* & par l'imitation & ufage de moïens tant inventifs, fourniffons-nous de cette efpérance maffive, qui ne confond point, & ne fe détraque jamais, la fuggeftion de laquelle au Prophete nous confole, & faffe dire, *Illo verbis, verbo gratia præeunte : Exaltabitur ficut unicornis cornu meum, & fenectus mea in mifericordia uberum.* Notre force feule relevée en Dieu, & notre vieilleffe allaitée par la miféricorde de fes mammelles, décrites fi précieufes en ce faint Epithalame & prédiction nopciere, qu'à bon droit nous appellons le Cantique des Cantiques. Elle fera une vieilleffe rigoureufe, verte, courageufe, bien mieux nourrie en la liberté de l'efprit, par le lait de la bonté de notre Dieu, que ce pauvre coupable & condamné à l'extrême des tourmens, que facilement nous croïons être la faim, foutenu en quelqu'efpéce vivante d'une langoureufe traînée dans le fervage d'un cachot, par les tetons tôt épuifables d'un vif furgeon de piété en fa

chétive fille. Lait de la blancheur & pureté duquel, gardée,
nous mangions ce beurre ferré, qui fait reprouver le mal & élire le bien. Ainfi qu'apprend David à ceux qui ne s'en fervent
point eux-mêmes, & qui pour entrer au Roïaume des Cieux,
vieilliffent, & demeurent toujours enfans de Dieu fous fa difcipline, fous fa correction, ne fe donnant pas cette licence
Ephœbis excedere, & fortir d'un âge, d'une condition fi néceffaire à falut, pour rendre le proverbe, fi chrétiennement entendu, heureufement véritable, δὺς παῖδες οἱ γέροντες, *imò femper pueri fenes*, ajoute le Poète Aufone. A nous donc, comme
tels, feroit indignement & calomnieufement réprochée une fi
mortelle vieilleffe qui ne nous eft que *fapientiæ condimentum*,
& *cujus apex authoritas*.

L'autre, quand pour le péché de ce Roi Ifraélite, au troifié-
me Livre des Rois, Chap. 11, il tolere bien quelque révolte des
dix Tribus; mais il veut qu'il y en ait deux entieres en leur fidélité, pour reparquer peu après toutes les autres, les faire rentrer
en office, & confirmer cet Etat.

Pourquoi en arriveroit-il moins de nous, de qui la police,
la régence publique eft fi femblable à celle de Juda, & du loïal
Ifraélite? Vu que le fondement en eft la Juftice de l'immortel, non expofée à caducité aucune, & que même l'hiftoire
prife à garant, nous trouverons qu'elle a donné commencement à cet Empire, & fait paffer le Rhin à Pharamond, invité
par ceux de Treves, d'un commun accord, à venir châtier
l'injuftice violente & voluptueufe en la perfonne de Lucius,
Lieutenant de l'Empereur Honorius en la Gaule Belgique, qui
avoit ravi la femme d'un Gentilhomme Senateur de Treves.
Or, fi le monde fe retient long-temps, parcequ'il eft de la
façon de l'Eternel, ou plûtôt fi nos ames tiennent comme rais,
comme atomes de cette effence perdurable, avouons à ce Philofophe de Madaure Apulée, *in cogitationes omnium hominum
incidere effe Deum*, & *fuæ originis non habere authorem*, *ac
denique effe falutem & perfeverantiam earum rerum quas effecerit*,
D'autant que pour conferver fes œuvres, fur lefquels feuls eft
fa miféricorde perpétuelle, comme l'expliquent nos Peres, il
n'éparge rien, ramaffe, & attire tout à fa fabrique, à fon ar-
chitecture, & *in vinculis hominum*, & *in vinculis charitatis*,
ainfi que nous tient bien avertis Ofée, c'eft-à-dire, fi les
moïens humains ne font baftans, il y emploie l'excellence de
fa charité, *qua majorem nemo habet*, voire mêmes la divinité de

son amour, seule liaison qui nous estreint avec lui. Ainsi, que ne feroit-il pas, s'il nous plaît le porter, le vouloir, l'admettre, le recevoir en cette terre virginale au rapport des Mathematiciens, en laquelle ce nombre de sept, comme similaire, homogene, & virginal aussi, ne peut nuire ni nous dégoûter seulement, pourvû que l'épouvante que l'on nous en fait, presque comme l'épreuve de cette eau de jalousie, passe par des ames chastes, pudiques, & non corrompues, ames des Princes, qui soient menacés par leur Conseil, leurs Jurisconsultes, que si cet état se démolit, s'il se change du tout, ils n'y ont plus que voir, ils sont sans titre, sans prétention même d'un simple usufruit à l'avenir, ames des sujets, amoureuses de leur fidélité, de leur vertu, de leur généreuse prouesse qu'ils ont extrait, de si sages progeniteurs, *velut è traduce. Sit juvencis, sit in equis patrum virtus, nec imbellem feroces progenerent Aquilæ columbam :* bref amoureuses de Dieu, de leur honneur & devoir, pour empêcher l'ignominie de cette enquête qu'on feroit un jour, qui étoient les laches, les sots, les effeminés, les méchants, qui faisoient contenance de vivre lors, masqués de faux visages, & non marqués de vraie face d'hommes.

Et de l'amour de Dieu que nous avons dit, nous être plus favorable qu'à tous autres, & presque comme l'Ecriture, *nulla gens Deum tam habuit appropinquantem sibi*, procede l'amour du Roi, ὁ βασιλεὺς ὁ θεὸς ἐξ ἀνθρώπων, disoit Platon. C'est à lui qu'il veut que nous appliquions, que nous dédions tous les devoirs qui peuvent provenir de nous, desquels son éternelle essence & immensité n'a point de besoin. Il l'a choisi du milieu de nous, *ex familia Heraclidarum*, & de la tige qui nous a toujours été de si grand prix, si bénéfice, si juste, & tant illustre ; que ses Ordonnances doncques nous soient ce bois de vie à conserver, ὡς ἀρχὴν ποικίλου ξύλου, comme admonestoit Thales, au centre & milieu de nos délices, & jardin de plaisir. Ainsi que les abeilles entourent leur Roi pour lui mieux obéir, & retourner à lui plus promptement. Et cela que ce soit sans toucher curieusement (puisque nous en ressentons encore nos plaies) à cet arbre de science, ni rompre ni entamer le fruit de ses Commandemens, desquels la Majesté, *aspici non inspici, implorari non explorari debet.* Gardons-nous bien de tenir contrerolle de ses actions, ni intentions premieres ni secondes, ou de vouloir faire passer par notre examen ce qui ne nous regarde que pour y obéir. Ne nous enquerons pas pourquoi il foulage plûtôt de fa préfence, & affifte une autre Province que la nôtre, que nous croïons en avoir plus de befoin. Toutes chofes arriveront en leur faifon à leur maturité. C'eft pour les hommes privés en affaires publiques, que vaut l'enfeignement de ne fe point rendre curieux, ni donner martel du lendemain: *fufficit diei malitia fua.* Et en attendant, ni le bon Sujet fon Roi, ni le bon Soldat fon Capitaine, il ne le fuit jamais en doute, ni à regret, *folius viri boni eft fe faƈto ipfa ferè fecuritate tutius præbere. Multos in fumma pericula mifit venturi timor ipfe mali.*

De ces deux, & adoration de Dieu, & fervice du Roi, nous voïons fourdre la révérence dûe aux fouverains Magiftrats, à laquelle je defire fe rendre toutes les amitiés, vûes & affeƈtions particulieres; car de-là elles ont dû prendre feu, & tirer leurs premieres ardeurs; comme l'enfeignoient les Romains, par les ordonnances myftiques, defquels il falloit qu'on allât allumer les cinq flambeaux des nouveaux mariés, qu'ils appelloient cierges, chez les Ædiles, qui font les premieres perfonnes publiques, comme remarque Plutarque. Pour ce fujet, Callicratidas aima mieux Cyrus être ami de toute la République de Sparte, que de contraƈter & joindre une amitié privée avec lui : car, ores que d'autant qu'il n'y a que les biens parfaits qui puiffent abfolument aimer le général de tous les gens d'honneur, je fouhaiterois cette Loi des Lacedemoniens, vertueufement prife, avoir fon retour ici; que ceftui fut puniffable, qui ne s'adonneroit à chérir quelqu'un duquel il fe tient très religieufement foigneux, pour en recevoir mutuels offices, & qu'Homere foit interprêté par Plutarque avoir compofé ces bataillons de toutes perfonnes amies proche l'une de l'autre, *ut more Romano vir virum legeret.* Si défire-je toutes ces bienveillances fe contenir aux bornes de l'amitié, & ne fe déborder point en faƈtion. Pourquoi il eft néceffaire qu'elles refluent au refpeƈt du Magiftrat, & en l'obfervance des Loix. Qui eft le fommaire de tout ce que cette Cour, & par admonitions, & par exemples, a tant de fois comme plus recommandable, repété aux Avocats & Procureurs élevés en une fi célebre Academie. En laquelle nous louons Dieu de les voir fe confirmer & accroître en toute fincerité, vérité, fidélité, modeftie & fecourable diligence aux Parties plaidantes. Et de-là autant que de toutes autres caufes de nos prédiƈtions fur le bonheur de cet Etat, nous en tirons argument qui nous tournera en démonftration certaine, moïennant

nant-fa grace, quand nous leur conjouirons fructifier les fages inftitutions & injonctions que nous fupplions la Cour leur en faire derechef.

Avertiſſement.

LE Duc de Parme penſant donner quelqu'aſſiette aux entrepriſes du Roi d'Eſpagne fur la France, trouva qu'il avoit (comme on dit) compté ſans l'hôte, & chaſſé de Normandie beaucoup plus vîtement qu'il n'y étoit entré : ne remportant que honte & deuil de ce voïage, comme du précédent, enſemble la perte de la plûpart de ſon armée, & de ſommes immenſes de deniers, dont les Chefs de la Ligue eurent la plus grande part. Somme, il rendit plus odieux que jamais le nom Eſpagnol, & en lieu d'accroître ſa réputation, donna argument à pluſieurs de faire des ſatyres contre ſes chetifs exploits. Entre divers diſcours publiés touchant ſa déroute, nous préſentons les ſuivans, qui en peu de mots comprennent ce qui ſe paſſa de plus mémorable alors en ce fait.

BREF DISCOURS

De l'heureuſe victoire qu'il a plû à Dieu envoïer au Roi contre la Ligue & ſes principaux Chefs ; ès mois d'Avril & de Mai 1592 (1).

Du vingt-huit Avril.

LE Roi, continuant ſon deſſein de combattre le Duc de Parme, uſa de toute diligence pour approcher ſon Armée, & ſe trouva proche d'icelle, lorſqu'on l'eſtimoit encore bien éloigné. Sa Majeſté ſe logea proche d'Yvetot (2), où étoient les Ducs de Mayenne & de Guiſe, qui ſe retirerent en grande diligence ; & de ceux qui demeurerent, furent tués cinq ou ſix cents ſur la place, & furent pris priſonniers le jeune Baron de la Chaſtre (3), le Gouverneur de Dreux, le Chevalier Freto & quarante-cinq autres.

(1) Ce Diſcours eſt d'un Roïaliſte, dont on ignore le nom.

(2) Le Bourg d'Ivetot appartenoit, du temps de M. de Thou, avec titre de Roïaume, à la Maiſon du Belloy, recommandable par ſon ancienneté, & par les grands ſervices qu'elle a rendus à la France. On a parlé ailleurs de ce Roïaume d'Ivetot, & de ſon Origine. Voïez auſſi l'Hiſtoire de M. de Thou, Livre 103, année 1592.

(3) Louis de la Chaſtre, fils du Maréchal de Camp de ce nom.

En même-temps furent envoïés quatorze Vaiffeaux avec la grande Galeaffe de Rouen, chargés de vivres & de munitions, qui furent combattus par les Hollandois, partie pris & partie mis à fond ; & tous lefdits vivres & munitions demeurés. Il s'eft perdu un Vaiffeau defdits Hollandois feulement.

Du premier Mai.

Sa Majefté partit du lieu de Varicarville pour enlever un autre logis des Ennemis, lefquels étoient avertis & préparés. Et fortirent au-devant bien douze cens hommes de pied & quatre cens chevaux, qui furent fi heureufement combattus, qu'il en demeura fix ou fept cens fur la place & plufieurs prifonniers. Et de ceux de Sa Majefté il y en eut cinq de tués & dix huit ou vingt de bleffés.

Du cinq Mai

Sa Majefté aïant reconnu que l'intention des Ennemis étoit d'éviter le combat & fe retirer, effaïa de les preffer de fi près & leur ferrer les paffages, tant pour les vivres que pour leur retraite, qu'il en pût avoir la raifon. Ils étoient refferrés dans leur camp retranché & fortifié, fans en vouloir fortir, encore qu'ils fuffent invités par toute raifon de guerre. Ils avoient fait encore un autre retranchement dans un Bois, où ils avoient logé mille Efpagnols & mille Wallons, pour empêcher le paffage à Sa Majefté, laquelle néanmoins en préfence de toute leur Armée força ledit Fort, où la plupart de ceux qui étoient dedans demeurerent, & ne s'en fauva que bien peu, qui de vîteffe fe retirerent au gros de l'Armée, laquelle en demeura plus étonnée que defireufe d'en prendre revanche. Et a été grace fpéciale de Dieu, qu'en la prife d'un lieu fi avantageux, & garni de tant de gens de guerre, il ne foit demeuré de ceux de Sa Majefté que trois Soldats tués & bleffés.

Du dix Mai.

Sa Majefté a continué de faire tous les jours quelqu'attaque à fes ennemis, & les a obfervés & ferrés de fi près, qu'ils n'ont fu enfin échapper. Et après avoir reconnu l'affiette de leur camp, aïant choifi de fon armée les forces qu'elle jugea néceffaires, fit donner dès cinq heures au matin dans un quartier que les ennemis eftimoient le plus affuré, où étoient logées vingt-deux Cornettes de Cavalerie, qui fe trouverent fi étonnées, qu'elles furent auffi-tôt défaites, & quafi fans aucune réfiftance. Il y a grand nombre de morts & de prifonniers, & plus de 2000 chevaux gagnés avec tout leur bagage. Le refte de l'armée en a pris tel effroi, qu'au lieu de les venger ils fe font retirés, fuïant vers Paris en toute diligence, laiffant toute leur artillerie, bagage & équipage, qui font demeurés : où les gens de guerre de Sa Majefté ont fait un très grand butin. Ils font demeurés plufieurs des principaux d'entr'eux, defquels on ne fait encore les noms, pource que la nouvelle a été écrite à l'heure même de la défaite, en laquelle on affure que le Duc de Parme a été fort bleffé.

Ceux de Paris lui ont refufé les portes : de forte qu'il étoit contraint de faire un pont au-deffus de la Ville, pour fe fauver avec fes Reliques. Il étoit fuivi de fi près, qu'il eft à efpérer qu'elles auront bien encore été diminuées. On eftime, que depuis ce dernier retour le Duc de Parme a perdu de fix à fept mille hommes.

Avis du camp de Fefcamp, le 3 Mai 1592.

LE Roi étant allé à Dieppe pour y établir un Gouverneur en la place de Monfieur de Chattes (1), qui étoit à l'article de la mort, & pour faire contr'intelligence à celle que le Duc de Parme y avoit pratiquée, le Maréchal de Biron eut avis en fon logis de Darnetal (2), que le Duc de Parme étoit à cinq ou fix lieux de Rouen, & devoit à grande hâte fecourir la Ville, aïant fait paffer fon armée au pont d'Ormi (3) en force bateaux, pour furprendre le Roi. Incontinent ledit Sieur vint en perfonne avertir le Cardinal de Bourbon & le Chancelier qui étoient là après; dont fut envoïé à l'inftant avis au Roi, lequel arriva la nuit même. Cependent le Maréchal fit conduire fept piéces d'artillerie à Bans, Village au-deffus & à une lieue de Darnetal, là où il fe mit en bataille, & fepara fon canon en trois parts, pour recevoir le Duc de Parme qui venoit coucher dans la vallée de ce côté-là. Ce qui occafionna tous les Mar-

(1) Aimar de Chafte, qui avoit été Commandant de la Flotte Françoife pour l'Ifle de Tercere, & qui s'étoit diftingué dans diverfes occafions importantes Il étoit Commandeur de l'Ordre de Malthe, & proche parent du Duc de Joyeufe. Il étoit Gouverneur de Dieppe dès 1589 ; & ce fut lui qui offrit cette Ville à Henri IV, qui l'accepta & y entra.

(2) Darnetal, Bourg connu par fa manufacture de draps, au moins du temps de M. de Thou.

(3) Il faut, Pont-Dormy.

T ij

chands de se retirer du camp toute la nuit au pont de l'Arche.
Le Roi demeura toute la nuit en un moulin près de Bans, & demeura en bataille presque trente heures, faisant toujours escarmoucher les plus avancés de ses ennemis. Le Duc de Parme, qui faisoit mine de vouloir combattre, coula son armée à costiere de Darnetal, & se jetta le mardi, qui fut le 21 d'Avril, à dix heures du matin, dans Rouen, avec les Ducs de Mayenne & de Guise, faisant passer quelques Espagnols à Darnetal, où ils furent défaits par le Duc de Bouillon.

Le Duc de Parme ne fit autre chose que dîner à Rouen, & en sortit incontinent, où il laissa le Duc de Guise, qui y coucha seulement, puis en partit le lendemain pour assister le Duc de Parme, lequel étoit allé attaquer Caudebec, le faisant battre tout le jour. Ceux de dedans sortirent la nuit, & lui laisserent la Place, qu'il ne garda gueres : car le Roi, lequel avoit toujours desiré de les attrapper, voïant leurs façons de faire, & qu'ils n'avoient point avictuaillé Rouen, où ils n'oserent demeurer, passa au pont de l'Arche le mercredi, où aïant fait chanter en musique, & pris congé de Madame de Bourbon sa tante, de Madame la Princesse de Condé, & autres, fit avancer son armée vers Fontaine le bourg, & manda à toutes les Villes voisines, comme à Louviers, Mante, Meulan, Vernon, & autres où étoient les garnisons, qu'on eût à marcher vers lui, qui arriverent de toutes parts. Monsieur de Humieres (1) se rendit en l'armée avec deux cents chevaux, le jeudi ; Monsieur de Montpensier le Dimanche suivant, avec bonnes Troupes, comme fit Monsieur de saint Denis Malli (2), & Monsieur de Sourdis, qui faisoit conduire deux cents charrettes de blé, qu'il laissa à Mante pour doubler le pas. Monsieur de Souvrai arriva aussi avec ses Troupes, & une infinité d'autres Seigneurs & Gentilshommes, qu'il seroit trop long à reciter, venant de toutes parts.

Le Roi voïant son Armée accrue de plus de trois mille chevaux François, & six mille hommes de pied en moins de six jours, fit tourner la tête vers le Village d'Yvetot, où étoient logés les Ducs de Mayenne & de Guise, les fit charger sur le dîner, si à propos que leur avant-garde fut toute défaite, eux contraints de se sauver dans Yvetot, distant de deux lieues du quartier du Duc de Parme, laissant leur bagage & vaisselle d'argent, qui est demeurée au Sieur de la Guiche.

(1) Charles d'Humieres.   (2) De saint-Denys-Maillot.

Le Roi alla le lendemain, dernier d'Avril, lui quatrieme, en pourpoint, reconnoître le logis d'Yvetot, & y aïant entendu un grand défordre & épouvantement, y fonnant boutte felle parmi fes ennemis, fit avancer les fiens, mettre pied à terre à beaucoup de fa Cavalerie, & donner fi furieufement dedans, qu'ils furent contraints d'abandonner le logis, après que le Duc de Parme eut été bleffé au bras d'une moufquetade, par le Capitaine de la Garde, en deux parts, au-deffous du coude & près du moignon de l'épaule (1). Ils fe retirerent vers Fefcamp, avec grande perte de leurs gens & bagage. Il y mourut du côté des Ligueurs près de trois mille hommes. Le Baron de la Chaftre, Don Diego de Caftille, & le Chevalier Breton, prifonniers, enfemble le fieur de Rofne, qui conduifoit l'avant-garde du Duc de Mayenne. Saint Pol s'eft fauvé, aïant fes Troupes été défaites. Pareillement le fieur de Vitri eft échappé aïant été recous, lorfqu'il tendoit la feconde fois fon épée pour fe rendre.

Le Roi y a perdu le fieur de Hacqueville & le Baron de Bouteville, quelques Gafcons & Anglois. Maintenant il tient les Ligueurs de fi près à Fefcamp, qu'il faut combattre, ou s'enfuir s'ils peuvent, autrement ils n'échapperont pas de fes mains, & m'affure qu'il ne leur prendra envie de retourner. Le pot d'eau douce vaut cinq fols au camp du Duc de Parme, où les vivres font fi courts, qu'ils periront ou s'écarteront bientôt.

L'on tient que le Roi a joué ce ftratagême de congédier fa Nobleffe, qui étoit aux écoutes, pour l'attirer. Cette journée eft beaucoup plus importante que celle d'Yvri: attendu que c'eft un coup de parti, le Roi tenant fes ennemis en lieu d'où ils ne peuvent fortir qu'à leur honte, confufion & ruine.

Les Anglois & Flamands s'en retournerent devant Rouen. Le Roi en aïant levé la plûpart de fes Troupes, ceux de dedans firent forties, & rompirent le Fort des Chartreux, & celui du bec Guillaume, & quelques tranchées qui les incommodoient grandement. Ils font dedans en grande extrêmité. Le Sieur de

---

(1) Le Duc de Parme s'étoit avancé trop près des murs avec Rainaji fon fils, & M. de la Mothe, afin de choifir un endroit pour établir fes batteries. Quoique fa bleffure fût confidérable, il continua à parler, fans changer de couleur; mais ceux qui l'environnoient, s'étant apperçus de fon accident par le fang qui ruiffeloit de fon bras, le prierent de fe retirer. On fut obligé de lui faire deux incifions pour tirer la balle, des chairs où elle étoit entrée, & l'on craignit quelque temps que la gangrene ne fe mît au bras de ce Prince, qui étoit d'ailleurs d'une mauvaife conftitution.

Villars leur Maître à préfent a ouvert fon magafin de bled, depuis quinze jours, & le vend bien cher aux Habitants.

Copie de la Lettre du Sieur de Miraumont, Gouverneur à Nogent fur Seine, au Sieur de Praflin.

MONSIEUR,

Il me femble que je me ferois tort, fi je ne vous faifois part des bonnes nouvelles reçues de Sa Majefté. L'Efpagnol eft en vau-de-route. Ceux de Paris ont refufé le paffage au Prince de Parme dans leur Ville. On lui fait un pont au-deffus de la Baftille, mais nous doutons qu'il veuille paffer à Charenton, pour adreffer fon chemin en Brie. C'eft à ce coup qu'il lui faut empêcher le paffage, pour ne plus revenir : faites part de ces nouvelles à chacun, & incitez tout le monde à un fi bel effet. Je fuis votre bien humble à vous fervir. MIRAUMONT. *A Nogent fur Seine, ce 20 Mai 1592.*

Confirmations viennent de toutes parts, que toute l'Armée des Rebelles eft en route, leur Infanterie & Artillerie abandonnée. Le Roi pourfuit la victoire, où tous bons Serviteurs de Sa Majefté accourent de toutes parts.

Copie des Lettres de Monfieur le Préfident de Blancmefnil (1). *A Monfieur de Dinteville* (2).

MONSIEUR,

Depuis ma première Lettre écrite, & que je vous ai envoïé les avis que j'avois eus de l'Armée, & de tout ce qui s'y étoit fait jufqu'au 5 Mai, j'ai reçu Lettres du Roi, qui confirment toutes les nouvelles que je vous ai envoïées. Et outre cela, le laquais que j'y avois envoïé, m'a apporté certaines nouvelles d'une grande défaite, qui fut exécutée Dimanche dernier 10 de Mai, que ce laquais a vue, y étant préfent, & me font encore confirmées par une Lettre écrite du même jour, par laquelle on me mande, que ce jour-là fur les cinq heures du matin, le Roi eft monté à cheval avec le Baron de Biron, & plufieurs autres Chefs & Seigneurs, accompagnés de quatre mille

(1) Nicolas Potier de Blancmefnil, fecond Préfident à la grand Chambre du Parlement de Paris, père de René Potier, Evêque de Beauvais.

(2) Joachim de Dinteville, qui a été Lieutenant-Général de la Province de Champagne.

chevaux, tant François qu'Allemands, puis les Anglois, Flamands, & un Regiment de Suiſſes, avec quelques gens de
pied, François, & a donné droit au quartier de l'ennemi, avec
trois pieces de campagne & une coulevrine. Il y a ſi bien fait
que tout auſſi-tôt que Sa Majeſté arriva, il enleva un quartier
où il y avoit vingt-deux Cornettes logées, leſquelles ont été
contraintes de déloger ſans trompette. Ils y ont perdu tous
leurs chevaux & bagages. Il y a été tué plus de cinq cents hommes ſignalés, & pluſieurs ſont priſonniers. Il s'y eſt fait un bon
butin, & y a plus de deux mille chevaux pris. Les Soldats ont
gagné force argent : tout le bagage des ennemis eſt perdu. On
tient qu'il y a de leurs Chefs morts ; mais on ne ſait encore qui.
Monſieur de Mayenne s'eſt ſauvé de vîteſſe à pied dans les
Bois, où ils ſe ſont tous retirés. Cela étonne fort leur Armée,
avec la bleſſure du Duc de Parme. Ces nouvelles ſont du même
jour de l'effet. Par les premiers Meſſagers on nous mandera les
particularités, dont je vous ferai part.

Monſieur le Procureur Général du Roi en ladite Cour écrit
du 17 Mai les Nouvelles que deſſus, avec une particularité,
qui eſt que le Sieur de Rubenpré, Gouverneur de Rue a pris le
pont d'Ormi, rompu les arches, & mis garniſon deſſus, pour
empêcher que l'ennemi n'y repaſſe.

Avertiſſement.

LE Duc de Parme, aïant reçu cette baſtonnade, rebrouſſa chemin avec
ſon reſte, & repaſſant au long de Paris gagna la Picardie, & ſe retira tout
confus dedans le païs d'Artois, abandonnant ſes conquêtes précédentes,
dont le Roi ſe rendit bientôt maître : tellement qu'en ces temps-là, c'eſt
à ſavoir en Mai & Juin, il faiſoit mauvais avoir mine d'Eſpagnol en
France. Quant aux Chefs de la Ligue, le Duc de Mayenne & ſes plus proches conſultoient avec les Agens du Roi d'Eſpagne, du moïen de reſſoul-
der leurs affaires ainſi deſpecées, & remirent les uns & les autres en train
la négociation de l'Aſſemblée de leurs Etats pour élire un Roi ou une
Reine, c'eſt-à-dire l'Infante d'Eſpagne, qui devoit épouſer un Chef Ligueur : le Duc de Mayenne penſoit à autre choſe. Quant à pluſieurs du
Parlement de Paris, & du tiers Etat, ils deſiroient la paix, & quelque fin
à ces horribles fureurs.

En autres endroits, nommément en Languedoc & Bretagne, les Ducs
de Joyeuſe & de Mercur, Chefs Ligueurs, continuoient la guerre avec
aſſez de ſuccès : & en Juillet le Duc de Mayenne ſurprit Ponteau de mer :

1592.

tandis que le Roi pratiquoit d'entrer dedans Paris, ce qui ne succeda pour lors, non plus que quelqu'autres desseins, rompus par la mort du Maréchal de Biron (1) tué d'une canonade au Siége d'Epernay. Les Ligueurs pensoient étonner le Roi en l'attaquant çà & là ; savoir est, en Bretagne, Normandie, Dauphiné & Languedoc. Le Duc de Nemours se fortifiant à Lyon, s'empara par intelligence de Vienne, Ville & Château. Il essaïa de faire davantage, mais envain pour lors. Le Roi étoit aux écoutes, pour empêcher le retour des forces étrangeres, donnant ordre dans le Royaume aux affaires plus urgentes, & distribuant çà & là ses Troupes ès endroits convenables. Au reste, d'autant que sa Noblesse avoit été fort harassée au Siege de Rouen, & en ce qui s'étoit ensuivi, il congédia les uns, & quant aux plus déliberés retint près de soi quelque nombre ; les autres s'éloignerent pour attaquer leurs ennemis ès endroits où leurs forces paroissoient. La plûpart de l'Eté & de l'Automne se passa ainsi ; mais au mois d'Octobre survinrent les exploits dont nous vous présentons la description, selon qu'elle a été ci-devant imprimée.

DEFAITE DES LORRAINS
DEVANT BEAUMONT (2).

Le 14 Octobre 1592, par Monsieur le Maréchal de Bouillon (3).

Ad Ducem Bullonium victorem & saucium.

A matris cæso Cæsar si ventre vocatur,
En tu, qui cæso saucius hoste redis :
Quique refers utero vulnus, præclara triumphi
Nascitur unde tibi laurea, Cæsar eris.

Aliud.

Montis in excelso ponantur colle trophæa,
Cæsa Lotharingi sunt ubi castra Ducis.
Bullonius parvo numerosas agmine turmas
Fudit, ut obsessæ tolleret Urbis opus.

(1) Armand de Gontaut, Seigneur & Baron de Biron. Il fut tué devant Espernai le 27 Juillet 1592, âgé de soixante huit ans, jouissant encore d'une santé robuste, malgré toutes les blessures qu'il avoit reçues, dont une l'avoit rendu boiteux. Il avoit composé des Mémoires de son temps, & quelques autres Ouvrages, n'étant pas moins homme de Lettres que grand Capitaine. Voïez son Eloge dans l'Histoire de

M. de Thou, Livre 103 ; & le Journal de Henri IV, mois de Juillet 1592.
(2) Beaumont en Argonne, Ville de Champagne, au voisinage de la Meuse.
(3) Henri de la Tour, Vicomte de Turenne, depuis Duc de Bouillon, Prince de Sedan, &c. né le 28 Septembre 1555, mort le 25 de Mars 1623, célebre par ses Ambassades, & par ses exploits militaires.

Pulchrior,

Pulchrior, à Pulchro cui nomen monte, fugatis
Hostibus, & pergat clarior esse locus.

Sur le nom de HENRI DE LA TOUR, *Anagrame double.*

Celui qui a le LORRAIN DEHUTÉ
Devant Beaumont, tué & mis en route,
Celui-là même est & sera sans doute,
Tant qu'il vivra, A LORRAIN DURETÉ.

Autre troisieme Anagrame sur le même nom.

Qui d'un fer vient heurter la pierre
En fait sortir le feu soudain.
Ne heurte donc la Tour par guerre,
LA TOUR est le HEURT DE LORRAIN. (1)

MONSEIGNEUR le Duc de Bouillon Maréchal de France,
aïant eu avis que le sieur d'Amblise (2) Grand Maréchal de Lorraine, & Lieutenant général de Son Altesse, avoit tiré les forces des garnisons de Verdun, Clermont, Dun, Ville-franche,
& autres lieux circonvoisins en Champagne, environ le huitieme du présent mois d'Octobre, faisant un gros d'armée de huit
cens chevaux, & deux mille hommes de pied, avec quelques petites pieces, se résolut de s'opposer autant qu'il pourroit à tout
ce que l'ennemi voudroit entreprendre contre le service du Roi.
Etant donc bien assuré que ledit sieur d'Amblise, après avoir
achevé de brûler le Village de la Marq (3), & le Fort dudit
lieu, s'étoit venu loger le Dimanche onzieme dudit mois ès
Villages circonvoisins de Beaumont. (petite Villette peu forte
de murailles & fossés) & que le lendemain Lundi il ne bou-
geoit, mais avoit jà fait tirer quelques coups de ses pieces, faisant ses approches, repoussées par ceux de dedans sortis, &
faisant escarmouches sur les assaillans : voire qu'il étoit résolu
d'emporter cette Place, qui n'est qu'à trois lieues de Sedan, à
la vûe de mondit Seigneur le Duc de Bouillon : il pensa être
temps de faire quelque effet, quoique sur les avis qu'il avoit
donnés aux Gentilshommes voisins de l'assister de leurs forces,
il n'eût encore personne auprès de lui. Et sur cette délibération,

---

(1) On lit aussi ces vers dans le Journal
de Henri IV, mois d'Octobre 1592 ; & ils y
sont suivis de plusieurs autres qu'on ne rapporte pas ici.
(2) Africain d'Anglure, sieur d'Amblise.

Il fut tué dans la Ville de Beaumont en Ar-
gone le 9 d'Octobre 1592, d'un coup de
pistolet dans la tête.
(3) Le Bourg de la Mark.

après avoir trois jours auparavant envoïé dedans ladite Place quelque poudre, de la mêche, des piques, & autres chofes qu'il jugeoit y faire befoin, oïant le lendemain Mardi treizieme les canonades qui fe tiroient furieufement, & fans relâche, dès le grand matin, aïant icelui fieur d'Ambliſe fait avancer le jour de devant deux gros canons de Ville-franche, mis la nuit en batterie, fe mit en campagne environ une heure après midi, aïant feulement avec lui environ 300 chevaux, tant de fa compagnie de gens d'armes, & de celles des Sieurs d'Andiran & de la Perriere(1) de la garnifon de Stenai, de celle du Sieur d'Efti-vaux, Gouverneur de Sedan, & de Hauves, que du Sieur de Remilli, de la garnifon de Doncheri, & de quelques Gentils-hommes volontaires, réfugiés audit Sedan; & ainfi fit marcher ce petit nombre vers l'ennemi, où il arriva fi à propos, que s'étant avancé vers la Ville avec environ cent chevaux, il parut avec ce nombre feulement jufques devant les murailles, fe contentant, après avoir attaqué une bonne efcarmouche, & quelques coups de piftolets donnés, d'avoir affuré ceux de de-dans par quelques Cavaliers qu'il y fit entrer, qu'il étoit là pour leur fecours, empêchant l'ennemi de donner l'affaut, où il fe préparoit à l'heure même, la brêche étant raifonnable, & que par ce moïen il donnoit loifir aux affiégés de la remparer toute la nuit, puis il fe retira à Raucourt, maifon fienne, à une lieue & demie de là; où étant mondit Seigneur, il fe repréfen-ta la perte toute évidente, faute de fecours, non tant de la Place, que des honnêtes gens qui y étoient, des Compagnies du Régiment du Sieur de Chambret, & les Chevaux-Legers des Sieurs de la Tour & Flavigni, mais plus encore la perte de Mouzon, l'ennemi y aïant fon principal deffein : & fur ces confidérations, il jugea être befoin pour le fervice du Roi, de hazarder quelque combat aux ennemis, eftimant par leur con-tenance, que Dieu le rendroit victorieux. Ce fut donc le Mer-credi quatorzieme dudit mois, qu'au matin il monta à cheval avec ce peu d'hommes, fortifié feulement de foixante & dix ou quatre-vingt bons chevaux, amenés de Maubert par le Sieur de Rumefnil (2), Gouverneur dudit lieu, & de quelques deux cens Arquebufiers de fes Sujets, & avec cela, qui ne fai-foit pas plus de quatre cens chevaux, retourna la tête vers l'en-nemi, droit au même lieu qu'il avoit reconnu le jour de de-

(1) Il faut, du fieur de la Perriere Andiran.   (2) Mailly de Ruménil.

vant. Et aïant fait avancer deux gros de Cavalerie que menoient les Sieurs de Marri, Lieutenant du Sieur d'Eftivaux, de
Hauves, & Remilli, vers l'ennemi, qui s'avançoit pour trancher
le paffage d'un vallon qui étoit entre l'un & l'autre, & fauver
quelque Infanterie qu'il avoit jettée dans certaines cenfes qui
étoient à leur main gauche : ledit ennemi fut repouffé, & y eut
là une jolie charge. Cependant ledit Seur d'Amblife aïant à fa
main gauche fes Lanfquenets, & fon Infanterie Lorraine &
Françoife qu'il avoit affemblée en un gros bataillon près de fon
artillerie, fit avancer trois gros pour gagner une montagne
dont mondit Seigneur fe vouloit prévaloir ; lequel laiffant lors
derriere foi cette Infanterie qui étoit dans ces cenfes, pour la
reprendre puis après plus aifément, comme il fe l'étoit proniis,
fit avancer les Sieurs de la Perriere, d'Andiran & Pouilli, aufquels fe venoit de joindre le Sieur de Lopes, venant de Stenai
avec fa troupe, & celle du fieur de Cornai qui fe mêlerent, comme auffi fait mondit Seigneur, au gros que menoit ledit Sieur
d'Amblife, fuivi qu'étoit mondit Seigneur dudit Sieur de Rumefnil, faifant en tout quatre gros. Là fut faite la charge de
toutes fes troupes, telle, que la Cavalerie ennemie fut mife en
déroute, n'aïant pu fe fauver, comme elle l'effaïoit, en fon
bataillon d'Infanterie ; laquelle nonobftant cette déroute, ne
laiffoit pas de tirer force canonades à ceux de la Ville, & à
ceux de mondit Seigneur auffi. En cette charge mondit Seigneur a été bleffé de deux coups d'épée, l'un au vifage, fous
l'œil droit, & l'autre au petit ventre, mais favorablement, graces à Dieu, ce qui l'empêcha de pourfuivre la victoire, & la
défaite autant qu'il defiroit. Lors mondit Seigneur commanda
aufdits Sieurs de Rumefnil & de Betancourt fon Lieutenant de
pourfuivre & donner fur cette Infanterie : ce qu'ils firent avec
un tel heur, qu'aidés d'une fortie que firent ceux de dedans,
qu'ils la mirent en pieces. L'artillerie y eft demeurée : toutes
leurs Cornettes & Enfeignes prifes : plus de fept cens morts
fur la place, entre lefquels eft ledit Sieur d'Amblife, & le refte
des Prifonniers, où il y a plufieurs Capitaines avec leur Meftre
de Camp le Sieur d'Efne, qui affurent qu'ils étoient plus de deux
mille hommes de pied, & fept cens chevaux. Néanmoins, Dieu
a tellement favorifé la petite troupe que mondit Seigneur a
conduite pour le fervice de Sa Majefté, qu'il n'y a perdu un
feul Gentilhomme de marque, fors que le Sieur de Haraucourt
eft prifonnier, & fort peu d'autres.

V ij

Près de quatre cens Lanfquenets du Régiment du Colonel Schevaw ont été pris prifonniers, & renvoïés avec la baguette blanche fous leur foi de ne porter les armes d'un an contre le Roi, Meffieurs de Strafbourg, & mondit Seigneur, lequel, fous cette promeffe, a baillé fon paffeport au Sergent Major dudit Régiment, nommé Nicolas de Granvilliers qui les reconduit.

Avertiffement.

LE Difcours précédent montre le malheur de la Ligue & de fes Adhérans en la frontiere de Lorraine. En ce même temps les Efpagnols pour réparation de leur honte & perte, effaïerent de s'emparer de Bayonne, à l'aide d'une puiffante Armée de mer & fur terre auffi. De longue main le Gouverneur de Fontarabie y avoit intelligence pour fon Maître avec un Médecin demeurant à Bayonne, furnommé Blancpignon, lequel recevoit fouvent Lettres de lui en termes couverts & pris de la Médecine pour acheminer l'affaire, qui confiftoit en furprife de la Ville & extermination de tous les Officiers & Serviteurs du Roi en icelle (1) : Ce Médecin s'entendoit avec un Efpagnol habitué d'affez long-temps en icelle Ville, & ces deux avoient acheminé une horrible trahifon fi avant, qu'une flotte de quelques vaiffeaux, & une Armée par terre étoit prête à l'exécution, quand Dieu voulut que le laquais envoïé de Fontarabie avec Lettres parlant de médeciner & faigner la Malade, fut furpris par le Seigneur de la Hilliere, Gentilhomme prudent, & Gouverneur de Bayonne ; lequel aïant fans delai faifi le Médecin & l'Efpagnol, en peu d'heures éventa toute cette mine. Mais ce qu'il délibéra là-deffus, qui étoit de donner une ftrette aux Entrepreneurs, ne put être exécuté à caufe de l'obftinée réfolution de l'Efpagnol prifonnier, lequel ne voulut écrire les Lettres qu'on requeroit de lui, ains aima mieux mourir que de fervir de piége pour attraper fes Compagnons, & fut décapité publiquement avec le Médecin (1) : dont s'enfuivit la diffipation de l'Armée Efpagnole de ce côté-là. Ce qui avint au mois d'Août & ès fuivans de l'an 1591.

Au refte, le fuivant Difcours fera voir la miférable fin de l'un des plus redoutables Chefs de la Ligue. Nous le propofons comme les autres Ecrits, à favoir félon que dès lors il fut publié par impreffion, & pour mémoire bien remarquable à la poftérité.

---

(1) Ce Médecin difoit, en termes de fon Art, qu'il étoit néceffaire de faire promptement une faignée abondante pour la guérifon de la maladie prétendue dont il parloit.

(1) Blancpignon étoit natif de Troyes en

Champagne. Il ne fut point exécuté pour cette confpiration, comme on le dit ici. Il vécut même fort longtemps depuis, & jufqu'à l'âge de 80 ans. *Note de la Traduct. de l'Hift. de M. de Thou, Liv.* 10.

COPIE D'UNE LETTRE

*Contenant le vrai & entier Difcours, tant du Siége de Ville-
mur* (1), *que de la défaite de Monfieur le Duc de Joyeufe* (2).

MONSIEUR,

Si je ne vous ai plutôt envoïé le vrai & entier difcours des ravages qui de mes yeux ont fait ruiffeler deux fontaines de larmes, l'efpérance que j'avois de voir bientôt l'iffue de cette piteufe Tragédie, tiendra, s'il vous plaît, lieu de légitime excufe :
puifque finalement il a plû à Dieu avoir pitié de fon pauvre peuple, & interiner les autant ardentes, que continuelles prieres
de tous ceux qui durant une telle bourrafque d'afflictions, ont
jetté l'ancre de leur falut en fa clémence & bonté. Pour donc
ufer de la breveté que je fais n'être moins agréable à votre mûr
& folide jugement, que fortable à la diverfité & pefanteur de
mes occupations, vous apprendrez, que M. le Duc de Joïeufe
fe préfenta ici le vingt-deuxieme de Juin, mettant tout à feu
& à fang, & n'oubliant rien de ce qui peut être dit cruel &
épouvantable. Les raviffemens des femmes, les fourragemens
du plat païs, les embrafemens des Métairies & Villages, les
meurtres des pauvres Païfans, les blafphêmes du nom de Dieu,
étoient comptés entre les menus paffe-tems de ce jeune Seigneur.
La Ville de Montauban étant allarmée par cet inopiné inconvénient, les Confuls prennent parti d'avertir Monfieur de Themines (3) Sénéchal de Querci, de ce qui fe paffoit. Le Sieur de
Burgades premier Conful, forçant les empêchemens & la pefanteur de fa vieilleffe, ratifia l'efpérance que chacun avoit de
fa bonne affection envers la République. Je ferois trop long,
fi j'entreprenois de particularifer par le menu, ce que chacun
des Confuls a contribué au foulagement de la mifere commune :
feulement je dirai, que le Sieur de Thémine a fait connoître
combien peut au maniement des affaires un beau naturel ferti-

---

(1) Ville de Languedóc, fur le Tarn, du
Diocèfe de Montauban.

(2) Antoine Scipion de Joyeufe, frere
d'Anne de Joyeufe, qui fut tué à la bataille
de Coutras, du Cardinal François de Joyeu-
fo, & de Henti de Joyeufe, Comte du

Bouchage. C'étoit un jeune Seigneur, plein
de bravoure, & qui joignoit à cette qualité d'autres qualités brillantes, & l'amitié
dès Peuples. On en fait cependant ici un
portrait très différent.

(3) Pons de Lorières de Thémine.

lifé & mélioré par l'acquifitif & la connoiffance des bonnes lettres : comme la clairvoïance de nos Magiftrats faifoit la ronde fur l'état des affaires. Monfieur de Joïeufe s'étant fans coup frapper rendu maître de Monbequin, Monbartier & Monbeton, s'achemine au Fort de la Barte, qu'il prend par compofition, après y avoir fait perte de quatre-vingt Soldats. Si je vous dis, que contre les chapitres de la capitulation, & contre la foi promife, il fit tuer la plupart de ceux qui s'étoient rendus : vous croirez, s'il vous plaît, que la vérité donnant loi à ma modeftie, me contraint de publier ce que je ne puis taire, fans franchir les lifieres de la rondeur & liberté féante à un Hiftorien. La Barte prife, il attaque & bat le Château de Mauzak (1) l'efpace de quelques jours, & après y avoir tiré trois cens coups de canon, finalement le prend par compofition. Le Fort de Saint Maurice (2) lui avoit déja été rendu : tellement que continuant fes ravages, & cinglant la route de fa profpérité, il s'achemine à Villemur & l'affiege avec tout l'artifice & diligence dont il fe put avifer. Cependant nos Confuls dépêchent de jour à autre Meffagers devers Monfieur de Themines. Leur diligence fut certes grande à rechercher fon fecours : mais la fienne le fut encore plus à les fecourir & hâter fon arrivée. J'uferois de quelque fuperfluité de langage, fi j'écrivois combien fa venue fut agréable à tout le païs. Ce que la néceffité faifoit trouver bon, étoit encore trouvé meilleur pour le refpect qu'on porte à Monfieur de Themines. Car je puis dire avec vérité, qu'il a fi bien gagné le cœur de ceux de Montauban & autres lieux circonvoifins, que lui rendans tout l'honneur & l'obéiffance qu'ils peuvent, ils n'eftiment pas lui en avoir rendu la centieme partie de ce qu'ils doivent. Sur le chemin, Monfieur de Themines avoit recherché l'affiftance de Monfieur le Duc d'Efpernon, qui avec fes forces s'acheminoit en Provence. Etant affuré de fa bonne volonté, il met de nuit dans Villemur quarante-fix hommes, tant Cuiraffes qu'Arquebufiers, fous la conduite du fieur de Pedoue, Gentilhomme à la valeur & bon fens duquel on ne peut rien mieux apparier, que fon grand zele au fervice de Sa Majefté. Outre ce renfort, il y avoit dans Villemur deux cens cinquante Soldats, tant étrangers qu'habitans. La Place étoit commandée par le fieur de Reniers, à qui elle appartient (3). Ses déportemens témoigne-

(1) C'eft, Maufac.
(2) M. de Thou dit, faint Mauris.

(3) C'eft-à-dire, qu'il en étoit Gouverneur.

DE LA LIGUE.

159

1592.
SIEGE DE
VILLEMUR.

rent à chacun, que l'indisposition corporelle affoiblit plutôt les muscles & les nerfs, que le cœur ni le cerveau d'un bon Capitaine. La venue de Monsieur d'Espernon donna grande espérance d'une bataille : toutesfois voulant ménager ses forces, il dit qu'il se contenteroit de faire démordre l'ennemi. Et de fait, accompagné de quatre cens Maîtres & cinq cens Arquebusiers à cheval, il se joint avec les forces Monsieur de Themines, & incorporés en une armée, s'acheminent vers Villemur. Monsieur de Joïeuse averti de leur venue, & jugeant la partie mal faite, prend résolution de se retirer, récompensant la peine que ses ennemis avoient prise à le visiter, par le gain d'un canon qu'il leur abandonna en proie. Quelques jours après, Monsieur d'Espernon s'achemina en Gascogne, laissant la meilleure partie de ses forces ès mains de Monsieur de Thémines. En ce même temps Mauzac est réduit en son premier état, comme aussi quelques autres menues Places. Il y a en la plaine de Montauban, une maison champêtre, nommée la Court, dont Monsieur de Themines, pour beaucoup de bonnes considérations, se voulut rendre maître. Pour échevir (1) de son dessein, il y conduit ses troupes avec l'artillerie. Monsieur de Joïeuse aïant avis de la mauvaise garde que faisoient les troupes de Monsieur d'Espernon, les charge de nuit si à propos, qu'il en tue environ quatre cens, & en blesse grand nombre. Qui plus est, il se saisit des deux coulevrines de Montauban, & fait prisonniers quelque nombre de jeunes hommes du même lieu, qui approfiterent jusqu'à ce point leur résolue & déterminée résistance, qu'elle leur fit ouverture à une assez raisonnable composition. La valeur de Monsieur de Themines fut la barriere qui garantit d'une entiere déconfiture, ceux que l'indiscrétion avoit précipités en si dangereux parti, & conserva le canon, le ramenant surement à Montauban. Ainsi le dix-neuvieme de Juillet fut signalé par cette même avanture. Depuis Monsieur d'Espernon s'achemina en Provence. Monsieur de Joïeuse, pour donner curée à ses Soldats en païs moins ravagé, nous donna loisir de moissonner & faire la récolte. Toutesfois, ne remâchant que vengeance, il avoit toujours Villemur pour objet de son principal dessein : & pour en faciliter l'issue, il se campe devant, le dixieme de Septembre. Le sieur de Reniers, laissant la Place ès mains du Baron de Mauzac, jeune Gentilhomme de grande volonté, assisté du sieur de Chambert (2), & du Capitaine la Chaize,

(2) C'est-à-dire pour réussir dans son dessein. (1) ou, Cambert,

hommes vaillants & déterminés , fe retire à Montauban en intention d'affembler fecours , & faire lever le fiege à l'ennemi.
Sur ces entrefaites , le fieur de Defme avec quelques forces,
arrive à Montauban. Sa réputation achemina les affaires à un
beaucoup meilleur train , pour être Capitaine fi bien qualifié,
que les mieux difans ne peuvent parler que trop fommairement
de fa valeur & générofité. Sans marchander beaucoup , ni reftituer aux effets d'une bonne volonté , il fe jette dans Villemur.
J'avois quafi omis à dire , que durant toute cette guerre , Monfieur de Joïeufe a eu pour fes principaux confidents les fieurs
d'Onous & de Montberaut (1) : l'avis defquels étoit l'ordinaire
niveau de fes defleins. Auffi font-ce deux Gentilshommes très
vaillants , & doués de rares perfections militaires , qui toutesfois auroient meilleur garbe , fi elles étoient accompagnées
d'une plus grande modération. Par l'avis de ces deux ames guerrieres , il range tellement l'état de fon armée , qu'en l'affiette &
ordonnance d'icelle , on n'eut rien fu remarquer qui ne portât
témoignage d'un bon fens , & grande fuffifance au metier de
la guerre. Sa diligence fut grande à faire les approches : non
toutesfois baftantes à furmonter les empêchemens , où d'heure à
autre l'active clairvoïance du fieur de Defme l'embarraffoit. S'é-
tant avancé pied à pied , il commence à faire fa batterie de huit
pieces de canon & deux coulevrines. Comme il étoit fur le point
de renforcer la batterie , Monfieur de Themines retourne à
Montauban : où aïant mis l'affaire fur le Bureau , il fe réfolut
de conduire à Villemur un fi bon renfort , qu'il pourroit fuppléer tant à la foibleffe & mince étoffe des murailles , qu'aux
autres incommodités de la Place. Et comme en tous fes exploits , il s'eft toujours montré non moins prompt & hardi en
l'exécution , que fecret & oculé en l'entreprife , le dix-neuvieme
de Septembre , environ les neuf heures de nuit , il s'achemine
à Villemur accompagné de fix vingts Maîtres & deux cents Arquebufiers. Cette troupe fembloit beaucoup plus grande pour la
qualité , que pour le nombre des perfonnes. Car la Cavalerie
étoit toute compofée de routiers , & y pourroit-on compter
cinquante hommes de commandement. Entre ceux de ma connoiffance , les fieurs de la Madeleine , de bonne Côte , d'Entrai-
gues , du Cros , de Baffignak , de Mur , les Capitaines Mofto-
lak , de Burc (2) , Calvet , Bourjade , n'y ont mieux fait con-

(2) Ils étoient l'un & l'autre principaux   miers Officiers.
Confeillers du Duc de Joyeufe , & fes pre-   (1) Ou , de Burc.

noître

noître leur nom, que les effets de leur magnanimité. Pour le regard des gens de pied, les Capitaines Aleigre & Capboſſu, y ont fait ſi bon devoir, que le païs leur en a beaucoup d'obligation. On met auſſi les Capitaines Conſtans & Subſol, au rang de ceux qui ont bien fait. Monſieur de Themines ſi bien accompagné, au milieu du chemin fait mettre pied à terre à ſa Cavalerie, & avoit donné ordre que les chevaux fuſſent ſurement ramenés à Montauban, il ſe fourre d'une grande ſoupleſſe dans Villemur, ſans que l'ennemi s'en apperçut. Depuis ce temps, les plus pratiques & mieux diſcourans ſur le fait de la milice, préſagerent qu'un même jour mettroit fin au ſiege de Villemur, & à la proſperité de Monſieur de Joïeuſe : & que la fortune (qui juſqu'à préſent l'avoit ſi doucement œilladé) ne tarderoit pas à lui faire ſentir les effets de ſa biſarre & journaliere inconſtance. Le lendemain vingtieme de Septembre, elle commence à lui décocher un trait de ſa défaveur ; car Monſieur de Joïeuſe, aïant fait brêche par une furieuſe batterie, fait donner l'aſſaut : auquel ceux qui s'avancerent des premiers, rendirent par leur mort les autres qui les talonnoient, plus ſages & mieux aviſés à ménager leur vie. Car Monſieur de Themines, auſſi brillant & fougueux au combat, que gracieux & courtois au gouvernement politique, commanda aux quatre Trompettes qu'il avoit amenés, de ſonner l'allarme ; qui fut à l'ennemi un certain ſignal de ſa retraite, ſachant bien que par l'or ou l'argent, on peut acheter la peau d'une Marte Zebeline, ou d'un Loup cervier : mais qu'un nourriſſon de Mars n'a point accoutumé d'apprécier autrement ſa peau, qu'au ſang de ſon ennemi. La batterie continua encore le jour enſuivant, auſſi furieuſe que le précédent, ſans toutesfois faciliter aux aſſiegeans aucune avantageuſe exécution ; ce qui alentit beaucoup leur allégreſſe, & amortit ſi bien l'ardeur de Monſieur de Joïeuſe, que ces fâcheuſes occurrences mêlangerent ſes diſcours d'une étrange bigarrure : car maintenant il ſe rangeoit à un parti, maintenant à un autre. Cette diſgrace toutesfois racourcit plutôt ſes eſpérances, que la faveur des Tholoſains à ſon endroit : car ils lui envoïerent renfort de poudre, boulets, piques, & bon nombre de fourches de fer. Ne ſe contentans de cette aſſiſtance, ils firent acheminer au camp un Regiment de gens de pied, qui n'eurent plutôt pris quartier, qu'une bruſque ſaillie des aſſiégés, ne fit prendre la route de l'autre monde à une partie. La qualité de ceux qui furent tués facilita, autant qu'autre choſe, cette exécution : car ce n'étoient que Friquenelles (1) & Mignons de couchette , tous neufs aux exploits de la guerre. Au même temps, la garnison que l'ennemi avoit laiffée à S. Léophaire, fit pour revanche une groffe rafflade d'environ deux cents quarante bœufs, paiffans aux prairies. Les affaires de Villemur étant en cet état, Monfieur de Montmorenci , ne voulant perdre à crédit une Place de fon Gouvernement, & aïant avis du fieur de Reniers, que la confervation d'icelle n'étoit moins facile que honnorable, dépêche un beau & gaillard fecours fous la fage conduite de Meffieurs de Lecques (2) & de Chambaut , leur commandant expreffément faire lever le fiege de Villemur, à quelque prix que ce fût. Leur diligence feconda fi à propos fon intention, qu'aïant fait quelque bref féjour à Montauban pour fe rafraîchir, ils prennent parti de choquer Monfieur de Joïeufe. Comme ils font à Saint Léophaire (qu'ils nettoient de la garnifon ennemie) nos Confuls leur font favoir qu'ils auroient reçu avertiffement de Gafcogne , que Monfieur de Villars avoit joint fes forces à celles de Monfieur de Joïeufe , & que par enfemble , ils fe difpofoient à faire quelque grand effort. Cet avertiffement étoit faux, & donné auxdit Confuls par un qui étoit mal informé de l'état de Monfieur le Marquis : étant toutesfois alloué pour véritable, & paffé en ligne de compte , Meffieurs de Lecques & de Chambaut jugeans le combat hazardeux, aviferent de temporifer quelques jours , & faifant camper l'armée, fe prévaloir de toutes les favorables occafions qui fe préfenteroient. Outre la fufdite confidération , ils eurent un fecond avis beaucoup plus affuré que le premier, leur faifant entendre que les fieurs d'Onous, de Saint Venfa (3) , d'Apfier (4) , & autres avoient amené à l'ennemi renfort d'environ douze cents hommes ; cela les fit tenir pied ferme en leur premiere réfolution : qui donna occafion à nos Confuls de rechercher le fecours de Monfieur le Maréchal de Matignon : mais il s'excufa fur l'état de la Gafcogne , qui ne lui permettoit de démembrer

---

(1) Friquenelles veut dire , éveillés, gens mous , & plus enclins aux femmes qu'à la hardieffe & au courage. Théodore de Beze, dans fon Hiftoire Eccléfiaftique , Livre 3 , dit , fur l'an 1560. *Le Prévôt s'étant enquis des Soldats de Richelieu , & de quelques Friquenelles de Cour , en fit fon rapport au Roi*. Rabelais, Liv. 4. Chap. 36 , emploie ce mot pour *menu fretin de jeunes* *andouilles.* Borel , *Diction. des vieux mots François.* Le terme *Mignons de couchette*, eft entendu de tout le monde ; il fignifie la même chofe que *friquenelles.*

(2) Antoine de Pleix de Lecques , vieil Officier, très expérimenté.

(3) C'eft , M. de faint Vincent , Gouverneur de Rouergue.

(4) Le Baron d'Apcher.

fon armée. Reſtoit l'aſſiſtance de Monſieur de Miſſillac (1), Gouverneur d'Auvergne, qui étoit recherchée d'autant plus ſoigneuſement, que chacun le tient pour Capitaine ſi hardi, qu'il n'a jamais vu l'ennemi ſans le combattre : & ſi heureux, qu'il ne la jamais combattu ſans l'abbatre tout à fait. Le zele qu'il porte au ſervice de Sa Majeſté, ne lui permettant pas de ſe faire beacoup tirer l'oreille, il ſe diſpoſe à notre ſecours à toute diligence. Monſieur de Joïeuſe en aïant ſenti le vent, connut clairement que projettant la priſe de Villemur, il avoit pris la mire de ſes deſſeins plus haut qu'il ne falloit : néanmoins boufi de vaine préſomption, il affublé ſa crainte du maſque de ſes ordinaires rodomontades : & pour maintenir ſa créance envers ſes gens, qui s'ennuïoient de tremper ſi longuement au rivage du Tar, il prend parti de reconnoître la contenance des nôtres, qu'il ſavoit être à Bellegarde. Lui ſe préſentant en bataille au dépourvu, notre Cavalerie tourna le dos & ſe mit en deſordre, qui eut été beaucoup plus grand, ſans la ſage réſolution de Meſſieurs de Lecques & de Chambaut, qui furent à propos contourner ce méchef à leur avantage. Faiſant tirer quelques coups de canon, ils arrêterent la courſe de l'ennemi ; mais rien ne l'arrêta ſi fort que les Capitaines du Mas, Bataille, & de Rentiere, qui ſe rendirent ce jour là admirables, à ceux même dont on admire la vertu : car conduiſant leurs Soldats avec autant de hardieſſe que de jugement, ils chargerent ſi vivement l'ennemi, qu'il changea bientôt l'eſpérance de ſa victoire, en un deſir de ſe retirer. Je ferois une lourde incongruité, ſi j'omettois de dire, qu'en un grand nombre de Gentilhommes (qui ce jour-là firent, à l'envi l'un de l'autre, preuve de leur vertu) les Sieurs de Pujol & de Saint Geniers (2) ont ſi bien fait, que celui ravaleroit par trop leur méritoire louange, qui leur donneroit le ſecond rang. Chacun donne auſſi ce témoignage au Sieur de la Vernaye, d'avoir en cette rencontre acquis beaucoup d'honneur. Ce fut là que Marc Antoine fit connoître, que ni la favorable inclination, ni l'indiſcrette créance des hommes, ne lui avoit point acquiſe la réputation de brave & déterminé Capitaine, mais que le ſeul mérite de ſa valeur l'avoit gradué de ce titre honorable ; car il chargea l'ennemi de telle impétuoſité, que ſe voïant attaqué de tous côtés, il fut contraint racheter la ſureté de ſa retraite, par la perte de quelques Cavaliers. Ce

(1) De Meſſillac de Raſtignac, homme d'un courage infatigable.   (2) Pujol, & ſaint Genys.

néanmoins Monſieur de Joïeuſe, tenant bonne mine à mauvais jeu, & voulant par une galante fourbe étonner les aſſiégés, fait les feux de joie en ſon camp. Monſieur de Themines & les ſiens prenans cette fanfare pour un tourdion (1) de la vieille eſcrime, ne s'en firent que mocquer : comme auſſi ils furent bientôt éclaircis par nos autres Chefs, que c'étoit un épouvantail de cheneviere. Preſque au même temps, Monſieur de Chambaut par une courſe tailla en pieces quelques ſoixante Lanſquenets de l'ennemi. Dieu nous préſentoit de jour à autre nouvelle occaſion de réjouïſſance, qui reçut un grand accroiſſement par la venue de Monſieur le Vicomte de Gourdon, très brave & très vaillant Chevalier. Quand je le nomme ainſi, c'eſt à faute d'autres termes plus ſortables au méritoire blaſon de ſa valeur. Le Sieur de Giſcart voïant le champ ouvert pour ſignaler ſa vertu, traça par ſon exemple le chemin à quelques autres, qui l'accompagnerent en la diligence qu'il fit de ſe joindre à notre ſecours. La commune réjouïſſance s'augmentoit d'heure à autre : mais quant cette ame martiale, Monſieur de Miſſillac, ſe préſenta aux portes de Montauban avec cent Maîtres & bon nombre d'Arquebuſiers à cheval, il n'y eut celui qui ne levât les mains au Ciel pour rendre graces à Dieu. Etant arrivé, on entre en conſeil pour voir ce qui étoit de faire : car il lui tardoit de voir Monſieur de Themines, avec lequel il a une très étroite amitié ; auſſi ſont-ils entr'eux ſi fraterniſans, & ſemblables en bon ſens & vaillance, que tout homme aviſé confeſſera toujours être réduit à l'impoſſible, s'il lui faut choiſir auquel des deux il aimeroit mieux reſſembler. Somme, que la matiere étant miſe en délibération, quelques uns vouloient qu'on forçât le Clos & la Baſtide : mais l'opinion du Sieur de Mauzak l'emporta, & la plupart ſe rangeant à ſon avis, on conclud à la bataille. La choſe étant ainſi arrêtée, le Dimanche on fait ſortir l'armée en campagne, répartie en trois : car Monſieur de Miſſillak conduiſoit l'avant-garde ; la bataille étoit commandée par Monſieur de Chambaut, & l'arriere-garde par Monſieur de Lecques. On avoit envoïé deux Cavaliers pour reconnoître l'état de l'ennemi ; étant de retour & avoir rapporté qu'il avoit écarté ſa Cavalerie & fait loger aux quartiers, on prend parti de ne laiſſer échapper ſi belle occaſion d'avoir bon marché de Monſieur de Joïeuſe dénué de ſa principale force ; ainſi laiſſant l'artillerie à

_____

(1) Tourdion, mot populaire : il ſignifie fait faire pluſieurs contorſions. *Diction. de* un certain mouvement du Corps, qui lui *Trev.*

Saint Léophaire, on fait avancer l'armée fous le voile obfcur de la nuit. Monfieur de Joïeufe avoit quelques jours auparavant fait loger au piquet fa Cavalerie ; & combien que les Sieurs d'Onous & de Monberaut (fe craignans que notre armée leur donnât quelque étrette (1) au dépourvu) lui confeillaffent continuer cette procédure, il n'en voulut toutesfois rien faire, s'affurant d'être à point nommé averti du délogement & progrès des nôtres par une Damoifelle voifine de Montauban. Cette femme étant mieux connue en ces quartiers par fa grande pétulance, que par les traits de fon vifage, il ne m'a femblé befoin d'en faire autre plus particuliere defcription ; feulement dirai-je, que quelque diligence qu'elle emploïât pour avertir l'ennemi, fi ne le put-elle faire fi à temps, que nos gens ne fe fuffent impatronifés d'un bel avantage : ce que connurent fort bien ces deux généreufes ames Meffieurs de Lecques & de Chambaut, qui aïant ci-devant furmonté infinis autres en la louange qui réfulte de la prouefle & prudence militaire, firent état ce jour-là de fe furmonter eux-mêmes, & de facrifier leurs derniers foupirs à notre mere la France. L'armée ennemie étoit compofée de fix cents Maîtres & quatre mille hommes de pied, compris quatorze cents Lanfquenets, reftans de plus grand nombre levé en Allemagne par l'ordonnance & mandement de l'Empereur Rodolphe, comme il fe peut vérifier par les originaux des commiffions dont on s'eft faifi après la déroute. Il y avoit en notre armée cinq cens Maîtres & deux mille cinq cens Arquebufiers. Les chofes ainfi difpofées par nos Chefs, & chacun s'étant récommandé à Dieu, on fait avancer cinq cents Arquebufiers, conduits par le Sieur de Clouzels (2), pour garder la Forêt de Villemur, & pouvoir, à la faveur d'icelle, parquer nos forces en lieux avantageux. Etant au bout de la Forêt, on eut divers avis de l'ennemi : les uns difant qu'il étoit au champ de bataille : les autres au contraire affurant qu'il fe tenoit coi : ce qui cuida mettre nos affaires en confufion. Pour obvier à tel inconvénient & raffurer les courages, Monfieur de Chambaut protefta que fans entrer en plus longue difputation, il fe falloit réfoudre à vaincre ou mourir ; cette belle réfolution fut fecondée par le Sieur de Pedoue, qui s'offrit à Monfieur de Miffillak, pour faifir le champ de bataille, moïennant l'affiftance de dix Soldats ; ce que lui étant accordé, il exécute fon entreprife avec autant

(1) C'eft-à-dire, qu'elle ne les attaquât au dépourvu.   (2) M. de Thou dit, de Claufel.

—— d'heur que de bon sens : & tout soudain retourne devers Monsieur de Missillak, pour l'avertir de l'avantage dont il s'étoit prévalu. La Damoiselle, dont nous avons parlé ci-dessus, avoit (mais trop tard) donné avis à Monsieur de Joïeuse, du progrès de notre armée ; qui l'occasionna d'appeller sa Cavalerie par le signal de trois coups de canon : ce que nos Chefs furent bien approfiter à leur grand avantage, & prenant l'esteuf au bond, avancerent la partie avec un grand effort. Monsieur de Missilliac voïant l'assurée contenance de ses gens, achemine au champ de bataille son avant-garde, flanquée & favorisée de cinq cents Arquebusiers, dont nous avons parlé ci-dessus. Il n'y fut pas plutôt parqué, qu'on fait alte, pour aviser comme on pourroit attaquer le premier retranchement que l'ennemi avoit dressé le long du chemin qui tire de la Forêt à Villemur. La résolution fut que les Sieurs de Clouzel & Montoïson feroient cette attaque avec leurs Régimens. Le soleil éparpillant ses beaux raïons, donnoit commencement au dix-neuvieme jour d'Octobre, & traçant ès nues opposites l'arc en ciel, couronnoit notre armée, & lui présentoit comme un présage de la victoire ; ce qui enflamba si à propos les cœurs de nos Soldats, que les Chefs n'eurent besoin de les sermoner autrement, sinon en disant : marchons enfans. Ainsi disposés & gaillards ils attaquent le premier retranchement, où Monsieur de Joïeuse avoit laissé deux cents Soldats, qu'il fortifia incontinent d'autre quatre cents. Le courage toutesfois n'étant proportionné au nombre des hommes, lesdits Sieurs du Clouzel & de Montoïson se rendirent bientôt maîtres de ce premier retranchement. L'ennemi y fut beaucoup endommagé, & notamment par la perte du Capitaine Labia, natif d'Avignon, fort respecté des siens pour sa valeur : & combien que Monsieur de Joïeuse fût réduit en grande perplexité, si est-ce, que faisant de nécessité vertu, & déploïant tout le cabal de sa suffisance au métier de la guerre, il montra tant de haut courage & de bon sens, que le seul respect de la Patrie (qu'il avoit par trop outragée) m'empêche de regretter son mechef : car on ne pourroit dire en peu de paroles, de quelle diligence il envoïa renforcer la garde des autres Forts. Bref j'ose dire que si sa déterminée résolution eut été secondée par l'obéissance de ses Soldats, il eut pû mieux couvrir le jeu, & contester plus longuement l'honneur de la victoire. Tant y a qu'étant réduit en très mauvais termes, il donna des témoignages de valeur, qui ne peuvent

être estimés petits, que par un homme de très petite capacité.
Car ceux du premier retranchement, s'étant retirés au second,
il assura ses gens de sorte qu'ils firent résistance l'espace de quelque demie heure. Mais survenant le reste de notre armée (dont
le progrès avoit été retardé par la difficulté du chemin) & se
voïant à dos Monsieur de Themines sorti de la Ville, ce fut à
lui de quitter la partie, & se retirer aux Condomines où étoit
son camp & son artillerie. Cette retraite toutesfois lui fut si
mal assurée, que les siens se voïant poursuivis de l'armée victorieuse, s'enfuirent à l'étourdie, & se précipiterent dans le Tar.
Le pont qu'il avoit bâti étant coupé, causa la mort de presque
tous ceux qui avoient quitté la terre pour se réfugier à l'eau : lui,
forcenant de dépit & aboïant le Ciel : *A Dieu mes canons*, dit-
il, *ha je renie Dieu, je cours aujourd'hui une grande fortune* ; de
ce pas il s'achemine au Tar, pour se rendre comparsonnier (1)
au malheur de ceux qui alloient en l'eau, pour souffrir la juste
peine des maux que sous sa conduite, ils avoient fait par le feu.
Les Sieurs de la Courtete & de Bidon le tinrent quelque temps
par la main ; & faut bien dire que Dieu lui ôta le sens au besoin : car s'il eût pris parti de se rendre, il ne se fut trouvé
qu'assez de Soldats, qui en sa prise eussent établi la cime de
leur prospérité. Mais le Tar par la violence de son randon (2) le
ravit d'entre les mains de ceux qui le tenoient : & comme exécuteur de la justice divine, mit fin à son orgueil, sa cruauté,
& ses blasphêmes (3). Ce que je dis avec autant d'ennui, que
de juste occasion : car combien qu'il fut entaché de vices fort
odieux ; j'ai toutesfois opinion que le mal qu'il a fait en sa Patrie, n'est de beaucoup si grand, que le bien qu'il lui eut un
jour pû faire, si, ou guidé par meilleur conseil, ou aïant raffiné
son jugement par une plus longue expérience, il eut ménagé
les grands dons de nature que chacun remarquoit en lui, avec
plus de discretion. Notre Cavalerie aïant passé le gué donna
sur ceux qui étoient en l'eau & poursuivit les fuïards vers Bas-
sieres, taillant en pieces tout ce qu'elle rencontra. Si elle eût

(1) C'est-à-dire, Compagnon, pour partager le malheur, &c.
(2) C'est-à-dire du cours ou courant de ses
eaux. On dit que ce mot vient de l'Allemand. Voïez les Etymologies de Ménage.
(3) Le Duc de Joyeuse qui se retiroit en
bon ordre, avec un petit nombre de Gentilshommes, à Condomine, où il avoit mis
son artillerie, trouva qu'on avoit rompu
le pont de bateaux qu'il avoit jetté sur le
Tarn, poussa son cheval dans cette riviere,
malgré tous les efforts de Courtere & de
Bidonet, & s'y noïa. Dans le Journal
de Henri IV, au mois d'Octobre 1592, on
rapporte un Sonnet qui fut composé sur cet
événement. C'est le même que l'on a imprimé ci-après.

tiré vers Fronton , le carnage eût été beaucoup plus grand ; le Tar se vit lors , l'espace d'une grande arquebusade , tout plein & jonché des têtes de ceux qui avoient eu recours à un élement si maupiteux. Combien qu'en cette défaite , les ennemis font état d'avoir fait perte de 3000 hommes : toutesfois ne voulant coucher si gros , je me contenterai d'assurer , que du moins ils en ont perdu deux mille , avec trois canons & les deux coulevrines qu'ils avoient prises à la Court. On lui a enlevé 22 Enseignes : pour le regard des Prisonniers , le nombre ne passe point 43. De notre côté, nous y avons fait perte de dix hommes seulement ; dont les quatre , pour n'être assez reconnus , ont par mégarde été tués par les nôtres. Et quant à Villemur, l'ennemi y a tiré deux mille coups de canon , sans que pour cela , ni tous ses efforts, les Assiégés aient perdu plus de dix-sept Soldats. Ce jourd'hui le corps de Monsieur de Joyeuse a été tiré de l'eau, & porté à Villemur, pour y être enterré. Voilà quelle a été l'issue de cette guerre , en laquelle , sans parler des Étrangers, nos Magistrats & Consuls ont fait tout le devoir de gens de bien , & fort affectionnés au repos public. Mais homme de Montauban, de quel grade ou qualité qu'il soit, ne se peut vanter d'avoir surpassé le sieur Baille , troisieme Consul , en la fidelle & active négociation de ce qui a semblé expédient, pour traverser & rompre les desseins de Monsieur de Joyeuse. Plût à Dieu que la mort d'un ennemi si félon mît aussi bien fin à nos troubles, que ma plume la mettra maintenant au présent Discours,

   Vous auriez juste occasion, Monsieur , d'en faire plus d'estime. Si m'osé-je toutesfois promettre , que l'honneur de votre agréation ne lui manquera , non plus qu'à son autheur la volonté d'être toute sa vie nommé,

Votre très humble ami & serviteur,
CL. DE LA GRANGE,

SUR LA DEFAITE

Du Duc de Joyeuse.

SONNET.

JOYEUSE, Fils de Mars, & de Fortune auffi,
A qui l'heur & la guerre a été fi fortable,
Que, de nom & de fait, tu étois redoutable,
Bravant, jeune & petit, ce grand Montmorenci.

Eh! d'où vient maintenant que tu laiffes ainfi
En proie aux ennemis ton Oft épouvantable?
D'où vient qu'un Scipion, hardi, fier, indomtable,
Fuit de crainte, de peur, & d'effroi tout tranfi?

Ha! c'eft un coup du Ciel, & tout tel que Maxence
Reçut en paiement de pareille arrogance:
(Blafphemateur, cruel, infame en fes amours)

Tu as de ce Tyran imité les allures.
Auffi pour rendre égaux vos miférables jours,
Tar & Tybre ont lavé & couvert vos ordures.

Sentences contre les Ligueurs.

LORs Jofeph amena Jacob fon pere, & le préfenta devant Pharaon. Et Jacob benit Pharaon. *Genèfe Chap. 47.*

Jefus leur dit, nendez à Cefar les chofes qui font à Cefar: & à Dieu, celles qui font à Dieu. *Saint Matt. Chap. 21.*

Cherchez la paix de la Ville en laquelle je vous ai fait tranfporter, & réquerez l'Eternel pour elle; car en la paix d'icelle vous aurez paix. *Jeremie, Chap. 29.*

Honorez chacun, aimez fraternité. Craignez Dieu: Honorez le Roi. *Saint Pierre, Epit. 1. Chap. 2.*

Il faut être fujet au Magiftrat, non feulement pour crainte de fon courroux, mais auffi pour le devoir de la confcience. *Saint Paul aux Romains. Chap. 13.*

Sur toutes chofes, ô Empereurs, nous païons les tributs & contributions à ceux qui font députés de votre part, comme nous fommes enfeignés par Chrift. *Saint Juftin, Martyr, en la 2 Apologie.*

Nous honorons l'Empereur, comme nous pouvons, en bonne confcience, & comme il lui eft expédient: à favoir, comme étant homme, qui tient le fecond rang après Dieu, & qui tient de Dieu tout ce qu'il eft, n'étant inférieur à autre qu'au feul Dieu. *Tertulian, en l'Epître à Scapula.*

Quiconque d'entre nous, ou des Peuples d'Efpagne, par quelque Ligue

Tome V. Y

ou entreprise, aura violé le serment de fidelité, par lequel il s'est obligé à maintenir l'Etat de la Patrie & de la Nation Gothique, & à conserver la vie du Roi, ou de le dépouiller de son Etat: quiconque par présomption tyrannique se voudra emparer de la Souveraineté, qu'il soit anathematisé devant la face de Dieu le Pere, & des Anges, & soit retranché de l'Eglise Catholique, qu'il a profanée par son parjurement, & soit démembré de l'assemblée des Chrétiens, avec tous ceux qui seront embarqués en son impiété. Car il faut que ceux souffrent une même peine qui se trouveront coupables de même faute. *Le 4e. Concile de Tolede. Art. 74.*

Avertissement.

COmbien que les affaires de la Ligue branlassent au manche, si ne laissoient les Chefs de faire beaucoup de bruit devant le Peuple, & paître les plus curieux d'une espérance de pourvoir en brief à tout par l'Assemblée des Etats à Paris pour l'Election d'un nouveau Roi, ajoutant que quand celui, que par dédain ils appelloient le Bearnois, se rangeroit au parti par eux nommé Catholique, il n'étoit plus recevable. Ils publioient des avis de l'affection du Roi d'Espagne & du nouveau Pape. Les Agens d'Espagne travailloient d'autre côté, comme nous verrons ci-après. Ils publierent alors ce que s'ensuit.

COPIE D'UNE LETTRE,

Ecrite à Rome, donnant avis de la bonne volonté de Sa Sainteté pour la conservation de l'Eglise Catholique en France.

MONSIEUR,

La peine en laquelle je sais que vous êtes avec tous les gens de bien de ce Roïaume, de savoir le succès du voïage de Monsieur le Cardinal de Gondi (1) à Rome, pour la crainte que vous avez que sous belles promesses de la conversion à l'Eglise Catholique d'un Hérétique relaps (qui par protestation solemnelle s'est déclaré Chef des Sectateurs de l'Hérésie de Calvin), ne détourne sa Sainteté & le sacré Collége du Saint Siége Apostolique de pourvoir à l'Eglise Gallicane, periclitante &

(1) Pierre de Gondi, Evêque de Paris; & Cardinal, fut envoié à Rome avec le Marquis de Pisani, par ordre de Henri IV, pour témoigner au Pape l'intention que Sa Majesté avoit de se faire instruire, & pour prier Sa Sainteté de favoriser cette bonne œuvre. Ils partirent dans les premiers jours d'Octobre 1591. Voïez sur ce voïage, & ses suites, l'Histoire de M. de Thou, Liv. 103. & Liv. 108.

prête à fubmerger par l'impétuofité des vents de l'Héréfie, m'a
mu de vous faire part des bonnes nouvelles que, fur ce fujet,
le dernier ordinaire de Rome a apportées, écrites par un grand
Seigneur à un fien ferviteur & ami qui me les a communiquées,
& permis que j'en aie tiré copie, de laquelle pour votre contentement je vous ai bien voulu faire part, & qui eft de la teneur qui
s'enfuit.

Monfieur, fi la fin des affaires eft auffi heureufe comme j'en
vois le commencement beau, je me promets que nous aurons
fait un heureux voïage; car vous devez favoir que les Partifans du Roi de Navarre, reconnoiffant l'humeur du Pape
bonne, & néanmoins craintive, auffi qu'ils penfoient avoir
donné aux Efpagnols un coup de bâton, pour avoir empêché
que la punition du délit fait par les Venitiens ne paffât plus
avant, ils projetterent un deffein étrange, qui étoit, qu'ainfi que
lefdits Venitiens enverroient à Rome pour prêter l'obédience,
il s'y trouveroit femblablement aucuns Miniftres de ceux qui
en font fur leur état, & n'ont point d'égard à la confervation
de la Religion, qui traitant d'autres affaires, ils mettroient celles de France en avant. Et pour fortifier leurs raifons, le Cardinal de Gondi s'étant rendu audit Rome, fans montrer avoir
intelligence avec eux; & aïant donné opinion de foi, qu'il
n'avoit nulle paffion que le bien de la Religion & de l'Etat,
même qu'il étoit neutre, & par ainfi gagner le Pape & le furprendre; & en France faire courir le bruit que fa Sainteté étoit
du tout difpofée à vouloir recevoir le Roi de Navarre. Mais
Dieu qui fe rit de tous les deffeins des hommes, lorfque ces
Navarriftes penfoient être au bout de leur attente, les a mis
tous en confufion, par leurs mêmes déportemens. Vous favez
comme ledit Cardinal faifoit courir le bruit (avant fon partement) que fa Sainteté lui avoit mandé que fon intention étoit
que l'on reconnût le Roi de Navarre, pour peu de démonftration qu'il fît de fe faire Catholique; que pour donner plus de
foi à fon dire, Verac étoit venu en France, qu'ils ont vu tous
deux le Roi de Navarre à Nogeant. Tous ces actes avoient mu
fa Sainteté à ce que l'honneur du Collége fût gardé: de faire
feulement favoir audit Cardinal que s'il venoit à Rome en
qualité de bon Cardinal, & qu'il ne favorifât point les Hérétiques ni leurs fauteurs, il feroit le bien venu; après toutesfois s'être purgé de ce qu'il n'avoit fuivi le Bref du Pape
Gregoire XIV. Mais que s'il prétendoit mettre en avant chofe

quelconque en faveur des Hérétiques, il demeurât en France.
L'audace de cet homme & de tous lesdits Partisans lui avoit
fait méprifer ce premier avis, & eft venu jufqu'à Florence, &
étant à l'Ambrofiane avec Monfieur le grand Duc de Tofcane, qui vouloit faire des nôces de l'une de fes niéces avec un
de la Maifon des Sforces, y eft arrivé un Jacobin de la part de
fa Sainteté, pour dire audit Cardinal qu'il n'eût à entrer dedans l'Etat de l'Eglife, avec des paroles bien preignantes. Or,
on ne peut dire que l'on le lui ait fait faire, vû que nul ne
favoit le voïage dudit Jacobin, que fa Sainteté, ni pourquoi il
fe faifoit : & le meilleur eft que cette ambaffade s'eft faite fans
aucun refpect du lieu où fe trouvoit lors ledit Cardinal, même
on n'en parla aucunement audit grand Duc, qui eft le plus
grand affront que l'on lui pouvoit faire. Car il vouloit donner
à connoître à un chacun qu'il gouvernoit du tout ce Pontificat. Dont tous ces Faifeurs de deffeins font tous confus, & ne
favent où ils en font, bien qu'ils foient en perpétuel confeil pour
avifer au remede ; mais qu'ils puiffent frapper coup, il ne le
faut point craindre. Premierement, prenez pour maxime que le
Pape eft très religieux, qu'avant toutes chofes il faut lui mettre en avant l'intérêt de la Religion, & la ruine des Hérétiques, fans y vaciller en façon quelconque : de dire que le Roi
de Navarre fe veut faire Catholique, c'eft venir le déclarer
Hérétique, & quant à ceux de fa Maifon, ils ne font pas en
gueres meilleur prédicament. Et de ce que ledit Cardinal s'eft
gouverné fi indifcretement, il pourroit néanmoins propofer
l'Evangile, qu'on n'y ajouteroit point de foi ; & des Catholiques qui font avec ledit Roi de Navarre, tenez-les auffi réputés de deçà comme Hérétiques, s'ils ne demandent pardon
d'avoir encouru les cenfures Eccléfiaftiques, & du mépris qu'ils
ont fait des Monitoires, les aïant fi vilainement vilipendés. Au
furplus, je vous peux dire que fa Sainteté eft difpofée d'y mettre jufqu'à fon propre fang, qui eft le feul & fouverain remede
aux affaires de France. Que je prie Dieu vouloir profpérer &
vous donner, Monfieur, heureufe & longue vie.

De Rome ce 26 d'Octobre 1592.

Par ce Difcours, Monfieur, vous pouvez juger de quel artifice Satan s'eft aidé, pour confirmer l'Héréfie, & introduire
l'Athéïfme en ce Roïaume, jadis très Chrétien ; mais fa Sainteté y a fagement & faintement pourvû, par les défenfes qu'elle a faites audit Cardinal d'aller à elle : fi c'étoit pour traiter

des affaires du Prince de Bearn, que nous tenons pour fort mal difposé de fa perfonne à faint Denis. Dieu le veuille infpirer à un amendement de vie, & vous doint, Monfieur, en tout bonheur & contentement, fa fainte grace.

Avertiffement.

T Andis que les Chefs de la Ligue entretenoient le Peuple François, & tiroient leurs penfions de l'Efpagnol, lequel tenoit, comme on dit, le loup par les oteilles : quelques-uns du Parlement de Paris, laffés des déportemens du Duc de Mayenne, & prévoïant qu'enfin fa prétendue Lieutenance accableroit grands & petits, qui cherroient bientôt en un abyme de totale fubverfion & confufion, commencerént à lever la tête, & à demander la paix. Ce que le Lecteur connoîtra par la Lettre fuivante, écrite à un Gentilhomme, féjournant pour quelques jours à Châlons en Champagne, d'où il s'achemina tôt après, pour fuivre le Marquis de Pifani en fon voïage de Rome.

COPIE DES LETTRES

Touchant l'Etat des affaires de France.

MONSIEUR,

Vous n'aurez jamais fujet, s'il m'eft poffible, de m'accufer de pareffe & nonchalance à vous avertir à propos de la profpérité des affaires du Roi : nouvelles qui ne vous feront, je m'affure, moins agréables, que j'ai affurance de votre affection finguliere au bien, repos, & tranquillité de ce Roïaume. Vous favez en quels termes les affaires étoient dans Paris, lorfque vous êtes parti d'ici. La néceffité y croiffant à vûe d'œil, & le peuple ne voïant aucune efpérance de fortir de cette mifere ; Monfieur de Mayenne étant arrivé audit Paris en diligence, fur l'avis qu'il eut qu'on commençoit à y murmurer, a été diverfes fois conjuré par ces pauvres affligés de terminer leurs fouffrances ; & connoiffant par fes legeres excufes qu'il n'en avoit la volonté, s'étant affemblés en divers lieux, fe font réfolus de lui demander la paix. S'étant hier ledit Sieur de Mayenne trouvé en l'audience de la Grand'Chambre du Palais, fiege véritablement de justice, mais contaminé par notre propre malice, celui qu'on avoit toujours tenu le plus remuant & opiniâtre en ce parti, étant d'Orléans (1) de nom & de fait, le lieu sacré qu'il usurpoit, en qualité d'Avocat du Roi de l'Union, ne lui permit de taire la vérité. Car après avoir couru la campagne des misères de ce temps, il remarqua les plaies & ulceres du corps de cette désolée Ville : puis conclut enfin, qu'il en falloit chercher le remede en la paix ; & passant outre, dit résolument audit Sieur de Mayenne, que la nécessité les contraignoit de redemander leur foi, alléguant (sur le propos du Maître, c'est-à-dire du Roi), avec beaucoup d'assurance l'exemple de Valentinien, qui avoit été chassé par quelque temps de l'Empire, à cause de la Religion, & depuis y fut rétabli, & l'Usurpateur massacré. Jugez, s'il vous plaît, ce que promettent si bonnes paroles, proférées par celui que chacun jugeoit devoir être le dernier à la conversion. Plusieurs pareils langages se sont tenus esdites assemblées, & beaucoup plus ouvertement, étant la voix du pauvre peuple du tout disposée à la paix, & à desirer que le Roi retourne à la Messe, ce que plusieurs esperent, quoique disent du contraire les desesperés Ligueurs, qui ne sont poussés que du seul desir de vivre toujours en confusion & desordre, pour couvrir leurs damnables actions. Cette mutation ne se doit trouver plus étrange que celle qui se reconnoît de jour en jour dedans Paris, &c.

De Saint Denis, ce dernier Octobre 1592.

(1) Il est question de Louis d'Orléans, ou Dorléans, fameux Avocat de la Ligue, qui étoit de la Ville d'Orléans. Il n'est mort qu'en 1619, dans la quatre-vingt-septieme année de son âge. On a de lui un assez grand nombre d'Ouvrages en prose, & même quelques-uns en vers François. On a gravé son portrait, & on le trouve ainsi au-devant de ses

Discours & Remontrances in-4°. 1606. Avant la mort de Henri IV il s'étoit reconcilié avec ce Prince. On peut voir tout ce qu'on dit de cet Ecrivain dans la *Biblioth. Franç. ou Hist. de la Litterat. Franç.* &c, tome 15. pag. 267. & suiv. & les Remarques sur la Satyre Ménippée.

Avertiſſement.

LEs Pariſiens, réchauffés par les Remontrances des uns aux autres, crierent & importunerent tant, qu'une Aſſemblée de Ville fut tenue, de laquelle nous avons retiré ce qui s'enſuit.

REPONSE

FAITE PAR LE DUC DE MAYENNE,

En l'Aſſemblée générale tenue en la Maiſon de Ville de Paris, le jeudi 6 Novembre, ſur la propoſition de paix conclue en ſon abſence, & depuis ce 26 Octobre.

MESSIEURS,

J'ai été averti qu'il s'étoit fait ici quelques propoſitions d'envoïer vers le Roi de Navarre, pour traiter avec lui. Ce que j'ai trouvé fort étrange, pour être choſe fort contraire à ce qu'avons par enſemble juré. Toutesfois je ne l'impute pas à aucune mauvaiſe volonté qu'aient ceux qui l'ont propoſée, ains à la néceſſité très grande que chacun de vous peut avoir. Mais vous ſavez tous que j'ai déliberé faire aſſembler les Etats dans ce mois, pour pourvoir au général des affaires, & au particulier de votre Ville. Vous ſavez combien de Princes, Seigneurs & Villes, ſe ſont unis avec nous, deſquels nous ne devons, ni pouvons honnêtement nous départir : auſſi votre condition ſeroit beaucoup plus mauvaiſe de faire vos affaires ſans eux. J'eſpere que tous enſemble prendrons quelque bonne réſolution, pour laquelle exécuter, ſans avoir aucune conſidération de mon interêt particulier ; j'expoſerai (comme j'ai dit ci-devant) pour votre conſervation, très librement mon ſang & ma vie. Mais cependant je prie ceux qui ont fait telle propoſition, de s'en vouloir départir : & s'ils ne le faiſoient, j'aurois occaſion de croire qu'ils ſont mal affectionnés à notre parti, & traiter avec eux comme ennemis de notre Religion.

Avertiſſement.

IL fut arrêté en ladite Aſſemblée qu'on enverroit vers le Roi, en attendant la tenue des Etats, afin d'avoir agréable que le trafic & commerce
fût libre, tant pour la Ville de Paris, qu'autres bonnes Villes du Roïaume. Ce qui a été agréé par ledit Duc de Mayenne, encore que ce ſoit choſe qu'il n'a deſiré nullement, d'autant que cela apporteroit une trop grande
& commune converſation des uns avec les autres, qui ne pourroit produire que de très mauvais effets, contre ſon intention ; parceque le Peuple qui n'en peut plus, préféreroit toujours ce qui ſeroit de leur bien &
utilité ; aux affaires de la guerre, & par conſéquent abhorreroient ceux qui
ne tâchent que de voir leur ruine, & ſignamment les Etrangers. Et d'autant que ſur ces entrefaites, le Légat du Pape en France, fortifié des Chefs
de la Ligue, & ſelon ſes intelligences avec l'Eſpagnol, publioit des Bulles de ſédition, la Cour de Parlement ſéant à Châlons, s'y oppoſa ſelon ſon
devoir, comme s'enſuit.

ARREST

DE LA COUR DE PARLEMENT,

SEANTE A CHALONS.

*Contre le Reſcrit en forme de Bulle, adreſſé au Cardinal de Plai-
ſance (1), publié par les Rebelles de Paris au mois d'Octobre
dernier.*

SUR ce que le Procureur Général du Roi a remontré à la
Cour que les rebelles & ſéditieux, pour exécuter les méchans &
malheureux deſſeins qu'ils ont de longue main projettés, pour
uſurper cette Couronne ſur les vrais & légitimes ſucceſſeurs d'i-
celle, non contens d'avoir rempli le Roïaume de meurtres,

(1) Philippe Sega, Bolonois, Evêque de
Plaiſance, dont on a déja parlé. Le Pape
Clement VIII lui avoit adreſſé un Bref contre le droit de Henri IV au Trône de France,
& pour l'élection d'un Roi Catholique. Ce
Bref eſt du 15 Avril 1592. Il ne fut enregiſ-
tré que le 27 d'Octobre, au Parlement de
Paris ; oui ſur ce, & ce requerant, le Procureur Général. On enregiſtra le même jour
les pouvoirs donnés au Cardinal de Plaiſance ; auſſi oui ſur ce, & y conſentant, le Procureur général, avec cette réſerve : ſans préjudice de l'autorité & de la Juriſdiction roïales & des Libertés de l'Egliſe Gallicane. C'eſt
cette démarche de ceux du Parlement qui
ſiégeoient à Paris, qui donna lieu à l'Arreſt
qu'on rapporte ici.

maſſacres,

maſſacres , brigandages & pilleries , & avoir d'abondant introduit l'Eſpagnol très cruel & très pernicieux ennemi de la
France , voïant que les Habitans des Villes rebelles commençoient comme d'une longue léthargie & pamoiſon à retourner à
ſoi , & reprendre le chemin de l'obéiſſance dont Dieu & nature
les obligent envers leur Roi légitime , pour du tout amortir &
reboucher les pointes & aiguillons de la charité vers leur patrie
qui ſe réveilloient en eux , & remettre ce Roïaume en plus
grand trouble & diviſion que devant , ſe diſpoſent de procéder
à l'élection d'un Roi. Pour à laquelle donner quelque couleur ,
ils ont fait publier certain écrit en forme de Bulle, portant pouvoir & mandement au Cardinal de Plaiſance d'aſſiſter & auto-
riſer ladite prétendue élection. En quoi leſdits rebelles & ſéditieux découvrent apertement ce qu'ils ont juſqu'ici tenu caché,
& qu'ils n'ont fait que prendre le prétexte de la Religion pour
couvrir leur malheureuſe & damnable entrepriſe & conjuration.
Choſe que tout bon François Catholique doit déteſter & abhorrer comme directement contraire à la parole de Dieu, aux ſaints
Decrets, Conciles & Libertés de l'Egliſe Gallicane , & qui ouvre la porte à l'entiere ruine & éverſion de toutes polices & ſo-
cietés humaines inſtituées de Dieu , mêmement de cette tant
renommée & floriſſante Monarchie , la loi fondamentale de
laquelle conſiſte principalement en l'ordre de la ſucceſſion légitime de nos Rois , pour la conſervation de laquelle tout homme
de bien & vrai François doit expoſer ſa vie , plutôt que ſouffrir
qu'elle ſoit alterée & violée , comme le gond ſur lequel tourne
toute la certitude & repos de l'Etat. Requérant y être pourvu :

La Cour , en enterinant la Requête faite par le Procureur Général du Roi, l'a reçu & reçoit appellant comme d'abus de l'Octroi & impétration de ladite Bulle & pouvoir y contenu , publication, exécution d'icelle & tout ce qui s'en eſt enſuivi, l'a tenu
& tient pour bien relevé, ordonne que Philippes , du titre de
S. Onuphre Cardinal de Plaiſance, ſera aſſigné en icelle pour
défendre audit appel, & vaudront les exploits faits en cette Ville de Châlons à cri public & ſeront de tel effet & valeur , comme ſi faits étoient à perſonne ou domicile. Et cependant exhorte ladite Cour tous Prélats , Evêques , Princes , Seigneurs ,
Gentilshommes , Officiers & Sujets du Roi, de quelque état,
condition & qualité qu'ils ſoient , de ne ſe laiſſer aller ou gagner aux poiſons & enſorcellemens de tels rebelles & ſéditieux,

Tome V.   Z

ains demeurer au devoir de bons & naturels François, & retenir toujours l'affection & charité qu'ils doivent à leur Roi &
patrie, sans adherer aux artifices de ceux qui sous couleur de
Religion veulent envahir l'Etat & y introduire les Barbares Espagnols & autres usurpateurs ; fait très expresses inhibitions &
défenses à toutes personnes de tenir ni avoir chez soi ladite
Bulle, icelle publier, s'en aider, ou favoriser lesdits rebelles, ni
se transporter aux Villes & lieux qui pourroient être assignés
pour ladite prétendue élection, sur peines aux Nobles d'être
dégradés de Noblesse & déclarés infâmes & roturiers eux &
leur postérité, & aux Ecclésiastiques d'être déchus du possessoire
de leurs bénéfices & punis, ensemble tous contrevenans, comme criminels de Leze-Majesté & perturbateurs du repos public,
déserteurs & traîtres à leurs païs sans espérance de pouvoir obtenir à l'avenir pardon, rémission ou abolition, & à toutes Villes de recevoir lesdits rebelles & séditieux pour faire ladite
assemblée, les loger, retirer ou heberger. Ordonne ladite Cour
que le lieu où la délibération aura été prise, ensemble la Ville
où ladite assemblée se fera, seront rasés de fond en comble sans
espérance d'être réédifiés, pour perpetuelle mémoire à la postérité
de leur trahison, perfidie & infidélité ; enjoint à toutes personnes de courir sus à son de tocsin contre ceux qui se trans-
porteront en ladite Ville pour assister à icelle assemblée, & sera
commission délivrée audit Procureur Général pour informer
contre ceux qui ont été auteurs & promoteurs de tels monopo-
les & conjurations faites contre l'Etat, & qui leur ont aidé ou
favorisé. Et sera le présent Arrêt publié à son de trompe & cri
public par les carrefours de cette Ville, & envoïé par tous les
sieges de ce Ressort pour y être lû, publié & enregistré, à la
diligence des Substituts du Procureur Général, dont ils certi-
fieront la Cour dans un mois, à peine de suspension de leurs
Etats. *Fait en Parlement le 18 Novembre 1592.* (1) *A Châlons.*

(1) M. de Thou qui parle du Bref, de cet   Histoire, liv. 103, date l'Arrêt du 8 No-
Arrêt & des suites de cette affaire, dans son   vembre ; mais il est du 18.

Avertiſſement.

PEndant ces Procédures, le Duc de Bouillon ne dormoit pas, ains continuant de ſon côté à courir ſus à la Ligue, l'endommagea du côté de Lorraine, comme le Diſcours ſuivant en fait foi.

BREF DISCOURS

De ce qui eſt advenu en la priſe de la Ville de Dun, ſur le Duc de Lorraine, par le Duc de Bouillon, au commencement de Décembre 1592. (1)

COMME mon Seigneur le Duc de Bouillon, ne deſirant rien plus pour le bien & avancement des affaires du Roi, que d'emploïer le temps à propos contre les ennemis de Sa Majeſté & du repos de ſon Etat, & à cette fin faire ſervir le peu d'hommes entretenus par ſadite Majeſté ès garniſons de Sedan & Stenai, fit, quelque temps après la défaite de ſes ennemis devant Beaumont, (d'où il leva le ſiege avec peu d'hommes contre un grand nombre de Lorrains, à la perte même du feu Sieur d'Ambliſe qui les y avoit conduits, & de leurs Enſeignes, Cornettes & Artillerie) reconnoître la Ville de Dun ſur la riviere de Meuſe à huit lieues de Sedan par un des ſiens, homme aviſé & de valeur, nommé Noel Richer: lequel lui aïant rapporté la facilité qu'il avoit vue d'aborder la porte de la Ville haute & baſſe, lui fit penſer aux autres moïens de paſſer outre & entreprendre de l'emporter: aïant auſſi eu avis d'ailleurs qu'il n'y avoit que trois portes, & un rateau entre la ſeconde & la troiſieme, qui lui faiſoit juger que par la proximité deſdites portes le petard emporteroit les deux, & qu'avec des treteaux le rateau ſeroit empêché de tomber juſqu'en bas, de ſorte que par deſſous il y auroit paſſage. Ces conſidérations propoſées & diſcourues par mondit Seigneur en lui-même, il ſe réſolut de l'exécuter la nuit d'entre le Dimanche & le Lundi 6 & 7 Decembre. Et pour ce faire, il part de Sedan ſur les trois heures après midi dudit jour du Dimanche, aſſiſté de Monſieur des Autels, ſuivi des

(a) Voiez M. de Thou en ſon Hiſtoire, livre 104.

Z ij

Sieurs de Morgni , Vaudoré & Fontaines , & du Sieur de
Vandi & de Remilli avec sa Compagnie de Cavalerie : aiant
donné aux autres troupes de sesdites garnisons de Sedan & Stenai le rendez-vous à sept heures du soir du même jour au Village d'Inault , une lieue près de Stenai, lesquelles troupes étoient
lors logées en trois Villages près de Dousi à trois lieues ou environ de Sedan. Revenant (après la prise du Château de Char-
moi près Stenai) de faire une course en Lorraine & sur le Ver-
dunois , se trouverent audit rendez-vous , & aïant marché jusqu'à un quart de lieue près la Ville , mondit Seigneur fit mettre
pied à terre à tous ceux qu'il avoit choisis & élus pour donner
les premiers à l'exécution , & lors il mit l'ordre qu'il voulut y
être observé. C'est , que le susdit Noel Richer prendroit le premier petard , le Sieur Tenot Capitaine de ses Gardes le second ,
du Sault le tiers , Betu le quart , & la Chambre le cinquieme :
Deguyot, Lieutenant de Tenot, porteroit les mêches , du Sault
Capitaine d'une Compagnie de gens de pied à Stenai , & Bour-
sie avoient un treteau : après eux marchoient dix hommes armés & dix Arquebusiers de la garde de mondit Seigneur , commandés par ledit Sieur de Marri Lieutenant de Sieur d'Estivaux
Gouverneur de Sedan : puis quarante hommes armés , de la
troupe de mondit Seigneur & de celle du Sieur Fournier , commandés par le Sieur de Caumont cousin de mondit Seigneur &
du Sieur de Vandi , avec deux cents Arquebusiers , tant des
Gardes de mondit Seigneur que de la garnison de Stenai. Au
petit Fauxbourg qui est devant la porte , il y avoit depuis quelques jours quatre Soldats qui y faisoient garde , l'un desquels
appercevant Richer & Deguyot qui marchoient , leur tire une
arquebusade en leur demandant , Qui va là ? Ce qui ne les arrêta
pas , ains passerent outre. Mais incontinent , étant encore éloignés de la muraille de cinquante pas , la sentinelle leur demande , Qui va là ? Et les voïant marcher sans mot dire leur tira , &
encore deux autres après. En même temps Noel Richer leur dit
qu'ils avoient tort , & qu'il étoit un pauvre homme marchand
que les Huguenots avoient dévalisé. Le Gouverneur , nommé
Mouza , là venu à cette allarme , s'enquiert : lui marche toujours ,
de sorte que les Citadins reconnoissoient qu'il approchoit & lui
crient qu'il arrête. Lui se voïant à six pas de la porte , leur dit que
Monsieur de Bouillon vouloit dîner là dedans , & alors force
arquebusades , au son desquelles il pose son petard qui fit plus
grand bruit & fort bien son effet à la premiere porte. Il pose

l'autre à la feconde, qui fit encore bien ; mais foudain ils abba-
tent le rateau ou herfe , & d'une pierre portent Richer par
terre. Le Capitaine Tenot prend le troifieme pétard des mains
de du Sault, & le fit jouer contre le rateau , qui fit fort peu. Il
reprend le quatrieme que portoit Betu , lequel pofé fit un trou
où un homme en fe courbant fort près de terre pouvoit paffer.
Les arquebufades cependant n'étoient épargnées par les affaillis ;
& les coups de pierres , jettés inceffamment & des deux tours
étans aux deux côtés de la porte , ne manquoient à ces premiers
joueurs. Par ce trou environ foixante hommes entrent, nonobftant la vive réfiftance des affaillis , & donnent jufqu'au milieu de la Ville. Lors les ennemis font encore tomber une autre forme de rateau, qui ôta prefque le moïen de plus y entrer. Toutesfois Dieu voulut qu'une des pieces n'acheva de tomber , & par ce moïen laiffa un petit paffage , mais fi dangereux , que de vingt qui s'y hafarderent , les quinze furent bleffés. Ainfi les affaillans fe trouverent fort peu dedans , & au contraire les ennemis ralliés en divers lieux en grand nombre , y
aïant dans la Place deux Compagnies de Cavalerie & une d'Infanterie , outre quatre autres qui étoient dedans la Ville baffe ,
qui ne purent fecourir la Ville haute , leur aïant la poterne, ou
petite fauffe porte qui defcend en bas, été fermée par ceux qui
étoient ja entrés , lefquels fe purent trouver environ fix vingts
dans la Ville , où le combat dura depuis les trois heures jufqu'à
fept du matin fans que mondit Seigneur qui étoit dehors pût
favoir des nouvelles de ceux de dedans finon par les ennemis
qui étoient fur la porte, où il faifoit toujours faire de l'effort ,
& y entrer file à file, quoiqu'ils criaffent que tous les nôtres
étoient perdus. Mondit Seigneur faifoit cependant fonder par
toute la muraille où l'ennemi fe trouvoit , & les autres ne répondoient. Les combats furent fi divers & la chofe fi douteufe ,
que Monfieur de Caumont après avoir été bleffé dedans , & retiré en un logis avec trois ou quatre , les ennemis les prirent &
les garderent plus d'une heure. Autant en advint d'un autre côté
à Betu & du Sault, auxquels le Gouverneur Mouza , voïant
les chofes tournées à fon defavantage, fe rendit prifonnier , &
environ une demie heure après la pointe du jour , fuivant ce
que mondit Seigneur avoit ordonné de faire fonder la muraille ,
le Sieur de Loppes, auquel il en avoit donné ce commandement , aïant trouvé que ceux de dedans travailloient à ouvrir
la poterne, dont a été parlé , qui defcend à la Ville baffe , &

voïant qu'elle ne pouvoit être ouverte de quelque temps, se fit
apporter une échelle, où lui & quelques-uns monterent; & après,
la porte ouverte, donna passage à ceux qui le suivirent, lesquels
firent retirer tous les ennemis dedans une fort. tour proche de
la derniere porte, & au même temps que les nôtres entroient,
les Sieurs de Folquetiers Maître d'Hôtel de mondit Seigneur,
& de Tenot, furent tués d'une même mousquetade, aïant Tenot par son courage surmonté ce qu'il y avoit de plus difficile.
Là fut aussi tué le Capitaine Camus: le Sieur de Caumont fort
blessé d'une pertuisane, & Equancourt d'un coup de pierre;
Marri, Deguyot, Betu, du Sault, & plusieurs autres aussi blessés. Mais il ne se peut omettre que Tenot faisoit extrêmement
bien, renouvellant de courage, ainsi que le péril croissoit. Ont
aussi fort servi les Sieurs de la Perriere & la Tour qui y entroient,
ainsi que quelques-uns des blessés sortoient, quoiqu'il y eût un
extrême danger. Enfin sur le midi, deux qui s'étoient retirés
dans ladite tour se rendirent prisonniers de guerre, de sorte que
la Ville haute fut réduite en l'obéissance du Roi. Ceux qui
étoient en bas, étonnés de tel effet, y mirent le feu, & saisis
d'effroi s'enfuirent. Plusieurs particularités sont omises: mais
il se peut juger quelle a été l'assistance de Dieu & le courage
qu'il lui a plu donner à ceux qui y ont servi Sa Majesté: où sa
grande faveur s'est manifestement montrée, même à l'endroit
de Monseigneur, autant ou plus grande qu'en nulle autre affaire qu'il ait entreprise: quoique parmi le doux, l'amer se soit
mêlé. Il faut esperer que sa divine bonté continuera ses faveurs
aux effets qui suivront, s'il lui plaît, jusqu'à ce qu'il lui ait plu
rétablir ce Royaume en une bonne & heureuse paix, à la ruine
de ceux qui y ont fait mettre la guerre.

Avertiſſement.

AU mois de Novembre, le Sieur de Vaugrenant, commandant pour le Roi dans ſaint Jean de Laune (1) en Bourgogne, défit dix-ſept Compagnies de gens de pied à deux lieues près de Dijon, gagna leurs drapeaux, armes & bagage. Parmi ce bagage furent trouvés certains Mémoires & Inſtructions, baillés par le Duc de Nemours, au Baron de Teniſſé, pour traiter avec le Duc de Mayenne, à ce qu'il trouvât bon que ledit de Nemours fût élu Roi. C'étoient Mémoires pour l'Aſſemblée des Etats de Paris.

MEMOIRES & INSTRUCTIONS

Baillés par le Duc de Nemours (2) au Baron de Teniſſé, pour traiter avec le Duc de Mayenne, à ce qu'il trouvât bon qu'il fût élu Roi.

MONSIEUR le Baron de Teniſſé, étant de retour auprès de Monſeigneur de Mayenne, lui fera entendre la bonne volonté en laquelle il a laiſſé Monſeigneur de Nemours de ſe trouver aux Etats, & le deſir qu'il a de lui témoigner ſon affection, & l'obéiſſance qu'il veut toujours rendre à ſes commandemens.

Qu'il n'a rien maintenant en plus grande recommandation que ſa grandeur, & qu'il croit que pour cela il ne manquera jamais d'emploïer tout ce qu'il a au monde.

Car, outre le devoir qui l'y oblige, il voit que l'établiſſement de ſa maiſon, & ſon bien dépendent de-là, & ſe promet que ſi Dieu avoit fait la grace à mondit Seigneur de Mayenne de lui donner la Couronne, il commanderoit comme frere de Roi aux Armées, & paſſeroit ſes ans avec les gens de guerre,

---

(1) Ville ſur la Saone.

(2) Charles, Duc de Nemours, ſoutenu par les Eſpagnols, avoit promis à ceux-ci de faire élire l'Infante Reine de France, dans l'eſpérance qu'elle le choiſiroit pour Mari, & qu'elle partageroit le Trône avec lui, offrant néanmoins au Duc de Mayenne de lui laiſſer ſon entiere autorité. Il intrigua beaucoup pour venir à bout de ſes projets, & il mourut ſans les voir exécutés, au mois d'Août 1595. On prétend qu'il mourut empoiſonné.

comme il montre y avoir du tout le cœur , & qu'il n'a autre ambition que celle-là.

Qu'on pourroit dire que son dessein étant tel , il n'eut point
tant demeuré sans passer en France, ni délaissé Rouen , si long-
temps assiégé, sans le secourir. A quoi il repond qu'il a toujours
eu avis assuré qu'il ne se pouvoit si-tôt perdre , tant pour la force
de la Ville , que pour la bonté de tant de gens d'honneur qui
étoient dedans pour la garder, & qui plus est, il n'avoit pas
le moïen de garnir en même temps son Gouvernement de forces , & en lever d'autres pour l'accompagner, comme il convenoit.

Que si alors aussi il eut laissé ses Gouvernemens, ils demeuroient en proie à l'ennemi, aïant Lesdiguieres résolu avec M. de
Maugiron & le Colonel Alphonse, qu'il passeroit le Rhône à
Vienne, & viendroit dans le Lyonnois prendre quelque Place,
qu'il devoit faire fortifier pour attendre un Siege de six mois.
Laquelle délibération ledit Sieur de Maugiron lui a depuis confirmée.

Puis , il a toujours eu opinion que le différer fait pour M. de
Mayenne, & par plusieurs fois il l'a supplié de ne rien précipiter,
le laissant cependant de deçà gagner païs , & acquérir par ce
moïen réputation au parti.

Que quand il seroit parmi les Etrangers, toute la gloire leur
demeure des exploits qui s'y font ; ou quand il exécute quelque
chose de deçà, on dit pour le moins que c'est œuvre d'un frere de
Monsieur de Mayenne ; & acquérant quelque crédit, il en aura
plus de moïen de le servir.

Ledit sieur Baron croit aussi que c'est pour quoi il travaille,
car il lui dira que si les Espagnols étoient résolus de ne plus différer les Etats , & que par force il convînt maintenant les assembler , il s'y trouvera & en bonne foi & parole, se vantant bien
d'y mener des Seigneurs & personnages de tant d'autorité, qu'ils
n'auront pas la moindre vogue en l'Assemblée ; & pourra mondit
sieur de Mayenne s'assurer qu'ils feront tout ce qu'il voudra , &
dépendront de lui seul.

C'est la raison pour laquelle il l'a tant de fois supplié, & encore le supplie, de ne le point mander envain ; car aïant fait
obliger ces Messieurs de le suivre quand il les mandera, & de
l'assister de leur présence & voix ; il ne se promet pas de les pouvoir retenir davantage, ni aïant nul d'entr'eux qui n'ait maisons à conserver, & la plûpart femmes & famille, & ne voudroit
pas

pas que vainement Monfieur de Mayenne perdît fon travail &
leur bonne volonté.

Qu'il n'a point vu bonté ni franchife comme la fienne, ni amour de frere comme le fien : car l'aïant trouvé à l'abord un peu mal content de Monfieur de Mayenne, il a reconnu que ce n'étoit que jaloufie de ne fe voir pas comme il penfoit aimé de lui.

Et bien que mille rapports qu'on lui a faits le peuvent avoir fâché, aïant vu même par les effets que partie en étoit véritable, les aïant mis fous le pied, il étoit feulement piqué de reconnoî-tre que Monfieur de Mayenne ne faifoit pas l'état de fon amitié qu'il la penfoit mériter, mais qu'au contraire il montroit plûtôt en avoir défiance.

Et Monfieur le Baron dit, que l'aïant affuré de la bienveil-lance de Monfieur de Mayenne, de l'affection qu'il lui portoit, & de la confiance qu'il vouloit avoir en lui, il ne le vit jamais plus content, & lui proféra & jura qu'il lui feroit un bon fer-vice, ou il mourroit en la peine : qu'il reconnoiffoit alors le tra-vail qu'il avoit pris à lui acquérir de bons ferviteurs, trop dig-nement païé, puifqu'il avoit fa bonne grace ; qu'il s'affuroit de ne la perdre jamais, s'il lui faifoit ce bien de ne croire qu'à fes actions, & que fon but & fes deffeins tendroient toujours à fa grandeur & gloire.

A la même heure il fit expédier à tous fes amis, afin qu'ils miffent ordre à leur équipage pour partir quand il leur mande-roit, & fait état d'avoir une vingtaine de Seigneurs, qu'il me-nera avec lui quinze ou dix-huit cens chevaux, & quatre mille hommes de pied.

Mais il fupplie Monfieur de Mayenne de confidérer qu'il n'eft point en fon pouvoir d'y aller ainfi bien accompagné, menant toutes fes forces, & fon frere même avec lui, fans que de quel-que part il foit aidé d'une bonne fomme de deniers, car depuis un an il a fait une exceffive dépenfe pour affurer fon Gouver-nement, ruiner les intelligences qui ont été dans la Ville de Lyon, & remedier aux inconvéniens qui lui pouvoient furve-nir par tant d'artifices qui fe font faits contre lui, lefquels enfin il a tous diffipés, & par fa prudence gagné le cœur d'un cha-cun.

Que pour ce fujet il a épuifé toutes les finances que pouvoient avoir fes amis, & engagé tout fon bien : de forte qu'il ne lui refte finon les moïens de païer ce qu'il fait tenir à la garde de fondit Gouvernement.

Que maintenant il s'y eft fi bien établi, & mêmement depuis le fuccès de Dauphiné, qu'il ne craint pas qu'il en mefadvienne; mais auffi il faut par néceffité qu'il tienne des garnifons dans toutes les Places, & un corps de Cavalerie dans le païs pour le garder, tandis qu'il fera abfent, contre les deffeins qu'y pourroit faire l'ennemi.

Que cela ne fe peut faire & mettre les Troupes qu'il fait état de mener en campane, fans grands frais, & ne voit pas où il en puiffe faire fond; car il ne lui refte plus rien à vendre ou engager de fon domaine.

Pour cette caufe ledit Sieur Baron doit faire toute inftance à ce qu'il en puiffe avoir de quelque part que ce foit. S'il y a moïen auffi, faura fi mondit fieur de Mayenne eft en quelque forte lié avec les Efpagnols, & ce qu'il defire faire pour eux.

Le fuppliera auffi que dès maintenant il fe réfolve à fe faire déclarer Regent par les Etats (fi tant eft qu'il connoiffe ne pouvoir être Roi), & lui fera trouver bon de s'avancer jufqu'à Troye, où Monfeigneur ira lui baifer les mains, & conférer avec lui de fon voïage & de fes forces.

Huit ou dix jours après que Monfieur le Baron fera arrivé, ou comme il trouvera le temps & l'occafion, il doit mettre Monfieur de Mayenne fur l'élection du Roi, & lui faire entendre qu'il n'en voit aucun réuffible que lui, avec des raifons néanmoins foibles & aifées à debattre; comme feroit le crédit qu'il s'eft acquis en France, avoir toutes les forces en main, la bienveillance de fes parens, & la plûpart des Députés des Etats à fa devotion: lui demandant fur ce s'il n'a pas donné ordre par les Provinces, que ceux qui viendront dépendent entierement de lui; mais quand il touchera l'affiftance que Monfieur de Nemours lui doit donner, & l'effort que pour lui il veut faire: ce doit être avec toute la vivacité & force d'argumens, dont il fe pourra avifer pour le faire croire.

Et répondant Monfieur de Mayenne, qu'il ne penfe plus à cette grandeur, il lui demandera quelle difficulté il y trouve, & la debattant fe laiffera néanmoins aller, en forte que M. de Mayenne demeurera fur le difcours de n'y pouvoir parvenir.

Alors ledit fieur Baron repartant lui dira, que puifqu'il voit

la chofe tant defefpérée pour lui , qu'il ne demeure pas fans une
grande gloire & grande autorité ; & que faifant entendre à chacun qu'il n'a jamais defiré la Couronne pour foi , il la donne à
quelqu'un de fes plus proches parens , fe retenant cependant la
Lieutenance générale , le maniment de toutes les affaires , &
pourvoïant tous les fiens aux charges & offices de la Couronne ,
afin que tout dépende de lui.

Qu'entre tous les fiens , il n'en voit aucun qu'avec plus de confiance il puiffe élever à cette grandeur , que M. de Nemours.

C'eft un jeune Prince qui n'a le cœur qu'aux armes & à la
guerre, qui ne veut ouir parler d'affaires que quand la néceffité
lui contraint , & les laiffe toutes à deux ou trois qui font auprès
de lui, lefquels ne lui peuvent faire plus grand déplaifir que de
lui en communiquer.

Que pourvû qu'on lui donne des moïens pour entretenir la
campagne & gratifier fes Soldats, il ne veut ouir parler d'autre
chofe : de maniere que tout le maniment de l'Etat lui demeurera , & fera avec lui fa condition toute autre qu'il ne la peut
faire avec qui que ce foit , & la fera en toute affurance, où avec
les autres il y aura toujours de quoi douter.

Que Monfieur de Nemours eft Prince de très bon naturel ,
& qui aime cherement fes parens ; lui repréfentera l'amour qu'il
porte à fon frere, telle qu'elle ne peut s'égaler , & feulement comme il croit , parceque Monfieur le Marquis lui défere & le ref-
pecte un peu.

Monfieur de Mayenne pourra repliquer à cela que les Efpa-
nols ont autre deffein , que jamais ils n'y confentiront , & que
fes propres parens feront ceux de qui il y feroit traverfé.

A cela Monfieur le Baron répondra, que faffent les Efpagnols ce qu'ils voudront , il s'affure que Monfieur de Nemours
ne fe foumettra jamais à autre qu'à Monfieur de Mayenne, il
lui a ainfi protefté & juré , qu'après avoir fait pour lui tout ce
qui fera en fon pouvoir, s'il ne lui réuffit , il fe retirera en fes
Gouvernemens. Quant à fes parens , ils pourront fort peu, s'ils
s'uniffent enfemble , & Monfieur de Mayenne ne le veuille entreprendre pour lui.

Aïant ledit fieur Baron fait tout ce difcours , trouvera moïen
de voir le Préfident Janin avant que Monfieur de Mayenne lui
parle, & doit être de façon que le Préfident penfe que ce foit
fortuitement.

Il lui dira le difcours qu'il a eu avec Monfieur de Mayenne,

1592.

INSTRUCT.
DU DUC DE
NEMOURS.

lequel lui aïant dit tant de difficultés qui empêchent fa grandeur, il ne voit pas de qui il puiſſe avoir plus de ſûreté pour lui, de bien & d'honneur pour les ſiens, & plus d'établiſſement de ſon autorité & crédit, que faiſant pour Monſieur de Nemours : car outre les raiſons ci-deſſus dites, il ſe pourroit réferver tout ce qui lui plairoit, & telle autorité qu'il voudroit : Et afin de la mieux fonder, il feroit beſoin que ledit Préſident fût Chancelier, & à tous les autres ſerviteurs de Monſieur de Mayenne, qu'il connoît ne dépendre que de lui, leur donner toutes les principales charges & offices, ne laiſſant à Monſieur de Nemours que le nom de Roi, & les armées en campagne. De quoi ledit Sieur Baron s'aſſure qu'il feroit plus que content, aïant (comme dit eſt) tout ſon cœur aux armes & à la guerre.

Avertiſſement.

CE jeune Prince, pouſſé de mêmes penſées que quelques autres Chefs de la Ligue, ne concevoit que hauts deſſeins en ce temps-là, tenant de près ceux de Lyon & des environs. Mais les affaires y prirent tout autre pli que pluſieurs ne penſoient, dont s'enſuivit, en peu de mois après, la totale ruine du Duc de Nemours, & finalement ſa mort avant l'âge, comme il ſera dit en ſon endroit ci-après.

Or, comme les Ligueurs ſe promettoient grands choſes de leur Aſſemblée des Etats de Paris, & les Partiſans Eſpagnols ſe confioient que le Duc de Parme retourneroit pour la troiſieme fois avec une puiſſante Armée, pour faire un grand effort, qui couvriroit la honte des deux voïages précédents, & aſſureroit la Couronne de France ou au Roi d'Eſpagne, ou à l'Infante ſa fille, qu'on marieroit à quelque beau Prince de la Ligue : la mort coupa le filet à la vie & aux entrepriſes du Duc de Parme. De quoi & de ce qui s'enſuit, nous préſentons un Brief recit, dreſſé lors par un perſonnage bien verſé en la connoiſſance des affaires d'Etat.

DISCOURS

De ce qui est survenu après la mort du Duc de Parme, depuis le commencement de Décembre 1592, jusqu'à la fin d'icelui.

LE Duc de Parme s'étant acheminé pour venir la troisieme fois en France, avec son armée composée de sept à huit mille hommes, tant de pied que de cheval, & étant son avant-garde proche de l'arbre de Guise, s'arrêta à Arras pour y tenir les États. Il s'étoit porté fort mal depuis sa deuxieme retraite. Etant à Arras, en peu d'heures sa maladie rengregea si fort au commencement de Décembre, qu'il mourut le deuxieme jour (1). Son corps fut conduit par la garnison du lieu jusqu'à Monts, laquelle étant de retour, & voulant rentrer dans la Ville, les Habitants lui refuserent les portes. Depuis, ce corps fut conduit par la Lorraine, en Italie, & vu de plusieurs personnes, porté par le Pont-à-Mousson, suivi de cent soixante chevaux, tous en deuil. Il a ordonné, dit-on, par testament, d'être enterré en habit de Capucin.

Au même temps de sa mort, le Roi s'étant acheminé avec deux mille chevaux vers Corbie, pour, après avoir joint toutes les garnisons de Picardie, s'opposer à sa venue, & le charger à toutes propres commodités, aïant su sa mort, rebroussa chemin vers Senlis & saint Denis.

Peu auparavant cette mort, le Comte de Fuentes, Espagnol (2), & beaufrere du Duc d'Alve, passa par Nanci, & arriva peu après à Bruxelles, le Duc de Parme n'y étant plus, où il fut reçu avec beaucoup d'honneur.

Quelques jours auparavant le Duc d'Ascoli (3) étoit parti pour aller en Espagne.

(1) Alexandre Farnese, Duc de Parme, ne mourut que le Vendredi quatrieme de Décembre 1592, selon le Journal de Henri IV, où l'on ajoute, que son corps fut couvert d'un habit de Capucin, avec lequel il avoit ordonné d'être inhumé. C'étoit un des plus grands Capitaines qu'eut le Roi d'Espagne. Il étoit fils d'Octavio Farnese & de Marguerite, sœur de Philippe II, Roi d'Espagne. Voïez un détail sur sa mort & sur ce qui la suivit, & son éloge, dans l'Histoire de M. de Thou, Livre 104. Cet Historien met sa mort au deux de Décembre ; & il dit que ce Prince n'avoit qu'à peu près quarante-sept ans. Jean Sarasin, Abbé de saint Vast, à Arras, lui avoit administré l'Extrême-onction.

(2) Il se nommoit Dom Pedro Henriquez d'Azevedo, Comte de Fuentes.

(3) On en a parlé ailleurs.

Soudain après cette mort, toute l'armée qui étoit prête d'entrer en France, fut diffipée une partie, entr'autres le Regiment de Court fut trouver les Troupes de Strafbourg, les autres l'Armée de Lorraine, chacun prenant parti felon fon humeur. Ce qui refta au païs, faute de paiement de leurs foldes, fe mutine, & fe font emparés d'aucunes Places, comme de Maulbuge (1), vivant à difcrétion, & pillant & ravageant indifféremment partout, fans ordre ni difcipline.

A ce Comte de Fuentes, voulant entrer au Gouvernement, fe font oppofés (ce difent aucuns) les principaux de la Nobleffe du païs, comme le Duc d'Afcot (2), le Prince de Simai (3), le le Comte de Mansfeld (4), & autres, allégant avoir accord avec le Roi d'Efpagne, que venant la mort du Duc de Parme, ils ne feroient gouvernés que par un Seigneur du païs.

Pendant ce débat, & attendant la volonté de leur Roi, vers lequel ils ont dépêché leurs Courriers, les chofes demeurerent en furféance avec le défordre & confufion cottés ci-deffus, par la mutinerie des Soldats qui ne font pas païés.

On attend auffi audit Païs Bas, le Duc de Feria, Efpagnol, qui eft celui qui aura la charge de venir en France.

Cependant le Comte Maurice ne dort pas, lequel voïant telles confufions, par le moïen du païs de Waft, qu'il a occupé, s'eft auffi emparé d'un Fort d'importance, à trois lieues d'Anvers.

Par cette mort du Duc de Parme, plufieurs ont eftimé que les affaires de la Ligue feroient bien découfues, & renverfées, pour n'avoir l'appui qu'elle efpéroit; néanmoins on s'eft apperçu que le Duc de Mayenne, qui redoutoit plus le Prince de Parme, qu'il ne l'aimoit, & qui par fa mort a penfé avoir acquis l'autorité que le défunt lui avoit ravie, a levé les cornes, & fait plus le mauvais dans Paris qu'auparavant. Car il fe laiffoit mener à certaines conditions de paix, grandement avantageufes pour lui, fi elles n'euffent point été accompagnées de défiance, pour ne recevoir les rebuts & traverfes qu'il avoit fentis par la préfence de l'Efpagnol. Mais foudain il a changé d'humeur, fe perfuadant qu'il parviendroit à fe dire non-feulement Lieutenant-Général de la Couronne de France, mais

(1) C'eft Maubeuge.
(2) Philippe de Croy, Duc d'Arfchot.
(3) Charles de Croy, Prince de Chimay, fils du Duc d'Arfchot,

(4) Pierre-Erneft, Comte de Mansfeld, fon fils; Charles de Mansfeld fut fait Amiral,

auffi Lieutenant-Général du Roi d'Efpagne en la conquête de la France, qui font les titres qu'il a depuis peu ufurpés.

Pour ce faire il a créé le fieur de Rofne (1), Maréchal de France, & Gouverneur de l'Ifle de France; & combien que le Parlement & quelques autres s'y oppofaffent, néanmoins parlant en pleine Cour des groffes dents, & avec autorité fuprême, a fait recevoir ledit fieur de Rofne en ces deux charges, nonobftant lefdites oppofitions, & peu après l'a fait aller en Flandres, pour amener nouveau fecours: où il eft encore.

Auffi au même inftant partirent de Reims l'Archevêque de Lyon (2), le Cardinal Pelué (3), le Cardinal de Plaifance (4), Légat, & autres du Clergé, avec les Députés de Lyon & de Reims, pour fe rendre à Paris à la convocation des Etats qui fe doivent tenir audit Paris en la grande fale du Palais, ladite Affemblée depuis remife au 20 de Janvier.

Tous lefquels, comme il eft à préfumer, pour contenter ledit fieur de Mayenne, & le retenir en leur parti, lui auront offert lefdits titres & grades, & promis les faire avouer & ratifier par le Roi d'Efpagne, d'autant que ledit fieur de Mayenne a fi bien fu jouer fon rolle, qu'il fe fait maître de Paris, & des principales forces & fortereffes du lieu.

Et eft à noter qu'au Parlement de Paris y a encore cinquante-un Confeillers, tant d'Eglife que Laïcs, quatre Préfidents, & fix Maîtres des Requêtes. Les quatre Préfidents font M. Chartier, qui eft premier Préfident, & à caufe de fa vieilleffe, ne va point au Palais. Le fecond eft Hacqueville, le troifieme Nulli, le quatrieme le Maître.

Plufieurs dans Paris defirent la paix, & la demandent tout haut, autres y ajoutent une queue, pourvû que le Roi fe faffe Catholique; mais le fieur de Mayenne les a fi bien enjollés & endormis, & intimidés auffi, que ce langage ne fe tient qu'en fecret & avec crainte.

Eft avenu que la veille de Noel ledit fieur de Mayenne fit brûler publiquement fur les degrés du Palais, la Ville étant toute en armes, un Arrêt de la Cour de Parlement de Châlons, fait contre l'Affemblée qui fe devoit tenir à Paris, pour l'élec-

(1) On en a déja parlé.
(2) C'étoit alors Pierre d'Efpinac.
(3) Nicolas de Pellevé, fait Cardinal par Pie V, & Archevêque par la Ligue. Il prit le titre de Légat né du faint Siege, & promul-gua en France la Bulle apportée par le Nonce Landriano, laquelle déclaroit exempts de cenfure les Clercs qui porteroient les armes pour la défenfe de la Foi.
(4) Philippe de Sega, dont on a déja parlé.

tion d'un nouveau Roi, suivant la Bulle supposée, & comme l'on dit, falsifiée par le Légat de Plaisance, avec expresse charge de brûler le lieu où ladite Assemblée se feroit, & le raser, en signe d'infamie, dont les Parisiens ont été fort offensés.

Et combien que le Mandement dudit sieur de Mayenne ne soit que pour la manutention de la Religion Catholique Romaine, & pour le bien & repos de la France, néanmoins le Parlement par sa commission & mandement a ajouté, que c'est pour procéder à la Déclaration d'un Roi Catholique & François.

A cette Election, il y a de la brigue & concurrence. Le jeune Duc de Guise, se disant fils de l'aîné de la Maison de Guise, y prétend le premier lieu : après lui le Duc de Mayenne, puis le Duc de Nemours. *Item* le Marquis du Pont, le Duc de Savoie ; & finalement il y en a qui veulent y introduire un tiers parti. Le temps découvrira tout.

Le Roi d'Espagne est bien aise de favoriser tels brouillons en leurs desseins, pour toujours travailler la France, & lasser le Roi, s'assurant que comme il a fait les Ligueurs, & qu'ils sont ses Pensionnaires, aussi qu'il saura bien en temps & lieu opportun les défaire & ruiner, pour se faire Roi de France, si le pouvoir répond à la volonté.

Pendant toutes ces pratiques le Roi est à Chartres, qui aussi de son côté se résoud faire une autre Assemblée des principaux de son Roïaume, & leur proposer plusieurs choses de grande importance, qui me sont inconnues.

Son Armée étoit en Beausse, conduite par Monsieur de Nevers, Lieutenant-Général en ladite Armée, qui a fait peu de choses. Enfin Angers a été rendu à l'obéissance du Roi, par le moïen de quatre mille écus qu'on a donnés au Capitaine qui étoit dedans.

Le Roi va avec ce qu'il a de forces, attendant le jour de l'Assemblée de Chartres, qui est au 20 de Janvier, vers le pont de l'Arche, pour reprendre le Château qui incommode fort la Ville.

Là s'achemine le Maréchal d'Aumont avec quatre mille Fantassins & sept ou huit cents chevaux, après avoir levé le Siége de devant Rochefort, lieu bien fort à trois lieues d'Angers, contre lequel Rochefort le Prince de Conti & ledit Maréchal d'Aumont ont tiré plus de trois mille coups de canon.

D'autre

D'autre part le Duc de Bouillon fait vivement la guerre au Duc de Lorraine, aïant pris Dun fur Meûze, au-deffus de Stenai.

Auffi Champagnac, Gouverneur de Rocroi, aïant défiance des deux Pemols, freres, dont l'aîné vouloit empiéter fon gouvernement, par la faveur de Monfieur de Guife & de faint Paul, a chaffé lefdits Pemols, & ceux de leur parti, hors de la Place, & s'en eft fait maître, réfolu de prendre le parti de Sa Majefté, vers laquelle il a envoïé, & offert faire ferment à Monfieur de Nevers. Il y a là-dedans force vins, harengs, morües appartenants à ceux de Reims. Il y a auffi force artillerie & force munitions.

Avertiffement.

L'Année mil cinq cent quatre-vingt & treize eft mémorable entre les autres, pour les révolutions qui y furvinrent. Avant que venir aux nouveaux efforts de la Ligue contre le Roi en l'Affemblée des Etats de Paris, pour tranfporter la Couronne fur une tête illégitime & étrangère, nous préfenterons le Traité écrit au commencement de l'an, & tôt après publié, comme s'enfuit.

TRAITÉ
EN FORME D'APOLOGIE,

Pour les François faifant profeffion de la Religion reformée,
contre les calomnies & impoftures des Miniftres du Siége Papal.
Envoïé par un Gentilhomme François à un Seigneur Catholique,
fon ami (1).

A MONSIEUR D. M. L. F. L. N.

JE ne me voudrois point ingérer en cette excufe & défenfe pour nos François, qui font profeffion de la Religion Réfor-

(1) Cet Ecrit eft d'un Calvinifte affez modéré, mais qui parle fuivant fes préjugés. Il impute à l'Eglife Catholique ce dont elle n'eft point coupable, & tâche en vain de juftifier les prétendus Réformés fur leur fépa- ration d'avec l'Eglife Romaine, & fur leur éloignement pour des vérités effentielles fans la croïance defquelles on ne peut être enfant de l'Eglife.

Tome V. Bb

mée, ni ne me mettrois en peine de manifester derechef leur
Religion & créance, pour en faire comparaison aux excès des
Papes, & de ceux qui suivent la doctrine Romaine, après tant
de doctes écrits publiés sur cette matiere, par personnages auxquels je ne suis digne de me joindre en ce regard : si ce n'étoit
que je m'apperçois & connois tous les jours plus, & même par
fréquentation de plusieurs de votre Religion, que j'ai eue en
ces voïages, où je vous ai rencontré cette année derniere, que
la plûpart de la Noblesse & du Peuple y parle de la Religion par
ouï dire, & à la volée, sans se soucier de s'informer au vrai,
soit par la lecture des bons livres, soit par conference avec gens
d'honneur & de savoir, du droit en cette cause : & même que
plusieurs, autrement modestes & gracieux, sont impatiens de
lire les longs traités, & ont les noms des Auteurs, & les lieux
dont ils sortent, suspects & presque odieux : ce qui leur fait
un tort inestimable. Le commun & général en est logé là : mais
il est outre ce éveillé & éguillonné par les abbois des Prêcheurs
sans piété, qui l'entretiennent en fureur, & est détourné de
tout opportun remede, par les menées de divers Ministres de
la Papauté envieux & malins. Bref, il est évident à ceux qui en
ce temps vont par la France, que cette querelle de la Religion
y est nourrie avec plus de dédain & de haine ès cœurs de grande partie de ceux qui s'appellent Catholiques, que onques auparavant elle n'a été : comme une semence propre à renouveller
les dissensions civiles, à l'appetit de ceux qui s'y complaisent
tant de l'un que de l'autre partie & tout par faute, à mon avis,
de savoir que c'est que des Religions, & encore plus par l'ignorance de ce que requiert l'état de ce Roïaume travaillé de tant
de miseres, & de ce qui seroit même nécessaire au soutenement
de chacune maison & famille. C'est horreur & grande absur-
dité de voir que la feinte Religion y serve de couverture aux
ambitieux, & à toutes leurs mauvaises convoitises, pour maintenir l'Etat en troubles : & qu'il soit donné crédit à certaines
gens, nonobstant infinis sacrileges, impudiques propos, &
tyranniques déportemens qu'un chacun oit & éprouve d'eux.
Est-ce signe de cervaux bien composés, d'estimer que la Religion ait lieu, où la Justice est renversée, l'honnêteté en mépris, la loïauté bannie, & en somme, où les hommes de toutes
conditions se sont dépouillés d'humanité, & d'amour naturelle,
& de tout respect, pour satisfaire à leurs violens appetits ? Non,

Monfieur, cela ne peut être (1). Croïez que la Police fert en certaine façon de rudimens de la Religion, & que là où l'on l'a méprifée & diffipée la piété ne fe peut loger. M'aïant donc les raifons fufdites ramené cette indignité devant les yeux de l'ame, & les dangers merveilleux qu'elle couve, & retenant ici, où je fuis un peu en repos en ma maifon, vive en moi la mémoire de l'amitié dont vous m'avez honoré de long temps, & même tout fraîchement, il m'a femblé convenable d'en reprendre le propos avec vous par cet écrit : comme fouvent il nous eft advenu d'en parler de bouche étant enfemble, mais poffible avec peu de fruit, à raifon des fâcheufes affaires qui venoient traverfer nos devis. Partant je vous veux propofer brievement & fommairement, de peur qu'un trop long difcours ne tente votre patience, car vous êtes François, ce que les Eglifes réformées tiennent & croient de Dieu & de fes faits; & quelles caufes elles ont eues de fe retirer de la Compagnie de celle que vous appellez Catholique, Apoftolique & Romaine. Eftimant auffi que l'Auteur, que vous connoiffez, lequel vous avez honoré du nom de pere, & dont en plufieurs bons affaires, voire tels qui n'étoient pas du tout éloignés de cet argument, vous avez daigné croire le confeil avec contentement, ne vous peut être fufpect de fraude, ni poffible d'ignorance en ces chofes. Par-là vous vous pourrez mettre en train, de vous certifier affez tôt, que ceux de la Religion reformée en France, ne font ni Hérétiques, ni Schifmatiques (2), & que ceux qui les ont publiés pour tels font impofteurs, qui n'effaient finon d'émouvoir troubles au monde par calomnies, afin de jouir parmi iceux de leurs commodités, & retenir leur mal ufurpée & tyrannique autorité, fur les Peuples & fur leurs Princes; & qu'en tout ce qui concerne la vie avenir, ils vous déchoient par fables & menfonges. Et fi en lifant vous relâchez aucunement de cette vivacité & promptitude Françoife, (qui eft à la vérité vertu quelquefois, & fort utile aux exploits de la guerre, mais retarde fouvent, ou empêche le jugement en l'examen de la raifon,) vous connoîtrez évidemment que ces calomniateurs téméraires font eux-mêmes infectés d'Héréfies,

---

(1) La Foi & la vraie Religion peuvent fubfifter au milieu de tous fes défauts; mais ceux-ci font feulement oppofés à la pratique & à l'efprit de la vraie Religion.

(2) On eft cependant hérétique quand on refufe opiniâtrement de croire des vérités ef-

fentielles qui ont toujours été enfeignées & crues; & l'on eft fchifmatique quand on fe fépare de l'unité : or, c'eft le double cas des prétendus Réformés. D'où il fuit qu'on ne peut les décharger ni d'héréfie, ni de Schifme.

B b ij

voire telles qu'on les doit plûtôt nommer infidélités & Athéïſ-
mes ; que par eux-ſeuls les diſcordes civiles étant éventées, &
enflammées, ils font aiguiſer aux François les inſtrumens de
leur ruine, dont le blâme vous peut toucher. De quoi étant
averti, vous en pourrez auſſi admoneſter vos ſemblables, &
tous enſemble vous diſpoſer à la paix : & d'aider à cette fin,
comme il convient à notre Roi, à rétablir la Majeſté de ſa Couronne, par une droite police, appuïée de Juſtice, dont s'enſui-
vra bientôt accord, & union en la Religion, & vous en acquer-
rez un honneur incomparable.

Sachez doncques, Monſieur, qu'en ce qui concerne le blâme
d'Héréſie, dont les Egliſes réformées de France ſont diffamées
par le Pape & ſes Adhérens, elles ont pour défenſe les ſaintes
Ecritures, & la vraie Egliſe Catholique.

I. Selon laquelle elles croient, confeſſent, & adorent un ſeul
Dieu, éternel, immortel, inviſible, pure & ſimple eſſence, tout-
puiſſant, tout bon & tout ſage, Créateur du Ciel & de la Terre,
& de toutes choſes viſibles & inviſibles (1).

II. Que bien faire, c'eſt obéir à Dieu en ce qu'il approuve comme bon ; & mal faire, c'eſt lui déſobéir.

III. Tiennent que rien ne ſe fait ſans la volonté ou ordonnance
de Dieu, & toutesfois que l'on ne peut dire que le mal ſoit œuvre
de Dieu, en tant qu'il eſt mal.

IV. Sont inſtruites, & ſavent que l'homme fut créé par lui au
commencement bon, aïant droite intelligence, en laquelle étoit
infuſe une droite connoiſſance de la volonté de ſon Créateur, &
que ſon vouloir étoit lors obtempérant à la raiſon, muable toutesfois, & libre de ſuivre le bien ou le mal, c'eſt-à-dire d'obéir
ou déſobéir à Dieu.

V. Mais uſant mal de ſa liberté en péchant, il la perdit ; &
devint ſon intelligence ténébreuſe, voire aveugle en la connoiſſance de Dieu, & ſe fit ſa volonté rebelle au bien, aimant &
pourſuivant le mal, & en cette condition ſommes-nous tous engendrés.

VI. Quant aux myſteres de notre Rédemption, ces Egliſes
réformées enſeignées par la parole de l'Eternel, écrite par ſes
Prophétes & Apôtres, & animées par ſon ſaint Eſprit, les con-
çoient & croient ainſi que s'enſuit.

(a) Un Déïſte peut en dire autant.

1592.
APOLOGIE
POUR LES PRO-
TESTANS.

VII. Dieu auquel iniquité déplaît, & la punit, assujettit l'homme pécheur à la mort premiere & seconde; mais comme il est miséricordieux aussi souverainement que juste, il tendit à sa créature la main aussitôt qu'elle eut failli, & lui fit promesse de sa restauration, & à sa postérité en plusieurs générations au Messias.

VIII. Il sait & connoît le nombre de ceux qu'il a élus à salut avant que le monde fût créé, pour faire reluire en iceux sa miséricorde, laissant les autres en leur corruption, afin de montrer en leur damnation sa justice. Aucun cependant ne se peut plaindre de Dieu; car s'il lui eût plu de condamner toute la race d'Adam à la mort éternelle, l'Arrêt eut été très juste, d'autant que tous sont coupables : non-seulement par vice héréditaire, mais aussi volontaire, dès qu'ils sont en état d'user de quelque volonté. De ces Elus est composée la vraie Eglise.

IX. L'homme naturel retient encore quelque discrétion de bien & de mal, ou plûtôt de vertu & de vice en l'usage de cette vie; mais cela sert plus à le convaincre & condamner; parceque de soi-même il ne peut vouloir le bien, ains se complaît au mal qui lui est familier, & le suit par propre affection. Joint qu'il erre en la contemplation du vrai Dieu, & ignore son service s'il ne l'apprend de lui; étant tout ce qu'il peut avoir de clarté, & d'appréhension de la grandeur de Dieu aussi-tôt accablé de ténebres, qu'il cuide s'élever sans l'adresse de sa parole, & de son saint Esprit.

X. Dieu pour faire tant plus connoître à l'homme sa condition malheureuse, lui ôter toute excuse, & quant & quant donner aux siens occasion de reconnoître, par leur inhabilité à bien faire, la grace qu'il recevoit au Messias promis, rafraîchie par Moïse, publia sa Loi morale, miroir de parfaite justice, déja connue par les Peres, commandant que l'on observât & accomplît toute, avec promesse de salut. Toute, dis-je, sans en laisser un seul point; car qui faut en un commandement, est coupable de toute la Loi.

XI. Deux moïens salutaires ont donc été proposés à l'homme; l'un de la Loi & des œuvres, lequel s'il eût pu suivre, & accomplir parfaitement ce qu'elle enjoint, Dieu eût été tenu de lui bailler le loïer de la vie, l'aïant ainsi promis. Mais comme c'étoit chose impossible à l'homme conçu & né en péché, aussi n'a-ce pas été l'intention du Seigneur de le sauver par-là. Mais

il lui a proposé sa Loi, afin de l'amener à sa grace & lui donner adresse à l'autre voie & vrai moïen de salut, qui est celui
de la Foi. C'est quand l'homme essaïant de bien faire, non
pas selon sa fantaisie, notez, mais selon qu'il lui est commandé de Dieu, & connoissant qu'il lui est impossible de se sauver par ses œuvres, toutes tachées du venin de sa concupis-
cence, quelque bien affectionné qu'il soit, il a recours à la miséricorde de son Créateur; & persistant en cette affection de
bien œuvrer, s'assure sur la justice du Messias promis, croïant
qu'elle lui sera imputée, & qu'il en sera revêtu, ses péchés
étant anéantis par l'entiere obéissance & satisfaction d'icelui.

XII. Par ainsi il y a grande différence entre ces deux voies.
Néanmoins elles sont tellement alliées, qu'elles s'accouplent
perpétuellement, & s'entr'accompagnent inséparablement. Parceque comme il est certain que les œuvres sans la Foi ne valent rien, aussi ne fait pas la Foi sans les œuvres. Non pas
telles que nous les pourrions concevoir en nos fantaisies, mais
selon qu'elles sont comprises & déclarées en la Loi de Dieu.
Dont le sommaire est, d'aimer son Créateur de tout son cœur &
de toute son ame, & son prochain comme soi-même.

XIII. Mais combien que la Foi sans les œuvres soit dite morte,
feinte & abusive, si ne faut-il pas attribuer aux œuvres humaines
sainteté ni justice aucune, qui les puisse faire agréer à Dieu;
car s'il regarde à la source d'icelles & aux affections des œu-
vrans, il les trouvera toutes polluées. Ains faut croire que ce
que Dieu les alloue & reçoit, vient de la seule Foi au Médiateur, qui est sans doute la racine de tout bien en nous.

XIV. La Foi dont il est question, n'est pas simplement
historiale, ni une Foi enveloppée confusément en certaine
croïance générale, mais c'est un don de Dieu, par lequel le
fidele appliquant à soi la doctrine de l'Evangile, s'assure de
son salut & embrasse le Messias. En quoi Dieu de pure grace
prévient l'homme & le mene par icelle à son salut, nonobstant que de son naturel il y repugne, & en cela apparoît un
amour admirable & infinie bonté du Créateur envers sa créature.

XV. Par cette Foi Dieu habite en nous & nous régénere
par son saint Esprit, selon telle mesure qu'il lui plaît, lequel fait que nous l'aimons, & desirons de faire sa volonté, & comme il nous donne le vouloir de bien faire en lui

obéiffant , auffi de lui recevons-nous la vertu & grace de le
faire. Par ce moïen , l'homme régénéré, commence à recouvrer fon affranchiffement de la captivité de péché & de
la mort, & la faculté de bien œuvrer , qu'il avoit du tout
perdue.

XVI. Si eft-ce que tant que nous fommes vivans en ce corps
mortel, il y a débat entre la chair, qui eft-ce qui refte de l'homme non régénéré, & l'efprit, à favoir la partie régénérée : voire fi
violent, que fouvent l'efprit trébuche, mais il eft relevé par
repentance & reprend les erres de l'efprit de Dieu, fanctifiant fes
defirs & fes œuvres. Par tant elles font reçues par grace , Dieu
leur imputant la juftice du Meffias, lequel a accompli la Loi
en parfaite obéiffance , & par la mort qu'il a foufferte a effacé
nos coulpes, & porté la peine de l'ire de Dieu, qui étoit due à
icelles.

XVII. Or le moïen, que Dieu a tenu pour nous faire jouïf-
fans de fa grace en cette mifere où nous étions précipités, eft
admirable entre toutes fes œuvres, & par-deffus tout ce qui en
a été révélé aux hommes. Car aïant décrété avant tous fiecles
de bâtir fon Eglife par la reftauration du genre humain & d'u-
fer de miféricorde envers fes créatures rebelles, il a fait au temps
ordonné, & fuivant la promeffe qu'il en avoit faite dès le commencement, un homme de la propre fubftance ou femence d'A-
dam, mais tellement purifiée par fon Efprit, qu'en lui ne s'eft
trouvée tache ni macule, & fi a été dès le moment de fa conception & formation au ventre de la Vierge (fans qu'aucune
œuvre virile y foit intervenue) cet homme divin reçu par la
Déité (qu'il faut confidérer par la Perfonne du Fils) & uni
inféparablement à icelle. Tellement que Dieu & l'homme en
leurs natures parfaites, diftinctes, mais non féparées & fans aucune confufion d'icelles, ni de leurs propriétés effentielles,
ne font qu'une fubfiftance, ou une perfonne, en celui qui a
été nommé Jefus-Chrift ; lequel nous reconnoiffons être Fils
Eternel de Dieu Eternel, quant à la Déité : & pour le regard
de fon humanité, croïons qu'il eft Créature de Dieu, venu de
la femence de David, d'Abraham, & par conféquent d'A-
dam. En fomme, qu'il eft Homme-Dieu en unité de perfonne : Myftere très haut, inconnu, & incompréhenfible à
Nature, c'eft-à-dire à toutes Créatures, & feulement appréhendé par Foi.

XVIII. Ceftui-ci eft le vrai Meffias, promis dès le commen-

cement du monde, figuré par divers facrifices & cérémonies
aux Patriarches, & puis entre le Peuple d'Ifrael (lequel repréfentoit l'Eglife Catholique, féparée d'avec le refte du monde)
montré par les Prophétes, & réalement & actuellement exhi-
bé au temps ordonné : duquel l'office eft de moïenner la paix
entre Dieu & les hommes, offrant foi-même Hoftie pure &
fans tache, en facrifice de bonne odeur, pour fatisfaire à la
juftice de Dieu, pour les pechés des Croïans : d'enfeigner parfaitement la volonté de Dieu fon pere, & fa pure Religion :
régir les cœurs, dompter les affections perverfes en fes élus,
abattre toute puiffance qui s'éleve ou eft contraire à Dieu fon
pere, & finalement recueillir fon Eglife au Ciel, & la faire
jouir de fa gloire éternelle. Pour cela eft-il appellé Roi, Prophéte, Sacrificateur fouverain, Meffias ou Chrift. Lefquelles
chofes il a fidelement accomplies, & les ratifie tous les jours.
& converfant entre les hommes en terre, s'eft propofé exemple très parfait d'innocence & d'obéiffance volontaire, priant
& enfeignant, & fe montrant pourvu de fi grande charité,
qu'il a voulu fouffrir mort ignominieufe, & fubir le jugement
de Dieu, pour fatisfaire aux dettes & coulpes de fes ennemis :
oppofant fa juftice à l'iniquité de la mort & de l'Enfer, qui
n'avoient droit aucun fur lui, & par leurs propres armes abat-
tant leur puiffance : (c'eft la defcente aux Enfers que nous
confeffons). Par quoi il eft reffufcité victorieux, en fa propre
chair, où il a été vu & touché par plufieurs, & plufieurs jours.
Par ces actes folides aïant mis fin à toutes les ceremonies &
facrifices de l'ancienne Loi, ordonnés à temps (1), il eft monté
vifiblement au Ciel, glorieux & triomphant, aïant accompli
toute juftice. Ce font les arrhes de notre félicité, de la réfurrection de notre chair, & participation des biens céleftes, qu'il a
promis aux fiens : d'autant que par l'inftrument de la foi, &
par étroit mariage fpirituel nous fommes faits chair de la chair,
& os des os de Jefus-Chrift, voire un corps myftique avec lui-
même.

XIX. Là il fied à la dextre de Dieu fon pere : c'eft-à-dire,
que toute puiffance lui eft donnée au Ciel & en Terre. Ce qui
n'eft dit d'autre créature que de lui. Partant c'eft de lui-feul &
par lui que nous devons attendre tout ce qui nous eft néceffaire :
même d'autant qu'il continue *illec* (2) en fon Office de Média-

(1) C'eft à-dire, ordonnés pour un temps fixé, limité.
(2) Là, au Ciel où il eft monté après fa Réfurrection, *illec* vient du Latin *illic* ; là, adverbe
teur.

teur, feul ordonné entre Dieu & les hommes. entrevient (1) pour fes Fidéles, & leur donne accès avec affurance, jufqu'au Trône de la Majefté de Dieu, pour obtenir tout ce qu'ils lui demanderont en fon nom.

XX. Par lui & en lui feul peut être connue la Déité, laquelle aucun ne vit onques, & entendu les effets d'icelle envers fes créatures: car en la contemplation de cette caufe premiere, infinie très libre, une, pure, fimple, permanente, & immuable, l'efprit humain eft rabbattu, s'il ne s'arrête du tout en Chrift. Lequel étant la fageffe de Dieu, par laquelle il a fait & créé le monde, & le maintient, il a joint l'homme à Dieu en une perfonne, rendant par-là la créature capable & intelligente des chofes divines. Et même nous, qui fommes venus ès derniers temps, pouvons à plein & avec grand appui confiderer en fon humanité les affections attribuées par les Ecritures à Dieu, qui femblent dénoter diverfité & changement : comme d'être miféricordieux & benin, jaloux de fa gloire, puniffant iniquité, foit courrouçant, foit repentant. Lefquelles chofes étant en Jefus-Chrift qualités, mais reglées felon le décret éternel de la Déité, où il il réfide inféparablement, & dont il eft Miniftre, il exerce felon icelles à préfent, & par cette toute-puiffance qui lui eft donnée, jugement & juftice en ce monde. En quoi nous avons grand avantage, au prix des anciens Fideles, qui ont compris les effets du fouverain Créateur avec moins de clarté : rapportant néanmoins par foi tout ce qu'ils en experimentoient, & ce qui leur en étoit prédit au même Jefus-Chrift à venir, comme à un centre où il fe faut arrêter, fans s'enquerir plus outre, ni plus haut des œuvres de Dieu, lequel ne reçoit aucune mefure de temps, & en lui n'y a paffé ni futur, mais lui font toutes chofes préfentes.

XXI. Ce Sauveur Jefus-Chrift partant d'ici-bas, a promis à fes Elûs, qui travaillent parmi les tentations, dangers, & autres infirmités de cette vie, d'être avec eux (à favoir par fon affiftance), & les accompagner jufqu'à la confommation du monde : régir & gouverner fon Eglife, & l'inftruire par fon Saint Efprit : vertu procédante du Pere & du Fils, & un Dieu avec iceux. Ce qu'il a accompli, & accomplit tous les jours, la garantiffant oculairement des aguets & violences des tyrans vifibles & invifibles, qui s'efforcent de la détruire, & lefquels

(3) *entrevient*, pour interviens.

Tome V.   C c

feront par lui jugés. Car c'eft à lui feul à qui appartient de faire
le dernier & définitif jugement des vivans & des morts, rendant
à chacun felon fes œuvres.

XXII. Par ces effets, qui font patens (1) à l'Eglife de Dieu,
témoignés par les faints écrits des Prophetes & Apôtres, font
remarquées en la feule, une & fimple Déïté, trois Subfiftances,
que nous appellons Perfonnes, lefquelles il faut en cette unité
d'effence, confiderer diftinctement entr'elles, & réellement,
fans aucune compofition ni confufion ∷ C'eft à favoir le Pere,
origine de ces perfonnes: le Fils, qui eft fa fageffe coéternelle, en-
gendrée du Pere, par communication entiere de cette unique effence, par génération divine & incompréhenfible ; fa fageffe, dis-je,
par laquelle il a créé toutes chofes, s'eft fait connoître & comprendre aux créatures, & a reftauré l'homme, recueillant en
Jefus-Chrift le corps de fon Eglife ∷ & le Saint Efprit, vertu
& puiffance auffi coeffentielle & coéternelle, procédant du
Pere & du Fils, régiffant, comme dit eft, cette Eglife pure &
fainte.

XXIII. Or eft ce mot d'Eglife diverfement pris ès Ecritures ; car proprement par icelui s'entend la compagnie des Saints
Elûs de Dieu, qui compofent le corps myftique de Jefus-Chrift
entier & univerfel. Ou par Eglife s'entendent les parties d'i-
celle, qui font éparfes en divers lieux par toute la terre. Quelquefois Eglife fe prend pour chaque Congrégation vifible de
ceux qui fe difent Chrétiens, en certain lieu ; fouvent auffi par
ce mot, l'on entend les Confiftoires des Pafteurs & Anciens. Et
par fois il eft attribué à une feule famille fidelle. Toutes lefquelles différences doivent être notées & entendues, parceque
tout ce qui s'attribue & eft dit de l'Eglife en un fens, ne lui peut
convenir en tous.

XXIV. L'Eglife proprement prife, & felon fa vraie fignifica-
tion, dont les membres font élûs avant la conftitution du monde, eft appellée Catholique, parcequ'elle comprend tous les
Fideles, tant morts que vivans, & qui vivront par ci-après. Laquelle ne fera accomplie en fon entier, finon après que Jefus-
Chrift aura jugé le monde. Alors étant recueillie avec les Saints
Anges fous ce Chef glorieux, à favoir le même Jefus-Chrift
Homme-Dieu, elle aura fa perfection en Dieu. Elle eft auffi
dite Catholique, qui fignifie univerfelle, pour le regard des

(1) C'eft-à-dire connus, découverts ; dû des *Lettres Patentes*, parcequ'elles font
làtin *patere*. : C'eft en ce fens que l'on dit données ouvertes & non-clofes.

1592.

APOLOGIE
POUR LES PRO-
TESTANS.

Fideles qui vivent épars par toute la terre, élûs de Dieu, pré-
destinés à salut, & appellés en Jesus-Chrift, de toutes nations
& entre toutes conditions d'hommes, depuis Adam jufqu'aux
derniers vivans en ce monde. Appellés, dis-je, plus obfcurement, ou couvertement, avant la venue du Fils de Dieu en
chair, mais plus ouvertement après fa réfurrection & afcen-
fion, par la vocation des Gentils. Tous lefquels Fideles &
Croïans, font fait pierres vives, fervans à la maifon de Dieu,
& en édification d'icelle, & connus par le Médiateur qui les a
reçus du Pere, & dont il ne s'en perdra aucun. Or ne peut cette
Eglife Catholique être vûe par l'homme mortel, ni toute, ni
même clairement en fes parties & membres : moins regie &
gouvernée par aucune puiffance, pourvoiance, ni follicitude
humaine; en la façon que nous veut forcer de croire le Pape (1); car même en tant qu'elle eft en terre, travaillée parmi
les infirmités de cette vie, où elle ne cherche rien de terreftre,
elle a befoin d'un Chef fpirituel, qui connoiffe fes intentions
& affections fpirituelles, où elle eft du tout arrêtée, & qui foit
puiffant & pénétrant par toutes les contrées de cet univers,
pour apporter connoiffance, conftance & confolations aux cœurs
& ames fideles, & les retirer intérieurement des fentiers tortus de
ce monde, pour les conduire droit au Ciel (2). A quoi la vertu
& capacité humaine défaut, & ne font ces effets aucunement
de la faculté du Miniftre Eccléfiaftique ordinaire. Au refte,
cette Eglife Catholique, entendue, comme dit eft, eft l'Epoufe
de Jefus-Chrift, fa bien-aimée, pure, nette, & fans macule en
lui, colonne & fondement de vérité, connoiffant fon Epoux,
& ne regardant à autre; par qui auffi elle eft feulement connue,
& hors laquelle n'y a point de falut.

XXV. Quant aux Congrégations vifibles qui fe font en chaque lieu, par ceux qui fe nomment Chrétiens au monde, elles
peuvent bien être membres & parties de cette Eglife Catholique; & les doit-on, felon charité, tenir pour telles & s'y ranger, fi tant eft qu'elles portent les marques & la livrée de l'E-
poux; à chacune defquelles font convenablement ordonnés
certains Pafteurs, ou Miniftres, pour les inftruire & les ad-
dreffer au Ciel par la prédication de la parole de Dieu, & l'ad-

(1) L'enfeignement des Papes n'eft point
contraire à cette Doctrine; & l'on admet à
Rome, comme ailleurs, ces différentes interprétations du mot, Eglife.

(2) Cela n'empêche point que l'Eglife,
ou la Société des Fideles, n'ait auffi befoin
d'un Chef vifible.

miniftration des Sacremens inftitués par Jefus-Chrift. Au Ciel,
dis-je, où nous devons à préfent tous chercher le Médiateur,
& notre plege (1), le connoître en efprit, & l'appréhender par
foi. Defquels myfteres iceux Pafteurs font appellés Miniftres &
difpenfateurs, auxquels il eft enjoint de paître le troupeau de
Jefus-Chrift, veiller fur icelui, non point comme mercenaires
pour le gain, mais volontairement & fidelement, ni comme
aïant Seigneurie, ains tellement que leur exemple acquierre poids
& autorité à la doctrine qu'ils annoncent. Avec cela, humilité, mépris des grandeurs mondaines, & perfécutions, font fignes infaillibles de la pureté & perfection de ces Eglifes vifibles, qui doivent fuivre en ces chofes leur Chef & Maître éternel, lorfqu'il a converfé
au monde, dont il a protefté haut & clair que fon Roïaume n'eft
point, & a prédit aux fiens qu'ils devoient cheminer en cette terre
en crainte, & parmi diverfes tentations & tribulations, haïs & perfecutés du monde parcequ'ils ne font pas du monde. Par quoi là
où ces marques font, il faut oftimer que Dieu eft; & n'eft licite de
fe féparer de telles Eglifes, encore qu'il y puiffe avoir des vices,
& fouvent de l'ignorance en aucuns points, procedante d'infirmité, mais non affectée foit aux Pafteurs, foit aux brebis, où
toutesfois le Chrétien doit être fur fes gardes, & advifer au fondement effentiel de la doctrine, qui doit demeurer immuable:
& nonobftant même que plufieurs hypocrites réprouvés, n'appartenans point à l'Eglife Catholique, fe fourent, & fourmil-
lent parmi ces Eglifes particulieres, lefquels nous comparons à
des verrues, ou telles fuperfluités qui font au corps humain,
mais n'en font pas parties ni membres: defquels le jugement
eft à Dieu, qui feul connoît les cœurs, & fonde les penfées.

XXVI. Mais là où l'on préfume d'aftraindre les confciences
aux inventions & traditions humaines, & comparer, voire préferer icelles aux commandemens de Dieu, là où l'on a établi un
fervice à l'Eternel, contraire à fa nature & grandeur, déguifant
manifeftement, & corrompant fes faintes Ecritures, & notamment là où l'aife, les commodités, & les honneurs temporels &
mondains font principalement pourfuivis par les Pafteurs, &
fouvent débattus par longues guerres, & fanglantes factions, y
négligeant cependant tous devoirs Ecclefiaftiques, on n'y peut
aucunement reconnoître les traces de cette Eglife Catholique,
Mere des bien Croïans (2). Et partant il s'en faut retirer, & tôt:

(1) Notre caution.
(2) Il eft vrai qu'une Société compofée

de perfonnes telles que l'Auteur les repréfente ici, ne fuit pas & ne montre pas l'ef-

de peur qu'étant contraints de faire exterieurement illec chose qui pollue l'ame, & déroge à la piété interieure, l'on n'encourre en juste condamnation ; car Dieu veut être servi des corps, aussi-bien que des ames, & requiert l'homme tout entier. Demande premierement obéissance, & puis alloue le sacrifice, s'il est de son ordonnance ; car tout service externe arrête le cœur & les affections humaines, comme les Israélites ont été perpetuellement avertis par la loi de Dieu, & par ses Prophétes.

XXVII. Or sachant notre Sauveur Jesus-Christ qu'il y auroit des loups déguisés en brebis, des séducteurs séants même au Temple de Dieu, essaïans de pervertir les Eglises par toute la terre : qui défendroient le mariage, commanderoient de s'abstenir des viandes que Dieu a créées, & prêcheroient autres doctrines diaboliques (ainsi que les appelle S. Paul) quoique voilées d'ombre de dévotion, & bonne intention : voire qui accompagneroient leurs fausses doctrines de signes & miracles frauduleux, il en a averti chacun par sa bouche, & a voulu que ses actes, ses enseignemens & les avertissemens nécessaires qu'il bailloit fussent écrits pour l'instruction de ceux qui étoient à venir. Par quoi la sûre conduite de l'homme Chrétien est sans doute la parole écrite par les Prophétes & Apôtres de Dieu, conservée par la grande providence de l'Eternel, afin qu'elle profite à tous, & que ses Elûs par la lecture d'icelle, éprouvassent leur foi & fidélité, & celle des autres. Et parcequ'à tous n'est pas donné égale capacité, & que ce monde ravit beaucoup du temps que nous devrions emploïer à nous informer de notre salut, Dieu misericordieux s'accommodant à notre imbecillité (1), nous a baillé clairement sa volonté en deux petits sommaires, à savoir, le Décalogue & le Symbole des Apôtres ; dont le premier contient la regle de ce qu'il faut ensuivre au train de notre vie ; l'autre nous expose ce qui est nécessaire que nous croïons de lui, de sa bonté, & des moïens qu'il a tenus pour nous sauver, & comment il nous les applique : à la raison & proportion desquels deux sommaires, doivent être rapportées toutes interprétations, & toutes doctrines examinées ès Eglises fideles.

XXVIII. Le Décalogue est la regle des bonnes œuvres & de la vraie justice. Le Symbole des Apôtres est la guide de la Foi,

prit de l'Eglise ; mais elle n'en est pas moins extérieurement du Corps de l'Eglise, quand elle n'enseigne rien qui soit contraire à sa véritable Doctrine, & qu'elle participe aux mêmes Sacremens,

(1) Ce mot se prend ici pour *foiblesse.*

recueilli de toute l'Ecriture Prophétique & Apoftolique , en ce
qui concerne le myftere de notre rédemprion ; l'un & l'autre
contenant en peu de mots inftruction parfaite & très fuffifante
à tout homme , pour fuivre fon falut & fa vocation en Jefus-
Chrift. Dieu cependant , a voulu encore amplifier & éclaircir
familierement & par un certain ordinaire cette doctrine : car
outre les écrits des Prophétes , les enfeignemens de fon Chrift ,
& de fes Apôtres , & leurs Actes & Epîtres qui font en nos
mains , il a d'abondant inftitué le faint Miniftere ès Eglifes particulieres en terre , d'où il faut que chacun prenne confeil &
addreffe réguliérement. Et parcequ'elles repréfentent la Maifon
de Dieu , amateur de l'ordre & police , il eft requis que tout y
foit difpofé & manié avec ordre , & que chacun y tienne fon
rang fans confufion. Que les Pafteurs , dis-je , y furveillent ,
& y difpenfent les dons de Dieu , prêchans fa parole & admi-
niftrans fes Sacremens. Que les brebis écoutent & obéiffent , & que tous fe portent mutuel honneur, avec amour &
charité.

XXIX. Mais que ce point demeure ferme & arrêté , qu'il
n'eft permis aux Pafteurs de fe départir des faintes Ecritures
expreffes , ou de leurs néceffaires confequences , en ce qu'ils
propofent comme pur , religieux , & par où ils entendent d'a-
dreffer le peuple à falut , ni de rien ajouter , diminuer ou changer à icelles. Bien peuvent ils ordonner quelques moïens indifferens , qu'ils connoîtront propres au gouvernement extérieur
de leurs Eglifes ; & en ce font-ils encore tenus de regarder au
général , afin de ne rompre la paix & concorde par obftination ,
en ces acceffoires qui ne concernent la fubftance de la Religion : & n'être faciles à recevoir offenfe pour ces chofes , &
encore moins à la donner ; étant puis les formulaires de cette
nature introduits , & reçus par confentement des Eglifes , chacun doit être averti , qu'ils ne font plus tellement indifferens,
que tous ne foient obligés de les obferver ; voire félon la confcience , afin de maintenir cet ordre recommandé de Dieu en
fa Maifon en cet égard.

XXX. Au refte , le Miniftere en fubftance eft compris en peu
d'articles. Le premier & principal eft de prêcher l'Evangile , &
annoncer la parole de Dieu en fincerité & fidelité. C'eft celui
qui eft de plus grande efficace ; car par l'ouïe de la parole de
Dieu , le S. Efprit nous apprend les hauts myfteres de notre rédemption , & y croïons. Après , il y a l'adminiftration des

Sacremens, du Baptême & de la Cene (1). Le Baptême témoigne & repréfente notre lavement fpirituel au fang de Jefus-Chrift, & notre régénération & adoption en lui. La fainte Cene eft le Sacrement de fon corps & de fon fang, qui nous affure de la fruition perpetuelle d'icelui, & que nous fommes faits un avec lui, que fa fainteté & fa juftice font nôtres, pour jouir de tous les biens celeftes qu'il nous a acquis par fa puiffance, par la mort foufferte en fon corps, & par l'effufion de fon fang innocent. En troifieme lieu, le Miniftere s'étend à corriger les mœurs, par répréhenfions & cenfures, & en fomme à exercer la Jurifdiction Eccléfiaftique, & puiffance des clefs. A tous lefquels Actes, doivent être jointes prieres ou actions de graces, & lefquels ont chacun leur peculiere inftitution & mandemens ès faintes Ecritures (2) qu'il faut fuivre, felon que les Apôtres ont fait, & leurs prochains fucceffeurs auffi.

XXXI. Allez (dit le Seigneur, *Matt.* 28) & endoctrinez toutes gens, les baptifans au Nom du Pere, & du Fils, & du Saint Efprit, & les enfeignans de garder toutes les chofes que je vous ai commandées, *Notez*, Allez par tout le monde prêcher l'Evangile à toute créature, *Marc* 16, & puis il leur dit, *Luc* 24: Il eft ainfi écrit, & ainfi falloit que le Chrift fouffrît, & qu'il reffufcitât des morts au tiers jours, & qu'on prêchât en fon nom, repentance & rémiffion des péchés en toute gent. Et ordonnant le Sacrement de la Cene (3), Jefus prit du pain, & après qu'il eut rendu graces à Dieu, il le rompit, & le donna à fes Difciples, & dit : Prenez & mangez, ceci eft mon corps qui eft livré pour vous. Ainfi écrivent les Evangéliftes. Saint Paul aux Corinthiens dit, 1. *Corinth.* 10 : le pain que nous rompons, n'eft-ce point la communion du corps de Chrift ? Et aïant pris la coupe, & rendu graces, il leur donna, difant : Buvez-en tous, ceci eft mon fang ; ou comme dit S. *Luc chap.* 22 : c'eft le Nouveau Teftament en mon fang, qui eft répandu pour vous. Et faint Paul : la coupe de bénédiction laquelle nous béniffons, n'eft-ce pas la communion du fang de Jefus-Chrift ? Et tôt après, cette coupe eft le Nouveau Teftament en mon fang ; faites ceci toutes les fois que vous en boi-

1592.
APOLOGIE
PNUR LES PRO-
TESTANS.

---

(1) La Doctrine Catholique ne borne pas le nombre des Sacremens aux deux qui font ici nommés, le Baptême & l'Euchariftie. Tout vrai Fidele fait & confeffe tout ce que l'Eglife croit & enfeigne.

(2) Il faut y joindre la Tradition fuivie de fiecle en fiecle, & confignée dans les Ecrits des faints Docteurs : *Quod ab omnibus, quod ubique, quod femper traditum eft :* Cette maxime eft connue, & fert de régle.

(3) C'eft-à-dire de l'Euchariftie.

rez , en mémoire de moi. Car toutes les fois que vous mangerez
ce pain , & boirez de cette coupe , vous annoncerez la mort du
Seigneur , jufqu'à ce qu'il vienne.

XXXII. Sur l'interprétation de ces paroles du Sacrement de
la Cene , il y a eu grandes altercations entre ceux qui fe difent
Chrétiens , fans grand fondement , qui ne font pas éteintes : faute poffible , d'entendre que c'eft que Sacremens ,
& pourquoi ils font inftitués en l'Eglife. Pour ce auffi qu'on
n'obferve pas l'analogie & raifon de la Foi, & en fomme, parcequ'il y a entre les hommes plus de fenfualité que d'efprit. Sacremens font fignes de chofes facrées : fignes , dis-je, vifibles de
chofes invifibles , (ainfi les définiffent les anciens Docteurs approuvés) ordonnés pour confirmer notre foi , & ajoutés aux
promeffes de Dieu , pour tant plus nous affurer d'icelles. Dont
il s'enfuit que tous fignes ne font pas Sacrements , ores qu'ils
fignifient chofes invifibles & myfteres. Et qu'entre les Sacremens & les chofes qu'ils fignifient , il y a grande différence en
fubftance. Qu'eft-ce que promet Jefus-Chrift à fes fideles ? Qui
fe confie en moi , dit-il , il a vie éternelle. Je fuis le pain de
vie. C'eft ici le pain defcendant du ciel , afin que l'homme en
mange & ne meure point. Je fuis le pain vif , qui fuis defcendu
du ciel : fi aucun mange de ce pain-ci , il vivra éternellement.
Et le pain que je donnerai , c'eft ma chair , laquelle je donnerai pour la vie du monde. Qui mange ma chair & boit mon
fang , il demeure en moi , & moi en lui : je le reffufciterai au
dernier jour.

XXXIII. Il ne faut pas douter que toutes ces promeffes ne
foient accomplies en ceux qui croient que Jefus-Chrift eft Dieu
& Homme , puiffant pour faire ce qu'il promet , & lefquels ont
fiance que la rédemption qu'il nous a acquife par l'obéiffance
parfaite qu'il a rendue à Dieu fon Pere , comme étant icelui
notre Médiateur , parvient à eux , & lui en rendent graces:
mais il n'eft pas befoin d'apprêter les dents ni le ventre pour
recevoir Jefus-Chrift , à ce qu'il habite en nous , & nous en lui.
Parceque croire en lui , c'eft en effet manger fa chair , & boire
fon fang. Ceux qui veulent prendre les paroles de notre Sauveur felon la lettre , ne peuvent éviter d'entrer aux abfurdités
des Capernaïtes (1) , la ftupidité defquels icelui montre à fes
Difciples, leur remontrant qu'il ne leur avoit rien propofé de
charnel , mais que ces paroles étoient efprit & vie : que la chair

(1) De ceux de Capharnaum.

ne profite de rien , mais que c'eſt l'eſprit qui vivifie ; eſtimons donc de ces choſes ce que la foi requiert, c'eſt qu'elle a eu ces promeſſes ſous les termes de manger la chair , & boire le ſang de Jeſus-Chriſt, parceque c'eſt par le moïen de ſon hu-manité, diſpoſée & ſoutenue par la divinité en ſon office de Mé-diateur , que nous recevons juſtice , ſanctification , & la vie éternelle : & pour nous montrer & faire comprendre que nous ſommes faits chair de ſa chair , & os de ſes os , & tellement faits un avec lui , que tout ce qu'il a eſt nôtre , comme un con-tr'échange il a pris nos infirmités , pour les faire ſiennes , & nous en délivrer. Que cette manducation ſpirituelle eſt conti-nuelle aux vrais Chrétiens , & qu'elle ne ſe fait pas ſeulement en l'acte de la Cene , qui eſt la manducation Sacramentale , mais que par la Cene cette communication des graces de Jeſus-Chriſt , voire de lui tout entier, nous eſt atteſtée & appliquée réalement & de fait. Car , ni les Sacremens , ni la prédication de la parole de Dieu , que nous tenons pour le principal article du Miniſtere , ne ſont point vuides, ni éloignés des biens ſpiri-tuels qu'ils propoſent ; ils les ont préſens , & avec efficace en ceux qui croient. Il eſt donc néceſſaire d'admettre aux paroles de notre Sauveur ſus récitées , une figure, par laquelle l'on nom-me communément les ſignes du nom de la choſe qu'ils ſigni-fient , ce qui eſt familier en toutes langues , mais uſité ès ſaintes Ecritures tant du Nouveau que du Vieil Teſtament , principa-lement où il eſt traité des Sacremens : comme l'on voit au 12 de l'Exode, qu'en la célébration de la Pâque, l'Agneau que l'on y mangeoit eſt appellé Phaſe, c'eſt-à-dire, Paſſage : & ici où il eſt parlé de la coupe & du vin , Saint Luc & Saint Paul le nom-ment la Nouvelle Alliance , ou Nouveau Teſtament : ce qui ne reçoit contradiction aucune.

XXXIV. Quel beſoin eſt-il donc de s'embrouiller parmi les ſpéculations des Philoſophes humains , pour cuider connoître & comprendre les propriétés du corps glorifié de Jeſus-Chriſt , qui nous ſont cachées pour le temps de cette vie , & de nous feindre des tranſubſtantiations (1) , des accidens ſans ſubſtance, & recourir aux faux argumens de la puiſſance à la volonté, ou du pouvoir à l'effet , & autres ſemblables chimeres , pour nous

---

(1) La Tranſubſtantiation n'eſt point une fiction , mais une réalité ; c'eſt un Ar-ticle de Foi de l'Egliſe Catholique , & non une opinion des Philoſophes. Il ſuffit d'en avertir; réfuter tout ce que l'Auteur dit ſur cela , ce ſeroit entrer dans une controverſe qui ſeroit déplacée dans cet Ouvrage.

faire jouir de lui, & de fes biens & mérites, puifque la feule foi & fiance fuffit ? fans nous mettre en danger parmi ces ténébres des difcours incertains, de confondre les deux natures, Divine & humaine, que nous devons croire effentielles en notre Sauveur, ou d'en anéantir une, & poffible toutes deux ? La foi, fondée fur la parole de Dieu, le cherche au ciel où il eft monté, fans qu'il apparoiffe plus à nos yeux corporels, ni à nos fens charnels, jufqu'à ce qu'il viendra pour juger le monde. Elle le fent préfent çà bas, & jouit de fes biens, & de lui tout entier, fans qu'il foit befoin que fon corps defcende en terre ; elle le voit préfent à fon Sacrement, elle mange fa chair, elle boit fon fang, elle reçoit régénération, elle nous joint, en fomme, avec lui inféparablement, & plus étroitement que la fubftance du pain & du vin n'eft pas jointe à nous, quand ces élémens mangés font convertis en notre nourriture. La Philofophie humaine nous peut bien faire comprendre, qu'étant Jefus-Chrift Fils de David, d'Abraham & d'Adam, par conféquent, felon fon humanité, notre chair & la fienne ont une grande communication, comme parties prifes en une même maffe, mais elle ne peut parvenir à ces fecrets : comment Jefus-Chrift étant de la femence de David, eft exempt de peché, dont toute chair eft tâchée, & comme il fe peut faire que cette perfection parvienne jufqu'à nous. Contentons-nous donc de comprendre & appréhender ces chofes par foi, dont la fimplicité eft la Philofophie des Philofophies. Car par icelle nous pénetrons jufqu'au trône de la Majefté de Dieu, fous la faveur de fon Fils bien-aimé, duquel, comme dit eft, nous fommes la propre chair & les os, en lui réputés enfans de Dieu, & freres de ce Médiateur, felon qu'atteftent les Ecritures ; en cette créance & confcience ufons de l'eau du Baptême, & du pain & du vin en la Cene, pour certains témoignages de toutes fes graces & bénédictions, puifqu'il les a promifes, & qu'il les peut donner.

XXXV. Cependant, il ne faut pas conclure que le pain & le vin de la Cene foient chofes communes, comme font le pain & le vin dont nous ufons en nos repas, pour nourrir le corps. Car tous Fideles croient que l'ordonnance & inftitution de Jefus-Chrift les change grandement ; mais ce changement n'eft point en leur fubftance, ni ès accidens qui les revêtent, ains en l'ufage, par lequel le pain & le vin Sacramentaux profitent ou nuiſent à ceux qui les reçoivent, ſelon qu'ils ſont bien ou mal diſpoſés en l'ame.

XXXVI. Au ſurplus, eſt à noter, que Sacremens ne ſont pas de telle néceſſité en l'Egliſe de Dieu, que s'ils nous ſont empêchés par quelque accident ou violence externe, pour cela l'élection & le ſalut ſe perde, ni que l'on ſe doive défier des graces qu'ils atteſtent & ſignifient. Car l'eſprit de Dieu n'eſt point aſtraint, ains beſogne ès Elus auſſi bien ſans moïens qu'avec iceux, quand il lui plaît. Cette ſcrupuleuſe imagination d'attacher les graces de Dieu aux Sacremens & choſes viſibles par certaine néceſſité, a amené des façons aſſez prophanes en l'Egliſe, qui doivent être rejettées : comme de faire baptiſer les enfans par des femmes, & choſes ſemblables.

XXXVII. La puiſſance de lier & délier, de pardonner & d'abſoudre, que Jeſus-Chriſt a donnée aux Paſteurs & Miniſtres de ſon Egliſe, eſt auſſi une partie du Miniſtere, & ne doit point être exercée ſeigneurialement, ni témerairement, ains en ſuivant la parole de Dieu, à l'exemple de Saint Paul, & à même intention qu'il l'a déclarée aux Corinthiens, & écrivant à Timothée. Elle s'étend à annoncer le jugement de Dieu aux uns, & ſa miſericorde aux autres, priver les obſtinés & rebelles de la fréquentation & accointance des membres ſains de l'Egliſe, & leur interdire l'uſage de la ſainte Cene, procedant par remontrances verbales, & cenſures plus legeres envers les eſprits dociles, ſelon qu'il eſt requis pour la pureté & ſainteté de la Maiſon de Dieu. En ſomme, la fin de cette juriſdiction eſt de détruire la chair, à ce que l'eſprit ſoit ſauvé au jour du Seigneur Jeſus. Par quoi aucun ne doit être frappé à mort par l'Egliſe en ce monde, ains chacun qui donne ſigne ſuffiſant de repentance, être reçu & reconcilié à icelle, ſelon la doctrine de Jeſus-Chriſt, *Matth.* 18. Cependant, il eſt très certain que les contempteurs des commandemens de Dieu cenſurés & châtiés eccléſiaſtiquement, & perſiſtans en leur contumace & rebellion, ſont enlacés ès peines ordonnées par ſa parole, eſquelles ils ne faillent point de tomber, ou temporellement en cette vie, par le moïen du Magiſtrat armé du glaive pour punir les malfaicteurs, ou par autres, ainſi qu'il lui plaît ; ou bien ſont livrés aux peines éternelles en la vie avenir. Les Apôtres, qui avoient abondance de l'Eſprit de Dieu, & une connoiſſance exquiſe des affections malignes des pécheurs in corrigibles, qui leur étoient revelées, ont exercé cette faculté avec plus de vertu apparente, & d'efficace préfente, que n'ont pas fait leurs fuccesseurs, esquels ces dons furent restraints incontinent après leur âge, ce qui ne déroge rien à la parole de Dieu, laquelle demeure éternellement. Or, est-il bien féant aux Pasteurs de ce temps, de ne se comparer pas en tout & par tout aux Apôtres, ains les imiter simplement, en ce qu'ils ont introduit pour l'ordinaire. Et pour ce qui concerne ce point, nous voïons que ainsi autorisés & remplis de graces qu'ils étoient, ils ont voulu pour l'instruction de ceux qui venoient après eux, être assistés en ces exercices, de ceux qui sont appellés Anciens, gens notables choisis entre les Chefs des familles : & que tant eux que leurs successeurs par longues années, n'ont présumé de proceder à aucun acte ecclésiastique de consequence, comme est l'excommunication, nommément appliquée à quelque particulier membre de l'Eglise, ce que Saint Paul appelle livrer à Satan ; ou comme est l'élection des Pasteurs, ou des Diacres, que ce n'ait été en pleine Congrégation, & par l'avis & voix des Eglises. Et où il s'est présenté difficulté, tant en ces choses, qu'en ce qui touche en général la doctrine & discipline Ecclésiastique, ils ont recherché les Eglises, voisines ou lointaines, voire par convocations solemnelles, pour en avoir leur avis ; en quoi est noter, que dès que Dieu a donné à ses Eglises des Princes & Magistrats Chrétiens, elles ont déferé cette autorité d'assembler les Synodes à iceux : ce qui doit être confideré en ce temps avec humilité, & fuivi, au lieu de l'abus qui s'y commet, excedans par trop ceux qui se difent conducteurs de l'Eglise en terre, leur légitime vocation en cette puissance de lier & délier, fous ombre de laquelle ils préfument d'affervir les confciences de tous Chrétiens, par loix & Décrets de leur invention, en toute licence, & ne prendre conseil que d'eux, ou de gens de leur faction, & rejetter toute puissance humaine, quelque bon témoignage qu'elle ait, & s'élever par-dessus icelle en toute occasion.

XXXVIII. Quant aux prieres, ce font les exercices communs & ordinaires de tous Chrétiens, lefquels ont promesse d'être exaucés s'ils demandent, & de trouver s'ils cherchent. C'est un devoir envers Dieu, témoignant que de lui ils attendent tout leur bien & leur profperité ; & est tenu un chacun de prier, non feulement pour foi, mais pour les Rois & Magistrats, & pour tous hommes de la terre, par charité. Il y doit avoir cependant des prieres publiques, générales & particulieres, & même solemnelles, qui font aucunement dépendances du Ministere, mais qu'elles foient ordonnées, en sorte que l'Eglise en reçoive édification, en langage intelligible, à ce que chaque fidele puisse dire *Amen.* Or, est-il certain que nous ne savons point prier Dieu, si lui-même ne nous l'enseigne. Par quoi il faut prendre la regle de nos prieres en sa parole, ès écrits de ses Evangélistes & Apôtres, là où nous trouverons quelles demandes nous pouvons chrétiennement faire à Dieu, avec quelle foi & esperance il le faut prier, & ce qui est une grande assurance, que le Saint Esprit prie pour nous, & supplée à notre imbécillité & ignorance en cet endroit. Nous avons aussi grande instruction comment il faut prier, louer, & magnifier Dieu & ses œuvres, ès Pseaumes de David, & autres livres canoniques de l'Ancien Testament.

XXXIX. La subvention des Pauvres est recommandée à tous : c'a été une partie de la discipline Ecclésiastique ancienne, lorsque les Eglises étoient sous la domination des Princes infideles. Maintenant cette charge (là où il y a ordre & police) est aucunement civile & politiquement exercée par des Recteurs des Hôpitaux ou aumônes générales, tenans lieu des anciens Diacres, qui avoient soin de recueillir & distribuer les aumônes aux Pauvres, & de secourir les Malades indigens. Mais si est-il expedient, ores que cette charge ne soit imposée aux Pasteurs & Ministres des Eglises, qu'ils y interviennent comme surveillans, directeurs & gardes.

XL. L'Eglise de Dieu ainsi ordonnée en ses membres visibles en ce monde, & conduite par la diligence des Pasteurs, a encore pour gardiens & conservateurs de son ordre, & de tous les devoirs des Ecclésiastiques, les Princes Chrétiens, chacun en son endroit ; lesquels sont tenus & obligés de dresser tellement leurs polices, que cet ordre y soit entretenu & facilité. Et notamment doivent dresser en leurs terres & seigneuries, écoles de bons & convenables exercices, esquelles plusieurs se puissent façonner, & préparer par la connoissance des langues, & bonnes sciences au service des Eglises. Pour cette raison, & encore parcequ'ils sont ordonnés de Dieu pour maintenir cette société humaine, armés du glaive punisseur des Mauvais, qui contreviennent à l'une & l'autre table, il leur faut porter honneur & révérence, & les aimer. Voire même quand il écherroit qu'aucunes Eglises se trouvassent sous la domination de Princes infideles, fi leur faut-il obéir, moïennant que l'empire de Dieu demeure en fon entier.

XLI. Ces fondemens font reconnus par ceux de la Religion Réformée être de l'Eglife Catholique, & par eux fuivis : adhérans à toutes les Eglifes de la terre, où telles marques apparoiffent, & fe retirans des affemblées où ils apperçoivent mépris des faintes Ecritures, ou fraude & prévarication, comme Dieu l'a commandé. Partant, peu leur chaut d'être par icelles condamnés pour Hérétiques (1), puifqu'ils ont fi bonnes arres de cette communion des Saints, tant recommandée, & laquelle ils tiennent & confeffent pour un article de Foi.

Vous pouvez donc entendre (Monfieur) par ces articles, que c'eft que de cette Religion Réformée, qu'on vous fait fi étrange, & juger à quel droit on l'appelle Hérétique. Maintenant je veux auffi brievement vous déclarer quelle doctrine eft celle des Papes, auteurs de la croïance Romaine (2), & de quelle boutique font fortis les plus hauts myfteres, & plus religieufes cérémonies de votre Religion, Afin que par l'oppofition & contr'affiette de ces chofes, il vous apparoiffe, que ce n'eft pas fans caufe, ni légerement que ceux qu'on appelle Réformés fe font féparés des Romaniftes, voire aux dépens de leur fang (tant s'en faut qu'ils y aient épargné leurs facultés & honneurs terriens) pour fe joindre aux Eglifes où ils ont apperçu plus de pureté. Ce que j'entends vous mettre en avant, eft tiré en partie des Hiftoires, & des Auteurs même dévots au Siege Papal. Au refte, vous y reconnoîtrez aifément ce que vous & chacun voïez, favez & connoiffez être journellement enfeigné & pratiqué en vos Eglifes : qui eft procedé ou directement de l'invention de vos Docteurs, ou bien par acceffoires de tout ce que y a voulu apporter la fuperflue dévotion des peuples, & que l'on y a reçu & toleré fous ombre de bonne intention, moïennant le gain qu'en tire le Clergé, en forte que cela y eft paffé en coutume, & je puis dire en articles de Foi.

I. Premierement, s'étant ces Chrétiens defireux de réforma-

---

(1) Il ne doit jamais être indifférent d'être taxé d'Hérétique, fur-tout s'il y a lieu de croire, & même de foupçonner qu'on donne fondement à cette accufation. L'apologie que l'Auteur fait ici des Proteftans, ne les juftifie nullement. On pouvoit lui répondre, ils font bien de croire telles vérités qui leur font communes avec les Catholiques; mais ils ne doivent point omettre les autres vérités qui font crues par les Catholiques, & qui les diftinguent effentiellement de toute fecte féparée de l'Eglife.

(2) Les Papes ne font point Auteurs des vérités de foi : ce que l'Eglife croit aujourd'hui, elle l'a toujours cru. La féparation

tion, que vous appellez Hérétiques, bien informés des procédures des Evêques ou Papes de Rome, non-feulement depuis
que le Grand Conftantin eut donné repos aux Eglifes, & qu'il
eut fait reluire les Evêques du luftre des richeffes & commodités
mondaines, mais auffi aux temps précédens, ils trouvent qu'i-
ceux ont eu cette intention principale de bâtir une principauté
mondaine, qu'ils appellent néanmoins facrée, à l'imitation
de l'Empire Romain ; & que pour y parvenir, ils n'ont épargné le ciel, ni la terre, ni droit aucun, divin ou humain, qu'ils
n'aient violé, tranfmettant cette affection prophane fucceffi-
vement de main en main, jufqu'à ce qu'ils ont été élevés en
cette hauteffe où nos Peres & Aïeuls les ont vûs, au détriment
de la piété.

II. A entreprendre lequel myftere ils ont été induits par une
opinion de leur dignité & fuffifance, peu-à-peu conçue, fur
ce qu'aux temps des premieres perfécutions, & parmi les dif-
fentions des Eglifes Orientales, aucuns d'entr'eux reconnus
religieux & fideles, avoient été le refuge & la confolation des
faints affligés ; fouvent choifis pour arbitres & amiables com-
pofiteurs des fchifmes de l'Eglife : au furplus, honorés & pri-
fés civilement à caufe de la dignité de la Cité où ils exerçoient
leurs charges : ce que tirant les autres à conféquence, comme
chofes religieufement dûes à leur Siege, ils ont préfumé de s'é-
lever ainfi par-deffus toutes Puiffances, avec grande affurance
de n'être point repris. Or, fans que l'on s'arrête à ce que contiennent les Epîtres décretales, produites fous le nom d'Ana-
clet, & autres anciens Evêques de Rome, notoirement fuppofées, il confte que Victor gouvernant ce Siege Romain environ l'an 194, fut le premier auquel apparut clairement ce
defir effrené de regner, & d'opprimer la liberté des Eglifes,
émouvant pour chofe frivole un débat furieux, & commandant imperieufement aux habitans d'Afie & d'Afrique, de ce-
lebrer la mémoire de la réfurrection de notre Sauveur, au jour
& felon la coutume de l'Eglife Romaine, fur peine d'excommunication, & retranchement du corps de l'Eglife Catholique (1) ; dont il fut rédargué & repris par Polycarpe, Difciple

des Proteftans eft injufte en elle-même &
criminelle. On le leur a démontré tant de
fois, qu'il eft inutile de rebattre ici cette
matiere contre leur Apologifte.

(1) La difpute fur la célébration de la

Pâque avoit commencée avant le Pape
faint Victor : elle fe renouvella feulement
fous fon Pontificat. Il eft vrai que Victor
ne garda pas la même modération que fes
Prédéceffeurs ; mais ce ne fut pas par le

des Apôtres , & par Irenée, fidele Evêque de Lyon. Par où , & aussi par les persécutions qui exercerent depuis l'Eglise , sous les Empereurs Severe , Dece , Valerien , Aurelien , Diocletien , & autres , cette querelle fut aucunement refroidie , jusqu'à Sylvestre , vivant sous Constantin le Grand , lequel donna la paix aux Chrétiens. Mais tant lui qu'autres Empereurs qui le suivirent (si l'on doit ajouter foi à plusieurs écrits humains qui se trouvent) hausserent aussi le cœur aux Evêques de Rome , & leur donnerent plusieurs moïens de parvenir à leur intention : peu prévoïans la breche & plaie dangereuse qu'en devoit recevoir même la Majesté Imperiale.

III. Ce desir de dominer sur tous les Evêques de la terre , se vit depuis égal en aucuns Patriarches de Constantinople à celui des Evêques Romains ; estimant les uns & les autres que cet honneur terrestre leur fût dû à raison de la dignité des Villes capitales où ils avoient leurs Sieges ; l'Evêque de Rome plus âpre & ardent toutesfois en cette poursuite , à cause de l'antiquité de la Cité. Et aussi qu'étant éloigné du trône Imperial , il étoit en quelque plus grande liberté de couvrir & colorer ses conceptions & desseins. Tant y a que cette contention dura entre ces Pasteurs en l'Eglise Chrétienne plusieurs siecles , tantôt plus , tantôt moins découverte , tant qu'outre la prétention de Victor susmentionné , renouvellée , & enfin appointée au Concile de Nicée (1) , il fut débattu long-temps , que l'Evêque de Rome devoit avoir la connoissance suprême de toutes causes Ecclésiastiques , ce qu'il essaïa de gagner au Concile de Carthage , parproduction d'actes faux & supposés du Concile de Nicée susdit : lesquels furent contredits & réprouvés par les Evêques d'Afrique , lui débouté de ses prétentions , & admonesté (2). Et advint en ces contentions que Gregoire I , débattant contre l'Evêque ou Patriarche de Constantinople Jean , sur cette querelle , où il voïoit que son adversaire avoit plus de courage & d'audace , & aussi plus de faveur que lui , fut con-

motif que l'Auteur lui prête ici si gratuitement. Les sages remontrances de plusieurs grands Evêques modererent son zele.

(1) Le Concile de Nicée , assemblé en l'an 325 , ordonna que la Fête de Pâque fût fixée au Dimanche après le 14 de la Lune.

(2) Le Concile de Carthage est celui de l'a 119. Ce fut le Légat du Pape Boniface qui y proposa les Canons du Concile de Sardique , sous le nom de celui de Nicée : ce qui causa quelques contestations avec les Africains , qui ne connoissoient point ces Canons prétendus de Nicée. Ils envoïerent à Constantinople & à Alexandrie pour en avoir les vrais actes. Ils firent aussi , ou plutôt renouvellerent , 36 Canons faits auparavant.

traint

traint de dire la verité , qui fe trouve écrite en fes Epîtres : que celui qui affectoit le titre d'Evêque univerfel , étoit pré-curfeur de l'Antechrift. Et fentit le monde , en ces fiecles-là , plufieurs autres éclats de ce tonnere , qui fe trouvent par les Hiftoires.

IV. Enfin , le Pape ou Evêque Romain l'obtint , il y a en-viron 980 ans par complot de Boniface III , fait avec Phocas le plus méchant de tous les Empereurs qui aient porté le nom de Chrétien : & eut l'Eglife Latine cet avantage fur la Grecque , que le fiege fouverain de toute l'Eglife en terre feroit reconnu à Rome , & l'Evêque de ce lieu reputé & reveré pour Pape univerfel , & Chef Minifterial en icelle (1) , par l'approbation du plus méchant Acte qui fut oncques commis : à favoir la ré-bellion de Phocas , & le parricide par lui procuré en la per-fonne & famille de fon Seigneur l'Empereur Maurice , haï de fes Pontifes Romains , parcequ'il effaïoit de preferer à eux le Patriarche de Conftantinople. Depuis lequel temps ce titre de Pape & d'Apoftolique lui demeura peculier (2) ; & par cette porte , & fous ce joug , ceux qui ont tenu ce fiege ont fait paffer avec le Clergé tous les peuples & nations occidentales , & finalement les Rois & Potentats d'icelles : non feulement en ce qui concerne la fpiritualité , mais auffi au temporel. Ce qu'ils n'ont pas accompli tout à coup , ains peu à peu , & par degrés , felon qu'ils ont trouvé les Eglifes des lieux pourvues de Pafteurs , qui euffent courage , & fuffent bien ou mal en-tendus en leurs charges : & que les Princes Chrétiens ont été faciles à les croire. Car il ne s'eft paffé âge aucun , où cette préé-minence Papale n'ait été contredite , ou par les Eccléfiaftiques , ou par le Magiftrat civil , comme abufive , entreprenante , & en fomme remarquée pour une maladie rampante & rongeante , qui a befoin de cautere pour l'arrêter. Lefquels moïens obli-ques peuvent feuls fans autres preuves rendre la principauté de ce fiege fufpecte de fraude , & convaincue de témeraire ufurpation.

---

(1) Tout ce qu'il y a de vrai dans ce ré-cit , c'eft que le Pape Boniface III , qui avoit été ordonné le 25 Fevrier 606 , & qui mourut la même année , obtint de l'Empereur Phocas ce que les Papes Pelage II & Gregoire le Grand n'avoient pu obte-nir de leur temps ; favoir , que le Patriar-che de Conftantinople ne prendroit plus le titre d'Œcuménique ; & que ces Patriarches reprirent cependant ce titre dans la fuite. La primauté de l'Eglife de Rome n'en avoit pas été moins réelle & moins conftante de-puis faint Pierre ; & elle ne commença point fous Boniface III.

(2) Particulier.

V. Mais l'abus évident des paſſages de l'Ecriture, par leſquels les Papes ſe veulent maintenir en poſſeſſion de leurs titres hautains, les découvre du tout. Sur tous leſquels ils ſe ſervent des paroles que notre Sauveur dit à Saint Pierre, ainſi écrites en l'Evangile de S. Matt. ch. 16. (1).

¶ Tu es Pierre, & ſur cette pierre j'édifierai mon Egliſe : & les portes d'enfer ne pourront rien à l'encontre d'elle : & je te donnerai les clefs du Roïaume des Cieux ; & tout ce que tu lieras en terre, ſera lié ès Cieux : & tout ce que tu delieras en terre, ſera delié aux Cieux.

Par lequel paſſage, & autres paroles que le Seigneur ſemble adreſſer particulierement à ſaint Pierre, témoignantes quelque peculiere affection à cet Apôtre, ils inferent qu'il fut ordonné premier, principal, & Prince des autres. Et donnent à entendre par contes & legendes peu authentiques, qu'il a été Fondateur de l'Egliſe de Rome, Cité lors capitale de tout l'Empire ; que par ces paroles ſus recitées, Jeſus-Chriſt l'inſtruiſoit à prendre *illec* les arres de Vicariat prétendu d'icelui, & de la primauté ſur toutes autres Egliſes : laquelle puiſſance il a depuis transmiſe à ſes ſucceſſeurs en ce Siége, pour en uſer & l'exercer actuellement & de fait, au temps déterminé, & que Conſtantin, Prince Chrétien, bien averti de ces choſes, ne transporta point le Siége de l'Empire à Conſtantinople pour autre occaſion, que de laiſſer la place vuide en l'ancienne Rome au Vicaire de Chriſt, à la Majeſté & ſplendeur duquel il ne vouloit point faire ombre par la dignité imperiale qu'il portoit. Cé ſont leurs raiſons, leurs diſcours, les interprétations qu'ils donnent aux ſaintes Ecritures, & les conſéquences qu'ils en tirent. Mais combien cette Doctrine convient mal à ce qu'en ont laiſſé par écrit les Docteurs approuvés, ou plûtôt à tout ce que les mêmes Ecritures, certaines interpretes d'elles-mêmes démontrent, les fidéles & diligents Obſervateurs d'icelles en peuvent juger ; étant par trop manifeſte, voire ſans qu'il

(1) Il faudroit un trop long Commentaire pour refuter tout ce qui eſt dit ici, & dans la ſuite, contre la primauté de ſaint Pierre & de l'Egliſe de Rome : il ſuffit de ſe ſouvenir que c'eſt un Proteſtant qui parle, & qu'il parle ſelon ſes préjugés. Il faut s'en tenir à ce que dit ſaint Gregoire le Grand : » La conduite & la primauté de » toute l'Egliſe a été donnée à ſaint Pierre ; » & toutesfois on ne l'appelle pas Evêque » univerſel. « C'eſt que Jeſus-Chriſt en confiant à ſaint Pierre le gouvernement de toutes les Egliſes, ne l'a pas fait pour cela Evêque de toute l'Egliſe. Tous les Evêques ſont Evêques de l'Egliſe Catholique & Univerſelle ; mais aucun n'eſt Evêque univerſel.

foit befoin de fe fervir de l'atteftation de Felix (1), l'un de leur rang & fuite, en l'Epître qu'il écrit à l'Empereur Zenon, que la pierre de laquelle le Sauveur parloit en ce paffage de faint Matthieu, eft lui-même. Le Chrift, dis-je, le Fils de Dieu vivant, que faint Pierre venoit de confeffer, non pas de fon fens, qui étoit alors, & lequel depuis fe montra trop infirme & mal propre à fervir de fondement à chofe de fi grand poids que l'Eglife de Dieu, mais par revélation du Pere. Chrift véritablement eft cette pierre ferme, angulaire, reprouvée par les édifians, mais qui a été faite le chef de l'angle. Pierre vive, comme faint Pierre même l'appelle, figurée entre le Peuple ancien, prédicte & exhibée en fon temps, & non pas faint Pierre, qui tôt après fe montra fi peu entendu en ces myfteres, qu'il fallut que notre Seigneur l'appellât Satan : qui depuis renia fon Maître contre fes téméraires promeffes : qui lors même que le faint Efprit montroit fes grandes vertus en lui, retenant néanmoins par trop de l'homme, contraignoit par faute d'affurance en foi, les Gentils à Judaïfer, dont il fut repris par S. Paul en face. Lequel toutesfois fut fait enfin un excellent Apôtre, pour l'inftruction des Juifs, par la grace abondante du faint Efprit, qui lui fournit & matiere & forme de dreffer des Eglifes entre cette Nation, ès lieux où il fut adreffé. Car d'affirmer qu'il ait été à Rome, il ne fe peut faire, nous défaillants en cela authentiques témoins (2). Mais foit qu'il ait été à Rome ou non, que s'enfuit-il ? Celui qui a vigueur en Pierre, dit faint Paul, à l'office ou charge d'Apôtre envers la Circoncifion, il a auffi vigueur en moi envers les Gentils. La puiffance de lier & délier a-t'elle été donnée à faint Pierre plus qu'aux autres Apôtres ? Nullement : faint Matthieu, chap. 18, & St. Jean 20 atteftent le contraire; & ce que faint Paul en écrit aux Corinthiens, & à Timothée, & la pratique des Eglifes prochaines à leur âge, dont les Pafteurs ont bien reconnu l'Evêque de Rome pour Compagnon, mais non pour Maître; ou

(1) C'étoit Felix II (ou III du nom, fi l'on met au rang des Papes ce Felix qui occupa le faint Siége pendant l'exil de Libere.) S'il s'oppofa aux efforts de l'Empereur Zenon, ce fut toujours fans s'écarter du refpect dû à la Majefté Roïale. Felix mourut au mois de Fevrier 491.

(2) Le fait eft pourtant conftant : toute la tradition l'attefte, & il n'y a gueres

que les Proteftans qui nient que faint Pierre ait été à Rome, & qu'il y a fouffert le martyre. Le Pere Hardouin, Jéfuite, a parlé fur cela comme les Proteftans; & il a été folidement refuté par feu M. Gaultier dans fes Lettres Théologiques contre les PP. Berruyer & Hardouin, tome 3. Lettre 16.

(s'il étoit befoin de plus modernes témoins) ce que faint Jerôme en a écrit contre Jovinian, & à Evagrius, pourroit très bien fervir pour rendre ces allégations de la prééminence de faint Pierre, & de l'Eglife Romaine, vaines. Mais à quel propos, recourir à Auteurs humains qui ont befoin qu'on les accorde avec eux-mêmes? Saint Pierre même montre bien comme il s'eft gouverné en fa charge, par les avertiffements qu'il baille aux Prêtres, & Pafteurs vieux & jeunes, en la premiere de fes faintes Epîtres : où il ne leur commande point feigneurialement, mais les prie chrétiennement, comme l'un d'entr'eux, de faire leur Office en humilité, & bons exemples. Par lefquels lieux & autres infinis des faintes Ecritures, & actes certains & fidelement recueillis de l'Eglife primitive, qu'il n'eft befoin de reciter, il appert, qu'aucun d'entre les Apôtres ni des Pafteurs qui les ont fuivis, n'a point ufurpé fupériorité fur fes freres, outre une franchife fimple & naïve de s'entreramener au droit chemin par fraternelle remontrance. Que nul n'a tant préfumé de fa fuffifance, ou de fa dignité, qu'il ait ofé dire qu'il ne peut errer en fa charge, ains ont pris confeils & corrections les uns des autres, en toutes occafions. Nul auffi d'entre les Apôtres n'a diminué la majefté des Rois ou Empereurs de leurs temps, encore qu'ils fuffent infideles, ni décliné leur Tribunal ou Jurifdiction, ains au contraire, on lit aux Actes, que faint Paul appella à Neron, de l'unique pourfuite que faifoient les Juifs contre lui, voire à caufe de la Religion. Lefquels témoignages d'humilité, modeftie & charité, & de la révérence envers les Magiftrats, oppofés & comparés à ce qui eft en ufage entre les Romaniftes, & à toute la procédure du Siége Romain, rendent pareillement certains les cœurs religieux de l'iniquité d'icelui.

VI. Quoi que ce foit, le Pape de Rome fe dit Vicaire de Jefus-Chrift, Evêque univerfel, Chef de toute l'Eglife, Primat des Primats, Dieu en terre (1) : Quoi en terre ? Il peut, dit-il, fermer le Ciel & ouvrir les Enfers, & au contraire. Afferme qu'en la Hiérarchie Romaine (c'eft le Clergé) doit être confidérée cette Eglife Catholique, pure & fans macule, Epoufe de Jefus-Chrift : laquelle toutesfois, l'homme mortel ne peut voir ni comprendre. Et enfin la reduit en fa perfonne, & en fon Confiftoire : d'où tout homme eft tenu de prendre confeil, inftruction, commandement, remontrances, corrections, dif-

_____
(1) Les Papes ne fe difent point Dieu en terre, & aucun d'eux ne l'a cru.

penſes, indulgences, pardons, & autres aides & adreſſes à ſalut. Que c'eſt à lui & aux Théologiens inſpirés par ſon eſprit,
de donner autorité & interprétations à l'Ecriture, par ſens Ana-
gogiques, Litteraux, Moraux, Typiques, Tropologiques ou
Allégoriques & Phyſiques : tous utiles & bons, dit-il, s'ils ſont
approuvés par lui & ſes Cenſeurs, & qu'ils favoriſent ſur-tout
à ſa primauté (1). Qu'il eſt Docteur ſur tous les Docteurs (non
point tant en ſcience touteſfois, qu'en puiſſance) portant tous
les droits divins & humains dans l'enclos de ſa poitrine : auquel il n'eſt licite de demander pourquoi il fait ceci ou cela,
parce qu'il n'appartient point à aucun de juger de celui qui eſt
Juge de tous ; ſelon le Chapitre, *Si Papa ſuæ & fraternæ ſa-
lutis negligens*, &c. inſeré au Decret. Tous leſquels titres, prétentions, façons & procédures arrogantes, inconues ès Egliſes
Apoſtoliques, & autres qui les ont ſuivies, par l'eſpace de plus
de 600 ans, ne reſſentent aucunement la pureté & modeſtie de
la vraie Egliſe Catholique, Epouſe de Jeſus-Chriſt, & n'ont aucune convenance ni rapport aux marques ou à la livrée de l'E-
poux.

VII. Au reſte, la maniere que les Papes ont tenue pour établir leur Empire, & comment ils ont façonné leur Clergé, eſt
avec étonnement obſervée par ceux qui deſirent réformation
en l'Egliſe, car elle eſt admirable en artifice. Et ſemble bien
qu'ils n'euſſent ſu mieux diſpoſer leurs affaires pour être ſervis
& révérés par toute la terre. Car cette Hierarchie repréſente un
corps formé de pluſieurs membres, propres à tous uſages, ſelon
le but où ils prétendent, qui eſt de ſuppoſer ſous le Nom de
Jeſus-Chriſt un regne de délices, pompes & grandeurs mondaines, au lieu de celui qui eſt promis & préparé au Ciel, à ceux
qui croient au Fils de Dieu. Et n'y a paſſage en l'Ecriture
ſainte, traitant de l'excellence de l'Egliſe en ſa pureté, & en
tant qu'elle eſt dite triomphante, ou bien qui denote à l'oppoſite ſon infirmité, ſon humilité, ſes afflictions pendant qu'elle
combat & s'exerce en cette vie, qui ne ſoit tiré & adapté à
quelque partie de ce Corps Papal, ou ſelon la lettre ſimple-
ment, ou par l'interprétation qu'ils appellent Typique, & au-

(1) Tout ceci n'eſt qu'une pure décla-
mation ; de même que ce qui ſuit. L'Auteur
confond toujours les abus qui peuvent ſe
trouver dans chaque condition, dans chaque ſociété, avec la condition même, la
ſociété même. Il avoit promis au commencement de ſon écrit de ne parler qu'avec la
modération d'un Ecrivain judicieux, &
preſque à chaque page, il oublie cette modération ; ſur-tout quand il entreprend de
parler des Papes, des Evêques & des Moines.

tres, ne sentant rien moins que l'Esprit & la vérité. A l'exemple du grand Empire Romain, ils envoient leurs Légats aux grandes Regions, avec amples ou limités pouvoirs, les Archevêques sont aux départemens, les Evêques aux Dioceses, & les Curés aux Paroisses. Ces Prélats ont des grands Vicaires, des Officiaux, des Promoteurs, Scribes, Sergents, & autres Officiers. Les Curés primitifs ont des Vicaires perpétuels, ils ont des Fermiers de Cures. Les Monasteres, d'autre part, sont pleins de gens rustiques, idiots pour le plus : aucuns oiseux, autres par trop actifs, qui ont leurs Abbés & Prieurs, étant comme leurs Chefs & Capitaines. Il y en a de gras & bien pourvus, autres sont pauvres, misérables, déchaux, mendiants, tous astraints par certains vœux, les uns plus, les autres moins serfs & esclaves. Le tout avec grand mystere & singulier dessein. Car même en cette pauvreté apparente, & parmi ces épines, ils jouissent tous de quelque aise, nourrissent tous quelque ambition, & y trouvent des branches & rameaux, & des degrés pour meliorer leur condition, & se surhausser en cette Principauté sacrée. L'usage de toutes ces parties sus-mentionnées est encore plus artificieux que la conception & construction de la machine entiere. Car elles se servent l'une à l'autre avec grande proportion, pour l'œuvre que le Pape (l'ame, dis-je, de ce corps) s'est proposée. Par les Cardinaux, Archevêques, Evêques & riches Abbés, possedans Duchés, Comtés & Baronnies, reluisans d'or, d'argent & de pierres précieuses, départissans les graces & bienfaits de leur Souverain, exerçans la jurisdiction de leur Maître selon certaine mesure, reprimans & ramenans un chacun à l'obéissance de ses Loix, est représentée la félicité, la splendeur, la majesté, la puissance de lier & délier de l'Eglise Catholique : l'heure & excellence accomplie, de laquelle œil n'a vu, ni esprit aucun humain n'a pu comprendre. Et quant aux peines & travaux que l'Eglise souffre en ce monde, cela est proposé ès personnes des petits Cureaux & Prêtres indigents, & des Freres mendiants, Capucins & autres sectes sans nombre, de pareille marque, qui se sont élevées sous les autres, comme leurs nourritures, leurs serfs, les meubles & ustensiles de leur labourage. Car sur le dos d'iceux ils ont posé les charges de prêcher, & administrer les Sacremens, comme œuvre, à leurs avis, rustiques & grossieres, les retenant en devoir par la rigueur de leurs Regles & de leurs Vœux : contre lesquels néanmoins ils regimbent souvent. Cependant les

Prélats fufdits vacquent à chofes qu'ils eftiment plus dignes, comme font les jugemens des caufes & cas de confcience, & autres : compofent les confeils des Princes, fe trouvent aux Cours des juftices temporelles, fuivent les Palais & les Pompes Roïales, & font attentifs aux affaires d'Etat, de guerres & de finances. Bref, toute l'œconomie & ménagement en cette primauté fi ingénieufement bâtie, femble avoir un merveilleux rapport à tout ce qui eft dit & montré de l'Etat de la vraie Eglife Catholique, finon que la fin fe manifefte trop diverfe. Car au lieu que toutes les intentions de cette-ci, & de fes vrais Miniftres regardent à Dieu, à fes Commandemens & à fes promeffes, effaie de lui obéir, afpire au Ciel où elle conçoit fes graces fpirituelles, & les appréhende ici bas par foi & efpérance au Mediateur ordonné, qui eft fon Epoux, & duquel elle eft perpétuellement accompagnée ; cette autre ne s'élève point plus haut que la terre, & ne s'écarte nullement hors le chemin de Rome, où vont finir tous fes deffeins, aux pieds de fon fouverain Pontife.

VIII. Or, pour mieux s'affurer de toute contradiction en l'établiffement de ce Roïaume mondain, les Papes de Rome ont effaïé, tant qu'en eux a été, de brider & affujettir à eux les puiffances celeftes & terreftres de très violents liens : & en ont trouvé les moïens, tant que Dieu l'a permis. Car aïant premierement fu imprimer aux rudes efprits des peuples & nations une grande opinion de leur fainteté, & du Clergé qui les adore, fe difant fucceffeurs des Apôtres & des faints Pafteurs qui les ont imités, & defquels la pieté eft notoire : prefentant en outre, en la vie de leurs freres Hermites, Capucins, & femblables, une aufterité, accompagnée de jeûnes, & prieres, façonnées à leur mode : œuvres, en apparence, condignes de quelque grand falaire : & fous ces voiles aïant entrepris, à couvert, le myftere d'iniquité, iceux craignant qu'à la longue la lumiere des Ecritures faintes ne découvrît cette étrange diverfité, ou plutôt contrariété qui eft entre leurs traditions & preceptes, & la verité Evangelique, en ont empêché, à leur pouvoir, la lecture, partie par perfuafion, & partie par contrainte, à ceux qui n'étoient de leur Ordre. Ils ont, dis-je, par ci-devant, & par plufieurs fiecles, défendu l'impreffion de la Bible en langage vulgaire, & interdit à ceux qu'ils appellent Laïcs & Idiots, par mépris, c'eft-à-dire, tout le refte du peuple hors le Clergé, de lire les livres du Vieil & du Nouveau Teſtament (1) : ores qu'il fut beſoin que les preceptes qui y ſont contenus reſonnaſſent ès bouches des peres de familles, qu'ils les enſeignaſſent à leurs enfans, les écriviſſent aux portaux de leurs maiſons, & juſqu'aux bandes de leurs habillemens, ſelon le commandement de Dieu, qui a promis l'eſprit de ſageſſe & intelligence à ceux qui le cherchent & le demandent. Ce néanmoins, ils nont permis qu'ils en tiraſſent aucune doctrine ni inſtruction, qu'elle ne leur fût par eux préparée, mâchée, & aſſaiſonnée de leur ſel. Ils ſe ſont faits Maîtres des Ecoles & Univerſités, & illec ont aſtraint tous ceux qui prennent degrés, par étroits & religieux ſermens, de les ſoutenir & défendre. Par le miniſtere de leurs Moines, ils ont corrompu toutes ſciences, dépravé tous les auteurs anciens, & réduit la vraie Théologie en ſophiſmes, ineptes & vaines ſpéculations, ſe ſervant plus d'Ariſtote à théologiſer, que des Evangeliſtes ou Apôtres (2) : & par ces moïens ont étendu par tout le monde l'ignorance de la doctrine de Salut, ſuppoſant, en lieu d'icelle, des cérémonies étranges, & des traditions Papales ou Monacales, pour amuſer les ſens extérieurs, ce qui a couru pluſieurs ſiecles ; durant leſquels les Evêques & Paſteurs, plus ignorans que tous autres, ont accommodé les Charges Eccléſiaſtiques à leur maniere de vivre, qui eſt ſans penſement, & à l'aiſe : & s'ils ont retenu quelque ſoin, c'a été d'accumuler biens & honneurs temporels, & orner de richeſſes périſſables leur tant célebre Hierarchie : à quoi tous en général tant Prêtres que Moines s'emploient auſſi de grande affection, attirant biens de toutes parts, & ſe mettant en poſſeſſion de la terre par toutes voies & maniere d'acquerir. Et afin qu'aucune ſorte de charité naturelle & privée ne les détournât du devoir qu'ils ont à leur République, à laquelle ils doivent, ſelon leur créance, poſtpoſer tous autres reſpects, ils ont exalté les vœux de Virginité (3) : & déteſtant

---

(1) La lecture de l'Ecriture ſainte a toujours été recommandée par les ſaints Docteurs, & par les Ecrivains éclairés. Et en France on n'admet point les défenſes de lire les ſaints Livres en Langue vulgaire, & l'on n'interdit point cette lecture aux ſimples Fideles ; on la leur recommande même, pourvû que ce ſoit dans des verſions approuvées, & non corrompues par les Hérétiques ou par d'autres Traducteurs, dont la Doctrine ſeroit juſtement ſuſpecte.

(2) La Théologie de l'Ecole, bien priſe & bien entendue, a beaucoup d'utilité : l'Auteur qui en parle ſi mal, n'avoir connu apparemment que des Scholaſtiques reprouvés.

(3) Jeſus-Chriſt a loué le premier & exalté la virginité ; & ſaint Paul, inſpiré par le ſaint Eſprit, en a penſé & écrit de même. Il eſt faux que pour louer la virginité, on ait jamais déteſté le mariage, comme l'Auteur le reproche ici très injuſ-

le Mariage (dont, toutesfois ils, font un Sacrement) ont reçu le célibat entr'eux, afin de n'avoir caufe de reconnoître aucuns légitimes enfans, & fe décharger, par cette voie très oblique, de l'obligation que l'homme raifonnable a envers fa propre famille, felon Dieu & Nature : ce qu'ils ont ofé contre la parole de Dieu expreffe, contre l'ufage de la primitive Eglife, & contre le Concile de Nicée : abufant des paffages de l'Ecriture, qui condamnent les œuvres de la chair, & les faifant fervir à leur ufage, contre cette fainte ordonnance de Dieu, honnorable entre toutes, & qui eft un vrai refuge & rempart de la chafteté.

IX. Pour accroître ornement & fplendeur à leur ordre, & fortifier la principauté des Papes, ils ont invité à cette pompe les Rois & Princes de la terre, auxquels ils conferent certain rang entr'eux, pour les faire membres de leurs corps, les aïant obligés par promeffes & fermens, de maintenir leur dignité & hauts myfteres, auxquels ils attirent & allechent, par l'apât des Chapeaux & des Mitres, les enfans des illuftres familles, & tous ceux où ils apperçoivent favoir & dextérité d'efprit, ou avoir quelque autorité & réputation au monde, les revêtans de leurs commodités, ou leur concédant des Indults pour y participer. Quoi plus? Ce fiege Romain, par finguliere prudence à fon profit, & tendante à fon but, a comme contraint les Empereurs & les Rois, & autres Grands de la terre, par fcrupuleufes conceptions, & opinions de certain droit & devoir religieux, d'être environnés perpetuellement de Prélats de fa facture & de toutes fortes, & d'iceux remplir leurs Confeils & Cours de Juftices ; c'eft, en apparence, pour les honnorer & fervir : mais, au vrai, afin d'avoir moïen de favoir toutes leurs affaires, & par là les tenir en ferre, & les mener à fa volonté, établiffant par telle pourvoïance un Roïaume fous fa fouveraineté, ès entrailles de chacun des Roïaumes & Principautés du monde : fortifiant fa domination par l'affoibliffement & dépreffion honteufe de l'état civil, & de fes Magiftrats, en tou-

---

tement. Le Célibat des Prêtres eft de toute antiquité eccléfiaftique ; mais on n'oblige perfonne à entrer dans les Ordres facrés, qui engagent à garder le Célibat. Tout ce qui fuit contre les Vœux monaftiques, les Cérémonies de l'Eglife, le culte des Saints, la vénération des Reliques, les Pelerinages, les Indulgences, la créance de l'Eglife fur l'Augufte Sacrement de l'Euchariftie, &c. ne font que d'infipides répétitions de ce que les Proteftans ont dit tant de fois, & fur quoi ils ont tant de fois été refutés fans replique folide. Je ne ferai plus de Notes fur cela : le Commentaire deviendroit plus long que le Texte. On a de bons Livres fur ces matieres, c'eft au Fidele à les lire & à s'inftruire.

tes les contrées où il se fait reconnoître : esquelles l'esprit Papal va discourant, & furetant par toutes les nobles Maisons, & autres Familles privées, dont il peut être servi & étançonné, n'en dédaignant aucun appui, grand ou petit qu'il soit. Illec jettant ce Pere saint, à la mode de Rome, quelque amorce de bénéfices, oblige un chacun à lui, & fait accroire (ce qui a grande couleur) que par sa providence seule les grandes Maisons sont maintenues entieres, plus que par aucunes loix civiles : d'autant, dit-il, que sans ce qu'il retire à lui partie des enfans, où il y en a une multitude, & les pourvoit charitablement d'Evêchés, Abbaïes, ou riches Prieurés, il faudroit que le patrimoine s'y attenuât par appanages, dots, & partages, au détriment évident des familles. Cependant il ne s'apperçoit pas qu'il découvre lui-même ses prévarications, & fait connoître par cette pratique, qu'il ne nourrit le peuple de Dieu que du pain temporel, mal par lui usurpé : étant destitué, de longtemps & par son infidélité, du celeste.

X. S'étant ainsi assuré & muni de tous côtés ce Chef universel en terre, selon qu'il lui a semblé, il a retenu le titre de Pasteur & serviteur des serviteurs de Dieu, comme un manteau de feinte humilité, pour couvrir ses autres imperfections, & afin de faire paroître qu'il se veut acquitter du devoir pastoral, puisqu'il avoit rendu les hommes du tout charnels & terrestres, & éteint en leurs entendemens toute connoissance de la nature Divine, & de ce à quoi elle prend plaisir, & singulierement rendu le Messias si non inconnu, au moins comme imbecille & subsidiaire à autres siennes inventions, tant qu'en lui a été, il leur a introduit & commandé, par conspiration & complots avec tout son Clergé & ses Moines, un service convenable à leur capacité, & selon sa conscience : voire avec telles & si severes menaces, qu'il faut faire état qu'au regne Papal, & selon la doctrine Romaine, bien faire, c'est obéir au Pape, & mal faire, c'est lui desobéir & déplaire. Là chacun peut meriter paradis par bonnes œuvres, dont le fondement est la bonne intention, témoignée par les profits & émolumens qui en reviennent à sa Gendarmerie : ce sont collations & dons de meubles ou immeubles, & fondations de revenus aux Eglises de sa profession, voïages, pelerinages, & les vœux qui ont ces addresses : pour lesquelles utilement désigner, l'invocation des Saints trépassés y a été publiquement, & de voix & par écrit, annoncée, faculté assignée à chacun d'iceux de donner certain secoûts, certain foulagement aux humains vivans en ce monde en cas de maladies, en affaires de guerres, & toutes fortes de périls ; voire souvent à tels Saints, que l'on pourroit raifonnablement douter s'ils ont été Chrétiens. Car plufieurs de cette forte font fanctifiés par les Papes, de leur pleine prétendue puiffance de juger les vifs & les morts, & ouvrir le ciel à qui ils veulent ; lefquels Saints font faits patrons & protecteurs des païs, & comme Dieux tutélaires des Roïaumes & Provinces, & appellés ès Diocefes & Paroiffes, où l'on leur fait des vogues, & des facrifices à la Païenne, ce qu'on ne peut nier ; & leur a-t-on dédié & confacré des Temples & des Fêtes folemnelles, érigé des images & ftatues fur les autels, auxquelles font faites offrandes & prieres par le peuple infenfé : attribuant à leurs moïens & mérites tout ce que Dieu miféricordieux lui octroie de bien & de profpérité ; & non contens de les chercher au Ciel (où plufieurs ne font pas), ceux qui vivent en ce regne Papal, font perfuadés de courir de Province en Province, & paffer d'Europe en Afie, ou Afrique, pour adorer leurs os, rechercher leurs fépulchres, & toutes chofes que l'on eftime leur avoir fervi en cette vie, auxquelles font attribuées grandes vertus, généralement ou particulierement, à certaines néceffités ; en quoi Dieu fait quelles farces ont été jouées pour abufer le pauvre peuple. Et le monde a vu comment pour le profit qui revient de cette doctrine & pratique aux Miniftres Romains, ils ont fi fouvent & très impudemment débattu entr'eux en jugement, découvrant leurs fauffetés & impoftures en ces Reliques fuppofées ; tellement que pour avoir été tels procès jugés ambigument, ou laiffés indecis (chacun des contendans demeurant en poffeffion de fes droits & coutumes), il s'eft trouvé infinis faints avoir eu qui deux, qui trois ou quatre têtes, autant ou plus de bras & de jambes, en cette Religion : où il eft enfeigné & foutenu que les Saints trépaffés voient tout ce qui fe fait en ce monde, oient les prieres des vivans, en quelque part qu'elles foient faites, impetrent les graces, & leur eft donné un foin de ces chofes caduques, & quafi une obligation de rapporter à Dieu toutes les demandes impertinentes que l'on leur fait, & d'avoir en recommandation les perfonnes, les enfans, maifons, bœufs, ânes, chevaux, & pourceaux de leurs adorateurs. Là deffus, pour les combler d'honneurs divins, felon l'humaine dévotion, ont été ramenés prefque toutes les façons de fervices que les Païens avoient accoutumé de faire à

F f ij

leurs idoles, & mifes en ufage entre Chrétiens les proceffions ; les fupplications & Litanies qu'ils appellent, où ils interpellent tous les Saints & Saintes pour la paix publique, pour la fanté, pour l'abondance, & garde des fruits ; & là font portées leurs châffes & images fur les épaules, en pompe & avec parade de torches & flambeaux, chants & fons d'iftrumens, croix, bannieres, parfums, armes, chappes ou manteaux impériaux, & autres précieux accouftremens : imitant tous les attraits accoutumés par les anciens Romains (dont ils veulent repréfenter, voire furpaffer l'Empire) ès monftres de leur fuperftition, ou en leurs triomphes militaires. Sur toutes leurs dévotions, font fingulieres celles qu'ils montrent envers la Vierge Marie, la Croix, & le Sacrement qu'ils appellent de l'Autel : où ils ne fauroient cacher ni diffimuler le mépris de Dieu Créateur fouverain du monde, & de fes commandemens, & des graces qu'il a offertes aux humains par l'entremife de fon Chrift notre Sauveur. Il y a aujourd'hui des Litanies de nouvelle fabrication, entre aucunes Sectes & Confrairies peculieres à la Vierge Marie, où, comme vous pouvez vous informer, tout ce qui convient à la Majefté de Dieu Eternel, & à l'office & puiffance donnée à Jefus-Chrift feul, eft attribué à icelle par les enfans de l'Eglife Romaine, qui l'appellent porte de Paradis, & leur efperance : veulent qu'elle commande à fon Fils, par droit maternel, & lui donnent toutes autres prééminences.

XI. La dignité dont ils ont revêtu le pain & le vin Sacramentaux, ordonnés par Jefus-Chrift pour célébrer fa memoire, & élever notre foi à lui au Ciel, appartient à l'excellence dont le Pape a voulu revêtir les Prêtres de fa profeffion. Car afin que l'on ne penfât qu'il ne tînt les ordonnances de Jefus-Chrift en l'honneur qu'elles meritent, ne fe contentant pas de ce qu'il en a enfeigné, & de l'ufage qu'en ont montré fes Apôtres, il a bien voulu qualifier icelles, & ceux qui les traitent & manient fous lui & avec lui, en toute perfection, félon fon fens. Approuvant fur-tout, avec applaudiffement, l'opinion exquife de la Tranfubftantiation du pain & du vin en cet acte, & au Sacrifice de la Meffe, au vrai corps naturel de notre Sauveur, auquel il a fouffert mort & paffion pour nous, où il veut faire accroire que la fubftance de ces élémens vifibles cede à icelui, & s'évanouiffe, retenans par je ne fais quelle Philofophie leurs accidens. Cè qui fe fait, dit-il, par la prolation de ces paroles, *Hoc eft enim Corpus meum*, de la bouche d'un Prêtre : lequel

1592.

APOLOGIE
POUR LES PRO-
TESTANS.

ordre suprême en l'Eglise, où font néanmoins admis les plus
ignares & ineptes du Clergé, est de telle dignité, que si ceux
qui y font immatriculés proferoient ces mots sur le pain de tout
un marché, & sur-tout le vin d'une étape, voire de tout le
monde s'ils l'avoient là présent, moïenant qu'ils eussent intention de consacrer, tout se convertiroit en Corps & en Sang de
Jesus-Christ : Lequel Corps ils peuvent sacrifier, disent-ils,
(sans effusion de sang toutesfois) & l'offrir à Dieu son Pere,
pour la prospérité temporelle des vivans, le soulagement des
ames des Trépassés, & pour obtenir le salut & la vie éternelle,
voire *ex opere operato, atque adeò ipsius operantis.* Par laquelle
faculté il est affermé & cru en la tourbe Romaine, que les
Prêtres font créateurs de leur Créateur, & par conséquent plus
dignes que la Vierge Marie, qui n'a enfanté Jesus - Christ
qu'une fois, mais ceux-ci le créent tous les jours. Et d'abondant, afin qu'on ne présumât que le mystere de ce changement materiel fût chose transitoire & volage, il a été ajouté
en leur croïance, que ce Corps de Jesus-Christ ainsi façonné
demeure sous la semblance du pain, voire hors l'usage de la
Cene, ou de la Messe, en quelque part qu'il soit gardé, pour
en aider les malades & les Saints ; & que par-tout où l'homme
le rencontre, il le faut adorer de la plus humble adoration :
(car ils en font de plusieurs degrés). Doctrine absurde, étrange, & du tout éloignée de la fin & droit usage de cette sainte
cerémonie, & de tous Sacremens, tant de l'Ancienne que de la
Nouvelle Alliance.

XII. L'on pourroit passer légérement l'excès des contributions pour les magnifiques & roïales structures des Temples
servans aux Corps, Colléges & Compagnies sacrées de cette
République Romaine, & de tant de Couvents dressés à l'appetit de ces beaux Péres pour consoler leur pauvreté, & alléguer
la pésanteur de leurs dures Regles, par la beauté desquels édi-
fices aussi est attirée la dévotion des Peuples : parceque, possible pourroient ces colosses être aucunement excusés par les raisons politiques, pour la décoration des bonnes Villes, s'ils
étoient emploïés à meilleurs usages. Mais cette quantité de Vais-
seaux sacrés d'or & d'argent, les riches tapisseries, les lampes perpétuellement ardentes, les suffumigations, les Eaux benites,
ces tonnerres de cloches, & les pompes funebres, cette bruïan-
te musique de voix & d'instrumens : ces choses, dis-je, & autres dont j'ai déja parlé, ne semblent-elles pas rappeller

les vieilles cerémonies de l'ancienne Loi finies en Jesus-Chrift, qui ne veut plus que l'on s'amuſe à la terre ? ou plûtôt les va-nités & ſuperſtitions païennes en leurs damnables. ſacrifices ? Notamment puiſqu'en icelles entre la tourbe Romaine l'on re-connoît ſainteté, mérites à les donner, expiation des coulpes à en uſer, & mille autres vertus ?

XIII. Les Papes, uſans de leurs facultés & ſouverains pou-voirs, ont adjoint aux deux Sacremens inſtitués par le Fils de Dieu, cinq autres cérémonies, ſous même nom de Sacremens, dont aucunes ſont de néceſſité, autres remiſes à la volonté des perſonnes, La Confirmation (1), cerémonie ſuppoſée au lieu des Catéchiſmes anciens ; le Mariage, acte, & contrat, partie religieux, partie civil ; l'Ordre de Prêtriſe, & autres degrés Eccléſiaſtiques, qui ſont de particuliere vocation ; le Sacre-ment de Penitence, qui implique la Confeſſion Auriculaire, & l'Extrême-Onction. Entre ces actes, la Confeſſion Auricu-laire eſt comme néceſſaire entre ceux qui leur ſont ſoumis, & en font une dépendance principale de leur miniſtere, qui don-ne cauſe à leur puiſſance de lier & délier, pardonner & abſou-dre : mais cette curioſité d'entendre par le menu les pechés des hommes, n'eſt point de l'ordonnance de Jeſus-Chriſt, & ne s'eſt vue aucunement en ſes vrais Miniſtres. Bien veut-il que chacun ſe confeſſe pécheur devant Dieu, qui ne réproche point, mais pardonne, & ne veut pas pourtant que l'on diſſi-mule ſes faits ſcandaleux, & requérans réparation exemplaire en édification de l'Egliſe. Mais qu'eſt-ce qu'a de ſemblable cette Confeſſion privée ? Elle eſt ancienne, à la vérité, & n'a pas été ſeulement en l'Egliſe Latine, mais on l'a eſtimée choſe indifférente (2), & qui s'eſt pu abolir en certain temps, pour l'abus d'icelle, comme le teſtifient les Hiſtoires. Elle a néan-moins été relevée & repriſe très volontiers par nos Evêques univerſels, & étendue par tous les endroits de leur domaine, comme artifice ſervant à leurs deſſeins, & accommodant leurs ſuppots. Car, par-là ils préſument ſavoir tous les faits, voire les penſées des humains, & font valoir la pénitencerie, tant à

(1) La Confirmation eſt un Sacrement de l'Egliſe, non une Cérémonie : elle ne ſupplée point à l'inſtruction ; & c'eſt une calomnie de dire qu'elle diſpenſe des Ca-téchiſmes, puiſqu'au contraire on inſtruit les enfans avant que de les admettre au Sacrement de Confirmation. Ce que l'Au-teur ajoute pour décrier la Confeſſion Au-riculaire n'eſt pas plus ſenſé.

(2) Il eſt faux que la Confeſſion Auricu-laire ait jamais été regardée comme indif-férente. L'Auteur allégue les Hiſtoriens, ſans en citer aucun, & il fait bien ; toute l'Hiſtoire de l'Egliſe le dément.

1592.
APOLOGIE
POUR LES PRO-
TESTANS.

Rome, que par-tout ailleurs : ramenant toutes les fatisfactions à leur profit. L'Extrême-Onction eft un Sacrement imaginaire, fondé fur un paffage de l'Épître faint Jacques (1), denotant obfcurement quelque maniere peculiere ufée en certains lieux, ou par certaines perfonnes autour des malades, laquelle n'a du être tirée en conféquence, parcequ'elle n'a point de commandement. Or, combien cela a fervi & fert aux Curés & Vicaires Romains, & mêmes aux Chapelains vivans de Meffes & autres fondations, il eft affez notoire. Car, la confolation commune qu'ils donnent aux malades, lefquels ils voient prochains de la mort, eft de les importuner qu'il rachettent leur ame en bienfaifant aux gens d'Eglife, & leur départiffant de leurs richeffes, afin qu'ils prient Dieu pour eux après leur mort. En laquelle pratique tant d'ouir en confeffion chacun, que de vifiter & confoler les malades, font intervenus les Moines par privilége, faifant auffi, pour leurs intérêts, devoir de leur côté de fe recommander. Tellement que qui confidere bien la charité, la pourvoïance des faints Peres, qui ont tenu le Siége Romain, à rendre tout l'Ordre Eccléfiaftique, qui eft de leur façon & parti, recommandable aux Peuples, pour ne leur laiffer avoir faute en ce monde, il les trouvera, certes admirables. Car en effet ceux qui font entrés en cet Ordre, n'ont aucune néceffité qui les preffe, combien qu'il y ait des Moines qui font état de pauvreté & de mandicité : tant ils font copieufement fournis de moïens pour fe pourvoir, fur les vivans & fur les morts.

XIV. Il n'y eut jamais invention qui apporta plus de profit à fes Inventeurs, fauteurs & adhérants, que la perfuafion du Purgatoire (2), felon que les profits & dommages fe mefurent au monde, par ceux qui y veulent regner. L'Eglife Romaine doit reconnoître ce bien des devotes fpéculations des Moines, & fpécialement des Bénédictins, foutenus par les fubtils fondemens des imaginations humaines, voulant recueillir le fruit des femences de cette Doctrine jettée par Origene, Jerôme, Lactance, & femblables perfonnages, renommés à la vérité, en l'Eglife ancienne, mais déclinante & grandement déchue de fon intégrité ; fur-tout favorifés par la divine Philofophie

(1) L'Extrême-Onction n'eft pas feulement prouvée par le paffage de faint Jacques, qui fignifie en effet ce qu'on lui fait fignifier ; la réalité de ce Sacrement eft auffi démontrée par toute la Tradition.

(2) L'abus que l'on a pu faire de la Doctrine fur le Purgatoire, ne diminue point la vérité de cette Doctrine. Mais les Proteftans reduifent leurs Articles de Foi à prefque rien.

de Platon. Or, étant ces grands Vicaires univerſels, qui ſont attentifs à dreſſer une Monarchie au monde, & élever une Tour contre le Ciel, jaloux, & toujours aſſez mal d'accord avec notre Sauveur J. C. ordonné de Dieu ſon Pere, unique Hoſtie, & Sacrifice agréable pour la redemption de nos pechés : dont le regne n'eſt pas de ce monde, lequel il a combattu & vaincu, & le combat tous les jours en ſes membres, eſquels cet ennemi voudroit revivre & s'efforcer de dominer, ils ont eſſaïé par tous moïens de l'éloigner de la penſée des hommes, le faire méconnoître, & volontiers en euſſent aboli la mémoire : Ce qui ne leur étant permis, encor que l'ingratitude des humains le méritât, ils lui ont voulu ravir l'honneur de notre entiere délivrance, & rendre par inſigne perfidie tous ſes faits & moïens imparfaits. Conſpirans donc les Papes avec les Freres ſuſdits, ils ont imaginé un lieu ardent aux Enfers, auquel les ames de ceux qui ſont morts en l'obéiſſance de l'Egliſe Romaine, ſont tourmentées à temps, & purgées par feu, de leurs pechés commis en ce monde, & dont ils n'ont fait pleine ſatisfaction : deſquels pechés la coulpe étant remiſe par la mort de Jeſus-Chriſt, la peine (diſent-ils) eſt exigée en ce lieu, ſelon la gravité des offenſes ; qui de perpétuelles, ſont faites temporelles en faveur de cette Mere Egliſe Romaine : par les mérites de laquelle, & l'application des tréſors de ſa Sainteté, de ſes ſuffrages & bonnes œuvres, ces peines qui ſe pourroient étendre à milliers d'années ſont grandement abregées, & ſouvent retranchées tout court. A la lueur de ce feu s'eſt égaïée toute la Hiérarchie Romaine, qui en eſt devenu active à merveilles, déploïant chacun en ſon endroit tous les nerfs de ſon éloquence, pour retenir les Peuples en religieuſe terreur de ce feu de Purgatoire. Tellement que, & vivans & mourans, tous ont été induits à n'épargner leurs biens, pour acquérir la faveur & bienveillance du Chef Romain & de ſes Membres : achetans des Curés & des Colléges, des Prêtres & des Moïnes, leurs Prieres, Jeûnes, & Offices, & tous leurs artifices, pour ſauver leurs ames, ou celles de leurs parens & amis, de tels & ſi durs châtimens, & tourmens de ſi longue durée. Par où le nombre des Pretres, Moines, Chapelans, Clercs, & autres ſervans à ces trafics, s'eſt grandement accru, & en a été la Principauté du Pape Romain, fortifiée à merveilles, par toutes les Regions de ſon Empire, chacun y trouvant aiſément, voire ſuperfluement, à travailler de ſon métier. Certains cas ſont toutesfois réſervés,

esquels

1592.
APOLOGIE
POURLESPRO-
TESTANS.

efquels il faut néceffairement recourir à fa Béatitude : laquelle auffi a certaines affignations fpéciales, efquelles elle envoie fes Bulles, Pardons & Indulgences aux Provinces, ou lieux particuliers, à cet effet. Et quelquefois confere ces mêmes graces par fes Légats qu'elle dépêche çà & là : le tout moïen-nan certaines collations & devoirs. Nos Peres ont fouvent vu prêcher la Croifade pour recueillir deniers, fous prétexte de racheter prifonniers, ou de faire la guerrè aux Turcs : & no-nobftant qu'ils fuffent enfans dévots de l'Eglife Romaine, nous ont raconté, avec regret mêlé de rifée, comme les Commif-faires délégués par le Pape Leon, faifoient grandes promeffes de copieufes délivrances des ames de ceux dont les parens con-tribuoient la taxe ordonnée ou plus : mais puis jouoient les deniers entr'eux, fe mocquant de la fimplicité du Peuple, & nommoient ce qu'ils couchoient au jeu, ames de Purgatoire, dix, vingt, trente, felon le vade ou mife qu'ils faifoient. Quoi que ce foit, de l'opinion de ce feu purgatoire font ve-nues la plûpart des grandes richeffes du Clergé ; car puifqu'on a cru que les pechés fe pouvoient effacer en donnant, & qu'on fe fauvoit de la peine par préfens, tous ont contribué, Rois, Princes, Gentilshommes, Bourgeois & riches Marchands, & en fomme toutes conditions d'hommes & de femmes, qui ont eu quelques moïens ; le pauvre feul a participé peu ou point à ce bénéfice : tous ont dû fonder quelques rentes ou revenus pour cette charité, par laquelle il eft évident, à qui a piété, que partie du mérite de Jefus-Chrift eft anéantie, & fon office, de nous avoir parfaitement rachetés, & de la peine & de la coul-pe, ufurpé ; outre l'abfurdité en Droit, auffi bien qu'en Théo-logie, remarquée par plufieurs gens d'efprit en ce fait, lefquels ne peuvent bien comprendre, quelle peine fauroit écheoir, là où la coulpe eft entierement remife ; même fe ramentevant de l'Hiftoire Evangelique, du brigand qui reconnut Jefus-Chrift en la Croix, & le confeffa être le Fils de Dieu, lequel ne fut point par lui envoïé à ce feu de purgatoire, mais eut affurance d'être avec lui directement ce jour-là même en Paradis. Or, Prêtres, Moines & autres Miniftres du Siege Romain, fe font par cette ouverture de commerce, évertués, ainfi que font les Merciers & Artifans aux foires, de propofer nouvelles fortes de fervices, qui ont été autorifés & approuvés par leur fouve-rain Pontife, comme inftrumens propres à tirer les ames du purgatoire, ou les écus des bourfes. Ils ont, par ce moïen, été pourvus de Terres & Seigneuries, de Duchés & Comtés ; on leur a bâti des Temples, & superbes Monasteres, doués de riches meubles, & d'ornémens à foison ; & par-là ont participé aux proies & butins de toutes les guerres qui se font deme-nées sur la terre. Lesquelles choses ils pensent avoir bien acqui-ses, & amplement recompensées par leurs Chants & Offices, & sur-tout par Messes. Et si ont su fort bien entretenir le mon-de en opinion de la nécessité de ces remedes, par plusieurs miracles controuvés, & fausses apparitions de Trépassés, qui demandoient soulagemens, & semblables pratiques.

XV. La Messe privée, que les Prêtres Romains disent aux Paroisses & ailleurs, est sans doute venue au monde pour être par eux opposée aux peines de purgatoire, & afin de donner moïen à tous de jouir des benignités & indulgences Papales à peu de frais. Il n'en a été fait memoire entre les anciens, plus de 700 ans après l'Ascension de notre Seigneur. Bien usurpoit-on en ces temps-là ce mot de Messe, détourné d'une autre, plus propre signification pour dénoter la Cene de notre Seigneur Jesus-Chrift, laquelle étoit déja dépravée par plusieurs superf-titieuses cérémonies, célébrée diversement entre les Chrétiens & en divers temps, selon les coutumes reçues ès Provinces & Dioceses; mais pour le plus c'étoit tous les Dimanches. Quoi-qu'elle fût déguisée, c'étoit une communion de plusieurs au Sacrement du corps & du sang de notre Sauveur; au lieu qu'en cette-ci dont il est question, le Prêtre seul y fait tout ; mais principalement offre un sacrifice qu'il entend appliquer au be-soin des vivans & des trépassés, moïennant salaire. A icelle ont donné fondement les Papes, fauteurs & ramasseurs des céré-monies, comme Gregoire Premier, Moine, & semblables; les-quels commencerent à donner nom & forme de sacrifice expia-toire à la Cene du Seigneur. Puis par les accessoires de ceux qui sont venus après, elle s'est façonnée peu à peu, & rendue telle qu'elle se présente maintenant, à savoir un assemblage & mauvais rapport de plusieurs pieces, où l'on a voulu réduire toute la somme de la Religion Chrétienne & de ses exercices, pour amuser le peuple en ce seul acte, sans qu'il se donnât peine de chercher autres aides à salut, & l'entretetenir par ce moïen en ignorance, ce qui fait grandement pour le Clergé.

XVI. A mitiger l'ardeur de ce feu purgatif, servent aussi beaucoup les Sectes & vœux Monastiques : car, selon la doc-trine Romaine, c'est un état de perfection, voire si excellent

·1592·

APOLOGIE
POUR LES PRO-
TESTANS.

& defirable, que pour entrer en icelui, il eft licite de fouler aux pieds pere & mere, au cas qu'ils vouluffent empêcher leurs enfans de cette bonne intention. Ces Religieux s'affligent par auftérité de vie, & dures regles, & fubiffent volontairement certaines charges très difficiles & pénibles, dont ils s'acquittent entièrement, comme ils affirment. Et fi n'eft pas petit le nombre de ceux d'entr'eux qui font beaucoup de bonnes œuvres à quoi ils ne font pas tenus : qui jeûnent, dis-je, veillent & prient fuperabondamment, & plus que leurs vœux & profeffions ne les aftreignent, & outre & par deffus celles qu'il faut qu'ils faffent pour les bonnes gens qui les mettent en befogne en païant. De toutes ces œuvres qu'ils appellent fuperérogatoires, le Pape fait un recueil, les mêle avec le fang & les mérites des faints Martyrs, & en fait un excellent tréfor, duquel il a la clef : & puis étant fupplié, ou bien *ex motu proprio*, il diftribue la vertu & fainteté de ces chofes à ceux qui en ont befoin en vie ou en mort.

XVII. Or, comme entre toutes les Religions qui ont été reçues & exercées en terre, il y a grande apparence qu'il n'y en ait eu aucune moins religieufe, ni plus éloignée de l'efprit, que la Romaine (1) ; auffi cette défectuofité eft recompenfée, comme l'on croit, par une bonne police en fon empire mondain. Car entre toutes les Républiques qui ont jamais été, il ne s'en trouvera aucune femblable à celle des Papes, en toutes proportions requifes, pour longuement & abfolument regner au monde, ni qui ait compris fi exactement toutes les formes de polices, pour diftribuer géométriquement ou arithmétiquement les biens & les maux, l'aife & les travaux, les falaires & les peines ; non feulement entre le Clergé, mais parmi tous ceux qui reconnoiffent & adorent leur fainteté & leur puiffance. Par raifon & proportion arithmétique font en certaine façon exempts de la Jurifdictions des Princes & Magiftrats civils, tous ceux qui font reçus aux Ordres. Et même les fimples tonfurés peuvent fort bien décliner de leurs Juftices en tous cas, voire tous font tenus de contefter au Tribunal Romain, fi on l'appelle, & les peuples, & les Princes, & Rois mêmes, fi l'on veut croire au

(1) C'eft précifement tout le contraire : il n'y a que l'Eglife Catholique qui ait confervé la pureté de la Doctrine & celle des mœurs, & il n'y a de Saints que dans fa Communion. Les abus de la Cour de Rome, & ceux qui fe font gliffés dans le Clergé Séculier & Regulier, ne font rien contre cette vérité. Tout homme inftruit condamne les abus & ceux qui s'y livrent, mais ne condamne pas pour cela la Société ou ils fe trouvent.

Pape. Tous Eccléfiaftiques, Seculiers ou Reguliers, & les Laïcs aufli ont généralement, ou par vœu particulier (qui toutesfois n'altere ni augmente rien en ce regard), obédience au Pape. Tout le Clergé entierement promet chafteté, c'eft-à-dire, de ne fe point marier, afin que tout ce que ces gens ont d'affection naturelle, foit retenu en leur ordre ; & emploïé pour l'avancement & grandeur de ce regne à trois couronnes. L'on pourroit dire aufli que tous également fubiffent les Loix Cypriennes, ou par coutume venue de longue poffeffion, ou par permiffion d'avoir quelque compagnie, moïennant contribution (qui n'accroît aufli rien, ni ne diminue à cette faculté). Les charges & travaux font départis en cette République fainte géométriquement. Car tous y font prieres, chantent, prêchent, ou font chofes équivalentes, jeûnent, & s'abftiennent de manger chair peu ou affez. Tous y ont quelque doctrine, ou quelque apparence de cela, & en tous aufli fe trouve de l'ignorance, mais felon certaine portion convenable à leurs qualités & rangs. Et entre ceux qui font appellés Laïcs, il ne fe trouve condition aucune de perfonnes, qui ne foit accrochée à cette Hierarchie, par quelque participation de fes douceurs & dévotions ; & ès actions & occupations defquels, foit politiques ou domeftiques, & privées, & leurs fuites & conféquences, le Clergé ne touche, & ne fe tienne par quelque bout, felon cette même raifon & proportion géométrique.

XVIII. Il fe trouve aufli en cet Etat Romain des Chevaliers facrés de diverfes fortes, dont aucuns fe peuvent marier (à la Grecque toutesfois), autres ne fe marient point par profeffion ; tous lefquels fe peuvent dire meftifs entre les gens religieux & les prophanes, afin que par un tel moïen puiffent mieux compatir ces qualités fi diverfes ; promotions aux honneurs y ont lieu & fe pratiquent felon que l'on connoît la diligence & dextérité d'un chacun à fervir fainte Eglife, & ce Chef Minifterial, Lieutenant de Dieu en terre : & fouvent y voit-on Moines & Cureaux avancés, pour avoir bien crié, fu débattre par fophifmes, & mentir hardiment pour foutenir la Papauté : lefquels, de Belîtres deviennent Prélats ; & de cette étoffe ou matiere font fouvent faits les Papes. Les bénéfices dont il y en a de toutes fortes, grands, moïens & petits, feculiers & reguliers, & les dignités qui ont Terres & Seigneuries annexées, y font conferées & octroiées, eu égard à la nobleffe, à l'humilité, civilité, courtoifie, & merites corporels des hommes &

des femmes, envers le Chef ou les membres de cette Eglise
triomphante, en ce monde. Et quelquefois auſſi à la bourſe des
impétrants, & aux rogations d'icelle, ordinaires & extraordinaires. Et à chacun eſt ainſi donné ſelon ſa robbe, vœu & profeſſion ; à quoi ſont admis auſſi aucuns Laïcs par indults & permiſſions, & moïennant qu'ils nomment, ou ſans cela. Les peines ont auſſi en la Juriſdiction de ce ſiege leurs dégrés, & ſont
appliquées par proportion géométrique ; excepté que cette pratique change quelquefois pour le regard du péché contre le
ſaint eſprit Papal, dont ſont tachés ceux de la Religion Réformée, lequel eſt irrémiſſible & mortel à Rome, & par tout ſon
reſſort & ſouveraineté, comme ils l'ont éprouvé, même depuis
trente ans en çà. Car oſant parler haut contre les traditions &
decrets des Papes, on les a par-tout maſſacrés cruellement,
hommes, femmes, & enfans, également & arithmétiquement,
quand on les a pu attrapper (1). Et ne faut pas douter, vu une
telle animoſité, que ſi cette principauté n'avoit autres adverſaires que le ſens & la force humaine, elle ne ſe trouvât à préſent délivrée de cette importunité, pour pouvoir enclorre en
ſa triple couronne, ſans contredit, toutes les puiſſances qui
ſont ordonnées de Dieu en ce monde terreſtre, & qu'elle n'eut
effacé leur nom d'entre les humains. Mais ce Meſſias, auquel
en effet toute puiſſance eſt donnée au ciel & en terre, lui in-
terrompt ſes deſſeins, & la guerroie par ſa parole, découvrant
par la clarté d'icelle ſes attentats, & les fraudes de ſon Office
Paſtoral ; par où ſes freres (les membres, dis-je, de ce Chriſt
glorieux) ſont confirmés & certifiés à plein, que l'intention
des Papes en toutes leurs actions ſus-mentionnées, eſt de regner
en ce monde, par deſſus tous Empereurs, Rois & autres Potentats, pour ſe dire ſeuls Monarques univerſels, & faire à
leur ſouhait la guerre aux Saints, & à l'Egliſe Catholique en
général, de laquelle ils ſe diſent Chefs en terre, combien qu'il
n'aient aucune accointance à icelle, que pour la deshonnorer
& lui nuire, haïſſant mortellement ſon vrai Chef & Epoux
Jeſus-Chriſt, & tous ceux qui portent ſes marques & enſeignes,
& ne pouvant ſouffrir, en aucune part où s'étende leur pouvoir, choſe qui ait rapport à la vie ſpirituelle, que par faux

---

(1) L'Egliſe n'a jamais approuvé qu'on   nition exemplaire, c'eſt à l'Etat à les repri-
verſât le ſang des Hérétiques ; elle veut   mer & à leur infliger la peine qu'ils méri-
qu'on les inſtruiſe. Mais quand ils troublent tent.
l'Etat par des crimes qui méritent une pu-

femblant. De ces excès aucunement apperçus par toutes perfonnes qui ont quelque fens commun , font à plein les Chrétiens certifiés par la parole de Dieu , & du tout éclaircis par la
conférence & rapport des faits des Papes aux faintes Ecritures,
confervées par la providence de Dieu , pour regle de leur édification, & pour éprouver les efprits s'ils font de lui ; fans laquelle
il feroit fort aifé à tous impofteurs d'induire le peuple en toute
efpece d'Idolâtrie. Joint qu'ils ont aufli les actes & hiftoires des
Eglifes anciennes , accordantes à cela ; les traces defquelles ils
voient couvertes & empêchées par le fiege Romain , & la proportion qu'elles avoient avec la doctrine celefte diffipée. Car
par les déguifemens d'icelui , la vraie Théologie eft fupprimée
& inconnue , comme il a été dit , & long-tems y ont été mé-
prifées toutes fciences liberales ; les Cures , qui font les charges
plus importantes en l'Eglife , y font encore à prefent pour le
plus délaiffés à des maraux ruftiques , qui les prennent à ferme ,
pour en tirer le baife main. Ce n'eft plus l'office des Evêques de
prêcher , ni d'adminiftrer les Sacremens aux Chrétiens , ils s'ad-
donnent à baptifer des cloches , à porter des idoles en pompe ,
à donner des bénédictions muettes , à fe parer & diaprer , &
comparoir ainfi ornés à la façon des Rois. Ce n'eft plus à faire
à eux d'annoncer au peuple fa redemption en Jefus-Chrift. S'ils
prêchent , c'eft rarement , folemnellement & par oftentation :
ils font trop ignorans la plupart , pour ce faire : partant ils en
baillent la charge à des Moines , & à des Jefuites nouveaux venus , gens en cet exercice fubtils , mais vagabonds & comme
inconnus des troupeaux aufquels ils prêchent. Ces Moines de
diverfes factions , aucunement honteux de ce qu'on leur reproche d'avoir jadis corrompu toute faine doctrine , repu le peuple
de fables , & fervi à tous de rifée , (car on le leur remet aujour-
d'hui en face , fans qu'ils le puiffent nier)-, fe font mis comme
finges à imiter ceux qu'ils perfecutent , reprenant la façon ancienne de catéchifer les enfans ; plufieurs d'entr'eux s'adonnent
maintenant à certaines études , & circuiffent la terre & la mer ,
cuidans démontrer en cela devoir & charité , & font rage d'é-
crire & d'enfeigner : mais quoi ? doctrines pleines d'impoftures , foutenues par fophifmes , fentant en fomme le levain du
Pape , auquel ils font dévots , fans oublier le ftyle acoutumé
d'émouvoir le Peuple à fédition , & les Princes à cruauté & injuftice : les faifant miniftres de leurs fureurs , contre ceux qui
combattent les traditions des Papes , contraires aux regles de

la Foi, & cette prétendue puiſſance de lier & délier, qu'eux &
les leurs emploient ſelon leur appetit, & pour établir leur
Roïaume terreſtre. Pieça qu'on n'a vu Pape Romain, & moins
aucun de ſes Miniſtres exercer bien à point cette puiſſance, ni
s'échauffer beaucoup à l'encontre des blaſphemateurs du Nom
de Dieu, ni contre les ſéditieux perturbateurs de la tranquillité publique, meurtriers, raviſſeurs, tyrans, uſuriers, adulte-
res, inceſtueux & brutaux, vices communs en ce malheureux
ſiecle; leſquels ſont plûtôt couverts à Rome, où il y a diſpenſes,
abſolutions, & taxes de deniers pour toutes ces choſes, en leur
boutique qu'ils appellent la penitencerie. Ce n'eſt donc pas
ſans grande occaſion que ceux d'entre les François qui ont
ſentiment de pieté & zele de Religion, ſe retirent d'une ſi dangereuſe école, & eſſaient d'aſſurer leurs conſciences par une
meilleure que celle des Romaniſtes : voire étant de ſi longtemps
admoneſtés par eux-mêmes. Car, comme j'ai touché ci-devant,
ce n'eſt pas ſeulement cet âge qui s'eſt ſcandaliſé d'une telle
perverſité, l'odeur en a été déplaiſante en tous ſiecles, eux-
mêmes, dis-je, s'en ſont apperçus : s'il s'eſt trouvé quelqu'un
de leur Ordre appuïé de médiocre ſavoir & Doctrine, parmi tant de ronces de ſtupidité en la vraie Théologie, lequel ait
mis la main à la plume, il a incontinent heurté en cette pompe arrogante & tyrannique des Papes, témoin ſaint Bernard à
ſon Eugene (1). Laquelle poſſible ne ſeroit pas du tout tant
odieuſe à aucunes ames tiedes, ſi elle tendoit ſeulement aux
délices du Clergé, au detriment, dis-je, d'un ordre & rang de
mauvais Chrétiens qui ſe contentaſſent d'être aveugles, ſans
vouloir aveugler le reſte du monde. Mais elles s'échauffent à
bon droit, voïant que de-là partent tous les traits qui ſont
lancés contre l'honneur de Dieu, & de notre Médiateur &
Sauveur Jeſus-Chriſt, pour le percer au travers des côtés, ou
des poitrines de tous les humains, leſquels ſont par cette im-
perieuſe Papauté ravis à leurs légitimes Seigneurs, & Magiſtrats, pour les diſpenſer de bien faire, & les contraindre à
mal croire : & en ſomme, les ranger deſſous ſes profanes loix.
Car elle a jetté les ſceptres & couronnes des Empereurs & des
Rois à ſes pieds, & en foule en ce temps, auquel Dieu a épan-

___

(1) Saint Bernard écrivant à Eugene III
a bien repris divers abus, mais jamais il
ne les a imputés à l'Egliſe. Les avis qu'il a
donnés à ce Pape, qui avoit été ſon Diſci-
ple, ſont ſages, vrais, judicieux, & aſſai-
ſonnés de la modération convenable au
zele qui l'animoit.

du tant de clarté, encore une grande partie. Lesquels enchan-
tés par ses charmes, sont detenus en ce pauvre état par insigne
lâcheté, servans aux Papes, & persécutans ceux qui les admo-
nestent de leur charge & devoir, selon la Parole de l'Eternel,
& leur remontrent qu'ils ont le glaive de justice en main, afin
de ranger & faire contenir un chacun en son rang légitime, &
notamment les Ecclésiastiques, sur lesquels ils ont reçu pleine
puissance de les faire bien procéder en leur vocation, & d'empêcher qu'ils ne donnent au Troupeau de Christ du venin au
lieu de bonne pâture. A ces choses aïant l'œil, & étant attentifs à ceux qui aiment & craignent Dieu, & sont desireux de la
réformation des abus, en cette question de Religion, il ne leur
doit point être imputé à vice, s'ils se retirent des mauvais sen-
tiers, pour se jetter au chemin patent & roïal de leur salut, &
s'ils s'accointent de ceux esquels ils apperçoivent plus de piété
pour cheminer ensemble selon l'adresse & les Commandemens
de leur Créateur. Pour cela ne sont-ils Schismatiques, non
plus que leur croïance sus déclarée est hérétique. Car ce ne sont
point eux qui donnent cause aux Schismes, ains les Papes &
leurs Sectateurs (1). Ils ne desirent rien plus que de venir aux
moïens d'union par charitables conférences, ou générales par
le consentement des Princes Chrétiens, ou nationales, sous
l'autorité de leur Roi, où chacun tienne son rang : aïant extrême regret d'être separés de leurs freres, amis & compatriots,
& de voir que les désordres croissent, & sont affectés plus qu'ils
ne furent oncques, par une mauvaise émulation & des Pasteurs
& du Penple de ce Roïaume de France, & autres lieux ; fai-
sans à l'envi à qui plus s'éloignera de la vérité, de la Doctrine
& Discipline Évangelique, qui nous est enseignée ès saintes
Ecritures, sures Regles & appuis de notre Foi, ausquelles ils
se submettent en toute sincérité & rondeur, & le protestent.

Or j'estime, Monsieur, que si vous considerez bien ces matieres & leurs raisons, qui ne sont ni vaines ni feintes, comme
aisément vous vous en pouvez certifier, vous serez tôt résolu
de croire, que ceux de la Religion Reformée ne sont pas tels
comme l'on crie ; & que l'on s'en peut hardiment approcher,
sans aucun danger, pour le regard de la conscience & de l'ame.
Mais je vous dirai davantage, sur ce qui est du métier de quoi
nous nous mêlons en ce monde, que si vous vous tournez à

(1) Ce sont les Hérétiques qui se sont retranchés eux-mêmes du Corps de l'Eglise,
où ils avoient le bonheur de vivre avant leur séparation.

l'état

l'état préfent de ce Roïaume, vous connoîtrez, fans doute,
qu'il vous eft très néceffaire de les chérir & embraffer, comme
ceux qui s'emploient vertueufement & fincerement à la défenfe
d'icelui, & qui y font très propres : & qu'il faut en cette œuvre cheminer enfemble de pareil pas. Car, il y a très grande
apparence que vous, Meffieurs les Catholiques feuls, en cette
humeur où vous êtes, ne fauriez remettre la Couronne en fon
entier, étant détournés de tout bon moïen de ce faire par des
paffions & dédains, où vous entretiennent plufieurs envieux &
ennemis domeftiques d'icelle, de toutes robes, Chefs de fédition, favorifans de parole & de fait les intentions des Papes,
& de leur fainte Ligue, fous ombre de confcience & de Religion, aufquels vous applaudiffez par grande erreur, fuffoquans
par-là votre vertu & affection, qui d'ailleurs eft bonne & grande au repos public, comme il eft croïable. Or defirerois-je grandement que vous priffiez la peine de connoître ces hommes,
& leurs étranges deffeins ; car fi leur malice eft à détefter, vous
devez autant & plus craindre leur ignorance, par laquelle ils
menent avec eux tout le corps de la France en extrême défolation & ruine, où vous ne pouvez faillir d'être auffi enveloppés. Par quoi, vous & vos femblables, qui avez meilleure
adreffe en vos penfées, devez ouvrir les yeux, & vous dépouiller
au plûtôt de cette fauffe impreffion qu'ils vous ont donnée,
que ceux qui defirent reformation en l'Eglife foient Hérétiques : à ce que rien ne vous empêche d'examiner de près leurs
actions & déportemens en cet état. Ces mauvais François, aufquels vous oïez fi fort entonner ces mots d'Hérétiques & d'Héréfie contre ceux de la Religion Reformée, effaient par cette
fauffe note, de les faire haïr à chacun, & reputer indignes de
la conduite des ames, de l'adminiftration de la juftice, & du
maniement des finances : grondent, dis-je, & murmurent,
s'ils en voient aucuns admis aux charges & dignités de ce
Roïaume, & en calomnient le Roi jufqu'à fes oreilles, tendans par-là d'affoiblir la partie Roïale, & de donner poids à
la Ligue : laquelle feroit tôt déliée, fi tous étions unis de volonté au fervice du Maître que nous avouons & fuivons : Et
ainfi reculent, à leur pouvoir, les hommes qu'ils connoiffent
entiers, & trop capables pour ceux qui fe complaifent aux con
fufions, & y font leurs befognes. Cette injure s'adreffe principalement à la perfonne du Roi, & à cela, fans autre témoi
gnage, montrent affez ces Meffieurs quel compte ils font de

leur Prince naturel, & comme ils lui font bons ferviteurs : car ils le mettent par ce moïen & autres, en continuelles difficul- tés, afin de l'ennuïer en la longueur de cette guerre, & l'ame- ner à leur intention, qui eſt d'aſſujettir & lui & vous, & tout ſon Roïaume à la ſouveraineté Papale, affriandés par quelque morceau d'Adam, aucunement ſucré, qu'ils commencent déja à lécher, & pour lequel ils oublient tout honneur & toute cha- rité. S'avancent ſous le manteau de feinte Religion, à ſollici- ter témérairement ce Prince d'aller à la Meſſe, & volontiers lui feroient accroire qu'il l'a promis, & en font courir le bruit. Ils eſſaient de l'embarraſſer avec le Pape : en font les dépêches eux-mêmes, ſelon leur ſens & ſelon leur langage : & en cela conſpirent avec les Chefs de la Ligue. Si vous croïez que ce ſoit pour deſir qu'ils aient de ſon ſalut, vous vous trompez. A quel propos penſer cela, de gens qui ne connoiſſent aiſe au- cun hors de ce monde terreſtre ? Pourquoi donc l'en preſſent- ils ? c'eſt afin d'abaiſſer Sa Majeſté, & détourner ſon autorité Roïale, par laquelle il doit procurer que la verité ſoit miſe en évidence en France : bref, pour l'encheveſtrer & aſſervir tota- lement à ce Pontife Romain : joint que s'ils lui avoient vu fai- re ce ſaut perilleux, rien ne les empêcheroit, à leur avis, de s'acharner de fait, & ouvertement ſur ces prétendus Héréti- ques, ce qu'ils ne peuvent maintenaut faire qu'à couvert. Car encore s'apperçoivent-ils bien, qu'en l'état préſent des choſes, ils ſont en danger de quelque rude heurt, que leur hypocrite importunité pourroit rencontrer en ſe jouant de la patience de ce Roi guerrier, dont ils ſe voudroient aſſurer par ce moïen: Se perſuadant, que dès qu'il auroit quitté ſa Religion, il ne tiendroit pas grand compte de ceux qui en font profeſſion, in- cité même par leurs calomnies, par leſquelles il lui cuideroient faire croire, que iceux l'auroient en mépris, & en haine, com- me lâche & ſans piété. Et ainſi changeant une confuſion à une autre, ils pourroient revenir librement ſur les erres de la guer- re paſſée, fondée par les Ligueurs leurs couſins, qu'ils ne veu- lent pas perdre ni ruiner, (vous entendez bien ce langage) & pour le regard deſquels ils deſirent faire ceſſer le prétexte de la guerre préſente. Conſentans qu'étant ce débat appaiſé & con- verti en un autre, iceux retiennent leur proie, puiſqu'ils voient qu'ils la tiennent par tant de bons endroits, qu'il n'eſt pas poſſible, ce leur ſemble, de leur faire lâcher priſe ; mais avec folle eſpérance, qu'eux demeureront les premiers & principaux

1592.

APOLOGIE
POUR LES PRO-
TESTANS.

rongeurs de ce pauvre corps décharné de la France : en quoi
je m'affure qu'ils fe trompent en plufieurs fortes. Pour le moins
me fuis-je bien apperçu en traverfant païs, qu'il y a des Ligueurs très rufés, & avec cela autant & plus fiers que les plus
ardents Roïaux diffimulés que l'on voie, qui ne les veulent pas
fuivre, fi ce n'eft par occafion, qui ont très bien appris à jouer
au boute-hors, & qui le fauroient auffi bien faire que leurs prédéceffeurs, lefquels ont au temps des Rois défunts reculé & indignement abaiffé en France les Princes du Sang & autres
Princes, & les Officiers de la Couronne, & tout tant qu'il y
a eu d'illuftres & grands perfonnages entre la Nobleffe Françoife, qu'ils flattent à préfent, entreprenant fur leurs charges,
& marchant pour s'avancer par-deffus eux, voire fur les Rois
mêmes : penfez fi ceux-ci qui font ou leurs enfans ou leurs difciples, imbus de leur Doctrine, font gens qui veulent demeurer arriere : & vous fouvenez du rapport qui vous fut fait il
n'y a pas long-temps, du langage de quelqu'un d'entr'eux, auquel on remontroit certain mécontentement d'aucuns Nobles
de la Province qu'il occupe, tenans fon parti, & le danger
qu'il y avoit qu'ils ne fe revoltaffent & priffent celui du Roi. Je
les connois bien tous, dit-il, & auffi fait le Roi de Navarre ;
ils font autant vaillans que favans : je fais comment il faut brider ces bêtes, & s'en garder : lui auffi ne les tiendra jamais que
pour traîtres rebelles qu'ils font. Voilà en quelle eftime ils ont
ceux qui les fuivent, qui les fervent, & qui ouvertement con-
fentent avec eux : cela n'eft pas flatter le dez, ni un figne qu'ils
aient le cœur bas. S'ils font ces chofes au bois vert, que fera-
ce du bois fec ? Nos Satellites du Pape ne penfent pas à cela,
mais communiquent librement partie de leurs difcours avec les
Ligueurs : & leur font plufieurs bons offices, aux fins fufdites.
Et vous voïez affez fouvent, qu'il leur eft donné relâche &
temps de refpirer quand on les voit las, fous ombre de traités
de paix, ou de treves & fufpenfions d'armes, affurances de
commerces & femblables effets, qui ne font qu'occafions recherchées, comme tous croient, pour fe joindre & avoir moïen
de conférer enfemble, afin de donner forme à leurs conceptions, & avifer, fi cette guerre ceffe, comment ils en pourroient
fufciter une autre à l'inftant entre les François mêmes : car ces
guerres civiles font par eux eftimées feules opportunes pour retenir leurs autorités & grandeurs en ce Roïaume, & les accroître en s'appropriant les gouvernemens & autres biens de la

H h ij

Couronne, affujetiffant à eux, fous diverfes couvertures, les Villes & le plat-païs, avec abaiffement honteux de la Majefté Roïale, laquelle, en leurs Confeils étroits, ils appellent tyrannie fur la Nobleffe: ne defirant rien plus, en fomme, que d'anéantir en tout & par-tout la juftice, pour leur regard, avec projets dignes de leurs cerveaux, de faire puis un beau ménage en France, felon que de tout temps les Papes ont accoutumé d'infpirer les perfides vaffaux. Je fais bien que de ces remuemens il vous en eft venu quelqu'odeur au nez, qui ne vous a pas plu. Mais quelque voix d'un criant à l'Hérétique, furvenue, a empêché que cela n'a pas pénétré jufqu'à l'intérieur. Ces intelligences qu'ont les feints Roïaux avec les Chefs & Miniftres de la Ligue, n'empêchent pas que de leur côté ils ne donnent quelques traits de la difcipline de la Cour, qui eft d'effaïer de fe tirer les vers du nez, & de fe tromper l'un l'autre, fe fervir & faire fon profit des productions de fon compagnon pour le fupplanter en temps & lieu. Mais en ces artifices, les Ligueurs font pour certain plus grands Docteurs qu'eux, & partant il leur en faut donner le lot. Iceux fe trouvans aujourd'hui fort empêchés, & las de fecouer nos Loix fondamentales, fans fe pouvoir refoudre à quel Prince François, Etranger, ou Metif (1), ils pourroient vouer la Roïauté pour être affurés que leurs félonies foient oubliées ou fouffertes, accorderoient volontiers, encore qu'ils n'en faffent que bien petit femblant, qu'elle demeurât où elle eft, à ces conditions iniques; mais notamment voudroient que le Roi fe fît Catholique, qui eft le nœud qu'ils ont premier à dénouer: car ils feroient marris que l'on crût qu'ils aient pris le voile de la Religion pour fauffe enfeigne. Et en cela aïant befoin d'aides domeftiques, ils ont eu fens, adreffe & moïens de s'en pourvoir, & de tels qui n'ont que trop de crédit entre nous, qu'ils follicitent à merveilles. Aïons patience, Monfieur, j'efpere encore que nous verrons beau jeu. Dieu faura bien démêler leurs brouillis, qui ferviront poffible au Roi & à la France. Il n'y a pas un de ces Confpirateurs, qui, outre le deffein commun d'entr'eux, n'en ait un ou plufieurs particuliers à foi, au préjudice des autres. Ils fe découvriront à plein eux-mêmes: ils font nourris du pis de la Louve Romaine: fachez que Rome a cela de fatal, que fes enfans & nourriffons s'entredéfont & fe meurtriffent les

(1) Métif, ou Meftif, fe dit figurement des hommes engendrés de pere & de mere de différente qualité, païs, couleur ou Religion.

uns les autres : Mais, quant à nous, ne leur donnons pas, je vous prie, plus grande prife fur nous & nos honneurs qu'ils ont, avifons d'un commun accord de rabattre & renverfer prudemment leurs malices fur eux-mêmes. Il n'eft pas temps, en ces dangers qui menacent l'Etat, & lorfque fi vivement l'on le fappe au pied, & qu'on le bat au flanc & à la tête, de nous regarder l'un l'autre de travers, ni de nous amufer à des hypocrites fi mal couvrans leurs déloïautés & ignorances, du mafque de Religion, dont ils ne tiennent marque aucune, fi ce n'eft, comme croit le vulgaire, de hurler contre les Huguenots (ainfi qu'ils les appellent,) defquels ils veulent bien flétrir la fleur, & étouffer le fruit, mais avec intention d'en retenir les troncs & les branches féches & dénuées pour attifer ce feu perpétuel qu'ils ont voué en ce Roïaume, à trois Déeffes par eux fur toutes révérées, qui font Ambition, Rapine & Volupté, aufquelles eux & les Ligueurs font communs & ordinaires facrifices. Evertuez-vous doncques, étant avertis, & vous retirez de leur accointance, faites-les connoître au Roi & à vos parens, amis & familiers, & difcernez d'ores en avant mieux que vous n'avez fait, entre les points d'Etat, & les queftions de la Religion, & ne vous laiffez plus mener au vouloir de quiconque les veut profanement envelopper & confondre, & vous y aurez grand honneur & profit. Le Roi, ni aucun de ceux qui font profeffion de la Religion Réformée, que l'on appelle impudemment Hérétiques, à Rome, & par-tout le Roïaume Papal, ne trouvent point étranges ces impoftures du Clergé de France, producteur de ce fantôme entre nous pour fon intérêt : & pour chofe qui leur puiffe toucher particulierement, ils ne s'en font que rire : parcequ'ils favent & font affurés du contraire, & confiderent qu'étant le Clergé créature des Papes, (comme ils parlent) il n'a pu fe montrer en aucun temps, ni être bon François, comme favent fort bien ceux qui ont confideré de près les déportemens des hommes de cet ordre, envers les Rois & le Roïaume, & que fuivans leur Chefs, ils ont été & font continuellement attentifs à bâtir leur principauté romanefque des ruines de la police, & à cela tendent même tous leurs priviléges, que c'eft le métier où ils dédient leurs efprits & leurs mains, fous le manteau de pieté, dès qu'ils fe font laiffés dévaler une fois en ce gouffre, quelque bien nés qu'ils foient : & en fomme, que ce qui les émut en cette venineufe colere, eft que l'on leur a interdit l'œuvre, & ne la peuvent poursuivre comme ils defirent. Le furplus des Ligueurs parle auffi ce même langage, d'autant qu'ils font enfants trouvés, nourris & élevés du lait de cette louve Romaine. Par quoi il ne fe faut ébahir, fi fentans & fuivans leur nourriture, ils font fi mal propres à la garde de ce parc François : voire s'ils font fi avides d'épandre le fang, & de déchirer la chair de nos brebis, que non contents de s'en faouler, ils appellent à leur écorche-rie les loups étrangers de toutes parts. Mais quelle apparence y a-t-il, que gens d'Etat qui fe difent Roïaux, tiennent ces pro-pos en ce temps, finon qu'ils foient auffi malades de cette ly-canthropie. De cela ne veulent-ils point, ce femble, que nous doutions : plufieurs portent déja le poil du loup à notre vûe : & quant au cœur, ils fe découvrent à toutes occafions. Ils font fi orgueilleux, qu'ils ne le celent point, ains déclarent eux-mêmes affez fouvent leurs deffeins, quand on les met un peu en train, fans rougir, gaïement, en riant, à la Françoife, & plus ouver-tement quand ils rencontrent quelqu'un de ces Huguenots, qu'ils méprifent, & auquel ils veulent faire dépit. Nous en avons dévifé vous & moi, au long, & avec admiration, pour aucuns qui vous avoient donné meilleure efpérance. Par quoi tant moins ferez-vous excufé, fi vous ne leur fermez du tout l'oreille. Et quel befoin eft-il, Meffieurs, qui nous appellez Hé-rétiques, d'apprendre de vos bouches, que vous êtes Ligueurs déguifés? Il ne faut que regarder à vos mains & à vos conte-nances. Car, par-là tant François qu'étrangers peuvent en-tendre vos Confeils, & comme dit ce Poète à quelqu'autre propos :

> Turcs, Mores & Indiens
> Sçavent vos faits : la terre n'eft femée,
> Fors que du grain de votre renommée.

Mais il plaît à Dieu que vos langues mêmes témoignent votre malice & déloïauté, afin qu'en ces miferes de la France, où vous plongez fi avant les mains, vous ne vous puiffiez ja-mais excufer de fimple ignorance : vice qu'il ne faut pas pour-tant exclurre de vos maniemens, mais lequel vous avez com-mun, (encore que non pas fimple,) avec infinis autres que vous féduifez, & qui font moins mauvais que vous n'êtes. Or, c'eft ici l'endroit, Monfieur ; où je me hâtois de me rendre, pour me développer d'avec ces hommes dénaturés, fans amour & fans piété, dont l'intention eft de femer guerres, & d'en-

1592.

APOLOGIE
POUR LES PRO-
TESTANS.

gendrer troubles de troubles, à l'entiere perdition de ce pauvre Roïaume : l'état pitoïable duquel doit émouvoir tous Catholiques vraiment François, de regarder gracieusement, voire malgré qu'en aient ceux-là, la bonne volonté qu'ont ceux de la Religion Réformée, de maintenir union & concorde avec eux, pour le soutenement de la commune patrie; & d'en allouer & recevoir franchement sans dedain, l'œuvre & les effets qu'ils en offrent & produisent : sans y mêler aucune maligne interprétation, qu'ils soient menés d'une folle opinion de leur suffisance, ni qu'ils aient aucun superflu desir de monter aux grandeurs de ce monde, (lesquelles ils estiment plûtôt charges, dont il faut rendre compte devant Dieu,) mais croire charitablement ce que les raisons politiques & d'Etat dictent. C'est, qu'il est expédient que ceux qui ont capacité d'entr'eux soient emploïés comme les autres, sans envie ni partialité, comme bons François qu'ils sont, & que l'on ait égard à leurs maisons & qualités, & au rang que selon icelles chacun doit tenir en ce Roïaume : ce qui ne fut oncques méprisé en aucune bonne police. Cela, sans doute, attireroit la bénédiction de Dieu sur nous & sur nos œuvres, & feroit en bref cesser le blâme qu'on donne à toute notre Nation d'une lourde ignorance, que le cours monstrueux de nos affaires démontre à un chacun, en toutes les parties essentielles de l'Etat : Ignorance, dis-je, enveloppant par la permission de ce grand Juge, beaucoup d'esprits qui tracassent parmi la France, ores qu'ils ne soient pas portés de même affection, tellement que par-tout en apparoissent horribles marques : desquelles il m'est force ici toucher légerement les endroits principaux, pour tant plus nous inciter à nous comporter avec respect, honneur & amitié, les uns envers les autres, laissant toutes nos passions pour courir ensemble à éteindre ce feu qui nous devore jusques dedans nos cabinets. Avisons donc que c'est, sans accuser ni excuser aucun, tant que faire se peut; & vous souvenez des recherches que nous avons faites en discourant, de la disposition présente de ce malheureux Etat, (s'il y a cause d'y reconnoître quelque disposition) & quels monstres & absurdités nous y avons trouvées. Car je n'en veux pas dresser ici beaucoup d'articles, ni longs, comme si c'étoit pour former une accusation, ou une plainte, dont s'en dut suivre jugement. Vous n'êtes pas Juge compétent, ni moi partie recevable en cette cause. Cette matiere est propre aux Etats Généraux, où il faudroit bien tenir un autre style, que celui que l'on a vu par ci-devant, ès affemblées & procédures d'iceux. Le Roi eft pour y avifer, & leur donner forme convenable, quand il lui plaira : & certes ce ne fera jamais affez tôt. Mais devifons familierement & brievement de ce que vous & moi favons, & que tout le monde fent, afin que ruminant ces fommaires, vous y puiffiez faire bientôt un commentaire, qui ferve au Roi & à la France. Quelle donc eft notre police, & à quoi eft-elle réduite ? Mais il faudroit favoir que fignifie ce mot : car, à la vérité chacun ne l'entend pas, & fi il comprend tout ce que nous cherchons. C'eft l'ordre bien compris, & la due affiette de chaque partie en l'Etat, en lieu convenable, pour y faire fa fonction & devoir, au profit & décoration du corps d'icelui, fans fe confondre ni forjetter : à maintenir lequel, font adjointes la juftice & les armes. Elle étoit jà confufe, & comme diffipée avant l'avenement de ce Roi, cela eft certain : c'a été l'ouvrage de la Ligue, qu'elle a ourdi & tramé pendant que l'on faifoit la guerre à ces pauvres Huguenots. Mais il ne la falloit pas laiffer empirer, & du tout perdre. Quel remede a-t-on donc penfé d'y amener en aucun lieu de ce Roïaume, pour montrer, à tout le moins, qu'on en a volonté, & qu'on l'entend ? Quel bon confeil a été donné au Roi, là-deffus, pour confoler fon Peuple affligé, & (ce qui eut été de très grand poids) lui bailler quelqu'efpérance que fon intention eft de regner roïalement, comme elle eft en effet ? Nul : au contraire, il femble que l'on effaie par tout avec mépris, d'en racler les traces. Si je demandois, pour un chef qui nous touche, & qui eft très important, à quoi l'on connoît aujourd'hui la France, les Nobles d'avec ceux qui ne le font pas : on fe mocqueroit de moi, comme propofant une demande frivole ; & toutesfois c'eft une diftinction en la Police, qui requiert une obfervation exquife, à caufe que par icelle les fages de tous temps ont donné lieu à la vertu, & l'ont fait fleurir & fructifier dans icelle, au bénéfice du public : mais entre nous elle fe perd. Quelles queftions nous vient faire celui-ci ? (diroient plufieurs) ne fait-il pas la coutume de France ? Faut-il autre chofe pour être Gentilhomme, que fe rendre agréable à quelque Grand, ou lui perfuader qu'on lui eft néceffaire à quelque chofe ? Nous voudroit-il ramener aux fingeries des anciens Romans, au temps de Lancelot du Lac, & des Chevaliers de la Table ronde ? Je fuis bien d'avis de n'infifter pas auffi fur ce point, qui, à la vérité eft fubtil, & de haute confidération, & requiert plus de repos

d'efprit,

d'efprit, & de prudence, qu'il n'y en a aujourd'hui entre nous,
pour le bien ordonner & dreffer ; parlons de ce qui eft plus
commun & familier : car je confeffe moi-même , qu'en l'âge
où je fuis , je n'ai point fu encore reconnoître les vraies différences qui conftituent la nobleffe de ce temps , felon l'ufage de
France , pour en faire une honnête définition : auffi ne fuis-je
pas guere bon Philofophe. Difons donc ce qui appartient à la
police plus vulgaire : ceux qui s'en difent les colonnes , doivent
voir & connoître , que la jeuneffe va par-tout à l'abandon , l'é-
tude des lettres eft en mépris , & eft-on fur les avenues d'un
fiecle malheureux , en toute extrêmité , où l'on fe trouvera enveloppé en une barbarie , telle qu'étoit celle de nos ancêtres ,
par où s'eft corrompue la Religion au monde : que les biens
Eccléfiaftiques font diftraits , & mal ufurpés par les Laïcs particuliers , ores que le public en ait grande néceffité , comme
l'on crie , & qu'il s'en pût fervir avec moins de fcandale. A iceux
ne devroient , à mon avis , toucher les Catholiques : car c'eft la
nourriture de leurs Miniftres , comme ils prétendent , lefquels
par-là excufent leurs négligences en leurs Charges , & les abus
qu'ils y commettent. Mais il y a bien plus , car c'eft auffi la nourriture des pauvres , fi on leur faifoit droit , de laquelle pieça ils
ont été fruftrés. Paffons outre : l'ordinaire des gueres eft aboli ,
où l'on apprenoit l'adreffe , l'obéiffance , & l'honneur des armes. Les commerces ceffent par tout , nul ne peut fortir de fa
maifon fans danger , l'on vient prendre les habitans des Villes
qui reconnoiffent le Roi , jufques fur les barrieres des portes
d'icelles. Là les Artifans fe débauchent , les Arts & les Manu-
factures vont à néant ; chacun y devient brigand , les champs
font délaiffés en friche , il n'y a plus de bétail prefque en aucune de nos Provinces ; je ne dis pas aux frontieres , aux paffages
de l'Efpagne , ou de l'Italien ennemi , mais au milieu du Roïaume , loin des armées , hors des entreprifes ; où dix ou douze coquins font fuffifans pour tout ravager & détruire , parcequ'on ne
leur fait aucune réfiftance. C'eft (dira quelqu'un) parceque l'on
ne peut avoir des armées par tout , faute de finances. Ce font
paroles ; il fe leve ordinairement & extraordinairement , tailles ,
taillons , foldes , & garnifons , munitions , étapes , pionniers ,
aides , daces , & gabelles fous le nom du Roi ; plus , fans comparaifon , qu'on ne fouloit autrefois en chaque Généralité. Ce
renfort & redoublement peut fuppléer aux empêchemens que
l'ennemi donne par endroits. Les deniers font emploïés comme

je le dirai tantôt ; le pauvre peuple s'y soumet , & tire ces fub-
ventions de fes entrailles , & toutesfois il ne fauroit nourrir une
brebis , ni dormir un quart d'heure en fureté en fa pauvre maifon , en fa borde ou cabane. Les Païfans font rançonnés , &
fouvent cruellement meurtris ; les Metairies brûlées , les femmes & filles violées , & par les Soldats mêmes Roïaux , qui paffent , repaffent , & tiennent les champs fans propos , & font
fouvent plus de gain, ou de pillage en un logis , que ne vau-
droient leurs paies de vingt mois. De tout cela on ne s'en fait que
rire ; tellement qu'on voit déja ce lourd Villageois, en plufieurs
lieux encouragé par defefpoir , prendre la arquebufe , guetter
les chemins , & fe réfoudre de devenir ennemi commun. Et que
deviendront nos cens & nos rentes parmi ce defordre ? Nonobftant ces grandes contributions , ce qui refte du Domaine du
Roi fe vend ; vrai eft que de ces ventes l'on fait quelquefois
Miniftres aucuns de la Religion Réformée, non fans myftere.
Les anciens péages font accrûs , & infinis nouveaux érigés &
établis d'autorité privée , fans aveu du Roi , à la barbe des Gouverneurs , & des Cours Souveraines de ce Roïaume. Les païs
font pleins de fauffe monnoie, à laquelle eft donnée , je ne dis
pas feulement cours, mais forme & façon , par ceux que vous
connoiffez affez , fans que je les remarque , & tout fous couleur de la guerre & des paiemens de la Gendarmerie ; & en
toutes ces chôfes la juftice ceffe & ne dit mot, tant militaire que
civile. Au refte, le droit des parties eft demêlé aux Provinces
à la maniere accoutumée ; les procès y font toujours longs &
crochus , on délegue des Commiffaires , on érige des Chambres
du Domaine , Juftices précipiteufes , odieufes de tout temps ,
injurieufes à l'ordinaire , & de l'équité defquelles je me rapporte
aux Roïaux mêmes , à qui il eft advenu de gliffer là. Les Etrangers s'en plaignent auffi bien que les Regnicoles , & difent,
non fans apparence de raifon, que ne fe mêlant point de nos
fureurs , ils devroient être comme neutres , fans qu'on les em-
pêchât par Arrêts & faifies , de recueillir leurs biens & facultés,
qu'ils ont apportées en France , & éparfes par le Roïaume , fous
les privileges des Foires , & la foi publique. Mais de quoi vou-
droit-on que vêcuffent tant de Juges réfugiés çà & là , fi l'on
ne trouvoit moïen de les emploïer ? Bienheureux qui peut avoir
un Office , ou une Commiffion , voire en l'achetant bien-cher:
car ce font rentes bonnes & affurées, non-feulement en gages ,
mais encore plus en émoluments & avantages. Auffi voit-on

1592.

APOLOGIE
POUR LES PRO-
TESTANS.

autant & plus d'Officiers, tant de juftice que de finances que jamais, vivans fort à leur aife, & n'oubliant rien de leurs pratiques accoutumées. Parlerons-nous des mœurs, des pompes & fuperfluités en habits, banquets, jeux, amours, & autres fales voluptés, recherchées par ceux à qui en font donnés les moïens nonobftant ces miferes ? Tout cela appartient à la police. Ce font vieilles plaies, à la vérité, dont l'ordure rend la France abominable, & y attire le couroux de Dieu. Mais aucune curation n'eft de faifon, felon nos grands docteurs en matiere d'Etat; paffons-nous-en donc legerement, auffi-bien eft-ce un propos malplaifant aux oreilles des plus modeftes Catholiques Roïaux, parceque la plupart de ces déduits font exercices, dont on tient école en France, pour civilifer la jeuneffe, tant de l'un que de l'autre fexe. Si vous touchez cette corde, foudain vous l'orrez réfonner ainfi entre la Nobleffe Françoife, & les plus apparents du Peuple Catholique. Comment donc ? le Roi penferoit-il bien nous ranger aux façons de ces Huguenots ruftiques & incivils, qui rejettent tout honnête plaifir ? Nous voïons bien ce que c'eft : il nous contraindra à la fin d'être de fa Religion, fi nous n'y prenons garde. Et là deffus s'échauffant, ils crient; par la mort, par le fang, nous ne l'endurerons jamais : qu'il avife de fe faire Catholique, autrement il ne fera point reconnu ni obéi. Avec ces élégances, qui font communes à tous âges, tous fexes & à toutes conditions, ils revêtent leurs argumens, & forment leurs conclufions, qui ont pour certain quelque apparence : parceque ces menus paffe-temps touchent en certaine façon, & ont rapport à la Religion Romaine, d'autant que ce font les appuis, & les foutenemens des Indulgences de fainte mere Eglife. Or, Monfieur, laiffons raffeoir ce bouillon François, & raifonnons un peu mieux. Les excès qui fuivent les appetits fans frein, les voluptés, & en fomme, la corruption des mœurs, porte quant & foi outrage, injure & dommage à autrui. Vous favez que de là font produites les querelles, que les frais exceffifs amenent à pauvreté, que la fraude & déloïauté fuivent, tant que ces maux croiffant & paffant d'un particulier à l'autre, confufion advient au général, & ruine à l'État. Tous fentent fort bien cela, quand il s'adreffe chez eux : mais pour chofe qui touche à autrui, l'on ne s'en émut point. Or, quand le Roi feroit confeillé & fervi en fi louable entreprife, que de faire obferver les bonnes loix en cet endroit entre fes Sujets, ne les mettroit-on pas au devoir

de Prince bien avifé ? feroit-il en cela violence à la loi de Dieu
& de nature ? Outrepafferoit-il même les regles de la prudence
humaine, approuvées de tous âges, & reçues entre toutes Nations ? Nullement, ce me femble ; mais la Religion eft tout
un autre fait, où on ne procede point par force ni contrainte,
fi ce n'eft parmi des barbares Ligueurs, gens infpirés par les
Papes, qui n'ont icelle que pour couverture à leurs méchans
deffeins. Qui eft-ce qui vous fait douter des déclarations &
promeffes que Sa Majefté a fi folemnellement faites pour ce
regard ? qui font tellement appuïées de la raifon & juftice,
(ôté le langage chicaneur qui n'eft point Roïal, dont on les a
revêtues : mais, confiderées en leur naiveté, & felon l'intention dudit Seigneur) qu'il n'y fauroit trouver aucun échappa-
toire. Eft-ce fon naturel ? Vous n'en fauriez choifir au monde
un plus franc, ce me femble. Mais il ne devoit donner aucun
Office, aucune dignité en l'Etat, ni aucun commandement
dans les Villes conquifes aux Huguenots, felon qu'il étoit accordé à fon avenement, & toutesfois il l'a fait. Avifez bien
quel langage vous tenez : car ainfi parlent les Ligueurs, qui
en veulent à ces diligentes gardes de la bergerie, laquelle ils
tâchent de détruire. Poffible avez-vous mal entendu, & pire-
ment interpreté les termes de ces prétendus accords, & en
fupprimez peu franchement les conditions expreffes, ou taifi-
bles, & naturelles. Craignez-vous le confeil de quelque Réformé, qui incite ce Prince à un acte fi mal proportionné, que
de vous forcer en votre Religion, comme on les a voulu forcer en celle qu'ils fuivent & retiennent ? C'eft être très-mal informé de leur doctrine, & de l'ordre de leurs Eglifes ; où certes ils n'ont point accoutumé de recevoir aucun, s'ils ne le
voient volontairement difpofé de s'y entretenir avec piété &
modeftie, s'il ne protefte d'y vouloir être inftruit, & qu'il n'y
ufe de diligence. Non, non, ne craignez pas cela ; ils n'ont
garde de vous recevoir ainfi, animés que vous êtes en cette lice,
ce n'eft avec vous qu'ils y veulent courir, vous leur feriez rompre le col : vous êtes trop farouches. Au contraire, ce fera toujours par leur avis, & de leur confentement que vous retien-
drez vos exercices de Religion, jufqu'à ce qu'une meilleure inftruction vous faffe prendre envie de les quitter. Si vous les re-
tenez avec dévotion, ils vous en priferont davantage. Ils ont
toujours plus eftimé un Papifte, qu'un mauvais Huguenot.
Affurez-vous que pour cela ils ne rompront jamais la concorde.

L'on ne tire pas les hommes à la Religion Réformée comme vous penfez : il faut que Dieu les y appelle premierement, & principalement; que leurs cœurs, dis-je, y foient par lui dif- pofés. Ce font effets qui ne font pas en la main du Roi, il le fait & eft affez bien inftruit pour fe contenir en fes bornes, en ce regard. Bien eft-ce du devoir & de l'office roïal, de donner moïens convenables à fes Sujets d'être religieux à bon efcient, & procurer que la vérité pure foit connue, & mife en éviden- ce, & même de préparer ceux qui vivent fous fa domination à la vraie piété & fincere Religion, par la correction des mœurs, & retranchement des vicieufes fuperfluités en tous états, & en fomme, par l'introduction d'une meilleure police ; & le doit faire Sa Majefté au plutôt, y emploïant tous les moïens que Dieu lui met en main, fans qu'il doive grever à aucun qui s'a- tître Gentilhomme, ou qui s'eftime digne de tenir place entre les gens de bien & d'honneur : & faut bien que vous entendiez, que quiconque murmureroit contre cela, ou s'y oppoferoit, entreprendroit pour certain de forcer le Magiftrat en fon Of- fice : excès autant étrange que celui du Magiftrat qui voudroit contraindre fes Sujets non inftruits de changer de Religion. Mais reprenons nos erres, & avifons avec quelle dextérité les armes font reglées en France : qui font les remedes, que plu- fieurs eftiment feuls opportuns à tous nos maux. Voïons, dis-je, comment la guerre eft demeurée aujourd'hui pour réduire les rebelles à leur devoir. Je crois bien que nous trouverons en cette queftion moins d'accord entre nous, qu'il n'y en a entre les Medecins de ce temps : dont les uns difent que les contrai- res fe curent par leurs contraires, & les autres affirment que chaque malignité fe corrige & rend ploïable à fa femblable. Lefquelles maximes il n'eft poffible que les Maîtres trouvent moïen d'accorder en leur art, & que toutes foient vraies felon certaines raifons : mais en la matiere qui s'offre en notre dif- cours, excufez-moi fi je me tiens à la premiere, encore que ceux, fous qui nous marchons, nous tirent à l'autre, plus com- mune & approuvée en ce temps. Je me fuis toujours perfuadé, que s'il y a chofe entre les actions humaines, qui requiert ordre & police, & le frein de juftice, c'eft la guerre qui fe fait pour l'amendement de l'Etat : & que fans cela elle l'empire & dé- truit : voire que toute guerre fans ordre & difcipline eft foible, & même que c'eft un déteftable brigandage, quelque bon fon- dement qu'elle ait. Il y en a toutesfois qui difent, qu'il faut qu'un Diable chasse l'autre : mais ils ne prouveront pas cela par l'Evangile. Or, venons au fait & à l'expérience, qui est celle qui éclaircit les opiniâtres. Possible trouverons-nous qu'il tient à cette façon de guerroïer, & aux instrumens de la guerre, qui sont en usage entre nous, que nos affaires ne s'avancent en mieux.

Les Gouverneurs de France, qui n'arrivoient en nos jeunes ans qu'au nombre de douze, y comprenant même celui de Piedmont, sont à présent multipliés excessivement. C'est chopper dès l'entrée : car l'on tient pour manifeste affoiblissement d'un Etat, quand, en matiere de guerres, les forces & les commandemens principaux sont ainsi séparés par pieces & parcelles. Chaque petit trait de Païs, & quasi chaque Bailliage a un Gouverneur ; mais dans son étendue il y a d'autres moindres Gouverneurs à centaines. Chaque Ville, dis-je, Villette ou Château a le sien, qui est tellement maître de sa Place, qu'il lui semble ne devoir respect, révérence, ni obéissance à aucun en la Province ; tellement que les Lieutenans de S. M. n'en peuvent faire état ; & tous se trouvent, par ces désordres & contumaces, foibles au besoin. Avec cela on voit assez souvent les Gouverneurs prochains en sanglants débats entr'eux, à cause de leurs limites & autorités, & par telles mauvaises intelligences se priver du secours qu'ils se doivent les uns aux autres quand le service de leur Maître le requiert. Tous ces Capitaines & Gouverneurs sont appointés chacun pour tant de soldats de cheval & de pied, selon qu'ils ont donné à entendre être nécessaire, & qu'ils ont su rendre les Peuples, Habitans des lieux, plus ou moins suspects d'adhérer à la Ligue. Ce n'est pas tout : car il n'y a Gentilhomme, aïant tant soit peu de crédit & de faveur en Cour, qui n'ait obtenu appointement du Roi pour certain nombre de Soldats pour la garde de sa Maison, ou forte ou foible qu'elle soit, sous donner à entendre que si l'Ennemi s'en emparoit, ce seroit fait de toute la contrée. Par ces moïens l'on croit que S. M. soudoïe plus de cent mille hommes par la France ; & si, au bout de-là, il n'en a pas un bien à son commandement. Comment doncques ? parceque les deniers de ces paies vont en effet ès mains des Gouverneurs & Capitaines susdits, desquels eux-mêmes sont les collecteurs, selon le nouvel ordre que l'on a mis aux finances : & à iceux le Roi se fie de l'entretenement des gens de guerre ; mais ils n'y sont pas pourtant : car ces Chefs de mortes-paies, embourfans l'argent du Roi, ou

plûtôt celui du pauvre Peuple, font faire la garde de leurs Places
aux Habitans, aux Païfans, à ceux qu'il appellent leurs Sujets
& aux dépens d'iceux, & tiennent fort peu de Soldats, comme
il eft très notoire. De faire la guerre aux ennemis de la Couronne ainfi mal accompagnés, il n'y a nul deffein : auffi eft-ce le
moindre de leurs foucis. Au contraire, plufieurs d'entr'eux fe
jouent avec les Ligueurs & rient de la calamité & mifere du
Peuple. Peu fouvent, ou point du tout, fi ce n'eft pour s'être
picqués en leur particulier, ou que ce foit par quelque contrainte
inévitable, les voit-on fe battre armés contre armés ; mais ils
courent toujours vivement la vache d'une part & d'autre, épient
les Marchands & Païfans qui vont aux Foires & Marchés (s'il
y en refte encore quelque forme en France), chargent volontiers fur les Bourgeois, fur les Hommes de Juftice, fur les Gens
d'Eglife & femblables natures mal adroites, avec les armes en
main, que la néceffité de leurs Offices ou affaires privés aura
mis aux champs. Et bien fouvent à faire tels exploits, les deux
Partis s'accordent enfemble : ce qui leur eft aifé ; car il n'y a
endroits en France où les Ligueurs & ceux qui fe difent Roïaux,
n'aient leurs retraites & Forts entrelacés, proches & enclavés
dans les détroits les uns des autres. Ce que plufieurs de ces
principaux Gouverneurs & Chefs de guerre endurent volontiers,
& tout exprès, parceque c'eft la caufe, le fondement & le befoin qu'ils allèguent de l'entretenement de fi grand nombre de
garnifons qu'il y a par la France, inutiles au Roi, mais à eux,
parmi quelques petites incommodités, fort commodes. Pour cela
ils ne laiffent de s'entre-épier, afin de fe furprendre & dépof-
féder les uns les autres, non point par mauvaife volonté qu'ils
fe portent autrement, ni pour aucune publique confidération,
mais d'autant que ce qui eft ôté à l'un, accroît au revenu & à la
bourfe de l'autre. Et bien fouvent fe pratique ce jeu entre ceux
de même livrée. Bref tous ces Forts, toutes ces garnifons ne femblent point être dreffées, tant pour le befoin des guerres préfentes, que pour fervir de bureaux à ces grands ménagers & nouveaux collecteurs & receveurs de finances, armés, avec plus grand
projet pour l'avenir au détriment de la Majefté du Roi, à foutenir où plutôt rétablir laquelle, il femble que peu de Guerriers
& encore moins de Jufticiers, penfent en ce Roïaume. Et toutesfois il fe faut bien affurer que cette réputation & révérence eft
le principal couteau qui peut trancher ces difficiles nœuds. Contre cela un chacun trouve bon que le Roi faffe la guerre à des fé-

ditieux, à des rebelles, ennemis déclarés de sa **Couronne** & de
sa personne, ainsi qu'il feroit contre un Prince ou Potentat
comme lui, (erreur principale en matiere d'Etat). Car cela est-ce
autre chose que partager le Roïaume avec eux, leur accorder
qu'ils ont titre de posséder les Villes & Provinces qu'ils usurpent,
de l'ambiguité duquel on débat aujourd'hui ; &, comme l'on
parle au Palais, quitter le possessoire pour venir au petitoire ?
Tous craignent leur peau, disent nos mignons. Quoi ? si l'on
leur faisoit leur procès, quand ils tombent en nos mains, comme ils le méritent, ils nous feroient passer par même tamis
quand ils nous tiendroient. O voix dignes de la postérité de ces
François, qui ont établi l'Empire d'Occident, subjugué l'Asie,
bouleversé l'Afrique ! O charité admirable des Chrétiens de ce
siecle, duement opposée à celle de Curce, des Deces & tels autres
Païens, vouans leurs vies à la fureur de leurs démons, pour
détourner les maux de leur Patrie ! Mais il y avoit de la superstition. Oui pour certain, parmi laquelle toutesfois il y avoit aussi
quelques étincelles de vertu, dont nous ne tenons tache. Cestui-
ci pour le moins est franc. La crainte de la mort certaine, ignominieuse, cruelle, empêcha-t-elle Regulus de donner très salutaire conseil à ses Concitoïens, & au partir de-là se remettre
ès mains des Carthaginois ennemis, pour ne leur défaillir de
promesse ? Et vous, libres, armés de toutes pieces, qui avez vos
vies & vos libertés en vos mains (s'il faut ainsi parler), ne faites
difficulté, pour éviter des hazards incertains, de détourner la
justice de Dieu, contre le devoir, l'obligation, & le serment
que vous avez à Sa Majesté divine, au Roi qu'elle vous a
donné, & au rang de Noblesse que vous occupez. La justice, dis-
je, le cours de laquelle doit être le but de cette guerre, & non
l'intérêt ni le profit des particuliers ; dont un seul acte exemplaire
abbaisseroit plus le cœur aux ennemis, que ne feroit la perte de
dix mille hommes en un jour de bataille ; tellement que si vous
teniez cette voie legitime & agréable à Dieu, qui hait également
l'épargne du sang des iniques & la profusion de celui des innocens, ou ils se rangeroient tous à leur devoir, implorans la clémence de leur maître, ou ils vous seroient livrés l'un après l'autre
en peu de temps. Ne mettez point cela en doute, si vous estimez
qu'il y ait un Dieu au Ciel, tout-puissant, aïant soin de ces
choses basses. Exercez, Justiciers, exercez sévérement cette justice que vous avez en main ainsi qu'il faut ; & vous Guerriers,
combattez hardiment pour donner lieu à la justice, & laissez les
evenemens

évenemens à Dieu, qui eſt fidele, & a promis qu'il honorera
ceux qui l'honorent. Sinon, conſervez cette mal née & malheureuſe peau : vivez, dis-je, avec cette infamie, d'avoir rendu
la majeſté de vos Loix & de votre Roi contemptible : voïez avec
regard lâche & cruel, ardre continuellement votre Patrie, &
épandre le ſang François à ruiſſeaux, en tavernant & prolongeant la guerre, comme vous faites, & vous verrez comment il
vous prendra. Le zele me tranſporte, excuſez moi. Revenons,
Monſieur, à notre police guerrierre. Ceux qui gouvernent les
finances font quelque épargne là-deſſus ; c'eſt qu'ils réduiſent les
mois des ſoldes des gens de guerre à trente-ſix ou à quarante
jours. N'eſt-ce pas ſubtilement fait ? Cela, avec les parties ca-
ſuelles, les dons ou emprunts ſur les bien-aiſés, quelque peu de
l'ordinaire, certains émolumens de la guerre & des chambres du
Domaine qui ne ſont pas grands, ſert à entretenir aucunement,
c'eſt-à-dire maigrement, nos amis & bienveillans étrangers,
qui nous viennent ſecourir & aider, & à faire rouler cette aſſez mal
ordonnée artillerie, dont S. M. ſe ſert, & autres néceſſités de ſes
armées, Le Roi a-t-il affaire de ſa Gendarmerie, en temps que
l'Ennemi étranger vient envahir ſon Roïaume, ou lorſqu'il a en
penſée de faire quelque notable entrepriſe ? il faut envoïer mandemens ſur mandemens pour faire venir ces Chefs de garniſons.
Enfin tous les Capitaines des petites Places, invités de ſe ranger
ſous quelque Grand, partent & vont trouver S. M. mais c'eſt
tout à leur aiſe, tenant pluſieurs jours les champs, mangeans ce
peu qui reſte au bon homme & le rançonnant inhumainement.
Illec ils ſe préſentent à temps ou hors de temps, ce leur eſt tout
un, avec quelque nombre de gens de guerre ramaſſés, & le
moins qu'ils peuvent, qui ſont la plupart de ces meſtifs, ſuivans tantôt l'un, tantôt l'autre Parti, quand il eſt queſtion
de ravir le beſtial des Païſans, ou de détrouſſer les Marchands,
comme dit eſt. Leſquels poſſible reçoivent alors quelque teſton :
mais leur principal ſalaire eſt l'aveu qu'ils ont de ces Gouverneurs & Capitaines ès pilleries qu'ils font en ces voïages, & après
leur retour, la retraite qu'ils leur donnent dans leurs Places &
forts, pour y manger les proies par eux faites autant ſur les privés comme ſur les ſauvages, ainſi que l'on fait communement
en mer, les garantiſſans par ce moïen contre la juſtice. Auprès
du Roi le ſéjour leur eſt dur & ennuïeux, parce qu'il y a quelque police & qu'il faut païer. Partant ils délogent au plutôt.
Puis étant de retour, chacun fait ſes affaires comme il peut.

Vous me direz que partie des deniers affignés aux Gouverneurs
font emploïés à dreffer de nouveau plufieurs belles forterefles
parmi la France, voire avec autres, qu'ils trouvent moïen de
lever à cet effet, fans les corvées. Et au profit de qui? Eftimez,
je vous prie, que c'eft une autre grande faute en matiere d'E-
tat, même là, où il y a tant de gens qui font accoutumés à fe rebeller, à commander feigneurialement & point à obéir; de leur
bâtir ainfi des forts par le Païs, lefquels fe trouveront fans doute
autant de retraites & de magafins de rebelles, qui voudront
faire la guerre au Roi & à fa Juftice à l'avenir. Croïez que par-là
l'audace & les moïens de démembrer cette Couronne, feront
facilités à ceux qui la veulent détruire. Ces façons ont été in-
troduites à deffein, par la mauvaifeté d'aucuns, approuvées peu
prudemment par autres d'affez bon cœur, mais qui par trop les
croient & reverent, & lefquels ne font pas en petit nombre;
mais maintenant la pratique en eft fermement retenue & pourfui-
vie par quiconque fe trouve en fait, malgré ceux qui s'apperçoivent de l'erreur & y voudroient remedier. Si les Lieutenans de
S. M. euffent en effet mis aux champs depuis deux ou trois ans
bonne partie des mortes paies, qui ne font qu'en idée en leurs
Gouvernemens, la Ligue feroit dénichée de la plûpart des contrées de France, & n'y auroit-on plus befoin de tant de garnifons, ni des Forts, où l'on croupit à préfent, à l'entretenement defquels font englouties inutilement nos finances. Les
guerres fe font en tenant la campagne: on les finit en donnant
des batailles & en affiégeant & prenant les Villes où les Ennemis ont leurs retraites. Ces chofes effaie bien le Roi de faire
là où il fe trouve, comme grand Capitaine qu'il eft, & y invite & attire à fon pouvoir (trop gracieufement toutesfois) tous
ceux qui fe difent fes Serviteurs. Mais quoi? tout lui eft rendu
difficile, & les victoires même, qu'il obtient par fa vertu &
bonne conduite, reviennent à néant, par la malice des uns,
l'impatience des autres & par l'ignorance prefque générale. C'eft
la voix publique; le fait y eft tout évident; de quoi ferviroit de
déguifer les chofes? Ses armées, fouvent au befoin harraffées, fe
trouvent toujours imparfaites & néceffiteufes. Qui fait corps
d'armée près de S. M., que les Etrangers? Que fait cette Cavalerie Françoife fi fouvent mal foutenue & mal accompagnée des
membres qui lui font néceffaires, que d'aller & venir, & repréfenter la plûpart comme un flux & reflux, lavant & dégraif-
fant la terre autour de ce Prince généreux? Lequel commande

bien; mais il faut qu'il foit le premier à l'exécution; ordonne à
propos & prudemment, mais rien ne fe trouve à point ni à
temps. Quel expédient a-t-on fu prendre encore à jetter quelque
utile fondement pour drefler une bonne Infanterie de notre
Nation? fans laquelle l'on voit bien qu'on ne peut rien faire
qui vaille; & qui devroit être ordinaire, auffi bien que la Gendarmerie, fi nous l'entendions; car à quoi furent jamais bons
gens tumultuairement ramaffés? Plufieurs ont donné ce confeil,
& en voici la faifon. Attend-t-on pour le meilleur de façonner les Soldats au befoin des guerres, en temps de paix, à l'ombre & parmi les voluptés? O quels difcours! Y a-t-il temps plus
propre à un fi beau deffein que celui-ci? qui produiroit pour
certain plus de vertu & de force au Roïaume en fix mois, qu'en
autre faifon en dix ans. Combien avons nous toujours ouï recommander la force des gens de pied difciplinés, aux grands
Capitaines que nous avons connus étant jeunes? Combien de
témoignages & exemples avons-nous, tant en notre Nation,
& fouvent à fon dam, qu'entre les Peuples étrangers; qu'avec
icelle fe font tous les grands exploits de guerre, & qu'en
icelle gît la force & la fûreté des armées, foit à loger, foit à
marcher, foit à combattre en campagne, foit à affaillir Villes,
ou à les défendre? Nul favant Guerrier n'a fait doute que ce ne
foit là où doit la Nobleffe faire fes premieres armes. Mais cette
partie a été toujours méprifée en France, & mal. Outre ce où
eft l'ordre & l'ordinaire qu'il convient avoir à l'artillerie, aux
munitions & charroi, & aux vivres? Sans avoir lefquelles chofes promptes & en main, toutes grandes entreprifes s'écoulent,
les victoires ne fe peuvent pourfuivre, ains fe flétriffent & meurent incontinent & font prolongées les guerres. Au moins que
l'on en vit quelque projet, quelque forme naiffante, qui eut
proportion en quelque endroit du Roïaume. Eft-il temps de
courir aux provifions à la hâte lorfque la tempête eft émue, &
que le danger nous preffe? J'entends les excufes: tout eft empêché, nul ordre eft de faifon felon nos maîtres, les difficultés
du temps rendent tous remedes vains & impoffibles; il y a de la
contumace en la Nobleffe, de la froideur & tardiveté au Peuple; les finances font courtes. Qu'on dife ce que l'on voudra;
plufieurs, qui connoiffent la France, croient (& j'en fuis honteux) qu'il tient à la malice d'aucuns & à l'ignorance de tous,
que cette déformité ne fe corrige, & non que cela foit impoffible. Et de ma part je fuis en cette héréfie d'Etat & avec fonde-

ment, qu'il y a encore moïens, si l'on veut, de faire voir au
Pape, à l'Espagnol & autres Ennemis de ce Roïaume, la force
& opulence d'icelui en cet endroit, quelque harrassé qu'il soit,
& à leur dommage. C'est ordre sans ordre, ce conseil, cette
pourvoïance selon laquelle sont maniées les armes en France;
cette façon de dresser les états des Gouvernemens, & les rôles
de cette Gendarmerie moderne, & des paiemens d'icelle, ne
sont point propres à finir nos miseres. Ce sont confusions par
trop semblables à celles que nous prétendons corriger, qui
nous rendront confus nous-mêmes, si nous continuons en icelles
au lieu d'amender autrui. Cette maxime étant reconnue fausse
par les effets trop évidens, aïons recours à l'autre, & opposons
aux désordres, aux iniquités, à la lâcheté leurs contraires ; à
savoir l'ordre, la justice & la magnanimité, & nos Ennemis ne
dureront gueres ; & si toutes nos affaires en iront mieux, tant publiques que particulieres. Surtout ôtons la nourriture à ces ignorances qui nous détruisent : c'est notre dédain & notre désunion en nous-mêmes, sous ombre de Religion : en quoi pour
certain gît l'ignorance des ignorances. Je me doute bien qu'elle
ne faudroit pas de venir en avant, si je tenois ces propos en
présence d'aucuns que vous connoissez, qui crieroient à l'Hérétique, & me diroient incontinent que ceux de la Religion ont
part à ce gâteau : & je leur pourrois répondre qu'ils ne peuvent
point faire plus grand dégât en cet endroit, non plus qu'aux
autres parties de l'Etat, puisqu'en haine de leur Religion, ils
sont reculés & rejettés des charges. Mais je ne veux point entrer
en ces comparaisons ; j'avoue qu'il y en a aucuns de ceux qui se disent reformés, qui suivent ce chemin fraïé, mais dangereux &
déshonnête ; lesquels se veulent excuser sur ce qu'ils se trouvent
environnés & comme enclavés parmi ceux qui sont maîtres en
ces pratiques, qui les incitent par leurs exemples à faire comme
eux ; ou disent qu'on les met en soupçon & défiance de quelque
nécessité prochaine, qui les induit à se pourvoir & se tenir sur
leurs gardes ; ou bien qu'ils dépendent de la faveur de quelques
Grands, qui ne voudroient pas qu'ils fussent plus sages. Quoi que
ce soit, ils sont hommes, & en cela le montrent-ils bien. Excu-
sons, si nous pouvons, les pécheurs d'une part & d'autre ; ou
plutôt, condamnant les fautes particulieres, desirons leur amendement, mais n'oublions pas les communes. Connoissons, dis-
je, & confessons que ces maux, qui déshonorent notre Nation
& nous vont précipiter dans un abîme sans ressource, si nous

n'y prenons garde, prennent racine & force par nos paffions déreglées & par nos partialités mal fondées. Mais s'il plaifoit à
Dieu que ces perverfités ceffaffent, & même ès cœurs d'aucuns,
que nous avons caufe de révérer, ou pour la Nobleffe de leur
race, ou pour avoir manié les grandes affaires de France, qui
doute que la Majefté du Roi ne reprît verdeur & vigueur fans
délai? (qui eft celle qui doit donner forme & vie à l'amendement des chofes en ce Roïaume,) voire avec telle efficace,
que fi l'on commençoit par un coin d'icelui à traiter les affaires
d'Etat, felon les regles naturelles des Polices, & par inftrumens
propres & idoines, fans s'embrouiller mal-à-propos au fait de
la Religion, l'on verroit en un inftant courir ce bien partout.
Je vous puis parler librement, puifque vous m'appellez votre
pere. Il femble bien que Dieu vous montre tout à clair, qu'il
n'a pas agréable cet inique partage, que vous, Meffieurs les
Catholiques, cuidez faire en ce Roïaume, tirant tout de votre
côté, & ne laiffant, tant qu'en vous eft, à ceux de la Religion
Reformée, rien d'honnête & d'honorable, par-maniere de dire,
à quoi ils fe puiffent occuper en cette police, dont ils font
membres, & où vous devez vivre tous enfemble, fous un même
Roi & fous un même droit civil. Car vous voïez que tant plus
vous le voulez déprimer, tant plus fa divine bonté en honore
aucuns qui font éloignés de votre ombrage, les faifant fructifier par fa vertu au profit de la France. N'y en a-t-il point parmi
eux d'affez bonne Maifon pour conduire la Nobleffe à la guerre,
& qui en fachent bien le métier ? N'en connoiffez-vous point
qui foient favans & bien exercés au fait de la Juftice, & experts
& bien éprouvés en toutes grandes affaires ? Je crois que vous
n'entrerez pas en ce débat : car ils font affez paroître aux lieux
où c'eft à eux à entreprendre & ordonner, qu'ils favent, Dieu
merci, comment il faut joindre la prudence, la pourvoïance &
le bon ménage, avec la vaillance ; & furtout montrent par les
évenemens, que c'eft que de faire la guerre en bonne confcience, avec juftice & police. Vous, Monfieur, qui n'êtes pas de
ces obftinés, qui n'allouent jamais le vrai qu'à turbe de témoins,
n'avez aucun befoin que je vous amene des Lorrains, des Savoïards, des Efpagnols ni des Napolitains pour confirmer mon
dire. Vous en favez affez par le rapport des gens d'honneur
vos amis. Vous & tous connoiffez un de ces mal & à tort prétendus Hérétiques, lequel fans autre titre que de fimple Gentilhomme, avoué toutesfois par fon Maître pour grand Ca-

pitaine, & connu de lui pour très fidele Serviteur, a par sa
vertu & bonne conduite, & par ses armes reglées avec justice,
avec peu de moïens, tiré volontairement des Habitans d'un coin
des Alpes, de petite étendue (dons qu'il reconnoît de Dieu)!;
éteint les factions de son Païs ; sauvé deux belles Provinces,
très importans remparts de ce Roïaume, des invasions de l'E-
tranger ; arrêté l'ardeur d'un grand Prince courageux, désireux
de conquérir, en la fleur de son âge, soutenu des forces &
moïens du plus puissant Monarque que nous connoissons; rendu
le Pape, son ennemi spirituel & temporel & de toute la France,
tributaire; porté les Enseignes Françoises au-delà des monts,
avec terreur, non petite, de tous ceux qui haïssent la fleur de
lis en ces climats-là. Il n'est pas seul, Dieu merci ; vous en connoissez d'autres, qui se montrent vertueux & vaillans ès autres
endroits de la France & de ses lisieres, capables d'avoir des
Charges & principales dignités en l'Etat ; lesquels néanmoins
les Catholiques de toutes sortes, ores qu'ils soient diversement
affectionnés, voudroient à tort mettre au rang des indignes,
bien marris qu'on ne les croit. Et à quelle raison ? je l'ai
dite. Mais que n'essaient-ils de les imiter ou mieux faire, ils auroient quelque couleur en leurs desirs? Si ceux d'entre les
Gouverneurs Catholiques, qui portent plus d'envie que de respect à la vertu d'iceux, faisoient la guerre à leur exemple, seroient heureux & prisés comme eux sont, voire, s'ils ché-
rissoient autant ceux de la Religion Reformée, que ceux-
ci font les Catholiques Roïaux-là où ils ont commandement.
Car je ne pense pas me mécompter, si j'affirme qu'il n'y a Gouverneur en France qui ne puisse avoir les moïens plus aisés en sa
Province que ceux-ci n'ont. Cela pour le moins est certain,
qu'ils n'ont pas de si forts ennemis à combattre. Mais c'est assez;
car je n'ai pas entrepris de vous prêcher les louanges de ceux
que vous n'avez pas encore aimés à bon escient, comme ils vous
veulent aimer, & comme je le desire. Il suffit, dis-je, de ce que
je vous ai discouru jusqu'ici, pour vous faire entendre & comprendre que ceux qui crient si haut & si âprement aux Hérétiques, aux Hérétiques, contre ceux de la Religion Reformée,
& les veulent rejetter à leur pouvoir des maniemens publics,
encore qu'ils ne puissent dissimuler qu'il y en a de très capables en toutes sortes d'affaires, & qui par-là entretiennent une
pernicieuse division entre nous en saison si périlleuse, sont aussi

1592.

APOLOGIE
POUR LES PRO-
TESTANS.

peu favans en matiere d'Etat, que je les vous ai montrés égarés & iniques en leurs jugemens en ce qui concerne la Foi & la Religion.

Parquoi vous, ni vos femblables, Catholiques, bons Roïaux & dociles, qui n'êtes pas parties principales en cette contro-verfe, mais induites ou plutôt féduites & attirées, ne vous de-vez plus laiffer abufer à eux, puifque par ces adreffes que je vous montre, & lefquelles vous pourrez montrer à autres, vous découvrez à plein leur Religion, l'affection de leurs cœurs en-vers leur Prince & Patrie, leur valeur, & en fomme tous leurs déportemens; ainfi confidérant le befoin de la France, l'appré-hendant comme vous devez, & faifant preuve digne de bons François, délaifferez ces dénaturés, quels qu'ils foient, s'ils ne s'amendent, ce que tous devons defirer. Vous ne parlerez plus leur langage, qui eft celui de la Ligue, mais effaierez par bons & falutaires offices & confeils d'ami, d'amener avec vous tous les errans en ces points d'Etat, lefquels tiennent encore du franc, à l'union qui nous eft neceffaire, afin que tous enfem-ble tant Catholiques que ceux qui tendent à la Réformation, apparoiffions vraiment Roïaux, fervant comme nous devons notre Roi & fa Couronne, lui prêtant la main & l'épaule d'un commun accord, pour redreffer & affermir les loix du Roïau-me, & établir un bon ordre en la police de France; à la con-fervation de laquelle, la Juftice & les armées foient par Sa Majefté difpofées par bonne proportion, & mifes en main de ceux de fes Sujets qui en font dignes & capables. C'eft-là où fe doit emploïer la Nobleffe, & y répandre fon fang, fi befoin eft; c'eft pourquoi nous fommes Gentilshommes. Ne nous bat-tons plus pour la Religion, ni fous le prétexte d'icelle : car cela eft déplaifant à Dieu, au Dieu de paix, comme il a bien mon-tré, vengeant les excès par autres excès. La Religion, en ces excès, eft le manteau des Ligueurs, lequel à force de s'en être parés en toutes leurs deshonnêtetés, ils produifent à préfent, fi ufé, qu'on y voit le jour à travers, & apparoiffent à plein, fous icelui, leur ambition, avarice, & cruauté. Ils l'ont, dis-je, rendu fi pietre, avec leur Saint Pere de Rome, que s'il n'eft regraté par autre que par eux, il ne fauroit fervir de manteau Roïal, ni de qualité effentielle à un Roi, comme ils parlent. Ne foïons plus partiaux ni paffionnés pour rompre fous ce cou-vert cette égalité de droit entre nous, qui eft le lien de concor-de ès Etats. Donnons lieu à la vertu & à la fuffifance, & la

reverons, quelque part qu'elle se montre. En somme , Monsieur, pensons à l'Etat , & attendant que Dieu nous unisse par
son Saint Esprit en sa Religion , supportons-nous les uns les
autres en cette diversité d'exercices : esperons en lui , il ne tardera point. Assurons-nous que si nous laissons toutes mauvaises
pratiques, & que nous marchions serrés contre les ennemis de
ce Roïaume , ils seront bientôt renversés ; la paix & l'abondance de tous biens y reviendront , la vertu y fleurira , tout y sera
incontinent enceint de piété , moïennant paisibles & charitables conférences, que Sa Majesté procurera être faites , pour
découvrir la vérité de Dieu , & l'établir : soit que pour ce faire
il se joigne avec les autres Princes Chrétiens , qui y ont même
interêt que lui ; ou bien qu'il convoque des Synodes ou Conciles à part en son Roïaume , entre ses Sujets , & sous son autorité ; car ce sont les moïens propres pour redresser les erreurs
que les hommes peuvent commettre au service du Souverain ,
quand ils suivent leur sens : où , pour certain , ils sont fort aisés
à glisser , & souvent trébucher. Illec devra le Pape être admonesté de se trouver , ou d'y envoïer , afin d'être ouï ; car il y a
plusieurs articles à démêler de son mauvais ménage , dont il
n'est pas raisonnable qu'il soit Juge. C'est , pour certain , absur-
dité non petite , de vouloir recourir à Rome pour prendre instruction de la vérité Evangélique , où elle est évidemment & de
propos déliberé suffoquée , & encore plus grande , d'attendre
réformation de l'Eglise, de ce côté-là : d'autant que le desordre
y a pris origine, & en tire sa nourriture à present. Il y a , graces à Dieu , assez de piété & de savoir en France à cet effet , si
l'on s'en veut servir. Et ne faut pas mettre en doute que notre
Clergé étant bien reglé , n'ait plus d'autorité ès choses Ecclésiastiques en ce Roïaume, que n'a le Consistoire de Rome , comme il l'a bien su autrefois montrer aux Papes , entreprenant contre ses prétendues Libertés. Que nous vient-il de Rome ? Je
n'ai point encore ouï dire qu'ès facultés d'aucuns de ces Légats
Romains qu'on nous envoie , il y ait autres termes , que de
Conferendi, *Promovendi* , *Disponendi* , *Colligendi*, *Commutan-*
di , *Componendi* , ou plutôt, *Cauponandi*, ainsi que le Baillif
de votre oncle disoit qu'il falloit écrire pour comprendre tout
en un mot, encore qu'il soit bon Catholique, & à demi Ligueur ; mais de *Prædicandi* , ou de *Docendi* , point de nouvelles : ce seroit chose trop étrange si nous apprenions quelque
bien d'eux. Nous nous passons bien de toutes ces diligences
Romanesques,

Romanesques , & nous pourrions aſſurer , ſi nous avions fait
perdre à ces ſaints Peres & à leurs Nonces & Ambaſſadeurs ,
le chemin de France, que notre ſang & nos deniers , dont
ils ſe jouent, ſeroient grandement épargnés : &, qui plus eſt ,
d'avoir un grand repos en nos conſciences. Et quand on y aura
bien penſé , on trouvera qu'il eſt du tout beſoin d'en venir là ,
pour rétablir l'état de nos affaires. Parquoi diſpoſez-vous à votre bien & honneur en cet endroit , & perſuadez à tant de
grands Seigneurs , & Gentilshommes d'honneur qui vous appartiennent par parenté ou alliance , & ſe reſſentent de la mor-
ſures de ces loups enragés , de faire de même, de peur que ne
ſentiez les durs changemens qui nous talonnent , pour avoir
mépriſé ce que nature ſeule & votre condition vous peuvent
remontrer ſans moi. Quant à ceux de la Religion Réformée,
vous les connoiſſez réſolus , & vous pouvez aſſurer qu'en ces
rudes tempêtes , qui font ainſi crouler ce pauvre Etat, ils ſe
montreront toujours bons François : prompts à le défendre à
leur pouvoir contre les manifeſtes attentats des Papes , & de
toutes les Puiſſances qui leur adherent, ou leur ſont conjoin-
tss : ce qu'ils deſirent faire avec vous, pour le bien commun
temporel ; car quant au ſpirituel, c'eſt un fait qui leur eſt particulier, où je ne vous invite pas pour cette heure. Ne les re-
fuſez point pour concitoïens & compagnons : ne les étrangez
pas, dis-je, à ce beſoin qu'a la France du ſecours de tous ſes
bons & légitimes enfans , pour maintenir l'autorité de ſes loix
& de ſes Rois, combattue tant de fois par ces Dieux ſuppoſés.
Car ce n'eſt pas d'aujourd'hui qu'ils portent haine & envie à
notre nation, & à nos Princes, en récompenſe de tant de biens
qu'ils ont mal emploïés à les aggrandir : ils ſe font cuidés lan-
cer , hurlant furieuſement contre nous ſouvent & à pluſieurs
repriſes , mais la vertu de nos ancêtres a toujours trouvé moïen
de les emmuſeler : comme font foi les actes de nos Rois, encore qu'ils ne fuſſent que trop empêtrés ès laqs de leur feinte
ſainteté. Et néanmoins que leur audace paſſe toute meſure ,
voire parceque nous nous ſommes rendus contemptibles nous-
mêmes par nos diſcordes : ores , dis-je , qu'ils mordent, dé-
chirent & écorchent à bon eſcient , ſera-t-il dit que vous dé-
génériez ? & que bercés par quelques mauvais Miniſtres enfor-
celés de ces poiſons étrangers , vous demeuriez endormis &
ſtupides aux malheurs qui nous viennent de Rome & d'Eſpagne
ſon adjointe ? Dieu ne le veuille permettre : participez plu-

Tome V.

1592.
Déclarat.
du Duc de
Mayenne.

tôt, voire prenez la meilleure part, & sans envie, de la louange du rétablissement de ce Roïaume. Autrement , & si vous persistez en vos divisions & dédains , elle vous pourroit être entierement ravie par ceux que tant vous avez dédaignés, comme il y a apparence : ce que Dieu vous fera la grace de connoître , & je l'en prie de tout mon cœur. Ce 1 de Janvier 1593.

Votre plus affectionné serviteur & entier ami , D. M. T. L.

Avertissement.

REvenons à la Ligue. Ci-devant nous avons vu que la mort du Duc de Parme (1) avoit servi au Duc de Mayenne d'étançon pour appuïer ses espérances. Aussi depuis commença-t-il à parler plus gros que de coutume, & se persuadant d'avancer ses affaires ès Etats assignés à Paris , pour l'Eléction d'un Roi de la Ligue , publia premierement la Déclaration qui s'ensuit, imprimée à Paris & en divers autres endroits.

DECLARATION

Faite par Monseigneur le Duc de MAYENNE *, Lieutenant-Général de l'Etat & Couronne de France , pour la réunion de tous les Catholiques de ce Roïaume* (2).

CHARLES de Lorraine Duc de Mayenne , Lieutenant Général de l'Etat & Couronne de France , à tous présens & avenir , Salut. L'observation perpetuelle & inviolable de la Religion & piété , en ce Roïaume , a été ce qui l'a fait fleurir si long temps par dessus tous autres de la Chrétienté , & qui a fait décorer nos Rois du nom de très-Chrétiens & premiers Enfans de l'Eglise; aïant les uns, pour acquérir ce titre si glorieux & le laisser à leur postérité , passé les mers & couru

(1) On en a parlé ailleurs.
(2) Cette Déclaration parut d'abord *in-8°.* à Paris , chez Morel en 1592. M. de Thou en parle , & en donne une Notice dans son Histoire, Livre 105 , sous l'année 1593 , quoiqu'elle soit de l'année précédente 1592. La même Déclaration est aussi dans la Chronologie Novennaire de Victor Cayet, page 109, *in-8°.* Paris, 1608.

jufqu'aux extrêmités de la terre, avec grandes armées, pour y
faire la guerre aux infideles ; les autres combattu plufieurs fois
ceux qui vouloient introduire nouvelles Sectes & erreurs, contre la foi & créance de leurs peres ; en tous lefquels exploits, ils
ont toujours été affiftés de leur noblesse, qui très-volontiers ex-
pofoient leurs biens & leurs vies à tous périls, pour avoir part
en cette feule vraie & folide gloire, d'avoir aidé à conferver la
Religion en leur païs, ou à l'établir ès païs lointains, efquels
le nom & l'adoration de notre Dieu n'étoit point encore connue : qui auroit rendu leur zele & valeur recommandables par
tout, & leur exemple été caufe d'exciter les autres Potentats.
à les enfuivre en l'honneur & au péril de pareilles entreprifes
& conquêtes. Ne s'étant point, depuis, cette ardeur & fainte intention de nos Rois & de leurs Sujets, réfroidie ou changée,
jufqu'à ces derniers temps que l'héréfie s'eft gliffée fi avant dans
le Roïaume, & accrue par les moïens que chacun fait, & qu'il
n'eft plus befoin de remettre devant nos yeux, que nous fommes enfin tombés en ce malheur, que les Catholiques mêmes,
que l'union de l'Eglife devoit inféparablement conjoindre, fe
font par un exemple prodigieux & nouveau, armés les uns contre les autres, & féparés, au lieu de fe joindre enfemble pour
la défenfe de leur Religion. Ce que nous eftimons être advenu
par les mauvaifes impreffions & fubtils artifices, dont les Hérétiques ont ufé, pour leur perfuader que cette guerre n'étoit
point pour la Religion, mais pour ufurper ou diffiper l'Etat :
combien que nous aïons pris les armes, mus d'une fi jufte douleur, ou plutôt contraints d'une fi grande néceffité, que la caufe n'en puiffe être attribuée qu'aux auteurs du plus méchant,
déloïal & pernicieux confeil, qui fut jamais donné à Prince :
& la mort du Roi advenue par un coup du ciel, & la main d'un
feul homme, fans l'aide ni le fu de ceux qui n'avoient que trop
d'occafion de la defirer (1). Nous aïons encore témoigné que
notre feul but & defir étoit de conferver l'Etat, & fuivre les

---

(1) Ces fentimens du Duc de Mayenne
font conformes à ce qu'on lit dans une Lettre qu'il écrivit à Philippe II, Roi d'Efpagne, immédiatement après l'affaffinat de
Henri III. L'original de cette Lettre, étoit
entre les mains de M. le Duc de Valenti-
nois ; & c'eft fur cet original qu'elle a paffé
dans une Note de la Traduction Françoife
de l'Hiftoire de M. de Thou, Tome 11,
pag. 667. Elle eft conçue en ces termes.

Lettre du Duc de Mayenne à Philippe II,
Roi d'Efpagne, interceptée par M. le Maréchal de Marignon, qui fit arrêter à Bordeaux le Courier qui en étoit porteur.

» Il a plû à Dieu nous ôter un Roi qu'il
» avoit laiffé quelque temps pour affliger
» fes Sujets ; l'entreprife de fa mort a été
» faite & exécutée par un Jacobin, de fon
» mouvement, comme par infpiration di-
» vine, & fans qu'il y ait été aidé, ni pouffé

loix du Roïaume, en ce que nous aurions reconnu pour Roi Monseigneur le Cardinal de Bourbon plus prochain & premier Prince du Sang, déclaré tel du vivant du feu Roi, par ses Lettres Patentes, vérifiées en tous les Parlemens, & en cette qualité désigné son successeur, où il viendroit à décéder sans enfans mâles, qui nous obligeoit à lui déférer cet honneur, & à lui rendre toute obéissance, fidélité & service, comme nous en avions bien l'intention, s'il eût plu à Dieu le délivrer de la captivité en laquelle il étoit : & si le Roi de Navarre, duquel seul il pouvoit esperer ce bien, eut tant obligé les Catholiques que de le faire, le reconnoître lui-même pour son Roi, & attendre que nature eût fait finir ses jours, se servant de ce loisir pour se faire instruire & réconcilier à l'Eglise, il eut trouvé les Catholiques unis & disposés à lui rendre la même obéissance & fidelité après la mort du Roi son oncle. Mais persévérant en son erreur, il ne nous étoit loisible de le faire, si nous voulions, comme Catholiques, demeurer sous l'obéissance de l'Eglise Catholique, Apostolique, & Romaine, qui l'avoit excommunié & privé du droit qu'il pouvoit prétendre à la Couronne. Outre ce que nous eussions, en le faisant, enfreint & violé

» d'autre personne ; Dieu aïant voulu choisir un instrument si foible pour exécuter cette vengeance ; afin que chacun connût qu'elle étoit du-tout sienne. J'ai fait déclarer par sa mort M. le Cardinal de Bourbon, Roi. Nous faisons tout ce qui nous est possible pour le retirer de la prison où il est. Le Prince de Bearn, qui prend aussi le titre de Roi, n'oublie rien de son côté pour s'en saisir & rendre maître ; & je crains que ceux qui le tiennent, ne soient plus disposés à suivre son intention que la nôtre. Si cette cause & les Catholiques de ce misérable & désolé Roïaume ont eu besoin par le passé de l'appui & du secours de Votre Majesté ; s'ils ont expérimenté sa bienveillance & sa bonté, elle leur est encore plus nécessaire que jamais, aujourd'hui qu'ils ont un ennemi, Chef de l'Héréfie, qui va être assisté de tous les Princes qui se sont séparés de l'Eglise, & l'est déja de la Reine d'Angleterre, & de plusieurs en ce Roïaume, qui sous le nom de Catholiques ont toujours essaïé d'établir l'Héréfie. Nous la supplions très humblement d'emploïer sa grandeur, son autorité, & son Nom, pour notre conservation, qui lui acquer-

ra ce titre immortel ; comme il est le plus grand Monarque du monde, qu'il est aussi le seul & vrai Protecteur de l'Eglise & des Catholiques par toute la Chrétienté ; & sur nous, qui avons conservé notre Religion & notre Etat par son bienfait, une obligation si grande que nous confesserons & reconnoîtrons jamais lui devoir tout ; & moi en particulier, qui ne veux espérer bien, sûreté, & autorité, ni avoir regle en ma conduite que celle qui viendra de ses Commandemens, lui rendrai très humble & perpétuel service. J'envoierai incontinent à Votre Majesté ; & entrerai aussi en conférence de l'état de nos affaires avec M. le Commandeur Moreo, aussi-tôt qu'il sera ici, où je l'attends au premier jour ; afin qu'elle en soit au plûtôt instruite : & cependant je prierai Dieu que pour le bien de la chose seule il conserve Votre Majesté, SIRE, en très parfaite santé, très heureuse & longue vie.

Votre très humble & très obéissant serviteur, CHARLES DE LORRAINE, DUC DE MAYENNE.
De Paris, le 21 jour d'Août 1589.

cette ancienne coutume, si religieusement gardée par tant de
siecles & la succession de tant de Rois, depuis Clovis jusqu'à
préfent, de ne reconnoître au Trône Roïal aucun Prince qui
ne fût Catholique, obéissant Fils de l'Eglise, & qui n'eût promis & juré à son sacre, & en recevant le Sceptre de la Couronne, d'y vivre & mourir, de la défendre & maintenir, & d'ex-
tirper les Hérésies de tout son pouvoir : premier serment de nos
Rois, sur lequel celui de l'obéissance & fidélité de leurs Sujets
étoit fondé, & sans lequel ils n'eussent jamais reconnu, tant
ils étoient amateurs de notre Religion, le Prince qui se prétendoit appellé par les Loix à la Couronne. Observation jugée
si sainte & nécessaite, pour le bien & salut du Roïaume, par
les Etats Généraux assemblés à Blois, en l'année 1576, lorsque
les Catholiques n'étoient encore divisés en la défense de leur
Religion, qu'elle fut tenue entr'eux comme Loi principale &
fondamentale de l'Etat : & ordonné avec l'autorité & approbation du Roi, que deux de chacun ordre seroient députés
vers le Roi de Navarre & Prince de Condé, pour leur représenter de la part desdits Etats, le péril auquel ils se mettoient
pour être sortis de l'Eglise : les exhorter de s'y reconcilier, &
leur dénoncer, s'ils ne le faisoient, que venant leur ordre pour
succéder à la Couronne, ils en seroient perpétuellement exclus,
comme incapables. Et la Déclaration depuis faite à Rouen, en
l'année 1588, confirmée en l'Assemblée des derniers Etats tenus au même lieu de Blois, que cette Coutume & Loi ancienne seroit inviolablement gardée comme Loi fondamentale du
Roïaume, n'est qu'une simple approbation du jugement sur ce
donné par les Etats précédens, contre lesquels on ne peut proposer aucun juste soupçon, pour condamner ou retirer leurs
avis & autorité. Aussi le feu Roi la reçut pour Loi, & en promit & jura l'observation en l'Eglise, & sur le précieux Corps
de notre Seigneur, comme firent tous les Députés des Etats,
en ladite Assemblée avec lui ; non seulement avant les inhu-
mains massacres, qui l'ont rendu si infâme & funeste, mais
aussi depuis, lorsqu'il ne craignoit plus les morts, & méprisoit
ceux qui restoient, qu'il tenoit comme perdus & désespérés de
tout salut : l'aïant fait pour ce qu'il reconnoissoit y être tenu
& obligé par devoir, comme tous les Souverains sont à suivre
& garder les Loix, qui sont comme Colonnes principales, ou
plûtôt bases de leur Etat. On ne pourroit donc justement blâmer les Catholiques unis, qui ont suivi l'Ordonnance de l'E-

glife, l'exemple de leurs majeurs, & la Loi fondamentale du
Roïaume, qui requiert au Prince qui prétend droit à la Couronne, avec la proximité du sang, qu'il soit Catholique, comme qualité essentielle & nécessaire pour être Roi d'un Roïaume
acquis à Jesus-Christ, par la puissance de son Evangile, qu'il a
reçu depuis tant de siécles, selon & en la forme qu'elle est annoncée en l'Eglise Catholique, Apostolique & Romaine. Ces raisons nous avoient fait espérer que si quelqu'apparence de devoir
avoit retenu plusieurs Catholiques près du feu Roi, qu'après sa
mort, la Religion, le plus fort lien de tous les autres, pour
joindre les hommes ensemble, les uniroit tous en la défense de
ce qui leur doit être le plus cher. Le contraire seroit toutesfois
avenu contre le jugement & prévoïance des hommes, pource
qu'il fut aisé en ce soudain mouvement, de leur persuader que
nous étions coupables de cette mort, à laquelle n'avions aucunement pensé : & que l'honneur les obligeoit d'assister le Roi
de Navarre, qui publioit en vouloir prendre la vengeance, &
qui leur promettoit de se faire Catholique dedans six mois. Et
y étant une fois entrés, les offenses que la guerre civile produit,
les prospérités qu'il a cues, & les mêmes calomnies que les Hérétiques ont continué de publier contre nous, sont les vraies
causes qui les y ont depuis retenus, & donné moïen aux Hérétiques de s'accroître si avant, que la Religion & l'Etat en sont
en péril. Quoique nous aïons vu de loin le mal que cette division devoit apporter, & qu'elle seroit cause d'établir l'Hérésie
avec le sang & les armes des Catholiques, que notre reconciliation seule y pourroit remedier, & que pour cette raison nous
l'aïons soigneusement recherchée : si n'a-t-il jamais été en notre pouvoir d'y parvenir : tant les esprits ont été alterés, & occupés de passion, qui nous a empêchés de voir les moïens de notre salut. Nous les avons fait prier souventefois de vouloir entrer en conférence avec nous, comme nous offrions de le faire avec eux, pour y aviser : Fait déclarer tant à eux qu'au Roi
de Navarre, mêmes sur quelques propositions faites pour mettre le Roïaume en repos, que s'il délaissoit son erreur & se
reconcilioit à l'Eglise, à notre saint Pere, & au saint Siége,
par une vraie & non feinte conversion, & par actions qui pus-
sent donner témoignage de son zele à notre Religion, que
nous apporterions très volontiers notre obéissance, & tout ce
qui dépendroit de nous, pour aider à faire finir nos miseres :
& y procéderions avec une si grande franchise & sincérité que

personne ne pourroit douter que notre intention ne fût telle.
Ces ouvertures & déclarations aïant été faites lorsque nous
avions plus de prospérité & de moïen pour oser entreprendre,
si ce desir eut été en nous, plutôt que de servir au Public, &
chercher le repos du Roïaume. A quoi chacun sait qu'il auroit
toujours répondu qu'il ne vouloit être forcé par ses Sujets, appellant contrainte la priere qu'on lui faisoit de retourner à l'E-
glise, qu'il devoit plutôt recevoir de bonne part, & comme
une admonition salutaire, qui lui représentoit le devoir auquel
les plus grands Rois sont aussi bien obligés de satisfaire, que
les plus petits de la terre : car quiconque a une fois reçu le
Christianisme, & en la vraie Eglise, qui est la nôtre, dont nous
ne voulons point mettre l'autorité en doute, avec qui que ce
soit, il n'en peut non plus sortir, que le soldat enrôlé se départir de la foi qu'il a promise & jurée, sans être tenu pour dé-
serteur & infracteur de la Loi de Dieu, & de son Eglise. Il a
encore ajouté à cette réponse, après qu'il seroit obéi & reconnu de tous ses Sujets, qu'il se feroit instruire en un Concile
libre & général : comme s'il falloit des Conciles pour une erreur
tant de fois condamnée & reprouvée de l'Eglise, mêmes par
le dernier Concile tenu à Trente, autant authentique & solemnel qu'aucun autre qui ait été célébré depuis plusieurs siécles.
Dieu aïant permis qu'il y ait eu de l'avantage depuis par le
gain d'une bataille, la même priere lui fut encore répétée,
non par nous qui n'étions en état de le devoir faire, mais par
personnes d'honneur, desireux du bien & repos du Roïaume;
comme aussi durant le siege de Paris par les Prélats de grande
qualité, priés d'aller vers lui de la part des assiégés, pour trouver quelque remede en leur mal. Auquel temps s'il s'y fut disposé, ou plutôt si Dieu par son Saint Esprit, sans lequel personne ne peut entrer en son Eglise, lui eût donné cette volonté, il eût beaucoup mieux fait esperer de sa conversion aux
Catholiques, qui sont justement soupçonneux & sensibles en
la crainte d'un changement qui regarde de si près à l'honneur
de Dieu, à leurs consciences, & à leur vie, qui ne peuvent
jamais être assurées sous la domination des Hérétiques. Mais
l'espoir auquel il étoit lors d'assujettir Paris, & par cet exemple, la terreur de ses armes, & les moïens qu'il se promettoit
trouver dedans, d'occuper le reste du Roïaume par la force,
lui firent rejetter ces conseils de réconciliation à l'Eglise, qui
pouvoient unir les Catholiques ensemble, & conserver leur Re-

ligion : Dieu les en aïant délivrés, à l'aide des Princes, Seigneurs, & d'un bon nombre de Noblesse du Roïaume, & de l'armée que le Roi Catholique qui a toujours assisté cette cause de ses forces & moïens, dont nous lui avons très-grande obligation, envoïa sous la conduite de Monsieur le Duc de Parme, Prince d'heureuse mémoire, assez connu par la réputation de son nom, & de ses grands mérites. Il ne laissa pourtant de rentrer bientôt en ses premieres espérances, parceque cette armée étrangere, incontinent après le siege levé, sortit hors le Roïaume. Et lui, aïant mandé les siens, assembla par leur prompte obéissance, une grande armée avec laquelle il se rendit Maître de la campagne : & fit publier lors tout ouvertement & sans plus dissimuler, que c'étoit crime de le prier & lui parler de conversion avant que l'avoir reconnu, & lui avoir prêté le serment d'obéissance & fidélité : que nous étions tenus de poser les armes, de nous adresser ainsi nuds & desarmés à lui par supplication, & de lui donner pouvoir absolu sur nos biens, & sur nos vies, & sur la Religion : même pour en user ou abuser comme il lui plairoit, la mettant en péril certain par notre lâcheté. Au lieu qu'avec l'autorité & les moïens du Saint Siege, l'aide du Roi Catholique, & autres Potentats qui assistent & favorisent cette cause, nous avons toujours espéré que Dieu nous feroit la grace de la conserver. Tous lesquels n'auroient plus que voir en nos affaires, si nous l'avions une fois reconnu, & se démêleroit cette querelle de la Religion avec trop d'avantage pour les Hérétiques, entre lui, Chef & Protecteur de l'hérésie, armé de notre obéissance & des forces entieres du Roïaume : & nous qui n'aurions pour lui résister que de simples & foibles supplications adressées à un Prince peu desireux de les ouïr, & d'y pourvoir. Quelque injuste que soit cette volonté, & que la suivre soit le vrai moïen de ruiner la Religion ; néanmoins, entre les Catholiques qui l'assistent, plusieurs se sont laissés persuader que c'étoit rébellion de s'y opposer, & que nous devions plutôt obéir à ses commandemens & aux Loix de la police temporelle, qu'il veut établir de nouveau contre les anciennes Loix du Roïaume, qu'à l'ordonnance de l'Eglise, & aux Loix des Rois ses prédecesseurs, de la succession desquels il prétend la Couronne ; qui ne nous ont pas appris à reconnoître les Hérétiques, mais au contraire à les rejetter, à leur faire la guerre, & à n'en tenir aucune plus juste, ni plus nécessaire, quoiqu'elle fût plus périlleuse que celle-là. Qu'il se souvienne que lui-même

même s'eft armé fi fouvent contre nos Rois, pour introduire une
nouvelle doctrine dans le Roïaume , que plufieurs écrits & libelles diffamatoires ont été faits & publiés contre ceux qui s'y
oppofoient , & donnoient confeil d'étouffer de bonne heure le
mal qui en naiffant étoit foible, qu'il vouloit lors qu'on crût fes
armes être juftes , parcequ'il y alloit de fa Religion & de fa confcience ; & que nous défendons une ancienne Religion , auffi-
tôt reçue en ce Roïaume qu'il a commencé , & avec laquelle
il s'eft accru jufqu'à être le premier & le plus puiffant de la
Chrétienté , que nous connoiffons affez ne pouvoir être gardée
pure , inviolable & hors de péril fous un Roi hérétique : encore qu'à l'entrée, pour nous faire pofer les armes , & le rendre
Maître abfolu, on en diffimule & promette le contraire. Les
exemples voifins , la raifon , & ce que nous experimentons tous
les jours , nous devroient faire fages & apprendre que les Sujets fuivent volontiers la vie , les mœurs , & la Religion même
de leurs Rois , pour avoir part en leurs bonnes graces, honneurs & bienfaits , qu'eux feuls peuvent diftribuer à qui il leur
plaît ; & qu'après en avoir corrompu les uns par faveur , ils ont
toujours le moïen de contraindre les autres avec leur autorité
& pouvoir. Nous fommes tous hommes , & ce qui a été tenu
pour licite une fois , qui néanmoins ne l'étoit point , le fera encore après pour une autre caufe , qui nous femblera auffi jufte
que la première qui nous a fait faillir. Quelques confidérations
ont fait que plufieurs Catholiques ont penfé pouvoir fuivre un
Prince hérétique , & aider à l'établir ; l'afpect des Eglifes , des
Autels , des monuments de leurs peres , plufieurs defquels font
morts en combatant pour ruiner l'héréfie qu'ils foutiennent , &
le péril de la Religion préfent & à venir , ne les en ont point
détournés. Combien devrions-nous donc plus craindre fes faveurs & fa force, s'il étoit établi & devenu notre Maître & Roi
abfolu , lorfqu'un chacun las & recru , ou plutôt du tout ruiné
par cette guerre, qui leur auroit été fi peu heureufe, aimeroit
mieux fouffrir ce qu'il lui plairoit , pour vivre en fureté & repos , & avec quelque efpoir de loïer & récompenfe , obéiffant
à fes commandemens , que de s'y oppofer avec péril ? On dit
que les Catholiques feroient tous unis lors , & n'auroient plus
qu'une même volonté pour conferver leur Religion ; pour ainfi
qu'il feroit aifé d'empêcher ce changement. Nous devons defirer ce bien , & toutesfois nous ne l'ofons efperer fi à coup. Mais
foit ainfi que le feu étcint, il n'y ait à l'inftant plus de chaleur

Tome V. M m

dans les cendres, & que les armes posées, notre haine soit du
tout morte : si est-il certain, que nous ne serons pourtant
exempts de ces autres passions, qui nous font aussi souvent faillir, que nous aurons toujours le péril sur nos têtes, & serons
sujets malgré nous aux mouvemens & passions des Hérétiques,
qui feront quand ils pourront par conduite, ou par force, &
avec l'avantage qu'ils auront pris sur nous, aïant un Roi de
leur Religion, ce que nous savons déja qu'ils veulent. Et si les
Catholiques vouloient bien considérer dès maintenant les actions qui viennent de leurs conseils, ils y verroient assez clair.
Car on met les meilleures Villes & Forteresses qui sont prises,
en leur pouvoir, ou de personnes qui sont reconnues de tout
temps les favoriser. Les Catholiques qui y résident sont tous les
jours accusés & convaincus de crimes supposés : la rébellion
étant le crime duquel on accuse ceux qui n'en ont point : les
principales charges tombent déja entre leurs mains : on est venu jusqu'aux Etats de la Couronne. Les Bulles de nos saints
Pères les Papes Grégoire XIV & Clément VIII, qui contenoient leurs saintes & paternelles admonitions aux Catholiques, pour les séparer des Hérétiques, ont été rejettées & foulées aux pieds avec mépris par Magistrats qui s'attribuent le
nom de Catholique, combien qu'ils ne le soient en effet. Car
s'ils étoient tels, ils n'abuseroient de la simplicité de ceux qui
le sont par des exemples tirés des choses advenues en ce Roïaume, lorsqu'il étoit question d'entreprise contre la liberté & les
priviléges de l'Eglise Gallicane, & non de fait semblable au
notre : le Roïaume n'aïant jamais été réduit à ce malheur, puis
le temps qu'il a reçu notre Religion, de souffrir un Prince Hérétique, ou d'en voir quelqu'un de cette qualité qui y ait prétendu droit. Et si cette Bulle leur sembloit avoir quelque difficulté, étant Catholiques, ils y devoient procéder par remontrances, & avec le respect & la modestie qui est dûe au saint
Siège, & non avec si grand mépris, blasphême & impiété, comme ils ont fait : mais c'est avec dessein, pour apprendre aux autres qu'ils savent être meilleurs Catholiques qu'eux, à mépriser
le Chef de l'Eglise, afin qu'on les en sépare plus aisément après.
Il y a des degrés au mal : on fait toujours commencer par celui
qui semble le moindre, ou ne l'être point du tout : le jour suivant y en ajoute un autre : puis enfin, la mesure se trouve au
comble. C'est en quoi nous reconnoissons que Dieu est grandement courroucé contre ce pauvre & désolé Roïaume, & qu'il

nous veut encore châtier pour nos péchés : puisque tant d'actions qui tendent à la ruine de notre Religion , & d'autre côté tant de Déclarations par nous faites , & si souvent repétées , même depuis peu de jours, d'obéir & nous remettre du tout à ce qu'il plairoit à sa Sainteté & au saint Siége ordonner sur la conversion du Roi de Navarre , si Dieu lui faisoit la grace de quitter son erreur , qui devroient servir de témoignage certain de notre innocence & sincérité, & justifier nos armes comme nécessaires, ne les émeuvent point , & qu'on ne laisse pourtant de publier que les Princes unis pour la défense de la Religion ne tendent qu'à la ruine & dissipation de l'Etat. Combien que leur conduite & les ouvertures faites du commun consentement d'eux tous, mêmes des Souverains qui nous assistent , soient le vrai & plus assuré moïen pour en ôter la cause ou le prétexte à qui en auroit la volonté. Les Hérétiques s'attachent là-dessus au secours du Roi Catholique , qu'ils voient à regret , & nous tiendroient pour meilleurs François, si nous nous en voulions passer ou pour mieux dire , plus aisés à vaincre , si nous étions désarmés. A quoi nous nous contenterons de leur répondre , que la Religion affligée , & en très grand péril dans ce Roïaume , a eu besoin de trouver cet appui : que nous sommes tenus de publier cette obligation , & de nous en souvenir perpétuellement : & qu'en implorant le secours de ce grand Roi (allié & confédéré de cette Couronne) il n'a rien requis de nous , & n'avons aussi fait de notre côté aucun traité avec qui qui ce soit dedans ou dehors le Roïaume à la diminution de la grandeur , & Majesté de l'Etat : pour la conservation duquel nous nous précipiterons très volontiers à toutes sortes de périls, pourvû que ce ne soit pour en rendre Maître un Hérétique. Mal que nous avons en horreur , comme le premier & le plus grand de tous les autres. Et si les Catholiques qui les favorisent & assistent, se vouloient dépouiller de cette passion , se séparer d'avec eux , & se joindre non point à nous , mais à la cause de notre Religion , & rechercher les conseils & remedes en commun pour la conserver , & pourvoir au salut de l'Etat , nous y trouverions sans doute la conservation de l'un & de l'autre , & ne seroit pas au pouvoir de celui qui auroit mauvaise intention d'en abuser, au préjudice de l'Etat, & de se servir d'une si sainte cause , comme d'un prétexte spécieux pour acquérir injustement de la grandeur & de l'autorité. Nous les supplions donc , & adjurons au Nom de Dieu & de cette même Eglise ,

en laquelle nous proteftons tous les jours les uns & les autres
de vouloir vivre & mourir, de fe féparer des Hérétiques, & de
bien confidérer que demeurans contraires les uns aux autres,
nous ne pouvons prendre aucun remede qui ne foit périlleux,
& doive faire beaucoup fouffrir à cet Etat, & à chacun en particulier, avant que d'y apporter quelque bien : Au contraire
que notre reconciliation rendra tout facile, & fera bientôt finir nos miferes. Et afin que les Princes du Sang, autres Princes, & les Officiers de la Couronne, ne foient point retenus &
empêchés d'entendre à une fi bonne œuvre, pour le doute qu'ils
pourroient avoir de n'être reconnus, refpeétés & honorés de
nous & des Princes & Seigneurs de ce parti, felon qu'ils méritent, & au rang & dignité que leur appartient; Nous promettons fur notre foi & honneur de le faire, pourvû qu'ils fe fé-
parent des Hérétiques, & qu'ils trouveront auffi le même ref-
pet & devoir en tous les autres de ce parti. Mais nous les fupplions de le faire promptement : & qu'ils coupent le nœud de
tant de difficultés, qui ne fe peuvent délier s'ils ne quittent
tout, pour fervir à Dieu & à fon Eglife; s'ils ne fe remettent
devant les yeux que la Religion doit paffer par-deffus tous autres refpeéts & confidérations, & que la prudence ne l'eft plus,
quand elle nous fait oublier en ce premier devoir. Nous leur
donnons avis que pour y procéder de notre part avec plus de
maturité de confeil, Nous avons prié les Princes, Pairs de
France, Prélats, Seigneurs & Députés des Parlements & des
Villes & Communautés de ce parti, de fe vouloir trouver en la
Ville de Paris, le dix-feptieme jour du mois prochain : pour enfemblement choifir, fans paffion, & fans refpeét de l'intérêt de
qui que ce foit, le remede que nous jugerons en nos confciences devoir être le plus utile pour la confervation de la Religion
& de l'Etat. Auquel lieu s'il leur plaît d'envoïer quelques-uns
de leur part pour y faire ouvertures qui puiffent fervir à un fi
grand bien, ils y auront toute fûreté, feront ouis avec attention, & defir de leur donner contentement. Que fi l'inftante
priere que nous leur faifons de vouloir entendre à cette reconciliation, & le péril prochain & inévitable de la ruine de cet
Etat, n'ont affez de pouvoir fur eux, pour les exciter de prendre foin du falut commun : & que nous foïons contraints, pour
être abandonnés d'eux, de recourir à remedes extraordinaires,
contre notre defir & intention : Nous proteftons devant Dieu,
& devant les hommes, que le blâme leur en devra être imputé,

& non aux Catholiques unis, qui fe font emploïés de tout leur pouvoir, pour avec leur bienveillance & amitié, mêmes confeils & volontés, défendre & conferver cette caufe, qui leur eft commune avec nous. Ce que s'ils vouloient entreprendre de pareille affection, l'efpoir d'un prochain repos feroit certain : & nous tous affurés que les Catholiques enfemble, contre les Hérétiques leurs anciens ennemis qu'ils ont accoutumé de vaincre, en auroient bientôt la fin. Si prions Meffieurs les Gens tenans les Cours de Parlement de ce Roïaume, de faire publier & enregiftrer ces préfentes, afin qu'elles foient notoires à tous, & que la mémoire en foit perpétuelle à l'avenir, à notre décharge, & des Princes, Pairs de France, Prélats, Seigneurs, Gentilshommes, Villes & Communautés, qui fe font unis enfemble pour la confervation de leur Religion. En témoin de quoi nous avons figné cefdites préfentes de notre main, & y fait mettre & appofer le fcel de la Chancellerie de France. Donné à Paris, au mois de Décembre, l'an 1592 (1).

Signé, CHARLES DE LORRAINE.

Par Monfieur. BAUDOUIN.

Et fcellées du grand fceau en laqs de foie de cire verte.

Lues, publiées & régiftrées ès régiftres de la Cour, ce requérant le Procureur-Général du Roi (2) : & publiées à fon de trompe & cri public par les carrefours de la Ville de Paris, le 5 de Janvier.

DU TILLET.

(1) Cet Ecrit étoit figné par le Duc de Mayenne, & fcellé du grand fceau, qui repréfentoit un Trône vuide, au lieu de l'image du Roi. Dix jours après fon enrégiftrement, dont la datte eft ici rapportée, il parut une grande Lettre du Cardinal de Plaifance, Philippe Sega, aux Catholiques qui fuivoient le parti du Roi de Navarre, pleines d'invectives contre ce Prince, & compofées dans la vûe de lui débaucher tous ceux qui tenoient pour lui. Voïez ce qu'en dit M. de Thou, dans fon Hiftoire Livre 105, fous l'an 1593. (2) C'eft-à-dire celui qui tenoit pour le parti de la Ligue, & qui étoit Procureur-Général au Parlement de la Ligue qui étoit refté à Paris.

Avertissement.

A Cette Déclaration du Duc de Mayenne le Roi en oppofa une autre ci appofée, & contenant ce qui s'enfuit.

DECLARATION
DU ROI.

Sur les impoftures & fauffes inductions contenues en un Ecrit publié fous le nom du Duc de Mayenne (1).

HENRI, par la grace de Dieu, Roi de France & de Navarre; à tous ceux qui ces préfentes lettres verront, falut. Aïant plu à Dieu nous faire naître de la plus ancienne race des Rois Chrétiens, & par droit de légitime fucceffion parvenir à la Couronne du plus beau & floriffant Roïaume de la Chrétienté, il ne nous avoit pas donné moins de piété & de dévotion, ni moins de valeur & de courage, pour étendre & la Foi Chrétienne & les bornes & limites de ce Roïaume, qu'aux Rois nos prédéceffeurs : & n'a défailli à notre bonheur, finon que tous nos Sujets n'aient pareillement fuccédé à la vertu & fidélité de leurs ancêtres. Mais nous nous fommes rencontrés en un fiecle que beaucoup en ont dégénéré, aïant converti cet amour qu'ils portoient à leurs Rois, & dont ils excelloient fur tous les Peuples, en confpiration, & leur fidélité en rebellion. De forte que notre labeur & notre plus bel âge, qui étoit deftiné pour illuftrer la gloire du nom François, eft (à notre très grand regret) confommé à en publier la honte, n'aïant pu éviter d'être de-

_____

(1) Cette Déclaration parut dans le temps qu'elle fut donnée : c'eft une réponfe à celle du Duc de Mayenne. Elle eft auffi dans la Chronologie Novennaire de Victor Palma Cayet, tome 2. in-8°. Paris, 1608, page 119. Voïez l'extrait de la Déclaration dans l'Hiftoire de M. de Thou, Livre 105, année 1593. Cet Ecrit fut réfuté dans le temps par un autre, intitulé ; *La Fleur de Lys,* qui eft le *Difcours d'un François*, où l'on réfute la Déclaration du Duc de Mayenne, publiée au mois de Janvier dernier. Cette réfutation eft de Pierre Dufrefne-Forget, Sécrétaire d'Etat : Elle fe lit auffi dans le *Recueil des quatre Difcours excellens & libres,* in-12, 1593 & 1696. C'eft le troifieme Difcours.

puis notre avénement à cette Couronne en continuelle guerre contre nos Sujets rebelles, dont nous avons tant de déplaisir, & de compassion des malheurs qu'en souffre tout le Roïaume, que si nous eussions connu que leur haine eût été à notre seule personne, nous aurions souhaité de n'être jamais parvenus à cette dignité. Mais ils ont bien montré que c'étoit contre l'autorité Roïale qu'étoit leur conspiration, l'aïant premierement commencée & depuis réitérée contre le feu Roi dernier, notre très honoré Seigneur & frere, pour lequel le prétexte de la Religion dont ils se parent tant, ne pourroit valoir, aïant toujours été très Catholique, & faisant même la guerre contre ceux de la Religion dite Reformée, peu auparavant que lesdits rebelles le vinrent assiéger en la Ville de Tours. Et si ladite cause prétendue de leurdite rebellion fut reconnue fausse dès son commencement, elle ne l'a pas été moins depuis, quoiqu'ils la magnifient plus que jamais, & que ce soit l'unique justification à tous leurs crimes. Mais la lumiere, que la vérité porte sur le front, surmonte enfin les ténebres que y opposoient leur obscurité, & l'admirable sagesse de Dieu dispose tellement toutes choses, que même les plus mauvaises servent à la perfection de son œuvre, tant qu'il contraint bien souvent ceux qui se bandent contre leur propre conscience, lorsqu'ils s'en doutent le moins, de lâcher quelque trait, qui fait la confession de leur faute si expresse, qu'il leur est impossible de s'en plus dédire. La preuve en est bien claire & manifeste aux procédures de ceux, qui sous le nom de Ligue, se sont élevés en armes à la ruine & dissipation de cet Etat ; & se voit que tant plus ils ont voulu pallier leur fait, plus ils ont mis en évidence leurs mauvaises intentions, & comme la vraie & seule cause de leur soulevation est principalement en trois points ; en la naturelle malice de leurs Chefs, de tout temps mal affectionnés à cet Etat, à laquelle s'est jointe l'ambition de l'envahir & partager entre eux ; l'intervention des anciens ennemis de cette Couronne, qui ont voulu profiter à leur avantage cette occasion : & pour les peuples l'envie des plus misérables sur les plus aisés, la cupidité des richesses, & l'impunité de leurs crimes. Cette ordonnance de Dieu qui fait au pécheur (malgré lui) découvrir son péché s'execute maintenant au fait du Duc de Mayenne encore plus qu'il n'avoit été ci-devant par l'écrit qu'il a nouvellement mis en public, pour la convocation générale qui se fait en la Ville de Paris, bien que sa faute soit insupportable & plus inexcusable qu'aucune autre qui ait jamais été commise de cette qualité. Elle pouvoit néanmoins être sinon excusée, au moins

trouvée moins étrange de ceux qui favent ce que peut la convoitife du commandement fouverain en une ame ambitieufe.
Mais non content d'avoir tantôt fait tous les bons François mi-
ferables , de leur vouloir encore crever les yeux & les rendre
ftupides en leurs miferes , leur ôtant ce qui leur refte de confolation , qui eft la connoiffance certaine qu'ils ont de la fource
& premiere caufe de leurs malheurs , & favoir à qui ils s'en doivent prendre. Dieu ne l'a pas voulu permettre ; l'ambition dudit
Duc de Mayenne s'eft tellement enflée , qu'enfin elle a crevé le
voile duquel il l'avoit voulu couvrir. Tout le plus grand artifice
dudit écrit eft de faire croire en lui un bon zele , une grande
fimplicité , & qu'il eft vuide de toute préfomption. Et elle ne
fe pouvoit accufer plus grande que par ce même inftrument,
étant fait en forme d'Edit fcellé du grand feeau , adreffé aux
Cours de Parlement , & avec toutes les autres formes & marques dont les Rois & Princes Souverains ont , privativement à
tous autres, accoutumé d'ufer. Il fait par fadite déclaration une
convocation générale des Princes , Officiers de la Couronne,
& de tous les Ordres du Roïaume , pour délibérer fur le bien de
l'Etat: chofe jufqu'ici inouie fous autre nom que celui des Rois,
comme par toutes les loix cette autorité leur eft feulement re-
fervée , & jugée en crime de Leze-Majefté pour tous autres. Il
veut montrer de vouloir rendre quelque refpect aux Princes du
Sang , & néanmoins il les convoque, les appelle & leur promet
fureté , qui eft bien les traiter comme inférieurs à lui. Ce font
toutes marques d'une imagination qu'il a en l'efprit , de la puiffance fouveraine , de laquelle Dieu permettra qu'il s'en trouvera auffi éloigné comme injuftement il y afpire. Si la forme
dudit écrit eft vicieufe & réprouvé , la fubftance d'icelui ne
l'eft pas moins , étant pleine de fauffes fuppofitions , & néanmoins fi foibles que les plus fimples jugemens la peuvent
fans aucun aide facilement reconnoître. La vraie & certaine
loi fondamentale du Roïaume , pour la fucceffion d'icelui , eft
la loi Salique , qui eft fi fainte , parfaite & fi excellente qu'à elle
(après Dieu) appartient le premier & le plus grand honneur de
la confervation d'icelui en l'état qui a fi longuement duré , &
eft encore à préfent. Elle eft auffi fi nette & claire , qu'elle n'a
jamais reçu d'interprétation & exception ; de forte que Dieu ,
la nature & ladite loi nous aïant appellé à la fucceffion légitime
de cette Couronne , elle ne nous peut être auffi peu difputée qu'à
aucuns autres de nos prédeceffeurs , au pouvoir defquels n'a
point

point été de changer ou alterer aucune chofe en ladite loi , de tout temps révérée en France, comme une ordonnance divine, à laquelle il n'eft permis aux hommes de toucher , ne leur étant demeurée que la feule faculté & gloire d'y bien obéir. Et fi rien n'y a dû être innové , moins l'a-t-il pû être par la déclaration faite par le feu Roi notre très-honoré Seigneur & Frere , aux Etats tenus à Blois en l'année cinq cent quatre-vingt-huit. Car outre que c'eft aux loix, & non aux Rois , de difpofer de la fuc- ceffion de cette Couronne , il eft trop commun & notoire qu'au lieu que l'affemblée defdits Etats devoit être une délibération libre , que ce ne fut qu'une conjuration découverte contre l'au- torité dudit feu Roi , duquel ladite déclaration fut extorquée par force & violence , comme tout ce qui y fut traité ne fut que pour l'établiffement de ce qui s'en eft depuis enfuivi en fa- veur de la rebellion qui dure encore à prefent , & n'eft pas à préfumer que ledit feu Roi eût voulu fciemment rompre & en- freindre ladite loi, par laquelle le feu Roi François I , fon aïeul, & par conféquent lui-même étoient venus à cettedite Couron- ne. Auffi , ainfi que ladite déclaration fut injufte , elle n'a point été obfervée par ceux-mêmes qui l'avoient bâtie , & en faveur defquels elle étoit faite ; car fi ledit Duc de Mayenne eût re- connu le feu Cardinal de Bourbon, notre Oncle, pour fon Roi, comme il lui en a donné quelque temps le titre imaginaire , il fe fût intitulé durant fa vie plutôt fon Lieutenant Général , que Lieutenant Général de l'État, comme il a toujours fait , efti- mant que cette qualité lui en acquerroit quelque poffeffion. Ils euffent auffi reconnu notredit Oncle , dès qu'ils entreprirent de priver le feu Roi notredit Sieur & Frere , de la dignité Roïa- le , ou pour le moins incontinent après fa mort , mais ils y con- fulterent plus de trois mois. Après, ne s'y étant réfolus non en intention de le lui conferver, mais pour prendre par ledit Duc de Mayenne loifir & force de s'y établir lui-même , s'introdui- fant cependant dans toutes les autorités qui en dépendent. Et c'eft impofer, de dire que ladite déclaration faite à Blois , n'eft que la confirmation d'une autre pareille , faite aux Etats précé- dens tenus audit Blois , en l'année 1577. Il peut bien être qu'elle fût dès-lors par eux défignée , mais leur force ne fut pas encore affez grande pour la faire réfoudre , ne s'y étant faite fur ce au- tre démonftration , que par une fimple légation de la part def- dits Etats, nous faire exhorter & feu notre Coufin le Prince de Condé à prendre la Religion Catholique. Quant aux cérémo-

nies qui doivent fuivre la promotion à la dignité Roïale , que
lefdits rebelles nous imputent de n'avoir point ; combien que
cela ne doive pas valoir pour notre exclufion , & nous dénier
l'obéïffance qui nous eft due , parceque la Roïauté fubfifte de
foi-même , fe pouvant bien interpofer plufieurs chofes & obfta-
cles entre ladite Roïauté & les cérémonies d'icelle , comme
nous ne ferions pas le premier Roi qui auroit quelque temps
regné avant que d'être couronné & pris les autres folemnités.
Mais rien ne s'interpofe entre la perfonne du Roi , & ladite
Roïauté , de laquelle l'autorité eft inféparable. Toutefois nous
eftimons avoir affez fait connoître, comme nous ferons toujours,
qu'ainfi qu'il n'a point tenu à nous jufqu'ici, qu'il ne tiendra
auffi jamais que nous n'aïons toutes les marques & caracteres
qui doivent accompagner cette dignité , & que nous ne reti-
rions à nous toute l'affection de nos Sujets , comme nous leur
donnons toute la nôtre , même en ce qui eft du fait de notre
Religion. Que nous ne faffions connoître n'avoir aucune opiniâtreté , & que nous fommes bien préparés à recevoir toute
bonne inftruction , & nous réduire à ce que Dieu nous confeil-
lera être de notre bien & falut. Et ne doit être trouvé étrange
de tous nos Sujets Catholiques , fi aïant été nourris en la Religion que nous tenons , nous ne nous en voulons départir , fans
premierement être inftruits , & qu'on ne nous ait fait connoître
que celle qu'ils defirent en nous , eft la meilleure & plus certaine. Cette inftruction en bonne forme étant d'autant plus néceffaire en nous , que notre exemple & converfion pourroit
beaucoup à émouvoir les autres. Ce feroit auffi errer aux principes de Religion , & montrer n'en avoir point , que de vouloir , fous une fimple femonce , nous faire changer la nôtre ,
y allant de chofe fi précieufe , que de ce en quoi il faut fonder
l'éfpérance de fon falut. Et n'avons pas penfé faillir de defirer
la convocation d'un Concile , comme nous imputent lefdits
rebelles , & que ce feroit mettre en doute ce qui a été conclu
par les autres : parceque cette même raifon condamneroit tous
les derniers , efquels ce qui avoit été délibéré aux premiers , n'a
pas laiffé d'y être derechef traité ; toutesfois s'il fe trouve quelque autre meilleur & plus prompt moïen pour parvenir à ladite
inftruction , tant s'en faut que nous la rejettions , que nous le
defirons & l'embraffons de tout notre cœur , comme nous eftimons l'avoir affez témoigné par la permiffion que nous avons
donnée aux Princes , Officiers de la Couronne , & autres Sei-

gneurs Catholiques qui nous assistent , de députer vers le Pape
pour faciliter & intervenir en ladite instruction. Et non-seulement par ce moïen , mais auparavant par plusieurs nos Déclarations générales , & encore par légations particulieres , nous les
avons voulu induire à venir à quelque conférence , pour trouver les moïens de parvenir à ladite instruction , qui est incom-
patible avec le bruit des canons & des armes. Mais ils n'y ont
voulu entendre , qu'au temps & autant qu'ils ont estimé leur
pouvoir valoir à donner jalousie aux Ministres d'Espagne , pour
en tirer les conditions meilleures ; & est supposition de dire
qu'ils nous en aient jamais fait aucune semonce en forme qu'il
se pût juger que ce fut pour avoir effet au contraire , il n'en a
jamais été parlé de leur part, que comme craignant de persuader ce que pour la faveur de leur prétexte , ils étoient contraints montrer de desirer. Et encore maintenant par ledit Ecrit,
ils veulent tenir la chose pour desespérée , avant qu'elle ait jamais été proposée , dont ils ont tant d'appréhension qu'il en
puisse advenir , ce qui leur est aussi formidable dans le cœur,
qu'il semble leur être plausible sur les levres , qu'aussitôt qu'ils
entendirent que lesdits Catholiques qui nous assisterent , depê-
cherent par notre permission vers le Pape , notre amé & féal
Conseiller en notre Conseil d'Etat , Chevalier des deux Ordres,
le Marquis de Pisani , ils firent partir en diligence deux de
leurs Ambassadeurs , qui maintenant remuent toute Rome avec
les Ministres d'Espagne , pour empêcher & faire que l'audience
lui soit déniée, encore qu'il soit député de la part des meilleurs
Catholiques de ce Roïaume, qu'il ne s'en pourroit pas choisir
un qui le fût d'avantage que lui , & qu'il est bien à présumer que
sa charge n'étoit que pour le bien & la conservation de la Religion Catholique. Ce sont effets certains & solides qui ne conviennent pas aux paroles qui se répandent maintenant dans
leurs écrits , pour surprendre les plus simples , & néanmoins les
uns se traitent à Rome au même temps que les autres se publient par-deçà. Qui est ce qui leur faisoit si hardiment dire
qu'ils se remettoient , pour ce qui est de notre Religion , à ce
qui en seroit ordonné par le Pape , que nous voulons espérer
qui sera si judicieux & équitable qu'il en saura bien discerner la
vérité : Ces contrariétés si manifestes , ces artifices si découverts
sont mauvais moïens ausdits rebelles pour ébranler la constance des bons Catholiques qui nous assistent, & les attirer en société de leurs fautes , comme il semble que ce soit une des

principales intentions dudit Ecrit, en les invitant, ou plutôt ajournant, de se trouver à ladite Assemblée. Il seroit bien plus juste & plus, convenable, qu'eux qui sont les Catholiques désunis, se vinssent réjoindre au corps des bons Catholiques & vrais François, & se former à leur patron & exemple. Et si le corps est où est la meilleure & plus noble partie, il ne peut être ailleurs que où sont tous les Princes du Sang , tous les autres Princes, excepté ceux de la Maison de Lorraine qui ne sont que Princes de Maison étrangere ; tous les Officiers de la Couronne , les principaux Prélats, les Ministres de l'Etat, tous les Officiers des Parlemens , pour le moins tous les Chefs, quasi toute la Noblesse qui sont tous demeurés fermes en leur fidélité envers nous & leur patrie, car notre cause est celle de l'Etat , pour lequel nous combattons comme les autres font pour le détruire. Ce seroit bien à eux à jetter les yeux sur les monumens de leurs ancêtres , qui ont souvent exposé leurs vies pour fermer les portes de ce Roïaume à ceux auxquels ils les ouvrent & livrent maintenant, trafiquant à prix d'argent le sang de leurs Peres, & le bien & l'honneur de leur Patrie. Ce seroit bien à eux à faire deuil & pénitence du détestable parricide commis en la personne du feu Roi, notre très honoré Seigneur & Frere, & ne le vanter plus pour trophée, ni pour faveur du Ciel, le plus lugubre accident qui arriva jamais en France, & dont elle est des plus diffamée, n'étant pas décharge suffisante de n'en être point coupable, & de dire ne l'avoir pas su. Il n'eut pas fallu aussi s'en réjouir publiquement , en rendre graces à Dieu, & honorer la mémoire de l'exécuteur, si on vouloit être cru en avoir été du tout innocent. Ce seroit bien à eux à considérer l'état présent de la France, leur premiere mere nourrice, qui les aïant si tendrement nourris & allaités, les a, des moindres qu'ils étoient de leur condition, élevés & appariés aux plus Grands du Roïaume, & gémir & soupirer de regret de la voir maintenant déchirée par leurs propres mains, remplie de nouveaux habitans, régie par nouvelles Loix, & y parler nouveau langage. Si ces considérations ne servent à leur amollir le cœur, pour le moins nous sommes bien assurés qu'elles échaufferont & animeront toujours davantage celui des bons Catholiques qui nous assistent, que nous voïons plus résolus que jamais d'achever de dépendre le reste de leurs vies & de leurs moïens pour une si juste & sainte cause. De quoi ils nous seront bons témoins que nous leur donnons le premier exemple, ne ménageant aucunement ni notre santé, ni notre propre sang, au prix duquel nous voudrions avoir acquis le repos en ce Roiaume. Ils témoigneront auffi pour nous quels ont été nos déportemens envers la Religion Catholique & tous les Eccléfiaftiques. Si nous avons eu foin non-feulement de ceux qui fe font maintenus en leur devoir, mais de ceux même defdits Rebelles qui ont été avec nous, qui avoueront avoir reçu meilleur traitement de nous, & avoir vu pour leur regard la difcipline bien mieux obfervée en notre Armée, qu'en celle defdits ennemis; lefdits bons Catholiques qui nous affiftent, & qui ont eu moïen de confidérer & examiner de près nos actions, nous feront auffi bons témoins fi nous avons été foigneux obfervateurs de la promeffe à eux par nous faite à notre avenement à la Couronne, & fi nous y avons en rien manqué ou défailli de ce qui a pu dépendre de nous. Et étant toujours en cette intention & ferme réfolution de l'accomplir, & religieufement obferver touté notre vie; combien que nous n'aïons jamais donné occafion d'en pouvoir douter, toutesfois parceque lefdits ennemis tâchent par tous moïens d'en donner de contraires impreffions, & que nous ne voudrions qu'il en demeurât le moindre fcrupule ès efprits de nofdits bons Sujets, Nous réiterons ici volontiers ladite promeffe, atteftant le Dieu vivant, que du plus intérieur de notre cœur nous faifons encore préfentement à tous nofdits Sujets la même promeffe que nous leur fîmes à notre avenement à cettedite Couronne, felon qu'elle eft enregiftrée en nos Cours de Parlemens: Promettons de la garder, & inviolablement obferver & entretenir jufqu'au dernier foupir de notre vie; & au refte qu'il ne tiendra jamais à nous que les difficultés & empêchemens qui peuvent dépendre de notre perfonne ne prennent fin par les bons moïens qui y doivent être tenus, lefquels nous efpérons que Dieu favorifera tellement de fa bénédiction, que tout réuffira à fa gloire & au bien & repos de cet Etat. Et quant à la Déclaration dudit Duc de Mayenne ci-deffus mentionnée, à ce que nul n'y puiffe être furpris & prétende caufe d'ignorance de ce qui eft fur ce de notre intention; après avoir mis le fait en délibération en notre Confeil, Nous, de l'avis d'icelui où étoient les Princes, tant de notre Sang qu'autres, les Officiers de la Couronne, & autres grands & notables Perfonnages de notre Confeil, avons dit & déclaré, difons & déclarons par ces préfentes ladite prétendue Affemblée tenue ou à tenir en ladite Ville de Paris, mentionnée en ladite Déclaration dudit Duc de Mayenne, être entreprife contre les Loix, le bien & le repos de ce Roïaume & des Sujets d'ichui; tout ce qui y eft, ou fera fait, dit, traité & réfolu, abufif, de nul effet & valeur. Défendons à toutes perfonnes, de quelque qualité & condition qu'ils foient, d'y aller ou envoïer, y avoir intelligence aucune directement ou indirectement, ni donner paffage, confort ou aide à ceux qui iront, retourneront, ou envoieront à ladite Affemblée. Avons tant celui qui fait ladite convocation que tous les deffufdits, déclaré audit cas atteints & convaincus de crime de Leze-Majefté au premier Chef. Voulons qu'en cette qualité il foit procédé contr'eux à la diligence de nos Procureurs Généraux, que nous chargeons particulierement d'en faire les pourfuites. Et néanmoins parceque plufieurs Villes, Communautés, & Particuliers pourront avoir été furpris en ladite convocation, qui n'auront pas eftimé être fi illégitime & prohibée comme elle eft; ne nous voulant point départir de notre naturelle clémence que nous avons toujours pratiquée & préfentée à tous nos Sujets, même en ce fait particulier excufer la fimplicité de plufieurs qui y peuvent avoir été féduits, Nous, de notre grace fpéciale, avons dit & déclaré, difons & déclarons que tous, tant Villes, Communautés, que Particuliers, de quelque qualité & condition qu'ils foient, qui fe feront acheminés pour fe trouver à ladite Affemblée, s'y feront jà rendus ou y auront envoïé, que s'en retirans ou révoquans leurfdits Envoïés, & recourans à nous avec les foumiffions en tel cas requifes, ils y feront benignement reçus, & obtiendront de nous la remife de cette faute, & des précédentes faites pour l'adhérance qu'ils auront eue avec lefdits Rebelles, pourvû qu'à cela ils fatisfaffent quinze jours après la publication de cette notre préfente Déclaration au Parlement du reffort duquel ils feront. Si donnons en mandement aux Gens tenans nos Cours de Parlemens faire lire, publier & enregiftrer ces préfentes, & le contenu en icelles garder & obferver de point en point felon leur forme & teneur, fans fouffrir y être aucunement contrevenu : Car tel eft notre plaifir. En témoin de quoi nous avons fait mettre notre fcel à cefdites préfentes.

Donné à Chartres le 29e jour de Janvier, l'an de grace 1593, Et de notre Regne, le quatrieme.

Signé, H E N R I.

Et plus bas, par le Roi étant en fon Confeil.

F O R G E T,

Et fcellé fur double queue en parchemin, de cire jaune.

Lues, publiées & regiftrées, ouï & ce requérant le Procureur Général du Roi, & ordonné que copies collationnées feront envoïées aux Bailliages & Sénéchauffées de ce reffort, pour y être lues, publiées & regiftrées, & outre affichées aux carre-fours, places publiques & principales portes des Eglifes. En-joint aux Baillifs & Sénéchaux ou leurs Lieutenans Généraux, procéder à la publication, & aux Subftituts du Procureur Géné-ral du Roi, faire procéder à l'exécution, & informer des con-traventions, & certifier la Cour de leurs diligences, au mois.

Collationné à l'Original par moi Confeiller, Notaire & Sé-crétaire du Roi, & Greffier en fa Cour de Parlement (1).

(1) Cet Edit fut lû, publié & enregiftré à Tours, où étoit le Parlement.

Avertiſſement.

LEs Chefs de la Ligue étant aſſemblés à Paris, le Conſeil du Roi leur envoïa ce qui s'enſuit (1).

PROPOSITION

Des Princes, Prélats, Officiers de la Couronne, & principaux Seigneurs Catholiques, tant du Conſeil du Roi, qu'autres étant près Sa Majeſté.

LEs Princes, Prélats, Officiers de la Couronne, & principaux Seigneurs Catholiques, tant du Conſeil du Roi, qu'autres étant près Sa Majeſté, aïant vu une Déclaration imprimée à Paris, ſous le nom de Monſieur le Duc de Mayenne, en date du mois de Décembre, publiée en ladite Ville à ſon de trompe le cinq du préſent mois de Janvier, ainſi qu'il eſt écrit au pied d'icelle, & venue en leurs mains à Chartres le 15e jour d'icelui; reconnoiſſent & ſont d'accord avec ledit Sieur Duc, que la continuation de cette guerre, tirant quant & ſoi la diſſipation & ruine de l'Etat en ce Roïaume, comme c'eſt une conſéquence indubitable, emporte par même moïen la ruine de la Religion Catholique, ainſi que l'expérience n'en rend déja que trop de preuves, au grand regret & déplaiſir deſdits Princes & Seigneurs, & de tous les autres Princes, Seigneurs, & Etats Catholiques, qui reconnoiſſent le Roi que Dieu leur a donné, & lui font ſervice comme ils ſont naturellement obligés, leſquels avec ce

(1) On avoit d'abord jugé à propos de demander un ſauf-conduit au Duc de Mayenne, & d'envoïer à Paris une Perſonne du Conſeil de Sa Majeſté, pour traiter dans l'Aſſemblée des Ligueurs au nom des Princes, Prélats & Seigneurs Catholiques, qui étoient dans l'armée du Roi. Mais ce Prince craignit de ſe compromettre, en faiſant voir un ſi grand deſir de la paix; & que ſa bonté rendant les Ligueurs plus inſolens, ils ne reçuſſent pas le Député avec l'honneur qui lui étoit dû, & ne formaſſent de plus grandes difficultés, par rapport à l'accommodement qu'on méditoit. Il aima donc mieux qu'on s'expliquât, à l'exemple du Duc de Mayenne, par un Ecrit, qui parut le 17 de Janvier. C'eſt ce que dit M. de Thou, Hiſt. Liv. 105. Cet Ecrit eſt celui qui ſuit. Il fut ſigné par Louis de Revol, compoſé par ordre du Roi, & l'on en chargea un Trompette pour le porter à Paris. Il fut imprimé à Paris, en 1593. *in-8º.* chez Morel; & Cayet l'a inſéré dans ſa Chronologie Novennaire, tome 2, page 18.

devoir

devoir ont toujours eu pour but principal la confervation de ladite Religion Catholique, & fe font d'autant plus roidis avec leurs armes & moïens en la défenfe de la Couronne fous l'obéiffance de Sa Majefté ; quand ils ont vu entrés en ce Roïaume les Etrangers envieux de la grandeur de cette Monarchie, & de l'honneur & gloire du nom François, pource qu'il eft trop évident qu'ils ne tendent qu'à la diffiper, & que de ladite diffipation enfuivroit une guerre immortelle, qui ne pourroit produire (avec le temps) autres effets que la ruine entiere du Clergé, de la Nobleffe, des Villes, & plat païs : évenement qui feroit pareillement infaillible à la Religion Catholique en cedit Roïaume. C'eft pourquoi tous bons François & vraiment zélateurs d'icelle, doivent tâcher à empêcher de tout leur pouvoir le premier inconvénient, dont le fecond fufdit eft inféparable, & tous deux inévitables par la continuation de la guerre. Le vrai moïen pour y obvier feroit une bonne reconciliation entre ceux que le malheur d'icelle tient ainfi divifés, & armés à la deftruction les uns des autres : Car fur ce fondement la Religion Catholique feroit reftaurée, les Eglifes confervées, le Clergé maintenu en fes dignités & biens, la Juftice remife, la Nobleffe reprendroit fa force & vigueur pour la défenfe & repos du Roïaume, les Villes fe remettroient de leurs pertes & ruines, par le rétabliffement du commerce & des arts & métiers, nourriciers du Peuple, & qui y font prefque du tout abolis, mêmes les Univerfités & Etudes des Sciences qui ont par ci-devant fait fleurir & donné tant de luftre & ornement à ce Roïaume, & qui maintenant languiffent & périffent peu à peu, les champs fe remettroient en culture, qui en tant d'endroits font délaiffés en friche, & au lieu des fruits qu'ils fouloient produire pour la nourriture des hommes, font couverts de chardons & épines qui en rendent même la face hideufe à voir. En fomme par la paix chaque état reprendroit fa fonction : Dieu feroit fervi ; & le Peuple, jouiffant d'un affuré repos, beniroit ceux qui lui auroient procuré ce bien, ou au contraire il aura jufte occafion d'exercer & maudire ceux qui l'empêcheront, comme n'y pouvant avoir autre raifon que leur ambition particuliere. A cette caufe fur la démonftration que ledit Sieur de Mayenne fait par fon écrit, tant en fon nom que des autres de fon parti affemblés audit Paris, que ladite Affemblée eft pour avifer au bien de la Religion & repos du Roïaume, dont par leur feul moïen & de lieu où n'eft loifible ni

raisonnable à autres que de leur parti d'intervenir, ne peut sortir aucune résolution valable & utile à l'effet qu'il publie, étant
au contraire tout certain que cela ne feroit qu'enflammer davantage la guerre, & ôter tout moïen & espérance de réconciliation. Lesdits Princes, Prélats, & Officiers de la Couron
ne, & autres Seigneurs Catholiques étant près Sa Majesté,
bien assurés que tous les autres Princes, Seigneurs & Etats Catholiques qui la connoissent, concourant avec eux en même
zele à la Religion Catholique & bien de l'Etat, comme ils
conviennent en l'obéissance & fidélité dûe à leur Roi & Prince
naturel, ont au nom de tous & avec le congé & permission que
Sa Majesté leur en a donné, voulu par cet écrit signifier ausdits
Sieurs de Mayenne & autres Princes de sadite Maison, Prélats, Seigneurs & autres personnes ainsi assemblés en ladite
Ville de Paris ; que s'ils veulent entrer en conférence & communication des moïens propres pour assoupir ces troubles, à la
conservation de la Religion Catholique & de l'Etat, & députer quelques bons & dignes personnages pour s'assembler en
tel lieu qui pourra être choisi entre Paris & saint Denis, ils y
en envoieront & feront trouver de leur part au jour qui sera
pour ce convenu, pour recevoir & y apporter toutes les bonnes
ouvertures qui se peuvent excogiter pour un si bon effet, comme chacun y apportant la bonne volonté qu'il doit, ainsi qu'ils
le promettent de leur part, ils s'assurent que les moïens se
trouveront pour parvenir à ce bien. Protestant devant Dieu &
les hommes, que si cette voie est rejettée, prenant autres moïens
illégitimes qui ne pourront par conséquent être que pernicieux
à la Religion & à l'Etat, & achever de réduire la France au
dernier période de toute misere & calamité, la rendant proie
& butin de l'avidité & convoitise des Espagnols, & le triomphe de leur insolence, acquis néanmoins par les mains & passions aveuglées d'une partie de ceux qui portent le nom de
François, dégénérant du devoir & de l'honneur qui a été en si
grande révérence à leurs ancêtres, la coulpe du mal qui en
adviendra ne pourra ni ne devra justement être imputée qu'à
ceux, qui par tel refus seront notoirement reconnus en être la
seule cause, comme aïant préféré les expédiens qui peuvent servir à leur grandeur & ambition particuliere & de ceux qui les
y fomentent, à ceux qui regardent l'honneur de Dieu, & le Salut
du Roïaume.

Fait au Conseil du Roi, où lesdits Princes & Seigneurs se

font expreffement affemblés, & réfolus avec la permiffion de Sadite Majefté, à faire la fufdite offre & ouverture, à Chartres le vingt-feptieme jour de Janvier 1593. & envoïé à ladite Affemblée à Paris, le vingt-huitieme. Par Thomas l'Homme, Trompette du Roi (1).

Signé, REVOL.

REPONSE

DU DUC DE MAYENNE,

Lieutenant-Général de l'Etat & Couronne de France, Princes, Prélats, Seigneurs & Députés des Provinces, affemblés à Paris; à la Propofition de Meffieurs les Princes, Prélats, Officiers de la Couronne, Seigneurs, Gentilshommes, & autres Catholiques, étant du parti du Roi de Navarre (2).

NOUS avons vu il y a déja quelques jours la Lettre qui nous a été écrite & envoïée par un Trompette fous votre nom. Nous

---

(1) Cette Déclaration des Princes & des Prélats qui tenoient le parti du Roi ne fut lue qu'en fecret à Paris. Les Ligueurs qui y étoient préfens, dit M. de Thou, Hift. L. 105, jugerent que cette affaire étoit très épineufe, & qu'elle méritoit toute leur attention. Ils crurent en même temps que cet Ecrit n'avoit été fait que pour troubler malicieufement l'Affemblée des Etats, rendre odieux les Députés qui y affifteroient, fi l'on rejettoit les Propofitions d'accommodement, & faciliter par ce moïen le chemin du Trône au Roi de Navarre. Ils furent particulierement frappés de ce que cet Ecrit mettoit les droits de la Religion après ceux de la Couronne, & les Loix de l'Etat avant celles de l'Eglife; de ce que les Roïaliftes y déclaroient n'agir qu'avec la permiffion du Roi que Dieu leur avoit donné, & que le droit naturel les obligeoit de refpecter; & enfin de ce que cet Ecrit n'étoit figné que par Louis de Revol, Sécrétaire du Cabinet. Quelques-uns furent d'avis de n'y pas faire de réponfe. Le Cardinal de Plaifance décida que l'Ecrit étoit pernicieux, qu'il contenoit des impietés & des

Héréfies. Il fut mis entre les mains de la Sorbonne; & il y fut cenfuré en effet. La cenfure portoit, dit M. de Thou, que l'Ecrit étoit fchifmatique, abfurde, Hérétique, dicté par un efprit de révolte contre l'Eglife, & en ce qu'on y foutenoit qu'un Hérétique relaps, condamné & excommunié, pouvoit avoir quelque droit fur la Couronne de France, qu'il devoit être regardé comme Prince légitime, établi de Dieu, & à qui le droit naturel obligeoit d'obéir. Il y eut en conféquence une Affemblée des Ligueurs, pour en délibérer. On peut en voir le récit dans l'Hiftoire de M de Thou, Liv. 105. ann. 1593.

(2) Cette Réponfe a été imprimée à Parit, chez Morel, en 1593, *in-8°*. Victor Palma Cayet l'a fait réimprimer dans fa Chronologie Novennaire, tome 1. pag. 130. M. de Thou en rapporte une grande partie dans fon Hiftoire, à l'endroit cité ci-deffus. Il y eut une *Replique des Princes Catholiques Roiaux* à cette Réponfe du Duc de Mayenne: elle eft dans la Chronologie Novennaire de Cayet, tome 2.

defirons qu'elle vienne de vous & du zele & affection qu'aviez
fait paroître autrefois & avant cette derniere mifere, à conferver la Religion, & rendre le refpect & l'obéiffance qui eft dûe
à l'Eglife, à notre faint Pere le Pape, & au faint Siége. Nous
ferions bientôt d'accord, joints & unis enfemble contre les
Hérétiques, & n'aurions plus befoin d'autres armes pour rompre & brifer ces nouveaux Autels qu'ils ont élevés contre les
nôtres, & empêcher l'établiffement de l'Héréfie, qui pour avoir
été foufferte & tolerée ou plutôt honorée de loïer & récompenfe lorfqu'on la devoit châtier, ne demande pas feulement
aujourd'hui d'être reçue & approuvée : mais veut devenir maîtreffe, & commander impérieufement fous l'autorité d'un Prince Hérétique. Encor qu'il n'y ait perfonne de nommé en particulier par cette Lettre, & qu'elle ne foit foufcrite par aucuns
de ceux dont elle porte le nom, & que nous foïons par ce
moïen incertains de qui elle vient, ou plutôt trop affurés qu'elle a été proprement faite du mouvement d'autrui, & que les
Catholiques n'ont à préfent au lieu où vous êtes, la liberté qui
feroit néceffaire pour fentir, déliberer, & réfoudre avec le confeil & jugement de leurs propres confciences, ce que notre mal
& le falut commun des Catholiques requiert : Nous n'euffions
pourtant différé fi long-temps à y faire réponfe, n'eut été que
nous attendons que l'Affemblée fût plus remplie & accrue d'un
bon nombre de perfonnes d'honneur des trois ordres qui étoient
en chemin pour s'y trouver, dont la plûpart étant arrivés, de
crainte que notre trop long filence ne foit calomnié, Nous la
faifons aujourd'hui fans plus ufer de remife pour attendre les
autres qui reftent à venir. Et déclarons en premier lieu que nous
avons tous promis & juré à Dieu, après avoir reçu fon précieux
Corps, & la bénédiction du faint Siége, par les mains de M.
le Légat, que le but de nos confcils, le commencement, le
milieu, & la fin de toutes nos actions, fera d'affurer & conferver la Religion Catholique, Apoftolique & Romaine, en laquelle nous voulons vivre & mourir. La vérité, qui ne peut mentir, nous aïant appris qu'en cherchant avant toutes chofes, le
Roïaume & l'honneur de Dieu, les bénédictions temporelles
s'y trouvent conjointes : entre lefquelles nous mettons au premier lieu après notre Religion, la confervation de l'Etat en
fon entier : & que tous autres moïens pour en empêcher la
ruine & diffipation, fondés fur la feule prudence humaine,
fentent l'impiété, font injuftes, contraires au devoir & à la

profeſſion que nous faiſons d'être Catholiques , & ſans apparence d'avoir jamais aucun bon & heureux ſuccès. Etant délivrés des accidens & périls que les gens de bien prévoient &
craignent , à cauſe du mal que l'Héréſie produit , Nous ne
rejetterons aucun conſeil qui puiſſe aider, amoindrir ou faire
finir nos miſeres : car nous reconnoiſſons aſſez, & ſentons trop
les calamités que la guerre civile produit , & n'avons beſoin
de perſonne pour nous montrer nos plaies : mais Dieu & les
hommes ſavent qui en ſont les Auteurs. Il nous ſuffit de dire
que nous ſommes inſtruits & enſeignés par la Doctrine de l'E-
gliſe ; que nos eſprits & conſciences ne peuvent être en tranquillité & repos, ni jouir d'aucun bien , tant que nous ſerons en
crainte & ſoupçon de perdre notre Religion , dont le danger
ne ſe peut diſſimuler ni éviter , ſi on continue comme on a commencé. C'eſt pourquoi nous jugeons, comme vous , que notre
reconciliation eſt très néceſſaire. Nous la deſirons auſſi de cœur
& d'affection : Nous la recherchons avec une charité & bienveillance vraiment Chrétienne , & vous prions & adjurons au
Nom de Dieu de nous l'octroïer. Ne vous arrêtez point aux réproches & blâmes que les Hérétiques nous mettent ſus. Quant
à l'ambition qu'ils publient être cauſe de nos armes , il eſt en
votre pouvoir de nous voir au-dedans, & découvrir ſi la Religion nous ſert de cauſe ou de prétexte ; quittez les Hérétiques
que vous ſuivez & déteſtez tout enſemble. Si nous levons lors
les mains au Ciel pour en rendre grace à Dieu, ſi nous ſommes
diſpoſés à ſuivre tous bons conſeils , à vous aimer, honorer,
rendre le reſpect & ſervice à qui le devrons , louez-nous comme
gens de bien qui ont eu le courage & la réſolution de mépriſer
tous périls, pour conſerver leur Religion , & de l'intégrité &
modération , pour ne penſer à choſe qui fût contre leur honneur & devoir. Si le contraire advient , accuſez notre diſſimulation , & nous condamnez comme méchans. Vous mettrez, en
ce faiſant, la Terre & le Ciel contre nous, & nous ferez tomber les armes des mains , comme vaincus , ou nous laiſſerez ſi
foibles, que la victoire ſur nous ſera ſans péril. Blamez cependant plutôt le mal qui en eſt l'Héréſie qui vous eſt connue ,
eraignez plutôt ce chancre qui nous devore & gagne tous les
jours païs , que cette vaine & imaginaire ambition qui n'eſt
pas, ou qui ſe trouvera ſeule, & mal aſſiſtée quand elle ſera dépouillée de ce manteau de Religion : c'eſt auſſi une calomnie
ſans raiſon de nous accuſer que nous introduiſons les Etran-

gers dans le Roïaume. Il faut souffrir la perte de la Religion,
de l'honneur, de la vie & des biens, ou opposer la force aux
Hérétiques, ausquels rien ne peut plaire que notre ruine: nous
sommes contraints nous en servir, puisque vos armes sont contre nous. Ce sont les saints Peres, & le saint Siége qui ont envoïé à notre secours. Et encore que plusieurs aient été appellés
à cette souveraine dignité depuis ces derniers mouvemens, il
n'y en a un seul qui ait changé d'affection envers nous. Témoignage assuré que notre cause est juste. C'est le Roi Catholique,
Prince allié & confédéré de cette Couronne, seul puissant aujourd'hui pour maintenir & défendre la Religion, qui nous
a aussi assisté de ses forces & moïens, sans autre loïer ni récompense, que de la gloire que cette bonne œuvre lui a justement
acquise. Nos Rois en pareille nécessité & contre la rebellion des
mêmes Hérétiques, avoient eu recours à eux; nous n'avons fait
que suivre leur exemple, sans nous engager non plus qu'eux à
aucun traité qui soit préjudiciable à l'Etat, ou à notre honneur,
combien que notre nécessité ait été beaucoup plus grande que
la leur. Représentez-vous plutôt que les Anglois qui vous aident
à établir l'Hérésie, sont les anciens ennemis du Roïaume,
qu'ils portent encore le titre de cette usurpation, & ont les
mains teintes du sang innocent d'un nombre infini de Catholiques, qui ont constamment enduré la mort & la cruauté de
leur Reine, pour servir à Dieu & à son Eglise. Cessez aussi de
nous tenir pour criminels de Leze-Majesté, pourceque nous ne
voulons obéir à un Prince Hérétique que vous dites être notre
Roi naturel; & prenez garde qu'en baissant les yeux contre la
terre pour y voir les Loix humaines, vous ne perdiez la souvenance des Loix qui viennent du Ciel. Ce n'est point la nature
ni le droit des gens qui nous apprend à reconnoître nos Rois;
c'est la Loi de Dieu, & celle de l'Eglise & du Roïaume, qui
requierent non-seulement la proximité du Sang, à laquelle vous
vous arrêtez, mais aussi la profession de la Religion Catholique
au Prince qui nous doit commander. Et cette derniere qualité
a donné nom à la Loi que nous appellons fondamentale de l'E-
tat, toujours suivie & gardée par nos majeurs, sans aucune
exception: combien que l'autre pour la proximité du Sang ait
été quelquefois changée, demeurant toutesfois le Roïaume en
son entier & en sa premiere dignité. Pour venir donc à cette si
sainte & nécessaire réconciliation, Nous acceptons la conférence que demandez: pourvû qu'elle soit entre Catholiques

feulement, & pour advifer aux moïens de conferver notre Religion & l'Etat. Et pource que vous défirez qu'elle foit faite entre Paris & faint Denis, Nous vous prions avoir pour agréable le lieu de Montmartre, de faint Maur, ou de Chaliot, en la maifon de la Reine, & d'y envoïer, s'il vous plaît vos Députés dans la fin de ce mois, à tel jour qu'aviferez. Dont nous avertiffant, ne faudrons d'y faire trouver les nôtres, & d'y apporter une affection fincere & exempte de toute mauvaife paffion, avec priere à Dieu que l'iffue en foit fi bonne, que nous y puiffions trouver tous enfemble la confervation de notre Religion, celle de l'Etat, & un bon, affuré, & durable repos. En ce defir, Nous le prions auffi de vous conferver & donner fon efprit pour connoître & embraffer le plus utile & falutaire confeil pour votre bien & le nôtre.

Signé, MARTEAU, (1) DEPILES, (2)

CORDIER, (3) THIELEMENT (4).

(1) Michel Marteau.
(2) Nicolas Pile.
(3) Jean-Jacques Cordier.
(4) Seraphin Thielemant. Ces quatre Perfonnages étoient Sécrétaires des Etats-Généraux pour la Ligue. Le Duc de Mayenne étoit alors à l'Armée, & affiégeoit Noyon; & le Roi étoit allé à Tours, pour recevoir la Princeffe Catherine fa fœur qui venoit de Bearn.

Avertiſſement.

NOus joindrons à la Réponſe du Duc de Mayenne l'Exhortation du Légat du Pape, laquelle découvre de plus en plus l'eſprit de la Ligue.

EXHORTATION

De Monſeigneur l'Illuſtriſſime Cardinal de Plaiſance, Légat de Notre ſaint Pere le Pape Clement VIII, & du ſaint Siége Apoſtolique, au Roïaume de France.

Aux Catholiques du même Roïaume, qui ſuivent le parti de l'Hérétique (1).

PHILIPPES, par la grace de Dieu, Prêtre Cardinal de Plaiſance, du titre de ſaint Onuphre, Légat Latéral de Notre Saint Pere & Seigneur Clement par la providence divine, Pape VIII de ce nom, & du ſaint Siége Apoſtolique, en ce Roïaume de France : A tous & chacun les Catholiques, de quelque prééminence, état & condition qu'ils puiſſent être, qui ſuivent le parti de l'Hérétique, lui adherent & favoriſent, en quelque maniere que ce ſoit : Salut, paix, dilection, & eſprit de meilleur conſeil, en celui qui eſt la vraie paix, ſeule ſapience, ſeul Roi & ſeul dominateur, Jeſus-Chriſt notre Sauveur & Redempteur.

Nous avons tellement à cœur l'exécution d'un œuvre ſi ſaint & ſi néceſſaire, comme eſt celui qui regarde la charge & dignité qu'il a plû à Sa Sainteté nous donner en ce Roïaume, que ſi notre ſang & propre vie y peut en quelque maniere ſervir, nous l'eſtimerons en cela très heureuſement emploïé.

(1) Cette exhortation de Philippe Sega, très digne de l'eſprit Ligueur qui l'animoit, fut imprimée à Paris chez Nivelle en 1593 in-8°. Elle eſt du 15 Janvier de la même année. M. de Thou, qui en parle aſſez au long dans ſon Hiſtoire, Livre 105, lui donne le titre de *Lettre*. Guillaume du Vair, Evêque de Liſieux, y fit une réponſe, qui ſe trouve dans le recueil de ſes œuvres, page 618, *in-fol.* édition de Cramoiſy, à Paris 1641. Elle eſt intitulée, *Réponſe d'un Bourgeois de Paris à un Ecrit fait contre le Roi Henri IV. par le Cardinal Sega.*

Et

Et plût à Dieu qu'il nous fût permis de nous transporter en propre personne, non seulement de Ville en Ville, ou de Province en Province, mais de maison en maison, tant pour rendre à tout le monde une preuve certaine de cette notre affection que Dieu voit & connoît, que pour reveiller en vous, par le son de notre vive voix, un généreux desir de faire revivre en la France, avec la singuliere piété de vos Ancêtres, c'est-à-dire, avec la Religion Catholique, Apostolique & Romaine, le prospere & florissant état, dont l'Hérésie l'a fait miserablement déchoir. Mais puisque le malheur du temps, & les empêchemens qui ne vous sont que trop connus, font que nous ne pouvons si familierement nous communiquer à vous, comme seroit bien l'intention de Sa Sainteté & notre desir, Nous avons pensé être de notre devoir d'y suppléer par ces présentes, du mieux qu'il nous sera possible. Que s'il vous plaît les accepter & lire avec un esprit de vrais Chrétiens & Catholiques, & aussi net de toute passion, comme elles sont nues de toute artifice aliené de la vérité, vous exciterez en nous une certaine & très agréable espérance de vous pouvoir en brief librement exhiber notre présence par tous les endroits de ce Roïaume, non jà plus pour vous exhorter à votre devoir, mais bien pour nous réjouir avec vous de ce que vous y aurez si heureusement satisfait, & au contentement de tous les gens de bien. Ne faisant aucun doute que si vous tâchez tant soit peu de rentrer en vous-même, & de vous reconnoître, comme devez, vous n'aurez pas même grand besoin de notre voix ni de nos lettres, ni d'aucun autre remede extérieur pour vous remettre en votre premiere santé. Car chacun de vous verroit à lors bien clairement, que de la seule hérésie comme d'une source de tous malheurs, est procédé ce même éblouissement d'esprit, qui vous empêche de juger si sainement qu'aviez accoutumé, tant de vos propres actions, que de celles d'autrui. Vous découvririez quant & quant les divers artifices que pratiquent journellement les Hérétiques pour vous distraire entierement de cette dévotion & obéissance, que, comme vrais enfans de l'Eglise, vous avez toujours très-religieusement rendue, jusqu'à ces derniers jours, au souverain Chef d'icelle & au saint Siege Apostolique. Le nom & l'autorité duquel ils tâchent par tous moïens de vous rendre contemptible & odieux, sachant que ce seul point tire après soi, par une conséquence nécessaire, la ruine de la Religion Catholique en France & l'établissement de leur impiété, qui ne sauroit jamais prendre pied là où le trône de Saint Pierre est révéré comme il doit. Et pour ne rien toucher ici que ce qui fait plus à notre propos : Quelle apparence y a-t-il de penser que le Chef de l'Eglise Chrétienne veuille aucunement aider ou consentir à la ruine & dissipation de cette très Chrétienne Couronne ? Quel bien en pourroit-il esperer, & quel malheur n'en devroit-il craindre ? Et toutesfois c'est la principale calomnie, par laquelle ils se sont efforcés de vous faire abhorrer le nom & la sainte mémoire des Papes dernierement décédés, quoiqu'ils ne se soient en rien départis des vestiges de leurs prédécesseurs, desquels vous souliez n'a gueres si hautement louer, & à très bon droit, la paternelle sollicitude qu'ils prenoient de ce Roïaume, & la reconnoissance qu'ils lui rendoient de tant de bienfaits jadis reçus par le Saint Siege, de la piété, valeur & libéralité de vos Rois Très-Chrétiens. Et sans qu'il soit besoin d'en répéter les exemples de plus haut, vous ne pouvez avoir si-tôt mis en oubli, avec quel applaudissement & actions de graces, vous reçutes le notable secours, qui fut envoïé contre les Hérétiques par le Pape, d'heureuse mémoire, Pie V, à Charles IX lors votre Roi. Pouvez-vous donc aujourd'hui reprendre en ses successeurs ce que justement vous avez loué en lui ? L'héréfie est toujours héréfie, toujours pernicieufe, toujours maudite & exécrable, & c'est contre ce monstre infernal que les Vicaires de Jesus-Christ & successeurs de Saint Pierre, pour ne prévariquer au devoir de leur Charge, exercent une guerre mortelle & irréconciliable, & non contre les Rois & Roïaumes Catholiques, desquels ils sont les Peres & Pasteurs. C'est contre elle que, sans acception de personne, ils emploient non moins justement que salutairement le glaive de la suprême Jurisdiction que notre Seigneur Jesus-Christ leur a mis en main, pour retrancher du corps de l'Eglise les membres gangrenés & pourris, à ce que leur contagion ne soit peftifere & mortelle aux autres. Ce qu'ils font, toutesfois, tout le plus tard qu'ils peuvent, la douceur & piété paternelle précédant toujours l'Office de Juge Souverain, en sorte que jamais leur rigueur ne châtie que les incorrigibles. Que s'il vous plaît jetter un peu vos yeux sur les autres Provinces, ou plutôt sans sortir de votre Roïaume, considérer quel traitement il a continuellement reçu du Saint Siege Apostolique, vous trouverez que depuis que l'Héréfie a commencé d'y allumer le feu, qui continue à le consommer, aucun des Souverains Pontifes n'a rien obmis de ce qu'il a dû & pû y apporter, pour vous aider à l'éteindre. La bonne correspondance qu'ils ont toujours eue avec tous vos Rois, la continuelle assistance qu'ils leur ont toujours donnée, & d'hommes & de moïens, les fréquentes Légations qu'ils ont envoïées de par deçà, témoignent assez le zele qu'ils ont toujours apporté au soulagement, repos, & conservation de ce très noble Etat. Aussi n'ont jamais été leurs actions & déportemens tirés en envie, ni mal interpretés de votre part, tandis que comme vrais François & Catholiques vous avez mieux aimé donner la loi aux Hérétiques, que la recevoir de leur main. Vous les avez toujours approuvés comme il falloit, jusqu'à ces derniers jours, que par vos discordes & connivences, vous avez laissé prendre tel pied sur vous à l'hérésie, qu'elle ne vous demande plus, comme n'agueres, la grace de l'impunité, mais commence à punir, aussi cruellement qu'un chacun fait, ceux qui plus soigneux de leur salut refusent de lui faire joug. Etrange & malheureux changement, qui vous fait détester, comme un extrême vice, ce que vous-même avez appris aux autres être une excellente vertu, & qui tout au contraire, vous fait couronner le même crime que vous devriez encore aujourd'hui condamner au feu, comme avez fait par le passé. Voilà que peut le mortifere poison de l'hérésie, de la contagion duquel se sont encore engendrées tant d'absurdités & contradictions que vous ne nierez pas avoir cours parmi vous autres, si voulez mettre la main à la conscience. Car d'oser soutenir que les privileges & libertés de l'Eglise Gallicane s'étendent jusques là, que de permettre de reconnoître pour Roi, un Hérétique relaps, & retranché du corps de l'Eglise universelle, c'est un frénetique songe qui ne procede d'ailleurs, que de la contagion hérétique; & de là même voulons nous dire avoir encore pris leur naissance toutes les sinistres interprétations qu'on a faites des déportemens & intention de nos Saints Peres. Mais voïons un peu si celles du défunt Pape Sixte V, lesquelles sont expressément déclarées par ses Bulles, concernant le fait de la Légation du très-illustre Cardinal Caëtan, peuvent être aucunement calomniées. Le même Cardinal fût envoïé en ce Roïaume de la part de ce Pape d'heureuse mémoire & du saint Siege Apostolique, non comme un Herault ou Roi d'armes, mais comme un Ange de paix, non pour ébranler les fondemens de cet Etat, ni pour altérer ou innover aucune chose en ses loix ou police, mais bien pour aider à y maintenir la vraie & ancienne Religion Catholique, Apostolique & Romaine, à ce qu'étant rangés tous ensemble, pour le service de Dieu, le bien public, & la conservation de cette Couronne, à un mutuel & unanime consentement & ferme union, vous pussiez en toute sureté & repos, obéir & vous rendre sujets à un seul, vrai Catholique & légitime Roi. Or, comme telles intentions étoient pieuses & salutaires, aussi ne sauroit-on nier que l'effet & exécution d'icelles n'ait été poursuivi, tant par le même Pape Sixte, que par mondit Sieur Caétan, non pas possible avec autant de sévérité qu'aucuns auroient estimé nécessaire, mais bien avec toute la clémence, charité & douceur, qui se peut desirer d'un pere très benin à l'endroit de ses plus chers enfans. Ce très sage Légat ne fut si-tôt entré en ce Roïaume, que, pour commencer à mettre à bon escient la main à l'œuvre, il s'adressa tout droit à ceux qu'il cuidoit trouver d'autant plus disposés à lui rendre, en l'administration de sa Charge, toute faveur & assistance, que plus grandes étoient, & les obligations, & les moïens qu'ils avoient de ce faire. Ainsi ne lui étant permis de les aller trouver en personne, où ils étoient alors, il leur envoïa tout exprès quelques Prélats, pour conferer avec eux bien particulierement sur tout ce qui peut concerner le fait de sa Légation. Ceux-là peuvent rendre bon témoignage, comme aussi tous les autres Archevêques, Evêques, Prélats, Princes, Seigneurs, Gentilhommes, & autres, avec lesquels il a traité, ou fait traiter durant sadite Légation, & auxquels il peut avoir écrit sur le même sujet, si jamais ils ont apperçu qu'il ait excedé les limites de sa Charge, & s'il ne leur a pas toujours protesté de la part dudit défunt Pape, qu'il n'avoit autre but ni dessein, que de maintenir & défendre la Religion Catholique, & de conserver cette Couronne, saine & entiere aux légitimes successeurs Catholiques & capables d'icelles. En tout cela ne se peut remarquer chose aucune qui vous pût offenser ; que si par même moïen il se plaignoit, de ce qu'aïant quasi du tout mis en oubli, non seulement la singuliere piété & Religion de vos ancêtres, mais votre propre réputation, & qui plus est, le salut de vos ames, & la conservation de votre Patrie, vous vous étiez rangés à suivre le parti de celui, que vous ne pouviez ignorer être méritoirement retranché du corps de l'Eglise : de celui que comme tel vous aviez dès long-temps, & encore peu de mois auparavant, en pleine assemblée des Etats, très justement prononcé incapable de cette très Chrétienne Couronne : de celui dont

les armes ne furent jamais répandre autre fang que des Catholiques, & qui finalement par un exemple du tout barbare avoit
violé, en la perfonne d'un feul homme, tous les droits divins
& humains, aïant laiffé mourir en captivité, fous la garde &
entre les facrileges mains d'un Hérétique, fon propre Oncle,
Cardinal de la Sainte Eglife Romaine, & Prince du Sang, fi
pieux & fi bon qu'a toujours été reconnu ce très illuftre Cardinal de Bourbon. Telles plaintes n'étoient fans beaucoup de
fondement & raifon & ne deviez favoir mauvais gré à ceux
qui vous faifoient telles remontrances. Et de fait l'expérience
vous a affez vivement fait fentir combien elles étoient charitables & falutaires, & de combien de malheurs vous euffiez délivré ce pauvre Roïaume, fi prêtant l'oreille à icelles, & aux faintes exhortations qui les accompagnoient, vous vous fuffiez
promptement féparés de l'Hérétique, pour, en vous uniffant
avec le refte des Catholiques, entendre d'un bon accord, à
votre commun bien & repos. Mais le même malheur, qui vous
les fit rejetter, rendit encore infructueux les abbouchemens &
conférences, qui par diverfes fois s'enfuivirent depuis, entre
le même Légat, aucuns de fes Prélats, & quelques principaux
Seigneurs d'entre vous. Pendant que ces chofes paffoient ainfi
par deçà, & qu'à Rome le défunt Pape Sixte V, defireux de
vous diftraire du parti de l'Hérétique, & vous gagner à Jefus-
Chrift, donne libre accès & audience à ceux que vous lui aviez
depêchés; pendant que toutes chofes, pour le faire court, fembloient vous venir à fouhait, au lieu d'embraffer la belle occafion, que Dieu vous mettoit en main, de pouvoir affranchir
vous & votre Patrie de l'infame joug des Hérétiques, vous vous
laiffâtes emporter par le vent d'une infortunée profpérité, à des
deffeins & efpérances qui ont réduit ce pauvre Etat au defefpoir que vous voïez. Le décès des Papes d'heureufe mémoire
Sixte V, & d'Urbain VII, qui lui avoit fuccédé, aïant donné lieu à l'élection de Gregoire XIV; il commença incontinent à faire paroître qu'au Souverain Pontificat eft inféparablement conjointe une particuliere & extrême follicitude de votre
falut, & de la confervation de cette Très-Chrétienne Monarchie. Le Bref qu'il lui plût nous envoïer au mois de Janvier en
l'an 1591, lequel a été publié, les Bulles & autres Brefs, qui
au mois de Mars enfuivant, vous furent apportés par Monfieur
Landriano Nonce dudit Pape défunt, quoique les hérétiques
fachent dire au contraire, ne peuvent & ne doivent être par

vous prifes ni interpretées en autre maniere. Ce très-bon Pape,
comme il étoit doué d'une rare piété & finguliere prudence,
favoit bien juger que tandis que vous feriez mêlés parmi les
Hérétiques, peftes notoires de ce Roïaume, il ne falloit rien
efpérer de votre guérifon. Que partant il étoit du tout néceſ-
faire de vous en féparer & bien-tôt & bien loin, fi vous ne vouliez miférablement perdre vos ames avec eux, & expofer vos
corps & vos biens aux travaux & ruines qu'avez depuis éprouvées & continuez d'éprouver tous les jours. Aux très-urgentes &
vives raifons qu'il vous alléguoit fur ce propos, il ajoutoit fes
charitables remontrances; à icelles, fes paternelles exhortations. C'étoit un bien grand crime de n'y avoir voulu prêter
l'oreille, & encore plus grand de les avoir ofé calomnier:
mais d'avoir traité fi contumelieufement que favez, nos pas ce
papier infenfible, qui contenoit la defcription de fa volonté,
mais en icelui, le nom & l'autorité du Chef de l'Eglife, & par
conféquent du même Saint Siege Apoftolique; c'eſt un forfait,
qui comprend en foi autant de nouvelles efpeces de crimes,
comme il y a de mots ès prétendus Arrêts, qui ont été fur ce
publiés à Tours & à Châlons. Et toutesfois l'énormité & grandeur de ces fautes, & de celles encore, qui fur ce même fujet
furent commifes par les Eccléfiaftiques qui affifterent au Conciliabule de Chartres, a été jufqu'ici diffimulée par ceux qui en
auroient pû faire quelque jufte reffentiment. Non autrement
s'eſt comporté en votre endroit le Pape d'heureufe mémoire
Innocent IX qui lui fucceda, duquel le prompt décès auroit encore été beaucoup plus regretté des gens de bien, fi la
Divine Providence, qui n'abandonne jamais fon Eglife au befoin par le moïen, de l'heureufe élection de notre Saint Pere
Clement VIII, ne nous eût pourvu d'un Pafteur tel que
la néceffité du temps le requiert: comme celui, qui en toutes efpeces de rares vertus ne cede à aucun de fes prédeceffeurs,
& femble les furmonter tous, en ce qui eſt du foin particulier
qu'ils ont toujours eu du falut & repos affuré de ce Roïaume.
Auffi ne fut-il fi-tôt élevé au fuprême dégré de l'Apoftolat, que
tous les Fideles pleins d'allegreffe tournerent foudain leur efprit
& leurs yeux fur lui comme fur un clair Soleil que le Pere des
lumieres & le Dieu de toute confolation femble avoir voulu
faire paroître en nos jours pour diffiper les ténebres d'un fiecle
fi calamiteux. Et comme un chacun commençoit de concevoir
une certaine efpérance que vous ouvririez vòlontiers vos cœurs

pour y recevoir les raïons d'une si favorable & salutaire lumiere, & que chacun se rangeroit sous la conduite & autorité d'un si grand Chef, en l'obéiffance & union de l'Eglise & du Saint Siege Apostolique ; voici que nous voïons, à notre très grand regret, un autre prétendu Arrêt, que l'hérésie a de nouveau fait éclore à Châlons contre les Bulles de Sa Sainteté concernant le fait de notre Légation, par lequel on veut encore essaïer de bannir bien loin de nous ces espérances, qui devoient être si cheres à toute personne jalouse de la gloire de Dieu, de l'honneur, conservation, & repos de cette noble Monarchie. Car quoique sachent dire au contraire, ceux que le vrai & légitime Parlement de Paris, retenant toujours son ancienne équité & constance, a très gravement condamnés, comme gens qui, par leurs déportemens, se manifestent plutôt esclaves d'Hérétiques, que Ministres de Justice ; il est impossible de voir jamais a France jouiffante d'une paix & tranquillité assurée, ni d'aucune autre prospérité, tandis qu'elle gémira sous le tyrannique joug d'un Hérétique. C'est une vérité si claire que tous tant que vous êtes la voïez & connoiffez bien, dont nous ne voulons autre juge ou témoin que vos propres consciences. Combien que vos actions extérieures donnent encore affez évidemment à connoître ce que vous en pensez en vos ames, puisque vous reconnoiffez par vos ordinaires protestations & remontrances, que l'obéiffance que rendez à l'Hérétique, n'a autre fondement que cette vaine espérance de conversion & rehabilitation ; nous sommes à la vérité très aises de voir que le crime de reconnoître pour Roi d'un Roïaume Très-Chrétien un Hérétique, relaps, & obstiné, vous semble trop atroce & énorme pour vous en confeffer coupables. Mais puisque son obstination l'a déja privé de tous les droits qu'il pouvoit prétendre, vous ôtant par même moïen tous les prétextes & excuses que sauriez alléguer en sa faveur, & à votre décharge, il est temps maintenant que découvriez hardiment ce que vous avez dans le cœur. Et s'il n'y a rien que de Catholique, comme vos précédentes actions l'ont fait paroître, lorsque les charmes des Hérétiques ne vous avoient encore ensorcelés, prononcez librement au nom de Dieu, avec le reste des Catholiques, que vous ne desirez rien tant que de vous voir tous réunis sous l'obéiffance d'un Roi, de nom & d'effet Très-Chrétien & vrai Catholique. C'est prudence d'avoir telle pensée, c'est magnanimité d'en poursuivre l'effet : & faire l'un & l'autre est une vertu parfaite de tout point. Or, ne se

peut-il trouver aucun plus juste & légitime moïen d'en venir à
bout, que la tenue des Etats Généraux, où vous êtes invités
de la part de Monsieur de Mayenne, qui selon le devoir de sa
Charge & autorité, a toujours cherché & cherche encore plus
que jamais, avec une piété, constance & magnanimité digne
de louange immortelle, les plus vrais & assurés moïens de défendre & conserver l'Etat & Couronne en son intégrité, & de
maintenir la Religion Catholique & l'Eglise Gallicane en sa
vraie liberté, qui consiste principalement à ne s'assujettir jamais à un Chef Hérétique. Aussi voulons-nous bien vous protes-
ter en cet endroit, que nous tenant dans les termes de la Charge qu'il a plu à Sa Sainteté nous commettre, comme c'est notre intention, nous ne pouvons, & ne voudrions aussi en aucune maniere assister, ni favoriser les desseins & entreprises de
Monsieur de Mayenne, ni d'autres Princes ou Potentats de la
terre quels qu'ils soient; mais plutôt nous y voudrions opposer
de tout notre pouvoir, où nous appercevrions qu'elles fussent
aucunement contraires aux communs vœux & desirs de tous
les gens de bien, vrais Catholiques & bons François, & en particulier aux saintes & pieuses intentions de Notre Saint Pere,
lesquelles d'abondant nous voulons bien aussi vous déclarer par
ces présentes, n'avoir autre but, ni objet, que la gloire de
Dieu, la conservation de notre sainte Foi & Religion Catholique, Apostolique & Romaine, & l'entiere extirpation des
schismes & hérésies, qui ont réduit en un si misérable état cette
pauvre France; laquelle Sa Sainteté desire sur tout voir couronnée de son ancienne splendeur & majesté par l'établissement d'un Roi vraiment Très-Chrétien, tel que Dieu fera la
grace aux Etats Généraux de le pouvoir nommer, & tel que
ne fut jamais & ne peut être un Hérétique. C'est donc là où
vous êtes pareillement conviés de la part de Sa Sainteté, afin
qu'en vous séparant du tout de la société & subjection de l'Hérétique, vous y apportiez, avec une volonté vuide de toute
passion, & pleine d'un saint zele & piété envers Dieu & votre
Patrie, tout ce que jugerez pouvoir aucunement servir à éteindre le général embrasement, qui l'a presque réduite en cendre,
Il n'est plus temps de proposer de vaines excuses & difficultés;
vous n'y en trouverez autre que celle qui procédera de vous-même. Car s'il vous plaît vous trouver en ladite assemblée aux fins
& intention que devez, nous pouvons bien vous assurer de la
part

part de tous les Catholiques, qui par la grace de Dieu ont toujours perſévéré en la dévotion & obéiſſance du Saint Siege Apoſtolique, que les trouverez très diſpoſés à vous y recevoir & embraſſer comme freres & vrais Chrétiens, qui voudroient acheter au prix de leur ſang & propre vie une ſainte paix & réconciliation avec vous. Faites donc qu'on vous voie ſéparés à bon eſcient de l'Hérétique, & demandez en ce cas toutes les aſſurances qui vous ſembleront néceſſaires pour y pouvoir librement aller & venir, dire & propoſer en ladite aſſemblée, tout ce que jugerez plus expédient pour parvenir aux fins d'icelle. Monſieur de Mayenne eſt prêt de vous les octroïer; & ne faiſons difficulté de notre part de nous obliger & rendre garands qu'il n'y ſera contrevenu en aucune maniere. Offrant de vous prendre pour ce regard, en tant que beſoin ſera, ſous notre ſpéciale protection, c'eſt-à-dire, de Sa Sainteté, & du Saint Siege Apoſtolique. Nous vous prions donc & exhortons de la part de ſadite Sainteté, & vous adjurons derechef au nom de Dieu, de vouloir finalement faire paroître, par bons effets, que vous êtes vrais Catholiques, conformant entierement vos intentions à celles du Souverain Chef de l'Egliſe, ſans plus différer de rendre à l'Egliſe Chrétienne, à notre ſainte Religion & à votre Patrie, le fidele devoir qu'elle attend de vous en cette extrême néceſſité. Il ne vous faut attendre de vos diviſions que continuelles déſolations & ruines. Et quand bien toutes choſes vous viendroient d'ailleurs à ſouhait, ce que ſelon notre avis, vous-même ne vous oſeriez promettre ſous un Chef Hérétique, vous devriez néanmoins grandement appréhender que les Schifmes dont ce Roïaume ſemble déja tout plein ne ſe convertiſſent finalement en héréſie. Ce que Dieu par ſa ſainte grace ne veuille permettre, mais plutôt veuille illuminer vos cœurs & vos eſprits, les rendant capables de ſes ſaintes influences & bénédictions, à ce qu'étant tous réunis de fait & de volonté en l'unité de la Sainte Egliſe Catholique, Apoſtolique & Romaine, ſous l'obéiſſance d'un Roi qui puiſſe être méritoirement eſtimé & nommé Très-Chrétien, vous puiſſiez jouir en ce monde d'une aſſurée tranquillité, & finalement parvenir à ce Roïaume que ſa Divine Majeſté a préparé de toute éternité à ceux qui perſéverant conſtamment en la Communion de ſa même Egliſe, hors laquelle il n'y a point de ſalut, rendent un clair témoignage de leur vive foi, par vertueuſes & ſaintes opérations. Dieu vous en faſſe la grace. Donné à Paris le quinziéme de Janvier mil cinq cent quatre-ving-treize (1).

PHILIPPES , Cardinal de Plaiſance , Légat.

HIER. AGUCHIUS.

Avertiſſement.

Durant ces menées pour les Etats de Paris, les Eſpagnols attentoient d'une façon étrange ſur l'Angleterre , comme fera foi le Diſcours ſuivant, ajouté pour découvrir de plus en plus les menées du Chef de la Ligue.

DISCOURS

Des deux dernieres conſpirations & attentats ſur la perſonne de la Reine d'Angleterre , le tout par les moïens des Agents d'Eſpagne & induction des Jeſuites (2).

CEST une choſe hors de doute , que la diverſité des jugemens des hommes eſt aujourd'hui grande par le monde ſur les actions de ces deux grands Rois & Princes , à ſavoir la Reine d'Angleterre & le Roi d'Eſpagne , durant le cours de leurs inimitiés & querelles : de ſorte , que de part & d'autre , les amis & ennemis , ſelon qu'ils ſont pouſſés de leurs humeurs, repaiſſent auſſi le monde de rapports proportionnés à leurs affections paſſionnées , celui-ci condamnant , celui-ci recommandant les actions de l'un ou de l'autre.

    Si n'y a-t-il en toutes choſes qu'une vérité , au niveau de laquelle tous rapports doivent être compaſſés & reformés. Et ne faut point douter , qu'entre tous peuples il n'y en ait toujours

---

(1) Le 17 ſuivant , jour fixé pour l'Aſſemblée des Etats , dit le Journal de Henri IV, on fit une Proceſſion ſolemnelle à Notre-Dame , où les Députés communierent de la main du Légat, & entendirent le Sermon de Genebrard , qui ſe diſtingua , dit le même Journal , par les efforts qu'il fit pour montrer que la Loi Salique , qui eſt la Regle & le fondement du Trône François ,

pouvoit être changée & corrigée par la Nation. Le 20 la même Proceſſion ſe fit aux Auguſtins : le Pere Boudin y prêcha.
   (2) M. de Rapin-Thoyras parle de cette conſpiration dans ſon Hiſtoire d'Angleterre , tome 7 , Livre 17. de la derniere Edition de Paris, *in-*4°. ſous le regne d'Eliſabeth.

de toutes fortes de degrés & vocations, lefquels, fans fe laiffer
emporter au vent de la faveur de l'un ou de l'autre de ces
deux grands Princes par les aîles de leurs affections & paffions defordonnées, favent bien mettre du poids & du tem-
peramment à la précipitation de leurs jugemens, fans prononcer ou mettre en avant ni fentence, ni opinion partiale, foit
en faveur ou bien en difgrace & défaveur de l'un de ces deux
Princes.

Or, ceux de cette tierce efpece & difpofition étant en grand
nombre, en cas qu'ils puiffent être pleinement informés par
preuves manifeftes & fuffifantes, des actions & des juftes caufes des comportemens mutuels de ces Princes l'un envers l'autre, & par ce moïen pofer un fondement folide à leurs condamnations ou approbations ; fans doute, par leurs opinions
bien digerées, & leurs jugemens affermis fur le fondement
d'une vérité indubitable, outre le contentement & fatisfaction particuliere qu'ils en recueilleront, ils viendront en outre
à deffiller les yeux de plufieurs qui maintenant font partialifés,
à ce que par le luftre & le regard de la vérité, ils puiffent réformer leurs conceptions & difcours, & juger des actions de ces
deux Princes, felon la regle d'équité & droiture.

Mais de former une conclufion tellement fortifiée de bonnes
preuves, qu'elle puiffe donner réfolution aux efprits qui reftent
en fufpens, & convaincre l'erreur de plufieurs, qui fans malice
affectée font autrement perfuadés : c'eft chofe à l'avanture, qui
peut fembler, de prime face, ou du tout impoffible, ou du moins
très difficile.

Et toutesfois, attendu que pour la plupart les faux rapports
prennent leur forme & fondement fur des conjectures extrava-
gantes & des opinions particulieres, que les efprits des hommes
bifarrés viennent à tordre en divers fens & contraires, plutôt
que fur la connoiffance d'une vérité bien prouvée & du tout
invariable ; cette feule preuve de laquelle nous uferons, comme étant la plus propre, pourra fatisfaire à bon droit, à tous
ceux qui paifiblement voudront acquiefcer à la force de la vérité & raifon : c'eft d'expofer à la vue publique des hommes,
les faits & actions de ces deux grands Princes : & ce avec une
clarté fi manifefte, que la vérité ne puiffe honnêtement être
démentie ni défigurée par un fens contraire. Par cela tout le
monde connoîtra clairement, combien font injuftes & deshonnêtes les actions du Roi d'Efpagne & de fes Miniftres à l'encon-

tre de la Reine d'Angleterre : & combien ils font contraires à tous reglemens militaires , aux refpects mutuels des Princes, & à tous exemples d'humanité Chrétienne obfervés de tout temps, même en l'ardeur des guerres , contentions , & querelles qui furviennent entre les Princes. Car ceux-ci ont lâchement attenté de ravir la vie à la Reine d'Angleterre , non par armes & par les actions ordinaires de la guerre , mais clandeftinement & par affaffinats recherchés en diverfes fortes : chofe qui depuis le commencement du monde, lorfque *Caïn* le premier meurtrier tua fon frere *Abel* , a toujours été detestée & de Dieu & des hommes. C'eft ainfi que ce Roi a toujours voulu pourfuivre le cours de fes injuftes & ambitieufes entreprifes , pour ranger fous l'honneur de fes conquêtes les Provinces & Roïaumes d'une telle Princeffe après qu'il l'auroit ainfi valeureufement vaincue. Cela , dis-je , étant à plein vérifié par une manifestation indubitable des actions du Roi d'Efpagne d'un côté , fans que jamais on ait attenté ni pourpenfé aucun fait femblable de la part de la Reine d'Angleterre , tout le monde pourra toucher au doigt lequel de ces deux Princes eft à condamner , & les actions, à détefter, felon la regle d'honnêteté & juftice.

Or, je dis qu'il ne fe peut nier , que la vie de la Reine d'Angleterre (1) n'ait été ci-devant & fouventesfois recherchée par des meurtriers apoftés, defquels plufieurs ont été apprehendés , juftement condamnés , & publiquement executés à mort. Et en quelques-uns de tels attentats ont été enveloppés aucuns des Miniftres du Roi d'Efpagne, comme *Bernardin de Mendoze* (2) & fes femblables. Mais outre tout cela , que le même n'ait été notoirement projetté & pourfuivi, principalement par les pratiques Efpagnoles, cela fut, n'a pas long-temps, du tout manifefté par l'appréhenfion , confeffion , condamnation , & execution de trois Portugaïs , lefquels après avoir été faifis, atteints , convaincus , & felon leur propre confeffion , condamnés , quand ils furent ès places de leur exécution , demanderent , pour ce regard , pardon à Dieu publiquement avec fignes d'une vraie repentance , & perfifterent conftamment jufqu'à la fin en leurs affirmatives , avec grandes exclamations contre le Roi d'Efpagne & fes Miniftres , par lefquels ils avoient été mis en befogne, & pour la fin fcellerent de leur propre fang leurs confeffions être véritables.

(1) C'étoit la Reine Elifabeth.
(2) On a déja parlé de Bernardin de Mendoza.

Ceux qui furent ainsi condamnés, étoient un certain Docteur *Lopez* (1) Portugais, de long-temps aïant eu cet honneur d'avoir été retenu pour domestique & l'un des Medecins de la Reine : les autres étoient aussi Portugais, n'aguerres réconciliés & réduits au service du Roi d'Espagne : & néanmoins, avec quelques couleurs & prétextes, résidans ou frequentans en ce Roïaume. L'un étoit nommé *Stephano Ferrera de Gama*, aïant jusqu'alors été tenu en Portugal, pour homme de quelque qualité, & en bonne réputation & estime ; l'autre étoit *Manuel Lewis Tinoco*, lequel avoit accès & crédit avec les Conseillers du Roi d'Espagne à Bruxelles.

Or, furent ces trois sollicités & amorcés, par promesses de grandes récompenses, d'attenter un si vilain acte & horrible, & d'en promettre l'effet, & ce, en la personne d'une Dame, d'une Fille, d'une Reine sacrée, d'une qui a regné avec plus d'honneur & de felicité par l'espace de trente-six ans entiers, & avec plus de joie & de contentement de son peuple, qu'aucun autre de ses prédecesseurs, sans céder à pas un d'entr'eux. Et pour vérifier comment & par qui ceux-ci furent pratiqués pour l'exécution d'un fait tant énorme, les preuves que sur cela nous avons maintenant à produire en feront foi suffisante : lesquelles consistent en un fidel récit des confessions des parties tant par leurs propres bouches, que par les écrits qu'ils en ont faits de leurs mains, esquelles ils ont persisté constamment jusqu'à la mort avec repentance de leurs fautes.

Premierement, le Medecin *Lopez*, lequel devoit perpetrer ce forfait par poison qu'il donneroit à Sa Majesté, a confessé que ces dernieres années, il auroit été induit à faire secretement service au Roi d'Espagne par le moïen d'un certain *Manuel Andrada* Portugais, homme pour lors fort emploïé en France par Dom *Bernardin* Ambassadeur là résident pour le Roi d'Espagne. Par celui-là *Lopez* reçut un joïau de grand prix garni d'un grand diamant & d'un grand rubis, que ledit *Andrada* lui présenta de la part de *Christoforo de Moro* special Conseiller du Roi d'Espagne, duquel aussi, selon qu'il disoit, il reçut & apporta au même Docteur de la part du Roi même d'Es-

(3) Roderic Lopez, Juif. M. de Rapin dit que lui & ses deux autres complices, aussi Portugais, confesserent que le Comte de Fuentes & Dom Diego d'Ibarra les avoient corrompus pour attenter à la vie d'Elisa-beth. Lopez, qui étoit son Médecin, avoit promis de l'empoisonner, selon le même Historien, moïenant la somme de cinquante mille écus. Tous les trois subirent le dernier supplice.

pagne, un accolade pour l'encourager à lui continuer son service à couvert.

Lopez confessa en outre, avoir été informé du desir affectionné du Roi d'Espagne, pour le gagner à son service : non seulement par *Andrada*, mais aussi par *Roderiquo Marques* Portugais, homme communément emploïé en semblables pratiques par le Roi d'Espagne. Le Medecin donc, gagné par telles inductions, donna son consentement, & envoïa souvent en secret des avertissemens au Roi d'Espagne, touchant les occurrences & actions de la Majesté de la Reine, selon qu'à raison de sa Charge, il en pouvoit avoir connoissance.

Après cela sur les diverses ouvertures qui lui furent faites, il consentit à cette damnable entreprise d'ôter par poison la vie à la Reine sa Maitresse, sur la promesse de récompense qui lui fût faite de la somme de 50000 écus. A cette fin il envoïa premierement à Calais *Andrada* pour conferer avec le Comte de *Fuentes* : puis attira l'autre Portugais appellé *Stephano Ferrera de Gama*, pour écrire des lettres à *Stephano Ibarra*, Secretaire du Roi à Bruxelles ; lesquelles furent envoïées selon l'ordonnance de *Lopez* par *Gomez d'Avila* Portugais, pour assurer le Secretaire *Ibarra* & le Comte de *Fuentes*, que suivant sa promesse il entreprendroit resolument de dépêcher par poison la Majesté de la Reine : pourvû qu'ils eussent pouvoir pour lui délivrer la somme de cinquante mille écus, dont on lui avoit fait offre.

Or, ont été toutes ces mêmes choses confirmées par les deux autres Portugais *Ferrera* & *Lewis* : lesquels aussi, selon leur confession, conspirerent en la même entreprise avec le Médecin. Et encore que le délai de cet exploit soit véritablement advenu par la bonté & providence de Dieu spéciale envers cette sienne Reine & Princesse, néanmoins, tant le Médecin, que les deux autres Portugais ont confessé ce retardement avoir été du tout contre leur intention & propos : pour n'avoir pu être fourni à temps les cinquante mille écus : lesquels on promettoit bien de jour en jour, mais la provision en étoit retardée, pourceque le Roi d'Espagne ne trouvoit à propos de commettre une affaire de telle importance à *Andrada*, homme estimé de trop basse étoffe. Il desiroit plutôt que cette affaire fût ménagée par *Ferrera*, homme de réputation plus grande. Le Docteur donc aïant derechef assuré par cestui-là l'exécution de son vilain & malheureux dessein : enfin par l'Ordon-

ßance du Roi d'Espagne les Lettres de change, pour cette
somme furent délivrées par le Comte *Fuentes*. Cela arriva au
même instant qu'il plût à la bonté de Dieu, tant envers Sa
Majesté que tout son Etat & son Peuple, permettre que cette
conspiration fut heureusement découverte, par le grand soin
& diligence de l'un des Sieurs du privé Conseil de Sa Majesté : & par ce moïen, tous ces trois criminels furent distincte-
ment appréhendés avec leurs lettres & écrits, esquels étoient
exprimés, avec leurs actions & conseils, les Reglémens pour
cet effet des Conseillers Espagnols , tant en Espagne, qu'à
Bruxelles.

Le second criminel, qui étoit *Stephano Ferrera de Gama*, a
confessé avoir eu premierement intelligence de cette délibération d'empoisonner Sa Majesté, par l'adresse du Comte de *Fuen-*
tes, & du Sécrétaire *Ibarra* : lequel conseil *Manuel Lewis* afferme pareillement avoir été par lui notifié à *Ferrera*, tant par
écrit, que par paroles de la part des susdits deux Conseillers. En
outre, *Ferrera* confesse avoir reçu diverses Lettres sur ce sujet
de *Chistoforo Moro*, & mutuellement lui avoir envoïé réponse
pour le tenir informé de ses procédures : comme aussi il avoit
reçu diverses Lettres de *Manuel Lewis* résident à Bruxelles,
touchant les occurences de de-là. A confessé davantage avoir
écrit des Lettres par mandement du Docteur *Lopez* au Sécrétaire *Ibarra*, par lesquelles il faisoit offre & promesse au nom
de *Lopez* de l'exploit de cet horrible fait de l'empoisonnement
de la Reine, avec la condition de remunerer *Lopez* de la somme de 50000 écus ; que ces Lettres furent portées à *Ibarra*, par
Gomez d'Avilla, Portugais, par l'adresse & aux frais du Docteur *Lopez*, ce que *Gomez* a semblablement confessé. D'autre
part *Manuel Lewis* fut aussi expressément envoïé en Angleterre
vers *Ferrera*, par le Comte de *Fuentes & Ibarra*, pour l'induire
à conférer promptement avec *Lopez* touchant cette entreprise,
ce que lui *Ferrera* confesse avoir fait à diverses fois.

La confession de *Manuel Lewis* porte qu'il fut premierement
informé de ce dessein d'empoisonner la Reine par le Comte de
Fuentes, lequel par son Sécrétaire lui fit montrer la Lettre
écrite par *Andrada* audit Comte au nom du Docteur, pour
effectuer cette entreprise, laquelle Lettre alors lui Déposant auroit lue : A confessé pareillement que lors qu'il fut envoïé en
Angleterre par ledit Comte de *Fuentes*, pour traiter avec le
Docteur, & avec *Stephano Ferrera*, sur l'exécution de ce for-

fait, le Comte le requit de faire que *Lopez* fût bien averti par
Ferrera, que le Comte avoit reçu mandement du Roi d'Espagne, d'induire *Lopez* à l'exécution de son fait en toute diligence, pour donner au Roi, par ce moïen, une plaisante & gaillarde *Pasque*. Ainsi arriva-t-il en Angleterre, là où par trois
fois il eut conférence sur ce sujet : après, que sur son département de Bruxelles, le Comte de *Fuentes* & le Sécrétaire *Ibarra*,
lui firent prêter serment d'être fidele & secret en cette affaire,
ce qu'il fit en leur présence.

Aussi apporta-t-il un particulier message du Comte à *Ferrera*,
pour hâter le Docteur *Lopez* à l'exécution de son fait, avec
promesses d'honneurs & de récompenses par-dessus les 50000
écus, & de grands avancemens pour les enfants du Docteur :
l'assurant qu'il avoit mandement du Roi d'Espagne, de donner
à *Lopez* tout ce qu'il voudroit demander, pour mener à fin cette grande entreprise. Pour la fin, *Manuel Lewis* avoit aussi apporté par mandement du Comte de *Fuentes* deux Lettres de
change d'une somme d'argent, pour être montrées au Docteur
Lopez, & ainsi hâter l'exécution de cette affaire. Mais *Ferrera*
& *Lopez* furent appréhendés devant que lesdites Lettres de
change furent présentées & montrées à *Lopez* : Et néanmoins
sur la recherche qui s'en fit, elles furent puis après trouvées sur
Manuel Lewis, & sont encore en être, pour être exhibées &
vues, aïant été écrites par un *Gonzalo Gomez* à *Pedro de Carre-
ras*, & un autre par le même *Gomez* à *Jan Pallacios* : en laquelle Lettre est faite mention de faire le paiement à quelqu'un
désigné par le nom de *Francisco de Torres*, mais en effet & vérité à *Manuel Lewis*. Car en diverses affaires maniées par ledit
Lewis, selon sa propre confession, on étoit d'accord qu'il prendroit le nom de *Francisco de Torres*.

Sa Confession porte davantage, que quand *Gomez d'Avila*,
eut porté les Lettres de *Ferrera*, pour certiorer le Comte de
Fuentes, que *Lopez* aïant l'assurance de 50000 écus, effectue-
roit son entreprise, ledit *d'Avila* demeura tout un mois
sans réponse, d'autant que le Comte attendoit plus ample
résolution d'Espagne, *Gomez* néanmoins retourna, apportant
parole à *Ferrera*, que si-tôt que le Comte auroit du Roi résolution plus certaine, *Manuel Lewis* seroit envoïé en Angleterre
avec la même résolution. Et c'est suivant cela, que cette résolution aïant été apportée d'Espagne, *Manuel Lewis* dit avoir
été envoïé en Angleterre avec deux Lettres : l'une du Comte,
l'autre

l'autre d'*Ibarra*, datées à Bruxelles les 12 & 14 de Decembre 1593.

Il se pourroit tirer beaucoup d'autres preuves des manifestes
circonstances exprimées, tant en l'examen de ces trois hommes, qu'en leurs Ecrits, partie interceptés par le chemin,
partie saisis avec eux lorsqu'ils furent appréhendés, pour vérifier que la source de ces malheureux desseins & plus que
païennes actions, est procédée du Roi d'Espagne & de ses
Conseillers. Mais attendu la concurrence entiere, sans aucune
contrariété ou variété, de ces trois Portugais en toutes leurs
confessions ci-dessus recitées, la preuve est assez notoire, qu'ils
étoient attirés à cet effet nommément par Conseillers du Roi
d'Espagne, lesquels aussi se disent avoir eu mandement de leur
Roi pour cet effet : sans qu'autrement il y eut en eux aucune
mauvaise disposition ou malice précédente envers Sa Majesté,
& sans aucune injure ou dommage par eux reçus de la part ou
de la Reine, ou de ses Sujets. Et sur cela la repentance de
Manuel Lewis pour son forfait contre Sa Majesté, est bien
considérable, selon que bien peu devant sa mort, aïant écrit
de sa propre main le récit de tous ses comportemens en cette
action, il en fait la conclusion par ces paroles : *Dieu doint par
sa divine merci, que toutes ces choses machinées & projettées par
le Roi d'Espagne contre la Majesté de la Reine, ne puissent jamais avoir aucun effet. Et Dieu doint par sa bonté, que toutes ces
trahisons ainsi ourdies puissent être découvertes & rompues, en
prolongeant par longues années la vie de Sa Majesté, avec adjonc-
tion de plus grands Etats, selon qu'elle le mérite, & que ses loïaux
Sujets le desirent.*

Or, ces choses bien considérées informent à plein tout le
monde, pour juger, nonobstant tous déguisemens contraires,
avec quelle fureur & barbarie la Reine d'Angleterre est indignement outragée ; & combien le Roi d'Espagne, par le propre témoignage de ses Conseillers intimes, merite d'être condamné devant Dieu & les hommes : si ce n'est qu'après en être
informé, il se veuille décharger de l'imputation & diffame d'un
si vilain crime devant Dieu, par une punition convenable de
ses Conseillers, tant pour leurs propres faits que pour leurs rapports & diffames, si tant est que faussement ils les aient forgés
de lui, qui est leur Roi & leur Prince. Mais en cas qu'il méprise
de s'acquiter de ce devoir, nul ne pourra blâmer Sa Majesté,
si elle se pourvoit par quelque autre voie, ce que jusqu'à pré-

sent elle a différé de faire : comme aussi elle a négligé la publication de ce sujet odieux , sinon entant qu'il a été rendu notoire , par l'examen & jugement qui s'en est fait au vu & su d'un chacun , en la Ville de Londres ; Sa Majesté aïant esperé depuis ce temps là , que quelque chose se feroit de la part dudit Roi, pour se laver d'une tache si laide & infame : de laquelle autrement , il demeurera flétri jusqu'à la fin du monde.

Or maintenant, pour plus ample confirmation que ces premiers attentats ont été forgés en la boutique des Ministres du Roi d'Espagne , il est expédient qu'un chacun connoisse que cette conspiration aïant été découverte , confessée , publiquement punie ce mois de Juin dernier , par l'execution de ces trois Portugais; néanmoins , soudain après que ce dessein des Portugais fut anéanti , il se renoua & conclud à Bruxelles une seconde conjuration semblable, pour l'assassinement de Sa Majesté, de laquelle étoit l'auteur principal le Secretaire *Stephano Ibarra*, qui en procuroit l'exécution par certains Anglois : lesquels aussi par la même bonté de Dieu furent appréhendés arrivans en Angleterre , pour attenter ce forfait exécrable.

Les noms de ceux-là sont *Edmond Yorke* & *Richard Williams*, maintenant prisonniers en la Tour de Londres, lesquels ont confessé le fait en la maniere qui sera dite : & le tiers de leur compagnie étoit un nommé *Yong* , qui devoit être emploïé à tuer l'un des principaux & grands Conseillers d'Angleterre.

Edmond Yorke , confesse que quand on traita avec lui d'attenter contre Sa Majesté, on lui montra par l'entremise de *Hugues Owen* Anglois rebelle & pensionnaire d'Espagne , une assignation par écrit , soussignée du Secretaire *Ibarra* , pour assurance du paiement de la somme de 40000 écus , qui lui seroit donnée par le Roi d'Espagne, au cas qu'il vînt à tuer la Reine, ou qu'il assistât *Richard Williams* ou quelque autre que ce fût, en l'exécution de cette entreprise. Dit que cette assignation fut puis après délivrée comme en dépôt , à un vieil Anglois Jesuite & rebelle nommé *Hol* (1) , lequel en une consultation serieuse de certain nombre d'Anglois , là lui montra semblablement, & aïant mis en avant , puis baisé le Sacrement de l'Autel fit serment en la présence de lui *Yorke* , & des autres rebelles, que sans doute il lui feroit paiement de la somme contenue , incontinent après l'exécution du fait.

Or , cette nouvelle conspiration excitée par le billet d'assigna-

(1) *Holt.* C'est Tindal qui dit que c'étoit un Jesuite.

tion obtenu *d'Ibarra* , a eu son progrès & avancement par les consultations malicieuses de plusieurs des Sujets notoirement fugitifs & rebelles de Sa Majesté , & néanmoins maintenus par les pensions du Roi d'Espagne. Les noms de ceux qui principalement se font de n'agueres emploïés en cette conspiration, sont, *Williams Stanlei* , *Holt Jesuite* , *Thomas Throgmorton* , *Hugues Owen* , *D. Giffort* , *D. Worthington* , *Charles Paget* , un *Tipping* , *Edouard Garret* & *Michel Moodie*, desquels, chacun en particulier, les choses qui ensuivent sont testifiées par les confessions & dépositions *d'Edmond Yorke* & *Richard Williams* , tous deux ici n'agueres appréhendés & mis en sure garde.

Cette confession est , qu'il se fit à Bruxelles trois consultations diverses par les dessus nommés , là ou du commencement, *Williams Stanlei* emploïa toutes les persuasions à lui possibles envers lesdits *Edmont Yorke* & *Richard Williams* , à ce qu'ils entreprissent d'attenter à la vie de Sa Majesté : encourageant notamment *Yorke* , par l'exemple de son Oncle , & lui donnant instruction pour le cours de ses procédures , & par quels moïens il viendroit à bout de son entreprise. Et se peut bien vérifier que ledit *Stanlei* n'est pas nouveau apprentif au métier de cette espece de trahison : car peu de temps auparavant , lui-même, avec un certain *Jacques* son Lieutenant , aïant appellé pour conseil spirituel à leur aide deux vrais suppôts du Diable, à savoir, *Schirwood* & *Holt* , ils pratiquerent un Irlandois nommé *Patrick Cullen* escrimeur (1) & pensionnaire du Roi d'Espagne; & lui persuaderent de venir clandestinement en Angleterre, pour tuer Sa Majesté. A quoi aïant donné son consentement , *Stanlei* & *Jacques* lui fournirent la somme de trente livres sterling pour son voïage , avec l'offre d'une grande recompense. Et sur cela, étant arrivé, pris & duement convaincu de ce dessein , il confessa le tout en la maniere que nous venons de le reciter , dont s'ensuivit la condamnation & exécution de sa personne.

Ce ne seroit pas bien-tôt fait , qui voudroit exprimer toutes les circonstances d'une autre trahison bien étrange & dressée d'une façon nouvelle, en laquelle ont été longuement occupés le Cardinal *Jesuite Allain* & *W. Stanlei* s'y rencontrant aussi *Th. Worthington* Prêtre très indigne. Leur dessein étoit d'exciter une soudaine rébellion en Angleterre , en induisant le Sei-

(1) Patrice Cullin , Maître d'armes Irlandois.

gneur *Ferdinand Strange* (1) fils & héritier du Comte Derbi, à usurper le titre de la Couronne d'Angleterre (2). Pour cet effet, ils persuaderent un *Richard Hesketh* Gentilhomme du quartier de Lancastre, bien connu dudit Seigneur *Strange*, pour lui faire comprendre & goûter l'avis du Cardinal *Allain* & de plusieurs autres: qui étoit de l'induire à vouloir prendre le titre de Roi, & lui donner assurance d'y être maintenu par le moïen des trésors & des forces étrangeres (3). Et en cela s'emploïa ledit *Hesketh* avec toute diligence & avec maintes raisons, desquelles il étoit venu bien instruit & fourni. Mais ledit Seigneur *Strange* nouvellement Comte Derbi par le décès de son pere, sur cette rencontre de Hesketh, plein qu'il étoit de prudence & devoir, mit cet Hesketh en arrêt, lequel après le fidele rapport du Comte, étant appréhendé & aïant confessé tout le fait avec ces circonstances, sans plus long procès, fut condamné sur sa propre confession, & maudissant ses instructeurs avec grand signe de repentance, fut exécuté au mois de Novembre de l'année précédente.

Mais pour retourner à notre nouveau complot, le Jesuite *Holt* étoit communément assis en forme de Président en ces consultations, & comme Chef de toutes ces conférences & conspirations, persuada Yorke & Williams avec grande véhémence, d'entreprendre cet attentat, les obligeant par vœux & sermens à l'exécution d'icelui: & leur administrant à tous deux le Sacrement; ce qu'il fit le baisant lui-même: il les assura par jurement solemnel de leur récompense, leur montrant le billet d'assignation pour les 40000 écus, signé de la main de *Stephano Ibarra*, lequel étoit commis à sa garde pour l'assurance du paiement. Disoit aussi ledit Holt à Yorke, vu que souvent les Anglois avoient failli à l'exécution de cette entreprise, si maintenant Yorke & ses compagnons n'en venoient à bout, que ci-après il y emploieroit des Etrangers: qui est un argument d'un traître invétéré en sa malice. Et à la vérité déja par lon-

---

(1) Ferdinand, Comte de Derby.

(2) Comme étant petit-fils de Marie, fille de Henri VII. Henri Stanley, Comte de Derby, pere de ce Ferdinand, venoit alors de mourir.

(3) En faisant cette proposition au Comte, Hesquet avoit ajouté, dit Rapin-Thoyras, qu'il pouvoit s'assurer du secours de Philippe II, Roi d'Espagne, & que s'il refusoit de faire ce qui lui étoit proposé, ou

qu'il ne tînt pas la chose secrette, il pouvoit compter qu'il ne vivroit pas longtemps. Le Comte de Derby, craignant qu'on ne lui tendît un piége, dénonça Hesquet, qui fut arrêté & condamné à être pendu. Mais le Comte mourut lui-même, quatre mois après, dans la fleur de sa jeunesse, d'un poison extraordinaire qui le fit vomir jusqu'à rendre l'esprit.

gues années, il s'est trouvé en tous les complots de trahison qui se sont dressés contre sa Patrie, comme le traître qui plus y est bandé & embesogné, avec toute violence, par dessus tous ses complices. Aussi servit-il de très-mauvais pere spirituel, quelque peu de mois auparavant, à l'Irlandois Patrik Cullen ci-dessus mentionné, pour lui garantir son entreprise touchant la mort de la Reine.

1593.

Conjurat.
contre la
Reine d'An-
gleterre.

Thomas Throgmorton se trouva pareillement mêlé en ces consultations & conspirations, esquelles Yorke & Williams furent sollicités d'attenter cet horrible fait : pour l'accomplissement duquel, particulierement il emploïa aussi ses discours.

Fut aussi en ces conférences *Hugues Owen*, là où il donna son avis, en quelle maniere on devoit attenter cette exécution, & en cette même conférence, il montra le billet d'assignation signé de la main d'*Ibarra* pour 40000 écus : lequel il commit à la garde de *Holt*, pour la satisfaction d'York & des autres.

Les Docteurs *Giffort & Worthington*, tous deux faisant profession d'enseigner la Théologie, mais néanmoins contre toute vraie Théologie, se trouverent aussi en ces conférences : & par grandes persuasions solliciterent Yorke & Williams, à l'execution de cet acte. Et avoit ce même *Worthington* peu de mois auparavant emploïé tout son esprit & labeur ensemble avec le Cardinal *Allain & Stanlei*, pour susciter une rébellion & s'établir un Roi, au détriment & ruine de cet Etat & de Sa Majesté, selon que ci-dessus il a été recité.

Charles Paget étoit aussi présent en ces menées & conspirations, induisant Yorke à cette entreprise : & alors même fut conclu que *Michel Moodie* seroit aussi emploïé de son côté en l'exploit de ce même acte : & qu'argent lui seroit fourni par *Paget & Throgmorton* pour les frais qu'il lui faudroit faire, à la poursuite de cette pratique.

En outre, Edmond Yorke afferme que là furent aussi désignés un *Tipping* Anglois, & *Edmond Garret* Enseigne, avec un Wallon & un Bourguignon pour cette même entreprise : ce qui se rapporte du tout à d'autres confessions, notamment de *Paul Weheele*, lequel a quitté le service de *Stanlei*, pour ce qu'il s'essaïoit de l'induire à un pareil attentat à l'encontre de Sa Majesté.

Est semblablement affermé par York & Williams que *Yong*,

le tiers d'entr'eux maintenant prifonnier , s'étoit auparavant offert à *Holt* par fes lettres , d'attenter auffi ce fait lui-même : aïant, de plus, voué & pris fur foi de tuer le principal & de plus grand nom, d'entre les Confeillers de la Reine.

Ces trois hommes Yorke, Williams & Yong , s'étoient réfo-lus , étant arrivés en Angleterre , de fe mettre au fervice de quelques-uns des Seigneurs du Confeil de la Reine, qui font ordinairement près de fa perfonne, pour avoir accès plus libre à la Cour , & par ce moïen, chercher chacun d'entr'eux plus à propos leurs opportunités d'attenter ce qu'ils avoient projetté contre Sa Majefté. A quoi pour parvenir , ils difent avoir eu plufieurs confeils & deffeins felon l'opportunité des temps & des places. Suivant cela Yorke étant arrivé à Calais chercha les moïens vers l'un des Seigneurs du privé Confeil de Sa Majefté , d'obtenir un paffeport pour fon affurance plus grande. Mais leur méchant deffein étoit déja fi bien découvert, que bon ordre avoit été mis de les appréhender dès leur premiere arrivée , com-me de fait ils furent pris & mis en fure garde.

Or, maintenant encore qu'il foit bien connu que telles pro-cédures déloïales ont fouvent été effaïées ; que fouvent les cou-pables ont été pris & executés ; que plufieurs vivent en leurs cachettes non encore pris & découverts ; encore derechef que par la bonté finguliere de Dieu & fa protection fpéciale pour la défenfe & confervation de Sa Majefté , tels deffeins aient fou-vent été mis à néant : fur tout néanmoins , ces deux dernie-res confpirations , la premiere de ces Portugais , défignée par le confeil & au nom du Roi d'Efpagne , & cette derniere d'Yorke & de fes complices amorcés à cela par la grande récom-penfe que leur promettoit fon Secretaire *Ibarra* , mettent en vue manifefte de tout le monde , combien avec grande barba-rie & inhumanité , ces infames actions prennent leur origine d'Efpagne. Joint auffi que de là , font maintenus par grandes penfions une multitude d'hommes jugés traîtres & fugitifs de leur patrie : lefquels toutesfois ne rendent autre efpece de fer-vice audit Roi , que de fe rendre inftrumens de telles actions barbares , & de lui fervir d'efpions contre leur païs même. En quoi néanmoins, pour le plus fouvent , ils abufent le Roi & fes Miniftres par menfonges controuvés : au lieu de lui faire des rapports qui foient véritables , ou d'affaires de quelque impor-tance qui foient dignes de leurs penfions fi grandes.

Conclufions , donc ces chofes étant ainfi , que nous avons

mis en avant, pour mieux satisfaire à tous ceux qui n'ont ni le jugement corrompu, ni les affections transportées de partialités envers ces Princes, à la décharge de la Reine au cours de tous ces desseins & actions horribles; il se peut reconnoître d'un chacun pour vérité très certaine, que jamais il n'y a eu aucun Sujet de la Reine d'Angleterre, ni aucun autre de quelque nation que ce soit, qui puisse être chargé par ceux du parti du Roi d'Espagne ou autre personne quelconque, d'avoir jamais attenté, ni fait pratique, pour mettre en danger ni faire tort à la personne du Roi d'Espagne, par le su, ou communication de la Reine, ou d'aucuns de ses Ministres : encore qu'il soit hors de doute, que si Sadite M. eût eu un courage si bas & si vil, que de se souiller de pratiques si infâmes, elle n'eût pas manqué de moïens & d'instrumens convenables. Mais Sa Majesté étant libre de toutes telles pensées, chacun peut bien assurément faire état, que si quelqu'un se fût mis en effort d'entreprendre quelque chose de semblable, elle en eut fait promptement & surement une punition exemplaire & convenable au forfait : ou bien l'eut fait livrer au Roi, pour lui-même en faire la punition à son gré. Sa Majesté n'a non plus donné aucune pension ni entretenement dans son Roïaume à aucun rebelle ou aucune personne condamnée de trahison par le Roi d'Espagne. Par la contrariété donc des actions de ces Princes, il se voit ici une manifeste preuve de ce qui est tant à l'honneur & recommandation de l'un, comme au diffame & condamnation de l'autre, & pourtant sans aucun doute le grand Dieu tout-puissant, juste vengeur de méchancetés tant énormes, & renumerateur de la piété & innocence, en son temps & en due saison, saura bien rendre à l'un & à l'autre selon leurs dessertes.

Ici pour plus ample éclaircissement & certitude du fait, sont ajoutées quelques Lettres & Confessions des Criminels, en la même sorte qu'elles sont encore en être, écrites de leurs propres mains sans changement aucun, ni au sens, ni aux paroles.

La Confession d'Etienne Ferrera de Gama, en langage Portugais, par lui soussignée & confirmée, au récit qui en a été ci-devant publié le 18 Février 1593.

IL dit & confesse, que dix mois passés ou environ, le Docteur *Rui Lopez* écrivit deux lettres en sa propre maison à Londres, adressées à Dom *Christophoro de Moro*, lesquelles lettres par le Docteur furent mises entre les mains de lui *Ferrera* pour les faire délivrer audit *Moro*.

Ces lettres étoient écrites de la main de *Ferrera*, mais selon les paroles & de la propre bouche du Docteur *Lopez*. Par icelles ledit Docteur promettoit de faire au Roi tout le service qu'il lui voudroit commander ; & dit en particulier audit *Ferrera* que le Roi étoit déja bien informé du sujet : qui étoit la cause pour laquelle le Docteur le faisoit écrire obscurément & en paroles couvertes, tellement que lui-même *Ferrera*, ne le pouvoit bien entendre.

Il croit pour vrai, que si le Roi lui eût envoïé l'argent, le Docteur eût empoisonné la Reine, ajoûtant que chacun jour le Docteur lui disoit qu'il étoit prêt de faire le service, mais qu'il n'avoit nulle réponse de de-là.

Il se souvient aussi avoir dit à *Peter Ferrera*, que si le Roi d'Espagne vouloit envoïer l'argent, sans doute le Docteur *Lopez* empoisonneroit la Reine.

Dit en outre que *Manuel d'Andrada* environ un mois devant qu'il partit d'Angleterre, lui déclara, que si le Roi d'Espagne vouloit, le Docteur *Lopez* empoisonneroit la Reine d'Angleterre & ensemble le Roi *Dom Antonio* : lesquels propos étant puis après recités par *Ferrera*, le Docteur répondit, que quant au Roi, à la première maladie qui lui surviendroit, il s'en alloit mourir ; mais quant à la Reine, nous n'avons, dit-il, encore aucune réponse de l'autre part.

La Confeſſion de Manuel Lewis Tinoco, écrite de ſa propre main, le 12 Fevrier 1593.

JE *Manuel Lewis Tinoco*, Gentilhomme Portugais, confeſſe que le Comte de *Fuentes*, & le Secretaire *Ibarra*, m'appellerent au cabinet du Comte, là où tous deux enſemble & chacun deux de ſa part, me prirent les mains & les mirent dans les leurs, & me dirent tels propos : devant que nous te déclarions une certaine affaire de très grande importance, il faut que tu nous donnes ta foi & promeſſe, qu'encore qu'il advînt que par de-là tu fuſſe pris des Anglois, que néanmoins tu ne le découvriras point, d'autant qu'il importe au repos de toute la Chrétienté. Et après leur avoir donné ma parole & ma foi de toute fidélité & ſervice en telle affaire ; ils me dirent , que *Stephano Ferrera de Gama*, leur avoit écrit, comment le Doĉteur *Lopez* s'étoit offert & obligé de faire mourir la Reine d'Angleterre par poiſon , avec condition que le Rói d'Eſpagne lui donnât récompenſe convenable à ſes ſervices. Tout cela ſe paſſa en la Ville de Bruxelles en la maiſon du Comte de *Fuentes* : & , ſelon que je m'en puis ſouvenir , ce fut le neuvieme jour du mois de Décembre dernierement paſſé ; je témoigne toutes ces choſes s'être faites en toute vérité & certitude , comme je les confirme par mon ſerment.

Je *Manuel Lewis Tinoco*, Gentilhomme Portugais, confeſſe être vérité, qu'étant à Bruxelles en la maiſon du Comte de *Fuentes*, il me fit appeler & me demanda de quel païs & qualité étoit *Andrada* : & après lui avoir dit ce que j'en pouvois connoître , il commanda à ſon Secretaire de me montrer toutes les Lettres qu'*Andrada* lui avoit écrites de Calais. Icelui me montra trois lettres , en la premiere deſquelles il donnoit avis qu'il étoit de retour d'Angleterre où il avoit été détenu priſonnier un long temps , & qu'il étoit envoïé par le Doĉteur *Lopez*, lequel, comme zélateur & bien affeĉtionné au ſervice du Roi de Caſtille, étoit réſolu de lui faire un ſervice ſi ſignalé que par ce moïen il pourroit en toute ſureté prendre ſatisfaĉtion de la nation Angloiſe : mais à condition que le Roi voulût d'honneurs & faveurs récompenſer ſes ſervices , convenablement à leur importance , d'autant qu'il étoit vieil & grandement endetté , deſirant de trouver repos pour ſes derniers jours : puis déclarant la qualité de ce ſervice , il diſoit le Doĉteur *Lopez* s'être obligé de dépêcher la Reine par poison. Partant qu'il convenoit en avertir le Roi d'Espagne en toute hâte, & que lui attendroit à Calais jusqu'à ce que la réponse en fût apportée de Madrid.

Lettre de Manuel Lewis à Ferrera, envoïée de Bruxelles par Gomez d'Avilla, en Décembre 1593.

LE porteur vous dira de quel prix sont estimées vos perles : Et vous avertirez incontinent de ce qu'on vous en voudra donner, jusqu'à la derniere maille : & vous prie me faire entendre quel ordre vous mettrez, pour vous en faire tenir l'argent, & en quoi vous voulez qu'il soit emploïé. Ce porteur vour dira semblablement quelle est notre résolution touchant un peu de musc & d'ambre que j'ai proposé d'acheter : mais devant que d'en rien déterminer, je veux être bien informé de leur prix ; que s'il vous plaît y entrer pour votre part, j'espere que nous y ferons bon profit.

La Confession de Manuel Lewis Tinoco, écrite de sa propre main le 26 Fevrier 1593.

LEs Lettres que j'ai écrites à Stephano Ferrera de Gama, par Gomez d'Avilla, concernant ce qui y est touché des perles & du prix d'icelles, étoient pour lui donner à entendre combien les nouvelles par lui envoïées du dessein du Docteur, pour faire mourir la Reine, avoient été agréables & grandement estimées par le Comte de Fuentes & Stephano d'Ibarra. Et quant au point qui concerne le musc & l'ambre, le Comte de Fuentes me dit qu'il attendoit du Roi quelque résolution d'importance : & que quand elle seroit venue, que ce ne seroit peu de chose. Le tout s'est ainsi passé en vérité, & pour tel je le confirme, demandant humblement pardon de mes offenses.

Avertiffement.

REtournons aux Etats de la Ligue affemblés à Paris, où le principal Agent du Roi d'Efpagne harangua, puis préfenta fes Lettres, & eut ré- ponfe, ici ajoutées.

HARANGUE

Faite en l'Affemblée Générale des troix Etats de France, le fecond d'Avril, par le très illuftre, & très excellent Duc de Ferie (1), au nom du Roi Catholique, pour l'Election d'un Roi Très Chrétien.

Très illuftres & très reverends Seigneurs, & vous très Nobles Perfonnes.

ETANT par fpéciale faveur de Dieu, établie la paix entre le Séréniffime Roi Catholique mon très débonnaire Seigneur, & le Séréniffime Roi de France Henri II d'heureufe mémoire; & icelle confirmée par le mariage de la Séréniffime Elizabeth fa fille, fi que dès lors nous nous promettions, moïenant la grace de Dieu, tout heureux fuccès & félicité, fe font gliffées dans ce Roïaume, jà dès plufieurs fiecles Très Chrétien, des héréfies peftilentielles: lefquelles y ont tellement pris pied & accroiffement, partie par les armes & force de plufieurs per- fonnages de grande authorité & pouvoir, partie par les menées & artifices de beaucoup de gens caults & rufés: qu'on a jufte occafion de craindre un naufrage & ruine totale de la Riligion. Mon Roi, par fa bonté & clémence, n'a rien omis, pour décla- rer l'intégrité de fon amitié, & a montré par effet autant de zele en la confternation de la Foi Chrétienne, qu'on fauroit

(1) Laurent Suarez de Figueroa de Cor- doue, Duc de Feria, Ambaffadeur d'Efpa- gne, que fon Maître avoit envoïé depuis peu avec Inigo de Mendoza. La féance où il prononça cette harangue, fut tenue au Loûvre le 2 d'Avril. Le Duc de Mayenne, le Cardinal Sega, Légat du Pape, Charles Duc de Guife, Charles Duc d'Elbœuf, le Cardinal de Pellevé, & les principaux Sei- gneurs & Prélats du parti de la Ligue, y af- fifterent. M de Thou, dans fon Hiftoire, Livre 105, parle de cette Affemblée, & rapporte une partie de la Harangue du Duc de Feria.

defirer d'un Roi Très Catholique. La mort foudaine du Roi fon beau pere, tant regretté d'un chacun, lui a ravi le moïen de faire connoître l'honneur & affection qu'il lui portoit : Ce qu'à la vérité il eut fait, s'il eut vécu. Il a honoré fa belle-mere, il a aimé & chéri fes beaux-freres, & n'a rien oublié de ce qui concernoit leur bien & commodités : ne s'étudiant à autre chofe, qu'à rendre perpétuel & indiffoluble le lien de paix jà contracté : & faire que l'un & l'autre Roïaume, voire (ce qui dépendoit de-là) toute la République Chrétienne demeurât ferme en la Religion avec tout heur & affurance. Et pour parler plus en particulier, il n'y a perfonne qui ne fache que pendant le regne de François II, auffitôt que la néceffité fe préfenta, le Roi Catholique lui envoïa d'Efpagne de grandes armées fous la conduite du Duc Carvajal : A Charles IX il envoïa de Flandres le Comte d'Areberg (1) avec grand nombre de gens de Cheval (2). Et en autre temps le Comte de Mansfelt conduifant plufieurs Troupes, tant de Cavalerie, que d'Infanterie. Lefquels tous ont fait la guerre en France avec autant de zele & de valeur, que fi c'eut été pour leurs propres maifons & patrie. Chofe qui vous eft tellement notoire & affurée, qu'il n'eft befoin d'en difcourir plus amplement. Or, pour paffer outre, je ne fais vraiement que c'eft qu'on pourroit trouver de plus grand, de plus généreux, ou de plus louable en un Roi puiffant, que la patience du Roi Catholique parmi tant & de fi grandes injures qu'il a reçues de vos Rois. La Reine Mere fous Henri III fon fils s'oubliant (car ainfi fuis-je contraint de parler) des bienfaits & courtoifies paffées, a par deux fois agacé le Roi Catholique, dreffant Armée navale contre notre Etat de Portugal. Le Duc, fon beaufrere, s'eft emparé de Cambrai, & a empiété tout ce qu'il a pu de Flandres. Henri prêtoit la main à l'un & à l'autre, ou pour le moins ne leur contredifoit, quoique ce fût de fon devoir, & en fon pouvoir de ce faire. Et nonobftant cela, mon Roi a conftamment perfévéré en fon amitié, non pour n'avoir les moïens de fe venger (comme tout l'Univers peut témoigner) ains par une bienveillance Chrétienne : & provoqué par les méfaits de fes beaufreres, a mieux aimé céder aucunement de fon droit, que de leur ôter l'occafion de fe reconnoître, & donner entrée à une calamité univerfelle. Je toucherai briévement le refte : Etant le Duc d'A-

(1) d'Aremberg.　　　　　　　　(2) De Chevaliers.

lençon trépaffé, & aïant le Prince de Bear (1) dès ce temps-là
commencé à afpirer au Sceptre de ce Roïaume ; le Roi Henri
fit voir par fignes évidens qu'il favorifoit à fes deffeins : de forte
que les Seigneurs de Guife , freres qu'on ne fauroit affez haut
loüer , aviferent qu'il étoit néceffaire de penfer au remede d'un
fi grand malheur. L'affaire requeroit de grandes forces &
moïens. Le traité d'Union fut accordé, quoiqu'il apportât
grande charge à mon Roi. Vous en avez la copie : lifez ce qui
y eft couché : vous n'y trouverez rien qui ne fente fa pieté , rien
qui puiffe être repris de gens de bien , & zélateurs de leur Religion. Sa Majefté Catholique a voulu pourvoir de bonne heure
à vos affaires, de peur que venant à nonchaloir fon aide & confeil, vous ne vinffiez un jour conféquemment à vous perdre &
ruiner de fond en comble , comme il fembloit totalement
devoir advenir. Elle a foncé grande fomme de deniers ; & votre
Roi été contraint de fe tourner du parti de la Religion : ce que
s'il eut fait avec fincérité de cœur & bon zele , il y a jà long-
temps que les flammes de l'Héréfie feroient entierement éteintes en ce Roïaume. Mais le malin efprit lui a tenu fon cœur
fiché ailleurs : de maniere qu'au lieu de nous voir à la fin de ces
maux , nous y fommes entrés encore plus avant. Il a fallu derechef fournir argent : & enfin méprifant tout danger , on eft
entré en guerre ouverte. Il eft bien vrai que nos troupes ont
été battues à la bataille d'Ivri ; mais auffi notre armée conduite
par le très vaillant Capitaine Alexandre Farnefe , Duc de Parme & de Plaifance , a délivré des mains de l'ennemi cette noble Cité de Paris, où préfentement nous parlons, fur le point
qu'elle fe voïoit jà perdue, après avoir été longtemps confervée
par fes loïaux Citoïens avec un très grand travail , une conftance meveilleufe, une vertu & valeur nompareille. Autant en
a été fait à Rouen. J'ajouterai à ce que dit eft, un trait & exemple d'amitié , non moins admirable que rare ; c'eft que le Roi
Catholique pour vous donner fecours , a laiffé fes affaires propres, à fon grand préjudice & défavantage : il a toujours eu par
devers vous fes ferviteurs , pour vous affifter de toute aide &
foulas au milieu de vos difficultés & détroits. Il y a encore maintenant & jà dès long-temps a eu gens de guerre, qui n'attendent que d'expofer leur vie pour votre délivrance , pour votre

1593.

HARANGUE
DU DUC DE
FERIA.

(1) C'eft de Bearn. L'Ambaffadeur ne de Roi de Navarre, parcequ'il fuppofe que
donne ici au Roi Henri IV que le titre de le Roïaume de Navarre appartenoit à Phi-
Prince de Bearn , & lui refufe même celui lippe , Roi d'Efpagne.

repos & falut : la foulde defquels excede jà fix millions d'or ;
fans que mon Roi s'en foit prévalu d'aucune commodité. Icelui néanmoins non content de cela, n'a ceffé de penfer &
advifer par quel autre moïen il pourroit vous donner aide &
fecours : & enfin (qui eft le principal) il a fait tout devoir &
inftance pour la convocation & affemblée de ces très célebres
Etats : il a follicité nos SS. Peres de vous chérir, & époufer votre caufe : & m'a envoïé à vous, tant pour vous faire entendre
de fa part quel eft fon avis & confeil en telles affaires & de fi
grande conféquence, que pour vous affifter en tout & par-tout
ce qui touchera votre bien & avantage. Tous lefquels offices &
courtoifies femblent être fi belles, fi magnifiques, fi affurées, fi
fignalées, que je ne fais fi ou la France, ou autre Roïaume quelconque en a jamais expérimenté de femblables en fon extrême
néceffité. Au refte notre Roi Catholique eftime que votre confervation & falut confifte en ce que par vous foit élu & déclaré
un Roi, tellement zelé à la Religion, qu'il ait auffi le moïen
& puiffance de mettre ordre à vos affaires, de vous défendre,
conferver & garantir de vos ennemis : fi qu'étant déclaré, chacun puiffe efpérer & s'affurer de voir bientôt, moïenant la grace de Dieu, remis fus le culte & fervice de fa divine Majefté,
de voir l'Etat revenu à fon ancienne beauté & premiere fplendeur, de voir toutes chofes reftituées en leur entier. Icelui
toutesfois vous prie en premier lieu, & fur toutes chofes, d'effectuer & accomplir le tout fans délai & retardement ; lequel
ne pourroit faillir d'être accompagné de très grand danger : Et
pour vous ôter toute occafion de délaïer & prolonger les affaires, promet, felon fon ancienne amitié, de vous continuer la
même aide & fecours, voire plus grand, s'il eft de befoin.

C'eft à vous donc, très illuftres & très reverends Seigneurs,
& vous très nobles perfonnes, c'eft à votre pieté, à votre Nobleffe, à votre vertu & prudence, de vous emploïer conftamment de tout votre pouvoir, au rétabliffement & confervation
de votre Religion & Roïaume, & de vaquer à une chofe fi importante, fi fainte & fi néceffaire à toute la Chrétienté, avec
un cœur vraiment religieux, vraiment chrétien, & tel que
defirent de vous tous les Chrétiens de l'Univers. Quant à moi
je ne vous manquerai en chofe quelconque à moi poffibles, &
par expérience vous donnerai toutes les preuves d'amour, de follicitude & travail qu'on fauroit defirer de moi en tout & par-tout,
où il s'agira de votre profit & bien commun. En foi & témoi-

gnage très assuré de quoi je vous présente avec toute amitié ces Lettres que mon Roi m'a commandé vous présenter de sa part : lesquelles aïant lues, si vous voulez savoir de moi quelqu'autre chose, & quelle charge & commission m'a été donnée; je vous le ferai entendre plus à plein, quand il en sera de besoin.

Avertissement.

LA Harangue finie, le même Seigneur Duc de Férie, présenta à l'illustrissime & revérendissime Seigneur Nicolas de Pelvé (1), Président aux Etats, les Lettres du Roi Catholique, lesquelles il bailla à lire publiquement à Monsieur de Piles, Abbé d'Orbé (2), Sécrétaire des Etats, dont la teneur s'ensuit.

A NOS, REVERENDS, ILLUSTRES

MAGNIFIQUES, ET BIENAIMÉS, DEPUTE'S DES

ETATS-GENERAUX DE FRANCE.

DOM Philippe, par la grace de Dieu, Roi d'Espagne, des deux Siciles, de Jerusalem, &c (3).

Nos Revérends, Illustres, Magnifiques, & bien-Aimés, je desire tant le bien de la Chrétienté, & en particulier de ce Roïaume, que voïant de quelle importance est la résolution, qu'on traite pour le bon établissement des affaires d'icelui, jaçoit qu'un chacun sache ce qui a été ci-devant procuré de ma

---

(1) Nicolas de Pellevé, que le Pape avoit nommé Archevêque de Reims après la mort de Philippe de Lenoncourt, Cardinal, mort à Rome en 1592. Pellevé étoit aussi Cardinal. Il prit le titre de Légat né du saint Siége, & promulgua la Bulle apportée en France par le Nonce Landriano : Bulle qui déclaroit exempts des Censures les Clercs qui porteroient les armes pour la défense de la Foi. Les Historiens représentent le Cardinal Pellevé comme le boutefeu de la Ligue, & conviennent qu'il mourut de dépit lorsqu'il la vit éteinte. Mar-

lot, dans sa *Métropole de Reims*, écrite en Latin, fait de vains efforts pour le justifier. Voïez la nouvelle Histoire de Reims, en François, par M. Anquetil, Chanoine Regulier de sainte Genevieve. Tome 3, page 191 & suiv.

(2) Nicolas de Piles, Abbé d'Orbais, Sécrétaire de la Chambre du Clergé. On en a déja parlé ailleurs.

(3) Cette Lettre se lit aussi dans le Journal de Henri IV, par l'Etoile, pag. 147, de l'Edition de 1736 in-8°.

part, & quelle affiftance j'ai donnée & donne encore à préfent, je ne me fuis néanmoins contenté de tout cela, ains ai voulu en outre déléguer par devers vous un perfonnage de telle qualité, qu'eft le Duc de Ferie, pour s'y trouver en mon nom, & de ma part faire inftance, que les Etats ne fe diffolvent, qu'on n'ait au préalable réfolu le point principal des affaires, qui eft l'Election d'un Roi, lequel foit autant Catholique, que le requiert le temps où nous fommes : à ce que par ce moïen le Roïaume de France foit reftitué en fon ancien être, & derechef ferve d'exemple à la Chrétienté. Or, puifque je fais en ceci ce qu'on a vu & qu'on voit, la raifon veut que ne laiffiez par de-là écouler cette occafion & opportunité, & que par ce moïen j'aie le contentement de tout ce que je mérite à l'endroit de votre Roïaume, en recevant une fatisfaction, laquelle, quoi-qu'elle vife purement à votre bien, j'eftimerai néanmoins être fort grande pour moi-même. Et pour autant j'ai voulu vous admonefter tous enfemble, vous qui marchez pour le fervice de Dieu, de faire voir maintenant & montrer par effet tout ce dequoi vous avez jufqu'à préfent fait profeffion, attendu que ne fauriez rien faire qui foit plus digne d'une fi noble & fi grande affemblée, comme plus particulierement vous dira le Duc de Ferie, auquel je m'en remets. *De Madrid le 2 de Janvier 1593.*

LE ROI.

DOM MARTIN DE IDIAQZ.

REPONSE

RÉPONSE.

De l'Illustrissime & Révérendissime NICOLAS DE SAINT-
PRAXEDE, CARDINAL DE PELLEVÉ, *Archevêque de
Reims, premier Pair de France, à la Harangue susdite,
au nom des trois Etats.*

TRÈs excellent & très noble Duc, toute cette Assemblée des
trois Etats de France se congratule à votre arrivée très desirée &
très agréable à un chacun d'icelle ; & recevons non-seulement
avec joie & liesse, mais encore avec honneur & révérence, tant
les Lettres Roïales de S. M. C. que les mandemens pleins de douceur, bienveillance & charité que votre Excellence par sa harangue dorée nous a exposés de sa part : estimant que de plusieurs
grands personnages qu'il y a au Roïaume d'Espagne, on n'eût
pu en choisir un autre qui nous eût plus agréé que votre Excellence, ou qui eût été de plus grande adresse & suffisance pour
traiter affaires. Et pour ne m'arrêter à nombrer les vieux portraits & tableaux enfumés de vos ancêtres ; je dirai seulement
que votre mere étant issue d'une des premieres & plus illustres
familles d'Angleterre, emploie très libéralement, comme une
autre Helene mere de Constantin, ses moïens pour aider, entretenir, & élever les Ecossois, Anglois, Hibernois, & autres
affligés & fugitifs, qui se sont retirés en Espagne, pour ne perdre la Religion. Or, toutes choses sont sujettes à vicissitude
& changement, & n'y a ès affaires humaines rien de perpetuel,
rien de stable : ains semble qu'elles vont & viennent, comme par
flux & reflux ; de sorte que les richesses, la gloire, le savoir,
les domaines, bref toutes commodités, ou incommodités,
sont à la fois transportées des uns aux autres par la Divine Providence. Ce que nous touchons au doigt en ce Roïaume de

(1) Le Cardinal de Pellevé, dit M. de
Thou, Liv. 105, tout zelé qu'il étoit pour
la Ligue, ne put souffrir ces Lettres de Philippe II, remplies de réproches, & où l'orgueil Espagnol se manifestoit. Quoiqu'on
ne fût pas prévenu en sa faveur, on avoua
néanmoins que sa réponse, que l'on donne
ici, au discours du Duc de Feria, étoit
sensée & vive, & qu'il soutint l'honneur de
la France avec autant de liberté & de Noblesse, que ces temps fâcheux le permettoient. M. de Thou, au même endroit,
donne un précis de cette réponse.

France , jadis autant floriſſant , qu'il eſt à préſent affligé. Car telle a autrefois été la vertu de nos Rois , tandis qu'ils ont embraſſé de cœur & de corps la protection de la Religion Chrétienne , qu'ils ont donné la loi à pluſieurs nations , extirpé les Sectes contraires à la foi de notre Egliſe , porté bien loin leurs étendards victorieux , & de beaucoup amplifié le pourpris de la Chrétienté. Et de fait , c'eſt choſe trop avérée & manifeſte que ce ſont les François , qui ont les premiers pris les armes en main contre les ennemis de la foi Catholique : & n'y a celui de nous qui ne ſache , qu'il y a environ mille & cent ans que Clovis (lequel de tous nos Rois a été le premier baptiſé , & le premier oinct d'huile ſacrée envoïée du ciel) déconfit à la bataille donnée en Poitou , les Viſigots très obſtinés fauteurs de l'Héréſie Arrienne , qui occupoient tout ce qui eſt entre Loire & les monts Pyrenés , faiſant de Toulouſe leur ſiege Roïal : & aïant occis de ſa propre main Alaric leur Roi , ramena toutes ces Provinces-là au giron de la foi & de l'Egliſe; laquelle victoire cauſa à nos François un ardent deſir d'établir la Religion en Eſpagne , où Almaric fils d'Alaric après la défaite de ſon pere s'étoit retiré vers les Arriens. Ce qui fut valeureuſement effectué par Childebert fils de Clovis , imitateur de la piété & vertu de ſon pere. Car après avoir fait paix avec Almaric , & lui avoir donné à mariage Clotilde ſa ſœur , avec cette eſpérance & condition , qu'il ſe feroit Catholique ; voïant qu'il perſéveroit néanmoins en l'héréſie de ſon pere & faiſoit à ſa femme pluſieurs mauvais traitemens & outrages à cauſe de la Religion ; & ne pouvant ſupporter cela , non ſeulement le défit , mais en outre retira de l'Arrianiſme les Sujets d'icelui : & outrepaſſant derechef les monts Pyrenés , ſe tranſporta une & deux fois en Eſpagne , où il rétablit la foi , que l'Apôtre S. Jacques y avoit ſemée , ja flotante , & par la malice des temps preſque ſubmergée , en ſon ancien luſtre & priſtine vigueur ; & étant de retour , en memoire des guerres qu'il avoit conduites à ſi heureuſe fin , il dreſſa & conſacra à S. Vincent (1) un Monaſtere qu'on nomme

(1) On commença de bâtir cette Abbaye vers l'an 542, & elle ne fut achevée que vers l'an 559. L'Egliſe fut dédiée cette année par ſaint Germain , au rapport de Gregoire de Tours , en l'honneur de la ſainte Croix & de ſaint Vincent Martyr , à cauſe que Childebert avoit donné à cette Egliſe une Croix enrichie de pierreries , & la tunique de ſaint Vincent. Il ne reſte rien aujourd'hui de ce qui a été bâti par Childebert , que le portail de la principale entrée de l'Egliſe , & le gros clocher qui eſt au bout. La partie ſupérieure qui eſt au-deſſus des cloches , eſt plus récente. *Note de la Traduct. Franç. de l'Hiſt. de M. de Thou , tom. 11, pag. 707 & 708.*

aujourd'hui Saint Germain des Fauxbourgs lequel il enrichit
de la précieuse côte du même Saint, & d'autres Reliques apportées d'Espagne. L'on voit encore l'institution du Monastere,
écrite de la main propre de Childebert, en la présence de Saint
Germain Evêque de Paris, lequel après donna le privilege d'e-
xemption avec le consentement du Métropolitain & de tous les
Evêques de la Province. Davantage les Annales font foi que
Charles Martel (lequel, s'abatardissant la vertu de nos Rois,
prit la charge du Roïaume, & en aïant dépossedé Chilperic,
mit son fils au chemin de la Roïauté), en un seul combat donné près Loire, mit à mort un nombre innombrable de Sarrazins, qui avoient subjugué non seulement l'Orient & l'Afrique, mais en outre l'Espagne : & une autre fois fit tous passer
au fil de l'épée les Visigots & Sarrazins, lesquels unis ensemble
avoient commencé à empiéter le Languedoc. Mais d'où est-ce
que Charlemagne a acquis ces beaux titres de Grand, Saint, &
Invincible, si ce n'est pour avoir heureusement fait la guerre
pour la foi & Religion, quand aïant dompté les Sarrazins qui
habitoient l'Espagne, il les a contraints de se contenir, & laisser en repos les habitans Catholiques ? C'est pourquoi Alphonse
le chaste Roi de Galice & des Estures (1) se disoit & inscrivoit,
propre de Charlemagne. Outre ce, aïant Charlemagne pris en
sa sauvegarde & défendu des Mores & Sarrasins les Isles de Ma-
jorque & Minorque, il établit le Roi de Guienne Louis le
pieux, pour assister de plus près aux Chrétiens d'Espagne à l'encontre des Sarrazins. Je ne puis passer sous silence ce que témoignent les histoires d'Espagne de Bertrand Guesclin (2), Général des armées en France, lequel étant appellé en Espagne,
& illec s'étant acheminé par le commandement de Charles V,
nommé le Sage, déjetta de son trône Pierre, Roi de Castille
surnommé le Cruel, condamné de Notre Saint Pere Urbain V,
& haï d'un chacun pour sa cruauté, qui favorisoit aux Juifs ;
& mit en sa place Henri de Transtamara (3), auquel se sont
volontiers soumis les Castillois & Léonois, disant qu'à l'exemple des anciens Goths, ils pouvoient s'émanciper de l'obéissance d'un Roi, qui avoit changé son regne en tyrannie, & en
établir un autre, sans avoir égard à la succession ; de maniere
qu'on ne doit trouver nouveau, si de notre temps on voit quelque chose de semblable. Plusieurs tels témoignages de bienveil-

(1) Des Asturies.
(2) Du Guesclin.

(3) De Transtamare.

T t ij

lance ont donné aux Espagnols les Rois de France : voire sou-
ventesfois ne se sont-ils contentés de s'unir à eux du lien d'a-
mitié, mais en outre se sont plus étroitement liés par l'union
d'affinité en plusieurs mariages. Mettons-nous au devant des
yeux les trois familles de nos Rois, Clovis, Charlemagne, Hugues Capet, & en chacune d'icelles nous trouverons des exemples qui donneront suffisante preuve de mon dire. Prenons à
témoin Saint Louis, qui est né d'une mere Espagnole ; prenons
l'un & l'autre Philippe, à savoir Philippe I, & Philippe Auguste. Prenons François I, lequel de notre temps a eu pour
femme Alienor, sœur de Charles V. Prenons Henri II, qui a
donné sa fille en mariage à Philippe votre Roi Catholique, lequel il a si affectueusement cheri, qu'il sembloit lui porter plutôt amour de vrai pere à un sien fils unique, que de Beau-pere
à son Beau-fils. Prenons finalement Charles IX qui a épousé
Elisabeth d'Autriche fille de l'Empereur Maximilian, & niece
de Philippe votre Roi, laquelle par l'innocence & sainteté de
sa vie, a tellement ravi le cœur des François, qu'ils ne pourront jamais l'effacer de leur memoire, & qui a encore sa mere
pleine de piété & Religion, vivante en Espagne. Et maintenant
étant le cours des affaires changé, & toute la France troublée
& ébranlée par l'impiété & rage des Hérétiques ; Notre Seigneur nous regardant de son œil de miséricorde & compassion,
& nous mettant la main dessous pour empêcher notre chute,
& pour repousser notre encombre total, a ému votre Roi à ce
qu'en contrechange, il nous secourût en cette si grande nécessité : comme de fait nous avons été délivrés de plusieurs grands
périls & dangers éminens par le Roi Catholique, très digne à
la vérité du nom de Catholique. Car vraiment Catholique doit
être appellé celui qui fait fleurir la Religion Catholique univer-
sellement par toutes les Espagnes ; desquelles pas un de ses Devanciers, ni même des Empereurs Romains, n'a oncque joui
avec telle paix & repos. Vraiment Catholique, celui qui a pris
en main la protection & défense de la foi Chrétienne, non
seulement en ces terres, mais encore ès Roïaumes étrangers
contre tous les efforts des Turcs & Hérétiques, & qui a le premier enseigné aux Chrétiens par son exemple, comme c'est
qu'ils pourroient se rendre victorieux du Turc. Vraiment Catholique celui qui a fait annoncer la parole de Dieu, & sêmer
l'Evangile jusqu'au plus éloignées parties du monde, lesquelles
n'étoient encore venues à la notice de nos prédécesseurs. Qui

est-il qui ne louangera, n'aimera, n'admirera ses rares vertus, l'ardeur incroïable du zele qu'il a de conserver & amplifier la foi ? Qu'on loue l'Empereur Trajan issu de parens Espagnols, qu'on lui donne le beau titre de Pere de la Patrie, pour avoir montré ès affaires de guerre une diligence signalée, ès choses civiles une douceur merveilleuse, au soulagement des cités une grande largesse, & avoir acquis les deux qualités qu'on requiert ès bons Princes, qui sont, la sainteté en la maison, & la force en guerre, aïant toutes deux la prudence pour flambeau. Qu'on loue ce grand Théodose, sorti encore de sang Espagnol, & qu'on le proclame amplificateur & protecteur de la Republique, pour avoir vaincu en plusieurs batailles les Huns & les Goths, lesquels l'avoient molestée & travaillée sous l'Empereur Valens, pour avoir mis à mort non seulement le Tyran Maxime, près Aquilée, qui avoit tué Gratian, & usurpoit les Gaules : mais en outre Victor son fils, qui avoit été en son enfance constitué Auguste par son pere, pour avoir obtenu la victoire d'Eugene le Tyran & d'Arbogaste, & défait dix mille combattans qui le suivoient. Qu'on estime Roi valeureux Ferdinand pour avoir contraint les Mores & les Juifs qui lui étoient sujets, ou de vuider l'Espagne, ou d'embrasser la foi Chrétienne. Qu'on chante le los & prouesse de Maximilian pere du bisaïeul de Sa Majesté Catholique, qui a élevé, augmenté, & orné merveilleusement le Christianisme. Qu'on rende immortelle la gloire & renom de Charles son pere, qui a tant de fois pris & porté les armes pour la manutention de l'Eglise, exterminé tant d'hérésies, & vû la fin de tant d'ennemis de Dieu, & de la Religion ; qui a assujetti les Allemands empestés, du venin de Luther & alienés de l'obéïssance du Pape, au joug de Jesus-Christ & de l'Eglise.

Mais à tous ceux-là sera à bon droit préféré Philippe votre Roi, qui a tant & tant fait de guerres pour maintenir l'honneur & autorité de la Religion Catholique, Apostolique & Romaine : qui a emploïé tout son âge, non tant à étendre les bornes de son empire & domaine (quoiqu'il enceigne une bonne partie de la terre) qu'à défendre & amplifier la foi de Jesus-Christ, & combattre les Hérétiques ; qui s'est si charitablement emploïé pour délivrer ce Roïaume de la tyrannie de l'Hérétique, principalement ès deux sieges qu'il a fait lever, aïant envoïé secours à temps, sous la conduite du très sage, & très preux Duc de Parme : qui n'a onc de son vivant préféré l'Etat, ou desir de

regner, à la Religion, ains (comme un autre Jovinian, lequel
après la mort de Julian l'Apoftat, étant déclaré Empereur par la
commune voix & acclamation de toute l'armée, protefta qu'il
ne vouloit ni accorder aucune condition de paix, ni commander à ceux qui ne fe rangeroient à la foi Catholique, ce qu'incontinent ils avouerent de faire), a montré de fait qu'il ne
vouloit regner en aucun Roïaume ou Province, s'il n'y voïoit
conféquemment regner Jefus-Chrift par fon Evangile, fe fouvenant trop mieux de la belle fentence d'Optat Millevitain, qui
a été du temps de Saint Auguftin, qui difoit qu'il falloit que
la Religion fut en la République, & que la République fut en
la Religion, comme s'il eut dit, que tant plus que l'ame excelle
le corps, de tant plus doit être prifée la Religion par deffus l'E-
tat. Ce que devroit fe perfuader tout Prince vertueux. Ainfi
l'eftimoit François I, notre Roi, lequel étant confeillé de faire
paffer fon oft par l'Allemagne, & aïant à foi unies les forces
des Allemands, affaillir l'Empereur (car ainfi le pourroit-il
plus aifement furmonter), ne voulut acquiefcer à cet avis, d'autant qu'il connoiffoit que cela touchoit la Religion, laquelle il
ne vouloit nullement être intereffée.

Autant en a fait fon fils Henri II, non moins héritier des
vertus de fon pere, que du Roïaume. Car au temps qu'on traitoit à Cambrai les articles de pacification entre lui & fon gendre le Roi Catholique, étant admonefté de regarder plus foigneufement à tout, & pourvoir à fes affaires, il répondit qu'il
y auroit affez pourvu, s'il pouvoit recueillir de cet accord le
fruit qu'il efperoit, qui étoit d'arracher l'ivraie des héréfies qui
germoient en fon Roïaume : & qu'il ne mefuroit tant la grandeur & amplitude de fon Roïaume à la multitude des peuples
& Provinces, qu'au falut des ames, n'aïant rien plus à cœur
que de maintenir la Religion en fon intégrité & pureté. Auquel
honneur & louange ont eu leur bonne part les Princes de la
Maifon de Guife, ou plutôt univerfellement de celle de Lorraine, lefquels (comme autres Machabées, & vraies lumieres de
la nation Françoife) en tous endroits, où il a été queftion de
la foi & Religion, ont très libéralement emploïé & leurs
moïens, & leur vie ; endurant plutôt qu'on leur épuifât du
cœur la derniere goutte de leur fang, que de voir faire outrage
à leur mere l'Eglife. Mais je reviens à votre Roi Catholique,
lequel, après Dieu, la France reconnoît comme pour fon garant & libérateur. Je pourrois raconter fept ou huit Papes con-

1593.
RÉPONSE DU
CARDIN. DE
PELLEVÉ.

tinus, lesquels durant ces orages d'hérésie & de guerre, aïant
pris le parti des François Catholiques, nous ont secourus de
plusieurs armées, & grandes sommes de deniers. Entre lesquels
principalement notre Saint Pere Clement VIII nous a fait
sentir & nous fait journellement de plus en plus experimenter
le soin particulier & sollicitude incroïable de sa paternelle bienveillance. Mais ce néanmoins votre Roi Catholique, comme
il les surpasse en richesses, aussi les a-t-il devancés par la libéralité & munificence qu'il a exercée en notre endroit. Qui est la
cause que, pour cet immortel & presque divin bénéfice, nous
rendons à Sa Majesté Roïale, & à votre Excellence, qui a entrepris cette Ambassade, action de graces, non telle qu'il seroit requis, mais la plus grande & plus affectueuse qu'il nous
est possible, offrant tout office, & promettant de jamais ne tomber en oubliance d'un bienfait tant signalé, & vous priant
instamment de continuer à nous aider & remedier de bonne
heure à l'ardeur de notre embrasement : car ainsi nous esperons
de voir nos affaires réussir heureusement, au grand honneur &
gloire perpetuelle de votre Roi. Et c'est par ces dégrés que Sa
Majesté Catholique se fraiera le chemin du Ciel, où elle jouira
enfin de la vision de Dieu (en laquelle gît notre béatitude)
avec les esprits bienheureux. Aux tabernacles desquels quand
elle sera élevée de la main de Dieu renumerateur des peines &
travaux qu'elle a soufferts pour la Religion, non seulement lui
viendront au devant mille milliers d'Anges, qui assistent &
servent au Roi des Rois, mais en outre une infinité de peuples, qu'elle a retirés, les uns des épaisses ténebres d'infide-
lité, les autres de l'opiniâtreté & méchanceté de leurs hérésies, se présenteront à elle avec liesse, portant en main leurs
couronnes, qui causeront un nouveau lustre à celle que Dieu
lui a préparée (1).

(1) La séance finit après ce Discours.
Quelques-uns, dit M. de Thou, trouverent
peu de solidité dans ce qu'avoit dit le Cardinal au sujet de François I ; & qu'il avoit
imputé à Henri II ce qui s'étoit passé à
son insu entre les Guises & les Ministres
Espagnols.

Avertissement.

Tandis que les Espagnols & leurs Adhérans emploïoient tous leurs sens à rechercher la continuation des miseres de la France, espérant par le moïen des Etats de la Ligue embrouiller les affaires & les précipiter en telle confusion, que cependant ils auroient tout loisir d'acheminer leurs desseins sur les Païs-Bas, l'Angleterre & la France même ; le Roi étoit sollicité de divers endroits, par Conseillers près & loin de sa personne de quitter la profession ouverte de la Religion Réformée, pour adhérer aux cérémonies de la Romaine (1). Le sommaire de leurs remontrances étoit que pour chasser l'Espagnol, avoir Paris & les autres Villes Liguées pour soi, force étoit d'ôter aux Chefs de ce Parti le masque de la Religion Catholique Romaine, duquel ils voiloient leurs rebellions. Que tandis que le Roi adhéreroit ainsi ouvertement à la Religion Réformée, ceux du Parti contraire, cent fois en plus grand nombre, adhéreroient au Duc de Mayenne & à ceux de la Maison de Guise, qui par le moïen du Pape & de l'Espagnol sauroient bien trouver le moïen d'entretenir le feu dans les entrailles de son Roïaume, lequel valoit bien une Messe, & ne falloit le laisser perdre pour des cérémonies. Combien que tels avis fussent combattus par notables avertissemens d'autres Conseillers, il sembla que le Roi y inclinoit, & que les Députés des Princes & Seigneurs de son Conseil, communiquant avec ceux de la Ligue pour obvier à l'election d'un nouveau Roi, en donnassent espérance. Les François s'émurent à ce bruit en diverses sortes, selon leurs affections. Et alors fût publié ce qui s'ensuit.

(1) On sent bien là le langage d'un Protestant. Il n'étoit pas question de simples cérémonies, qu'on pouvoit admettre ou rejetter, mais d'abjurer l'Hérésie, & de rentrer dans la Communion de l'Eglise Catholique, la seule où la Foi soit pure & entiere, & hors de laquelle on ne peut parvenir au salut. Le même langage se remarque plus d'une fois dans la suite de cet avertissement, & dans le Discours qui le suit, sous le titre d'Avertissement au Roi. Tous les motifs tirés d'une prétendue politique, que l'Auteur s'efforce de faire valoir, doivent s'éclipser devant la vérité qui n'est enseignée que par l'Eglise Catholique, Apostolique & Romaine. Tout ce que l'Ecrivain anonyme dit pour la combattre, n'a aucun fondement solide ; & plus il attribue de jugement & de bon sens à Henri IV, moins il a du croire qu'il le persuaderoit. Cet Ecrit a paru d'abord en 1589. in-8°.

AVERTISSEMENT

AU ROI.

*Où font déduites les raifons d'Etat, pour lefquelles il ne lui eft
pas bien féant de changer de Religion.*

SIRE,

Je ne me puis taire parmi tant de gens qui parlent , ni vous
couvrir mon zele à votre fervice , tandis que les autres vous découvrent le leur. Vous vous pourriez paffer de recevoir mes im-
portunités, & moi de vous les préfenter , fans ce que les im-
portunités même , dont tout le monde vous preffe, preffent à
toute force ma confcience de vous rendre ce devoir , & me décharger d'autant de ce pefant fardeau d'obligations que je vous
ai de fi longue main. Ces barbes grifes , marques d'une mure
prudence , qui font autour de Votre Majefté , trouveront quelque chofe à redire fur mon menton , mais quant à vous , Sire ,
prenez garde à ma bouche , qui vous tire du plus fidele coin
de mon cœur, ce peu de clarté d'avis que je puis apporter dans
le trouble de ceux qu'on vous préfente , fur votre nouvel avenement à cette Couronne. N'eftimez pas toutesfois que j'aie
cru en aucune forte que votre conftance, raffermie par tant
d'ébranlemens paffés , eût befoin de mon appui : je n'ai garde
d'en imaginer rien du tout ; mais je me jette à la traverfe , pour
vous faire feulement paroître , que ceux qui font les plus éloignés de votre perfonne ne font pas volontiers ceux qui vous
approchent le moins , pour le moins d'un defir de voir de plus
en plus profpérer votre Grandeur ; duquel néanmoins, Sire , je
ne doute point que ceux qui battent ordinairement vos oreilles
de ce confel furanné , pour vous rendre Catholique Romain ,
ne foient aucunement touchés ; mais permettez-moi de leur
dire, (car je laiffe les raifons de Théologie, dont ceux, qui font
plus grands Docteurs que moi , vous pourront inftruire , & me
contente de parler politiquement à ces politiques) ; mais permettez-moi, dis-je , de leur dire , que comme tous changemens
ès affaires du monde font très dangereux , il n'y en a point de

plus chatouilleux , & de plus fenfible que celui de la Religion,
fi ce n'eft pour des caufes très grandes , très juftes , & très évi-
dentes ; lefquelles, Sire, je ne puis imaginer (hormis le point
de la confcience) qu'en ce qui concerne ou la réputation , ou
l'utilité pour votre particulier, ou généralement le bien de l'E-
tat. En quoi , je me promets tant de la juftice de ma caufe, de
de votre équité , & de la patience de tous vos bons Sujets, que
ma plume , qui me refte pour un feul remede de mon filence,
fera voir la férieufe importance , & la conféquence périlleufe
de ce changement qu'on defire en vous, pourvû qu'un chacun
me life auffi patiemment qu'il veut être écouté. Vous êtes bien,
Sire , entierement de vos droits , plein d'expérience, de connoiffance , de jugement , & crois que tous ceux qui vous tiennent ces langages, ne font pas volontiers plus grands clercs que
vous , qui avez fait , & faites encore à préfent, profeffion de
tendre l'oreille, l'efprit & les mains , à l'ouie , au difcours &
à la pratique de la piété ; ainfi vous n'auriez befoin que de
vous-même , pour défendre & pour vaincre ; mais tous ceux qui
devifent entre nous , n'ont pas cet heur que d'entendre vos réfolutions , & c'eft à ceux-là que nous fommes contraints de dire,
qu'en ce changement précipité , votre réputation, Sire, recevra une tache fignalée d'inconftance , que chacun croit très
aifément qu'il ne logea jamais zele quelconque de Religion
dans votre ame , que vos déportemens paffés n'ont été qu'hypocrifie pour établir vos affaires particulieres dans votre parti,
que vous avez été nourri aux blafphêmes déteftables des Ma-
chiaveliftes qui fe mafquent de toutes fortes de Religions favorables pour regner , qu'il ne vous chaut en fin nullement
de Dieu , lequel vous fervez à la pofte des hommes , & de
vous-mêmes , comme par rifée , & mocquerie de chofe que
vous ne croïez point. Et vous , Sire , qui avez l'efprit vif, tendre & délicat au poffible , n'apprehendez-vous point ces infâmes
réproches qu'on vous fera ? les fables qui fe joueront par tout le
monde de votre vie ? la honte que tous les Potentats de la
terre vous feront, de n'avoir point de fidélité envers les hommes, puifque vous la fauffez fi fouplement à votre Religion,
pour laquelle vous avez fait mourir tant de milliers d'hommes
à votre fervice , pour laquelle vous-même avez fi courageufement couru, & fi miraculeufement échappé tant de fortes de
périls qu'on vous a préfentés ? Que deviendroient déformais ces
belles & folemnelles proteftations, dont vous avez endormi

tout le monde, fignées de votre facrée main, & fcellées du cher fang de vos fideles Sujets ? A qui ferez-vous accroire qu'on vous doit croire, fi vous n'avez pas cru vous-même ce que vous avez dit ? Si vous n'avez plus ni Dieu ni Religion affurée en vous-mêmes, fi chaque coup de vent vous fait divertir votre route, quelle affurance, quelle conduite nous promettrez-vous ? Si vos deffeins ne font que du fable mouvant, fur quoi bâtirons-nous ? Que fi vous avez jufqu'à préfent tenu, & maintenu votre Religion d'une pure & franche volonté fans contrainte, fans artifice, fans diffimulation ; quelle diffimulation, quel artifice, quelle contrainte, vous pourra démentir vous-même fi foudainement, fur le plus beau, le plus grand & le plus célebre théâtre de l'Europe ? Serez-vous à tout votre Peuple, à toute la Chrétienté, aux plus barbares Nations du Monde, l'exemple malheureux de légereté, fans délibération, fans connoiffance de caufe, pour attirer fur vous l'indignation des gens de bien, le mépris des méchans, le dépit & le chagrin de vous-mêmes, qui feront les impitoïables bourreaux de votre confcience, quand tout le refte du monde vous laifferoit en repos ? Non pas, Sire, que j'approuve fimplement non plus l'opiniâtreté que l'inconftance, mais je defire qu'en ces matieres férieufes on y altere férieufement la forme, voire qu'on entre plutôt en doute, s'il eft poffible, qu'en difpute, & en difpute plutôt qu'en réfolution, ou bien il faut attendre quelque miraculeufe vocation, telle que fut celle de Saint Paul : que vous foïez aveuglé plutôt que voir clair dans vos ténebres, & bref qu'il y ait je ne fais quoi d'extraordinaire mouvement en ces changemens extraordinaires qu'on requiert de vous. On ne faute jamais d'extrêmité en extrêmité, que par quelque moïen entredeux, furtout quand il y va de notre falut, du fait de l'Eternité, de la querelle du Ciel, qui ne reçoivent volontiers loi de la corruption, de l'incertitude & de la terre de ce miférable monde. Les meilleures actions fe gâtent volontiers par trop de promptitude, & la mûreté les conferve. Ce qui fe fait lentement, eft bien de plus longue durée. Et voilà comment, Sire, il y va merveilleufement de votre honneur. Repréfentez-vous que vous êtes aujourd'hui le feul Prince de la Chrétienté, fur qui tous les autres Princes ont les yeux fichés, pour tirer de ce labyrinthe d'actions, où vous avez été enveloppé, un labyrinte d'exemples de vos vertus, mais furtout de cette indomptable réfolution, qui n'a fervi que d'un rocher où tous les flots &

les orages de vos ennemis se sont rompus, & à la fin d'un port assuré à ceux qui en avoient si longuement pourchassé le naufrage. Chacun s'est émerveillé de voir en vos heureuses victoires que toutes les forces ont été battues, de votre foiblesse ; tous les artifices, de votre modeste simplicité ; toutes les opiniâtretés, de votre constance. Aujourd'hui les foiblesses rompront-elles votre force ? Cette candeur & cette fermeté ne sont-elles plus ? Aurez-vous si-tôt perdu ce que vous avez gardé si longuement ? Vous noierez-vous dans le havre de vos misères ? Le cœur vous défaut-il quand vous touchez terre ? Et l'haleine, sur le prix de la course ? Les armes n'ont point vaincu un désarmé, & les désarmés effraieront vos armes ? Un Sujet n'a point ployé sous un Roi, & un Roi ploiera sous un Sujet ? La grandeur vous fera plus petit, & la petitesse vous faisoit plus grand ? Votre valeur triomphoit n'a-guere des périls, & les craintes imaginaires braveront maintenant votre valeur ? Chacun vous portera son orgueil au nez, & vous ne foulerez point aux pieds cet orgueil : vous vous rendrez à ceux que vous avez vaincus ? Il n'y a point de raison, ni pour vous de le faire, ni pour moi de le penser ; ou bien il faudra dire que l'odeur infectée de votre réputation empuantira ces douces fleurs de lis, dont vous serez aussi bien indigne que légitime possesseur. Ainsi ceux qui vous prêchent ce changement, considerent-ils pas qu'ils anéantissent votre gloire, & qu'en vous changeant ils vous perdent, & pour vous & pour eux-mêmes ? De quel front paroîtrez-vous à votre Peuple, dont les yeux ne trouveront rien sur vous que vanité ? Si vous ouvrez la bouche pour leur demander loïauté, ne s'écrieront-ils pas soudain contre votre perfidie ? Car, Sire, pouvez-vous devenir si promptement Catholique Romain, sans violer lâchement la foi & l'union que vous avez si souvent jurées aux Reformés ? Eux qui vous ont servi si volontairement, si courageusement, si fidelement, par tant d'années, par tant d'incommodités, par tant de pertes de biens & de personnes, par tant d'angoisses & désolations, qui seules importuneront les vengeances du Ciel contre votre déloïauté ? Vous doncques chef, abandonner vos pauvres membres ? faire divorce avec ces fermes compagnes de vos malheurs ? Se peut-il sans un immortel opprobre ? Vous avez tant combattu pour eux ; & voilà vous leur dénoncerez la guerre en un tour de main ? Quel honneur attendez-vous de ce cœur & de ce visage si-tôt pervertis à la vue de tout le monde ? Mais ja à Dieu ne plaise que mes propos soient même témoignage d'appréhension que j'en aie, d'assurance plutôt que vous prendrez plus de garde à vous

défendre, qu'on n'emploie de foin à vous attaquer. Je me contente de courir au-devant du mal qu'on vous defire, en vous
repréfentant la fuite honteufe d'un fi honteux commencement,
vous laiffant cependant à vous imaginer vous-même, ce que mon
refpect & ma crainte m'empêchent de dire plus ouvertement.
Quant à votre utilité particuliere, Sire, en vous rendant Catholique Romain, vous l'intéreffez entierement, & vous cou-
lez, comme fans y penfer, dans la ruine non-feulement de vos
affurances préfentes, mais auffi de toutes vos efpérances à venir.
Premierement, ne doutez point qu'abandonnant votre ancien
parti des Réformés, ils ne vous abandonnent tout auffi-tôt.
Vous connoiffez leur promptitude & leur réfolution. Un Roïaume plus floriffant & plus fort que le vôtre ne les a jamais ébranlés, & croïez-vous qu'ils en craignent la flétriffure & les mazures? Combien de Peuples, combien de Villes, avec peu de Peuple, avec peu de Villes aurez-vous à combattre? Mais quel
Peuple, Sire, mais quelles Villes? Peuple aguerri fous vos Eten-
darts, fous votre conduite, fous votre magnanimité : Villes fortifiées, munies & raffurées à outrance, par votre foin merveilleux, par une longueur de temps fuffifante, par un artifice affez
curieux & travaillé. Vous perdez tout cela en perdant ce parti.
Avec quoi le voulez-vous repoffeder de leurs mains? Quelle reffource trouvez-vous dans cet Etat tari de Catholiques? Etat divifé, Etat incertain, mais plutôt haillons d'un Etat, pourris &
déchirés au poffible. Avez-vous Ville Catholique bien affurée à
votre dévotion, qui tienne longuement en cervelle une puiffante
armée, comme feront les moindres bicoques terraffées des Réformés? Et quand vous en auriez quelqu'une, c'eft fi peu & fi
mal à propos, que votre fain jugement ne vous permettra jamais d'en faire état. Une en Picardie, une en Normandie,
une en Touraine, une en Xaintonge, une en Guyenne : quelle
communication attendez-vous de chofes fi éloignées & fi mal
appointées enfemble? C'eft quelque chofe pour fe défendre, &
tout y fera bien befoin ; mais ce n'eft rien pour attaquer cinquante ou foixante Places remparées à toutes épreuves, &
d'hommes & de boulevarts, tels que vous même favez. Ainfi
vous aurez fort aifément perdu, ce que vous ne fauriez regagner
qu'avec un monde de difficultés, qui fe peuvent égaler à une
impoffibilité? Car quelle fidélité voulez-vous que vos Sujets vous
rendent, fi vous leur rompez la vôtre? Vous, Sire, qui avez
acquis ce beau lot d'être le plus entier, & le plus véritable Prince

qu'on ait jamais vu. Voilà donc un dommage & une perte bien
fignalés, qui feule encore, felon le monde, devroit arrêter tout
court ceux qui vous hâtent fi fort, s'affurant que s'ils vous dépêchent de la befogne d'un côté, ils vous en taillent beaucoup
plus de l'autre, & ne font par ce moïen qu'entrechaîner vos en-
combres d'un continuel défefpoir. Un mot à l'oreille, Sire:
plufieurs voudroient, & il vous en fouvient, que vous euffiez
fait ce faut, pour leur laiffer la carriere franche. Vous n'aurez
pas fi-tôt dérobé votre épaule à ce Ciel, que quelque nouveau
Hercule ne lui préfente la fienne. Et Dieu en feroit plutôt naître
de ces pierres, dont la dureté viendroit facilement à bout de
votre moleffe. Les factions affoupies par votre prudence, votre
imprudence les reveillera: cés hydres repoufferont un monde
de têtes qui vous engloutiront, ou lafferont à tout le moins fi
fort, que vous ferez contraint de leur préfenter une tardive
répentance pour votre accord. Je vous donne encore, Sire, que
vous en veniez à bout, mais quand? Au bout de tout cela êtes-vous
bien affuré qu'il vous refte beaucoup d'années pour vous baigner dans vos conquêtes? Et jufques là quel profit aurez-vous
dans votre peine? Car il vous faudra fans doute beaucoup
de peine à racquerir ce repos que vous aurez laiffé? Ce changement vous coutera bon, & ceux qui le vous auront confeillé, feront ceux qui en répandront les premiers les fanglantes
larmes, fi la pitié de votre Etat les époinçonne en aucune forte.
Mais non, Sire, il ne faut pas faire ainfi un tourbillon de foi-
même, de peur de tomber enfin. On ne fe releve pas fi-tôt. Et
ne faut pas qu'on vous dife que le Parti Réformé n'eft rien au
prix du Catholique. Vous favez tout le contraire, & l'avez fait
fentir à ceux qui vous l'ont voulu ci-devant faire accroire, par
effet: & comment le croirez-vous à leur fimple parole? Encore
faudroit-il fuivre les traces de votre prédéceffeur Catholique &
Romain, qui n'a point fait difficulté, ni eu honte de reconnoître le notable & néceffaire fecours qu'il en pouvoit tirer pour
le rétabliffement de fon Etat. Vous lui en avez fervi de Chef,
avec quel heur & bénédiction de vos armes, tout le monde le
fait, & Sa Majefté n'avoit déformais en la bouche que la vaillance & la fidélité des Huguenots. Appellez-vous rien le refuge
& l'azile de ce Monarque? Ceux qu'il chériffoit, veut-on que
vous les fouliez aux pieds? Quelle envie, ou quelle malice eft-ce
là? Veut-on jouer de la forte au Roi dépouillé? Combien de vie
laifferont-ils dans ce corps démembré? Une douzaine, une cen-

taine de ces Confeillers-là,font-ils bien affurés de maintenir leurs belles maximes, fans l'union & l'affiftance de vos Sujets? Craignent-ils pas qu'on leur en reproche la ruine & à toute leur poftérité? On s'eft fervi du Turc, & on ne fe fervira point du Chrétien? On trame des intelligences, des confédérations avec l'Etranger: & quelle fureur eft ceci de rompre toute fociété, toute correfpondance avec le Domeftique? Sommes-nous devenus pires que loups, que tigres, que toutes fortes d'animaux farouches, à qui la nature n'a jamais appris cette cruauté? Un Huguenot qui fert Dieu, & rien plus, nous put de la forte? Je dirai bien davantage; nous fupporterons nos femmes, nos enfans & la plus grande part de notre parentage en cette Religion, & nous cracherons au vifage de tout le refte du monde? Cette forte de gens, dont, quand nous voudrions, il eft impoffible de fe paffer, puifqu'ils font logés jufques dans nos entrailles, ne favent, ne veulent-ils rien pour fecourir leur Prince? Encore la néceffité n'a-t-elle point de loi; & le temps où nous fommes devroit reftreindre la liberté de nos confeils, quand je voudrois (ce que non) condefcendre à ce lâche & inutile changement qu'on vous propofe. Il vous eft profitable d'être Huguenot, pour vous fervir des Huguenots: il vous eft nuifible & très pernicieux de fecouer leurs bonnes volontés, en tant que c'eft vous affoiblir d'autant. N'eft-ce pas donc braffer ouvertement votre défolation, en vous arrachant d'auprès de vos Sujets, qui vous font fi utiles & fi néceffaires? Si en changeant de Religion, on n'entend pas pour cela que vous rompiez la paille avec ceux qui en font profeffion, que vous ne laiffiez pas de vous fervir d'eux, il faudroit premierement qu'on vous donnât fuffifantes cautions de l'affurance de leurs bonnes volontés, & que votre altération n'y en pourroit point introduire; mais d'ailleurs ne confiderent-ils pas que la raifon eft égale de ce côté auffi bien que de l'autre? Un Roi Catholique Romain emploiera ceux de la Religion à fon fervice, & pourquoi donc les Catholiques Romains refuferont-ils de fervir un Roi de la Religion? Quel plus grand inconvénient y trouvez-vous? Il faudra que l'Huguenot emploie fa vie & fes moïens en cette diverfité, pourquoi non le Catholique? fommes-nous pas tous enfans de même maifon? n'avons nous pas même privilege, même portion dans ce commun héritage? L'Huguenot eft-il moins François que le Catholique? Êtes-vous pas le Roi des uns & des autres, confidérant votre dignité fimplement

& en elle-même? Quelles prérogatives ufurpons-nous au préjudice de nos Freres, de nos Concitoïens, de nos Compatriotes?
l'Huguenot n'a-t-il pas autant de droit à vous fouhaiter Huguenot, que le Catholique, Catholique? Chacun donc vous tire à
foi, & proprement vous leur êtes dû à tous fans diftinction, fans
jaloufie. Que voulez-vous apporter en cette égalité; commence-
rez-vous la divifion par la défunion de vous-même? Sauterez-
vous de la Scylle en la Charibde, en danger d'abîmer au gouffre
de leur entre-deux? Dans ce miférable débat d'une pareille prétention, je demanderois volontiers à quelque fain & non paf-
fionné jugement, de quelle façon il voudroit appointer nos
crieries. L'Huguenot dit que vous l'êtes dès votre berceau, que
vous y avez perféveré, au moins de volonté, mais certes la plus
grande & la meilleure part de votre vie jufqu'à préfent, que
vous ne faites que fortir d'entre leurs bras, de leur giron, de
leurs entrailles, que vous ne leur pouvez rompre compagnie à
la volée, qu'ils ne font pas la moindre & la plus chétive part de
votre Roïaume; qu'ils ont affez de courage pour vous aider à
conquerir tout le monde, quand vous n'en prendriez que trente
mille, comme Alexandre fit de fes bons Macedoniens, pour
foudroïer ces Populaces innombrables de l'Empire de Perfe;
qu'ils pafferont fur le ventre à tous vos ennemis, s'il vous plaît
leur conferver ces vieux bouillons d'amitié, dont vous les avez
jadis réchauffés à votre fervice; qu'ils ne defirent point la ruine
de ces bons Catholiques, qui fe jetteront aux pieds de votre
grandeur & de votre mifericorde; qu'ils les embrafferont comme freres; que la différence de Religion n'empêchera jamais
qu'ils ne s'accordent très bien avec tous ceux qui ne cherche-
ront que l'établiffement de votre Roïale Majefté, & bref qu'ils
font prêts de rendre toute l'obéiffance & l'humilité qu'un bon &
légitime Magiftrat, appellé & conduit de Dieu, peut requerir
de fon Peuple, & s'il fe peut ajouter quelque chofe de mieux
dit à mon bégaiement. Quant aux Catholiques, ramaffez leurs
voix, ils n'ont garde de parler tous fi franchement. Les gens
de bien & d'honneur ne laifferont rien à dire ni à faire de ce
qui fera en leur pouvoir; mais où font-ils? Affaillis tous les jours
de mille défiances entr'eux-mêmes, d'une crainte réciproque de
trop parler & d'exécuter trop, les uns qui font les dévotieux à
toute outrance, qui penfent bleffer leur Religion, s'ils avoient
prononcé le moindre terme favorable pour un Huguenot, qui
comptant cela dans les péchés les plus criminels qu'ils fauroient

faire,

faire, à qui la longue habitude a forgé une superstition si soupçonneuse, qu'ils en deviennent loups-garous aux hommes, qui s'épouvantent d'un marmouset enfumé, d'un Prêcheur qui tonne la sédition & la révolte en la chaire. Les autres qui semblent à ces moulins, qui écoutent toujours quand la pluie tombera pour enfler le torrent qui violentera leur mouvement, qui s'attendent, en la vieillesse de leurs longues espérances, à quelque nouveauté inopinée, à quelque miracle de Jésuite, à quelque Jacobin assassineur, à quelque parfum, à quelque boucon, ou à tel artifice d'Italie. Les autres, de qui la révolte & l'opiniâtreté semble déplorée, nourris dans la discorde, indociles à la tranquillité, qui troublent tout pour pêcher, qui ne trouvent espoir qu'au désespoir, enragés de leurs chagrines passions, fléaux & bourreaux d'eux-mêmes, à qui tout déplait, plus par fantaisie que par raison, qui se forgent chacun un Roïaume, ne fut-ce que d'un pouce de terre, enflés du venin de leur honteuse grandeur, gourmandeurs ordinaires des Princes, présomptueux, insolens au possible, irréconciliables de leur bon gré & roidis à la force. Il y en a davantage; mais la vérité n'est pas toujours dite à propos. Quoi qu'il en soit vous savez, Sire, comme il en va. J'attendrai maintenant la résolution de quelque brave cerveau François pour vous en faire part à ce besoin. Quoi? N'y a-t-il personne qui parle? & ne verrai-je jamais que des sages muets? O qu'il y en a plusieurs qui ouvriroient volontiers la bouche, si le temps étoit plus ouvert! chacun se cache aux nuages de ce siecle, tout le monde aime mieux broncher & se rompre le col, qu'allumer le flambeau de vérité. L'étourdissement est bien grand & bien universel. Je vous dirai hardiment, Sire, & sans flatterie quelconque: Vous êtes le seul, à qui il semble que Dieu ait réservé la pleine & entiere décision de nos différends. Vous les entendez mieux qu'homme de votre Roïaume, vous les pouvez aussi sans comparaison mieux résoudre. Pour aller aux champs élisées, Sire, il falloit rompre de sa propre main la branche d'or: les entrées de ces grandes affaires sont dures & difficiles, mais il est en vous de pourvoir à tout. Nul n'a plus grand intérêt en votre Etat que vous-même, nul n'en est plus digne que vous, & de beaucoup plus. C'est à vos Sujets de vous bailler les brouillars de leurs opinions, mais c'est à vous de les mettre au net. Lorsque les armées des Huguenots avoient mis le pied sur la gorge à toutes les principales Villes de la France, pressèrent-ils jamais les feu Rois vos prédécesseurs à changer leur Religion en sorte

Tome V. X x

quelconque ? Et tous les moïens de pacifier les troubles, ont-ils jamais été fondés sur ces contraintes ? Ces Sujets-là ont-ils jamais demandé, que la franchise à laquelle les Rois leur sont naturellement & civilement obligés ? Quelle tyrannie est celle d'un inférieur envers son légitime Magistrat, de lui vouloir faire la loi, en son corps, en ses biens, en son ame ? Mais surtout en un Roïaume successif comme le vôtre, & qui vous est acquis par votre propre droit, sans la faveur ni l'élection de personne ; quelle inconsidération d'allumer les divisions en votre Peuple au lieu de les éteindre ? Faire un Roi partisan en son Roïaume ? Faire les Rois illégitimes de son légitime Roi ? Lui soustraire les dévotions des uns pour lui attraire, je ne sais comment, les dévotions des autres ? Forger toute sorte d'évenemens, & proposer comme s'ils pouvoient disposer. En quel temps & dans quelle Nation sommes-nous tombés ? Les plus ignorans & les plus mal entendus au fait de la Religion, seront ceux qui vous en minuteront le changement ? Car, Sire, prenez la peine de leur en demander le fonds, vous les mettrez bien en peine, & n'aurez pour toute conclusion, qu'un je ne sais quel masque d'Etat, c'est-à-dire la vieille chanson des hommes du monde, & qui ont coutume en ces matieres de faire conduire les bœufs par la charette. S'il étoit question de la Monarchie des Turcs, je ne doute point qu'on ne vous prêchât le Mahumetisme, puisqu'il faut avoir, à leur jugement, la Religion pour les Etats, & non pas les Etats pour la Religion. Prenez-y bien garde, Sire, & de peur de perdre tout, avisez de n'en perdre pas seulement une partie. Il est ici question de l'utilité ; puis donc qu'on ne craint point de vous faire perdre les Huguenots en ce changement, il faut par nécessité qu'on se promette de vous faire avoir mieux. Et quoi ! ce que déja on n'a pas, c'est-à-dire un Epervier qui a pris bien avant son essor en l'air, pour lâcher l'allouette que vous tenez déja en la main, c'est-à-dire, l'ombre de la chair que vous avez à la bouche, c'est-à-dire, les voix redoublées aux vallons, pour étouffer votre propre parole. Car ce qu'on a, qui est-ce qui vous le donne ? Est-ce pas vous-même qui le leur avez acquis ? Est-ce pas vous-même qui le leur avez conservé ? N'avez-vous pas trouvé ce Peuple tremblant, quand votre voisinage les rassura ? Qui effraïa jamais ces effroïables Ligueurs, que l'ombre même de votre réputation ? Qui les a chassés, épars, & renfermés, que votre invincible courage ? Vous faisiez ces

bons offices à votre Prédéceſſeur, il les reconnoiſſoit de vous,
& vous en ſavoit le gré que tout le monde ſait , & maintenant
il ſemble à je ne ſais quelle ſorte de gens, qu'on vous oblige
de cette poſſeſſion , & chacun triomphe de votre propre gloire. Vous avez ſemé, à ce que je vois, pour autrui , & faudra déſormais que vous demandiez à la porte de ceux à qui
vous avez tant donné. Et quant à ce que vous , ni eux n'avez
point encore , laiſſez-les faire , Sire , vous ne vîtes jamais gens
ſi empêchés. Aveuglement étrange ! toute la France , c'eſt-à-
dire , vos Amis & vos Ennemis, d'une commune voix, n'ont
jugé moïen de reſtaurer ces ruines d'Etat, qu'en votre main :
on l'y a cherché, on l'y a trouvé, & non ailleurs; de quelle
préſomption donc croiront-ils que cet édifice ſe releve en aucune ſorte que ſur votre fondement ? Je vous entends, Meſſieurs,
les Catholiques revoltés ſe rendront plus aiſément à un Catholique. Mais l'expérience , la raiſon & les témoignages ſont contre vous. L'expérience , hélas ! elle eſt encore ſi récente, que
les cicatrices n'en ſont pas fermées. Qu'avons-nous perdu ? un
Roi , le plus Catholique qui fût, ni qui ſera jamais. Que lui
eſt-il advenu des Catholiques ? Allarmes , ſéditions , confu-
ſions, à la fin même la mort. Un Roi Catholique , de longue
main Ennemi juré des Huguenots , être troublé, & finir de la
ſorte ! Où eſt la foi, où eſt la révérence des Catholiques envers leur Prince ? Je ſuis contraint de me ſervir en cet endroit
de la défenſe, dont ce bon Docteur Tertullien garantit les
Chrétiens de ſon temps, c'eſt à ſavoir, de leur fidélité envers
les Empereurs; au lieu que ceux qui les demandoient ordinairement pour les ſupplices, étoient les premiers qui conſpi-
roient la ruine des Empereurs même & de l'Empire. S'eſt-il
trouvé jamais Huguenot, qui ait entrepris ſur la vie ſacrée de
ſon Roi ? Et cette innocence ne leur apportera-t-elle point quelque grace, quelque ſupport, quelque amitié particuliere de leurs
Princes , la grandeur & la proſpérité deſquels ils conſervent ſi
religieuſement ? Et vous glorifierez-vous point à bon droit d'ê-
tre du nombre de ces incoupables, & non pas de ces parjures,
de ces Rebelles, de ces cruels & déteſtables parricides ? Et ſi
l'apoſthume de la malice des Catholiques a crevé juſques-là ,
qu'ils ſ'en ſont pris à leur propre Conſervateur, qu'ils ont jadis tant honoré, dont ils tiennent à préſent la mémoire même
en abomination, quelle aſſurance tirerez-vous, Meſſieurs, de
ces déloïaux, pour ce nouveau Catholique ? Voilà la raiſon

que je tire à propos, de cette expérience ? Cuidez-vous qu'ils
se hasardent si-tôt à la merci de celui qu'ils auront déjà par ce
changement inopiné, en réputation d'être léger, & mal assuré
en ses promesses ? Ou dans quel temps donc voulez-vous qu'ils
se rangent à cette obéissance ? Il faudra que ce Prosélyte prétendu se tienne quelques années à manger le Crucifix, qu'il
montre par un long usage qu'il a changé de dévotion, avant
qu'il fasse changer celle des autres ; qu'il fonde quelques nouveaux Ordres, qu'il fasse quelques pélerinages, qu'il s'écorche
les épaules d'un fouet de pénitencier à plusieurs fois, qu'il soit
plus chargé de patenôtres que d'épées, qu'il baise l'or de la pan-
touffle ; somme, qu'il n'oublie rien de ces preuves extérieures:
pour se faire croire tel intérieurement que vous le souhaitez.
Au bout de cela, répondrez-vous bien de votre honneur & de
votre vie, que ces chevaux échappés reprendront son frein, & ne
regimberont plus contre lui ? Et si vous le pouvez, où étiez-vous,
quand le feu Roi en avoit tant de besoin ? Vous voudriez peut-
être ôter excuse au Peuple ; c'est-à-dire, vous croïez qu'il n'a
point de tort à tenir roide contre son Prince pour l'incompatibilité de leur Religion. O ames tiedes & dangereuses en un
Etat ! Non, non, votre opinion n'abbatra jamais l'opiniâtreté
de ce Peuple. Il faudroit, au pis aller, avoir premierement capitulé avec eux, en tirer un serment solemnel, en tenir de
bons ôtages, voire contraindre plutôt le Sujet en son devoir,
que le Prince en sa liberté ; faire que le Peuple obéît à son
Roi, chose dûe à toute sorte de Puissances légitimes par toutes
sorte de Nations, & puis nous debrouillerons ces Catholiques
& ces Huguenots, sans force, sans presse, sans conditions de
nécessité, qui sont volontiers aussi injustes que violentes, par
une sainte & amiable conférence des uns & des autres. Car
entre les Rois & les Sujets, ceux-là vont devant, à eux est
plutôt dû qu'ils ne doivent, le commandement des Rois pré-
cede l'obéissance des Sujets, & l'obéissance des Sujets la faveur
des Rois. Ou bien, quelle différence, quelle distinction met-
trons-nous au privilege de ces dignités établies de Dieu ? En
quelle Nation, en quel Etat a-t-on jamais vu que la diverse Religion ait empêché, ou dégradé la Roïauté ? N'est-ce pas felon-
nie ouverte d'aller à l'encontre ? J'attends quelqu'exemple pour
l'apprendre. Et nous en pouvons fournir un bon nombre suffisant pour enseigner tout le contraire. Les premiers temps de
l'Eglise ont été sous les Empereurs Païens, auxquels le Fils de
Dieu même a commandé de rendre ce qui leur appartient. Et

quoi , qu'honneur, devoir, obéiffance ? Tel étoit Augufte,
fous lequel nâquit Jefus-Chrift, tel Tibere fous lequel il fouffrit
paffion, tel Neron , qui martyrifa faint Paul & tant d'autres ferviteurs de Dieu, tels en fomme tous les autres Succeffeurs légitimes de l'Empire, à la puiffance defquels l'Eglife Catholique n'ordonna jamais de réfifter, quelque contrariété manifefte de Religions qu'il y eût entr'eux. Ce grand perfécuteur
des Chrétiens, Antonin le Philofophe, n'avoit-il pas une lé-
gion entiere de Chrétiens en fon Armée ? Quelle révérence
portoient les Chrétiens à Severe, qui fe trouverent plus fideles en fon endroit, que ceux-là même qui les condamnoient ?
Tant d'Empereurs qui furent jugés hérétiques, depuis Conftantin jufqu'à Leon IV, & autres enfuivans ont-ils été privés de
leur dignité pour cela ? Mais quoi ! direz-vous, c'eft une chofe
fi nouvelle de voir un Roi Huguenot, qu'il eft du tout impoffible de s'y accoûtumer. Mais la nouveauté, eft-ce le vice de
la chofe même ? Il eft nouveau à un pauvre d'avoir fa Maifon pleine de tréfors, & ne s'accoûtumera-t-il point à les pof-
féder ? Il eft nouveau pour la France, que les Huguenots commandent, mais il ne l'eft pas pour l'Angleterre, pour l'Ecoffe,
pour le Dannemark, pour la Navarre, pour plufieurs Princes
d'Allemagne, pour plufieurs Républiques des Suiffes. Ces exemples envieilliffent & ratifient-ils pas affez cette nouveauté ? Ces
Peuples en ont pris le pli, & quelle roideur eft la nôtre ? Clovis fut le premier Roi Chrétien ; étoit-ce pas nouveauté de fauter du Paganifme dans le Chriftianifme ? Ce Peuple qui n'é-
toit pas encore bien inftruit, fe révolta-t-il contre fon Supé-
rieur ? Et pofons le cas (qui n'eft pas toutesfois decis) que
l'Huguenotifme fût quelque puante héréfie, le Roi qui en fait
profeffion, ne laiffe pas d'avoir fon droit fauf & entier en fon
Etat. Seroit-il de pire condition que fes propres Sujets ? Combien de Païs poffedent-ils en France, nonobftant leur Religion ?
Quelle iniquité fera-ce donc de lui ôter fon bien propre, puifque la même raifon lui acquiert le même droit ? Que fi vous
voulez faire la caufe générale, & interdire fes droits à un chacun pour ce regard, vous n'avez pas encore fait, la vanité de
vos travaux paffés ne s'amendera pas volontiers : & à tout rompre il faudra que les plus forts l'emportent, que la France ne
foit déformais qu'un brigandage ouvert, un cahos qui ne fe
débrouillera jamais, un enfer horrible & ténébreux, & je ne
fais quoi de pitoïable à tout le refte du Monde. Mais quel

remede donc pour la tranquillité du Catholique? Le Roi même y a-t-il pas pourvu dès son Avenement? Il n'alterera rien en Religion que par la voie d'un libre & saint Concile. Que demandez-vous davantage? Quand Anastase premier, qui étoit de l'héréfie d'Eutyches, condamné par le Concile de Chalcédoine, fut élu Empereur, que lui demanda le Patriarche de Constantinople, finon qu'il ne changeroit rien & ne suscitteroit point aucun trouble en l'Eglise? Notre Roi vous en promet tout autant, combien qu'il ne s'avoue point pour hérétique. Quelle déraisonnable injustice est-ce de le vouloir faire changer lui-même, si vous ne voulez point qu'il vous change vous-même en aucune forte? Sa promesse & fa foi y font, obligez-lui pour le moins les vôtres, & jouez au pair avec lui en ce fait, pour le laisser commander en tout le reste. S'il vous contraint mal à propos à quelque chose qui soit contre Dieu & votre saine conscience, servez-vous des réponses de Daniel & de saint Pierre, & préférez l'honneur du Souverain Magistrat aux téméraires volontés de son Vassal. Mais ne criez point devant qu'on vous écorche, & contentez-vous de dépendre d'un Roi entier & véritable, tel que Dieu vous l'a donné. Il l'a choisi tel qu'il est: fût-ce un Saül, & qu'il y eût cent mille David dans le Roïaume, à qui est-ce que Dieu a donné vocation légitime pour lui couper seulement le bord de sa manteline? Acariâtres, qui ne savez aucunement discerner le bien du mal, & vos fantaisies d'avec les immuables Arrêts de la volonté de Dieu: moucherons de l'air, fourmis de la terre, vermisseaux d'enfer, qui veulent combattre le bras de l'Eternité; hommes à qui les Oints du Seigneur, les Dieux serviteurs du Dieu vivant, ne servent plus que de fable & de mocquerie; Anges de ténebres, qui confondez la lumiere, ne sera-ce jamais fait? & vos travaux ne vous lassent-ils point? Si nous avions affaire à quelqu'Indien, à quelque Sophi, à quelqu'Ottoman, la couverture sembleroit plus agréable; mais contre un Chrétien, pouvez-vous, Peuple Chrétiens, violer le droit de Dieu, l'équité des hommes, la piété des Chrétiens? Non, Sire, ne croïez jamais que quand vous deviendriez mille fois plus Catholique qu'on ne vous souhaite, vous arrachiez jamais les prétextes de révolte à ces mutins iniques & réfractaires. Ils disent maintenant, s'il étoit Catholique; ils diront tantôt, s'il étoit bon Catholique; ils diront enfin, s'il avoit quelque brin de Religion. Leurs derniers livres chantent haut & clair, que quand vous deviendriez

même Catholique, qu'il vous faut avoir en plus grande dé-
testation que jamais, comme un Apostat & un misérable Relaps. Vous ne serez jamais à leur gré, quelque profession que
vous entrepreniez, que par force ou par miracle ; l'une, Dieu
la leur fera sentir par votre main ; & l'autre, immédiatement
à vous & à eux, quand il voudra. Votre vocation est de lui,
tirée en ligne de droit par la Loi infaillible de votre Roïaume,
que craignez-vous ? Et fussiez-vous seul, & fussiez-vous banni
en quelque Désert, & fussiez-vous aux abois de la mort, celui qui vous appelle, vous ouvrira & vous fera régner en dépit de tout le monde. Dieu entrône & détrône les Rois: con-
seillez-vous avec lui & non pas avec les hommes, dont les conseils, sans lui, pesent encore moins que la vanité même. Ils
ne sauroient ajouter, ils ne sauroient ôter un seul poil de votre
tête, & quel diadême en attendez-vous ? Ils ne sauroient vous
acquérir d'eux-mêmes le moindre boulevard, & comment vous
mettront-ils en main tout le Roïaume ? En vain chercherez-
vous de complaire aux hommes, de qui votre espérance ne dépend point. Après Dieu, Sire, tout est en vous, la réputation de votre constance, l'avantage de vos vieux serviteurs,
l'amour de vos nouveaux Sujets, seront les honorables, les assurés & les rehaussés échelons de votre grandeur. Les pasteurs
y parviennent. Eh ! ne désespérez point : vous êtes déja Roi
reconnu de la plus saine partie de votre Etat ; ne changez pas
cette solidité pour du vent, & passez seulement plus outre, égal
à vous-même, pour nous faire voir & sentir des actions de même. Si ce n'est le malheureux commencement, ce sera l'heureuse fin qui vous couronnera. Qu'il vous souvienne cependant
que vous aurez de l'honneur & du profit à poursuivre, & tout
le contraire au contraire.

Je viendrai maintenant à une derniere considération que j'ai
proposée dès le commencement, qui est que même généralement pour tout l'Etat, il n'est pas bon que vous changiez de
Religion. Car, Sire, succédant à la Religion de vos prédécesseurs, il est infaillible & nécessaire de toute nécessité, que vous
allumiez les feux aux quatre coins & au milieu de tout votre
Roïaume, pour persécuter la réformation des Huguenots. Car,
ce sont les effets de ces causes, non pas contingens, mais naturels & essentiels. Il faudra par ces feux repurger entierement la
vieille opinion, qu'on retiendra autrement, que vous êtes encore Huguenot. Si l'on vous contraint à l'un, on vous contrain-

dra bien à l'autre. Les fautes de l'homme ont une longue traînée, qui commence, poursuit volontiers, & plus volontiers encore acheve. Pour entrer à la Couronne, vous vous ferez Catholique; pour vous y maintenir, pourquoi non persécuteur? Votre naturelle douceur, sera soudain convertie en cruauté, ne fut-ce que pour contenter les débordées passions de vos Conseillers ordinaires. Il ne faudra que vous faire passer une mouche d'occasion devant les yeux, vous cuiderez bien faire, & voilà l'épée au vent, pour la conservation de votre autorité en apparence, mais en effet pour la persécution. Vous vous endormirez en ces opinions, & ne songerez désormais que les fantaisies d'autrui. Ainsi votre misérable Etat, secoué de ces contraires orages, sera enfin fracassé & donnera du nez à terre. Les Ligueurs opiniâtres d'un côté, les Huguenots constans de l'autre, les Catholiques incertains & branlans au milieu, voilà pas une belle harmonie d'Etat à trois parties? Où courez-vous? Tournez le front aux Ligueurs, vous aurez les Huguenots à dos, & au contraire. Vous voilà entre la pierre & le marteau. Vos prédécesseurs ont vu ces flammes, & vous n'en verrez que la fumée & les cendres: vos prédécesseurs ont saigné ce funeste corps jusqu'à la synderese, vous l'enterrerez. Je ne parle point par cœur, Sire. Les murmures passés recommencent à éclater & à bruire. Plusieurs le craignent, plusieurs l'attendent, plusieurs en font déja état. Si vous-même ne prévenez ces maux, & que mal vous en prenne, à qui vous en prendrez-vous qu'à vous-même? N'aurez-vous point pirié des longues langueurs de ce patient? Faudra-t-il que la postérité vous reproche sa désolation, & que votre tombeau ne soit couvert que des mazures de ce superbe bâtiment? Par la concorde les moindres choses s'enflent, mais les plus grandes s'écoulent par la discorde. Voulez-vous apprendre à vos Sujets le chemin de se désunir, par vous même? Et serez-vous pas la seule cause de leur division en cette sorte? Mais division sans propos & sans raison quelconque. N'est-il pas plus tolérable aux Catholiques de vous voir persévérer en votre Religion, qu'aux Huguenots de vous voir si précipité au changement? Et le Catholique n'a-t-il point engravé dans l'ame le devoir dont il est obligé à son Prince, de quelque Religion qu'il soit, aussi bien qu'il le desire du Huguenot? Quelle dureté de loi y a-t-il pour les uns, & non pas pour les autres? Il y a sans doute plus de sujet au Catholique de vous recevoir tel qu'il vous trouve, qu'à l'Huguenot de vous perdre tel que vous avez

toujours

toujours été. C'eſt grand cas. On a toujours craint que quand vous viendriez à la Couronne vous forceriez les Catholiques à ſe départir de leur Religion, & c'eſt la belle & imaginaire couleur de leurs armes; mais quel exemple vous donnent-ils à vous y vouloir induire, ou contraindre vous-même ? N'eſt-ce pas entreprendre ouvertement ſur la légitime autorité que Dieu vous a donnée dans votre Peuple ? Vous trompez leur crainte en les aſſurant de votre protection. Que deſirent-ils davantage ? Veulent-ils que vous décidiez en un moment, ce que vous & les vôtres avez débattu par l'eſpace de tant d'années ? Ils craignent de ſe perdre ſous vous, eux qui ſans vous étoient prêts à ſe perdre ; & ne craignent-ils pas l'horrible confuſion qui pend ſur votre Etat? Mais, Sire, il n'appartient qu'aux Rois de concevoir la générale utilité de leur bien ; tout le reſte, pour la plupart, ont tant de particularités en tête, qu'il faut néceſſairement qu'ils en entremêlent quelque choſe ès conſidérations du général. Tel vous couche de votre état, qui ne penſe qu'au ſien propre : tel craint la perte de la Religion, qui dans ſon ame voudroit aſſurer ſes bénéfices; mais tel encore, Sire, vous preſſe du changement, qui en ſeroit peut-être bien marri. Tous ces gens ſont perſonnes privées à votre regard, & vous, en qui toute la généralité de votre Roïaume repoſe, ſaurez très bien diſcerner vos avantages & vos incommodités, comme de ce qui eſt à vous en tout, & non pas comme de ce qui eſt à eux en partie.

On veut dire peut-être que le Catholique ne peut vivre avec l'Huguenot. Et d'où viennent ces humeurs ſans humanité ? Qui a ſemé cette ivraie dans notre champ, que l'ambition enragée des peſtes de la France ? L'expérience n'eſt-elle pas toute contraire à ces fantaſtiques impatiens & intraitables? Y a-t-il quelqu'un parmi tous ceux qui vous pourront tenir ces propos, qui n'ait en ſa race, ou en ſes alliances, quelqu'Huguenot avec lequel il converſe familierement, avec qui il mêle franchement ſes affaires, à qui peut-être il ſe feroit volontiers de ſa vie & de ſon honneur ? Mais y en a-t-il bien en France qui ne ſoit en ce rang que je demande ? Encore aujourd'hui dans vos Villes Catholiques qui ſont ſous votre obéiſſance, l'Huguenot communique & trafique librement, ſans trouble, ſans paſſion quelconque. De quel fléau de furie ſommes-nous donc battus, que nous nous acharnions de la ſorte à cette déteſtable barbarie, pour nous ôter la commune ſociété de nous-mêmes ? Quelle diſ-

Tome V.   Y y

ficulté en faifons-nous avec l'Etranger, l'Anglois, l'Ecoſſois,
le Flamand, l'Allemand, le Suiſſe, qui font profeſſion de la
Réformation, vont & viennent librement dans votre Roïaume,
& les fils de famille font traités ſi cruellement en la maiſon de
leur pere ? On craint de rompre le commerce avec les voiſins,
& nous nous vautrons au fang de nos domeſtiques? Cette inviolable charité de la Patrie que les Païens ont ſi religieuſement
conſervée, les Chrétiens l'anéantiſſent de la propre maiſon de
Dieu. Non, ce Temple corrompu ne fert plus que de caverne
aux brigandages, aux trahiſons, aux parricides, puiſque fous
fon ombre nous confondons ainſi les affaires du monde. Je
me fuis fouvent ébahi d'ouir ces mutins armer le Peuple en la
chaire, au lieu de prêcher la paix. Boutefeux enragés, qui ne
vomiſſent que leurs paſſions & cependant nous enforcelent
du charme de piété. Ils l'ont dit, il le faut croire, que le Catholique & l'Huguenot font incompatibles. Quelle raiſon y a-t-il
de tirer aux perſonnes ce qui eſt en la choſe même ? Et quelle
raiſon d'opiniâtrer la choſe même, s'il y a moïen de l'appointer?
Du temps du feu Roi, les années que nous eumes de paix en
ce pauvre Roïaume, montroient-elles point par la converſation
confidente de vos Sujets, l'impudente fauſſeté de cette maxime ? Et quand elle feroit véritable, faut-il que les armes dé-
feſperent notre réunion ? Pour nous accorder, nous ferez-vous
entrebattre, & non pour embraſer de plus en plus notre fureur?
Où eſt, où eſt le fruit de ces belles réſolutions ? Qui a gagné à
les élancer? Qui a perdu à les rabattre ? Vanité de l'homme,
mais entre les hommes, du François qui s'aime mieux travailler
foi-même que vivre dans les douceurs du repos, qui brûleroit
plutôt fa propre maiſon que s'empêcher de mal faire ; eſprits
bouillans, cerveaux frénétiques, ames fanglantes, le jouet & la
riſée de tout le monde, à qui le bruit de leurs inſolences a frappé
l'oreille. Et ne ferons-nous jamais à la fin de ces maux, fans
rechercher la nôtre propre ? Chacun épouſe les fantaiſies d'autrui. Nos devanciers ont donné cours à ces folies, & nous y
courons par imitation. Ils nous ont allaités de fang, & nous le
regorgeons encore. C'eſt crime de leze-Majeſté de parler de concorde parmi ces forcenés. Ils ne font pas à leur aiſe, ſi tout le
monde n'eſt en peine, & plutôt qu'endurer une petite pointe
d'épine au pied, ils hacheroient en pieces leur propre corps. S'ils
ne voient le magaſin des Enferts ouvert pour vômir fur le
monde un monde de miſeres, ils ne trouveront jamais de

chemin au faux Paradis de leur bienheurance. Il n'est question que de brouiller tout, de faire l'empêché à démêler ce que l'on mêle soi-même, parler tout haut de l'Etat & murmurer à part soi les envies & les malices contre les uns & contre les autres, Crier, la Religion, la Religion, & concevoir cependant les flambeaux de la guerre pour l'étouffer : gourmander le pauvre François pour engraisser l'Italien, pour assouvir l'Espagnol ; tenir chacun en cervelle pour se maintenir : & tant, & tant d'autres artifices que je sais & que je ne sais point. Mais quoi ! Sire, que trouvez-vous à votre avenement à la Couronne, sinon que Dieu vous a établi pour rétablir ces misérables ruines, au lieu de les ammonceler ? sinon qu'un corps ulcéré comme celui-ci, ne se guérira jamais par nouveaux ulcerés ? Que vous lui êtes donné comme médecin & non pas comme bourreau ?. Qu'étant pere commun du Peuple, il ne vous est pas bien séant de semer de la jalousie dans cette communauté ? Que vous ne portez l'épée que pour la défense des humbles & pour la vengeance des rebelles ? Qu'attendant le remede salutaire des ames, auquel vous travaillez, vous ne desirez nullement violenter les corps ? Que la cruauté ne sera jamais le ciment de votre Roïaume ; la désunion, l'appui de votre Monarchie ; le désordre, la police de votre Etat ? Et qu'enfin, ce que vous avez condamné en autrui, vous ne permettrez jamais qu'on vous en accuse ? Quoi qu'il en soit, & quelque œuvre miraculeuse que Dieu veuille faire par vos mains, en ce siecle désesperé, je le prie qu'il vous pourvoie de conseil, qu'il vous assiste de force, qu'il vous rempare de constance, pour gouverner votre Etat, pour garantir vos Sujets, pour résister aux violences de vos ennemis, tant qu'il soit glorifié en votre gloire, son service établi, & toutes vos affaires bienheureuses à jamais, au repos des bons & à la confusion des méchans. Et quand à ceux qui vous pressent de ce changement de Religion, je les exhorte au nom de Dieu, seul & unique sujet de notre zele, de peser mûrement la conséquence de leurs avis. Et comme ils ont beaucoup plus d'expérience que moi aux choses passées, ils l'emploient aussi en la prévoïance de ce qui peut advenir, afin qu'ils ne vous précipitent point mal-à-propos, & par trop grande abondance de desir, dans une fondriere, dont il ne leur sera pas si aisé de vous retirer. Unissons nous plutôt entre nous, qui restons de cette révolte générale de ces misérables François Lorrains, qui portons les saintes & inviolables fleurs de lis engravées dans notre ame,

qui voulons rétablir en son entier les funestes dissipations de
ce pauvre Roïaume : & puisque la force nous y est nécessaire,
ne la dissipons point pour l'amoindrir. Que servira le discord
en nos maisons , tandis que nos communs ennemis s'accordent
à la sapper ? Attendons-nous qu'ils entrent , qu'ils se pélemê-
lent dans nos confusions, pour nous perdre , pour se rendre
maîtres de nos biens & de nos vies, pour triompher de notre
honte ? N'avons nous point de sentiment de nous-mêmes que
contre nous-mêmes ? La Ligue n'aura-t-elle autre bras pour nous
frapper , que nos bras propres ? Braveront-ils ces géants là,
ces tyrans, ces bourreaux du peuple, dans les plus belles, les
plus riches , les plus anciennes Villes de la France, tandis que
nous nous amusons à estriver sur un pied de mouche, parmi la
campagne, au pied d'un buisson, à l'abri d'un arbrisseau, au
froid, au chaud, à la faim, à toutes sortes de miseres, & d'indignités ? Leur dirai-je, Sire, sans offenser la modestie de vos
oreilles, & sans encourir le soupçon de flagorneur, mais leur
dirai-je ce que la vérité me contraint de dire ? Vous avez aujourd'hui pour Roi, Messieurs, un Roi, amateur de la vertu
& de l'honneur, jaloux de sa foi au possible, au reste (que chacun hardiment, voire la Ligue même, en dise ce qu'on en pense) un des plus grands & des plus heureux Capitaines que l'Europe ait vûs il y a long temps, propre infiniment à relever cette
lourde chûte de l'Etat si personne du monde, benin, traitable,
miséricordieux, qui déteste le sang & la cruauté, si Prince la
détesta jamais, que vous manque-t-il ? Il étoit, & est tel, Huguenot : de quoi vous nuit la croïance de son ame ? Vous pouvez vous imaginer qu'il y ait plus d'esprit & d'entendement en
quelque cervelle Françoise qu'en la sienne, que vous connoissez en tout le reste de ses affaires ? & comment la méconnoî-
trez-vous en celle-ci ? Son âge, & ses expériences ne lui seront-
elles comptées pour rien ? Et son zele ardent au bien de tout le
Roïaume, qu'il a plus que trop déja témoigné, ne lui sera-t-il
point alloué pour mérite en votre endroit ? Quelle présomption est-ce à un chacun de vous, de lui vouloir conditionner
votre devoir comme à votre inférieur ? y a-t-il quelqu'un de
vous qui ait plus de droit en tout ce corps, que lui qui en est
le chef ? Mais il me plaît, & me suffit de croire que je me trompe, que je suis bien éloigné de voir bien clair dans cette fidélité Françoise que vous conserverez à votre Roi. Oui, je me
persuade que je n'aurai desormais affaire qu'aux rebelles, & aux

meurtriers de notre chere patrie, auxquels ma plume ne cessera de faire la guerre, tandis que leurs épées la feront à Sa Majesté. Et quant à ceux-ci, n'estimez pas qu'il y ait moïen quelconque de rompre le diamant de leur cœur sans le sang. Remede pitoïable, mais nécessaire, & tel que les extrêmes aux extrêmes maladies. Conferez le passé, & jugez de-là quelle espérance on en peut concevoir à l'avenir, mais jugez sans vous arrêter à la dispositive de votre discours, comme si vous teniez en main l'issue de tout. En un Etat perverti, comme le nôtre, quelle proportion d'humeurs, quelle température, quelle santé attendez-vous ? Ce n'est plus la raison qui commande : les desirs, les craintes, les douleurs, les passions, les rages, ont tout troublé, tout confondu. Ce qui étoit n'aguere incroïable, ne l'est pas aujourd'hui ; ce qui sembloit impossible, est aujourd'hui le plus aisé du monde. Le dessus est au dessous, & depuis que ces torrents sont débordés, il n'y a ni rocher, ni levée, ni montagne qu'ils ne ravagent, qu'ils ne rompent, qu'ils ne bouleversent. Qui eût dit, il y a deux ans, que les Parisiens se seroient barricadés contre leur Roi, qu'ils l'auroient chassé de son siege, de sa Ville capitale, de son séjour délicieux, que lui & tous ses autres prédécesseurs avoient si étroitement aimé, si soigneusement enrichi, & avantagé par-dessus tout le reste du Roïaume ? On n'en eût jamais cru les Devins, on ne l'a pas même bonnement cru après qu'il est advenu, on s'est toujours forgé quelque remords, quelque reconnoissance en eux, & n'eût-on pas encore cru leur endurcissement. Cependant on l'a vû, on en est encore là. Et tant d'autres Villes, qui ont suivi ce chemin, qui se sont élancées au même précipice de rebellion avec leur Chef, qui se roidissent tout de même ? Qui l'eût pensé ? Non pas nos Politiques, qui ont vû cependant de jour à autre fondre goutte à goute cette cire. Et quand ? Non pas, Sire, depuis que vous êtes monté sur ce trône. Il ne faut pas qu'on vous en jette le chat aux jambes : ains plutôt ce qui restoit encore de ces panchantes ruines a tenu aucunement bon, & s'il y en a quelqu'une qui branle, elle marchande bien à tomber. Quand donc ? Sous leur Roi Catholique, mais Catholique à toute extrêmité, plus que tous ses Sujets ensemble, par maniere de dire, mais certes plus que les flambeaux de ces révoltés, plus que ce frénétique Jacobin, qui trempa son couteau dans le sang de ce vénérable & redoutable Prince. Croïez-vous que ces desesperés, ces acharnés, se puissent plus émouvoir de quelque aiguillon de repentance en votre endroit, quand vous auriez dévoré toutes les Meſſes de la France, qu'en l'endroit de votre prédéceſſeur, qui n'avoit jamais eu faute de cette dévotion? Ils donneront plutôt du pied à votre legereté; & au contraire, s'ils voient que vous teniez ferme, que vous ne changiez pas, pour le moins legerement, & comme avec deſſein de piper le monde, de le faire voler au leurre pour l'attraper, je tiens pour tout réſolu, que reconnoiſſant qu'il y a de la vérité & de la conſtance en vous, ils ſe jetteront mille fois plus aiſément & plus hardiment entre vos bras, attendant la miſéricorde de vos tendres entrailles, ſureté de votre foi, repos de votre douceur, & félicité de vos comportemens, que Dieu accompagne de tant de bénédictions. Que ſi ces conſidérations ne les pouſſent, croïez que l'ambition & la malice de vos adverſaires ſeront ſeules cauſe de la peine que vous aurez à leur donner : que la deſir de ruiner votre ancienne Maiſon aiguillonne tous ces factionnaires, & non pas la Religion, laquelle plutôt ils anéantiſſent eux-mêmes par tant d'exactions, de débordemens, de pilleries, de violemens, de profanations de temples, qui ſont les licences effrenées & les pernicieux effets de leur miſérable guerre, au lieu que vous vous rendez plus curieux obſervateur de ce qui concerne la manutention des Catholiques; leſquels vous avez reçus ſi favorablement ſous votre Roïale protection, dès le point de votre avenement à la Couronne, ne vous étant laiſſé autre moïen pour faire paroître le deſir que vous avez de les conſerver, puiſqu'ils s'éloignent eux-mêmes de vous, & vous détiennent les plus ſignalés endroits de votre Roïaume, où votre bonne volonté ſe pourroit effectuer à leur entier contentement. Ici chacun d'eux diſcourt, chacun devine, chacun s'imprime des chimeres au cerveau. Ceci nous adviendra, on fera ceci, on fera cela, ils marchent ſur des épines, & ne ſe peuvent aſſurer. On pourroit leur dire merveilles, ils tournent tout au rebours, & de l'épouvantement tombent en la rage du deſeſpoir. Chaque mouche leur eſt un Elephant, & ce pauvre peuple ſéduit & abuſé, croit & craint à la legere, & nul ne prend pas même patience de vous voir, de vous connoître, d'éprouver ce qui eſt en vous. Qui peut dire, ſinon que ce mal univerſel en tout l'Etat, eſt déploré? que votre mine ne r'habillera pas votre jeu? qu'ils ne croiront pas mieux à un nouveau & incertain Catholique, qu'à un vieil & aſſuré Huguenot? Ce n'eſt pas là la guériſon; & voit-on pas bien que chacun démembre votre Roïaume pour se l'incorporer à soi-même ? Que ce n'est qu'une grotesque de volontés & de fantaisies ? Qu'on ne cherche qu'à vous rendre odieux à vos anciens Seviteurs & Sujets, pour vous faire desesperer de tous les autres? Quel moïen donc? je le vous ai déja dit, Sire. Le Roi des Rois vous a donné de la raison, & du jugement pour vous conduire, il vous en donnera davantage si vous le lui demandez ; à lui appartient de vous mettre la Couronne sur la tête, quand tout le monde la vous voudroit ôter, à lui de vous l'ôter, quand tout le monde seroit empêché à la garroter de chaînes de fer sur votre tête. Ne pensez qu'en lui, & il pensera en vous. Cette éternité fait le temps qui est dû à la fin de vos maux. Il vous dira, il le vous montrera au doigt, quand il sera venu, il vous éclairera pour le connoître. Possedez cependant votre ame en silence, cherchez, puisqu'il vous met en besogne, & tatonnez dans ces ténebres de confusion. Vous avez un bon Avocat, un bon guide, une bonne lumiere en lui ; & vous savez ce qu'il fait faire, il n'a rien oublié, n'en oubiez rien aussi. Cependant, Sire, consultez, consultez longuement ces actions, qui ne sont pas d'une journée, & ne dépendez pas de trois ou quatre personnes en chose qui touche à tant de millions de vos Sujets. Jettez l'œil tout à l'entour de votre Roïaume, & considerez tant de puissans voisins, qui jettent l'œil sur vous, gardez de les offenser par votre inconstance soudaine, ne vous privez point du secours que vous en pouvez esperer, s'ils peuvent rien esperer de votre persévérance. Mais sur-tout, Sire, n'appellez plutôt au Conseil que vous-même, qui êtes le plus grand, le plus entendu, & le plus interessé Conseiller de votre Etat. Et vos bons Sujets acquiesceront toujours à votre raison, à votre loi, & à tout ce qui partira de vous, comme de leur vrai, unique, & légitime Roi, auquel, avec eux, je desire toute victoire, toute paix, & toute prospérité (1).

Toutes les autres vertus combattent : mais la seule Constance triomphe seulement.

(1) Il y a eu encore d'autres Ecrits sur l'objet principal de celui qu'on vient de lire. Tel entr'autres, celui qui est intitulé : » Question utile à résoudre en l'Etat pré- » sent de la France ; savoir quel conseil le » Roi doit suivre touchant le fait de la Re- » ligion dans ce Roïaume, 1591, in-8° &.

Avertissement.

QUelques Conseillers du Roi , & les Députés qui traitoient de sa part avec aucuns des principaux de la Ligue , pour aviser aux moïens de pacifier , insistoient toujours à ce que le Roi allât à la Messe : & pour parvenir plus aisement à leurs desseins , procurerent tant , qu'ils obtinrent qu'on assembleroit quelques doctes Prélats, en présence desquels cette affaire feroit plus au long debattue. Suivant quoi Lettres furent dressées au nom du Roi à plusieurs, dont nous présentons la copie d'une , laquelle montrera quelles étoient toutes les autres.

COPIE

D'UNE LETTRE DU ROI

A L'EVÊQUE DE CHARTRES (1).

MONSIEUR de Chartres, le regret que je porte des miseres où ce Roïaume est constitué par aucuns qui sous le faux prétexte de la Religion , duquel ils se couvrent , ont enveloppé , & traînent lié avec eux en cette guerre le peuple ignorant leurs mauvaises intentions , & le desir que j'ai de reconnoître envers mes bons Sujets Catholiques , la fidélité & affection qu'ils ont témoigné , & continuent chacun jour à mon service , par tous les moïens qui peuvent dépendre de moi, m'ont fait résoudre, pour ne leur laisser aucun scrupule (s'il est possible) à cause de la diversité de ma Religion , en l'obéissance qu'ils me rendent, de recevoir au plutôt instruction sur les differends dont procede le Schisme qui est en l'Eglise , comme j'ai toujours fait connoître , & déclaré que je ne la refuserai : & n'eusse tant tardé d'y vacquer sans les empêchemens notoires qui m'y ont été continuellement donnés. Et combien que l'état présent des affaires m'en pourroit encore justement dispenser, je n'ai tou-

(1) Ce Prélat étoit alors Nicolas de Thou , de l'illustre famille de ce nom , oncle du célebre Jacques-Auguste de Thou , & frere de Christophe de Thou , premier Président du Parlement de Paris. Il avoit été sacré Evêque de Chartres le 29 Juin de l'an 1573 , & il mourut le 6 Novembre 1598 , âgé de 96 ans. Son corps fut inhumé dans le tombeau de sa famille, dans l'Eglise de saint André-des-Arcs à Paris. Voiez le *Gallia Christiana Nova*, tome 8 , page 1189, 1190.

tesfois voulu differer davantage d'y entendre. Aïant à cette fin
avifé d'appeller un nombre de Prélats & Doɛteurs Catholiques,
par les bons enfeignemens defquels je puiffe, avec le repos &
fatisfaɛtion de ma confcience, être éclairci des difficultés qui
nous tiennent féparés en l'exercice de la Religion. Et d'autant
que je defire que ce foient perfonnes, qui avec la doɛtrine,
foient accompagnées de piété & prud'hommie, n'aïant principalement autre zele que l'honneur de Dieu, comme de ma
part j'y apporterai toute fincerité, & qu'entre les Prélats & perfonnes Eccléfiaftiques de mon Roïaume, vous êtes l'un defquels j'ai cette bonne opinion : à cette caufe je vous prie de
vous rendre près de moi en cette Ville, le quinzieme jour de
Juillet, où je mande auffi à aucuns autres de votre profeffion,
fe trouver en même temps, pour tous enfemble rendre à l'effet
les efforts de votre douceur & vocation. Vous affurant que
vous me trouverez difpofé & docile à tout ce que doit un Roi
Très Chrétien, qui n'a rien plus vivement gravé dans le cœur
que le zele du fervice de Dieu & manutention de fa vraie
Églife. Je le fupplie, pour fin de la Préfente, qu'il vous ait
en fa fainte garde. Écrit à Mantes, ce dix-huitieme jour de
Mai 1693 (1).

HENRI.

Avertiffement.

LEs Députés des Chefs de la Ligue, pour traiter des affaires communes
avec les Roïaux, voïant l'effort des Catholiques Romains & Roïaux, commencerent à parler gros, non pour empêcher ouvertement le chant de cette Meffe, mais pour donner quelque traverfe, qui fît nouveau jour à leurs
deffeins. Pourtant écrivirent-ils en ce même temps Lettres aux Députés
des Princes & Seigneurs Partifans du Roi, faifant profeffion de la Religion Romaine, contenant ce qui s'enfuit.

(1) M. de Thou répondit à cette Lettre, conformément aux intentions du Roi.

L E T T R E
D E S D E' P U T E' S D E L A L I G U E
Aux Députés des Prélats & Seigneurs Partisans du Roi.

MESSIEURS,

Vous nous avez dit, & depuis écrit & publié, que le Roi de Navarre se veut faire instruire & rendre bon & vrai Catholique dedans peu de jours, que le vœu & desir étoit en lui, ou pour mieux dire qu'il étoit Catholique en l'intérieur de son ame il y a déja long-temps, mais que le malheur de nos guerres l'auroit empêché de l'effectuer; nous invitez sous cette assurance de traiter avec lui des moïens d'assurer la Religion & mettre le Roïaume en repos, lui se faisant Catholique, & pour arrhes de sa volonté, offrez en son nom une cessation d'armes pour deux ou trois mois.

Cette proposition nous est autant agréable, que celle que nous fîmes, à l'entrée de notre conférence, de le reconnoître dès maintenant, sous l'espoir de sa future conversion, nous fut déplaisante & ennuïeuse, en quoi si notre réponse vous semble aigre, excusez ou plutôt louez notre zele, & confessez qu'elle étoit juste, & que ne la pouvez esperer autre de nous, qui sommes toujours demeurés sous l'obéissance de l'Eglise, du Saint Siege, & du commandement de nos Saints Peres.

Nous desirons cette conversion, prions Dieu qu'elle vienne bientôt, qu'elle soit vraie & sincere, & que les actions qui doivent précéder & suivre au bon œuvre, soient telles que notre Saint Pere, auquel seul appartient d'en faire le jugement, & reconcilier en l'Eglise, en puisse demeurer satisfait, & la Religion assurée à son contentement & des Catholiques, qui après avoir souffert tant de miseres, ne desirent rien plus que de jouir d'un bon & durable repos, sans lequel ils prévoient & jugent bien la ruine inévitable de cet Etat.

Nous ne pouvons toutesfois vous celer que nous ne voïons rien de lui qui nous puisse donner cet espoir : celui qui veut faire le bien, premierement doit laisser le mal; qui veut entrer en l'Eglise, & recevoir l'instruction par les mains des Evêqûes, Prélats & Docteurs, comme vous le publiez, les doit approcher de lui, éloigner les Ministres, & discontinuer l'exercice de la Religion qu'il commence à blâmer, & néanmoins chacun sait qu'il est toujours le même en paroles & actions, & en sa conduite.

Nous nous estimons bien davantage de ce que nous avez dit & répété si souvent qu'il étoit Catholique en son ame dès longtemps. Quand nous considérerons quelles ont été ses actions du passé, car il est vrai; comment se peut-il faire que cette affection cachée dedans l'ame d'un Prince qui a pu toujours en cette occasion ce qu'il a voulu, eut produit des effets si contraires, & tendant du tout à l'établissement de son erreur, & à la ruine de notre Religion, comme chacun les a vus & connus, ou bien s'il s'est conduit ainsi, étant Catholique en son ame, que devons-nous espérer, ou plûtot que devons-nous craindre de l'avenir?

Il vaudroit mieux dire qu'il ne l'étoit pas lors, tel au moins que les Catholiques qui reconnoissent l'Eglise Catholique, Apostolique & Romaine le veulent & desirent, mais que Dieu lui en a donné aujourd'hui le mouvement & la volonté, c'est lui-seul qui le peut faire aussi quand il lui plaît, & ce discours nous satisferoit davantage que de mettre en avant, comme vous faites, qu'il est fléchi à la priere des siens; car les considérations temporelles, & les raisons humaines peuvent bien changer l'extérieur, mais notre ame n'y peut être atteinte & rendue capable de cette Doctrine que par la grace du Saint Esprit.

Vous êtes assez instruit, Messieurs, de la forme & des moïens que l'Eglise a prescrits pour venir à une vraie conversion, nous vous exhortons & prions de lui en donner le conseil. Il se peut bien faire instruire par de bons Evêques, Prélats & Docteurs, c'est ce que nous avons dit & conféré avec vous, il peut aussi faire voir à chacun ses actions, que cette instruction l'aura changé; mais c'est à notre Saint Pere d'y mettre la premiere & derniere main, comme étant celui seul qui a le pouvoir & l'autorité d'approuver sa conversion, & lui donner l'absolution, sans laquelle il ne peut être tenu pour converti ni reconcilié à l'Eglise parmi nous.

Quand il se présentera & envoiera de sa part, le reconnoissant Chef de l'Eglise, avec les soumissions & respects qui lui sont dûs, nous nous promettons, tant de la piété, intégrité

& prud'hommie de Sa Sainteté, que sans aucune passion ou considération de l'intérêt de qui que ce soit, elle y apportera tout ce qui sera jugé de son devoir & soin paternel, pour conserver & mettre, s'il est possible, ce Roïaume en repos, dont il a déja montré que la conservation lui étoit, après sa Religion, plus chere que toute autre chose.

Vous ne devez faire aucun préjugé de sa volonté sur le refus qu'il a fait ci-devant de recevoir & ouir Monsieur le Marquis de Pizani, car il étoit envoïé de la part des Catholiques qui assistoient le Roi de Navarre, & non de la sienne, qui fut un mépris, duquel il se pouvoit tenir offensé, & un témoignage aussi que la volonté de celui de la conversion duquel on lui donnoit quelqu'espoir, en étoit du tout éloigné, puisque lui-même n'y envoïoit en son nom. Que ce qu'au même temps que ce voïage se fit, les Magistrats qui tenoient lieu de Parlement en son parti, donnoient des jugemens diffamatoires contres la Bulle & autorité du Pape & du saint Siege. Or, nous voulons croire que l'on y procédera à l'avenir d'autre façon & avec plus de respect & considération de la dignité du saint Pere & du devoir que nous devons au saint Siege.

C'est donc ce que nous pouvons répondre sur l'ouverture que vous nous avez faite de sa conversion, que la desirons vraie & sainte, mais qu'elle se doit faire avec l'autorité & consentement de notre saint Pere; qu'il s'en doit adresser à lui & non à nous, tout ce que nous y pouvons apporter davantage, seroit d'envoïer de notre part vers Sa Sainteté, lui représenter l'état déploré & misérable de ce Roïaume, le besoin qu'il a d'un bon & assuré repos. Ce, néanmoins, que sommes délibérés de souffrir tout, plutôt que de laisser notre Religion en péril, entendre là-dessus son intention, recevoir ses commandemens & y obéir. En quoi nous procéderons avec telle foi & intégrité que chacun connoîtra qu'avec la Religion, nous aimons & voulons rechercher de tout notre pouvoir le bien & repos de ce Roïaume, qui ne peut faire que n'y trouvions notre ruine, comme vous la vôtre.

Avant que cette conversion soit advenue & qu'elle soit ainsi reçue & approuvée, nous prions prendre de bonne part, si nous différons de traiter avec vous, car nous ne le pouvons faire sans approuver dès maintenant cette conversion, dont le jugement doit néanmoins être reçu à Sa Sainteté, nous desirons davantage quand l'approbation en sera faite, prendre l'a-

1593.
LETTRE DES
LIGUEURS
AUX PARTIS.
DU ROI.

vis de notre faint Pere fur les fûretés requifes, pour conferver en ce Roïaume la feule & vraie Religion, qui eft la Catholique & Romaine. Avec ce que quelques difficultés pourroient naître fur le traité defdites fûretés, qui empêcheroient ou retarderoient l'effet de cette bonne œuvre, au blafme de ceux qui en feroient peut-être les moins coupables, ou après la converfion elle pourroit être demandée publiquement & devant la face de la Chrétienté, qui y a grand intérêt aufli-bien que nous, chacun demeurera obligé d'y apporter ce qu'il doit.

Pour le regard de la furféance d'armes ; après que nous ferons éclaircis de votre intention fur les deux précédens articles, nous ferons réponfe, qui témoignera que ne defirons rien plus que le bien, décharge & foulagement du Peuple.

Avertiffement.

DEPUIS, les Députés Roïaux envoïerent une autre Lettre, que nous ajoutons.

LETTRE

DES DE'PUTE'S DES PRINCES ET SEIGEURS,

Étant près de la perfonne du Roi, aux Députés du Duc de Mayenne & de l'Affemblée de Paris.

MESSIEURS,

Aïant fû par M. de Talmet que l'on defiroit de votre côté que nous priffions en bonne part ce que différez de faire réponfe à ce que dès l'onzieme de ce mois vous a été par nous propofé & que dans Dimanche prochain nous faurions votre réfolution, nous avons eftimé, s'agiffant du bien & repos commun de cet Etat, de vous devoir faire la réponfe qu'aurez déja fue par ledit fieur de Talmet. Et toutesfois, Meffieurs, nous fommes contraints de vous dire, que les Princes & Seigneurs, de la part defquels nous fommes ici venus, fe trouvent en bien grande peine, de ce qu'en chofe qui concerne fi avant la Re-

ligion Catholique & le falut du Roïaume, ils n'ont vu jufqu'à
préfent qu'il y ait été donné l'avancement qu'ils jugent être fi
néceffaire pour faire ceffer nos miferes, & remettre notre Patrie en quelque meilleur état, qui eft la caufe que nous vous
prierons avec toute affection, de vouloir confidérer avec vos
prudences, que nous avons à rendre compte auxdits Princes
& Seigneurs, non-feulement de nos actions, mais auffi d'une
fi longue demeure & retardement qui advient en cette négociation, pendant laquelle ce Roïaume fe confume, nous ne
dirons pas à petit feu, mais d'une violente flâme, avec un furieux embrafement, qui ne tardera (s'il ne plaît à Dieu par
fa fainte grace de nous infpirer meilleurs confeils) d'anéantir & réduire en cendres, & les uns & les autres. Ce qui nous
fait craindre que nous ne foïons aux derniers jours de la maladie, eft que nous voïons que de jour en jour, d'heure à autre, il fe met en avant de nouvelles inventions, pour avancer,
& précipiter notre ruine. Si l'ambition infatiable de ceux de
la part defquels elles font propofées n'étoit connue à un chacun de vous, comme à nous-mêmes, fi l'on ne favoit, à notre
grand dommage, la violente paffion que de tout temps ils ont
montrée de fubjuguer notre Patrie, & fouler aux pieds la dignité du nom François, nous nous étendrions à le vous écrire;
mais vos prudences n'ont befoin de notre inftruction. Il nous
fuffira de vous dire, que depuis la venue de ces Députés du Roi
d'Efpagne, ils ont affez fait connoître par leur dire & actions
le venin qu'ils ont préparé pour empoifonner ce Roïaume. Ils
difent maintenant une chofe, maintenant l'autre. Ces grands
zélateurs de l'honneur de Dieu & de la France ne demandoient
au commencement, fi ce n'eft qu'il fût pourvu à ce qui concerne la fûreté Catholique. Vous nous l'avez mandé & fait imprimer. Ce zele de Religion les a fait entrer en goût de demander le Roïaume pour un Allemand, que prefque on ne favoit
pas en ce Roïaume s'il étoit au monde, & avec cet Allemand
ils veulent, contre la Loi Salique, Loi fondamentale du Roïaume, mettre le Sceptre entre les mains d'une Fille (1). Voïant
que leurs fineffes n'avoient pas fuccédé de ce côté-là, ils propofent de bailler la Fille d'Efpagne à celui que le Roi des Efpagnols choifira, c'eft-à-dire, qu'ils vous demandent que vous
mettiez l'élection de ce Roïaume au jugement & difcrétion du

_____

(1) L'Infante d'Efpagne.

Roi qui en a toujours été le plus certain ennemi (1) & le proposent avec tant de finesse, que les aveugles peuvent voir qu'ils
n'ont autre but que de perpétuer nos miseres, n'épargnant pour
cet effet ni paroles, ni argent, ni promesses qu'ils savent bien
ne pouvoir être contraints d'observer, pour nous tenir toujours
désunis & nourrir l'inimitié & la zizanie qu'ils ont semée parmi nous. Ils font état, que sur la deliberation de nommer celui qui devra épouser Madame l'Infante, ils feront aisément
couler une couple d'années. Et n'estiment pas, attendu la nécessité en la laquelle ils croient nous avoir réduits, que le corps
de cet Etat puisse subsister si longuement.

Messieurs, nous sommes contraints d'user de ce langage envers vous, non pour estimer que vous n'y voïez aussi clair &
plus clair que nous, mais pour ce que nous desirons que vous
& un chacun sache quelle est en cela notre opinion, sur quoi
ne pouvons prendre autre résolution que de nous affermir &
roidir de plus en plus à nous opposer aux mauvais & pernicieux desseins des ennemis communs de cet Etat. Ce n'est pas
que nous ne cherchions par tous moïens possibles aux hommes
qui ont Dieu, l'honneur & la charité de leur Patrie devant leurs
yeux, de nous reconcilier & réunir avec vous. Nous estimons
que le but où doivent tendre les gens de bien, est de pouvoir
vivre en repos avec dignité. Ce mot de repos comprend l'un
& l'autre, consistant en ce qui concerne la conservation de notre Religion, de nos honneurs, vies & biens. Si cette guerre
ne se fait pour autre occasion, nous ne voïons pas chose qui
doive empêcher que nous ne vivions les uns avec les autres en
paix, concorde & toute amitié. C'est le desir commun de tous les
gens de bien qui servent S. M. Ils ne prétendent aucun droit sur
vos biens. Ils estiment que le mal qui vous advient est le leur propre, & s'assurent tant de vos bontés, que vous n'estimez pas que
leur mal soit votre bien. Ils desirent votre conservation, vous
tenans pour membres très honorables & très utiles au corps de

_____

(1) On vouloit que Philippe donnât le
Roïaume de France à celui qui épouseroit
l'Infante, & on ignoroit sur qui ce choix
devoit tomber. Charles de Savoye, Duc de
Nemours, jeune Prince emporté par une
ambition démesurée, dit M. de Thou, L.
106, avoit envoïé le Baron de Théniffay à
Paris, pour conférer de l'affaire de l'Election avec le Duc de Mayenne son frere uterin. Il lui avoit fait offrir ses services pour

lui procurer les suffrages des Députés des
Provinces; mais en même il lui avoit demandé que s'il croïoit que les Espagnols ne
consentissent point à son Election, il l'ai-
dât à son tour (lui Duc de Nemours) à obtenir une place qu'il ne pouvoit occuper
lui-même. On peut voir le récit de toutes
ces brigues, & autres, qui avoient le même
but, dans le Livre cité de M. de Thou.

cette Couronne, pour le ſoutenement & honneur de laquelle
il combattent & combattront juſqu'au dernier ſoupir de leurs
vies. Quand ils ſe perdront, vous perdrez vos freres & bons
amis qui méritent d'être tenus pour bons & néceſſaires appuis
de la Monarchie Françoiſe. Ils font de vous & de votre valeur le même jugement. Quelle malédiction nous peut maintenant conſeiller d'aiguiſer nos couteaux contre ceux auxquels
nous ſommes obligés de deſirer tout bien & proſpérité? Nous
deſirons ſur toutes choſes que la Religion Catholique ſoit conſervée, & que l'ordre ancien en la ſucceſſion de la Couronne
ſoit obſervé ; de quoi pouvons-nous donc être accuſés, ſi ce
n'eſt de ce que nous ne voulons, ni pouvons conſentir de
ſouffrir le joug des anciens ennemis de la France ? S'il y a
choſe que de part ou d'autre ſoit demandée avec raiſon, celui qui s'y oppoſera ſera jugé déraiſonnable ; il en ſera blâmé
tout le temps de ſa vie, & ſa mémoire ſera honteuſe & déteſtable à la poſtérité. Au contraire, la mémoire de ceux qui
s'emploieront loïaument à délivrer leur Patrie du danger extrême où le malheur l'a précipitée, demeurera perpétuelle & très
honorable aux ſiecles à venir ; & eux vivant ſeront aimés, reſ-
pectés & honorés de tous les gens de bien, comme vrais enfans de Dieu & vrais François. Nous eſtimons à la vérité que
notre maladie eſt très grande, très dangereuſe & preſque mortelle. Mais nous n'eſtimerons point qu'elle ſoit incurable, s'il
plaît aux gens d'honneur & de valeur, tant d'un parti que d'autre, ſe dépouillant de toutes autres paſſions que de la Religion
& de l'Etat, conſidérer mûrement les cauſes & les remedes qui
ſe peuvent apporter à notre mal. Comme un Navire agité des
vents & des vagues, s'il donne ſur un banc, force eſt qu'il
s'ouvre, tellement que prenant eau, s'il n'eſt promptement
conduit à quelque Port ou Rade, il va à fond & ſe perd avec
les hommes & tout ce qui eſt dedans ; mais étant arrivé à bon
Port, il peut être ſecouru, & ce qui eſt dedans ſauvé, avec
le Navire que l'on pourra refaire & remettre en auſſi bon état
qu'il étoit auparavant. Ainſi nous dirons qu'il adviendroit en
ce Roïaume, qui a donné ſur un banc, un écueil de ſédition
qui l'a miſérablement ouvert aux Etrangers. Il eſt en un très
évident danger de ſe perdre & couler à fond, ſi nous tardons
de le conduire au Port de la paix. Mais nous voulons eſpérer
avec la bonne aïde de Dieu, que ſi nous ſerons ſi heureux
que de nous bien réſoudre à une bonne réconciliation, que
non

non-feulement nous nous garantirons de la violence de nos
ennemis, mais auffi que nous reprendrons nos premieres forces, & le même degré d'honneur & de prééminence que ce
Roïaume a tenu depuis mille ans en çà fur tous les Roïaumes
de la Chrétienté. C'eft le but où nous tendons, que de continuer cette Monarchie Françoife. C'eft le but où tend l'Efpagnol que de l'abattre, & vous follicite pour cet effet avec une
fi violente importunité, que vous procediez, nous ne dirons
plus à l'élection d'un nouveau Roi, mais que vous lui en donniez la nomination. Nous eftimons d'être bien fondés en nos
opinions, que l'élection qui fe feroit en ce Roïaume d'un autre Roi que celui que Dieu & la nature nous ont donné, mettroit
les affaires de la Religion Catholique & du Roïaume de France au plus miférable état qu'on l'ait vu depuis mille ans en çà.
Auffi n'eftimons-nous pas que vous vouluffiez, ni puiffiez,
comme auffi il n'appartient à aucun quel qu'il foit, de violer la
Loi fondamentale du Roïaume, qui donne la Couronne au
plus proche en dégré en ligne mafculine au Roi dernier décédé.
Les chofes à venir font invifibles, & n'y a rien de certain que ce
qui eft de Dieu & du paffé. Le plus certain jugement que nous
pouvons faire de l'avenir, eft de nous refoudre par ce qui eft
paffé. Ceux qui difent que c'eft chofe aifée d'ôter la Couronne
au Roi, ne fe remettent pas affez devant les yeux, qu'étant au
fervice du feu Roi tout ce qui eft maintenant joint au parti dont
eft Chef Monfieur le Duc de Mayenne, comme auffi étoient
tous les Catholiques qui font demeurés fermes & conftans au
fervice de Sa Majefté, le Pape, le Roi d'Efpagne, faifant toute
affiftance audit feu Roi, qui fut auffi favorifé des deniers des
Venitiens & du grand Duc de Tofcane, ce néanmoins tous ces
Potentats, toutes ces grandes forces ne purent abbattre ce Roi,
n'étant lors que le Roi de Navarre. Maintenant que légitimement & felon les ordres du Roïaume, il porte fur fa tête la Couronne de France, s'étant fait maître d'un fi grand nombre de
Villes & Païs ; lui aïant tous les Princes de fon fang, autres
Princes, tous les Officiers de la Couronne, un excepté, & la
Nobleffe en nombre infini, fait une fi grande & fi expreffe déclaration de la volonté qu'ils ont de le fervir, & lui rendre
toute fidelle obéiffance ; fe trouvant auffi fortifié de tant d'amitiés & alliances des Potentats Etrangers, comme fe peut-on
dire que ce foit chofe aifée de lui ôter cette Couronne ? Il fe
peut dire avec beaucoup d'apparence, qu'il eft aifé, avec l'appui

Tome V. A a a

des Princes qui foutiennent le parti qui lui eft contraire, de continuer longuement ou plutôt perpétuer nos miferes & calamités que notre Roïaume a fouffertes depuis cinq ans en-çà. À quoi de votre part nous defirons de tout le cœur qu'il y foit remedié. Vous prions & conjurons au nom de Dieu & par la charité qui eft due à la Patrie, de vous joindre & unir avec nous en ce faint defir & nous fortifier de vos bonnes volontés. Il faut que de part & d'autre nous nous efforcions de couper la racine à ce mal de divifion par tous moïens poffibles. Nous favons affez que nos ennemis ne prennent autre argument pour nourrir entre nous la divifion, & ne couvrent leurs mauvaifes volontés, que du manteau de Religion. C'eft ce qu'ils ont ordinairement en la bouche & qu'ils ont le moins dans le cœur. Enfin chacun a vu & fait maintenant que l'apoftume de leur exécrable ambition eft crevée. Il n'y a bon François qui ne foit offenfé de la puanteur qui en fort. Nous accordons avec vous, qu'il faut que de part & d'autre nos foïons prudens : auffi n'eft-il pas queftion de vouloir être prudent plus qu'il ne faut. Il y en a qui difent que fi les Catholiques étoient joints enfemble, il feroit aifé d'ôter la Couronne au Roi. Qui nous garantira que les Catholiques qui entreprendront de lui ôter la Couronne viennent à bout de leur entreprife ? Il y a trop plus d'apparence que fi le Roi eût été deftitué de l'affiftance de fes Sujets Catholiques & fût venu à bout de fes ennemis, comme toutes chofes qui fe décident par le jugement du couteau, font douteufes & incertaines, que la trop grande prudence dont l'on eût voulu ufer à chercher un autre Roi, n'eût fervi d'autre que de hâter fans aucune néceffité la ruine de la Religion Catholique. Car étant ainfi, que l'on feroit venu à confeils extrêmes, il étoit fort à craindre qu'auffi de l'autre part on ne fût venu à confeils extrêmes. Quelle néceffité nous a du ou doit forcer à prendre un confeil hazardeux, que d'expofer la Religion Catholique à un fi grand & fi évident danger & avec la Religion ce beau Roïaume de France, notre douce Patrie, nos honneurs, nos biens & nos moïens, s'il fera procédé à l'élection d'un autre Roi ? Il fe peut dire qu'au lieu d'avoir trouvé le chemin du repos & de la paix, l'on aura bâti en ce Roïaume un temple à la difcorde, un autel dreffé à la continuation & perpétuité de nos miferes, qu'il n'eft befoin que nous vous repréfentions, parceque vous en fouffrez votre bonne part, comme auffi nous y participons à la bonne mefure : non plus que nous ne pourrions fouffrir l'ardeur de deux Soleils s'ils

étoient au Ciel, aussi ce Roïaume de France ne peut souffrir
la domination de deux Rois. Nous lisons en notre histoire les sanglantes batailles qui ont été données entre les François, & ruines extrêmes advenues en ce Roïaume ès temps des deux premieres races de nos Rois, à cause que le Roïaume se divisoit lors entre les enfans des Rois. L'histoire dit, qu'en ces batailles il s'y entretuoit un si grand nombre de Noblesse Françoise, que depuis ce temps-là le Roïaume n'avoit pu être remis en sa premiere splendeur. Les Rois successeurs de Hugues Capet ont trop mieux avisé à la sureté & repos de cet Etat, laissant la Monarchie & Souveraineté à leurs fils aînés, ou au plus proche en dégré de leurs successeurs en ligne collatérale. Nous dirons donc, que ceux qui auroient consenti à l'élection d'un autre Roi auroient élu la voie de voir en ce Roïaume, tout le temps de nos vies & celles de nos enfans, tout malheur, ruine, & désolation. Car pour faire jouir en paix de cette Couronne celui qui auroit été ainsi élu, il faut, ou que le Roi à present regnant lui cede volontairement la place, ou qu'il soit forcé de le faire. Qu'il veuille ceder de son gré une telle dignité, il n'y a homme si fol qui le croie : aussi peu doit-on croire que ce soit chose aisée de l'en dépouiller : on l'a vû en campagne combattre contre un plus grand nombre, & principales forces des Princes qui vous assistent jointes aux vôtres. Vous avez connu quelle est sa valeur ; & m'assure que ses ennemis, s'ils ne se veulent faire tort, ne diront point que ce ne soit un Prince très généreux & très valeureux, & le plus digne de bien défendre la Couronne de France qu'homme qui soit sur la terre. Si-tôt que l'on auroit élû un autre Roi, la nécessité contraindra les uns & les autres de se résoudre à conseils extrêmes ; il n'y aura plus nul moïen, & le Roi qui regne à present, auquel Dieu a donné la Couronne, & celui qui se prétendroit avoir été élû, voudront user de puissance roïale contre ceux qui lui desobéiroient, qui est de confisquer, bannir, & faire mourir ceux qu'ils auront déclarés rébelles. Pourquoi est-ce que sans nécessité, & comme de gaieté de cœur, nous attirerons sur nos têtes cette calamité, avec l'embrasement, ruine & désolation de notre Patrie ? Aucuns disent que c'est le zele de Religion, la conservation de leurs vies, biens & honneurs, qui les fait prendre ce hasard, Si l'on peut obtenir par la paix ce que l'on desire, il n'est pas question de se mettre si avant au labyrinthe de cette guerre, que l'on a trouvée plus longue & plus rude à supporter, que les uns & les

autres n'eftimoient lorfqu'elle commença. Aïant donc éprouvé combien la rigueur de la guerre nous a apporté de ruine, effaïons maintenant ce que pourra la raifon & la douceur, & ne mettons pas en ligne de compte quelques vaines efpérances que l'on propofe, que vous trouverez enfin n'être autres que fonges d'hommes malades, & inventions de ceux qui ont conjuré notre ruine. Enfin, cette Election n'apporteroit à votre parti que ce qui y eft déja, & qui n'a fervi, & n'a pu fervir jufqu'à préfent, qu'à vous ruiner, & nous avec vous. Pardonnez-nous fi nous nous avancerons jufque-là, que de vous dire, que telles inventions ne ferviroient qu'à vous divifer, & au lieu d'attirer de votre côté les Princes & la Noblefse qui fert le Roi, vous les lieriez & affectionneriez davantage à continuer le fervice de Sa Majefté. Etant auffi à croire, que plufieurs d'entre vous prendroient opinion, que tels confeils ne font pas pour finir la guerre, mais plutôt pour la perpétuer tout le temps de nos vies. Pour notre regard, nous proteftons devant Dieu, & devant les hommes, que nous n'avons obmis autre chofe qui foit au pouvoir pour parvenir avec vous à une bonne & fainte réconciliation, comme vous vous êtes déclarés, vous conformans à nos defirs, que vous fouhaitiez qu'il plût au Roi prendre une bonne réfolution de fe réconcilier à l'Eglife. Nous nous y fommes loïaument & fort vivement emploïés, pour le zéle premierement que eftimons que ce feroit le falut de l'Etat, notre grand bien, comme auffi nous favons que ce feroit le vôtre. Et n'avons mis en oubli, qu'il y a plus de deux ans que les Principaux de votre parti ont fait dire au Roi, que c'étoit leur principal defir, la feule caufe, pour n'être en cela fatisfaits, qui les contraignoit de demeurer armés. Et de ce nous nous en remettons à ceux qui en ont porté la parole, qui font perfonnages d'honneur, & ne faut pas croire qu'ils aient mis en avant un tel propos fans en avoir eu charge bien exprefse. Les maux que depuis ce temps-là & vous & nous avons foufferts, nous enfeignent affez qu'il eft maintenant requis plus qu'il ne fut onques, que nous demeurions fermes & conftans en la même réfolution, de laquelle feule, après Dieu, dépend la confervation & le repos de cet Etat. Quand nous vous avons propofé en la conférence, que le Roi contenteroit tous fes bons Sujets Catholiques au fait de la Religion, vous nous avez dit que vous vous en réjouifsiez, le defiriez de tout le cœur, priiez Dieu qu'il infpirât au cœur de Sa Majefté cette bonne volonté de fe

reconcilier avec le faint Siége; que de votre part vous envoie-
riez par devers Sa Sainteté, pour avoir fon bon & paternel avis
fur l'état des affaires de ce Roïaume, feriez tous bons offices,
nous priant de nous vouloir comporter enforte qu'il n'avînt
aucun Schifme en l'Eglife Catholique, & que nous nous em-
ploïaffions à contenir toutes chofes en douceur, & au chemin
de la paix & union, qui nous eft fi néceffaire. Meffieurs,
nous n'avons rien obmis de tout ce qui eft en notre pouvoir,
afin de vous donner tout le contentement que pouvez attendre des perfonnes qui vous aiment, & defirent votre amitié.
Le Roi s'eft déclaré qu'il accordera volontiers une treve, afin de
donner quelque relâche à fon pauvre peuple de tant de miferes
que la guerre lui fait fouffrir. Il y a maintenant cinq femaines
que cela vous a été propofé de notre part, & réiteré à notre
derniere conférence. Nous avons avec beaucoup de patience,
& d'incommodités, attendu votre réponfe; ce n'eft pas la néceffité des affaires du Roi qui nous en a fait parler. Sa Majefté
avoit alors fon armée prête, qui a, durant ces longueurs, exécuté la prife de la pauvre Ville de Dreux, qui a fouffert ce que
les ennemis de ce Roïaume defirent, au très grand regret de Sa
Majefté & de fes Serviteurs, dont il vous peut affez apparoir:
parceque fur la nouvelle que l'on eut de l'entreprife de Dreux,
nous vous fîmes entendre que vous vous deviez hâter de nous
faire réponfe. Nous en avons écrit à Sa Majefté qui nous a fait
fa bénigne réponfe; qu'encore qu'elle tînt pour affuré la prife
de ladite Ville, fi eft-ce qu'elle vouloit donner au bien public
le dommage qu'elle pouvoit fouffrir, pour ne l'avoir remife en
fon obéïffance. Meffieurs, nous ne pouvons regarder à yeux fecs
les calamités de ce Roïaume, la défolation des bonnes Villes,
& fur tout celle de Paris, qui a déja tant fouffert. Il ne s'agit
pas ici des feux qui fe mettent en la Tartarie, ou en la Mofco-
vie; c'eft notre Patrie qui brûle, qui fe perd, qu'on réduit en
poudre, & en cendres. Nous en pleurons & gémiffons dans nos
cœurs; nos miferes font pleurer nos amis, & rire nos ennemis,
qui eft l'extremité des malheurs qui peuvent advenir aux hommes. Nous fommes attendant votre réponfe, que nous avons
interêt de favoir en bref: & comme nous penfons, & penfons
le bien favoir, la bonne Ville de Paris y eft plus intereffée que
nulle autre; elle n'a déja que trop fouffert, où on ne favoit que
c'eft de fouffrir. Nous n'ignorons pas que les Efpagnols vous
veulent paître de l'efpérance de leurs armées, qui ont été bat-

tues quand elles ont voulu combattre , & depuis ont fui le combat comme la peste , estimant qu'ils font assez de nous ruiner , consommer nos forces , & faire mourir par nos propres armes la Noblesse Françoise tant d'une part que d'autre. Quelque armée qu'ils puissent faire venir près de Paris , qui n'en approchera point qu'à leur grand'honte & confusion , elle ne servira de rien que d'achever & consommer les vivres qui font encore en cette bonne Ville , pour en faire approcher l'armée du Roi , qui se trouvera lors fortifié de la grace de Dieu , qui aura réuni Sa Majesté à la Religion Catholique. Ce qui redouble le courage à tous ses bons Sujets Catholiques , qui pour rien du monde , ne le pourroient maintenant abandonner , & nul d'eux ne le peut plus faire , si ce n'est en abandonnant son honneur , les aïant Sadite Majesté gratifiés d'un don qui leur est si cher , & si précieux , que de s'être déclarée de si bonne volonté à se joindre à eux en la Religion Catholique , & à témoigner par tous bons effets à notre Saint Pere l'honneur & respect qu'il lui veut porter , & à tous ses Successeurs au Saint Siege Apostolique. Nous vous disons derechef , que cette sainte résolution de Sa Majesté a redoublé le cœur aux Catholiques , que les principaux ont dit , que bien qu'il leur ait été grief de voir ci-devant consommer tous leurs revenus à la suite de ces guerres , que maintenant ils vendront fort volontiers leurs plus beaux héritages , pour témoigner à leur bon Roi , s'étant fait Catholique , l'affection qu'ils ont de s'opposer à tous ceux qui entreprendront contre son autorité. Ils considerent , & nous avec eux , que cette guerre ruine la Religion Catholique , apporte toute confusion & déreglement en tous les Ordres du Roïaume , remplit notre Nation de tous vices , corruption de mœurs , mépris de toutes loix divines & humaines ; que la justice est foulée aux pieds , & soumise à la violence des plus forts & des plus méchans. Considerez que nous voïons déja plus d'un million de familles réduites à pauvreté , la plupart à mendicité , qu'il n'y a presque un seul Ecclésiastique qui jouisse en repos de son Bénéfice , la plupart en font déchassés , le service divin est abandonné , se contristent , voïant qu'une partie des Sujets de ce Roïaume se trouvent sans Pasteurs Ecclésiastiques , & administration des saints Sacremens ; que les Princes mêmes , & principaux Seigneurs ne peuvent jouir de leurs revenus : considerent par là à quoi est réduite presque toute la Noblesse , se représentant devant les yeux en quelle décadence , ruine , & desefpoir font tombées toutes les Villes de ce Roïaume, & principalement celles qui fuivent votre parti. Mais fur tout , ils ont une extrême compaffion du pauvre peuple des champs , du tout innocent de ce qui fe remue en ces guerres. Les raifons déduites ci-deffus , & plufieurs autres que nous obmettons pour brieveté , nous font du tout réfoudre , que nous ne pouvons , ni devons avoir , de part ni d'autre , aucune efpérance de falut en cette guerre. La continuation de laquelle pourroit faire perdre la Religion , l'Etat , & tous les gens d'honneur , & de valeur qui affectionnent la confervation d'icelui. Nous avons déja fouffert infinies calamités , au defir , au fouhait , & à la dette de nos ennemis. L'Efpagnol a jetté les yeux fur nous , & fait fon compte , que la perte de cet Etat ne peut advenir au profit de ceux qui s'entrebattent maintenant. C'eft pourquoi il favorife fi puiffamment cette divifion , que nous prions Dieu de vouloir bientôt finir par une bonne réconciliation entre nous , à fa gloire premierement , confervation du nom & de la Couronne Françoife , repos , & contentement de tous les gens de bien , tant d'un parti que d'autre. Il a plû à Dieu nous vifiter par la rigueur de beaucoup de miferes & calamités que nous avons fouffertes , nous les prendrons pour admoneftement d'un bon Pere , fi nous voulons être appellés fes enfans. Ce que jufqu'à préfent il n'a pas permis notre entiere ruine , comme il femble que toutes chofes y étoient & font encore difpofées , nous le devons recevoir pour une offre qu'il nous fait de fa grande miféricorde. Il nous donne temps pour nous reconnoître , & fuivre meilleurs confeils , aïant été affez avertis par l'expérience des maux que de part & d'autre nous avons foufferts , que le chemin qui a été fuivi jufqu'à préfent eft le chemin de la mort de ce Roïaume. Nous vous prions de nous pardonner , fi peut-être nous avons parlé de ces affaires avec plus de véhémence que quelques uns ne voudroient. Nous adreffons cette lettre à perfonnages de grand honneur , que nous eftimons aimer , & affectionner la profpérité de cet Etat ; & penfons , que fi les gens d'honneur qui font parmi vous , fe voudront déclarer auffi ouvertement de ce qu'ils ont fur le cœur , comme font fans aucune pudeur ceux qui font contraires à la paix , que le nombre de ces protecteurs de la fédition & guerre civile fe trouvera fi petit & de fi peu de confidération , que nous tarderons longuement à voir une bonne & heureufe fin à nos malheurs , & ce beau Roïaume remis en fon ancienne fplendeur & dignité.

1593.

Et fur ce, Meſſieurs, nous prierons Dieu, après nous être humblement recommandés à vos bonnes graces, de vous donner très bonne & très longue vie.

C'eſt de Saint Denis, le vingt-troiſieme jour de Juin 1593. Et au deſſous eſt écrit, Vos humbles & affectionés à vous faire ſervice, D. Arch. de Bourges (1), Bellievre, Chavigny, Gaspard de Schomberg, Camus, A. de Thou, et Revol.

Et à la ſuſcription eſt auſſi écrit, *à Meſſieurs, Meſſieurs les Députés de la part de Monſieur le Duc de Mayenne, & de l'aſſemblée étant preſent à Paris.*

Et a été ladite lettre envoïée à Monſieur l'Archevêque de Lyon (2), enſemble une lettre qui lui a été particulierement écrite.

Avertiſſement.

Tandis que les Députés pour deviſer de la Religion en préſence du Roi s'aſſembloient, & que les Etats de Paris pourſuivoient pour conférer de leurs affaires, où les Chefs, ſpécialement le Duc de Mayenne, le Légat du Pape, le Duc de Feria, Eſpagnol, & autres avoient leurs pratiques diverſes au regard d'un nouveau Roi, & tendantes toutesfois à même but, qui étoit d'entretenir la guerre en France, le Parlement de Paris voulant couper broche à tant de pratiques, & jetter les Eſpagnols hors du Roïaume, ſe comporta comme s'enſuit.

(1) C'étoit Renaud de Beaune, qui occupoit alors le Siége de Bourges.
(2) C'eſt-à-dire à Pierre d'Eſpinac.

ARREST

ARREST

DONNÉ EN LA COUR DE PARLEMENT*,

A Paris, le 28ᵉ. jour de Juin 1593.

SUR la Remontrance ci-devant faite par le Procureur du Roi, & la matiere mise en délibération, la Cour, toutes les Chambres assemblées, n'aïant, comme elle n'a jamais eu, autre intention que de maintenir la Religion Catholique, Apostolique & Romaine en l'Etat & Couronne de France, sous la protection d'un Roi Très-Chrétien, Catholique & François; a ordonné & ordonne que Remontrances seront faites cet après dîné par Monsieur le Président le Maître (1), assisté d'un bon nombre de ladite Cour, à Monsieur de Mayenne, Lieutenant Général de l'Etat & Couronne de France, en la présence des Princes & Officiers de la Couronne étant de présent en cette Ville, à ce qu'aucun traité ne se fasse pour transférer la Couronne en la main des Princes ou Princesses étrangers; que les Loix fondamentales de ce Roïaume seront gardées, & les Arrêts donnés par ladite Cour pour la déclaration d'un Roi Catholique & François, soient exécutés, & qu'il ait à emploïer l'autorité qui lui est commise pour empêcher que, sous le prétexte de la Religion, la Couronne ne soit transferée en main étrangere, contre les Loix du Roïaume; & pour venir le plus promptement que faire se pourra au repos du Peuple, pour l'extrême nécessité de laquelle il est rendu, & néanmoins dès-à-présent, a déclaré & déclare tous faits, faits, & qui se feront ci-après, pour l'établissement d'un Prince, ou Princesse étrangere, nuls & de nul effet & valeur, comme faits au préjudice de la

---

* Cet Arrêt est aussi dans le Journal de Henri IV, tom. 1. pag. 173, édition de Paris 1736 in-8°. L'Auteur du Journal dit sur cela : » Cet Arrêt a surpris tous les Partis; aucuns disent qu'il a été conseillé secrettement par le Duc de Mayenne, pour suspendre l'Election d'un Roi, & prendre ses mesures pour se conserver dans sa » Charge ; d'autres, que le Parlement l'a » donné de son propre mouvement, pour » conserver les Loix fondamentales du » Roïaume, dont ils sont les défenseurs. «

(1) Jean le Maître, dont la famille subsiste encore avec honneur dans le Parlement de Paris : Jean le Maître fut premier Président.

Loi Salique, & autres Loix fondamentales du Roïaume de France. Fait à Paris, le 28 Juin 1593 (1).

De cet Arrêt s'enfuivit le débat, dont le Sommaire eft ajouté.

Du Mercredi, dernier jour de Juin.

MOnfieur de Belin (2) alla le matin au Palais, & dit à Monfieur le Préfident le Maître que Monfieur de Mayenne avoit grande affection de parler à lui, mais qu'il vouloit que cela ne vînt point de lui, ains dudit Sieur de Belin, & le pria d'y vouloir aller incontinent après dîné, au logis de Monfieur Lyon, où ledit Sieur de Mayenne avoit dîné, accompagné de deux des Confeillers de la Cour, tels qu'il les voudroit choifir; ce que ledit Sieur Préfident fit, aïant pris, pour l'accompagner, Meffieurs de Fleuri & d'Amours (3): étant arrivés trouverent ledit Sieur de Mayenne, avec Meffieurs de Lyon & de Rofne (4).

Ledit Sieur le Maître dit que le matin ledit Sieur Belin étoit venu au Parlement, & lui avoit dit que ledit Sieur Duc defiroit de parler à lui, & qu'ils y étoient venus pour favoir ce qu'il defiroit d'eux.

Alors fut répondu par Monfieur de Mayenne, que la Cour lui avoit fait un grand tort & affront, & que vû le rang qu'il tient de Lieutenant Général de la Couronne, ladite Cour avoit ufé de bien peu de refpect en fon endroit, d'avoir donné fon Arrêt lundi dernier, & que comme Prince & Lieutenant Général de l'Etat, & Pair de France, on l'en devoit avertir, comme auffi les autres Princes & Pairs de France, qui font en cette Ville, pour (fi bon leur eût femblé) s'y trouver, avec plufieurs propos aigres de colere.

A quoi fut répondu par ledit Sieur le Maître, que pour le

(1) On ne put faire les Rémontrances ordonnées par cet Arrêt le même jour, parceque le Duc de Mayenne refufa, fous quelque prétexte, de les entendre. Elles furent faites le lendemain, à l'Hôtel de Nevers, où étoit le Duc de Mayenne; & ce fut le Préfident le Maître qui porta la parole. Voiez le précis de ces Remontrances au Livre 106 de l'Hiftoire de M. de Thou.

(2) François de Faudoas, Comte de Belin, Gouverneur de Paris pour la Ligue;

depuis fait Chevalier de l'Ordre du Saint Efprit.

(3) Etienne de Fleury, & Pierre d'Amours, Confeillers. Le récit de cette conférence fe lit auffi dans l'Hiftoire de M. de Thou, vers la fin du Livre 106.

(4) M. de Rofne fut créé Maréchal de France, & Gouverneur de l'Ifle de France, par le Duc de Mayenne, contre l'avis de tout le Parlement.

respect & honneur que la Cour porte audit Sieur Duc, elle l'a-voit averti dès le vendredi précédent de ce qui se devoit traiter au Parlement, & que, suivant sa priere, ils avoient différé leur assemblée jusqu'au lundi; mais que n'aïant eu aucune de ses nou-velles, la Cour auroit trouvé bon de passer outre, comme elle a fait; & que si il eût été présent, il eut connu que la Cour ne parla jamais des Princes qu'avec autant d'honneur & de respect, comme elle avoit fait de lui, & que l'intention de la Cour n'é-toit point de mécontenter personne, ains de faire justice à tous.

Sur ce Monsieur de Lyon (1) prit la parole, & avec colere remontra que la Cour avoit fait un grand affront audit Sieur Duc d'avoir donné un tel Arrêt, qui pourroit causer une divi-sion entre nous, à l'avantage de l'ennemi.

Monsieur le Maître lui repliqua soudain, & lui dit, que M. le Duc de Mayenne avoit usé de ce mot d'affront, qu'il avoit passé sous silence pour l'honneur & le respect que la Cour lui porte en général, & en particulier, mais que de lui, il ne le pouvoit endurer, pource que c'étoit lui qui le devoit à la Cour, que la Cour n'étoit point affronteuse, ains composée de gens d'honneur & de vertu qui faisoient la justice, & qu'une autre-fois il parlât de la Cour avec plus d'honneur, de respect & mo-destie.

Monsieur de Mayenne dit qu'il ne trouvoit point cela tant étrange de tout le corps de la Cour, que d'aucuns Particuliers & des plus grands d'icelle, lesquels il avoit avancés de plus belles charges & dignités.

Ledit Sieur le Maître lui fit réponse, que s'il entendoit par-ler de lui, qu'à la vérité il avoit reçu beaucoup d'honneur de lui, étant pourvu d'un Etat de Président en icelle; mais néan-moins qu'il s'étoit toujours conservé la liberté de parler fran-chement, principalement des choses qui concernent l'honneur de Dieu, la justice, & le soulagement du Peuple, n'aïant rap-porté autre fruit de cet Etat en son particulier, que de la peine & du travail beaucoup, lequel étoit cause de la ruine de sa Mai-son, & que lui étoit exposé à la calomnie de tous les Méchans de la Ville.

Le Sieur de Mayenne dit, que cet Arrêt seroit cause d'une sédition & division du Peuple, & qu'on les voïoit déja assem-

(1) C'est-à-dire, l'Archevêque de Lyon, Pierre d'Espinac.

Bbb ij

blés par les rues à murmurer, même que depuis deux jours l'ennemi étant averti de cet Arrêt, s'étoit présenté la nuit près de cette Ville, pour voir s'il pourroit entreprendre quelque chose.

A cela fut répondu, que s'il y avoit aucun qui fût si hardi que de commencer une sédition, on en avertit la Cour, laquelle savoit fort bien les moïens de châtier les Séditieux, & qu'ils s'assuroient tant du Peuple, qu'il ne demandoit rien que le rétablissement de la Justice; quant aux ennemis, qu'il pense que ce soit faux donné à entendre par la menée des Espagnols.

Monsieur de Lyon dit, que s'il advenoit maintenant de traiter la paix avec l'ennemi, que l'honneur étoit déféré à la Cour, & non pas audit Seigneur de Mayenne.

A quoi fut répondu, que la Cour étoit assez honorée d'elle-même, & qu'elle ne cherchoit point l'honneur ni l'ambition, & prierent ledit Seigneur Duc & les autres, de leur dire s'il y avoit quelque chose en l'Arrêt qui ne fût de justice, & qui les ait pu tant offenser : car quant à eux, ils ne pensoient point que pour soutenir les Loix fondamentales de ce Roïaume, & pour maintenir la Couronne à qui elle appartient, & exclure les Etrangers qui les veulent attraper, ils aient fait autre chose que ce qu'ils devoient faire : au contraire cet Arrêt peut servir pour reconcilier & réunir tous les bons Catholiques François à la Couronne, & quant audit Sieur Président, il souffriroit plutôt cent fois la mort que d'être ni Espagnol, ni Hérétique.

Ledit Sieur de Rosne dit à Monsieur de Mayenne, que ledit Sieur le Maître avoit dit, quand la Cour faisoit quelques Remontrances aux Rois ou aux Princes, que ce n'étoit par nécessité, ains seulement quand elle trouvoit bon de ce faire.

Ledit Sieur le Maître dit, qu'il confessoit l'avoir dit, & le soutenoit, & qu'il ne lui pouvoit rien montrer en sa Charge, de laquelle il s'acquittoit aussi bien que lui de la sienne.

Ledit Sieur de Mayenne dit, que s'il eût été averti, & lui & les Princes s'y fussent trouvés.

Fut répondu, que la Cour étoit la Cour des Pairs de France, que quand ils y vouloient assister, ils étoient les bien venus; mais que de les en prier, elle n'avoit accoutumé de ce faire (1).

(1) Tout ce qui s'étoit passé dans cette occasion, dit M. de Thou, aïant été rapporté au Parlement, tous les Membres de ce Corps donnerent de grands applaudissemens à la fermeté du premier Président; & l'on résolut de maintenir, à quelque prix que ce fût, l'Arrêt qui venoit d'être rendu.

Avertissement.

APrès plusieurs pourparler, allées & venues, Lettres & Réponses de ces Députés de part & d'autre, les follicitations de ceux qui desiroient que le Roi fît profession de la Religion Romaine, gagnerent : tellement que le Roi, qui dès fa retraite de la Cour de France, plus de quinze ans auparavant avoit fait ouverte profession de la Religion Réformée, contre l'avis de fes Ministres & autres, alla à la Messe, & commença de fe trouver aux Temples & Exercices de la Religion Romaine : dont fut donné avis en fon nom, comme s'enfuit.

DE PAR LE ROI.

NOs Amés & Feaux : fuivant la promesse que nous fîmes à notre avenement à cette Couronne, par la mort du feu Roi, notre très honoré Seigneur & Frere dernier, décédé, que Dieu abfolve, & la convocation par nous faite des Prélats & Docteurs de notre Roïaume, pour entendre à notre instruction par nous tant desirée, & tant de fois interrompue par les artifices de nos ennemis. Enfin, nous avons, Dieu merci, conféré avec lefdits Prélats & Docteurs assemblés en cette Ville pour cet effet, des points fur lefquels nous defirions être éclaircis. Et après la grace qu'il a plu à Dieu nous faire, par l'infpiration de fon Saint Efprit, que nous avons recherchée par tous nos vœux & de tout notre cœur pour notre falut, & fatisfait par les preuves qu'iceux Prélats & Docteurs nous ont rendues par les écrits des Apôtres, des faints Peres & Docteurs reçus en l'Eglife, reconnoiffant l'Eglife Catholique, Apoftolique & Romaine être la vraie Eglife de Dieu, pleine de vérité, & laquelle ne peut errer, nous l'avons embraffée, & nous fommes réfolus d'y vivre & mourir. Et pour donner commencement à cette bonne œuvre, & faire connoître que nos intentions n'ont eu jamais autre but que d'être inftruits, fans aucune opiniâtreté, & d'être éclaircis de la vérité, & de la vraie Religion, pour la fuivre, nous avons ce jourd'hui oui la Messe, & joint & uni nos prieres avec ladite Eglife, après les cérémonies néceffaires & accoutumées en telles chofes, réfolus d'y continuer le refte des jours qu'il plaira à Dieu nous donner en ce

1593.

LETTRE DU
ROI HENRI
IV.

monde ; dont nous vous avons bien voulu avertir, pour vous réjouir d'une si agréable nouvelle, & confondre par nos actions les bruits que nosdits ennemis ont fait courir jusqu'à cette heure, que la promesse que nous en avons ci-devant faite, étoit seulement pour abuser nos bons Sujets, & les entretenir d'une vaine espérance, sans aucune volonté de la mettre à exécution. De quoi nous desirons qu'il soit rendu graces à Dieu par Processions & prieres publiques, afin qu'il plaise à sa divine bonté nous confirmer & maintenir le reste de nos jours en une si bonne & si sainte résolution.

Donné à Saint Denis en France, le Dimanche 25 Juil. 1593.

Signé, HENRI,

Et plus bas, POTIER.

Et à la suscription : *A nos Amés & Feaux Conseillers, les Gens de notre Chambre de Justice & Parlement, établie à Châlons.*

EXTRAIT DES REGISTRES
DE LA CHAMBRE DE PARLEMENT,
Séant à Châalons.

LA Cour aïant eu avis certain que Dieu le Créateur, inclinant aux humbles Prieres à lui faites continuellement, auroit ramené le Roi au giron de l'Eglise Catholique, Apostolique & Romaine, comme il a publiquement déclaré par effet, reconnoissant que c'étoit la vraie Eglise, selon les traditions de laquelle il vouloit vivre & mourir ; a ordonné & ordonne, qu'il sera envoïé à tous les Curés de ce ressort copie collationée de la Lettre du Roi, pour en faire lecture à leur Prône, à ce qu'un chacun se mette en devoir de louer Dieu, & lui rendre graces. Et désormais que lesdits Curés, & autres Ecclésiastiques, cessent de faire la Priere ordinaire que l'on faisoit depuis quatre ans, ains qu'ils reprennent l'ancienne Oraison que l'on a accoutumé de toute ancienneté faire pour les Rois de France Très Chrétiens.

Fait à Châlons en Parlement, le 29 Juillet 1593.

Avertiffement.

CÉs Lettres furent fuivies de plufieurs Difcours, Libelles , Epigrammes de quelques Courtifans & autres ; tant à Paris qu'en autres endroits du Roïaume, où ceux de la Religion Réformée gémiffoient , fans toutesfois fe détourner de leur franche profeffion. Entr'autres Difcours & Avis fur ce qui étoit advenu, nous préfentons les deux fuivans.

DISCOURS

DES CEREMONIES OBSERVE'ES

A la converfion du très grand & très belliqueux Prince ,
Henri IV, Roi de France & de Navarre , à la Religion Ca-
tholique , Apoftolique & Romaine (1).

PREMIEREMENT, le Jeudi vingt-deuxieme jour du mois de Juillet , Sa Majefté étant venue de Mantes à Saint Denis en France, le lendemain, qui étoit le vingt-troifieme dudit mois , fut depuis les fix heures du matin jufqu'à une heure après midi , affifté de Monfeigneur le Révérendiffime Archevêque de Bourges, Patriarche, Primat d'Aquitaine , & Grand Aumônier de France, & de Meffieurs les Révérends Evêques de Nantes , du Mans, & nommé à l'Evêché d'Evreux, & par eux inftruite à la Religion Catholique, Apoftolique & Romaine : outre qu'auparavant , fouvent Sa Majefté feroit entrée en difcours avec plufieurs Hommes doctes Catholiques , par lefquels elle auroit été affurée & confirmée , que l'Eglife Catholique , Apoftolique & Romaine étoit la vraie Eglife. Et à l'inftant, fuivant ladite inftruction, Sa Majefté fit défenfe à fon premier Maître d'Hôtel ne le plus fervir de viandes défendues par ladite Eglife , avec exprès commandement d'obferver exactement les jeûnes ordonnés par icelle.

(1) Il y a eu auffi un Procès-Verbal de la Cérémonie de l'abjuration de Henri IV. Il fe lit au Tome fecond de l'Hiftoire de Touloufe , par la Faille , page 89 du Recueil des Piéces, *in-folio* , à Touloufe , 1701. Voïez auffi l'Hiftoire de M. de Thou, au Livre 107, vers le commencement ; & le Journal de Henri IV. par l'Etoille, aux dates indiquées.

Le Dimanche vingt-cinquieme dudit mois, fur les huit à neuf
heures du matin, Sa Majefté, revêtue d'un pourpoint & chauffes
de fatin blanc, bas à attaches de foie blanche & fouliers blancs,
d'un manteau & chapeau noir, affiftée de plufieurs grands Princes & Seigneurs, Officiers de la Couronne, & autres Gentilshommes en grand nombre convoqués par Sa Majefté pour cet
effet, des Suiffes de fa Garde, le Tambour battant, les Officiers de la Prevôté de fon Hôtel, fes autres Gardes du Corps,
tant Ecoffois que François, & de douze Trompettes tous marchans devant lui, fut conduite depuis la fortie de fon logis,
jufqu'à la grande Eglife dudit Saint Denis, très richement préparée de tapifferies relevées de foie & fil d'or, pour la recevoir:
où les rues auffi tapiffées & pleines & jonchées de fleurs, le peuple venu exprès de toutes parts & en nombre infini pour voir
cette fainte Cérémonie, crioit d'allegreffe, *Vive le Roi*, *Vive
le Roi*, *Vive le Roi*.

Sadite Majefté arrivée au grand portail de ladite Eglife, &
de cinq à fix pieds entrée en icelle, où mondit Seigneur de
Bourges l'attendoit affis, en une chaire couverte de damas blanc,
où fur les bouts du doffier étoient les armes de France & de Navarre; auffi Monfeigneur le Cardinal de Bourbon, accompagné
de plufieurs Evêques & de tous les Religieux dudit Saint Denis,
qui là l'attendoient avec la Croix & le facré Livre de l'Evangile, ledit Seigneur de Bourges qui faifoit l'Office, lui demanda
quel il étoit, Sa Majefté lui répond, *Je fuis le Roi*. Ledit Sieur
de Bourges replique, que demandez-vous? *Je demande*, dit Sa
Majefté, *être reçu au giron de l'Eglife Catholique*, *Apoftolique
& Romaine*. Le voulez-vous, dit Monfeigneur de Bourges. A
quoi Sa Majefté fit réponfe, *Oui, je le veux & le defire*. Et
à l'inftant, à genoux Sadite Majefté fit profeffion de fa Foi
difant:

» Je protefte & jure devant la face de Dieu tout-puiffant, de
» vivre & mourir en la Religion Catholique, Apoftolique &
» Romaine; de la proteger & défendre envers tous, au péril
» de mon fang & de ma vie, renonçant à toutes héréfies con-
» traires à celles de ladite Eglife Catholique, Apoftolique &
» Romaine «. Et à l'heure bailla à mondit Sieur de Bourges un
papier, dedans lequel étoit la forme de fadite profeffion fignée
de fa main.

Cela fait, Sadite Majefté encore à genoux à l'entrée de ladite
Eglife, baifa l'anneau facré de mondit Seigneur de Bourges,
&

& aïant reçu de lui l'abſolution & bénédiction, fut relevée, non ſans grande peine, pour la grande multitude & preſſe du peuple épars en icelle, & juſques ſur les voutes & ouvertures des vitres, & conduite au Chœur de ladite Egliſe par Meſſieurs les Révérends Evêques de Nantes (1), de Sées (2), de Digne, Mal-lezez (3), de Chartres (4), du Mans (5), d'Angers (6), Meſſire René d'Aillon Abbé des Châtellieres (7), nommé à l'Evêché de Baïeux, Meſſire Jacques d'Avi du Perron (8), nommé à l'Evêché d'Evreux, les Religieux & Couvent de ladite Egliſe de Saint Denis, les Doïens de Paris, de Beauvais, les Abbés de Bellozane & de la Couronne, l'Archidiacre d'Avranche, nommé à l'Abbaïe de Saint Etienne de Caen, les Curés de Saint Euſtache, Saint Suplice (9), Docteurs en Théologie, Frere Olivier Beranget (10), auſſi Docteur en Théologie & Prédicateur ordinaire du Roi. Les Curés de Saint Gervais & de Saint Méderic de Paris pré-ſens, leſquels Sadite Majeſté étant à genoux devant le grand Autel, réitera ſur les ſaints Evangiles ſon ſerment & proteſta-tion ci-deſſus. Le peuple criant à haute voix, *Vive le Roi, Vi-ve le Roi, Vive le Roi.*

Et à l'inſtant Sa Majeſté fut relevée derechef par mondit Sei-gneur le Cardinal (11), & Monſeigneur de Bourges (12), & con-duite audit Autel, où aïant fait le ſigne de la Croix, baiſé le-dit Autel, & derriere icelui fut oui en confeſſion par ledit Sieur de Bourges; où cependant fut chanté en muſique ce beau & très excellent Cantique *Te Deum laudamus*, d'une telle harmonie, que les grands & petits pleuroient tous de joie,

---

(1) Philippe du Bec, depuis Archevêque de Reims, mort en 1594.
(2) De Seez. L'Evêque étoit Louis du Moulinet ou Molinet, Neveu de Pierre Duval, ſon Prédéceſſeur. Il eſt mort en 1601.
(3) Maillezais, dont le Siege fut depuis transféré à la Rochelle. L'Evêque étoit alors Henri d'Eſcoubleau, qui mourut en 1615. Il étoit oncle du Cardinal de Sourdis.
(4) L'Evêque de Chartres étoit Nicolas de Thou, de l'illuſtre famille de ce nom.
(5) C'étoit Claude d'Angennes qui ſié-geoit alors au Mans.
(6) Charles Miron; le même qui fit de-puis l'Oraiſon Funébre d'Henri IV. Il fut depuis Archevêque de Lyon, où il mourut en 1628.
(7) René de d'Aillon du Lude. Son Ab-

baïe étoit Notre Dame des Caſteliers en Poitou. Il ne put prendre poſſeſſion de l'E-vêché de Bayeux qu'en 1598. Il mourut en-viron deux ans après.
(8) Jacques Davy du Perron, ſi connu par ſes controverſes.
(9) C'eſt Saint Sulpice. Les Curés nommés ici étoient, René Benoît, Curé de Saint Euſtache, Claude de Morenne, Curé de Saint Merri, depuis Evêque de Seez, Jean de Chavignac, ou Chavagnac, Curé de St Sulpice, Guinceſtre, Curé de St Gervais.
(10) Frere Olivier Beranger étoit Domi-nicain. Il avoit pris le Bonnet de Docteur le 23 Avril 1586. Il avoit fait profeſſion à Tours.
(11) Le Cardinal de Bourbon.
(12) Renaud de Beaune.

Tome V. Ccc

continuant de même voix à crier *Vive le Roi*, *Vive le Roi*, *Vive le Roi*.

Confeſſée que fut ſadite Majeſté, mondit Seigneur de Bourges la ramena s'agenouiller & accotter ſur l'oratoire couvert de velours cramoiſi brun, ſemé de fleurs de lis d'or, qui là étoit préparé ſous un dais ou poeſle de même velours & drap d'or; & là, aïant à main droite mondit Seigneur de Bourges, & à la gauche, mondit Seigneur le Cardinal de Bourbon, & tout autour étoient auſſi tous leſdits Sieurs Evêques & autres ci-deſſus nommés; & au derriere, tous les Princes, Monſeigneur le Chancelier & Officiers de la Couronne, Meſſieurs des Cours de Parlement, du Grand Conſeil, Chambre des Comptes préſens, ouit en très grande dévotion la Grand'Meſſe, qui fut célébrée par Monſieur l'Evêque de Nantes, s'étant en ſigne de ce, Sadite Majeſtée durant icelle, levée lors de l'Evangile, baiſé le livre qui lui fut apporté par mondit Seigneur le Cardinal; fut auſſi à l'Offrande très dévotieuſement conduite par mondit Seigneur le Cardinal de Bourges, accompagné de Monſeigneur le Comte de Saint Paul qui alloit derriere; à l'élevation de la Sainte Euchariſtie & Calice, ſe proſterna les mains jointes en battant ſa poitrine; après *l'Agnus Dei* chanté, baiſé la Paix qui lui fut auſſi apportée par mondit Seigneur le Cardinal.

Ladite Meſſe finie, fut chanté mélodieuſement en Muſique, *Vive le Roi*, *Vive le Roi*, *Vive le Roi*, & largeſſe faite de grande ſomme d'argent, qui fut jettée dans ladite Egliſe, avec un applaudiſſement du peuple; & de-là, Sadite Majeſté, accompagnée de cinq à ſix cents Seigneurs & Gentilhommes, de ſes Gardes, de Suiſſes, Ecoſſois & François, Officiers de la Prevôté de ſon Hôtel, fut reconduite, le tambour battant, trompettes ſonantes, & artillerie jouant de deſſus les murailles & boullevers de la Ville, juſqu'à ſon logis, avec continuel cri du peuple, diſant, *Vive le Roi*, *Vive le Roi*; & avant le dîner, fut dit le *Benedicite*; après le dîner furent chantées Graces en Muſique, le tout ſelon l'uſage de ladite Egliſe Catholique, Apoſtolique & Romaine.

Après le dîner, Sadite Majeſté aſſiſta auſſi, d'une fervente & dévotieuſe affection, à la Prédication qui fut faite par mondit Seigneur de Bourges, en ladite Egliſe de Saint Denis, & icelle finie, ouit Vêpres auſſi dévotieuſement.

Et à l'iſſue deſdites Vêpres, Sa Majeſté monta à cheval pour aller à Montmartre , rendre graces à Dieu en l'Eglife dudit lieu ; au fortir d'icelle , fut fait un grand feu de joie, & à cet exemple ès Villages de la Vallée de Montmorenci , & ès environs dudit Montmartre , & de-là Sadite Majefté retourna à Saint Denis avec une réjouiffance de tout le peuple qui l'attendoit en criant encore plus qu'auparavant , *Vive le Roi , Vive le Roi , Vive le Roi.*

Et le Lundi vingt-fixieme jour dudit mois , Sadite Majefté fut reçue encore en une très belle & dévotieufe cérémonie en ladite Eglife, au devant de laquelle vinrent à l'entrée d'icelle Eglife les Religieux, tous vêtus d'habits facerdotaux , & avec la Croix, lui faire une très humble fupplication , favoir eft : d'embraffer leur protection , ce qu'il leur promit & jura faire.

AVIS AUX FRANÇOIS,

Sur la Déclaration faite par le Roi en l'Eglife Saint Denis en France.

Le 25 jour de Juillet 1593 (1).

Aïant plû à Dieu de permettre que nous aïons été vifités de très grieves afflictions auparavant , & depuis le décès du feu Roi , auquel aïant le Roi à préfent regnant légitimement fuccedé , nous efperions, attendu la juftice de la caufe, grande valeur & bonté de nature qui reluit en Sa Majefté, que nos malheurs finiroient en brief , ou par une heureufe victoire , ou par une bonne paix, que nous eftimerions trop plus heureufe, que toutes les victoires que l'on fauroit obtenir , contre ceux lefquels (ôté ce différend de la guerre civile) nous devons tenir & aimer comme nos propres freres. Mais n'étant les chofes fuccédées felon le defir des gens de bien , amateurs du repos , & profpérité de l'Etat , plufieurs ont confideré d'où ce malheur advient, à quoi , & à qui la faute en doit être imputée. Je veux le premier accufer mes fautes à Dieu , afin qu'il lui plaife excufer mes imperfections; & dirai librement ce que les Païens mêmes nous enfeignent, que fi nous voulons devenir juftes , il

(1) Cet avis a été imprimé à Tours chez Mettayer en 1593 *in-8°.*

faut premierement que nous confeſſions d'être injuſtes : N'eſtimons pas, accuſant les fautes d'autrui, de pouvoir excuſer les nôtres ; Dieu juge nos actions & intentions, non pas comme l'homme les veut feindre, mais comme en vérité, & ſans feintiſe
elles ſont. Penſons plus ſoigneuſement que nous n'avons fait
juſqu'à préſent à ce qui nous peut advenir, & reconnoiſſons
que quelque réſolution que l'homme ſache prendre, ſoit bonne, ſoit mauvaiſe, Dieu veut que l'évenement en ſoit incertain, afin que la témérité de l'homme ne préſume d'attribuer
à la prudence ce qu'il veut que notre humilité reconnoiſſe, &
en donne la gloire à ſa toute-puiſſance. Parlant doncques comme homme, comme vieil, comme vrai François, nourri de
longue main, & du tout affectionné au ſervice de la Couronne, je repréſenterai ici pluſieurs choſes qui ſont advenues depuis, & auparavant le décès du feu Roi, que Dieu par ſa ſainte grace veuille avoir en ſa gloire. Je dirai en premier lieu,
qu'étant le Roi à préſent regnant, venu au ſecours dudit Sieur
Roi ſon beau-frere, quelques mois auparavant qu'il ait été appellé à cette Couronne, & aïant entrepris ce voïage, contre
l'opinion de ſes plus anciens Serviteurs, avec la même aſſurance qu'il eut pu faire, s'il eût vu de ſes yeux que Dieu l'eût mené
par la main, il fit connoître à toute la France par une telle, &
ſi vertueuſe réſolution, quelle étoit ſon affection & fidélité envers ſon Roi, & combien il affectionnoit la proſpérité & conſervation de cette Couronne, pour laquelle il expoſa coura-
genſement ſa vie, & tous les moïens que Dieu lui avoit donnés.
Ce qui lui acquit une incroïable bienveillance, tant dudit Roi,
que des Princes, Seigneurs, Gentilshommes, & autres gens de
guerre qui aſſiſtoient & ſervoient Sa Majeſté : A laquelle étant
advenu ce malheureux accident, dont la France ne parlera
jamais qu'avec larmes, il n'y eut celui de tous ceux qui ſe trouverent en ladite Armée, de quelque qualité, grandeur, dignité, & condition qu'il fût, qui ne ſe ſoit mis en devoir de témoigner à notre bon Roi, & l'aſſurer qu'il lui rendroit tout le
temps de ſa vie, toute fidele ſujection, ſervice & obéiſſance,
ainſi que ſelon Dieu, & ſelon les Loix du Roïaume, il reconnoiſſoit d'être obligé. La même Déclaration fut faite par les
Princes, Seigneurs, & par un infini nombre de Nobleſſe, &
autres de tous Etats, qui étoient lors éloignés de ladite Armée.
A quoi fut par eux ajoutée une très humble & très inſtante
priere, à ce que le bon plaiſir de Sa Majeſté fût de vouloir, à

l'exemple des Rois ses Prédécesseurs, faire profession de la Religion Catholique, Apostolique & Romaine. Sur quoi Sa Majesté auroit pris résolution, & promis de mettre ladite prière en la considération que mérite chose de telle & si grande importance. Ce que s'étant par plusieurs fois représenté devant les yeux, & aïant sur ce pris le premier conseil avec Dieu, & sa conscience, & entendu quel étoit en cela l'avis des plus dignes Personnages de son Roïaume, elle eut fort desiré de pouvoir avancer le temps de la résolution que Dieu lui a maintenant inspirée de prendre, & faire savoir à ses Sujets. Mais pour les grandes & continuelles guerres, affaires & empêchemens dont elle a été surchargée & travaillée, plus par la mauvaise volonté d'aucuns Princes Etrangers, qui n'ont rien épargné pour achever la ruine que dès long-temps ils ont préparée, & commencée en ce Roïaume, que pour aucune occasion qu'aient eu ceux qui leur ont adhéré, de se soustraire de l'obéissance qu'ils lui doivent, n'auroit, jusqu'à présent, pu mettre à exécution, ce que pour ce regard elle a dès long-temps considéré & jugé devoir être fait. Et aïant maintenant donné à toute la France, & au surplus des Provinces Chrétiennes, un si certain témoignage, quelle est en cela sa résolution, par la Déclaration qu'elle a faite le Dimanche 25e jour du présent mois de Juillet, au-devant le grand Autel de l'Eglise Saint Denis, en présence de Monseigneur le Cardinal de Bourbon, & de plusieurs des plus anciens Prélats de ce Roïaume, qui sont des plus recommandés en sainteté de vie & excellence de Doctrine; assistés d'un bon nombre d'Ecclésiastiques, Docteurs en la Faculté de Théologie, & autres, desquels il a premierement pris instruction, & avec eux satisfait sa conscience, sur les points dont il pouvoit être en doute touchant la Religion, que dorénavant il étoit du tout bien résolu de suivre, & faire profession de la Religion Catholique, en laquelle les Rois ses Prédécesseurs ont très longuement & très heureusement regné. Ce qui a mu tous lesd. Seigneurs, Prélats, & Docteurs, d'approuver unanimement, & de commun accord, l'absolution des censures en la personne de S. M. Et pareillement, que Sad. M. seroit remise & restituée aux Sacremens & giron de l'Eglise, comme a été fait publiquement en leur présence, selon leurs conseils & desirs, par Monsieur l'Archevêque de Bourges, ledit jour de Dimanche; lequel n'a obmis en cet acte si saint & si solemnel, aucune formalité de celles qu'en tel cas sont requises, ordonnées & obser-

vées en l'Eglise Catholique, Apostolique & Romaine ; à quoi
ont aussi assisté aucuns Princes, plusieurs Officiers de sa Couronne, Grands Seigneurs de ce Roïaume, ses principaux Officiers des Cours de Parlemens de Paris & Rouen, un nombre
infini de Noblesse, & de Peuple, qui de toutes parts y étoit
accouru, avec une joie incroïable ; nous devons tous esperer
que Dieu, qui est le principal auteur d'un acte si saint, si desiré, & si nécessaire pour la conservation de la Religion Catholique, & de cet Etat, donnera à ce bon Roi la perfection de
ses graces, & ne l'abandonnera point de sa favorable assistance,
pour nous réunir tous en mêmes volontés, desir & affection de
conserver cet Etat, & inspirera dans nos cœurs de finir cette
malheureuse guerre, par un bon & perdurable accord ; nous
ouvrant les yeux, & faisant connoître d'où procede la source de
notre mal, que nous confessons tous être la division : mais
un chacun de nous ne juge pas au vrai quelle est, & qui est la
cause de cette division. Ce que considérant en moi-même, &
reprenant de plus haut, je dirai que si les maux que cette guerre
nous apporte, procedoient seulement de la haine que nous portent les Espagnols, nous les supporterions avec moins de douleur, nous résolvant qu'ils font ce qu'Ennemis ont intention de
faire ; le déplaisir plus grand que nous sentons en nos ames,
est que l'Espagnol s'aide du François, à la ruine de la France.
L'Empereur Charles Quint, entendant qu'il étoit blâmé de ce
que s'obstinant de faire la guerre à ce Roïaume, il laissoit cependant perdre le Roïaume d'Hongrie, brûler & ravager par
les Turcs les païs d'Autriche, dont il portoit le nom, & appartenoient à son frere Ferdinand, Rois des Romains, se contenta de dire, pour toute excuse, qu'il lui étoit plus utile & plus
nécessaire de ruiner la France, qu'il n'étoit interessé à la conservation desdits Roïaumes & Païs. Il a laissé cet enseignement
héréditaire au Roi Philippes son Fils, qui païa d'une même réponse le feu Duc de Parme, sur la difficulté qu'il faisoit d'abandonner les Païs-Bas pour venir au secours, c'est-à-dire, à la prolongation des miseres des Habitans de Paris. Ledit Roi, depuis
l'alliance qu'il contracta avec feu de bonne mémoire le Roi
Henri II, semble n'avoir eu en ce monde autre plus grand dessein, que de penser comme il pourroit mettre parmi nous la
dissention, & y nourrir la guerre civile ; se confiant que par ce
moïen nous nous affoiblirions tellement par la longueur &
continuation d'icelle, qu'enfin il ne lui seroit pas difficile d'en-

treprendre l'ufurpation de cet Etat ; pour à quoi parvenir, fes
Miniftres n'ont obmis chofe que la malice, rufe & fubtilité
des hommes puiffe inventer, qu'ils n'aient mis en ufage. Ce
Prince Efpagnol, qui a de fi longue main jetté les yeux fur ce
Roïaume, a fuivi tous les moïens qui fe peuvent tenir pour parvenir à la ruine & ufurpation d'icelui: comme il s'eft trouvé en
commodité de deniers, s'étant acquis le repos en toutes fes
Provinces par la paix qu'il a eu avec nous, il a avifé d'en faire
femer & diftribuer plufieurs grandes fommes en divers lieux
de ce Royaume, & par ce moïen a gagné le cœur & les volontés de plufieurs, qui fe font dits plus zelés que les autres à la
Religion Catholique, à ce qu'ils fuffent tant plus aifément excufés, de ce que, contre le naturel du François, ils fe montroient fi paffionnés pour l'Efpagnol. Or, nous aïant ledit Roi
d'Efpagne, par fes fubtilités & inventions, armés & acharnés
les uns contre les autres, il a envoïé quelque fecours de fes
gens de guerre au feu Roi Charles : ce que n'a pas été fait,
fans que pour cette occafion il foit entré en dépenfe ; mais il
a eftimé qu'elle étoit bien emploïée, parceque fe confervant en
repos, il nous entretenoit en guerre, & avoit ce plaifir de voir
que les François s'entretuoient & fe ruinoient eux-mêmes. Il
eftimoit auffi, que par ce moïen il acqueroit un grand avantage parmi les Catholiques, fe montrant fi prompt & fi affectionné à emploïer fes forces & fes moïens contre ceux qui fe
font départis de la Religion Catholique. Ces fecours, comme
un chacun fait, nous ont été vendus bien cher, & maintenant
ce Prince en pourfuit une bien lourde récompenfe ; ce qui nous
fait juger, que ce que ci-devant il a envoïé des forces au Roi
Charles, n'a pas été pour zele de Religion, mais feulement
parceque, fous prétexte de Religion, il couvoit en fon cœur
une infatiable ambition, de pouvoir un jour empieter & engloutir cet Etat, dont le feu Roi, que Dieu abfolve, fut bien
averti par feu Monfieur de Mandelot (1) ; lequel, comme fidele
Sujet & Serviteur de Sa Majefté, lui fit entendre ce que Madame de Nemours lui avoit déclaré, du propos que Monfieur
de Savoie lui auroit tenu lorfqu'elle fit un voïage en Piedmont,
en l'an quatre-vingt-quatre, la priant de perfuader Meffieurs fes
enfans de vouloir lever les armes contre ledit Sieur Roi, leur
donnant confeil de prendre ce prétexte, que ce qu'ils en faifoient étoit pour la confervation de la Religion Catholique.

(1) François Mandelot, Gouverneur du Lyonnois.

Ce faisant, les assuroit qu'ils auroient toute faveur & assistance
du Roi d'Espagne, qui feroit consigner entre ses mains la somme de deux millions d'or, dont il se rendoit responsable, pour
être ladite somme emploïée aux dépenses nécessaires pour le
soutenement de ladite guerre. A quoi ladite Dame fit réponse,
que ses enfans étoient bons Serviteurs du Roi, & qu'il ne falloit esperer qu'ils voulussent entreprendre aucune chose au préjudice du service de Sa Majesté ; & s'il est question de faire
apparoir de la vérité de ce fait, l'on a en main la preuve de l'a-
vis donné par ledit Sieur de Mandelot, & madite Dame de Nemours se trouve dans Paris, qui est mieux informée de ce fait,
que nul autre. Sur ce, nous appellons à témoin sa vertu & sa
conscience, comme aussi nous faisons celle de Monsieur le Duc
de Lorraine, s'il n'a su que le Roi d'Espagne a fait offrir au feu
sieur de Clervant, que pourvû que ce Roi, qui n'étoit lors que
le Roi de Navarre, se résolut de faire la guerre à bon escient
au feu Roi, c'est-à-dire, d'abattre & ruiner la Religion Catholique ; en ce cas, ce Roi Espagnol, qui se vante être le pillier
des Catholiques, lui feroit fournir pour le soutenement de ladite guerre, la somme de trois cens mille écus. Il y a un autre
fait de ce Roi, qui se dit si grand Catholique, qui nous témoigne assez ce qu'il a dans le cœur touchant la Religion. Notre Roi à présent regnant, se trouvant en sa Ville de Pau, il
y a environ onze ans, le Chevalier Moreo, qui a été l'un des
Négociateurs du Roi d'Espagne, & des principaux Architec-
tes de la derniere ruine advenue en ce Roïaume, fit entendre
à Sa Majesté, par le Vicomte de Chaux, avec lequel il avoit
traité sur la frontiere de Bearn, que s'il lui plaisoit de se résoudre de recommencer la guerre au feu Roi, ledit Roi d'Espagne
lui feroit fournir cinquante mille écus par mois, pour l'entretenement de son armée. Promettant outre cela de lui bailler une
grosse somme de deniers, demandant seulement (attendu qu'il
étoit Catholique) que les Villes qu'il prendroit en ce Roïaume,
avec les forces qu'il soldoïoit de ses deniers, fussent remises
entre les mains de Capitaines Catholiques, soit qu'ils se trouvassent en son armée, ou autres ; ne voulant empêcher que celles qui seroient surprises, par ceux qui faisoient profession de
la Religion, que tenoit ledit Sieur Roi, ne fussent par eux retenues & commandées, comme il verroit bon être ; & fut présenté à Sa Majesté, de la part dudit Moreo, la lettre que pour
cette occasion, il avoit reçue d'Espagne.

(Ici

(Ici la copie s'eſt trouvée défectueuſe de quelques pages.)

Comme ſe peut - il dire, avec le moindre fondement de raiſon, qu'étant le Parti qui fait la guerre à Sa Majeſté, uni & reconcilié avec les Catholiques qui lui font ſervice, il puiſſe à l'occaſion de ladite obéïſſance & réunion, advenir préjudice à la Religion Catholique? Je ne m'étendrai en long diſcours, ſur ce qui ſe doit craindre, ſi ceux du Parti contraire à Sa Majeſté refuſeront de lui obéir, & ſi leur malheur, & le nôtre, ſera ſi grand, qu'ils ſe réſolvent à l'élection d'un autre Roi; je dirai ſeulement, que cette élection rempliroit ce Roïaume de toutes ſortes de miſeres, ruines & calamités: une telle élection faite contre Dieu, & contre raiſon, ne fera pas que celui, ſur la tête duquel Dieu a mis cette Couronne, perde le cœur de bien défendre ſon héritage. Il eſt tenu par ſes amis & ſerviteurs, & redouté par ſes ennemis, pour le plus valeureux & réſolu Capitaine, qui ſoit aujourd'hui ſur la terre; une telle & ſi injuſte réſolution redoubleroit le courage à Sa Majeſté, à ſes bons confédérés, amis & ſerviteurs, pour réprimer l'audace de ceux qui ſe ſeroient ſi avant déclarés contre ſon autorité. Ceux du Parti de la Ligue ont aſſez éprouvé quelles ſont les forces, quelle eſt la valeur & le bonheur de Sa Majeſté, ès Batailles & rencontres qui ont été faites depuis ſon avenement à la Couronne. Le Pape, le Roi d'Eſpagne, & autres Princes, ont ci-devant aſſiſté ledit Parti de leurs principales forces & moïens, qui toutesfois n'en a juſqu'à préſent rapporté autre que perte, ruine & dommage: Dieu ne veut pas approuver les armes des Sujets qui déſobéïſſent à leur Roi. Celui qui ſeroit élu par ceux dudit Parti, n'y pourroit apporter autre que ce que nous y avons vû juſqu'à préſent, & juſqu'à préſent ne leur a de rien ſervi, qu'à les appauvrir, conſommer & ruiner, & nous avec eux. Nous ne pouvons attendre autre choſe d'une telle élection, ſi ce n'eſt qu'elle perpétueroit la Guerre civile en ce Roïaume, qui pourroit finir en brief par l'obéïſſance qui ſeroit rendue à notre Roi légitime; pour à quoi parvenir, Sa Majeſté a fait offrir la paix à ceux qui ſont demeurés en armes contre ſon autorité, deſirant de mettre fin à nos miſeres & aux leurs, offrant ſa bonne grace à ceux qui reconnoîtront ce en quoi les oblige le devoir de bons Sujets, étant

394 MEMOIRES

1593.
Avis aux
François.

prête de les embrasser, gratifier & honorer de toutes dignités & faveurs, selon leurs qualités & mérites. Nous savons
ce qui a été dit au Roi, par aucuns des principaux, & plus
qualifiés dudit Parti, de la part de M. le Duc de Mayenne,
il y a deux & trois ans; que s'il plaisoit à Sa Majesté de se
résoudre à suivre, & faire profession de la Religion Catholique, elle trouveroit en lui, & en ceux de son Parti, toute
fidélité & obéissance. Il n'y a pas deux mois, que l'on n'eut
su presque parler à un seul Gentilhomme dudit Parti, qui ne
se déclarât d'avoir cette volonté : plusieurs, & des plus qualifiés d'entr'eux, l'ont fait dire, dit & écrit au Roi. Si telles
déclarations ont été jugées bonnes & utiles, il y a deux &
trois ans, nous les devons maintenant tenir pour très salutaires, & très nécessaires pour la conservation de la Religion
& de l'Etat, que nous voïons le Peuple réduit à une si extrême misere, le Roïaume en un si évident danger, notre bon
Roi uni & très résolu à l'observation de la Religion Catholique, Apostolique & Romaine, ainsi qu'il nous a apparu par
ladite déclaration faite par Sa Majesté en l'Eglise de S. Denis,
ledit jour de Dimanche. Journée très heureuse, que Dieu,
après tant de ténébres, a fait reluire sur la France. Journée,
qui nous étoit autant desirée, & non moins nécessaire que le
Soleil même ; que tous les bons François célebreront à perpétuité, comme aïant été le port de leur salut, la porte que
Dieu, par sa grace, leur a ouverte, pour entrer en repos, &
sortir des miseres qui menaçoient ce Roïaume d'une lamentable ruine, la crainte de laquelle nous doit faire avoir en
horreur & abomination, l'ambitieuse poursuite des Espagnols,
qui présument (par le moïen d'une vaine promesse d'un mariage, qu'ils ne veulent faire en façon du monde, & ne se
fera jamais) pouvoir renverser ce Roïaume sens dessus dessous, rompre tous les ordres qui y ont été observés jusqu'à présent, abolir & violer la Loi Salique, Loi fondamentale de
l'Etat, pour le soutenement de laquelle le Roi a combattu
depuis quatre ans en çà, avec une vertu & valeur admirables,
contre un très puissant ennemi le Roi d'Espagne, assisté &
soutenu de la faveur & moïens d'aucuns qui moins le devoient
faire; méritant notre bon Roi, pour cette occasion, la même & plus grande louange de nous & de notre postérité, qui
est donnée par notre Histoire au Roi Philippe de Valois, qui
fut singulierement aimé, honoré & tenu pour Protecteur de

la Majesté Françoise, pour avoir soutenu la Loi Salique contre le Roi Edouard d'Angleterre (1), de laquelle Loi nos bons Peres ont estimé que la liberté & dignité du nom François dépend principalement, jugeant que ce leur seroit chose par trop honteuse, si ayant accoutumé de donner & Loix & Rois aux autres Nations, ils consentoient de tomber sous le joug des Etrangers. Que Dieu, par sa bonté, ne veuille souffrir que nous ajoutions ce crime à nos fautes; que la Postérité nous blâme, d'avoir cherché en Espagne & en Allemagne un Roi & une Reine, auxquels la France s'assujettisse, ou qu'aïons consenti de reconnoître pour Roi, un qui n'est du Sang Roïal, ainsi qu'est requis par la Loi Salique: ayant mêmement un Roi, issu de pere en fils, de ce bon Roi Saint Louis; un Roi, dis-je, dont la vertu est honorée par toutes les Provinces Chrétiennes, qui est en la fleur & au meilleur de son âge; que nous voïons d'une présence & Majesté vraiment Roïales, plein de bonté, clémence & humanité, très prompt à prendre un bon conseil, très résolu à de mettre à exécution, hardi, véhément & heureux aux Batailles; benin & modéré en la victoire, auquel nul effort de ses ennemis ne peut donner terreur, non plus qu'aucune passion de vengeance ne peut surmonter la bénignité de son cœur, qui desire, principalement, de pouvoir remettre son épée au fourreau, afin qu'il puisse faire régner la justice parmi ses Peuples, faire vivre en repos & tranquillité les trois Ordres de ce Roïaume, conservant un chacun en ce qui lui appartient, & affectionnant, comme il doit, & autant que chose de ce monde, le soulagement de son pauvre Peuple, desirant qu'il ne soit rien exigé sur lui, que ce à quoi l'on peut être contraint pour la nécessité & conservation de l'Etat. Que ceux qui font service, puissent avoir ce qu'ils méritent; que à ceux auxquels il est dû, soit donné le raisonnable contentement qui se peut, étant son principal but de faire connoître, par effet, combien il veut aimer les Princes, conserver son Clergé, favoriser sa Noblesse, gratifier ses Villes, & soulager le Peuple des Champs, faisant rendre à un chacun bonne & égale Justice, & ne desirant rien tant, après ce qui est du salut de son ame, que de pouvoir porter au Tombeau cette louange, qu'il a mérité d'être tenu pour très bon Roi, très vaillant à l'épée.

Pour conclure ce propos, nous prions, avec toute charité

(1) Voïez l'Histoire de Philippe de Valois, par M. l'Abbé de Choisy.

Dddij

Chrétienne, les François qui font en armes contre le Roi, &
les exhortons au nom de Dieu, & par la fraternité & amitié
qui fe doit entre perfonnes qui font nées fous les Loix d'un
même Roïaume; plufieurs de même Païs, de mêmes Villes;
plufieurs joints de proximité de fang, d'alliances & d'amitié,
faifant tous profeffion de même Religion, qu'ils veuillent,
par leurs bontés & prudences, aider à ôter cette maudite barriere de divifion, qui nous a fi miférablement féparés & éloignés les uns des autres, qui nous prive de la vue de nos amis,
& de la jouiffance de nos biens; ceux qui ont des enfans,
du moïen de les faire inftituer & élever à la vertu, & pourvoir felon leurs qualités & moïens; qui empêche le labourage
des Champs, ôte tout commerce aux bonnes Villes, qui eft
caufe d'introduire toute impiété en ce Roïaume; qui donne
toute impunité aux vices, qui fait que les Eglifes en infinis
lieux fe trouvent fans Prêtres, les Prêtres fans revenus &
moïens de vivre, le pauvre Peuple fans Service Divin: bref,
il fe faut réfoudre, que fi nous ne mettons fin à ces malheu-
reufes diffenfions, par un bon accord, nous ne tarderons pas
à voir que la France, ancien domicile de la Religion Catholique, & de toute humanité, le principal appui de la liberté
& fûreté des Provinces Chrétiennes, changera ce nom de
France, nom d'une vertueufe liberté, en nom de fervitude;
fon ancienne douceur & humanité, en l'inhumanité des plus
barbares des Indes; fa Religion, en diffolution, étant trop
vrai ce qu'a été dit par un Ancien, que la Guerre civile contient en foi toutes les idées des maux.

Avertiſſement.

LE Duc de Mayenne, & autres ſiens confidens, voïant une partie de leurs entrepriſes traverſée par ce qui étoit ainſi ſurvenu, & d'autre part que les pratiques des Eſpagnols enclinoient à entretenir toujours le feu de la diviſion par le moïen de l'élection d'un nouveau Roi, qu'on marieroit à l'Infante ; afin de donner quelque jour à leurs affaires, & rendre vaines toutes les menées Eſpagnoles, commencerent en Juillet à négocier une treve générale : tellement qu'après quelques allées & venues, les Articles en furent accordés comme s'enſuit.

ARTICLES

ACCORDÉES POUR LA TREVE GÉNÉRALE.

PREMIEREMENT,

QU'IL y aura bonne & loïale Treve & ceſſation d'armes générale, par-tout le Roïaume, Païs, Terres & Seigneuries d'icelui, & de la protection de la Couronne de France, pour le temps & eſpace de trois mois, à commencer, à ſavoir au Gouvernement de l'Iſle de France, le jour de la publication qui s'en fera à Paris & à Saint Denis, en même jour, & dès le lendemain que les préſens Articles ſeront arrêtés & ſignés. Ès Gouvernemens de Champagne, Picardie, Normandie, Chartres, Orléans & Berri, Touraine, Anjou & le Maine, huit jours après la date d'iceux. Ès Gouvernemens de Bretagne, Poitou, Angoumois, Xaintonge, Limouſin, Haute & Baſſe Marche, Bourbonnois, Auvergne, Lionnois & Bourgogne, quinze jours après. Ès Gouvernemens de Guyenne, Languedoc, Provence & Dauphiné, vingt jours après la concluſion dudit préſent Traité : & néanmoins finira par-tout à ſemblable jour.

II.

Toutes Perſonnes, Eccléſiaſtiques, Nobleſſe, Habitans des Villes, du plat-Païs, & autres, pourront durant la préſente treve recueillir leurs fruits & revenus, & en jouir en quelque

part qu'ils foient fitués & affis, & rentreront en leurs Maifons
& Châteaux des champs, que ceux qui les occupent feront tenus leur rendre, & laiffer libres de tous empêchemens : à la
charge toutesfois qu'ils n'y pourront faire aucune fortification
durant ladite Treve ; & font auffi exceptées les Maifons & Châteaux où y a Garnifons emploïées en l'Etat de la guerre, lefquelles ne feront rendues, néanmoins les Propriétaires jouiront des fruits & revenus qui en dépendent : le tout nonobftant
les dons & faifies qui en auroient été faits, lefquels ne pourront
empêcher l'effet du préfent accord.

III.

Sera loifible à toutes perfonnes de quelque qualité & condition qu'elles foient, de demeurer librement en leurs maifons,
qu'ils tiennent à préfent avec leurs familles, excepté ès Villes &
Places fortes, qui font gardées : efquelles ceux qui en font abfens, à l'occafion des préfens troubles, ne feront reçus pour y
demeurer, fans permiffion du Gouverneur.

IV.

Les Laboureurs pourront, en toute liberté, faire leurs labou-
rages, charrois & œuvres accoutumés, fans qu'ils y puiffent être
empêchés, ni moleftés en quelque façon que ce foit, fur peine
de la vie, à ceux qui feront le contraire.

V.

Le port & voiture de toutes fortes de vivres, & le commerce & trafic de toutes marchandifes, fors & excepté les armes
& munitions de guerre, fera libre, tant par eau que par terre,
ès Villes de l'un parti, & de l'autre, en païant les péages &
impofitions, comme ils fe lèvent à préfent ès Bureaux qui pour
ce font établis, & fuivant les pancartes & tableaux fur ce ci-
devant arrêtés : excepté, pour le regard de la Ville de Paris,
qu'ils feront païés fuivant le Traité particulier fur ce fait ; le
tout fur peine de confifcation, en cas de fraude, & fans que
ceux qui les y trouveront, puiffent être empêchés de prendre
& ramener les marchandifes & chevaux qui les conduiront, au
Bureau où ils auront failli d'acquitter. Et où feroit ufé de force & violence contr'eux, leur fera fait juftice, tant de la confifcation, que de l'excès, par ceux qui auront commandement
fur les perfonnes qui l'auront commis. Et néanmoins ne pourra

ront être arrêtés lefdites marchandifes, chevaux & vivres, ni ceux qui les porteront au-dedans de la banlieue de Paris, encore qu'ils n'aïent acquitté lefdites impofitions ; mais fur la plainte & pourfuite, en fera fait droit à qui il appartiendra.

VI.

Ne pourront être augmentées lefdites impofitions, ou autres nouvelles mifes fus durant ladite treve, ni pareillement dreffés autres Bureaux, que ceux qui font déja établis.

VII.

Chacun pourra librement voïager par tout le Roïaume, fans être aftreint de prendre paffeport : Et néanmoins nul ne pourra entrer ès Villes & Places fortes de parti contraire, avec autres armes, les gens de pied que l'épée, & les gens de cheval l'épée, la piftole ou harquebuze, ni fans envoïer auparavant avertir ceux qui y ont commandement, lefquels feront tenus bailler la permiffion d'entrer, fi ce n'eft que la qualité & nombre des perfonnes portât jufte jaloufie de la fûreté des Places où ils commandent : ce qui eft remis à leur jugement & difcrétion. Et fi aucuns du parti contraire étoient entrés en aucunes defdites Places, fans s'être déclarés tels, & avoir ladite permiffion, ils feront de bonne prife. Et pour obvier à toutes difputes, qui pourroient fur ce intervenir, ceux qui commandent efdites Places, accordant ladite permiffion, feront tenus la bailler par écrit fans frais.

VIII.

Les deniers des tailles & taillon feront levés, comme ils ont été ci-devant, & fuivant les départemens faits, & commiffions envoïées d'une part & d'autre, au commencement de l'année ; fors pour le regard des Places prifes depuis l'envoi des commiffions, dont les Gouverneurs & Officiers des Lieux demeureront d'accord par traité particulier : Et fans préjudice auffi des autres accords & traités particuliers déja faits pour la perception & levée defdites tailles & taillon, lefquels feront entretenus & gardés.

IX.

Ne pourront à toutes fois être levés, par anticipation des quartiers, mais feulement le quartier courant, & par les Officiers des Elections ; lefquels en cas de réfiftance, auront recours au Gouverneur de la plus prochaine Ville de leur parti, pour être affiftés de forces. Et ne pourra néanmoins à cette occafion être exigé pour les frais, qu'à raifon d'un fol pour livre, des fommes pour lefquelles les contraintes feront faites,

X,

Quant aux arrérages des tailles & taillon, n'en pourra être levé de part ni d'autre, outre ledit quartier courant, & durant icelui, fi ce n'eft un autre quartier fur tout ce qui en eft dû du paffé,

XI.

Ceux qui fe trouvent à préfent prifonniers de guerre, & qui n'ont compofé de leur rançon, feront délivrés dans quinze jours après la publication de ladite treve : favoir, les fimples Soldats fans rançon, les autres gens de guerre tirant folde d'un parti ou d'autre, moïenant un quartier de leur folde : excepté les Chefs des gens de cheval, lefquels enfemble les autres Sieurs & Gentilshommes qui n'ont charge, en feront quittes au plus pour demi-année de leur revenu : & toutes autres perfonnes feront traitées au fait de ladite rançon, le plus gracieufement qu'il fera poffible, eu regard à leurs facultés & vacations : & s'il y a des femmes ou filles prifonnieres, feront incontinent mifes en liberté, fans païer rançon. Enfemble les enfans au-deffous de feize ans, & les fexagénaires, ne faifant la guerre,

XII.

Qu'il ne fera durant le temps de la préfente treve, entrepris ni attenté aucune chofe fur les Places les uns des autres, ni fait aucun autre acte d'hoftilité : & fi aucun s'oublioit de tant, de faire le contraire, les Chefs feront réparer les attentats, punir les contrevenans, comme Perturbateurs du repos public, fans que néanmoins lefdites contreventions puiffent être caufe de la rupture de ladite treve.

XIII.

Si aucun refufe d'obéir au contenu des préfens Articles, le Chef du parti fera tout le devoir & effort qu'il lui fera poffible pour l'y contraindre. Et où dans quinze jours après la réquifition qui lui en fera faite, l'exécution n'en feroit enfuivie, fera

loifible

loifible au Chef de l'autre Parti de faire la guerre à celui ou ceux
qui feroient tel refus, fans qu'ils puiffent être fecourus ni affiftés
de l'autre part en quelque forte que ce foit.

1593.
ARTICLES
POUR LA TRE-
VE GÉNÉRALE.

XIV.

Ne fera loifible prendre de nouveau aucunes Places durant la
préfente treve, pour les fortifier, encore qu'elles ne fuffent oc-
cupées de perfonne.

XV.

Tous gens de guerre, d'une part & d'autre, feront mis en garnifon, fans qu'il leur foit permis tenir les champs, à la foule du
Peuple & ruine du plat-païs.

XVI.

Les Prévôts des Maréchaux feront leurs charges & toutes cap-
tures aux champs, & en flagrant délit, fans diftinction des Partis, à la charge de renvoi aux Juges, aufquels la connoiffance
en devra appartenir.

XVII.

Ne fera permis de fe quereller & rechercher par voie de fait,
duels & affemblées d'amis, pour différends avenus à caufe des préfens troubles, foit pour prifes de perfonnes, maifons, beftial, ou
autre occafion quelconque, pendant que la treve durera.

XVIII.

S'affembleront les Gouverneurs & Lieutenans Généraux des
deux Partis en chacune Province, incontinent après la publication du préfent Traité, ou députeront Commiffaires de leur
part, pour avifer à ce qui fera néceffaire pour l'exécution d'icelui, au bien & foulagement de ceux qui font fous leurs charges;
& où il feroit jugé entr'eux utile & néceffaire d'y ajouter, corriger ou diminuer quelque chofe, pour le bien particulier de
ladite Province, en avertiront les Chefs pour y être pourvû.

XIX.

Les préfens Articles font accordés, fans entendre préjudicier
aux accords & réglemens particuliers faits entre les Gouverneurs
& Lieutenans Généraux des Provinces, qui ont été confirmés &
approuvés par les Chefs des deux Partis.

Tome V. Eee

XX.

Aucunes entreprifes ne pourront être faites durant la préfente treve, par l'un ou l'autre Parti, fur les païs, biens & Sujets
des Princes & Etats qui les ont affiftés. Comme au femblable lefdits Princes & Etats ne pourront, de leur côté, rien entreprendre fur ce Roïaume & Païs, étant en la protection de la Couronne; ains lefdits Princes retireront hors d'icelui, incontinent
après la conclufion du préfent Traité, leurs forces qui font en la
campagne, & n'en feront point rentrer durant ledit temps. Et
pour le regard de celles qui font en Bretagne, feront renvoïées,
ou féparées, & mifes en garnifon, en Lieux & Places, qui ne
puiffent apporter aucun jufte foupçon. Et quant aux autres Provinces, ès Places où y a des Etrangers en garnifon, le nombre
d'iceux Etrangers étant à la folde defdits Princes, n'y pourra être
augmenté durant la préfente treve. Ce que les Chefs des deux
Partis promettent refpectivement pour lefdits Princes, & y obligent leur foi & honneur. Et néanmoins ladite promeffe & obligation ne s'étendra à Monfieur le Duc de Savoie; mais s'il veut
être compris au préfent Traité, envoïant fa Déclaration dans un
mois, il en fera lors avifé & réfolu au bien commun de l'un & de
l'autre Parti.

XXI.

Les Ambaffadeurs, Agents & Entremetteurs des Princes
Etrangers, qui ont affifté l'un ou l'autre Parti, aïant paffeport du
Chef du Parti qu'ils ont affifté, fe pourront retirer librement, &
en toute fûreté, fans qu'il leur foit befoin d'autre paffeport que
du préfent Traité: A la charge néanmoins qu'ils ne pourront
entrer ès Villes & Places fortes du Parti contraire, finon avec la
permiffion des Gouverneurs d'icelles.

XXII.

Que d'une part & d'autre feront baillés paffeports pour ceux
qui feront refpectivement envoïés porter ladite treve en chacune
des Provinces & Villes qui de befoin fera.

Fait & accordé à la Villete, entre Paris & Saint Denis, le dernier jour de Juillet 1593, & publié le premier jour d'Août, enfuivant efdites Villes de Paris & Saint Denis, à fon de trompe
& cri public ès lieux accoutumés. Et eft figné en l'Original,
HENRI & CHARLES DE LORRAINE. Et plus bas, RUZÉ,
& BAUDOUIN. Collationné. MARTEAU.

Avertiſſement.

NOnobſtant cette Treve générale , les Chefs de la Ligue avec leurs Etats de Paris ne quitterent la pourſuite de leurs deſſeins ; & comme ils s'étoient auparavant oppoſés à Rome par l'entremiſe de l'Ambaſſadeur d'Eſ-pagne aux négociations du Marquis de Piſani , & du Cardinal de Gondi , Députés des Princes & Seigneurs François , Catholiques Romains , vers le Pape , avant la Cérémonie du 25 de Juillet , auſſi ſe réſolurent-ils d'em-pêcher que le Roi , duquel ils parloient fort odieuſement , fut pourtant reçu , ains de lui contredire autant ou plus qu'auparavant , par les Sermons de quelques Sorboniſtes (1) , par déclarations au contentement de leurs Adhé-rans , par ſecrets efforts , & par pratiques à Rome , pour renverſer & rendre inutile ou dommageable au Roi le voïage qu'y entreprenoit le Duc de Nevers , pour faire la reconnoiſſance au Pape de laquelle ſera parlé tout d'un train ci-après , en traitant du ſuccès de ſa légation.

Quant aux Sorboniſtes & autres Précheurs de la Ligue , en public & en particulier , devant & après la Treve , leurs Diſcours étoient , que la Meſſe qu'on chantoit devant le Roi , méritoit le nom de Bâtelage ; qu'impoſſible étoit que le Roi ſe convertît : que le Pape ne pouvoit le recatholiſer , & auttes Propoſitions étranges , contre leſquelles un Perſonnage de la Reli-gion Romaine publia le petit Traité que nous ajoutons ici.

DÆMONOLOGIE

DE SORBONNE LA NOUVELLE (2).

J'Ai toujours penſé que Dieu favoriſant la France d'une trê-ve , non moins deſirable que néceſſaire , il y auroit quelque ſurſéance , non-ſeulement d'armes , mais auſſi de paroles ai-gres & piquantes ; cependant que les deſſeins de tous les vrais & non Eſpagnoliſés François , tendans unanimement à une ſainte & louable réconciliation , nous pourroient engendrer enfin une heureuſe & amiable paix en tout ce Roïaume. Mais à ce que je puis connoître , je ſuis bien déçu de mon opi-nion , puiſque les Chaires , plus que jamais , ſont profanées

(1) Voïez ſur cela l'Hiſtoire de M. de Thou , Livre 107.

(2) Cet Ecrit d'un Catholique , ou ſoi-diſant tel , fut fait contre les Prédicateurs de la Ligue. Elle leur attribue & aux Sor-boniſtes d'alors onze Héréſies. Cet Ecrit ſe lit auſſi dans la *Satire Ménippée* , au t. 3. contenant les preuves , pag 327 & ſuiv.

de médifances & propofitions féditieufes; ce que toutesfois ne m'étonneroit pas beaucoup , fi je n'avois égard qu'à ceux qui les avancent, attendu qu'ils font long-tems y a troublés de leur cerveau (1) , & qu'ils n'ont jamais fu que c'eſt de bien & fagement parler. Mais quand je me remets devant les yeux que les Grands patiemment l'endurent, le voient & l'oient, comment ne demeurerai-je éperdu en moi-même , craignant que le fait ne leur plaiſe ? *Sicut incognita velle noſſe prudentis eſt* (dit Cafſiodore), *ita comperta diſſimulare dementiæ eſt, eo præſertim tempore , cùm noxia res ad celerrimam poſſit pervenire correctionem* : tout ainſi comme, dit-il, c'eſt le fait d'un homme bien aviſé , de vouloir connoître ce qu'il ne fait pas; auſſi eſt-ce un trait d'homme peu prudent, de diſſimuler les choſes connues , principalement lorſque le fait dommageable & pernicieux pourroit être facilement corrigé. *Negligere , cùm perturbare poſſis perverſos , nihil aliud eſt quàm fovere. Nec caret ſcrupulo ſocietatis occultæ, qui manifeſto facinori deſinit obviare* , comme diſoit le Pape Eleutherius en l'Epitre Décretale qu'il envoie aux Provinces des Gaules. Ainſi cette tolérance, par trop évidente, pourroit juſtement mettre de la défiance en la cervelle de pluſieurs, n'étoit qu'il ne faut jamais mal juger des Princes que bien à propos, & croire qu'il n'eſt pas beſoin que tout le monde connoiſſe toujours leurs intentions, & pénetre juſqu'au plus ſecret de leurs cabinets : cela eſt dangereux , & auſſi bien n'y gagne-t-on rien d'ordinaire, comme nous l'enſeigne Tacite ſous ces mots, *abditos Principum ſenſus & ſi quid occultius parant, exquirere anceps, illicitum, nec ideò adſequare.* Quant à eux donc , je prierai ſeulement Dieu qu'il les inſpire à bien faire , & cependant me donnerai de garde de contrôler leurs actions, & n'en jugerai mal juſqu'à tant que le tout me ſoit auſſi clair que la lumiere du Soleil en plein midi. Mais quant aux particuliers que je vois manifeſtement, à la façon des Prophêtes, ſéduire le Peuple, & plus que jamais allumer les funeſtes flambeaux de diſcorde parmi les François , aiguiſer leurs langues venimeuſes & ſerpentines pour peindre & mordre leur Roi légitime, avancer propoſitions hérétiques , afin d'entretenir le mal , & précipiter la France en une fondriere de malheurs incroïables; quant à ceux-là, dis-

---

(1) Il ſemble que l'Auteur veut ici déſigner le Docteur Roſe , qui avoit quelques accès de folie , comme on peut le voir dans la *Satire Ménippée* , pag. 90 de l'édit. *in 8°.* & dans les Remarques.

(2) Sur la même Satire , p. 188.

je, je penfe ne m'en pouvoir taire fans offenfer Dieu, reconnoiffant que de jour en autre ils perdent plufieurs du Peuple
corporellement & fpirituellement; corporellement, par les fa-
mines, néceffités, & maladies qu'ils leur font endurer fans
fujet s'il n'eft imaginaire; fpirituellement, par les propofitions
pernicieufes qu'ils impriment aux cerveaux des Simples, dont
ils ne peuvent rapporter autre fruit qu'une damnation éternelle. Prenez garde à ceci, Peuple, & que le beau & fpécieux
nom de Sorbonne ne vous offufque plus les yeux comme auparavant; car elle n'eft plus qu'une ombre & fimulachre de ce
qu'elle a été autrefois, fi encore elle mérite un tel nom, ce
que je ne penfe pas.

Il y a quelques années que tout ce qui partoit de ce Corps-
là, étoit réputé comme un oracle, & non fans caufe; car
c'étoient gens doctes & libres de toute paffion, non ambitieux, hypocrites, féditieux & fanguinaires, comme ceux de
ce temps préfent. Je ne puis dire ceci fans larmes, & le ré-
gret que j'en ai me fait prefque tomber la plume de la main:
Tu as été autrefois, Sorbonne, la perle du monde, le propu-
gnacle de la Religion, l'épouvantail des méchans, l'adreffe
des dévoïés, le miroir de perfection, le domicile de toute
vertu, fainteté, paix & douceur Chrétienne. Mais, ô Dieu,
quel changement! Aujourd'hui qu'es tu autre chofe, finon
*Officina nequitiæ, arx civium perditorum, receptaculum homici-
darum, caftellum latronum, buftum legum divinarum & huma-
narum*; la boutique de toute méchanceté, la fortereffe des
Citoïens défefpérés, le réceptacle des meurtriers, le château &
retraite des larrons, le tombeau des Loix divines & humaines.
Tes affeffeurs auffi, quels font-ils autres? finon meurtriers,
voleurs, perturbateurs du repos public, ennemis des Princes,
tant d'un parti que d'autre; violateurs des Loix humaines &
divines, contempteurs des Magiftrats de la République (1)? Ce
font telle maniere de gens qui t'affiftent, tant en tes proceffions que prédications menfongeres & féditieufes. Que fi maintenant on regarde à la doctrine & réfolutions, ne dira-t-on
pas que telle affemblée n'a jamais pris fon commencement &
origine de cette premiere, qui a toujours été recommandée
pour la fincérité de confcience & pureté de Religion? Pour-

---

(1) C'étoit trop dire affurément : quoique les mauvaifes opinions aient pu prévaloir
alors dans la Faculté de Théologie, elles y trouvoient cependant des Contradicteurs &
des Défenfeurs des bonnes Maximes.

rons-nous pas bien dire , *Argentum tuum verſum eſt in ſco-riam* , *& caupones tui miſcent vino aquam ?* Ce n'eſt plus la doctrine ancienne, aujourd'hui avons-nous à notre confuſion non une Théologie , mais une Démonologie ; ce ſont pour la plûpart toutes héréſies & invectives qu'ils enſeignent à la populace ; & qu'ainſi ne ſoit, je vous en cotterai quelques-unes dont j'ai mille & mille témoins , quoiqu'ils le veuillent ci-après déguiſer , comme ils en ont fort bonne coutume, & en ſont en poſſeſſion long-temps y a ; vous les remarquerez , afin de ne tomber en leurs laqs , & imprudemment perdre vos ames , & vous théſauriſer l'ire juſte & indignation de Dieu.

Premiere Héréſie. Il eſt permis aux Sujets de ſe rebeller con-tre leur Roi légitime (1).

II. Il eſt permis au Peuple de déſobéir aux Magiſtrats, & les pendre.

III. Qui meurt faiſant la guerre contre ſon Roi eſt màr-tyr.

IV. C'eſt à la Sorbonne (qu'ils tiennent aujourd'hui com-me un Empire, ou plutôt Etat tyrannique) à juger ſi le Pape doit recevoir le Roi , & ſi d'avanture il le faiſoit , choſe qu'ils craignent fort, le déclarer hérétique & excommunié.

V. Il eſt impoſſible que le Roi ſe convertiſſe.

VI. Il n'eſt pas en la puiſſance du Pape d'abſoudre le Roi, & le remettre en ſon état.

VII. Il eſt permis de médire des Princes & Seigneurs , tant ſpirituels que temporels , ſoit en public , comme ils font, ſoit en particulier, comme ils enſeignent le Peuple à faire.

VIII. Que la Meſſe qu'on chante devant le Roi eſt une farce.

IX. Qu'il eſt permis au Sujet d'aſſaſſiner ſon Roi.

X. Que quand Dieu deſcendroit du Ciel , & me diroit que le Roi fut converti , je ne le croirois pas.

XI. En onzieme lieu , nous-dirons que c'eſt héréſie de dire que certaines propoſitions qu'ils maintiennent être *de divino jure* , elles en ſoient. Ils les ont néanmoins derechef fait im-primer depuis peu de temps , & vendre publiquement, déro-geant beaucoup à l'autorité du S. Siege Apoſtolique , aü ju-gement duquel ils ne réſervent rien , bien toutesfois que la

---

(1) Ces opinions ſont , en effet , très per-nicieuſes. La Sorbonne les a déſavouées depuis , & elle a prétendu qu'elles n'avoient même jamais été avouées par la plus ſaine partie de ſon Corps.

résolution de toute l'Assemblée tendît à cette fin; chose qui m'a ému de mettre ce petit Discours en lumiere.

On sait assez que telles propositions ne peuvent être fondées sur le droit divin, comme les plus sages & anciens de leur Corps le confessent & reconnoissent; mais la violence des séditieux l'emporta lors, les vieux & sages étant intimidés par les méchans, qui ne menaçoient pas moins que de les jetter en l'eau, s'ils contredisoient en rien que ce fût à leurs intentions mauvaises.

Il y a plusieurs autres propositions, qu'ils ont mises & mettent tous les jours en avant, comme une autrefois plus amplement nous déclarerons. Ceci est seulement pour avertir le simple Peuple & les plus ignorans, qu'ils se donnent de garde de telles résolutions, car elles sont erronées, hérétiques & damnables, & quiconque y ajoute foi ne peut être sauvé, mais damné éternellement, s'il n'en fait pénitence. Je n'ajoute point ici les raisons, comme aussi n'ont-ils point fait eux, mais me contenterai de dire comme un bon & ancien Pere : *Detexisse hæresim, confutasse est.* Nous ne laisserons toutesfois un de ces jours à vous déclarer le fondement de notre dire; mais en attendant, rejettez telle doctrine, comme ne sentant rien de son Catholique. Ils vous allégueront assez la sainte Ecriture; mais c'est pour l'interpréter à leur poste, comme ils ont toujours fait jusqu'à présent, & comme les femmes mêmes, & de leurs plus affectionnées, l'ont bien su remarquer. Or, est-ce à la vérité, *Vitiosissimum docendi genus depravare sententias & ad voluntatem suam Scripturam trahere repugnantem*, écrit S. Jérôme, en l'Epître qu'il envoie à Paulinus, Prêtre; c'est une maniere d'enseigner très vitieuse & fort à craindre, dit-il, que de corrompre les Sentences, & tirer le sens de la sainte Ecriture par les cheveux, comme on dit, & la faire parler à sa fantaisie (1). Donc avisez-y diligemment, & depuis qu'en aurez remarqué quelqu'un, entaché de ce vice, fuïez-le comme la peste; car sa parole vous conduiroit en la voie d'Enfer. Le moïen de les connoître, est de savoir si leur Doctrine est séditieuse; car nul ne peut user de propositions turbulentes, & tendantes à rébellion, & les vouloir confirmer par la sainte Ecriture, comme ils prétendent,

(1) Feu M. Gauthier, Théologien de M. Colbert, Evêque de Montpellier, dit sur cela des choses admirables dans le troisieme volume de ses Lettres, contre le Pere Berruyer, Jesuite.

1593.
LA DÉMONO-
LOGIE.

qu'il ne tombe en l'inconvénient ci-deſſus mentionné, d'autant que le ſens de la parole de Dieu, bien & ſainement pris,
y eſt tout contraire. C'eſt néanmoins à quoi ils s'aheurtent,
qui eſt une juſte punition de Dieu, qui tolere les faux Prophêtes, quand le Peuple l'irrite & offenſe par ſa déſobéiſſance.
Nous ſommes venus en ce temps-là (mes amis) l'on ne prêche plus que fauſſetés & menſonges; les Chaires de vos Egliſes en ſont toutes puantes & infectées. Toutesfois ne perdons
pour cela courage; eſperons, qu'en nous convertiſſant, Dieu
aura pitié de nous; qu'il confondra les méchans, & élevera
les bons, après quelques tribulations & traverſes, *neque enim
dabit Dominus in æternum fluctuationem juſto.* Les méchans ré-
gnent pour quelque temps, *& de abſconditis Domini adimple-
tus eſt venter eorum:* mais un peu de patience, ils ſeront *tanquam pulvis quem projicit ventus à facie terræ.* Sur cette aſſurance, je me recommanderai à vos bonnes prieres, & vous
ſupplierai, derechef, d'avoir ſouvenance de mes avertiſſemens,
& vous retirer loin de ces rochers périlleux de Doctrine nouvelle, de peur que vous n'y fiſſiez naufrage, & que vos ames
ne ſerviſſent de proie à cette effroïable Baleine, qui nage en
la grande mer de ce monde, prête à dévorer ceux qui volontiers oient & croient les organes de Satan. Adieu.

Avertiſſement.

Avertiſſement.

AU regard des Déclarations des Chefs de la Ligue, pour ſe recommander à leurs Partiſans, & donner une ſecrette attente aux Conſeillers
du Roi, comme moins Catholiques, & jetter le Roïaume en plus grands
troubles que jamais ; en voici une remarquable entre les autres.

DECLARATION

*De Meſſieurs les Princes, Pairs, Officiers de la Couronne,
& Députés aux Etats Généraux de la France, aſſemblés
à Paris, ſur la Publication & Obſervation du St Sacré
Concile de Trente.*

CHARLES DE LORRAINE, Duc de Mayenne, Lieutenant
Général de l'Etat Roïal, & Couronne de France, les Princes,
Pairs & Officiers de la Couronne, & les Députés des Provinces, faiſant le Corps des Etats Généraux de la France,
aſſemblés à Paris, pour aviſer aux moïens de défendre & conſerver la Religion Catholique, Apoſtolique & Romaine, &
remettre ce Roïaume en ſon ancienne dignité & ſplendeur :
A tous préſens & à venir, ſalut. Nous reconnoiſſons aſſez que
les durs fléaux, qui ont par pluſieurs années ſi miſérablement
affligé ce pauvre Roïaume, procedent de l'ire de Dieu, irrité
contre nous, par nos vices & péchés : entre leſquels ceux qui
touchent directement contre ſon honneur, ſont ceux qui of-
fenſent davantage ſa divine bonté, & pour le châtiment deſquels, il déploie ſes verges plus rigoureuſes. En ce nombre,
pouvons-nous mettre au premier rang l'Héréſie, ſource de tous

(1) Deux jours avant cette Déclaration,
c'eſt-à-dire, le 6 d'Août, jour de la Trans-
figuration, il s'étoit fait ſur le ſoir, par
les ſoins du Légat, le Cardinal de Plaiſance, nommé Philippe Sega, une Aſſemblée
tumultueuſe, où l'on conſentit à la publication pure & ſimple du Concile de Trente,
qui avoit toujours été rejetté auparavant,
lorſque le Roïaume étoit tranquille. C'eſt

ce que dit M. de Thou en ſon Hiſtoire,
Livre 107, année 1593. Voïez auſſi un Ouvrage qui a paru en 1756, en 2 vol. *in-12.*
intitulé : *Hiſtoire de la Réception du Concile de Trente dans les différens Etats Catholiques : avec les Piéces juſtificatives,* &c.
On peut conſulter pour ce qui eſt dit ici,
le tome 2, page 205 & ſuiv. & 223 & ſuiv.

malheurs, depuis l'introduction de laquelle nous avons toujours vu par un juste châtiment de Dieu, nos divisions s'accroître, & nous avoir à la fin poussé jusqu'au sommet de toutes miseres & calamités. Cette offense premiere, en a traîné avec soi une seconde très pernicieuse, qui est la corruption des mœurs, & l'anéantissement des bonnes & saintes ordonnances de l'Eglise, l'observation desquelles venant à être moins pratiquée & mise en usage, par la licence effrenée que l'Héréfie y a introduite, le débordement y a pris peu-à-peu telle accroissance, que nous nous sommes enfin fort éloignés de cette premiere & ancienne difcipline, qui a fait par tant de fiecles fleurir l'Eglife Catholique, & donné tant de réputation à ce Roïaume très Chrétien. Comme donc ces deux défauts font les principales & premieres causes qui ont irrité Dieu à l'encontre de nous, ainfi ne faut-il pas que nous efperions appaifer fon courroux, & faire finir nos malheurs, finon en recherchant & pratiquant les moïens d'éteindre l'Héréfie, & de rappeller en l'Eglife l'ancienne difcipline, & pureté des mœurs. Et l'un & l'autre remede, nous ne trouverons ailleurs plus préfent & efficace qu'en l'obfervation du Saint Concile univerfel de Trente; lequel pour le regard de la doctrine, a fi faintement déterminé ce que les vrais & fideles Catholiques doivent fermement croire, & réfuté fi vertueufement toutes les erreurs que ce miférable fiecle avoit produites, qu'on y reconnoît une manifefte affiftance de la grace du Saint Efprit; & en ce qui concerne les mœurs, a remis fus en l'Eglife, avec tant de prudence, les anciennes loix, & renouvellé fi religieufement cette premiere difcipline Eccléfiaftique, jadis célebrée en la France, que nous ne pouvons attendre autre meilleur moïen, pour là y voir luire, comme elle a fait autrefois, que l'obfervation d'icelui. A ces caufes, d'un même avis & confentement: Avons dit, ftatué & ordonné, Difons, ftatuons & ordonnons, que ledit Saint Sacré Concile Univerfel de Trente, fera reçu, publié & obfervé, purement & fimplement, en tous lieux & endroits de ce Roïaume; comme préfentement en Corps d'Etat Généraux de France, nous le recevons & publions. Et pour ce, exhortons tous Archevêques, Evêques, & Prélats, enjoignons à tous autres Eccléfiaftiques, d'obferver, & faire obferver chacun en ce qui dépend de foi, les Décrets & Conftitutions dudit Saint Concile. Prions toutes Cours Souveraines, & mandons à tous autre Juges, tant Eccléfiaftiques que Séculiers, de quelque con-

dition & qualité qu'ils foient, de le faire publier & garder, en
tout fon contenu, felon fa forme & teneur , & fans reftric-
tions, ni modifications quelconques. Fait & publié en l'Affemblée générale des Etats (1), tenue à Paris le Dimanche huitieme jour du mois d'Août mil cinq cens quatre-vingt-treize ,
après midi , préfent Monfeigneur l'Illuftriffime Cardinal de
Plaifance, Légat du Saint Siege Apoftolique en France.

1593.
Déclarat.
des Ligués.

Signé, CHARLES DE LORRAINE , MARTEAU , DEPILES,
MILLOT, CORDIER, THIELEMENT.

FORME DU SERMENT

Prêté par Meffieurs les Princes, Pairs, Officiers de la Couron-
ne , & Députés des Etats en la même Affemblée , peu aupa-
ravant la fufdite Publication.

CHARLES DE LORRAINE , Duc de Mayenne , Lieutenant
Général de l'Etat Roïal & Couronne de France, les Princes,
Pairs , Officiers de la Couronne, & les Députés des Provinces,
faifant & repréfentant le Corps des Etats Généraux de France,
affemblés à Paris, pour avifer aux moïens de défendre & conferver la Religion Catholique , Apoftolique & Romaine, &
remettre,s'il eft poffible, ce Roïaume tant affligé en fon ancienne
dignité & fplendeur : promettons & jurons de demeurer unis
enfemble , pour un fi bon & faint effet , & de ne confentir
jamais , pour quelque accident ou péril qui puiffe arriver, qu'aucune chofe foit faite à l'avantage de l'Héréfie , & au préjudice
de notre Religion ; pour la défenfe de laquelle , nous promettons auffi d'obéir aux faints Décrets & Ordonnances de notre
Saint Pere , & du Saint Siege , fans jamais nous en départir.
Et d'autant que nous n'avons encore pu , pour beaucoup de
grandes confidérations , prendre une entiere & ferme réfolution fur les moïens pour parvenir à ce bien ; a été ordonné que
lefdits Etats continueront ici ou ailleurs , ainfi qu'il fera par
nous avifé ; & néanmoins fi aucuns des Députés demandoient

---

(1) C'eft-à-dire , des Etats de la Ligue.
Le Duc de Mayenne donna cette Déclaration, pour appaifer le Légat irrité de la
conclufion de la treve ; & par le même motif il fut d'avis de faire renouveller le ferment d'Union , & le fit lui-même le premier. Ce ferment eft celui que l'on donne
ici.

1593.

FORME DU
SERMENT.

leur congé, pour caufes qui foient trouvées légitimes & juftes, qu'il leur fera accordé, pourvû qu'ils promettent par ferment, avant leur départ, de retourner ou procurer par effet, qu'autres foient envoïées & députés en leur place, au lieu de ladite Affemblée dedans la fin du mois d'Octobre prochain, lequel temps paffé, fera procedé à la réfolution & conclufion entiere des principaux points & affaires.

Avertiffement.

Pour le regard d'une partie des fecrets efforts de la Ligue & de fes Chefs contre le Roi, ce qu'écrivit un Sorbonifte à certain fien Compagnon à Rome, en découvre quelque chofe, & les confeils des ennemis du Roi, induifant plufieurs à attenter fur le vie de ce Prince, d'entre lefquels fe découvrirent Pierre Barriere & Jean Chaftel, en font les fuivantes preuves. Maïs écoutons le Sorbonnifte.

COPIE

DES LETTRES DU DOCTEUR MAUCLERC (1),

Envoïées de Paris au Docteur de Creil à Rome.

MONSIEUR notre Maître, depuis mes dernieres bien amples, comme vous favez, fe font paffés de terribles affaires, par lefquelles vous jugerez que Monfieur de Mayenne eft toujours tel *in Guifium*, comme l'avez jugé. Il ne craint rien tant que ce que vous fouhaitez, avienne. Tant y a, pour commencer par où j'ai fini, voïant la réfolution des Efpagnols *in favorem* du Duc de Guife, l'on a tâché de heurter contre l'autorité des Etats par un belier d'Arrêt pretendu (2). Mais ledit de Mayenne fe voïant preffé de donner contentement à l'avancement dudit Duc de Guife, il a fait femblant de le defirer fort, & dit qu'il vouloit affurer l'établiffement de fon neveu, & par-

---

(1) Il eft parlé de ce Docteur, Partifan de la Ligue, dans le *Dialogue du Maheuftre & du Manant*. Cette Lettre eft auffi imprimée dans la *Satyre Ménippée*, tome 3, page 333.

(2) C'eft l'Arrêt pour le maintien de la Loi Salique, qu'on a rapporté ailleurs, & qui fe lit auffi dans les preuves de la Satyre Ménippée, pag. 322.

cequ'il vouloit voir le pouvoir des Espagnols , pensant les aculer à cette demande , estimant qu'ils n'eussent pouvoir général. Mais lesdits Espagnols avertis qu'il n'y avoit que cela qui les pouvoit arrêter , ont été fort joïeux , & étant chez le Légat , en présence des Cardinaux & Princes , ont déclaré un pouvoir qu'ils avoient de leur Maître , pour marier l'Infante avec ledit Duc de Guise , nommé Roi conjointement avec ladite Infante (1) : qui étoit la plus heureuse nouvelle que pouvoient attendre les Catholiques. De Mayenne a fait mine d'être fort joïeux & content d'un tel honneur fait par un si grand Monarque à un Prince *de gente sua.* Mais après avoir accordé le général , quand s'est venu pour accorder le particulier , il a demandé des choses si impossibles , ou du moins tant difficiles , que l'on a bien connu, qu'il fait , en bon François , entendre que nonobstant la volonté de Sa Sainteté & de la Majesté Catholique , le consentement des Etats , les Princes y compris , & le desir des gens de bien , il ne vouloit autre que lui *esse Regem Galliæ.* Les Espagnols se complaignent , *& jure :* les gens de bien *similiter.* La modestie du Prince , qu'on appelloit à cet honneur , en toutes ces traverses, se montre admirable. Ledit de Mayenne est conjuré & supplié au nom de Dieu , qu'il n'enviât cet honneur à son neveu. *Tamen mens immota manet ;* il est vaincu chez ledit Seigneur Légat , *ab omnibus Cardinalibus , Prælatis , Principibus, Nobilibus , qui aderant.* Il ne fait que répondre : toutesfois il a recours à l'opiniâtreté des Hérétiques , *qui possunt vinci , sed non persuaderi.* Et a dit qu'il se perdroit *potius quam cogi ad id quod nollet.* Et ce qui est très indigne de lui , *solus à partibus* de Mayenne *stetit* : conclusion , les stratagêmes de quelques-uns ont tant pu que , *electionem Regis in inducias commutarunt : maximo cum Comitiorum generalium nominis dedecore* (2). Pour faire avaler ce morceau tant amer , on le sucre de belles promesses , auxquelles je me fierai mais que j'en voie l'effet. *Sæpius fidem fefelisse fit nimium. At omnes Principes , coram Legato , tacto Evangelio jurarunt , se nunquam pacem inituros cum Rege Navarreo : & hoc juramentum syngrapho confirmarunt in manu* dudit Légat. Je crains qu'au bout des trois mois l'on ne trouve un autre artifice , pour empêcher la nomination d'un Roi Très

On a déja parlé ailleurs de cette intrigue : On peut voir aussi sur cela la Satyre Ménippée , pag. 82. & les Remarques sur cette Satyre, p. 196 & 332.

(2) Le Traité de la Treve pour trois mois fut arrêté , comme on l'a dit , le dernier Juillet 1593 , & publié le lendemain.

Chrétien , tel que les Espagnols ont nommé , qui sera au gré de tous les gens de bien. Ledit de Guise m'a dit aujourd'hui , qu'il n'y a rien de gâté, pourvu que Sa Sainteté tienne ce qu'elle a promis au Duc de Sesse , *Legato Catholicæ Majestatis.* Mais le Roi de Navarre tâchera de l'ébranler par la légation du Prince qu'il envoie , auquel , si l'on ferme la porte comme au Cardinal de Gondi , tout ira bien. Les Espagnols de nos quartiers sont bien résolus de faire tout ce qu'ils pourront *pro fatali viro.* Si les forces qu'ils promettent , sont prêtes dans trois mois , *creabitur Rex vel etiam invito* de Mayenne. Je pourrai encore vous r'écrire dans deux jours quelqu'affaire de conséquence , si j'en puis être bien assuré. A Paris , le quatre d'Août 1593.

MAUCLERC.

Avertissement.

UN autre Docteur de Sorbonne , surnommé Morenne , Curé de St Merri ou Mederic , favorisant le parti du Roi contre la Ligue , & appellé pour se trouver à la Conférence faite en présence du Roi touchant la Religion , écrivit en même temps deux Lettres , l'une en François , l'autre en Latin , ores tournées en langage vulgaire , lesquelles pour contenir quelques remarquables particularités , nous avons ici inserées.

E P Î T R E

ENVOIE'E PAR M. CLAUDE DE MORENNE (1),

Curé de Saint Mederic , aux Catholiques de la Ville de Paris.

IL y a long-temps que je desirois satisfaire par lettres à l'envie qu'aviez de savoir ce qui s'est passé de par de-çà, tant pour le respect de la tant desirée conversion du Roi , que pour quelques particularités qui concernoient notre personne. Deux choses m'en ont empêché jusqu'à présent : la premiere , a été les divertissemens que d'ordinaire apporte avec soi la Cour , qui est

(1) On a déja parlé de Claude de Morenne , lequel fut , comme on l'a dit aussi , pourvû de l'Evêché de Séez. Il est parlé de cette Lettre & de la suivante dans le *Dialogue du Mabeustre & du Manant.*

comme une mer toujours agitée , & qui à diverses occasions mene & promene ceux qui y sont, à mesure que le vent change &
tourne. La seconde , a été l'attente du tempéramment & modération qui étoit requise à l'injuste douleur & non jamais croïable ennui qu'avez eu de la conversion du Roi , laquelle vous ne
desiriez & n'esperiez , qui a été cause qu'un changement si soudain avoit engendré en vos ames une grieve & furieuse maladie. Or, ai-je appris de Pline que , *sicut crudum adhuc vulnus
medentium manus reformidat , deinde patitur atque ultro requirit ,
sic recens animi dolor remedia rejicit ac refugit , mox desiderat , &
clementer admotis acquiescit :* tout ainsi que la plaie encore toute
récente, craint & apprehende la main du Chirurgien , mais
après l'endure volontiers & la recherche , ainsi la soudaine &
nouvelle douleur de l'esprit rejette du commencement les remedes que par après elle desire , & auxquels volontairement
elle acquiese. Qui a fait que j'ai pensé qu'il falloit laisser couler
un peu de temps , *ne essem unguis in ulcere* , tandis que ces premiers bouillons de colere s'accoisseroient , & que après vous re-
prendrez vos esprits & vous rendrez plus traitables & maniables, à la raison de laquelle vous ne sembliez pas être capables
au fort de votre douleur. Ce sont les causes qui m'ont fait differer le Discours présent, lequel maintenant je vous envoie, aïant
eu quelque loisir par le départ de la Cour, & quelque esperance
de votre salut, par la maturité que le temps a pu apporter à votre plaie. Je sais bien que ce qui vous a dès le commencement
fâché, a été notre départ , qui pour cette occasion publiquement & particulierement a été blâmé de ceux , qui ont eu depuis ces troubles une langue venale , *& quos inhonesta & perni-
tiosa libido tenet , potentiæ paucorum decus atque libertatem suam
gratificari* , comme parle Crispe Saluste. C'est à quoi aussi présentement je délibere & espere de satisfaire , pourvû que vous
n'y apportiez , non plus que moi, de passion , parcequ'où icelle
domine , l'esprit & la raison a peu de force. Pour entrer donc
en matiere , je vous demanderai volontiers , en quoi notre départ vous a semblé digne & légitime objet des calomnies de nos
malveillans & adversaires ? Est-ce pour avoir quitté notre troupeau pour un peu de temps ? Est-ce pour avoir donné quelque
avancement à la conversion du Roi? Quant au premier , je
veux bien que vous sachiez que si votre fondement n'est autre ,
il n'est pas de grande conséquence , & que le bâtiment appuié
sur icelui , se précipitera bientôt en une ruine inévitable. Je

n'ignore point que la présence des Pasteurs ne soit nécessaire, & jamais ne fut que je n'aie blâmé la malice de ceux, *qui opes & non opus, honorem & non onus querunt, qui lac comedunt, & lanis ovium cooperiuntur*: & cependant ne les assistent pour les garantir de la violence du loup qui va & vient cherchant toujours à dévorer quelqu'une des ouailles de Jesus-Christ. La verité manifeste de cette matiere, dont l'Ecriture rend tant de témoignages, sera cause que je ne m'étendrai point davantage en ce Discours, ains seulement vous prendrai à témoins du devoir & assiduité que j'ai apportés en ma charge, tant que j'ai pensé y pouvoir plus profiter qu'ailleurs. Or, vous ont donné à connoître les occurences qui depuis se sont présentées, de combien peu servoit ma personne en votre Ville, & ce qu'elle pouvoit apporter de par deçà de bien à la Patrie & d'accroissement à la Religion. Je me suis mis en devoir depuis quelques années de vous prêcher la vérité de l'Evangile, & vous montrer au doigt le sûr & vrai chemin de la félicité éternelle, & vous ôter certaines mauvaises & pestilentieuses impressions, qui vous enflammoient comme Loups & Tigres les uns contre les autres. Mais de quoi a servi mon travail? *Noluistis intelligere ut bene ageretis.* Vous avez dit comme ceux dont est parlé dans Jeremie, au chap. 44. *Sermonem quem locutus es ad nos in nomine Domini non audiemus ex te, sed facientes faciemus omne verbum quod egredietur de ore nostro*, nous n'ouirons point de toi la parole que tu nous as annoncée au nom du Seigneur, mais nous ferons tout ce qui sortira de notre bouche & entrera en notre pensée. De-là est advenu que *tanquam purgamenta hujus mundi facti sumus, omnium peripsema usque adhuc.* Vous nous avez quitté & avez recherché ceux qui vous grattoient où il vous démangeoit, qui vous apportoient *facem & non pacem*, somme, qui ne vous prêchoient que choses conformes à vos passions déreglées. *Stupor & mirabilia facta sunt in Urbe vestra*, (Jerem. 5. *Prophetæ prophetaverunt mendacium, & Sacerdotes applauserunt manibus suis.* Choses étranges & épouvantables ont été faites en votre Ville, les Prophétes ont prophetisé mensonges, & les Prêtres leur ont applaudi par un joïeux battement de mains. Ainsi ont-ils été honorés & recherchés, cependant que nous étions rejettés, & ne servions que de fable & risée à une pauvre populace privée de son entendement. Que pouvions-nous faire les choses étant telles, sinon nous retirer ailleurs & vous laisser, puisque méprisiez les remedes qu'on vous offroit? *Et non audi-*
vit

*vit populus meus vocem meam, & Ifrael non intendit mihi; &
dimifi eos fecundum defideria cordis eorum, ibunt in adinventio-
nibus fuis*, Pfal. 80. Mon Peuple débauché n'a point voulu
écouter ma voix, ni ajouter foi à ma parole. Pourtant l'ai-je
laifié faire felon fes pervers defirs : aufli marchera-t-il en la perdition que lui prépareront les mauvais confeils qu'il forge en
fon cerveau. Voïant donc qu'en vain nous travaillions, & que
notre récompenfe n'étoit qu'un déraifonnable mépris, nous
avons penfé que ce ne feroit point chofe défagréable à Dieu,
fi pour quelque temps nous quittions la place, tant à la violence
qu'à l'ignorance. Quand notre abfence ne feroit fondée que fur
cette raifon, encore y auroit-il de l'apparence ; mais il y a plus,
que nous étions en danger de nos perfonnes pour avoir reçu lettres du Roi, & de cela nous menaçoient affez ceux *quorum velo-
ces pedes ad effundendum fanguinem*; & crois qu'ils euffent effectué leurs malheureux deffeins long-temps y a, n'eut été la crainte qu'ils avoient de Monfeigneur le Duc de Mayenne & Monfieur de Belin leur Gouverneur, lefquels abhorrent autant la
cruauté & l'injuftice comme les autres ardemment l'embraffent.
Or, tiennent tous les anciens Peres, que quand les Pafteurs
font en hafard de leurs vies, ils peuvent licitement faire la retraite, ainfi que le réfolut Saint Auguftin, en l'Epître qu'il envoie à Honoratus, y mettant cette circonftance particuliere ;
quando perfona quæritur non Religio. Or, qui nie qu'on n'en
voulût à nos perfonnes, vû que le bruit en étoit tout commun,
& qu'aucun jour ne paffoit que l'on ne nous en donnât avertiffemens particuliers ? Faux & menfongers, direz-vous, j'en doute : mais quand ainfi feroit, vu que nous n'étions pas affurés
de la verité, & que nous connoiffions la malice de nos adverfaires être affez encline à l'effufion de fang, eftoit-ce pas folie
de fe hafarder, & par une confiance téméraire, s'expofer au
péril qui pouvoit être ? Il n'a point donc été mauvais de fe retirer pour quelque temps & s'exempter du mal que couvoient les
malins en leurs courages paffionnés οὐ γὰρ τὶς νέμεσις φυγέειν κακὸν
οὐδένα νύκ]α βελτέρον, ὅς φεύγων προφύγιη κακὸν ἤπερ ἁλών, difoit
Homere. Mais venons au fecond point, qui pourra aufli fervir de
troifieme raifon, pour confirmer la néceffité de notre départ.
Vous nous blâmez de nous être trouvés à la converfion de
notre Prince ; c'eft de fait ici, où nos malveillans triom-
phent de baver, s'efforçant par le venin de leurs calomnies,
gâter & rompre le bien qui a procédé de l'accompliffement de

Tome V.   G g g

la promeſſe du Roi. Particulierement ils s'attachent à notre honneur, & penſent avoir remporté une ſignalée victoire, s'ils peuvent à belles injures bleſſer notre renommée. Je ne veux, touchant leurs menſongeres inventions & déteſtables calomnies, faire autre réponſe que celle que j'ai autrefois lue dans Seneque; *Male de te loquuntur homines, ſed mali : moverer ſi de me Marcus Cato, ſi Lælius ſapiens, ſi duo Scipiones iſta loquerentur. Nunc malis diſplicere laudari eſt ; non poteſt ullam autoritatem habere ſententia, ubi qui damnandus eſt, damnat. Male de te loquuntur, moverer ſi hoc judicio facerent, nunc morbo faciunt. Bene neſciunt loqui, faciunt non quod meremur, ſed quod ſolent : quibuſdam enim canibus ſic innatum eſt, ut non pro feritate, ſed pro conſuetudine latrent,* c'eſt-à-dire, les hommes parlent mal de toi, oui, mais ce ſont les méchans. Cela me fâcheroit, ſi c'étoit Caton, ſi Lælius le Sage, ſi les deux Scipions qui en cette ſorte parlaſſent de moi. Maintenant, déplaire aux méchans, vaut autant comme être loué. La ſentence par laquelle celui qui mérite être condamné, condamne un autre, ne peut avoir, ni poids, ni autorité. Les hommes parlent mal de toi (ajoute-t il) cela me fâcheroit s'ils le faiſoient par jugement & raiſon, non par folie & paſſion. Ils ne ſavent que c'eſt de bien dire d'une perſonne, ils me font, non ce que j'ai mérité, mais ce à quoi ils ſont accoutumés, ni plus ni moins qu'il y a certains chiens qui abboient à toute heure, non tant pour avoir le naturel ſauvage, comme pour y être duits dès leur naiſſance. J'en pourrois autant dire de ceux qui nous font la guerre par convices, & je crois que j'en ſerai avoué des Sages. Cela ſuffira pour l'heure préſente, je viens à ce qui eſt de plus grande conſéquence. Il ſe préſentoit une très belle & ſouhaitable occaſion de profiter à l'Egliſe, qui étoit la converſion du Roi, *Meſſis, Meſſis multa, operarii pauci.* Moiſſon grande & ample, mais il ſe trouvoit peu d'ouvriers. Indice & témoignage très aſſuré des malheurs qui devoient advenir aux derniers temps auquel *Charitas refrigeſcere, iniquitas abundare debet,* la charité ſe doit refroidir, & l'iniquité ſurabonder. S'il eſt queſtion d'aſſaſſinats, brigandages, ſéditions, rebellions, calomnies, nous trouverons prou d'ouvriers, & chacun ſe fera de la fête. Mais s'il eſt queſtion de la converſion d'une ame dévoïée, chacun ſe retire arriere, comme nous avons vu en ces derniers jours, eſquels chacun a pris des excuſes ; *Declinavit cor meum in verba malitiæ, ad excuſandas excuſationes in peccatis, cum hominibus operantibus iniquitatem,* Pſ. 40. Mais encore, ô bon Dieu, quelles

excufes ? Qu'aufli bien telle converfion étoit impoffible. Blaf-
phême infupportable : & que fans le Pape rien ne fe pouvoit
& devoit entreprendre. Je ne m'amufe point à rejetter la premiere excufe, car elle reffent non-feulement fon Héréfie, mais
fon Athéifme, attendu que qui ôte la toute-puiffance, il ôte
la divinité. Donc, qui dit que Dieu ne pouvoit convertir le
cœur du Roi, celui-là ne doit point tant être jugé Hérétique
comme Athéifte. Quant à l'autre point, je ne fache jamais
avoir lu que pour inftruire un Dévoïé, il fallût néceffairement
avoir le congé du Pape. Ce font néanmoins leurs excufes per-
tinentes, forgées, non à autre intention que pour couvrir, le
mieux qu'ils pourront, la malice & opiniâtreté de quelques-uns.
Quant à nous, librement nous confeffons avoir eu autre pen-
fement, & cru que fans offenfer Dieu, nous pouvions
& devions offrir fi peu d'induftrie qui eft en nous, à celui,
qui nous en requeroit pour une fi bonne & fi louable action.
Nous avions lû & remarqué ce qui eft écrit en Daniel, Chapitre douzieme : *Qui ad juftitiam erudiunt multos, erunt quafi
ftellæ in multas æternitates* : que ceux qui enfeigneront les
autres à bien vivre, ils reluiront au ciel comme étoiles à jamais.

Ce bien confidéré, avec plufieurs autres chofes, & fpécialement le dû de notre Charge, nous fûmes induits à quitter
la Cité à laquelle nous étions inutiles, & nous tranfporter ici
pour mettre la Religion en fûreté, & la France en repos. Ce
qui nous a jufqu'à préfent troublé en ce Roïaume ; & qui a
fait ondoïer le fang parmi les Campagnes, n'a été que la diverfité des opinions, & toujours ai publiquèment annoncé
que c'étoit chofe très difficile, afin que je ne dife impoffible, que les cœurs des François fuffent unis enfemble, tant
qu'ils feroient divifés de la Religion. Le feul remede donc
étoit de procurer les moïens d'une fi fainte & louable union,
qui fembloit devoir prendre fa fource du Chef de la France ;
la réunion duquel, à l'Eglife Catholique, pouvoit apporter
tel contentement que chacun defiroit ; car on fait bien, que
tout ainfi comme du chef du corps humain, fourdent & fe
dérivent les nerfs, inftrumens du fentiment & mouvement, &
par iceux influe l'efprit animal en toutes les parties du corps,
fans lequel il ne pourroit exercer aucune fonction naturelle ;
de même auffi nous voïons arriver d'ordinaire, que par émulation & influence du defir de complaire à ceux qui commandent, les Sujets s'impriment fort aifément les mœurs & hu-

Ggg ij

meurs de leurs Princes Souverains; c'eft le dire du Sage, *Ec-clef.* 10. *Qualis eft rector civitatis, tales habitantes in ea.* Nous trouvons par écrit, & l'expérience nous l'a enfeigné, qu'il y a un herbe qu'on appelle *Eryngium*, le chardon à cent têtes, laquelle a cette propriété, que depuis qu'une chévre la prend en fa bouche, elle s'arrête tout court, & tout le troupeau femblablement, jufqu'à ce que le Chévrier la lui vienne ôter: les défluxions auffi qui procedent des hommes de grande puiffance & autorité, comme font les Rois, ont pareille vîteffe & célérité, laquelle fe dilate en un moment, & comme un feu, faifit & gagne ce qui eft environ. Ces confidérations-là nous donnoient à connoître que le plus grand bien qui pouvoit arriver, foit pour le Public, foit pour la Religion, étoit la converfion du Roi, pour laquelle auffi les vrais zélateurs de l'honneur de Dieu, & de la grandeur de cet Empire Francois, ont tant de fois redoublé leurs vœux & prieres, qu'enfin Dieu a eu pitié de nous, & a touché le cœur du Roi, à ce qu'il entendît à fon inftruction. A cette fin furent appellés quelques Evêques, Abbés, Docteurs, & autres Eccléfiaftiques, recommandés par leur Doctrine, & probité de vie, conjointe avec une douceur defireufe du repos public. Nous eumes cet honneur, que d'être du nombre; chofe, pour n'en rien diffimuler, qui nous apporta beaucoup de contentement, & ce pour deux raifons; la premiere, parceque le choix qu'un Prince Souverain fait de fon Sujet, ne peut que lui être très honorable. *Quid enim majus quæritur*, dit Caffiodore, *quàm híc inveniffe laudum teftimonia, ubi gratificatio non poteft effe fufpecta? Regnantis quippe Sententia judicium de folis actibus fumit, nec blandiri dignatur animus domini poteftate munitus.* Quel avantage plus grand fauriez-vous fouhaiter, que de trouver louange celle part, d'où la gratification ne peut être fufpecte? Car la Sentence d'un Roi ne fonde fon jugement que fur les actions & le cœur de celui qui a la fouveraine puiffance, ne peut tant s'avilir, que de vouloir à faux titre & fans fujet, rechercher & flater celui fur lequel il a tout commandement. La feconde raifon a été, le bien qui en proviendroit à toute la France, chofe que nos Adverfaires même confeffent, attendu la force qu'a tout exemple. *Longum iter eft ad virtutem per præcepta, breve & efficax per exempla*, dit Seneque, le chemin pour parvenir à la vertu eft long, fi on y veut venir par les préceptes; fi par les exemples, fort court, & de

grande efficace; voire même & de longue durée, puis-je ajouter, vu que, felon Tacite, *diutiùs durant exempla quàm mores.*
Ces chofes étant ainfi, qui pourra nous blâmer, fi par un tel
bien nous fommes venus rechercher la Brebis égarée, la Drag-
me perdue, l'Enfant de famille débauché ? fi nous avons ha-
fardé nos biens & nos vies pour affurer la Religion, & mettre la France en repos ? Cela nous fit hâter, car *nullus cunc-
tationi locus eft in eo confilio quod laudari non poteft, nifi per-
actum fuerit.* Que fi les confeils doivent être loués ou blâmés,
felon que l'iffue en eft bonne ou mauvaife, qui ne louera le
nôtre, vû que la fin en a été à l'honneur de Dieu, & au repos du Peuple ? Le Roi n'a-t-il pas reconnu fa faute, par les
bonnes inftructions que lui ont donné tant de fages & doctes Prélats ? Ne s'eft-il pas uni avec les Catholiques, abominant
la Chaire de peftilence ? Ne s'eft-il pas foumis au S. Siége Apoftolique, vers lequel il a envoïé Princes & Prélats, pour lui
rendre l'honneur & l'obéiffance qui lui eft dûe ? Sont-ce petits effets, & de nulle valeur, de la fainte Affemblée, que les
Malins calomnient ? Mais je vous demande, qui a caufé la
Trêve, bien ineftimable pour le pauvre Peuple, qui pour les
miferes précédentes avoit été réduit à telle néceffité, qu'il ne
lui reftoit plus que l'œil pour pleurer, la langue pour fe plaindre, l'eftomach pour foupirer ? Qui lui a caufé, dis-je, de ce
bien dont il jouit aujourd'hui ? N'a-ce pas été la converfion
du Roi, fans laquelle on eut continué à jouer, fur le Théâtre
de la France, la fanglante Tragédie qu'on avoit commencée ?
Qui fait aujourd'hui que chacun peut jouir de fes fruits &
revenus ? La converfion du Roi. Qui fait que librement on
chemine & voïage par païs, fans être troublé de fraïeurs &
appréhenfions terribles ? La converfion du Roi. Qui fait que
les François fe réuniffent, & pendent leurs armes au croc, à
ce que les araignées, pour un jamais, y ourdiffent leurs toi-
les ? La converfion du Roi. Cette converfion donc étoit très
néceffaire pour le Roïaume de France, & pour le pauvre Peuple, lequel aujourd'hui plus que jamais feroit refferré dans les
Villes, affligé d'indigence & néceffité, fi on eût été du même avis que certains perfonnages, qui fe font opiniâtrement
oppofés aux bons deffeins des Princes, tant d'une part que
d'autre, ne craignant rien tant que la paix, laquelle ils voïoient
comme toute faite, fi une fois le Roi alloit à la Meffe, qui
étoit néanmoins tout ce que demandoient les Princes de Lor-

raine, comme plusieurs fois ils ont témoigné & protesté. Pesez, Messieurs, avec la balance d'équité, ces raisons, & ne vituperez plus ceux qui ont assisté Sa Majesté à une œuvre si louable & nécessaire comme celle-ci. Quant à ce qu'ils blâment la façon d'y procéder, ce n'est ni à eux ni à vous à qui les Prélats en doivent rendre compte : c'est à notre S. Pere le Pape, lequel, je m'assure, qu'ils contenteront, avec la grace de Dieu. C'est une outrecuidance admirable à quelques-uns, de vouloir être reconnus par-dessus le Juge Souverain de l'Eglise, & une malice punissable de blâmer les actions des personnes, sans savoir sur quoi elles sont appuïées. Bouchez vos oreilles à telles calomnies, & croïez que rien n'a été fait qu'avec beaucoup de considération, & grand respect du S. Siége Apostolique, ainsi que vous jugerez quelque jour, quand le tout sera mis en lumiere. Cependant louez Dieu, & bénissez son saint Nom à jamais, pour avoir touché le cœur du Roi; parlez bien de ceux qui ont procuré ce grand bien, au hasard de leurs vies, & à votre soulagement; détestez ceux qui ne vous prêchent que le feu & le sang, & qui contaminent la naïve candeur de l'Evangile, tant par injures que paroles impudiques; jouissez du repos que vous apporte la conversion de votre Roi légitime, & espérez que pourvu que vous vous rendiez dignes de la grace & miséricorde de notre Dieu, vous aurez bientôt une paix universelle en toute la Chrétienté, qui sera le comble de nos heurs & félicité en ce monde, jusqu'à tant que Dieu nous donne à tous ensemble son Paradis, comme je l'en prie de toute mon affection. Ecrit à S. Denis, le 10 d'Août 1593.

Avertissement.

Voïons la seconde Lettre de ce Docteur Sorbonnique, tournée du Latin, comme s'enfuit.

CLaude de Morenne, Curé de Saint Méderic, à Jacques Julian (1), Curé de Saint Leu Saint Gilles : Salut.

Si je ne satisfais pas si-tôt que vous pensiez à votre espérance, sachez que cela n'est advenu par oubliance de mes promesses, mais de la multitude d'affaires, dont ordinairement les gens de Cour sont accablés. Ayant pour cette heure plus de relâche, à cause du départ du Roi, je n'ai voulu attendre que m'importunissiez, mais me suis contraint moi-même, & vous ai écrit les Présentes, pour arracher de votre esprit tout le scrupule qui y pourroit rester. Vous requeriez de moi par vos Lettres, que je vous fisse entendre les raisons qui m'ont induit à déloger si vîte de Paris, & vous abandonner. Quant à moi, je vais vous découvrir librement tout ce qui concerne mon départ, & davantage ce qui regarde les choses parachevées heureusement en cette Ville de S. Denis, afin qu'aïant le tout compris, vous garantissiez plus hardiment mon honneur de la venimeuse calomnie de mes ennemis. Estimez donc, que j'ai toujours vécu en cette pensée, que rien ne m'a été si cher que de voir la France paisible : nul n'a détesté plus que moi les misérables embrasemens de guerres. J'étois infiniment tourmenté en moi-même, prévoïant que certains opiniâtres tiroient la plus florissante Ville du Roïaume dedans la flamme, & en totale ruine, sans voir personne qui fît tête à l'impétueuse fureur & méchanceté désespérée de telles gens. De moi, combien que je sois le moindre entre les Docteurs, néanmoins ne voulant être tenu pour homme qui auroit abandonné l'Etat à des désespérés, pour tout mettre sens dessus dessous, en plusieurs Sermons je commençai d'exhorter le Peuple à la paix, & à tirer du cœur des Parisiens les pestiferes opinions qu'on y avoit fichées ; mais j'ai éprouvé à mon dommage, qu'il y en avoit en nombre infini, disposés à ne point écouter ; fort peu qui eussent les oreilles ouvertes & attentives, & nuls qui main-

---

(1) Jacques Julien, Curé de Saint Leu, sortit d'abord de Paris après la réduction de cette Ville à l'obéissance de Henri IV ; mais ensuite il se soumit à ce Prince.

tînssent courageusement les bons enseignemens qui leur avoient été proposés. Cet étrange abrutissement m'apprit que le juste Jugement de Dieu avoit crevé les yeux à nos Parisiens, & que leur sauveté dépendoit d'un espoir frêle & évanouissant. Qu'eussai-je fait emmi telle combustion & volontaire ruine de Citoïens séditieux ? Je n'ai pas voulu plus longuement faire la guerre à Dieu, j'ai estimé qu'il falloit faire largue aux Jugemens d'icelui, caler la voile à ces bourasques du temps, & se réserver à saison plus gracieuse & fructueuse au Public.

Or, comme j'étois en ces perpléxités, à diverses fois je reçus deux Lettres du Roi, qui me déclaroit sa résolution être d'embrasser la Religion Catholique, m'enjoignant de me trouver au jour qu'il assigneroit aux autres & à moi pour cet effet; alors toute ma difficulté fut ôtée, & délibérai d'aller où j'étois appellé : de là nâquirent ces fréquentes plaintes que vous dites, & les discours divers, sur mon départ. Je savois bien qu'il en adviendroit ainsi; mais je préférois le salut des ames, & l'utilité publique, aux bruits légers que semoient les envieux. Cette pensée me vint au-devant, que c'étoit peine perdue de prêcher vous autres de Paris, pourcequ'aviez des oreilles, & ne vouliez entendre, des yeux, & refusiez de discerner les choses. Votre fureur ressembloit celle du Serpent, nommément de l'Aspic, bouchant l'oreille encontre le chant du sage Enchanteur. Vous ne pouviez porter la saine Doctrine, mais selon vos desirs, & ayant les oreilles chatouilleuses, assembliez plusieurs Docteurs : vous fermiez l'oreille à la vérité, & l'ouvriez pour ouir des Fables. Qu'eussai-je fait de telles gens? Qui veut instruire le fol, il ressemble à celui qui veut radouber un pot de terre tout brisé, ce dit le Sage; & qui parle à un sourd, fait comme qui pousse l'homme accablé de sommeil. Parlez de sagesse à un étourdi, & devisez avec un dormant, c'est tout un. Pour ces raisons j'ai quitté Paris, & me suis tourné vers ceux qui recevroient plus bénignement mes avis & exhortations; entr'autres, je regarde le Roi, qui dès longtemps pensoit à abjûrer sa Religion, & embrasser à bon escient la nôtre. Devois-je refuser de servir à une telle œuvre, y étant poussé par le commandement Evangélique, par ma vocation, & par le salut de tout le Roïaume ? Non : partant ai très volontiers obéi au commandement de mon Prince, estimant que je ferois chose très agréable à Dieu & aux hommes. Or, vous me supporterez, si je vous expose plus clairement

ment les trois raifons par moi alléguées ; car lors vous jugerez que ce n'a été aucune paffion défordonnée, mais une délibération bien fondée qui m'a fait quitter Paris, pour me
rendre dedans la Ville de Saint Denis.

Pour commencer par la premiere. Combien de fois Chrift
a-t-il enfeigné de vive voix & par effet en l'Evangile, que
ceux qui devroient l'enfuivre euffent à travailler après la converfion des ames ? A cette occafion met - il en avant la para-
bole du Pafteur, cherchant la Brebis égarée, fans s'épargner
ni arrêter, jufqu'à ce que l'aïant trouvée & chargée fur fes
épaules il la rapporte au Troupeau ? Qui ne fait la foigneufe
recherche de la Femme affligée & dolente, pour retrouver la
Drachme perdue ? Je n'allegue point ce Pere de famille, lequel reçut de fi bon vifage fon fils repentant des débauches,
gourmandifes & ordures, efquelles il s'étoit veautré ; que
l'aïant reçu en grace, & ramené en fon logis, tout y reten-
tiffoit de joie & de plaifante mufique. Comment donc pouvons-nous être appellés Prêcheurs de l'Evangile, fi nous ne
cherchons diligemment les errantes & dévoïées Brebis du Seigneur ? Quel nom méritons-nous, fi en lieu de ce faire nous
les diffipons, déchirons, féduifons, & faifons errer par les
Montagnes ? Malheur, malheur fur vous, Pafteurs, difoit le
Seigneur, pourceque vous n'avez point remis, guéri, rejoint,
ramené, cherché ce qui étoit dévoïé, malade, brifé, déjetté,
perdu ; mais commandez rigoureufement & tiranniquement
aux Troupeaux. De vos cornes vous fabouliez les pauvres Brebis, jufqu'à ce qu'elles fuffent çà & là éparfes hors du Parc.
Nous avons été témoins de ce défordre depuis quelques années, à mon grand regret ; car les Docteurs & Prêcheurs,
qui devoient exhorter les Pécheurs & Hérétiques à fe retirer
promptement de leurs iniquités, ont perdu courage, ou fe font
donnés du bon temps, ou même ont allumé le feu d'une lamentable guerre civile ; ou ont porté du bois, & ont jetté de
l'huile fur la flamme, ou d'une bouche vilaine & vénale ont
déchiré par calomnieux outrages les fideles Miniftres de la parole de Dieu, foigneux du falut des Hérétiques. Les Parabo-
les de l'Evangile ne propofent pas ce moïen : les faintes &
charitables œuvres de Chrift, recherchant de fi fervente affection les Péagers & gens de mauvaife vie, pour arracher leurs
ames du gouffre d'enfer, & les vendiquer à foi, tendent à
tout autre but. Aïant effaïé de faire le même, ces bons Ca-

tholiques zelés ont aiguifé leurs langues comme rafoirs, ont
conté des Fables, penfé iniquités, & mis leur bouche dedans
le Ciel. Je vous laiffe penfer s'ils ont bien fait : de moi, fi
en cet endroit j'ai bronché, ç'a été fuivant les pas de Chrift.

Car on ne peut dire (afin que je vienne à la feconde partie de ma défenfe) que ma vocation ait été éloignée de telle
entremife, attendu que la charge des Prédicateurs (tels que
Dieu a voulu de fa grace que nous fuffions,) porte qu'ils répandent en tous lieux femences de la parole de Dieu, & tournent toutes leurs follicitudes & penfées vers la converfion des
Pécheurs. Tu es Chrétien, & as reçu ce nom, dit Chryfof-
tôme, afin d'enfuivre Chrift, & obéir à fes Loix, par exhi-
bition d'œuvres. Et qu'a fait Chrift ? Il ne demeuroit pas affis
en Jerufalem, pour y attendre les malades, mais alloit par
les Villes & Bourgades, guérir les Maladies de l'efprit & du
corps. Ne voïez-vous pas que les Médecins font le femblable ?
Ils ne contraignent ceux qui font attachés au lit de fe faire
porter hors de leurs maifons, mais y entrent pour les vifiter ?
Fais le femblable, mon ami, te fouvenant que, fi nous ne
trafiquons en cette forte, il n'y a point de falut ès Cieux pour
nous. Les paroles de ce grand Docteur m'ont ému, quoique
les chiens impudens aboient à l'encontre, de prendre cette
réfolution d'annoncer, quand la commodité fe préfentera,
l'Evangile par tout le monde, non pas en l'enclos d'une Ville, comme font ces Prêcheurs délicats & efféminés. Qui m'ac-
cufera d'autre comportement, mes travaux, & les témoignages irréprochables de gens de bien, le redargueront de menfonge Satanique.

Or, fi je me fuis aucunement épargné pour enfeigner toutes fortes de gens, de tant de vile condition qu'ils aient pu être,
je vous prie, me repoferois-je, les bras croifés & accroupi en
la maifon, quand il s'agit de la converfion d'un très puiffant
Roi, & par conféquent de la réduction & du falut de tous les
Hérétiques qui font en France ? Car c'eft la troifieme raifon,
par laquelle je difois avoir été induit de venir ici. Antigonus
écrivit bien à propos au Philofophe Zenon, qu'il eût à le venir trouver en diligence, & fut qu'en s'emploiant pour le bien
du Prince, il feroit le Docteur de tous les Macédoniens, &
que les Sujets enfuivoient ordinairement le Prince. Il ne pouvoit dire chofe plus vraie. Je defire être agréable au Roi, &
que mon fervice lui profite. Cela ne peuvent efpérer mes ad-

1593.
EPÎTRE DE M.
DE MORENNE.

verſaires. Par continuation de bien faire, ſouvent nous parvenons à ce point, que preſque tous hommes ſe conforment aux mœurs & façons de faire d'un ſeul. La vie du Prince eſt une cenſure perpétuelle, qui nous ſert de regle, d'adreſſe, de cercle, tellement que l'affection de lui obéir & de l'enſuivre a plus d'efficace, que la crainte, ni que les ſupplices ordonnés par les Loix. Ni plus ni moins qu'ès corps, ainſi en la Monarchie ce qui découle du Chef produit de merveilleux effets : & eſt plus aiſé à nature d'extravaguer, que de voir un Prince & ſon État diſſemblables.

Si vous conſiderez ces choſes attentivement & d'un eſprit non paſſionné, vous connoîtrez incontinent, de combien grande conſéquence étoit la converſion d'un ſi grand Roi, chacun de nous eſpérant que s'il ſe joignoit à nous en unité de foi, ſon exemple en réduiroit un grand nombre d'autres. Pourtant, nul ne pouvoit tirer l'épaule arriere de cette charge, ſans péché contre l'Etat, & trahiſon au regard de l'Egliſe. C'eſt ce qui m'a retiré quelque peu loin de vous en corps, non pas en eſprit : de peur que ſi j'étois tardif en ſi louable affaire, mon nom fût flétri de perpétuel deshonneur, comme aïant peu penſé à l'avancement de notre Religion, & au ſoulagement de la France. Pour ces cauſes je ſuis ici accouru, remerciant Dieu de ce que je n'ai été fruſtré de mon eſpérance, & que mon départ a été ſuivi d'une heureuſe iſſue en l'affaire encommencée. Car, maintenant la Religion Catholique florit en la Cour, avec aſſurance qu'aïant recouvré ſa priſtine dignité, elle épandra ſes rameaux par toutes les Provinces du Roïaume.

Je ſais que vous autres trouvez étrange au fait de la converſion du Roi, que l'on ſe ſoit hâté. Je voudrois avoir permiſſion de publier les choſes épluchées en l'Aſſemblée de tant de doctes Perſonnages : je m'aſſure que les aïant lues, vous approuveriez incontinent notre délibération. Mais il faut attendre l'heure qui découvrera tout à temps ce qui eſt le plus caché. Tout ce que nous avons fait eſt ſu de chacun, encore qu'au progrès de nos procédures, beaucoup de circonſtances ſoient paſſées, qui doivent autant ſoigneuſement être tenues ſecrettes, que la connoiſſance en eſt ardemment deſirée de pluſieurs. Nous devons reſſembler aux armoires, leſquelles tiennent enclos des papiers d'importance, afin que ſi quelquesfois ceux qui ont autorité de le faire, demandent avis ſur certaines difficultés, alors nous parlions : quant au reſte, nous faſſions ſemblant, ſelon notre devoir, & prudemment, de ne favoir que c'eſt, juſqu'à ce que l'on s'en enquierre de nous. Il faut que le Pape ſoit informé de toutes les particularités, premier que le Peuple. J'eſtime que ſerez ſatisfait, ſi je vous dis ce mot, que les très ſages & très doctes Prélats de France n'ont rien fait à la legere, ains ont peſé tous les momens de leurs raiſons, & pourvû entr'autres choſes que l'autorité du Siége Romain demeurât en ſon entier. Vous avouerez qu'il eſt ainſi, lorſque le Pape permettra que toute la procédure ſoit miſe en lumiere. Sachez cependant que les dangers pendans ſur la tête de l'Etat, comme pluſieurs ſavent, nous ont occaſionné de diligenter en cette affaire, de peur que la deſirée commodité de ſoulager le Roïaume ne nous échappât d'entre les mains. J'oſe vous jurer, que ſi nous euſſions encore tant ſoit peu attendu, les affaires s'en alloient tomber en telle confuſion, & la tourmente eût été ſi périlleuſe, que le ſalut même n'eut pu faire ſurgir en port aſſuré le navire public, aſſailli de tant & tant de vagues furieuſes. Bien ſouvent en ſi dangereuſes tempêtes, les plus promptes réſolutions ſont les plus aſſurées, & ne faut pas attendre que toutes les heures aient ſonné, mais convient prévenir, encore que ne vouliez pas, à cauſe du commandement de la néceſſité, laquelle (comme diſoit Thalès) eſt la plus robuſte & violente choſe du monde, & à qui les plus grands ne ſauroient réſiſter. Je tais le reſte que ſaurez, mais avec le temps. En attendant, retenez-vous, parlez peu, ſuſpendez votre avis en la plûpart des affaires, & puiſqu'ignorez nos motifs, mettez le doigt ſur la bouche. Craignez Dieu, honorez le Roi.

Au reſte, fuïez les peſtillentes compagnies, & déteſtez les mœurs diaboliques de ceux qui aboient & ne vomiſſent qu'outrages contre leur Prince légitime. Car, ſelon l'enſeignement de l'Ecriture, il ne faut point détracter des Princes du Peuple. Qui le fait, eſt juſtement excommunié par le Concile de Tolede. Vous me repliquerez que les Princes ſont hommes méchans & perdus. Je vous répouds que comme nous ne frémiſſons pas contre la ſtérilité, contre les pluïes exceſſives & autres incommodités des ſaiſons; auſſi les Sujets doivent ſupporter la diſſolution, l'avarice, & les autres iniquités de leurs Princes. Tant que le monde durera, il y aura des vices entre les hommes. Pour cette cauſe le Senateur Marcellus diſoit ſagement en quelqu'endroit de Tacite, qu'il eſt permis ſouhaiter des bons Princes; mais qu'il convient les ſupporter tels qu'ils ſont.

C'eſt bien dit, car notre France défigurée de ruines & maſſacres, dont on n'avoit ouï parler que depuis quarante ans, montre aſſez que ces fréquentes mutations ſont périlleuſes.

C'eſt à autre temps que tel Diſcours ſe réſerve, non pas à celui-ci, auquel Dieu donne aux François un Roi, le plus digne de porter Sceptre & Couronne, qu'autre qui ait jamais été. Nul ne le devance en valeur ni en pieté. Tous les hommes doués de quelque ſcience conſcientieuſe avouent mon dire. Quelques-uns, en petit nombre, gens à qui la peur & la diſette ont conſeillé de troubler l'Etat, tâchent par calomnies d'obſcurcir les vertus de ce grand Prince, & ce qu'il a fait depuis quelques jours en grande dévotion, eſt par eux diffamé du nom de ſimulation affectée. Mais, qui es tu, toi, qui juges le ſerviteur d'autrui devant le temps que viendra ſon Seigneur, lequel découvrira les cachettes des ténébres, & manifeſtera les ſecrets conſeils des penſées? C'eſt Dieu ſeul qui connoît le cœur tortu & profond de l'homme mortel, qui voit de loin les détours & virevouſtes de l'ame, qui ſuit au pas nos routes & deſſeins. Si l'homme cuide le pouvoir ſuivre, il s'abuſe, étant du nombre de ceux dont l'arrogance monte toujours, qui non-ſeulement veulent être Rois, ains auſſi s'efforcent de faire la part à Dieu.

Je me trompe, ou tels obliques jugemens vous déplairont. Vivez alaigres, embraſſez la modeſtie qu'avez toujours aimée, rembarrez nos ennemis par les raiſons que je vous ai propoſées, attendant que la paix ſuccéde à la guerre civile, au moïen de quoi la porte ſoit ouverte au ſiecle d'or, & liberté redonnée aux amis de deviſer enſemble. Adieu. De Saint Denis, ce 12ᵉ jour d'Août, 1593.

Avertiſſement.

T Andis que ce Docteur & ſes ſemblables imaginoient la renaiſſance d'un ſiecle d'or, les Ligueurs penſoient à un nouveau ſiecle de fer & de feu. Un de leur Parti ſervira de témoin à la poſtérité, combien la France étoit miſérable. Nous apportons donc un Diſcours, montrant que la Ligue ne s'appaiſoit par au ſon des cloches de la Meſſe, ains demandoit la vie du Roi.

BREF DISCOURS

Du Procès criminel fait à Pierre Barriere, dit la Barre, natif d'Orléans (1), accuſé de l'horrible & exécrable parricide & aſſaſſinat, par luï entrepris & attenté contre la perſonne du Roi.

AU mois d'Août 1593, le Roi fut averti par un Gentilhomme (2), que quelque temps auparavant, étoit parti de la Ville de Lyon un homme, en volonté & réſolution de tuer Sa Majeſté : lequel il déſigna avec marques & habits, qui l'ont depuis rendu fort aiſé à reconnoître. Suivant cet avis, toutes ſortes de perſonnes inconnues arrivant à la Cour, furent curieuſement & diligemment obſervées.

Le vingt-ſix dudit mois d'Août, le Roi étant à Melun, ce Gentilhomme aïant apperçu, devant la Maiſon de Sa Majeſté, celui duquel il avoit donné avis, s'en voulut ſaiſir : mais auſſi-tôt il diſparut, & ne put être appréhendé juſqu'au lendemain 27, qu'il fut reconnu & arrêté à l'une des portes dudit Melun, rentrant à la Ville. A l'inſtant il fut mis ès mains du Lieute-

---

(1) Pierre Barriere, dit M. de Thou, L. 107, étoit Voiturier ſur la Loire, & demeuroit à Orléans. Il avoit été envoïé autrefois par le Duc de Guiſe, pour délivrer Marguerite, Reine de Navarre, tandis qu'elle étoit gardée par Marc de Beaufort, Marquis de Canillac, à qui le Roi, frere de cette Princeſſe, en avoit donné le ſoin. Ce Malheureux, ajoute M. de Thou, après avoir délivré la Princeſſe, étoit devenu amoureux d'une fille qui étoit dans ſa con-

fidence : aïant perdu l'eſpérance de l'épouſer, il tomba dans le déſeſpoir, & réſolut de tuer le Roi. Voïez le reſte de ſon Hiſtoire dans le préſent Diſcours, & dans l'Hiſtoire de M. de Thou, Liv. 107.
(2) M. de Thou dit que ce Gentilhomme ſe nommoit Brancaleon, & qu'il étoit un des Gentilshommes de la Reine Louiſe, veuve de Henri III. Voïez auſſi le Journal de Henri IV, année 1593.

nant Général de la Prévôté de l'Hôtel, par le commandement
du Roi, & conduit aux prisons dudit lieu. Où étant, déclara
à la Géoliere, & à un Prêtre lors prisonnier, qu'il ne mangeroit point tant qu'il seroit prisonnier, mais qu'on lui baillât du
poison, & il en mangeroit.

Interrogé à plusieurs & diverses fois par ledit Lieutenant.
Par ses premieres réponses, dit être âgé de vingt-sept ans, natif d'Orléans, de son premier état, Battelier, & de présent Soldat ; étoit sorti d'Auvergne pour aller faire la guerre en Lyonnois, ce qu'il fit sous la charge du Sieur d'Albigni. Confesse
avoir séjourné un mois en la Ville de Lyon, & que passant
depuis par la Bourgogne, il seroit arrivé à Paris, de-là à Saint
Denis, puis à Melun, en intention d'y chercher & trouver
Maître.

Derechef interrogé, a dit, que dès qu'il partit d'Auvergne,
il avoit intention de venir tuer le Roi, dont étant arrivé audit
Lyon, il communiqua à quelques Personnes Ecclésiastiques,
dénommées au procès (1).

Depuis, encore enquis de quelle façon il vouloit exécuter une
si damnable entreprise, dit que c'étoit avec un couteau, ou un
pistolet, en s'approchant du Roi à travers ses Gardes.

Et sur ce que l'on avoit eu avis que ledit Barriere avoit eu un
couteau caché entre ses chausses & sa chemise, lequel il avoit
mis ès mains dudit Prêtre, prisonnier, le priant ne le montrer,
fut sur ce enquis, par secondes interrogatoires du vingt-huit
dudit mois, le dénia ; mais à l'instant, lui aïant été ledit couteau représenté (lequel étoit d'un pied de grandeur, tranchant
des deux côtés, fort pointu, & fraîchement émoulu & éguisé)
auroit reconnu ledit couteau être sien : qu'il l'avoit sur soi, lorsqu'il fut arrêté prisonnier, & l'avoit acheté d'un Coutelier ou
Mercier à Paris.

Le même jour, les Témoins ouis par les informations, lui ont

(1) Barriere étant à Lyon, dit M. de
Thou, voulut parler de son dessein à un
grand Vicaire de l'Archevêque, qui étoit
Carme, à un Capucin, & à un ou deux autre Prêtres, enfin à un Dominicain Florentin, nommé Seraphin Barchi, Espion de
Ferdinand, Grand Duc de Toscane, pour
apprendre par son moïen les desseins des
Ligueurs. Ce Dominicain lui dit qu'il y
penseroit, & qu'il eut à revenir le lendemain ; & pendant ce temps-là il avertit
Brancaleon de se trouver à une certaine
heure chez lui, pour lui montrer Barriere,
qu'il envisagea si bien, qu'il pouvoit le reconnoître par-tout. Le Dominicain donna
à Barriere une réponse ambigue, & le renvoïa : après quoi il découvrit au Gentilhomme le dessein de ce Misérable, & l'exhorta
à partir pour l'Armée où alloit cet Assassin,
ce qu'il fit. On peut lire le reste dans M. de
Thou.

été confrontés, lesquels ont reconnu ledit Barriere, pour être celui duquel ils avoient parlé en leurs dépositions, auxquelles ils ont persisté.

Le Roi averti des charges & état du procès, députa des Présidens de ses Cours souveraines, Conseillers en son Conseil d'Etat, & Maîtres des Requêtes ordinaires de son Hôtel, jusqu'au nombre de dix, pour procéder au jugement dudit procès, au rapport dudit Lieutenant Général. Tous lesquels assemblés, le procès vu, & ledit Barriere mandé & oui au Conseil, outre ses premieres confessions, a dit, qu'étant arrivé à Lyon, il avoit volonté de tuer le Roi, & le déclara à un homme d'Eglise dudit Lyon, présent un Gentilhomme, qu'il n'a su nommer (1). Interrogé qui l'avoit induit à cela, dit que la premiere impression lui en étoit venue de son mouvement; & enquis comment, & de quelle façon il pensoit exécuter cette mauvaise volonté : a répondu que c'étoit avec un pistolet chargé de deux balles & un carreau d'acier, qu'il émorseroit de poudre fricassée, & sechée sur le feu, dedans laquelle il mêleroit du souffre, afin qu'elle ne faillît à prendre feu.

Et comme le couteau ci-dessus étoit sur la table de la Chambre du Conseil, pour lui être montré; avant qu'il en fut enquis, a dit que ledit couteau qu'il voïoit sur la table, étoit son couteau, l'avoir lorsqu'il fut arrêté, & mené aux prisons : qu'on le lui donnât, & que l'on verroit ce qu'il en feroit; & enquis ce qu'il en voudroit faire : répond qu'il ne sait, & à l'instant que l'on le verroit, & que l'on interpretât ce qu'il avoit dit, si on vouloit. Et pressé de dire où il avoit acheté ledit couteau, & si c'étoit pas pour exécuter sa mauvaise & méchante volonté. Persiste qu'il l'avoit acheté à Paris, non à autre intention que pour en couper du pain, & s'en servir à table, quoique l'on lui ait remontré que ledit couteau tranchant des deux côtés, & fort pointu, comme il étoit, ne pouvoit servir à l'usage qu'il disoit.

Plus, dit qu'après avoir acheté ledit couteau, il ne demeura qu'une heure à Paris, de-là vint à Saint Denis, & vit le Roi en l'Eglise Saint Denis, oïant la Messe en grande dévotion. Interrogé en quelle volonté il étoit venu de Paris à Saint Denis. Répond que ce n'étoit à autre intention, que pour y trouver quelques Gentilshommes, qui lui prêtassent argent pour se rendre Capucin à Paris : que n'aïant trouvé ceux qu'il cher-

(1) C'est Braucaleon.

chois,

choit, il fuivit le Roi, & alla coucher à Champ-fur-Marne,
puis à Brie-Comte-Robert, où il fe confeffa & communia. Et
enquis qui le mouvoit à ce faire audit lieu & jour : dit que c'é-
toit parcequ'il y avoit long-temps qu'il n'avoit fait fes Pâques,
& qu'en fa Confeffion il déclara à fon Confeffeur qu'il avoit eu
une mauvaife volonté, fans lui dire autre chofe, ni qui elle
étoit. Plus, fur autres interrogatoires, a dit, que fi Dieu vouloit
quand il auroit tué le Roi, il feroit invifible.

Aux réponfes dudit Accufé, fe trouvent plufieurs variations
& dénégations, de chofes dont il eft fuffifamment convaincu,
fur toutes lefquelles charges réfultantes defdites informations
& réponfes, recollement & confrontations, & conclufions du
Procureur du Roi en ladite Prévôté, ledit Barriere a été déclaré fuffifamment atteint & convaincu du crime de Leze-
Majefté, au premier chef, pour avoir voulu attenter à la Perfonne du Roi ; pour réparation de quoi a été condamné à être
traîné dans un Tombereau, & par les rues tenaillé de fers
chauds ; ce fait, mené au grand Marché de la Ville de Melun, & là avoir le poing droit ars & brûlé, tenant en icelui
le couteau dont il a été trouvé faifi ; puis mené fur un échaffaud, pour y avoir les bras, cuiffes & jambes rompues, par
l'Exécuteur de la Haute-Juftice, & ce fait, mis fur une roue,
pour y demeurer tant qu'il plairoit à Dieu ; & après la mort,
fon corps être brûlé & réduit en cendres, & icelles jettées
dans la riviere : que fa maifon fera rafée, tous fes biens acquis & confifqués au Roi ; & avant l'exécution, que ledit
Barriere fera appliqué à la queftion ordinaire & extraordinaire, pour déclarer fes complices, & ceux qui l'ont induit d'attenter à la Perfonne de Sadite Majefté.

Et fuivant ce, ledit Barriere aïant été extrait des prifons
& mené en la Chambre de la Queftion, après que ledit Arrêt
lui a été prononcé, exhorté par les Sieurs à ce députés de dire
vérité, a confeffé qu'un Religieux, demeurant à Lyon, défigné particulierement au procès, lui perfuada de tuer le Roi,
lui difant que quand Sa Majefté fe diroit Catholique, & en
feroit profeffion, il ne le croiroit, & qu'en ce faifant ledit
Barriere feroit fauvé : que perfonne ne lui avoit fait aucune
promeffe pour faire un tel coup.

Admonefté plufieurs fois de dire vérité, fur autres interrogatoires à lui faites, ne voulut dire autre chofe. A été appliqué à la queftion, & étant feulement lié, a dit encore, qu'un

Tome V. I i i

Capucin dudit Lyon, & un autre homme d'Eglife, défigné
par fes Confeffions, lui avoient dit que ce ne feroit point
mal fait de tuer le Roi ; & qu'en outre il y avoit deux hommes d'Eglife qui avoient auffi entrepris de tuer Sa Majefté ;
& lui aïant été demandé pourquoi il fe laiffoit fi facilement
perfuader à faire un fi exécrable & déteftable affaffinat, répond que lefdits Eccléfiaftiques l'affuroient qu'il auroit la gloire célefte, s'il exécutoit ladite entreprife.

Appliqué à la queftion, les cordes tendues & prêtes à tirer, a requis qu'il ne fût gêné, & qu'il confefferoit la vérité, difant qu'il avoit auffi communiqué ladite entreprife à un
certain Perfonnage dénommé au procès, lequel lui fit réponfe, que difficilement il la pourroit exécuter ; mais s'il la pouvoit achever, que ce feroit bien fait : & preffé davantage de
dire vérité, étant relâché des tourmens, enfin reconnoît &
& confeffe, qu'après avoir été confirmé par ces Eccléfiaftiques en ladite réfolution de tuer le Roi, fous l'affurance qu'ils
lui donnoient, qu'il en auroit une grande gloire en Paradis ;
& que l'un defdits Eccléfiaftiques lui aïant dit, que s'il pouvoit parachever fon entreprife, ce feroit un grand bien ; mais
que s'il y failloit, il diroit qu'il ne lui auroit confeillé, alléguant fur ce quelques Paffages de Saint Paul, dont ledit Prifonnier a dit n'avoir fouvenance. Qu'il partit dudit Lyon, en
cette mauvaife volonté ; paffa par la Bourgogne, & arriva à
Paris le Lundi ou Mardi feizieme ou dix-feptieme d'Août,
où s'étant logé en la maifon par lui nommée, il fe repofa
tout le jour, pource qu'il étoit las ; & aïant demandé à fon
hôte qui étoient les Prédicateurs & Eccléfiaftiques de Paris,
les plus affectionnés au parti de l'Union, il l'adreffa à un Curé de l'une des Paroiffes dudit Paris (1), dénommé au procès-verbal de ladite queftion, avec lequel il entra en propos ;
& qu'entr'autres chofes ledit Curé lui dit qu'il prêchoit librement, & quoique le Roi allât à la Meffe, il ne croïoit pourtant qu'il fût Catholique ; tenant lefquels propos, le Vicaire
dudit Curé, dit que le Chat & le Chien ne fe pouvoient accorder, voulant entendre par-là, que Catholiques & Huguenots ne fe pourroient jamais accorder ; fur quoi ledit Barriere

(1) Chriftophe Aubri, Curé de St André
des Arcs, natif d'Eu, Ville qui appartenoit
à Henriette de Cleves, veuve du feu Duc
de Guife, & par cette raifon, plus attachée
à la Ligue. Ce Curé féditieux affermit Barriere dans fon deffein, lui repréfentant la
converfion du Roi comme feinte & fimulée.

aïant déclaré audit Curé fon intention & réfolution qu'il avoit
de tuer le Roi, ledit Curé l'affura que ce feroit bien fait, &
gagneroit une grande gloire en Paradis. Que cette parole le
confirma & incita fort à continuer en fa réfolution ; & pourcequ'il n'étoit pas lettré, fe laiffa ainfi perfuader & féduire
par lefdits Eccléfiaftiques & Docteurs en Théologie ; & même qu'il demanda audit Curé, fi ce ne feroit pas mal fait de
tuer le Roi, maintenant qu'il alloit à la Meffe, lequel l'affura
que non, parcequ'il croïoit, ou avoit peur, que le Roi eût
toujours quelque mauvaife volonté à la Religion Catholique.

Enquis, après avoir laiffé ledit Curé, où il alla, répond : que
ledit Curé lui dit qu'il falloit aller vers un Jéfuite qu'il lui
nomma lors (1), pour l'avertir de cette volonté & réfolution
qu'il avoit de tuer le Roi, & de fait l'y conduit ; mais ne
l'aïant trouvé, ledit Barriere feul y retourna le lendemain,
environ les huit heures du matin, & l'aïant trouvé lui découvrit fa mauvaife volonté & intention, que ledit Jéfuite loua,
lui difant que c'étoit une belle chofe, avec autres propos femblables, & l'exhortant d'avoir bon courage, d'être conftant,
& qu'il fe falloit bien confeffer & faire fes Pâques ; & après
l'avoir excité de continuer, & affuré qu'il gagneroit Paradis,
ledit Jéfuite lui bailla fa bénédiction, difant qu'il eût bon
courage, qu'il priât bien Dieu, & Dieu l'affifteroit en fon
entreprife ; & fuivant ce, il s'alla confeffer à l'inftant à un
autre Jéfuite, que lui adreffa celui auquel il avoit ainfi parlé ;
mais ne lui dit, ne confeffa aucune chofe de fa mauvaife volonté, puis fit fes Pâques.

Et fur les remontrances à lui faites, qu'il étoit bien mal confeillé de recevoir le S. Sacrement, étant en une fi exécrable
volonté d'un fi malheureux & méchant acte ; ledit Barriere
levant les mains au Ciel, reconnoît qu'à la vérité il étoit bien
malheureux, & l'eut été bien davantage s'il l'eût exécuté ; difant qu'il étoit fort heureux d'avoir reconnu la vérité, & avoir
déchargé fa confcience (2), pource qu'il connoît bien maintenant que s'il fut mort en cette volonté & dénégation, il eut
été damné, louant Dieu de l'en avoir détourné ; & que ceux

(1) C'étoit le Pere Varade, Recteur du Collége des Jéfuites à Paris. Lorfque le Légat, Philippe Sega, Cardinal de Plaifan-ce, fortit de Paris après la réduction de cette Ville à l'obéiffance de Henri IV, ce Prince eut la bonté de lui permettre d'em- mener avec lui le Curé Aubri & ce Jéfuite.

(2) Ce fut le Dominicain Olivier Beren-ger, qui avoit fuivi le parti du Roi pendant toute la guerre, qui fit comprendre à Bar-riere l'énormité de fon projet.

qui l'avoient induit & conseillé avoient tort, & lui grand regret & déplaisir de l'avoir entrepris, suppliant Dieu lui pardonner, ce qu'il a répeté par plusieurs fois.

Enquis, comme il avoit deliberé d'exécuter un si mauvais coup, dit que c'étoit avec un poignard, ou un couteau; & pour cet effet il en acheta un, qui est celui dont il étoit saisi lorsqu'il fut arrêté, lequel fit ainsi aiguiser, tant à la pointe qu'au dos, ensorte qu'il tranchoit des deux côtés.

Qu'au sortir de Paris, il vint à Saint Denis, aïant ladite mauvaise intention; & qu'aïant vu le Roi à la Messe en l'Eglise dudit Saint Denis, il en fut joïeux, & dès-lors se reculoit de voir le Roi, de crainte d'être poussé à l'exécution de sa mauvaise & damnable pensée, dont il perdit le courage.

Sur quoi lui aïant été demandé, pourquoi donc il avoit suivi le Roi par-tout où il étoit passé, dit qu'il étoit bien mal mené, & en avoit grand regret. Qu'il étoit passé à Champ (1), où il avoit couché le Samedi, puis à Brie, où derechef il s'étoit confessé, & fait ses Pâques, & de là étoit arrivé en ce lieu de Melun, où il a été pris. Lesdites confessions faites & répetées par plusieurs fois, tant à la question que dehors, ledit Barriere y a persisté constamment jusqu'au dernier soupir de sa vie, montrant avoir grande contrition de sa faute, & priant Dieu de lui pardonner.

Et après l'exécution des peines esquelles il avoit été condamné, étant proche de la mort, admonesté par ledit Lieutenant, s'il avoit quelque chose encore sur sa conscience, qu'il s'en déchargeât: repond', que ce qu'il avoit dit à la question, & étant relâché d'icelle, étoit véritable; & outre, qu'il y avoit deux Prêtres qu'il a designés & marqués, qui étoient sortis de Lyon, pour semblable entreprise, & qu'il s'étoit avancé le premier pour l'exécuter, afin d'en avoir l'honneur; criant sur ce merci à Dieu, au Roi, & à la Justice, & demandant pardon à Dieu (2).

(1) De Saint Denis il suivit le Roi à Gournay, à Crecy, à Champ-sur-Marne, à Brie-Comte-Robert.

(2) On imprima vers le même temps à Melun un *Extrait du Procès Criminel* fait à Barriere, *in-8°*. 1593. L'année suivante parut un autre Ecrit sur le même sujet, intitulé : » Histoire prodigieuse d'un détestable parricide entrepris en la personne du » Roi, par Pierre Barriere, & comme Sa » Majesté en fut miraculeusement garantie, » 1594, *in-8°*.

Plus, un autre Ecrit : intitulé : » Apologie contre les Jugemens téméraires de » ceux qui ont pensé conserver la Religion » Catholique, en faisant assassiner les Très » Chrétiens Rois de France, par Sebastien » Banqui, Florentin, Docteur en Théologie, des Freres Prêcheurs «. Paris, Mettayer, 1596 *in-8°*. Ce Dominicain est celui que M. de Thou nomme Seraphin Barchy : il raconte dans son Ecrit de quelle maniere il découvrit les desseins de Barriere.

SONNET.

TU l'as doncques voulu, Parricide exécrable,
Commettre ce forfait ès Enfers inventé ?
Tu l'as donc entrepris, tu l'as donc attenté,
Sacrilége Meurtrier, Assassin misérable?

Mais l'œil du Dieu vivant aux Mortels secourable,
Qui pénétre en nos cœurs, tant forte est sa clarté,
Tutelaire des Rois & de leur Déité,
N'a permis ce malheur en ses faits admirable.

Le Méchant fait le mal, mais il n'œillade pas
La vengeance de Dieu qui talonne ses pas
De mille Esprits vengeurs, destiné au supplice.

Que vous êtes trompés, Sujets audacieux,
De penser, abusés, forcer ainsi les Cieux;
Je ne vis impuni jamais le malefice.

Domine, salvum fac Regem.

Seigneur, sauve le Roi de la fureur des armes,
Et des traîtreux aguets pires que les allarmes:
Aux dépens de nos jours, Seigneur, les siens croissant
Détourne tous mes Chefs de ses Temples guerrieres,   *meschefs*
Et au jour, que pour lui nous te ferons prieres,
Veuille nous exaucer, ton saint Nom bénissant.

N. F.

Avertiſſement.

LE Duc de Nemours qui aſpiroit à la Couronne , comme les autres , connoiſſant bien que ſon frere de Mayenne ne lui laiſſeroit jamais gagner le devant , avoit , de longue-main pris une réſolution de s'établir en ſon Gouvernement , & pied à-pied avancer ſes affaires. Mais ceux de Lyon , de longue-main , découvrirent la méche , & lorſque ce pauvre Prince cuidoit leur donner le coup , eux le prévinrent & arrêterent tellement , que peu s'en fallut qu'il ne pérît en un inſtant : combien que la priſon en laquelle ils le tinrent longuement , lui fut auſſi amere que la mort. On connoîtra mieux ces choſes par l'Ecrit ci ajouté.

DISCOURS
EN FORME DE DÉCLARATION,
Sur les cauſes des mouvemens arrivés à Lyon , avec la Réponſe, ſervant d'Avertiſſement (1).

L'Auteur du premier Diſcours , à un Gentilhomme ſon ami (2).

MONSIEUR,

  " Vous deſirez ſavoir bien au long quelle raiſon nous a
  " pouſſés à un ſi grand & ſoudain changement , que nous avons
  " fait , afin d'avoir en main de quoi répondre à ces Eſprits
  " mal arrêtés , qui ſe laiſſent emporter aux incertains rode-
  " mens de leur paſſion , nient le Soleil en plein midi , jettent
  " la poudre aux yeux des Simples , nous accuſent par-tout de
  " déloïauté & ingratitude , & jugent fauſſement d'une action

---

(1) Ce Diſcours , qui a été fait contre le Duc de Nemours , Gouverneur de Lyon , & l'un des Chefs de la Ligue , a été imprimé d'abord en 1593, *in-*80.

(2) Ce Diſcours eſt de Pierre Matthieu , Hiſtoriographe de France , mort à Toulouſe le 12 Octobre 1621. Il eſt connu par beaucoup d'autres Ouvrages , ſur-tout concernant l'Hiſtoire de France , & en particulier celle de ſon temps. Son Hiſtoire

d'Henri IV , & quelques autres , ſont encore recherchées pour leur exactitude & leur fidélité. Pierre Matthieu étoit né à Salins le 10 Décembre 1563. Outre ſes Ecrits Hiſtoriques , on a de lui quelques Tragédies, & d'autres Poéſies Françoiſes , entr'autres les *Tablettes ou Quatrains de la vie & de la mort.* On peut conſulter la *Biblioth. Franç. ou Hiſt. de la Littérat. Franç.* tome 12 , p. 229 & ſuiv.

» non-feulement excufable, mais louable. Je vous dirai que
» la Tragedie eft achevée par les mêmes Actes, & au même
» lieu qu'elle commença; mais le fujet a été bien different,
» car tel commandoit, & étoit libre aux barricades de Saint
» Matthias, qui obeit, & eft prifonnier en celle de S. Mat-
» thieu: on s'armoit lors pour la Religion; on s'arme main-
» tenant pour l'Etat inféparable à la Religion: on parloit lors
» de recevoir & loger; on parle maintenant de fortir & chaf-
» fer. Le principal perfonnage de l'une & l'autre Tragedie,
» a feul fouffert les effets de ce changement, & s'eft vu for-
» tir d'un Château pour entrer en un autre. C'eft fur ce fu-
» jet qu'on m'a permis non-feulement, mais commandé, de
» dreffer ce Difcours, en forme de Manifefte, ou plutôt d'A-
» pologie, contre ceux qui blâment la générofité de cette
» Ville, qui n'a l'ame tournée fur autre objet, que vers l'hon-
» neur de Dieu, & la beauté des lys François, qui par le té-
» moignage de l'Ecriture ne favent point filer. Vous recon-
» noîtrez en ce Difcours, un tableau de belles & vives cou-
» leurs, auquel j'imite ce que fait le Peintre, qui ne leve
» qu'à demi le rideau d'un Portrait, où il y a quelque chofe
» qui ne doit être vue. Quelqu'autre plus hardi que moi, le
» tirera du tout: contentez-vous que je vous repréfente ceux
» qui ont joué les premiers Actes fur le Théâtre, en attendant
» que le temps & la vérité, faffent voir ceux qui font der-
» riere la tapifferie. Je fuis votre Serviteur.

COMME ci-devant la jufte crainte de voir notre Religion
affoiblie, & notre Ville diftraite de l'union des Catholiques
François de ce Roïaume, nous fit féparer de l'obéiffance du
Roi Henri III, pour nous unir davantage à celle que nous devons à Dieu; de même l'appréhenfion très certaine de perdre
la liberté en laquelle nous fommes nés, & nourris fous la plus
heureufe Monarchie du Monde, & plus fainte forme de Souveraineté, nous a contraint maintenant de prendre les armes
pour nous y conferver, puifqu'après le devoir qui nous oblige à notre Religion, nous n'avons rien de plus cher que le
foin de notre confervation, qui eft naturellement empreint en
l'affection de toute créature.

Les grands effets de notre réfolution, pour établir Monfeigneur le Duc de Nemours & de Genevois en cette Ville, &

en déposseder ceux qui, fortifiés de l'autorité du Roi, sembloient y devoir être maintenus, sont assez évidens & manifestes. Le titre de Gouverneur lui fut donné par le feu Roi, pour le tromper; mais il en doit la jouissance à nos Citoïens, qui, au péril de leurs vies, & sans y être obligés, ont pris les armes pour le maintenir. Il a trouvé l'une des meilleures Villes de France pour son refuge, après la sanglante issue des Etats de Blois, & au sortir d'une fâcheuse captivité. Il ne l'a pas vaincu ni emporté de force; elle s'est donnée à lui, s'est développée des bras de celui à qui elle devoit obéissance, si la perfidie ne l'en eût exemptée. Il n'y est point entré par autre brêche, que par l'ouverture que nous fîmes de nos volontés, & par le consentement que nous prêtâmes au bruit de sa réputation. Il ne donna jamais coup d'épée pour chasser les ennemis de notre Ville; nous la lui avons rendue en un état paisible, éloignée de factions, plus riche, plus fréquentée cent fois qu'elle n'a été depuis. Il n'a pas engagé ses Terres pour acquerir ni le Païs de Dombes, ni Vienne, ni ce qu'il tient en Auvergne & Bourbonnois; nous avons épuisé nos moïens pour l'en rendre Maître. Ces belles Forteresses, ou plûtôt ces nids de tyrannie, qui étoient préparés pour nous asservir, & qui servent aujourd'hui de retraite à ceux qui exercent leurs violences, plus que barbares, contre nos femmes & nos enfans, sont bâties de nos contributions. Les Capitaines qui commandent, sont remplumés de nos dépouilles, les Canons qui les gardent, sont sortis de notre Arsenal.

Et toutesfois, oubliant l'affection qu'il avoit jurée, abusant de la bonté du Peuple, qui de gaieté de cœur, & sans nécessité, avoit fié entre ses mains ses vies & ses fortunes, s'est efforcé sans titre, sans raison, d'envahir sa domination; au lieu d'être sur nous comme un pere sur ses enfans, il s'est évertué de nous traiter comme serviteurs; a changé l'obéissance volontaire, en un service forcé, pour cimenter une espece de Souveraineté au sang de nos Citoïens, encore que nous lui eussions déféré autant d'autorité sur nous, qu'un Souverain en pourroit desirer sur ses originaires Sujets.

Il nous laissa pour Lieutenant Monseigneur le Marquis de Saint Sorlin (1), Prince bon, & de grand espoir, qui ne

_____

(1) Frere du Duc de Nemours. C'est à lui que Pierre Matthieu a dédié sa Tragedie, intitulée, *Clytemnestre, ou l'Adultere puni*, sur laquelle on peut consulter le tome 3 de l'*Histoire du Théâtre François*, par MM. Parfait, freres.

s'est

s'eſt jamais démarché de la crainte de Dieu, a pris un extrême regret de voir les affaires en tel déſordre, que ſi elles euſſent durées davantage, on eut mal penſé de la Providence de
Dieu. De ſon temps l'ancienne forme de notre Gouvernement,
& les Loix de cette Couronne, ne furent jamais alterées; mais
à ſon retour de Paris, inſolent de ce que ſes ſerviteurs lui attribuoient tout l'honneur de la délivrance du Siege, il commença à confondre & renverſer tout; ne ſe put tenir de dire, qu'il vouloit faire ſon fait à part; qu'il n'endureroit jamais ni Maître, ni Compagnon, courant au précipice de ſa
ruine par ces progrès.

Premierement, aïant caſſé la plûpart des Conſeillers & Secretaires du Conſeil, qu'il appelloit d'Etat, il en fit un plus reſ-
ſerré & étroit, de deux ou trois perſonnes; eſclaves de ſes paſſions, qui accommodant leurs conſciences à ſes humeurs, lui
ont toujours fait croire, que ce qui lui plaiſoit, lui étoit permis, que pour la grandeur de ſa Maiſon, & de ſes mérites, il
pourroit faire ſon propre de ce Gouvernement.

En ce Conſeil on lui apprend, que le manteau de la pieté eſt
aſſez grand pour couvrir l'hypocriſie. Qu'il ne faut qu'une contenance exterieure de dévotion, pour ſe faire admirer au peuple. Que la vaillance & l'humilité Chrétienne ne marchent jamais enſemble. Que la crainte de Dieu affoiblit la généroſité
de l'ame, & étouffe l'ardeur d'un cœur haut & courageux. On
ne voit autre choſe ſur le .... de ce Conſeil, que la conférence
des Principautés étrangeres; que l'Hiſtoire Florentine, & le
Prince de Machiavel (1); que le plan de vingt-deux Citadelles; les mémoires de dix-huit ſortes d'inventions pour trouver argent ſur le peuple; le rôle des Citoïens qu'on devoit
proſcrire.

En ce Conſeil, il apprend à mépriſer, puis à violer la foi
publique, à rompre les treves, à s'affubler tantôt de la peau du
Renard, tantôt de celle du Lion, pour venir au-deſſus de ſes
conceptions; à entreprendre indifferemment tout ce qui pou-

---

(1) Le Prince de Machiavel eſt le titre
d'un Ouvrage de Machiavel, où regne une
politique pernicieuſe, & des maximes d'un
deſpotiſme abſolu qui ne conviennent nullement à des hommes libres, & qui ſont
plus capables de révolter l'eſprit, que de
gagner les cœurs. Machiavel écrivit ſon Ouvrage en Italien, mais il a été traduit en
pluſieurs Langues, & même en François.

Dans cet Ouvrage, dit M. de Thou, on
preſcrit de paroître Religieux ſans l'être;
de faire de grandes promeſſes, de les garder quand notre intérêt n'exige pas que
nous les violions, & de les violer quand il
doit nous en revenir de grands avantages.

voit avancer fa grandeur , au mépris de fes Superieurs &
au préjudice de fes Voifins. De-là font venues les entreprifes
qu'il a vainement tentées fur Bourg en Breffe, fur Lourdon, &
fur Mâcon.

Par l'avis de ce même Confeil, il a fait raïer le titre de Gouverneur fur le front de fes Ordonnances & Commiffions : foit
qu'il le trouvât peu fortable à fes actions , & aux qualités de Prince , de Duc & Pair de France : foit qu'il penfât le convertir en
un plus grand. Prend cette maxime de ne fe fervir de la Nobleffe du Païs , licentie les Capitaines Lyonnois , non pour autre raifon, que pour être de Lyon , fait venir des Etrangers ,
qu'il enrichit des ruines des Sujets , afin que reconnoiffant leur
fortune dépendre de lui , ils demeuraffent plus obligés à courir
la fienne. Bafoue & bavarde outrageufement les Gentilshommes
qui ne font à fes humeurs, pour les éloigner de lui ; car il n'y a
rien plus infupportable à un cœur généreux , qu'une trop âpre
& mordante gaufferie.

Autant de Places qu'il prend , par un ftratagême plus éprouvé qu'approuvé , il en fait autant de Citadelles , pour nous
dompter. On ne voit autour de nous , que Forterefles pleines
de voleries & d'impiétés. Il nous encerne dans un cercle de Citadelles , lequel il commence par Toiffei , Belle-ville , Tifi , Char-
lieu , S. Bonnet , Mont-brifon , Virieu , Coindrieu , Vienne ,
Pipet. Et ne lui défaillant pour le fermer , & nous enclore
de toutes parts , par eau , & par ▪▪▪ , que Quirieu , il cuide
éblouir par le luftre de cinquante mille écus , la foi & conftance
du Sieur de S. Julien , pour lui remettre cette Place.

Le cercle de cette tyrannie étant achevé , il ne lui refte que
de tirer à notre Ville , comme au centre de l'établiffement de fa
Souveraineté : propofe pour en venir à chef , de bâtir deux Citadelles ; & dit n'en avoir point , qui n'en a qu'une.

On ne lui parle jamais de l'autorité de Monfeigneur le Duc de
Mayenne, qu'il ne donne quelqu'évidente démonftration , ou
de jaloufie , ou mépris. Il ufurpe le pouvoir d'inftituer , ou
deftituer les Officiers, de pourvoir aux Etats , de nommer aux
Bénéfices, de publier des Loix nouvelles , au préjudice des anciennes. Il rompt les treves faites fous le bon plaifir de fes Superieurs. Il donne graces pour nourrir l'impunité des forfaits.
Il fe mocque des Arrêts des Cours Souveraines. Il permet non-
feulement le cours de fa fauffe monnoie , mais encore la fait
battre. Il donne la fucceffion des Naturels François , comme par

1593.
CAUSES DES
MOUV. DE
LYON.

droit de main-morte, quand ils décedoient sans enfans ; & quelquesfois avant leur décès. Fait des Tailles & Impositions tant extraordinaires & excessives, qu'en moins de quatre ans, il a levé plus que nos Rois en cinquante : disposé des Finances, & du Domaine Roïal, beaucoup plus absolument que jamais ils n'avoient fait.

Et quoique par ses paroles & déportemens, par le mépris qu'il fit au commandement du Pape, à l'avis des Princes Catholiques, à la priere de tous ses amis, de se trouver aux Etats, ou d'y envoïer, n'aïant fait ni l'un ni l'autre, nous n'eussions que trop de conjecture, pour dire, que n'étant avec eux, il vouloit être contre eux ; qu'il se rendroit toujours le Chef d'un parti contraire à ce qu'ils résoudroient ; que sous cette grandeur de courage, il couvoit une dangereuse convoitise de ne reconnoître Superieur, de fouler le public, pour avantager son particulier ; si n'avons-nous jamais osé lui contredire, ains avons souffert que sa prodigalité, son pernicieux conseil, sa Gendarmerie nous aient rongés jusqu'aux os, fouillé jusqu'aux cendres de nos maisons, plutôt que d'entrer en division, laquelle ne pouvoit être que dangereuse à notre Parti. Mais quand nous avons vu, que non content des branches & fruits, il vouloit sapper l'arbre, nous n'avons pu seigner du nez, ni être tant lourds, sans nous en ressentir vivement. Quand nous avons vu qu'il aimoit mieux nous conserver par force, que par douceur ; qu'il vouloit faire sur nous ce qu'il avoit fait sur nos voisins, sur Vienne, Toissey, Mont-brison & Châtillon ; qu'au lieu de nous laisser jouir de la treve, il emplissoit notre Province de gens de guerre, lesquels ne pouvant sous le bénéfice de la treve, faire effort autre part, accouroient au bruit de notre sac, comme corbeaux à la voirie ; que tant plus nous le poursuivions de les éloigner, tant plus ils approchoient contre nous ; qu'en même temps il nous donnoit lettres pour les faire déloger, & sous main les faisoit avancer ; que toutes nos plaintes étoient ridicules, nos protestations inutiles, nos remontrances sans effet, nous n'avons pu faire autrement, que de prévenir cette exécution, qui se devoit faire sur nos vies, sur nos familles, sur nos femmes & enfans, au grand malheur de nous, & de notre postérité.

Mais comme sans conduite, le peuple en tels actes se précipite souvent avec trop de témérité & de fureur, Dieu par sa providence voulut que Monseigneur notre Révérendissime Archevêque (1), retourné des Etats, & reçu en notre Ville, avec autant d'honneur & d'allegreffe que nous, avec toute la France, avons d'obligation à fes mérites, fe trouva en la Ville fort à propos. Car le fecond jour de nos Barricades, nous le fupliâmes d'embraffer notre caufe, de nous affifter de fa prudence, à la confervation de nos vies & moïens, fous l'obéiffance de notre Saint Pere, & de Monfeigneur le Duc de Mayenne. Lui, qui nous aime comme un bon Pafteur fon bercail, nous repréfente le malheur qui arrivoit de la légereté de ces divifions, nous diffuade de paffer outre. Mais confiderant nos remontrances, & les juftes occafions qui nous forçoient à un falutaire changement, & voïant que cette révolution étoit formée, que le peuple s'opiniâtroit de ne quitter les barricades, qu'il ne fût affuré de fon falut & repos, qui eft la fouveraine & plus équitable des Loix humaines, mit la main aux affaires, avec tant de prudence & modération, qu'il empêcha fans coups donner, & fans effufion de fang, une entreprife qui ne pourroit être que cruelle & fanglante.

Les preuves très certaines, la confeffion même du Chef & des Membres, qui participoient à cette entreprife, ont vérifié notre défiance, ont approuvé nos ombrages, nous ont fait connoître, que notre crainte n'étoit fans fujet, & que nous n'avons prévenu, ni devancé nos ennemis, que d'un jour, ou plutôt d'un foir. Car à peine étoit parvenu le bruit de nos barricades à nos Fauxbourgs, que les gens de guerre affamés de notre fac, y étoient déja comme à leur rendez vous: les uns pour fe couler par le Château de Pierrefize (2), & forcer les pórtes de Veize, les autres pour donner l'allarme, & le pétard à la porte du pont du Rhône, penfant que ces remuemens étoient faits par leurs complices.

Tant y a, que notre exemple apprendra à nos voifins, qu'ès matieres qui touchent l'Etat, il faut ufer de prévention, non pas d'attente: qu'il faut remedier au commencement de la maladie, & n'attendre que la vigueur naturelle foit éteinte au patient.

Devions-nous retarder jufqu'à ce que les échelles, que nous

---

(1) L'Archevêque de Lyon étoit alors Pierre d'Efpinac, dont on a déja parlé. M. de Thou en fait un grand éloge dans fon Hiftoire. Il y loue fa Nobleffe, fon érudition, fon éloquence, & les belles qualités de fon efprit & de fon cœur. On lui a donné un long Article dans le nouveau *Gallia Chriftiana*, tome 4, pag. 187 & fuiv. Ce Prélat eft mort à Lyon le 5 des Ides de Janvier 1599. Il étoit né en 1540.

(2) Ou Pierre-Encife.

avons trouvées depuis, fuſſent préſentées à nos murailles ? Que les Pionniers qu'on avoit levés, fuſſent en beſogne, pour relever les ruines d'une Citadelle, que nous n'avons pu ſouffrir ſans notre Roi ? Devions-nous attendre que les boulets fuſſent fourrés en nos entrailles ? Que l'avis tyrannique de ce miſerable Etranger, qui ſous le crédit de quelques maximes de Machiavel, a quitté le ſoin de la marmite, pour préſider aux affaires d'Etat, fut exécuté ſur nous, conſeillant ſon Maître, que pour s'aſſurer de la domination de cette Ville, il la falloit peupler de nouvelles Colonies, & en chaſſer les vrais Habitans : qu'il falloit oublier Dieu pour dix ans, & quitter le contrepoids de la crainte de la mort, & de l'enfer, s'il tâchoit élever ſa fortune à la grandeur dont il étoit éperduement deſireux ? Devions-nous attendre qu'un Soldat impitoïable vînt planter une ſentinelle aux pieds de notre lit, qu'il nous rôtît les pieds, qu'il nous fît ſortir les yeux ſanglans de la tête, nous fît ſouffler en ſa piſtolle, pour nous rançonner, & priver de l'uſufruit de nos juſtes labeurs, & de ceux de nos peres ? Devions-nous attendre que ceux deſquels la fin, & le voiſinage nous a toujours été ſuſpect, fuſſent les Maîtres de nos familles ? Que le Gaſcon & le Dauphinois, deſquels nous avons toujours craint l'alliance, priſſent le velours à l'aulne de leur pique, comme ils diſoient ? Devions-nous attendre qu'on nous traitât à la ſorte qu'on dit qu'on nous traitera, ſi ceux que nous tenons nous tiennent, qui (ne reſpirans que le feu & le ſang, pour contenter cette injuſte vengeance ſur un Peuple innocent, qui les a tant aimés, tant honorés, tant obéis, qui n'a rien fait contr'eux, que par le mouvement des Loix divines & humaines, voir des naturelles, pour ſa conſervation & liberté) crient tout haut & clair, que ſi jamais un Lyonnois tombe entre leurs mains, ils le feront endurer autant de ſupplices & de morts, qu'il aura de membres & de parties en ſon corps ? Pouvions-nous demeurer plus longuement entre la douleur & la crainte, la défiance & le mal ; nous ſouvenir des maux paſſés, ſans craindre les préſens, & voir les préſens, ſans appréhender ceux qui ſans doute nous devoient advenir ?

Et vraiment, nous euſſions bien mérité ce traitement qu'on nous apprêtoit, ſi faiſant les ſourds aux avis de nos voiſins ; aux nouvelles des Etrangers d'Eſpagne & d'Italie ; aux menaces de nos ennemis, qui ſe vantoient déja de vivre parmi nous à leur diſcretion, nous euſſions cru tant d'éclairs être ſans tonnerre,

tant de bruits fans effets, tant d'indices fans vérité. C'eft pourquoi nous avons franchi ce pas, mis la main aux armes, &
renouvellé les barricades que nous avions faites ci-devant, pour
établir celui que nous prions maintenant dépofer volontairement le foin de notre Gouvernement, lequel nous reconnoiffons être trop peu de chofe pour lui. Et afin qu'il fut féparé de
fon mauvais confeil, pour s'y réfoudre, nous l'avons fupplié
de fe retirer au lieu auquel autrefois il a logé les Lieutenans de
Roi, & où Monfieur Dandelot (1), (pour n'avoir approuvé le
deffein de fes Citadelles) a demeuré jufqu'à ce qu'il lui a cedé la
place.

Voilà les caufes très importantes, voire très violentes, qui
nous ont armé à notre défenfe; lefquelles nous n'avons pû celer, pour témoigner tant dedans que dehors le Roïaume, la
fincerité de nos actions, à la confufion de ceux, qui par envie,
par foibleffe, ou malignité de jugement, les déguifent autrement que nous ne les entendons. Proteftant devant Dieu & fes
Anges, que ce que nous avons fait, eft pour demeurer plus fermes que jamais en la défenfe de notre Religion ; pour nous expofer à toutes fortes d'efforts, afin que ce Roïaume très Chrétien ne foit ni Schifmatique, ni Hérétique; pour nous unir,
comme auparavant, à la fainte union ; pour ne nous démembrer du corps de cette belle & puiffante Monarchie; pour rétablir l'honneur & la dignité des Loix fondamentales de ce
Roïaume ; pour retrancher & réformer les abus & excès qui fe
font gliffés en la police ; pour faire refpirer cette Ville après
tant d'oppreffions ; bref, pour le fervice de la Religion & de
l'Etat, & par conféquent, pour rendre à Monfeigneur le Duc
de Mayenne en cette Ville & Province, la puiffance & l'autorité qu'il y doit avoir : en attendant qu'il plaife à Dieu nous donner un Roi vraiment Catholique, agréable à notre Saint Pere,
& aux Etats de ce Roïaume. Supplions très humblement l'Excellence de mondit Seigneur, d'avouer ce que nous avons fait,
pour fi grandes & néceffaires occafions. Prions & conjurons
tous nos voifins & amis, tant dedans que dehors ce Gouvernement, s'unir avec nous par une bonne & folide intelligence,
pour notre commune défenfe & confervation. Réfolus de brûler plutôt nos mains, que de les emploïer contre la Religion &

(1) Charles de Coligni d'Andelot. Voïez une des Notes faites ci-après fur quelques
Vers de Claude de Trellon.

l'Etat, ne defirant rien tant au monde, que d'être connus pleins
de fidelité envers notre Patrie, d'obéïffance envers nos Supé-
rieurs, de piété envers Dieu, auquel nous rendons graces pour
notre confervation.

RÉPONSE A LA LETTRE

Contenant le Difcours véritable fur la prife des armes, & chan-
gemens avenus en la Ville de Lyon, le dix-huitieme de Sep-
tembre 1593, fervant d'avertiffement (1).

Monsieur mon bon & ancien Ami, je vous ai dès long-
temps beaucoup d'obligation, tant à caufe de la finguliere bienveillance que vous me portez, que pour une infinité de plaifirs
que je réçois journellement de vous ; mais vous avez de nouveau
accru cette obligation par le Difcours qu'il vous a plu m'envoïer
de ce qui eft nouvellement advenu en votre Ville. Sur quoi je
ferois ingrat fi je ne vous y faifois réponfe, & quant & quant
vous en donnois mon avis, que vous tiendrez, s'il vous plaît, à
vous feul, & vous en fervirez néanmoins en occafion, où le bien
du public vous conviera.

Mais avant que d'entrer plus avant, je protefte que comme
vous affurez votre Difcours véritable & fans paffion, que du
defir que j'ai de voir non-feulement en votre Ville, mais en
toutes les autres de ce Roïaume, le fervice de Dieu, l'autorité
d'un Roi Catholique, & le repos du Peuple entierement réta-
blis ; & tout ainfi que je fais & crois que vous êtes bon Catholique & amateur de votre Patrie, & que vous êtes affez affuré de
mon zele à la Religion Catholique, Apoftolique & Romaine.
Auffi vous prie-je de croire que je ne defire rien moins le repos
& le bien de votre Ville que vous-même. J'ajouterai, que comme je n'ai pas trouvé étrange que vous n'aïez foufcrit votre nom
audit Difcours, de même vous ne devez trouver mauvais fi je
ne figne cette réponfe de mon feing manuel d'ordinaire. Nous
avons tous deux même raifon d'en ufer ainfi. C'eft que nos difcours étant véritables, nous fommes en un temps auquel la

(1) Cette Réponfe eft d'un Ligueur.

vérité n'eft pas bonne à dire, & que l'on juge trop légerement de l'intention de ceux qui parlent. Il me fuffit que vous
me connoiffiez, & que je vous rende le femblable de mon
devoir.

Je ne fais fi je dois louer ou abjurer la réfolution de vos Concitoïens. La grande générofité de l'acte me remet en admiration : le profit & utilité publique qui en provient mérite une
très grande louange ; & pour ne faillir en cet endroit, je veux
louer & admirer la Conftance, l'Audace, le Confeil, & l'Exécution tout enfemble.

Quant à la Conftance, y eut-il jamais entreprife plus douteufe que celle-ci, dont l'effet dépendoit d'une Populace in-
conftante ?

Et pour l'Audace, fe peut-il imaginer une plus hardie, que
de voir un Peuple pacifique, fe rendre maître d'un bien grand
Chef de guerre, de plufieurs Capitaines, & d'un grand nombre de perfonnes armées dès le berceau, & qui commençoient
à s'apprêter, ou étoient déja prêts à mettre la main à la befogne,
en laquelle ils ont été prévenus ?

Et pour le regard du Confeil, permettez-moi, je vous prie, que
je dife, qu'il n'eft point venu des hommes, ains que c'eft un
très merveilleux effet de la Providence de Dieu, qui permet
ordinairement que ceux qu'il aime, foient tentés, perfecutés
& affligés, voire jufqu'au plus haut point de tribulation ; &
puis tout foudainement & lorfque le difcours & fecours humain
eft manqué, il diffipe au befoin & renverfe les deffeins de ceux
qu'il avoit voulu être Miniftres de fa Juftice pour nous châtier.
Vous le repréfentez affez, quand vous affurez que vous n'avez
devancé vos ennemis que d'un jour ou d'une nuit,

Et pour le regard de l'Exécution, il eut été très mal aifé de
la conduire avec plus de prudence & en l'extrêmité des malheurs, qui vous étoient préparés en vos honneurs & biens, &
éviter le coup avec moins de violence, plus de douceur & moins
de réfiftance. Et fi j'ofois, je dirois que ce peu de réfiftance
eft un témoignage de l'intérieur de ceux à qui vous avez affaire,
Car la confcience qui eft pleine de remords de fon méfait, n'eft
jamais fans crainte d'appréhenfion de la peine, & qui la
rend moins hardie. Voilà une partie des conditions & qualités de cet acte qui fe rendra à nos neveux plus admirable que
croïable.

Croïez que vous avez diffipé une nuée bien épaiffe, & par
laquelle

laquelle tous vos voifins, à cent lieues à la ronde, préfageoient une grande tempête vous devoir tomber deffus, & en avoient autant de crainte, qu'ils appréhendoient le mal pouvoir venir jufqu'à eux. Je dirai davantage, qu'aucun d'eux ont pleuré votre affliction, & plaint le mal qui ne vous eft pas advenu, Dieu merci. Témoins en foient les divers avis que vous avez eus de tous côtés de France & d'Italie, & le bruit qui couroit il y a quelque temps dans la Ville de Paris en l'Affenblée des Etats Généraux que vous aviez changé de Maître, ou pour mieux dire, que vous vous étiez perdus vous-mêmes. Et comme cette nouvelle ne fe trouva pas vraie, combien avez-vous eu des avertiffemens que cela même vous devoit ou pouvoit advenir.

Je trouve que l'antithèfe de vos barricades eft très à propos couchée en votre difcours. Cette correfpondance de la Saint Mathias à la Saint Matthieu a, je ne fais quelle emphafe, qui n'eft pas impertinente; car le mauvais confeil qui a été caufe de la perte du feu Roi, & a à bon efcient ébranlé les fondemens de cet Etat, fut le fujet de la journée de Saint Mathias; & le mauvais confeil a été la matiere du remuement de la Saint Matthieu. Au premier, vous avez voulu éviter la perte de la Religion; au dernier, vous avez retenu la liberté, qui étoit déja fur vos murailles pour s'enfuir de vous. Cette feule difference eft entre deux, que vous n'aviez perfonne entre vous, qui fût du premier confeil, & vous avez maintenant ceux à qui vous vous fiez, qui font foupçonnés d'avoir été bien avant du dernier. En quoi ils m'excuferont fi je dis qu'ils font d'autant plus coupables qu'ils fembloient qu'ils fuffent confervateurs de la fûreté publique, de la liberté de la Ville, & du repos de vos Concitoïens.

Serai-je trop hardi fi je dis, que tous vos voifins s'émerveilloient de vous voir gouvernés & conduits par des perfonnes qui n'avoient pas la mine de favoir bien tenir le gouvernail de votre barque. Un ou deux, trois ou quatre, cinq ou fix s'étoient tellement ufurpés l'autorité parmi vous, que l'un étoit l'Oracle du Confulat; l'autre la balance de la Juftice; l'autre le Surintendant des inventions pour trouver de l'argent; l'autre le Fléau des bons Citoïens: & l'autre le Porteur de nouvelles, qui, vous les faifoit paroître de la couleur & teinture de fa paffion : & par-deffus tous ceux, celui qui avoit la jeuneffe du Prince en dépôt, & qui au lieu de lui faire goûter la crainte de Dieu, la débonnaireté, la clémence, la liberalité, l'amour du Peuple, qualités très requifes à un Prince, lui faifoient boire à grands

1593.
Réponse a la
Lettre d'un
Lyonnois.

traits tout le contraire : lui aïant appris pour maximes, qu'il falloit diffimuler & violer toutes les Loix divines & humaines pour
regner. Il me fouvient avoir oui dire que Madame de Nemours
a dit quelquefois, que le méchant Ferrarois avoit l'ame de fer,
& qu'il feroit la ruine de fon fils.

L'ambition eft la Sage-Femme, qui premiere reçoit les Princes quand ils viennent en ce monde. C'eft la Nourrice qui leur
donne le premier lait. Que fi leur bonne fortune les fait, étant
grandelets, tomber entre les mains de quelques Gouverneurs
fages, & qu'ils fachent bien faire leur profit de cette premiere
nourriture, ou plutôt de cet inftinct naturel, l'on en voit ordinairement réuffir un grand fruit. L'on voit que ce defir d'ambition eft un aiguillon, qui les pouffe à acquerir & aggrandir
leur nom & renom par les actes vertueux & par la vertu : au
contraire, fi leur jeuneffe eft maniée par quelque ame corrompue
& empoifonnée du venin de Machiavel ; bon Dieu ! que de
mauvais deffeins fe bâtiffent fur ces fondemens. Car l'ambition
de foi n'a ni fond, ni rive. Un jeune Prince naturellement ambitieux, eft comme un Aveugle ; le bonheur ou malheur de fes
actions dépend de la conduite. C'eft pourquoi, ils font aucunement excufables d'avoir des hauts deffeins & grandes entreprifes. Il leur eft bienféant d'avoir voulu ; mais ceux qui les pouf-
fent, qui mettent le bois de mauvais confeil au feu de ce jeune
& ardent courage, ils font coupables devant Dieu & les hommes de tout le mal qui en provient. A cette caufe l'on s'eft bien
étonné comme cet Aman a échappé la fureur du Peuple, & depuis, la rigueur de la Juftice. Que fi vous n'êtes affez éclaircis &
n'aïez affez de connoiffance de fes complices, tirez, tirez, &
vous verrez de quoi eft le triomphe. Les Italiens font profeffion
de n'être jamais affez convaincus d'aucun crime, s'ils ne l'ont
confeffé de leur bouche.

Il n'y avoit en fes compagnons qu'une infatiable avarice, &
une demefurée ambition ; tout cela étoit couvert du mafque du
bien public & du zele de la Religion. C'eft un vrai jugement
de Dieu, qu'en ce dernier changement ils aient été fi particulierement remarqués ennemis jurés de leur Patrie ; fi tant eft toutesfois qu'ils foient impliqués à ce malheur, dont vous êtes menacés. Je ne les veux pas accufer ; mais je dirai que peu de perfonnes qui les ont connus, & ont épié leur infolente domination, ont prévu ne leur pouvoir advenir autre fortune. Ils ne
confideroient pas que tous les honneurs & biens de ce monde,

1593.
Réponse a la
Lettre d'un
Lyonnois.

font de la muable nature d'icelui , & que la fortune ne donne aucun avantage qu'elle ne puiffe ôter. Mais je porte des chouettes à Athenes ; il femble que je veuille difcourir des perfonnes que vous connoiffez mieux que moi , qui n'en parle que par oui-dire , & felon la commune renommée, fuivant laquelle ils n'ont rien tant à craindre qu'une bonne & brefve juftice , & telle qu'ils ont ci-devant fait à ceux qui ont été prévus d'avoir voulu caufer la perte & divifion de votre Ville.

Voilà , Meffieurs , les fruits de nos guerres civiles & de nos divifions. Vous avez tâché d'apporter remede par vos premieres barricades à un très grand mal , & vous avez été contraints, en ces dernieres de rejetter vos Médecins, parcequ'ils vous ordonnoient de trop fréquentes faignées , qui avoient tant affoibli votre corps, que fi vous euffiez plus gueres tardé à y remédier, il étoit du tout abbattu & perdu. Vous aviez en quelques-uns de vos principaux membres , une gangrene qui petit-à-petit s'alloit emparant de vos plus nobles parties , & euffent rendu, & le fer & le feu , inutiles remedes à votre mal. Mais prenez garde à vous, la perfevérance eft le chemin en la perfection. La fin couronne l'œuvre.

Vous avez befoin d'un très bon & fidele confeil , & de le fuivre ; car vous n'avez pas entrepris une petite befogne. Gardez-vous bien de vous démarcher & chanter une palinodie. Vous ébranleriez fort votre bonne fortune ; vous avez eu très jufte occafion de faire ce que vous avez fait , en ce cas vous devez pourfuivre avec une grande prudence & vigilance : ou bien vous avez trop légerement cru aux foupçons. Et en ce cas vous avez plus de befoin de prévoïance ou de prudence en votre conduite ; quoi qu'il en foit, quand vous n'auriez eu qu'un jufte foupçon , il vous garantira toujours envers toutes les Nations du monde, puifqu'il eft pour la liberté, pour l'honneur de vos femmes, de vos filles , pour le falut de vos biens ; & avec tout cela, pour ne vous laiffer démembrer du corps de cet Etat & Couronne , auquel le droit divin & humain , de nature & des gens , & civil, vous a unis & conjoints : car en l'extrêmité de ces maux, l'appréhenfion & l'imagination font le cas.

Je fuis d'accord avec vous que la venue de Monfeigneur votre Archevêque, eft un effet de la providence de Dieu ; car il ne pouvoit être parmi vous plus à propos ; c'eft un des plus affurés & experimentés Pilotes , qui fe font emploïés au gouvernement de ce navire François. Il a des dons de nature qui ne font communs à un chacun ; sur tout il est admirable sur la promptitude & solidité de son jugement , qui sont deux qualités qui également concourent ensemble ; il est doué d'une grande générosité qui lui est héréditaire ; il est votre Pasteur qui a été nourri parmi vous ; feu Monsieur d'Albon (1) son oncle, & prédécesseur, lui a fraïé le chemin pour vous gouverner avec toute douceur & humanité. Vous avez fait une belle résolution de vous jetter entre ses bras pour votre conduite , puisque vous avez donné le premier branle à cette résolution sans son avis. Vous avez un peu manqué en cet endroit ; mais vous avez réparé la faute , en vous mettant sous sa protection.

Il ne faut pas que vous doutiez que toute la Noblesse du Païs & des Gouvernemens ne lui assistent : ils ont assez reçu de mépris & d'affronts pour être éveillés : outre l'obligation qu'ils ont tous à la conservation de votre Ville , & les liens d'alliance , d'amitié, & de parenté que la plûpart ont avec ledit Seigneur : la vigilence, le zele, l'affection de Messieurs vos Echevins, & de plusieurs notables Bourgeois & Capitaines Pesnons (2), qui les assistent au conseil & en l'exécution ; c'est le principal appui de votre cause. Ils ont bien fait paroître leur affection envers la Patrie, puisqu'ils n'ont point apprehendé les haines particulieres, & autres inconvéniens qui leur pouvoient advenir. Ils ont postposé tout cela au salut du Peuple, qui est la souveraine Loi.

Mais sur-tout, vous ne sauriez péricliter sous l'autorité de Monseigneur le Duc de Mayenne, qui avouera votre résolution, ains plutôt l'approuvera. Il seroit bien marri qu'on pût lire un jour dans l'Histoire de France, que sous son Gouvernement, du temps qu'il a tenu le rang de Lieutenant Général de cette Couronne, on eut dépessé cet Etat. C'est ce qu'il a toujours craint, & à quoi il a jusqu'ici très prudemment obvié.

(1) Antoine d'Albon, dont la sœur, Guicharde d'Albon, étoit mere de Pierre d'Espinac. Antoine d'Albon s'étoit démis volontairement de l'Archevêché de Lyon, qui fut donné à son neveu Pierre d'Espinac. On met la mort d'Antoine en 1569.

(1) Ce terme de *Penon* ou *Pennon*, qui aujourd'hui n'est guères plus d'usage que dans Lyon, étoit autrefois le terme propre pour signifier un étendart, une banniere ou une enseigne de guerre. Ce mot vient du Latin *Pannus*, drap, ou étoffe, même de soie ; parceque les étendarts étoient d'ordi-

naire un morceau d'étoffe, fendu en deux & taillé en banderolle. Ainsi un Capitaine Penon étoit celui qui portoit un étendart. Froissart dit ? » Grande beauté étoit à voir » les bannieres , & les *Pennons* de soie de » Candal , armoïées ès armes des Seigneurs, » ventelant au vent , & reflamboïer au So- » leil... Jean de Chandos, dans l'expédition » de Navarre avoit douze cens *Penons*, tous » parés de ses armes , &c. « Voïez l'*Hist. Littéraire de la Ville de Lyon*, par le P. de Colonia, Jésuite , *in-4°*. tom. 2. p. 389 & 390.

Car son intention a été de conserver en ce Roiaume , & la Religion & l'Etat : mais l'Etat par la Religion.

Vous n'avez laissé aucun lieu de calomnie entre vous. Car par le serment que vous avez renouvellé , vous avez fermé la bouche à tous vos ennemis , qui vous accusoient déja d'avoir donné le coup d'Etat en faveur des Hérétiques : & la Renommée qui s'accroît en courant , avoit déja porté cette nouvelle de-là les Monts ; si que chacun y apportoit interprétation, selon sa passion.

Ne doutez point qu'à votre exemple toutes les autres Villes de la France ne tâchent de secouer le joug de leur domination, s'ils la connoissent injuste , pour se réserver & conserver sous l'autorité & obéissance d'un Roi Catholique & Très Chrétien , tel que Notre Saint Pere le Pape aura approuvé , & que les trois Ordres , qui font un Corps d'Etat en ce Roïaume , auront reconnu pour légitime & capable de succéder à la pieté & valeur de tant de bons Rois que nous avons eu depuis Clovis.

C'est alors que nous verrons tous les François réunis. C'est alors que nous commencerons à respirer de tant de maux & oppressions que nous avons soufferts. C'est lors que toutes choses retourneront à leur premier ordre ; que l'ordre de l'Eglise sera reconnu comme le premier, & qu'il embrassera à bon escient la pieté & le service & culte de Dieu ; que la Noblesse prendra un peu d'haleine des travaux de la guerre civile , pour veiller à la conservation de cet Etat, contre les desseins des Etrangers , ou pour convertir ses Armes contre les Infideles & autres Ennemis de Dieu & de son Eglise. Que le Tiers-Etat retournera à sa premiere Vacation , le Marchand au Négoce , l'Artisan à la Manufacture , le Laboureur à la Culture de la Terre. C'est lors , que les Parlemens reprendront leur dignité, les Magistrats leur autorité , la balance de la Justice sera redressée , les bons reconnus & les méchans punis. Mais nous ne pouvons parvenir à tant de biens sans la paix.

Cherchons-là donc , demandons-là à Dieu , qui nous peut donner la vraie. O que ce nom de paix a été odieux , depuis quelque temps ! O que ses effets seroient doux & agréables , si nous la pouvions avoir ! La paix ne peut être odieuse qu'à ceux qui tirent profit de la guerre ; encore un seul n'y sauroit profiter qu'au dommage & à la perte de plusieurs , & si ce profit n'est le plus souvent bien acquis ; & partant il s'évanouit aussi-tôt qu'il nous est apparu : pour le moins, nous ne voïons perſonne qui veuille avouer qu'il y ait à gagner. Au contraire, nous voïons tant de Villes déſertes, tant de Provinces ruinées, tant de Maiſons abbattues, tant de Communautés accablées, tant de familles appauvries, que nous avons plus beſoin d'Hôpitaux que de Marchés.

Heureuſe & très heureuſe votre Ville de Lyon, ſi ſuivant le projet de votre réſolution, vous rétabliſſez le Négoce & le Commerce de la Marchandiſe, avec les anciens privilèges, libertés & franchiſes, que vous avez ci-devant avec tant de peine obtenus de nos Rois. Si vous donnez occaſion à l'Etranger Banquier de revenir, que vos ſangſues avoient chaſſé par leurs extraordinaires extorſions. Si vous vous fuſſiez maintenus en ces termes dès le commencement de vos troubles, votre Ville ſeroit la plus riche de ce Roïaume, & peut-être de l'Europe. Car vous euſſiez eu la dépouille de toutes les autres de France, & par l'apport & rapport des Etrangers, vous euſſiez été, comme autrefois, le centre, auquel toute la circonférence de négoce de vos voiſins eut tendu.

La paix, cette paix, que les humains ne peuvent donner, nous produira le comble de ces félicités : & nous la verrons bien établie en ce Roïaume, quand unis en une ſeule Religion, nous ne reconnoîtrons qu'un Dieu, n'obéirons qu'à un Roi, ne croirons qu'une même Foi, & n'obſerverons qu'une même Loi, qui ſont les beaux mots deſquels vous finiſſez votre Diſcours, & dont je me ſervirai ſur la fin de cette Réponſe. Je vous dis. Adieu.

Avertissement.

NOus ajoutons aux Difcours précédens, du fait des Lyonnois, certaines Stances compofées par Trelon (1), affez renommé entre ceux qui aujourd'hui fe mêlent de faire des Vers François. Trelon étoit Serviteur du Duc de Nemours. Quelques jours devant que les Lyonnois l'euffent empoigné au collet, ce Serviteur confidérant que l'ambition alloit faire prenpre un fault perilleux à fon Maître, il lui dreffa & laiffa cet avertiffement, lequel nous n'avons oublié, pourcequ'il contient plufieurs beaux traits, repréfentans au vif ce pauvre Prince, & plufieurs autres Grands & Petits qui l'ont précédé, qui font venus & viendront après lui.

STANCES
CONTRE L'AMBITION,

Adreffées par le Sieur de Trelon au Duc de Nemours fon Maître, peu de jours avant l'emprifonnement dudit Seigneur Duc (1).

PREMIEREMENT,

AVoir d'Ambition toujours l'ame remplie,
C'eft fe plaire à nourrir une extrême folie,

(1) Claude de Trellon. C'étoit un Militaire qui avoit porté les armes dès fa jeuneffe. Il paroît qu'il commença à fervir fous M. de la Valette dans le Piémont, en Languedoc, & dans la Guyenne : il fervit pareillement fous MM. de Nemours, de Guife & de Joyeufe, & il étoit attaché au dernier, lorfque ce Seigneur fut tué après la bataille de Coutras, par ceux qui l'avoient fait prifonnier. On fait encore que Trellon avoit fervi le Parti de la Ligue, puifqu'en défavouant *le Ligueur repenti*, qu'on avoit imprimé fous fon nom, il dit ?

Tu augmentes mes Vers, tu gâte mon Ouvrage,
Tu te fers de mon nom pour me faire un outrage :
Méchant, il n'en eft rien, & tu en as menti ;
J'écris les paffions fans blâmer les perfonnes,
Et ne leur donne pas les noms que tu leur donnes ;
Car je fus bien *Ligueur*, mais non pas *Repenti*.

Trellon a laiffé un grand nombre de Poéfies, fur lefquelles on peut confulter la *Biblioth. Franç. ou Hift. de la Littérature Françoife*, &c. tom. 13, p. 375, & fuiv.

(2) Le Duc de Nemours fut arrêté à Lyon en 1593, & fut mis à Pierre Encife. Ce fut l'Archevêque Pierre d'Efpinac qui l'y fit conduire lui-même, avec une garde de Suiffes, & des habitans de la Ville, après en avoir tiré Charles de Coligni d'Andelot, que le Duc de Nemours y avoit fait enfermer fur des foupçons. Voïez l'Hiftoire de M. de Thou, Livre 107, année 1593.

Le fage n'a jamais le cœur ambitieux.
L'ambition du monde eft l'Enfer de nos ames ;
Ceux qui veulent un jour voir les clartés des Cieux
Ne font jamais atteints de l'ardeur de fes flâmes.

I I.

Du trop d'ambition s'engendre l'injuftice,
L'injuftice produit cent fortes de fupplices ,
La cruauté du tout eft déplaifante à Dieu ,
Avec mille malheurs , toujours elle chemine ;
Bref , fon commencement , fa fin , & fon milieu
Ne tend qu'à notre perte , & qu'à notre ruine.

I I I.

Et , maudis que tu es , tu la chéris encore,
Tu nourris un ferpent , qui enfin te dévore,
Et te vas conduifant dans l'abyme des Morts.
Etouffe cet amour , amortis cette flâme ,
Et ne fois fi fujet aux plaifirs de ton corps ,
Que tu fois le motif du malheur de ton ame.

IV.

Quoi ! tu te vas baignant dans la mer des délices ,
Tu te fais , comme aux Dieux , faire des facrifices ,
Tu vas tyrannifant , tu vis infolemment.
Dieu , jufte puniffeur des offenfes du monde ,
Envoiera les méchans en la foffe profonde ;
N'appréhendes-tu point fon éternel tourment ?

V.

Toi Prince , toi Prélat , toi Roi , de qui l'exemple
Doit être vertueux , afin qu'on te contemple,
Tu es le beau premier qui nous montre le mal ,
Tu fais tout fans raifon , tu chaffes la Juftice,
Tu veux que le petit foit au plus grand égal ,
Et n'as point de vertu plus grande que le vice.

VI.

Si tu as à conduire une importante affaire,
Tu choifiras plutôt un jeune téméraire
Qu'un vieil qui fera fage & fans préfomption.

Ainfi

1591.

STANCES CON-
TRE L'AMBI-
TION.

Ainsi on voit souvent la perte des Provinces,
Ainsi on voit souvent la ruine des Princes.
On doit suivre le droit, & non sa passion.

VII.

Si les fautes des Grands ne touchoient qu'à eux-mêmes,
Les maux n'en seroient pas la moitié si extrêmes;
Mais elles vont causant mille & mille malheurs,
Tout le monde en soupire, & en porte des peines.
Il faut donc aux combats croire les Capitaines,
Et ne laisser juger l'Aveugle des couleurs.

VIII.

Ce n'est pas tout de dire, un tel est honnête homme;
Il faut savoir s'il l'est ainsi que tu le nomme,
Le Ciel n'a pas à tous départi ce bonheur.
Une charge n'est pas de petite importance,
Une charge requiert beaucoup d'expérience,
Qui la prend sans cela se ruine d'honneur.

IX.

Quand le Sort te rira, ne n'enfle davantage,
Quand tu auras du mal, n'en perds moins courage,
Le brave est toujours ferme en son adversité,
Ne dédaigne personne, ains en caresse abonde :
Car en faisant ainsi tu t'acquiers tout le monde;
Le mépris aux grands cœurs ôte la volonté.

X.

Ne paie point les tiens d'injure & de menace,
On dira, c'est un fol qui est tout plein d'audace,
Qui n'a point l'ame bonne, & ne reconnoît rien.
Dieu permet que des Grands les fautes infinies
Par les mains des Petits sont bien souvent punies.
Il n'est rien de si beau que d'être homme de bien.

XI.

Aie tout à souhait, commande à la Fortune,
Sois sur la Terre un Mars, sur la Mer un Neptune;
Si Dieu n'est dessus tout gravé dedans ton cœur,

Tome V.   M m m

Ta fin fera piteufe, & trifte & lamentable :
Car c'eft de lui d'où vient ta force & ta vigueur,
Et fi tu ne le crois, tu mourras miférable.

XII.

Tu as beau t'acquérir des moïens fur la terre,
Tu as beau t'aggrandir par les heurs de la guerre,
Tout ce que tu bâtis eft fujet à périr.
Les Domaines des Rois changent fouvent de Maître,
Il ne faut qu'un feul coup pour te faire mourir,
Et rien que la Vertu ne demeure en fon être.

XIII.

Lorfque tu fais des dons, regarde à qui tu donnes,
Et felon leur valeur reconnois les perfonnes :
Car fi tu donnes trop à des hommes de peu,
Tu mets en défefpoir ceux qui ont du mérite ;
Mais donnes à un chacun, & plutôt donnes peu,
Le bien mal départi, fait que l'on fe dépite.

XIV.

Honore tes parens, & jamais te n'éloigne
De leur affection : car c'eft une vergogne.
Qui fait aimer les fiens, fait fervir le Seigneur.
Dieu te l'a commandé, puis c'eft une fcience
Dont l'ufage nous mene au chemin de bonheur ;
Si tu fais autrement, tu vis en ignorance.

XV.

Ne mets point à mépris les confeils qu'on te donne,
Et ne penfe favoir plus qu'une autre perfonne.
Le préfumer de foi trouble le jugement.
Le Confeil, eft aux Grands, chofe très néceffaire,
Tu peux bien ce que peut un feul tant feulement ;
Mais tu ne peux pas tout, ni ne faurois tout faire.

XVI.

Apprends de ceux qui ont beaucoup d'expérience,
Et ne te flatte point en ton infuffifance :
Car en faifant ainfi tu te vas décevant,
Tu te trompe toi même en t'en faifant accroire.

Les deſſeins que l'on voit fonder deſſus du vent
Rapportent du mépris plutôt que de la gloire,

XVII.

Penſer toujours couvrir de Soldats la campagne,
Penſer avec les pieds abbattre une montagne,
C'eſt bâtir des Palais & des Châteaux en l'air ;
On ne peut ſans möïens faire une longue guerre,
Une telle entrepriſe eſt ſemblable à l'éclair
Qui n'amene avec ſoi ni pluie ni tonnerre.

XVIII.

Quand tu auras acquis un homme de mérite,
Ne lui témoigne point une amitié petite,
Fais lui mille faveurs devant tout recevoir.
On peut, d'un bel Eſprit toutes choſes apprendre.
Il t'apprendra le bien, ſi tu veux ſavoir,
Et te dira le mal, ſi tu le veux entendre.

XIX.

Mais toujours aux Vertus adreſſe ton envie,
Les vices nous font faire une mauvaiſe vie,
Et ne nous peuvent point acquérir de l'honneur.
Le mal court tout un temps, mais enfin on l'arrête :
Car, alors qu'il ſe voit le Maître & le Seigneur,
C'eſt alors que le Ciel lui foudroïe la tête.

XX.

Ainſi vis ſagement, & recherche à toute heure
L'alliance de ceux où la bonté demeure :
Entretiens-toi des bons, abhorre les méchans,
Ne les fréquente point, mépriſe leurs ſemonces.
Il eſt bien haſardeux de ſemer dans leurs champs,
Parceque leur terroir ne produit que des ronces.

XXI.

Rends de l'honneur aux Vieux, ne fais rien de ta tête,
L'homme en ſes paſſions eſt pire qu'une bête ;
N'entre point en diſpute avecque tes amis ;
Ne t'offenſe jamais, quoiqu'ils te puiſſent faire,

Supporte leurs humeurs ; car il n'est pas permis
Qu'avecque son ami l'on se mette en colere.

XXII.

Ne feins jamais d'aimer si ton humeur n'est telle.
A tel t'adresses-tu, qui connoît ta cautelle,
Et tâches le premier à te tromper s'il peut,
Mais aimes, comme on doit, de toute ta puissance :
Car un homme d'esprit, jamais ne se repeut
D'un discours plein de vent, & moins d'une apparence.

XXIII.

Ne dis du mal de ceux qui te le peuvent rendre ;
On ne peut la parole à un homme défendre,
Tu blâmeras quelqu'un qui vaudra plus que toi,
Et puis la Vérité fait connoître les hommes :
Si bien que le mépris d'un Prince ni d'un Roi
Ne nous sauroit jamais faire autres que nous sommes.

XXIV.

Penses à ce que tu es, & laisse ta naissance,
Si ton Pere fut brave, & tu sois sans vaillance,
Alors l'être des tiens ne te secourt de rien.
Au bout de ton épée aïe ton héritage.
Un homme courageux ne peut manquer de bien,
Et bien souvent les biens ont faute de courage.

XXV.

Si tu es Chevalier, aïe toujours dans l'ame
La gloire des combats ; & si quelqu'un te blâme,
Sache un peu le sujet qui le fait discourir,
Meurs, ou fais adoucir le fiel de son langage :
Car un homme de cœur ne doit jamais souffrir
Qu'on tienne des discours à son désavantage.

XXVI.

Sois vrai homme de bien, & montre par ta vie
Que d'aimer, craindre Dieu, c'est toute ton envie,
En tes plus grands desseins penses toujours en lui,
Sois juste, mais non trop en ta Justice extrême :

Et ne veuille jamais souhaiter pour autrui,
Fors ce que tu voudrois desirer pour toi-même.

1591.
STANCES CON-
TRE L'AMBI-
TION.

XXVII.

Ne prends le bien d'autrui, encore que ces guerres
Dépossédent les Rois, les Princes de leurs Terres.
La Fortune n'a rien de ferme en ce bas lieu,
Tu peux être dompté tout ainsi que tu domptes.
Nous sommes tous un jour comptables devant Dieu,
Si bien que les plus Grands sont bien loin de leurs comptes.

XXVIII.

En ce temps malheureux fais ton apprentissage,
Ne désespere point un homme de courage,
Fais que le mal d'autrui te serve de conseil,
Cependant que tu vis, rend si belle ta vie,
Que tu sois parmi nous luisant comme un Soleil,
Et que tous les plus Grands te portent de l'envie.

XXIX.

Entreprends par raison, n'éleve ta pensée
Si haut, que du plus Haut elle soit menacée.
Dieu ne fait point état d'un courage orgueilleux;
Pour ta Religion sacrifie ta vie,
Et quand tu trouveras les dangers périlleux,
Ne les redoute point pour la rendre servie.

XXX.

En l'amour du Seigneur demeure toujours ferme,
Qu'au plus fort de tes maux, elle soit ton Saint Elme;
Elis plutôt la mort que de le renier,
Tu ne peux faire moins, ni mieux que de l'ensuivre,
Il a souffert pour toi, tu ne le peux nier.
Mourir pour servir Dieu, c'est mille fois revivre.

XXXI.

Mais à voir tes effets, ce n'est pas ta créance,
Aussi si des malheurs tu as en abondance,
Tu n'en as pas le quart que tu as mérité;
Ton cœur est la demeure où le délice abonde,

Tu n'as rien de plus cher que la mondanité,
Et fais ton Paradis des abus de ce monde.

XXXII.

Fais-toi chérir du Peuple, & jamais ne le foule
Si fort, que de t'aimer à la fin il se saoule.
Qui est béni du Peuple, il est béni de Dieu :
Aux deux extrêmités sur-tout ne te retire,
Ne lui tends trop la bride, & trop ne la lui tire,
Maintiens-toi avec lui en suivant le milieu.

XXXIII.

Favorise les tiens, bien qu'ils ont quelque vice,
Et ne regarde point combien vaut leur service,
Prends garde seulement à leur affection.
S'ils te sont bien acquis, que veux-tu d'avantage ?
On ne peut du Mortel avoir que le courage ;
Bien aimer en Amour c'est la perfection.

XXXIV.

Dieu se contente bien, quand le cœur on lui donne,
Et toi, qui n'es sinon qu'une simple personne,
Tu veux avoir de plus, & la vie & le bien,
Pauvre fol que tu es, laisse notre franchise.
Alors que nous voudrons, nous ne te serons rien,
Et puis juge par-là quelle est ton entreprise.

XXXV.

Plus tu es élevé, plus tu dois prendre garde
Qu'en tout ce que tu fais un chacun te regarde,
Les Rois de maudissons ne sont jamais exempts,
Leur rang ne les sauroit sauver des calomnies,
Ils y sont tous sujets ; car les fautes des Grands
Sont toujours les Discours des bonnes Compagnies.

XXXVI.

Fais bien, tu sentiras qu'est ce que de bien faire ;
Fais mal, tu serviras de fable au Populaire,
Et puis de tes péchés tu seras tourmenté.
La vertu du péché, c'est de gêner les Ames,

1591.
STANCES CON-
TRE L'AMBI-
TION.

Ainsi les Amoureux se brûlent dans leurs flâmes,
Aussi tous leurs desirs sont pleins de volupté.

XXXVII.

Ne tiens point des propos que l'on puisse reprendre;
Lorsque tu parleras, fais-toi toujours entendre,
Sois ennemi du vice, & chéris la vertu.
Quand on voit les vertus, sur un Prince reluire,
Le vice quant & quant se trouve combattu,
Et le monde malin ne lui sauroit plus nuire.

XXXVIII.

Pour être ton conseil, élis un personnage,
Qui soit homme de bien & de haut parentage;
Un homme de maison craint d'offenser sa foi,
Rien, sinon que l'honneur, ne commande son ame,
Et l'homme de bas lieu ne pense que pour soi,
Si bien qu'il a le gain, & tu n'as que le blâme.

XXXIX.

Mais sais-tu qui je tiens être d'une grande race?
Celui où la vertu reluit, dessus sa face:
Car rien que la Vertu ne nous fait être Grands,
Un Grand, sans la Vertu, ressemble à la Folie,
Qui n'est faite, sinon (il faut que je le dise)
Pour servir de risée à la bouche des gens.

XL.

Ne blâmes les Vertus, tu blâmes ta naissance,
Les Grands, sans la Vertu, n'auroient point de puissance.
Qui veut être élu Roi, doit être vertueux.
Ceux qui sont dépendans des voix d'un Populaire,
Pour paroître bien fins, doivent penser à eux,
Et n'entreprendre rien qu'ils ne puissent bien faire.

XLI.

Si tu as cet honneur d'être Chef d'une Armée,
Établis par les Loix toute ta renommée,
Fais servir la Justice, & la sers le premier,
Sois homme de Police, & lorsque tu commandes,

Fais-toi bien obéir, afin que le plus fier
De te défobéir mille fois appréhende.

XLII.

Regardes bien fur-tout qu'aux Charges honorables
Tu y mettes des Gens à leurs grandeurs femblables,
Sers-toi de la Noblesse, & fais-en ton fupport :
Car, fi par des mépris tu te la rends contraire,
Dis dès l'heure hardiment que ton pouvoir eft mort,
D'autant qu'elle te fait, & tu ne la peux faire.

XLIII.

Fais que tes actions ne foient point foupçonnées,
Gouverne-toi fi bien en toutes tes menées,
Qu'on ne te puiffe pas blâmer aucunement :
Les plus fins font trompés, & puis on s'en étonne,
Veux-tu favoir que c'eft fineffe proprement ?
Se tenir fur fa garde, & n'offenfer perfonne.

XLIV.

Ne te rends point commun, ménage tes careffes,
Ne fais profeffion de faire des promeffes,
Si tu n'as le moïen de dégager ta foi :
Car tu perds ton honneur, & fais qu'on te méprife ;
Qu'eft-ce qui de nos jours a ruiné le Roi,
Sinon d'avoir manqué à la chofe promife.

XLV.

Ne dis doncque jamais, finon ce que tu penfes,
Mefure ta promeffe avecque ta puiffance :
Mais tu fais le contraire, & toujours peu-à-peu
Tu tâches à tromper tes Serviteurs fideles :
Ainfi le Papillon s'approche tant du feu,
Qu'à la fin, de lui-même il fe brûle les aîles.

XLVI.

De tromper tes amis, ne fais jamais ta gloire,
Ce n'eft pas acquérir une belle victoire,
Ce n'eft pas bien aimer que d'aimer à demi.
Ne fais jamais du tort à un homme qui t'aime,

Mais

Mais fi tu veux tromper, trompes ton ennemi :
Car aufli bien, s'il peut, il t'en fera de même.

XLVII.

Si tu n'es point méchant, les méchans ne fupporte :
Ne fais jamais grand cas de celui qui rapporte ,
Jamais un Rapporteur n'eut rien de bon en foi,
Il fait dans un logis mille querelles naître ,
Sers-toi de gens de bien , & tu feras pour toi ;
Car par le Serviteur on reconnoît le Maître.

XLVIII.

Ne divulgue jamais les chofes qu'on doit taire ,
Un Caufeur, quel qu'il foit, ne fauroit que déplaire ;
Apprends à beaucoup faire, & à dire bien peu ,
Si tu fais un fécret , cache-le dans ton ame :
Car fi par ton moïen , puis après il eft fu ,
Tu mérites par-tout que le monde te blâme.

XLIX.

Ne reprends en public les vices de perfonne ,
Encor que remontrer foit une chofe bonne ;
Tu fais , en ce faifant mille affronts recevoir ,
Il faut donc en privé , & doucement reprendre ,
Reprendre & remontrer, ce n'eft rien que favoir,
Avecque la douceur la raifon faire entendre.

L.

En quel lieu que tu fois, les Pauvres ne méprife ,
Dieu, qui de grands moïens plus qu'eux te favorife ,
Ne veut pas que tu fois ingrat de fes bienfaits :
Ecoute leur priere , & trifte & lamentable ,
Donne-leur de tes biens , & leur fois charitable,
L'aumône a ce pouvoir d'effacer nos méfaits.

LI.

En tes affections ne te montres volage ,
Quand tu auras choifi quelqu'un dans ton courage,
Ne te rends fans fujet froid en fon amitié :
Car un homme d'honneur, qui n'a point fait d'offenfe,

1593.
STANCES CON-
TRE L'AMBI-
TION.

Lorsqu'il voit cette humeur pleine de mauvaiſté,
Cherche ailleurs ſa fortune, & perd ta ſouvenance.

LII.

Quand un homme de bien te dira quelque choſe,
A le bien écouter, ton oreille diſpoſe,
N'aille point rejettant le miel de ſes diſcours,
Sa parole n'eſt point flatteuſe ni méchante,
Et les hommes méchans diſſimulent toujours,
Si bien, que malheureux celui qui les fréquente.

LIII.

N'aïes de ſerviteurs en ſi grande abondance,
Que de les conſerver tu n'aïes la puiſſance,
Un nombre bien uni, encor qu'il ſoit petit,
Plus qu'un grand déſüni profite davantage ;
Pour ſavoir acquérir, les Fols ont prou d'eſprit,
Mais ſavoir conſerver, il n'appartient qu'au Sage.

LIV.

Ainſi n'entreprends plus que tu ne ſaurois faire,
Tu ne peux avec peu à tant de gens complaire.
Ne veuilles préférer les nouveaux à des vieux,
On rapporte bien peu d'une telle conquête,
Tu ſais qu'ingratitude eſt un vice odieux,
Puis on pleure la perte, après que l'on l'a faite.

LV.

Si tu n'as point l'eſprit de juger des mérites,
Tais-toi, n'en parles point : car ainſi tu t'acquittes
De ce que juſtement tu dois à ton devoir ;
Les hommes pleins d'honneur blâment la gauſſerie,
On ſait bien bouffonner, mais ce n'eſt pas ſavoir,
La Sience n'eſt pas une bouffonnerie.

LVI.

Suis les enſeignemens de la ſage Nature,
Obſerve en toute choſe, & l'ordre & la meſure ;
Dieu, avec un grand ordre a fait ce bâtiment,
Auſſi le contenu de la machine ronde,

Ne fut pas appellé monde fans jugement :
Car, ordre proprement, ce n'eft rien que le monde.

LVII.

Tu ne te peux, qu'à tort, vanter d'être du monde,
Si en tous tes effets le défordre y abonde,
Et ne t'étonne point fi tu te vois périr,
Du défordre n'en peut que du malheur enfuivre ;
Vivre mal, ce n'eft pas vivre, mais bien mourir,
D'autant que le mourir, ce n'eft rien que mal vivre.

LVIII.

Ne te fie d'un homme avant que le connoître,
Si tu ne veux ta vie en mille dangers mettre,
Auffi le connoiffant ne t'en méfie pas ;
Si tu le tiens fufpect, ne lui fais entreprendre ;
Lorfqu'il a le moïen de ne faire un faux pas ;
Parceque du foupçon, la trahifon s'engendre.

LIX.

Fie-toi bien du tout, ou du tout ne te fie,
Le bourreau le plus grand qui gêne notre vie,
Ce n'eft que le foupçon alors que nous l'avons,
Ne foupçonne donc point fans quelque connoiffance,
Aimons-nous, comme il faut, puifque nous le devons ;
L'amitié ne va point avec la méfiance.

LX.

Tu dis que tu te fie, & veux que l'on le croie,
Mais, par tes actions tu nous montre la voie
Du meffi que tu as de ceux qui font à toi,
Transforme cette humeur en la ferme affurance
Qu'on doit avoir en ceux qui vivent fous ta Loi.
Soupçonner (en un mot) ce n'eft rien qu'ignorance.

LXI.

Ne fois diffimulé, tu ne le dois pas être.
Qu'eft-ce qui te contraint à nous faire paroître
Que tu aimes quelqu'un, fi ce n'eft ton humeur ?
La haine & l'amitié font en notre puiffance,

Nous avons l'un & l'autre au choix de notre cœur;
Feindre de bien aimer, ne fut jamais prudence.

LXII.

N'en fois plus orgueilleux, encor qu'en des allarmes
Tu te fois fignalé par mille beaux faits d'armes,
En ces lieux le Sort prit à celui qui lui plaît,
S'il t'a fait un renom, fur les autres acquerre;
Rends-en graces à Dieu, car c'eft lui qui tout fait,
Et le prie toujours quand tu vas à la guerre.

LXIII.

Je parle à toi, Soldat, qui jamais ne réclame
Le Nom du Tout-puiffant, & fans craindre le blâme
Entres en un combat, puis t'enfuis au befoin,
Leve les yeux au Ciel, & fais cette priere :
Seigneur, pour te fervir je mets l'épée au poing,
Soudain tes ennemis montreront le derriere.

LXIV.

Mais, au contraire, helas! tu jures, tu blafphêmes,
Tranfporté de colere, & le vifage blême,
C'eft pourquoi, bien fouvent tu prends l'étonnement;
Un brave & bon Soldat alors qu'il prend fa charge,
Ne s'échauffe de peur, ni d'ire aucunement,
Ains froid, fans blafphêmer, mille grands coups décharge.

LXV.

Honore le Seigneur de fait & de langage,
Sa crainte & fon amour foit avec ton courage,
Ne te mocque jamais des miferes d'autrui,
Il en pend aux plus grands tout autant à l'oreille :
Et fi tu prends bien garde au Regne d'aujourd'hui,
Tu es de ton malheur tous les jours à la veille.

Avertissement.

CEtte Harrelle (1) d'Etats de la Ligue amassés à Paris, offensa grandement tous les bons Serviteurs du Roi. Entre lesquels apparut un gentil Esprit, qui en un long Traité, convenant aux menées de la Ligue, décrivit amplement les Pratiques & Actions principales des Chefs & plus renommés Membres d'icelle. Ce Livre dit, en jouant, infinies choses à bon escient. La Ligue jouoir une triste farce à Paris : & l'Auteur de ce Traité, par une Comédie en Prose, a découvert les sécrets du Duc de Mayenne & de ses Adhérans. Es Editions précédentes, plusieurs Traits s'y rencontroient non propres en tels Discours, qui aïant été accommodés & rendus plus supportables par certain Personnage aussi peu affectionné à la Ligue, que l'Auteur même de ce Traité, nous avons été d'avis de suivre son Exemplaire. Si quelqu'un pense que des confusions si horribles que celles de la Ligue, & de ces Etats de conspiration, requeroient quelques nouvelles Catilinaires & un style foudroïant, qu'il se souvienne du dire commun; qu'il n'est défendu de dire vérité sous termes de risée (2). N'importe comment les Auteurs des désordres publics soient flétris, pourvû qu'ils le soient : & comme ils se sont égaiés à mal faire, l'on prenne plaisir encore au siécle prochain de rire de leur confusion & ruine. Tel est donc cet ample Discours, digne de réserve pour la Postérité (3).

(1) Harelle est un vieux mot qui signifie secours, Troupes auxiliaires, assemblée de gens armés. Voïez le Dictionaire de Trevoux, au mot *Harelle*. On a aussi appellé ainsi une sédition arrivée à Rouen sous Charles VI. Voïez le Diction. Etymolog. de Ménage, nouv. édit. tom. 1 *in-fol.* au mot Harelle; & la *Satyre Ménippée*, édition de 1714 *in-8°.* p. 18. aux Notes.

(2) .. Ridendo dicere verum
Quid vetat ?

(3) M. Grosley, Avocat à Troyes sa Patrie, distingué par ses talens & par ses Ouvrages, nous a donné ainsi l'Histoire de la Satyre suivante, dans sa vie de Pierre Pithou, tom. 1. p. 289 & suiv. Nous ne ferons que le copier.

L'Assemblée des Etats de la Ligue, dit ce judicieux Historien, avoit fait naître à Louis *le Roi*, Aumônier du jeune Cardinal de Bourbon, l'idée du *Catholicon* : Satyre ingénieuse, dans laquelle il s'étoit proposé de démasquer les vûes, les desseins, & les motifs secrets des Promoteurs de la Sainte Union. Mais cette plaisanterie ne pouvoit faire un grand effet. Le *Catholicon* ne présentoit que ce que tout le monde se dissi-

muloit ; la *Procession de la Ligue* ne pouvoit avoir pour ceux qui en avoient été les Recteurs ou les Spectateurs, le ridicule qu'elle a aujourd'hui pour nous ; les *Tapisseries des Etats*, allusion continuelle aux évenemens de notre Histoire, qui ont quelque rapport à ceux de la Ligue, étoient une énigme pour le Peuple. Mais l'idée principale étoit heureuse : le Théâtre se trouvoit dressé, il ne falloit plus que remplir la scéne, y attirer les Grands & le Peuple, y mettre en action toutes les folies que l'on regardoit comme la suprême sagesse : en un mot, il falloit par le ridicule, amener toute la Nation à rougir d'elle-même. . . Pierre *Pithou* l'entreprit & l'exécuta : il ne pouvoit déploïer dans une plus belle entreprise ses connoissances & ses talens. Il y associa MM. *Gillot*, *Passerat*, *Rapin*, Florent *Chrestien* : tous liés avec lui par la plus étroite amitié ; tous passionnés, comme lui pour le bien public que détruisoit la Ligue. Les travaux & l'enjouement de ces cinq hommes, aussi bons Citoïens que beaux Esprits, enfanterent pendant l'hyver de 1593, cette fameuse Satyre Ménippée, qui au jugement de M. le Président Hé-

SATYRE MÉNIPPÉE(1),

De la vertu du CATHOLICON d'Efpagne, & de la Tenue des Etats de Paris.

L'IMPRIMEUR AU LECTEUR(2).

CE Difcours de la tenue des Etats de Paris, & de la vertu

nault, l'homme de notre fiecle qui connoît le mieux notre Hiftoire, *ne fut guères moins utile à Henri IV*, *que la bataille d'Ivry*. Les différens morceaux qui compofent cette Satyre, jettés en apparence au hafard, font, aux yeux des Connoiffeurs, un chef-d'œuvre d'affemblage, par l'heureufe réunion de tout ce que l'Art a imaginé pour la perfection des ouvrages de génie. En effet, quel ouvrage eut jamais un fujet plus grand, & par fon objet, & par fes circonftances ? Où trouve-t'on des caractères plus finement faifis, plus ingénieufement variés, plus délicatement contraftés, plus conftamment foutenus ? Où fent-on mieux l'effet d'un grand intérêt, qui, dans une fcrupuleufe unité, croît toujours en fe développant ? Quant à l'expreffion, il me femble, continue M. Grofley, qu'à quelques plaifanteries près jettées au Peuple, que les Auteurs devoient avoir principalement en vûe, on y trouve la force, la délicateffe, la naïveté dont notre langue eft fufceptible.

Si les Auteurs de cette Satyre fe fuffent uniquement propofé de couvrir de confufion les Chefs & les Promoteurs de la Ligue, en répandant fur leurs démarches & fur leurs projets un ridicule ineffaçable, leur objet étoit rempli par les *Harangues* qu'ils leur mettent dans la bouche, par l'ordre qu'ils donnent à leurs *Séances*, & par les *Tableaux* où ils les dépeignent. Mais leur objet capital étoit de ramener la Nation à fes intérêts & à fon devoir ; en lui faifant fentir qu'au milieu des factions contraires, des intérêts oppofés, des deffeins contradictoires dont elle étoit la victime, il ne lui reftoit de reffource, que dans une prompte obéiffance au Prince que les Loix divines & humaines lui donnoient

pour Monarque. C'étoit-là le grand coup que M. Pithou fe propofoit de frapper : il le frappa dans le Difcours, où, fous le nom de *Daubray*, il s'empare des efprits que les Harangues ironiques du Duc de Mayenne, du Légat, du Cardinal Pellevé, de l'Archevêque de Lyon, du Recteur Rofe, & du prétendu Député de la Nobleffe, avoient préparés. Sous un défordre apparent, ce Difcours cache tout ce que l'Art & la Méthode ont de plus puiffant pour perfuader & pour émouvoir. M. Grofley fait, dans l'endroit cité, une Analyfe de ce Difcours, & en rapporte plufieurs traits. Il fait enfuite l'Apologie de la Satyre Ménippée, contre quelques Critiques qui n'en ont pas jugé auffi favorablement que lui, & il étaie fon jugement par des autorités de quelqu'un de nos meilleurs Ecrivains. Mais c'eft ce qu'il faut voir dans fon Livre, qui mérite de tenir une place honorable dans les Bibliothèques les mieux choifies.

(1) Cette Satyre fut appellée *Ménippée*, du nom de Menippus, Philofophe Cynique, qui avoit fait des plaintes, & des Lettres pleines de Mots piquans & des Traits fatyriques ; & cela à l'imitation de Varron, qui compofa des Satyres fous le titre de *Satyra Menippea*. Le mot *Catholicon* eft pris pour fignifier *le prétexte du zèle de la Foi*, dont la Couronne d'Efpagne fe fervoit pour autorifer fes prétentions. Voïez les Remarques fur la Satyre Ménippée, in-8°. t. 1. p. 11. Il y a eu un grand nombre d'éditions de cette Satyre, dont on peut voir le détail dans la *Bibliotheque des Hiftoriens de France*, par le Pere le Long, de l'Oratoire, p. 429, & au commencement de cette Satyre elle-même, édit. de Ratifbonne, t. 2.

(2) Il faut voir fur cet Avertiffement ce

du Catholicon d'Espagne, fut fait en Langue Italienne par un Gentilhomme Florentin (1), *qui étoit à Paris pendant que les Etats s'y tenoient, en intention (comme il est à présupposer) de le porter à son Maître le Duc de Florence, pour lui représenter l'Etat admirable des affaires de France. Mais il advint, comme il s'en retournoit en son Païs, & passoit par Amiens pour aller en Flandres, que son Palefrenier, Breton de Nation, ne se voulant hasarder à si long voïage, & aïant reconnu que son Maître n'étoit pas autrement bon Catholique, parcequ'il appelloit le Biarnois, Il Re di Francia, se sépara doucement de lui, sans lui rien dire qui le fâchât, ni qui le troublât en son repos; même pour le soulager de la nourriture de deux chevaux, en emmena le meilleur avec la valise en laquelle étoit l'original dudit Discours; mais Dieu voulut qu'il fut pris par quelques Religieux du Château verd* (2) *& mené devant le Maire de Beauvais* (3), *où il eût été déclaré de bonne prise, à cause de quelque sac de doublons qui se trouva dans la valise, sinon qu'il leur montra une once de Catholicon, réduit en poudre, qu'il portoit en sa bourse, avec sept grains benits, & une chemise de Chartres* (4), *qui avoit demeuré neuf jours & neuf nuits aux piés de Notre-Dame sous Terre* (5), *pour empêcher les coups de Canons & d'Artillerie, & d'être pris ni en Guerre ni en Justice; tellement qu'il confessa librement qu'il avoit laissé son Maître, après avoir connu qu'il étoit Hérétique, en ce qu'il appelloit le Biarnois Roi de France. Or, entre les hardes de la valise, dont*

Remarques faites à cette occasion, dans la Satyre Ménippée, *in-8.* tom. 2, p. 10, & suiv. édit. de Ratisbonne.

(1) C'est une supposition. Les Auteurs de la Satyre Ménippée aïant de bonnes raisons pour chercher à se déguiser, ont inventé cette fiction. Cette Satyre a été composée originairement en François, & non en Italien; par des François, non par un Italien. Voïez la Note générale qui sera mise après cet Avertissement.

(2) C'est-à-dire quelques Ligueurs qui fréquentoient des lieux de débauche.

(3) C'étoit le Sieur *Godin*, selon que le nomme M. de Thou, ou François *Gaudin*, selon Victor Cayet. Ce dernier ajoute, que ce Ligueur, Espagnol de faction, avoit fait tout ce qu'il avoit pu, & tenté tout moïen pour faire entrer une Garnison Espagnole dans la Fortéresse de Beauvais. Gaudin fut chassé de cette Ville en 1594.

(4) L'Auteur des *Antiquités des Villes de France*, Livre attribué par plusieurs à André du Chesne, dit au Chapitre de la Ville de Chartres, que cette Ville aïant été assiégée par Rollon, Chef des Normands, & les Assiegés se voïant reduits à l'extrémité, Goslin, leur Evêque, crut devoir emploïer pour leur défense la chemise de la Sainte Vierge, que l'on prétendoit garder à Chartres, & sur le modéle de laquelle on a fabriqué & l'on fabrique encore des espéces de Médailles où une chemise est representée, & que les bonnes gens portent à leur cou, ou à l'extrêmité de leurs Chapelets. On nomme encore ces espéces de Médailles, des chemises de la Sainte Vierge.

(5) Notre-Dame sous Terre, c'est l'Eglise souterraine de la Cathédrale de Chartres, où la Sainte Vierge est principalement révérée.

inventaire fut fait, en préſence du Maire & du Docteur Luçain (1),
Superintendant des priſes & rançons, ſe trouva l'original dudit
Diſcours Italien, que le Maire n'entendoit pas, & pria ledit
Docteur Lucain de le traduire en bon François; de quoi ledit
Docteur s'excuſa, diſant qu'encore qu'il ſût bien parler le langa-
ge de Rome, toutesfois il ne le ſavoit pas approprier à la naï-
veté Françoiſe; ſi bien qu'on fut contraint le donner à un petit
Moine Romipete, qui le lendemain ſe déroba, pour la hâte qu'il
avoit d'être à Paris, à la Bénédiction ſolemnelle & Proceſſion
générale que devoit faire le Légat, pour la ſainte & Catholique
entrepriſe que Pierre Barriere d'Orleans avoit faite & jurée en-
tre ſes mains, d'aſſaſſiner Sa Majeſté à Melun; mais il advint
que ledit Moine (2) fut pris par quelques Gentilshommes, &
trouvé chargé dudit Diſcours, lequel leur ſembla ſi plaiſant,
qu'incontinent l'un d'entr'eux le tourna en François, & de main
en main la traduction eſt venue juſqu'à moi, qui l'ai faite im-
primer, tant pour relever de peine les Curieux de voir toutes nou-
veautés, que pour piquer ceux qui languiſſent encore ſous le joug
de la tyrannie, car il faudra qu'ils ſoient parfaitement ladres cla-
velés, s'ils ne ſentent ce poignant éguillon, & ne jettent pour
le moins quelque ſoupir de leur mourante liberté. Adieu.

LA VERTU DU CATHOLICON.

PARCEQUE les Etats Catholiques n'agueres tenus à Paris, ne
ſont point Etats à la douzaine, ni communs & accoutumés,
mais ont quelque choſe de rare & ſingulier par - deſſus tous
les autres qui aient jamais été tenus en France, j'ai penſé faire
choſe agréable à tous bons Catholiques zelés, & ſervir à l'é-
dification de leur foi, d'en mettre par écrit un Sommaire,
qui eſt comme un elixir & quinteſſence tirée & abſtraite,
non-ſeulement des Harangues, mais auſſi des intentions & prétentions des principaux Perſonnages qui jouerent ſur cet échaffaut. Or, d'autant que les Provinces aſſignées à longs termes

---

(1) Guillaume Lucain, Prédicateur des
plus ſéditieux de la Ligue. Il prêchoit la
Rebellion à Paris en 1589; & dans le deſſein de s'emparer de la Cure de Saint Merri, il fit ce qu'il put pour faire chaſſer
Claude de Morenne qui la poſſedoit.

(2) On a parlé ci-devant de Pierre Barriere.

de la découverte de ſon entrepriſe, & de la
fin de ce Miſérable. A l'égard du prétendu
Moine Romipete; c'eſt une fiction. *Romi-*
pete ſignifie peut-être qui revenoit de Rome, ou qui tenoit aux opinions qui étoient
alors trop communes à la Cour de Rome &
aux Ligueurs.

&

& affignations, par plufieurs fois fruftrées, à caufe des écharpes blanches qui traverfoient les chemins des Députés, ne fe purent affembler à jour nommé, véritablement l'Affemblée ne fut pas fi grande qu'on avoit efperé & defiré. Toutesfois il s'y trouva de notables & fignalés Officiers, qui ne cedoient rien en grandeur de barbe & de corfage aux anciens Pairs de France, & y en avoit trois pour le moins de bonne connoiffance qui portoient calotes à la Catholique, & un qui portoit grand chapeau (1), & rarement fe deffubloit; ce que les Politiques (2), qui font encore plus de feize dans Paris, détorquoient en mauvais fens, & difoient que les trois Calotiers étoient tigneux, & le grand Chapeau avoit la tête comme le Poète Æfchylus; tellement que leur commun dire étoit qu'auxdits Etats n'y avoit que trois tigneux & un pelé (3), & fi l'Inquifition d'Efpagne eût été de bonne heure introduite, j'en vis plus de cinq cens; que dis-je cinq cens? mais cinq mille qui ne méritoient par leurs blafphêmes rien moins que l'accollade du Préfident Briffon (4); mais le fort ne tomba fur aucun d'eux, mais fur un pauvre malotru, meneur d'âne, qui, pour hâter fon miférable baudet, tout efrené de coups & de fardeau, dit tout haut, en voix intelligible, ces mots fcandaleux & blafphématoires: allons, Gros Jean, allons aux Etats; lefquelles paroles aïant été prifes au bond, par un ou deux du nombre du Cube quarré (5), & déferées aux deux Promoteurs de la Foi, Machault (6) & de Here (7), le Blafphémateur fut faintement & catholiquement condamné à être battu & fuftigé nud de verges, à la queue de fon âne, par tous les Carrefours de Paris, qui fut un pronoftic infaillible avant jeu fignalé, pour témoigner à tous les Peuples affemblés pour cette folemnelle action, que les procédures de tous les Ordres feroient pleines de juftice & d'équité, comme ledit Jugement,

---

(1) Le Cardinal de Pellevé, Archevêque de Reims.

(2) On divifoit les Catholiques en Politiques & en Ligueurs.

(3) Termes de mépris imités de Rabelais. Le *Pelé* étoit le Cardinal de Pellevé.

(4) On a parlé ailleurs de ce célebre Magiftrat, & de fa mort funefte.

(5) On veut parler ici des *Seize*, Faction que l'on a fait connoître ailleurs.

(6) Machault, Confeiller en la Cour, du

Confeil des Quarante, qui ne put être rétabli en fa Charge après la réduction de Paris en l'obéiffance du Roi.

(7) De Here étoit Confeiller en la Cour. Il eut le crédit de faire ôter fon nom de cet Ecrit; & on y mit en la place celui d'Antoine de *Bafton*, qui eft mort à Lille en Flandre, où il eft enterré dans l'Eglife de Saint Sauveur: on y voit encore fon Epitaphe fur une lame de cuivre.

qui fut l'échantillon de la grande piece de la juſtice des Etats
futurs.

Or, pendant qu'on faiſoit les préparatifs & échaffauds au
Louvre, ancien Temple & Habitacle des Rois de France, &
qu'on attendoit les Députés de toutes parts, qui de mois en
mois ſe rendoient à petit bruit, ſans pompe ni parade de ſuite,
comme on faiſoit anciennement, quand l'orgueil & la corruption de nos Peres avoient introduit le luxe & la ſuperfluité vicieuſe; il y avoit en la Cour dudit Louvre deux Charlatans, l'un
Eſpagnol (1) & l'autre Lorrain (2), qu'il faiſoit merveilleuſement bon voir vanter leurs drogues, & jouer de paſſe-paſſe
tout le long du jour, devant tous ceux qui vouloient les aller
voir, ſans rien païer. Le Charlatan Eſpagnol étoit fort plaiſant,
& monté ſur un petit échaffaud, jouant ſes Régales (3) & tenant Banque, comme on en voit aſſez à Veniſe en la Place
S. Marc; à ſon échaffaud étoit attachée une grande peau de
parchemin, écrite en pluſieurs Langues, ſcellée de cinq ou ſix
ſceaux d'or, de plomb & de cire, avec des titres en lettres
d'or, portant ces mots, *Lettres du pouvoir d'un Eſpagnol, &*
des effets miraculeux de ſa Drogue, appellée Higuiero d'Infer-
no (4) ou Catholicon compoſé. Le ſommaire de toute cette
Pancarte étoit, que ce Triacleur (5), petit fils d'un Eſpagnol
de Grenade, relegué en Afrique pour le Mahométiſme, Médecin du Serif, qui ſe fit Roi de Marroco par une eſpece de
Higuiero, ſon pere étant mort, vint en Eſpagne, ſe fit baptiſer, & ſe mit à ſervir à Tolede (6) au College des Jéſuites, où
aïant appris que le Catholicon ſimple de Rome n'avoit autres
effets que d'aſſoupir les ames, puis les releguer en l'autre monde, ſe fâchant d'un ſi long terme, s'étoit aviſé, par le conſeil
teſtamentaire de ſon pere, de ſophiſtiquer ce Catholicon, ſi
bien qu'à force de le manier, remuer, alambiquer & calciner,
il en avoit compoſé dedans ce College un électuaire ſouverain,
qui ſurpaſſe toute pierre philoſophale, & duquel les preuves
étoient déduites par cinquante articles, tels qu'ils s'enſuivent.

(1) Philippe Sega, dit le Cardinal de
Plaiſance.

(2) Le Cardinal de Pellevé.

(3) Epinette organiſée, autrement un petit jeu d'orgues ou de flutes.

(4) Figuier d'Enfer. Voïez un Diſcours

ſur l'explication de ce mot, dans la Satyre
Méníppée, édit. *in-8°.* de Ratiſbonne, t.
1, p. 205, & ſuiv.

(5) Charlatan.

(6) La Ville de Tolede paſſoit pour l'Ecole de la Magie.

PREMIÉREMENT,

Ce que ce pauvre malheureux Empereur Charles-Quint n'a pu faire avec toutes les forces unies, & tous les Canóns de l'Europe, fon brave fils Dom Philippe, moïennant cette Drogue, l'a fu faire, en fe joüant, avec un fimple Lieutenant de douze ou quinze mille hommes.

II.

Que ce Lieutenant ait du Catholicon en fes Enfeignes & Cornettes, il entrera fans coup férir dans un Roïaume ennemi ; & lui ira-t'on au-devant avec Croix & Bannieres, Légats & Primats (1), & bien qu'il ruine, ravage, ufurpe, maffacre, & faccage tout, qu'il emporte, raviffe, brûle & mette tout en défert, le Peuple du Païs dira, ee font nos Gens, ce font bons Catholiques, ils le font pour la paix, & pour notre Mere Sainte Eglife; qu'un Roi Cafanier (2) s'amufe à affiner cette Drogue en fon Efcurial, qu'il écrive, en un mot, en Flandre au Pere Ignace, cacheté de Catholicon, il lui trouvera homme, lequel (falva confcientia) affaffinera fon ennemi (3), qu'il n'avoit pu vaincre par armes en vingt ans.

III.

Si ce Roi fe propofe d'affurer fes Etats à fes enfans après fa mort, & d'envahir le Roïaume d'autrui à petits frais, qu'il en écrive un mot à Mendoze fon Ambaffadeur, ou au Pere Commolet (4), & qu'au bas de fa Lettre, il écrivit avec *dell Higuiero dell infierno*, *Yo el Rey*, ils lui fourniront d'un Moine Apoftat (5) qui s'en ira fous beau femblant, comme un Judas, affaffiner de fang froid un grand Roi de France, fon beaufrere, au milieu de fon Camp, fans craindre Dieu ni les hommes : ils feront plus, ils canoniferont ce Meurtrier, & mettront ce Judas au-deffus de Saint Pierre, & baptiferont ce pro-

(1) Le Cardinal de Pellevé, Archevêque de Reims, & Pierre d'Efpinac, Archevêque de Lyon.

(2) L'Auteur entend parler de Philippe II, Roi d'Efpagne.

(3) Il eft ici queftion de l'Affaffinat commis en la perfonne du Prince d'Orange à Delft en Hollande.

(4) Le Pere Jacques Commelet, Jéfuite. On affure que dès l'année 1589 il excita dans Paris le Peuple à la rebellion au fujet de la mort des Guife. Voïez *les Remarques fur la Satyre Ménippée*, p. 27 & 28.

(5) L'Auteur défigne l'Affaffinat du Roi Henri III, par Jacques Clément, Jacobin, tenu pour Saint par les Liqueurs.

digieux & horrible forfait, du nom de coup du Ciel, dont les Parrains feront Cardinaux, Légats & Primats (1).

IV.

Qu'une grande & puissante Armée de preux & terribles François soit prête à bien faire pour la défense de la Couronne & Patrie, & pour venger un si épouvantable Assassinat, qu'on jette au milieu de cette Armée une demi-dragme de cette Drogue, elle engourdira tous les bras de ces braves & généreux Guerriers.

V.

Servez d'Espion (2) au Camp, aux Tranchées, au Canon, à la Chambre du Roi, & en ses Conseils, bien qu'on vous connoisse pour tel, pourvû qu'aïez pris dès le matin un grain de *Higuiero*, quiconque vous taxera, sera estimé Huguenot, ou Fauteur d'Hérétique.

VI.

Tranchez des deux côtés, soïez perfide, & bien que vous touchiez l'argent du Roi pour faire la guerre, n'aigrissez rien, pratiquez avec les ennemis, si vous collez votre épée dedans votre fourreau avec du Catholicon, vous serez estimé trop homme de bien.

VII.

Voulez-vous être un honorable Rieur & neutre, faites peindre à l'entour de votre maison, non du feu Saint Antoine (3), mais des Croix de *Higuiero*, vous voilà exempt du Hoqueton & de l'Arriere-ban.

VIII.

Aïez sur vous le poids de demi-écu de Catholicon, il ne vous faut point de plus valable passeport, pour être aussi bien venu

(1) Les Cardinaux Caëtan ou Cajétan & de Plaisance, Légats; le Cardinal de Pellevé & Pierre d'Espignac, Archevêque de Lyon.

(2) On croit que l'Auteur veut désigner M. de Villeroy.

(3) On peignoit de ce feu à la porte des Hôpitaux, où l'on mettoit ceux qui étoient affligés de la maladie, dite le feu Saint Antoine.

à Tours, qu'à Mantes (1), à Orléans, qu'à Chartres, à Compiegne, qu'à Paris.

IX.

Soïez reconnu pour Penfionnaire d'Efpagne, monopolez, trahiffez, changez, vendez, troquez, défuniffez les Princes; pourvû qu'aïez un grain de Catholicon en la bouche, on vous embraffera, & entrera-t-on en défiance des plus fideles & anciens Serviteurs, comme d'Infideles & Huguenots, quelques francs Catholiques qu'ils aient toujours été.

X.

Que tout aille de mal en pis, que l'ennemi avance fes deffeins, & ne fe recule de la paix, que pour mieux fauter, voïant le beau jeu qu'on lui fait, que l'Églife Romaine même courre rifque, qu'il y ait pervertiffement de tout Ordre Eccléfiaftique ou Séculier, à faute de parler bon François, femez finement un petit de *Higuiero* par le monde, perfonne ne s'en fouciera, & n'en ofera parler, craignant d'être réputé Huguenot.

XI.

Cantonnez-vous & vous inftallez tyranniquement dans les Villes du Roi, depuis le Havre jufqu'à Mezieres, & depuis Nantes jufqu'à Cambrai (2), foïez Vilain, Renegat ou Perfide, n'obéiffez ni à Dieu, ni à Roi, ni à Loi, aïez là-deffus en main un petit de Catholicon, & le faites prêcher en votre Canton, vous ferez grand & catholique Homme.

XII.

Aïez la face honnie (3), & le front ulceré, comme les Infideles Concierges du Ponteau-de-mer (4) & de Vienne (5), frottez-vous un peu les yeux de ce divin Electuaire, il vous fera avis que vous ferez prud'homme & riche.

XIII.

Si un Pape, comme Sixte V (6), fait quelque chofe contre vous, il vous fera permis, *illæfa confcientia*, de l'exécrer, maudire, tonner, blafphemer contre lui, pourvû que dedans votre encre il y ait tant foit peu de *Higuiero*.

XIV.

N'aiez point de Religion, mocquez-vous à gogo des Prêtres, & mangez de la chair en Carême en dépit du Pape, il ne vous faudra autre abfolution, ni d'autre Chardonnerette (1), qu'une demi-dragme de Catholicon.

XV.

Voulez-vous bientôt être Cardinal? frottez une des cornes de votre bonnet, de *Higuiero*, il deviendra rouge, & ferez fait Cardinal, fuffiez-vous le plus inceftueux & ambitieux Primat du monde (2).

XVI.

Soïez auffi criminel que la Mothe Serrant (3), foïez convaincu de fauffe monnoie, comme Mandreville (4), Sodomifte, comme Senault (5), Scélerat comme Buffi (6), Athéifte & Ingrat comme le Poète de l'Admirauté (7), lavez-vous d'eau de *Higuiero*, vous voilà fans tache & pilier de la Foi.

XVII.

Que quelque fage Prélat ou Confeiller d'Etat, vrai Catholi-

la nouvelle en fut fûe à Paris le 5 Septembre 1590. Le Curé de Saint André, Aubry, prêcha qu'il étoit mort, que ce miracle s'étoit fait entre les deux Notre-Dames, & fe fervit de ces mots fi peu religieux : » Dieu » vous a délivré d'un méchant Pape, & po» litique ; s'il eût vécu plus long-temps, » on eut été bien étonné d'ouir prêcher dans » Paris contre le Pape, qu'il l'eut fallu » faire «.

(1) Affaifonnement fait avec le cardon d'Efpagne.

(2) Pierre d'Efpinac, déja nommé.

(3) Guillaume de Brie, Sieur de la Mothe Serrand, Gentilhomme Angevin. Voïez le *Sommaire de la Généalogie de la Maifon de Brie*, dans les Remarques de l'Abbé Ménage fur la vie de Guillaume Ménage, *in-4°*. pag. 307, & fuiv. Guillaume de Brie fut fupplicié à Tours pour fes crimes.

(4) Guillaume ou Martin du Bofc, Sieur d'Efmandreville. Il étoit Gouverneur de Sainte Menehoult pour la Ligue en 1588.

De lui, & de fa femme, Ifabeau le Moine, font defcendus les autres Seigneurs d'Efmandreville.

(5) Pierre Senault, un des Principaux de la faction des Seize, Pere de Jean François Senault, qui a été Général de la Congregation de l'Oratoire, & auffi fidéle au Roi & à l'Etat, que fon pere leur avoit été infidele. Pierre avoit été Clerc au Greffe de la Cour de Parlement, & il fut Greffier du Confeil de la Ligue. Il fut chaffé de Paris le 30 Mars 1594.

(6) Buffi le Clerc, Procureur de la Cour, l'un des Seize, qui emprifonna le Parlement, & fut depuis Gouverneur de la Baftille.

(7) Ce Poète étoit Philippe Defportes, Abbé de Tiron. On le nomme Poète de l'Amirauté, parcequ'il s'étoit retiré auprès de l'Amiral de Villars, coufin germain d'Anne de Joyeufe. Il avoit eu auffi l'Abbaye de Bon-Port.

que François, s'ingere de s'oppofer aux vulpines entreprifes des
Ennemis de l'Etat, pourvû qu'aïez un grain de ce Catholicon
fur la langue, il vous fera permis de les accufer de vouloir laiffer
perdre la Religion.

XVIII.

Que quelques bons Prédicateurs, non pédans, foient fortis des
Villes rebelles, pour aider à défenforceler le fimple Peuple, s'ils
n'ont un brin de *Higuiero* dans leur bonnet, ils s'en peuvent bien
retourner.

XIX.

Que l'Efpagne mette le pied fur la gorge de l'honneur de la France, que les Lorrains s'efforcent de voler le légitime héritage aux
Princes du Sang Roïal, qu'ils leur débattent, non moins furieufement que cauteleufement, qu'ils leur difputent la Couronne, fervez-vous là-deffus de Catholicon, vous verrez qu'on
s'amufera plutôt à voir hors de faifon quelque difpute *de la Chape à l'Evêque* (1), qu'à travailler à rames & à voiles, pour faire
lâcher prife aux Tyrans Matois qui tremblent de peur. C'eft à
peu près la moitié des Articles que contenoit la Pancarte du
Charlatan Efpagnol; le temps vous fera voir les autres.

Quant au Charlatan Lorrain, il n'avoit qu'un petit fcabeau
devant lui, couvert d'une vieille ferviette, & deffus une tire-
lire d'un côté, & une boîtè de l'autre, pleine auffi de Catholicon, dont toutesfois il débitoit fort peu, parcequ'il commençoit à s'éventer, manquant de l'ingrédient plus néceffaire,
qui eft l'or, & fur la boîte étoit écrit, *fin Galimathias, aliàs
Catholicon, compofé pour guérir des Ecrouelles.* Ce pauvre Charlatan ne vivoit que de ce métier, & fe morfondoit fort, combien qu'il fût affublé d'un gaban (1) fourré, tout pelé; à caufe
de quoi les Pages l'appelloient Monfieur de Pellevé: & pour
autant que le Charlatan Efpagnol étoit fort bouffon & plaifant, ils l'appelloient Monfieur de Plaifance: à la vérité, la
Drogue de ceftui-ci étoit fouveraine. J'ai vu Monfieur d'Aumale, Comte de Boulogne, qu'elle a guéri de la jauniffe faf-

(1) On appelle ainfi la difpute du Droit d'un tiers.
(2) Ou Caban, c'eft-à-dire une Cape ou Cafaque.

franée (1), dont il languiſſoit : le Poète de l'Amirauté (2) en a été guéri de la Gratelle, dont il étoit rongé juſqu'aux os : le Greffier Senault, de la Caqueſangue (3) : plus de dix mille Zelés, du haut mal de la corde, & un millier qui s'en alloient mourir en Chartre, ſans cet *Higuiero ;* & ſi le Concierge de Verneuil (4) eût eu en temps & lieu de cette Drogue, il ſe fut bien paſſé de lever la Fierte de Saint Romain de Rouen (5). M. de Mayenne en prend tous les jours dans un poiſſon de lait d'âneſſe, pour guérir du plus déloïal & malin hocquet du monde. Le Duc de Savoie en avoit auſſi pris pour guérir de la Boulimie (6) & gloutonnie ; mais il revomit tout, le pauvre homme. Il y a de pires Saints en Bretagne que le Catholique Valet (7) de Monſieur de Fontaines (8), Gouverneur de Saint Malo, qui coupa la gorge à ſon Maître en ſon lit, moïenant deux mille écus, pour notre Mere Sainte Egliſe : le dévot Chrétien eſt, par les bas-Bretons, eſtimé un ſecond ſaint Yves (9), pource qu'il n'eſt jamais dégarni de *Higuiero* & Catholicon. En ſomme, tous les cas réſervés en la Bulle, du Jeudi abſolu, ſont abſous à pur & à plain par cette quinteſſence Catholique Jéſuite Eſpagnole.

(1) Couleur d'un homme accablé de dettes.

(2) Deſportes, Abbé de Tiron.

(3) Flux de ſang.

(4) C'étoit Théodore de Liguery ou des Ligneris, Gentilhomme du Païs Chartrain.

(5) La Fierte Saint Romain eſt un Privilége accordé pour pouvoir ſortir de priſon. On peut voir ſur cela les Plaidoïers de Monſtreuil, & autres ſur ce ſujet ; & les Remarques ſur la Satyre Ménippée, *in 8°.* p. 38, & ſuiv.

(6) Faim canine.

(7) Il fit cette méchante action à l'inſtigation de M. de Mercœur, pour avoir ſon argent & ſes meubles qui étoient dans le Château de Saint Malo : le Duc de Mercœur avoua le fait en 1590.

(8) Honoré de Bueil des Fontaines, Vice-Amiral de France. Il avoit été premier Ecuïer du Roi Charles IX, & l'un de ſes principaux Favoris.

(9) Saint Yves étoit Breton.

ABBREGE'

ABRE'GE' DES ETATS DE PARIS,

CONVOQUE'S AU DIXIEME DE FEVRIER 1593,

Tiré des Mémoires de Mademoiselle de la Lande (1) *alias la Bayonnoise, & des secrettes confabulations d'elle, & du Pere Commolet* (2).

MOnsieur le Duc de Mayenne, Lieutenant de l'Etat & Couronne de France, le Duc de Guise, le Connétable d'Aumale, le Comte de Chaligni, Princes Lorrains, & les autres Députés d'Espagne, Flandres, Naples, & autres Villes de l'Union, étant assemblés à Paris, pour se trouver aux Etats convoqués au dixieme Février 1593, voulurent devant que commencer une si sainte Œuvre, que fut faite une Procession (3), pareille à celle qui fut jouée en la présence de Monsieur le Cardinal Gayetan. Aussi-tôt dit, aussi-tôt fait; car Monsieur Roze n'a guères Evêque de Senlis (4), & maintenant Grand Maître du College de Navarre, & Recteur de l'Université, fit le lendemain dresser l'appareil & les Personnages, par son plus ancien Bedeau. La Procession fut telle : ledit Recteur Roze quitta sa capeluche rectorale, prit sa robe de Maître ès Arts, avec le camail & le roquet, & un hausse-col dessous : la barbe & la tête rasée tout de frais, l'épée au côté, & une pertuisane sur l'épaule; les Curés Amilton, Boucher, & Lincestre (5), un petit plus bisarement armés, faisoient le premier rang, & devant eux marchoient trois petits Moinetons & Novices, leurs robes troussées, aïant chacun le casque en tête dessous leurs capuchons, & une rondache pendue au col, où étoient

---

(1) Cette Demoiselle servoit à Madame de Nemours pour plusieurs intrigues.

(2) Commelet, Jésuite. On en a parlé ci-devant.

(3) On prétend que cette Procession est imaginaire. » Il n'y eut point d'autre Pro- » cession, dit *Maimbourg*, que celle que » firent tous les Députés quand ils allerent » (le 12 de Mai 1593) faire leurs Dévo- » tions à Notre Dame. Celle dont parle ici » la Satire Ménippée, & qu'on voit enco- » re aujourd'hui dans plusieurs Estampes, » n'est autre que la Montre des Ecclésiasti- » ques & des Religieux que l'Auteur de

» cette Satire a transportée du Siége de Pa- » ris aux Etats de la Ligue, en la dégui- » sant en Procession, pour rendre son Ou- » vrage plus divertissant «.

(4) Roze ne jouissoit plus de l'Evêché de Senlis, qu'il avoit eu de la grace de Henri III.

(5) Jean *Hamilton*, Ecossois, Curé de Saint Côme. Jean *Boucher*, Curé de Saint Benoît, dont on a déja parlé ailleurs. Jean *Guincestre*, *Vincestre*, ou *Lincestre*, Curé de Saint Gervais : Tous trois furieux Ligueurs.

peintes les Armoiries & Devifes defdits Seigneurs. Maître Jacques Pelletier, Curé de Saint Jacques (1) marchoit à côté, tantôt devant, tantôt derriere, habillé de violet, en Gendarme Scholaftique, la couronne & la barbe faite de frais, une brigandine (2) fur le dos, avec l'épée & le poignard, & une hallebarde fur l'épaule gauche, en forme de Sergent de bande, qui fuoit, pouffoit & haletoit, pour mettre chacun en rang, & ordonnance. Puis fuivoient de trois en trois cinquante ou foixante Religieux, tant Cordeliers que Jacobins, Carmes, Capucins, Minimes, Bons Hommes, Feuillants & autres, tous couverts avec leurs capuchons, & habits agrafés, armés à l'antique Catholique : entr'autres y avoit fix Capucins, aïant chacun un morion en tête, & au-deffus une plume de coq, revêtus de cottes de mailles, l'épée ceinte au côté par-deffus leurs habits, l'un portant une Lance, l'autre une Croix, l'un un Epieu, l'autre une Arquebufe, & l'autre une Arbalête, le tout rouillé, par humilité Catholique : les autres, prefque tous, avoient des piques qui branloient fouvent, par faute de meilleur paffetemps, horsmis un Feuillant boiteux (3), qui, armé tout à crud, fe faifoit faire place avec une épée à deux mains, & une hache d'armes à fa ceinture, fon breviaire pendu par derriere, & le faifoit bon voir fur un pied, faifant le moulinet devant les Dames (4). A la queue y avoit trois Minimes, tous d'une parure : favoir, eft, aïant fur leurs habits chacun un plaftron à courraies, & le derriere découvert, la falade en tête, l'épée & piftolet à la ceinture, & chacun une arquebufe à croc, fans fourchette. Derriere étoit le Prieur des Jacobins (5), en fort bon point, trainant une halebarde de gauchere, & armé à la légere en morte-paie. Je n'y vis ni Chartreux, ni Céleftins, qui s'étoient excufés fur le commerce. Mais tout cela marchoit en moult belle Ordonnance Catholique Romaine : & fembloient les anciens Cranequiniers (6) de France. Ils voulurent

---

(1) Curé de Saint Jacques-la-Boucherie. Il fut obligé de fortir de Paris, après la réduction de cette Ville à l'obéiffance de Henri IV. Au refte, il fe nommoit *Julien* Pelletier, & il étoit frere de Jean & Jacques Pelletier, connus par leurs Ouvrages. Voïez la Bibliotheque Françoife du Sieur de la Croix-du-Maine.

(2) Brigandine, forte de cotte de maille.

(3) Bernard de Montgaillard, dit le petit Feuillant, qui fe retira depuis en Flandres, où il a vécu long-temps ; il eut l'Abbaïe d'Orval, dans le Comté de Chini, à deux lieues de Montmédi. Voïez les Remarques fur la Satire Ménippée, *in-8o.* p. 53, & fuiv.

(4) Ce fait, transporté ici, étoit arrivé au Siége de Paris en 1590.

(5) Ce Prieur étoit mort au temps dont on parle ici.

(6) C'eft-à-dire, Arbalétriers. Cranequin fignifie un bandage de fer avec lequel on bandoit les arbalêtres.

en paſſant faire une ſalve, ou eſcopeterie : mais le Légat leur
défendit, de peur qu'il ne lui meſavînt, ou à quelqu'un des
ſiens, comme au Cardinal Cayetan (1). Après ces beaux Peres,
marchoient les quatre Mendians, qui avoient multiplié en pluſieurs Ordres, tant Eccléſiaſtiques que Séculiers : puis les Pa-
roiſſes : puis les Seize, quatre à quatre, depuis reduits à douze (2), & habillés de même, comme on les joue à la Fête des
Torches en plein jour. Après eux marchoient les Prévôts des
Marchands & Echevins, bigarrés de diverſes couleurs (3), puis
la Cour de Parlement telle quelle, les Gardes Italiennes Eſpagnoles & Wallonnes de Monſieur le Lieutenant : puis les
cents Gentilshommes, de frais gravés par la Sainte Union, &
après eux quelques Veterinaires (4) de la Confraire Saint Eloy.
Suivoient après, Monſieur, tout doucement : le Cardinal de
Pellevé, tout baſſement : & après eux, Monſieur le Légat,
vrai miroir de parfaite beauté (5), & devant lui, marchoit le
Doïen de Sorbonne; avec la Croix, où pendoient les Bulles du
pouvoir. Item, venoit Madame de Nemours, repréſentant la
Reine Mere (6), ou grand Mere (*in dubio*) du Roi futur, &
lui portoit la queue, Mademoiſelle de la Rue, fille de noble
& diſcrette perſonne Monſieur de la Rue (7), ci-devant Tailleur d'habits ſur le Pont Saint Michel, & maintenant un des
cent Gentilshommes & Conſeillers d'Etat de l'Union, & la
ſuivoient Madame la Douairiere de Montpenſier (8), avec ſon
écharpe verte, fort ſale d'uſage, & Madame la Lieutenante de
l'Etat & Couronne de France (9), ſuivie de Meſdames de Belin & de Buſſi le Clerc. Alors s'avançoit & faiſoit voir M. le
Lieutenant, & devant lui deux Maſſiers, fourrés d'hermines, &
à ſes flancs deux Wallons, portans hocquetons noirs, tous parſe-
més de Croix de Lorraine rouges, aïant devant & derriere une
Deviſe en broderie, dont le corps repréſentoit l'Hiſtoire de
Phaéton, & étoit le mot, *In magnis voluiſſe ſat eſt.* Arrivés

(1) C'eſt qu'il y eut un homme tué à la
pottiere de ſon carroſſe.
(2) Parceque le Duc de Mayenne en
avoit fait pendre quatre; ſavoir, Louchard,
Auroux, Ameline & Aimonot.
(3) A cauſe de leurs robes. Il y en avoit
pluſieurs qui étoient ſerviteurs du Roi.
(4) Maréchaux de la Ligue. *Vétérinaire*,
art de ferrer les chevaux; mis ici par équi-
voque au mot *Véteran*. Les Maréchaux de
la Confrérie de Saint Eloy; ſont les Maré-

chaux ferrans les chevaux.
(5) On prétend qu'il étoit fort laid.
(6) A cauſe que le Duc de Mayenne ſon
fils, & le Duc de Guiſe ſont petit-fils prétendoient à la Couronne.
(7) Jean de la Rue, Tailleur d'habits,
Emiſſaire des *Seize*.
(8) Catherine-Marie de Lorraine,
(9) Henri de Savoie, Ducheſſe de Lorraine.

qu'ils furent tous en cet équipage en la Chapelle de Bourbon, Monfieur le Recteur Roze quittant fon hauffe-col, fon épée & pertuifanne, monta en Chaire, où aïant prouvé par bons & valides argumens, que c'étoit à ce coup que tout iroit bien, propofa un bel expédient, pour mettre fin à la guerre dans fix mois pour le plus tard, ratiocinant ainfi : En France, y a dix-fept cens mille clochers (1), dont Paris n'eft compté que pour un, qu'on prenne de chacun clocher un homme Catholique foldoïé aux dépens de la Paroiffe, & que les deniers foient maniés par des Docteurs en Théologie, ou pour le moins gradués nommés, nous ferons douze cents mille Combattans, & cinq cens Pionniers. Alors tous les Affiftans furent vus tréffaillir de joie, & s'écrier, ô coup du Ciel ! puis exhorta vivement à la guerre, & à mourir pour les Princes Lorrains, & fi befoin étoit, pour le Roi Très Catholique, avec telle véhémence, qu'à peine pût-on tenir fon Regiment de Moines & Pedans, qu'ils ne s'encouruffent de ce pas attaquer les Forts de Gournai & Saint Denis ; mais on les retint avec un peu d'eau benite, comme on appaife les mouches & freflons avec un peu de pouffiere. Le Sermon fini, la Meffe fut chantée en haute note par Monfieur le Révérendiffime Cardinal de Pelevé, à la fin de laquelle les Chantres entonnerent un motet, commençant, *Hos brevitas fenfûs, hos brevitas cenfûs, fecit conjungere fimul.* Lors, tous ceux qui devoient être de l'Affemblée, accompagnerent Monfieur le Lieutenant au Louvre, le refte fe retira en confufion qui çà, qui là, chacun chez foi.

TAPISSERIES DONT LA SALLE DES ETATS FUT TENDUE.

OR, devant que vous parler des Cérémonies, & de l'Ordre des Séances defdits Etats, il ne fera pas hors de propos de vous figurer la difpofition de la falle où l'Affemblée fe devoit faire. La charpenterie & échafaudage des fiéges étoit toute femblable à celles des Etats qui furent tenus à Troyes, fous le Roi Charles VI, à l'inftance & pourfuite du Roi d'Angleterre & du Duc de Bourgogne, lorfque Charles VII, Dauphin, & vrai héritier de la Couronne de France, fut, par lefdits Etats

---

(1) L'avis des dix-fept cens mille clochers fut propofé par Jacques Cœur au Roi Charles VII ; & c'eft de cela que l'Auteur fe moque ici.

dégradé, & déclaré incapable de fuccéder au Roïaume, lui &
tous fes Adhérans & Fauteurs excommuniés, agravés & réagra-
vés, cloches fonnantes, & chandelles éteintes, puis bannis *ad*
tempus. Mais la tapifferie, dont ladite falle étoit tendue, de
douze piéces ou environ, fembloit être moderne, & faite exprès, richement étoffée à hauteliffe, & le dais de même, fous
lequel devoit être affis Monfieur le Lieutenant.

À un des côtés & pente du dais par le dedans étoit repréfenté au vif un Sertorius, habillé à la Françoife, parmi des Efpagnols, confultant une Biche fée, dont il difoit entendre la
volonté des Dieux. En l'autre pente étoit l'effigie de Spartacus,
haranguant fon armée d'Efclaves, qu'il avoit fait armer & révolter contre l'Empire Romain. En la troifieme étoit le portrait dudit Perfonnage, aïant un flambeau dans la main, qui
venoit de mettre le feu en un Temple, & au bas de la pente y
avoit écrit, *fi aquâ non poffum, ruina extinguam*. La quatrieme ne fe pouvoit voir, à caufe de l'obfcurité contre fon jour.
Au-deffus de la tête, & au fond dudit dais étoit un Crucifix à
la Stampe moderne de Paris, aïant la main gauche attachée à
la Croix, & la droite libre, tenant une épée nue, où étoit en-
touré ce dictum. *Super te, & fuper Sanguinem tuum*. Par le dehors des trois pentes de devant étoient fort bien élabourées les
chutes d'Icare & de Phaéton, & faifoit fort beau voir les fœurs
de ce Juvenceau fe métamorphofer en arbres de peupliers, dont
l'une, qui s'étoit rompu une hanche (1), en courant pour fé-
courir fon frere, reffembloit naïvement à la Douairiere de
Montpenfier, toute déchevelée.

La premiere piéce de Tapifferie proche du dais étoit l'Hiftoire
du Veau d'or, figure du feu Duc de Guife, haut élevé, & adoré par le Peuple, & au bas de la piece étoient écrits ces mots, *in*
die ultionis vifitabo & hoc peccatum eorum (2).

La feconde piece étoit un grand Païfage de diverfes Hiftoires anciennes & modernes, diftinctes & féparées l'une de l'autre, & néanmoins fe rapportant fort ingenieufement à même
perfpective. Au plus haut fe voïoit repréfentée la belle entrée
de nuit que fit le Duc Jean de Bourbon à Paris, & quand les
Parifiens crierent Noel dès la Toufflaint (3).

(1) C'eft par allufion; parce que la Douairiere de Montpenfier, fœur de M. de Guife,
étoit boiteufe.

(2) La defcription de cette premiere Piéce
eft plus étendue dans l'édition de la Satire

Ménippée, à Ratifbonne, *in*-8°. 1714.

(3) En figne de réjouiffance, parceque le
Roi prit les Faubourgs de Paris le jour de
la Toufflaints, où il y eut beaucoup de Parifiens tués.

A un des coins étoit la Harelle (1) de Rouen, où un Marchand, appellé le Gras, étoit élu Roi par la Populace. A l'autre coin étoit la Jaquerie de Beauvoisin (2), avec leur Capitaine Caillet. Au coin d'enbas étoient les Pourcelets (3) ligués de Lyon; & à l'autre coin, les faits héroïques des anciens Maillotins (4), sous les Capitaines Simonnet Caboche & Jacques Aubriot, Rois des Bouchers & Ecorcheurs : le tout en personnages racourcis, ne servant que de Païsage. Mais au fond & milieu de la piéce étoient figurées les barricades de Paris, où l'on voïoit un Roi simple & bon Catholique, & qui avoit tant fait de bien, & donné tant de Priviléges aux Parisiens, être chassé de sa Maison, & assiegé de toutes parts, avec tonneaux, & barriques, pour le prendre. Là étoient représentés plusieurs braves stratagêmes (5), des Sires qui menoient Tremont, Chastigneraye, Flavacourt, & autres batteurs de pavé, au lieu d'honneur ; & au bas de ladite Piéce étoit écrit ce Quatrain,

Jupiter de ses Tonneaux
Le bien & le mal nous verse ;
Mais par ceux-ci tous nouveaux
Il met tout à la renverse.

La troisieme piece contenoit l'Histoire d'Absalon, qui barricada son Pere & le chassa de la Ville de Jerusalem, aïant gagné & corrompu par caresses indignes, les plus abjets & faquins du menu Peuple ; puis se voïoit la punition qu'il en reçut, & comment Achitophel, son mauvais Conseiller, finit malheureusement ses jours. Tous les visages étoient approchant d'aucuns desdits Etats, & se reconnoissoient aisément, le Président Jeannin (6), Marteau (7), Ribault (8), & autres, à qui

(1) On a expliqué ce mot ci-dessus.
(2) Sédition en Beauvoisis, dont le Chef se nommoit Jacques, ou fut nommé Jacques Bonhomme. Cette sédition arriva sous le Roi Jean l'an 1358.
(3) Ainsi nommés, parce que ce fut dans un tripot nommé le Pourcelet, où il y avoit un Cabaret, & où l'on résolut d'abbattre & ruiner la Citadelle.
(4) Du temps de Charles VI, l'an 1413 : ils furent ainsi nommés à cause des maillets dont ils se servoient, qu'ils avoient trouvés dans l'Hôtel de Ville de Paris. Sous le même Roi, Caboche, Ecorcheur de la grande boucherie de Paris, révolta le Peuple ;

& ces mutins furent de-là appellés Cabochiens. Voïez Juvenal des Urfins sur les années 1412 & 1413.
(5) Parce qu'ils ne faisoient rien que par ruses & finesses.
(6) Le Président Jeannin fut ajouté au Conseil des Quarante, & alla en Espagne de la part de M. de Mayenne.
(7) La Chapelle Marteau, Maître des Comptes, Prévôt des Marchands de Paris, député aux Etats de Blois, où il fut quelque temps prisonnier. Il fut Sécretaire d'Etat de la Ligue.
(8) Ribault étoit Trésorier du Duc de Mayenne.

le feu Duc de Guise faifoit tant de bonadies aux Etats de Blois. Auffi fe voïoient Choulier (1), la Rue, Pocart (2), Senaut, & autres Bouchers, Maquignons, jufqu'aux Cureurs de foffes, tous gens d'honneur de leur métier, que ledit défunt baifoit en la bouche par zéle de Sainte Union (3).

La quatrieme repréfentoit en gros les faits d'armes des anciens & modernes Affaffins, autrement appellés Bedoins & Arfacides (4), qui ne craignoient d'aller tuer jufqu'à la chambre, & jufqu'au lit, ceux que leur Prince imaginaire, Aloadin, furnommé le vieil de la Montagne, leur commandoit. Entr'autres, y avoit deux figures plus apparentes, l'une d'un Comte de Tripoli, affaffiné par un Sarrazin Zélateur de fa fuperftition, en lui baifant les mains : & l'autre d'un Roi (5) de France & de Pologne, proditoirement frappé d'un couteau, par un Moine (6), débauché Zélateur, en lui préfentant à genoux une lettre miffive, & fur le front dudit Moine étoit écrit en groffes Lettres l'Anagrame de fon nom, Frere Jacques Clément; *C'eft l'Enfer qui m'a créé.*

En la cinquieme fe voïoit la bataille de Senlis, où Monfieur d'Aumale (7) fut fait Connétable, & lui étoient baillés les éperons aîlés & zélés, par M. de Longueville, Prince politique (8), & par la Noue Bras de fer (9), & Givri (10), fon Suffragant. Au tour d'icelle étoient écrits ces Vers par quatrains (11):

> A chacun Nature donne
> Des pieds pour le fecourir,
> Les pieds fauvent la perfonne :
> Il n'eft que de bien courir.

Ce vaillant Prince d'Aumale

(1) Choulier étoit Clerc de la Cour des Aydes.

(2) Pocart étoit Potier d'étaim.

(3) Ce baifer s'étoit introduit à la Cour de Henri III.

(4) On nomme *Bedoins* les Arabes qui ne vivent que de pillage; & *Arfacides* les defcendans d'Arfaces, qui s'étoit emparé du Roïaume des Parthes.

(5) Henri III.

(6) Jacques Clément, Jacobin.

(7) Il perdit la bataille de Senlis, & fe fauva à la fuite. C'eft pour cela qu'on l'appelle Connétable de la Ligue, & qu'on lui donne de grands éperons.

(8) Henri d'Orléans de Longueville, appellé Prince politique, parcequ'il fouhaitoit la paix.

(9) François de la Noue, dit bras de fer, parcequ'il avoit un bras de fer.

(10) Anne d'Anglure Sieur de Givry, Gouverneur de Brie, tué au Siége de Laon en 1594.

(11) Ces Vers font du célebre Pafferat, fi connu par fes Poéfies & par fes Harangues; & qui a été Profeffeur d'éloquence au Collége Roïal à Paris. Il étoit de Troyes en Champagne. Il eft Auteur des autres Vers répandus dans la Satyre Ménippée.

Pour avoir fort bien couru,
Quoiqu'il ait perdu fa male,
N'a pas la mort encouru.

Ceux qui étoient à fa fuite
Ne s'y endormirent point,
Sauvans par heureufe fuite
Le moule de leur pourpoint.

Quand ouverte eft la barriere,
De peur de blâme encourir,
Ne demeurez point derriere :
Il n'eft que de bien courir.

Courir vaut un diadême.
Les Coureurs font gens de bien.
Tremont (1), & Balagni (2) même,
Et Congis (3) le favent bien.

Bien courir n'eft pas un vice :
On court pour gagner le prix.
C'eft un honnête exercice,
Bon Coureur n'eft jamais pris.

Qui court, eft un homme habile,
Et a des pieds pour confort :
Mais Chamois & Meneville (4)
Ne coururent affez fort.

Souvent celui qui demeure
Eft caufe de fon méchef :
Celui qui fuit de bonne heure
Peut combattre derechef (5).

(1) Tremont étoit Capitaine des Gardes
du Duc de Mayenne. Il eut le Gouvernement de la Baftille, après Buffy-le-Clerc en
1591.
  (2) Balagni étoit celui qui s'étoit emparé
de la Ville de Cambrai. Il fe nommoit
Jean de Montluc Balagny, & étoit fils de
Jean de Montluc, Evêque de Valence.
  (3) Congis, Chevalier du Guet, qui paffoit pour un grand Poltron.
  (4) Ils furent tous deux tués. Le premier
fe nommoit Defclavolles - Chamois, ou
plutôt, Guedon Sieur d'Efclavolles & de

Chamois. Il avoit été l'un des Gentilshommes de la Chambre du feu Duc d'Anjou.
Il fervit la Ligue avez zele, & fut tué,
foit à la bataille de Senlis, ou peu de jours
auparavant, à une fortie de ceux de la Ville. Brantome en parle dans fes Hommes
Illuftres. Le fecond étoit François de Ro-
cherolles de Meneville, Lieutenant pour le
Duc de Mayenne au Gouvernement de Paris & de l'Ifle de France.
  (5) On promettoit aux Parifiens de retourner aux ennemis.

1593.
SATYRE
MÉNIPPÉE.

Il vaut mieux des pieds combattre
En fendant l'air & le vent ,
Que se faire occire ou battre,
Pour n'avoir pris le devant.

Qui a de l'honneur envie ,
Ne doit pourtant en mourir.
Où il y va de la vie
Il n'est que de bien courir.

Et au coin de ladite Piéce , se voïoit le Jésuite Pigenat (1)
au lit malade, furieux & enragé de cette fortune , & attendant
la réponse de la Lettre qu'il avoit écrite en poste à Madame
Sainte Genevieve, bonne Françoise , s'il en fut jamais.

En la sixieme étoit dépeint le miracle d'Arques (2), où cinq
ou six cens déconfortés , prêts de passer la mer à nage, faisoient la nique , & mettoient en route , par les charmes du
Biarnois, douze ou quinze mille Rodomonts, fendeurs de na-
zeaux , & mangeurs de charrettes ferrées ; & ce qui en étoit
de plus beau , étoient les Dames de Paris aux fenêtres , & autres, qui avoient retenu place dix jours devant , sur les boutiques & ouvroirs de la rue Saint Antoine , pour voir amener le
Biarnois prisonnier, en triomphe , lié & bagué : & comment il
leur bailla belle , parcequ'il vint en autre habit, par les Fauxbourgs Saint Jacques & Saint Germain (3).

La septieme contenoit la bataille d'Ivri la Chauffée, où se
voïoient les Espagnols, Lorrains, & autres Catholiques Romains, par moquerie ou autrement , montrer leur cul aux Ma-
heustres, & le Biarnois tout échauffé, qui, à bride abbattue ,
talonnoit la fuïarde Union. Il y faisoit beau voir Monsieur le
Lieutenant, maudissant le dernier, & laissant le Comte d'Aiguemont pour les gages, trompé d'outre moitié de juste prix ,
s'en courir sur un cheval Turc, pour prendre Mante par le guichet, & dire aux Habitans en note basse & courte haleine (4).
*Mes amis sauvez moi & mes Gens. Tout est perdu : mais le Biar-
nois est mort.* Sur-tout y avoit un merveilleux plaisir d'y voir

(1) Frere du Curé de Saint Nicolas des
Champs à Paris ; tous deux Ligueurs.
(1) C'est la défaite d'Arques, que le Roi
Henri IV emporta sur la Ligue.
(3) L'Auteur désigne la prise desdits Faux-

bourgs.
(4) M. de Mayenne aïant perdu la bataille
d'Ivry, se sauva à Mante : mais il en trouva
la porte fermée, & l'on ouvrit seulement un
guichet par où il entra.

fagement inventorier fes coffres & bahus, & d'en voir religieufement aveindre l'Etendart de la Foi Catholique, où étoit
peint un Crucifix fur taffetas noir, avec l'infcription, *Aufpice
Chrifto* : tel qu'on le voit pendant en l'Eglife de Mante. C'eft
celui Etendart, Peuple Chrétien, qui devoit fervir d'oriflambe (1) à fes fucceffeurs Rois, à l'avenir, fi la corde n'eut rompu. Au coin de ladite tapifferie y avoit une danfe de Bergers
& Païfans, & auprès d'eux comme un tableau, dans lequel
étoit écrite cette Chanfon :

> Reprenons la danfe,
> Allons, c'eft affez :
> Le Printemps commence,
> Les Rois font paffés.
>
> Prenons quelque treve (2) :
> Nous fommes laffés :
> Ces Rois de la feve
> Nous ont haraffés.
>
> Un Roi feul demeure :
> Les fots font chaffés :
> Fortune à cette heure
> Joue aux pots caffés.
>
> Il vous faut tous rendre,
> Rois embarraffés,
> Qui voulez tout prendre,
> Et rien n'embraffez.
>
> Un grand Capitaine
> Vous a terraffés :
> Allons Jean du Mayne,
> Les Rois font paffés.

La huitieme étoit la repréfentation des Paradis de Paris, *in
plurali*, dedans lefquels & par-deffus le Ciboire, étoient les
Images de trois Saints (3) nouvellement imprimés depuis le
Calendrier Gregorien, portant jeûnes doubles : l'un d'iceux

(1) Oriflamme.
(2) Cette treve fut conclue peu aprés.
(3) Jacques Clément, Jacobin ; le Cardinal de Guife tué à Blois, & le Duc de Guife
fon frere, qui eut le même fort.

étoit habillé de noir & de blanc, en piégriaîche, aïant un petit couteau en la main, comme un coupeur de bourſe. L'autre étoit vêtu d'une ſoutane rouge, & d'une cuiraſſe par-deſ-ſous, & un chapeau de même à longs cordons, aïant en la main une coupe pleine de ſang, dont il ſembloit vouloir boire, & de la bouche lui ſortoit un Ecriteau en ces mots : *State in galeis, polite lanceas, & induite vos loricis.*

Le troiſieme étoit à cheval, comme Saint George, aïant à ſes pieds force Dames & Demoiſelles, à qui il tendoit la main (1) & leur montroit une couronne en l'air, à laquelle, en ſoupirant, il aſpiroit avec cette deviſe, *Difficilia quæ pulchra.* Le Peuple leur portoit force chandelles, & diſoit de nouveaux ſuffrages (2), attendant qu'ils fiſſent miracles, mais le vent emportoit & ſouffloit tout (3) : les bordures de ladite Piéce étoient de Proceſſions blanches, & de Sermons & *Te Deum* renforcés, où ſe voïoient en petit volume les faces de Boucher, Linceſtre, & le petit Feuillant (4), exhortant le Peuple à la paix par une figure nommée antiphraſe (5).

La neuvieme faiſoit voir au naturel une grande Géante, giſante contre terre, qui avortoit une infinité de viperes & monſtres divers, les uns intitulés Gaultiers, les autres Catillonnois (6), Lipans (7), Ligueurs, Catholiques zelés, & Château-verds : (8) & ſur le front de ladite Géante étoit écrit : *C'eſt belle Lutece, qui pour paillarder avec ſes Mignons, a fait tuer ſon pere & ſon Epoux.* Madame d'Eſpagne lui ſervoit de ſage-Femme & de nourrice, pour recevoir & allaiter ſon fruit.

En la dixieme étoit fort bien hiſtoriée la priſe de la Ville de Saint Denis, par le Chevalier d'Aumale, & y paroiſſoit le Sieur de Viq, & le Saint Apôtre de France qui lui fortifioit ſa jambe de bois (9) : & Saint Antoine des Champs, qui mettoit

(1) Le Duc de Guiſe étoit fort aimé des Dames.

(2) Les Ligueurs les regardoient comme des Saints, & auroient bien voulu qu'on les eût crus tels.

(3) C'eſt que les corps des Guiſes furent brûlés.

(4) On a déja fait connoître ces trois Ligueurs.

(5) C'eſt-à-dire qu'ils prêchoient la guerre.

(6) On a parlé ailleurs des *Gaultiers.* Les *Catillonnois* étoient ainſi nommés, parcequ'ils ſoutenoient le parti du Seigneur de Châtillon, Seigneur Picard, qui étoit aſſiegé en 1589 dans Neufchatel, par MM. de Hallot & de Givry, qui défirent ſept cens de ceux qui étoit venus à ſon ſecours, & prirent la place. Les Catillonnois pouvoient être auſſi nommés ainſi, parce qu'ils étoient ou Habitans, ou du reſſort de Catillon, petite Ville entre Amiens & Abbeville.

(7) Lipans, Ligueurs qui avoient ſuccédé aux Gaultiers.

(8) Qui fréquentoient les lieux de débauche.

(9) Dominique de Vic avoit été bleſſé à

le feu aux poudres, pour épouvanter les Parisiens. Au-deſſus de ladite Piéce étoit un Ecriteau contenant ces mots:

Saint Antoine pillé par un Chef des Unis,
Alla, comme au plus fort, s'en plaindre à Saint Denis,
Qui lui a, de ce tort, la vengeance promiſe.
Un peu de temps après, ce Pillard entreprit
De prendre Saint Denis: mais Saint Denis le prit,
Et vengea deſſus lui l'une & l'autre entrepriſe.

Et au bas étoit l'Epitaphe dudit Chevalier d'Aumale (1), comme il s'enſuit, fors qu'il ne faiſoit nulle mention qu'il fut mangé des rats & des ſouris:

Celui qui gît ici, fut un hardi Preneur,
Qui fît ſur Saint Denis, une fine entrepriſe:
Mais Saint Denis, plus fin que cet Entrepreneur,
Le prit, & le tua dedans ſa Ville priſe.

En la onzieme ſe voïoit au plus près la piteuſe contenance du pauvre Préſident Briſſon, & de ſes Diacre & Sous-Diacre (2), quand on leur parla de Confeſſion, en leur baillant l'Ordre de l'Union enſemble leur élévation en Greve, aïant le Préſident Briſſon deux Ecriteaux, l'un devant, où étoient écrits ces mots, *quæque ipſe miſerrima vidi*. Et l'autre derriere contenant, *& quorum pars magna fui*; & parce que ladite Piéce n'étoit aſſez large pour couvrir l'huis de l'entrée, à icelle étoit attachée une demi-Piéce de l'Apothéoſe ou Canoniſation des quatre d'entre les Seize; à ſavoir, Louchard, Ameline, Anroux, & Aimonnot (3), faiſant la longue Lettre (4), & à leurs pieds étoit écrit ce Quatrain,

Méchans pendards, qui les Juges pendez,
Impunité par-là vous prétendez:

ſa cuiſſe en Avril 1586, au Siége de Sainte Bazaille, où il ſervoit ſous le Duc de Mayenne. Depuis, dans une autre action, un coup de fauconneau lui avoir emporté tout le gras de la jambe droite: il ſervoit alors dans l'Armée du Duc d'Epernon. Il fut obligé de ſe faire couper la jambe vers 1589.

(1) On a parlé ailleurs du Chevalier d'Aumalle, & de ſa mort.

(2) MM. Larcher & Tardif. On a parlé ailleurs de leur mort, & de celle de Barnabé Briſſon.

(3) On a auſſi fait mention ailleurs de ces Ligueurs, & du ſort qu'ils ont eû.

(4) C'eſt-à-dire allongés comme un E.

Mais vous deviez tout le contraire attendre ;
Oncques Pendard ne put son Juge pendre (1).

La douzieme & derniere auprès des fenêtres, contenoit le portrait, fort bien tiré de son long, de Monsieur le Lieutenant, habillé en *Hercules Gallicus* (2), tenant en sa main des brides sans nombre, desquelles étoient encheveſtrés des veaux auſſi sans nombre. Au-deſſus de sa tête, comme en une nue, y avoit une Nymphe qui avoit un Ecriteau portant ces mots, *Gardez-vous de faire le veau* (3) ; & par la bouche dudit Sieur Lieutenant en sortoit un autre, où étoient écrits ces mots, *Je le ferai*. Voilà au plus près ce que je pus remarquer dedans ladite tapiſſerie. Quant aux bancs & siéges, où se devoient aſſeoir Meſſieurs les Etats, ils étoient tous couverts de tapis parsemés de croiſettes de Lorraine, noires & rouges, & de larmes mipar-ties de vrai & de faux argent, le tout plus vuide que plein, pour l'honneur de la fête.

DE L'ORDRE
TENU POUR LES SEANCES.

APRÈS que l'Aſſemblée fut entrée bien avant dedans la grande Salle ; approchant des dégrés où le dais étoit élevé & les chaires préparées, la place fut aſſignée à chacun par un Héraut d'Armes, intitulé Courte-joie Saint Denis (4), qui les appella tout haut par trois fois ainſi : Monſieur le Lieutenant, Monſieur le Lieutenant, Monſieur le Lieutenant de l'Etat & Couronne de France, montez là haut en ce Trône Roïal, en la place de votre Maître. Monſieur le Légat, mettez-vous *à latere*. Madame la Repréſentante la Reine Mere, ou Grand'Mere, mettez-vous de l'autre côté. Monſieur le Duc de Guiſe, Pair de la Lieutenance de l'Etat & Couronne de France, mettez-vous tout le fin premier pour ce coup, sans préjudice de

---

(1) Parcequ'il y a toujours des Juges pour les condamner.

(2) Hercule Gaulois. Celui dont on parle n'en avoit que l'habit ; il n'en avoit point la valeur. Le Duc de Mayenne avoit en effet gagné les cœurs des François rebelles, plutôt par de belles paroles & par de vaines promeſſes, que par aucune action de valeur

ou de vertu.

(3) Manquer par sa faute de réuſſir dans son entreprise.

(4) Parce que le Chevalier d'Aumale aïant surpris Saint Denis, où il fut tué, le bruit courut que Saint Denis étoit pris. Ainſi *courte-joie* à Paris.

vos droits à venir. Monfieur le Révérendiſſime Cardinal de Pelvé, Pair (1) *ad tempus* de la Lieutenance, mettez-vous vis-à-vis, & n'oubliez pas votre Calpin (2). Madame la Douairiere de Montpenſier, comme Princeſſe de votre chef, mettez-vous ſous votre neveu (3). Madame la Lieutenande, la Lieutenande de l'Etat (4), ſans préjudice de vos prétentions, mettez-vous contre elle. Monſieur d'Aumale, Connétable & Pair de la Lieutenance, à cauſe de votre Comté de Boulogne érigée en Pairie (5), mettez-vous côte à côte du Révérendiſſime, & gardez de déchirer ſa chape avec vos grands éperons. Haut & Puiſſant Comte de Chaligni, qui avez cet honneur d'avoir Monſieur le Lieutenant pour cadet, prenez votre place, & ne craignez plus Chiquot (6), qui eſt mort. Monſieur le Primat de Lyon, infaillible futur Cardinal de l'Union, Pair & Chancelier de la Lieutenance, laiſſez-là votre ſœur, & venez ici prendre votre rang. Monſieur de Buſſi le Clerc, jadis Grand Pénitencier du Parlement, & Grand Œconome ſpirituel de la Ville & Château de Paris, mettez-vous aux pieds de Monſieur le Lieutenant, comme Grand Chambellan de la Lieutenance. Monſieur du Saulſai (7), Pair & Grand Maître de la Lieutenance à faute d'autre, prenez ce bâton, & vous allez tout doucement ſeoir en ce ſiege mollet, préparé pour vous. Meſſieurs les Maréchaux de la Lieutenance, Rône, Dom Diego, Bois-Dauphin, & Signor Cornelio (8), voilà un banc pour vous quatre, ſauf à augmenter ou diminuer ſi le cas y échoit. Meſſieurs les Secretaires d'Etat, Marteau, Pericard, des Portes (9) & Nico-

(1) Il s'étoit fait pourvoir de l'Archevêché de Reims par le Pape Clément VIII.

(2) Dictionaire fort connu. L'Auteur le cite ici, parceque le Prélat dont il parle étoit tenu pout fort ignorant.

(3) C'eſt M. de Guiſe.

(4) Madame du Maine en la Confeſſion des Chefs de l'Union, parle ainſi :

> Mes Enfans j'ai défait à mon commencement,
> Pour ſaouler mon deſir un Cadet de Lorraine.
> Mon orgueil puis après m'a fait croire être Reine ;
> Qui a cauſé la mort de mon Roi innocent.

(5) Il ſe moque ici d'une entrepriſe qu'avoit faite M. d'Aumale ſur Boulogne par le moïen du Prévôt Vetus, qui fut pris par le Gouverneur de la Ville, & retenu longtemps en priſon, & délivré à la priere de M. de Guiſe. M. d'Aumale penſa être pris en l'exécution de ce deſſein : Pluſieurs des ſiens furent tués, & il y laiſſa ſon canon.

(6) Ce Chicot étoit Gaſcon, grand bouſſon, riche & vaillant. S'étant ſaiſi du Comte de Chaligni, lors du Siége de Rouen, le Comte lui donna un coup d'épée, dont il mourut quinze jours après.

(7) Il étoit frere du Cardinal Pellevé, & du Conſeil des Quarante.

(8) Ou Corneïo, dont on a déja parlé.

(9) Des Portes Baudouin, qui étoit Sécrétaire de M. du Maine, & qui a été depuis Intendant des Finances.

las (1), cette forme d'en bas est pour vous quatre, si les fesses de Monsieur Nicolas y peuvent tenir. Monsieur de Saint Paul (2) Comte de Réthelois à titre de précaire, n'approchez pas si près de Monsieur de Guise, de peur de l'échauffer, & vous tenez auprès du sieur de Rieux. Messieurs les Ambassadeurs d'Espagne, Naples, Lorraine, & Comté de Bourgogne, ce banc à main gauche est pour vous : & le banc à main droite, destiné pour les Ambassadeurs d'Angleterre, Portugal, Venise, Seigneurs, Comtes, & Princes d'Allemagne, Suisse, & Italie, qui font défaut, sera pour les Dames & Damoiselles, selon la date de leur impression.

Au demeurant, que tous les Députés prennent place à raison de leurs pensions. Telle fut à peu près la séance de Messieurs les Etats : le tout sans dispute pour les préséances, hormis que le Gardien des Cordeliers & le Prieur des Jacobins contesterent quelque peu, à qui iroit devant ; mais Madame de Montpensier se levant, bailla le dessus au Prieur des Jacobins, en commémoration, comme elle disoit, de Saint Jacques Clément. Il y eut aussi un peu de garbouil entre mes Dames de Belin & de Bussi (3) à l'occasion que l'une, aïant lâché quelque mauvais vent pseudocatholique, Madame de Belin dit tout haut à la Bussi ; allons Procureuse, la queue vous fume, vous venez ici parfumer les croix de Lorraine. Mais, Monsieur le Grand Maître du Saulsai, oïant ce bruit, & en sachant la cause, leur cria le bâton en la main ; tout beau, mes Dames, ne venez point ici conchier nos Etats, comme ma fille fit n'a pas long-temps le bal du feu Roi en cette salle même. Le bruit & la mauvaise odeur passés, Monsieur le Lieutenant commença à parler en cette façon, avec un grand silence & attention de Messieurs les Etats.

---

(1) Sécrétaire du Roi : Il étoit fort gros.
(2) Il étoit du Conseil des Quarante, né de bas lieu : sur quoi l'on peut voir M. de Thou dans son Histoire, Livre 110. L'Auteur de la Satyre l'appelle Duc de Rethelois, parcequ'il jouissoit de ce Duché. M. du

Maine le fit Maréchal de France de la Ligue. M. de Guise le tua de sa main à Reims le 16 Avril 1594.
(3) C'est la femme de Bussi-le-Clerc, duquel on a déja parlé.

HARANGUE DE MONSIEUR LE LIEUTENANT (1).

MESSIEURS,

Vous ferez tous témoins que depuis que j'ai pris les armes pour la Sainte Ligue, j'ai toujours eu ma confervation en telle recommandation, que j'ai préféré de très bon cœur mon intérêt particulier, à la caufe de celui qui faura bien fe garder fans moi, & fe venger de tous fes Ennemis ; même je puis dire avec vérité, que la mort de mes freres ne m'a point tant outré, quelque bonne mine que j'aie faite, que le defir de marcher fur les erres que mon Pere & mon bon Oncle le Cardinal m'avoient tracées, & dedans lefquelles mon Frere le balafré (2) étoit heureufement entré. Vous favez qu'à mon retour de mon expédition de Guyenne, que les Politiques appellent *Incagade*, je n'effectuai pas en cette Ville ce que je penfois, à caufe des Traîtres qui avertiffoient le Tyran leur Maître, & ne tirai autre fruit de mon voïage, que la prife de l'Héritiere de Caumont (3), que je deftinois pour femme à mon Fils. Mais le changement de mes affaires m'en fait à préfent difpofer autrement. Davantage, vous n'ignorez pas, que je ne voulus point engager mon armée à aucun grand exploit, ni fiege difficile, (en quoi toutesfois Caftillon (4) me trompa, que je penfois emporter en trois jours), afin de me réferver plus entier pour exécuter mes Catholiques deffeins. Quant à mon armée de Dauphiné, je lui fis toujours faire alte, & me tins aux écoutes, pour attendre fi aux Etats de Blois vous auriez affaire de moi. Mais les chofes y aïant pris le contrepied de nos fouhaits & attente, vous vîtes en quelle diligence je vous vins trouver en cette Ville, & avec quelle dextérité mon Coufin le Connétable d'Aumale, ci préfent, fit préalablement defcendre l'efprit de la Ligue en hâte fur une partie de Meffieurs de Sorbonne. Car auffi-tôt dit, auffi-tôt fait. Et de là font procédés tous nos beaux exploits de guerre ; de là

(1) Charles de Lorraine, Duc de Mayenne, fecond fils de François, Duc de Guife & d'Anne d'Eft.
(2) Henri de Lorraine, Duc de Guife, tué aux Etats de Blois le 23 Décembre 1588.
(3) Elle fut enlevée par ordre du Duc du Maine, pour la faire époufer à fon fils aî-

né. D'Aubray en parle dans fa Harangue ou plutôt celui qui a compofé cette Harangue fous le nom de d'Aubray : elle fut mariée au Comte de Saint Paul. Elle étoit fille de Geoffroy de Caumont, Seigneur Huguenot, à qui Jules Scaliger écrivoit fouvent.
(4) C'eft Châtillon fur la Dordogne.

ont

ont pris origine ces milliers de nos Martyrs François, qui font
morts de glaive, de faim, de feu, de rage, de défefpoir, &
autre violence, pour la caufe de la Sainte Union : de là eft venu le châtiment de tant de Piaffeurs, qui vouloient faire les
Galans, & s'accomparer aux Princes ; de là procedent la ruine
& démolition de tant d'Eglifes & Monafteres qui nuifoient à
la fûreté de nos bonnes Villes ; de tant de facs & pillages que
nos bons Soldats, francs Archers & Novices, ont fait en maintes Villes, Bourgs & Villages, qui ont fervi de curée aux bons
Enfans de la Meffe de minuit ; de tant de belles filles & femmes,
qui ont fans nôces, & malgré elles, été la proie de ces jeunes
Moines tout fraîchement défroqués & de ces Prêtres débauchés. Bref, celle eft la feule caufe du prompt & zélé Décret de
Meffieurs de notre Mere Sorbonne (1) après boire, qui a fait enfin
éclater force coups du Ciel. Et par notre bonne diligence, nous
avons fait que ce Roïaume, qui n'étoit qu'un voluptueux jardin de tout plaifir & abondance, eft devenu un grand & ample Cimetiere univerfel, plein de force belles Croix peintes,
Bieres, Potences & Gibets. Arrivé donc que je fus en cette
Ville, après avoir envoïé guérir la Ville d'Orléans de trop d'aife, & interdire le commerce de la Loire, qui entretenoit leurs
délices, j'en voulus autant faire en cette Ville ; & bien m'en
prit ; en quoi Madame ma Mere, ma Sœur, ma Femme, & la
Coufine d'Aumale, qui font ici pour m'en démentir, m'affifterent
fort Catholiquement ; car elles & moi n'eûmes autre plus grand
foin & follicitude qu'à faire fond pour la guerre, & en ce faifant foulager & décharger tous les dévots Habitans, bons Catholiques, de la pefanteur de leurs bourfes & vaquer curieufement de pieds & de mains à rechercher & nous faifir des
riches joïaux de la Couronne (2), à nous appartenant en ligne
collatérale, & par forfaiture (3) du Seigneur féodal. Nous

(1) On entend parler du Décret de Sorbonne contre Henri III, du 7 Janvier
1589, par lequel ceux qui l'ont rendu, déclarent les François déliés du ferment de
fidélité qu'ils doivent au Roi ; qu'ils peuvent s'armer contre lui pour la confervation
de la Religion. On peut voir ce qu'en dit
M. de Nevers en fon Traité de la prife des
Armes, pag. 290, & ailleurs.
(2) Le Duc de Mayenne fe raille de lui-
même, & de la Maifon de Guife, qui s'ap-
proprioit les joïaux de la Couronne, à l'ex-

clufion de la branche aînée de Lorraine, où
il y avoit un Prince, né de la fille de Henri
II.
(3) Raillerie contre la Maifon de Guife,
qui avoit pris pour prétexte de fes armes la
prétendue mauvaife adminiftration du Roi
Henri III, duquel tous les Princes de cette
Maifon étoient Vaffaux, n'y aïant que le
Vaffal qui puiffe commettre *forfaiture*, &
le Seigneur Féodal étant celui contre lequel
on la commet.

trouvâmes force tréfors inutiles ; nous découvrîmes à peu de
frais par la révélation d'un Catholique Maçon , & la fainte innocence de Monfieur Machault (que je nomme ici par honneur) le beau & ample Muguet de Molan (1) , non-obftant fes
Démons Gardiens , & fes Efprits Familiers , que ledit Machaut fut vertueufement conjurer , rempliffant à cachette d'é-
cus au Soleil le fond de fes chauffes. Et fans ce divin fecours ,
Meffieurs , vous favez que ne favions encore de quel bois faire
fleches ; dont la Sainte Union eft grandement redevable au foigneux ménagement dudit Molan , qui refufoit fi honnêtement
fon Maître & tous fes Amis , de leur aider d'argent , pour nous
le conferver fi à propos ; & n'oubliez de lui en faire chanter un
Salve , quoique foit lui promettre une Meffe la main levée ,
quand on lui fera faire fon teftament tout debout. Je ne veux
oublier les fomptueux meubles d'or , d'argent , tapifferies , &
autres richeffes que nous fîmes prendre , vendre & fubhafter ,
appartenans à ces méchans Politiques Roïaux , dont ma Coufine d'Aumale fit fort bien fon devoir , fouillant elle-même dedans les cabinets , & jufqu'aux foffes où elle favoit qu'il y eût
de la vaiffelle d'argent cachée. Tellement que dès lors notre
très cher Coufin fon Mari & elle , & fon grand Page , firent
grandement leurs befognes , & furent guéris de la jaloufie Catholique (2) , dont ils étoient enfafranés depuis les guerres de
leur Comté de Boulogne (3) , à eux catholiquement & légitimement dévolu par le mérite de leurs patenoftres & dévotes
Proceffions , non point par ufurpation & larcin domeftique ,
comme difent les Hérétiques relaps. Ce fait , pour montrer
ma libéralité & magnificence , après m'être affuré de plufieurs
Villes , Châteaux & Clochers , qui aifément fe laifferent perfuader aux bons Prédicateurs , auxquels j'avois fait part de mon
butin , je dreffai cette puiffante & glorieufe armée de vieux
Soldats aguerris , tout fraîchement émolus , que je menai avec
un grand ordre & difcipline tout droit à Tours , où je cuidai
dire comme un Céfar Catholique. *Je fuis venu , j'ai vu , j'ai*
vaincu. Mais ce Fauteur d'Hérétique (4) fit venir en pofte le

(1) Molan étoit Tréforier de l'épargne.
L'argent qu'il avoit dérobé au Roi & au
Public fut découvert le 5 Mars 1589 , par
quelques Domeftiques gagnés par Machault.
On trouva deux cens cinquante mille écus
d'or , & plufieurs beaux meubles.
(2) Il faut , *de la jauniffe Catholique* ,
c'eft-à-dire de la pauvreté , dont tous les

Particuliers , auffi bien que tous les Chefs
de la Ligue étoient généralement incom-
modés.
(3) Il prétendoit avoir droit au Comté
de Boulogne.
(4) Henri III qui fit venir le Roi de Navarre.

Biarnois, lequel je ne voulus attendre de trop près, ni le voir en face (1), de peur d'être excommunié ; & puis vous favez que la levée du Siege de Senlis, où mon Coufin ci-préfent a bien fait parler de lui, jointe à la défaite de Saveufe, me donnerent couverture de tourner vifage ; ce que je fis auffi volontiers, que vous, Meffieurs de Paris, le defiriez, & m'en requeriez ardemment ; depuis vous favez à quel point nous fûmes réduits, quand ce Tyran, fortifié de l'Hérétique, vint à notre barbe prendre Eftampes & Pontoife ; mais par les bonnes & dévotes prieres des Peres Jéfuites & l'interceffion de Madame ma Sœur, avec l'entremife de plufieurs Saints Religieux Confeffeurs, nous trouvâmes ce Saint Martyr, qui fit éclater ce coup du Ciel (2), & nous délivra de la mifere & captivité où nous étions près de tomber en peu de jours. Tellement qu'aïant pris haleine, & fait nouveaux deffeins, & nouveaux marchés avec notre bon Roi très Catholique & Pere nourricier, je levai les cornes hautes, & avec une gaillarde armée mi-partie, m'en allai hâter d'aller les Maheutres, qui, fuivant les bons avis qu'en avoit reçus madite Dame & Sœur, s'enfuïoient outre mer à petit train. Mais parcequ'ils ne trouverent leurs vaiffeaux prêts à Dieppe où je fus les vifiter, je me mis en devoir de les vous amener tous Prifonniers en cette Ville, & vous fouviendra bien avec quelle affurance je le vous promis, & avec quels préparatifs vous les attendiez (3). Toutesfois quand je vis que ces Hérétiques nous faifoient barbe de feure, & ne fe vouloient pas laiffer prendre fans mitaines, je fus en Flandres pour en chercher, & leur laiffai cependant faire cette bourafque aux Fauxbourgs de cette Ville, puis leur permis d'aller fe promener tout l'hyver à Vendôme, au Mans, Laval, Argentan, Faleze, Alençon, Verneuil, Evreux & Honfleur, que je leur laiffai tout exprès prendre, m'affurant bien que tôt après j'aurois tout leur butin en gros, quand ils fe feroient bien morfondus & laiffé mourir de froidure. Et de fait je leur fis bravement lever le pied à Dreux, & s'en fuffent fui s'ils m'euffent voulu croire. Mais vous favez que

---

(1) Lorfque le Duc de Mayenne eut reconnu que Henri III, qu'il vouloit forcer dans Tours, avoit été renforcé par les Troupes du Roi de Navarre animées par la préfence de leur Chef, il prit le parti de fe retirer fans bruit.

(2) Le Duc de Mayenne, dans fa Déclaration du mois de Décembre 1591, avoit défigné fous le nom de *coup du Ciel*, l'horrible parricide commis par Jacques Clément en la perfonne du Roi Henri III. Voïez, au T. VI. le Plaidoïer d'Antoine Arnauld, pour l'Univerfité contre les Jéfuites.

(3) On avoit fait courir le bruit que Henri III étoit prifonnier, & qu'on l'amenoit à Paris.

cette *tirelaiſſe* (1) nous coûte bon : car ces Méchans Politiques n'en vouloient qu'à moi , & m'euſſent vilené s'ils m'euſſent pû joindre ; de quoi je me ſus bien garder , par le bon exemple de mon Couſin de Nemours , & de mes Amés & Féaux auſſi Couſins les Duc & Chevalier d'Aumale, qui n'avoient oublié le chemins de Mante. Je ne puis , Meſſieurs , je ne puis parler de cette renverſe de fortune ſans ſoupirs & ſans larmes; car je ſerois maintenant tout à fait , vous ſavez bien quoi (2). Au lieu qu'il me fallut aller querir & mendier un Maître en Flandres , & ce fut là que je changeai ma couverture Françoiſe en cape à l'Eſpagnole, & donnai mon ame aux Démons méridionaux , pour dégager ce que j'avois de plus cher dedans cette Ville : mais je me fuſſe fait Valet de Lucifer , auſſi-bien que du Duc de Parme , pour faire dépit aux Hérétiques. Je ne veux paſſer ſous ſilence les artifices , ruſes & inventions dont j'ai uſé pour amuſer & retenir le Peuple, & ceux qui nous cuidoient échapper ; en quoi il faut reconnoître que Madame ma Sœur ci-préſente & Monſieur le Cardinal Cayetan (3) ont fait de ſignalés ſervices à l'Union, par ſubtiles nouvelles & *Te Deum* chantés à propos, & Drapeaux contrefaits en la rue des Lombards , qui ont donné occaſion à pluſieurs de mourir allégrement de mal rage de faim, plutôt que parler de paix ; & ſi on eut voulu croire M. Mendoze zélateur d'Eſpagne, & amateur de la France s'il en fut onc, vous n'auriez plus cette horreur de voir tant d'oſſemens aux Cimetieres de Saint Innocent & de la Trinité , & les euſſent les Dévots Catholiques réduits en poudre , bus & avalés & incorporés en leur propre corps (4), comme les anciens Troglodytes faiſoient leurs Peres & Amis trépaſſés. Faut-il que je récite les viles & ſerviles ſubmiſſions que je fis pour amener nos nouveaux Amis à votre ſecours ? & toutesfois je me ſuis témoin , que j'ai toujours eu mon deſſein à part, quelque choſe que je diſſe & offriſſe à ce bon Duc (5) : & me ſuis toujours réſervé avec mon Conſeil étroit de faire quelque choſe de bon , pour moi & les

(1) Parcequ'il fut battu à Ivry.
(2) Cela veut dire Roi.
(3) Cajétan. Henri Cajetan ou Gaëtan, Romain, fut fait Cardinal en 1585. Il mourut en 1599.
(4) M. de Thou rapporte ce fait à la famine qui déſola Paris au mois d'Août 1590. On dit que pour ôter tout ſcrupule aux Pariſiens de ſe faire du pain de la farine des

oſſemens qu'on pouvoit tirer des Cimetieres nommés ici , Bernardin de Mendoce, Ambaſſadeur parmi eux pour le Roi d'Eſpagne, les aſſura que dans une Ville de l'Empire Ottoman aſſiegée par les Perſes, les Turcs aſſiegés leur en avoient déja donné l'exemple.
(5) Le Duc de Parme , Alexandre Farneſe.

1593.
SATYRE
MÉNIPPÉE.

miens, en gardant les gages fi je puis ; & vienne qui voudra, je ne me défendrai que par force ; & trouverai toujours affez de difficultés pour exécuter ce qu'on me demande ; ni ne manquerai pas de Bulles & d'excommunications, *merci* (1) de M. le Légat, qui en fait tout le *tu autem*, pour embabouiner ceux qui y voudront croire. Nous avons déja pratiqué deux Illuftriffimes Légats, pour nous aider à vendre nos coquilles. Nous avons eu des pardons gratis, fans bourfe délier ; & favons bien. de quel biais il faut prendre notre Saint Pere, en le menaçant un petit de faire la paix, s'il ne nous accorde ce que lui demandons. Avons-nous pas eu de Rome des fulminations à tort & à travers contre nos Ennemis Politiques ? Les avons-nous pas fait excommunier & devenir noirs comme Diables ?

Nous avons fait continuer les Paradis à deffein ; nous avons embouché des Prédicateurs affidés & hypothequés fous bon titre ; nous avons fait renouveller les fermens aux Confrairies du Cordon & du Nom de Jefus (2) ; nous avons ménagé des Proceffions nompareilles, qui ont obfcurci le luftre des plus belles mommeries qui furent onques vues ; nous avons fait femer fous main par toute la France du Catholicon d'Efpagne, voire quelques doublons qui ont eu des effets merveilleux, jufqu'aux Cordons bleus politiques. Qu'euffe-je pû faire davantage, finon me donner aux Diables par engagement & avancement d'hoirie comme j'ai fait ? Lifez les livres de Jofeph de la guerre des Juifs ; car c'eft quafi un même fait que le nôtre, & jugez fi les zélateurs Simon & Jean ont eu plus d'inventions & déguifemens de matieres pour faire opiniâtrer le pauvre Peuple de Jérufalem à mourir de rage, de faim, que j'en ai eu pour faire mourir de la même mort, cent mille ames dedans cette Ville de Paris (3) jufqu'à faire que les Meres aient mangé leurs enfans, comme ils firent en cette facrée Cité. Lifez cette hiftoire, je vous prie,

(1) Pour, *graces à.*

(2) Les Articles de cette Confrerie du Nom de Jefus, qui s'affembloit en l'Eglife de Saint Gervais, furent imprimés par Bichon en 1590. Les Confreres juroient de vivre & mourir en la Foi Catholique, Apoftolique & Romaine, fous l'obéiffance du Roi Très Chrétien Charles X, & de M. du Maine fon Lieutenant ; promettoient de procurer la délivrance dudit Roi, de ne reconnoître jamais pour Roi aucun Prince Hérétique, nommément Henri de Bour-

bon, prétendu Roi de Navarre, relaps & excommunié par le Pape, & avant le maffacre des Princes Catholiques commis à Blois, déclaré incapable de ce Roïaume par les trois Etats tenus en la Ville de Blois ; de n'entendre à aucun parti de Traité de paix ou treve avec les Hérétiques & Catholiques fuivans le parti du Béarnois. Voïez la Satyre Ménippée, édit. de Ratifb. *in-8°.* p. 39 aux Notes.

(3) Voïez fur cela le tome IV. de ces préfens Mémoires.

& pour caufe ; & vous trouverez que je n'ai épargné non plus qu'eux les Reliques les plus faintes & uftenfiles d'Eglifes , que j'ai pu faire fondre pour mes affaires. J'ai cent fois violé ma foi particulierement jurée à mes Amis & Parens , pour parvenir à ce que je defire , fans en faire femblant ; & mon Coufin le Duc de Lorraine & le Duc de Savoie en fauroient bien que dire (1), les affaires defquels j'ai toujours poftpofées à la caufe de l'Eglife Gallicane , & à la mienne. Quant à la foi publique , j'ai toujours eftimé que le rang que je tiens m'en difpenfoit affez ; & les Prifonniers que j'ai retenus ou fait païer rançon (2) contre ma promeffe , ou contre la compofition par moi faite avec eux , ne me peuvent rien reprocher , puifque j'en ai abfolution de mon grand Aumônier & Confeffeur. Je ne parlerai point des voïages que j'ai fait faire vers le Biarnois (3) , pour l'amufer d'un accord où je ne penfai jamais ; les plus fins de mon Parti y ont été embarqués , & n'en ont fenti que la fraîcheur du rafoir , & cela ne doit déplaire à Ville-Roi, qui n'y eft allé qu'à la bonne foi , comme pouvez croire. J'en ai bien apâté d'autres , qui ne s'en vantent pas ; & qui ont traité pour moi à deux fins , tant pour hâter nos Amis de nous fecourir , que pour amufer nos Ennemis à la moutarde. Et fi le Biarnois eut voulu croire quelques-uns de fon Confeil, qui ont quelque grain de Catholicon fur la langue , & qui ont toujours crié qu'il ne falloit rien aigrir de peur de défefperer tout , nous aurions maintenant beau jeu ; au lieu que nous voïons que les Peuples fe font mis d'eux-mêmes à fouhaiter & demander la paix, chofe que nous devons tous craindre plus que la mort , & aimerois cent fois mieux me faire Turc ou Juif, avec la bonne grace & congé de notre Saint Pere, que de voir ces Hérétiques relaps , retourner jouir de leur bien , que vous & moi poffedons à jufte titre, & de bonne foi par an & jour, voire plus. Mes amis, que deviendrions-nous s'il falloit tout rendre ? S'il falloit que je revinffe à mon ancien état, comment entretiendrois-je mon plat, & mes Gardes (4)? Il me faudroit paffer par des Secretaires & Tréforiers de l'épargne tout nouveaux , au lieu que les nôtres paffent par mes mains. Mourons , mourons plutôt que d'en venir là ; c'eft une

(1) Il avoit promis à chacun d'eux en particulier de le faire élire Roi de France , & il fongeoit plutôt à le devenir lui-même.

(2) A Caftillon, Puy-Normand , & Montignac en 1586 ; & à Saint Ouin , près d'Am-

boife en 1589.

(3) Pour ces négociations & voïages , il faut voir les Apologies de M. de Villeroi.

(4) Le Dialogue du Mabeuftre & du Manant parle de ceci fort au long.

belle sépulture, que la ruine d'un si grand Roïaume que celui-ci, sous lequel il nous faut ensevelir, si nous ne pouvons grimper dessus. Jamais homme qui ait monté où je suis, n'en dévala que par force; il y a plusieurs portes pour entrer en la puissance que j'ai; mais il n'y a qu'une issue seule pour en sortir, qui est la mort. C'est pourquoi, voïant qu'un tas de Politiques qui sont parmi nous, nous rompoient la tête de leur paix, & de leur Monarchie Françoise, je me suis avisé de leur présenter une mommerie d'Etats, & après avoir différé tant que j'ai pu pour éluder & faire réfroidir les instantes poursuites de leurs Députés, je vous ai ici convoqués pour y donner ordre avec vous, & feuilleter ensemble leurs caïers, pour savoir où le mal leur tient, & qui sont nos Amis & nos Ennemis. Mais pour ne point vous en mentir, ce n'est que pour leur clorre le bec, & leur faire croire que nous travaillons fort pour le public, & entendons volontiers à faire accord. Car les bonnes gens pour cela n'en pisseront pas plus roide; je sais qu'il n'y a ici que de nos amis, non plus qu'aux Etats de Blois; & par conséquent je m'assure que voudriez tous autant pour moi, que pour chacun de vous, que moi, ou un Prince de notre Maison fût Roi, & vous vous en trouveriez bien. Si est-ce que cela ne se peut faire si-tôt, & y a encore une Messe à dire, & faudroit faire une grande brèche au Roïaume, parcequ'il en conviendroit donner une bonne partie à ceux qui nous y auroient aidés. D'autre part, vous prévoïez bien les dangers & inconvéniens de la paix qui met ordre à tout, & rend le droit à qui il appartient; c'est pourquoi il vaut encore mieux l'empêcher que d'y penser. Et quant à moi, je vous jure par la chere tête de mon Fils aîné, que je n'ai veine qui y tende, & en suis aussi éloigné que la Terre est du Ciel: car encore que j'aie fait semblant par ma derniere Déclaration, & par ma réponse subséquente, de desirer la conversion du Roi de Navarre; je vous prie croire que je ne desire rien moins, & aimerois mieux voir ma Femme, mon Neveu & tous mes Cousins & Parens morts, que voir ce Biarnois à la Messe (1). Ce n'est pas là où il me démange: Je ne l'ai écrit & publié qu'à dessein, non plus que Monsieur le Légat son exhortation au

(1) Le Duc de Mayenne n'aimoit point sa vieille femme: Rose lui en fait la guerre dans sa Harangue. Le jeune Duc de Guise d'ailleurs, & tous les autres Princes de la Maison de Lorraine, étoient presqu'autant d'obstacles à l'ambition que le Duc de Mayenne témoignoit avoir de se faire Roi de France; comme d'autre côté la conversion du Roi lui ôtoit toute espérance de pouvoir le devenir.

Peuple François. Et tous ces Ecrits que Monſieur de Lyon a faits, & fera ci-après ſur ce ſujet, ne ſont qu'à intention de retenir le Peuple, en attendant quelque bonne avanture, vous m'entendez bien, que les Peres Jéſuites nous procureront pour faire un ſecond Martyr de l'Union. Et d'ailleurs, c'eſt autant de diviſion & d'atiediément à nos ennemis : & autant de pré- paratoires pour le tiers parti (1), où nous avons bonne part, comme étant un grand moïen, s'il éclate, pour faire bien nos beſognes, & à l'avancement duquel je vous prie tous d'em- ploïer vos alliances & intelligences, comme je fais les miennes; non pas pour contraindre l'Hérétique de tourner ſa robe; car je ne le deſire, ni ne l'entends, & m'aſſure qu'il n'en fera ja- mais rien, tant il a le cœur obſtiné, qui eſt ce que je deman- de, afin qu'il demeure toujours en ſa peau, ce qui nous ac- querra force bons amis Catholiques Romains, qui l'empêche- ront bien de leur côté, & le mettront en grand acceſſoire; & m'aſſure que le Roi qu'ils feront, ne me contrepeſera pas à la balance. Quoi qu'il en advienne, nous avons envoïé coup ſur coup nos Agens à Rome (2), comme Monſieur le Cardinal de Pelvé, mon bon Précepteur, vous pourra témoigner, pour ren- verſer la négociation du Cardinal de Gondi, qui ne s'y échau- fera pas plus qu'il doit, & les pratiques du Marquis de Piſani, qui eſt trop bon François pour nous, qui ſont allés à Rome chercher un chemin de paix. Mais nous avons ſuſcité nos Am- baſſadeurs d'Eſpagne de proteſter contre l'audience, & contre ce que le Pape voudroit faire ſur la prétendue converſion du Biarnois. Monſieur le Légat nous a aidés à faire nos mémoires & inſtructions, & y emploiera de ſa part ſes habitudes & con- fédérations du Conſiſtoire. Et ſi Sa Sainteté fait autrement, je ſais bien comment il en faut avoir la raiſon, le menaçant que nous ſaurons bien faire, en ce cas, notre accord avec les Po- litiques, aux dépens & déſavantage de l'Egliſe de Rome. Auſſi

(1) Le jeune Cardinal de Bourbon en étoit le Chef. Louchart, Abbé de Belloſa- ne, qui étoit ſon Maître, & Davy du Per- ron, depuis Cardinal, étoient ceux qui lui avoient conſeillé cette Ligue. Elle com- mença à Tours. M. de Souvré en fut aver- ti, & en donna avis au Roi, qui manda le Cardinal. Celui-ci vint, & ammena avec lui Louchart & du Perron. Leur intrigue fut donc découverte, & cependant ils con- tinuerent d'agir comme ſi tout étoit ignoré.

Le Médecin Duret étoit dans le même par- ti. On peut voir les ſuites de cette affaire dans une Note ſur ce ſujet, qu'on lit dans la Satyre Ménippée, de l'édition de Ratiſ- bonne 1714, in-8°. p. 43.
(2) Ces Agens étoient le Commandeur de Diou, ſavoir, Nicolas de Piles, Abbé d'Orbais; Frizon, Doyen de l'Egliſe de Reims; & Coqueley, Conſeiller de la Cour.

ne me conseilleriez-vous pas, que pour une Messe que le Roi
de Navarre pourroit faire chanter, je me demisse du pouvoir
que j'ai, & que de demi-Roi que je suis, je devinsse valet, pour
faire tomber l'orage de cette guerre sur la tête de ces bons
Catholiques Espagnols nos amis, qui nous veulent apprendre
à croire en Dieu. Bien est vrai que si ladite conversion advenoit à bon escient, je serois en grande peine, & tiendrois le
loup par les oreilles. Toutesfois Monsieur de Lyon & nos
bons Prédicateurs m'ont appris qu'il n'est pas en la puissance
d'aucun de pardonner à un Hérétique relaps (1), & que le Pape
même ne sauroit lui donner absolution, fut-ce à l'article de la
mort : ce que nous devons tenir pour treizieme Article de Foi:
voire que si le Pape s'en vouloit mêler, nous le ferions excommunier lui-même par notre Mere la Sorbonne, qui sait plus
de Latin, & boit plus catholiquement que le Consistoire de
Rome. C'est donc sur quoi il nous faut principalement insister
par quels moïens nous empêcherons la paix, & rendrons la
guerre immortelle en France. Monsieur de Lyon sait bien que
le Roi d'Espagne, & moi, lui avons promis sur notre honneur
un chapeau rouge, s'il peut tant faire par sa Rhétorique, d'en
venir à bout ; & sa Sœur a déja reçu pour arrhes un carcan de
trois mille ducats, & une chaîne de perles Catholiques, avec
quelque millier de doublons. Nous avons aussi certains Politiques au Conciliabule & Senatule des ennemis, qui filent déja
quelques cordons dudit chapeau rouge (2) ; & si nous leur en-
voïons un peu de soie cramoisie pour faire les rênes de leur
mule, ils nous y aideront & empêcheront bien que ces méchans Huguenots acariâtres n'entrent aux Etats, & que rien
ne se fasse ni se passe au détriment & deshonneur de notre
Saint Pere, & de son Siége, voire quand les Priviléges de l'E-
glise Gallicane s'en devroient perdre. Je conjure donc toute
cette Catholique Assemblée, de tenir la main, & emploïer vert
& sec, pour empêcher que les Parisiens, & autres Villes, ne
nous viennent rompre la tête de leur paix, mais qu'elles pren-

(1) Voïez *la Dæmonologie de la Sorbon-*
ne nouvelle, réimprimée dans ces Mémoires, ci-dessus.
(2) Il s'étoit d'abord promis de l'obtenir
à la nomination de Henri III. Ce Prince l'en
avoit, en effet, flatté ; mais l'effet ne suivit
pas son espérance, soit que le Roi n'y eût
plus songé, ou qu'il n'eût pas eu intention

de lui accorder ce qu'il lui avoit fait entrevoir. Le Prélat, voïant dans la suite que la
Cour de Rome n'étoit plus que pour le Roi
d'Espagne & les Princes Lorrains, se déclara très passionné Ligueur, dans l'espérance que par leur crédit, il parviendroit à
ce qu'il avoit inutilement espéré d'ailleurs.

nent la mort en gré, & souffrent leur totale ruine, plutôt que d'y penser, & d'en ouvrir la bouche. Il faut racler, des Prieres de l'Eglise, ces fâcheux mots, *Da pacem Domine*, comme M. le Légat vous pourra faire entendre qu'ils ne sont point de l'essence de la Messe, ni mots sacramentaux : faisons seulement semblant & bonne mine. Si Villeroi s'en lasse, nous aurons Zamet (1), qui, pour le plaisir que lui a fait mon bon Cousin le Duc d'Elbeuf, ne plaindra ses peines & voïages, & se laissera aisément beffler sur l'espérance de ses greniers à sel. Quoi qu'il en soit, & advienne qui pourra, si nous nous entendons bien, & continuons nos intelligences avec ce bienheureux tiers Parti, nous brouillerons si bien les affaires, que ceux de Bourbon ne se verront de trente ans où ils pensent : car je ne ferai jamais plus de cas d'eux, que j'ai fait de leur Oncle, que j'ai laissé mourir en prison & en nécessité (2), sans me soucier guères de lui, après qu'il nous eut servi de prétexte & de planche, que les Huguenots appelloient Planche pourrie, pour monter où je suis. Car je sais bien, que tant qu'il y auroit de cette race Bourbonnoise, qui fait meilleure preuve que moi de sa descente de Saint Louis, jamais, ni moi, ni les miens, ne regnerions sans querelle. C'est pourquoi vous ne devez douter que je ferai tout ce que je pourrai pour m'en défaire. Pour le moins une chose me console, c'est que si les ennemis tiennent Saint Denis, où les vieux Rois sont enterrés, nous en tenons les Joïaux, Reliques, & Ornemens Roïaux, qui sont fricassés pour eux (3), par la devotion de mon frere de Nemours, qui a fait fondre la Couronne : mais qui plus est, la Sainte Ampoule de Reims est en notre puissance, quand nous en aurons affaire; sans laquelle : vous m'entendez bien; c'est un coup

---

(1) Sebastien Zamet, originaire de Lucques, né, dit-on, de basse naissance, fut un de ces Italiens qui vinrent chercher fortune en France, sous la protection de la Reine Mere. Il y réussit si bien, qu'il devint Baron de Murat & de Billy, Seigneur de Beauvoir & de Cazabelle. Conseiller du Roi en ses Conseils, Capitaine du Château & Surintendant des Bâtimens de Fontainebleau, Surintendant de la Maison de la Reine, & qu'il amassa de très gros biens. Il mourut à Paris le 14 Juillet 1614, âgé de 62 ans. On peut consulter, sur lui & sur sa famille, les Remarques sur la Satyre Ménippée, *in-8°*. édit. de 1714, p. 119, & suiv.

(2) Le vieux Cardinal de Bourbon étant en prison à Fontenai-le-Comte, en Poitou, où il mourut, fit présenter inutilement plusieurs Requêtes, pour obtenir quelque pension, même modique. On lui promit seulement de reprendre sur les Hérétiques les bénéfices qu'ils lui avoient ôtés.

(3) Dès le commencement de l'année 1589, le Trésor & les Reliques de Saint Denis avoient été apportés à Paris par deux Religieux qui y resterent pour les garder, mais qui ne laisserent pas de les livrer à mesure que les Chefs de la Ligue les envoïerent demander, pour les mettre en gage, ou les porter à la Monnole.

du Ciel. Si prions tous bons Confesseurs, Prédicateurs, Curés, & autres devots Pensionnaires, de faire rage sur ce sujet, afin que le Prince du Monde nous en sache gré. Pour mon regard, je tiendrai, tant que je pourrai, les choses en balance & apparence, comme j'ai toujours fait au Gouvernement de cette Ville, ne souffrant que le Parti des Politiques soit trop rabaissé, ni celui des Seize trop élevé & insolent, de peur que l'un des deux se faisant le plus fort, ne me voulût aussi faire la Loi : ce que mon Cousin le Duc de Lorraine me réproche que j'ai appris de la Reine Mere, que Dieu absolve. Au reste, je crois qu'il n'y a pas un de vous qui ne se souvienne de la mort de Sacremore (1), après m'avoir fait plusieurs bons services. J'ai espérance que moi & mon neveu en ferons bien d'autres, pourvû que vous autres, Messieurs, nous serviez de pareille affection, & attendiez pareille récompense en ce monde ou en l'autre. Quant à la pelade, que certains Politiques m'ont voulu improperer, m'accusant que la sainte Cere, ou la Loue (2), (je ne sais laquelle des deux) me l'avoient donnée, ils en ont menti les méchans; je n'y songeai jamais; ce n'est que certaine chaleur de foie que les Médecins appellent alopecie (3), à laquelle moi & les miéns sommes sujets : & Monsieur de Lyon sait que les gouttes viennent bien sans cela. Et s'il est autrement; que les loups me puissent manger les jambes : vous priant pour l'honneur de la Sainte Union n'en croire rien, & regarder à vos affaires. Car nous avons un ennemi qui ne dort pas, & qui use plus de bottes que de souliers. Vous y donnerez ordre, & vous garderez des écrouelles, & de tomber du haut mal (4), si vous pouvez. J'ai dit.

MOnsieur le Lieutenant aïant achevé sa Harangue, avec grand applaudissement de l'assistance; où le Président de Nulli (5), & Acharie, Laquais (6) de la Ligue, furent vus pleurer

(1) Il fut tué de sens froid par M. du Maine sur la fin de l'an 1587, à cause de quelques fàcheux propos que Sacremore avoit tenus audit Duc, touchant le mariage d'entre lui Sacremore & Madame de Villars, fille aînée de Madame du Maine, qu'il maintenoit lui avoir été promise, & par la fille même.
(2) C'étoient deux Courtisannes.
(3) Sorte de maladie qui fait tomber le poil de la tête, & quelquefois les sourcils & la barbe. On l'appelle autrement, la Pela-

de. Ce mot Alopécie vient du Grec Ἀλωπηξ, Renard : parceque le Renard, dans sa vieillesse, est sujet à une certaine galle qui lui fait tomber le poil.
(4) C'est-à-dire d'être pendu.
(5) Président en la Cour des Aides. Il fut fait depuis, par la Ligue, Président du Parlement. Il étoit du Conseil des Quarante. Il se nommoit Etienne de Nully.
(6) Il étoit Maître des Comptes du Conseil des Quarante. On l'appelloit Laquais par ironie, parcequ'il étoit boiteux, &

de joie. Le Doïen de Sorbonne, grand Dataire du Légat, se leva, & cria tout haut, *humiliate vos ad benedictionem, & postea habebitis Haranguam.* Alors Monsieur le Légat, trois profondes & copieuses bénédictions préalablement faites, commença à parler ainsi.

HARANGUE DE MONSIEUR LE LEGAT. (1)

IN nomine Patris, &c †. Io mi rallegro, & son quasi fuora di me stesso (ô Signori, & Populi, piu Catholici che i medesimi Romani) di vedervi quì collegati per un sogetto tanto grande & Catholico : mà d'altra parte mi truovo molto sbigotito, di sentir tante openione balorde frà voi altri ligouri Catholici; & mi pare che quella antiqua fattione di neri & bianchi (2) rinasce, per cio che l'uni domandano bianco, e gli altri il nero (3). Ma una sola cosa mi pare necessaria à la salute delle anime vostre : Cio è, di non parlar mai di pace, & manco procurar la, che prima tutti gli Francezi non siano morti, à guiza di Machabei, & uccisi valorosamente, come fù Sansone, fracassati, & sotterrati trà le ruine di questo cattivo paradiso terrestre di Francia, per goder piu presto la quiete immortale del Paradiso celeste. Guerra donque, guerra, ô valenti & magnifici Francezi : perche mi pare quando si ragiona della pace, & si parla di trega con questi forfanti heretici manigoldi, che mi sia dato un servitiale d'inchiostro : considerando, chè molto meglio è per la quiete d'Italia, & la sicurità della santa sede Apostolica, che i Francezi & Spagnuoli guerregiano tra loro in Francia ô veramente in Flandria per la Religione, ô la Corona, che in Italia per Napoli ô Milano. Per che, per vi dir il vero, non se ne cura il Santissimo Padre di tutti fatti vostri, se non à tanto che gli tocca di non esser spogliato d'annate & commende, & altre espeditioni che si fanno in

qu'il alloit & venoit avec ardeur pour les intérêts de la Ligue. Son vrai nom étoit *Acarie.* Il mourut à Ivry, près de Paris, le 16 de Novembre 1613. Voïez les Remarques sur la Satyre Ménippée, *in-8°.* p. 123, 124.

(1) Philippe de Sega, né à Bologne la Grasse, Cardinal & Évêque de Plaisance, ou plutôt de Placentia en Espagne. On en a déja parlé plusieurs fois. Cette Harangue,

mise sous son nom, est de M. Gillot, Conseiller au Parlement de Paris.

(2) Noms de deux factions qui se formerent en l'année 1295.

(3(Ce proverbe se vérifioit à la Lettre entre les Ligueurs des deux factions de Lorraine & d'Espagne, dont ceux-ci vouloient l'Infante qui étoit noire, & les autres le jeune Duc de Guise qui étoit blanc.

Roma con oro & argento voſtro. Date quanto volete le anime voſtre al Demonio d'Inferno : poco gli è : proveduto che gli ſia, che le provende di Bretagna (4), è la riverentia antica, debita à ſua Santità, non gli mancano. Tanto piu grande & riverita ſara la ſua Santità, quanto voi altri homuncioni ſarete piccoli & piccolini. E non parlate piu di tante beni, è tante favori, che Predeceſſori voſtri hanno fatte à la ſanta ſede Apoſtolica, anco meno delle richezze & paezi che gli Pape hanno del beneficio di Carlo-magno, & di ſuoi ſucceſſori Regi di Francia : queſto è coſa fatta. Le pardonanze che havete ricevute da pochi anni in quà, con le gratuite indulgenze, & Jubilei, ſono di molto piu pregio : baſta che le corone, è gli ſettri del mondo ſono à diſpoſitione di ſua Santità, & ſi poſſono cambiare, traſtullare, torre, & porre à ſuo modo. Scriptum eſt enim, hæc omnia tibi dabo. Atque ut pergam Latina Linguæ vobis loqui, ne fortè aliquis non ſatis intelligat Italianam, dicam vobis ſummam legationis meæ : Nolite arbitrari quia pacem venerim mittere in hanc terram. Non veni pacem mittere, ſed gladium. Nihil enim habeo magis in mandatis & inſtructione ſecreta, quàm ut vos perpetuò exhortem ad bellum & prælium, atque totis viribus impediam ne tractetis ullo modo de reconciliatione & pace inter vos. Quod ſanè magnum eſſet crimen, & indignum Chriſtianis & Catholicis hominibus. Alterum vero punctum quod habeo vobiſcum agendum, eſt de electione cujuſdam Principis boni Catholici, in Regem veſtrum, repudiatâ prorſus iſtâ familiâ Borboniorum, quæ tota eſt Hæretica, aut Hæreticorum fautrix. Ego verò ſcio, gratiſſimam rem vos facturos Domino noſtro Papæ, & Sanctæ ſedi Apoſtolicæ, necnon Benefactori meo Chriſtianiſſimo & Catholiciſſimo Hiſpaniarum & tot regnorum Regi, ſi Britanniæ Armoricæ Ducatum conſervetis illuſtriſſimæ Filiæ ejus Infanti (2) : regnum vero conferatis alicui Principi ex ejus familia, quem illa maritum eligere voluerit, & dotali Corona Franciæ dignabitur in ſolidum utrique competenti. Sed de hoc plura reverendiſſimus Cardinalis de Pelvé vobis differet, & pro reliquo ſupplebit. Cognoſcit enim meliùs quàm me veſtra negotia, quæ per viginti annos tàm Lotharingicè, quàm Hiſpanicè trac-

---

(1) La Bretagne a toujours paſſé pour un Païs d'obédience ; cependant le célebre Olivier Patru a ſoutenu le contraire.

(2) Il y a quelques Livres faits en Eſpa-gne, qui repréſentent les droits de l'Infante d'Eſpagne Iſabelle ſur le Duché de Bretagne.

tavit Romæ, adeò subtiliter & fideliter, ut reduxerit res vestras ad punctum, ad quod illas nunc reductas videtis. Idcircò
cùm crederet pius iste præsul, & civis, Franciam matrem suam
esse in agone mortis, & trahere ultima suspiria, venit nuper
ad visitandam eam, tanquam bonus & devotus Confessarius,
& optimus Compatriota, ad vos juvandum, in pompa funebri
& exequiis ejus. Sed si velletis eligere aliquem in Regem ex suis
Benefactoribus Lotharingiæ & Guisiæ, sanè vos faceritis ei
secundum cor suum : & ille alacriter ungeret & sacraret eum
ex Oleo Sanctæ Ampullæ quod habet Remis expressè reserva-
tum, & benè servatum sub custodia Sancti Pauli, Campaniæ
& Roteliæ Ducis. Vos videritis. Ego, de expresso mandato Domini nostri si quid in hoc feceritis contra Leges & mores hujus
Regni, vel contra Concilia Ecclesiæ, vel etiam contra Evangelium & Decalogum, saltem secundum impressionem Hæreticorum, vobis promitto plenam Absolutionem & Indulgen-
tiam, idque gratis, in secula seculorum. Amen.

Oime, non mi ricordava di vi far intendere una molto buo-
na nuova, ch' o ricevuta in fretta di Roma, pel mezo di Za-
metto : cio e che la sua Santità, scommunica, agrava, ana-
thematiza tutti i Cardinali, Archivescovi, Vescovi, Abati, Preti
& Monachi, chi sono reali politici, quantò Catholici siano. E
per torre ogni diferenza & gelosia tra gli Spagnuoli è Francezi,
farà il Santissimo Padre, che i Francezi haranno le scrofole,
come i Spagnuoli : & diventaranno anco bravadori & bugero-
ni come essi. Oltre fa piene indolgenze à tutti quanti buoni Catholici Loreni, ò Hispani Francezi, i quali amazzarano Pa-
dri, Fratelli, Cugini, Vicini, Podestate, Principi Reali, Politici Heretici, in questa Christianissima guerra, fine à trecento
mille anni di vero perdonno. E non dubitate ch' il Spirito Sa-
tanico vi manca : per che il sacro consistorio lo fa uscire d'all'
Inferno, à sua posta. Come sapete ch' a disnegato dopo molti
anni di creare alcuno Papa che non fosse Italiano, ò Hispano.
In fine, fate un Re, di gratia, per amor mio. E non me ne cu-
ro che si sia, fosse el diavolo, modo che sia servitore è feuda-
tario de la sua Santità, è del Re Catholico, per mezo del qual
son stato fatto Cardinale, merce al buon Duca di Parme. Ben
vi dirò ch'il mio voto sarebbe volentieri per la Infanta di Spa-
gna, per che ella è valente Donna, & amata molto di suo Pa-

dre (1). Neante di meno, farete quel che piacerà al Signor Duca di Feria, è à Monſour lo Loutenant. Ma guadatevi mentre n'aprir la bòcca per ragionar di pace ò trega : altramente in Sacro Collegio rinegara Chriſto. Ego me vobis commendo. Iterum, Valete.

Ces mots finis, le petit Launai (2), ci-devant Miniſtre, puis Apoſtat, & à préſent boute-cul de Sorbonne, après avoir mangé les grands breviaires (3) & heures du feu Roi à faire feſtins à M. le Lieutenant, ſe mit à genoux avec Garinus (4), Cordelier & aſſiſtés de Cuilli (5), Curé de Saint Germain Lauxerrois, & d'Aubri, Curé de S. André-des-Arcs, revenant de confeſſer Pierre Barriere (6), entonnerent à haute voix devant la Croix de M. le Légat, O Crux, ave, ſpes unica, &c. Quelques-uns de l'Aſſemblée le trouverent mauvais : toutesfois chacun les ſuivit en chantant de même. Le branle fini, le fort toucha à Monſieur le Cardinal de Pelvé de parler, lequel ſe levant ſur ſes deux pieds, comme une oie, après avoir fait une très profonde révérence devant le ſiége de Monſieur le Lieutenant, ſon chapeau rouge ravalé en capuchon par derriere : puis une autre ſemblable devant Monſieur le Légat, & une autre baſſiſſime devant les Dames : puis s'étant raſſis, & touſſé trois bonnes fois, non ſans excréation phlegmatique, qui excita auſſi un chacun à faire de même, il commença de dire ainſi, adreſſant ſa parole à M. le Lieutenant : (qui lui dit, par trois fois, couvrez-vous mon Maître).

(1) Philippe II, Roi d'Eſpagne, étoit ſoupçonné d'aimer trop tendrement ſa fille. Il lui donna en dot les Païs-Bas : elle épouſa Albert d'Autriche, fils de l'Empereur Maximilien II.

(2) Il avoit été honoré du Sacerdoce ; mais depuis il embraſſa le Calviniſme, & ſe maria ; enſuite il rentra dans l'Egliſe, fut Chanoine de Soiſſons, grand Ligueur, & du Conſeil des Quarante.

(3) Henri III fit imprimer de grands & gros Breviaires.

(4) Jean Garin, Cordelier Savoïard, étoit un de ces boute-feux, qui, depuis la nouvelle de la Treve entre Henri III & le Roi de Navarre en Avril 1589, ne s'étoient appliqués qu'à jetter le Peuple de Paris dans la rebellion.

(5) Jacques Cueilly, Docteur de Sorbonne, l'un des Députés aux Etats de la Ligue. Il avoit ſigné le décret de la dégradation de Henri III. Il ſe retira depuis à Rome ; & dans la ſuite, voulant revenir en France, il mourut à Palerme en Sicile.

(6) Voïez une Note ci-deſſus.

MEMOIRES

HARANGUE

DE MONSIEUR LE CARDINAL DE PELVE' (*).

MOnſieur le Lieutenant, vous m'excuſerez, ſi pour contenter cette docte Aſſemblée, & garder le *decorum*, & la dignité du rang que je tiens en l'Egliſe, par la providence de vous & des votres, je fais quelque Diſcours en Langage Latin, auquel vous ſavez qu'il y a long-temps que j'étudie, & en ſais preſqu'autant que mon grand Pere, qui fut un bon Gendarme & un bon Fermier quant & quant, ſous le Roi Charles VIII: mais quand j'en aurai dit trois mots, je reviendrai à vous & à vos affaires. Je m'adreſſerai donc à vous, Hommes illuſtres: *atque ex tota Galliarum colluvie ſelectiſſimi, ut vobis intelligere faciam multa quæ Gallica Lingua ſatis non poſſunt exprimari. Eſt enim operæ pretium, ut nos præcipuè qui ſtuduimus in celeberrima Academia Pariſius, & ſapimus magis quàm ſex Populi, habeamus aliquid ſecreti quòd mulieres non intelligant. Volo igitur vòs ſcire (& hæc dicantur tantum piis auribus) quod exivit Edictum* (1) *ſive mavultis Reſcriptum perbreve à Domino noſtro Papa, per quod nòbis permittitur eligere, creare, ſacrare, & ungere Regem novum, talem qualem vobis placuerit, modò ſit de ſtirpe vel Auſtriaca, vel Guiſiaca: habetis igitur ad providendum ex utra gente mavultis Principem. Nam de iſtis Borboniis non ſunt loquelæ neque ſermones, quanto minùs de iſto Hæretico rélapſo, quem idem Dominus noſter Papa, per idem Reſcriptum adfirmat eſſe jam damnatum apud Inferos, & animam ejus propediem ſervituram Lucifero pro merenda pomeridiana. Sanè ego ſum Gallus, nec renegabo meam Patriam. Sed ſi iſta electio vaderet ad libitum meum, profectò pro bono meo & meorum, atque etiam veſtro, libenter vos precarem, ut daretis veſtras voces alicui ex familia Lotharena, quam ſcitis tam bene feciſſe in Re-*

(*) L'Auteur de cette Harangue eſt le Savant Florent-Chrétien, ſi connu par ſon érudition & par ſes Ouvrages. Il étoit né à Orléans. Il avoit été Précepteur du Roi Henri IV, & Garde de ſa Bibliothéque à Vendôme. On a déja parlé pluſieurs fois de Nicolas Pellevé. Voïez ſon Epitaphe dans les Remarques ſur la Satyre Ménippée, in-8°. p. 141. & ſuiv.
(1) C'eſt la prétendue Bulle du Pape Clément VIII en date du 15 Avril 1592. Elle paroiſſoit adreſſée au Légat, le Cardinal de Plaiſance; & elle fut vérifiée au Parlement de la Ligue, à Paris, le 27 Octobre ſuivant: ſur quoi le Procureur Général du vrai Parlement, ſéant à Châlons, en interjetta appel comme d'abus, & obtint ſur les réquiſitions, que le Cardinal ſeroit ajourné pour défendre ſur cet appel.

publica

1593.
SATYRE
MÉNIPPÉE.

publica Catholica, & Ecclesia Romana. Fortasse verò Dominus
Legatus habet aliud intentum, ad placendum Hispanis. Sed non
dicit omnia quæ habet in scrinio pectoris. Vos interea hoc tenete
firmum, nullo modo esse loquendum aut audiendum de pace fa-
cienda cum istis damnatis politicis, quin potius armate & parate
vos ad patiendum omnes extremitates, vel etiam mortem, famem,
ignem, & ruinam totius Urbis vel Regni : nihil enim potestis
facere gratius & acceptabilius Regi nostro Philippo Catholicissi-
mo. Non ignoro Luxemburgum (1), & Cardinalem Gondium,
& Marchionem Pisanum, Romam profectos, ut præparent ani-
mum Domini nostri Papæ, ad audiendum Legationem Biar-
nezi, tractaturam de conversione sua. Sed quantum tuta est Luna
à Lupis, tantum aversum est cor Domini nostri à talibus nego-
tiis. Estote fortes & securi sicut & ego ; modò sim intra muros
Parisius. Sanè paraveram aliquid boni ad dicendum vobis de
beato Paulo cujus conversio heri celebrabatur (2) : quia sperabam
quod heri in Ordine meo me contingebat loqui. Sed me fefellit
longa nimis oratio Domini de Mania : & ideò cogor remittere
in vaginam gladium latinitatis meæ : quem volebam stringere in
conversionem istam, de qua politici nonnulli nescio quid seminant
in vulgum, quam tamen neque credo, neque cupio. Quoniam
beatus Paulus multum distabat ab isto Navarra : erat enim no-
bilis, & civis Romanus : & quod nobilis fuerit, & stirpe nobili
editus, apparet, ex eo quod Romæ fuit illi amputatum caput. Iste
verò est infamis propter Hæresim, & tota familia Borboniorum,
descendit de becario, sive mavultis de lanio, qui carnem vende-
bat in laniena Parisina, ut asserit quidam Poeta (3), valdè ami-
cus sanctæ sedis Apostolicæ, & ideo qui noluisset mentiri. Pau-
lus etiam conversus est cum miraculo : iste non ; nisi forte dicat,
obsidione se cinxisse hanc Urbem menses circiter quatuor cum sex
millibus hominum, dum intus essent plusquàm centum millia, &
hoc esse miraculum, & cepisse tot Urbes, & arces fortissimas, sine
murorum subversione, sed per invia foramina, & arctos cavos vix

---

(1) M. de Luxembourg étoit à Rome Ambassadeur extraordinaire, & M. de Pisani
Ambassadeur ordinaire.

(2) Il s'étoit préparé pour haranguer le
jour de la Conversion de Saint Paul, sur laquelle il avoit préparé quelque chose : mais
il fut remis au lendemain : jour de Saint
Polycarpe ; ce qui le brouilla, & le mit en
tel désordre, qu'il ne se put tenir qu'il n'en

parlât à la Compagnie.

(3) Dante, Poéte Italien, maltraité par
Charles de Valois : il s'en vengea en publiant dans un de ses Poèmes que Hugue-
Capet, duquel Charles de Valois étoit issu,
étoit fils d'un Boucher. Il débite cette fa-
daise dans le Chant 20 de son *Purgatoire*.
Dante nàquit à Florence en 1265, & mourut à Ravenne en 1321.

1593.

SATYRE
MÉNIPPÉE.

uni soli militi penetrandos. Addite quod Paulus timuit, & magno terrore est affectus ex fulgure Cœli : at iste est imperterritus, nec timet quidquam, nec fulmen, nec fulgura, nec imbres, nec hyemem & glaciem, aut æstum, immo nec acies nostras & exercitus nostros tam bene instructos : quos cum pauca manu audet expectare, & antevenire, & debellare aut fugare. Pereat malè Diabolus iste velox & insomnis, qui nos tam laboriosè fatigat, & impedit dormire ad nostrum libitum. Sed hactenus de Paulo; ne Polycarpus cujus hodie festum agitur fortasse invideat, quem tamen prætermittam, quia de eo nihil prævidi, aut præmeditavi. Memini quidem, cùm essem Romæ in tempore Gregorii Papæ, me proposuisse in consistorio quinque protesta (1), sive problemata disputanda, quæ tota respiciebant sanctissimam istam Congregationem de eligendo Rege Franciæ. Nam ab eo tempore, quo me Henricus defunctus, iste fautor Hæreticorum, spoliavit meo Episcopatu Senonensi (2), & in sua manu posuit meos reditus, & beneficia quæ habebam in suo Regno, semper habui animam & intentionem me vindicandi, & feci omnia quæ potui, & faciam in æternum, quando deberem animam meam tradere Diabolo, ut ista insignis injuria cadat in caput Gallorum omnium qui passi sunt, nec se opposuerunt opprobrio meo. Quod cùm essem sæpius protestatus, tandem effeci, & vos sciretis bene quid dicere. Sed alio me vocant Principes isti, & istæ totius orbis insignes uniones & gemmæ mirabiles, quos & quas alloqui nunc res postulat, cæterámque turbam deputatorum & deputantium, quorum interest ut intelligant me differentem Lingua Gallica, quam penè dedici loqui, adeò Patriam meam sum oblitus.

Je retournerai donc à vous, Monsieur le Lieutenant, & vous dirai que si j'eusse trouvé en France les affaires avoir réussi selon les pratiques & intelligences que j'ai menées depuis vingt-cinq ans avec les Espagnols à Rome (3), je verrois maintenant feu Monsieur votre Frere en ce Trône Roïal : mais puisqu'il en va autrement, patience : assez va qui fortune passe. Si vous

---

(1) C'étoient des protestations contre Gregoire XIII, sur ce que ce Pape faisoit difficulté d'autoriser la Ligue.

(2) Le Receveur de l'Hôtel-Dieu de Paris, après la saisie du revenu des Bénéfices du Cardinal Pellevé, fut chargé de l'entiere recette des fruits de l'Archevêché de Sens, & autres Bénéfices dudit Cardinal. Un Arrêt du Conseil, du 29 Janvier 1587, rendu sur une Requête des Habitans de la Ville

de Sens, porte que le tiers du revenu dudit Archevêché sera emploïé à la nourriture des Pauvres de ladite Ville.

(3) Il avoit témoigné sa mauvaise volonté contre la France dès l'an 1563, au Concile de Trente. Ce que l'on peut voir dans l'Histoire de ce Concile, par Fra-Paolo ; & dans le Recueil des Lettres & Instructions pour ce Concile sur l'an 1563.

dirai-je en paſſant, que *per fidem meam*, il vous fait fort bon
voir: oui Monſieur le Lieutenant, il vous fait fort bon voir
aſſis là où vous êtes, & avez fort bonne mine, rempliſſez bien
votre place, & ne vous avient point mal à faire le Roi. Vous
n'avez faute que d'une bonne cheville, pour vous y bien tenir:
vous avez toute pareille façon, ſauf l'honneur que je dois à
l'Egliſe, qu'un ſaint Nicolas de Village, *à ſe di Dio*: & me
ſemble que nous célébrons ici la Fête des Innocens, ou le jour
des Rois. Si vous aviez maintenant un plein verre de bon vin,
& qu'il plût à la Majeſté de votre Lieutenance boire à la Compagnie, nous crierions tous, le Roi boit; auſſi bien n'y a-t-il
guères que les Rois ſont paſſés, où nous empêchâmes bien
qu'on ne fît de Roi de la féve, de peur d'inconvénient, & de
mauvais préſage: mais ſi vous êtes ici à cette mi-Carême prochaine, nous ferons montre tous avecques vous par les rues,
& ferons la mi-Carême à cheval (1), ſi nous pouvons retenir
juſqu'alors toute cette Catholique Aſſemblée, à laquelle je veux
maintenant adreſſer mon propos en général, & que tout le
monde m'entende.

Meſſieurs, ne me tenez pas pour homme de bien, & bon
Catholique, ſi la maladie de France (je n'entends parler *del
male Francioſo*) je veux dire vos miſéres & pauvretés, ne m'ont
fait venir par-deçà, où je me ſuis comporté en vrai hypocrite,
je voulois dire Hippocrate, mais la langue m'a fourché. Ce
grand Médecin, voïant ſon Païs affligé d'une maladie épidémi-
que & peſte cruelle, qui exterminoit tout le Peuple, s'adviſa
de faire allumer force feux par toutes les contrées, pour purger
& chaſſer le mauvais air. Et moi, tout de même, pour venir
à bout de mes deſſeins Catholiques, & pour antidote à notre
ſainte Union qui eſt frappée de peſte, j'ai été un des principaux Auteurs, (je le dis ſans vanterie) de tous ces feux & em-
braſemens qui brûlent & ardent maintenant toute la France,
& qui ont tantôt mis & conſommé en cendres le plus beau
qui y fut de reſte des Goths & Viſigoths. Si le feu Cardinal de
Lorraine, mon bon Maître, vivoit, il vous en rendroit bon
témoignage: car m'aïant tiré de la marmite des capettes de
Montaigu, puis mis en la Cour de Parlement, où je découvris
bien l'échole, quand il me fit Evêque puis Archevêque &

(1) Parcequ'il eſpéroit ſe rétablir, & , comme dit le proverbe, remonter ſur ſa bête.

enfin Cardinal (1), ce fut toujours à condition expresse d'acheminer cette affaire à sa perfection, & obliger ma vie & mon ame
à l'avancemeut de la grandeur de Lorraine, & détriment de la
Maison des Valois & des Bourbons. A quoi je n'ai pas failli en
tout ce qui possible m'a été, & que ma cervelle s'est pu étendre. Et en ces jours derniers, les Présidens Vetus (2) & Janin
m'ont assisté de mémoires & pratiques, & ont quasi empiété
mon crédit, & devant eux encore mes Collégues David (3) &
Piles n'eussent pas fait grand chose sans moi, ni moi sans eux.
Le pauvre Salcede (4) savoit bien un tantinet du sécret, mais
non pas tout : & n'eut pas bon bec : car il découvrit le pot aux
roses : dont il faillit à nous perdre avec lui. Toutesfois nous
avons bien eu la raison de tous ces Valesiens : & l'aurons de
ces Borbonistes, si chacun de vous y veut faire *di galante huo-
mo*. Quant à moi, Messieurs, me voici à votre commandement
à vendre & dépendre, pourvû que comme bons Catholiques
zelés, vous vous soumettiez aux Archicatholiques Princes Lorrains, & Supercatholiques Espagnols, qui aiment tant la France, & qui desirent tant le salut de vos ames, qu'ils en perdent
la leur par charité Catholique, dont c'est grand pitié ; & vous
prie y adviser de bonne heure, de peur que ce Biarnois ne
nous joue quelque tour de son métier ; car s'il alloit se convertir & ouir une méchante Messe seulement (*cancaro*), nous serions affolés, & aurions perdu tout à un coup nos doublons &
nos peines. Mais, encore que ces bonnes Gens de Luxembourg (5) & Pisani le promettent à notre Saint Pere, il n'en
sera peut-être rien. C'est pourquoi *in dubio*, vous vous devez
hâter de vous mettre entre les mains des Médecins, ces bons
Chrétiens de Castille, qui savent votre maladie, & en con-

(1) C'est que le Cardinal de Pellevé avoit
été Conseiller au Parlement, puis Evêque
d'Amiens, ensuite Archevèque de Reims,
& enfin Cardinal. *Capetes* est le nom des
Boursiers du Collége de Montaigu à Paris.
On les nomme ainsi, parceque, outre une
espéce de froc, ils portoient de petits manteaux, que l'on nommoit anciennement
Capes ou *Capets*. Ces Boursiers furent fondés en 1480, par Jean Standonht, de la
Ville de Malines, Docteur de Sorbonne, &
Seigneur de la Villette.

(2) Le Présidant Vetus, Créature des Lorrains, étoit du Conseil des Quarante. A
l'égard du Présidant Jeannin, on en a déja

parlé.

(3) On a parlé ailleurs de David. De Piles se nommoit Nicolas, il étoit Abbé
d'Orbais, & Chanoine de Notre-Dame de
Paris. Dans les Etats de la Ligue il étoit Sécrétaire de la Chambre du Clergé.

(4) On a rapporté son Histoire ailleurs.

(5) François de Luxembourg, Duc de
Piney : il avoit reconnu des premiers le Roi
Henri IV, & lui avoit déclaré que la Noblesse de son Roïaume desiroit qu'il se rendît Catholique : ce qui fut cause qu'il promit de se faire instruire. Voïez l'Histoire de
Luxembourg, par Vigner, p. 855.

noiſſent la cauſe, & par conſéquent ſont plus propres à la guérir, ſi les voulez croire. Car ceux qui diſent que les Eſpagnols
ſont de dangereux Empiriques, & font comme le loup, qu'
promettoit à la brebis de la guérir de ſa toux, cela eſt faux :
ce ſont tous Hérétiques qui le diſent, & tout bon Catholique
doit croire, ſur peine d'excommunication & de Cenſure Eccléſiaſtique, que le preux Roi d'Eſpagne voudroit avoir perdu
ſes Roïaumes de Naples, Portugal & Navarre, voire ſon Duché de Milan & le Comté de Rouſſillon, & tous les droits qu'il
a aux Païs-Bas que les Etats lui gardent, & que tous les François fuſſent bons Catholiques, & vouluſſent volontairement
& de fait recevoir ſes Garniſons avec la Sainte Inquiſition,
qui eſt la vraie & unique touche, pour connoître les bons Chrétiens & Catholiques zelés, enfans d'humilité & obéiſſance.
Ne croïez donc pas que ce bon Roi vous envoie tant d'Ambaſſadeurs, & vous faſſe envoïer ces bons perſonnages Légats
du Saint Pere, à autre intention, que pour vous faire croire
qu'il vous aime ſur toutes gens. Penſeriez-vous bien que lui,
qui eſt Seigneur de tant de Roïaumes, qu'il ne les peut compter par les lettres de l'Alphabet, & ſi riche, qu'il ne ſait que
faire de ſes tréſors, voulût ſe mettre ſeulement en peine de
ſouhaiter ſi petite choſe, que la Seigneurie de France ? Toute
l'Europe, par maniere de dire, ne lui eſt pas une contrée de
ces nouvelles Iſles conquiſes ſur les Sauvages ; quand il ſue, ce
ſont des Diadêmes : quand il ſe mouche, ce ſont des Couronnes : quand il rote, ce ſont des Sceptres, quand il va à ſes affaires, ce ne ſont que des Comtés & Duchés qui lui ſortent du
corps, tant il en eſt farci & rempli. Ce ſeroit donc mal à propos de ſoupçonner qu'il voulût être Roi de France : *ma de ſi.*
Je ne dis pas que pour guérir des écrouelles, dont ſes Païs méridionaux ſont fort infectés, il ne fît quelque choſe à la priere des
devots Habitans de ſa bonne Ville de Paris, qui l'ont ſupplié
par Lettres expreſſes, ſignées de leurs mains (1), de les recevoir comme ſes bons Sujets & Serviteurs, & d'accepter le pé-
ſant fardeau de la Couronne de France : ou ſi ſon dos étoit
ſi courbé & chargé d'autres Couronnes plus précieuſes, que
celle de France n'y pût trouver place, pour le moins il en

---

(1) On prétend que ces Lettres, qui
ſont encore entre les mains de pluſieurs,
ſont du 2 de Novembre de l'an 1591. Elles étoient portées en Eſpagne par Claude
Matthieu, Jéſuite ; elles furent ſurpriſes
par le Sieur de Chazeron, Gouverneur du
Bourbonnois, & envoïées au Roi.

récompensât quelqu'un de ses Hidalgos, qui lui en feroit foi, hommage & révérence; mais autrement, je vous prie, ne pensez pas qu'il y pense. Ses comportemens aux Païs-Bas, & aux Terres-Neuves, vous doivent assurer qu'il ne pense à nul mal, non plus qu'un vieil singe. Et quand ainsi seroit qu'il vous auroit tous fait entretuer, & périr par feu, fer, & famine, ne seriez-vous pas bienheureux d'être assis là-haut au-dessus des Papes & Cardinaux, & vous moquer des Maheutres, que vous verrez dessous vous rôtir & bouillir, je ne sais où? Mourez, quand il vous plaira, nous avons assez de Mores, Africains, Wallons, & Foruscits (1), pour mettre en votre place. Tuez, massacrez, & brûlez hardiment tout : Monsieur le Légat pardonnera tout : Monsieur le Lieutenant advouera tout : Monsieur d'Aumàle vous adjugera tout : Monsieur de Lyon scellera tout, & Monsieur Marteau signera tout. Je vous servirai de Pere Confesseur, & à la France aussi, si elle a l'esprit de se laisser mourir bonne Catholique, & faire les Lorrains & Espagnols ses Héritiers : comme je vous en prie tous en général & particulier; vous assurant, après Monsieur le Légat, que vos ames ne passeront point par le feu du Purgatoire, étant assez purgées par les feux que nous avons allumés aux quatre coins & au milieu de ce Roïaume pour la Sainte Ligue, & par la pénitence, jeûnes & abstinence, que nous vous ferons faire en devotion. Quant à l'élection d'un Roi, je donne ma voix au Marquis des Chaussons (2) : il n'est lipu (3), ni camus, ains bon Catholique, Apostolique & Romain. Je le vous recommande, & moi de même. J'ai dit.

Ces mots finis, tous les Docteurs de Sorbonne & Maîtres ès Arts, là présens, frapperent en paulme, & crierent gasconiquement, par plusieurs fois, *bibat* (4), si fort, que toute la salle en retentissoit; & après que le bruit fut un peu cessé, se leva le Prieur des Carmes hors de sa place, & monta sur son banc, où il prononça tout haut, de fort bonne grace ce petit Quatrain, comme s'il l'eut composé sur-le-champ.

> Son éloquence il n'a pu faire voir,
> Faute d'un livre, où est tout son savoir.

(1) Pour *Fuorusciti*, bannis. On veut parler des Italiens fugitifs.

(2) L'Auteur veut dire, de Chaussins; & il entend parler de François de Lorraine, Marquis de Chaussins, frere du Duc de Mercœur. Ce Marquisat de Chaussins est situé dans l'Auxonnois en Bourbonnois.

(3) C'est-à-dire, il n'a pas de grosses lévres.

(4) Pour, *vivat.*

Seigneurs Etats, excusez ce bon homme :
Il a laissé son Calepin à Rome.

Et tout à l'instant un petit Maître ès Arts saillit aussi en
pieds, & tournant visage vers mondit Sieur le Cardinal de
Pelvé, repliqua de même en autant de carmes :

Les Freres Ignorans (1) ont eu grande raison
De vous faire leur Chef, Monsieur l'illustrissime :
Car ceux qui ont ouï votre belle Oraison,
Vous ont bien reconnu pour ignorantissime.

Tout le monde trouva cette rime fort plaisante : & après
avoir fait un second battement de mains, non toutesfois si
long que le précédent, Monsieur de Lyon se leva, & fit signe
de la main qu'il vouloit parler. Par quoi, après que tout le
monde eut sonorement & théologalement toussé, craché & ré-
craché, pour l'ouir plus attentivement, à cause de la réputation
de son éloquence, il discourut ainsi, ou environ.

HARANGUE DE MONSIEUR DE LYON (2)

Messieurs,

Je commencerai mon propos par une exclamation pathétique,
Quam terribilia judicia, &c. O que les Jugemens secrets & ca-
chés, sont terribles & admirables ! Ceux qui prendront garde de
bien près aux commencemens & progrès de notre sainte Union,
auront bien occasion de crier, les mains basses, *Quid non mor-
talia pectora cogis, auri sacra fames ?* N'est-ce point chose bien
étrange, Messieurs les Zélateurs, de voir notre Union, maintenant si sainte, si zélée & si dévote, avoir été presque en toutes
ses parties composée de gens, qui, paravant les saintes Barricades, étoient tous tarés & entichés de quelque note mal sol-

---

(1) Les Capucins, dont le Cardinal de
Pellevé étoit protecteur.
(2) Pierre d'Espinac.
(3) Cette Harangue est de Nicolas Rapin, grand Prévôt de la Connétablie de
France ; qui écrivoit bien en Prose & en
Vers. Il mourut à Poitiers le 15 Février

1608, âgé de 68 ans, dans le temps qu'il
alloit à Paris, où il vouloit voir encore une
fois ses anciens amis. On a ses Œuvres im-
primées en 1610, *in-4°.* à Paris ; & à la fin,
on a son Eloge par Scévole de Sainte-Mar-
the.

fiée (1) & mal accordante avec la Justice? Et par une nouvelle
métamorphose, voir tout-à-coup l'Athéisme converti en Catho-
liguisme; l'ignorance, en science de toute nouveauté & curio-
sité de nouvelles; la concussion, en piété & en jeûnes; la volerie, en générosité & vaillance; bref, le vice & le crime, tranf-
mué en gloire & en honneur? Ce font des coups du Ciel,
comme dit Monsieur le Lieutenant: je dis si beaux, que les
François doivent ouvrir les yeux de leur entendement, pour
profondement considérer ces merveilles; & doivent là-deffus,
les Gens de bien (2) de ce Roïaume, rougir de honte avec
presque toute la Noblesse, la plus faine partie des Prélats &
du Magistrat, voire les plus clairs-voïans, qui font femblant
d'avoir en horreur ce triacleux (3) changement. Car qu'y a-t-il
au monde de plus étrange, que de voir tout en un moment, les
Valets devenus Maîtres, les Petits être faits Grands; les Pauvres, Riches; les Humbles, Insolens & Orgueilleux; voire ceux
qui obéiffoient, commander; ceux qui empruntoient prêter à
ufure; ceux qui jugeoient, être jugés; ceux qui emprifonnoient,
être emprifonnés; & ceux qui étoient debouts être affis? O cas
merveilleux! les aulnes des boutiques font tournées en pertui-
fanes; les écritoires en moufquets; les breviaires en rondaches;
les fcapulaires en corfelets, & les capuchons en cafques & fala-
des. N'eft-ce pas une autre grande & admirable métamorphofe,
de la plûpart de vous autres, Messieurs les Zélés, entre lefquels je
nommerai par honneur les Sieurs de Rofne, de Mandreville,
la Mothe Serrant, le Chevalier Breton (4) & cinquante autres
des plus fignalés de notre Parti, qui me feroient faire une hyperbate (2) & parenthefe trop longue, (& que ceux que je ne
nomme point m'en fachent gré): n'eft-ce pas, dis-je, grand
cas que vous étiez tous n'a gueres en Flandres, portant les armes
politiquement, & emploïant vos perfonnes & biens contre les
Archicatholiques Efpagnols en faveur des Païs-Bas, & que
vous foïez fi Catholiquement rangés tout à un coup au giron de
la fainte Ligue Romaine? Et que tant de bons matois, Ban-

---

(1) C'eft-à-dice, mal fonante, comme
quand on prend un *fol* pour un *fa*.
(2) M. de Thou obferve en effet que
prefque tout ce qu'il y avoit en France, de
gens riches & de perfonnes d'honneur,
avoient la Ligue en abomination.
(3) Merveilleux, miraculeux.
(4) Ces Meffieurs, qu'on a déja nommés

en plufieurs endroits de ces Mémoires,
étoient allés en 1581 faire la guerre en
Flandres fous le Duc d'Anjou.

(5) Hyperbate eft un terme de Grammaire & de Rhétorique. C'eft une conftruction
figurée, qui renverfe l'ordre légitime & naturel du Difcours. Ce mot vient du Grec
Ὑπϵρβαίνω, Je paffe outre.

queroutiers,

queroutiers, Saffraniers, Défefpérés, Hautsgourdiers (1) &
Sorgueurs, tous gens de fac & de corde, fe foient jettés fi
courageufement & des premiers en ce beau Parti, pour faire
leurs affaires, & foient devenus Catholiques à double rebras(2)
bien loin devant les autres? O vrais Patrons de débauche! ô devots Enfans de la Meffe de minuit! ô Saint Catholicon d'Efpagne, qui eft caufe que le prix des Meffes eft redoublé, les Chandelles benites rencheries, les Offrandes augmentées & les Saluts
multipliés; qui eft caufe qu'il n'y a plus de perfides, de Voleurs, d'Incendiaires, de Fauffaires, de Coupe-gorges, & Brigands, puifque par cette nouvelle converfion, ils ont changé de
nom, & ont pris cet honorable titre de Catholiques zélés, & de
Gendarmes de l'Eglife Militante! O mirifiques Doublons d'Efpagne, qui avez eu cette efficace de nous faire tous rajeunir,
& renouveller en une ligueufe vie! Meffieurs, il me femble revoir ce temps, auquel les François, pour expier leurs crimes,
fe croifoient, & alloient faire la guerre outre-mer, comme
Pelerins, contre les Mécréans & Infideles, tandis que les Evêques de Rome mettoient, par humilité, leurs pieds fur le col des
Empereurs, & de leurs Sceptres & Couronne forgeoient les
Clefs & la Tiare, dont ils fe font fait tant valoir depuis! O
faints Pelerins de Lanfac (3), & ton bon Frere bâtard, Evêque
de Comminges (4), qui avez fait enrôler à la foule en vos Quartiers tant d'honnêtes gens, qui reffemblant aux Meneftriers,
n'avoient rien tant en haine que leur maifon! Je ne veux ici
comprendre maints Gentilshommes, & autres qui font du bois
dont on les fait; quoi que ce foit, qui en ont la mine, & fe
montrent vaillans Coqueplumets fur le Pavé de Paris, lefquels
aïant été Pages à pied, ou fervi les Princes Catholiques &
leurs Adhérans, fe font obligés de gaieté de cœur à fuivre leur
Parti, voire fe fuffent-ils rendus Turcs, comme ils difent; aimant mieux être traîtres à leur Roi & à leur Patrie, que man-

(1) *Hautgourdiers*, Pendarts : Sorgueurs,
pour Forgeurs, convaincus de faire de la
fauffe monnoie.
(2) C'eft-à dire, qui avoient du zele au
double. Cette figure fait allufion à certains
manteaux, qu'on appelloit manteaux *à re-
bras*, parcequ'ils fe redoubloient fur le
bras.
(3) Louis de Saint Gelais, Sieur de Lanfac, Baron de la Mothe Saint-Heraye, qui
mourut en 1589.

(4) Urbain de S. Gelais Lanfac, fils naturel de Louis, dont on vient de parler. Urbain
fut fait Evêque de Comminges en 1579,
par la faveur de Catherine de Medicis, qui
l'envoïa l'année fuivante en Portugal, pour
y faire valoir les prétentions qu'elle avoit
a cette Couronne. Urbain mourut en 1613.
Il avoit inftitué à Touloufe une Confrérie
du Saint Sacrement, dans laquelle il avoit
enrôlé pour la Ligue les plus grands fcé-
lérats de Touloufe.

quer de parole à un Maître, qui lui-même eſt Valet & Sujet du Roi. A la vérité nous ſommes grandement obligés à ces gens-là, auſſi bien qu'à ceux qui aïant reçu quelque écorne (1) ou domma-ge du Tyran ou des ſiens, ſe ſont, par indignation & par eſprit de vengeance, tournés vers nous, & ont préféré leur injure par-ticuliere à tout autre devoir (2); & devons auſſi beaucoup remer-cier ceux qui aïant commis quelque aſſaſſinat ou inſigne lâcheté & volerie, au Parti de l'Ennemi, ſe ſont catholiquement jettés entre nos bras, pour éviter la punition de juſtice, & trouver parmi nous toute franchiſe & impunité; car ceux-là plus que nuls autres, ſont obligés à tenir bon juſqu'à la mort pour la ſainte Union. C'eſt pourquoi il ne ſe faut point défier du Baron d'Ale-gre (3), ni de Hacqueville, Gardien du Ponteau-de-Mer, ni du Concierge de Vienne & autres, qui ont fait de ſi beaux coups pour gagner les pardons avec diſpenſe de leur ſerment; ni pareil-lement de ceux qui ont courageuſement mis la main au ſang & à l'empriſonnement des Magiſtrats Politiques: en quoi Monſieur le Lieutenant a eu beaucoup de dextérité pour les engager, & leur faire faire des choſes irrémiſſibles, & qui ne méritent d'a-voir jamais grace, non plus que ce qu'il a fait. Mais gardons-nous de ces Nobles, qui diſent qu'ils ſont bons François, & qui refuſent de prendre penſions & doublons d'Eſpagne, & font conſcience de faire la guerre aux Marchands & Laboureurs; ces gens ſont dangereux, & nous pourroient faire un faux bond; car ils ſe vantent que ſi le Béarnois alloit à la Meſſe, jamais leurs épées ne couperoient contre lui ni les ſiens. Qu'il vous ſou-vienne des entrevues & parlemens qu'aucuns font ſi ſouvent vers Saint Denis, & des paſſeports qu'on reçoit & qu'on envoie ſi facilement de part & d'autre; ces gens-là, Meſſieurs, n'oient la Meſſe que d'un genouil, & ne prennent de l'eau benite en en-trant en l'Egliſe qu'en leur corps défendant, & de la main gau-che. Je voudrois qu'ils reſſemblaſſent tous à ce bon Pelerin & Catholique zélé, Monſieur de la Mothe-Serrand (4), lequel étant ès priſons de Tours, pour rendre témoignage de ſa Foi impli-cite, refuſa de dîner & prendre ſa réfection de potage un jour

---

(1) *Eſcorne*, honte, diffame, ou igno-minie.

(2) On déſigne M. de Villeroy, qui ſe rangea du côté de la Ligue, pour une in-jure qu'il avoit reçue de M. d'Eſpernon au mois d'Octobre 1587, & dont le Roi ne lui fit point de raiſon.

(3) Le Marquis d'Alégre s'étant reconci-lié ſincerement en apparence avec M. de Montmorency Halot, il deſira de le voir pour l'aſſurer de ſon amitié, & le poignar-da en l'embraſſant. Cela arriva en 1592.

(4) On a déja parlé de M. de la Mothe-Serrant.

de Vendredi, craignant qu'on eût mis de la graiffe en fa foupe, & protefta ce champion de l'Inquifition, de fouffrir plutôt la mort, que de manger foupe autre que la Catholique. O illuftres Affiftans, choifis & triés au volet pour la dignité de cette notable Affemblée, la pure crême de nos Provinces, la mere goute de nos Gouvernemens, qui êtes venus ici avec tant de travaux, les uns à pied, les autres feuls, les autres de nuit & la plûpart à vos dépens! N'admirez-vous point les faits héroïques de nos Louchards, Buffis, Senaulds, Oudineaux, Mourrelieres, Crucez, Goudards & Drouarts(1), qui font fi bien parvenus par la plume? Que vous femble de tant de Caboches(2), qui fe font trouvés, & que la Ligue a fufcités à Paris, Rouen, Lyon, Orléans, Troyes, Touloufe, Amiens, où vous voïez les Bouchers, les Tailleurs, les Chicaneurs, Batteliers, Couteliers, & autres efpeces de gens de la lie du Peuple, avoir la premiere voix au Confeil & Affemblées d'Etat, & donner la Loi à ceux, qui auparavant étoient grands de race, de biens, & de qualité, qui n'oferoient maintenant touffir ni grommeler devant eux? N'eft-ce pas en cela qu'eft accompli le commun dire : fi parfait Ligueur tu veux être, de ferviteur tu feras Maître? Seroit-ce pas crime, de paffer fous filence ce nouveau Saint Frere Jacques Clément, qui aïant été le plus débauché de fon Couvent, (comme favent tous les Jacobins de cette Ville) & même aïant eu plufieurs fois le Chapitre & le fouet diffamatoire pour fes larcins & méchancetés, eft néanmoins aujourd'hui canonifé, & maintenant eft là-haut ou là-bas à débattre la preffeance avec le Patron de Compoftelle? O brave Jacobin, que je ferois volontiers le paranymphe & encomiafte de tes louanges, fi mon éloquence pouvoit atteindre à tes mérites! Mais j'aime mieux m'en taire, que d'en dire trop peu : & continuant mon Difcours, parlerai de l'étrange métamorphofe de ma perfonne propre : encor que Caton die, *nec te laudaris, nec te culpaveris ipfe*, fi vous confefferai-je librement, qu'auparavant cette prodigieufe entreprife d'Union, je n'étois pas grand mangeur

---

(1) Tous ces Gens étoient de la faction des Seize. Louchard étoit Commiffaire ; Buffi le-Clerc, Procureur ; Oudineau, Grand Prévôt ; la Morliere, Notaire ; Drouart, Avocat ; Goudart ou Godart étoit Procureur au Châtelet, & Enfeigne de la Compagnie d'un nommé Remy, Bourgeois de Paris ; Crucé eft auffi qualifié de Procureur au Châtelet ou en Cour d'Eglife. Il y a eu cependant un autre *Crucé* ou Crucius, qui étoit Prêtre & Docteur, & qui fe refugia dans les Païs-Bas en 1594. Il fe nommoit Jean, & vivoit encore en 1598.

(2) On a parlé ailleurs de la faction dite des Caboches.

de Crucifix, & quelques-uns de mes plus proches, & qui m'ont hanté plus familierement, ont eu opinion que je fentois un peu le fagot. A caufe qu'étant jeune Ecolier, j'avois pris plaifir à lire des livres nouveaux, & étant à Touloufe, m'étois mêlé de dogmatifer, & depuis n'ai jamais fait de confcience ni difficulté de manger de la chair en Carême, ni de coucher avec ma fœur (1); mais depuis que j'eus figné la Ligue, & la Loi fondamentale de cet Etat, accompagnée des doublons, & de l'efperance du chapeau rouge, perfonne n'a plus douté de ma créance, & ne s'eft enquis plus avant de ma confcience & de mes déportemens. Véritablement je confeffe que je dois cette grace de ma Métamorphofe, à Monfieur le Duc d'Efpernon, qui, pour m'avoir reproché au Confeil ce dont on ne doutoit point à Lyon touchant ma belle-fœur, fut caufe que de grand Politique que j'étois, je devins grand & conjuré Ligueur, comme je fuis à préfent, Directeur & Ordinateur des affaires fécretes & importantes de l'Etat de la Sainte Union. Ne doutez donc plus de demeurer fermes & conftans en ce haut Parti, plein de tant de prodiges & de coups du Ciel, defquels il faut que faffiez une Loi fondamentale. Quant aux néceffités & oppreffions du Clergé, vous y adviferez, s'il vous plaît; car pour mon regard, je mettrai peine que ma marmite ne foit renverfée, & aurai toujours crédit avec Roland & Ribaut, qui ne manqueront de me païer mes penfions, de quelque part que l'argent vienne. Chacun advifera à fe pourvoir, fi bon lui femble, & de ma part je ne defire point la paix, que premierement je ne fois Cardinal, comme on m'a promis, & comme je l'ai bien mérité: car, fans moi, Monfieur le Lieutenant ne feroit pas au degré où il eft, à caufe que ce fut moi qui retins le feu Duc de Guife fon frere, qui s'en vouloit aller des Etats de Blois, fe défiant de quelque fourde embuche du tyran; mais je le fis demeurer pour attendre la dépêche de Rome, qu'on me devoit apporter dedans trois jours, & ce fut pourquoi Madame fa Mere, ci préfente, m'a reproché maintesfois que j'étois caufe de fa mort, dont Monfieur le Lieutenant & tous les fiens me doivent favoir bon gré, parceque, fur ce prétexte, & pour venger cette belle mort, nous

---

(1) Henri III avoit fait & fait faire, *en recriminant*, dit d'Aubigné, des Vers fous le nom de Philon & de l'Aurore, où cet incefte étoit reproché à l'Archevêque; ce qui fait voir que ce Prélat en avoit compofé le premier contre ce Prince, fur un pareil crime.

avons excité les Peuples, & pris occafion de faire un autre
Roi. Courage donc, courage mes amis : ne craignez point
d'expofer vos vies, & ce qui vous refte de biens, pour Monfieur
le Lieutenant, & pour ceux de fa maifon : ce font bons Princes & bons Catholiques, & qui vous aiment tout plein : ne
parlez point ici de lui abroger fa puiffance, qu'aucuns murmurent ne lui avoir été donnée que jufqu'à une prochaine tenue
d'Etats : ce font des comptes de la cigogne. Ceux qui ont
goûté ce morceau, ne demordent jamais : demanderiez-vous
un plus beau Roi, & plus gros & plus gras qu'il eft? C'eft, par
Saint Jacques, une belle piéce de chair, & n'en fauriez trouver un qui le pefe. Meffieurs de la Nobleffe, qui tenez les
Villes & Châteaux au nom de la Sainte Union, êtes-vous pas
bien aife de lever toutes les tailles, décimes, aides, magafins,
fortifications, guet, corvées, impôts, & daces de toutes den-
rées, tant par eau, que par terre, & prendre vos droits fur
toutes prifes & rançons, fans être tenus d'en rendre compte à
perfonne ? Sous quel Roi trouveriez-vous jamais meilleure condition ? Vous êtes Barons, vous êtes Comtes & Ducs, en propriété de toutes les Places & Provinces que vous tenez. Vous
y commandez abfolument, & en Rois de carte. Que vous faut-
il mieux ? Laiffez & oubliez ces noms fpécieux de Monarchie
Françoife, & ne vous fouvienne plus de vos ancêtres, ni de
ceux qui les ont enrichis & anoblis : bref, *qui ben fta, non fi
move.* Quant à vous Meffieurs les Eccléfiaftiques, à la vérité, j'y
perds mon Latin, & vois bien que fi la guerre dure, il y aura
moult de pauvres Prêtres ; mais auffi n'efperez-vous pas votre
falaire en ce monde, ains en l'autre, où une très grande troupe attend ceux qui partiront & mourront pour la Sainte Ligue.
Se fauve qui pourra, quant à moi je fuis capable de porter un
bonnet rouge ; mais de remedier & obvier aux néceffités & op-
preffions du Clergé, il n'eft pas en ma puiffance, & mes gouttes ne me donnent pas loifir d'y penfer. Toutesfois je crains
une chofe, c'eft que fi le Roi de Navarre révoque les paffeports & les mains-levées qu'il a donnés aux Monaftéres & Chapitres, il y aura danger que vous ne criez tous au meurtre après
le Saint Pere, & Monfieur le Légat, & le Révérendiffime Cardinal ci-préfens, qui pourroient bien laiffer les bottes en
France, s'ils ne fe fauvent de bonne heure de-là les Monts.
Je laiffe à Meffieurs les Prédicateurs de tenir toujours en haleine leurs devots Paroiffiens, & reprimer l'infolence de ces

demandeurs de pain ou de paix. Ils favent les paſſages du Livre des Conformités, pour accommoder à leurs propos, & les tourne-virer aux occaſions, comme ils en auront beſoin. Or, ce qui importe pour le préſent le plus à nos affaires, c'eſt de bâtir une Loi fondamentale, par laquelle les Peuples François feront tenus de ſe laiſſer coiffer, embéguiner, encheveſtrer, & mener à l'appetit de Meſſieurs les Cathedrans : voire ſe laiſ-feront écorcher juſqu'aux os, & curer leurs bourſes juſqu'au fond, ſans dire mot ne s'enquérir pourquoi. Car vous ſavez, Meſſieurs, que nous avons affaire de nos penſions; Mais ſur-tout, faites ſouvent renouveller les Sermens de l'Union ſur la Sainte Hoſtie, & continuez les Confrairies du Nom de Jeſus & du Cordon. Car ce ſont de bons colliers pour menues gens; de quoi nous chargeons l'honneur & conſcience de nos bons Peres les Jéſuites, & leur recommandons auſſi nos Eſpions, afin qu'ils continuent de faire tenir ſûrement de nos nouvelles en Eſpagne, & reçoivent auſſi les mandats ſecrets de Sa Ma-jeſté Catholique, pour les faire tenir aux Ambaſſadeurs, Agens, Curés, Couvens, Marguilliers & Maîtres des Confrairies ; & qu'en leurs particulieres Confeſſions, ils n'oublient pas de dé-fendre, ſur peine de damnation éternelle, de deſirer la paix, & encore plus d'en parler, ains faire opiniâtrer les devots Chré-tiens au ſac, au ſang & à feu, plutôt mettre au Biarnois, quand bien il iroit à la Meſſe, comme il a donné charge à ſes Am-baſſadeurs d'en aſſurer le Pape : mais nous ſavons bien le con-trepoiſon ſi cela advient, & donnerons bien ordre que Sa Sainteté n'en croira rien; & le croïant, n'en fera rien; & le faiſant, que nous n'en recevrons rien, ſi je ne ſuis Cardinal. Pourquoi ne le ſerois-je pas, ſi Maître Pierre de Frontac (1), étant ſimple Avocat à Paris, du temps du Roi Jean, le fut bien, pour avoir diligemment défendu les cauſes de l'Egliſe? Et moi, qui ai quitté mon Maître, & trahi mon Païs, pour ſoutenir la grandeur du Saint Siége Apoſtolique, je ne le ſerois pas? Si ſerai, ſi, je vous en aſſure, ou mes amis me faudront : J'ai dit.

Après que ledit Sieur Archevêque eut fini ſon Epiphoneme, en grande émotion de corps & de voix, il demanda permiſſion à Madame de Montpenſier de ſe retirer pour changer de che-

---

(1) C'eſt Pierre de Fetigny, Avocat en Parlement, & Chanoine de l'Egliſe de Pa-ris, qui aïant ſoutenu le parti de Clément VII, Antipape, fut fait par lui Cardinal en 1383 ou 1385, ſous le regne de Char-les VI. Il eſt mort le 4 Novembre 1392, & il fut inhumé à Avignon.

mise, parcequ'il s'étoit échauffé en son harnois. Le Bedeau de
Monsieur le Recteur, qui étoit à ses pieds, lui fit fendre la presse, puis s'étant écoulé par-dessus les bancs des Députés, mondit Sieur le Recteur Rose, revêtu de son habit rectoral, sous
son roquet & camail d'Evêque portatif, ôtant son bonnet par
plusieurs fois, commença ainsi.

HARANGUE DE M. LE RECTEUR ROZE,

JADIS EVEQUE DE SENLIS (1).

TRès Illustre, très auguste, & très Catholique Synagogue :
tout ainsi que la vertu de Thémistocles s'échauffoit par la considération des triomphes & trophées de Miltiades, ainsi me
sens-je échauffer le courage en la contemplation des braves
Discours de ce torrent d'éloquence, Monsieur le Chancelier
de la Lieutenance, qui vient de triompher de dire. Et à son
exemple, je suis mu d'une indicible ardeur de mettre avant
ma Rhétorique, & étaler ma marchandise en ce lieu, où maintesfois j'ai fait des Prédications qui m'ont, par le moïen du
feu Roi, fait de Meunier devenir Evêque, comme, par votre
moïen je suis d'Evêque devenu Meunier ; mais je pense avoir
assez montré, par mes actions passées, que je ne suis point
ingrat, & que je n'ai fait que ce que j'ai vu faire à plusieurs
autres de cette noble assistance, qui ont reçu encore plus de
biens que moi du Roi défunt, & néanmoins l'ont bravement
chassé de son Roïaume, & fait assassiner pour le bien de la Foi
Catholique, sous espérance d'avoir mieux, comme nous nous
étions généreusement promis. Or, je ne veux ici refriquer les
choses passées, ni capter votre bénévolence par un long exor-
de, mais sommairement vous dirai, Messieurs, que la fille aînée du Roi, je ne dis pas du Roi de Navarre, mais du Roi
que nous élirons ici, si Dieu plaît, &, en attendant, je dirai
la fille aînée de Monsieur le Lieutenant de l'Etat & Couronne
de France, l'Université de Paris, vous remontre en toute ob-
servance, que depuis ses *Cunabules* & *Primordes* (2), elle n'a

(1) Guillaume Roze, né à Chaumont en
Bassigny, fut Grand-Maître du Collége de
Navarre à Paris, puis Evêque de Senlis ;
mais durant la rébellion de Paris, il ne
jouissoit pas de son Evêché, c'est pourquoi
il est dit ici *jadis* Evêque de Senlis. Cette

Harangue, que l'on met ici sous son nom,
est encore de Nicolas Rapin, dont on a parlé plus haut.
(2) C'est-à-dire, depuis ses commencemens.

point été si bien morigenée, si modeste & si paisible qu'elle est maintenant, par la grace & faveur de vous autres Messieurs. Car au lieu que nous soulions voir tant de Fripons, Friponniers, Juppins, Galoches, Marmitons, & autres sortes de gens mal-faisans, courir le pavé, hanter les jeux, tirer la laine, & quereller les Rotisseurs du petit Pont, vous ne voïez plus personne de telles gens par les Colléges : tous les suppôts des Facultés & Nations, qui tumultuoient pour les brigues des Licences, ne paroissent plus : on ne joue plus de ces jeux scandaleux & satyres mordantes aux échafaux des Colléges, & y voïez une belle réformation, s'étant tous ces jeunes Regens retirés, qui vouloient montrer à l'envi, qu'ils savoient plus de Grec & de Latin que les autres. Ces factions des Maîtres ès Arts, où l'on se battoit à coups de bourlet & de chaperon, sont cessées : tous ces Ecoliers de bonne maison, grands & petits, ont fait gilles : les Libraires, Imprimeurs, Relieurs, Doreurs, & autres gens de papier & parchemin, au nombre de plus de trente mille, ont charitablement fendu le vent en cent quartiers, pour en vivre, & en ont encore laissé suffisamment pour ceux qui ont demeuré après eux. Les Professeurs publics, qui étoient tous Roïaux & Politiques, ne nous viennent plus rompre la tête de leurs Harangues, & de leurs Congrégations aux trois Evêques (1). Ils se sont mis à faire l'alquemie, chacun chez soi. Bref, tout est coi & paisible, & vous dirai bien plus : jadis du temps des Politiques & Hérétiques Ramus (2), Galandius (3), & Turnebus (4), nul ne faisoit profession des Lettres qu'il n'eût de longue main & à grand frais étudié, & acquis des Arts & Sciences en nos Colléges, & passé par tous les degrés de la Discipline Scholastique. Mais maintenant, par le moïen de vous autres, Messieurs, & la vertu de la Sainte Union, & principalement par vos coups du Ciel, Monsieur le Lieutenant, les Beurriers & Beurrieres de Vanves, les Ruffiens de Mont-Rouge & de Vaugirard, les Vignerons de Saint Cloud,

(1) C'est-à-dire, dans les Assemblées qu'ils tenoient au Collége des trois Evêques.

(2) Pierre Ramus ou de la Ramée, fut Professeur en Philosophie & en Mathématiques ; premierement dans le Collége de Presle, dont il étoit Principal ; ensuite dans le Collége Roïal, où il fonda une Chaire de Mathématiques. Il fut tué à la journée de Saint Barthelemi.

(3) Pierre Galland étoit Principal du Collége de Boncour, & Chancelier de l'Eglise de Paris. Il fut aussi Professeur au Collége Roïal. Il mourut en 1559.

(4) Adrien Turnebe, un des plus savans Hommes de son temps, très habile dans les Langues Grecque & Latine, dans la Critique, la Philosophie, &c. Il a été longtemps Professeur au Collége Roïal. Il est mort en 1565.

les

les Carreleurs de Villejuif, & autres cantons Catholiques, font devenus Maîtres ès Arts, Bacheliers, Principaux, Préfidens & Bourfiers des Colléges, Regens des Claſſes, & ſi arguts Phi-loſophes, que mieux que Ciceron maintenant ils diſputent *de inventione*, & apprennent tous les jours, *aſtodidactos*, ſans au-tre Précepteur que vous, Monſieur le Lieutenant, apprennent, dis-je, à mourir de faim *per regulas*. Auſſi n'oïez-vous plus aux Claſſes ce clabaudement Latin des Regens, qui obtondoient les oreilles de tout le monde : au lieu de ce jargon, vous voïez à toute heure du jour, l'harmonie argentine, & le vrai idiome des vaches & veaux de lait, & le doux roſſignolement des ânes & des truies qui nous ſervent de cloches, *pro primo, ſecundo & tertio*. Nous avons deſiré autresfois ſavoir les Langues Hébraï-que, Grecque & Latine; mais nous aurions à préſent plus de beſoin de langues de bœufs ſalées, qui ſeroit un bon commen-taire, après le pain d'avoine. Mais le Mans & Laval, & ces infaillibles voitures d'Angers, avec leurs chapons de haute graiſſe & gelinotes, nous ont failli, comme les langues; & n'a-vons plus qu'un amer ſouvenir de ces Meſſagers academiques, qui deſcendoient à l'Arbalêtre, & autres fameuſes hôteleries de la rue de la Harpe, à jour & point nommé, au grand conten-tement des Ecoliers attendans, & de leurs Regens friponniers : vous êtes cauſe de tout cela, Monſieur le Lieutenant, & tous ces prodiges ſont œuvres de vos mains. Il eſt vrai que nos Pré-dications & décrets n'y ont pas nui. Mais tant y a que vous en êtes le principal motif & inſtrument, & pour vous dire en un mot, vous nous avez perdus & éperdus. Excuſez-moi, ſi je parle ainſi. Vous avez, *inquam*, ſi inquiné, & diffamé cette belle fille aînée, cette pudique Vierge, cette fleuriſſante Pu-celle, perle unique du monde, diamant de la France, eſcar-boucle du Roïaume, & une des fleurs de lys de Paris la plus blanche, que les Univerſités étrangeres en font des ſornettes Grecques & Latines. Cependant Meſſieurs nos Docteurs n'y trouvent que rire ; car ils n'ont pas les queſtions quodlibetai-res ſi fréquentes : plus ne ſe paſſent Bacheliers, Licenciers, ni Docteurs, où ils ſouloient avoir leurs propines & feſtins, & ſe ſaouloient *uſque ad guttur*. Le vin d'Orléans ne vient plus, en-core moins celui de Gaſcogne : tellement que les ergos ſont ceſſés ; & ſi quelqu'un des plus Eſpagnoliſés a quelques dou-blons, & reçoit quelque penſion du Légat *à catimini* (1), ce

_____

(1) C'eſt-à-dire, en cachette.

Tome V.   X x x

n'eſt pas à dire que les autres s'en ſentent. Au reſte, Monſieur le Lieutenant, vous avez fait pendre votre Argentier Conzélateur Louchard (1), & avez déclaré par conſéquent pendables tous ceux qui ont aſſiſté à la cérémonie de l'Ordre de l'Union (2), qu'on a baillée au Préſident Briſſon. Or, eſt-il que tous les jeunes Curés, Prêtres, & Moines de notre Univerſité, & nous autres Docteurs, pour la plûpart, avons été promoteurs de cette Tragédie : *ergo glue*, & vous dis que ſi ne vous fuſſiez hâté de venir, nous en cuſſions bien fait d'autres, & n'euſſions pas demeuré en ſi beau chemin : & tel parle aujourd'hui bien haut, à qui les dents ne feroient point de mal, ſi vous euſſiez encore tardé trois jours à venir. Mais pour revenir à mon premier theme, j'argumente ainſi : Louchard & ſes Conſorts ont été juſtement pendus, parcequ'ils étoient pendarts. *Atqui*, la plûpart de nous autres Docteurs étions Conſorts & Adhérans, & Conſeillers dudit pendu. *Ergo* pendarts & pendables. Et ne ſert de rien d'alléguer l'abolition qui nous a été faite, touchant ce Catholique Aſſaſſinat. Car *remiſſio non dicitur niſi ratione criminis*, ne pouvant ladite abolition abolir la peine méritée, voire quand vous la détremperiez cent fois en Catholicon d'Eſpagne, qui eſt un ſavon qui efface tout. Il faut donc néceſſairement argumenter ainſi, *in barroquo*. Quiconque fait pendre les Catholiques zelés, eſt tyran, & Fauteur d'Hérétiques. *Atqui*, Monſieur le Lieutenant a fait pendre Louchard & Conſorts, Catholiciſſimes & Zélatiſſimes. *Ergo*, Monſieur le Lieutenant eſt tyran, & Fauteur d'Hérétiques, pire que Henri de Valois qui avoit pardonné à Louchard, Haſte & la Moreliere (3), dignes du gibet plus de trois ans devant les baricades. Qu'ainſi ne ſoit, *probo minorem*, à *majori ad minus*. Le Biarnois a tenu priſonniers entre ſes mains les principaux Chefs de la Ligue, comme Bois-Dauphin, Peſcher, Fontaine - Martel, Flavacourt, Tramblecourt, les Cluzeaux (4), & pluſieurs autres qui me doivent ſavoir gré, ſi je ne les nomme; leſquels il n'a pas fait pendre, le pouvant & devant, comme aucuns

---

(1) Il étoit un des Seize qui avoit été pendu pour la mort du Préſident Barnabé Briſſon.

(2) C'eſt une corde pour pendre, comme le Préſident Briſſon l'avoit été.

(3) On a déja parlé de Louchard. Nicolas Haſte étoit Notaire, de même que la Morliere. Celui-ci ſe fit donner depuis un

Etat de Lieutenant - Criminel de Robecourte.

(4) Ceux que l'Auteur nomme ici, furent faits priſonniers à la bataille d'Ivry, par les Gens du Roi. Henri IV les traita fort humainement. On les a déja fait connoître ailleurs.

ont fait, & néanmoins est Hérétique, ou tenu pour tel. *Ergo*, Monsieur le Lieutenant est pire qu'Hérétique, qui a fait pendre ses meilleurs amis, lesquels lui avoient mis le pain en la main. De dire que cela soit fait *ad majorem cautelam*, pour ravaler l'orgueil & insolence des Seize, cela est bon; mais cependant on s'étrangle. Et ne peut ce dicton empêcher que nous ne soïons toujours jugés & réputés grands badaux & caillettes, sots en Latin & en François, de l'avoir enduré; & qui pis est, que les Politiques ne concluent, *in modo & figura*, que la Sorbonne peut errer; chose qui me feroit derechef devenir insensé, & courir les rues. Car, si cela avoit lieu, nous ne saurions prouver, par toutes les fleurs de notre Réthorique, ni par toutes les Loix fondamentales du Roïaume, dont Monsieur de Lyon a fait si grand cas, que tant de milliers de pauvres Chrétiens, que nous avons fait & faisons mourir de faim, de fer & de feu, par notre précipité décret, dussent être jugés vrais martyrs, si tant est que notredit décret ne les a pu absoudre du serment de fidélité & obéissance naturelle que les Sujets doivent à leur Prince. Parquoi, Messieurs, je vous supplie, au nom de notre Academie, de pallier ce fait ici le plus catholiquement qu'on pourra, comme Monsieur le Légat fait les intentions du Pape Sixte, qui n'aimoit pas tant la Ligue qu'on disoit (1). Au reste, je vous fournirai tant de passages que vous voudrez; car j'en ai à revendre. Mais sur-tout, Messieurs, je vous recommande nos pensions (2), & de Messieurs nos Conducteurs de la Faculté de Théologie, comme aussi de Messieurs les Curés & Prédicateurs, pour lesquels je parle. Car vous avez affaire de nous, & ne vous en sauriez passer. Et Madame de Montpensier a bien su dire qu'elle gagnoit plus de Villes, & faisoit plus de besogne avec un peu de doublons qu'elle distribuoit aux Prédicateurs & Docteurs, que le Roi de Navarre ne faisoit avec toutes ses tailles & armées. Je vous advertis de bonne heure, que si ne fournissez à l'apointement, il y a danger

---

(1) Le dessein du Pape Sixte contre le Roi d'Espagne, étoit de le chasser du Roïaume de Naples, & c'est à cela qu'il vouloit emploïer son argent. Le Roi d'Espagne, qui en fut averti, envoïa un Ambassadeur à Rome, pour sommer le Pape de contribuer, de ses trésors, à la guerre, contre les Hérétiques de France, en faveur de la Ligue. Sixte fit dire à cet Ambassadeur, que s'il lui faisoit cette sommation,

il lui feroit trancher la tête; & l'Ambassadeur n'osa pas aller plus avant.

(2) En effet, Rose recevoit des pensions pour entreprendre de justifier en Chaire les déportemens les plus criminels des Ligueurs; & précédemment, il avoit entrepris de défendre le parricide de Jacques Clément, par les Textes mêmes des Ecrivains sacrés, à qui il donnoit de mauvais sens.

que nous ne nous mettions tous à prouver, qu'il n'eſt que d'a-
voir un Roi légitime, *etiam diſcole*, pourvû qu'il nous laiſſe le
Pain de Chapitre, & le Purgatoire, ſans rien innover juſqu'au
futur Concile. Mais en attendaut, adviſez ſi nous ferons un
Roi ou non. Je ſais que Monſieur le Lieutenant voudroit bien
l'être ; auſſi feroit ſon neveu, & encore ſon frere le Duc de Nemours : & je ne doute pas que les Ducs de Savoie & de Lorraine n'en aient autant d'envie ; car, à la vérité, ils y ont autant
de droit l'un que l'autre. Quant au Duc de Mercœur, ſes Agens
y feront autant que lui. S'il eût pris de bonne foi le Roi de
Portugal Dom Antoine (1), & l'eût livré à ſon bon ami le Roi
Très Catholique, comme il lui avoit promis, je crois qu'il ſe
fût contenté des droits qu'il a au Duché de Bretagne (2), pareils à ceux qu'avoit ſon aïeul Jean par ſa femme. Mais ici, qui
n'y eſt, n'y prend. Premierement, je vous conſeille de ne vous
arrêter pas au Duc de Savoie, ni au Duc de Lorraine ; ils ont
aſſez à faire à leur Maiſon. Je m'aſſure qu'ils ſe contenteront
de peu. Si vous voulez laiſſer au Savoïard, le Dauphiné & la
Provence, avec une partie du Lyonnois & du Languedoc,
pourvû que vous lui faſſiez prendre Geneve, je voudrois gager
ma vie qu'il ne vous demandera plus rien, que la confiſcation
de Leſdiguieres. Quant au Duc de Lorraine, ôtez-lui le Duc
de Bouillon, & lui baillez Sedan, Metz, toute la Champagne,
& partie de Bourgogne, qui eſt à ſa bienſéance, vous l'appai-
ſerez par après pour un morceau de pain. Je viens maintenant
à vous, Monſieur de Guiſe, Fils de bon Pere & de bonne
Mere, que des prédictions ont de long-temps deſtiné aux
Roïaumes & Empires, & vous ont ſurnommé Pepin le brief :
vous voilà ſur le point d'être un grand Charlemagne, votre
grand biſaïeul, ſi marché tient. Mais regardez à ne vous laiſſer
pas tromper : ces Meſſieurs d'Eſpagne, encore qu'ils ſoient nos
bons amis, & bons Catholiques, ne ſont pas Marchands à un
mot, & ce n'eſt pas d'à cette heure ; car il y a plus de deux
mille ans qu'ils s'en mêlent, & qu'on leur donne le nom d'être
fins à doubler. Ils vous promettent cette divine Infante en mariage, pour la faire Reine *in ſolidum* avec vous ; mais prenez

---

(1) Il ſe voit quelques Lettres particulieres par leſquelles il paroît que le Duc de
Mercœur pouvoit arrêter le Roi Dom Antoine.

(2) Le Duc de Mercœur prétendoit au

Duché de Bretagne par ſa femme, Marie de
Luxembourg, de la Maiſon de Penthievre,
qui venoit, par le moïen de Jean de Bretagne, Comte de Penthievre.

garde que le Duc de Feria n'ait rempli ſes blancs ſignés ſans charge. Il en a une pleine boite, dont il ſe ſert, à toutes occurrences, comme d'une forme à tout ſoulier, & d'une ſelle à tous chevaux. Il les date, ou antidate avec ſon urinal, quand il lui plaît. J'ai peur, quelque choſe qu'il nous ait propoſée, que ce ne ſoit qu'artifice pour nous amuſer, quand il a vu que ne voulions entendre à rompre la Loi Salique. Si vous avez tant ſoit peu de nez, vous le ſentirez. Car nous ſavons de bonne part que le mariage eſt déja accordé d'elle, & de ſon Couſin l'Archiduc Erneſt. *Adde*, que ceux de la Maiſon d'Autriche font comme les Juifs, qui ne ſe marient qu'en leur famille, & s'entretiennent l'un l'autre, comme hannequins (1) ou hannetons. Quittez donc cette vaine eſpérance de Gynæcocratie (2), & croïez que les petits enfans s'en mocquent, & en vont déja à la moutarde. J'en ouïs l'autre jour un, qui revenant tout bellement de la taverne, chantoit ce Quatrain :

> La Ligue ſe trouvant camuſe,
> Et les Ligueurs fort étonnés,
> Se ſont adviſés d'une ruſe ;
> C'eſt de ſe faire un Roi ſans nez (3).

Mais ſi j'euſſe pu le faire attraper par le Commiſſaire Bazin (4), qui courut après, il n'eût pas moins eu que le Meunier (5), qui s'eſt mocqué de nos Etats. Que diriez-vous de ces impudens Politiques, qui vous ont mis en figure en une belle feuille de papier, déja couronné comme un Roi de carreaux, par anticipation ; &, en la même feuille, ont auſſi mis la figure de la divine Infante, couronnée en Reine de France, comme vous, vous regardant huſe à huſe (6) l'un l'autre ? Et

(1) MM. Hennequins ſe marioient fréquemment dans leur propre famille.
(2) Puiſſance, autorité, gouvernement des femmes.
(3) M. de Guiſe, fils du Balafré.
(4) Jaquet & Bazin, l'un & l'autre Commiſſaires au Châtelet, étoient connus pour avoir eu beaucoup de part à l'indigne traitement fait au Préſident Briſſon, & aux Conſeillers Tardif & Larcher, le 19 Juin 1593. Jacquet & Bazin ſe trouvent ſur la liſte de ceux qui devoient ſortir de Paris le 30 de Mars 1594.

(5) Ce Meunier fut fouetté au cul de ſon âne.
(6) *Huſe* eſt ſans doute un diminutif, ou plutôt une prononciation à la Païſanne, du mot de *Hure* ; autrement ce ſeroit une faute d'impreſſion, & il faudroit dire *Hure à Hure*, c'eſt-à-dire, tête-à-tête, ou face à face. Au reſte, on avoit ainſi dépeint l'Infante d'Eſpagne avec le Duc de Guiſe, à l'imitation d'anciennes monnoies, où Ferdinand & Iſabelle, Roi & Reine d'Eſpagne, ſont repréſentés face à face.

au bas de ladite peinture, ont mis ces Vers, que j'ai retenus par cœur, parcequ'il y va du vôtre.

> Les François Espagnols ont fait un Roi de France.
> A l'Infante d'Espagne ils ont ce Roi promis;
> Roïauté bien petite, & de peu d'importance;
> Car leur France est comprise dans l'enclos de Paris.

> N'apporte à cette fois pour ce froid mariage,
> O Hymen! Dieu nopcier, ton paisible flambeau:
> De ces corps éloignés on assemble l'image,
> Qui font l'amour des yeux tous deux en un tableau.

> C'est une Roïauté seulement en figure;
> La feinte, & non l'amour, ce mariage a fait:
> C'est bien raison, qu'étant Roi de France en peinture,
> D'une Reine on lui fasse épouser le portrait.

Si Monsieur d'Orléans (1), en qualité d'Avocat Général, veut faire recherche de ces méchans Imprimeurs politiques, c'est sa Charge, & se connoît aux caractères; & ses bons Comperes Bichon, N. Nivelle, Chaudiere, Morel & Thierri (2) découvriront la matrice. Quant à moi, je m'en déporte; car je craindrois que ces Politiques fissent quelque Livre contre moi, comme ils ont fait contre le Docteur Catholique & Jurisconsulte Chopin, sous le nom de Turlupin (3). Messieurs du Parquet y feront leur devoir, *more & loco solitis*. Je me contente de prêcher, entretenir mes Bedeaux, & solliciter mes pensions. Tout ceci soit dit par parenthese. Mais Monsieur de Guise, mon enfant, croïez-moi, & vous croirez un fol: ne vous arrêtez plus à cela; ce n'est pas viande pour vos oiseaux. N'en haussez pas votre train, ni n'en alongez pas votre table pour cela: il y a du foin, il n'y a que les bêtes qui s'y amusent.

---

(1) C'est l'Avocat Louis d'Orléans, dont on a déja parlé ailleurs.

(2) Imprimeurs de Paris, grands Ligueurs, sur-tout Bichon, de l'impression duquel on voit beaucoup de Livres en faveur de la Ligue.

(3) C'est la Satyre faite contre le Jurisconsulte René Chopin. Elle est intitulée: *Anti-Chopinus, seu Epistola congratulatoria M. Nicodemi Turlupini ad M. Rena-* tum S. Unionis Hispanistalo-Gallicæ advocatum incomparabilissimum. Imprimée in-4°. l'an 1592, sans nom de lieu; *anno à Liga nata septimo, & secundum alios quintodecimo, Calculo Gregoriano.* Cet Ouvrage, écrit d'un stile burlesque, en des termes écorchés du Latin, est du Sieur de Villiers-Hotman, fils du Jurisconsulte Hotman. Voïez les *Satyres Personnelles* de M. Baillet, in-4°. p. 257, & suiv.

Mais faites mieux, obtenez du Saint Pere une belle Croisade
contre les Turcs, & allez reconquérir ce beau Roïaume de Jerufalem, qui vous appartient, à caufe de Godefroi votre grand
Oncle, aufli bien que la Sicile & le Roïaume de Naples. Combien de palmes & de trophées vous attendent! Combien de
Sceptres & de Couronnes fe préparent pour vous! fi votre horofcope ne ment. Comme vous dites que n'avez point de fortune bornée, laiffez ce malotru Roïaume de France à qui
daignera s'en charger: il ne vaut pas que votre efprit, né pour
les Empires, & la Monarchie univerfelle du monde habitable,
s'humilie à fi petits deffeins & indignes de vous, & de votre feu
Pere, que Dieu abfolve, s'il eft permis d'ainfi parler des Saints.
Et vous Monfieur le Lieutenant, (à qui il faut maintenant que
je parle), que penfez-vous faire? Vous êtes gros & replet, vous
êtes pefant & maleficié; vous avez la tête affez groffe pour porter une Couronne; mais quoi? vous dites que n'en voulez
point, & qu'elle vous chargeroit trop. Les Politiques difent,
qu'ainfi difoit le renard des meures. Vous empêchez fous main
que votre Neveu ne foit élu; vous défendez aux Députés qu'on
ne touche point cette groffe corde de la Roïauté. Que ferons-
nous donc? il nous faut un Roi: lequel, comme difent les
Docteurs Politiques, *melius fumitur, quàm quæritur*. Vous faites croire au Roi d'Efpagne que vous gardez le Roïaume de
France pour lui & pour fa fille; & fous cette efpérance, vous
tirez du bon homme tout ce que les Indes & le Perou lui peuvent envoïer; il vous entretient votre plat; il vous envoie des
Armées, mais non pas à votre devotion: car, il fe garde de
vous, & vous défiez l'un de l'autre, comme aveugles, & vous
entendez comme larrons. Cependant vous avez irrité les Seize,
qui vous accufent qu'êtes un Marchand de Couronnes (1), &
avez mis celle de France au plus offrant: ils en font des Livres à votre préjudice, où ils déchiffrent toutes vos actions:
ils difent que vous avez des pratiques fourdes avec le Biarnois,
& lui faites porter des paroles par Villeroy & Zamet, pour
l'endormir, & lui faire entendre qu'êtes bon François, & ne
ferez jamais Efpagnol, & que pouvez lui remettre Paris, & lui

_____

(1) C'eft que le Duc de Mayenne avoit
d'abord offert la Couronne au Roi d'Efpa-
ne, pourvû qu'il fût déclaré Viceroi &
Lieutenant Général. En fecond lieu, il l'avoit
offerte à l'Archiduc Erneft, moïennant fix

cens mille écus; enfin il l'avoit encore préfentée aux Ducs de Lorraine & de Savoie,
quoique malgré ces offres, il eût bien voulu
la retenir pour lui-même.

rendre tout fon Roïaume paifible, quand il aura été à la Meffe, & reconnu notre Saint Pere ; & fous cette rufe, avez tiré quarante mille écus politiques, pour trois mois, qui devoient valoir pour quatre, à dix mille écus piéce, faifant entendre que le Roi d'Efpagne rogneroit vos diftributions, s'il favoit que traitaffiez d'accord avec les Hérétiques. Mais on a découvert, que fecrerement vous envoïez vos Agens à Rome & en Efpagne, pour empêcher que le Pape ne lui donne abfolution, s'il la demande, & pour fufciter le Roi d'Efpagne d'envoïer nouvelles forces fur la frontiere. Vous penfez être bien fin; mais vos fineffes font coufues de fil blanc. Enfin tout le monde les voit; car ces Politiques ont des Dragons (1) fur les champs qui prennent tous vos paquets, & devinent tous vos chiffres, auffi bien que ceux du Roi d'Efpagne & du Pape, tant fubtils puiffent-ils être : fi bien, qu'ils favent toutes vos faciendes, & à Rome & à Madrid, & en Savoie, & en Allemagne. Vous befflez (2) tout le monde, & tout le monde vous beffle auffi : danger y a que ne deveniez ce que fut le Comte de Saint Paul, Connétable de France du temps de Louis XI, lequel, après avoir abufé fon Maître, & le Duc de Bourgogne, & le Roi d'Angleterre, tout un temps, enfin fut fait Cardinal en Grêve (3). Quant à être Roi de votre chef, ne vous y attendez pas; votre part en eft gêlée; tous vos aînés s'y oppofent : vos Coufins compétiteurs feroient plutôt ceffion *ad partes*, que de l'endurer : les Seize ne veulent point de vous; car ils difent qu'ils vous ont fait ce que vous êtes, & vous les pendez, & diminuez leur nombre tant que vous pouvez : le Peuple avoit efperé, fur votre parole, que vous déboucleriez la riviere, & rendriez les chemins & le commerce libre ; mais il voit au contraire, qu'ils font plus ferrés que devant, & que le pain & le peu de bien qu'ils ont pour vivre, ne vient pas de votre bienfait ni de votre vaillance, mais de la libéralité du Biarnois & de fon bon naturel, ou de l'avarice des Aquiteurs qui en tirent tout le profit. Bref, la plûpart croit que voulez prolonger, tant que pourrez, la Lieutenance en laquelle on vous a mis, & vivre toujours en guerre & en trouble, bien à votre aife, bien fervi,

---

(1) On les nomma d'abord *Arquebufiers à cheval* ; mais on leur avoit déja donné le nom de *Dragons* en 1585. Les Arquebufiers à cheval avoient fuccedé aux anciens *Argoulets*, dont on leur donnoit encore quelquefois le nom.

(2) *Béfler*, tromper, mener quelqu'un par le nez.

(3) Il fut décapité le 19 Décembre 1475. Voïez les Hiftoriens de Louis XI.

bien traité, bien gardé de Suiffes & d'Archers, qu'il n'y manque que les Hoquetons & Sibilot (1), pour être Roi, pendant
que tout le refte du Peuple meurt de mal rage de faim. Vous
voulez garder les gages, & être Curateur perpétuel aux biens
vacans, qui empêche & prolonge tant qu'il peut la délivrance
des criées, de peur de rendre compte. Au refte, vous ne pouvez
être Roi par le mariage de l'Infante : vous avez époufé la vieille, qui fe garde bien du boucon, & puis il faudroit un autre
homme que vous à cette garfe de trente ans, noire comme
poivre, & d'appetit ouvert. Davantage, quand nous vous aurions élu Roi, vous auriez affaire au Biarnois, qui fait mille
tours de Bafque, & qui ne dort que tant qu'il veut, & à l'heure qu'il veut ; lequel fe rendant Catholique, comme il vous en
menace, tirera de fon côté tous les Potentats d'Italie & d'Allemagne : & quant & quant le cœur de tous les Gentilshommes François, dont vous voïez déja la plûpart branler au
manche, & minuter leur retraite avec tant de pauvres Villes
affligées, laffées de la guerre & de la pauvreté, qui ne demandent autre chofe que cette couleur & bonne occafion, pour fe
retirer du pair, & en couvrir ou colorer leur répentance.
Songez-y, Monfieur le Lieutenant, pour la pareille : vous avez
beau faire le Roi, & contrepeter le Biarnois en Edits, Déclarations, en Sceaux, en Gardes, en grands Prévôts & Maîtres
des Requêtes de votre Hôtel. Quand vous devriez crever, & vous
enfler gros comme un bœuf, comme fit la mere grenouille, vous
ne ferez jamais fi gros Seigneur que lui, encore qu'on die qu'il
n'a pas de graiffe fur tout fon corps pour paître une alouette.
Mais favez-vous que vous ferez ? je vous confeillerois, fi n'é-
tiez bigame (2), de vous faire Abbé, quiconque fera Roi ne
vous refufera pas l'Abbaïe de Clugni, qui eft de votre Maifon:
vous aimez la foupe graffe, & vous ruez volontiers en cuifine.
Vous avez le ventre ample & fpacieux, & fi ferez couronné: je
dis couronné de la même Couronne, & votre Couronne faite
de mêmes cifeaux que Madame votre Sœur (3) difoit avoir pendus
à fa ceinture pour faire la Couronne monacale de feu Henri
de Valois. Vous ne m'en demandez ni foi ni ferment, mais je

(1) Sibilot étoit le fou de la Cour de Henri III. L'Auteur veut faire entendre que fi le Duc de Mayenne avoit eu des Hoque-tons & un fou à gage, fa maifon auroit été auffi complette que celle du Roi.
(2) Ce n'eft pas qu'il eut eu deux femmes, mais parcequ'il avoit époufé une veuve ; ce qui, felon le Droit Canon, conftitue une efpece de *Bigamie*, pour raifon de laquelle on ne peut tenir Bénéfices fans difpenfe.
(3) Madame de Montpenfier.

suis de cet avis. Je ne parlerai point ici de Monfieur de Nemours votre frere *uterin*, (les Politiques difent *adulterin*) ceftui-
là a fait caca en nos paniers : il a fes deffeins à part, & reffemble
Picrocole (1), qui par difcours bien raifonnés, fe fait Monarque
du monde pied à pied. S'il peut gouverner le Roi des bêtes (2),
comme il a fait la nef de Paris, je dirai qu'il faura plus faire
que Maître Mouche ; ces animaux méconnoiffent quelquefois
leurs Gouverneurs, mêmement, s'ils changent d'habit. Il ne
fera pas mal partagé, s'il parvient à fes prétentions : à quoi
vous, Monfieur le Lieutenant, & Monfieur de Lyon, lui ferez, je crois, de bons Offices. Somme toute, Meffieurs, vous
êtes trop de chiens à ronger un os, vous êtes jaloux & envieux
les uns des autres, & ne fauriez jamais vous accorder ni vivre
fans guerre, qui nous mettroit en pire état que devant. Mais
je vous dirai : faifons comme on fait au Confiftoire à l'Election
du Pape. Quand deux Cardinaux briguent la Papauté, les autres Cardinaux, de peur d'encourir la haine de l'un ou de l'autre, choififfent un d'entr'eux, le plus foible de reins, & l'eli-
fent, faifons-en ainfi. Vous êtes quatre ou cinq Brigands au
Roïaume, tous grands Princes, & qui n'avez pas faute d'appetit. Je fuis d'avis que pas un de vous ne foit Roi. Je donne donc
ma voix à Guillot Fagotin (3), Marguillier de Gentilli, bon
Vigneron, & prud'homme, qui chante bien au letrin (4), &
fait tout fon Office par cœur. Cela ne fera pas fans exemple en tel temps que ceftui-ci : témoin la Harelle de Rouen,
où l'on fit Roi, un nommé le Gras, plus mal avifé que Guillot. Et voici où je fonde mon avis. J'ai lu quelquefois ce grand
& divin Philofophe Platon, qui dit que les Roïaumes font heureux, où les Philofophes font Rois, & où les Rois font Philofophes. Or, fais-je, qu'il y a tantôt trois ans que ce bon Marguillier & fa famille, avec fes vaches, médite jour & nuit la
Philofophie en une falle de notre Collége (5), en laquelle y a
plus de deux cens bonnes années qu'on y a lu, & traité, & dif-
puté publiquement la Philofophie, & tout l'Ariftote, & toutes
fortes de bons Livres moraux. Il n'eft pas poffible qu'aïant ce

(1) Picrochole, perfonnage qui trouve
fa place dans Rabelais.
(2) C'eft-à-dire, la Ville de Lyon. Ceux
de cette Ville, dont il étoit Gouverneur,
l'arrêterent prifonnier.
(3) On dit que c'étoit un Païfan de Vanves.

(4) Pour, Lutrin.
(5) Pendant le fecond Siége de Paris, &
durant le fort de la Ligue, les Colléges furent remplis de Païfans, qui de leurs Claf-
fes, faifoient des étables pour leurs vaches,
& autres bêtes.

bon homme rêvé, sommeillé, & dormi tant de jours & de nuits, entre ces murailles Philosophiques, où tant de savantes Leçons & Disputes ont été faites, & tant de belles paroles proférées, il n'en ait demeuré quelque chose qui ait entré & pénétré dedans son cerveau, comme au Poète Hesiode, quand il eut dormi sur le Mont Parnasse. C'est pourquoi je persiste, & entends qu'il soit Roi, comme un autre.

COMME Monsieur Roze achevoit ces paroles, il sourdit un grand murmure entre les Députés ; les uns approuvans, les autres reprouvans son opinion ; & furent vus les Princes & Princesses chucheter en l'oreille l'un de l'autre : même, fut oui que M. le Lieutenant dit tout bas au Légat, ce fol ici gâtera tout notre mystere. Néanmoins, ledit Roze voulut continuer son propos ; mais quand il vit le bruit recommencer, avec un claquement général de mains, il se leva en colere, & cria en voix stentorée ; comment, Messieurs, est-il pas permis ici de dire ce qu'on pense ? N'aurai-je point liberté de parler & conclure mes Argumens, comme a fait M. de Lyon ? Je sais bien que si j'eusse été Courtisan comme lui, je n'eusse nommé personne : car, il avoit charge du Clergé de nommer le Comte du Bouchage, *Frere Ange* (1), pour espérance que ce Prince, aimant le changement, changeroit aussi nos miséres en coups du Ciel ; mais, je vous prie, gardez-le pour porter l'oriflambe (2) aux batailles ; car il lui doit suffire d'avoir quitté la besace. A ces mots, chacun se mit derechef à crier & siffler : & combien que les Hérauts & Massiers hurlassent, *qu'on se taise*, n'osans dire, *paix-là*, & que Monsieur le Lieutenant commandât plusieurs fois de faire silence, il ne fut possible d'appaiser le bruit, tellement que ledit Sieur Recteur suoit, tempêtoit, écumoit, & frappoit du pied : & voïant qu'il n'y avoit plus moïen de reprendre son theme, cria le plus haut qu'il put, Messieurs, Messieurs, je vois bien que nous sommes à la Cour du Roi Petaut, ou chacun est maître. Je le vous quitte, qu'un autre parle : j'ai dit.

(1) Il avoit été Maréchal de France, se fit Capucin, & voulant quitter l'habit & sortir du Monastere, il prit pour prétexte le zele de la Religion Catholique, & obtint une dispense du Pape de changer de profession, & de prendre les armes pour la Ligue, comme Chevalier de Malte. Il rentra dans son Couvent en 1599, & mourut Capucin en 1608 dans le Piémont, comme il s'en revenoit à pied de Rome pour se retirer dans son Couvent de Paris. On a écrit sa vie, en François. Il étoit de la Maison de Joyeuse.
(2) L'Oriflamme. C'est une pieuse Tradition que cet Etendart avoit été envoïé du Ciel à nos Rois, pour s'en servir dans les Croisades.

Et là-deſſus ſe raſſit en grommelant, & s'eſſuïant le front, & lui echapperent, à ce qu'on dit, quelques rots odoriférans de l'eſtomach, qui ſentoient le parfum de ſa colere, avec des paroles en baſſe note, ſe plaignant qu'on avoit fraudé l'aſſignation envoïée d'Eſpagne, pour Meſſieurs les Docteurs, & que d'autres en avoient fait leur profit; mais que ce ſeroit l'or de Touloufe (1), qui leur coûteroit bien cher.

Enfin, la rumeur commençant un peu à ſe racoiſer, Monſieur de Rieux le jeune (2), Comte & Gardien de Pierre-Font, Dé-puté pour la Nobleſſe de France, habillé d'un petit capot à l'Eſpagnole, & une haute fraiſe, ſe leva pour parler, & aïant mis deux ou trois fois la main à la gorge, qui lui demangeoit (3), commença ainſi.

HARANGUE DU SIEUR DE RIEUX (4),

COMTE DE PIERRE-FONT,

Pour la Nobleſſe de l'Union.

MESSIEURS,

Je ne ſais pourquoi on m'a député pour porter la parole en ſi bonne Compagnie, pour toute la Nobleſſe de notre Parti. Il faut bien dire qu'il y a quelque choſe de prodigieux en la Sainte Union, puiſque, par ſon moïen, de Commiſſaire d'Artillerie, aſſez malôtru, je ſuis devenu Gentilhomme, & Gouverneur d'une belle Fortereſſe : voire que je me puis égaler aux plus Grands, & ſuis un jour pour monter bien haut, à reculon ou autrement. J'ai bien occaſion de vous ſuivre, Monſieur le Lieutenant, & faire ſervice à la noble Aſſemblée, à bis, ou à blanc, à tort, ou à droit, puiſque tous les pauvres Prêtres, Moines, devots Catholiques m'apportent des chandelles, &

---

(1) On dit que Quintus Servius Cæpio, Conſul Romain, aïant abandonné la Ville, de Touloufe au pillage, tous ceux qui pil-lerent l'or de ſes Temples, & ceux mêmes entre les mains de qui cet or paſſa, périrent miſérablement, après avoir ſouffert de cruelles douleurs.

(2) On l'appelle ici M. de Rieux le jeune, pour faire entendre qu'il n'étoit pas de l'ancienne Maiſon de Rieux, dont étoient

MM. de Sourdeac & de Beaumont.

(3) Parcequ'il fut pendu.

(4) Ce Sieur de Rieux, de petit Commis dans les vivres, étoit parvenu parmi les Ligueurs à cauſe de ſa bravoure. Il fut pen-du à Compiegne en 1594 : M. de Thou dit que ce fut pour ſes brigandages. Le Grain, dans ſa *Décade de Henri IV*, en rapporte une autre raiſon. Voïez les Remarques ſur la Satyre ménippée, *in*-8°. p. 215 & 216.

m'adorent comme un des preux du temps paſſé. C'eſt pourquoi
je me donne au plus vîte aux Diables, que ſi aucun de mon
Gouvernement s'ingere à parler de paix, je le courrai comme
un loup gris. Vive la guerre, il n'eſt que d'en avoir, de quelque part qu'elle vienne. Je vois je ne ſais quels dégoûtés de notre Nobleſſe, qui parlent de conſerver la Religion & l'Etat tout
enſemble; & que les Eſpagnols perdront, à la fin, l'un & l'autre, ſi on les laiſſe faire. Quant à moi, je n'entends point tout
cela, pourvû que je leve toujours les tailles, & qu'on me paie
bien mes appointemens, il ne me chaut que deviendra le Pape
ni ſa femme. Je ſuis après mes intelligences, pour prendre
Noïon (1) : ſi j'en puis venir à bout, je ferai Evêque de la Ville &
des Champs, & ferai la moue à ceux de Compiegne (2). Cependant je courrai la vache & le manant, tant que je pourrai;
& n'y aura Païſan, Laboureur, ni Marchand au tour de moi,
& à dix lieues à la ronde, qui ne paſſe par mes mains, & qui
ne me paie taille, ou rançon. Je fais des inventions (3) pour
les faire venir à raiſon. Je leur donne le frontal de cordes
liées en cordeliere : je les pends par les aiſſelles, je leur chauffe
les pieds d'une pelle rouge, je les mets aux fers, & aux ceps,
je les enferme en un four, en un coffre percé, plein d'eau, je
les pends en chapon rôti : je les fouette d'étrivieres, je les ſale,
je les fais jeûner, je les attache étendus dedans un van : bref,
j'ai mille gentils moïens pour tirer la quinteſſence de leurs
bourſes, & avoir leur ſubſtance, pour les rendre bélîtres à jamais, eux & toute la race : que m'en ſoucié-je, pourvû que
j'en aie? qu'on ne me parle point là-deſſus du point d'honneur,
je ne ſais que c'eſt. Il y en a qui ſe vantent d'être deſcendus de
ces vieux Chevaliers François, qui chaſſerent les Sarraſins
d'Eſpagne, & remirent le Roi Pierre en ſon Roïaume. Les autres ſe diſent être de la race de ceux qui allerent conquérir la
Terre Sainte avec Saint Louis. Les autres, de ceux qui ont remis les Papes en leur Siége, par pluſieurs fois, ou qui ont
chaſſé les Anglois de France, & les Bourguignons de la Picardie, ou qui ont paſſé les Monts aux conquêtes de Naples
& de Milan, que le Roi d'Eſpagne a uſurpées ſur nous. Il ne

---

(1) La Ligue avoit repris Noyon en Février 1593. Le Roi obligea Deſcluſeaux,
qui y commandoit pour elle, à lui rendre
cette Ville, le dix huit Octobre mil cinq
cens quatre-vingt quatorze.

(2) Parceque de Rieux fut pendu à Compiegne.
(3) Il avoit appris à pratiquer toutes ces
inhumanités pendant l'expédition des Ligueurs au Comté de Montbéliard en 1588.

me chaut de tous ces titres & pancartes, ni d'armoiries timbrées ou non timbrées : je veux être vilain de quatre races ,
pourvu que je reçoive toujours les tailles, sans rendre compte.
Je n'ai point lu les Livres ni les Hiftoires & Annales de France , & n'ai que faire de favoir, s'il eft vrai qu'il y ait eu des
Paladins & Chevaliers de la table ronde, qui ne faifoient profeffion que d'honneur, & de défendre leur Roi & leur Païs,
& fuffent plutôt morts que de recevoir un reproche, ou fouffrir
qu'on eût fait tort à quelqu'un. J'ai oui compter à ma bonne
grand'mere, en portant vendre fon beûrre au marché, qu'il y
avoit eu autrefois un Gaſton de Fois, un Comte de Dunois,
un la Hire (1), un Poton (2), un Capiraine Bayard (3), & autres, qui avoient fait rage pour ce point d'honneur, & pour
acquérir gloire aux François ; mais je me recommande à leurs
bonnes graces, pour ce regard. J'ai bonne épée & bon piſto-
let, & n'y a Sergent ni Prévôt des Maréchaux qui m'ofâffent
adjourner. Advienne qui pourra, il me fuffit d'être bon Catholique : la juſtice n'eſt pas faite pour les Gentilshommes comme moi : je prendrai les vaches, & les poules de mon voifin,
quand il me plaira : je leverai fes terres, je les renfermerai avec
les miennes dedans mon clos, & fi n'en oferoit grommeler :
tout fera à ma bienféance : je ne foufrirai point que mes Sujets
paient de taille, finon à moi : & vous confeille , Meſſieurs les
Nobles, d'en faire tous ainfi : auffi bien n'y a-t'il que les Tréforiers & Financiers qui s'en engraiſſent , & ufent de la fubſ-
tance du Peuple , comme des choux de leurs jardins. Si je
trouve ni Sergent, ni Receveur, ni Homme de Juſtice, faifant
exploit fur mes Terres, fans m'en demander congé, je leur
ferai manger leur parchemin : c'eſt trop endurer : fommes nous
pas libres ? Monfieur le Lieutenant, ne nous avez - vous pas
donné liberté de tout faire ? & Monfieur le Légat nous a-t'il
pas mis la bride fur le col, pour prendre tout le bien des Politiques, tuer & affaffiner parens, amis, voifins, pere & mere,
pourvu qu'y faffions nos affaires, & que foïons bons Catholiques fans jamais parler ni de treve, ni de paix ? J'en ferai ainfi,
& vous prie d'en faire de même. Mais j'ai encore une autre
chofe à vous remontrer, c'eſt de ne parler plus de cette Loi Salique ; je ne fais que c'eſt ; mais le Seigneur Diego me l'a don-

---

(1) Etienne de Vignoles, dit la Hire.
(2) Poton de Saintrailles , Maréchal de France.
(3) Le Chevalier Bayard eſt très connu.

née par mémoire, avec quelques piéces rondes, qui me feront grand bien. C'eſt, en tout cas, qu'il faut aller ſaccager ces chaperons fourrés de la Cour de Parlement, qui font les galands, & ſe mêlent des affaires d'Etat, où ils n'ont rien que voir; qu'on me les donne un peu à manier, jamais Buſſi le Clerc n'y fit œuvre. Si Monſieur le Légat commande ſeulement de leur aller mettre la main ſur le collet, il n'y a ni bonnet quarré, ni bourlet, que je ne faſſe voler, s'ils m'échauffent trop les oreilles: mêmement à ce Monſieur le Maître & ce du Vayr (1), qui mettent les autres en train; que n'y donnez-vous ordre M. le Lieutenant? ſavez-vous pas bien que le Préſident de Nulli vous a dit & nommé par nom & par ſurnom tous ceux qui ont opiné pour cette méchante Loi? que ne les envoïez-vous jetter en la riviere, comme il vous a conſeillé? Et ce beau Marillac (2) qui faiſoit tant l'échauffé au commencement, & n'opinoit que feu & ſang, je crains, à la fin, qu'il ne faſſe banqueroute à la Ligue, ſi on lui promet d'être Conſeiller d'Etat du Biarnois. Gardons-nous de ces gens qui tournent leur robe ſi aiſément, & ſuivent le vent de fortune, quand ils voient que leur parti va mal. Ha brave Machault! Ha vaillant Bordeaux (3)! vous étiez d'être, comme moi, élevés au plus haut degré d'honneur de Nobleſſe; entre les robes longues, je n'aime que vous, & ce fameux Préſident, que je nommerai encore ici par honneur, M. de Nulli (4), qui, outre le courageux commencement & progrès qu'il a fait à la Ligue, de laquelle il peut être dit le Pere putatif, a bien daigné expoſer ſes filles, & proſtituer leur réputation, pour faire ſervice à Meſſieurs les Princes, & à Meſſieurs ſes Curés & Prédicateurs. Dirai-je auſſi le fait héroïque de ce bon Baſton (5), qui ſigna ſi valeureuſement la Ligue de ſon propre ſang, tiré de ſa main, laquelle

---

(1) On a vu ailleurs avec quel zele M. le Préſident Jean le Maître ſoutint la Loi Salique. Pierre Pithou eut beaucoup de part à ce que fit ce Magiſtrat en cette occaſion, & à l'Arrèt confirmatif de la Loi Salique, qui fut rendu le 28 Juin 1593. On peut lire ſur cela la vie de M. Pithou, par M. Groſley, Avocat à Troyes, t. 1. p. 284. & ſuiv. Guillaume du Vair, ſi connu d'ailleurs, ne ſe montra pas moins zélé pour le maintien de la Loi Salique.

(2) M. de Marillac étoit Conſeiller en la Cour, & du Conſeil des Quarante. Lorſque la Ligue fut abbattue, il fut du Conſeil de

Madame, Sœur du Roi: depuis il a été Garde des Sceaux de France.

(3) J. B. Machault & Bordeaux étoient du Conſeil des Quarante.

(4) C'eſt de Neuilly.

(5) Jacques Baſton étoit du Conſeil des Quarante: il ſigna la Ligue de ſon ſang: après la Ligue il ſe retira à Lille, où il eſt mort en 1613. Il avoit été reçu Conſeiller au Parlement de Paris le 4 Décembre 1585; il étoit auſſi Commiſſaire aux Requètes du Palais. Voïez les Rem. ſur la Sat. Ménipp. in-8°. p. 220, & ſuiv.

depuis, par grande merveille, eft demeurée eftropiée, tant ce
glorieux Ligueur a voulu fouffrir pour l'Union ? Et toi, généreux arcboutant de l'Union, Louis Dorléans (1), ton Catholique (2) Anglois, & ton expoftulation, & la Harangue faite en
faveur & à l'honneur du Légat & des Efpagnols, meritoient
qu'on te mît en la place du Préfident Briffon ; mais on ne récompenfe pas les gens de bien comme il faut, non plus que
ton compagnon d'Office, pour avoir écrit fi curieufement les
droits de l'oncle contre le neveu (3). Ceux-là font des hommes juftes & vertueux, non pas ces foireux, qui voïant qu'il
n'y avoit plus rien à grabeler en leur Palais de cette Ville, &
que tous leurs facs étoient vuides, ou pendus au croc, s'en
font allés à Tours, ou ils favoient que la mangeoire étoit pleine, & les rateliers garnis. Bref, ôtez-en cinq ou fix de toute
cette megnie (4), tout le refte n'en vaut rien. Je ne fais que
ces Gens de Juftice m'ont fait, mais je ne les aime point. Je
montrai une fois ma main à une vieille Egyptienne, qui me
dit que j'avois le pouce rond, ou demi-rond. Je crois qu'elle
vouloit dire que je me gardaffe de ces gens-là, qui portent le
bonnet rond, & qu'un jour quelque Miron (5) me feroit mauvais parti.

Enfin, Meffieurs, j'ai charge de la Nobleffe, de vous remontrer qu'il faut rabattre l'infolence de ces Hochebrides (6),
& avaleurs de frimats, & faire vos affaires pendant que le temps
eft beau. Si la Loi Salique eft entretenue, je crains que M. le
Légat s'en fâche, & que l'Infante foit en danger d'être ton-
due ; mais je m'en rapporte à Monfieur le Lieutenant, qui
faura bien rompre le coup, & faire la barbe à fon neveu,
fans rafoir. Au demeurant, s'il faut élire un Roi, je vous
prie vous fouvenir de moi, & de mes mérites. On m'a fait

---

(1) Avocat, dont on a déja parlé plufieurs fois dans ces Mémoires, & dans les
Notes. Voïez les Remarques fur la Satyre
Ménippée, in-8º. p. 222. & fuiv.
(2) C'eft le titre d'un Ouvrage féditieux
de Louis Dorléans.
(3) Il eft ici queftion d'Antoine Hotman, Jurifconfulte, qui étoit Avocat du
Roi pour la Ligue. Il a écrit un Traité des
Droits de l'Oncle contre le Neveu, en
faveur du Cardinal de Bourbon, Oncle de
Henri IV, auquel il difputoit la Couronne, difant que l'Oncle étoit préférable au
Neveu. Le Jurifconfulte François Hotman,

frere de cet Avocat, écrivit en Allemagne,
où il étoit, pour le droit du Roi, contre
l'Ouvrage de fon frere, fans favoir qu'il en
fût l'Auteur, Antoine n'aïant point mis
fon nom à fon Ecrit.
(4) C'étoit en effet tout ce qu'on comp-
toit encore de vrais Ligueurs dans le Parlement en 1595.
(5) On a voulu défigner M. Miron, Intendant de Juftice en l'Armée du Roi, qui
fit pendre de Rieux.
(6) Ceux qui follicitoient les Parifiens de
renoncer à la Ligue, & de s'oppofer aux
pernicieux deffeins des Efpagnols.

croire

croire qu'il s'en eſt fait autrefois de pires que moi. Les Lydiens, je ne ſais quelles gens ce ſont, en firent un qui menoit la charrue; les Flamands firent un Duc, qui étoit Braſſeur de bierre; les Normands, un Cuiſinier; les Pariſiens, un Ecorcheur. Je ſuis plus que tous ceux-là; car mon grand Pere étoit Maréchal en France ou de France, & s'il a gagné Enfer, je gagnerai Paradis par eſcalade. Voilà Monſieur de Saint Paul, maintenant Comte de Réthelois, Maréchal de l'Union, & Archevêque de Reims, qui a bien eu ſon pere, n'agueres demeurant en une cahute, couverte de chaume, près de Nangi (1), & qui a encore ſes ſœurs mariées, l'une avec un Tavernier, & l'autre avec un Tiſſerant. Néanmoins le voilà Pair & Maréchal de France, & qui prête argent ſur bons gages à M. de Guiſe ſon Maître & bienfaiteur (2). A ce compte vous pouvez bien me faire Roi, & ferez bien; car je vous laiſſerai faire tout ce que vous voudrez. J'abolirai toutes ces mangeries de juſtice; je ſupprimerai tous les Sergens, Procureurs, Chicaneurs, Commiſſaires & Conſeillers, excepté ceux qui ſont de nos amis; mais il ne ſe parlera plus d'ajournemens ni de ſaiſie, ni de païer ſes dettes; vous ſerez tous comme rats en paille, & me ſuffira que m'appelliez Sire. Vous y adviſerez, pour le moins je ſais bien que j'en vaux bien un autre, & vous en dirois davantage, ſinon que je ſuis preſſé d'aller exécuter mon entrepriſe ſur Noyon, après que j'aurai combattu le Gouverneur de cette Ville; & ſur ce, *bacio las manos de voſtra merced.*

Après que le Sieur de Rieux eut fini ſa concion militaire, chacun des aſſiſtans montra au viſage, qu'on avoit pris plaiſir à ſon éloquence naturelle, pour un homme qui n'avoit point de Lettres, & qui pourroit faire un grand fruit, s'il la faiſoit longue en ce monde. Là-deſſus ſe leva un des Députés, nommé le Sieur d'Angoulevent (3), qui fit entendre tout haut, qu'il avoit charge de la Nobleſſe nouvelle, & de la part des honnêtes hommes, & Maîtres de l'Union, de remontrer quelque choſe d'importance touchant leur qualité, & qu'il étoit

---

(1) Le Pere de M. de Saint Paul avoit fait le métier de Chaſſeur, & depuis il avoit été Maître d'Hôtel dans la Maiſon de Beauvais-Nangis; & le Comte y avoit été nourri Page par faveur.

(2) Le Duc de Guiſe qui fut tué à Blois, lui avoit fait épouſer une veuve riche, & de bonne maiſon.

(3) C'étoit un badin, courant les rues, qui ſe qualifioit le Prince des Sots. La Harangue de ce badin avoit été faite par Nicolas Rapin, pour être inſérée en cet endroit; mais pour rendre la choſe plus vraiſemblable, il fut aviſé de la ſupprimer.

raifonnable qu'il fût ouï avant le tiers Etat, qui n'étoit compofé que de Manans, requérant Monfieur le Lieutenant, de
lui faire donner audience, & interpellant les Gens du Roi de
l'Union, mêmement l'Avocat Général Dorléans, qui avoit
autrefois écrit en faveur de ladite Nobleffe, d'adhérer à fon
réquifitoire. Et ce difant, monta tout debout fur le banc, où
il étoit affis, & commença à dire, *Monfieur, le douzieme* (1);
mais foudain il fut interrompu, pour un grand bruit de Païe
fans, qui étoient derriere les Députés, lequel étant un peu
ceffé, commença de rechef, *Monfieur, le douzieme*, & incontinent le bruit fe leva plus grand que devant, néanmoins ne
laiffa pour la troifieme fois de dire, *Monfieur, le douzieme de
Mai*, & alors fe leva le Sieur d'Aubrai, qui avoit charge de
parler pour le tiers Etat, & contefta qu'il n'appartenoit qu'à
lui de parler de ce jour-là des barricades, & qu'on n'avoit
point accoutumé en France, de faire plus de trois Etats, &
empêchoit que le Député de la nouvelle Nobleffe fût ouï,
comme n'étant qu'une dépendance, & un Membre dudit tiers
Etat. Ledit Sieur d'Angoulevent difputa long-temps de fa part,
difant que chacun étoit-là pour fon argent, & recommença
plufieurs fois ces trois mots, *Monfieur, le douzieme*, & à chaque fois fut interrompu. A la fin, comme la rumeur croiffoit,
& déja s'échauffoient les factions pour l'un & pour l'autre, jufqu'à en venir aux coups de poing, l'Avocat Dorléans remontra qu'il n'étoit plus temps de s'arrêter aux anciennes coutumes ni à toutes ces cérémonies du temps paffé, finon au fait
de la Religion, & que l'Affemblée defdits Etats feroit inutile,
fi on n'y faifoit toutes chofes de nouvelle façon; & quant à lui,
qu'il avoit vu les Mémoires de la Nobleffe nouvelle, lefquels
méritoient bien être confidérés : toutesfois attendu qu'il étoit
tard, & que Monfieur le Lieutenant étoit à jeûn, & l'heure du
dîner de Monfieur le Légat fe paffoit, il requéroit que ledit

(1) L'Auteur a voulu fe moquer de M.
d'Amours, Confeiller au Parlement, Député par ceux qui étoient demeurés à Paris. Etant arrivé à Eftampes, pour aller
au-devant de ceux du Parlement de Paris,
qui revenoient de Tours, & étant entré
dans l'Hôtellerie où étoit feul M. le premier Préfident de Harlay, il commença
ainfi fa Harangue : *Monfieur, le douzieme.*
Sur quoi le premier Préfident l'interrompit,
en lui difant qu'il falloit envoïer chercher
MM. les Préfidens qui logeoient près de
lui. Ceux-ci venus, M. d'Amours recommença par ces mêmes mots, *Monfieur, le
douzieme de Mai.* Le Harangueur fut encore arrêté par M. le premier Préfident,
qui lui dit qu'il attendoit M. le Procureur
Général : & d'Amours commença fa Harangue pour la troifieme fois par les mêmes
termes. Ce 12 de Mai eft le jour des Barricades.

Sieur d'Angoulevent mettroit fon dire par écrit, & fe tairoit, s'il pouvoit : *alias*, & à faute de ce, qu'on l'envoïeroit au Comte de Choifi (1). Ce que Monfieur le Lieutenant approuva de la tête ; & la rumeur, peu à peu ceffée, & ledit d'Angoulevent à peine raffis, le Sieur d'Aubrai, Député du tiers Etat, aïant laiffé fon épée, harangua, à peu-près, ainfi.

HARANGUE DE MONSIEUR D'AUBRAY,

POUR LE TIERS ETAT (2).

PAR notre Dame, Meffieurs, vous nous l'avez baillé belle. Il n'étoit jà befoin, que nos Curés nous prêchaffent qu'il falloit nous débourber & débourbonner. A ce que je vois, par vos Difcours, les pauvres Parifiens en ont dans les bottes bien avant, & fera prou difficile de les débourber. Il eft déformais temps de nous appercevoir que le faux Catholicon d'Efpagne eft une drogue qui prend les gens par le nez ; & ce n'eft pas fans caufe que les autres Nations nous appellent Caillettes ; puifque comme pauvres cailles coëffées, & trop crédules, les Prédicateurs & Sorboniftes, par leurs caillets (3) enchanteurs, nous ont fait donner dans les filets des tyrans, & nous ont par après mis en cage, renfermés dedans nos murailles pour apprendre à chanter. Il faut confeffer que nous fommes pris à ce coup, plus ferfs, & plus efclaves, que les Chrétiens en Turquie, & les Juifs en Avignon. Nous n'avons plus de volonté ni de voix en Chapitre. Nous n'avons plus rien de propre, que nous puiffions dire cela eft mien ; tout eft à vous, Meffieurs, qui nous tenez le pied fur la gorge, & qui rempliffez nos maifons de garnifons. Nos priviléges & franchifes anciennes font à vau l'eau. Notre Hôtel de Ville, que j'ai vu être l'affuré réfuge du fecours des Rois, en leurs urgentes affaires, eft à la boucherie (4). Notre Cour de Parlement eft nulle ; notre

(1) Jacques de l'Hôpital, Comte de Choify.

(2) Cette Harangue eft du célebre Pierre Pithou, fi connu dans la République des Lettres. Sous un défordre apparent, ce Difcours cache tout ce que l'Art & la Méthode ont de plus puiffant pour perfuader & pour émouvoir. Voïez la vie de Pierre Pithou, par M. Grofley, Avocat à Troyes, T. 1. p. 293, & fuiv. Claude d'Aubray, à qui l'on

fuppofe cette Harangue, étoit Secrétaire du Roi, & avoit été élu Prévôt des Marchands le 16 Août 1578. C'étoit celui que les Ligueurs regardoient comme le Chef des Politiques de Paris. Voïez les Remarques fur la Sat. Ménipp. *in* 8°. p. 234, 235.

(3) Guillaume Caillet avoit comme enchanté les mutins de la Jacquerie, qui le firent leur Capitaine.

(4) C'eft qu'un nommé Boucher, que l'on

Sorbonne eft au bordel, & l'Univerfité devenue fauvage. Mais
l'extrêmité de nos miferes eft, qu'entre tant de malheurs, &
de néceffités, il ne nous eft pas permis de nous plaindre ni
demander fecours; & faut, qu'aïant la mort entre les dents,
nous difions que nous nous portons bien, & que fommes trop
heureux d'être malheureux, pour fi bonne caufe. O Paris! qui
n'eft plus Paris, mais une fpelunque de bêtes farouches, une
citadelle d'Efpagnols, Wallons, & Napolitains; un afyle &
fûre retraite de voleurs, meurtriers, & affaffinateurs; ne veux-
tu jamais te reffentir de ta dignité, & te fouvenir qui tu as été
au prix de ce ce que tu es? ne veux-tu jamais te guérir de cette
frénéfie, qui, pour un légitime & gracieux Roi, t'a engendré
cinquante Roitelets, & cinquante Tyrans? Te voilà aux fers;
te voilà en l'Inquifition d'Efpagne, plus intolérable mille fois,
& plus dure à fupporter aux Efprits nés libres & francs, comme
font les François, que les plus cruelles morts dont les Efpagnols fe fauroient advifer. Tu n'a pu fupporter une légere augmentation de tailles & d'offices, quelques nouveaux édits qui
ne t'importoient nullement; & tu endures qu'on pille tes maifons, qu'on te rançonne jufqu'au fang, qu'on emprifonne les
Senateurs, qu'on chaffe & banniffe tes bons Citoïens & Confeillers, qu'on pende, qu'on maffacre tes principaux Magiftrats; tu le vois, & tu l'endures; tu ne l'endures pas feulement,
mais tu l'approuves, & le loue, & n'oferois & ne faurois faire autrement. Tu n'as pu fupporter ton Roi fi débonnaire, fi
facile, fi familier, qui s'étoit rendu comme Concitoïen &
Bourgeois de ta Ville, qu'il a enrichie, qu'il a embellie de
fomptueux bâtimens, accrue de forts & fuperbes remparts,
ornée de priviléges & exemptions honorables. Que dis-je, pu
fupporter! c'eft bien pis; tu l'as chaffé de fa Ville; de fa maifon, de fon lit. Quoi chaffé! tu l'as pourfuivi; quoi pourfuivi!
tu l'as affaffiné, canonifé l'Affaffinateur, & fait des feux de joie
de fa mort. Et tu vois maintenant combien cette mort t'a profité. Car elle eft caufe qu'un autre eft monté en fa place, bien
plus vigilant, bien plus laborieux, bien plus guerrier, & qui
faura bien te ferrer de plus près, comme tu as à ton dam déja
expérimenté. Je vous prie, Meffieurs, s'il eft permis de jetter
encore ces derniers abois en liberté, confidérons un peu quel
bien & quel profit nous eft venu de cette déteftable mort, que

croit avoir été parent de Boucher, Curé de Saint Benoît, étoit alors Prévôt des Marchands.

nos Prêcheurs nous faifoient croire être le feul & unique moïen pour nous rendre heureux. Mais je ne puis en difcourir qu'avec trop de regret, de voir les chofes en l'état qu'elles font, au prix qu'elles étoient lors. Chacun avoit encore en ce temps-là du bled en fon grenier & du vin en fa cave; chacun avoit fa vaiffelle d'argent, & fa tapifferie, & fes meubles; les femmes avoient encore leur demi-ceint; les Reliques étoient entieres, on n'avoit point touché aux joïaux de la Couronne. Mais maintenant, qui fe peut vanter d'avoir dequoi vivre pour trois femaines, fi ce ne font les voleurs, qui fe font engraiffés de la fubftance du Peuple, & qui ont pillé à toutes mains les meubles des préfens & des abfens? Avons-nous pas confommé peu à peu toutes nos provifions, vendu nos meubles, fondu notre vaiffelle, engagé jufqu'à nos habits, pour vivoter bien chetivement? où font nos falles & nos chambres tant bien garnies, tant diaprées, & tapiffées? où font nos feftins & nos tables friandes; nous voilà réduits au lait & au fromage blanc, comme les Suiffes; nos banquets font d'un morceau de vache, pour tous mets; bien heureux qui n'a point mangé de chair de cheval & de chien; & bien heureux qui a toujours eu du pain d'avoine, & s'eft pu paffer de bouillie de fon, vendue au coin des rues (1), aux lieux où l'on vendoit jadis les friandifes de langues, caillettes, & pieds de mouton, & n'a pas tenu à M. le Légat, & à l'Ambaffadeur Mendofe (2), que n'aïons mangé les os de nos Peres, comme font les Sauvages de la nouvelle Efpagne. Peut-on fe fouvenir de toutes ces chofes, fans larmes, & fans horreur? & ceux, qui en leur confcience favent bien qu'ils en font caufe, peuvent-ils en ouir parler fans rougir, & fans appréhender la punition que Dieu leur referve pour tant de maux dont ils font Auteurs? mêmement, quand ils fe repréfenteront les images de tant de pauvres Bourgeois, qu'ils ont vûs par les rues tomber tout roides morts de faim; les petits enfans mourir à la mammelle de leurs meres allangouries, tirans pour néant, & ne trouvans que fucer; les meilleurs habitans & les foldats marcher par la Ville, appuïés d'un bâton, pâles & foibles, plus blancs & plus ternis qu'images de pierre, reffemblans plus des phantômes que des hommes, & l'inhumaine réponfe d'aucuns, même des Eccléfiaftiques, qui

(1) Cela arriva au mois d'Août 1590, durant le Siége de Paris. déja parlé, de même que du fait, qui eft ici rapporté.
(2) Dom Bernardin de Mendoza. On en a

les accufoient & menaçoient, au lieu de les fecourir ou confoler. Fut-il jamais barbarie ou cruauté pareille à celle que nous
avons vûe & endurée? fut-il jamais tyrannie & domination pareille à celle que nous voïons & endurons? Où eft l'honneur
de notre Univerfité? où font les Colléges? où font les Ecoliers? où font les leçons publiques où on accouroit de toutes
les parts du monde? où font les Religieux étudians aux Couvens? ils ont pris les armes, les voilà tous foldats débauchés?
où font nos Châffes? où font nos précieufes Reliques? Les
unes font fondues & mangées; les autres font enfouies en terre
de peur des voleurs & facriléges. Où eft la révérence qu'on portoit aux Gens d'Eglife, & aux facrés Myfteres? chacun maintenant fait une Religion à fa guife, & le Service divin ne fert
plus qu'à tromper le monde par hypocrifie. Les Prêtres & les
Prédicateurs fe font rendus fi venaux, & fi méprifés par leur
vie fcandaleufe, qu'on ne fe foucie plus d'eux ni de leurs
Sermons, finon quand on en a affaire pour prêcher quelques
fauffes nouvelles. Où font les Princes du Sang (1), qui ont
toujours été Perfonnes facrées, comme les colonnes & appuis
de la Couronne & Monarchie Françoife? Où font les Pairs
de France, qui devroient être ici les premiers pour ouvrir &
honorer les États? Tous ces noms ne font plus que noms de
faquins, dont on fait litiere aux chevaux de Meffieurs d'Efpagne & de Lorraine? Où eft la majefté & gravité du Parlement, jadis Tuteur des Rois, & Médiateur entre le Peuple &
le Prince? vous l'avez mené en triomphe à la Baftille, & traîné l'autorité & la juftice captive, plus infolemment, & plus
honteufement que n'euffent fait les Turcs; vous avez chaffé
les meilleurs, & n'avez tenu que la racaille paffionnée, ou de
bas courage; encore parmi ceux qui font demeurés, vous ne
voulez pas fouffrir que quatre ou cinq difent ce qu'ils penfent,
& les menacez de leur donner un billet, comme à des Hérétiques ou Politiques. Et néanmoins vous voulez qu'on croie
que ce que vous en faites, n'eft que pour la confervation de la
Religion & de l'Etat. C'eft bien dit: examinons un peu vos
actions, & les déportemens du Roi d'Efpagne envers nous, &
fi j'en ments d'un mot, que jamais Monfieur Saint Denis, &
Madame Sainte Genevieve, Patrons de France, ne me foient

---

(1) Aux Etats de la Ligue, Il n'y avoit ni   Souveraine, ni Procureurs, ni Avocats Gé-
Officiers de la Couronne, ni Chancelier, ni   néraux légitimement établis.
Maréchaux de France, ni Préfidens de Cour

en aide. J'ai un peu étudié aux Ecoles, non pas tant que j'eusse
defiré ; mais depuis j'ai vu du Païs, & voïagé jufqu'en Turquie, & par toute la Natolie, Efclavonie, jufqu'à l'Archipela-
go, & Mer Majour, & Tripoli de Syrie, où j'ai appris ce dire
ancien être véritable, *à fructibus eorum cognofcetis eos* ; on
connoît à la longue, quelles font les intentions des hommes
par leurs œuvres & leurs effets. Premierement, je dirai avec
préface d'honneur, que (1) le Roi d'Efpagne eft un grand Prince, fage, caut & avifé ; le plus puiffant, & plus grand terrien
de tous les Princes Chrétiens, & le feroit encore davantage fi
toutes fes Terres & Roïaumes fe tenoient, & étoient joints à
l'approche l'un de l'autre. Mais la France, qui eft entre l'Efpagne & les Païs-Bas, eft caufe que fes Seigneuries féparées
lui coutent plus qu'elles ne lui valent ; car fur toutes Nations il redoute la Françoife, comme celle qu'il connoît être
plus généreufe, & avoir plus de valeur, & impatiente du repos
& de la domination étrangere. C'eft pourquoi, comme prudent, prévoïant, & bien confeillé qu'il eft, dès lors qu'il fut
contraint de faire cette miférable paix (2), qui fut fcellée &
fignalée de la mort de notre bon Roi Henri II, n'ofant ouvertement y contrevenir ni recommencer la guerre, pendant que
la France étoit floriffante, unie, bien d'accord, & de même
volonté enfemble, il a tâché de femer la divifion & la difcorde
parmi nous-mêmes ; & fi-tôt qu'il a vû nos Princes fe mécontenter, ou fe bigarrer, il s'eft fecrettement jetté à la traverfe,
pour encourager l'un des Partis, nourrir & fomenter nos divifions, & les rendre immortelles, pour nous amufer à nous quereller, entrebattre, & entretuer, afin d'être cependant laiffé en
paix ; & tandis que nous nous affoiblirons, croître & s'augmenter de notre perte & diminution. C'eft la procédure qu'il
a tenue depuis qu'il vit Meffieurs les Princes de Vendôme & de
Condé mal contens, qui attirerent avec eux la Maifon de
Montmorenci & de Châtillon, pour s'oppofer aux avantageux
progrès & avancemens de votre Pere & de vos Oncles, M. le
Lieutenant, qui avoient envahi & ufurpé toute l'autorité &
puiffance Roïale du temps du petit Roi François, leur Neveu.
Je ne dis rien, que toute la France, jufqu'aux plus petits,

(1) Tout cet endroit eft pris de l'*Avis* guerre qu'il confeilloit de porter dans les
donné à Henri III en 1595, par François Païs-Bas.
de Noailles, Evêque d'Acqs, touchant la (2) C'eft la paix de Château-Cambréfis,
en 1559.

voire que tout le monde univerfel ne fache; car toutes les fanglantes Tragedies qui ont depuis été jouées fur ce pitoïable
échaffaut François, font toutes nées & procedées de ces premieres querelles; & non de la diverfité de Religion, comme,
fans raifon on l'a fait jufqu'ici croire aux fimples & idiots. Je
fuis vieil, & ai vu des affaires du monde autant qu'un autre;
voire, j'ai, par la grace de Dieu & de mes amis, été Echevin
& Prévôt des Marchands en cette Ville, du temps qu'on y procédoit par libre élection, & qu'on ne forçoit ni violentoit
perfonne pour les voix & fuffrages, comme avez fait, M. le
Lieutenant, depuis n'agueres, aïant voulu faire continuer M.
Boucher à votre devotion. Mais il me fouvient encore de ces
vieux temps, comme fi ce n'étoit que d'hier ou d'aujourd'hui.
J'ai bonne mémoire du commencement de la querelle qui vint
entre feu Monfieur votre Pere, & feu Monfieur le Connétable, laquelle ne procéda que de jaloufie de l'un fur l'autre,
étant tous deux grands mignons & favoris du Roi Henri II,
leur Maître; comme nous avons vu Meffieurs de Joïeufe &
d'Epernon fous le Roi Henri III, fon fils. Leur premiere difpute fut pour l'Etat de grand Maître, que le Roi donna à M.
votre Pere, quand il fit Monfieur de Montmorenci, Connétable, qui étoit grand Maître auparavant; & qui avoit promeffe du Roi, que ledit Etat feroit confervé pour fon Fils.
L'autre caufe de leur mauvais ménage, fut la Comté de Dammartin, que tous deux avoient achetée de diverfes façons, & en
étant entrés en Procès, Monfieur le Connétable le gagna par
Arrêt. Cela les altera tellement, que chacun d'eux tâchoit à
défarçoner fon Compagnon; & de-là vint le voïage que fit M.
votre Pere en Italie, où il ne fit pas grand cas, parce que M.
le Connétable (1), qui l'y avoit fait envoïer pour poffeder le
Roi tout feul plus à fon aife, empêcha peut-être ou retarda
les affaires; mais il ne demeura guere fans en être puni; car
il fut pris à la journée Saint Laurent, pendant l'abfence de
votre Pere, lequel étant de retour, par un heur, à la vérité
fort admirable, reprit les Villes de Picardie, que nous avions
perdues, & Calais davantage; & pour fe revancher des mauvais
Offices qu'on lui avoit fait en fon voïage, fit auffi tenir en
longueur la prifon de Monfieur le Connétable, & n'oubliant

---

(1) Anne de Montmorenci, qui fut bleffé
à la bataille de Saint Quentin en 1557, &
fait prifonnier avec les Ducs de Montpenfier & de Longueville, le Maréchal de Saint
André, & autres.

rien

1593.
SATYRE
MÉNIPPÉE.

rien d'artifice pour empêcher & dilaïer sa délivrance, qui donna occasion à ses neveux Messieurs de Châtillon, d'implorer le secours, & se jetter entre les bras du Roi de Navarre, Pere de cestui-ci, & de Monsieur le Prince de Condé son Frere, qui avoit épousé leur Niéce. Voilà ces deux grandes Maisons en factions & partialités, qui s'aigrirent encore par la contention née entre Monsieur le Prince de Condé & Monsieur d'Aumale votre Oncle, pour l'état de Colonel de la Cavalerie légere. Il n'étoit encore lors mention de Religion ni de Huguenots. A peine savoit-on quelle étoit la Doctrine de Calvin & de Luther, sinon au supplice de ceux qu'on voïoit brûler ; & néanmoins, la matiere des guerres, & des inimitiés que nous avons vûes, se préparoit dès lors, & a duré jusqu'à présent. Mais la vérité est, que quand Messieurs de Châtillon, hommes courageux & mal endurans, virent que la faveur de votre maison l'emportoit sur la leur, & qu'il n'y avoit moïen de trouver crédit auprès du Roi, pour les obstacles que les vôtres leur donnoient, ils furent conseillés de se retirer de la Cour, & en leur retraite (fut-ce à bon escient, fut-ce par ruse & prudence) se montrerent favoriser les Luthériens, qui ne prêchoient encore que dans les caves ; & peu à peu se joignirent de faction & d'intelligence avec eux, plus pour se défendre & garantir de votre Pere & de votre Oncle, que pour attenter aucun remuement de nouveauté, sinon lorsque le Roi, à la sollicitation de votre Oncle, qui lui en avoit fait écrire par le Pape, prit lui-même Monsieur d'Andelot (1) à Creci, & l'envoïa prisonnier à Melun. Après cet emprisonnement, & celui du Vidame de Chartres (2), & de quelques Conseillers de Parlement, survint la violente & miraculeuse mort du Roi, qui éleva votre maison au souverain dégré de puissance, auprès du petit Roi François ; & par le contraire recula, & abattit presque du tout celle de Monsieur le Connétable, & de tous ceux qui lui appartenoient ; & ce fut lors que les siens, désesperés des moïens·ordinaires, parceque tout branloit sous la faveur des vôtres, se joignirent de secrete intelligence avec les Luthériens çà & là, écartés par divers coins du Roïaume ; & combien qu'ils eussent encore peu de créance avec eux, qui leur étoient gens inconnus, néanmoins par le moïen de leurs

(1) François de Coligni, Seigneur d'Andelot, frere de l'Amiral de Châtillon.
(2) François de Vendôme, Vidame de Chartres, Colonel Général de l'Infanterie. Il avoit épousé Jeanne d'Estissac, dont il n'a pas laissé d'enfans.

Agens, bien entendus ès secrets, ils firent cette mémorable entreprise d'Amboise, & assemblerent de tous les quartiers du monde, avec un silence merveilleux, une telle force de gens, qu'ils furent prêts, à jour nommé, de faire une cruelle exécution sur tous les vôtres, sous ce prétexte de délivrer le Roi de la captivité, où votre Pere & vos Oncles le tenoient. Mais les bonnes gens ne se purent garder des traîtres, dont s'ensuivit la penderie d'Amboise, qui découvrit les Auteurs de la faction. Et de-là s'ensuivit le Mandement rigoureux qu'on fit au Roi de Navarre, & la prison de Monsieur le Prince de Condé aux Etats d'Orléans, & beaucoup d'autres tristes accidens longs à raconter; lesquels eussent continué beaucoup pires, si la soudaine mort du petit Roi n'en eut détourné le cours, & rompu le coup qu'on alloit assener sur ces premiers Princes du Sang Roïal, & sur la Famille de Monsieur le Connétable & des Châtillons.

Il est aisé à juger combien votre Maison fut ébranlée & fracassée par cette inopinée mort, & pouvez croire, Monsieur le Lieutenant, que Monsieur votre Pere, & Messieurs vos Oncles jouerent tout un temps à l'ébahi (1), comme vous pûtes faire, quand on vous porta la nouvelle de la mort de vos deux Freres. Mais, non plus que vous, ils ne perdirent pas courage; & dès lors eurent de bons avis & consolations du Roi d'Espagne, duquel nous parlions tantôt, qui durant ces premieres dissentions, étoit aux écoutes à qui il offriroit sa faveur, & attisoit le feu d'une part & d'autre, pour le faire croître en la force & grandeur que nous l'avons vû, & voïons encore maintenant, ardre & consommer toute la France, qui est le but final de ses prétentions. Sur l'espérance donc du support d'un si grand Prince, qui n'épargnoit de promettre argent & hommes, votre Pere, sans s'étonner d'une si lourde chûte, voïant le Roi de Navarre remis en son rang de premier Prince du Sang, pour la tutelle du petit Roi Charles, & Monsieur le Connétable remis en sa charge, sut si dextrement jouer son rôle, qu'il les pratiqua tous deux, & tira à sa cordelle, contre leurs propres Freres, & contre leurs propres Neveux; repaissant l'une d'une espérance (2) que je n'ose dire, & amadouant l'autre par soumissions & honneurs qu'il lui déféroit.

---

(1) *Joüer à l'ébahi*, est une façon de parler proverbiale, dont Rabelais fait un des jeux de Gargantua, du temps qu'il étoit mis sous des Précepteurs Sophistes.

(2) C'étoit d'épouser Marie Stuart, veuve du Roi François II.

Si bien, que reprenant encore ses arrhes délaissées, & son ancien avantage, après que Monsieur le Prince de Condé fut
élargi, qui l'avoit failli belle de deux ou trois jours seulement,
il alla avec nombre de Gens de guerre, & en grosse troupe, se
saisir du petit Roi & de la Reine sa Mere à Fontainebleau, &
les ammena à Melun. Et ce fut lors que mondit Sieur le Prince
& Messieurs de Châtillon ne se sentant assez forts de leur Chef,
ni de leurs Maisons, pour résister à si puissans ennemis, couverts de l'autorité & puissance Roïale, se déclarerent Chefs
& Protecteurs de ceux de la Religion, lesquels ils appellerent
à leur secours, & par leur moïen en guerre ouverte, se saisirent de plusieurs grosses Villes de ce Roïaume, sans toutesfois
faire aucune mention de leur Religion, mais seulement pour
la défense du Roi & de sa Mere, & pour les ôter de la captivité, où Monsieur votre Pere les detenoit. Et vous savez, M.
le Lieutenant, que ces gens-là se font toujours vantés, que ce
qu'ils en avoient fait, avoit été à la Requête & au Mandement
de la Reine Mere, de laquelle ils ont publié & fait imprimer
les Lettres à eux par elles écrites à cette fin. Vous n'ignorez
pas ce qui se passa en cette guerre, & comment dès lors le Roi
d'Espagne envoïa à votre Pere du secours; mais tel, que j'ai
honte d'en parler, toutes bisognes ramassées (1), qui jamais
ne voulurent combattre à la bataille de Dreux, & se couvrirent des charriots du bagage. Toutesfois cela fut une amorce
pour allumer le courage des Partisans, & leur faire espérer
qu'ils feroient bien quelque chose d'avantage une autrefois,
s'ils venoient encore à s'entrebattre. Mais du depuis, les divers
changemens de nos affaires donnerent bien à l'Espagnol un
autre jeu. Car, votre Pere mort, & la paix faite, connoissant
néanmoins ces puissantes familles, animées & ahurtées l'une
contre l'autre, sans espoir de réconciliation, il pratiqua M. le
Cardinal votre Oncle, qui ne dormoit pas de son côté, pour
entretenir les troubles & divisions en ce Roïaume, sous le nom
spécieux de la Religion, de laquelle auparavant on avoit fait
peu ou point d'état. Monsieur votre Oncle, comme il étoit
adroit, ingénieux, & complaisant à qui il vouloit, sut tellement gagner le cœur de la Reine Mere, & la Reine Mere celui du Roi son Fils, qu'il leur persuada que Messieurs les Princes de Bourbon, aidés de ceux de Montmorenci & de Châtil-

_____
(1) Troupes de nouvelles levées. On a expliqué ailleurs ce mot *bisognes.*

lon, ne demandoient que ſa ruine, & n'auroient jamais patience ni ceſſe, qu'ils ne l'euſſent chaſſée du Roïaume, &
renvoïée en Italie chez ſes parens. Dieu faſſe pardon à la bonne Dame; mais pour l'appréhenſion qu'elle en eut, j'ai grand
peur qu'elle a été cauſe de beaucoup de maux que nous avons
vûs de ſon temps; car, ſur ce ſujet, elle les prit en telle haine,
que jamais elle ne ceſſa qu'elle ne les, eût ruinés; comme elle
fit, l'un à la bataille de Jarnac, & l'autre à la Saint Barthelemi,
où, ſi tous ceux de Montmorenci ſe fuſſent trouvés, ils n'en
euſſent pas eu meilleur marché. A quoi Monſieur votre Oncle
tenoit la main fort dextrement, & pouſſoit vaillamment à la
roue, pour mettre le feu en la tête du jeune Roi Charles : ſans
la mort duquel, il ne faut douter qu'il n'eût bien eu la raiſon
de l'eſcorne que Monſieur le Maréchal de Montmorenci (1) lui
avoit faite en cette Ville, & à Monſieur votre Frere, quand il
leur fit faire tous en leurs chauſſes, parcequ'ils portoient armes défendues ſans ſon paſſeport. Mais il ſemble que les morts
ſoudaines de ces trois Rois, ſubſéquens l'un après l'autre,
aient toujours rompu & débauché les beaux deſſeins de votre
maiſon, & ſauvé ou prolongé la vie à vos principaux ennemis.

Venons à ce qui eſt advenu depuis, car il eſt temps de parler de vous & de Monſieur votre Frere, qui commenciez dès
lors à paroître aux armées, & marcher ſur les pas & traces de
vos Prédéceſſeurs. Vous aviez déja fait paroître vos vaillances
au ſiége de Poitiers, que défendîtes bravement contre l'avis
du premier mari de Madame la Lieutenante, Monſieur de
Montpezar votre devancier, qui vous conſeilloit de quitter
tout & vous en aller. Puis vous fûtes à la bataille de Moncon-
tour; puis à la journée de Saint Barthelemi, où les Compagnons furent pris endormis, & frottés, à dire d'où venez-vous;
& encore que Monſieur votre Oncle fût à feuilleter ſon breviaire en Italie, ſi eſt-ce que le jeu ne ſé fit ſans ſon entremiſe,
pour en avoir l'approbation du Roi d'Eſpagne, & l'abſolution
du Pape, touchant le mariage, qui ſervit de leurre & de trapuſſe (2) aux Huguenots. Par après vous continuâtes vos coups
au ſiége de la Rochelle, où l'on vit que le Roi de Navarre, qui
eſt aujourd'hui, & Monſieur votre Frere, n'étoient qu'un cœur

---

(1) Ce fut lorſqu'il le fit arrêter dans la
rue Saint Jacques, ſous prétexte qu'il portoit les armes contre la défenſe du Roi, au
mois de Janvier 1565. Il y eut des Ecrits publiés ſur ce ſujet.

(2) De piége, *trapuſſe* ou *ratiere*.

& une ame, & engendroient jaloufie à tout le monde, pour leur grande privâuté. Mais il faut venir au point : quand vous vîtes le Roi Charles décédé, qui autrement ne vous aimoit pas beaucoup, & qui avoit plufieurs fois répété le dire du grand Roi François, dont lui-même avoit fait ce quatrain, maintenant tout vulgaire :

Le Roi François ne faillit point,
Quand il prédit que ceux de Guife
Mettroient fes enfans en pourpoint,
Et tous fes Sujets en chemife.

Quand vous le vîtes, dis-je, décedé fans enfans, & le feu Roi fon frere, marié avec votre Coufine (1) bréhaigne & ftérile, vous commençâtes, Monfieur votre Frere & vous, à faire des deffeins & projets, que beaucoup de gens difent être caufe de tous nos malheurs. Je ne fuis pas de ceux qui croient que Meffieurs votre Pere & Oncle euffent dès leur temps jetté les fondemens de l'édifice, que votre Frere & vous avez bâti depuis. Encore qu'on parle des Mémoires de David & de Piles, qui ont pronoftiqué mieux que Noftradamus, tout ce que nous avons vû depuis leur mort, & qu'on affure que Monfieur votre Oncle avoit dreffé un formulaire de tout l'ordre qu'on y devoit tenir. Mais je ne puis croire que lui, qui avoit de l'entendement, ce qu'homme pouvoit avoir, eût pu efpérer de faire fes Nevéux Rois de France, voiant encore trois Freres, Enfans de la Maifon Roïale en droite ligne, tous puiffans, & en la fleur de leur âge, prêts à fe marier ; & ne pouvoit pas deviner qu'ils mourroient fans lignée, comme ils ont fait par après. D'ailleurs il voïoit grand nombre de Princes du Sang Roïal, qui ne s'étoient point frottés à la robe des Huguenots. Cela lui devoit couper toute efpérance à fes defirs. Je fais bien que de fon temps, il a été auteur que l'Archidiacre de Thoul (2) a écrit, que ceux de la Maifon de Lorraine étoient defcendus de Charlemagne, par les mâles, favoir, de Charles, Duc de Lorraine, à qui le Roïaume appartenoit après la mort de Louis V, Roi de France ; & que l'aïant Hue Capet pris à Laon, & mené prifonnier avec fa femme à Orléans, il eut un fils mâle, duquel il affirmoit les Ducs de Lorraine être def-

(1) La Reine, Louife de Lorraine.
(2) Le Sieur de Rofieres. On a parlé ailleurs de fa perfonne & de fes Ecrits.

cendus; cela s'est sous main jetté parmi le Peuple, dont vous n'étiez pas marris : encore que les Histoires communes & véritables témoignent assez, qu'il y a eu interruption de mâles en la race de Lorraine par deux femmes, & notamment en la femme de Godefroi de Bouillon, nommée Idain. Aussi en fit, ledit Archidiacre amende honorable par Arrêt, & s'en dédit, comme lâche & poltron.

Mais enfin, il n'y avoit pas apparence que de ce temps-là, mondit Sieur votre Oncle pût aspirer à la Roïauté, aïant tant d'obstacles & de têtes, ou à combattre, ou à faire mourir par glaive ou par poison; bien est vrai, que dès son commencement il fut ambitieux des grandeurs, & du gouvernement de l'Etat, plus que nul autre de son âge; & ne fais doute qu'il n'ait desiré posséder les Rois, & les tenir, s'il eut pu, en Curatelle, comme faisoient anciennement les Maires du Palais, pour disposer de tout à son appétit, & avancer ou reculer tous ceux qu'il lui eut plu; qui est ce à quoi ordinairement les plus Grands aspirent. Cependant y étant à peu près parvenu, comme il a fait de son vivant, il vous avoit assemblé & préparé les matériaux, desquels vous avez bâti ce superbe dessein, d'empiéter la Couronne; vous aïant laissé en main, premièrement de grands biens, de grands Etats, les premiers Offices & Charges du Roïaume, de grands Gouvernemens, forces Gens de guerre, obligés par bienfaits, force Serviteurs, force intelligences avec le Pape, le Roi d'Espagne, & autres Princes de vos parens & Alliés; & qui plus est, une grande opinion envers le menu Peuple, que fussiez bons Catholiques, & ennemis jurés des Huguenots. Vous avez su faire fort bien votre profit de ces préparatifs, & des étoffes qu'avez trouvées après sa mort toutes prêtes à mettre en œuvre. Quand je dis vous, j'entends parler de vos Freres & de vos Cousins. Après la mort du Roi Charles, beaucoup de choses vous ont succédé l'une après l'autre, fort à propos. Premièrement la stérilité du Roi, ou de votre Cousine sa femme (1) : puis la retraite & absence du Roi de Navarre, dont vous fûtes en partie cause, pour les défiances où vous les mettiez; & par après la dissension & di-

---

(1) Il est vrai que vers le mois de Juin 1584, on faisoit courir le bruit que la Reine Louise étoit stérile, & que quelques-uns crurent en ce temps-là, que le Roi étoit sur le point de la répudier comme telle; mais le véritable motif de ce divorce auroit été d'abaisser la trop grande autorité que le Duc de Mercœur, frere de cette Princesse, s'attribuoit au Duché de Bretagne, depuis qu'il en étoit Gouverneur. Voïez la Lettre 57 de Busbeque à l'Empereur Rodolphe.

vifion du Roi & de Monfieur le Duc fon frere ; de laquelle vous feuls fûtes les Auteurs & Promoteurs, aigriffant fous main les efprits de l'un contre l'autre, & ne leur promettant fecrétement de les affifter. Une autre chofe, dont vous vous avez fu bien aider, fut l'affiftance que firent pour un temps MM. les Princes de Conti & de Soiffons au Roi de Navarre leur Coufin germain, quand ils virent que c'étoit directement à toute leur famille que vous en vouliez, & que vous vous vantiez de fupplanter ; car là-deffus vous prîtes le fujet, que jamais n'avez laiffé ni oublié depuis, de faire comprendre par la Bulle du Pape, & par les fermens & proteftations du Roi d'Efpagne, de n'approuver jamais les Princes Hérétiques, ni fils d'Hérétiques, & trouvâtes lors ces beaux noms d'adhérans & fauteurs d'Hérétiques.

Vous fîtes dès lors vos pratiques avec le Roi d'Efpagne plus manifeftement, & affurâtes vos conditions, & ftipulâtes dès lors vos penfions, lui promettant le Roïaume de Navarre, & le Bearn pour fa part, avec les Villes qui feroient à fa bienféance en Picardie & Champagne ; & convintes avec lui des moïens, dont vous uferiez, pour empiéter l'Etat. Et le prétexte qu'y prétendiez, étoit le mauvais gouvernement du Roi, les prodigalités qu'il faifoit à fes deux mignons, defquels vous tirâtes l'un à votre cordelle (1), qui ne s'en trouva pas mieux ; vous emploïâtes toute votre induftrie à rendre le pauvre Prince odieux à fon Peuple. Lui confeilliez de furhauffer les tailles, d'inventer nouveaux impôts, créer nouveaux offices, defquels vous-même profitiez ; car on maintint à Monfieur votre frere à Chartres, après les barricades, qu'il avoit reçu l'argent du parti de trois Edits burfaux, fort pernicieux, dont toutesfois vous réjettiez la haine fur ce pauvre Roi, lequel vous faifiez amufer à des dévotions ridicules, cependant que vous briguiez la bonne grace de fon Peuple, & contre fon gré, preniez la charge & conduite des grandes armées, attirant à vous les Chefs & Capitaines de guerre, & courtifant jufqu'aux fimples foldats pour les gagner ; pratiquant les Villes, achetant les gouvernemens, & mettant aux meilleures places des Gouverneurs & gens à votre devotion. Et ce fut lors que vous conçûtes

---

(1) Anne, Duc de Joyeufe, tué à Coutras en 1587. Ceux de Guife furent regardés comme auteurs de fa mort, parceque c'étoient ceux qui lui avoient fait donner le commandement de l'Armée du Roi Henri III, dans la vûe de l'éloigner de ce Prince, auprès duquel il leur portoit ombrage.

tout à-fait la Roïauté, comme l'appetit vient en mangeant, quand vous vîtes le Roi Henri sans espérance de lignée, les premiers Princes tenus pour Hérétiques ou fauteurs d'Hérétiques, le consistoire de Rome vous hocher la bride, & le Roi d'Espagne vous donner l'éperon. Vous n'aviez plus que feu Monsieur, qui étoit un mauvais songecreux, & qui savoit bien de quel bois vous vous chauffiez. Il se falloit défaire de lui; & le testament de Salcede (1) nous en a découvert les moïens; mais la force n'aïant succédé, le poison fit la besogne. Tous vos Serviteurs prédisoient cette mort plus de trois mois devant qu'elle fût advenue. Alors vous ne fîtes plus la petite bouche pour dissimuler votre intention; vous n'allâtes plus connillant, ni à cachette; vous vous déclarâtes tout à bon. Et néanmoins, pour avancer vos affaires, vous voulûtes faire croire aux bonnes gens que c'étoit pour le bien public, & pour la défense de la Religion Catholique, qui est un prétexte que les séditieux & remueurs de nouvelletés ont toujours pris. Dedans ce ret insensible vous attirâtes le bon homme Monsieur le Cardinal de Bourbon, Prince sans malice, & le sûtes si dextrement tourner & manier, que lui mîtes une folle & indiscrete ambition dedans la tête, pour faire de lui, comme le chat de la souris; c'est-à-dire, après vous en être joué, de le manger. Vous y attirâtes plusieurs Seigneurs de ce Roïaume, plusieurs Gentilshommes & Capitaines, plusieurs Villes & Communautés, & entre les autres, ceste-ci misérable, qui le laissa engluer, partie de haine des comportemens du feu Roi, partie de l'impression que lui donniez que la Religion Catholique s'en alloit perdue, si le Roi mourant sans enfans, la succession du Roïaume venoit au Roi de Navarre, qui se disoit premier Prince du Sang. Vous forgeâtes là-dessus votre premier Manifeste, imprimé à Reims, qui ne portoit un seul mot de la Religion; mais bien demandiez tous les Etats & Gouvernemens de ce Roïaume être ôtés à ceux qui les possedoient, qui n'étoient à votre devotion. Ce que vous corrigeâtes par votre second Manifeste du conseil de Rosne, qui, pour tout brouiller, dit qu'il ne falloit que mettre la Religion en avant; & alors vous nous prêchâtes un Synode à Montauban, & d'une diete en Alle-

---

(1) Fils de celui qui avoit été enveloppé dans le massacre de la Saint Barthelemi. Etant prisonnier, il avoit accusé ceux de Lorraine & de Guise, d'avoir trempé dans la conjuration contre le Duc d'Alençon, & il l'avoit confirmé étant à la question; mais avant sa mort il se rétracta, à l'instigation d'un Religieux.

magne,

magne, où difiez que tous les Huguenots du monde avoient comploté de fe faifir du Roïaume de France, & en chaffer tous les Prêtres. Aucuns vous crurent, & quant à moi, qui ne fuis pas des plus rufés, j'en eus quelque opinion, & me joignis à ce parti, pour la crainte que j'ai toujours eue de perdre ma Religion. Beaucoup de bonnes gens ont fait comme moi, qui ne s'en font pas mieux trouvés. Les autres, qui ne demandoient que nouveaux remuemens, firent femblant de le croire; plufieurs faffraniers endettés, criminels contumacés vous fuivirent, comme gens qui avoient befoin de la guerre civile. Aïant ainfi joué votre partie, & reçu force doublons d'Efpagne, vous vous mîtes aux champs avec une belle armée; quelquesuns difent que cela ne fe fit fans le fu & confentement de la Reine mere (1), qui aimoit les troubles pour fe rendre néceffaire, & être emploïée à faire le holà; à quoi elle étoit fort propre: mais toute Italienne & rufée qu'elle fût, fi y fut-elle trompée. Car elle croïoit pas du commencement que vos deffeins volaffent fi haut, & ne découvrit la méche que bien tard, après qu'eûtes mis le pied fi avant, qu'il n'y avoit plus moïen de le retirer; n'étant pas vraifemblable encore qu'elle eût du mécontentement de fon fils, qui, à la vérité fe laiffoit plus gouverner à d'autres qu'à elle, elle eût voulu le laiffer ruiner, & le voir priver de la Couronne, pour y établir votre frere, de qui elle ne fe fioit que de bonne façon.

L'aide donc que la bonne Dame vous fit, n'étoit pas pour perdre fon fils, mais pour le ramener à humilité & reconnoiffance. Ce que penfant avoir fait par votre moïen, elle vous fit par après diffiper votre armée, qui ne vous fervit de rien, finon pour vous faire connoître vos forces, & pour extorquer par violence cet Edit de Juillet (2), qui caffoit tous les autres Edits de pacification auparavant faits, & remettoit encore le feu & le carnage en France contre les Huguenots. Mais vous ne demeurâtes pas en fi beau chemin; car aïant reconnu que la plûpart des bonnes Villes qui vous avoient promis de s'élever pour vous, quand elles vous verroient aux champs avec une

(1) Cette Princeffe voïant que fi la Loi Salique fubfiftoit, le Roi Henri III, qui ne pouvoit avoir d'enfans, laifferoit la Couronne au Roi de Navarre, qu'elle n'aimoit pas, fe réfolut, & l'effectua, de favorifer la Ligue, dans l'efpérance que cette faction éleveroit fur le Trône, où le Marquis de Pont-à-Mouffon, fon petit-fils, qu'elle aimoit beaucoup, ou du moins l'Infante Ifabelle fa petite-fille.

(2) C'eft l'Edit de Réunion, qui fut vérifié en Parlement, le Roi y étant, le 18 d'Août de l'an 1585.

armée, vous avoient manqué, & étoient encore retenues de quelque crainte & révérence du nom des Rois, & de la Majesté Roïale, vous pratiquâtes, sans vous défarmer, dedans toutes les Villes, ceux des Habitans que saviez avoir quelque créance & dignité sur le Peuple. Vous corrompîtes les uns par argent, qui vous venoit en abondance d'Espagne, les autres par promesses de biens, offices, bénéfices, & les autres par impunité des crimes, dont ils étoient pourfuivis en justice. Mais principalement vous dressâtes vos machines contre cette misérable Ville, où vous n'oubliâtes aucun artifice, jusqu'aux plus abjectes & honteuses soumissions, pour rechercher & gagner la simple Populace (1). Votre frere s'en alla armer en Champagne & Bourgogne, pour furprendre les Places du Roi, non celles des Huguenots, dont on ne parloit point en ce païs-là, sinon à Sedan, où il fit mal ses besognes. Vous, M. le Lieutenant, allâtes en Guienne avec une puissante armée, pour attendre l'occasion de jouer vos jeux; & c'est à mon avis la raison que n'y fîtes pas grand cas, parceque vouliez temporifer en attendant à frapper votre coup par-deçà, comme avez dit tantôt. Mais les Huguenots de Saintonge ne laisserent de s'en moquer; car à votre tour, ils firent une petite rime en leur patois, qui mérite que la fachiez, & la voici :

> Hauffez vos voûtes, grands portaux :
> Huis de Paris tenez-vous hauts ;
> Si entrera le Duc de gloire,
> Qui pour tuer cent Huguenaux,
> A fait mourir mille Papaux ;
> N'a-t'il pas bien gagné à boire ?

Le quatrain qui en fut fait par-deçà, est commun, touchant les Places que vous prîtes.

> Oronce (2) est un oison, & Thevet (3) une canne,

(1) Charles Hotman, dit la Roche-blond, homme plus fimple que méchant, fut le premier qui fe laissa gagner par MM. de Guise, pour former une Ligue à Paris; Hotman en persuada d'autres, qui tous ensemblent firent révolter les Parisiens.

(2) Oronce Finé, Mathématicien célebre en son temps, qui a fait aussi des Cartes Géographiques.

(3) André Thevet, connu par fa description du monde, & par des Cartes Géographiques que l'on n'estime point. Voïez sur ces deux Ecrivains les Mémoires du Pere Niceron, où l'on trouve un Article sur la Vie & les Ouvrages de l'un & de l'autre.

Qui, en repréſentant la Carte Gallicane,
Ont oublié de mettre, ou laiſſé par mépris,
Les Villes & Châteaux que ce grand Duc a pris.

Je ne parlerai point de la belle priſe que vous fîtes du Château de Fronſac, & d'une jeune Dame qui étoit dedans, héritiere de la maiſon de Caumont (1); cela ne mérite pas d'être
recité en cette bonne compagnie; encore que le bon homme
de la Vauguyon en ſoit mort de déplaiſir, n'aïant pu en avoir
juſtice contre vous. Auſſi n'étoit-ce rien au prix de ce qu'aviez
délibéré faire en cette Ville à votre retour, dont vous ſavez que je
ſais quelque choſe, & non pas tout. Car je n'avois point ſu que
dès lors vous euſſiez projetté de prendre le Roi au Louvre, &
tuer ou empriſonner tous ſes meilleurs & plus ſignalés ſerviteurs, ſi le Lieutenant (2) du Prévôt Hardi ne l'eut révélé, qui
découvrit toutes vos aſſemblées & entrepriſes, par tenans & abou-
tiſſans, & fut cauſe que le Roi, bien averti, fit ſaiſir le grand
& petit Châtelet, l'Arſenal & l'Hôtel de Ville, & renforça ſes
Gardes, pour empêcher l'exécution de votre deſſein. Vous
confeſſerez que s'il eut fait alors ce qu'il devoit, & pouvoit,
vous, & tous vos Agens & Faciendaires étiez perdus, leſquels
on connoiſſoit par noms & ſurnoms, tout ainſi qu'ils ſe ſont
déclarés par après. Mais on y procéda trop mollement, par le
conſeil de ceux qui diſoient, & diſent encore aujourdhui, qu'il
ne faut rien aigrir. Depuis, vous ne ceſſâtes de pratiquer &
ſolliciter tout le monde, quaſi à découvert, & principalement
les Prêcheurs & Curés, à qui vous faiſiez quelque petite part
de vos doublons. Vous envoïâtes une autre armée en Guyenne,
dont faiſiez état, & que penſiez qui dut reſſerrer ou prendre
le Roi de Navarre : mais de belles, vous allâtes précipiter &
faire perdre ce jeune Seigneur, préſomptueux des eſpérances
que lui donniez qu'il ſeroit Roi de Toulouſe. Votre frere
avoit d'autres forces ſur pied, qui lui vinrent bien à propos pour
repouſſer les Reitres, venans au ſecours des Hugenots de

(1) M. de Nevers, dans ſon Traité de la
priſe des armes, pag 184, dit : » M. de
» Mayenne fit dépêcher une abolition au
» Sieur de Vivans, Huguenot & Sacrilege,
» pour faire trouver bon à Madame de Cau-
» mont le mariage de ſa fille Huguenote,
» avec l'un des enfans de celui que l'Union
» a élu pour ſon Chef.

(2) Ce Lieutenant étoit le Sieur Poulain,
dont le Procès verbal, qui eſt imprimé à la
ſuite du Journal du Regne de Henri III,
contient beaucoup de choſes importantes
contre la Ligue, & qui auroient plus mérité
l'attention du Roi qu'il ne lui en donna, en
aïant été détourné par des confidens qui le
trahiſſoient.

Guyenne; & fallut que vous-mêmes , Monsieur le Lieutenant ,
y allassiez en personne; encore ne fûtes-vous les empêcher de
passer. Et s'il n'y eut eu que vous & les vôtres qui vous en fussiez mêlés , quelque chose qu'en aïez voulu faire croire , ils fussent venus boire notre vin , jusqu'à nos portes , & vous eussent
mis en merveilleux accessoire. Néanmoins vous voulûtes vous
donner toute la gloire de leur déroute (1) , & la dérober au
Roi & à ses bons serviteurs , qui en temporisant & s'opposant à
leur passage de Seine , y avoient apporté les plus grands effets.
Cela véritablement vous acquit un grand honneur & faveur
envers les Parisiens , dont la plûpart ne savoient pas encore à
quoi vous tendiez ; mais ceux qui participoient à vos secrets ,
qui lors prirent le nom de Catholiques zélés , faisoient déja un
Dieu de votre frere , l'invoquoient en leurs afflictions , &
avoient recours à lui quand on les menaçoit du Roi & de la
Justice ; dont il fut rendu si orgueilleux & téméraire , qu'il osa
venir en cette Ville avec huit chevaux (2) , contre les défenses très expresses que le Roi lui en avoit faites ; encore qu'on
sache bien qu'il avoit assigné cinq ou six cens hommes de cheval , qui se rendirent à même jour près de lui. Le Pape Sixte V
sut bien dire quelle peine cela méritoit , quand il en sut la nouvelle , & n'eut pas failli de le faire , si telle chose lui fut advenue ; mais la bonne mere (3) & ses bons Conseillers (4) , faits
de sa main & de son humeur , dont nous n'avons encore que
trop de reste , surent si dextrement imprimer la crainte en l'esprit foible de ce pauvre Prince , qu'il n'osa rien entreprendre ,
de peur d'irriter les Parisiens , & craignant remettre encore les
troubles & les miseres de la guerre en son Roïaume. Car encore
qu'il n'aimât pas les Huguenots plus que vous , si est-ce qu'aïant
expérimenté leur résolution , & que pour néant on tâchoit les
vaincre & ranger à raison par la violence de la guerre , qui rui-
noit son Peuple , il s'étoit résolu de ne tenter plus les voies de
la force (5) ; mais par un plus subtil moïen , avoit commencé
de les matter , les privant de sa Cour & de sa suite , des hon-

(1) C'est ce que faisoit à Rome le Cardinal de Pellevé , qui devant le Pape & les
Cardinaux donnoit au Duc de Guise , qui
l'y avoit envoïé , la gloire de la défaite de
l'Armée Allemande en 1587. Voïez la Decade de Henri le Grand , par Baptiste le
Grain , qui a été Maître des Requêtes , Sei-
gueur de Montgeron , où il est mort , &c.
(2) Ce fut aux Barricades.

(3) La Reine Mere.
(4) Villequier , d'O , Villeroy ; d'autres y
ajoutent le Chancellier de Chiverny , &
quelques autres.
(5) M. de Thou ne fait pas difficulté d'a-
vouer que ce que l'on fait dire ici à d'Aubray , fut le véritable motif de la paix accordée par le Roi aux Huguenots à Poitiers
au mois de Septembre 1577.

neurs, charges, gouvernemens, offices & bénéfices, dont la
plûpart d'eux se fâchoient de se voir exclus ; si bien qu'il faut
avouer, que leurs forces s'étoient plus alenties & diminuées
par cinq ou six ans de paix, que par dix ans de guerre ouverte. Et ne se faisoit plus de nouveaux Huguenots, les vieux se
refroidissans & s'ennuïans de la longueur, & la plûpart d'eux
permettans que leurs enfans se fissent Catholiques Romains,
pour participer aux honneurs & aux bénéfices comme les autres.
Mais vous & les vôtres, impatiens du repos, & qui aviez peu
de soin de la Religion, pourvû que parvinssiez à vos attentes,
ne pûtes souffrir cette tranquillité, qui ne vous étoit pas saine.
Vous aviez appris que la pêcherie est meilleure quand l'eau est
trouble ; si bien que n'eûtes jamais repos, que n'eussiez vu naître cette belle journée des barricades, qui nous a vous & nous
ruinés. Encore qu'il soit assez notoire, & vôtre frere ne le nie-
roit pas, s'il étoit vivant, & tous ceux qui étoient de l'entreprise, qui sont ici présens, me le confesseront, que si le Roi
eût voulu user de son pouvoir & de son autorité, nous étions,
dès ce jour-là tous perdus (1), étant bien certain que vous fûtes prévenu, & devancé de trois jours, & que le jour de l'exploit qui se devoit faire, n'étoit assigné qu'au Dimanche (2).
Si bien que le Roi qui savoit toute l'entreprise (encore que
ceux qui approchoient le plus près de sa personne, tâchassent
lui dissuader, & divertir d'ajouter foi aux rapports qu'on lui en
faisoit) eut ses Suisses & ses Gardes, & autres gens de guerre
tous prêts avant jour, qui avoient déja pris les places, carrefours & cantons de la Ville, dès le matin, auparavant que vôtre
frere ni aucuns des Entrepreneurs fût éveillé ; lequel, comme savez, aïant su à son reveil ce qui se passoit, se trouva si surpris &
éperdu, qu'il n'attendoit rien moins, sinon qu'on le vînt assiéger & prendre ou massacrer en l'hôtel de Guise, où il s'étoit
résolu de se défendre seulement avec son épée, n'y aïant fait pré-
paratif d'aucunes armes, de peur qu'on y allât fouiller, & pour
ôter tout soupçon de lui ; de même, tous les Seize, & les plus

(1) René de Villequier persuada au Roi
de lui donner la commission d'aller par-tout
Paris, donner ordre aux Troupes de ne rien
entreprendre sur les Bourgeois, & d'attendre, sans se remuer, les ordres sur ce qu'elles auroient à faire : la Reine l'approuva ;
& cette inaction donna lieu aux Parisiens
de reprendre cœur, & de se barricader.

(2) On voit dans le Procès verbal de Nicolas Poulain, que les Ligueurs aïant pris
l'allarme au sujet de plusieurs de leurs entreprises, que cet homme avoit découvertes,
obligerent le Duc de Guise à hâter de quelques jours celle des Barricades.

mutins de la faction se cacherent dedans les caves, & chez leurs amis & voisins, n'attendans rien que la mort; & n'y eut aucun si hardi qui osât paroître dedans la rue, qu'il ne fût plus de huit ou neuf heures; tellement que le Roi eut pu, sans aucune résistance se saisir d'eux & de votre frere, & remettre absolument son autorité, s'il eut permis que les gens de guerre eussent joué des mains, & chargé les premiers qui s'avancerent à faire barricades, & à boucher les passages des rues. Mais sa timidité, ou plutôt sa naturelle bonté, avec les impressions que lui donnoit sa mere & ses traîtres Conseillers, l'empêcherent d'user de l'avantage qu'il avoit en main, faisant défendre à ses gens de guerre de frapper, ni offenser personne, & se tenir cois sans rien entreprendre, ni faire effort à aucun des habitans; qui fut cause que les mutins reprenans cœur, sur les arrhes de leur entreprise projettée, eurent loisir de s'armer, & de renfermer comme entre deux gauffres, ceux qu'il n'osoient auparavant regarder au visage. Et votre frere aussi voïant qu'on tardoit tant à le venir attaquer, & que de toutes parts lui venoient des gens en armes, que ceux du Roi laissoient librement passer, parcequ'ils n'avoient point chargé de prendre garde à lui, & sachant que ceux de son parti commençoient à se reconnoître, & à faire tête aux quartiers, selon l'ordre qu'on avoit auparavant projetté, de désesperé qu'il étoit, il entra en pleine assurance, & envoïa ses Gentilshommes destinés par les rues & cantons, pour assister & encourager les habitans, se saisir des portes, & des places; & de sa part après s'être renforcé de bon nombre d'hommes armés, qui avoient leur rendezvous à lui, sortit de sa maison sur les dix à onze heures, pour se faire voir par les rues, & par sa présence donner le signal de la révolte générale, qui mit incontinent le feu en la tête de tous les Conjurateurs; lesquels, comme forcenés & furieux, se ruerent sur les Suisses du Roi, qu'ils taillerent en piéces; & les autres gens de guerre se voïans renfermés entre deux barricades, devant & derriere sans s'être osé défendre, à cause que le Roi leur avoit défendu, se rendirent à la merci de votre frere, qui les fit conduire en sûreté hors de la Ville. Ce qu'il fit, non tant par clémence & douceur qui lui fût naturelle, que par ruse & cautelle, pour mieux parvenir à son dernier but, qui étoit de se saisir du Roi, lequel il voïoit en armes sur ses gardes en son Louvre, mal aisé à forcer si promptement, sans grand massacre. Son artifice donc fut de filer doux, & de contrefaire le

piteux, difant qu'il avoit un extrême regret de ce qui étoit advenu. Cependant il vifitoit les rues, pour encourager les habitans, il s'affuroit des Places fortes, il fe fit maître de l'Arfenal,
où il avoit bonne intelligence avec Selincourt, pour avoir le
canon, les poudres & boulets à fa dévotion ; il enjola de belles
paroles le pauvre Chevalier du Guet (1), qui lui rendit la Baftille par faute de bon appareil. Il ne lui reftoit plus que le Louvre ; le Palais étoit à lui ; ce n'étoit rien fait, qui ne tenoit le
Maître, lequel avoit une porte derriere pour fe retirer. Ce fut
pourquoi pied à pied on avança les barricades, pour gagner la
porte neuve, & celle de Saint Honoré ; mais le pauvre Prince
bien averti de ce qu'on délibéroit faire, & qu'on n'en vouloit
qu'à lui, ne s'ofant fier en fa Mere ni au Gouverneur de Paris, qui étoit lors, qui l'entretenoient de parlemens & d'accord, prit une réfolution courageufe, & approuvée de beaucoup de gens de bien, qui fut de s'enfuir, & quitter tout. De
quoi votre frere fe trouva bien étonné, voïant que la proie
qu'il penfoit tenir en fes lacs, lui étoit échappée. O fête mémorable des barricades (2), que tes féries & tes octaves font
longues ! Depuis ce temps-là qu'avons-nous eu, que malheur
& pauvreté, qu'angoiffes, peurs, tremeurs, allarmes, défiances,
& toutes fortes de miferes ? Ce ne furent plus que rufes, que
fineffes, diffimulations & feintifes d'une part & d'autre ; pratiques,
menées, à qui mieux mieux, & à qui tromperoit fon compagnon. Vous commençâtes à marcher du pair avec votre Maître ;
& parceque n'aviez pû l'attraper par force ouverte, vous prîtes
confeil d'y aller par fineffe ; vous faifiez les triftes & dolens de
ce qui étoit arrivé, quand vous envoïez vers lui ; mais envers
les étrangers, vous braviez, & vous vantiez d'être maîtres de
tout, & qu'il n'avoit tenu qu'à vous que ne fuffiez Roi, &
qu'aviez gagné en cette journée des barricades plus que fi euffiez gagné trois batailles. Dequoi vos Lettres & celles de vos
Agens font ample foi (3) ; vous envoïâtes plufieurs fois diverfes fortes d'Ambaffadeurs vers le Roi, tant à Rouen qu'à Char-

(1) Il fe nommoit Laurent Teftu. M. de
Thou dit que ce fut par lâcheté qu'il rendit
la Baftille au Duc de Guife, le deuxieme
jour après les Barricades.
(2) Dans une Harangue faite en la Chambre des Députés du Clergé aux derniers
Etats de Blois, celui qui portoit la parole
ne craignit pas d'appeller la journée des

barricades, heureufe & fainte journée des
Tabernacles. Ce jour fut en effet la premiere
fête de Cinq que les Ligueurs célébrerent
avec beaucoup de pompe, jufqu'à ce qu'elles furent toutes abolies, huit jours après que
le Roi fut entré dans Paris.
(3) On a donné ces Lettres dans ces préfens Mémoires.

tres, pour faire croire que le Peuple de Paris étoit plus à sa dévotion que jamais, & desiroit le voir & le chérir en sa bonne
Ville; & ne tâchiez qu'à l'y attirer, pour parfaire la besogne
commencée : mais il n'en voulut rien faire, & fit bien. Enfin
après plusieurs déclarations que vous tirâtes de lui, dont il ne
fut chiche, comment il oublioit & remettoit tout ce qui s'étoit
passé, où ne voulûtes jamais qu'on usât du mot de pardonner,
vous vous allâtes enfiler bien lourdement en la promotion des
Etats, où vous vous promettiez faire tout passer à votre fantaisie, par le moïen des brigues (1) que vous fîtes à l'élection des
Députés des Provinces. En quoi on ne vit jamais une telle impudence que la vôtre, qui envoïez de Ville en Ville faire élire
des hommes de votre faction pour venir ausdits Etats, préparés de Mémoires accommodés à votre intention ; les uns par
force, les autres par corruption d'argent, & les autres par
par crainte & menaces. Entr'autres de cette Ville, vous en-
voïates le Président de Nulli, la Chapelle Marteau, Compan
Roland, & l'Avocat Dorléans, qui étoient notoirement les
principaux auteurs de la Rébellion (2), & les instrumens dont vous
vous serviez le plus pour tromper le Peuple. Qu'est-il besoin de
remémorer ici, ce qui se passa à ces Etats de Blois, & comment
Dieu banda les yeux à ceux de votre famille, pour s'aller jetter
dedans la fosse qu'ils avoient préparée pour autrui ? Alors que
pensiez être au-dessus du vent, après cette belle Loi fondamentale, par laquelle vous déclariez le feu Cardinal de Bourbon, premier Prince du Sang, & le Roi de Navarre, indignes
de jamais succéder à la Couronne, non plus que ses cousins,
adhérans & fauteurs d'Hérétiques. Voici une bourasque qui en-
leve ces deux grosses colomnes de la Ligue, Messieurs vos freres, l'un se disant Lieutenant Général, Grand Maître & Connétable de France, & l'autre Patriarche de l'Eglise Gallicane,
& les jette en un gouffre de mer si profond (3), qu'on ne les

---

(1) Pendant que le Roi pressoit les Guises
de tenir les Etats qu'il avoit promis, ils
travaillerent par toutes les Provinces à gagner les nominations, & commencerent à
le servir, sur-tout en Languedoc, de l'Ordre des Feüillans, parmi lesquels ils choi-
sirent, dit d'Aubigné, *ceux de qui la passion, l'esprit & la créance étoient propres
pour en faire leurs Emissaires.* C'est à ce
temps là qu'il faut rapporter les premiers
Sermons séditieux du petit Feuillant, duquel on a déja parlé.

(2) On a parlé ailleurs d'Etienne de Nully, & autres nommés ici, excepté de Jean
Compan. Ce dernier, grand Ligueur, étoit
un Marchand, qui avoit été Calviniste.
Peut-être étoit-il du Village de Compan,
Paroisse du Doïenné de Dammartin, Election de Meaux. Compan & Rolland furent faits Echevins en la place des deux
autres qui avoient suivi le Roi à sa sortie
de Paris, après les Barricades.
(3) Leurs corps furent brûlés dans une
salle basse du Château de Blois.

a

a jamais vus ni ouis depuis. Fut-ce pas un grand coup du Ciel, & un merveilleux jugement de Dieu, que ceux qui penſoient tenir leur Maître à la chaîne, & faiſoient leur compte de l'a- mener dedans trois jours, par force ou autrement, dedans cet- te Ville, pour le faire tondre en moine, & le renfermer en un cloître, ſe trouverent tout à coup eux-même pris, & ren- fermés par celui qu'ils penſoient prendre? Aucuns ont voulu dire que vous, Monſieur le Lieutenant, étant jaloux de la grandeur & haute fortune de Monſieur votre frere, avertîtes le défunt Roi de l'entrepriſe qu'on faiſoit de l'emmener (1), & l'admoneſtiez de ſe hâter d'y parvenir. Si cela eſt vrai, je m'en rapporte à vous; mais c'eſt choſe toute vulgaire, que Mᵈᵉ. d'Aumale votre couſine fut à Blois exprès pour découvrir tout le myſtere au Roi; où elle ne perdit pas ſes peines, & dit-on que ſon mari & elles euſſent dès lors fait banqueroute à la Ligue, ſi on lui eut voulu donner le gouvernement de Picardie & de Boulogne, & païer ſes dettes. Quant à vous, je ne penſe pas qu'aïez eu le cœur ſi lâche que de trahir vos freres, & on ſait bien qu'étiez convié à venir, & vous trouver aux noces, où l'on vous eut fait de leur livrée; mais ſoit que vous vous défiaſſiez de l'encloueure, ou que ne vouluſſiez vous haſarder tous trois enſemble, vous vous tintes à Lion aux écoutes, pour attendre l'iſſue & l'exécution de l'entrepriſe, qui fut toute autre que n'eſ- périez; & peu s'en fallut que vous-mêmes ne fuſſiez de la far- ce, ſi le Seigneur Alphonſe Corſe (2) n'eût été dévancé. Ma- dame votre ſœur eut la même fraïeur que vous, qui ſachant la nouvelle, ne ſe trouva pas aſſurée aux Fauxbourgs, & ſe reti- ra en la Ville. O que nous ſerions maintenant à nos aiſes, ſi ce Prince eut eu le courage de paſſer outre, & continuer ſes coups! Nous ne verrions pas Monſieur de Lion aſſis près de vous, & vous ſervir d'arcboutant, pour faire vos pratiques & les ſiennes à Rome & en Eſpagne; & pour empêcher par ſes ſermons & ſes raiſons colorées de Religion, que nous n'aïons la paix, dont nous avons tant de beſoin. Nous n'euſſions pas vu les furieuſes adminiſtrations de Marceau, Nulli, Compan & Roland; qui ont mis le Peuple au déſeſpoir, ſi la juſtice,

(1) La raiſon de cet avis du Duc de Mayenne contre le Duc de Guiſe, ſon pro- pre frere, étoit la jalouſie qu'ils avoient l'un de l'autre, au ſujet d'une femme, pour laquelle ils furent même ſur le point de ſe battre.

(2) Alphonſe d'Ornano. Il partit depuis d'auprès du Roi, qui étoit à Blois, pour al- ler tuer le Duc de Mayenne à Lion

que la renommée nous avoit apportée jufqu'ici après leur capture leur eût été faite, comme elle devoit ; & toutes les autres
grandes Villes n'euffent pas brûlé du feu de rebellion, fi leurs
Députés euffent paffé par le même *fidelium*. mais la douceur
de ce bon Roi, qui n'étoit nullement fanguinaire, fe contenta
de voir fon principal ennemi & compétiteur abattu, & s'arrêta lorfqu'il devoit plus vivement pourfuivre fon chemin.
Toutesfois fi le Sieur d'Antragues eut fait ce qu'il avoit promis
de la réduction d'Orléans, qu'il penfoit guérir, comme il l'a-
voit gâtée, & ne fe fut point laiffé devancer par Saint Maurice
& Roffieux (1) les chofes ne fe fuffent pas débauchées comme
elles firent, par faute de donner ordre à ce premier tumulte,
où vous vîntes, fur le commencement de leur révolte, & leur
donnâtes courage de fe rebeller & opiniâtrer à bon efcient, &
à leur exemple vous vous en fîtes faire autant ; puis quafi tout
à un coup, ce feu embrafa toutes les bonnes Villes de ce Roïaume, & y en a peu qui fe puiffent vanter d'en avoir été exemp-
tes, tant vous aviez fu dextrement pratiquer hommes de toutes parts. Là-deffus, pour nous rendre irréconciliables avec notre Maître, vous nous lui fîtes faire fon procès, vous nous fîtes pendre & brûler fon effigie, vous défendîtes de parler de
lui, finon en qualité de tyran (2), vous le fîtes excommunier,
vous le fîtes exécrer, détefter & maudire par les Curés, par les
Prêcheurs, par les enfans en leurs Prieres. Et fe peut-il dire ou
alléguer, rien de fi horrible & épouvantable que ce que vous
fîtes faire à Buffi le Clerc, petit Procureur, accoutumé d'être
profterné à genoux devant la Cour de Parlement, laquelle il eut
le cœur & la rage d'aller prendre au Siége vénérable de la Juf-
ce fouveraine, & la mener captive & prifonniere en triomphe
par les rues, jufqu'à fon fort & taniere de la Baftille, dont elle
n'eft fortie que par pieces (3), avec mille concuffions, exactions
& vilainies qu'il a exercées fur les gens de bien ? Je laiffe les pillages de plufieurs riches maifons, la vente des précieux meu-

(1) Ou plutôt *Royffieu*. Il étoit Maire
d'Orléans, Général des vivres de l'Union,
& fut depuis Secrétaire d'Etat de la Ligue.
Après la réduction de Paris, il fe retira aux
Païs-Bas, où il découvrit les intrigues du
Maréchal de Biron, dont il fit donner avis
à Henri IV.

(2) En 1589 par le Pape Sixte V, qui prétendoit que le Roi n'avoit pu, fans facri-
lége, faire mourir le Cardinal de Guife,

qu'il foutenoit n'avoir plus été fujet de
Henri III, au moment que ce Prélat avoit
reçu les Ordres Sacrés.

(3) Les uns furent mis en liberté dès l'a-
près-dîner ; les autres, pendant les deux ou
trois jours fuivans, parcequ'ils ne fe trouvoient pas fur la lifte de Buffi le Clerc, ou
qu'aïant donné de l'argent pour fortir, ils
paffoient après cela pour bons Catholiques.

bles, les emprisonnemens & rançonnemens des Habitans &
Gentilshommes, qu'on savoit être pécunieux & garnis d'argent, lesquels on nommoit politiques, adhérans & fauteurs
d'Hérétiques ; & sur ce propos fut faite de ce temps-là une
plaisante rime, que j'estime digne d'être insérée aux régistres &
cahiers de nos États.

> Pour connoître les Politiques,
> Adhérans, fauteurs d'Hérétiques,
> Tant soient-ils cachés & couverts,
> Il ne faut que lire ces vers.

> Qui se plaint du temps & des hommes,
> En ce siecle d'or où nous sommes ;
> Qui ne veut donner tout son bien,
> A cette cause, il ne vaut rien.

> Qui tard l'Union a jurée ;
> Qui a pris sa robe fourrée,
> Au lieu de prendre son harnois,
> Qui ne dit point le Biarnois ;

> Ains dit le Roi, & qui le loue ;
> Qui a fait aux Seize la moue
> Les pensant hors de tout crédit,
> Qui en murmure ou en médit ;

> Qui aux Quarante a fait la figue ;
> Qui n'a point la barbe à la Ligue,
> Qui a vu Lettres de delà,
> Ne vous fiez en tout cela.

> Qui ne va point chez les Princesses,
> Qui, à Pâque n'oit que deux Messes,
> Qui n'a des chapelets au col,
> Mérite y avoir un licol.

> Qui se fâche quand on l'appelle
> A la porte, à la sentinelle,
> A la tranchée & au rempart,
> Il n'est point de la bonne part.

Qui fait mention de concorde,
Il sent le fagot ou la corde;
Qui confit en dévotions
Court à toutes Processions,

Priéres & pélérinages,
S'il entremêle en ses suffrages
Un *da pacem*, en soupirant,
C'est pour le moins un adhérant.

Combien qu'il fasse bonne mine,
Gardez qu'il ne vous enfarine.
Qui n'aime point ouir prêcher
Commolet, Guincestre & Boucher;

Et qui volontiers ne salue
Louchard, la Morliere & la Rue (1);
C'est un maheutre & un frelu,
Pire qu'un Turc ou Mammelu.

Qui n'honore la Seigneurie
De Baston, Machaut, Acarie,
Et qui a dit en quelque endroit,
Que jamais boiteux n'iroit droit (2).

Qui demande par la fenêtre
A ses voisins que ce peut être,
Aux allarmes & toque-saint;
Qui n'eut point peur à la Toussaint;

Qui la bonne fête, nommée
Des barricades, n'a chommée;
Qui ne parle révéremment
Du couteau du Frere Clément;

Qui, lorsque Bichon ou Nivelle
Ont imprimé quelque nouvelle,
En doute, & s'enquiert de l'Auteur,
Je gage que c'est un fauteur.

(1) On a déja fait connoître ces six personnages.
(2) Acarie & le petit Feuillant, dont il s'agit ici, étoient boiteux.

D'autres encore , on remarque
A une plus certaine marque ;
Saint Côme , Olivier & Buffi,
Empoignez-moi ces galans-ci.

Ils en font : & pourquoi ? & pource
Qu'ils ont de l'argent en leur bourfe.

J'ai retenu ces vers par cœur, parcequ'ils font fi vulgai-
res, que les femmes & petits enfans les ont appris, & qu'il ne
fe peut rien faire de plus naïf pour exprimer nos procédures,
& les façons dont nous avons ufé pour trouver de l'argent. Mais
on a oublié d'y mettre l'or de Molan , & le tréfor du Grand
Prieur de Champagne, qui vous aiderent bien à faire votre
voïage de Tours , qui ne fut pas long , ni de grand effet. Car
après avoir mené, je ne fais quelle troupe ramaffée de gens
tranfportés d'erreur, & d'amour de nouveauté, que leur mettiez
en la tête, pour braver votre Maître, que penfiez prendre à
dépourvu, ou avec efpérance que ceux de Tours feroient quelque tumulte pour le vous livrer, fitôt que vîtes qu'on parloit à
vous à coups de canon , & que le Roi de Navarre étoit venu
affifter & fecourir fon frere, aïant un notable intérêt qu'il ne
tombât entre vos mains, la fraïeur vous faifit tellement au luftre des écharpes blanches, que ce fut à vous de vous retirer en
diligence par des chemins égarés , où il n'y avoit point de pierres; & voulûtes coulorer votre fuite fur la priere que nous vous
fîmes de nous fecourir contre les courfes de Meffieurs de Longueville, de la Noue & de Givri, après la honteufe levée du
fiége de Senlis (1). Etant ici , vous vous défiâtes bien qu'on ne
tarderoit gueres à vous fuivre de près, aïant deux fi puiffans do-
gues à la queue , & donnâtes quelque ordre pour la défenfe de
Paris, par un antidote, pire que le mal n'eut été, fi on nous
eut pris. Et ce fut lors que les Parifiens commencerent à voir
des hôtes vivans à difcrétion en leurs maifons, contre tous les
anciens priviléges à eux accordés par les défunts Rois. Mais ce
ne furent que fleurettes , au prix de ce que nous avons fouffert
depuis. Vous laiffâtes néanmoins prendre à votre nez Eftampes & Pontoife, fans le fecourir. Et voïant qu'on retournoit à
vous, pour vous attirer à la bataille, ou vous refferrer entre nos
murailles, vous vîtes bien au progrès des affaires du Roi, que

(1) En 1589.

les vôtres s'en alloient ruinées, & qu'il n'y avoit plus moïen de vous en sauver, sans un coup du Ciel; qui étoit par la mort de votre Maître, votre bienfaiƈeur, votre Prince, votre Roi. Je dis votre Roi; car je trouve emphase en ce mot, qui emporte une personne sacrée, ointe & chérie de Dieu : comme mitoïenne entre les Anges & les Hommes. Car comment seroit-il possible qu'un homme seul, foible, nud, désarmé, pût commander à tant de milliers d'hommes, se faire craindre, suivre, & obéir en toutes ses volontés, s'il n'y avoit quelque divinité, & quelque parcelle de la puissance de Dieu mêlée? comme on dit que les Démons se mêlent & entrejettent dedans les nues du tonnerre, où ils font ces étranges & épouvantables feux, qui passent de bien loin le feu matériel & élémentaire. Je ne veux pas dire que ce fut vous, qui choisîtes particuliérement ce méchant que l'Enfer créa (1), pour aller faire cet exécrable coup, que les furies d'Enfer eussent redouté de faire; mais il est assez notoire, qu'auparavant qu'il s'acheminât à cette maudite entreprise, vous le vîtes, & je dirois bien les lieux & endroits, si je voulois; vous l'encourageâtes, vous lui promîtes Abbaïes, Evêchés, monts & merveilles, & laissâtes faire le reste à Madame votre sœur, aux Jésuites, & à son Prieur (2), qui passoient bien plus outre, & ne lui promettoient rien moins qu'une place en Paradis, au-dessus des Apôtres, s'il avenoit qu'il y fût martyrisé. Qu'ainsi ne soit, & que ne fussiez bien averti de tout le mystere, vous faisiez prêcher le Peuple qui parloit de se rendre, qu'on eût encore patience sept ou huit jours, & qu'avant la fin de la semaine on verroit quelque grande chose qui nous mettroit à notre aise. Les Prêcheurs de Rouen, d'Orléans & d'Amiens, le prêcherent en même temps & en mêmes termes. Puis sitôt que votre Moine endiablé fut parti, vous fîtes arrêter & prendre prisonniers en cette Ville, plus de deux cens des principaux Citoïens & autres, que pensiez avoir des biens, des amis & du crédit avec ceux du parti du Roi, comme une précaution, dont vous vous proposiez servir, pour acheter le méchant Aśtarot, en cas qu'il eût été pris avant le fait, ou après le fait. Car aïant le gage de tant d'honnêtes hommes, vous pensiez qu'on n'eût osé faire mourir cet assassin, sur la menace qu'eussiez faite, de faire mourir en contr'échange ceux que teniez prisonniers. Lesquels à la

(1) Allusion au nom de Jacques Clément.
(2) Le Jacobin Edme Bourgoing. On en a parlé ailleurs.

vérité font bien obligés à ceux qui par une précipitée colere, tuerent à coups d'épée ce méchant, après fon coup fait ; & vous-mêmes, ne le devez pas moins remercier. Car fi on l'eut laiffé vivre, comme il falloit, & mis entre les mains de la Juftice, nous euffions tout le fil de l'entreprife naïvement déduit, & y euffiez été couché en blancs draps, pour une marque ineffaçable de votre déloïauté & félonnie. Mais Dieu ne l'a pas ainfi permis, & ne favons encore ce qu'il vous garde. Car fi les exemples du temps paffé portent quelque conféquence pour juger des affaires du temps préfent, jamais on ne vit Vaffal & Sujet qui eût entrepris de chaffer fon Prince, mourir en fon lit. Je ne veux fortifier cette maxime par beaucoup d'hiftoires, ni réfuter celles que nos Prêcheurs allèguent, pour défendre & juftifier cet acte horrible. Je n'en dirai que deux, l'une de la Bible, & l'autre des Livres Romains. Vous pouvez avoir oui prêcher, que ceux qui tuerent Abfalon, combien qu'il fût élevé en armes contre fon pere, fon Roi, & fon païs, néantmoins furent punis de mort, par le commandement de David, à qui il faifoit la guerre. Si vous avez lu les conflits qui furent faits entre Galba, Otho & Vitellius, pour l'Empire de Rome, vous aurez trouvé que Vitellius fit mourir plus de fix vingts hommes, qui fe vantoient d'avoir tué Galba fon prédéceffeur, & avoient préfenté requête pour en avoir récompenfe ; non, comme dit l'Auteur, pour amitié qu'il portât à Galba, ni honneur qu'il lui voulût faire ; mais pour enfeigner tous les Princes, d'affûrer leur vie & leur état préfent, & faire connoître à ceux qui entreprendroient d'attenter à leurs perfonnes, que l'autre Prince leur fucceffeur, bien qu'ennemi, en quelque façon que ce foit, vengera leur mort. C'eft pourquoi, Monfieur le Lieutenant, vous eûtes grand tort, de faire démonftration de tant d'allégreffe, aïant fu la nouvelle du cruel accident de celui, par la mort duquel vous entriez au chemin de la Roïauté. Vous fîtes des feux de joie (1), au lieu qu'en deviez faire de funébres, vous prîtes l'écharpe verte, en figne de réjouiffance, au lieu que deviez redoubler la vôtre noire, en figne de deuil. Vous deviez imiter David, qui fit recueillir les os de Saul, & les fit honorablement enfépulturer, combien que par fa mort il demeuroit Roi paifible, & perdoit en lui fon plus grand ennemi : ou faire comme Alexandre le Grand, qui fit de fi fu-

(1) A la nouvelle de la mort de Henri III, le Duc de Mayenne fit faire par-tout Paris des feux de joie. Le foir, ce ne furent que danfes & tables mifes dans les carrefours.

perbes obféques à Darius; ou Jules Céfar, qui pleura à chau-
des larmes, fachant la mort de Pompée, fon compétiteur &
capital adverfaire, & fit mourir ceux qui l'avoient tué. Mais
vous, au contraire de ces grands perfonnages, vous riez & faites feftins, feux de joie, & toutes fortes de réjouiffance, quand
vous favez la cruelle mort de celui de qui vous teniez tout ce
que vous & vos prédécefleurs aviez de bien, d'honneur & d'autorité, & non content de ces communes allégreffes, qui té-
moignoient affez combien vous approuviez ce malheureux acte, vous fîtes faire l'effigie du meurtrier, pour la montrer en
public, comme d'un Saint canonifé; & fîtes rechercher fa
mere (1) & fes parens, pour les enrichir d'aumônes publiques,
afin que cela fût un leurre & une amorce à d'autres qui pourroient
entreprendre de faire encore un pareil coup au Roi de Navarre, fur l'affurance qu'ils prendroient par l'exemple de ce nouveau martyr, qu'après leur mort ils feroient ainfi fanctifiés, &
leurs parens bien recompenfés. Or, je ne veux point examiner
plus avant votre confcience, ni vous pronoftiquer, ce qui
vous peut advenir, pour ce fait là; mais il faudroit que la parole de Dieu fût menteufe, ce qui n'eft point, fi vous ne re-
cevez bientôt le falaire que Dieu promet aux meurtriers & affaffinateurs; comme votre frere a fait pour avoir affaffiné le
feu Amiral. Mais je lairrai traiter cette matiere aux Théologiens, pour vous ramentevoir une lourde faute que fîtes fur
cet inftant. Car puifque n'aviez point craint de déclarer en
tant de lieux que votre but étoit de regner, vous aviez lors &
fur le coup une belle occafion de vous faire élire Roi, & y
fuffiez mieux parvenu que ne ferez pas à préfent, que vous bri-
guez de l'être. Le Cardinal de Bourbon, à qui inconfidéré-
ment vous déférâtes le titre de Roi, étoit prifonnier (2). Votre neveu (3), en qui fe conféroient toutes les recommanda-
tions de fon pere, l'étoit auffi; & l'un & l'autre ne vous y pouvoient nuire comme votre neveu fait à préfent : vous aviez encore les Peuples animés, ardens & courans à la nouveauté, qui
avoient une grande opinion de votre vaillance, dont vous êtes
fort déchu depuis; & ne fais doute que ne l'euffiez emporté,

(1) Quelqu'un leur aïant amené la Mere
de Jacques Clément, qui étoit une pauvre
vieille villageoife, le Peuple couroit en
foule pour l'aller voir, & la confidéroit
avec vénération. Le Confeil de l'Union fit
donner de l'argent à cette femme, au lieu
que, felon la rigueur des Loix, elle devoit être bannie du Roiaume avec toute fa
race.

(2) à Fontenay en Poitou, où il mourut.
(3) M. de Guife, prifonnier à Tours,
d'où il fe fauva.

en

en haine du légitime fuccesseur, qui notoirement étoit Huguenot. Et puis vous aviez les Prêcheurs, qui euffent déduit mille raisons, pour perfuader le Peuple que la Couronne vous appartenoit mieux qu'à lui. L'occafion en étoit belle, fur le changement d'une lignée en l'autre; & combien-que ce foit une même famille, & d'une même tige, néanmoins la diftance de plus de dix dégrès, où les Docteurs difent ceffer tout lien & droit de confanguinité, donnoit beau luftre; encore que le Docteur Balde a écrit que cette régle *fallit in familia Borboniorum*. Tant y a que vous aviez la force, & la faveur du temps en main, de laquelle ne fûtes pas vous fervir, ains, par une pufillanimité & couardife trop lourde & groffiere, vous voulûtes garder quelque modeftie & forme de Loi civile, donnant le titre de Roi à un pauvre Prêtre prifonnier; combien qu'en toutes autres chofes vous violiez impudemment toutes les Loix du Roïaume, & tout le droit divin des gens, naturel & civil. Vous oubliâtes toutes les maximes des grands Maîtres, en matiere d'entreprife fur les Etats d'autrui, mêmement celle de Jules Cefar., qui difoit fouvent pour excufe ces vers d'un Poète Grec (1).

S'il faut être méchant, fois-le pour être Roi:
Mais au refte fois jufte, & vis felon la Loi.

Vous eûtes peur de prendre le titre de Roi, & ne craigniez pas d'en ufurper la puiffance, laquelle vous déguifâtes d'une qualité toute nouvelle, dont on n'avoit jamais oui parler en en France; & je ne fais qui en fut l'Auteur, encore qu'on l'attribue au Préfident Briffon ou Janin; mais quiconque inventa cet expédient, faillit aux termes de Grammaire & d'Etat. On vous pouvoit donner le nom de Régent ou de Lieutenant Général du Roi, comme on avoit fait autrefois, quand les Rois étoient prifonniers ou abfens de leur Roïaume. Mais Lieutenant de l'Etat & Couronne eft un titre inouï & étrange, qui a trop longue queue, comme une chimere contre nature, qui fait peur aux petits enfans. Quiconque eft Lieutenant, eft Lieutenant d'un autre, duquel il tient le lieu, qui ne peut faire fa fonction, à caufe de fon abfence ou autre empêchement; & Lieutenant, eft Lieutenant d'un autre homme; mais de dire qu'un homme foit Lieutenant d'une chofe inanimée,

(1) Euripide, dans fes Phéniciennes.

Tome V. Dddd

comme l'Etat, où la Couronne d'un Roi, c'eſt choſe abſurde, & qui ne ſe peut ſoutenir ; & eût été plus tolérable de dire Lieutenant en l'Etat & Couronne de France, que Lieutenant de l'Etat. Mais c'eſt peu de choſe de faillir à parler, au prix de faillir à faire. Quand vous fûtes affublé de cette belle qualité, vous curâtes ſi rudement nos bourſes, qu'eûtes moïen de mettre ſus une groſſe armée, avec laquelle vous promettiez pourſuivre, aſſiéger, prendre, & ammener priſonnier le nouveau ſucceſſeur à la Couronne, qui ne ſe diſoit pas Lieutenant, mais Roi tout-à-fait. Vous nous aviez déja fait garder nos places, & louer des boutiques en la rue Saint Antoine, pour le voir paſſer enchaîné, quand l'ammeneriez de Dieppe priſonnier. Que fîtes-vous de cette grande armée, groſſe de tous vos ſecours étrangers d'Italie, d'Eſpagne & d'Allemagne, ſinon faire connoître votre foibleſſe imprudente, & mauvaiſe conduite ? n'aïant oſé avec trente mille hommes en attaquer cinq ou ſix mille, qui vous firent tête à Arques, & enfin vous contraignirent lever le cul honteuſement, & chercher vous-mêmes ſûreté au de-là de la riviere de Somme ? Nous fûmes bien ébahis, quand au lieu de voir ce nouveau Roi à la Baſtille, nous le vîmes dedans nos Fauxbourgs, avec ſon armée, comme un foudre de guerre, qui devança nos penſées & les vôtres. Mais vous vîntes à notre ſecours, lorſqu'étions aſſurés qu'il ne nous feroit plus de mal. Et faut confeſſer que ſans la réſiſtance que lui fit, à la porte de Buſſi, un qui lui eſt aujourd'hui ſerviteur, il nous eût pris avant que fuſſiez arrivé. Depuis ce temps-là, vous ne fîtes rien mémorable en votre Lieutenance, que l'établiſſement de votre Conſeil des Quarante (1) & des Seize, que vous avez depuis révoqué, & diſſipé tant qu'avez pu. Et cependant que vous vous amuſiez à faire l'état de votre maiſon, & que laiſſiez tremper en priſon votre Roi imaginaire, ſans le ſecourir, ni d'argent, ni de moïens, pour entretenir ſon Etat Roïal, le Roi de Navarre ſe mit en poſſeſſion du Dunois, du Vendômois, du Maine, du Perche, & de la meilleure partie de Normandie, tant qu'à la fin, après qu'il eut, en conquérant, fait la ronde du tiers de ſon Roïaume, vous fûtes contraint, moitié de honte, moitié de déſeſpoir, & par l'importunité qu'on vous

---

(1) Ce Conſeil des Quarante étoit compoſé d'Eccléſiaſtiques, de Nobles, de Gens de Juſtice, & de Bourgeois. Depuis on y en ajouta quatorze, où le Préſident Jeannin, Villeroy le Pere & le Fils furent mis. On y admit depuis les Préſidens du Parlement & les Gens du Roi. Voïez M. de Nevers en ſon Traité de la priſe des Armes, pag. 292 & 293.

fit, lui aller au-devant lorsqu'il assiegeoit Dreux, où il vous fit
un tour de vieil guerrier, pour avoir moïen de vous combattre; car il leva son siége, & fit semblant de reculer dedans le
Perche, pour vous attirer plus avant, & vous faire passer les
rivieres à le suivre; mais sitôt qu'il vous vit passé, & engagé en
la plaine, il tourna visage droit à vous, & vous donna la bataille que perdîtes, plus par faute de courage & de conduite,
que par faute d'hommes, le nombre des vôtres passant de beaucoup les siens. Encore en cette grande affliction ne pûtes vous
tenir de nous donner une bourde, comme vous êtes coutumier,
vous & votre sœur, de nous paître de mensonges & fausses
nouvelles; & nous voulûtes faire croire, pour nous consoler
en cette perte, que le Biarnois étoit mort, duquel vous n'a-
viez osé attendre la vue, ni la rencontre; mais nous vîmes ce
mort bientôt près de nos portes, & vous-mêmes eûtes si grand
peur de son ombre, que ne prîtes loisir de vous reposer, que
ne fussiez passé en Flandre, où vous fites ce beau marché avec
le Duc de Parme, qui depuis nous a couté si cher, & qui vous
a tellement ruiné d'honneur & de réputation, que je ne vois
pas moïen de vous en pouvoir jamais relever. Car au lieu de
Maître, vous vous allâtes rendre valet & esclave de la Nation
la plus insolente qui soit sous le Ciel. Vous vous asservîtes à
l'homme le plus fier & ambitieux, qu'eussiez su choisir; comme
avez depuis expérimenté, quand il vous faisoit naqueter après
lui, & attendre à sa porte, avant que vous faire une réponse de
peu d'importance. Dequoi les Gentilshommes François, qui
vous accompagnoient, avoient dépit & dédain, & vous seul
n'aviez honte de vous rendre vil & abjet, en deshonnorant
votre lignée & votre nation, tant étiez transporté d'appétit de
vengeance & d'ambition.

Or, pendant ces indignités & deshonnêtes soumissions que
faisiez, au préjudice du nom François & de votre qualité,
notre nouveau Roi ne chommoit pas; car il nous boucha notre riviere en haut & en bas, par la prise de Mante, de Pois-
si, de Corbeil, Melun & Montereau; puis nous vint ôter la
plaine de la France, par la prise de Saint Denis. Cela fait, il n'y
avoit plus de difficulté que ne fussions assiegés, comme nous le
fûmes incontinent après. Que fites-vous pour nous secourir?
Mais plutôt que ne fîtes-vous point pour nous perdre, & rendre misérables? Je ne veux pas dire ce qu'aucuns ont rapporté
de vous, que disiez communément, que la prise de cette Ville

seroit plus préjudiciable à votre ennemi, que profitable, & que
son armée se perdroit & dissiperoit en la prenant. Je ne saurois
croire qu'eussiez pris plaisir de voir tomber votre femme, vos
enfans, votre frere & votre sœur, à la merci de vos ennemis.
Mais si faut-il dire, que le temps que vous mîtes à nous venir
secourir fut si long, qu'il cuida nous mettre plusieurs fois au
désespoir, & crois que si le Roi vous eut demandé un terme,
pour nous prendre, il n'en eut pas demandé davantage que
lui en donnâtes! O que nous eussions été heureux, si nous eussions été pris dès le lendemain que fûmes assiegés! O que nous
serions maintenant riches, si nous eussions fait cette perte.
Mais nous avons brûlé à petit feu. Nous avons langui, & si
ne sommes pas guéris. Dès lors le Soldat victorieux eut pillé
nos meubles; mais nous avions de l'argent pour les racheter,
& depuis nous avons mangé nos meubles & notre argent. Il
eut forcé quelques femmes & filles, encore eut-il épargné les
plus notables, & celles qui eussent pu garantir leur pudicité
par respect ou par amis; mais depuis elles se sont mises au
bourdeau d'elles-mêmes, & y sont encore par la force de la nécessité, qui est plus violente & de plus longue infâmie, que la
force transitoire du Soldat, qui se dissimule & ensevelit incontinent; au lieu que ceste-ci se divulgue, se continue, & se rend
à la fin en coutume effrontée sans retour. Nos Reliques seroient
entieres, les anciens joïaux de la Couronne de nos Rois ne
s'eroient pas fondus comme ils sont. Nos Fauxbourgs seroient
en leur être, & habités comme ils étoient, au lieu qu'ils sont
ruinés, déserts & abattus. Notre Ville seroit riche, opulente
& peuplée comme elle étoit; nos rentes de l'Hôtel de Ville
nous seroient païées, au lieu que vous en tirez la moelle & le plus
clair denier; nos fermes des champs seroient labourées, & en
releverions le revenu, au lieu qu'elles sont abandonnées, dé-
sertes, & en friche. Nous n'aurions pas vu mourir cent mille
personnes de faim, d'ennui & de pauvreté, qui sont mortes en
trois mois par les rues, & dans les Hôpitaux, sans miséricorde
& sans secours. Nous verrions encore notre Université florissante & fréquentée, au lieu qu'elle est du tout solitaire, ne servant plus qu'aux Païsans & aux vaches des villages voisins.
Nous verrions notre Palais rempli de gens d'honneur & de toutes qualités, & la salle & la galerie des Merciers pleine de peuple à toutes heures, au lieu que n'y voïons plus que gens de
loisir, se promener au large, & l'herbe verte qui croît là où les

hommes avoient à peine efpace de fe remuer. Les boutiques de
nos rues feroient garnies d'artifans, au lieu qu'elles font vuides & fermées. La preffe des charrettes & des coches feroit fur
nos ponts, au lieu qu'en huit jours on en voit paffer une feule,
que celle du Légat. Nos ports de Greve & de l'Ecole feroient
couverts de bateaux, pleins de bled, de vin, de foin & de bois;
nos halles & nos marchés feroient foulés de preffe de Marchands & de vivres, au lieu que tout eft vuide & vague, & n'a-
vons plus rien qu'à la merci des foldats de Saint Denis, fort
de Gournai, Chevreufe & Corbeil.

Hà, Monfieur le Lieutenant, permettez-moi que je m'ex-
clame en cet endroit par une petite digreffion, hors du cours
de ma Harangue, pour déplorer le pitoïable état de cette Reine des Villes, de ce microcofme & abregé du monde! Hà,
Meffieurs les Députés de Lyon, Touloufe, Rouen, Amiens,
Troye & Orléans, regardez à nous, & y prenez exemple; que
nos miferes vous faffent fages à nos dépens! Vous favez tous
quels nous avons été, & voïez maintenant quels nous fommes!
Vous favez tous en quel gouffre & abyme de défolation nous
avons été par ce long & miférable fiége; &, fi ne le favez, lifez l'hiftoire de Jofeph de la guerre des Juifs, & du fiége de
Jerufalem mis par Titus, qui repréfente au naïf celui de notre
Ville! Il n'y a rien au monde qui fe rapporte tant l'un à l'autre,
comme Jerufalem & Paris, excepté l'iffue & la fin du fiége. Jérufalem étoit la plus grande, & plus riche, & peuplée Ville du
monde: auffi l'étoit Paris,

Qui élevoit fon Chef fur toutes autres Villes,
Autant que le fapin fur les bruïeres viles.

Jerufalem ne pouvoit endurer les bons Prophétes, qui lui
remontroient fes erreurs & idolâtries; & Paris ne peut fouffrir
fes Pafteurs & Curés, qui blâment & accufent fes fuperftitions
& folles vanités, & l'ambition de fes Princes; nous faifons la
guerre aux Curés de Saint Euftache & de Saint Mederic, parcequ'ils nous remontrent nos fautes, & nous prédifent le malheur qui nous doit arriver. Jerufalem fit mourir fon Roi, &
fon oint de la race de David, & le fit trahir par un de fes Difciples & de fa Nation. Paris a chaffé fon Prince, fon Roi, fon
oint naturel, & après l'a fait affaffiner & trahir par un de fes
Moines. Les Docteurs de Jerufalem donnoient à entendre au
Peuple, que leur Roi avoit le Diable au corps, au nom du-

quel il faifoit fes miracles. Nos Prêcheurs & Docteurs ont-ils pas prêché que le feu Roi étoit forcier, & adoroit le Diable? au nom duquel il faifoit toutes fes dévotions, & même aucuns ont été fi impudens de montrer en chaire publiquement à leurs Auditeurs, des effigies faites à plaifir, qu'ils juroient être l'idole du Diable, que le tyran adoroit; ainfi parloient-ils de leur Maître & de leur Roi. Ces mêmes Docteurs de Jerufalem tâchoient prouver par l'Ecriture que Jefus-Chrift méritoit la mort. Nos Prédicateurs & Sorboniftes ont-ils par prouvé & approuvé par leurs textes, appliqués à leur fantaifie, qu'il étoit permis, voire louable & méritoire, de tuer le Roi, & l'ont encore prêché après fa mort? Dedans Jerufalem étoient trois factions qui fe faifoient appeller de divers noms; mais les plus méchans fe difoient zélateurs, affiftés des Iduméens étrangers. Paris a été agité tout de même de trois factions, de Lorraine, d'Efpagne, & des Seize, participans de toutes les deux, fous le même nom de zélateurs, qui ont leurs Eléafars, & leurs Zacharies, & Acaries, & plus de Géans qu'il n'y en avoit à Jerufalem. Jerufalem étoit affiegée par Titus, Prince de diverfe Religion, allant aux hafards & dangers comme un fimple Soldat, & néanmoins fi doux & gracieux, qu'il acquit le furnom de Délices du genre humain. Paris a été affiegé par un Prince de Religion différente, mais plus humain & débonnaire, plus hafardeux & prompt d'aller aux coups, que jamais ne fut Titus. Davantage, ce Titus ne vouloit rien innover en la Religion des Juifs; auffi ne fait ce Prince en la nôtre, ains au contraire nous donne efpérance de l'embraffer quelque jour, & en peu de temps. Jerufalem fouffrit toute extrêmité devant que fe reconnoître, & fe reconnoiffant, n'eut plus de pouvoir, & en fut empêchée par les Chefs de la faction. Combien avons-nous fouffert avant que nous connoître, & après nos fouffrances, combien avons-nous defiré de pouvoir nous rendre, fi n'en euffions été empêchés par ceux qui nous tenoient fous le joug? Jerufalem avoit le Fort d'Antonia, le Temple & le Fort de Sion, qui bridoient le Peuple, & l'empêchoient de branler, ni de fe plaindre. Nous avons le Fort de Saint Antoine (1), le Temple, & le Louvre, comme un Fort de Sion, qui nous fervent de camorre (2) & de mords, pour nous tenir & rame-

(1) C'eft la Baftille, bâtie auprès de la porte Saint Antoine.
(2) Efpece de caveffon creux, & dentelé comme une fcie. M. Furetiere dit qu'on ne s'en fert plus à préfent; cependant il eft encore en ufage dans les Academies des Pro-

ner à l'appétit des Gouverneurs. Joseph, de même Nation &
Religion que les Juifs, les exhortoit de prévenir l'ire de Dieu,
& leur faisoit entendre qu'eux-mêmes ruinoient leurs Temples, leurs Sacrifices, & leur Religion, pour laquelle ils disoient combattre; & néanmoins n'en voulurent rien faire.
Nous avons eu parmi nous beaucoup de bons Citoïens François, & de notre Religion, qui nous ont fait pareilles remontrances, & montré par bonnes raisons, que notre opiniâtreté
& nos guerres civiles ruinoient la Religion, l'Eglise, & tout
l'Ordre Ecclésiastique, faisant débaucher les Prêtres, Religieux, Religieuses, consommant les Bénéfices, & anéantissant
le Service divin par tout le plat Païs, & néanmoins nous per-
sistons comme devant, sans avoir pitié de tant d'ames déso-
lées, égarées, & abandonnées de leur Pasteurs, qui languis-
sent sans Religion, sans pâture, & sans administration d'aucun Sacrement.

Enfin, puisque nous convenons & nous rapportons en tant
de rencontres à la Cité de Jerusalem, que pouvons-nous attendre autre chose, qu'une totale ruine & désolation entiere
comme la sienne, si Dieu, par un miracle extraordinaire ne
nous redonne notre bon sens? Car il est impossible que puissions longuement durer ainsi, étant déja si abattus & alangou-
ris de longue maladie, que les soupirs que nous tirons, ne sont
plus que les sanglots de la mort. Nous sommes serrés, pressés,
envahis, bouclés de toutes parts, & ne prenons l'air, que l'air
puant d'entre nos murailles, de nos boues & égouts; car tout
autre air de la liberté des champs nous est défendu. Apprenez
donc, Villes libres, apprenez, par notre dommage, à vous gouverner d'ores en avant d'autre façon; & ne vous laissez plus
enchevestrer, comme avons fait, par les charmes & enchantemens des Prêcheurs, corrompus de l'argent & de l'espérance que leur donnent les Princes, qui n'aspirent qu'à vous engager, & rendre si foibles & si souples, qu'ils puissent jouir de
vous & de vos biens, & de votre liberté à leur plaisir. Car ce
qu'ils vous font entendre de la Religion, n'est qu'un masque
dont ils amusent les simples, comme les renards amusent les
pies de leurs longues queues, pour les attraper & manger à leur
aise. En vîtes-vous jamais d'autres, de ceux qui ont aspiré à la
domination tyrannique sur le Peuple, qui n'aient toujours pris

vinces. Le même le nomme Cavesson, Ca- vient de *Cammarus*, espéce d'écrevisse de
marre, & c'est ainsi qu'il faut dire: ce mot mer, qui a la pince très forte.

quelque titre fpécieux de bien public, ou de Religion? Et toutesfois quand il a été queftion de faire quelque accord, toujours leur intérêt particulier a marché devant, & ont laiffé le
bien du Peuple en arriere, comme chofe qui ne les touchoit
point, ou bien s'ils ont été victorieux, leur fin a toujours été
de fubjuguer & mâtiner le Peuple, duquel ils s'étoient aidés à
parvenir au-deffus de leurs defirs; & m'ébahis, puifque toutes
les Hiftoires, tant anciennes que modernes, font pleines de
tels exemples, comme fe trouve encore des hommes fi pauvres
d'entendement, de s'embattre & s'envoler à ce faux leurre.
L'Hiftoire des guerres civiles, & de la révolte qui fe fit contre
le Roi Louis XI, eft encore récente. Le Duc de Berri, fon
frere, & quelques Princes de France, fufcités & encouragés
par le Roi d'Angleterre, & encore plus par le Comte de Charolois, ne prirent autre couleur de lever les armes, que le
bien & foulagement du Peuple & du Roïaume; mais enfin
quand il fallut venir à compofition, on ne traita que de lui
augmenter fon appanage, & donner des Offices & des appointemens à tous ceux qui l'avoient affifté, fans faire mention du
public, non plus que du Turc (1). Si vous prenez plus haut,
aux Annales de France, vous verrez les factions de Bourgogne & d'Orléans avoir toujours été colorées du foulagement
des tailles, & du mauvais gouvernement des affaires; & néanmoins l'intention des principaux Chefs n'étoit que d'empiéter
l'autorité au Roïaume, & avantager une maifon fur l'autre,
comme l'iffue a toujours fait foi. Car enfin le Roi d'Angleterre emportoit toujours quelque lippée pour fa part, & le Duc
de Bourgogne ne s'en départoit jamais fans une Ville, ou une
contrée qu'il retenoit pour fon butin. Quiconque voudra prendre loifir de lire cette Hiftoire, y verra notre miférable fiécle
naïvement repréfenté. Il y verra nos Prédicateurs, boutefeux,
qui ne laiffoient pas de s'en mêler, comme ils font maintenant; encore qu'il ne fût nullement queftion de Religion. Ils
prêchoient contre leur Roi, ils le faifoient excommunier,
comme ils font maintenant. Ils faifoient des propofitions à la
Sorbonne, contre les bons Citoïens, comme ils font maintenant; & pour de l'argent, comme maintenant. On y voit des

_____

(1) Cette guerre fut fufcitée en 1465 par
Charles, Comte de Charolois, & fut furnommée *du bien public*, par ceux de fon
parti, & *du mal public*, par ceux du parti
du Roi. Voïez Philippe de Commines, &
l'Hiftoire de Louis XI, par M. Duclos, de
l'Acad. Franç.

maffacres,

maſſacres, des tueries de gens innocens , & des fureurs populaires , comme les nôtres. Notre mignon le feu de Guiſe y eſt
repréſenté en la perſonne du Duc de Bourgogne, & notre bon
Protecteur le Roi d'Eſpagne , en celle du Roi d'Angleterre.
Vous y voïez notre crédulité & ſimplicité , ſuivies de ruines , de
déſolations, de ſaccagemens & brûlemens de Villes & Fauxbourgs, tels qu'avons vu & voïons tous les jours ſur nous , &
& ſur nos voiſins. Le bien public étoit le charme & enforcelle-
ment qui bouchoit l'oreille à nos Prédéceſſeurs ; mais l'ambition & la vengeance de ces deux grandes maiſons en étoit la
vraie & primitive cauſe , comme la fin le découvrit. Auſſi , vous
ai-je déduit , que premierement la jalouſie & envie de ces deux
Maiſons de Bourbon & de Lorraine, puis la ſeule ambition &
convoitiſe de ceux de Guiſe ont été & ſont la ſeule cauſe de
tous nos maux.

Mais la Religion Catholique & Romaine eſt le breuvage qui
nous infatue & endort, comme une opiate bien ſucrée , & qui
ſert de médicament narcotique , pour ſtupéfier nos membres,
leſquels pendant que nous dormons, nous ne ſentons pas qu'on
nous coupe piece à piece , l'un après l'autre , & ne reſtera que
le tronc, qui bientôt perdra tout le ſang & la chaleur, & l'ame
par trop grande évacuation.

En la même Hiſtoire , trouvez-vous pas auſſi comme le type
de nos beaux Etats ici aſſemblés ? Ceux qu'on tint à Trois (1)
ſont-ils pas tous pareils, auſquels on exhéréda le vrai & légitime héritier de la Couronne, comme excommunié & réagra-
vé ? Dieu ſait quelles gens il y avoit à ces Etats ; ne doutez pas
qu'ils ne fuſſent tous tels , que vous autres Meſſieurs, choiſis
de la lie du Peuple, des plus mutins & ſéditieux, corrompus
par argent, & tous prétendans quelque profit particulier au
change & à la nouveauté, comme vous autres Meſſieurs. Car
je m'aſſure qu'il n'y a pas un de vous qui n'ait quelque intérêt
ſpécial , & qui ne deſire que les affaires demeurent en trouble.
Il n'y a pas un qui n'occupe le bénéfice, ou l'office, ou la maiſon de ſon voiſin , ou qui n'en ait pris les meubles , ou levé le
revenu , ou fait quelque volerie & meurtre par vengeance, dont
il craint être recherché ſi la paix ſe faiſoit. A la fin néanmoins

(1) Il faut, Troyes. Il y eut un Traité   furent tenus à Paris en l'Hôtel de Saint
fait dans cette Ville le 21 Mai 1420, par   Paul ; & ce fut dans ces Etats que le Dau-
lequel le Roi d'Angleterre fut déclaré hé-   phin fut exhérédé. Voïez l'Hiſtoire de
ritier du Roïaume de France ; mais les Etats   Charles VI, in-fol. impreſſion du Louvre.

après tant de meurtres & de pauvretés, fi faut-il que tous ces mauvais reconnuffent le Roi Charles VII, & vinffent à fes pieds demander pardon de leur rebellion, combien qu'ils l'euffent auparavant excommunié, & déclaré incapable d'être leur Roi. Comme de même qui ne voit & ne juge aifément, au mauvais train que nous prenons, qu'il nous en faudra faire autant, quoiqu'il tarde, & que nous y ferons contraints en peu de temps par la force de la néceffité; qui n'a ni Loi, ni refpect, ni vergogne? Si je voïois ici des Princes du Sang de France, & des Pairs de la Couronne, qui font les principaux perfonnages, fans lefquels on ne peut affembler ni tenir de juftes & légitimes Etats; fi j'y voïois un Connétable, un Chancelier, des Maréchaux de France, qui font les vrais Officiers pour authorifer l'affemblée; fi j'y voïois les Préfidens des Cours fouveraines, les Procureurs Généraux du Roi en fes Parlemens, & nombre d'hommes de qualité & de réputation, connus de long-temps pour aimer le bien du Peuple & leur honneur; ha, véritablement j'efpérerois que cette Congrégation nous apporteroit beaucoup de fruit; & me fuffe contenté de dire fimplement la charge que j'ai du tiers Etat, pour repréfenter l'intérêt que chacun a d'avoir la paix. Mais je ne vois ici que des étrangers paffionnés, aboïans après nous, & alterés de notre fang & de notre fubftance. Je n'y vois que des femmes ambitieufes & vindicatives (1): que des Prêtres corrompus & débauchés, & pleins de folles efpérances. Je n'y vois Nobleffe qui vaille, que trois ou quatre qui nous échappent, & qui s'en vont nous abandonner. Tout le refte n'eft que ripaille néceffiteufe, qui aime la guerre & le trouble; parcequ'ils vivent du bon homme, & ne fauroient vivre du leur, ni entretenir leur train en temps de paix; tous les Gentilshommes de noble race & de valeur font de l'autre part, auprès de leur Roi, & pour leur païs. J'aurois honte de porter la parole, pour ce qui eft ici du tiers Etat, fi je n'étois bien avoué d'autres gens de bien qui ne fe veulent mêler avec cette canaille, venue piece à piece des Provinces, comme Cordeliers à un Chapitre provincial. Que fait ici Monfieur le Légat, finon pour empêcher la liberté des fuffrages, & encourager ceux qui lui ont promis de faire merveilles pour les affaires de Rome & d'Efpagne? Lui qui eft Italien, & Vaffal d'un Prince étranger, ne doit avoir ici ni

(1) Les Ducheffes de Nemours, de Mayenne, de Guife & de Montpenfier; la Ducheffe d'Aumale, & grand nombre d'autres Dames de diftinction.

rang, ni féance. Ce font ici les affaires des François, qui les touchent de près, & non celles d'Italie & d'Efpagne. D'où lui viendroit cette curiofité, finon pour y profiter à notre domma-ge? Et vous, Monfieur de Pelvé, vous fait-il pas bon voir, en cette compagnie, plaider la caufe du Roi d'Efpagne, & les droits de Lorraine; vous, dis-je, qui êtes François, & que nous connoiffons être né en France, avoir néanmoins renoncé vo-tre crême & votre nation, pour fervir à vos Idoles de Lorrai-ne, & aux Demons méridionaux? Vous deviez encore amme-ner, & faire feoir ici fur les fleurs de lis, le Duc de Feria, & Mandoze, & Dom Diego (1), pour prendre leurs avis comment la France fe doit gouverner; car ils y ont intérêt, & avez tort, Monfieur le Lieutenant, que ne les y avez reçus, comme impudemment ils l'ont demandé. Mais leur préfence feroit inutile, puifqu'ils ont ici leurs Agens & Avocats, qui ont fi dignement parlé pour eux. Et puis vous n'oublierez rien à leur communiquer du réfultat de nos délibérations.

Mais je vous demanderai volontiers, Monfieur le Lieute-nant, à quelle fin vous avez affemblé ces gens de bien ici; font-ce ici ces Etats Généraux, où vous nous promettiez don-ner fi bon ordre à nos affaires, & nous faire tous heureux? Je ne m'ébahis pas, fi avez tant reculé à vous y trouver, & tant dilaïé, & tant fait trotter de pauvres herres de Députés après vous; car vous vous doutiez bien qu'il s'y trouveroit quelque étourdi qui vous diroit vos vérités, & qui vous gratteroit où il ne vous demange pas; vous voulez toujours filer votre Lieute-nance, & continuer cette puiffance fouveraine qu'avez ufurpée, pour continuer la guerre, fans laquelle vous ne feriez pas fi bien traité, ni fi bien fuivi & obéi que vous êtes; mais nous y voulons mettre fin, & en ce faifant, mettre fin à nos miferes. On ne vous avoit conféré cette belle & bien controuvée qua-lité de Lieutenant de l'Etat, (qui fent plus à la vérité le ftyle d'un Clerc de Palais, ou d'un pédant, que la gravité de la charge) finon *ad tempus*, & jufqu'à ce qu'autrement par les

---

(1) On fait dire à d'Aubray, que le Duc de Feria & les Agens d'Efpagne n'eurent pas d'entrée dans les Etats; mais il faut l'entendre d'une entrée ordinaire, comme les Députés des Provinces. Car le Procès verbal des Etats porte, ce qui eft véritable, que le Duc de Feria, Dom Diego d'Ibarra & Bernardin de Mendoza y furent reçus le 2 Avril 1593, y firent les propofitions de la part du Roi d'Efpagne, préfenterent aux Etats les Lettres dudit Prince. Feria haran-gua en Latia; le Cardinal de Pellevé lui répondit, dans la même Langue, de la part des Etats, le Duc de Feria l'aïant prié & conjuré de le faire ainfi. Jean-Baptifte Taxis & Dom de Mendoza furent encore introduits dans les Etats le 29 Mai.

Etats Généraux y eut été pourvû. Tellement, qu'il eſt temp
qu'en ſoïez démis & dépoſſédé, & qu'aviſions à prendre un autre gouvernement & un autre Gouverneur. C'eſt aſſez vécu en
anarchie & déſordre. Voulez-vous que pour votre plaiſir,
& pour aggrandir vous & les vôtres, contre droit & raiſon,
nous demeurions à jamais miſérables? voulez-vous achever de
perdre ce peu qui reſte? juſqu'à quand ſerez-vous ſubſtanté de
notre ſang, & de nos entrailles? quand ſerez-vous ſaoul de
nous manger, & de nous voir entretuer, pour vous faire vivre
à votre aiſe? ne ſongez-vous point qu'avez à faire aux François, c'eſt-à-dire à une Nation belliqueuſe, qui eſt quelquefois facile à ſéduire; mais qui bientôt retourne à ſon devoir,
& ſur-tout aime ſes Rois naturels, & ne s'en peut paſſer? Vous
ſerez tout étonné, que vous vous trouverez abandonné de toutes les bonnes Villes qui feront leur appointement ſans vous;
vous verrez tantôt l'un, tantôt l'autre, de ceux que penſez vos
plus familiers, qui traiteront ſans vous, & ſe retireront au port
de ſauveté, parcequ'ils vous ont connu mauvais pilote, qui
n'avez ſu gouverner le navire, dont aviez pris la charge, &
l'avez échoué bien loin du port. Avez-vous donc tant en
horreur le nom de paix, que n'y veuilliez point du tout entendre? ceux qui peuvent vaincre, encore la demandent-ils.
Qu'ont donc ſervi tant de voïages, d'allées & de venues qu'a-
vez fait faire à Monſieur de Villeroy, & à d'autres, ſous ce
prétexte de parler d'accord, & d'acheminer les choſes à quelque tranquillité? Vous êtes donc un pipeur & abuſeur, qui
trompez vos amis & vos ennemis; & contre le naturel de votre
Nation, vous n'uſez plus que d'artifice & de ruſes, pour nous
tenir toujours ſous vos pattes à votre merci. Vous n'avez jamais
voulu faire traiter des affaires publiques par perſonnes publiques;
mais à catimini, par petites gens façonnés de votre main, & dépendans de vous, à qui vous diſiez le mot en l'oreille, tout réſolu
de ne rien faire de ce qui ſeroit accordé. Par ce moïen vous avez
perdu la créance & bienveillance du Peuple, qui étoit le principal
appui de votre authorité; & avez fait calomnier les procédures
d'aucuns notables perſonnages qu'avez emploïés par forme d'acquis, & pour octroïer quelque choſe à ceux qui vous en ſup-
plioient. Vous avez eu crainte d'offenſer les Etrangers qui vous
aſſiſtent, leſquels toutesfois vous en ſavent peu de gré. Car ſi
vous ſaviez les langages qu'ils tiennent de vous, & en quels
termes le Roi d'Eſpagne écrit de vos façons de faire, je ne

penſe pas qu'euſſiez le cœur ſi Serf & abject, pour le careſſer &
rechercher comme vous faites. On a vu de leurs Lettres, ſurpriſes & déchifrées, par leſquelles ils vous nomment *puerco*, &
quelquefois *bufalo*; & en d'autres, *locho porſiado*; & généralement leur Roi ſe moque de vous, & mande à ſes Agens de
vous entretenir de baïes & belles paroles ſans effet, & prendre
garde que ne preniez trop de pied & d'authorité. Les Roïaux
vos adverſaires, croient que vous ne demandez la tréve que pour
attendre vos forces, & mieux dreſſer votre partie à Rome & en
Eſpagne; & nous diſons que c'eſt pour faire durer la guerre,
& mieux faire vos affaires particulieres. Cela étant, comment
eſpérez-vous, foible comme vous êtes, faire croire que vous
nous voulez & pouvez ſauver? Cela ne ſe peut, ſinon par une
négociation publique & authentique, qui juſtifie & authoriſe
une droite intention.

C'eſt choſe que pourriez faire ſous le bon plaiſir du Pape,
afin de rendre à ſa Sainteté le reſpect que lui devez. Pourroit-
elle trouver mauvais que vouluſſiez entendre à la paix avec vos
voiſins, avec notre Roi? Car quand ne le voudriez reconnoître pour tel, encore ne ſauriez-vous nier qu'il ne ſoit Prince
du Sang de France, & Roi de Navarre, qui a toujours tenu
plus grand rang que vous, & toujours marché par-deſſus vous
& tous vos aînés. Au contraire, nous voulons croire que le Pape, imitant l'exemple de ſes Prédéceſſeurs, vous inviteroit à
cette bonne œuvre, s'il vous y voïoit enclin, pour éteindre le
feu de la guerre civile, qui conſomme un ſi beau fleuron de la
Chrétienté, & ruine la plus forte colonne qui appuie l'Egliſe
Chrétienne, & l'authorité du Siége Romain, & ne s'arrêtera
point ſur ce mot d'Hérétique; car le Pape Jean II alla bien
lui-même trouver l'Empereur de Conſtantinople, pour le prier
de faire la paix avec les Arriens, Hérétiques, & remettre toute
la querelle en la main de Dieu, qui feroit ce que les hommes ne
pouvoient faire. Je crois pour mon regard, M. le Lieutenant, que
quand vous prendrez ce chemin ſans fard & diſſimulation, il
ne peut être que très ſûr, utile au général de la France, & à
vous en votre particulier, très honorable, & à votre grande décharge & contentement d'eſprit. Auſſi que ce moïen eſt ſeul &
unique, & ne vous en reſte aucun autre pour arrêter la chûte
éminente de tout l'édifice. Je vous parle franchement de cette
façon, ſans crainte de billet (1), ni de proſcription, & ne m'é-

(1) D'Aubray fut chaſſé de Paris au commencement de 1594, pour avoir parlé trop

pouvante pas des rodomontades Espagnoles, ni des tristes grimaces des Seize, qui ne sont que coquins, que je ne daignai jamais saluer, pour le peu de compte que je fais d'eux. Je suis ami de ma patrie, comme bon Bourgeois & Citoïen de Paris. Je suis jaloux de la conservation de ma Religion, & je suis, en ce que je puis, Serviteur de vous & de votre Maison. Enfin chacun est las de la guerre, en laquelle nous voïons bien qu'il n'est plus question de notre Religion, mais de notre servitude, & auquel d'entre vous les carcasses de nos os demeureront. Ne pensez pas trouver à l'avenir tant de gens comme vous avez fait, qui veulent se perdre de gaieté de cœur, & épouser un désespoir pour le reste de leur vie, & pour leur postérité.

Nous voïons bien que vous-mêmes êtes aux filets du Roi d'Espagne, & n'en sortirez jamais que misérable & perdu. Vous avez fait comme le cheval, qui pour se défendre du cerf, lequel il sentoit plus vîte & vigoureux que lui (1), appella l'homme à son secours; mais l'homme lui mit un mors en la bouche, le sella & équippa, puis monta dessus avec bons éperons, & le mena à la chasse du cerf, & par-tout ailleurs, où bon lui sembla, sans vouloir descendre de dessus, ni lui ôter la bride & la selle, & par ce moïen le rendit souple à la houssine & à l'épéron, pour s'en servir à toute besogne, à la charge & à la charrue, comme le Roi d'Espagne fait de vous; & ne doutez pas, que si par votre moïen il s'étoit fait maître du Roïaume, qu'il ne se défît bientôt de vous, par poison, par calomnies, ou autrement; car c'est la façon dont il use, & dont il dit communément, qu'il faut récompenser ceux qui trahissent leur

---

librement. M. de Mayenne lui écrivit cette Lettre.

» M. d'Aubray, je vous prie de croire que je n'ai jamais rien cru de vous que ce que je dois croire d'un Gentilhomme d'honneur, & qui autant mérite en cette cause que nul autre; un chacun sachant assez les devoirs que vous avez rendus en cette Ville durant le siége, & depuis en toutes les occasions qui se sont présentées; & en mon particulier, je le connois & confesserai toujours vous avoir de l'obligation. C'est pourquoi vous ne devez entrer en opinion que je voulusse seulement penser à chose qui vous doive importer à votre réputation, ni des vôtres; vous conjurant que vous vouliez vous accommoder à la priere que je vous

fais, d'aller pour quelque temps prendre du repos chez vous, n'étant ce que je fais qu'au dessein que j'ai toujours eu d'empêcher la ruine du public, en conservant la Religion. Cette Lettre de ma main vous en fera foi, & du desir que j'aurai toujours de vous aimer & honorer comme mon Pere, n'entendant pour cela pourvoir à votre Charge, ni faire chose qui vous doive offenser. Sur ce je prie Dieu, &c.

Vôtre plus affectionné & parfait ami,

CHARLES DE LORRAINE.

(1) Ce Discours est fondé sur la lenteur & la pésanteur du Duc de Mayenne, d'une part; & de l'autre, sur la vigilance & l'agilité de Henri IV.

Prince & leur Païs ; témoins ceux qui lui livrerent méchantement le Roïaume de Portugal, lesquels lui venans demander la récompense qu'il leur avoit promise devant qu'il fut en possession, il les renvoïa à son Conseil, qu'il appelle de la conscience, où il leur fut répondu, que s'ils avoient remis le Portugal entre les mains du Roi d'Espagne, comme lui appartenant, ils n'avoient fait que ce que devoient faire de bons & loïaux Sujets, & en auroient leur rétribution & salaire au Ciel. Mais s'ils l'avoient livré, croïant qu'il ne lui appartint point, pour l'ôter à leur Maître, ils méritoient d'être pendus comme traîtres. Voilà le salaire qui vous attendroit, après que nous auriez livrés à telles gens, ce que ne sommes pas délibérés de souffrir. Nous savons trop bien que les Espagnols, Castillans, & Bourguignons sont nos anciens & mortels ennemis, qui demandent de deux choses l'une, ou de nous subjuguer, & rendre esclaves, s'ils peuvent, pour joindre l'Espagne, la France & les Païs-Bas, tout en un tenant, ou s'ils ne peuvent, comme à la vérité les plus avisés d'entr'eux ne s'y attendent pas, pour le moins nous affoiblir, & mettre si bas, que jamais, ou de longtemps, nous ne puissions nous relever & rebequer contr'eux. Car le Roi d'Espagne, qui est un vieil renard, sait bien le tort qu'il nous fait, usurpant, contre toute justice, le Roïaume de Naples, le Duché de Milan, & le Comté de Roussillon qui nous appartiennent. Il connoît le naturel du François, qui ne sauroit longtemps demeurer en paix, sans attaquer ses voisins. Dequoi les Flamans ont fait un proverbe, qui dit, que quand le François dort, le Diable le berce. D'ailleurs il voit ses Etats séparés, & quasi tous usurpés par violence, contre le gré des habitans, qui lui sont mal affectionnés. Il se voit vieil & caduc, & son fils aîné peu vigoureux & mal sain, & le reste de sa famille être en deux filles ; l'une desquelles il a marié avec le Prince le plus ambitieux & nécessiteux de l'Europe ; l'autre, qui qui cherche parti, & ne peut faillir d'en trouver un grand. Si après sa mort, qui ne peut plus guère tarder, selon le cours de nature, ses Etats se partagent, & que l'un de ses gendres attaque son fils, il sait que les François ne dormiront pas, & réveilleront leurs vieilles prétentions. Fait-il pas donc en Prince prudent & prévoïant, de nous affoiblir par nous-mêmes, & nous mettre si au bas, que ne lui puissions nuire, voire après sa mort ?

Aussi avez-vous vu comment il s'est comporté aux secours

qu'il nous a envoïés ; la plûpart en papier, & en espérances, dont l'attente nous a causé plus de mal que la venue ne nous a fait de bien. Ses doublons & ses hommes ne sont venus, sinon après avoir longtemps tiré la langue , & que n'en pouvions plus, combien qu'il eût pu nous secourir beaucoup plus tôt. Il ne nous engraisse pas pour nous vendre, comme les Bouchers font leurs pourceaux ; mais de peur que ne mourions trop tôt, nous voulant réserver à plus grande ruine, il prolonge notre languissante vie d'un peu de panade qu'il nous donne à léche doigt, comme les Géoliers nourrissent les criminels pour les réserver à l'exécution du supplice ; que sont devenus tant de millions de doublons, qu'il se vante avoir dépensés pour sauver notre Etat ? nous n'en voïons point parmi le Peuple ; la plûpart sont entre les mains de nos adversaires , ou entre les vôtres, Messieurs les Princes, Gouverneurs, Capitaines & Prédicateurs, qui les tenez bien enfermés en vos coffres ; il n'a resté au Peuple que des doubles rouges, ausquels nous avons emploïé toutes nos chaudiéres, chaudrons, coquemards, poîles, chenets & cuvettes; & y emploierons notre artillerie , & nos cloches, si notre nécessité dure encore peu de temps. Les doublons & les quadruplons de fin or du Pérou sont évanouis , & ne se voient plus. C'est sur quoi un Poëte de notre temps a fait un quatrain fort gentil :

> Par toi, superbe Espagne , & l'or de tes doublons ,
> Toute la pauvre France, insensés nous troublons :
> Et si de tes doublons , qui causent tant de troubles ,
> Il ne nous reste rien à la fin que des doubles.

Sur ce même sujet , un autre honnête homme n'a pas mal rencontré , quand il a dit :

> Les François, simples paravant ,
> Sont par doublons devenus doubles :
> Et les doublons, tournés en vent ,
> Ou bien en cuivre , & rouges doubles.

De nous persuader mes-hui, que ce qu'en fait son bon Prince , n'est que pour la conservation de la Religion Catholique, & rien plus , cela ne se peut ; nous savons trop quelle est son intention par ses Agens & par ses mémoires ; nous savons comment

ment il a vécu, & traité ci-devant avec les Huguenots des Païs-
Bas. Les Articles de leurs accords font imprimés & publiés de
fon authorité, par lefquels il leur permet l'exercice de leur Religion. Et s'il ne tenoit qu'à cela, il y a longtemps qu'il en a
offert autant au Comte Maurice, & à Meffieurs les Etats, pour
avoir paix avec eux. Il ne voudroit pas faire pis que fon pere,
que nous avons appris avoir accordé aux Proteftans d'Allemagne, ce qu'ils ont voulu, pourvû qu'ils le reconnuffent pour
Prince, & lui païaffent fes droits. S'il aime tant la Religion
Catholique, & hait ceux qui n'en font point, comment peut-
il endurer les Juifs & les Marranes en fes païs ? comment fe
peut-il accorder avec les Turcs & les Mahometans d'Afrique,
defquels il achete la paix bien cherement ? Il ne faut plus que
fes efpions, les Jéfuites Scopetins (1) nous viennent vendre ces
coquilles de Saint Jacques : le jeu eft trop découvert.

Le Duc de Feria a fait voir fes mémoires par dégrés, & piece
à piece, comme s'il avoit apporté d'Afrique, fertile en poifons
& venins, par le commandement de fon Maître, une boîte pleine
de diverfes drogues, de diverfes qualités ; l'une qui tue tôt,
l'autre qui tue tard, l'autre plus prompte en été, l'autre qui
fait mieux fon opération en hiver, pour s'en fervir en notre
endroit felon les occafions & occurrences, aïant charge de
nous en donner d'une, s'il nous trouve difpofés en telle humeur ; & d'une autre, s'il nous trouve autrement. Devant que
nous euffions fait entendre que voulions entretenir la Loi Salique, (Loi qui depuis huit cens ans a maintenu le Roïaume
de France en fa force & virilité,) on nous parloit des rares
vertus de cette divine Infante, pour la faire élire héritiere de
la Couronne. Quand ils ont vu qu'on vouloit garder l'ancienne coutume des mâles, on nous a offert de la donner à un
Prince qu'élirons Roi ; & là-deffus, les brigues étoient pour
l'Archiduc Erneft, à qui elle eft deftinée femme. Puis quand ils
fe font apperçus que cet Erneft n'étoit point harnois qui nous
fût duifant, ils ont parlé d'un Prince de France, à qui on marieroit l'Infante, & les feroit-on Rois de France *in folidum.*
Et pour tout cela, fe font trouvés mémoires & mandats à
propos, fignés de la main propre de *yo el Re* ; à quoi Monfieur
le Légat fervoit de Courtier, pour faire valoir la marchan-

(1) C'eft qu'on accufa quelques Jéfuites me de Naffau, Prince d'Orange. Mais en
de Tréves d'avoir encouragé l'affaffin qui avoit-on des preuves ? C'eft ce que nous ne
tua d'un coup de piftolet en 1584, Guillau- décidons pas.

dife. Car il n'eft ici venu à autre fin, comme n'étant Cardinal que par la faveur du Roi d'Efpagne, avec proteftation de ruiner la France, ou la faire tomber en pièces entre les mains de ceux qui l'ont fait ce qu'il eft; & favons qu'il a un bref fpécial (1) pour affifter à l'élection d'un Roi de France.

Ha, Monfieur le Légat, vous êtes découvert, le voile eft levé; il n'y a plus de charmes qui nous empêchent de voir clair; notre néceffité nous a ôté la taie des yeux, comme votre ambition la met aux vôtres. Vous voïez affez clair en notre ruine; mais vous ne voïez goute en votre devoir de Pafteur de l'Eglife. Vous venez ici pour tirer la laine d'un troupeau, & pour lui ôter fes gras paftis & fes herbages. Votre intérêt particulier vous aveugle; trouvez bon que nous regardions au nôtre. L'intérêt de vos Maîtres, qui vous mettent en befogne, comme un journalier à la tâche de la démolition d'une maifon, eft de s'agrandir de nos pieces, & tenir en repos leurs Seigneuries; le nôtre eft de nous mettre à couvert, & d'accorder nos différends, en ôtant les folles vanités que nous avez mifes en la tête, & faifant la paix. Nous voulons fortir, à quelque prix que ce foit, de ce mortel labyrinthe. Il n'y a ni *Paradis* (2) bien tapiffés & dorés, ni Proceffions, ni Confrairies, ni Quarantaines, ni Prédications ordinaires ou extraordinaires, qui nous donnent rien à manger. Les Pardons, Stations, Indulgences, Brefs & Bulles de Rome, font toutes viandes creufes, qui ne raffafient que les cerveaux éventés. Il n'y a ni Rodomontade d'Efpagne, ni bravacherie Napolitaine, ni mutinerie Wallonne, ni Fort d'Anthonia, ni du Temple ou Citadelle, dont on nous ménace, qui nous puiffe empêcher de defirer & demander la paix. Nous n'aurons plus peur que nos femmes & nos filles foient violées, ou débauchées par les gens de guerre; & celles que la néceffité a détournées de l'honneur, fe remettront au droit chemin. Nous n'aurons plus ces fangfues d'exacteurs & maletoftiers; on ôtera fes lourds impôts qu'on a inventés à l'Hôtel de Ville fur les meubles & marchandifes libres, & fur les vivres qui entrent aux bonnes Villes, où il fe commet mille abus & concuffions, dont le profit ne revient pas au

---

(1) Il eft certain qu'on répandit une prétendue Bulle, ou un Bref, qu'on difoit venir de Clément VIII, adreffé à Philippe de Sega, dit le Cardinal de Plaifance, par laquelle Bulle, ou par lequel Bref il lui étoit donné pouvoir d'affifter à l'Affemblée des Etats, & d'autorifer l'Election qui s'y feroit d'un Roi Catholique. Cette Piece étoit du 15 Avril 1592.

(2) *Paradis*, efpece d'Autels qu'on fait fur les rues.

public, mais à ceux qui manient les deniers, & s'en donnent par les joues. Nous n'aurons plus ces chenilles, qui fucent & rongent les plus belles fleurs des jardins de la France, & s'en peignent de diverfes couleurs, & deviennent en un moment de petits vers rampans contre terre, grands papillons volans, peinturés d'or & d'azur. On retranchera le nombre effrené des Financiers, qui font leur propre des tailles du Peuple, s'accommodent du plus net & plus clair denier, & du refte taillent & coufent à leur volonté, pour en diftribuer feulement à ceux de qui ils efperent recevoir une pareille, & inventent mille termes élégans pour remontrer la néceffité des affaires, & pour refufer de faire courtoifie à un homme d'honneur.

Nous n'aurons plus tant de Gouverneurs, qui font les Roitelets, & fe vantent d'être affez riches, quand ils ont une toife de riviere à leur commandement; nous ferons exempts de leurs tyrannies & exactions, & ne ferons plus fujets aux gardes & fentinelles, où nous perdons la moitié de notre temps, confommons notre meilleur âge, & acquerons des catharres & maladies qui ruinent notre fanté. Nous aurons un Roi qui donnera ordre à tout, & retiendra tous ces tyranneaux en crainte & en devoir; qui châtiera les violens, punira les refractaires, exterminera les voleurs & pillards, tranchera les aîles aux ambitieux, fera rendre gorge à ces éponges & larrons des deniers publics, fera contenir un chacun aux limites de fa charge, & confervera tout le monde en repos & tranquillité. Enfin nous voulons un Roi pour avoir la paix; mais nous ne voulons pas faire comme les grenouilles, qui s'ennuïant de leur Roi paifible, élurent la Cigogne, qui les dévora toutes. Nous demandons un Roi & Chef naturel, non artificiel; un Roi déja fait, & non à faire; & n'en voulons point prendre le confeil des Efpagnols, nos ennemis invéterés, qui veulent être nos tuteurs par force, & nous apprendre à croire en Dieu, & en la Foi Chrétienne, en laquelle ils ne font baptifés, & ne la connoiffent que depuis trois jours. Nous ne voulons pour Confeillers & Médecins ceux de Lorraine, qui de longtemps béent après notre mort. Le Roi, que nous demandons, eft déja fait par la nature, né au vrai parterre des fleurs de lis de France; jetton droit & verdoïant du tige de faint Louis. Ceux qui parlent d'en faire un autre fe trompent, & ne fauroient en venir à bout; on peut faire des Sceptres & des Couronnes, mais non

F fff ij

pas des Rois pour les porter ; on peut faire une maison, mais
non pas un arbre, ou un rameau verd ; il faut que nature le
produife par efpace du temps, du fuc & de la moëlle de la
terre, qui entretient la tige en fa feve & vigueur. On peut faire une jambe de bois, un bras de fer, & un nez d'argent ; mais
non pas une tête. Auffi pouvons-nous faire des Maréchaux à la
douzaine, des Pairs, des Amiraux, & des Sécrétaires & Confeillers d'Etat ; mais de Roi, point ; il faut que celui feul naiffe
de lui-même, pour avoir vie & valeur. Le borgne Boucher,
pédant des plus méchans & fcélerés, vous confeffera que fon
œil, émaillé d'or d'Efpagne, ne voit rien. Auffi un Roi électif
& artificiel ne nous fauroit jamais voir, & feroit non-feulement aveugle en nos affaires, mais fourd, infenfible & immo-
bile en nos plaintes.

C'eft pourquoi nous ne voulons ouir parler ni d'Infante d'Efpagne, que nous laiffons à fon pere, ni d'Archiduc Erneft, que
nous recommandons aux Turcs, & au Comte Maurice ; ni de
Duc de Lorraine, ou de fon fils aîné, que nous laifferons manier au Duc de Bouillon, & à ceux de Strafbourg ; ni du Duc
de Savoie (1), que nous abandonnons au Sieur Lefdiguieres,
qui ne lui aide gueres. Celui-là fe doit contenter de nous avoir
fouftrait le Marquifat de Saluces par fraude & trahifon, en
danger de le rendre bientôt au double, fi nous avons un peu
de temps pour prendre haleine. Cependant il aura ce plaifir de
fe dire Roi de Cypre (2), & tirer fon antiquité de Saxe. Mais
la France n'eft pas un morceau pour fa bouche, quelque bipedale
qu'elle foit, non plus que Geneve, Genes, Final, Monaco &
les Figons (3), qui lui ont toujours fait la figue. Au demeurant il fera bonne boffe avec la dédaigneufe Alteffe de fon Infante, qui fervira plus à le ruiner de dépenfe, & de fafte fomptueux, qu'à l'agrandir. Quant au Duc de Nemours, pour qui

---

(1) Charles-Emanuel, premier de ce nom,
Duc de Savoie, né en 1562.

(2) Cela eft arrivé depuis. Il a pris ce titre, & en a expofé les caufes & les raifons
dans un Ecrit compofé par le Pere Monot,
Jéfuite. Voïez les Remarques fur la Satyre
Ménippée, in-8°. p. 335.

(3) Figons, ce font ceux de Milan. On affure que l'Empereur Frederic Barberouffe aïant
pris cette Ville fe vangea de l'infulte que
les Habitans avoient faite quelques années
auparavant à l'Impératrice, fa femme, en

en la chaffant de leur Ville, montée fur une
mule, la tête tournée vers la croupe de cet
animal, & l'obligeant d'en prendre la queue
au lieu de bride. Frederic fe vengea de cette infulte fi outrageante, en fauvant la vie
à ceux des Habitans qu'il vouloit bien épargner, à condition qu'ils viendroient l'un
après l'autre tirer & remettre avec les dents
une figue, qu'il avoit fait placer dans les
parties naturelles de ladite mule. Voïez ce
fait dans les Antiquités de Saxe, par Cran-
tius, L. 6.

le Baron de Teneçai (1) a des Mémoires, par lesquels il se veut rendre préférable au Duc de Guise, nous lui conseillons, pour le bien qu'il nous a fait de nous avoir aguerris, & faits vaillans à bonnes enseignes, s'il est bien là, qu'il s'y tienne, & se garde de la bête. Je ne dirai rien du Duc de Guise; Monsieur le Lieutenant parlera pour lui, & le recommandera à sa sœur. Tant y a que tous ces brigands, ou brigueurs de la Roïauté, ne sont ni propres, ni suffisans, ni à notre goût, pour nous commander. Aussi que nous voulons observer nos Loix & Coutumes anciennes; nous ne voulons point en tout de Roi électif, ni par sort, comme les Zélateurs de Jerusalem, qui élurent pour Sacrificateur un Villageois, nommé Phanias, contre les bonnes mœurs, & contre l'ancienne Loi de Judée.

En un mot, nous voulons que Monsieur le Lieutenant sache que nous reconnoissons pour notre vrai Roi, légitime, naturel, & souverain Seigneur, Henri de Bourbon, ci-devant Roi de Navarre. C'est lui seul, par mille bonnes raisons, que nous reconnoissons être capable de soutenir l'Etat de France, & la grandeur de la réputation des François; lui seul qui peut nous relever de notre chûte, qui peut remettre la Couronne en sa première splendeur, & nous donner la paix. C'est lui seul, & non autre, qui peut comme un Hercule naturel, né en Gaule, défaire ces monstres hideux, qui rendent toute la France horrible & épouvantable à ses propres enfans; c'est lui seul, & non autre, qui exterminera ces petits demi Rois de Bretagne (2), de Languedoc, de Provence, de Lionnois, de Bourgogne & de Champagne; qui dissipera ces Ducs de Normandie, de Berri & Solongne, de Reims & de Soissons; tous ces phantômes s'évanouiront au lustre de sa présence, quand il se sera sis au Trône de ses majeurs, & en son Lit de Justice qui l'attend en son Palais Roïal. Vous n'avez rien, Messieurs, vous n'avez rien à présent, Monsieur le Lieutenant, que lui puissiez objecter; le prétexte de l'oncle au neveu vous est ôté par la mort de Monsieur le Cardinal son oncle. Je ne veux parler de lui, ni par flatterie, ni en médisance; l'un sent l'es-

---

(1) Il faut Teniffé. Ce Baron fut envoïé par M. de Nemours, pour découvrir l'intention de M. de Mayenne au sujet de la Roïauté. Les Mémoires que portoit M. de Teniffé furent surpris en Bourgogne par le Sr. de Vaugrenaud, qui les envoïa au Roi. Ils furent imprimés pour diviser la faction.

(2) Les Gouverneurs des Provinces nommées ici, ne reconnoissoient plus aucune autorité que la leur propre, ou celle qu'ils s'arrogeoient; ils levoient les tailles chacun dans leurs Provinces, & se conduisoient comme de petits Rois.

clave, l'autre tient du séditieux. Mais je puis dire, avec vérité, comme vous-mêmes, & tous ceux qui hantent le monde
ne nieront pas, que de tous les Princes, que la France nous
montre marqués à la fleur de lis, & qui touchent à la Couronne, voire de ceux qui desirent en approcher, il n'y en a point
qui mérite tant que lui, ni qui ait tant de vertus roïales, ni
tant d'avantages sur le commun des hommes. Je ne veux pas
dire les défauts des autres; mais s'ils étoient tous proposés sur
le tableau de l'Election, il se trouveroit de beaucoup le plus capable, & le plus digne d'être élu.

Une chose lui manque, que je dirois bien à l'oreille de quelqu'un, si je voulois. Je ne veux pas dire la Religion différente
de la nôtre, que lui reprochez tant. Car nous savons de bonne part, qu'il veut être enseigné, & déja s'accommode à l'instruction; même a fait porter la parole au Pape de sa prochaine
conversion; dequoi je fais état, comme si je l'avois déja vu,
tant il s'est toujours montré respectueux en ses promesses, &
soigneux gardien de ses paroles. Mais quand ainsi seroit qu'il
persisteroit en son opinion, pour cela le faudroit-il priver de
son droit légitime de succession à la Couronne? Quelles Loix,
quels Chapitres, quel Evangile nous enseigne de déposséder
les hommes de leurs biens, & les Rois de leurs Roïaumes, pour
la diversité de Religion? L'excommunication ne s'étend que
sur les ames, & non sur les corps, & les fortunes. Innocent III,
exaltant le plus superbement qu'il put sa puissance papale, dit
que comme Dieu a fait deux grands luminaires au Ciel; savoir,
est le Soleil pour le jour, & la Lune pour la nuit, ainsi en a-t-il
fait deux pour l'Eglise; l'un pour les ames, qui est le Pape,
qu'il accompare au Soleil, & l'autre pour les corps, qui est le
Roi. Ce sont les corps qui jouissent des biens, & non pas les
ames. L'excommunication donc ne les peut ôter; car elle n'est
qu'un médicament pour l'ame, pour la guérir & ramener à
santé, & non pas pour la tuer; elle n'est pas pour damner,
mais pour faire peur de damnation. Aucuns disent qu'on n'en
auroit point de peur, si on n'ôtoit quelque commodité sensi-
ble de la vie, comme les biens, & la conversation avec les
hommes; mais si cela avoit lieu, il faudroit, en excommuniant
un ivrogne, lui défendre le vin, & aux paillards leur ôter leurs
femmes, & aux ladres leur défendre de se galer. Saint Paul aux
Corinthiens défend de boire & manger avec les Fornicateurs,
médisans, ivrognes, larrons; mais il ne dit pas qu'il leur faille

ôter leurs biens, pour leur faire peur & les faire retirer de
leurs vices. Je demanderois volontiers, quand on auroit ôté
le Roïaume & la Couronne à un Roi, pour être excommunié
ou hérétique, encore faudroit-il en élire, & en mettre un autre en fa place; car il ne feroit pas raifonnable que le Peuple
demeurât fans Roi, comme vous autres Messieurs y voulez dignement pourvoir. Mais s'il advenoit par après que ce Roi,
excommunié & deftitué de fes Etats, revînt à réfipifcence, &
obtînt fon abfolution du même Pape, ou d'un autre fubféquent, (comme ils font affez coutumiers de révoquer & défaire ce que leur Prédécesseur a fait,) comment eft ce que ce
pauvre Roi dépouillé rentreroit en fon. Roïaume? Ceux qui en
feroient faifis, & triennaux poffesseurs à jufte titre, s'en voudroient-ils démettre, & lui quitter les Places fortes, & les tréfors, & les armées? Ce font contes de vieilles. Il n'y a ni raifon, ni apparence de raifon en tout cela.

Il y a longtemps que l'axiome eft arrêté, que les Papes n'ont
aucun pouvoir de juger des Roïaumes temporels. Et y a long-
temps que Saint Bernard a dit, *Stetiffe quidem judicandos Apof-
tolos lego : fediffe judicantes numquam lego?* Les Apôtres ont
fouvent comparu tout debout devant les Juges pour être jugés;
mais jamais ne fe font fis en chaire pour juger. Auffi favons-
nous bien que beaucoup d'Empereurs Arriens, venans à l'Empire par fucceffion, ou par adoption, n'ont pas été rejettés ni
repouffés de leurs Peuples & Sujets orthodoxes; ains ont été
reçus & admis en l'Authorité Imperiale, fans tumulte ni fédition. Et les Chrétiens ont toujours eu cette maxime, comme
une marque perpétuelle de leur Religion, d'obéir aux Rois &
Empereurs, tels qu'il plaifoit à Dieu leur donner, fuffent-ils.
Arriens ou Païens; fe formans à l'exemple de Jefus-Chrift,
qui voulut obéir aux Loix de l'Empereur Tibere, imitant faint
Paul & faint Pierre qui obéirent à Neron, & par exprès ont
commandé en leurs Epîtres d'obéir aux Rois & Princes; parceque toute Puiffance fouveraine eft de Dieu, & repréfente
l'Image de Dieu. C'eft bien loin de nos mutins, qui les chaf-
fent & les maffacrent; & de vous, Monfieur le Légat, qui voulez en faire perdre la race. Vraiement fi nous n'avions plus du
fang de cette noble Famille Roïale, ou que nous fuffions en un
Roïaume d'élection, comme en Pologne ou en Hongrie, je
ne dis pas qu'il n'y fallût entendre; mais aïant de temps im-
mémorial cette louable Loi, qui eft la premiere & la plus an-

cienne Loi de nature, que le fils succéde au pere, & les plus
proches parens en dégré de consanguinité, à leurs plus
proches de la même ligne & famille; & aïant un si brave &
généreux Prince en ce dégré, sans controverse ni dispute, qu'il
ne soit le vrai naturel & légitime héritier, & plus habile à succéder a la Couronne, il n'y a plus lieu d'élection, & faut accepter avec joie & allégresse ce grand Roi que Dieu nous envoie, qui n'a que faire de notre aide pour l'être, & qui l'est
déja sans nous, & le sera encore malgré nous, si nous l'en voulons empêcher. Au reste, il auroit beau être continent, sage,
tempéré, morne, & grave & rétiré, vous y trouveriez toujours
que redire. Quand on s'est mis une fois à haïr un homme, on
interprete en mauvais sens tout ce qu'il fait, & le bien même
qu'il fait. Il auroit beau s'abstenir de tous plaisirs, & ne faire
que prier Dieu, & donner l'aumône, vous diriez que ce seroit
feinte & hypocrisie. S'il est permis de juger ainsi des actions
d'autrui, contre la défense expresse que Dieu en faite, pourquoi ne me sera-t'il permis de croire que tous ces Marranes,
qui font tant de signes de Croix, & se frappent la poitrine avec
tant d'éclat à la Messe, sont néanmoins Juifs & Mahometans,
quelque bonne mine qu'ils fassent? Pourquoi ne dirai-je que
Monsieur de Lion est Luthérien, comme il a été autrefois, encore qu'il fasse la prunelle toute blanche en la tournant aux
voûtes de l'Eglise, quand il adore ou feint d'adorer le Crucifix? Mais ce n'est pas d'à cette heure qu'on parle ainsi des
Rois; & y a un vieil proverbe qui dit que Jupiter même quand
il pleut, ne plaît pas à tous les Mortels. Les uns veulent de la
pluie pour leurs choux, & les autres la craignent pour leurs
moissons.

Or, ce que j'ai différé à dire, qui me semble lui manquer,
& ce dequoi vous & moi lui sommes plus tenus; c'est qu'il nous
traite trop doucement, & nous choïe trop. La clémence, en
laquelle il est superlatif & excessif, est une vertu fort louable,
& qui porte enfin de grands fruits & de longue durée, encore
qu'ils sont longs & tardifs à venir. Mais il n'appartient qu'aux
victorieux d'en user, & à ceux qui n'ont plus personne qui leur
résiste. Aucuns l'attribuent à couardise & timidité, plutôt qu'à
vaillance & générosité. Car il semble que ceux qui épargnent
leurs ennemis, desirent qu'on leur en fasse autant, & demandent revanche de leur gracieuseté, ou craignent que s'ils se
montrent séveres, ils ne puissent avoir raison de leurs autres
ennemis

ennemis qui reftent à dompter. Aucuns l'appellent imbécillité de cœur tout-à-fait, eftimans que celui qui n'ofe ufer de fon droit, n'eft pas encore affuré de vaincre, & craint aucunement d'être vaincu. Mais les Philofophes, qui ont traité de cette matiere à plein fond, n'ont pas attribué à vertu, quand ceux qui entreprenant de troubler un Etat, fe font montrés gracieux & courtois du commencement de leurs exécutions; comme la douceur dont ufoit Céfar envers les Citoïens & Gens-d'armes Romains, devant qu'il fût victorieux, n'étoit pas clémence, ains flatterie, & courtoifie ambitieufe, par laquelle il vouloit fe rendre agréable au Peuple, & attirer un chacun à fon Parti; & c'eft ce que dit ce grand Maître d'Etat, *Imperium occupantibus utilis eft clementiæ fama*, à ceux qui envahiffent un Roïaume contre droit, comme à vous, Monfieur le Lieutenant, la réputation d'être doux & gracieux fert de beaucoup. Mais ce fut clémence, quand après avoir vaincu Pompée, & défait tout ce qui lui pouvoit réfifter, il vint à Rome fans triomphe, & pardonna à tous fes capitaux ennemis, les remettant tous en leurs biens, honneurs & dignités; dequoi toutesfois très mal lui en prit. Car ceux à qui il avoit pardonné, & fait plus de gracieufités, furent ceux qui le trahirent & maffacrerent miférablement. Il y a donc différence entre clémence & douceur. La douceur tombe ordinairement aux femmes, & aux hommes de petit courage; mais la clémence n'eft qu'en celui qui eft maître abfolu, & qui fait du bien, quand il peut faire tout mal.

Concluons donc que notre Roi devroit réferver à ufer de fa clémence, quand il nous auroit tous en fa puiffance. C'eft inclémence, voir cruauté, dit Cicéron, de pardonner à ceux qui méritent mourir; & jamais les guerres civiles ne prendront fin, fi nous voulons continuer à être gracieux, où la féverité de juftice eft néceffaire. La malice des rebelles s'opiniâtre, & s'endurcit par la douceur dont on ufe envers eux; parcequ'ils penfent qu'on n'ofe les irriter, ni les mettre à pis faire. Je ne fais doute, s'il eut châtié chaudement tous ceux qui font tombés entre fes mains depuis ces troubles, que ne fuffions à préfent tous fous fon obéiffance. Mais puifqu'il a plû à Dieu lui former le naturel ainfi doux, gracieux, & benin; efpérons encore mieux de lui quand il nous verra profternés à fes pieds, lui offrir nos vies & nos biens, & lui demander pardon de nos fautes paffées, vu que nous prenant armés, pour lui réfifter, &

pour l'affaillir, il nous reçoit à merci, & nous laisse la vie, & tout ce que lui demandons. Allons, allons donc, mes amis, tous d'une voix lui demander la paix ; il n'y a paix fi inique qui ne vaille mieux qu'une très juste guerre; que tardons-nous à chasser ces fâcheux hôtes, maupiteux bourgeois, insolens animaux, qui dévorent notre subfiance & nos biens, comme sauterelles ? ne fommes-nous point las de fournir à la luxure, & aux voluptés de ces harpies ? Allons, Monfieur le Légat, retournez à Rome, & emmenez avecque vous votre porteur de rogatons le Cardinal de Pelvé; nous avons plus de befoin de pains bénis, que de grains bénis. Allons, Meffieurs les Agens & Amballadeurs d'Efpagne, nous fommes las de vous fervir de gladiateurs à outrance, & nous entretuer, pour vous donner du plaifir. Allons, Meffieurs de Lorraine avec votre hardelle de Princes, nous vous tenons pour phantômes de protection, fangfues du fang des Princes de France, hapelourdes, fuftes éventées (1), Reliques des Saints (2), qui n'avez ni force ni vertu ; & que Monfieur le Lieutenant ne penfe pas nous empêcher ou retarder par fes menaces. Nous lui difons haut & clair, & à vous tous, Meffieurs fes Coufins & Alliés, que nous fommes François, & allons avec les François expofer notre vie, & ce qui nous refte de bien, pour affifter notre Roi, notre bon Roi, notre vrai Roi, qui nous rangera auffi bientôt à la même reconnoiffance, par force, ou par un bon confeil que Dieu vous infpirera, fi en êtes dignes. Je fais bien qu'au partir d'ici vous m'enverrez un billet (3), ou peut-être m'enverrez à la Baftille, ou me ferez affaffiner comme avez fait Sacre More (4), Saint Maigrin (5), & plufieurs autres (6); mais je tiendrai à partie de grace, fi me faites promptement mourir,

(1) C'eft-à dire, Princes foibles, avec lefquels il n'eft pas bon de s'embarquer, non plus que fur une *fufte*, à laquelle on auroit fait un ou plufieurs trous.

(2) Parceque ces Princes étoient demeurés vivans après le Duc & le Cardinal de Guife, que la Ligue faifoit paffer pour de Saints Martyrs, & pour d'autres Machabées fur lefquels elle avoit fondé fes plus grandes efpérances.

(3) Il fait allufion à la Lettre du Duc de Mayenne, rapportée ci-deffus dans les Notes.

(4) Sacremore, on en a parlé ailleurs.

(5) Saint Maigrin étoit aimé du Roi Henri III. Il fut tué à 11 h. du foir, en

fortant du Louvre, le 21 Juillet 1578. Il fe trouva bleffé de trente huit coups mortels. Le Roi le fit inhumer à Saint Paul avec pompe. On ne fit point de recherche des affaffins, quoique le Roi fût averti que le Duc de Guife avoit fait faire le coup, à caufe du bruit qui couroit, que ce Mignon n'étoit pas indifférent pour Madame de Guife. Le Duc de Mayenne prit foin de la conduite de ce deffein.

(6) En particulier, Florimond de Hallwin-Pienne, Marquis de Menelay, tué à la Fere, par Colas, Vice-Sénéchal de Montelimart, & Lieutenant des Gardes du Duc de Mayenne.

plutôt que me laiffer languir plus long-temps en ces engoiffeufes
miféres. Et avant que mourir, je conclurai ma trop longue Harangue, par un Epilogue Poétique, que je vous adreffe, tel
que je l'ai de long-tems compofé.

Meffieurs les Princes Lorrains,
Vous êtes foibles de reins,
Pour la Couronne débatre,
Vous vous faites toujours battre.

Vous êtes vaillans & forts,
Mais vains font tous vos efforts ;
Nulle force ne s'égale
A la Puiffance Roïale.

Auffi n'eft-ce pas raifon,
Qu'aux enfans de la maifon
Les ferviteurs menent guerre,
Pour les chaffer de leur terre.

Grande folie entreprend,
Qui à fon Maître fe prend.
Dieu encontre les rebelles,
Soutient des Rois les querelles.

Quittez donc au Navarrois
La Couronne de nos Rois,
A tort, par vous prétendue ;
Auffi bien l'a vous fondue.

Si quelque droit y aviez,
Fondre vous ne la deviez ;
Ou bien il faut qu'on vous donne
Titre de Rois fans Couronne.

Nos Rois, du Ciel ordonnés,
Naiffent toujours couronnés ;
Le vrai François ne fe range,
A Roi ni à Prince étrange.

Tous vilains, ou la plûpart,
Vous ont fait leur Chef de part;
Ce qui vous fuit de Noblesse,
Est de ceux que le bât blesse.

Mais le vrai Roi des François,
Pour sa Garde d'Ecossois,
N'est assisté que de Princes,
Et de Barons des Provinces.

Allons doncques, mes amis,
Allons tous à Saint Denis,
Dévotement réconnoître
Ce grand Roi pour notre Maître,

Allons tous, dru & épais,
Pour lui demander la paix;
Nous irons jusqu'à sa table,
Tant il est Prince acostable.

Tous les Princes de Bourbon
Ont toujours cela de bon,
D'être doux & débonnaires,
Et courageux aux affaires.

Mais vous, Princes étrangers,
Qui nous mettez aux dangers,
Et nous paissez de fumée,
Tenans la guerre allumée,

Retournez en vos Païs;
Trop au nôtre êtes haïs;
Et comptez de Charlemagne
Aux lisiéres d'Allemagne.

Prouvez-y par vos Romans,
Que venez des Carlomans (1).
Les bonnes gens, après boire,
Quelque chose en pourront croire.

J'ai dit.

(1) Ceci fait allusion au Livre de François defcendoient de Charlemagne, & que la
de Rofieres, Archidiacre de Toul, & à plu- race des Capets avoit ufurpé fur eux le
fieurs Généalogies que les Princes de la Roïaume de France. On a déja parlé ail-
Maifon de Lorraine firent dreffer depuis la leurs de Rofieres, & de fon Ouvrage.
mort de François I, pour faire croire qu'ils

CEtte Harangue achevée, qui fut ouïe avec un grand silence & attention, beaucoup de gens demeurerent bien camus & étonnés, & ne fut de long-temps après touffé ni craché, ni fait aucun bruit, comme fi les Auditeurs euffent été frappés d'un coup du Ciel, ou affoupis en un profond endormiffement d'efprit, jufqu'à ce qu'un Efpagnol *des Mutinados* (1) fe leva le premier, & dit tout haut, *Todos los mattaremos eftos vellacos* (2). Ce difant, partit de fa place, fans faire aucune révérence à perfonne. Là-deffus chacun fe voulut lever pour s'en aller. Mais l'Amiral de Villars (3), moderne Roi d'Ivetot, fupplia les Etats au nom des Cantons Catholiques, & des Ligues des Catillonnois, Lipans, Gaultiers, & autres Communautés zelées (4), de ne faire point la paix avec les Hérétiques, qu'il ne demeurât Amiral du Ponant & du Levant, & ne fût païé de fes frais avec retention de fes bénéfices (5). Auffi de ne point élire de Roi, qui ne fût bon compagnon, & ami des Cantons; puis fe leverent Ribaud & Roland, qui fupplierent l'Affemblée de caffer & abroger la Loi *de repetundis* (6); pour ce que cette Loi n'étoit ni Catholique, ni fondamentale. Ce fait, chacun fe leva avec une merveilleufe taciturnité; & en fortant, le Maffier avertiffoit à la porte de retourner au Confeil à deux heures de relevée. A quoi, moi qui parle, ne voulus faillir, pour le defir que j'avois de voir les chofes rares & finguliéres, & les céremonies qui s'y feroient, afin d'en avertir mon Maître, & les Princes d'Italie, qui attendent avec beaucoup de defir, quelle fera la procédure & l'iffue de ces fameux Etats, tenus contre tout ordre, & façon de faire accoutumée en France. Je revins donc après dîner, d'affez bonne heure au Louvre, & me préfentant pour entrer en la falle haute, comme j'avois fait au

(1) Les *Mutinados* ou *Motinados* étoient de ces vieilles Troupes Efpagnoles, qui, faute de païe, s'étoient fi fouvent mutinées en Flandre. Voïez les Remarques fur la Satyre Ménippée, *in-8°. p. 341.*

(2) C'eft-à-dire, nous tuerons tous ces marauds là, car le meilleur n'en vaut rien. *Dellaco* ou *vellaco* fignifie auffi quelquefois un *fourbe*; & fort fouvent un *poltron*, un homme fans honneur, un faquin.

(3) André de Brancas-Villars, de la Maifon d'Oife en Provence, étoit en poffeffion de tous ces petits Païs-là pendant la Ligue. Le Roi le confirma dans fa dignité d'Amiral de France, & le fit Gouverneur de Rouen

& de Calais. Il fut tué de fang froid par les Efpagnols au combat de Dourlens en 1595. On a parlé ailleurs de la petite contrée de Normandie, au Païs de Caux, près de Caudebec, appellée *Ivetot.*

(4) On a parlé ailleurs de ces *Catillonnois, Lipans, Gaultiers*, &c.

(5) C'eft-à-dire, les Abbaïes de Tiron, de Bonport, & de Jofaphat, que les Roïaliftes retenoient au Poéte Philippe des Portes, qui ne quittoit pas l'Amiral de Villars, lequel ne fe gouvernoit que par fes confeils.

(6) Les Loix du Peculat & *de repetundis* étoient autorifées dans le Rojaume, par l'Ordonnance de 1545.

matin, l'Huiffier me refufa, parcequ'il vit que je n'étois marqué à l'L (1), & n'avois point de mereau, comme j'en vis plufieurs qui entrerent, beaucoup plus mal en point, & plus déchirés que moi, dont je reçus un peu de déplaifir. Car entr'autres, j'y vis recevoir des Bouchers plus de trois, des Taverniers, Potiers d'étain, Sergens, & Ecorcheurs, que je connoiffois, qui devoient avoir voix en l'Election. Toutesfois ma curiofité me fit paffer mon dédain, & pour favoir fi les Princes & Princeffes fans queue entreroient en la même cérémonie qu'au matin, je voulus attendre leur venue; & en attendant, me mis à regarder des Tableaux de plate peinture, qui étoient étalés fur les dégrés de l'efcalier. Je ne fais s'ils y avoient été mis exprès pour parer le lieu, ou pour les vendre, mais je puis dire que je pris un merveilleux plaifir à les contempler l'un après l'autre; car la main de l'Ouvrier en étoit excellente, & la befogne fort nette & naïve, pleine d'énigmes de divers fens qui faifoient tendre tous les efprits à deviner deffus.

Le premier, fur lequel je jettai l'œil, étoit la figure d'un Géant, aïant les deux pieds fur une roue mal graiffée, dont les gentes (2) étoient toutes tortues; & au-deffus de fa tête, à un pied & demi ou environ, y avoit une Couronne de fin or figuré, fans pierreries, parceque Monfieur de Nemours les avoit mangées, & auprès d'icelle, un Sceptre Roïal un peu rongé de fouris, & une efpece de Juftice rouillée, par faute d'être portée & mife en ufage; à quoi ledit Géant tendoit les bras tant qu'il pouvoit, & fe hauffoit fur les pieds fi avantageufement, qu'il n'appuïoit fur la roue que du bout des orteils, néanmoins n'y pouvoit joindre, parcequ'il y avoit tout plein de Villes, & de Bourgs, bons & gros, entre deux; & à la main droite y avoit un bras couronné, qui avec une houffine de fer lui donnoit fur les doigts. Sous cette roue paroiffoit, comme deffous celle de fainte Catherine, un monftre à trois têtes féminines, qui avoient leurs noms écrits fortans de leurs bouches, *Ambition, Rebellion, feinte Religion.* Je ne favois, de prime face, que cela pouvoit fignifier, mais aïant regardé de plus près le vifage dudit Géant, il me fembla qu'il reffembloit à celui de Monfieur le Lieutenant, & avoit la tête & le ventre auffi gros que lui,

---

(1) C'eft-à-dire, parcequ'il n'étoit pas Lorrain ou Ligueur.

(2) Il faut, *les Jantes.* Ce font les fix parties des roues fur quoi le bandage eft attaché avec de gros clous. Ce mot vient du Grec Καντος, *Canthus,* ou *Cantha,* qui fignifie le fer appliqué fur les roues des chariots.

avec tous les linéamens des yeux, du nez, & de la barbe, fors
qu'il n'avoit point la *pelade* (1) de Rouen, & au-deſſous étoient
écrits ces quatre vers, qui me firent entendre tout le myſtere.

Géant, tu as beau te hauſſer,
Et t'élever ſur cette roue;
Si Dieu nous vouloit exaucer,
Aux corbeaux tu ferois la moue.

A la ſuite de ce Tableau (2) y en avoit un autre de non moindre artifice & plaiſir, où étoit peint un petit homme (3), mêlé
de blanc & rouge, habillé à l'Eſpagnole, & néanmoins portant
la chere Françoiſe, qui avoit deux noms. A ſon côté droit
avoit une écritoire pendue, & au gauche une épée qui tenoit
au bout, dont le pommeau étoit couronné d'un chapeau de
fleurs, comme les pucelles qu'on enterre. Sa contenance étoit
double, & ſon chapeau doublé, & ſa gibéciere quadruplée, &
deſſus ſa tête, du côté d'entre le Soleil de midi, & le cou-
chant, pleuvoit une petite pluie d'or qui lui faiſoit trahir ſon
Maître. Et avoit en ſa main une Couronne de papier, qu'il
préſentoit à une jeune Dame muette & bafanée, laquelle ſembloit l'accepter *in ſolidum*, avec un beau petit mari de beurre
fondu au Soleil. Je ne pouvois comprendre que vouloit dire la
figure, ſinon par l'Inſcription que je vis au-deſſous en ces mots:

Vendidit hic auro patriam, dominumque potentem
Impoſuit.

Et au-deſſus d'icelui Tableau y avoit cet autre vers :

Eheu, ne tibi ſit privata injuria tanti.

J'en vis un autre, de l'autre côté de l'eſcalier, qui étoit plus
grand & large que les premiers, & mêlé de pluſieurs diverſes

(1) On a expliqué ceci ailleurs.

(2) Les tableaux ſuivans ne ſont pas
dans pluſieurs Editions de la Satyre Ménippée. De ces quinze nouveaux Tableaux, les
huit premiers contiennent le récit des exploits du Duc de Parme en France, pendant
ſon premier voïage en 1590, durant lequel
il a fait lever le ſiege de Paris. Les ſept derniers tableaux contiennent le récit des Ex-

ploits de ce Prince pendant ſon ſecond voïage en France en 1592; pendant lequel il fit
lever le ſiege de Rouen, & aïant été bleſſé à
Caudebec, il ſe retira dans les Païs-Bas,
où il mourut à Arras le 3 Décembre 1592,
dans le temps qu'il ſe diſpoſoit à faire un
troiſieme voïage en France.

(3) Le Duc de Parme.

& plaifantes droleries, qui me fit tourner pour le voir ; parcequ'au deffus étoit écrit, *Defcription de l'Ifle d'Acolus, augmentée de nouveau*, &c. Au milieu étoit une Dame (1), coëffée
en veuve de plufieurs maris , morts & vivans , qui étoit entre deux
felles à terre , & autour d'elle , y avoit force Gens d'Eglife ,
Moines , Jacobins & Jéfuites , les uns lui apportant des paquets,
fcellés & bridés ; aux autres , elle en donnoit de même ; les autres , qui étoient habillés comme Curés de groffes Paroiffes,
avoient des foufflets d'orgues , dont ils fouffloient au derriere
de plufieurs manans , qui fe laiffoient emporter au vent. D'autres fe tenoient tout de bout la gueule bée & ouverte , & lefdits Curés leur fouffloient en la bouche , & les nourriffoient de
vent , comme d'une viande célefte , propre à guérir les gou-
teux , graveleux & cacochymes. On voïoit au-deffous de ladite
figure , comme une Place publique , repréfentant les Halles , ou
la Place Maubert de Paris , où au lieu de pain & viande , on
expofoit en vente des balons , couilles de bélier bien enflées ,
& groffes veffies de porceau , dont on trafiquoit au marché , &
fe revendoient de main en main à bon compte(2). Il y avoit auffi
une autre viande en papier , dont on faifoit grand cas , & n'en
avoit pas qui vouloit , que des Revendeurs portoient par les
rues , & les crioient nouvelles , nouvelles , comme on crie la
mort aux rats & aux fouris. Ladite Dame en fourniffoit les Con-
treporteurs ; car elles lui fortoient de deffous fa cotte en abondance , & y avoit du plaifir à voir les diverfes grimaces de ceux
qui lui fouilloient fous la queue , pour en goûter. Le refte du
païfage dudit Tableau étoit des moulins à vent , tournans à vuide , & des girouettes en l'air avec plufieurs coqs d'Eglife. Et aux
quatre coins y avoit les quatre vents fendus en double , dont il
fembloit que le Sur-Oueft (3) fût le plus gros , & fouffloit le
plus fort , & envoïoit les nues du côté du Nord-Nord-d'Eft. Au-
deffous dudit Tableau étoit écrit ce petit Quatrain :

> Ici font les terres neuvelles ,
> Où la Reine fe paît de vent ;
> Qui voudra favoir des nouvelles ,
> Mette le nez fous fon devant.

(1) C'eft la Ligue.
(2) Cela eft dit par ironie, à caufe de l'extrême chereté des vivres durant le Siege de Paris.
(3) Pour le *Sud-Oueft* , qui eft le vent qui nous vient d'Efpagne.

Pendant

1593.
SATYRE
MÉNIPPÉE.

Pendant que je me raviſſois en la contemplation de ce troifieme Tableau, & auparavant que j'euſſe jetté la vûe ſur les
autres qui ſuivoient, les Princes & Princeſſes ſuſdites paſſerent, & fallut que je couruſſe après pour entrer à leur ſuite ;
mais parceque la preſſe n'étoit pas grande, l'Huiſſier qui m'a-
voit déja pouſſé, me remarqua, & repouſſa plus rudement qu'à
la premiere fois ; qui me fit prendre réſolution de me retirer ,
& laiſſer là les Etats bien clos & fermés. Mais ſur ma retraite,
je paſſai encore demi-heure de temps ou environ à contempler
pluſieurs autres Tableaux, entre leſquels paroiſſoient pluſieurs,
contenans les proueſſes de ce grand Alexandre, Libérateur des
Pariſiens. Le Peintre avoit mis en groſſes lettres au-deſſus des
divers Tableaux que je vous repréſenterai, ces mots, *les proueſſes
de Jean de Lagni.*

Au premier ſe voïoit ſa venue du païs de veloux (1) , en
grand appareil ; force Lombards , Maranes & Courtiſannes
avec lui ; car il avoit ordonné que celles-ci fiſſent l'arriere-
garde, à la mode des Perſes, & reſſembloit proprement ſon
armée à un ſerpent, qui a tête effroïable, queue laide & ridicule. Un peu devant étoit ledit Seigneur, en l'aſſemblée de ſes
Devins, qui lui diſoient ſa bonne avanture ; car il ne vouloit
point qu'on lui en dît de mauvaiſe. Et faiſoit, en une Place
deſtinée, jouter des coqs & des cailles, pour ſavoir, ainſi que
Marc-Antoine, à qui demeureroit la victoire de ſes ennemis ou
de lui.

En un autre Tableau, joignant ce premier, étoit peint un
pavillon , & autour d'icelui force gens armés, faiſant le guet à
la Perſienne , pour ne troubler les plaiſirs de leurs Maîtres.

Au troiſieme, ſe voïoit toute ſon armée en guiſe de gens ha-
raſſés, au milieu d'une campagne raſe, que l'on fermoit de foſ-
ſés & baſtions, crainte de ſurpriſe ; & ſuoient fort les travail-
lans, non pour la fatigue de l'ouvrage, mais de peur ; n'étant
poſſible qu'ils fuſſent las du chemin, pour n'avoir fait en un
mois le chemin qu'un Baſque feroit en vingt-quatre heures. Les
champs ès environs étoient en feu, non de Villes priſes & brûlées, mais de gerbes de pauvres gens.

Le quatrieme Tableau repréſentoit un feſtin, où ce maître
ſe traitoit ſomptueuſement, & d'une façon étrange, avalant à
douzaine des oiſelets tous vifs, & buvant démeſurément.

Au cinquieme étoit la conquête de Lagni ſur Marne, où l'on

(1) Parceque les bons velours viennent d'Italie.

voïoit les Roïaux, donnans fur les épaules aux Lombards &
Marans, lefquels (femblables aux limaçons, qui fe retirent en
leurs coquilles, fitôt qu'on les atteint à l'une des cornes) fe re-
coignoient en leurs tranchées, craignans merveilleufement les
pinçades de Bearn ; & n'étoit jamais affuré leur Conquéreur,
qu'il ne vît trois rangs de foffés devant & derriere lui, tous bien
hériffés de picques & hanicroches.

Le fixieme Tableau repréfentoit ce Conquéreur fur un cour-
fier de Naples, faifant la ronde autour de la fuperbe bicoque
conquife, la plume au bonnet, & abbattoit-on toutes les maifons d'autour, afin qu'il fe promenât plus à fon aife. Et ce fut
lorfqu'il parloit de rompre la cabeche à tout le monde, lui promettant les almanachs de cette année-là à Louvain, que le
Grand Turc viendroit lui faire hommage tout botté, le baifant aux poftérieures. Brief, il étoit fi hagard, qu'on ne pouvoit
tenir ni lui ni fa monture.

De cette gloire s'engendra en lui l'envie de manger des pê-
ches de Corbeil ; mais il lui coûta bon. L'on voïoit au feptieme Tableau la prife d'icelle Ville ; comme il fit dépêche, &
furent fes gens dépêchés. Chacun des fiens portoit la hotte, lui
demeurant feul, penfif, fe mordant (faute de meilleure contenance) la levre d'en-bas, puis s'accoudant en un autre endroit
fur l'épaule de quelqu'un, venu à propos pour le détacher, fi
d'avanture, force de fe promener, il lui prenoit envie de faire
matiere cuite. Ailleurs il frappoit du pied contre terre, pour
faire fortir fi grand nombre de taupes, qu'en un inftant les
tranchées en fuffent parfaitement élevées ; ou pour faire fourdre quelque efcadrons myrmeciques, bien en conche, défraïés,
& à fon fervice. En un petit quartier de Tableau, fe voïoit un
lieu clos, ou perfonne n'entroit que quelques Matta-trientaz,
de fes plus favoris, lefquels lui aidoient à faire un grand amas
de cordes, en intention de garroter Corbeil, comme une cor-
beille, tout autour ; pour puis après la mener en leffe, où la
renverfer fans deffus deffous avec fes habitans, & en faire
comme d'un manequin de chaffemarée, ou d'un coche verfé.
Combien que quelques-uns aient voulu dire, que c'étoit pour
l'enlever en Efpagne, en quelque lieu à remotis, ou du moins
en un port de mer du Roïaume d'Utopie. Mais pour quoi
que ce fût, il n'y eut pas beau jeu ; car la corde rompit, & la
plûpart des Taillevents ordonnés pour faire ce garrotage, furent pris au pied du mur, & pendus à la barbe du Conquéreur,

qui ravi de tels exploits, assomma ce jour quelques-uns de ses mutinados, & fit avorter les chévres de deux lieues à la ronde, à force de crier. Ses plus familiers se tenoient loin de lui; & quelque part qu'il passât, on faisoit large. Pour se faire place, lui-même écarteloit les arbres, quelquefois s'y prenant les doigts joliment comme un Milo Crotoniate. Le Peintre n'avoit pas oublié de le représenter en cette posture; aussi bien qu'en la Tragi-Comédie qu'il jouoit, rompant sur la tête d'un pauvre haire de menétrier, que ses amis lui envoïoient de Paris pour l'égaïer au son de quelques branles. Brief, on ne pouvoit l'appaiser. On le voïoit en une autre Place, qui faisoit sommer ceux de la Ville, ménaçant de les assommer & écacher comme grenouilles, attendu qu'il avoit le moïen de tonner, ce disoit-il. Mais sur la muraille paroissoit un qui lui montroit le derriere, & lui faisoit la révérence antimonachale. Le Tableau contenoit aussi l'assaut, les Lombards & Marrans à la brêche, où plusieurs des plus mauvais laissoient le moule du pourpoint. Puis la composition, à cause du vaillant Capitaine Rigaut, fidéle Serviteur du Roi, lequel y mourut sur le haut de la brêche, & à qui fut faite l'Epitaphe attachée contre la muraille de la Ville, & peint au Tableau en ces mots:

> Brave Rigaut, que la vertu fit naitre
> Pour notre bien, & pour sauver l'honneur
> De nos François, à qui déja le cœur
> Vouloit fléchir dessous un nouveau Maître.

> Que puisse-tu chez les heureux paroître,
> Et recueillir les fruits de ta valeur,
> Qui fit changer mille fois de couleur
> A l'Etranger, qui Roi se pensoit être.

> Quand tu vivois pêle mêle parmi
> Les gens çà bas, tu n'étois à demi
> Reconnu tel que portoit ta prouesse.

> Mais maintenant qu'es retiré là haut,
> Notre air ne bruit que ton beau nom, Rigaut,
> Et de louer Rigaut, France ne cesse.

A cette piece, étoit comme jointe une autre, qui représen-

H hhh ij

toit la reprife de Corbeil, & force Marrans, joüant à l'ébahi les pieds contremont. D'autre part, le Conquéreur en confeil, pour avifer aux moïens de s'en retourner un peu plus vîte qu'il n'étoit venu, à caufe du fâcheux chemin. Il faifoit trois pas en avant, puis en arriere, comme s'il eût marché fur la glace, fâché de s'en retourner aïant fi peu fait, & craignant quelque bâronnade, s'il tardoit plus longuement. Je ne fais pas ce qu'ils difoient en ce tableau; bien ai-je ouï conter maintesfois, que plufieurs de fes Confeillers furent de cette opinion, qu'il délogeât auffi promptement qu'il étoit venu péfantement. Alléguant, pour le confoler de la colique qui le ferroit, que ce feroit une imitation de fon prédéceffeur Alexandre, lequel jadis contraint par Ariobarzanes, s'en alla cacher dans les rochers de Sufe, ainfi que témoignoit Diodore en fa vie, livre fixieme. Et d'abondant, s'efforçoient de lui prouver que pour cela il ne dérogeroit aucunement au titre de vaillant, attendu que c'étoit figne infaillible de bon cœur, que d'éviter les coups. Et de ce en avoient, difoient-ils, témoignage dans Pline, chapitre vingt-huitieme, livre feptieme, où il eft écrit, qu'en la célebre bataille de Cannes, gagnerent au pied; & que Plutarque, en la vie d'Alexandre, récitoit auffi, que Darius fuïoit fans mélancolie, monté fur fa jument borgne. Bref, vouloient maintenir les nobles fuïards, que les plus braves Capitaines, depuis plufieurs centaines d'années, avoient fui fans aucun intérêt, & qu'à leur exemple, il devoit prendre le galop. A quoi enfin confentit, par le confeil des Médecins, foutenans que retraite foudaine lui étoit falubre, à caufe de fon habitude beaucoup fujette aux friffons & aux palpitations de cœur, qui venans à augmenter par accidens inopinés, pourroient produire des fpafmes, fyncopes & quelques irremédiables convulfions.

Au huitieme tableau, il étoit repréfenté doublant le pas, pâle, ferrant les jambes, la face tournée droit au Nord-Oueft, fans regarder derriere lui; laiffant par tous les endroits de Picardie où il paffoit, du bagage & des chevaux avec leurs maîtres. Vous pouvez penfer que les brides y demeuroient auffi, non pas à la façon que les laiffoit le grand Alexandre aux Indes; à favoir, plus grandes que ne porte la coutume, & faites exprès, pour laiffer aux Indiens plus grandes opinions de lui; mais celui-ci les laiffoit à faute de loifir d'attendre que ces pauvres chevaux harraffés fe fuffent un peu repris; car il avoit hâte

de regagner son Païs de beurre. Encore , disoit-il , y aïant
repris ses esprits , que le monde n'étoit pas digne de le voir.
De fait , afin que le Peuple ne se saoulât de lui , le voïant tous
les jours , il ne se présentoit que par intervalles , & ès bonnes
fêtes , se contregardant ni plus ni moins qu'on faisoit à Athenes , la galere Salaminienne : ou comme Dejocès , Roi de
Mede , duquel Hérodote raconte qu'il ne permettoit qu'on le
regardât , de peur que les siens le voïant pareil à eux , ne lui
fissent quelque frasque.

1593.

SATYRE
MÉNIPPÉE.

Etant guéri de sa peur & de quelqu'autre fâcheux inconvénient qui l'avoient tout meshaigné , il se remit sur les desseins
d'une nouvelle conquête : c'étoit la conquête du Roïaume
d'Yvetot , laquelle avoit aussi ses tableaux , comme la précédente. Au premier , se voïoit son arrivée , où en avançant il
reculoit , monté sur un Détrier bay , dont le harnois étoit
parsemé d'ancres à triples crochets , marques de ses hautes
espérances.

Au second , se remarquoit comme il fut poussé & aculé dans
un bois avec les siens , par les Capitaines Tire-avant & Taille-
tout , qui mirent en repos partie de ses gens , ou du moins
les envoïerent ès environs de Purgatoire ; & lui-même y fut
allé lors , sans le manteau de la nuit , qui lui survint à propos. Elle y étoit naïvement représentée , avec les fuïards en
petit volume & dextrement racourcis , autour de leur Conquéreur , qui les consoloit en pleurant , & leur montrant
que sans y penser , il avoit eu aussi sa part du gâteau , qui lui
cuisoit.

Cependant on le voïoit environner de tout côtés au troisieme tableau , & la famine se promenant par son camp , où elle
empoignoit au ventre ses Soldats , & à leurs oreilles cornoit
malavanture. Eux laissans pour lors les discours de l'honneur ,
des conquêtes du nouveau monde , & les rodomontades Cas-
tillanes , s'entreheurtoient à qui auroit le lopin. Leur truanderie
étoit représentée au vif , & voïoit des nouveaux Acridophages
mangeans d'appétit ouvert les sauterelles & hannetons. L'eau s'y
vendoit à poids d'or ; plusieurs ne pouvant en approcher , bu-
voient leur urine ; d'autres tiroient la langue comme corbillats ,
& les mouches s'attachoient dessus. L'eau du bourbier s'y vendoit pour malvoisie , encore n'étoit-ce que pour les Capitaines ,
qui ne daignoient cligner les yeux , ni user du gobelet Laconi-

que, pour ne point voir les ordures du fond, car il y avoit preſſe à qui en humeroit.

Au quatrieme tableau, ſe diviſoient les Soldats par dixaines, & jettoit-on le ſort ſur quelques-uns, dont ſe faiſoient dés carbonnades & fricaſſées, qui ſervirent à la néceſſité. Le cinquieme tableau montroit le bâtiment du pont, ordonné par le Conquéreur ſur la Riviere de Seine, où pluſieurs furent noïés, & maints qui réchapperent, burent de l'eau ; mais elle étoit ſalée, à cauſe de la mer proche de-là, ce qui les faiſoit touſſer comme brebis morfondues. Je parle des plus délicats ; car ceux qui avoient été long-temps ſans boire, la trouvoient fort bonne, & en avaloient, comme ſi c'eût été vin marin, que les Grecs appellent Thalaſſite, D'un autre côté, pluſieurs s'amuſoient, à l'exemple des Lydiens, en pareil fait, à jouer aux dez & aux cartes, pour paſſer l'envie de repaître. Mais ce n'étoit pas amendement de marché ; car on aſſommoit les moins habiles à ce paſſage. Ce qui ne fut pas oublié au ſixieme tableau.

Quant au ſeptieme & dernier, c'étoit leur voïage de-là en Brie, & de Brie en leur Païs, avec la mort de leur grand Conquéreur ; où le Peintre n'avoit pas oublié de repréſenter pluſieurs boiteux & crochus, pour les méſaiſes qu'ils eurent par les chemins. Il y avoit en un rouleau à part pluſieurs épitaphes ſur la mort du Conquéreur ; mais aïant trop ſéjourné ſur ces eſcaliers, je ne m'y arrêtai pas davantage, ains me retirai, laiſſant les Etats bien clos & fermés ; & ſur le ſoir j'entendis qu'en cette premiere ſeſſion on avoit mis en délibération de quel bois on ſe chaufferoit le Carême ſuivant, & ſur quel pied l'Union marcheroit. J'ai auſſi ſu depuis, que le réſultat du Conſeil portoit qu'on feroit pluſieurs Carêmes en l'an, avec fréquentes indictions de jeûnes doubles, qui ſe tourneroient en continue comme les doubles tierces. On y fit auſſi défenſes de vendre des œufs de couleur après Pâques, parce que les enfans s'en jouoient auparavant, ce qui étoit de mauvais exemple. On défendit auſſi les jeux de Bourgogne (1), & les quilles de Maître Jean

(1) C'eſt-à-dire, les Comédies de l'Hôtel de Bourgogne, où eſt aujourd'hui le Théatre de la Comédie Italienne à Paris ; parceque la place en étoit deſtinée aux Jéſuites, qui devoient y établir un College. On prit prétexte d'interdire ces Comédies audit lieu, ſur ce qu'au commencement de la Lieutenance générale du Duc de Mayenne, les Acteurs avoient joué ce Prince en la perſonne d'un prétendu Roi *Mabriani*, qu'ils avoient inſtallé ſur un Siege roïal avec des cérémonies ridicules.

Rozeau (1). Pareillement, fut aux femmes enjoint de porter des hausse-plis, ou cache-bâtards (2), sans craindre le babil des sages femmes. On murmura aussi que les carrosses feroient censurés, & les mulets bannis de Paris. Aussi fut avisé de convertir l'Hôtel de Bourgogne en un College de Jésuites, qui avoient besoin de récréation, pour la grande quantité de sang, dont ils étoient boursoufflés, & leur falloit un Chirurgien pour les phlebotomiser (3). Plusieurs autres louables ordonnances furent faites d'entrée de jeu, dont on promit de me donner la liste; mais sur toutes choses, on exaltoit le labeur de Monsieur de Lyon, qui forgeoit une Loi fondamentale, par laquelle seroit porté, que quiconque dedans Paris, ou en Ville bridée de l'Union, parleroit de paix de vingt ans, ou demanderoit le commerce libre, & regretteroit le bon temps passé, seroit envoïé en exil à Soissons, comme Hérétique & Maheutre, ou paieroit à la bourse de l'Union, certaine quantité de dales, pour l'entretenement des Docteurs. Quelques-uns aussi mirent en avant, que si le Roi de Navarre se faisoit Catholique, il falloit que Monsieur le Lieutenant se fît Huguenot, & que son feu frere l'avoit bien voulu être, si on l'y eut voulu recevoir. Quant à l'élection d'un Roi tout neuf, on dit qu'elle fut sans dispute, parceque les uns proposoient qu'il valoit mieux entrer en République, comme les anciens Gaulois; les autres demandoient la démocratie anarchique; les autres, l'oligarchie Athénienne. Aucuns parlerent d'un Dictateur perpétuel,& de Consuls annaux: qui fut cause que pour la diversité des opinions, on n'en put rien résoudre. Toutesfois, il y a toute apparence qu'ils parlerent d'avoir un Roi. Car un nommé Trepelu, Vigneron de Suresnes, soutint fort & ferme, que le Roi étoit le vrai Astre & le vrai Soleil, qui avoit depuis si long-temps régi & éclairé la France, & icelle nourrie, fomentée & substantée de sa chaleur; & que si quelquefois le Soleil, survenant après la gelée de la nuit, faisoit geler les vignes, il ne s'ensuivoit pas qu'il fallût cracher contre lui, & ne s'en servir plus; ni pour cela laisser de boire chopine, quoique le vin fût cher. Voilà à-peuprès ce que je peux apprendre, & que je puis rapporter de ce qui se passa aux Etats de Paris, desquels toutesfois on s'attend qu'il sortira des éclats épouvantables; car on dit que Rois &

(1) Jean Rozeau étoit Bourreau de Paris, pendant les fureurs de la Ligue.

(2) Des Vertugadins, auxquels les paniers extravagans que portent les femmes ressemblent beaucoup.

(3) C'est-à-dire, saigner.

Papes s'en mêleront, & que le Primat de Lyon ne dort ni jour ni nuit, pour éclore un Ecrit, qui fera poſer les armes à tout le monde, & contraindra tous les Maheutres de s'enfuir en Angleterre, ou par de-là. Nous verrons en peu de temps que ce ſera. Pendant leſdits Etats, il ſe fit quelques petits vers Latins & François, qui couroient les rues, dont j'ai fait un recueil, pour les faire voir aux Italiens, qui en ſont curieux.

EPITRE DU SIEUR N.

A UN SIEN AMI,

Sur la harangue que le Cardinal de Pellevé fit aux Etats de Paris.

MON grand ami, tu ſauras par ces vers,
Que les Etats furent hier ouverts :
Où l'on a fait maintes belles harangues ;
Mais ſur tous ceux qui ont le don des langues,
Ce grand Prélat, & Cardinal de Sens (1),
Par ſon diſcours nous a ravi les ſens.
Veux-tu l'ouir ? détoupe tes oreilles,
Dis la chanſon, & tu orras merveilles (2).
Il a parlé du Pere Pretion (3),
Dont Livius fait ample mention
En ſa Decade, où il dit qu'en ſon âge,
Ce Pretion fut un grand perſonnage.
Il a parlé du Docteur Fac-totum :
Je ne ſais pas s'il fut Grec ou Breton :
De Domino, & du Païs du Maine,
En contenance & gravité Romaine.
Il a parlé en François Renegat,
De l'Eſpagnol, du bonnet du Légat,
Et de ſa croix, & du Pape Gringore :

---

(1) Le Cardinal de Pellevé.
(2) Cette chanſon ne contient que ces vers:
  Que chacun prête l'oreille
  Et vous orrez tantôt merveille
  De l'effet du Catholicon :
  La Drogue eſt ſi ſouveraine,
  Qu'elle a guéri Monſieur du Maine
  De la morſure d'un faux C. (Faulcon).

(3) C'eſt une alluſion à l'*Operæ pretium* de la Harangue du Cardinal Pellevé, rapportée ci-deſſus. Ce qui a donné lieu à faire cette alluſion, c'étoit la prononciation vicieuſe du Prélat, & ſes incongruités, lorſqu'il déclamoit le Latin de ſa Harangue.

De

De Luxembourg, & Pifani encore.
Quand il parla du lieu qui fut fouillé :
On fe fouvint, comme il fut barbouillé
Danfant la volte (1) ; & une bonne piece,
Dit que ce fut de l'or de fa niece (2).
Un autre ajoute, affez bon compagnon,
Fi de la fauffe, il y a de l'oignon.
Il s'eft vanté, qu'un jour au Confiftoire,
De cinq projets (3) tous terminés en oire
Il s'efcrima, & fembloit l'écoutant
Que tout le monde eût été Proteftant :
Danger y a que quelqu'un ne le mande
Aux Proteftans de la terre Allemande.
Quant au furplus, ce porteur, que de près
Ouit le tout, & que j'envoie exprès
Le dira mieux ; ma plume à tant écrire
Deja fe fend, & s'éclate de rire.

Excufe fur ladite Harangue.

Son éloquence il n'a pu faire voir,
Faute d'un livre où eft tout fon favoir.
Seigneur Etats, excufez ce bon homme ;
Il a laiffé fon Calepin à Rome.

Autre fur la même Harangue.

Les freres ignorans ont eu grande raifon
De vous faire leur Chef, Monfieur l'illuftriffime :
Car ceux qui ont oui votre belle oraifon
Vous ont bien reconnu pour ignorantiffime.

Aux Efpagnols, fur leurs doublons.

O qu'ils font beaux & blonds
Vos doublons !

(1) Volte eft le nom d'une ancienne danfe
venue d'Italie, en laquelle le danfeur faifoit
tourner plufieurs fois celle qui danfoit avec
lui, & lui aidoit à faire un faut ou une ca-
briole en l'air.
(2) La fille de Charles Pellevé, fieur du

Sauffay, frere du Cardinal, preffée d'un
befoin dans un bal que Henri III donnoit au
Louvre, y fatisfit malgré elle dans le lieu
même.
(3) Les proteftations que fit le Cardinal de
Pellevé en 1585.

Faites-en chercher encore,
    Demi-Mores,
Parmi vos jaunes fablons.
Ou bien vous en retournez,
    Bazanés.
Paris, qui n'eft votre proie,
    Vous renvoie
Avecques cent pieds de nez.

Sur le bruit qui courut qu'on vouloit faire un Patriarche en France (1) , *& fur la penderie de quatre des Seize.*

Pere faint , France vous échappe
Si on y fait un Anti-Pape :
Vous la perdez , penfez-y bien :
Tel chaffe à tout qui ne prend rien.

Les Maheutres & Politiques,
Quoiqu'ils fe difent Catholiques,
Ne feront jamais bons Romains,
Les Huguenots encore moins.

Le pauvre Paris tant endure,
Qu'impoffible eft que plus il dure :
Penfez-y bien fi vous voulez :
On y pend déja les zélés.

De feize ils font réduits à douze ,
Et faut que le refte fe houze
Pour, après les quatre premiers,
Etre perchés comme ramiers.

De Montfaulcon , & des Seize de Paris.

A chacun le fien , c'eft juftice :
A Paris feize Quarteniers ,
A Montfaulcon feize pilliers ,
C'eft à chacun fon bénéfice.

(1) En 1592. Ce devoit être Renaud de Beaune , Archevêque de Bourges ; mais le nouveau Cardinal de Bourbon s'oppofa à l'établiffement de cette dignité en France.

D'un Treforier qui fut mis prifonnier à la Baftille.

Qu'eft-ce qu'a fait celui que l'on encoffre ?
Des Angelots il avoit en fon coffre.
O le méchant ! qu'au cachot il foit mis :
Il a logé chez foi les ennemis.

Sur l'emprifonnement d'un Avocat fol.

Je ne fais par quelle raifon
De droit canon, ou loi civile,
On a mis un fol en prifon,
Tant d'enragés courant par Ville.

Des Feux de la Saint Pierre, 1592 (1).

Le Feu de Saint Jean me plaît bien ;
On chante autour, & on y danfe :
De Saint Pierre, je n'en dis rien ;
Mais ces feux brûlent notre France.

D'où font dits les Zélés de l'Union.

Dieu gard Meffieurs les Catholiques,
Sans croire en Dieu ni en fon Fils,
Qui avez mangé les Reliques,
Et avalé le Crucifix.

On penfe que c'eft pour vos zeles
Que l'on vous nomme les Zélés ;
Mais vous avez ce nom des aîles,
Parce que fi bien vous volés.

L'Efprit malin qui vous manie,
Sous couleur de Religion,
La France a rafée & unie :
De-là eft dite l'Union.

(1) Les feux de joie qu'on fit à Paris le premier d'Août 1589, jour auquel Henri III a
été affaffiné, & qu'on voulut renouveller
d'an en an à pareil jour ; ce qui ne fut pas
exécuté, ou le fut peu.

Sur les doubles Croix de la Ligue (1).

Mais dites-moi que signifie
Que les Ligueurs ont double Croix?
C'est qu'en la Ligue on crucifie
Jesus-Christ encore une fois.

A Monsieur de la Chapelle aux Ursins (2).

Les avis des François tous à un se rapportent,
Quand on parle de vous la Chapelle aux Ursins :
Vous vous avisez tard, & n'êtes des plus fins,
Qui en la Ligue entrez quand les autres en sortent.

A Monsieur de Lyon.

Monsieur vous serez Cardinal :
Nous savons où vous tient le mal ;
Mais que cela plus ne vous greve ;
Et chassez ce sinistre oiseau,
Qui dit que Maître Jean Rouzeau
Vous doit le chapeau rouge en Greve.

Au Prêcheur Boucher.

Flambeau de la guerre civile,
Et Porte-Enseigne des méchans,
Si tu n'es Evêque de Ville (3),
Tu seras Evêque des champs (4).

A l'Avocat d'Orléans.

Si pendre te voulois, tu ne ferois que bien,
Puisqu'on ne peut avoir de toi misericorde ;

(1) Les Croix de Lorraine.
(2) François Juvenal des Ursins, appellé pour lors M. de la Chapelle aux Ursins, quitta le parti du Roi pour embrasser celui de la Ligue en 1592. Il étoit Marquis de Trenel, & vivoit encore en 1650.
(3) Le fameux Ligueur Boucher avoit

postulé plusieurs Evêchés ; mais ses sollicitations se terminerent à obtenir une pension sur l'Evêché de Frejus, & une autre sur celui de Beauvais.
(4) C'est à-dire, tu seras pendu : ses actions le méritoient.

Mais si tu veux sauver quelque peu de ton bien,
Va te jetter en l'eau, tu gagneras ta corde.

De deux chevaux tués en allant voir le Duc de Parme.

Un certain Préfident Triboulet, (1) furnommé,
Suivit Monfieur Roland, Echevin renommé,
Pour faluer le Duc de Parme & de Plaifance;
Il avoit deux chevaux, meilleurs François que lui,
Qui contraints d'y aller, en ont eu tant d'ennui,
Que tous deux en deux jours font morts de déplaifance.

Sur le même fujet.

Cocher, quand tes chevaux moururent,
Parceque trop fort ils coururent,
Tu devois, en tel accident,
Mettre au coche le Préfident;
Car à ce qu'on dit, aux Requêtes,
Lui feul vaut bien deux groffes bêtes.

De deux qui briguent la Roïauté.

Deux ont mis le Roïaume en quête,
Mais ils en perdront l'appétit;
L'un pour avoir trop groffe tête (2),
Et l'autre le nez trop petit.

Sur le Vœu d'un navire d'argent, fait à notre Dame de Lorette, par Marteau, Prevôt des Marchands 1590 (3).

Faire aux Saints quelque vœu en péril de nauffrage,
Et puis s'en acquitter quand on eft au rivage,
C'eft chofe bien louable, & blâmer ne la veux;

(1) Triboulet, fignifie proprement un homme qui a l'efprit troublé. On croit que l'Auteur a voulu défigner le Préfident Hennequin du Perray, que les Mémoires de M. de Nevers mettent au nombre des Exilés du 30 de Mars 1594. D'autres difent qu'il s'agit en cet endroit d'Antoine Hennequin d'Affy, Préfident aux Requêtes du Palais, frere de la mere de Mademoifelle de Sainte Beuve. Voïez les Remarques fur la Satyre Ménippée, in-8°. pag. 358. & fuiv.
(2) L'un étoit le Duc de Mayenne, & l'autre le Duc de Guife, qui étoit camus.
(3) On a parlé ailleurs de ce vœu.

Mais qui eft l'infenfé qui veut païer fes vœux
Etant encore en mer au fort de la tempête ?
Thevet ne vit jamais une fi groffe bête (1).

Reprife fur le même fujet.

Qu'ai-je dit ? je m'en repens,
Bête n'eft celui qui voue ;
De notre cuir il fe joue,
Et s'acquitte à nos dépens.

Des Doƈeurs de l'Union.

Les Doƈeurs de feinte union
Penfent par leur Doƈrine fole,
Du manteau de Religion ,
Faire une cape à l'Efpagnole.

Epitaphes du Chevalier d'Aumale.

Celui qui fuit , il échappe fouvent ;
Mais qui tient bon & fe met trop avant ,
Souvent fe perd , & eft trouffé en male :
Je m'en rapporte au Chevalier d'Aumale ;
Combien qu'il eut aux mains quelque vertu ,
S'il eut des pieds auffi bien combattu
A Saint Denis, comme à mainte rencontre,
Nous ne plaindrions ici fa malencontre.

Sonnet fur ce que ledit Chevalier d'Aumale fut tué près le logis de l'Epée Roïale.

Comme jadis on vit , quand le Grégeois orage
Sur les murs de Neptune eut fa foudre éclaté,
Trébucher Polixene, & d'Achille irrité
La tombe enfanglanter fur le Troïen rivage :

---

(3) Thevet avoit fait le voïage de l'Amérique en 1555 avec le Chevalier Durant de Villegagnon ; & de fon voïage au Levant il avoit apporté en France un fort grand Cro- codille. Thevet a paffé pour fort ignorant Voïez les Remarques fur la Satyre Ménippée, in8°. pag. 361, 362.

Comme Jules Cefar d'ambitieux courage,
Qui l'Etat renverfa de la grande Cité,
Ennemi de Pompée, & de la liberté,
Chut percé de cent coups aux pieds de fon image;

Ainfi à Saint Denis l'ennemi de fes Rois.
Auprès de leurs tombeaux a rendu les abois :
Victime trop tardive à leur cendre immolée.

Croïons plus que jamais, croïons qu'il eft un Dieu :
Voïant de ce rebelle & la peine & le lieu,
Même qu'il eft tombé fous la roïale épée (1).

Suite, fur le même fujet.

Il eft un Dieu puniffeur des rebelles,
Vengeur des Rois, qui les juftes querelles
Prend en fa main, & les va foutenant;
Tel ne l'a cru qui le croit maintenant.

Ce Chevalier que n'a guere on vit être
Tant ennemi de l'Etat de fon Maître,
Si fier, fi rogue & fi audacieux,
Qui de fon chef penfoit toucher aux Cieux,
Eft trébuché d'une grieve ruine,
Où l'a pouffé la vengeance divine.
A Saint Denis il eft mort étendu,
Tombé au laqs par lui-même tendu.
De fon orgueil s'eft faite la vengeance
Près des tombeaux de ces vieux Rois de France;
De qui les os, repofant en ce lieu,
Semblent bénir la juftice de Dieu,
Qui a voulu, pour la foi violée,
Cette victime être aux Rois immolée :
Et que le corps fût mangé des fouris,
Tant mignardé des Dames de Paris,
Auparavant qu'en jufte fépulture
On eût porté fon orde pourriture :
Pour faire entendre aux plus grands des unis
Qu'ainfi faifant, ainfi feront punis.

(1) On a parlé ailleurs de la mort du Chevalier d'Aumale, & de ce qui la fuivit.

En Latin (1).

Ut Phrygio cecidit Priameïa littore virgo,
  Ad busti hostilis marmora, jussa mori :
Ut generi ad statuam non uno Julius ictu,
  Et victor victi corruit ante pedes :
Sic hostis Regum, Regum ad monumenta suorum
  Procumbens, merita cæde cruentat humum.
Nunc gaudete pii, nunc cum hæc regalibus umbris
  Victima dat pœnas, & probat esse Deos.

In eumdem.

Nocturno iste dolo Dionysi ceperat urbem :
  Sed Captor capta captus in urbe perit.

Sonnet sur la retraite du Duc de Parme.

Mais où est maintenant cette puissante armée,
Qui sembloit en venant tous les Dieux menacer ;
Et qui se promettoit de rompre & terrasser
La Noblesse Françoise avec son Prince armée.

Ce superbe appareil s'en retourne en fumée,
Et ce Duc, qui pensoit tout le monde embrasser,
Est contraint, sans rien faire, en Flandre rebrosser,
Aïant perdu ses gens, son temps, sa renommée.

Henri votre grand Roi, comme un Veneur le suit,
Le presse, le talonne. Et le regnard s'enfuit,
Le menton contre terre, honteux, dépit & blême.

Espagnols, apprenez que jamais Etranger
N'attaqua le François qu'avec perte & danger.
Le François ne se vainc que par le François même.

(1) Ces deux Epigrammes Latines sont de Nicolas Rapin. Elles se lisent dans ses
Œuvres au Livre I, pag. 18 de l'Edition *in-4°.* de 1610. A Paris, chez P. Chevalier.

Sonnet

1593.
RIMES DE
LA LIGUE.

Sonnet à tous ceux de la Ligue.

François dénaturés, bâtards de cette France
Qui ne se peut dompter que par sa propre main,
Dépouillez maintenant ce courage inhumain
Qui vous enfle d'orgueil, & vous perd d'ignorance.

Petits Princes Lorrains, quittez votre espérance,
Ne suivez plus l'erreur de cet âne Cumain,
Qui vêtu de la peau du grand lion Romain,
Voïant le vrai lion, perd cœur & assûrance.

Et vous, Parisiens, où aurez-vous recours ?
Il faut bon gré, mal gré, sans espoir de secours,
Vous ranger au devoir où les Loix vous obligent.

Mais si vous irritez votre Roi contre vous,
Vous serez châtiés. Les enfans & les fous,
S'ils ne sont châtiés, jamais ne se corrigent.

Des Seigneurs de Vitri & de Villeroi, qui ont reconnu le Roi.

L'Union s'en va désunie :
Témoins Vitri & Villeroi ;
A Dieu en soit gloire infinie,
Louange à eux, honneur au Roi.

Ce Lieutenant imaginaire,
Ce grand Colosse enflé de vent,
Qui pensoit le Roi contrefaire,
Sera gros Jean, comme devant.

La Ligue à se perdre commence,
Dont bien confus sont les méchans :
Eteinte en sera la semence
Par hart ou par glaives tranchans.

Gens de sang, de sac & de corde,
Qui vous faites nommer Zélés,

Tome V.   K k k k

Criez au Roi : mifericorde,
Ou au gibet vous en allez.

Seize , Montfaulcon vous appelle :
A demain, crient les corbeaux :
Seize pilliers de fa chapelle
Vous feront autant de tombeaux.

Au Roi , fur fa trop grande clémence.

C'eft bien une vertu belle entre les plus belles,
D'être doux aux vaincus , & pardonner à tous ;
Mais gardez-vous du trop , même envers les rebelles ;
Car Céfar en mourut, grand Prince comme vous.

En Latin.

*Magna quidem in magno virtus clementia Rege ,
　Hoſtibus & ſemper parcere velle ſuis.
Sed nimia haud tuta eſt clementia , curia quondam
　Teſtis Julei cæde cruenta ducis.*

Sur le même ſujet.

C'étoit jadis vertu à un Roi magnanime
Faire grace & pardon aux plus grands ennemis ;
Mais depuis que Céfar à mort fut ainfi mis ,
De vertu que c'étoit , c'eft maintenant un crime.

En Latin.

*Ante fuit Ducibus magnis clementia virtus.
Poſt fuit hæc virtus , extinſto Cæſare, crimen.*

AU ROI.

PRINCE victorieux, le meilleur des humains (1) ,
Dieu de fa main a mis deux fceptres en tes mains ,

(1) Ces vers font du célebre Paſſerat.

Et t'a au Trône affis de très longue durée,
Maugré tous les efforts d'Efpagne conjurée.
Les vœux des bons François à la fin font ouis:
Tu régneras en paix, race de Saint Louis.
Nul ne te peut ôter ce que le Ciel te donne:
Quand tu commanderois fans fceptre & fans couronne,
Pour cela toutesfois moins Roi tu ne ferois;
C'eft la vertu qui facre & couronne les Rois.

En Latin.

Invide Princeps, & tui decus fecli (1),
Solio in avito te ipfa collocant fata,
Manuque tradunt gemina fceptra felici,
Ex hofte Ibero quæ recepta geftabis:
Hoc una quondam de tribus foror nevit:
Quin, fi negetur capitis aureum infigne,
Sacrumque olivum Regibus datum Gallis,
Quod præpes alto candida attulit cœlo,
Non id vetabit, more quin patrum regnes.
Regem coronat, Regem inaugurat virtus.

Ces rimes contre les Etats de la Ligue feront accompagnées des pieces
fuivantes, qui montreront que les Ligueurs n'étoient pas fi bien voulus
par la France, comme ils le penfoient.

REGRET FUNEBRE.

Depuis que la guerre enragée (2)
Tient notre muraille affiégée

(1) Cette Epigramme eft ou l'Original
ou la Traduction de la précédente de Pafferat: elle fe trouve dans les œuvres de Nicolas Rapin, l. I, pag. 18.
(2) Dans d'autres Editions, le titre de
cette Piéce eft ainfi: *A Mademoifelle ma
Commere, fur le trépas de fon Afne, Regret
funébre.* Cette Piece, où regne d'un bout à
l'autre, une naïveté fine, eft de Gilles Durant, Sieur *de la Bergerie,* né à Clermont
en Auvergne en 1554, qui a été Avocat au
Parlement, & qui eft connu par d'autres
Poëfies Françoifes, & en particulier par fes
imitations de diverfes Poëfies Latines de
Jean Bonnefons, fon Compatriote & fon
ami. On peut voir ce qui eft dit de ce Poëte
François, dans la Biblioth. Franç. ou Hift.
de la Littérat. Franç. &c. Tome XIV. p.
219, & fuiv. M. l'Abbé d'Artigny, au tom.
6 de fes Mémoires, &c. p. 329, & 330,
dit, d'après Pierre Boitel, dans fon Théatre
Tragique, que *Durant,* atteint & convaincu d'avoir écrit contre l'Etat, au commencement du regne de Louis XIII, fut condamné à être rompu vif en Place de Grêve,
& qu'il mourut affez conftamment en de-
mant pardon à Dieu & au Roi.

Par le dehors, & qu'au dedans
On nous fait allonger les dents
Par la faim, qui sera suivie
D'une autre fin de nôtre vie,
Je vous dis, que je n'ai point eu
Douleur qui m'ait tant abattu,
Et qui m'ait semblé plus amere
Que pour votre âne (ma commere)
Votre âne, hélas! ô quel ennui!
Je meurs quand je repense à lui;
Votre âne, qui par avanture
Fut un chef-d'œuvre de nature,
Plus que l'âne Apuleien.
Mais quoi? la mort n'épargne rien;
Il n'y a chose si parfaite
Qui ne soit par elle défaite;
Aussi son destin n'étoit pas,
Qu'il dût vivre exempt du trépas:
Il est mort, & la Parque noire
A l'eau de Styx l'a mené boire;
Styx des morts durable séjour,
Qu'il n'est plus passable au retour.
Je perds le sens & le courage;
Quand je repense à ce dommage,
Et toujours depuis en secret
Mon cœur en gémit de regret:
Toujours en quelque part que j'aille,
En l'esprit me revient la taille,
Le maintien, & le poil poli
De cet animal tant joli.
J'ai toujours en la souvenance
Sa façon & sa contenance;
Car il sembloit, le regardant,
Un vrai mulet de Président:
Lorsque d'une gravité douce,
Couvert de sa petite housse,
Qui jusqu'au bas lui dévaloit,
A Poulangis il s'en alloit
Parmi les sablons & les fanges,
Portant sa maîtresse à vendanges,
Sans jamais broncher d'un seul pas;

Car Martin fouffert ne l'eut pas ;
Martin qui toujours par derriere
Avoit la main fur la croupiere.
Au furplus un âne bien fait ,
Bien membru , bien gras, bien refait ;
Un âne doux & débonnaire ,
Qui n'avoit rien de l'ordinaire ,
Mais qui fentoit avec raifon
Son âne de bonne maifon ;
Un âne fans tache & fans vice ,
Né pour faire aux dames fervice ,
Et non point pour être fommier ,
Comme ces porteurs de fumier ,
Ces pauvres baudets de Village ,
Lourdauts , fans cœur & fans courage ,
Qui jamais ne prennent leur ton ,
Qu'à la mefure d'un bâton.
Votre âne fut d'autre nature ,
Et couroit plus belle avanture ;
Car , à ce que j'en ai appris ,
Il étoit baudet de Paris :
Et de fait , par un long ufage
Il retenoit du badaudage ,
Et faifoit un peu le mutin
Quand on le fangloit trop matin,
Toutesfois je n'ai connoiffance ,
S'il y avoit eu fa naiffance.
Quoi qu'il en foit , certainement
Il y demeura longuement ,
Et foutint la guerre civile
Pendant les fieges de la Ville ,
Sans jamais en être forti ;
Car il étoit du bon Parti :
Dà , & fi le fit bien paroître ,
Qand le pauvret aima mieux être
Pour l'Union en pieces mis ,
Que vif fe rendre aux ennemis.
Tel Seize , qui de Foi fe vante ,
Ne voudroit ainfi mettre en vente
Son corps par pieces étalé ,

Et veut qu'on l'eftime zélé.
Or bien, il eft mort fans envie ;
La Ligue lui couta la vie.
Pour le moins il eut ce bonheur,
Que de mourir au lit d'honneur,
Et de verfer fon fang à terre
Parmi les efforts de la guerre,
Non point de vieilleffe accablé,
Rogneux, galeux, au coin d'un blé.
Plus belle fin lui étoit dûe :
Sa mort fut affez cher vendue ;
Car au Boucher qui l'acheta,
Trente écus d'or fol il couta.
La chair par membre dépécée
Tout foudain en fut difperfée
Au Légat, & le vendit-on
Pour veau peut-être, ou pour mouton.
De cette façon magnifique,
En la néceffité publique,
(O rigueur étrange du fort !)
Votre âne, ma commere, eft mort ;
Votre âne, qui par avanture
Fut un chef-d'œuvre de nature,
Depuis ce malheur avenu
Martin malade eft devenu,
Tant il portoit une amour forte
A cette pauvre bête morte.
Hélas ! qui peut voir fans pitié
Un fi grand effet d'amitié ?
De moi (je le dis fans reproche)
Quoique je ne fuffe fi proche
De l'âne, comme étoit Martin,
J'ai tel ennui de fon deftin,
Que depuis quatre nuits entieres
Je n'ai fu clore les paupieres ;
Car lorfque je cuide dormir,
Je me fens forcé de gémir,
De foupirer, & de me plaindre.
Mille regrets viennent atteindre
Sans ceffe mon cœur, & l'émoi

1593.
RIMES DE
L'A LIGUE.

Ne déloge point de chez moi.
Depuis cette cruelle perte
Mon ame aux douleurs eſt ouverte,
Si que, pour n'avoir point d'ennui,
Il faut que je meure après lui.

On le fit mourir à la fleur de ſon âge, le Mardi vingt-huit d'Août 1590.

Nous ajouterons à ces rimes encore quelques Sonnets ; le premier fait durant le ſiege de Paris, contre une Dame des premieres de la Ligue, fort affectionnée à feu Jacques Clement, parricide, & qui ne vouloit gueres de bien au Roi Henri quatrieme. Les autres ſont contre les Ligueurs.

I.

Tes Moines, tes couteaux, tes poiſons & tes charmes,
Meurtriers encore ſanglans d'un de nos plus grands Rois,
Voudroient encore tuer la vie des François,
Et noïer notre Roi ès fleuves de nos larmes.
 Holà, holà, c'eſt trop, ta fureur n'a plus d'armes.
Monſtre tu ne fais peur qu'à toi quand tu te vois ;
Une horrible fraïeur, mere de tes exploits,
Rapporte dans ton ſein l'effet de tes allarmes.
 Tes poiſons en priſon, tes charmes affamés,
Et comme en leur tombeau tes deſſeins enfermés,
Laiſſent vivre ta mort, & font mourir ta vie.
 Ton eſpoir furieux nourrit ton déſeſpoir ;
Mais tes Moines ſans pain, demeurent ſans pouvoir,
Tu les nourris trop mal pour être bien ſervie.

II.

Quand je vois ces Ligueurs, ces grands Penſionnaires,
Demeurer ſans parole & pleins d'étonnement,
Je dis que c'eſt des Cieux un juſte châtiment,
Et qu'il faut que le Roi dompte ſes adverſaires.
 Quand il me reſſouvient, que de tant de miſeres
La Ligue fut la ſource & le commencement,
Je ris de ſa ruine, & ne puis autrement :
On doit rire toujours du mal des témérailres.
 A les ouir parler, ils étoient tous des Rois ;
Chacun s'accantonnant établiſſoit des Loix,
Tuer, piller, brûler étoit leur ordonnance.

O Dieu qui as voulu les sages réunir,
Fais par ta sainte grace & ta toute puissance,
Que la Ligue jamais ne puisse revenir.

III.

Ils ont du vent au ventre encore ces Ligueurs,
Mais ils éclateront, s'ils veulent qu'il en sorte;
Car ils ne tiennent point leur espérance morte,
Je dis plus que jamais que ce sont des mocqueurs.
  L'Espagnol ne veut rien qu'encourager leurs cœurs,
Et de quelques doublons leur faire un peu d'escorte;
Mais de vouloir en tout leur prêter main forte,
Il est accompagné de trop grandes peurs.
  Il veut la guerre en France, & n'y veut point de Roi,
Ou bien il veut garder la Couronne pour soi;
Ligueurs, voilà pour vous de piteuses nouvelles.
  La France vous rend grands d'honneurs, d'autorités;
La France de son lait vous a tous allaités,
Et vous lui arrachez maintenant les mammelles.

IV.

Je ne m'y fie plus, ils sont trop mensongers;
(Que le dard de la mort vivement les enferre)
Ils sont ambitieux, ils sont tous étrangers,
Et vous étonnez-vous s'ils font au Roi la guerre?
  Que le vent, la tempête à ce coup les enferre
Cent pieds dedans la mer, & que dans les enfers
Ils soient toujours liés de chaînes & de fers,
Ils n'ont que trop vécu pour le bien de la terre.
  Veux-tu savoir que c'est du serment de Ligueur:
Etre traître à son Roi, loger dedans le cœur
L'ambition, l'orgueil, l'envie & l'avarice,
  Feindre de servir Dieu, n'avoir ni Dieu, ni Loi,
Etre sans amitié, sans respect & sans foi,
Et ne vouloir garder ni ordre ni justice.

V.

Nous sommes tous des fols, Seignors, je le confesse,
Et faut pour votre bien que nous soïons ainsi;
Car si nous n'étions tels, au lieu qu'on vous caresse,
On vous mettroit dans l'eau quand vous venez ici.

Avec

Avec ce plaifant mot, *Seignor non , Seignor fi*
Vous nous tirez des mains nos biens, notre richeffe ;
Vous nous laiffez chargés de tout votre fouci ,
Et emportez chez vous toute notre lieffe.

Seignors, au nom de Dieu , que chacun fe retire ,
Ne venez plus brouiller ni troubler notre Empire ,
Nous ne favons que trop de vos inventions ,

Depuis que l'on vous fouffre en l'enclos de la France.
Las ! ce n'eft rien de nous que lamentations ,
Vice , méchanceté , meurtre & méconnoiffance.

VI.

Tombeau de mes amis, Coutras, trifte mémoire,
Où tant de Chevaliers montrerent les talons,
Arques, où les Ligueurs s'armoient des efperons,
Que votre fouvenir m'apporte peu de gloire !

Ivri, où fans manger, on fit tant de gens boire,
Où les plus mal montés demeurerent à fonds,
Vous en fûtes témoins, vous Reiftres & Vallons,
Fuir honteufement, ce fut votre victoire.

Coutras, Arques, Ivri, vous pouvez témoigner,
Qu'aucun fon bon cheval ne voulut épargner ;
Vous m'avez par trois fois fait éprouver l'haleine,

Vous m'avez enfeigné à courre , à bien picquer,
Vous m'avez davantage appris à remarquer,
Dequoi fert aux périls être vieux Capitaine.

VII.

Savoïards mes amis , ne venez plus en France
Apprendre vos jargons, on ne les aime pas ;
Emportez votre croix loin de notre préfence ;
Nous ne fommes pas prêts encore du trépas ;

Lorrains qui deffus nous aviez tant de puiffance,
Cachez vos doubles croix, & doublez votre pas.
Ce ne font plus pour nous maintenant des appas,
Nous avons de nos maux affez de fouvenance.

Efpagnols, charlatans délogez de Paris,
Mettez devant vos yeux l'Hiftoire de Paris,
Paris eft notre Helene, & Madrid votre Troye:

Tome V. LIII

Il ne nous faudra pas dix ans pour la ravoir,
Quand nous l'entreprendrons, nous vous le ferons voir,
Et ferons de vos corps par-tout des feux de joie.

VIII.

Espagnols, Espagnols, vous nous promettez fort,
Et ne nous tenez rien de toutes vos promesses;
Vous êtes des mathois, vous avez des finesses,
Que pour les découvrir il faut bien être accort.
    Vous avez de long-temps juré notre mort;
Nous ne nous fions plus à toutes vos caresses:
Vous desirez nourrir parmi nous le discort,
Et pour nous animer vous louez nos prouesses.
    Vous êtes des pipeurs, prenez bien garde à vous,
Quand le Ciel sera saoul de pleuvoir dessus nous,
Il versera sur vous sa grêle & son orage,
    Et nous ferons la grêle & l'orage des Cieux:
Si vous nous avez fait entrecrever les yeux,
Nous vous écraserons à tretous le visage.

OBSERVATIONS NOTABLES

Sur le titre & contenu de la Satyre Ménippée.

LE Poéte Horace difoit, que rien n'empêche de dire vérité en riant. Ce trait toucha ma penfée, aïant lu la Satyre Ménip-pée jufqu'au bout. J'eftime que l'Auteur (1), homme de vif efprit, confidérant que parler aujourd'hui aux François à tête & parole découverte, n'étoit que pour les dégoûter, ou irriter; en les réveillant par une fuite de difcours plaifamment tiffus, a voulu picquer vivement les uns, pour les rendre capables de connoître & condamner leurs fureurs paffées; égaïer les au-tres; après tant de tempêtes échappées, & difpofer chacun à defirer, pourchaffer, & obtenir quelque relâche, s'il plaît à Dieu la donner.

Quant à l'Infcription de fon Livret, fon intention étant de découvrir les crimes des Chefs de la Ligue, & de leurs princi-paux adhérans, il en a choifi une très propre.

Le mot de *Satyre* ne fignifie pas feulement un Poëme de médifance, pour reprendre les vices publiques ou particuliers de quelqu'un, comme celles de Lucilius, Horace, Juvenal & Perfe, mais auffi toute forte d'écrits, remplis de diverfes cho-fes & de divers argumens, mêlés de profes & de vers. Varro dit qu'on appelloit ainfi anciennement une façon de pâtifferie, ou de farce, où on mettoit plufieurs fortes d'herbages & de viandes (2). Mais j'eftime que le nom vient des Grecs, qui introduifoient fur les échafauts aux fêtes publiques des hom-mes déguifés en Satyres, qu'on feignoit être hommes lafcifs & folâtres, par les forêts, tels qu'on en préfenta un tout vif à Sylla, & que Saint Jerôme raconte en être apparu un à Saint Antoine. Et ces hommes ainfi déguifés, nuds & barbouillés, avoient pris une liberté d'attaquer & brocarder tout le monde impunément; on leur faifoit anciennement dire leurs vers tous

(1) Voïez l'Hiftoire de cette Satyre, ti-rée de la vie de Pierre Pithou, rapportée en note à la tête de ladite Satyre, dans cette préfente édition.
(2) Voïez le Difcours ou la Differtation de M. Dacier, à la tête de fa Traduction des Satyres d'Horace. On a auffi plufieurs Differtations fur le même fujet dans les Mémoires de l'Academie des Infcriptions & Belles Lettres de Paris.

seuls, sans autre sujet que pour railler, & attaquer chacun; puis on les mêla avec les Comédiens, qui les introduisoient parmi leurs jeux pour faire rire le Peuple. À la fin, les Romains, plus graves & severes, les chasserent du tout hors des théatres, & en leur place y reçurent les Mimes & Pantomimes. Mais les Poëtes ingenieux s'en servirent à contenter leur esprit censeur, qu'aucuns ont estimé être le souverain bien, & s'en trouve assez en notre païs de Parresie, qui aiment mieux perdre un bon ami, qu'un bon mot & brocard appliqué bien à propos. Ce n'est donc pas sans raison, qu'on a intitulé ce petit Discours du nom du *Satyre*, encore qu'elle soit écrite en prose; mais remplie d'ironies gaillardes, & piquantes toutesfois, & mordantes le fond de la conscience de ceux qui s'y sentent attaqués, auxquels ont dit leurs vérités; mais au contraire, faisant éclater de rire ceux qui ont l'ame innocente & assurée de n'avoir point dévoïé du bon chemin. Quant à l'adjectif de *Ménippée* (1), il n'est pas nouveau; car il y a plus de seize cens ans que Varro, appellé par Quintilien, & par Saint Augustin, le plus savant des Romains, a fait des Satyres aussi de ce nom, que Macrobe dit avoir été appellées Cyniques & Ménippées; ausquelles il donna ce nom, à cause de Menippus, Philosophe Cynique, qui en avoit fait de pareilles auparavant lui, toutes pleines de brocards salés & de gosseries saulpoudrées de bons mots pour rire, & pour mettre aux champs les hommes vicieux de son temps. Et Varro, à son imitation, en fit de même en prose, comme depuis fit Petronius Arbiter (2), & Lucian en la Langue Grecque, & après lui Apulée, & quelques-uns de notre temps, assez connus, sans les nommer. Je ne sais donc qui sont ces délicats, qui trouvent mauvais, si à l'exemple de ces Doctes on a voulu donner à un Ouvrage semblable, un Titre semblable au leur; qui s'est fait commun & appellatif, au lieu qu'il étoit auparavant propre & particulier, comme n'a pas longtemps en a usé un docte Flamand antiquaire. Voilà ce que je puis dire, pour ce regard; & j'espere que le Lecteur sera abondamment satisfait, quant à ce Titre.

Mais on est fort en dispute qu'a voulu dire l'Auteur par ce mot de *Higuiero d'infierno*; car il y a beaucoup de personnes qui ne savent que c'est (3), & y font des interprétations cor-

---

(1) Voïez les notes mises ci-devant, au commencement de la Satyre Ménippée.
(2) C'est le fameux Petrone, qui vivoit du temps de Neron, & dont les Ouvrages, écrits en Latin, ne sont que trop connus.
(3) On a expliqué ce mot plus haut.

nues, aufquelles, à mon avis, l'Auteur n'a jamais penſé. Je ſais
bien qu'il y en a qui ſe veulent jouer ſur l'affinité des paroles,
les uns pour ſe donner carriere, & les autres pour tirer l'Auteur en envie; mais il y a bien loin de huit à dix-huit, & grande
différence entre aſpirer & ſiffler. J'ai cent fois oui dire à l'Auteur, & je le ſais auſſi bien que lui, que *Huguiero d'infierno*,
ne ſignifie autre choſe en Langue Caſtillane qu'un *figuier d'Enfer*. Car les Eſpagnols, comme les Gaſcons, tournent f en h,
harer , harina , hiio , hogo , higo, faire, farine, fils, feu, figue.
Ce qu'il dit donc que la drogue du Charlatan Eſpagnol s'appelloit *Higuiero d'Infierno*, eſt pour pluſieurs raiſons. Premierement que le figuier eſt un arbre malheureux & infame, duquel les feuilles, (ſelon qu'aucuns eſtiment) ſervirent jadis à
couvrir les parties vergogneuſes de nos premiers parens, après
qu'ils eurent péché, & commis crime de Leze-Majeſté contre
leur Dieu, leur Pere & Créateur, tout ainſi que les Ligueurs,
pour couvrir leur déſobéiſſance & ingratitude contre leur Roi
& Bienfaiteur, ont pris la Religion Catholique, Apoſtolique
& Romaine, dont ils penſent cacher leur honte & péché. C'eſt
pourquoi le Catholicon d'Eſpagne, c'eſt-à-dire le prétexte que
le Roi d'Eſpagne & les Jéſuites, & autres Prêcheurs, gagnés
des doublons d'Eſpagne, ont donné aux Ligueurs ſéditieux &
ambitieux, de ſe rebeller & révolter contre leur Roi naturel &
légitime, & faire la guerre plus que civile en leur païs, ſe peut
fort proprement appeller figuier d'Enfer; au lieu que celui dont
Adam & Eve couvrirent leur manifeſte vergogne, étoit le figuier de Paradis. Et depuis ce temps-là, cet arbre a toujours
été maudit & diffamé entre les hommes, ne portant ni fleur,
ni embelliſſemens quelconques; & le fruit même en a été rapporté à nommer la plus deshonnête partie de la femme, & la
plus ſale maladie qui naiſſe aux endroits qu'on ne peut nommer. Vous n'ignorez pas auſſi que les anciens tenoient cet arbre entre les gibets; comme quand Timon Arhenien (1) voulut en arracher un qui lui faiſoit nuiſance en ſon jardin, auquel pluſieurs s'étoient déja pendus, il fit crier au Trompette
que ſi quelqu'un ſe vouloit pendre, il ſe dépêchât d'y venir,
parcequ'il le vouloit faire arracher. Pline nous apprend, que

1593.
OBSERV. NO-
TABLES DE LA
SAT. MÉNIP.

Voïez les premieres notes faites dans cette
édition ſur la Satyre Ménippée, & le Diſcours ſur ce ſujet, qu'on a imprimé, p. 105
& ſuiv. de la Satyre Ménippée, t. 1, édition de Ratiſbonne, *in*-8°. 1714.

(1) Voïez l'Hiſtoire de Timon le Miſan-
trope, par M. l'Abbé du Reſnel, dans les
Mémoires de l'Academie des Belles Lettres.

cet arbre n'a aucune odeur, non plus que la Ligue; qu'il perd
aifément fon fruit, comme a fait la Ligue; qu'il reçoit toutes
fortes d'antures, comme la Ligue a reçu toutes fortes de gens,
& qu'il ne dure guères en vie, non plus qu'a fait la Ligue, &
que la plus grande partie du fruit qui paroît du commencement, ne parvient point à maturité, non plus que celui de la
Ligue. Mais ce qui lui convient encore mieux, & qui a beaucoup de conformité avec la Ligue, c'eft le figuier des Indes,
que les Efpagnols mêmes ont nommé figuier d'Enfer. Duquel
Mathiol (1) dit, favoir pour vrai, que qui en coupe feulement
une feuille, & la plante à demi dedans terre, elle y prend racine; puis fur cette feuille, croît une autre feuille; ainfi feuilles croiffans fur feuilles, cette plante devient haute comme un
arbre, fans tronc, fans tige, fans branches, & quafi fans ra-
cines; de façon qu'on la peut mettre entre les miracles de
nature. Y a-t'il rien fi femblable & rapportant à la Ligue? qui
d'une feuille, & d'un petit commencement, eft devenue piece
à piece, d'une perfonne à autre, en cette grande hauteur où
nous l'avons vûe; & néanmoins par faute d'avoir un bon pied,
& une forte tige pour la foutenir, s'en eft allée à bas au premier vent. Ce n'eft pas tout. Le figuier des Indes, appellé figuier d'Enfer, produit des fruits femblables aux figues communes, mais bien plus groffes, finiffant par le devant en une
couronne (ce font les propres mots de Mathiol,) de couleur
entre verte & pourprée; le dedans n'eft qu'une poulpe, comme en nos figues, mais pleine d'un fuc fi rouge, qu'il teint les
mains comme les meures, & fait uriner rouge comme fang,
dont beaucoup de gens ont peur. Avez-vous pas vu que la Ligue a eu de mêmes effets? fes fruits ont été gros, & plus enflés que les communs; & leur fin étoit une Couronne; c'eft à
favoir la Couronne de France, à laquelle elle tendoit. La couleur en étoit verte & rouge; verte, pour la réjouiffance qu'elle
eut du feu Roi, dont elle a long-temps porté l'écharpe; &
rouge, tant pour fe marquer aux livrées des Efpagnols, que
pour le fang qu'elle vouloit épandre des bons François. Ce figuier d'Enfer eft fi fréquent en l'Ifle Efpagnole, nouvellement
découverte aux Indes, qu'un Auteur Italien dit que tout en
eft plein, & qu'il y vient, comme par dépit, jufqu'aux cours
des maifons. Il y a un autre Medecin Efpagnol, nommé Jean

(1) Pierre-André Matthiole, de Sienne, Médecin célebre, mort l'an 1577. Ses Ouvrages font connus, furtout ce qu'il a écrit fur les plantes.

Fragoſo (1), qui écrit de la proprieté d'une huile, qu'on appelle du figuier d'Enfer, en ces termes, *Algunos modernos que eſcrivieron coſas de las Indias Occidentales, hazen capitulo proprio de un azeite que llaman de la higuiera del Infierno, y dizen venir de Geliſco Provincia en la nueva Eſpaña,* & un peu après il dit, *ſiendo il miſmo como es con nombre de cherva, ô catapucia major, che los Italianos llaman Palma Chriſti, ô Miraſolis.* Qui montre que ce que les Italiens appellent *fico d'Inferno* eſt appellé par les Eſpagnols *higuera d'Inferno,* & en Caſtillan *higuero d'Infierno.* Voilà donc les raiſons qui l'ont meu de nommer le Catholicon d'Eſpagne figuier d'Enfer, parce que les Eſpagnols appellent ainſi ce figuier des Indes qui porte ſon fruit plein de ſang, comme a fait la Ligue; & ſi on veut encore paſſer outre, & dire que ce Figuier eſt le Palmar, vous y trouverez mille autres conformités, qui ſeroient trop longues à diſcourir; & entr'autres celle qu'un Médecin Africain a écrite, que de l'arbre du Palmar ſeul, on peut faire tous les uſtenſiles & proviſions d'un navire, & le navire même; & que le fruit s'applique à tout uſage, & ſert de pain, de vin, de linge, de vaiſſelle, de table, de couverture de maiſons, & bref de tout ce qu'on veut; comme la Ligue, du commencement a ſervi à toutes ſortes de gens, de toutes ſortes d'eſpérances, & de moïens pour couvrir toutes ſortes de paſſions, de haine, d'avarice, d'ambition, de vengeance & d'ingratitude. Il y a bien un autre arbre, que Baptiſte Ramuſe appelle *Higuero,* & dit qu'il le faut prononcer par quatre ſyllabes; mais ce n'a point été l'intention de l'Auteur d'en parler, non plus que du Lathyris, ou de l'Helioſcopion, que le Grammairien Nebriſſenſe appelle auſſi *higuera del Infierno,* parceque les Sorciers & Sorcieres en uſent ordinairement pour faire leurs charmes & enchantemens, comme les Ligueurs ſe ſont ſervis de la Religion Catholique pour charmer & enchanter le Peuple.

Abregé des Etats, &c, (2).

COMME il n'y a rien au fait de la Ligue, qui ne ſoit inepte & ridicule, ſur-tout en ce que les Chefs d'icelle ont voulu faire

1593

Obſerv. No-
tables de la
Sat. Ménip.

(1) Jean Fragoſo, né à Tolede, fut Medecin & Chirurgien de Philippe II, Roi d'Eſpagne, & s'acquit beaucoup de réputation ſur la fin du xvi ſiecle. Voiez la Bi- blioth. des Ecrivains Eſpagnols, par Nicolas Antonio.

(2) Dans l'édition de la Satyre Ménippée, faite à Ratiſbonne en 1714, *in-8º*, on a

estimer plus serieux, comme ce qu'ils appellent Religion Catholique; à bon droit, la Satyre parlant de la résolution qu'ils
avoient prise au Conseil géneral de leur Union pour faire une
assemblée d'Etats, afin de procéder à l'élection d'un nouveau
Roi, leur fait commencer leur tragi-comédie par une Procession fériale; laquelle est composée de diverses piéces, représentées à diverses fois. Car il faut noter qu'au commencement
& suite de la guerre, quelques Moines & Prêtres, pour témoigner leur zéle à maintenir la Ligue, firent une mi-Carême à
pied, allant par Paris mi-armés, enfroqués & accoustrés, pour
faire rire & pleurer, accompagnés de Rose (1), Pelletier (2) &
autres. Aucuns d'eux ont porté les armes, & fait la guerre à
qui ils ont pu, notamment aux filles & femmes. Il parle puis
après des Seize de Paris, reduits à douze; pourcequ'après l'exécution du Président Brisson, quatre d'iceux furent pendus par
le commandement du Duc de Mayenne. Les Mendians avoient
multiplié en plusieurs Ordres Ecclésiastiques & Séculiers; à
cause que la Ligue a réduit les Parisiens à extrême pauvreté &
mendicité. Il se mocque des Seize, & autres de Paris, qu'il
nomme bigarrés, à cause de leurs humeurs merveilleusement diverses. Pour l'intelligence dequoi, nous proposerons ce qui
s'ensuit, qui éclaircira plusieurs difficultés de cette Satyre.

Pour entendre donc que c'est des Seize, & une partie des
secrets de ces gens, convient noter que ceux de Guise aïant
hors du Roïaume, dressé diverses pratiques pour debouter la
race des Capets, qu'ils prétendent avoir envahi la Couronne
à eux, qui se disent (mais très faussement) descendus de Charlemagne, connurent qu'il falloit fonder leurs desseins dans le
cœur des François, sur-tout dedans Paris, où le feu Roi Henri III vivoit ès délices de la Cour, & par divers impôts, im-
portunoit son Peuple; laissant depuis l'Edit de l'an 1577 ceux
de la Religion. Ils sont doncques d'avis de mettre en train
quelqu'un qui pose les premieres pierres de ce bâtiment. Un

---

inseré, T. I. p. 11. & suiv. un *Abregé de*
la farce des Etats de la Ligue, convoqués à
Paris au dixieme Février, 1593, tiré des
Mémoires de Mademoiselle de la Lande,
autrement la Bayonnoise, & *des secretes*
confabulations d'elle, & du Pere Commelet,
Jésuite. Cette Demoiselle de la Lande servoit à Madame de Nemours pour plusieurs
intrigues. Presque tous les faits qui sont ici

ont déja été rapportés dans ces présens
Mémoires. Cet Abregé même, que l'on
donne ici, a été aussi réimprimé dans l'édition de Ratisbonne, citée, T. I. p. 327,
& suiv.

(1) Rose, qui a été Evêque de Senlis.
(2) Pelletier. Julien Pelletier, ou, selon
d'autres, Jacques Pelletier, Curé de Saint
Jacques, dit de la Boucherie.

est

eſt choiſi, nommé la Roche-Blond, Bourgeois de Paris, au cerveau duquel on imprime finement des diſcours de la miſére du temps, de l'ambition courtiſanne, de la corruption en la juſtice, de la débauche de tout état, de la nonchalance du Roi, qui ne maintenoit point vivement la dignité de l'Egliſe Romaine, ains ſupportoit trop ceux de la Religion, auſquels il avoit baillé des Villes d'ôtage. On l'exhorte de penſer aux remedes, étant homme de menée & de quelques moïens, bien affectionné à la Maiſon de Guiſe & à la Meſſe. L'on dit que ainſi aiguillonné, & pouſſé par un vent de magnifiques promeſ-ſes, il ſuivit, par conſeil, un merveilleux expédient. Il s'a-dreſſa à pluſieurs Docteurs, Curés & Prédicateurs, pour ſavoir le moïen de ſe gouverner en ce deſſein, en ſûreté de ſa conſ-cience, & pour le bien public; & entr'autres à M. Jean Pre-voſt, lors Curé de Saint Severin, à M. Jean Boucher, Curé de Saint Benoît, & à M. Matthieu de Launoi, Chanoine de Soiſſons, premiers pilliers de la Ligue à Paris, qui aviſerent par enſemble d'appeller avec eux les plus fermes & affection-nés Catholiques, pour acheminer & conduire les affaires de la Ligue des Catholiques, tellement qu'eux quatre, après avoir fait le ſigne de la Croix, & aſſiſté à une Meſſe du St. Eſprit, nomme-rent pluſieurs particuliers Bourgeois qu'ils connoiſſoient, & pour lors ſe réſolurent de n'en parler qu'à ſept ou huit, leſquels ils arrêterent & nommerent entr'eux; à ſavoir, la Roche-Blond nomma l'Avocat d'Orléans (1), Auteur du Livre intitulé, le Ca-tholique Anglois, & d'autres de même farine, avec Acarie, Me. des Comptes. Prevoſt, Curé de Saint Severin, nomma de Caumont, Avocat, & Compans, Marchand. Boucher nom-ma Minager, Avocat, & Crucé, Procureur. Launoi nomma le Sieur de Manœuvre, de la Maiſon des Hennequins. A tous leſquels fut parlé & communiqué dextrement, & trouvés diſ-poſés pour le ſoutenement de la Religion Catholique Romai-ne, & oppoſition contre l'héréſie & tyrannie, & furent les pre-miers appellés entremetteurs de la Ligue, & parmi eux ſe mêla Deffiat, Gentilhomme du Païs d'Auvergne, de la connoiſſan-ce dudit Curé de Saint Severin; & quelque temps après, en fut parlé à d'autres, tant Eccléſiaſtiques que Séculiers, comme à Me. Jacques Pelletier, Curé de Saint Jacques, Me. Jean

(1) Tous ceux qu'on trouve ici nommés doit nous diſpenſer de répéter ce qui en a font déja connus dans ces Mémoires, tant été dit. dans le texte que dans les notes; ce qui

Guinceftre, lors Bachelier en Théologie, perfonnes très-affec-
tionnées aux Srs. de la Chapelle, à Buffi-le-Clerc, Procureur en
Parlement, au Commiffaire Louchart, à la Morliere, Notaire,
à l'Elû Roland & fon frere, deforte que peu à peu le nombre
crut. Mais afin qu'ils ne fuffent découverts, ils établirent un
ordre à leurs affaires, & firent un confeil de neuf ou dix perfonnes, tant Eccléfiaftiques que Séculiers des deffus nommés.
Et outre, ils diftribuerent les Charges de la Ville, pour femer
les avis du Confeil, à cinq perfonnes, qui fe chargerent de
veiller en tous les feize quartiers de la ville & Fauxbourgs d'i-
celle; à favoir, Compans, en toute la Cité; Crucé, ès deux
quartiers de l'Univerfité & Fauxbourgs d'icelle, Saint-Marcel,
Saint Jacques & Saint Germain; la Chapelle, Louchart &
Buffi aux quartiers de toute la Ville; & rapportoient au Confeil, duquel ils faifoient partie, tout ce qu'ils avoient entendu, chacun en fon détroit, tant en général qu'en particulier,
& de tous les Corps & Compagnies; & fur le récit l'on déliberoit d'y pourvoir, felon les occurrences, & fe tenoient ces
Confeils, quelquefois au Collége de Sorbonne, en la chambre
de Boucher, & depuis au Collége de Forteret (1), où il alla
demeurer, qui a été appellé le berceau de la Ligue; quelqu'autresfois ils fe tenoient aux Chartreux, puis au logis de la Roche-Blond & la Chapelle, comme auffi au Logis d'Orléans &
Crucé. Pour fortifier la Ligue, le Confeil donna charge à ces
cinq perfonnes deffus nommées, de pratiquer le plus de gens
de bien qu'il pourroient, & parler à eux dextrement; & de fait
fe hafarderent (avec toutesfois grande retenue) de communiquer & conférer avec plufieurs Bourgeois, les uns après les autres; & felon qu'ils les voïoient difpofés, ils fe découvroient
à eux, fans toutesfois leur rien dire de leur Affemblée, mais
feulement fondoient les affections des plus zelés qu'ils pouvoient choifir, & les entretenoient fur le difcours de la malice
du temps rempli de fchifme, d'héréfie & tyrannie, & felon
qu'ils en tiroient de réfolution & connoiffance de leurs volontés, ils la rapportoient à ce petit Confeil de Docteurs, Curés,
Prédicateurs & premiers Ligueurs, qui leur donnoient des inftructions pour conduire cette affaire, felon lefquelles la Roche-Blond (2) (mort tôt après, fans récompenfe de fes peines) &
fes cinq Confédérés fe gouvernoient, & diftribuoient leurs

(1) C'eft, de Forter.
(2) C'eft Charles Hotman, dit la Roche-blond. On en a parlé ci-devant.

instructions aux cœurs de ceux à qui ils avoient parlé, selon leur capacité, & les instruisoient de ce qu'ils avoient à faire; à quoi ils trouvoient des volontés bien disposées, qui s'y embarquoient sans s'enquérir d'où cela venoit, tant la volonté des Catholiques étoit ardente, tellement qu'il n'y avoit que ces cinq personnes avec la Roche-Blond au commencement, qui travaillassent par toute la Ville à instituer & établir la Ligue, & qui connoissoient ceux qui en étoient, & si d'avanture quelqu'un des six s'étoit hasardé de parler à quelqu'un qui fût reconnu pour homme suspect, ou mal affectionné, on le prioit de s'en dégager, & ne lui rien communiquer, tellement que ces six personnes ne communiquoient avec homme vivant, que, premierement le Conseil n'eût examiné qui étoient ceux à qui l'on avoit parlé, comme n'étant raisonnable de commettre la connoissance de cette cause, qu'entre les mains de gens fidéles & très affectionnés au parti. Et combien qu'il y eût quelque peu de grandes & honnêtes familles, qui avoient bonne affection au parti, si est-ce qu'ils ne paroissoient & ne vouloient assister aux assemblées, ni parler à beaucoup de personnes, de peur d'être découverts, mais sous main faisoient ce qu'ils pouvoient, & animoient ces six personnes de vouloir travailler, & conféroient avec eux à couvert, & subvenoient à la cause de leurs conseils & moïens, desorte que tout se gouvernoit avec une merveilleuse finesse, diligence & animosité. Leur premiere résolution, du commencement de la Ligue, fut de se soumettre à la mort; chose qui les rendit si assurés en toutes leurs affaires, que le Roi Henri III, ni tous ses Agens n'y purent jamais rien entreprendre ni découvrir, sinon que par conjectures & en gros, sans certitude aucune. Car après que par le conseil & instruction des Docteurs, Curés & Prédicateurs, ces six personnes eurent beaucoup gagné de gens, & qu'il y avoit apparence de former une Ligue contre ceux de la Religion, & contre le Roi même, aucuns furent députés vers le Duc de Guise, pour lui donner à entendre la volonté des bons Catholiques de Paris, le zele qu'ils avoient à la conservation de la Religion Romaine, & à l'extinction de l'hérésie & tyrannie; lequel les reçut avec grande allégresse, & en communiqua avec ses freres, & au Cardinal de Bourbon, ce qu'il estima être convenable, pour s'en servir de marote puis après en ses farces tragiques. Il ne faut pas demander si uns & autres furent joïeux de cet avertissement, & de ce qu'il y avoit tant de Catholiques difposés à pareils effets & volonté qu'eux-mêmes avoient. Et dès lors ces Princes, fpécialement ledit de Guife, commencerent à entrer en conférence avec les Ligueurs de Paris, & ne faifoient & n'entreprenoient rien que par le confentement & avertiffement les uns des autres. Ceux de Guife y envoïerent les Sieurs de Meneville, Cornard & Beauregard, pour conférer & communiquer avec eux, & voir leur difpofition; mêmement le Duc de Mayenne vint à Paris au mois de Mars 1587, pour prendre langue (1), & avis avec ce petit nombre de Ligueurs, lequel fut inftruit de toutes leurs intentions, & comment ils fe gouvernoient, jufqu'à lui repréfenter les projets qu'ils avoient faits, qui tendoient à trois fins. La premiere, à la confervation de la Religion Catholique Romaine. La feconde, d'expulfer & combattre contre les fectes contraires à la Romaine. Et la troifieme, pour réformer les vices, impiétés, injuftices & maux, qui poffédoient la France en tous fes Etats; & au lieu de l'impiété & tyrannie, y faire regner la piété & juftice. Mais fous ce mot de tyrannie, étoit compris tout le remuement & changement d'Etat, qu'ils effaïerent faire tôt après. Voilà les trois projets de la Ligue; & outre ce, lui repréfentoient au doigt & à l'œil, la difpofition qu'ils gardoient à la Ville, fur la carte d'icelle Ville, avec la forme de leurs confeils & façons de faire, qu'il trouva fi propres, que dès lors il fit ferment de vivre & mourir avec eux, & ne les jamais abandonner, & fut ledit ferment réciproquement fait en l'Hôtel de Reims, près les Auguftins. Comme auffi furent dès lors députés quelques Habitans de Paris, gens de cervelle, lefquels avec amples inftructions, allerent en plufieurs Provinces & Villes du Roïaume, pour rendre capables quelques-uns des plus affectionnés Habitans defdites Villes, de la création & formation de Ligue, & de l'occafion d'icelle, des projets & intelligences avec les Princes de Lorraine, aufquels on donnoit pour couverture le pauvre Cardinal de Bourbon (2), Prince du Sang, afin de ne faire qu'un corps par une même intelligence en toute la France, fous la conduite d'iceux Princes, & confeil des Théologiens, pour combattre l'héréfie & la tyrannie.

(1) La Ligue avoit commencé longtemps auparavant.
(2) Ce fut fous le nom de ce Prince que le Duc de Guife & fes Partifans firent publier le dernier Mars 1585 une Déclaration pour s'oppofer à ceux qui voudroient renverfer la Religion Catholique. On a rapporté dans le T. I. de ces Mémoires ladite Déclaration, & la réponfe qui y fut faite.

Ces fix Archiligués furent auffi occupés jufqu'aux Barricades, & travailloient par toute la Ville, à la faveur de leurs
amis & confédérés qu'ils avoient gagnés au parti, aïant, par
leur travail, attiré & mis en ce train des perfonnes qui n'é-
toient moins affectionnées qu'eux mêmes. Ainfi l'on emploïoit
aux affaires, tant dedans que dehors la Ville, les plus zelés &
capables; de façon, que non feulement les fix travailloient,
mais fous eux, & par leur inftruction, beaucoup d'autres. Comme au quartier de la Cité, Compans prit pour aide Hebert,
Drappier, & de Laiftre. Crucé prit Pigneron, Senault, No-
blet & Loifel. La Chapelle prit Emonnot, Procureur & Be-
guin. Le Commiffaire Louchart prit Tronçon, Colonnel, &
la Morliere, Notaire. Buffi le Clerc prit Choulier & Courcel-
les; & Senault y amena le Sieur Fontanon (1), Avocat en la
Cour, très affectionné & très réfolu, comme auffi étoient les
autres deffus nommés, qui tous travailloient affectueufement
pour découvrir ce qui fe faifoit au préjudice de la Ligue. Et
les Confédérés deffus nommés, avec autres Bourgeois qui
avoient créance à ces fix perfonnes, venoient de jour à autre
avertir chacun à fon quartier de ce qu'ils avoient appris par la
Ville, des propos que l'on y tenoit, ou de ce que l'on y pratiquoit contre les Ligueurs; & les fix aïant reçu tels avertiffemens, favoient par ce moïen tout ce qui fe paffoit parmi la
Ville, & le rapportoient au Confeil, qui felon les occurrences pourvoïoit de remedes; & par fucceffion de temps croiffans
les affaires, mêmement les Provinces & Villes Ligueufes, qui
avoient été averties par perfonnes affidées & envoïées de Paris
pour les avertir de la Ligue & de leurs intentions, pour les
confirmer davantage, envoïerent à Paris des Agens pour s'enquérir de la vérité, & s'inftruire amplement; & afin de leur
donner contentement, il y avoit des Ligueurs qui étoient commis pour recevoir lefdits Agens, felon les Provinces, les uns
ceux de Picardie, les autres ceux de Normandie, les autres
ceux de Bourgogne, ceux d'Orléans, de Lyon, & autres Villes & Provinces, avec lefquels étoit fort amplement communiqué, & s'en retournoient bien inftruits, & avec bons mémoires & promeffes de fe fecourir les uns les autres, pour le

(1) Antoine Fontanon, né en Auvergne, tion des Edits & Ordonnances de nos Rois
Avocat au Parlement de Paris, fi connu par depuis l'an 1270, en quatre vol. *in-fol.* Fon-
fes Ouvrages, entr'autres par fa compila- tanon vivoit encore en 1594.

MEMOIRES

foutenement de la Ligue contre le Roi (1), & contre les Huguenots; & tout cela se faisoit devant les Barricades.

En ces conseils, croissoit l'audace à résoudre affaires & contenter leurs Partisans, encore qu'il s'agît d'une Ligue contre le Roi & l'Etat. Car outre le zele que l'on imprimoit au cœur de chacun, disant que la Messe s'en alloit bas, si elle n'étoit appuïée de la Ligue, l'on avoit bâti une assurance au Parti, tant envers les Princes de la Ligue, que de beaucoup de Villes & Provinces, avec lesquelles ceux de Paris, qui avoient été poussés les premiers en ce branle, s'entendoient, avec promesses d'un secours mutuel. Du commencement, il ne se parloit entr'eux d'aucune entreprise, mais seulement tendoient, disoient-ils, à la défensive, au cas que l'on voulût attenter aux Catholiques; & l'invention des Barricades étoit résolue entr'eux plus d'un an auparavant l'effet d'icelles, pour se défendre seulement, & non pour entreprendre ni commencer. Mais l'état des affaires fit changer tôt après ce conseil. Si on demande, comment pouvoient-ils faire tant d'entreprises & sollicitations par tout le Roïaume de France? où étoit l'argent, & comment cela se pouvoit faire, vu que les Chefs avoient bien peu de moïen, & aucuns d'entr'eux étoient presque au safran : je réponds que la Ligue vint tout à point à la plûpart. Car en ces furieux & chauds commencemens, on ne manquoit d'argent, pource que tous ceux qui entroient à la Ligue y emploïoient leurs biens & moïens; de sorte que plusieurs, tant Communautés que Particuliers, y sont demeurés fort engagés & ruinés, parce qu'on commençoit par la dépense avec hasard de sa vie. Mais la peur qu'on avoit du Roi se changea bientôt en audace. S'il eut arraché cette mauvaise plante en herbe, elle ne l'eut pas étouffé, comme elle fit, étant devenue arbre. Car leur licence crût tellement, qu'ils faisoient ce qu'ils vouloient, au vu & su du Roi, lequel n'ignoroit pas qu'ils s'assembloient contre lui, qu'ils avoient intelligence avec les Princes Etrangers, qu'ils recevoient à pleines mains des doublons d'Espagne, & qu'ils pratiquoient beaucoup de Villes & Provinces : & néanmoins ne se bougea; retenu, partie par son naturel mol & par sa mere, (laquelle savoit trop de ces affaires, & s'en trouva mal à la fin, recevant le loïer de ses précédens déportemens) partie d'un desir de découvrir plus avant leurs desseins, & pensant faire ruiner

(1) Un des Articles de la Déclaration du 31 Mars 1585 étoit, qu'ils ne prenoient les armes contre le Roi, mais au contraire pour défendre sa personne.

les Ligueurs & les Huguenots les uns par les autres. Cependant les Prédicateurs de la Ligue tonnoient en leurs chaires contre ce mal conseillé Prince, l'appelloient tyran & fauteur d'Hérétiques. Les Ligueurs se défendoient contre ses entreprises, & quand il voulut étendre les doigts, ils lui donnerent des coups de baguette ; témoin la journée de Saint Severin, le Mercredi second jour de Septembre 1587, que le Roi avoit donné charge de saisir quelques Prédicateurs ; dequoi les susdits Crucé, Bussi, Senault & Choullier avertis, se mirent avec leurs amis & confédérés en plusieurs endroits à l'avenue des ponts de la Ville, pour empêcher l'emprisonnement des Prédicateurs ; & entr'autres endroits, il y en avoit en la maison de Hafte, Notaire, au carrefour Saint Severin, où le Roi envoïa ses gardes & forces, pour attraper quelques Ligueurs ; & auparavant le Lieutenant Civil y avoit envoïé le Commiffaire Chambon & Bordereau, avec des Sergens, tous lesquels furent repoussés par les Ligueurs, qui montrerent les dents, firent sonner le tocsin au Temple de Saint Benoît, se mirent en défense, & fut tout besoin aux Gardes du Roi, aux Commiffaires & Sergens qu'on y avoit envoïés, de se retirer. Davantage, ils coururent à sa vûe sur ses mignons, témoin le Duc d'Espernon, qui fut contraint se sauver sur le Pont Notre-Dame ; tellement que le Roi, aïant trop attendu, finalement se trouva enclavé dedans leurs Barricades, journée funeste pour lui & pour eux ; en laquelle ce pauvre Prince, qui avoit été adoré des Parisiens ès massacres de l'an 1572, fut par eux chaffé à coups d'épée le 12 de Mai, l'an 1588, & contraint honteusement sortir hors de la Ville avec toutes ses forces & ses agents, en laquelle oncques depuis il ne rentra, qui fut une étrange révolution ès affaires de France, & un terrible jugement de Dieu sur le Roi, sur les Catholiques Romains, & notamment sur la Ville de Paris. Etant entrés si avant en discours, poursuivons le reste. Deux jours après les Barricades, à la sollicitation des Seize, qui étoient les Archiligueurs de Paris, & par le consentement du Duc de Guise, lequel ils respectoient & honoroient comme Chef de la Ligue, ils firent faire une affemblée générale en l'Hôtel de Ville, où il fut procédé à l'élection du Prevôt des Marchands & Echevins, du consentement du Peuple, & par voix commune, desquels la Reine Mere reçut le serment pour l'absence du Roi, approuvant cette élection populaire. En après ils poursuivirent la desti-

tution d'aucuns Colonels, Capitaines & Quarteniers foupçonnés & favorifant le parti du Roi, defquels en fut ôté quelque
nombre, au grand regret de la Reine Mere, & y contredifant,
au lieu defquels en fut établi d'autres. Par leur confeil, le Duc
fit faire une infinité de dépêches & inftructions, pour envoïer
fous fon nom & de la Ville de Paris, à toutes les Provinces
& Villes de la France, mêmement vers le Pape & le Roi d'Efpagne, parce qu'il fourniffoit à l'appointement, & quelques autres Seigneurs, pour les inftruire de ce qui s'étoit paffé le jour
des Barricades, & les entreprifes du Roi & de fon Confeil; ce
qui occafionna beaucoup de Provinces & Villes, de ne croire
aux lettres du Roi, & qui le traverfa fort en fes affaires. Tous
les jours ces Seize tenoient confeil avec le Duc & les Magiftrats, de ce qui étoit à faire. Ils députerent aucuns d'entr'eux
pour envoïer vers le Roi, lequel ils redoutoient, bien marris
de l'avoir laiffé échapper. Ces Députés eurent charge de lui remontrer le préjudice qu'il fe faifoit de croire un mauvais Confeil, & la raifon que le Peuple avoit eu de fe barricader, avec
fommation de revenir à Paris, & ne la point abandonner, &
qu'il y trouveroit de meilleurs ferviteurs que ceux qui lui avoient
confeillé de la détruire & d'en fortir. Après, par affemblée
générale, ils nommerent les plus affectionnés à leur Parti, pour
aller aux Etats, baillerent de terribles mémoires, pour y porter
par l'avertiffement de leurs affociés, avec lefquels ils conféroient journellement, & manioient le Peuple à leur plaifir,
fortifians inceffamment leur union & intelligence pratiquée avec
les autres Princes, & beaucoup de Provinces du Roïaume, &
par l'inftruction de leur Confeil, auquel ils obéiffoient, compofé de Docteurs Sorbonniftes, Curés & autres Eccléfiaftiques,
avec quelques-uns, tant de la Juftice que des Marchands de tous
les feize Quartiers de la Ville de Paris. Les Députés de la Ville
fe regloient à ce même Confeil, & y prenoient leurs inftructions.
Ces feize perfonnes, après l'exécution de Blois, inciterent le
Peuple à révolte, le firent promptement courir aux armes, fans
aucun commandement; & le foir même que les nouvelles en furent apportées, toute la nuit le Peuple fut en armes, fans
Chef, fans commandement, fans Magiftrats, parce que le
Prevôt des Marchands & Echevins étoient retenus aux Etats,
mais feulement à la promotion & conduite des Seize, qui tra-
cafferent de tous côtés, le Peuple étant étonné de fe voir privé
de deux des principaux Chefs, & retenu par quelques Serviteurs

teurs du Roi, qui remontroient l'authorité & le droit du Roi.
On pense que si le Roi eut été bien & promptement servi, pour
faire avertir d'heure le Parlement & ses principaux Officiers à
Paris, la Ville fut demeurée coie. Mais les Seize, voïant qu'on
les laissoit aller, & parler, firent un terrible ménage; car deux
jours après l'avertissement du fait de Blois, fut procédé en
pleine assemblée de l'Hôtel de Ville à l'élection d'un Gouverneur, de la personne du Duc d'Aumale, lors seul des Chefs
Ligueurs à Paris, lequel étant endetté de tous côtés, pensant
que son cousin de Mayenne fut perdu, conseillé & supplié
par les Seize, & autres qui lui promettoient merveilles, & se
voïant là comme enclos, accepta le gouvernement, où il se
rempluma. Cette élection fut faite à la diligence, suscitation
& créance des Seize, contre le gré & les remontrances de plusieurs de la Cour de Parlement, & autres Serviteurs du Roi,
qui contredisoient ce que faisoient les Seize, & ne demandoient qu'à remettre l'obéissance ès mains du Roi, & ruiner
la Ligue, & ces seize mutins, qui en étoient les arcs-boutans
à Paris, où ils firent entrer à minuit la Dame de Montpensier,
sœur des deux tués à Blois, femme extrêmement vindicative,
& pleine de toutes sortes d'artifices pour l'exécution de ses
passions.

En public, ces Seize disoient, que le Roi étoit un tyran,
fauteur d'hérétiques, meurtrier des Princes Catholiques, qu'il
ne lui falloit obéir, au contraire, qu'il falloit exterminer lui
& ses Partisans, spécialement la Cour de Parlement. Sur cette pointe, ils publient force calomnies contre plusieurs Présidens & Conseillers, font accroire au Duc d'Aumale, que la
Cour de Parlement tendoit à ruiner la Ville, & faire saccager
les plus affectionnés au Parti; allèguent le voïage du Président le Maître, qui au lieu de raporter réponse de sa légation,
qui étoit seulement de parler au Roi, de la part du Peuple de
Paris, afin qu'il élargît les Prévôts des Marchands & Echevins, & qu'il les renvoïât, auroit rapporté une Lettre Patente
pour la faire vérifier à la Cour de Parlement, & publier, contenant la Déclaration du Roi envers ses Sujets, ausquels il
pardonnoit, & déclaroit ceux de Guise bien tués, & les emprisonnemens des autres & des Députés de Paris bien faits.
Là-dessus le Duc d'Aumale & les Seize résolurent, selon l'avis
du Duc de Mayenne, qu'ils reçurent à cet effet, qu'il se falloit saisir de dix ou douze des plus apparens de la Cour de Par-

lement. De cette entreprife précipitée & fort fecrette, trois des Seize furent les exécuteurs. Car le feizieme jour de Janvier 1589, fuivis d'une troupe de Moines, Prêtres, Crocheteurs, & autre telle racaille de gens, ils allerent de furie au Palais; & comme Buffi le Clerc, l'un des trois, qui étoit entré en la chambre dorée, commençoit à lire fon rolle pour diftraire ces dix ou douze de la Compagnie, tous les Confeillers, lors affemblés en la grande Chambre, voïant qu'on avoit nommé en premier lieu le premier Préfident, dirent qu'ils vouloient tous le fuivre. Soudain, ce petit mutin de Procureur, avec fa fuite, les fait defcendre du Siége de Juftice, & les mene prifonniers en la Baftille, marchans en corps, deux à deux, depuis le Palais jufqu'à la Baftille, au travers de la Ville, avec une acclamation du Peuple contr'eux. Et de tout ce corps, conduit à la Baftille, en fut diftrait quelque nombre des adhérans de la Ligue renvoïés en leurs maifons, bien marris d'avoir fait compagnie aux Roïaux, d'autant que s'ils euffent penfé que ce Corps eût reçu tant de malédictions & de vilaines paroles de la Populace, ils n'euffent accompagné leur Chef : mais ils furent trompés; car ils penfoient que le Peuple voïant ce Corps, autrefois tant honoré & reputé, qu'il auroit horreur de voir leur emprifonnement; mais quand ils virent le contraire, & que le Peuple claquoit des mains fur eux, ils furent marris d'avoir génereufement parlé, & euffent bien voulu s'être démafqués plutôt. Le fot Populas approuvoit fort cette capture du plus facré, vénérable & augufte Sénat qui foit en tout le monde, l'ame de ce Roïaume, l'œil de la France, Temple de confeil & d'équité. Mais les gens de bien & d'honneur commencerent à gemir, prévoïans de terribles malheurs fur ces mutins & leur fuite; & n'y eut Bourgeois à qui ce nouveau fpectacle ne fît fortir les larmes des yeux. Davantage, cet acte fonna fi mal aux oreilles de tous les Peuples de la France, & même de l'Italie, qu'après le récit d'icelui, il n'y eut homme de bien qui ne déplorât l'état miférable de la France. De fait, cette barbarie feule montra bien de quel efprit étoient tranfportés ces feize Archiligueurs, aïant eu le cœur de violenter un tel Corps, comme celui de la Cour de Parlement. Auffi toute malédiction tomba bientôt après fur leurs têtes, & la bénédiction fur ces fages & vertueux Préfidens & Confeillers, qui préférerent le bien de l'Etat & Couronne de France à leur propre vie.

Outre ce que deſſus, par la diligence & ſuſcitation des Seize,
fut pourvu à l'Hôtel de Ville, de Coadjuteurs pour l'abſence
des Prevôts des Marchands & des Echevins, & pour tenir leur
place, attendant leur retour, furent élus en pleine aſſemblée
générale de la Ville, Drouart, Avocat, Crucé, Procureur, &
de Bordeaux, Marchand. Cela fait, ils firent élire par le Peuple un Conſeil général de l'Union des Catholiques, compoſé
des trois Etats, gens de créance, qui fut approuvé & reconnu
par les Cours de Parlement & autres Cours Souveraines, pour
ordonner des affaires d'Etat, & recevoir en conférence toutes
les Provinces & Villes Ligueuſes, les Députés deſquelles avoient
ſéance & voix délibérative audit Conſeil : lequel Conſeil genér-
ral nomma & établit le Duc de Mayenne, Lieutenant Général
de l'Etat & Couronne de France, pour maintenir la Religion &
conſerver l'Etat, non ſans grand regret de la priſon du jeune Duc
de Guiſe, que ce Conſeil eut ſans doute porté au Trône Roïal
après la mort du Cardinal de Bourbon, tant la mémoire de
ſes pere & aïeul poſſédoit le cœur des Ligueurs.

Au même temps, on établit des conſeils particuliers en chacun des ſeize quartiers, compoſés chacun de neuf perſonnes
notables, élues par chacun Quartier, en intention de veiller
chacun en ſon quartier ſur tout ce qui s'y faiſoit, & en avertir
Monſieur le Lieutenant & ſes Aſſeſſeurs, pour y donner ordre
ſelon les occurrences. Quand le Conſeil général fut établi, les
Seize, de jour à autre, rapportoient l'état de la Ville & des
Provinces de la Ligue, deſquelles ils avoient avertiſſement, par
la pratique qu'ils avoient obſervée auparavant les barricades.
Et entr'autres requêtes inſtamment faites, ils preſſoient fort la
nomination de Roi en la perſonne du Cardinal de Bourbon,
eſpérant que ſous ce titre la Nobleſſe ſe retireroit de l'obéiſſance du Roi de Navarre, qu'ils appelloient Hérétique, relaps & excommunié, & au contraire, lui feroient la guerre.
Comme auſſi ils faiſoient ordinairement requêtes d'empêchement d'élargiſſement des priſonniers, tant de la Cour de Parlement que de la Nobleſſe, à ce qu'ils ne puſſent faire mal au
Parti de la Ligue pendant le temps des guerres. Après la mort
du Cardinal de Bourbon (1), ils ne ceſſoient de jour à autre de
faire des requêtes pour aſſembler les Etats, afin d'élire un Roi
Ligueur, & pour exterminer le Roi de Navarre & les ſiens. Ils dé-

1593.
OBSERVAT.
NOTABLES
SUR LA SATY-
RE MÉNIPPÉE.

(1) Ce Cardinal eſt mort le 9 Mai 1590.

N n n n ij

farmoient, emprifonnoient & dégradoient ceux qui n'étoien pas de leur retenue; faifoient faire le procès à plufieurs; réfif toient par armes & confeil aux entreprifes & deffeins de leu Prince Souverain; fouffroient avec un endurciffement fuperbe tout ce qu'on difoit de leur Anarchie tyrannique; ne vouloient ouir parler de paix ni compofition avec le Roi, quelque mal-heur qui leur furvînt; & au contraire, réfiftoient à telles entre-prifes, & incitoient le Peuple à patienter & attendre quelque coup, qui les délivreroit. Sur-tout ils eurent recours au Pape, lequel par plufieurs fois ils avertirent de l'état de leurs affaires, par l'entremife des Sorbonniftes, leurs conducteurs, & qui dès le commencement, déclarerent qu'en bonne confcience le Peuple pouvoit prendre les armes contre fon Roi. Ces conduc-teurs étoient gens ignorans, outrecuidés, ambitieux, fangui-naires, & qui ont toujours été enfermés dans un College à Pé-dantifer, & manger les pauvres novices. Leur principal appui étoit le Roi d'Efpagne, qu'ils appelloient feul reftaurateur, après Dieu, de la Religion Catholique au Roïaume de France, & qui abondamment a aidé d'hommes & d'argent à cet effet. Il avoit bien occafion de s'y emploïer, Paris s'étant donné à lui par lettres bien expreffes, fur la fin de l'an 1591, defquelles la teneur enfuit (1).

Sire, votre Catholique Majefté nous aïant été tant benigne, que de nous avoir fait entendre par le très Religieux & Reve-rend Pere Matthieu, non feulement fes faintes intentions au bien général de la Religion, mais particulierement fes bonnes affections & faveurs envers cette Cité de Paris, &c. Et après: Nous efpérons en Dieu qu'en bref les armes de Sa Sainteté & de Votre Catholique Majefté, jointes, nous délivreront des op-preffions de notre ennemi, lequel nous a jufqu'à préfent, & de-puis un an & demi, bloqués de toutes parts, fans que rien puiffe entrer en cette Cité, qu'avec hafard, ou par la force des armes; & s'efforceroit de paffer outre, s'il ne redoutoit les garnifons qu'il a plu à votre Catholique Majefté nous ordonner. Nous pouvons certainement affurer à votre Catholique Majefté, que les vœux & fouhaits de tous les Catholiques, font de voir vo-tre Catholique Majefté tenir le fceptre de cette Couronne, & régner fur nous, comme nous nous jettons très volontiers en-

(1) Cette Lettre eft toute entiere dans les Mémoires de Villeroy, T. III, p. 173 mais elle y eft datée du 20 Septembre, au lieu qu'ici on la date du 2 Novembre 1591.

tre ſes bras, ainſi que notre Pere, ou bien qu'elle y en éta-
bliſſe quelqu'un de ſa poſtérité; que ſi elle nous en veut donner un autre qu'elle-même, il lui ſoit agréable qu'elle ſe choi-
ſiſſe un gendre, lequel avec toutes les meilleures affections,
toute la dévotion & obéiſſance que peut apporter un bon &
fidéle Peuple, nous recevrons Roi. Car nous eſpérons, tant
de la bénédiction de Dieu ſur cette alliance, que ce que jadis
nous avons reçu de cette très grande & très Chrétienne Princeſſe Blanche de Caſtille, Mere de notre très Chrétien & très
Religieux Roi Saint Louis, nous le recevrons, voire au double, de cette grande & vertueuſe Princeſſe, fille de Votre Catholique Majeſté, laquelle, par ſes rares vertus, arrête tous yeux
à ſon objet; pour, en alliance perpétuelle, fraterniſer ces deux
grandes Monarchies ſous leur regne, à l'avancement de la
gloire de Notre Seigneur Jeſus-Chriſt, ſplendeur de ſon Egliſe, & union de tous les habitans de la terre, ſous les enſeignes du Chriſtianiſme. Comme votre Catholique Majeſté, avec
tant de ſignalées & triomphantes victoires, ſous la faveur divine, & par ſes armes, a fait de très grands progrès & avancemens, leſquels nous ſupplions Dieu, qui eſt le Seigneur des
batailles, continuer avec tel accompliſſement, que l'œuvre en
ſoit bientôt accomplie, &, pour ce faire, prolonger à votre
Catholique Majeſté en parfaite ſanté la vie très heureuſe, com-
blée de victoires & triomphes de tous ſes ennemis. De Paris,
ce 2 de Novembre 1591. *Et plus bas, à côté*; Le révérend Pere
Matthieu, préſent porteur, lequel nous a beaucoup édifiés,
bien inſtruit de nos affaires (1), ſuppléera au défaut de nos
Lettres envers votre Catholique Majeſté, laquelle nous prions
bien humblement ajouter foi à ce qu'il lui en rapportera. Cette Lettre étoit ſignée de quelques Docteurs de Sorbonne,
nommément de Genebrard & de Martin. La date d'icelle eſt
conſidérable, car elle eſt du ſecond de Novembre 1591, &
treize jours après ceux qui l'avoient écrite, & qui avoient entendu par le Pere Matthieu les intentions du Roi Philippe; ceux,
dis-je, qui ne bougeoient des Jeſuites, & qui n'alloient en
Confeſſion nulle part ailleurs, exécuterent cette grande & horrible cruauté, bourrelant à l'Eſpagnole, & ſans forme ni figure
de procès, celui, lequel comme le Chef de leur juſtice, ils re-
veroient le jour auparavant; ſe promettant les Eſpagnols, Jé-

_____
(1) L'inſtruction qui lui fut donnée eſt dans les Mémoires de Villeroy, Tome III, p.
49.

suites, & les Seize & leurs Adhérans, que ce spectacle tragique
& hideux, qu'ils présentoient au Peuple en pleine Grêve, l'a-
nimeroit & enflammeroit à se baigner dans le sang de tous les
gens de bien, qui ne pouvoient gouter la tyrannie Espagnole.
Mais Dieu, qui a en horreur telles & si exécrables entreprises,
en ordonna autrement, & fit que ce jour effroïable, qu'ils pensoient être l'établissement assuré du commandement Espagnol
dans Paris, en fut la ruine. Les plus endormis & assoupis commencerent à se réveiller; les plus timides, à changer leur crainte
en désespoir; & les plus ensorcelés par les Sermons des Jésuites, à connoître que l'Empire Castillan, qu'on leur avoit dépeint rempli de douceur, d'heur & de félicité, étoit le comble de ce qui est de plus cruel & de plus redoutable au monde.
Cette Lettre écrite au Roi d'Espagne, surprise près de Lyon
par le Sieur de Chasseron, & envoïée au Roi (de laquelle
l'original fut vu, & se voit encore chacun jour) fit clairement
connoître que le but que les Jésuites, & autres traîtres à la
France, s'étoient proposé, durant toutes ces guerres, étoit de
faire le Roi d'Espagne Monarque de toute la Chrétienté.

Ils imputoient à Brisson d'avoir voulu attirer le Chef des
Lansquenets au parti du Roi, auquel ce Président, voïant la
Ligue s'affoiblir, desiroit se réjoindre; Que Larcher étoit des
prétendans à la paix durant le siége; que Tardif étoit serviteur
du Duc de Nevers; & que tous trois étoient cause de la prospérité des affaires du Roi, & de ce que dans Paris plusieurs se
refroidissoient. Mais les Seize & leurs principaux Adhérans se
fâchoient d'être controllés; car au lieu de perdre, ils avoient
empli leurs coffres, & vouloient faire les braves, & avoient
plusieurs fois bafoué le Duc de Maïenne, qui trouvant occasion propre pour les gourmander à plaisir, accourut après cette
exécution à Paris, où à l'aide de la Chapelle, Prévôt des Marchands, & autres Ligueurs, jaloux les uns des autres, il fit empoigner quelques-uns de ces mutins, pendit les uns par la
bourse, & les autres par la gorge. Du nombre des exécutés à
mort, furent quatre des Seize; à savoir, le Commissaire Louchart, Anroux, Ameline, Emonnot, & encore un autre nommé
Barthelemi. Les douze autres, qui depuis n'ont volé que d'une
aîle, puis devant & après la reddition de Paris, s'en sont fuis à
Soissons, cloaque de la Ligue, étoient, la Bruyere, Crucé,
Bussi le Clerc, la Morliere, le Commissaire Bart, Drouart,
Avocat, Alvequin, Jablier, Messier, Passart, Oudineau &

Morin. Quelques-uns mettent un nommé le Tellier au lieu d'Anroux; mais l'un vaut l'autre.

Ce qui s'enfuit montrera de plus en plus l'esprit d'étourdissement qui regentoit en cette Ligue. Outre ce Conseil des Seize, qui fut l'architecte de la Ligue, l'on fut d'avis d'en dresser un plus grand; car chacun vouloit avoir part au gâteau, & disoit-on que la principale fête de la Ligue étoit celle des Rois, puis celle des Repentans ou battus. Ce Conseil général ou anarchie de l'Union, établi par le Peuple qui en avoit nommé quarante, se trouva augmenté de quatorze, que Monsieur le Lieutenant, les Dames de Montpensier, Nemours, Aumalle, & autres, nommerent par l'importunité de quelques Grands, lesquels desiroient entrer en cette compagnie pour y brouiller, encore que l'intention du Peuple fût de n'en établir que quarante seulement, avec les Députés des Provinces, quand ils viendroient à Paris, qui avoient séance & voix déliberative audit Conseil, & non autres. Ces Députés du Peuple étoient, Brezé, Evêque de Meaux; Roze, Evêque de Senlis; de Villars, Evêque d'Agen; Prevost, Curé de Saint Severin; Boucher, Curé de Saint Benoît; Aubri, Curé de Saint André; Pelletier, Curé de Saint Jacques; Pigenat, Curé de Saint Nicolas; & Launoi, Chanoine de Soissons, pour l'Eglise : les Sieurs de Manneville, Marquis de Canillac, Saint Pol, de Rosne, de Montberauld, de Hautefort, & du Saulsai pour la Noblesse : & les Sieurs de Masparaulté, de Nulli, Coquelei, Mydorge, de Machault, Baston, Marillac, Acharie, de Brai, le Beau-Clerc, de la Bruyere, Lieutenant-Civil; Anroux, Fontanon, Drouart, Crucé, de Bordeaux, Alvequin, Soly, Bellanger, Poncher, Senaut, & Charpentier pour le tiers Etat, qui sont les quarante nommés & convenus par le Peuple. Outre lesquels l'on y ajouta de premiere abordée quatorze; à savoir, Hennequin, Evêque de Rennes; Lenoncourt, Abbé; les Présidens Janin & Vetus; les Sieurs de Sermoise, Dampierre, le Président le Maître, d'Amours, Conseiller; Villeroy le pere, Villeroy le fils, la Bourdaiziere, du Fay, & les Présidens d'Ormesson & Videville, & depuis eux plusieurs autres de leur retenue, dont les Seize se plaignoient; disant que cet accroît étoit dressé pour emporter les voix des dénommés par le Peuple; de sorte que le plus souvent ils étoient en contradiction, tellement que quand les Grands vouloient frapper quelque coup au désavantage des Parisiens, & favoriser les

Roïaux, ils faifoient venir les Préfidens de la Cour, & Gens du
Roi avec leurs Adhérans, comme le Préfident le Sueur, de
Bragelonne, Tréforier; Rolland l'Echevin, & autres, qui
avoient féance & voix déliberative en ce Confeil, afin d'emporter ce qu'ils vouloient par la pluralité des voix, d'autant
que ces fupernuméraires furpaffoient le nombre de ceux nommés par le Peuple. Tellement que quand l'un d'entr'eux vouloit faire élargir quelqu'un de fes amis, il alloit prier tous ces
fupernuméraires, & s'aidoient de leurs fuffrages les uns les autres,
pour faire fortir tout autant de Roïaux que l'on emprifonnoit;
comme de fait, on les a tous fait fortir, nonobftant l'acclamation
du Peuple ni l'opinion des Députés du Peuple. Deforte qu'au lieu
de traiter en ce Confeil des moïens d'exterminer les Roïaux, on
y traitoit le plus fouvent de les favorifer, les élargir, bailler main-
levée de leurs biens, & les foulager en tout ce qu'il fe pouvoit.

Telles étoient les plaintes de Seize: & cependant ils ne vi-
foient qu'à remplir leurs coffres. Telle étoit auffi l'intention de
leurs Prédicateurs & Docteurs. Les Seize vouloient tenir les
places des Préfidens, Confeillers & Tréforiers chaffés. Oudineau eut un état de Grand Prevôt, & la Morliere, de Lieutenant Criminel de Robe-courte. Tous en général & en particulier ont volé leurs voifins, dérobant les pierreries, la vaiffelle
d'argent & autres meubles précieux, fous ombre d'aller chercher des papiers. Quant aux Prédicateurs & Docteurs, rien ne
les a émus que l'efpérance d'être Evêques, Abbés & grands Seigneurs. Pourquoi chaffoit-on le Cardinal de Gondi? Etoit-ce
pas afin que Roze prît fa place, prêchant en l'Eglife de Notre-Dame fes folles rêveries, pour s'y mieux intrônifer? Boucher
a-t-il pas demandé cinq & fix Evêchés, & enfin a-t-il pas im-
pétré penfion fur celle de Beauvais, comme auparavant fur celle
de Frejus? Pigenat avoit-il pas volé la Cure de Saint Nicolas,
& Ginceftre celle de Saint Gervais? Lucain a-t-il pas fait tout
ce qui lui a été poffible pour faire chaffer Morenne, Curé de
S. Mederic, pour avoir fa place?

Une autre confufion leur tomba deffus la tête. Car d'entre les
Seize & Quarante, aucuns fervoient au Roi contre leur Compagnons. Même on dit qu'Oudineau & la Morliere poufferent
bien à la roue au procès de Louchart & de fes Compagnons.
Ajoutons encore un mot. Les Seize infiftoient dès le commencement fur l'élection d'un Roi, & vouloient qu'on s'en rappor-
tât au Roi d'Efpagne; tellement qu'infinies menées fe paffe-
rent

rent en ces entrefaites. Le Duc de Mayenne aïant découvert
qu'ils ne vouloient point de lui, tôt après la mort du Roi,
commença à les dédaigner. De fait, au camp de Corbeil, au
mois de Septembre 1590, au Village de Choifi, où le Duc de
Mayenne étoit logé, fe trouverent quelques-uns de cette Compagnie des Seize, tant Eccléfiaftiques que Séculiers, entr'autres le Doçteur Boucher, frere Bernard le Feuillant, le Grefle,
Crucé, Borderel, Rofni, le Trellier, de Sainçtion, Jablier,
Thinot, Lefcoffier & autres, defireux de la ruine du Roïaume,
qui avoient apporté de bons mémoires, & très néceffaires pour
le falut de la Ligue, que Boucher & Crucé, à un foir préfenterent
au Duc de Mayénne, qui les reçut avec promeffes d'y pourvoir; mais incontinent qu'ils furent fortis, les Sieurs de Rofne, Vitri, & autres, qui lors étoient près de la perfonne & du
Confeil du Duc de Mayenne, fe moquoient de toutes les
demandes & mémoires des Seize, & en médifoient, difant
que c'étoient gens turbulens, qui ne demandoient que la ruine de la Nobleffe, & des Places fortes qui leur appartenoient,
& qu'il falloit faire des torchons de telles demandes. Autres
difoient qu'il les falloit mettre en pieces avec leurs mémoires.
Et fur le champ fut faite une copie de leurs mémoires, envoïée
au Sieur de Villeroi, qui étoit en un fien Château près de ce
lieu, & leur original montré à l'Archevêque de Lyon, au Préfident d'Orcei, & autres du Confeil, qui firent des annota-
tions fur les Articles, comme les fripons font fur un Defpau-
tere, & donnerent des réfolutions des Maîtres ès Arts, fe moquans de cette Compagnie, qui fut huit jours entiers en ce
Village de Choifi, & tous enfemblement ne rapporterent que
du vent & de la rifée; & me fouvient que Baudouin, Sécrétaire, dit, que les Seize étoient venus bien chargés de mémoires, & qu'ils s'en retournoient à vuide; & encore que le Secrétaire de Roffieu fît pour eux tout ce qu'il pouvoit, toutesfois fon travail fut vain. Davantage, il ne fut en leur puiffance d'obtenir congé de faluer le Prince de Parme, & au contraire on leur défendit d'y aller, & mit-on cinq ou fix efpions
à l'entour du Prince de Parme, defquels Rofne étoit le principal, pour favoir fi quelqu'un de cette Compagnie iroit le
voir, tant l'on avoit peur qu'il fût la vérité des affaires de
France & néceffité du Peuple, & n'étoit entretenu que de
menfonges par les plus grands. Il me fouvient que Boucher alla
voir l'Evêque de Plaifance, à préfent Cardinal, & foi difant à

Tome V. O o o o

faux titre Légat, qui étoit logé avec le Prince de Parme, & fut apperçu par Rofne, qui le jour même en avertit le Duc de Mayenne, lequel en fut fort irrité; & en porta mauvais vifage audit Boucher, le menaçant de lui crever l'autre œil s'il le fâchoit, tant il craignoit que l'on communiquât avec le Duc de Parme. Il y avoit pareille jaloufie en ce Duc de Mayenne & fon confeil, contre les Seize, pour le fait de l'Efpagnol, que celle que le défunt Roi Henri avoit contre ceux de Guife, qui s'aidoient de la faveur de l'Efpagnol, qui étoit l'une des principales & juftes caufes de la haine qu'il leur pórtoit, que celle qu'a le Duc de Mayenne contre les Seize, & conféquemment leur ruine. Parceque le Duc aïant cette jaloufie en tête, perdra plutôt la vie, abandonnera le parti, & fe joindra aux Roïaux, plutôt que de fouffrir aucune communication, ni intelligence entre le Peuple & l'Efpagnol, duquel il fe veut aider pour fon profit particulier, & non pour le bien général; & cette jaloufie fera la ruine de la Ligue, par ce que l'on en a connu, tant par la bouche d'aucuns des Principaux, étant leur volonté de gouverner & commander abfolument, & s'aider de l'Efpagnol à leur fantaifie, fans fe foucier des Sorbonniftes & Prêcheurs, ni des Seize, ni autres du Peuple Ligueur; témoin la journée du 4 de Décembre mil cinq cent nonante-un (1); qui fut exécutée fur ce feul fujet de communiquer avec l'Efpagnol, auquel les Seize avoient écrit pour avoir un Roi, fans parler du Duc de Mayenne, qui entra en fi grande furie, joint la provocation de la Dame de Montpenfier & du Gouverneur, qu'oubliant toute juftice, toute promeffe, & tout honneur & refpeƈt, il fe vengea fur une partie des Seize, fous un prétexte qu'il emprunta, encore que la vérité eft, que la vraie occafion étoit la Lettre que les Seize avoient écrite au Roi d'Efpagne, comme à leur Roi, fignée de quelques Doƈteurs de Sorbonne, comme a été dit ci-deffus; ainfi que la Dame de Montpenfier le fut bien dire le lendemain de l'exécution, le jour de laquelle l'on faifoit courir un bruit contre les Seize, qu'ils avoient voulu attenter à la perfonne du Duc de Mayenne. Le fecond jour, que c'étoit, parcequ'ils étoient Efpagnols, & à cette fin la Dame de Montpenfier repréfenta une copie de Lettre, envoïée par les Seize au Roi d'Efpagne, qu'elle montra à toutes perfonnes, pour les animer contre les Seize, & en dépit des

---

(1) Jour auquel les Quatre de la faƈtion des Seize furent pendus, ainfi qu'ils l'avoient bien mérité.

Efpagnols. Et le troifieme jour on fit courir le bruit que c'étoit à caufe de la mort du Préfident Briffon, & de fes deux compagnons, deforte qu'en trois jours l'on fit courir trois divers paquets contre les Seize; mais le fecond étoit le plus véritable. Comme mêmement le Duc de Mayenne ne put fe tenir qu'il ne le dît à l'Ambaffadeur d'Efpagne, lui difant que l'on vouloit porter la Couronne de France à fon Maître par les membres, mais qu'il lui falloit porter par les Chefs. Joint que par plufieurs fois le Duc de Mayenne a dit que les Seize lui avoient gâté fes affaires, mais qu'il s'en vengeroit, & l'a écrit à tous les Gouverneurs de la Ligue, pour leur faire trouver bonne l'exécution qu'il avoit fait faire contre les Seize, les appellant par fes Lettres gens turbulens & violens, auxquels il ne fe fieroit plus, & qu'il fe remettoit du tout à la volonté & bon confeil du Parlement de Paris.

On peut voir de ce que deffus, combien ont été juftes les caufes pour lefquelles l'Auteur a découvert les confufions de la Ligue en fa Satyre, à laquelle on apprête un Commentaire, fi les Ligueurs continuent en leurs fureurs, afin que leurs méchancetés & les trahifons qu'ils ont braffées les uns aux autres foient découvertes de plus en plus. Au refte, quelques-uns ont rapporté qu'on avoit trouvé mauvais que l'Auteur eût mis en fa Satyre les noms propres d'aucuns féditieux & principaux Auteurs de tout le malheur de la France; mais je lui ai oui dire qu'il étoit d'un païs, où l'on appelloit le pain, pain, & les figues, figues. Ceux qui avoient livré pour de l'argent leur propre Ville au Roi Philippe de Macedoine, fe plaignoient bien que fes Soldats, après la reddition, les appelloient traîtres, & leur reprochoient leur trahifon. Je ne faurois, dit le Roi, que vous y faire; mes Soldats font groffiers & lourdeaux, qui appellent les chofes par leur nom. Ceux, qui après avoir fait révolter les Villes contre le Roi, & fait la guerre tant qu'ils ont pu tenir, exercé toutes fortes de tyrannies fur le pauvre Peuple, & ruiné tous leurs voifins, & qui fe voïant ne pouvoir plus fubfifter, & n'y avoir plus rien que prendre, ont vendu cherement les Places au Roi, & livré les pauvres habitans à fa merci, font bien marris fi on les appelle traîtres. Mais fi fera-t-il mal aifé qu'il n'en échappe quelque mot aux Parifiens, mêmement contre ceux qui ont pris de l'argent, & qui ont marchandé & barguigné, pour parvenir à un certain prix: j'en veux avoir tant. Car encore, qu'ils aïent fait ce qu'ils doivent,

comme les Juges qui font la juſtice qu'ils ſont tenus faire ; ſi
eſt ce qu'en prenant de l'argent ils ont tout gâté, & ne doivent plus recevoir d'honneur de leur bienfait. Ils ne peuvent
ſe ſauver qu'on ne les appelle traîtres, concuſſionnaires, marchands & vendeurs de leurs païs, & n'y a que Dieu ſeul qui
puiſſe faire que les choſes faites ne ſoient faites ; encore ne le
fera-t'il que par l'oubli, qu'il peut induire en nos eſprits, pour
ne nous ſouvenir de ce qui s'eſt paſſé. Et ſur ce propos, un de
nos Poétes, dont notre Ville d'Eleuthere eſt aſſez bien fournie, a dit en ſix petits vers ces jours paſſés :

Ceux qui vendent au Roi, par ces guerres civiles,
A beaux deniers comptans, les Places & les Villes,
Encore à mon avis, lui font-ils bon marché ;
Car pour un peu d'argent s'expoſant aux envies,
Ils vendent quant & quant leur honneur & leurs vies.
Jamais homme de bien ſur ce train n'a marché.

Toutesfois il s'en trouve quelques-uns, qui s'étant du commencement laiſſé emporter au torrent de la Ligue, fut-ce pour
crainte de perdre leur Religion, fut-ce pour affection particuliere qu'ils portoient aux Chefs du Parti, ou pour quelque indignation & haine qu'ils euſſent conçue contre le feu Roi, ſe
font d'eux-mêmes ſoumis à reconnoître le Roi préſent, ſitôt
qu'ils l'ont vu Catholique, & ont remis en ſa puiſſance les Places qu'ils tenoient, ſans marchander, ni entrer en compoſition avec leur Maître ; & ceux-là ſont plus excuſables de leur
premiere erreur que les autres ; voire méritent recommandation & louange, & d'être mis aux Chroniques, pour avoir délivré ceux païs de la tyrannie Eſpagnole, comme on y voit
ceux qui délivrerent la France des Anglois, dont ſont venus
tant de beaux priviléges octroïés aux familles, aux Villes &
Communautés, qui d'elles-mêmes ſecouerent le joug étranger,
pour ſe ſoumettre à la douce puiſſance de leurs Rois naturels.
Mais ce qui fâche le plus tous les gens de bien, eſt de voir
ceux qui ne l'ont fait que par force & néceſſité, être néanmoins careſſés, reçus & bien venus, & ſe glorifier qu'ils ſont
cauſe que le Roi eſt converti. Ceux-là me font ſouvenir d'une
réponſe que fit le grand Fabius à un Capitaine Romain, Gouverneur de Tarente, qui après avoir laiſſé perdre la Ville par
la trahiſon des Citoïens, ſe vantoit d'avoir été cauſe de la re-

prife. A la vérité, dit Fabius, je ne l'euffe point reprife ni re-
couvrée, fi tu ne l'euffes perdue. Auffi fe peuvent vanter ces
gens ici, qu'ils font caufe de tant de trophées & triomphes que
le Roi a acquis en conquérant fon Roïaume ; car, fans leur
trahifon & rebellion, il n'eut pas tant gagné d'honneur à les
fubjuguer & ranger à raifon. J'en vois d'autres qui n'ont bougé
de leurs maifons & de leurs aifes, occupés à déchirer le nom du
Roi, & des Princes du Sang de France, tant qu'ils ont pu, & qui
ne pouvant plus réfifter à la néceffité qui les preffoit, pour avoir
eu deux ou trois jours devant la réduction de leur Ville, quelque bon foupir & fentiment de mieux faire, font aujourd'hui
néanmoins ceux qui parlent plus haut, & qui ont les états,
offices & récompenfes, & fe vantent d'avoir fait plus de fervice
au Roi & à la France, que ceux qui ont quitté leurs maifons,
& leurs biens & offices, pour fuivre leur Prince, & qui ont
voulu endurer toutes fortes de néceffités plutôt que de conniver
à la tyrannie des Etrangers, tant Lorrains qu'Efpagnols. Mais
cette plainte mérite une autre Ménippée. Je ne vous dirai plus
que deux petits quatrains, que deux de nos Compatriotes firent
fur le champ, une fois que nous difcourions fur ce même
fujet.

Si les mauvais François font bien récompenfés,
Si les plus gens de bien font les moins avancés,
Soïons un peu méchans, on guerdonne l'offenfe ;
Qui n'a point fait de mal, n'a point de récompenfe.

L'autre tout à l'inftant pourfuivit en autant de vers, non moins
à propos que les premiers.

Pour être bien venus, & faire nos affaires
Durant ce temps fâcheux, plein d'horribles miferes,
Agnofte, mon ami, fais-tu que nous ferons ?
Surprenons quelque place, & puis nous traiterons.

Je fais bien qu'il y a des gens qui ne prennent pas plaifir qu'on
parle & qu'on écrive ainfi librement, & s'offenfent au premier mot
qui ramentoit nos afflictions paffées; comme fi après tant de pertes,
ils nous vouloient encore ôter le fentiment, & la langue, & la
parole, & la liberté de nous plaindre. Mais ils feroient pis que
Phalaris ne faifoit à ceux qu'il étoufoit dans fon veau d'airain ;

car il ne les empêchoit point de crier, finon qu'il ne vouloit pas ouir leurs cris comme d'hommes, de peur d'en avoir pitié, ains comme hurlemens de bœufs & de taureaux, pour déguiser le fon de la voix humaine. Il eft malaifé que ceux que l'on a pillés, volés, emprifonnés en la Baftille, rançonnés & chaffés de leur Ville & de leurs charges, ne jettent quelque maledic-tion fur ceux qui en font caufe, quand à leur retour ils trouvent leurs maifons vagues, défertes, où il n'y a plus que les murail-les ; au lieu qu'ils les avoient laiffées richement meublées & ac-commodées de toutes chofes. Qui pourra jamais étouper la bouche à la poftérité, & l'empêcher de parler du tiers Parti, & de ceux qui l'ont enfanté & allaité, & qui le tiennent encore renfermé en chambre, le nourriffent & fubftantent de bonnes viandes, pour le mettre un jour en lumiere, & le faire voir tout formé, & tout grand, quand ils en verront le temps & la commodité ? Jamais ne fut & ne fera, quelques Loix & Ordon-nances qu'on y puiffe faire, que la cenfure ne foit mieux reçue que la louange ; mêmement quand elle eft tirée de la vérité, & qu'il n'y ait cent fois plus de plaifir à piquer un poltron, qu'à louer un homme de bien. C'eft la punition que les méchans ne peuvent éviter ; & s'ils ont tous leurs plaifirs d'ailleurs, pour le moins faut-il qu'ils aient ce déplaifir, & ce ver fur le cœur, de favoir que le Peuple les déchire, & les maudit fecrete-ment, & que les Ecrivains ne les épargneront pas après leur mort.

Avertiffement.

PENDANT la treve générale accordée entre le Roi & le Duc de Mayenne, plufieurs propos fe mirent en avant pour le rétabliffement des affaires du Roïaume. Le Roi, qui ne fouhaitoit que la réunion de fes Sujets & l'abolition de ce Parti pernicieux de la Ligue, effaïoit d'adoucir le Duc, par offres de charges & récompenfes & affurances très honorables & du tout avantageufes. Le Duc aïant encore (ce fembloit) plufieurs cordes à fon arc, marchandoit, promettoit, refufoit, avançoit, reculoit & tiroit les affaires en longueur; procurant fous main que la décifion faite l'an 1590, au mois de Mai, par les Sorbonniftes, eût lieu; à favoir, que Henri de Bourbon fût déclaré déchu de tout droit & prétention à la Couronne, quoi qu'il adhérât à la Religion Romaine. Les Agens d'Efpagne en France & à Rome pouffoient à la roue, réfiftant de tout leur pouvoir à la négociation du Duc de Nevers. D'autre côté le Peuple & plufieurs Grands continuoient en leur vieille crierie de l'incompatibilité de l'exercice des deux Religions en France; & plufieurs penchoient à cet avis, que le Roi ne devoit être reçu, qu'au préalable il ne promît de chaffer tous ceux de la Religion Réformée, ou du moins d'en abolir & faire ceffer tout exercice public. Ce qui induifit aucuns de remettre en avant les remontrances faites du vivant du feu Roi, pour cet article, dont nous préfentons un fommaire au Lecteur; lequel fommaire nous avons extrait de la remontrance d'un paifible Catholique, publiée il y a affez long-temps, & digne d'être inférée en cet endroit, au regard de ce différend.

REPONSE

A ceux qui difent être impoffible qu'on approuve & tolere en France l'exercice public de la Religion prétendue Réformée, comme de la Catholique Romaine.

CEUX auxquels nous adreffons la préfente remontrance, fe couvrant de beaux prétextes, difent qu'ils ne peuvent endurer ni approuver, qu'on laiffe vivre deux Religions enfemble en France. Je defirerois avec eux qu'il n'y en eût qu'une, felon laquelle Dieu fût fervi en tout & par-tout comme il appartient. Mais puifque fouhaits n'ont point de lieu, il faut vouloir ce qu'on peut, fi on ne peut tout ce qu'on veut. Nous ne fommes pas les premiers qui ont eu cette querelle à débattre. Nos voisins presque tous y ont été devant nous, & spécialement les Allemands. Ils avoient un Empereur, Charles cinquieme, sage & puissant, qui entreprit de ruiner cette Religion en Allemagne, lorsqu'elle n'étoit encore à rez de chaussée. Il y emploïa l'Allemagne, l'Italie, l'Espagne ; il gagna batailles ; il eut les Chefs prisonniers en ses mains ; il réduisit tout à tel point qu'il voulut, réservé une seule Ville de Magdebourg. Finalement ceux mêmes qui l'avoient aidé à la ruiner, conjurerent contre lui, tellement que ne voïant nulle fin à son dessein, ains d'une guerre naître l'autre, & du serpent le basilic, il aima mieux & trouva plus sûr de permettre la liberté à cette Religion, que de voir l'Empire empirer d'heure à heure, & prêt à tomber sur sa tête en ruine. Depuis cette paix qu'il leur accorda, & entretint (de laquelle le feu Roi Henri second fut en partie cause) l'Allemagne est paisible & tranquille par-tout, & regarde à son aise la ruine de ses voisins, voire leur fournit de Maçons pour se démolir ; au lieu que sans icelle paix, elle s'en alloit en ruine.

Peu de temps après notre tour est venu comme des autres. Et si nous considérons comme nous nous sommes gouvernés envers ces gens ici, plus ne nous reste que, ou de ruiner & périr tous ensemble, sans que l'un ait à se moquer de son compagnon, ou de laisser vivre les uns les autres en paix & liberté de conscience. Au commencement nous les avons brûlés tous vifs, à petit feu, sans distinction de sexe ni qualité. Tant s'en faut que nous les aïons consumés par-là, qu'ils ont éteint nôs feux de leur sang, & se sont nourris & multipliés au milieu des flammes. Depuis nous les avons noïés ; & semble qu'ils aient fraïé dedans les eaux. Comme le nombre s'est accru, nous les avons combattus & battus en diverses batailles, nous les avons défaits quelquefois à plate couture, si ne les avons nous jamais pu abattre. Nous les avons enivrés de vin aux nôces, nous leur avons coupé les têtes en dormant ; & à peu de jours de-là les avons vu de nos yeux ressusciter aussi forts que paravant, & avec têtes plus dures & plus fortes que jamais. Reste donc, puisque nous ne les avons pu faire mourir, que nous les laissions vivre ; puisque par force nous n'avons rien profité, que par amour nous essaïons ; puisque la guerre n'a de rien servi, en laquelle toutesfois nous n'avons épargné, ni nos biens, ni nos vies, ni notre honneur même, que maintenant nous les laissions au milieu de nous en paix,

Et

Et ne trouvons cette mutation en rien étrange. Es maladies ou inconnues ou difficiles, il en prend ordinairement ainsi. On éprouve la recette bonne ou mauvaise du premier venu. S'il n'amende, on n'a point de honte pour sa santé de se repentir & de changer de façon de faire. Ainsi nous en est-il avenu. Quand premierement ces pauvres gens apparurent en ce Roïaume, on nous dit qu'on les avoit brûlés chez nos voisins. Nous fîmes de même où on leur avoit fait la guerre à toute outrance. Nous avons fait encore pis qu'eux. Puis donc que nos cauteres, puisque tous nos remedes corrosifs, au lieu de réduire la plaie à cicatrice, n'ont fait qu'aggrandir l'escare, que reste-t-il plus, sinon, à l'exemple de nos voisins, y appliquer de bonnes huiles & de bons lénitifs ? si à notre grand malheur nous avons suivi leur premier avis, aurons-nous honte de suivre à notre salut leur repentance ?

Autres (possible) le trouveront mauvais, les uns pour la conscience, les autres pour l'Etat. Les uns par un zele moins que prudent, les autres par une fausse ombre de prudence. Les uns estimant, qu'il n'est pas loisible de laisser vivre les Hérétiques (qu'ils appellent) entre les Catholiques; les autres, qu'il n'est pas expédient d'avoir deux Religions en un Etat. Quant aux premiers, je les supplie de se défaire, en tant qu'en eux est, des passions, ou illusions, qui leur ont jusqu'ici fait voir une chose pour l'autre. On nous a fait accroire que ces gens ci sont monstres. On nous a harés (1) après eux comme après des chiens. Si nous les regardons, ce sont hommes de même nature & condition que nous. On nous a défendu leur compagnie & communication, comme d'Infideles. Or, ils sont Chrétiens, adorant le vrai Dieu, cherchant salut en Jesus-Christ, croïant aux paroles de la sainte Bible, enfans de même Pere, demandant part à même héritage, & par même Testament que les anciens Chrétiens. On nous a voulu faire accroire qu'ils ne sont pas vrais François. Leur langue, leur propos, leur amour envers la Patrie, leur haine envers les Etrangers, qui en pourchassent la ruine, nous montrent assez qu'ils en sont. Et y en a plusieurs, qui, contre les ennemis de cet Etat, ont fait des services notables, tous prêts encore de recommencer.

Toute la différence qui est entr'eux & nous, gît en ce point qu'eux trouvant beaucoup d'abus en notre Eglise (dont nous-

(1) C'est-à-dire excités à poursuivre; Harer, *instigare*. Harer les chiens après le loup, *instigare canes*; les exciter, les agacer.

1593.

Possibilité
de l'exerci-
ce de la R.
P. R.

mêmes confessons une partie) ils en ont requis la réformation, & au refus d'icelle, pour la crainte de leur ame & le desir de leur salut, s'en sont promptement retirés (1) ; & nous, voïant une partie de ces abus, comme eux, attendant la réformation d'iceux, avons pensé, que sauf notre conscience, nous y pouvions demeurer. Sera-t-il dit que pour tenir divers chemins, nous devions couper la gorge les uns aux autres ? Si quelqu'un est en ténebres, on lui éclaire, mais on ne le brûle pas. S'il est infecté, on le lave, mais on ne le noie pas. S'il est malade, on le panse, mais on ne l'acheve pas. S'il est dévoïé, on le radresse, mais on ne l'égorge pas. Nous disons qu'ils sont en ténebres, infects, & malades, dévoïés, & sommes toutesfois ou si fort ignorans, ou si peu charitables, que nous les voulons barbarement brûler, tuer, noïer & brigander (2). La guerre ni la rigueur ne furent jamais moïens propres pour parvenir à une union. Celui qui veut réunir l'Eglise, tend à y ramener ceux qui s'en sont détournés, à rappeller au troupeau ceux qui s'en sont égarés. La guerre au contraire & les rigueurs tendent à les ruiner & exterminer ; non, dis-je, à ce qu'ils reviennent, mais à ce qu'ils ne soient plus. C'est une remede pire que la maladie. C'est proprement au lieu d'accorder deux cordes ensemble & les remettre en ton, en couper ou rompre l'une par fureur & impatience, & gâter tout l'instrument.

Que ferons-nous donc ? Comme hommes capables de raison, il les nous faut gagner par raison. Sur la tête & sur le cerveau, il n'y a prise que par les oreilles. On la leur pourroit rompre à tous, que leur opinion toutesfois y demeureroit entiere. Comme François, il les faut pratiquer par douce & amiable conversation. Accordant les personnes, les procès tôt après se verront éteints & assoupis. Comme Chrétiens, il les faut prêcher, il leur faut interprêter les Ecritures. Il les faut appeller à un Concile libre : pour y déclarer leurs raisons. Ainsi en ont fait les Apôtres. Ainsi la primitive Eglise. Ainsi tous les anciens Empereurs, qui en ont desiré l'union, lesquels en ont toujours eu bonne issue ; au lieu que par toutes ces voies rigoureuses, la plaie s'é-

---

(1) Les abus sont condamnables par tout où ils se trouvent ; mais les abus que les Hérétiques ont cru voir parmi les Catholiques, n'ont jamais pu être une raison valable d'abandonner la seule Eglise véritable. Ces abus mêmes n'ont été pour eux qu'un prétexte.

(2) L'Eglise n'a jamais approuvé la violence envers ceux qui sont sortis de son sein. Ceux qui ont agi autrement se sont éloignés de son esprit, & n'ont jamais eu son approbation. Ce sont des fautes de Particuliers, non celles de l'Eglise, qui les reprouve.

largit tant, qu'elle ne se peut jamais refermer ni consolider
après. Et ne disons plus qu'ils sont pertinax, qu'ils s'opiniâtrent en une erreur dont ils sont pieça convaincus, & que
partant il y faut procéder par le glaive. Ce sont les belles
raisons de nos Evêques, qui ont perdu, pour la plûpart, le
glaive spirituel de Saint Pierre (1), & veulent maintenant avoir
recours à celui qu'il tira contre le Serviteur du Sacrificateur. Il
est tout certain, que depuis que ces pauvres gens sont apparus
entre nous, il ne s'est tenu Concile, où ils eussent pu sûre-
ment comparoître (2).

Nous savons comme les Papes de notre temps, craignant
qu'on ne procédât à leur réformation même, s'en sont toujours
su défaire : ce leur a été autant d'occasion de scandale, & autant d'argument de persévérer en leur opinion. On fait un Concile, disent-ils, & ceux le fuient, qui se vantent de tenir le
premier lieu en l'Eglise Catholique. Ils ont donc peur de la dispute, ils craignent d'être convaincus. Ils ne se sentent pas bien
fondés en droit, puisqu'au lieu de plaider, ils ont recours à la
force. A entendemens jà préoccupés d'une opinion, ces circonstances ne font pas peu d'effet. Et quant à l'opiniâtreté, anciennement s'est-il bien trouvé des Sophistes & des Sectes de
Philosophes, qui de gaïeté de cœur ont soutenu à pleine tête
opinions absurdes, & du tout contre raison ; mais c'étoit en un
pré, en une belle galerie, en une école, où les uns leur ap-
plaudissoient, les autres prenoient, pour le moins, plaisir à
leurs fantaisies ; bref en lieu, où n'y avoit que craindre. Mais,
qui aient abandonné les Cours des Princes, où ils pouvoient être
favorisés, qui aient laissé leur maison, leur famille, leur patrie, qui aient épousé une haire de malheur pour toute leur vie,
qui se soient laissé brûler vifs, massacrer cruellement, par une
simple opiniâtreté : jamais ne s'en vit. Pourtant faut-il croire, que ce que ces gens ici, qu'en autres choses nous connoissons prudens & avisés, élisent de vivre & mourir si misérablement, n'est point par un esprit de contradiction, par une

---

(1) Les Evêques n'ont jamais perdu l'autorité du glaive spirituel ; ils ont encore,
comme ils ont toujours eu, le droit d'infliger des peines spirituelles, & d'excommunier même selon les Regles prescrites par
les Saints Canons. Mais on voit dans tout
ce Discours, que l'Auteur étoit quelque

Protestant, ou un Catholique politique
& très-peu instruit de la Doctrine & de la
Discipline de l'Eglise.
(2) Ils ont pu paroître au Concile de
Trente. Tout ce que l'Auteur insinue ici
contre ce Concile est outré.

défobéiffance à leur Prince, de qui autrement ils recevroient toute faveur; mais pour le falut de leurs ames, qu'ils préferent à toutes chofes mondaines: ce que nous devons d'autant plus fupporter, que nous tenons vulgairement contr'eux en notre Religion, que toutes chofes qui fe font à bonne intention font bien faites & bonnes.

Or crois-je que la plûpart des gens paifibles approuveront cette voie, comme la plus propre; car de fait, en toutes les cruautés qui fe font exercées contr'eux, il ne fe trouvera gueres que des malautrus, attirés par le pillage, ou des gens fans ame & confcience, qui en aient fouillé leurs mains. Mais peut-être, auront-ils trouvé dur de leur accorder l'exercice de leur Religion, & fingulierement dedans les Villes, comme il a plu au Roi, & penferoient faire affez pour eux, de ne les forcer point en leur confcience.

Premierement, je les prie de confidérer que ceci leur a été accordé, non du premier coup, mais après avoir en vain éprouvé les feux & les eaux, & toutes efpeces de tourmens contr'eux, non légerement, mais par une mûre délibération des Etats, tenus folemnellement à Orléans; non pour mettre divifion én l'Eglife, mais pour prévenir la ruine & divifion, autrement prochaine de l'Etat. Que depuis que par un zele imprudent, on le leur a voulu ôter, nous n'avons vu que guerres, que malheurs, que ruines; & que pour prévenir la totale & inévitable ruine, il ne s'eft trouvé autre moïen, après avoir longuement marchandé, que d'en venir à ce point. Et partant que (comme la paix eft jufte en tant que néceffaire) cet article auffi d'un Edit de Paix eft jufte, en tant que cette néceffaire paix ne peut être, ni durer fans cet article. Je demande en après, lequel nous aimons le mieux, ou que ces gens deviennent Athéiftes, ou bien qu'ils demeurent tels qu'ils font. Si Athéiftes, ils en feroient pires pour eux, en ce que ne croïant du tout rien, on n'en pourroit efpérer amendement. Pires pour nous, en ce que ne craignant ni revérant rien, nous ne pourrions avoir aucune fiance en chofe qu'euffions à traiter avec eux. Pires pour l'Etat, en ce que n'attendant Dieu pour Juge, ils fe foucieroient peu des Juges & Magiftrats qu'il a ordonnés en terre. Au lieu de tous ces maux, nous n'en aurions autre bien, que d'avoir contenté une aveugle & immodérée paffion qui eft en nous. Or, qui doute qu'une partie n'en retombe-là, fi nous les laiffons comme bêtes, fans nulle forme de Religion?

On me répondra qu'ils auront la Catholique. S'ils n'y vont point, il ne leur sert de rien. S'ils y vont, de gens de bien en leur Religion, ils deviendront, non Catholiques, mais Hypocrites, non Fideles, mais Infideles en l'une & en l'autre ; & tant s'accoutumeront à tromper le Dieu que nous voulons qu'ils servent, & forcer leur propre conscience, qu'ils ne feront plus de conscience de tromper ceux qui auront affaire avec eux. Davantage, les estimons-nous, je vous prie, pires que les Juifs? ou nous pensons-nous plus saints que le Pape, & nos Villes plus privilegiées que celle de Rome? Les Juifs blasphêment désespérement Jesus-Christ. Ceux-ci l'adorent, & n'espérent salut qu'en lui. Ils lisent l'Evangile comme une fable, ceux-ci comme la seule assurance de leur Foi. Ils souhaitent la ruine de notre Eglise, ceux-ci en requierent la réformation. Il y a quinze cens ans & plus que les Juifs s'opiniâtrent contre toute apparence de raison : ceux-ci, au contraire, depuis quelques années, ne demandent que lieu où débattre librement leurs raisons. Toutes différences y sont, & en la doctrine, & ès mœurs, & en la commune conversation. Et quant au Pape, nous autres Catholiques Romains le tenons pour Chef de l'Eglise, & nous n'en sommes que les membres ; pour Docteur, & nous n'en sommes qu'Auditeurs. Nous tenons bref, ses decrets pour oracles, son exemple pour regle infaillible. Regardons toutesfois comme il en use. Il permet, au milieu de sa Ville de Rome, des Synagogues publiques aux Juifs, en toutes les Terres de son patrimoine, & tous les Princes d'Italie à son exemple. Voire même, pour un certain nombre de ducats, il donne licence à qui le veut d'en ériger de particulieres. Or ce que ce Pere Saint permet à ces ennemis de Christ, étrangers du Païs, pour gagner quelque peu de ducats, pour un profit de néant, le denierions-nous, nous, dis-je, qui faisons état de le suivre & de le croire, à ces pauvres Chrétiens, à nos freres & Concitoïens, pour notre repos, pour la nécessité publique, pour racheter ce pauvre Roïaume de ruine & de confusion?

Ne faisons point de difficulté sur nos Villes. Ce qui est tolérable aux Champs, est tolérable aux Bourgs ; ce qui l'est aux Bourgs, l'est ès Places & ès Marchés des Villes. Les Peuples font les Villes, & non les murailles. Pour cela ne sera ni notre Religion plus reculée, ni la leur plus avancée. Ce que Jesus-Christ avoit dit en l'oreille, a été prêché sur les toits, & à peu

1593.

POSSIBILITÉ DE L'EXERCI-CE DE LA R. P. R.

de temps de-là, a retenti par toute la terre ; & les vaines fantai-
fies que les Pharifiens prêchoient au Temple, en la chaire de
Moïfe, fe font trouvées enfevelies. En ce, leur devons-nous
favoir bon gré, & reconnoître qu'ils n'ont point intention de
tromper perfonne à leur efcient, quand ils defirent faire profeffion de leur Doctrine publiquement, & devant tous. Ceux
qui vendent les hapelourdes, les montrent par-deffous le manteau. Ils retirent les gens en quelque recoin bien obfcur. Ceux
qui veulent expofer la fauffe monnoie, ne la baillent qu'à la
chandelle. Les bons & loïaux Marchands au contraire mettent
leur marchandife en vûe, & la déploient en pleine halle, au
milieu des Revifiteurs. Ceux qui ont de bon argent le mettent
à toute heure entre toutes gens, & ne craignent touche ni cou-
pelle. Si ces gens-ci ont de la fauffe monnoie, fi quelque mauvaife denrée, pour le moins en ce qu'ils defirent la mettre en
vûe, montrent-ils affez qu'il n'y a point de dol en eux, ains
qu'ils en font circonvenus les premiers, s'il y a circonvention.
Or, s'ils font trompeurs, c'eft donc le moïen de les découvrir.
Si trompés fimplement, ils méritent qu'on ait pitié d'eux ; &
mieux ne fauroit-on que les délivrer d'abus, comme d'un malin efprit qui les poffede, au milieu d'une belle & grande affemblée.

Il me fouvient, que lorfqu'ils s'affembloient la nuit, pour
prêcher aux cavernes, nous difions, s'ils s'affemblent pour
bien faire, que ne le font-ils en plein jour ? Que ne nous vien-
nent-ils prêcher en nos Eglifes ! Les portes en font ouvertes à
tout le monde. Ce qu'ils prêchoient en fecret, les nous faifoit
détefter. Le fait, à la vérité, ne dépend point de cela. Comme les Pharifiens, de la maifon d'Oraifon faifoient une caverne de brigands ; d'une caverne auffi, les Chrétiens anciens
ont bien fu faire une maifon d'Oraifon. Le lieu, le temps,
l'heure, n'y font rien, pourvû que ce qui s'y fait foit bien fait.
Mais, en ce point, toutesfois avions-nous raifon, que pour connoître la vérité de ce qui s'y faifoit & difoit, nous voulions
qu'il fe fît publiquement, & à notre vûe.

Or, ce que lors nous requérions en eux, c'eft ce qu'ils defirent
aujourd'hui leur être permis entre nous, que peut-être nous ne
devrions pas moins defirer qu'eux. Car, s'ils prêchent vérité,
la prêchant publiquement & ès lieux plus remarqués, c'eft le
moïen de la publier. Or, eft-ce le but & le fouverain defir de
nous tous, qu'elle foit connue entre tous ; que s'ils prêchent

menſonges, c'eſt le plus court chemin, & le plus expédient pour les abolir. Es Villages, un Bâteleur vend ſon triacle, un empirique fait miracles, un impoſteur fait voir & croire au Peuple ignorant tout ce qu'il veut. Il n'y a valet de mule qui n'y puiſſe jouer le Doĉteur en Médecine. Laiſſez-les pratiquer ès bonnes & notables Villes, où il y a des gens de ſavoir, des Doĉteurs, des Univerſités, les petits enfans s'en moquent, les femmes les renvoient à l'école, & les plus ruſés d'entr'eux, de peur d'être ſurpris par les Reviſiteurs, ou attrapés en un examen, ferment tout doucement boutique.

Faiſons-en de même en cet endroit. C'eſt aux bonnes Villes plutôt qu'aux champs, qu'il les faut laiſſer prêcher; c'eſt là qu'il les nous faut convier. Les ames des Païſans ne ſont pas moins cheres à celui qui les a rachetées, que celles des Citoïens; ains, peut-être plus, d'autant qu'elles ſont ſimples, & plus éloignées de la contagion du monde. Pour le moins elles ſont toutes à un prix, tant plus ſimples elles ſont, & plus doivent être contregardées. Aux champs ils s'adreſſeront à des Prêtres en un pauvre Village, où n'y aura qu'un Curé fait à la hâte, comme nous n'en avons que trop. Le bon homme s'étonnera par avanture au premier mot de Latin qu'il n'entendra. C'eſt pour ébranler toute la Paroiſſe. Au contraire, il n'y a bonne Ville où il n'y ait quelques Doĉteurs capables & ſuffiſans. Quand ces Miniſtres prêcheront, ils les iront ouïr. S'ils diſent rien de travers, dès le lendemain ils les convaincront en leur ſermon publiquement par l'Ecriture ſainte; & par ce moïen, voilà les uns confermés, & les autres ébranlés en leur Doĉtrine. Sous la primitive Egliſe, il ſe nourrit un eſpace de temps une infinité d'héréſies étranges & inſupportables. Nous en trouvons la cauſe en l'Hiſtoire Eccléſiaſtique; parce, dit elle, que ſous la grande & longue perſécution des Empereurs s'étoient faits pluſieurs conventicules, & de diverſes ſortes de gens. Mais quand Conſtantin le Grand venant à regner, eut donné liberté à tous ceux qui s'attribuoient le nom de Chrétiens, ſoit à tort, ſoit à droit, on vit en un inſtant toutes ces ſeĉtes abolies & confondues comme la nége au Soleil, qui a été long-temps cachée au fonds d'une caverne. Or, n'avons-nous pas moins dequoi nous confier que les Chrétiens de ce temps-là. Si nous avons la vérité pour nous; la voix de vérité, dit l'Ecriture, eſt plus forte que les Rois mêmes. Et d'abondant, encore nous avons les Rois, & les plus grands du Monde avec nous. Jeſus-Chriſt,

1593.

Possibilité
de l'exerci-
ce de la R.
P. R.

qui étoit la Vérité même, sur laquelle l'Eglise est fondée, venant au monde pour convaincre les Docteurs de mensonge,
n'alla point requérir l'Empereur ni ses Lieutenans, de chasser
les Scribes & Pharisiens du Temple ; ains il les alloit par la
force de vérité convaincre en pleine chaire. Il leur faisoit peser
les Ecritures qu'ils prêchoient, & ses Apôtres, à son exemple,
dont le Peuple s'en alloit converti par milliers. Or avons-nous
cet avantage de plus, qu'outre la parole, nous avons le bras
séculier pour nous défendre si on nous veut offenser, que
Jesus-Christ, au contraire, avoit bandé contre lui & les siens.
Ne disons plus que l'afféterie de ces gens nouveaux venus, su-
bornera notre Peuple. Cette replique n'a point de grace en la
bouche de personnes qui s'assurent de la vérité. Ciceron, avec
toute son éloquence, ne put presque jamais gagner une mauvaise cause.

Or y en a-t-il d'aussi éloquens pour le moins entre nous qu'entr'eux. Et quant aux persuasions ou dissuasions extérieures,
considerons, je vous prie, de quel côté elles sont plus fortes.
Un Evêque, un Docteur renommé, prêchera d'une part. De
l'autre, un pauvre homme, inconnu, de nulle estime & réputation. Or est-il que la personne & l'autorité persuade bien souvent autant le Peuple, que la parole. L'un annoncera une doctrine née, nourrie, imprimée & enracinée au cœur du Peuple ;
l'autre tâchera de la lui arracher, ou plutôt lui arracher, par
maniere de dire, son cœur même. Or savons-nous tous, combien
nous plaît notre style accoutumé, & combien il nous est fâcheux
de le laisser. L'un sera en possession de son Peuple, l'autre en
procès pour y rentrer. Si est-il certain que le possesseur a l'avantage partout. Le Peuple d'une part verra de l'aise, de la prospérité, des faveurs, des bénédictions, des Rois, des Princes,
des grandeurs. De l'autre, ne verra que des croix, des tourmens,
des disgraces, des pauvres gens combattus & battus de toutes
sortes d'afflictions.

Or est-il que chacun aime son aise, que nul ne veut perdre,
que tous les hommes de leur naturel sont convoiteux de biens
& d'honneurs. Bref, toutes les promesses de ces Ministres seront
menaces, toutes leurs persuasions pleines de dissuasion aux hommes, qui ne verront à leur suite qu'une suite de malheurs ; au
lieu que les Rois, les Magistrats, les voisins, les maisons, le
temps, les commodités qui se présenteront de l'autre part, seront autant de Prêcheurs pour reprêcher, ce que nos Docteurs
                                                    auront

auront prêché au Peuple. Conclusion, semble, si nous ne nous défions grandement de notre cause, que nous devons entrer très volontiers en cette lice, (où Dieu & les hommes semblent être du tout pour nous) pour l'instruction de notre Peuple, & la destruction totale de l'hérésie. Car notre doctrine est foible, & nous pusillanimes, si elle se laisse vaincre & si nous craignons d'être vaincus, au milieu de tant d'avantages, ou faudra nécessairement dire, à notre honte & confusion, que l'autre soit ou se sente bien forte, qui ose combattre & espérer victoire, en lieux, temps & toutes circonstances si désavantageuses, que nous les pouvons tous juger. S'ensuit donc, en un mot, pour ceux qui font conscience de leur endurer leur Religion & l'exercice d'icelle, que la conscience ne leur permet point de les forcer en leurs consciences. Que le bien & repos de ce Roïaume veut qu'on les laisse exercer leur Religion ; & de plus, que l'avancement de notre Eglise même requiert qu'ils l'exercent par-tout, & plutôt ès Villes qu'ès Villages, d'autant que prêchant par-tout, ils seront découverts publiquement par-tout, s'ils prêchent mensonges, & prêchant par les Villes, convaincus par les Docteurs des Villes ; au lieu qu'ils pourroient convaincre les Curés de nos Villages.

Reste à répondre à ceux qui en font difficulté pour le fait de l'Etat, & proposent que deux Religions n'y peuvent demeurer ensemble sans se diviser. Axiome, à la vérité, qui nous a plus divisés, que la diversité de Religion même. Mais ou il faut, par l'expérience qui s'en voit ailleurs, que nous confessions qu'il est faux, ou que nous sommes plus incompatibles que gens du monde. Les Allemands ont les deux Religions en mêmes Villes, & vivent selon icelles, sous même Empereur, mêmes Loix, & mêmes toits, sans trouble ni querelle quelconque. Il faut donc dire, que ce ne font nos Religions, mais nos passions qui nous troublent, & nos passions, dis-je, provenantes pour la plûpart de celles de quelques personnes qui n'ont amour de Religion quelconque. Avant que les Allemands les permissent, ils ont été quelques années en guerre, n'ont jamais pu voir paix assurée, quelques batailles qu'ils eussent gagnées contr'eux. Au contraire, depuis qu'ils les ont permises, ont toujours vécu en paix. S'ensuit donc que la diversité permise pacifie le Païs, comme la résistance qui sous un bon zele s'y faisoit, troubloit la paix.

Les Polonois ont eu de tout temps la Grecque & la Romaine

enſemble, divers Evêques & divers Synodes, & des différends ſur articles de grande importance. Si ne ſont-ils toutesfois venus des diſputes à la guerre. De notre temps ils ſouffrent les deux Religions qui ſont entre nous, & pluſieurs autres Sectes; & ne laiſſent pour cela d'obéir unanimement à leurs Rois, & de contribuer également contre les ennemis du Païs. S'enſuit par-là, que ces Religions d'elles-mêmes ne troublent point l'Etat. Finalement on leur a voulu troubler cette liberté, dont ils ſont entrés en trouble & diviſion. S'enſuit donc que la liberté des diverſes Religions n'a point troublé d'elle-même l'Etat, mais la licence & inſolence de ceux qui ont voulu troubler cette liberté permiſe par le commun conſentement des Etats.

N'allons point ſi loin. Quand ès Etats d'Orléans & Pontoiſe, à la requête du tiers État & de la Nobleſſe, la liberté fut permiſe à cette Religion, dont eſt à préſent queſtion, nous vivions tous en paix. Chacun tâchoit d'attirer ſon voiſin à ſoi, nul de le fâcher, ni inquieter en rien. La France étoit autant heureuſe qu'elle eſt maintenant miſérable. Au contraire, on ne l'eut pas ſitôt voulu troubler que le Roïaume ne fût troublé, dont depuis un trouble a tellement ſuivi l'autre, que la ſemence n'en peut preſque faillir. Sitôt, au contraire, que la paix étoit faite, nous nous entrevoïons, nous paſſions le temps, nous trafiquions les uns avec les autres. Je dis plus, qu'au milieu des eſcarmouches mêmes, nous parlementions enſemble, comme ſi nous n'euſſions été ennemis, que lorſque nous avions la viſiere baiſſée. Encore n'y a-t-il Catholique Romain qui n'ait un de la Religion pour ami; & un de cette Religion qui n'ait un Catholique Romain, pour qui il mourroit au beſoin. Or, qui nous gardera de faire tous pour tous, ce que chacun fera pour ſon ami particulier? quelle conſcience ferons-nous de ſouffrir pour l'amitié des deux parts de ce Roïaume, ce que pour l'amitié de deux perſonnes nous ne faiſons difficulté de ſouffrir? Ce n'eſt donc point la Religion, mais les paſſions d'autrui, auſquelles par trop nous nous conformons, qui troublent notre repos. De fait, nous avons vu ces dernieres années, qu'en Languedoc, Guyenne, Dauphiné, & autres Provinces de delà Loire, & même en cette derniere guerre, ils ont vécu en mêmes Villes, combattu ſous mêmes enſeignes, marché ſous mêmes commandemens, maintenu les Religions les unes des autres en liberté, ſans ſchiſme ni diviſion, encore que nous aïons tâché par tous moïens d'en ſouffler parmi eux.

Et quant à l'obéiſſance dûe aux ſupérieurs, l'Empereur eſt obéi, révéré & ſecouru également en Allemagne. Notre Roi a été unanimement deſiré, élu & recherché de Pologne. Le Turc, qui ne ſait que trop bien dominer, eſt obéi des Juifs & des Chrétiens, Grecs & Latins, mieux que de ſes Turcs mêmes. Les Romains anciens, ſous divers Dieux, & mêmes Loix, trouvoient les Sujets d'une façon. Et les Empereurs Païens mêmes, ont eu des légions toutes Chrétiennes, qui leur ont gagné des batailles miraculeuſes.

1593.
POSSIBILITÉ
DE L'EXERCI-
CE DE LA R.
P. R.

Sans partir de chez nous, nous vîmes de quelle affection s'emploïoient ceux de cette Religion, au recouvrement du Havre ſur les Anglois, & depuis à Monts & à la conquête prétendue des Païs-Bas, penſant faire un ſervice agréable au feu Roi. Pourvu qu'on les laiſſe vivre en liberté de leur conſcience, ils ne ſavent que faire pour faire paroître à leur Prince, qu'après le ſervice qu'ils veulent faire à Dieu, ils n'affectionnent rien plus que le ſien. Laiſſez-leur les ames libres, vous faites, des corps & des biens, plus que vous ne voulez.

Je ne dis pas pourtant qu'il ne fût plus à deſirer qu'il n'y eût qu'une Religion en un Etat. Telle union ne ſe peut trop ſouhaiter. Et qui auroit opinion de n'en avoir qu'une, elle ſeroit trop plus ſéante que pluſieurs. Mais puiſque ou le deſtin de ce Roïaume, ou le déſordre de notre Égliſe, a fait que nous en aïons eu deux, mieux vaut, à la vérité, les ſouffrir que ſe ruiner, comme nous avons fait juſqu'ici, pour n'en avoir qu'une. Ce n'eſt choſe qui n'avienne quelquefois au corps humain. Il y a des maladies, qu'il faut bien ſouvent entretenir pour ſa ſanté, parcequ'elles ſervent de remede contre une plus grande. Il y a, au contraire, des remedes qu'il faut fuir, comme plus dangereux que la maladie même. C'eſt une ſujétion grande, que d'avoir en quelque part du corps une fontaine qui coule toujours. Il vaudroit mieux n'en point avoir qui pourroit. Mais elle a été ouverte, pour divertir un plus grand catharre, qui menaçoit ou l'eſtomach, ou le poulmon. Elle ne ſe peut refermer ſans danger tout apparent de mort. Mieux vaut donc la tenir ouverte, qu'en mourir. C'eſt un mal néceſſaire, pour en éviter un plus grand. Il ſe voit de fâcheux catharres, dont il ſeroit bon de ſe délivrer; mais ſi violens ſont-ils bien ſouvent, qu'en les penſant purger, ils nous pourroient étrangler & ſuffoquer. Le bon Medecin aura patience, il les divertira

petit-à-petit, parce que telle purgation feroit plus pernicieufe
que le catharre ; nous en fommes aujourd'hui de même. Refer-
mez cette plaie de nôtre Eglife, fans que le dedans foit bien
repurgé, la mort eft prochaine ; tenez-la ouverte, vous vivrez,
& aurez, peut-être, & le loifir, & le moïen de la purger &
nétoïer de telle façon, qu'avec fucceffion de temps, elle fe refer-
mera d'elle-même. Emouvez ce catharre par une purgation violente, il vous étouffera finalement de foi-même. L'intemperie de toute la Chrétienté eft aujourd'hui telle, qu'il n'y a
Roïaume ni Etat qui s'y puiffe maintenir en paix fans la liberté des deux Religions, voire, qui ne fe ruine, fi on s'opiniâtre contre l'une.

Ceux qui difent, qu'attendant la détermination d'un Concile, il ne faut permettre exercice que d'une Religion, s'abufent
grandement. Premierement, c'eft contre l'article exprès de la
paix, qui permet que l'exercice des deux Religions foit libre,
tant que par un libre Concile général, ou National, nous foïons
réunis en une Religion. Et, par conféquent, c'eft rentrer en la
guerre, qui eft la fource de tous nos maux, & anéantir tout le
profit que nous aurons pu efpérer des Etats. Secondement,
c'eft contre toute raifon & forme de Juftice. Car nous attendons, par un Concile, d'être réunis, & non d'être divifés ; de
cicatrifer notre plaie, non de l'entretenir ; d'accorder les parties, non de les mettre en procès. C'eft comme qui diroit, il n'y
aura exercice que d'une Religion, tant que le Concile ait déterminé qu'il n'y ait qu'une : & quelle ? où nous n'entreprendrons
rien les uns fur les autres, tant que les arbitres nous aient accordés. Au contraire, tout ainfi qu'attendant la décifion des arbitres, les parties demeurent en leur état, le procès au croc,
les armes fufpendues, fans entreprendre rien l'un fur l'autre ; auffi
eft-il raifonnable, attendant la détermination d'un faint & libre
Concile, auquel, comme arbitre de nos différends, nous com-
promettons tous, que nos parties demeurent en la liberté, de
laquelle par la paix ils font en poffeffion. Et devons confidérer,
que fi nous étions en leur place, nous ne voudrions pas que la
Meffe nous fût interdite, jufqu'à telle détermination, encore
que nous fuffions tout affurés qu'elle y dût être confirmée. Tier-
cement, c'eft le vrai moïen de n'en tenir point, & vaudroit
autant dire tout en un mot, que nous ne voulons ni leur liberté, ni détermination de Concile. Car c'eft troubler le com-
promis, c'eft un cas de novalité, c'eft revenir aux animofités,

durant lesquelles ne se peut ni tenir ni espérer un bon Concile, lequel nous n'avons que faire de troubler, d'autant qu'il y en aura, comme toujours, assez qui ne demanderont qu'à le troubler. Faut donc demeurer ès termes de l'Edit, composé pour notre repos, & selon toute regle de Justice, par lequel, attendant le Concile, la liberté est permise aux deux Religions ; c'est-à-dire, attendant le remede, la maladie tolerée : & non pas aigrir la maladie, à ce que le remede ne trouve plus de lieu.

Mais je demande à cet homme d'Etat, qui ne veut point endurer les deux Religions en ce Roïaume, ce qu'il prétendra faire maintenant pour en abolir l'une, j'entends celle qu'il juge la plus foible. Il se voit clairement, que vous n'en pouvez abolir l'exercice, sans rentrer en la guerre, puisque sans l'octroïer vous n'avez pu obtenir la paix. Nous voilà donc revenus aux armes civiles. Or par la guerre, je voudrois bien savoir ce que nous ferons. Nous l'avons déja éprouvée par quatre ou cinq fois, & pour la fin de toutes, après beaucoup de guerres, avons été contraints de permettre cette Religion. Nous les avons réduits, par moïens plus qu'extraordinaires, dedans les murailles d'une Ville. Encore avons-nous été réduits nous-mêmes, après un long & ruineux siege, à les laisser vivre, & n'ont voulu accepter la paix, si tous ceux du Roïaume, de leur Religion, n'avoient liberté de conscience. Si nous mettons une armée en campagne, ils se retireront sur la défensive. Si nous les assaillons sur la défensive, autant de sieges, autant de pieges pour nous, autant de bonnes armées perdues & ruinées. Nous devons avoir connu tant d'une part que d'autre, que c'est aujourd'hui que d'assieger Places. Les défendeurs s'opiniâtrent jusqu'au bout, & n'est tantôt plus de gens d'assaut pour les forcer. Ainsi avons-nous vu ruiner l'armée de Saint Jean d'Angeli, de la Rochelle, de Livron & autres, toutes grandes & roïales, avec grande perte de deniers, d'hommes & de réputation, dont la plûpart de nos Soldats, qui restent, sont aujourd'hui rebutés de sieges. La moindre Place barrant sa porte sur elle, est presque suffisante d'attendre la plus belle armée qu'on puisse mettre ensemble. Et quand nous en aurons pris deux ou trois des plus foibles, que de force, que de composition, nous aurons gagné des murailles, & perdu un monde d'hommes, recouvré des ruines, & épreint au contraire tout ce qui peut rester de suc au Peuple, & de sang à la Noblesse, bref achevé de ruiner tout ce pauvre Roïaume. Ce qu'ils peuvent défendre, en Languedoc, en Guyenne, ou même en Dauphiné, eſt ſuffiſant tout ſeul pour avoir le bout de tout ce qui reſte de deniers, d'hommes & de moïens en toute la France. Car, n'abuſons point le Roi de vaines offres, ou plutôt, ne nous abuſons point nous-mêmes en les lui faiſant. Que nous reſte-il, je vous prie, à lui offrir, que nous n'aïons jà baillé? Que peut-il requerir de nous, qu'il n'ait déja obtenu en vain? Nous offrirons nos bourſes. Regardons ſi elles ſont mieux garnies que paravant. Nous offrirons notre ſang. Jugeons ſi nous en avons autant refait, que nous en avons répandu par ci-devant: s'il eſt accru quelque choſe à nos poſſeſſions, s'il s'eſt rien ajouté à nos forces? Au contraire, nous n'avons maiſon qui ne s'en ſente, nerf qui n'en ſoit foulé, & nous reſte toutesfois plus long & plus cher chemin à paſſer que celui que nous avons fait. Il me ſouvient à ce propos d'une réponſe de ce grand Capitaine Romain, Paul Emile. Quand il eut à plate couture défait le Roi de Macedoine, comme il enclina à faire la paix avec lui, ſes amis le trouvoient fort mauvais: diſant, qu'il en pouvoit fort aiſément avoir le bout par la guerre. Il eſt aiſé, leur dit-il lors, de ruiner un Prince, ou un Etat juſqu'à la moitié, mais de cette moitié le ruiner juſqu'au bout, c'eſt choſe plus longue & plus difficile que vous ne penſez. La raiſon en eſt toute claire. Celui qui ſe ſent fort, donne une bataille, & couche la moitié de ſon vaillant au haſard du dez. Mais quand il l'a perdue, il ſe retire ſur l'autre moitié, s'il eſt ſage, & la ménage, & la défend pied à pied, il ne veut plus jouer ſi gros jeu; & ſouvent le reſte du vaincu ſuffit à ruiner le victorieux. Vous lui préſenterez la bataille. Il quitte la main, il ſe retire ſur la défenſive. Il la vous fait perdre devant une Ville.

La réponſe de Paul Emile étoit vraie dès lors, mais plus vraie eſt-elle encore en notre endroit. Lors le Païs étoit preſque plat, tellement qu'une bataille gagnée, gagnoit un Roïaume. Aujourd'hui, comme il eſt fortifié, on ne combat que quand on veut, & ſe perd le plus ſouvent le gain d'une bataille devant une bicoque. En l'exemple de Paul Emile, ce qui étoit ôté à l'Ennemi, étoit autant d'acquis au Romain. En nos guerres civiles, ce que nous gagnons nous eſt autant de perdu; ce que nous ruinons, nous ruine nous-mêmes. Paul Emile, de la moitié qu'il avoit gagnée, pouvoit faire guerre à l'autre. Nous, au contraire, jouons à bander & à racler; tous deux perdent & nul ne gagne; & notre pauvre Roi, à qui gagne il perd, de quelque côté que le fort tombe, perd fes Sujets & ruine fes Villes, & au lieu de triomphes Romains, ne doit célébrer qu'exeques & funérailles.

A plus forte raifon donc devons nous conclure avec Paul Emile, qu'il vaut trop mieux entretenir la paix avec eux, que de nous ruiner à la pourfuite d'une guerre hafardeufe, ruineufe, longue & difficile, ou plutôt, perpétuelle & impoffible. Nous avons, en fomme, de ces deux à choifir l'une, ou de les laiffer vivre paifiblement avec nous, ou de mourir tous enfemble, ou de les laiffer debout, ou d'être, en les voulant ruiner, accablés de leurs ruines. Samfon, à la vérité, en ufa comme il femble que nous voulions faire; mais en cas trop diffemblable. Il étoit affiduellement recherché des Philiftins. Ces gens ci, au contraire, battus & rebattus tant de fois, pourvu qu'on ne les recherche point, ne demandent que le repos. Il étoit feul contre plufieurs, & ne pouvoit efpérer que par défefpoir. Nous, plufieurs contre un, qui avons prou dequoi nous conferver fans nous perdre de gaieté de cœur. Bref, à ces pauvres gens ici quand on les pourfuit à mort de toit en toit, il feroit aucunement fupportable de mettre le feu en leur propre maifon, pour éteindre la fureur de leurs ennemis, ou embrafer avec eux toute la Ville. A eux, dis-je, appartiendroit en cette extrêmité de fe réfoudre à la Sagontine (1). A nous, nullement, qui ne fommes preffés qu'autant que bon nous femble, qui avons la plus grande part à la maifon, qui devons conferver le Roïaume, dont nous faifons prefque tout le corps; ains plutôt, ce feroit faire auffi mal-à-propos que celui qui, penfant brûler une araignée ou une poignée de mouches, mit le feu à fon plancher, & brûla le dedans de fa maifon. Puis donc qu'on ne peut ôter à ces gens l'exercice de leur Religion fans rentrer en guerre, ni les ruiner par la guerre, fans être accablés de leur ruine même, concluons contre cet homme d'Etat, qu'il les faut laiffer vivre en paix; & pour ce faire, leur entretenir la liberté felon l'Edit, puifque fans cet article nous avons tant de fois éprouvé que ne la pouvons avoir.

(1) On a expliqué ailleurs cette façon de parler.

Avertiſſement.

IL y avoit une autre ſorte de gens fort affectionnés à la Ligue , & néan-moins feignans être amis du repos public, qui publioient des bruits ſourds de l'impuiſſance du Roi , diſant que les moïens lui manquoient de ſe faire. obéir, qu'il avoit trop d'ennemis, ou très puiſſans, ou même invincibles, qui l'accableroient en peu de temps. Que ſous le regne d'icelui, la France ne feroit que languir, & faudroit finalement qu'après avoir traîné les aîles, elle demeurât en proie à un plus grand Maître. Celui-là, ſelon leur comp-te, eſt le Roi d'Eſpagne, duquel ils faiſoient ſonner haut la grandeur. Ses doublons leur aïant ébloui la penſée, ils tâchoient auſſi de faire peur du nom d'icelui aux François mal aſſurés. Cet artifice donna occaſion à un des Serviteurs du Roi, de bâtir en cette année 1593, le Diſcours ſuivant; touchant l'état du Roi d'Eſpagne, & d'y ajouter au bout une autre Piece, laquelle convenant à ces Memoires, nous préſentons avec le Diſcours au Lecteur.

TRAITÉ

D'aucuns Droits du Roi Philippe ès Etats qu'il tient à préſent (1).

C'EST choſe remarquée de toute antiquité, que Dieu a éta-bli certaine durée aux Monarchies, Etats, Maiſons, coutumes & vie des hommes; ceux toutesfois d'entr'eux ſont plus dura-bles, qui plus retiennent de la perfection de leur Créateur; les uns créés pour ſervir de miniſtres de ſa fureur, les autres pour l'exemple de ſa bonté & grace. Je dis ceci, pour s'être vu des hommes & Etats, que la main de Dieu a, de petits qu'ils

---

(1) Ce Traité eſt de François Pithou, Seigneur de Bierne, duquel il ſera parlé ci-après. Il fut imprimé d'abord à Lyon, en 1594, *in-8°*. Ce n'eſt autre choſe qu'une extenſion & une eſpece de démonſtration, de ce qu'il a avancé dans ſa Lettre ſur la preſſéance, que l'on donne plus bas, » que » tous les Roïaumes, Duchés, Marquiſats, » Comtés, Terres & Seigneuries de la Mai-» ſon d'Autriche, à l'exception du Château » de Hapſbourg, n'y ſont entrés que par » acquêts & conquêts; & principalement » par mariages avec des Filles de France, » & par alliances avec des Seigneurs Fran-» çois «. Par la maniere dont M. Pithou développe cette propoſition, qui tenoit à une foule de faits, juſqu'alors enveloppés dans une profonde obſcurité, il eſt aiſé de juger qu'il poſſédoit les détails de notre Hiſtoire de la troiſieme Race, avec autant d'étendue, de juſteſſe & de préciſion, que ceux de l'Hiſtoire des deux premieres Ra-ces. *V. ſa vie*, par M. Groſley, *Tome II. p. 165 & 166.*

étoient

étoient, élevés au sommet de grandeur & prospérité, les faisant Seigneurs d'Empires & Roïaumes, desquels, quoique peu vertueux, Dieu s'est servi comme d'un fléau, pour punir la prévarication de ses Peuples. Les autres ont été établis de Dieu en ce suprême degré de Majesté humaine, pour récompense de la sainteté de leur vie, & intégrité de leurs mœurs : mais sitôt que les uns & les autres ont commencé à méconnoître l'occasion, pour laquelle ils sont en ce monde, qui est d'établir le regne, l'honneur & service de Dieu seul, qu'ils ont pour commun Pere & Seigneur avec les autres hommes, & qu'ils ont cherché d'établir, voire par faux moïens & prétextes, leur honneur, & non celui de leur Maître, Dieu qui seul regne, & à qui tout doit servir, brise leur Chef, dissipe leur Monarchie, & les arrache de la terre.

Pour exemple, la Couronne de Castille, anciennement petit païs, gouverné par Juges, depuis par Comtes, enfin par Rois, créés par la bénéficence de Samson IV du nom, Roi de Navarre, surnommé le Grand (1), fut usurpée, par Isabelle, sur la fille de Henri dernier du nom (2), Roi de Castille ; ladite Isabelle se maria à Ferdinand, fils de Jean, Roi d'Arragon, dont leurs Roïaumes crurent, presque de notre mémoire, en beaucoup de puissance. Mais pour avoir leurs possesseurs, non-contens des biens que Dieu leur donnoit en la terre, envahi ceux d'autrui, ils semblent à présent menacer ruine, ainsi que j'espere déduire.

Ce Prince donc, ambitieux si jamais il en fut, entr'autres ses chefs-d'œuvres, afin de retirer du Roi de France Charles VIII, le Comté de Roussillon, ne fit difficulté d'abandonner son Cousin germain, & beau-frere Ferdinand, Roi de Naples, à la fureur des armes que dressa contre lui Charles VIII, pour recouvrer ledit Roïaume. Puis, sous le regne de Louis XII, enfreignant le degré d'alliance, & parenté qu'il avoit avec Frederic, lors Roi de Naples (3) s'accorda avec ledit Sieur Roi

(1) C'étoit Sanche, non Samson ; Sanche III, non Sanche IV, qui fut surnommé le Grand. Ce fut l'an 1028, qu'il réunit la Castille à la Navarre, après la mort du Comte Garcie-Sanchez, en vertu du droit de la Reine son Epouse (Dona Munie Elvire) sœur aînée du jeune Comte. Ferdinand, second fils de ce Sanche III, épousa Dona Sanche, sœur de Bermude, Roi de Leon, & la Castille fut érigée en Roïaume en faveur dudit Ferdinand.

(2) C'étoit Henri IV du nom, mort l'an 1474. Isabelle étoit sa sœur, non sa fille. Elle épousa Ferdinand V, dit le Catholique, fils de Jean II, Roi de Navarre & d'Arragon. Isabelle mourut l'an 1504 le 26 Novembre.

(3) Frederic III fut dépouillé l'an 1501 du Roïaume de Naples par Louis XII, Roi de France, & par Ferdinand le Catholique, Roi de Castille.

Louis, pour déposseder ledit Frideric du Roïaume de Naples, & le partager, comme ils firent, ensemble. Depuis, sous couleur de vouloir porter la querelle du Pape Jules II contre l'Empereur Maximilian & le Roi de France, mais à la vérité pour la crainte qu'il avoit de la grandeur dudit Sieur Roi, qui le pouvoit débusquer des injustes possessions qu'il avoit en Italie, entretint en mauvaise affection ledit Pape Jules vers ledit Sieur Roi, & lui suscita le Roi d'Angleterre, & les Suisses, pour lui faire la guerre. Envahit aussi sur sa propre niéce Catherine (1), (sous prétexte que son mari adhéroit au Roi de France) le Roïaume de Navarre, son propre héritage, après lequel conquis, il ne put, par meilleurs moïens s'y entretenir, & se l'assurer, que par un semblant d'être prêt d'entendre à le restituer à sadite niéce ; pourvu que pour mieux y aviser, tréve lui fût accordée d'un an avec le Roi de France, pendant laquelle, au lieu de le restituer, il fortifia ce qu'il voulut des Places d'icelui ; rasa tout le reste des Villes & Forteresses, jusqu'à défendre qu'il ne fût fait aucun labourage de la terre, afin d'ôter tout moïen de recouvrer les Places par lui retenues & fortifiées audit Roïaume. Ce ne fut pas tout ; car avec la force, il voulut coudre la finesse, & s'aider de prétexte de Religion pour s'y mieux conserver, faisant déclarer excommunié le Roi de Navarre, mari de sadite niéce, pour avoir adheré au Roi Louis XII, Prince si Saint & si bon, qu'encore parmi nous lui demeure le nom de Pere du Peuple; & sur cet excommuniement envoïa force Prêcheurs dans le Roïaume, afin de divertir les Peuples de se retourner vers leur Roi & Reine légitimes. Et ce moïen lui aïant bien succédé, & voïant ledit Roi & Reine de Navarre morts peu de temps après, à huit mois l'un de l'autre, il laissa suivre Henri leur fils, son arriere-neveu, de Ministres de l'opinion de Luther (je ne veux dire comme aucuns, qu'il les lui fit envoïer) lesquels tirant en haine le Pape, pour le tort fait à leur pere, de l'excommunier à l'appétit de Ferdinand son oncle, qui de tout temps avoit aguetté ledit Roïaume, leur fut aisé de transporter le cœur de ce jeune Prince, principalement celui de Marguerite sa femme, sœur du grand Roi François, de la haine du Pape à la haine de sa Religion propre. Voilà le moïen juste, par lequel la Couronne de Cas-

---

(1) Catherine étoit fille de Charlotte, Princesse de Tarente, & sœur de Guy, Comte de Laval, qui fut tué au combat de la Bicoque. Elle fut mariée en 1518 au Comte de Rieux.

tille a reçu cet accroissement d'un si beau Roïaume que celui de
Navarre. Mais qu'en advint-ils ? Ferdinand en jouit fort peu,
& de tous ses autres Roïaumes, permettant Dieu qu'ils pas-
sassent en autre famille, & que tous ses enfans mâles & femel-
les, qui étoient en grand nombre, mourussent pendant sa vie,
hormis Jeanne, mariée à Philippe, Archiduc d'Autriche, Prince généreux, mais de peu de vie, & après la mort duquel elle
tomba en démence, laissant toutesfois deux grands Princes,
Charles & Ferdinand, enfans dudit Archiduc & d'elle.

Ce Prince Charles, parvenu à la Couronne par la mort dudit Ferdinand (car il se porta Roi, nonobstant la vie de Jeanne sa mere, laquelle il detint prisonniere) rechercha fort l'alliance de France, promit par infinis traités, (même celui de
Noyon) faire raison du Roïaume de Navarre, ce que toutesfois il ne fit. Et savourant de plus en plus la douceur du commandement, s'empara, & se fit pourvoir de deux Ordres militaires de Saint Jacques, & de Calatrava d'Espagne, au préjudice de Ferdinand son frere, à qui ils étoient résignés ;
ouvrit aussi les yeux à l'Empire, l'obtint, & jouit de tous les
Roïaumes & Seigneuries délaissées par ledit Ferdinand d'Arragon, & que tenoit sa mere, & des Etats de Flandre &
Provinces y annexées, laissant à sondit frere seulement quelque
partage vers le Païs d'Autriche, duquel, après quelques différends entr'eux, il voulut, comme Prince moderé, se contenter,
ne s'étant depuis fâché contre sondit frere fait Empereur, sinon
de ce qu'il l'avoit sollicité de résigner à son fils Philippe, à présent regnant, l'Etat de Roi des Romains, duquel il étoit possesseur, afin que ledit Philippe pût, au préjudice dudit Ferdinand son oncle, succéder à l'Empire.

L'ambition véritablement est chose détestable à Dieu, qui
veut que les hommes se contentent du partage qu'il leur donne
en la terre; mais les prétextes qui se prennent de pur service de
Dieu pour autre sujet, sont encore pires, & crient plus de vengeance devant sa Sainte Face.

Je ne veux dire que ce Prince Charles-Quint, sous couleur
de défendre la Religion Catholique en Allemagne, ait voulu
(comme aucuns ont dit) envahir l'Etat & la liberté des Princes d'Allemagne; mais bien, dirai-je, que lui & Philippe, Roi
d'Espagne son fils, se sont emploïés (par la propre confession
que m'en ont fait ses propres Ministres, l'un d'eux encore vi-

vant, comme je crois, le Sieur de Champigni (1) n'a gueres Chef des Finances en Flandre, frere du Cardinal de Granvelle) vers les Proteſtans d'Allemagne, pourſuivant les veſtiges du ſuſdit Ferdinand d'Arragon leur dévancier, faire imbuer le défunt Roi de Navarre de l'opinion Luthérienne, afin de l'éloigner davantage de la Couronne de France, de l'alliance des François, & du recouvrement de ſon Roïaume de Navarre. Que ſi celui qui ſéduit un ſimple enfant, eſt prononcé de Dieu être de pire condition, que s'il étoit jetté au profond de la mer, aïant une pierre pendue au col, quel jugement ſera fait à celui qui ne ſéduit ou ſcandaliſe ſeulement un enfant, mais fait ſéduire un Roi, & tout un Roïaume? Ne profitans aſſez ce leur ſembloit par ce moïen, furent envoïés cinquante mille écus au Roi, lors de Navarre, & quelques chevaux en don, pour mouvoir la guerre en France, leſquels cinquante mille écus toutesfois furent refuſés. Témoignent en outre aſſez de cette mauvaiſe inclination & affection du Roi d'Eſpagne le Marquiſat de Saluces, lequel a fait jà par deux fois entreprendre au Duc de Savoie ſon gendre, à la premiere recouvré par la ſage conduite de Monſieur de Rhets, Maréchal de France; la pernicieuſe Ligue dreſſée en ruine de la France, voire de tous les Etats de l'Europe, en fait auſſi aſſez de foi (comme de ſon bon naturel vers chacun); les Places empruntées en Allemagne de l'Archevêque de Liege & Cologne, pour y mettre garniſons, & dreſſer viſée à l'Empire d'Allemagne au préjudice de ſes couſins, enfans de Ferdinand d'Autriche, ſous couleur de faire rempart contre les Proteſtans d'Allemagne, pour le bien de la Religion Catholique; les pratiques faites, & qui ſe font en Italie; les Parties dreſſées en Pologne, Danemarck, Angleterre, Ecoſſe, & autres lieux de la terre ne chantent autre choſe; & ſe peut dire le Roi d'Eſpagne, reſſembler à ceux, qui detenans injuſtement un héritage, cherchent par plus grands méfaits éloigner les propriétaires du recouvrement d'icelui. Mais les jugemens de Dieu ſont grands, ſes conſeils émerveillables, & les effets de ſa Juſtice ineſtimables. Il permet, ſelon le dire de l'Apôtre, que nous ſoïons ordinairement punis par ceux, vers leſquels nous péchons. Les Peres du Roi

(1) C'eſt Frederic Petrenot, Seigneur de Champagney, non de Champigny. Il étoit le plus jeune des enfans mâles du Chancelier de Granvelle, pere du Cardinal. Il fut Gentilhomme de la Chambre du Roi d'Eſpagne, Gouverneur d'Anvers, Chevalier d'honneur au Parlement de Dole, Chef de Finances en Flandres, &c. Voïez les Mémoires ſur la vie du Cardinal de Granvelle par Dom Proſper Leveſque, in-12. Tom. I pag. 193, & ſuiv.

d'Eſpagne & lui ont voulu ruiner les Rois de France, & particulierement le Roi Henri IV, à préſent régnant, & abuſant
du prétexte de Religion, reculer ce légitime Succeſſeur de la
Couronne de France, qu'ils voient plein de valeur, & nourri
(comme l'on dit) de ſang & moelle de lion, diſpoſé à vendiquer un jour ſon juſte héritage. Mais Dieu qui hait plus un
qui abuſe du ſaint nom de Religion, que celui, qui aïant été
ſéduit à deſſein (comme ledit Sieur Roi) s'eſt dévoïé d'icelle,
a voulu faire naître à préſent ce Roi, qui délié de tant de pié-
ges à lui tendus, a reçu la Couronne de France, à lui préſentée
par une Armée puiſſante, qui s'eſt ſoumiſe à lui avec tous les
grands & plus gens de bien de la France. Et quand? lorſqu'on le penſoit, par les traverſes & mort pratiquée du feu
Roi Henri III, plus éloigné du diademe d'icelle.

L'Allemagne, de ſon côté, ouvre les yeux pour ſe munir contre ce Roi d'Eſpagne, qui, comme un aigle, penſoit jà tenir
l'Empire du Monde en ſes ſerres. L'Italie fait le même, & jà
ce bâtiment de Roïaumes, compoſé de tant d'uſurpations, ſe
commence à diſſoudre. Jà les Etats de Hollande & Zelande,
reconnoiſſans par juſte jugement de Dieu, combien à tort ils
ont été diſtraits & ravis de l'obéiſſance de Jacqueline de Hai-
nault leur Comteſſe & légitime Princeſſe (qui pour avoir la vie
ſauve, fut contrainte de quitter ſon Etat), ſe ſont faits libres,
aimant plutôt mourir, que d'être Sujets à domination ſi intolérable que l'Eſpagnole.

Les Provinces de Gueldres & Zutphen, ſouſtraites des légitimes Seigneurs, par la donation que pratiqua le dernier Duc
Charles de Bourgogne, mort devant Nanci, d'Arnould, lors
Duc priſonnier, au préjudice d'Adolf ſon fils, ſe ſont auſſi re-
tirées de ſon obéiſſance. Le païs de Frize a fait le même.

Les plus ſages & modérés des Païs-Bas de Flandre, Hai-
nault & Artois, tendent les bras aux Rois de France, non du
tout pour les demeſurées impoſitions (comme de vingt ſols
pour moulte d'une mine de blé, quarante ſols pour vache qui
ſe tue ou nourrit, & autres, que l'on fait païer en Flandre),
mais parcequ'ils ſavent qu'ils ſont du Domaine ancien de la
Couronne de France, & que Flandre en fait l'un des Membres & Pairies; crient tout haut, qu'il n'a été au pouvoir du Roi
François I (lors priſonnier) de les abandonner, & y avoir en
cela lieu de reſtitution, puiſque c'eſt Loi tenue de tous, que
priſonnier gardé étroitement, comme étoit ledit Sieur Roi,

n'eſt tenu à choſe promiſe, & demeure en liberté de ſa foi.

Ceux de l'Iſle, Douai, & Orchies, principales Villes du Païs-Bas, ſavent & ſe réconnoiſſent appartenir au Roi de France, aïant Philippe le Hardi promis au Roi Charles V de France (qui les lui laiſſa lors de ſon mariage avec l'héritiere de Flandre), les lui retrocéder ſitôt que Dieu auroit appellé à ſoi Louis de Marle, Comte de Flandre ſon beau-pere, & s'en obligea par contrat, paſſé à Péronne le 20 Septembre 1368, ſous l'obligation de lui & ſes Succeſſeurs, & à peine de Cenſures Apoſtoliques, dont le Roi d'Eſpagne eſt tenu, comme courantes ſur ſon ame.

Et quant à Milan, Sicile, & Naples, chacun ſait les droits que la France a en iceux.

Et pour le regard du Roïaume de Maiorque, Comtés de Sardaigne & de Rouſſillon (dont ſont encore dûs à la Couronne de France les trois cens mille écus que fournit Louis II, lorſqu'il en eut l'engagement), Louis d'Anjou en avoit le don que lui fit la Marquiſe de Montferrat, ſœur & légitime héritiere de Jacques, dernier Roi de Maiorque.

Quant à la Biſcaye, elle appartenoit au Duc d'Alençon de France, à cauſe de ſa mere Marie de Lara, Dame dudit Païs; mais elle n'en ſut avoir raiſon de Henri II du nom, Roi de Caſtille, Comte de Triſtemare, fait Seigneur par l'aide & ſeules armes du Roi de France Charles V, qui y envoïa Bertrand du Gueſclin ſon Connétable. Et de ce Roi (quoique bâtard) vient le droit que le Roi Philippe, àpréſent regnant, a en Eſpagne. Comme auſſi lui viennent, du côté de bâtards, ceux qu'il prétend à Milan, Naples, Sicile, qui ne lui ſont encore fort aſſurés.

Quant à Arragon, ſauf la querelle de la donation faite par Martin, Pape, ſucceſſeur de Nicolas, à Philippe III, Roi de France, ou Charles ſon ſecond fils, au préjudice de Pierre Roi d'Arragon, mari de Conſtance, fille de Manfroi de Naples, bâtard de Frederic, Empereur & Roi dudit Naples; & les droits de Matthieu de Caſtelbon, Comte de Foix & Bearn, à cauſe de Jeanne, fille de Jean, fils de Pierre, Roi d'Arragon; ſauf auſſi les donations de René d'Anjou, Roi de Sicile, au Roi de France Louis XI, à l'aide duquel il fut couronné Roi dudit Arragon, à Barcelonne; la Maiſon de Lorraine y peut prétendre quelque droit, à cauſe d'Yolant; ſortie du ſecond mariage dudit Jean d'Arragon, fait avec Yolant, fille du

Duc de Bar, mariée à Louis d'Anjou, qui fut forcé compofer pour tous droits à cent foixante mille florins.

Et quant à Portugal, c'eft chofe encore fort mal affurée en la Maifon d'Efpagne, tant pour l'inimitié invétérée, qui eft entre ces deux Provinces, que pour les droits qui s'y peuvent prétendre ; entr'autres par les fucceffeurs, ou aïans caufe de la Maifon de Boulogne, dont le Païs, qui eft Boulenois, en Picardie, eft de préfent annexé à la Couronne de France. Car Alfonfe, Roi dudit Portugal, marié à Mahault ou Mathilde, Comteffe dudit Boulogne, en eut deux enfans; & avint que, comme elle étoit en Boulenois, pour donner ordre aux affai-de fondit Comté, ledit Roi de Portugal épris de la beauté de Beatrix, fille bâtarde d'Alfonfe, dit le Sage ou l'Aftrologue, Roi de Caftille, Leon & Tolede, ou des commodités que préfentoit ledit Roi de Caftille avec elle, fans autre cérémonie, l'époufa, laiffant Mathilde, qui vécut douze ans durant ce deshonnête mariage, ou plutôt concubinage; & retournée en Portugal, fut forcée fe retirer en France, pour faire fes plaintes au Roi, & depuis au Pape Alexandre quatrieme, qui excommunia ledit Roi de Portugal & fa nouvelle femme; & néanmoins les enfans de cette femme illégitime, ne laifferent d'ufurper le Roïaume, fur les légitimes de la premiere. Le Duc de Parme Rainuce qui eft à préfent, y a aufli très apparent droit, à caufe de Marie, fa mere, fille d'Edouart, fils du Roi Emanuel de Portugal : le Roi d'Efpagne qui l'a ufurpé, n'étant forti que d'une fille dudit Emanuel, & Rainuce du fils. Se préfente aufli Dom Antoine, Roi de Portugal, lequel eft fils prétendu bâtard de Louis, frere aîné dudit Edouart ; mais légitimé par le Pape & fentence des Députés du faint Siege, avec connoiffance de caufe, lequel, en conféquence de ce, a été élu Roi de Portugal par le Peuple, fuivant la Loi fondamentale dudit Roïaume.

Le Roi de France, Henri quatrieme, demande le Roïaume de Navarre, à lui appartenant du chef de fa mere, héritiere de la fufdite Catherine, niece du fufdit Ferdinand d'Arragon ; de laquelle le propre héritage, qui étoit ledit Roïaume, n'a pu fe perdre à fon dommage, quand même fon mari feroit retombé en quelque faute, lui appartiennent les Places de la Sofierra, dépendantes de toute ancienneté d'icelui Roïaume, que la Reine Ifabelle, femme premiere dudit Ferdinand, par fon teftament, & pour décharge de fa confcience, ordonna être reftituées, comme aïant été ufurpées par ceux de Caftille fur Na-

varre. Lui appartiennent encore les Duchés de Gandie, Mont-
blanc, en Arragon, & Pegnafiel ; le Comté de Ribagorcea,
l'Infantafgo de Caftille, la Cité de Balaguer & Villes de Caf-
trocheris, Harao, Villalon, Cuellar, que le Roi Jean, pere
dudit Ferdinand d'Arragon, donna au Roïaume de Navarre, à
la charge qu'en récompenfe de ce, il jouiroit d'icelui Roïaume
fa vie durant, foit qu'il eut enfans ou non de fon mariage
avec Blanche, fille de Charles, Roi de Navarre, III du nom,
fils de Philippe d'Evreux, de la Maifon de France ; & font
dûs auffi à Sa Majefté, quatre cens vingt mille cent douze
florins d'or, fix fols, huit deniers d'Arragon, du rapport du
mariage de ladite Blanche, defquelles chofes eft tenu le Roi
d'Efpagne.

Ce n'eft pas tout, le propre Roïaume de Caftille & Tolede
fe peut légitimement quereller par ledit Roi de France, comme fucceffeur de Saint Louis : & ne s'y peut alléguer prefcrip-
tion. Car elle ne s'admet jamais en matiere de Roïaumes, &
de chofe acquife de mauvaife foi. Le droit de Sadite Majefté
eft tel : Henri, premier du nom, Roi de Caftille & Tolede,
fils d'Alfonfe IV de Caftille, & de Leonor, fille de Henri fecond, Roi d'Angleterre, & de celle Leonor qui répudia Louis
le Jeune, Roi de France, mourant, fans enfans, d'un coup de
tuile qui lui tomba fur la tête, laiffa trois fœurs ; l'aînée, Blanche, mere de Saint Louis ; la feconde, Berenguere, femme du
Roi Dom Alfonfe de Leon ; & la troifieme, Leonor, femme
du Roi d'Arragon. Or, ladite Berenguere avoit été féparée du
Roi de Leon, fon mari, par ordonnance d'Innocent, Pape,
tiers du nom, d'autant qu'ils étoient parens. Elle fe retira dès-
lors vers ledit Henri fon frere, avec fon fils Ferdinand, qu'elle
avoit eu dudit Roi de Leon. Et aïant fait infinis ferviteurs en
la Cour de Caftille, voïant le Roi Saint Louis éloigné & empêché en autres guerres, elle dreffa fi bien fa brigue, qu'au
préjudice dudit Saint Louis, elle fit élire fondit fils Ferdinand
Roi de Caftille & de Tolede, fous efpérance qu'elle donna aux
Caftillans, qu'en la perfonne de fondit fils, fe rejoindroit le
Roïaume de Leon à celui de Caftille, & qu'ils éviteroient par
ce moïen la domination d'un Prince François étranger. Saint
Louis en fit lors inftance, mais comme ils le furent amufer de
promeffes, de lui reftituer le tout : ne s'y étant pû lors tranfporter, à caufe defdites guerres, tout en demeura là.

Je fais bien que les Efpagnols alléguent, que ledit Saint
Louis

Louis en compofa depuis, par le moïen du mariage de fa fille
Blanche au fils dudit Ferdinand de Leon, Alfonfe, dit le Sage
ou l'Aftrologue, élu, à la faveur des François, Empereur d'Al
lemagne, à l'encontre de Richard, fils de Jean, Roi d'Angleterre. Mais ores qu'ainfi fut, ce que toutesfois ne leur eft accordé, le Roi de France ne demeure fans un fecond droit auxdits
Roïaumes. Car depuis, Dieu ne permettant qu'une fi injufte
ufurpation eût lieu, ledit Alphonfe le Sage fut dépouillé de
l'Empire par Rodolphe, élu & mis en fa place pendant fa vie;
fut auffi dépouillé par Samfon, fon fecond fils, de partie defdits Roïaumes, à l'aide du Roi Maure Mahomat, Myr de Grenade, avec lequel ledit Samfon fe ligua pour faire la guerre à
fon pere; dont ledit Alfonfe, dit le Sage, indigné & craignant
qu'il ne dépoffédât auffi fes petits enfans, fortis de fon fils aîné,
Ferdinand de la Cerde, nouvellement mort, auxquels devoient
appartenir les Roïaumes, il lui donna malédiction & le deshé-
rita, déclarant, par fon teftament, pour fon héritier aux Roïaumes, le fils aîné de fondit fils aîné; & où il ne les pourroit pof-
féder, fubftituoit, au préjudice même de fes deux autres fils Jean
Jacques, Philippe, fils de Saint Louis, auquel (mu du propre
témoignage de fa confcience) il reconnoiffoit lefdits Roïaumes de Caftille & Tolede appartenir, Et ceffant tous ces droits
de Saint Louis, encore appartiendroient ces Roïaumes aux defcendans dudit Ferdinand de la Cerde, dont y a encore quelques reftes en Efpagne, qui poffible ne s'en voudront pas toujours taire; & l'un des defcendans dudit Ferdinand de la Cerde, Alfonfe, pere de Jean d'Efpagne, Connétable de France,
s'étant porté Roi dudit Caftille & Tolede, fit don à Philippe
d'Evreux, Roi de Navarre, du Païs de Guipufcoa, Alava &
Rioja, qui avoient été des appartenances de Navarre, que le
Roi de France qui eft à préfent, peut encore, comme Roi de
Navarre, réclamer.

Je ne veux m'arrêter à infinis autres droits, que non-feulement la France, mais l'Empire & autres Seigneurs particuliers
peuvent prétendre fur les terres que tient le Roi d'Efpagne,
(qui par allufion à la Maifon d'Autriche, fe peut dire d'autrui
riche). Auffi peu toucherai-je au partage que peuvent prétendre les filles dudit Roi d'Efpagne, avec fon fils, tant du Roïaume de Leon, qu'autres biens d'ancienneté partables entre fils
& filles. Et auffi peu à la léfion de partage, prétendue par défunt de bonne mémoire l'Empereur Ferdinand d'Autriche,

Tome V. SfffSfff

contre Charles-Quint, fon frere, pere du Roi d'Efpagne Philippe à préfent régnant.

Je ne veux aufii conter les révoltes qui fe dreffent ès Indes,
pour les intolérables impôts que leur fait porter le Roi d'Ef-
gne, qui les contraint païer tous les ans (comme en Efpagne)
leur part de l'obtention d'une Bulle du Pape, pour pouvoir
manger chair, œufs & fromage en jour de poiffon, hommes
& femmes, pauvres & riches des Villes & Villages, de l'âge
de fept ans & au-deffus; & fait cette contrainte, en confidération des frais qu'il dit avoir faits à l'obtention de ladite Bulle,
qu'aucun ne peut refufer de prendre, encore qu'il ne voulut
manger chair ni fromage. Et ce qui fe prend pour tête, eft dix
fols, valant deux réaux en Efpagne; & aux Indes, fe prend
dix-huit ou vingt réaux pour chaque tête, fans laquelle Bulle,
nul ne peut ni doit (à ce que difent les Prêcheurs à gages d'i-
celle) être enterré en terre fainte, ni entrer en l'Eglife. O abus
abominable! ô péché contre le Saint Efprit, de ceux qui fe
difant défenfeurs de la Religion, vendent à leurs propres Sujets le fecours qu'ils difent obtenir pour remede de leurs ames!
Voilà un beau revenu, & pour être long-temps favorifé de
Dieu! Mais cependant c'eft le plus grand de toute l'Efpagne.
O miférables & dénaturés François, qui fermant les yeux à tant
d'iniquités, vous laiffez-féduire par cet or fi mal acquis. Refte
leur Inquifition, qui fert plus à voler le bien de l'innocent &
miférable, qu'à contenir les hommes en la Religion, dont ils
n'ont que le mafque. Auffi l'Efpagne s'en va dépeuplée pour
ces cruautés intolérables, & pour l'alcavalle, qu'ils appellent le
dixieme denier de toute vente & revente, voire de l'habit que
porterez neuf en vos malles. Qui fera donc l'homme fi miférable
qui veuille admettre en notre France telles gens, defquels le
nom eft fi mal reçu, que le nommer tant feulement en fait horreur aux petits enfans de la terre? Las! gardez, François, qu'il
vous foit reproché devant Dieu d'avoir chaffé vos freres, pour
loger des Peuples barbares; gardez que cette malédiction tombe fur vous, d'être juftement appellés viperes, qui déchirez les
entrailles de votre propre mere, c'eft-à-dire, de votre propre
patrie; & croïez que tout homme qui voudra ruiner le bâtiment de la France, demeurera enfeveli dans les ruines. Que
fi les Loix puniffent l'homme pour avoir tué fon femblable,
combien à plus forte raifon feront punis ceux qui ne tuent feulement un homme, mais procurent la mort entiere à un
Roïaume?

Le Roi d'Espagne, qui ci-devant disoit qu'il ne falloit traiter avec notre Roi, dévoïé de la Foi, ne laissoit cependant, & ne laisse encore d'essaïer de faire paix avec ses Sujets de Hollande & Zelande, tous Luthériens, Calvinistes ou Anabaptistes : il offre les laisser en l'exercice libre de leur Religion, leur laisser leurs Villes & Gouvernemens en l'état qu'ils les tiennent, demande seulement qu'on le reconnoisse pour Roi. Mais lesdits Etats savent assez à qui ils appartiennent, & ce que c'est de la domination Espagnole, & que cette Nation applaudit, comme le crocodile, lorsqu'elle veut jetter son venin ou mordre, témoins les pauvres Comtes d'Aiguemont & de Horne, faits cruellement mourir, nonobstant leurs services pour la réduction du Païs & foi à eux promise. La mort aussi procurée, l'on dit par poison, au pauvre Seigneur de Montigni, la fin du pauvre Marquis de Bergues, & de toute la Noblesse, que par l'un ou l'autre moïen ils exterminent.

Le Roi Henri quatrieme se saura bien défier de leurs fausses pratiques, nonobstant l'envoi d'un portrait de l'Infante ; il peut trop bien savoir que lorsque Ferdinand d'Arragon dernier, & Philippe, Archiduc d'Autriche, traitoient du mariage de Madame Claude de France, avec Charles-Quint, pere de Philippe à présent regnant, & après le mariage même conclu, juré & arrêté à Blois, les Lieutenans du Roi de France, Louis douzieme, ne se défiant de rien, les Espagnols leur coururent sus, défaisant deux armées Françoises ; l'une en Calabre, conduite par le sieur d'Aubigni ; l'autre à la Cirignolle, conduite par le Duc de Nemours, Messire Louis d'Armignac ; les Chefs desdits Espagnols alléguant pour leurs excuses qu'ils n'avoient défenses de leur Maître de faire la guerre.

A présent le Roi d'Espagne, âgé de soixante-sept ans & plus, mal disposé comme il est de sa personne, se voit au bout de ses finesses, ne sait par quels moïens conserver ce qu'il a ravi, ses belles promesses s'alembiquent en rien, sa mine est éventée, & son conseil découvert ; il cherche d'aider au plus foible en France, afin de nous entretenir en guerre, de peur que le plus foible Parti, par faute de moïens, abandonne la guerre. Il nous veut matter l'un par l'autre, afin de lui servir de proie. Il cherche de nous défaire par nos propres armes, parce qu'il ne le peut par les siennes. Il entretient guerre en notre Païs, de peur que la lui fassions au sien ; & si le Parti qu'il soutient devenoit le plus fort, il lui feroit incontinent la guerre.

Il n'eſt pas encore à ſolliciter (comme l'on dit) les Huguenots
de France ; pour ſe rebeller contre le Roi Henri quatrieme, &
lui faire la guerre.

Que donc tous Princes & Potentats ſe gardent des entrepriſes & conſeils d'un voiſin ſi charitable : & vous, François, faites vous ſages par votre propre dommage. Je vous adjure tous
par l'honneur & reſpect que devons à Dieu, par la foi, amour
& loïauté que devons au Roi Henri quatrieme, donné de Dieu
à la France, fils de vos prédéceſſeurs Rois, iſſu de Saint Louis,
& par la charité que devez à votre Pátrie & au ſalut de vous,
de vos femmes & de vos enfans, & à la conſervation de notre
Religion, Temples & fortunes, faites ceſſer en vous cette opiniâtre rebellion (ſi elle trouve encore place en aucun) & la
réduiſez à une dûe obéiſſance, qui ſeule peut faire, après la
grace de Dieu, renaître ſur nous l'heur de nos peres, & la paix
de leurs ſiecles.

Aucuns prêchent que la Religion periclite, & que pluſieurs
des Peres en la primitive Egliſe ſont morts pour la Foi Catholique, & qu'il nous faut mourir pour icelle : je l'accorde, mais il
nous faut bailler les Ecritures comme elles s'entendent. Nous
ſommes tous prêts de mourir, quand l'on nous forcera de renoncer à Notre Seigneur Jeſus-Chriſt, & de ſacrifier aux Idoles, ou d'aller au Prêche. Lors & non autrement ſe doit ſubir
la mort, & l'ont reçue nos peres, & mourrons avant que d'être
autres que Sectateurs de la Religion Catholique, Apoſtolique,
Romaine ; nos peres en l'Egliſe ont fui en temps de perſécution, & nul d'eux n'a réſiſté aux Rois avec les armes, trouvant
plus de mérite à ſouffrir qu'à ſe révolter. Notre Seigneur con-
ſeilla auſſi à ſes Apôtres de fuir en cas de perſécution de Cité
en autre, & non de réſiſter par armes.

Et vous, Meſſieurs les Eccléſiaſtiques, ſachez que jamais la
Doctrine que Dieu nous a donnée (principalement à vous,
comme en dépôt) n'aquerra ſa clarté, tant que la guerre en
troublera les ruiſſeaux, partis d'une ſi belle ſource. O que la
Ligue montre bien être provenue des cavernes d'Enfer, puiſqu'elle diviſe les Catholiques, qui unis, euſſent trop mieux fait
la guerre aux Hérétiques. Sachez que vous avez beſoin du glaive
matériel, qui eſt celui du Roi, pour vous faire vivre en ſûreté,
repos & juſtice, & maintenir cette notre Religion, laquelle
étant la vraie ame du corps de cet Etat, il eſt beſoin conſerver le Roïaume en ſon entier, ſans le diviſer en ſes membres,

de peur que par ce retranchement de l'un, cette ame ne s'en-vole. Voïez, je vous prie, le fruit des prédications d'aucuns d'entre vous possible (quoique non tous) mus de bon zele, mais non reglé (comme dit l'Apôtre) selon la science; vous avez ourni de soufflets & de paille pour allumer nos querelles. O fureur, fureur indigne de votre Prêtrise! Ainsi est advenu que millions de personnes sont péries de vos troupeaux sans confession, sans sacremens, voire sans sépultures : de cent Eglises, à grande peine en trouverez-vous une entiere, ni en dix Villages, un Curé, si ce n'est au Païs obéissant au Roi. C'est pourquoi défunt Monsieur Vigor, des plus célebres Docteurs en Théologie de la France, & pour sa Doctrine, fait par le Saint Pere Archevêque de Narbonne, disoit en ses sermons sur les jours de la Trinité & Saint Martin : » Si Dieu nous vouloit tant » affliger que de nous donner un Roi Turc ou Hérétique, encore » ne faudroit lever les armes contre lui, ni lui faire la guerre, » pour les grands maux qui arrivent d'icelle ». Ces mots sont contenus aux livres imprimés, devant les troubles, mais retranchés malicieusement des nouveaux, imprimés par la Ligue, de peur que ce couteau de vérité coupât la gorge aux suppôts de mensonge.

Or, notre Roi est, graces à Dieu, très Catholique, & quand bien il ne le seroit, Dieu qui s'est voulu faire enregistrer ès régistres de l'Empereur Auguste, lorsqu'il ordonna être faite description des hommes de l'Univers; & le commandement de païer le tribut à César, quoique Païen & prophane; l'exemple aussi de Saint Paul, qui appella à Neron, lors Empereur très méchant, montrent le Roi devoir être obéi tel que Dieu le donne. Les exemples des trente-trois premiers Papes, tous morts consécutivement Martyrs, nous l'ont ainsi montré, qui jamais ne firent dégainer glaive contre les Empereurs persécuteurs ou hérétiques. Le même a fait Saint Gregoire Pape, dédiant ses Dialogues à Theodelinde, femme d'Agilulphe, Roi Lombard, tenant encore du Paganisme, pour par la douceur & pratique de sa femme, l'ammener au Christianisme, & acquérir paix à l'Eglise. Le même a fait Leon Pape, se prosternant aux pieds du méchant Attila. Ainsi en usa Jean, Pape, premier du nom, allant de Rome à Constantinople vers Justin, Empereur, pour le prier d'ouvrir les Temples des Arriens, qu'il avoit fait fermer, de peur que les Arriens, qui de soi-même se pouvoient consumer, ne troublassent l'Eglise.

Ne doutez pas auſſi que notre Saint Pere le Pape, mû de ces exemples, n'eſſaie de réparer le tort fait à notre Roi par aucuns mal-informés de ſa juſtice, ou poſſible emportés de la paſſion Eſpagnole. Il le reconnoîtra tel qu'il eſt, fils aîné de l'Egliſe ; il ſe ſouviendra que notre Roi eſt ſorti de ceux qui ont conſervé & aumôné à l'Egliſe le plus beau de leur bien. Las ! ſa Sainteté ne pourroit moins faire à notre Roi Henri IV, que par l'un de ſes prédéceſſeurs a été fait puis quelques années à la Reine de Suede, excommuniée & relapſe, la recevant très volontiers en la perſonne de ſes Ambaſſadeurs, avec joie & lieſſe publique au giron de l'Egliſe.

Les Saints Peres n'ont jamais refuſé les Princes repentans, témoin la paix de Conſtance, & autres décrets, dont les Hiſtoires & les ſaints Conciles ſont pleins. Sa Sainteté peut voir combien eſt envié le partage que Dieu a donné à notre Roi en la terre ; mais il dira au Roi d'Eſpagne, envieux d'icelui, ce que dit très ſagement le Pape Boniface VIII à Albert d'Autriche, qui par ſes pratiques, ſe fit élire Empereur, au préjudice de Guillaume, Comte de Naſſau, lors Empereur d'Allemagne, qu'il tua en bataille ; & lui dira, dis-je, que celui qui a tué l'Empereur de ſa propre main, eſt indigne d'être pourvu & confirmé à l'Empire. Car c'eſt de ſa main & menée, que la mort eſt pourchaſſée à notre Roïaume de France, auquel il a voulu ſe faire nommer Roi, mais Dieu merci il a perdu ſa peine.

Le Saint Pere, qui étoit du temps d'Emmanuel, Empereur d'Orient, ne voulut entendre aux offres qu'il faiſoit, de faire réunir l'Egliſe de Grece avec la Latine, pourvû qu'on réunît l'Empire d'Occident, vacant par la privation de Frideric, à celui d'Orient ; prévoïant aſſez que c'étoit choſe pleine de ſoupçon, de rendre l'Egliſe univerſelle dépendante humainement d'une ſeule Puiſſance ; & ſa Sainteté voudroit-elle affoiblir un Roi ou un Roïaume de France, qui eſt le vrai bras de l'Egliſe, pour laiſſer croître le débordement d'un Roi, & d'une Province, plus mêlée de Races Maures, Sarraſines, Gothiques, que Chrétiennes, n'aïant autant de ſainteté & reſpect aux choſes ſacrées, qu'on a au moindre Village de France ?

Sa Sainteté reconnoîtra que les Rois de France, & leurs Peuples ſe ſont roidis, & ont tenu bon pour l'Egliſe, lorſque l'Aſie, l'Afrique, l'Eſpagne, l'Italie, & preſque l'Univers, étoient pleins d'Arrianiſme & héréſies. Se ſouviendra auſſi (& s'en

puiſſent pour jamais reſſouvenir ſes ſucceſſeurs au ſaint Siége)
que l'année de la naiſſance de Philippe, à préſent Roi d'Eſpagne, a été fatale & mal encontreuſe au ſaint Siége, aïant
en icelle l'armée de Charles-Quint ſon pere, pris & ſaccagé
Rome, rançonné le ſaint Pere Clément, & ſes Cardinaux,
ruiné & profané les Temples & Egliſes de Rome, ce que ne
voulut faire Attila, nommé pour ſes inhumanités le fléau de
Dieu.

Le Roi Henri IV de France reconnoît aſſez qu'il a un jour
à rendre compte de ſa charge, & que Dieu le fera obéir de ſes
Sujets, honorer & ſervir, ainſi qu'il obéira à Dieu, l'honorera & ſervira; il ſait, comme le premier Roi mortel & pere du
monde, Adam, avant ſon péché, étoit reſpecté de tous animaux, comme Seigneur d'iceux; mais qu'après ſon péché, les
animaux ſe rebellerent contre lui, le lion le voulant demem-
brer, le cheval ruer, le chien le mordre, & ainſi les autres; &
que Dieu a poſſible permis que le même ſe ſoit fait à lui par
aucuns ſes ſujets (encore que s'ils ne ſe convertiſſent-ils, n'en
échapperont la vengeance divine,) pour avoir par ledit Sieur
Roi, quoiqu'à la ſuggeſtion de ſes ennemis, fourvoïé en la Religion. Sa Majeſté ſait trop bien qu'il ne peut acquérir la grace
de Dieu, ſi étant par lui élevé en plus éminent degré que les
autres, il n'eſt auſſi plus éminent qu'eux en toute ſorte de vertus. Il montre jà par la diligence dont il uſe au fait des armes,
qu'avancé, comme il eſt en la journée de ſon âge, & lui reſ-
tant tant de choſes à faire par l'Univers (dont Dieu ſemble lui
avoir reſervé l'honneur & le labeur), il veut enſuivre les oiſeaux
du païs plus ſeptentrional, où le jour n'aïant preſque qu'une
heure de durée, ils volent plus courageuſement & légerement
que nuls autres de la terre. Car il a en peu de temps réduit le
plus des Peuples de ſon Roïaume, & leur montre, par la douceur dont il a uſé envers eux, qu'il les a conquis, non pour ſon
bien particulier, mais pour les mettre en plus grande aiſe.

Déja Sa Majeſté ne médite autre choſe, que faire de ſa Cour
le cabinet des choſes plus exquiſes de la terre, & qu'en icelle
ſe retrouvent les plus hommes de bien & accomplis de ce monde. La vertu ſera en prix ſi jamais elle le fut; il prétend, ſitôt
qu'il aura ſatisfait à ceux à qui ſon Peuple (miſérable qu'il eſt)
l'a, pour ſes folies paſſées, contraint promettre récompenſes,
abolir ou modérer tellement les tailles, que ſes pauvres Sujets
en prient à jamais Dieu pour lui, & il en ſoit mémoire à toute

la poſtérité. Il reconnoît aſſez que de l'excès deſdites tailles, ſon Peuple demeure en langueur, & la Nobleſſe qui le ſuit eſt faite pauvre, pour ne pouvoir ni oſer le Païſan labourer les terres de la Nobleſſe, ni d'autres, pour la crainte deſdites tailles ; au moïen de quoi les terres demeureront ſans culture, & la Nobleſſe, qui n'a autre richeſſe que de la terre, ne le pourroit plus ſuivre & ſervir, ni le Peuple des champs & Villes, forgeront des commodités du Roïaume, le ſecourir.

Vous donc, Nobleſſe, (ſi aucuns y a de cette qualité qui veuille, contre le devoir de ſa profeſſion, porter l'écharpe de Ligue, au lieu de la nôtre blanche, couleur de lys de France) quel honneur penſez-vous laiſſer à vos enfans, de dire que vous aïez fomenté & nourri cette hydre de Ligue, qui nous a produit tant de miſéres ? voïez-vous point que vous étouffez la clarté de vos races ſous les cendres de votre rebellion ? Prenez, prenez la couleur de vos freres, & ne permettez, que de noble votre race demeure vilaine, tachée de trahiſon vers vous-mêmes, & vers votre patrie.

Et vous Peuples, deſquels la proſpérité eſt tant différente de celle en laquelle vous laiſſerent nos défunts Rois & Peres, voïez la ſurface de notre pauvre Païs, anciennement parée de vos beaux plans & bâtimens (je ne le puis dire ſans regret) maintenant déſerte, hériſſonnée, & ſans culture. Où eſt cette liberté promiſe par la Ligue ? Helas ! (comme diſoit, je crois, Theophraſte aux Grecs) on y a bien mêlé du vinaigre ; où eſt cette abolition de tailles ? helas ! ils les ont ſextuplées ! Où eſt ce rétabliſſement de Religion ? helas, ils ont abbatu & profané vos Egliſes ! les Prêtres mêmes prennant les armes, ſe ſont débordés à mille vilainies ! Conſiderez qu'il n'y a en France juſtice, ni force publique que de votre Roi, qui vous puiſſe garantir d'injure. Voïez-vous point comme vous allez appauvriſſans, & que ces affamés Gouverneurs, deſquels vous nourriſſez la rebellion, vous étoufferont un de ces jours pour avoir votre ſang, écorcheront pour avoir votre peau, puiſque d'entr'eux le plus riche n'a de quoi vivre, ſi ce n'eſt de votre ſubſtance, ni commodité, qu'il ne forge ſur votre jà foible enclume ? Vivez, vivez ſous votre Roi & ſes Loix, chaſſez ces Prêcheurs à gages, ces miſérables boute-feux & deſtructeurs de notre Patrie ; ce n'eſt point la Religion ; le Duc de Mayenne reconnoît en avoir été abuſé ; on le ſait bien, & on eſpere, puiſque la Couronne (comme diſoit Tite, fils de Veſpaſian, appellé pour ſa

bonté,

bonté, délices du monde) eſt un don de Dieu, conferé à qui il
lui plaît, par ſa ſeule main & volonté pure, que ledit Duc de
Mayenne reconnoîtra Sa Majeſté pour ſon Roi, ſe fiera en lui
plus qu'en autre. Il ſait bien que les maximes d'Eſpagne ſont
de ſe défaire toujours de ceux qui leur aident aux conquêtes de
leurs Provinces, diſant juſtement qu'ils ne ſe pourroient fier à
la foi de ceux qui auroient manqué à celle qu'ils doivent à leur
patrie ; & quand tout cela ne ſeroit, jamais homme qui les a
ſuivis n'y eſt mort que miſérable. Ledit Duc de Mayenne a
plus que vengé la mort de ſes freres, de laquelle le Roi Henri
IV ne fut jamais conſentant. S'il paſſe outre, il demeure à jamais très coupable ; qu'il ne laiſſe donc échapper cette occaſion pendant qu'il eſt temps, de ſe rendre à ſon Roi avec honneur ; faiſant paroître le commun prétexte de la Religion, &
non autre choſe, l'avoir mu à prendre les armes, & qu'il ſe ſou-
vienne qu'il a affaire à un Roi de France, lequel ne ſera jamais
ſans ſucceſſeur qui en vengera les injures ; que Sa Majeſté ſe
pourra un jour accorder avec le Roi d'Eſpagne, & pourroit
ledit Duc de Mayenne lors demeurer opprimé & peu eſtimé ;
qu'il reconnoiſſe que tout Chrétien doit avoir ce but de la ſal-
vation de ſon ame, laquelle il ne peut acquérir, ni bien à ſes
enfans, que rendant au Roi ce qu'il détient injuſtement de ſon
Roïaume, contre ſon devoir de Sujet, Vaſſal & Officier de la
Couronne.

PROCES VERBAL

De l'Hommage fait par Philippe, Archiduc d'Autriche, Comte
de Flandre, &c. au Très Chrétien Roi de France Louis XII,
de ce Nom, l'an 1499 (1).

JEAN Amys, Notaire & Sécretaire du Roi notre Sire, pource qu'il a plu à noble & puiſſant Seigneur Monſieur Meſſire Guy
de Rochefort, Chevalier, Seigneur de Pluvot (2) & de Laber-
gemant, Chancelier de France, tant de ſa grace me préférer,
que de m'avoir ordonné & commandé les Lettres de la réception de l'Hommage fait au Roi notredit Sieur, en ſes mains,
par très haut & très puiſſant Prince Monſieur Philippe, fils du
Roi des Romains, Archiduc d'Autriche, Comte de Flandre,
d'Artois & de Charolois, le cinquieme jour de ce préſent mois
de Juillet 1499, étant mondit Sieur le Chancelier en la Cité
d'Arras en l'Hôtel Epiſcopal; & que tels grands actes, termes & cérémonies, qui en ce ont été gardés & obſervés à
l'honneur & exaltation, profit & utilité du Roi & de ſa Couronne, ſont dignes de perpétuelle mémoire, me ſuis enhardi
de rédiger par écrit tout ce que j'ai pu voir & entendre touchant ce préſent acte & matiere, & mêmement depuis le pé-
nultieme jour de Juin dernier paſſé, juſqu'audit cinquieme jour
de Juillet enſuivant. Et pour entrer en ladite matiere, eſt choſe certaine & véritable que ledit Monſieur le Chancelier, ledit
jour ſe partit l'aprèſdinée de la Ville de Dourlans, au païs de
Picardie, pour aller en la Cité d'Arras, où cedit jour il arriva
toujours accompagné de Meſſieurs de Raveſtin, & de la Gru-

---

(1) Louis XII, Roi de France, voulant exécuter le projet qu'il avoit formé, en montant ſur le Trône, de faire la conquête du Duché de Milan, qui lui appartenoit par Valentine Viſcomti, ſon aïeule, ſeule héritiere des derniers Ducs de Milan, il commença par s'aſſurer des Princes ſes voiſins, des Rois d'Eſpagne, d'Angleterre, & de l'Archiduc Philippe, fils de Maximi-lien, & Souverain des Païs-Bas. Par le Traité qu'il fit avec l'Archiduc, & que l'on rapporte ici, Louis s'engagea de lui rendre les places qu'il tenoit dans l'Artois, à la charge par l'Archiduc de lui faire homma- ge des Comtés d'Artois, de Flandres & de Charolois. Philippe ſe ſoumit à cette condi-tion; & pour recevoir ſon hommage, Louis envoïa vers lui Gui de Rochefort, ſon Chancelier, qui ſoutint avec dignité l'hon-neur de la perſonne du Roi qu'il repréſen-toit. Ce Procès verbal eſt du 5 Juillet 1499. Il fut rédigé par écrit par Jean Amys, No-taire & Sécretaire du Roi. M. l'Abbé *Tailhé* l'a fait réimprimer dans ſon *Hiſtoire de Louis XII*, qui a paru en 1755, Tome I, pag. 127, & ſuiv.

(2) De Pleurot.

ture, de Messire Charles de la Vernade, Chevalier Sieur dudit lieu; Maître Christophe de Cremone, Conseillers & Maîtres des Requêtes ordinaires de l'Hôtel; Messire Raoul de Launoi, Baillif d'Amiens; Maître François d'Estain, Hugues de Bai-gel, Almauri de Quinquiville, Nicole de Foix, Philippe d'Es-tas, Richard Nepveu, Pierre de la Vernade, Conseillers ordi-naires; Macé Toustain, Procureur Général d'icelui Sieur en son grand Conseil; Jean Burdelot, Procureur Général d'ice-lui Sieur en sa Cour de Parlement à Paris; Antoine le Viste, Rapporteur de la Chancellerie de France; Dreux Budé; Jean de Villebresme; Raoul Guyot; Philippe Maillart, Notaires & Secrétaires du Roi notredit Sieur, & de moi. Et ainsi que mondit Sieur le Chancelier fut à toute sadite Compagnie, comme à lieue & demie de ladite Cité d'Arras, chevauchant en bon ordre, aïant au-devant de lui l'Huissier du grand Con-seil, portant sa masse découverte, armoïée des armes du Roi; & après ledit Huissier, le Chauffe-cire, qui portoit le scel, ainsi qu'il est accoutumé quand mondit Sieur le Chancelier chevau-che par champs; & lequel Chauffe-cire étoit cotoïé de deux Rois d'Armes du Roi notredit Seigneur, vêtus de leurs cottes d'armes; c'est à savoir, Mont-joye, premier Roi d'Armes de France, & Normandie: arriverent venans au-devant de mon-dit Sieur le Chancelier, l'Evêque de Cambrai, Messire Tho-mas de Pleures, Chevalier, Chancelier de mondit Sieur l'Ar-chiduc; Monsieur le Comte de Nassau; le Sieur de Fiennes, & autres, tant Chevaliers qu'Ecuïers, & Gens de Conseil de mondit Sieur l'Archiduc. Lequel Messire Thomas de Pleures, soi adressant à mondit Sieur le Chancelier, lui dit & récita que les Sieurs de sa Compagnie & lui, étoient envoïés par mondit Sieur l'Archiduc son Maître, lui dire que mondit Sieur l'Archiduc, étoit moult joïeux de sa venue, & des au-tres Sieurs érant avec lui, & qu'ils fussent les très bien venus, & autres belles, bonnes & douces paroles; faisant tous les des-susdits, de la part de mondit Sieur l'Archiduc, grandes révé-rences & honneurs à mondit Sieur le Chancelier, & grand ac-cueil à mes autres Sieurs de sa Compagnie; desquelles choses mondit Sieur le Chancelier mercia moult honorablement mon-dit Sieur l'Archiduc, & lesdits Sieurs qui étoient illec venus de sa part. Et tôt après se mirent d'une part & d'autre ensem-blement à chemin, pour aller en ladite Cité. Et comme toute la Compagnie fut à l'entrée des fauxbourgs d'icelle Cité, mondit Sieur le Chancelier fut rencontré & abordé de mondit Sieur l'Archiduc, lequel, pour le recevoir & venir au-devant, s'étoit parti de cheval de l'Abbaïe Saint Vas en la Ville d'Arras, & passé toute ladite Ville & Cité, où il y a chemin. Et incontinent que mondit Sieur l'Archiduc, accompagné de grand nombre, tant Chevaliers de son Ordre, qu'Ecuiers, & autres Officiers de sa Maison, qui, tous étoient en rang d'une part & d'autre, pour faire chemin & place à mondit Sieur le Chancelier, & ceux de sa compagnie, apperçut mondit Sieur le Chancelier, mit la main au bonnet en soi du tout se découvrant, & fit marcher sa mule contre mondit Sieur le Chancelier, lequel il embrassa, aïant toujours le bonnet hors la tête, lui dit qu'il fût bien venu, en lui demandant en cette maniere, comment se porte Monsieur le Roi? A quoi mondit Sieur le Chancelier répondit, que très bien graces à Dieu, comme il avoit intention de plus amplement lui dire; semblablement fit mondit Sieur l'Archiduc à Messieurs de Ravestain & à la Gruture grand accueil, & salua gracieusement mesdits Sieurs des Requêtes & Gens du Conseil du Roi. Et après plusieurs gracieuses paroles & contenances que tenoit mondit Sieur l'Archiduc à Messieurs le Chancelier & de Ravestain, aïant toujours icelui mondit Sieur l'Archiduc son bonnet en sa main, sans soi vouloir couvrir, sinon qu'aussi mondit Sieur le Chancelier se couvrît; mondit Sieur l'Archiduc, & mondit Sieur le Chancelier se mirent eux deux ensemble, pour entrer en ladite Cité, mondit Sieur le Chancelier toujours à dextre, & chevauchant au-devant d'eux ledit Huissier dudit grand Conseil, tenant sadite masse haute & découverte, & ledit Chauffe-cire aïant le scel du Roi sur son dos, comme il est de coutume quand mondit Sieur le Chancelier chevauche par le Roïaume, & deux Rois d'Armes en leur ordre, sans ce qu'entre mesdits Sieurs l'Archiduc & Chancelier y eut autre. Quelle chose étoit & fut bien regardée, tant par lesdits Gens & Officiers de mondit Sieur l'Archiduc, que par le Peuple, dont y avoit grand nombre, tant de dehors la Cité que dedans, illec venus pour voir l'entrée. Et mena & conduit mondit Sieur l'Archiduc, mondit Sieur le Chancelier, toujours parlant à lui, en soi souvent découvrant, sans ce qu'il se couvrît que mondit Sieur le Chancelier ne fût aussitôt couvert, jusqu'à l'entrée du cloître de la grande Eglise; voulant mondit Sieur l'Archiduc, à toute force le mener jusqu'en sa Maison Episcopale, en laquelle mondit

Sieur le Chancelier a toujours été logé, ni les requêtes & priéres que mondit Sieur le Chancelier lui fit, de foi contenter de tant lui en avoir fait pour l'honneur du Roi. Et fur ces paroles fe départit mondit Sieur l'Archiduc de mondit Sieur le Chancelier, s'en alla en la Ville d'Arras en fondit logis de S. Vas, & mondit Sieur le Chancelier en ladite Maifon Epifcopale, accompagné de mondit Sieur le Comte de Naffau, & autres grands Perfonnages de la Maifon de mondit Sieur l'Archiduc ; & après chacun de la Compagnie & bande de mondit fieur le Chancelier s'en alla au logis qui lui étoit ordonné. Et après plufieurs allées & venues, qui par les fieurs Meffire Thomas de Pleures, Comte de Naffau, le fieur de Montlabais & autres Officiers de mondit fieur l'Archiduc durant les jours du Lundi, Mardi, Mercredi & Jeudi enfuivant, premier, fecond, tiers & quart de cedit préfent mois de Juillet, furent faites par devers mondit Sieur le Chancelier en fondit logis, pour traiter & conclure fur aucunes matieres, points & articles mis avant par ledit Procureur Général du Roi notredit Sieur, en fa Cour de Parlement. Et lefdites matieres prifes fin, fut ledit jour de Jeudi requis par les deffufdits Officiers de mondit fieur l'Archiduc à mondit fieur le Chancelier, fe vouloir difpofer à la réception de l'hommage que mondit fieur l'Archiduc étoit tenu faire au Roi, pour raifon des Pairie & Comté de Flandre, & femblablement des Comtés d'Artois & de Charolois & autres terres tenues & mouvans du Roi notredit Sieur, à caufe de fa Couronne ; & pour ce faire, affigner jour & heure à mondit fieur l'Archiduc, afin de venir devers lui à faire fon devoir. Lequel mondit fieur le Chancelier fit réponfe, que le lendemain, qui étoit Vendredi, & cinquieme jour dudit mois, fut à neuf ou dix heures du matin, il feroit prêt de le recevoir ; lefquels jour & heure furent acceptés par lefdits Officiers de mondit fieur l'Archiduc. A cette intention mondit fieur le Chancelier ordonna pour ce faire, lieu & place en la feconde falle de fondit logis, laquelle étoit bien tapiffée, & ladite place être hauffée comme de deux marches, & y être mife une chaire parée & couverte de fleurs de lis, en laquelle il feroit affis durant ladite réception, & les paroles que feroient à proférer touchant ledit hommage, ce qui fut fait. Et ledit jour de Vendredi, comme heure de dix heures du matin, mondit fieur le Chancelier étant en fa Chambre accompagné de mefdits fieurs defdites Requêtes de l'Hôtel, Gens de Confeil, du Baillif d'Amiens & autres des fufnommés, lui fut

venu dire par ledit Maître Thomas de Pleures & autres Officiers
de mondit sieur l'Archiduc, que mondit sieur l'Archiduc étoit
parti de son logis, s'en venoit devers lui pour faire ledit hommage, & qu'il se voulût disposer & mettre en lieu pour icelui
recevoir. A quoi Monsieur le Chancelier fit réponse, que si-tôt
que mondit sieur seroit venu au lieu ordonné pour icelui recevoir à faire ledit hommage, qu'il étoit & seroit prêt. Et par
deux autres fois vinrent encore autres desdits Officiers, tant
Chambellans que Sécretaires de mondit sieur l'Archiduc, la
premiere fois dire à mondit sieur le Chancelier, comme mondit
sieur l'Archiduc étoit en la premiere qui joint à la seconde, lequel mondit sieur le Chancelier pour ce ne se mêut. Et à la
deuxieme fois, pource qu'iceux Officiers affermoient mondit
sieur l'Archiduc être en la seconde salle, comme il étoit vrai,
& aussi que mondit sieur de la Gruture, & Messire Robert de
Framezelles, Chambellan du Roi, lesquels & mondit sieur de
Ravestain avoient accompagné mondit sieur l'Archiduc depuis
son logis jusqu'en ladite seconde salle, vinrent dire à mondit
sieur le Chancelier, que mondit sieur l'Archiduc étoit en icelle
seconde salle, & jà au propre lieu & place appareillés pour ledit hommage. Lors mondit sieur le Chancelier, vêtu d'une robe de velours cramoisi, son chapeau en sa tête, se partit de
sadite chambre, laquelle joignoit à ladite salle, en la maniere
qui s'ensuit : c'est à savoir, aïant au-devant de lui ledit Huissier
dudit Grand Conseil, portant sadite masse découverte & haute,
qui à haute voix disoit & crioit si-tôt qu'il fut hors d'icelle chambre, & entré en icelle seconde salle, pource qu'en icelle y avoit
si grand nombre de gens, tant des gens & Officiers de mondit
sieur l'Archiduc qu'autres, qu'à peine se pouvoit-on tourner,
ces mots par trois ou quatre fois : devant, devant, faites place ;
& après ledit Huissier, alloient lesdits deux Rois d'Armes du
Roi notredit Sieur, vêtus desdites cottes d'armes dudit Sieur,
puis marchoit mondit sieur le Chancelier, & après lui Messieurs
des Requêtes dudit grand Conseil, & Notaires & Sécretaires du
Roi notredit sieur, avec lesquels j'étois. Et pource que mondit
sieur le Chancelier m'avoit ordonné auparavant son partement
d'icelle chambre, me mettre en lieu & place pour être présent
à ladite réception dudit hommage, ouir les paroles, tant de lui
que de mondit sieur l'Archiduc, qui y seroient dites & proférées
par eux deux, & prendre le commandement des lettres à ce nécessaires, je m'avançai pour ce faire. Et c'est à savoir qu'ainsi

que mondit fieur le Chancelier approcha de la chaire où il devoit fe feoir, mondit fieur l'Archiduc qui auprès d'icelle étoit
attendant mondit fieur le Chancelier, ôta incontinent le bonnet de fa tête, en difant à mondit fieur le Chancelier ces mots:
Monfieur, Dieu vous donne bon jour, & en ce difant, baiffa fort
fa tête; & mondit fieur le Chancelier fans rien proférer ni dire
mot, mit feulement la main à fon chapeau qu'il avoit en fa tête,
fans autrement icelui ôter, puis s'affit en fadite chaire, & incontinent l'un defdits Rois d'Armes, ainfi qu'ordonné lui avoit été
par mondit fieur le Chancelier, cria à haute voix par trois fois:
faites paix. Ce fait, mondit fieur l'Archiduc, tête nue, fe préfenta à mondit fieur le Chancelier pour faire fondit hommage,
difant, Monfieur je fuis ici venu devers vous pour faire l'hommage que tenu fuis faire à Monfieur le Roi, touchant mes
Pairie & Comté de Flandre, d'Arrois & de Charolois, lefquelles tiens de Monfieur le Roi à caufe de fa Couronne. Lors
mondit fieur le Chancelier, ainfi affis qu'il étoit en fadite chaire, & tout couvert de bonnet & chapeau, lui demanda s'il avoit
ceinture, dague ou autre bâton; lequel mondit fieur l'Archiduc en levant fa robe, qui étoit fans ceinture, dit que non. Ce
dit, Monfieur le Chancelier lui mit les deux mains entre les
fiennes, & icelles ainfi tenant & jointes, mondit fieur l'Archiduc fe veut incliner, montrant apparence de foi vouloir
mettre à genoux, ce que mondit fieur le Chancelier ne voulut
fouffrir; ains en le foulevant par fefdites mains, qu'il tenoit
comme dit eft, lui dit ces mots: Il fuffit de votre bon vouloir.
Puis mondit fieur le Chancelier lui profera en cette maniere,
lui tenant toujours lefdites mains jointes, & aïant mondit fieur
l'Archiduc la tête nue, & encore s'efforçant toujours mettre à
genoux, vous devenez homme du Roi, votre fouverain Seigneur, & lui faites foi & hommage-lige, pour raifon des Pairie & Comté de Flandre, & auffi des Comtés d'Artois & de
Charolois, & de toutes autres terres que tenez, & qui font
mouvans & tenus du Roi à caufe de fa Couronne, lui promettez de le fervir jufqu'à la mort inclufivement envers & contre
tous ceux qui peuvent vivre & mourir fans nul réferver; de procurer fon bien, & éviter fon dommage, & vous conduire &
acquitter envers lui comme envers votre fouverain Seigneur.
A quoi fut par mondit fieur l'Archiduc répondu; par ma foi
ainfi le promets, & ainfi le ferai. Et ce dit, mondit fieur le
Chancelier lui dit ces mots; & je vous y reçois, fauf le droit

du Roi en autres chofes, & l'autrui en toutes. Puis tendit la joue, en laquelle Monfieur le Chancelier le baifa. Puis mondit fieur l'Archiduc requit & demanda à mondit fieur le Chancelier Lettres de ladite réception dudit Hommage, lefquelles mondit fieur le Chancelier me commanda lui faire, & icelles lui dépêcher. Lors mondit fieur le Chancelier fe leva de ladite chaire, & fe découvrit de chapeau & bonnet, & fit révérence à mondit fieur l'Archiduc, en lui difant ces mots, Monfieur, je faifois n'a gueres office de Roi, repréfentant fa perfonne; & de préfent je fuis Gui de Rochefort, votre très humble ferviteur, toujours prêt de vous fervir envers le Roi mon fouverain Seigneur & Maître, en tout ce qu'il vous plaira me commander; dont mondit fieur l'Archiduc le remercia, lui difant en ces mots. Je vous remercie, Monfieur le Chancelier, & vous prie qu'en toutes mes affaires envers mondit Sieur le Roi, vous me veuillez toujours avoir pour recommandé.

Témoin mon feing manuel ci-mis, le premier jour d'Août, l'an 1499,

fic fignatum, AMYS.

Extrait des Regiftres des Ordonnances Roïaux, enregiftrées en la Cour de Parlement.

Ainfi figné, DU TILLET (1).

(1) Le même jour que l'Archiduc prêta foi & hommage, Louis XII rendit l'Acte fuivant, par lequel il ordonnoit à tous fes Officiers de mettre ledit Archiduc en poffeffion de tous fes fiefs relevant de fa Couronne.

» Louis, par la grace de Dieu, Roi de » France, A nos Amés & féaux Gens de nos » Comptes & Tréforiers, aux Baillifs de » Vermandois, d'Amiens & de Sens; A nos » Procureurs & Receveurs efdits Bailliages, » & à tous autres Jufticiers: Salut & Bé- » nédiction. Savoir, vous faifons, que » notre très cher & très Amé Coufin l'Ar- » chiduc, Comte de Flandre, d'Artois & » de Charolois, nous a aujourd'hui fait ès » mains de notre Amé & Féal Chancelier, » les foi & hommage-lige qu'il nous étoit » tenu de faire, par raifon de la Pairie de » Flandre, & auffi defdits Comtés d'Ar- » tois & de Charolois, qu'il tient de nous » & de notre Couronne. Auxquels foi & » hommage nous l'avons reçu, fauf notre

» droit & caution. Si vous mandons, com- » mandons, & expreffément enjoignons & » à chacun de vous, fi comme à lui ap- » partiendra, que fi pour caufe de ces foi » & hommage à nous faits, lefdits Pairies, » Comtés de Flandre, d'Artois & de Cha- » rolois, & autres Terres & Seigneuries de » mondit Coufin, ou aucunes des Terres » appartenantes & appendantes avoient été » prinfes, faifies, arrêtées, ou autrement » empêchées, mettez les lui, ou faites met- » tre ès mains de vous en droit foi, inconti- » nent & fans délai à pleine délivrance. » Car ainfi nous plaît-il, & voulons être » fait, pourvû toutefois que mondit Cou- » fin bailléra un dénombrement de ces cho- » fes dedans temps dû, & fera & paiera les » autres droits & devoirs, fi aucuns nous » font pour ce dûs, fi fait & païé ne les a. » Donné en notre Cité lès Arras, le 5 jour » de Juillet, l'an de Grace 1499, & de no- » tre Regne le II e.

Avertiffement.

Avertiſſement.

Les François avoient été, pour la plus grand part, tellement féduits par les artifices des Chefs & principaux Membres de la Ligue, qu'ils ne faiſoient cas que de la grandeur & majeſté du Roi d'Eſpagne, à comparaiſon duquel celui de France n'étoit preſque rien eſtimé. Cette opinion procédoit d'une extrème ignorance de l'Hiſtoire de ces deux Roïaumes, & d'autres Païs auſſi. Or, pour témoignage du contraire, nous nous ſommes aviſés de joindre au précédent Diſcours les deux ſuivans, eſquels eſt traité amplement de ces choſes, dignes d'être bien entendues de la poſtérité. Ces Diſcours furent publiés par un Catholique Romain peu auparavant les Etats de Blois, & le commencement de la funeſte guerre de la Ligue. Mais l'importance de telle matiere, & l'Etat de la France, ont ſemblé requérir qu'ils fuſſeut repréſentés au Lecteur en cet endroit-ci.

LETTRE D'UN FRANÇOIS

Sur certain Diſcours fait pour la preſſéance du Roi d'Eſpagne (1)

MONSIEUR,

J'ai lu ce Diſcours Italien, que m'écrivez venir de Rome,

(1) Le Diſcours auquel cette Lettre répond, a été compoſé par Auguſtin *Cranato* : Il eſt en Italien, écrit avec tout l'artifice qui fait partie du génie de cette Nation & de ſes Ecrivains. Il fut debité publiquement à Rome, & répandu avec profuſion en France, ſur-tout à Paris; & apprit aux bons Citoïens ce que la France avoit à craindre des vûes profondes de Philippe II, Roi d'Eſpagne, qui, ſous prétexte de la preſſéance, à laquelle il prétendoit depuis ſi long-temps ſans ſuccès, entreprenoit d'établir, par l'Ecrivain qu'il avoit mis en œuvre, que l'Eſpagne eſt la ſource & le centre du Chriſtianiſme en Europe, & par conſéquent le premier Roïaume Chrétien. Cranato, ſervant le Roi d'Eſpagne à ſon gré, parmi les Sophiſmes & les autorités qui tendoient à l'établiſſement de la propoſition principale, avoit gliſſé des faits & des raiſonnemens, qui en attaquant de front l'autorité de la Loi Salique, tendoient à

ouvrir, en faveur de la Branche d'Autriche, établie en Eſpagne, un droit éventuel à la Couronne de France, dans le cas de l'extinction de la Maiſon de Valois.

François *Pithou*, Seigneur de Bierne, Conſeiller du Roi & Maître des Requêtes ordinaires, frere de Pierre, né comme lui à Troyes le 7 de Septembre 1543, entreprit la réfutation de ce Diſcours, & l'exécuta dans la Lettre que l'on donne ici, & qui fut imprimée alors à Paris chez Mamert Patiſſon, imprimeur du Roi, en 22 pag. in-8°. Elle eſt datée dans cette édition du 9 Fevrier 1586, non, comme on le met ici, du 9 de Décembre de ladite année. On peut voir ſur cela la vie de François Pithou, par M. Groſley, Avocat à Troyes, à la ſuite de la vie de Pierre Pithou, par le même, *in-12*, Tome II. p. 129, & ſuiv. M. Groſley donne en cet endroit une très bonne analyſe de cette Lettre.

Tome V.   Vvvv

& courir maintenant par Paris, pour la presséance du Roi d'Espagne contre le Roi. Quiconque en est l'Auteur, il semble fort
retenir du terroir qu'il veut défendre ; autrement il n'eut tant
exalté Athanarich, lequel exerça si cruelles persécutions contre les Chrétiens, témoignées par Isidore, Evêque de Seville,
& par Roderich, Archevêque de Tolede ; & fit tellement enraciner l'Arrianisme par tout le païs qui étoit de son obéissance, que le tronc en demeure encore en plusieurs endroits, même en ceux d'où nos Rois ne l'ont arraché. Aussi peu eût-il
mis en jeu Alarich pour le sac de Rome, non gueres moins
cruel que celui fait du temps de nos peres, par ceux qu'il lui
donne pour successeurs, & pour avoir planté son Hérésie Ar-
riane en Italie, où elle a été maintenue par Aistulphe, & autres Rois Goths, tant & si longtemps, qu'elle n'en fut extirpée
par les François. Je me rapporte à vous, si quand nous étions
ensemble à Rome, ou à Trente, l'on tenoit son axiome pour
Catholique ; que les Papes ne regardent qu'à leur propre &
particulier intérêt, & que la donation faite par les Rois de
France au saint Siége Apostolique des Droits, Terres & Seigneuries spécifiées en la confirmation de Louis Debonnaire,
récitée par plusieurs Historiens affidés, même par aucuns Italiens, fut pour certains Papes seulement, & pour leur particulier. Mais soit cet Ecrivain Catholique & Romain ; l'ancienne splendeur de nos Rois, qui sont entre les autres (dit le
Balde) comme l'étoile du jour au milieu d'une nuée venant du
midi, ne peut être par tels brouillards. Car de tout temps &
ancienneté, ils ont eu telle prééminence par tout le monde,
que parlant simplement du Roi, l'on a entendu le notre ; ainsi
que Sudas (1), ancien Auteur Grec a pieça écrit, & Boniface
de Vitalinis, Auditeur de la Rote, témoigne cela avoir encore été commun & ordinaire à Rome de son temps. Et de fait,
Hincmar, qui a transcrit il y a huit cens ans, la vie de Saint
Remi d'un Auteur du siecle, dit que certaine Couronne d'or
vouée à saint Pierre par le Roi Clovis, y aïant été envoïée, fut
appellée par le Pape Hormisda, comme par excellence, *Regum*. Je laisserai à part ce que Procopius, Sécretaire de Bellis-
saire, remarque, qu'autres Rois que les nôtres, ni même celui
de Perse, ne pouvoient faire battre monnoie d'or, marquée de
leur effigie ; & que celle des Rois de France avoit cours par
tout l'Empire Romain ; ce qui se peut reconnoître par les cons-

(1) C'est Suidas.

1593.
LETTRE SUR
LA PRESSÉAN-
CE DE PHILIP-
PE II.

titutions même des Empereurs Leo & Majorian. Mais je ne puis obmettre ce que tant d'autres Etrangers ont remarqué, que non fans très jufte caufe, ce grand Pape faint Gregoire a jugé & écrit, que le Roi de France furpaffoit d'autant tous les Rois des autres Nations, que la dignité roïale excelle par-deffus les autres hommes. Et fon fucceffeur Etienne III de ce nom, que la brave Nation Françoife réluit par-deffus toutes autres ; comme auffi le Balde dit, que les bannieres de France marchent les premieres, fur lefquelles autre Roi ne peut pré-tendre avantage d'honneur ; & que les Rois de France portent la Couronne de liberté, & de gloire par-deffus tous autres. Ce que nous repréfentent encore les anciens tableaux, où tous les Rois Chrétiens font peints enfemble, qui fe voient par l'Ita-lie, Allemagne, Angleterre, Efpagne, & autres lieux. Et n'eft mémoire qu'auparavant le défordre de ces derniers jours, & la confufion que l'avarice & l'ambition ont mife entre les chofes plus facrées, cette prefféance de nos Rois ait été revoquée en doute ; & ne l'eft encore de préfent par les Princes & Poten-tats, qui ne font tranfportés de paffion particuliere ; lefquels leur ont toujours déféré le premier honneur, fans contredit, jufqu'à avoir été feuls honorés par les Empereurs anciens de Conftantinople, du Titre d'Augufte, qui leur eft demeuré, voire & celui même d'Empereurs, ainfi que témoignent les Hiftoriens, & qu'il fe peut voir par les chartes de Dagobert, Louis le Gros, Louis le Jeune, & autres. Auffi par les Pro-vinciaux de toutes les Eglifes Cathédrales de la Chrétienté, imprimés à Rome jufqu'à préfent, le Roi de France eft mis le premier des autres Rois, étant fuivi par le Roi d'Angleterre, puis par celui d'Efpagne ; & n'y a que l'Empereur de Rome, & celui de Conftantinople (le nom duquel montre affez l'an-cienneté de ce rang) qui le précedent en cet ordre.

Imperatores Chriftianorum.	C'eft-à-dire, les Empereurs des Chrétiens.
Imperator Romanorum.	L'Empereur des Romains.
Imper. Conftantinopolitanus.	L'Emp. de Conftantinople,
Reges Chriftianorum.	Les Rois des Chrétiens.
Rex Francorum.	Le Roi des François.
Rex Angliæ.	Le Roi d'Angleterre.
Rex Caftillæ & Legionis, &c.	Le Roi de Caftille & Leon.

Ce qu'Alberic de Rofaté (1), Alvarot (2), & autres Docteurs Etrangers, & non François, témoignent avoir auffi lu à
Rome, au Livre ancien, intitulé, *Liber Romanæ Ecclefiæ*, &
être confirmé par la Martinienne. Et fe peut encore voir en
celui intitulé par eux, *Regiftrum Romanæ Curiæ*, qui porte ces
mots, *Sequitur de Regibus Chriftianorum. Et funt quidam coronandi, & quidam non. Illi qui coronandi funt, debent inungi.
& illi habent privilegium. Videlicet, Rex Francorum Chriftia-
niffimus coronatur, & ungitur.* C'eft-à-dire, s'enfuit des Rois
des Chrétiens ; dont aucuns doivent être couronnés, aucuns
non. Ceux qu'il faut couronner, doivent être oingts, & ceux-
là ont privilége ; comme le Roi des François très Chrétien eft
couronné & oingt.

Rex Angliæ coronatur, & *ungitur.*	Le Roi d'Angleterre eft cou- ronné & oingt.
Rex Caftellæ non.	Le Roi de Caftille, non.
Rex Legionis, &c.	Le Roi de Leon, &c.

Lequel ordre auffi fe trouve ès anciens Conciles, & fut fuivi
fans contredit de notre fiecle au Synode tenu à Rome fous les
Papes Jules II, & Leon X, & depuis par tout le Confiftoire
des Cardinaux. Comme auffi les Anglois, nos anciens ennemis, qui quitteroient les cinquante mille écus, dont parle ce
Difcoureur, pour un rouge maravedis (3), l'ont toujours reconnu, ainfi que témoigne Frere Matthieu, Religieux du Monaftere faint Alban de Londres, fous Henri III de ce nom,
Roi d'Angleterre, difant, *Rex Francorum, Regum cenfeur
digniffimus.* Le Roi des François eft eftimé le plus digne des
Rois.

Encore aujourd'hui ès titres de leurs prétentions, ils poft-
pofent le nom de leur propre païs à celui de France. Et eft tout
notoire qu'en l'an 1555, au Chapitre tenu la veille de faint
Georges, par les Chevaliers de l'Ordre de la Jarretiere, fut
arrêté, que le Roi de France retiendroit fa place au côté droit

---

(1) Ou Alberic Roxiati, Jurifconfulte
de Bergame en Italie, vers l'an 1350. On
a de lui un Commentaire fur le VIe. Livre
des Décrétales, & quelqu'autres Ouvrages.
(2) Jacques Alvarot, de Padoue, celebre
Jurifconfulte, qui a fleuri dans le XVe. Siecle. Il a été Profeffeur à Padoue.
(3) Maravedis, petite monnoie d'or d'Ef-

pagne, qui a eu cours en France. Cette
monnoie, felon quelques Auteurs, étoit la
même que le *Marabotin* M. le Blanc, dans
fon Traité Hiftorique des Monnoies, penfe
autrement. Le mot Maravedis, felon Co-
varruvias, eft un mot Arabe. Voïez le
Diction. Etymolog. de Ménage,

du Chef de l'Ordre, comme le plus apparent lieu ; & le Roi d'Espagne, encore qu'il eût épousé Marie leur Reine, demeureroit à gauche. Ce qui depuis a été confirmé par divers actes, sans avoir eu égard à sa prétention, de laquelle il fut aussi débouté par-tout le Senat de Venise, l'an 1558, & n'a gueres lorsque la Ligue contre le Turc fut faite par ladite Seigneurie avec sa Sainteté & lui. Même en la difficulté qui se présenta à Calais, en Septembre l'an 1521, entre le Roi de France, où ses Ambassadeurs, & Charles, dernier de ce nom, lors élu Empereur, la presséance de notre Roi contre ledit Charles, comme Roi d'Espagne, ne fut revoquée en doute. Mais bien M. le Chancelier du Prat maintint que le Roi de France ne devoit laisser de le preceder, encore qu'il fût élu Empereur. Et ne se trouvera aucun cérémonial, qui porte autre presséance d'Espagne ; sinon qu'entre les quatre Nations, l'Espagnole est la derniere, comme étant nouvellement faite Chrétienne. Et de fait l'an 1480, Ferdinand cinquieme de ce nom, prit le titre, non de Roi d'Espagne Catholique, ou de Roi Catholique simplement, mais de Roi Catholique d'Espagne, pour être distinct seulement des autres Rois d'Espagne Arrians, ou Sarrasins. Lequel titre lui fut confirmé par le Pape Jules II en l'an 1512, ainsi que disent les Ecrivains mêmes de sa Nation. Mais le titre & qualité de Christianissime a été de tout temps approprié à nos Rois, voire dès & depuis Clovis jusqu'à présent ; comme se voit par le testament de saint Remi, par les Conciles d'Orléans, Mayence, Aix, & autres ; & par les Décrétales d'Etienne II, Paul I, Etienne III, Adrian I, Nicolas I, Jean VIII, Innocent & Honoré III, où ils sont ainsi appellés, non-seulement pour être oingts de l'huile céleste ; mais aussi, pour avoir été & être l'unique asyle & refuge des Papes affligés, & le mur inexpugnable de la Chrétienté, comme les appelle Honoré III, ou (comme dit un autre Pape) la trousse & le carquois, d'où Dieu déploie ses traits, pour se soumettre & conserver en son obéissance les autres Nations. De quoi leur reste encore entre plusieurs autres remarques d'honneur, cette-ci, que tous les Chefs d'Ordres anciens des Monasteres, sont en leur Roïaume, & sous leur protection. Aussi ne se peut nier, sans impudence manifeste, que par leur moïen le Christianisme a été, ou planté, ou remis, ou maintenu, tant en Italie, Allemagne, Angleterre, Ecosse & Espagne, qu'en la plûpart du Levant, où encore aujourd'hui tous Chrétiens sont appellés

François, & compris sous ce nom comme Catholiques. Les
Espagnols mêmes, en leur particulier, reconnoissent par leurs
écrits, que la Foi Chrétienne fut replantée jusqu'à Cordoue
par Charlemagne, qui fit assembler un Synode à Compostelle,
où fut ordonné que l'Eglise de saint Jacques seroit la premiere de toutes les autres de Galice & d'Espagne, qui usent encore à présent du Pseautier Gallican. Alcuin, en une Epître, dit
que cette conquête de Charlemagne en Espagne fut de trois
cens milles d'étendue du long de la marine. Et Eynard (1) son
Chancelier, ou Sécretaire, témoigne qu'Alfonse, lors Roi de
Gallice & de las Asturias, se tenoit tant obligé & redevable à
ce Prince, qu'il ne vouloit être appellé autrement en son endroit, que *proprius suus*, son propre, comme il parle en Latin du temps. Encore aujourd'hui se retrouvent quelques-unes
des Requêtes présentées par ce peu de Chrétiens, qui restoit
lors en Espagne, tant à ce Roi, qu'à Louis Débonnaire son
fils, pour avoir recours & secours d'eux en leur affliction. Et
les provisions qui en furent sur ce octroïées, sont telles que,
leur posterité ne les peut nier ou dissimuler sans note d'une très
grande ingratitude; que si tant de changemens & de Princes,
& de Religions, excusent en cet endroit leur ignorance du
passé, au moins doivent-ils apprendre, pourquoi les Evêques,
non-seulement de l'Asseu-d'Urgel, de Vich-d'Alfonne, &
d'Elna, mais aussi ceux de Gironne & de Barcelonne ont été si
longtemps suffragans de l'Archevêque de Narbonne, & l'ont
reconnu comme leur Metropolitain; & quand, & comment
ils en ont été distraits. Et pourquoi les Arragonnois, en toutes
leurs chartes & instrumens, datoient le temps par les années
des Rois de France, jusqu'au Concile tenu en la Ville de
Tarragone, sous l'Archevêque Berenger, l'an de Notre Seigneur 1580, ainsi que leurs Historiens même témoignent.
Pourquoi aussi ils retiennent encore en Arragon ce beau mot
de franchise, par les privileges des Rois de France, qui leur ont
conservé ce peu de liberté qui leur reste, au grand creve-cœur
des Castillans.

　　Mais ce que j'ai dit, & en géneral & en particulier, se pourroit plus amplement vérifier par les Conciles & Décrétales des
Papes, & par les Historiographes de chacun temps, & aussi les
bâtimens à la Françoise, & fondations des Eglises & Monasteres de toute la Chrétienté; si ce n'étoit peine perdue de s'a-

(1) C'est, Eginard.

heurter plus avant contre celui, qui veut perfuader que le Soleil prend fa clarté de la Lune, ou de quelque Comete errante. Comme auſſi de refuter cette plaiſante imagination, que
puiſqu'en quelques chartes coſmographiques, l'Eſpagne eſt
peinte comme l'un des Chefs de la terre; par conſéquent, le
Roi d'Eſpagne doit être le premier du monde. Auſſi peu d'apparence y a-t-il, ſous ombre de ſuppoſer qu'Atanarich étoit
fils de Roi d'Eſpagne, Chrétien, auparavant que Pharamond
fût Roi de France, que notre Roi doit être privé de ſon ancienne prérogative d'honneur. Comme ſi Aſcharich, Gaiſo, Mello-
baudes, Marcomir, Sunno & autres, mentionnés par les anciens Ecrivains Romains, n'étoient Rois des François, ou
qu'Atanarich n'eût été le premier des Rois Goths, leſquels ont
encore été électifs long-temps après. Tant s'en faut qu'il fût né
de Roi, comme ce Diſcoureur ſuppoſe à ſa fantaiſie, contre ce
qu'en écrivent Iſidore, Roderich & autres Chroniqueurs Eſpagnols, qui montrent auſſi au doigt & à l'œil que les guerres
contre les Maures ont toujours été défenſives ſeulement de la
part des Chrétiens d'Eſpagne, juſqu'à Ferdinand cinquieme.
Depuis lequel temps, ſi ſes ſucceſſeurs ont ſecouru le Pape,
comme Vaſſaux, à cauſe du Roïaume de Naples & Sicile (en
laquelle qualité ils ſont tenus porter l'Etendart devant lui) ou
même à cauſe de celui d'Eſpagne, que le Pape Gregoire ſeptieme maintenoit être tenu en fief du Saint Siege, ainſi qu'il ſe
trouve par ſon premier regiſtre, tranſporté de la Bibliothéque de Latran en la Vaticane. Ou bien s'ils ont aidé les Vé-
nitiens & autres Potentats d'Italie, je m'en rapporte au ſac
de l'an 1527, qui arrêta le ſon des cloches d'Eſpagne, & à la
guerre des années 1556 & 57, ſans parler autrement pour cette
heure de Sienne, Plaiſance, Petilian, Foyan, Gennes, Luques,
Mantoue, Parme, Ferrare, Urbin, & du Marquiſat de Final.
Je m'en rapporterai auſſi à l'entrepriſe ſur Corfou, & aux comptes à rendre de toute la dépenſe avancée par ladite Seigneurie de
Veniſe, laquelle enfin trouva être plus expédient de faire paix
avec le Turc, par l'intervention de l'Ambaſſadeur, que nos Rois
tiennent devers lui, pour le bien & profit commun de toute la
Chrétienté.

Et ne faut point que, pour ſurhauſſer la Maiſon du Roi d'Eſpagne, on la faſſe monter ſur la tête ou ſur le ventre de notre
Roi, les prédéceſſeurs duquel regnoient en France, long-temps
auparavant que le Chaſtel d'Habſpurg, dont ſourd la vraie origi-

1593.

LETTRE SUR
LA PRESSÉAN-
CE DE PHILIP-
PE II.

ne de cette Famille, fût bâti : les fondemens en aïant été pre-
mierément jettés par Wernerd, qui étoit Evêque de Strasbourg
l'an 1027, comme se vérifie clairement par la fondation de l'Abbaïe de Mure, non loin d'illec, qui le porte pas exprès. Et de
fait Otto, Adelbert, & Wernerd, fils de Radeboth, frere dudit
Evêque, furent les premiers qui prirent la qualité des Comtes
d'Habspurg, ainsi qu'il est déduit par la généalogie de cette
Maison, trouvée entre les chartes dudit Monastere, se continuant de pere en fils, jusqu'à Rudolphe d'Habspurg, lequel
aïant été Maître d'Hôtel, quoique soit serviteur, d'Ottocar de
Boheme, qu'il tua depuis de sa propre main ; & s'étant
mis à la suite de l'Archevêque de Mayence, s'entretint si avant
en ses bonnes graces au voïage qu'il fit à Rome, qu'à son retour
il fut fait par lui Empereur, outre & contre la volonté de tous
les autres Princes, combien qu'il fût de peu de moïens, ainsi
que témoignent Albertus Argentinensis, Joannes Vitoduranus,
Rocridano Malespini, Giovan Villani, & même le Pape Pie II
& autres. Si que depuis ledit Archevêque se vantoit souvent par
risée, qu'il portoit des Empereurs en son cornet, qu'il avoit
pendu à son col, allant par les champs, à la façon des Seigneurs & Gentilshommes du Païs. Et ne se peut dénier, que
tous les Roïaumes, Duchés, Marquisats, Comtés, Terres &
Seigneuries, qui sont de présent en cette Maison, sans rien
excepter que le Chastel d'Habspurg, n'y soient entrées depuis
l'avancement & le trop bon ménage dudit Rodolphe, par acquêts ou conquêts de la lance de chair, comme dit d'eux certain
Poète Allemand. Et principalement par mariage avec quelques
filles de Seigneurs de France, dont elle retient encore de présent, entr'autres titres, celui du Roïaume de Jerusalem, conquis par les François, & plusieurs autres Duchés & Comtés qu'il
n'est besoin de vous particulariser quant à présent. Mais tant y
a que la très chrétienne, très sacrée, très noble & très excellente Couronne de France, n'est point, graces à Dieu, & ne
fut onques de ce chef ; & n'y peut le Roi d'Espagne justement
prétendre droit, tant petit soit, par toutes les ouvertures de ce
Discoureur, duquel toutesfois l'intention principale ne semble
avoir eu autre but que celui-là ; mais avec si peu d'apparence,
que quant tout ce qu'il suppose, la plûpart contre vérité, lui
seroit accordé pour autre qu'il n'est, la seule Loi du Roïaume,
que nous appellons, par tradition de nos peres, *Salique*, en-
gravée au cœur des bons François, seroit suffisante pour en arrêter & la maxime & la conséquence.   Et

Et pource qu'un trait de votre main à l'endroit où ce discoureur semble vouloir révoquer en doute cette loi & coutume,
m'a fait penser que vous, qui n'êtes naturel François, desirez
être éclairci de ce point : je vous ai bien voulu donner quelques
heures de cette matinée pour vous extraire aucuns lieux, qui me
sont venus en mémoire, d'Ecrivains hors de tout soupçon
pour ce regard, & pour la plûpart mal affectionnés à cette
Couronne, qui montrent néanmoins clairement, que cette loi,
quelque nom qu'on lui veuille donner, est née avec le Roïaume, qui a jà, graces à Dieu, subsisté par le moïen d'icelle, l'espace de douze cens ans & plus; & surpassé, non-seulement en
prééminence & grandeur, mais aussi en âge & durée, toutes les
autres Monarchies & Roïautés, depuis le commencement du
monde. Suivant laquelle loi, a été de tout temps gardé & tenu
pour très certain & inviolable, que tant & si longuement qu'il
se trouve des Princes issus du sang & ligne de nos Rois, ce Roïaume leur est entierement affecté & déféré *ipso jure*, comme disent les Legistes : sans que les filles & les descendus d'elles y puissent aucunement succéder, ni transporter par ce moïen la Couronne en Princes Etrangers.

Du livre du Sacre & Couronnement des Rois de France, extrait de l'ancien Pontificat de l'Eglise Métropolitaine de Rheims.
*Dum Rex ad solium venerit, Archiepiscopus ipsum collocet in
sede, & dicat Archiepiscopus : sta, & retine amodò statum, quem
huc usque paternâ successione tenuisti, hereditario jure tibi delega-
tum per autoritatem Dei omnipotentis.* C'est-à-dire, quand le
Roi viendra au Trône, l'Archevêque le mettra en son Siege,
& dira l'Archevêque : demeure & retiens dès à cette heure l'Etat,
lequel tu as tenu jusqu'à présent par succession paternelle, à
toi de droit héréditaire, ordonné en l'autorité de Dieu tout
puissant. Agathias, au livre premier de l'Histoire qu'il a écrite,
mille ans sont, & qui est en la Bibliotheque Vaticane à Rome :
Οὕτω μὲν οὖν οἱ φράγγοι ἄριϛα βιοῦντες σφῶντε αὐτῶν καὶ τῶν προσοίκων
κρατοῦσι, παῖδες ἐκ πατέρων τὴν βασιλείαν διαδεχόμενοι. *Paulo post.*
Διαδέχεται δὲ τὴν ἀρχὴν Θευδίβαλδος ὁ παῖς, ὃς δὴ εἰ καὶ νέος ἦν
κομιδῇ, καὶ ὅτι ὑπὸ παιδονόμῳ τιθηνούμενος, ἀλλ' ἐκάλειγε αὐτὸν
εἰς τὴν ἡγεμονίαν ὁ πάτριος νόμος. C'est-à-dire, ainsi les François
par une façon de vivre très louable, se régissent eux-mêmes, &
commandent à leurs voisins. Les enfans recevant le sceptre de
leurs peres. *Et peu après.* Or Theodebauld son fils vint à la roïauté, lequel étoit bien fort jeune, & nourri encore sous la disci-

pline des Gouverneurs, néanmoins les loix du Païs l'appelloient
à regner. Theophanes, en sa Chronique, qui est aussi en la
Vaticane : Ἔθος γὰρ ἦν τοῖς φράγοις τὸν κύριον αὐτῶν, ἤτοι τὸν ῥῆγα
κατὰ γένος ἀρχεῖν, c'est-à-dire, car la coutume des François porte,
que leur Seigneur, à savoir le Roi, vient à ce souverain dégré,
selon la ligne & par droit de sang.

Georgius Cedrenus, en son Abrégé de l'Histoire Universelle : Ἱςόρηῖαι δὲ ὅτι ἔθος ἦν τὸν ῥῆγα φραγίας κỳ γένος ἀρχειν.
C'est-à-dire, on trouve par récits, que les Rois de France
ont de coutume de regner selon la race, à savoir par droit
du sang.

Anastasius, Bibliothéquaire du Pape Adrian II, & Landul-
fus Sagax, en l'Histoire par eux écrite : *Genti Francorum moris
est dominum, id est regem, secundùm genus suum principari.*
C'est-à-dire, les François ont par coutume d'élever au premier dégré leur Seigneur ; c'est-à-dire, le Roi, selon la race &
sang d'icelui.

Nodgerus, Evêque de Liege, en la Vie de Saint Landoalde,
écrite par lui l'an 980. *Francorum regnum à sui principio semper
infatigabile, &c. Maximum autem accepit incrementum, & firmum sub eo sancta Dei Ecclesia statum, cùm Chlotarius rex justa
successione Clodoveo quartus monarchiam singulariter trium rege-
bat regnorum.* Et toutesfois Childebert avoit laissé deux filles.
Le latin veut dire ce qui s'ensuit : le Roïaume des François,
dès son commencement, a été toujours roide & fort, &c.
mais la sainte Eglise de Dieu a pris sous icelui grand & ferme
accroissement, lorsque Clotaire quatrieme Roi en droite succession & descendence, après Clovis obtint seul la Monarchie de
trois Roïaumes.

Flodoardus, en l'Histoire de l'Eglise Métropolitaine de
Rheims, en la Vie de l'Archevêque Foulques, sous le chapitre
des lettres qu'il écrivit de son temps à quelques Princes. *Annec-
tit etiam quod in omnibus penè gentibus notum fuerit, gentem
Francorum, reges ex successione habere consuevisse, proferens super
hoc testimonium beati Gregorii Papæ, supplicatque ne sceleratis hic
rex acquiescat consiliis ; sed misereatur gentis hujus, & regio generi subveniat decedenti, satagens ut in diebus suis dignitas succes-
sionis suæ roboretur, & hi qui ex alieno genere reges existere cu-
piebant, non prævalerent contra eos quibus ex genere honor regius
debebatur.* C'est-à-dire, il ajoute pareillement qu'entre tous Peuples il est notoire, que la Nation Françoise, par coutume a eu

ſes Rois ſucceſſifs, produiſant ſur ce le témoignage de Saint
Gregoire, Pape, & ſupplie ce Roi de n'adhérer aux conſeils
pernicieux ; ains ait pitié de ce Peuple, ſoutenant le ſang roïal,
qui s'en alloit éteint, & s'emploïant à ce qu'en ſes jours la dignité ſucceſſive fût corroborée, & que les Étrangers, qui appe-
toient de regner, ne prévaluſſent à ceux auxquels de race appartenoit de regner.

Innocentius III, en une Epître Décretale, écrite aux Prélats
de France : *Nec illud humillimum omittimus, quod Theodoſius
ſtatuit Imperator, & Carolus innovavit, de cujus genere rex
ipſe noſcitur deſcendiſſe.* Il entend Philippe Auguſte Dieu-don-
né. Et n'eſt à paſſer ce point de très grande humilité, lequel
Theodoſe, Empereur, a ordonné, & qui a été par Charles
renouvellé, de la race duquel, on ſait que le Roi eſt deſcendu.

Charles IV, de ce nom, Empereur, fils de Jehan, Roi de
Boheme, en ſa Vie : *Eodem anno obiit Carolus Francorum rex,
relicta uxore prægnante, quæ peperit filiam. Et cùm de conſuetudine regni, filiæ non ſuccedant, provectus eſt Philippus filius ſoceri
mei in regem Franciæ, quia propinquior erat hæres in linea
maſculina.* C'eſt-à-dire, cette même année mourut Charles,
Roi des François, laiſſant ſa femme enceinte, laquelle accou-
cha d'une fille. Et comme ainſi ſoit, que par la coutume du
Roïaume les filles ne ſuccédent point, Philippe, fils de mon
beau-pere, a été avancé, & reçu à la Couronne de France,
d'autant qu'il étoit le plus proche héritier en ligne maſculine.

Albertus Argentinenſis, en ſa Chronique : *Cùm Francia à
nullo haberi dicatur in feudum, quamvis è contra nullus per femi-
nineam lineam ſucceſſiſſe dicatur.* C'eſt-à-dire, d'autant qu'on n'eſtime point que la France ſoit tenue en fief d'aucun ; combien
qu'au contraire il ne ſe trouve qu'aucun y ait ſuccédé par ligne
féminine.

Meſſire Jehan Froiſſart, Partiſan d'Angleterre, au quatrieme
chapitre du premier volume de ſes Hiſtoires, dit, le Roi Philippe, nommé le Bel, de France Roi, eut trois fils, &c. &
furent tous trois Rois de France, après la mort de Philippe,
leur pere, par droit ſucceſſion légitime l'un après l'autre,
ſans avoir aucun hoir mâle de leur corps engendré par voie
de mariage ; ſi qu'après la mort du dernier Roi Charles les
douze Pers & les Barons de France ne donnerent point le
Roïaume à leur ſœur, qui étoit Reine d'Angleterre. Pourtant

qu'ils vouloient dire & maintenir, & encore veulent, que le Roïaume de France est bien si noble, qu'il ne doit mie aller à femelle, ni par conséquent au Roi d'Angleterre, son aîné fils. Car ainsi, comme ils veulent dire, le fils de la femelle ne peut avoir droit ni succession de par sa mere venant là, où sa mere n'a point de droit. Si que par ces raisons les douze Pers & les Barons de France donnerent de leur commun accord le Roïaume de France à Philippe, nepveu jadis au beau Roi Philippe de France dessusdit.

Lequel jugement des Pers (1) & Barons, est même reconnu par Edouard III de ce nom, Roi d'Angleterre, écrivant au Pape & au College des Cardinaux, pour le droit par lui prétendu. Ce qu'aussi écrit certain Historien du temps, en ce Latin: *Obeunte inhumatoque Carolo Pulchro, orta est quæstio non modica, Quis in regno de ipsius progenie proximior existeret ad succedendum? affirmantibus quibusdam Anglicis Eduardum, eò quod proximior, scilicet nepos regis. Tandem opinionibus & altercationibus sopitis, per Principes & regni sapientes conclusum fuit & unanimiter determinatum, quod regnum eò quòd de consuetudine & statutis ejusdem, in genus femineum descendere non valebat, comiti de Valesio Phillippo pertinere debebat.* C'est-à-dire, Charles-le Bel mort, & ses obseques faites, sourdit une question, non petite: qui étoit celui de sa race plus prochain & habile à succéder à la Couronne? Et comme aucuns Partisans des Anglois maintenoient que Edouard étoit le plus proche, d'autant qu'il étoit neveu du Roi. Finalement, les opinions & débats assoupis par les Princes & hommes sages du Roïaume, il fut conclu & unanimement arrêté, que attendu que par Coutume & Statut du Roïaume, la Couronne ne pouvoit parvenir en la descendence & vallée des femmes: elle devoit appartenir à Philippe, Comte de Valois.

Estevan de Garibay y Camalloa, Espagnol, parlant de cela même, au seizieme chapitre du vingt-sixieme livre de son Histoire, dit, *Porque Philippe Conde de Valoes desciendia de la corona real por linea masculina, fue coronado por Rey di Francia por virtud de la ley Salica. Al Rey Eduardo por descender de linea de muger excluyeron de la succession real, &c. Aunque todas ellas razones d'Eduardo evaden y excluy en los Francesses con ley Salica, que en estos dias yva tomando grande vigor y fuerça para*

(1) Des Pairs.

los figlos futuros. C'eſt-à-dire, d'autant que Philippe, Comte de Valois deſcendoit de la Couronne Roïale, par ligne maſculine, il fut couronné Roi de France, en vertu de la loi Salique. Et fut exclu de la ſucceſſion Roïale le Roi Edouard, pource qu'il deſcendoit de ligne féminine, &c. A doncques les François paſſent & rejettent toutes les raiſons d'Edouard, avec la loi Salique, laquelle en ce temps alloit prenant grande force & vigueur pour les ſiecles avenir.

Baldus, ſur la loi 1. du titre *de Senatoribus*, ès Digeſtes, & Petrus Jacobus, ſur le titre *de Cauſis ex quibus vaſſall.* &c. au livre des Fiefs, *Filia regis Francorum non ſuccedit in regno ex rationabili conſuetudine Francorum.* C'eſt-à-dire, la fille du Roi des François ne ſuccede au Roïaume par raiſonnable & droite Coutume des François.

Ce même Docteur Baldus, ſur ce titre *de feudo Marchiæ,* au livre des Fiefs, *Si moreretur tota domus regia, & extaret unus de ſanguine antiquo, puta de domo Borbonia, & non eſſet alius proximior, eſto quod eſſet milleſimo gradu, tamen jure ſanguinis & perpetuæ conſuetudinis ſuccederet in regno Francorum.* C'eſt-à-dire, ſi toute la Maiſon Roïale venoit à mourir, & qu'il ſe trouvât un du ſang ancien d'icelle, (faites état de la Maiſon de Bourbon) & qu'il n'y eût aucun plus proche, poſé qu'il fût au millieme dégré, ſi ſuccéderoit-il à la Couronne de France, par droit du ſang & par coutume perpétuellement obſervée.

Ce qui a auſſi été ſuivi par *Martinus Laudenſis, Jacobinus de Sancto Georgio, Guillelmus de Monte-Serrato* (1) & pluſieurs autres. Mais cela ſuffira pour ce coup, s'il vous plaît, réſervant à vous en dire davantage, quand nous aurons ce bien de nous revoir de plus près, ou que j'aurai plus de loiſir. Cependant je vous ſupplie de m'excuſer, & me tenir en vos bonnes graces : priant Dieu, Monſieur, vous donner bonne & longue vie.

De votre Maiſon, ce 9 Décembre 1586 (2).

(1) Tous ceux qu'on vient de nommer étoient des Ecrivains Eſpagnols.

(2) Il y a eu trois éditions de cette Lettre en deux années, toutes ſans nom d'Auteur. Les matieres qui ſont l'objet de cet Ecrit, n'avoient point encore été juſqu'alors, ni ſi exactement diſcutées, ni autant approfondies. Le Traité *de l'excellence des Rois & du Roïaume de France,* &c. par le célebre Jerô-

me Bignon, Avocat Général au Parlement de Paris, publié en 1610, n'a proprement pour baſe que cette Lettre de François Pithou ; ce Traité en étoit le développement, augmenté de quelques additions, qui avoient leur ſource dans les découvertes du premier Auteur. Auſſi M. Bignon fit-il réimprimer cette Lettre à la ſuite du Traité que l'on vient de citer. Il en écrivit à M. Pithou,

TRAITÉ

De la Grandeur, Droits, Prééminences & Prérogatives des Rois & du Roïaume de France (1).

ENTRE les Droits & Prééminences du Roi très Chrétien & de son Roïaume, je n'ai dû obmettre celui qui concerne l'interdit & excommunication, lequel n'est moindre que les précédens. Et principalement si on met en balance d'un côté, les troubles survenus en l'Empire, sous Henri IV & V, Frideric I & II & sous Louis de Baviere; & de l'autre, l'obéissance & sujétion volontaire des François envers leurs Princes naturels, qui ne fut oncques diminuée ou amoindrie pour aucunes excommunications. De quoi les Etrangers mêmes se sont émerveillés, & entr'autres de notre mémoire, Frere Onuphrio Veronnois, Religieux, de l'Ordre des Augustins, en son quatrieme livre des Empereurs, disant : *Mirum illud observandum est, quod cùm nulla gens unquam fuit, quæ aut externos principes non admiserit, aut assumptos interdum non expulerit, sæpe etiam per summum scelus non occiderit; solis Francis hoc peculiare est ac proprium, nullos unquam exteros Reges pati, suos autem usque adeo amare & colere, ut pro eorum dignitate ac majestate tuenda non opes tantùm, sed vitam profundere soleant. Hinc evenisse credendum est, ut per mille & ducentorum ferè annorum intervallum, non nisi ex tribus familiis tot Reges Francis orti sint.* C'est-à-dire, cela de

pour lui témoigner l'utilité qu'il avoit retirée de son Ecrit. On peut voir cette Lettre du Savant Magistrat, dans la vie de M. Pithou, citée plus haut, pag 143, & suiv.

(1) Ce Traité, ou plutôt cet Extrait d'un plus grand Traité, est encore de François Pithou. Le Pere le Long, dans sa Bibliotheque des Historiens de France, p. 567, *in-fol.* dit qu'il a été imprimé à Paris en 1594, *in-8°.* & insinue que c'est le Traité même, & non l'Extrait; & qu'il a été réimprimé dans le Recueil des Libertés de l'Eglise Gallicane, édit. *in-fol.* Il ne cite pas en cet endroit ce cinquieme vol. des présens Mémoires de la Ligue. Il est sûr que ni dans ces Mémoires, ni dans le recueil des Libertés de l'Eglise Gallicane (derniere édit. T. I. p. 121, & suiv.) on n'a que l'Extrait

du plus grand Traité, & que ce dernier n'a point paru. M. Grosley dit la même chose dans ses Mémoires sur MM. Pithou, T. II. p. 167, & suiv. François Pithou donna cet Ecrit abregé dans le temps critique, où la Cour de Rome, refusant à Henri IV une absolution sollicitée depuis deux années, menaçoit de pousser, à l'égard de la France, les choses à l'extrémité (il parut en effet en 1594.)

L'objet principal de l'Auteur est de prouver que l'autorité de l'Eglise ne peut s'étendre dans le droit, & qu'elle ne s'est jamais étendue dans le fait, à excommunier les Rois de France, à mettre le Roïaume en interdit, à emploïer les armes spirituelles pour y interrompre & troubler le cours de la Justice.

merveilleux eſt à noter, que comme il ne s'eſt oncques trouvé Peuple qui n'ait reçu des Princes Etrangers, & iceux admis, ne les ait
quelquefois rejettés, & ſouvent encore malheureuſement occis,
les François ont néanmoins cela de péculier & propre, qu'ils
n'ont jamais pu ſouffrir aucun Etranger regner ſur eux ; mais
les leurs ſont tellement par eux revérés & aimés, que pour maintenir & défendre la dignité & la Majeſté d'iceux, ils ont accoutumé d'emploïer non ſeulement leurs biens, mais la vie. De-là
eſt avenu, comme il eſt croïable, qu'en l'eſpace d'environ douze
cens ans ſi grand nombre de Rois François ſoient ſortis de trois
familles ſeulement.

Et de fait, quand le Pape Gregoire IV ſe mit en chemin
pour venir excommunier Louis Débonnaire (qui eſt le premier
de nos Rois ſur lequel l'on entreprit de faire ce coup d'eſſai) les
Annales écrites au même temps, & le Continuateur d'Aymoin,
Religieux de Saint Benoît ſur Loire, récitent, que la réſolution
des Evêques de France fut : *Nullo modo ſe velle ejus voluntati
ſuccumbere, ſed ſi excommunicaturus veniret, excommunicatus
abiret.* Ce qui ſe trouve rapporté par l'ancienne Chronique
Françoiſe que nous appellons de Saint Denis, en ces mots :
» Il advint que les Miniſtres des Diables pourchaſſerent tant,
» qu'ils aſſemblerent tous ſes fils à tant, comme ils purent avoir
» de gens chacun endroit ſoi. Et l'Apoſtoile Gregoire firent
» auſſi venir par malice, ſous la couleur de piété, auſſi comme pour
» mettre paix s'il put entre le Roi & ſes enfans ; mais la vérité
» fut après apperçue. En la parfin envoïa à ſes fils l'Evêque Ber-
» nard & autres meſſages, & leur mandoit qu'ils vinſſent à
» lui, ainſi comme fils devoient venir au pere. Et à l'Apoſ-
» toile manda, que s'il vouloit faire ainſi comme devant lui
» avoit fait, pourquoi il tardoit tant à venir à lui. Toutesfois
» s'épandit par-tout, & raconta leur ce qui étoit de vérité des
» autres. De l'Apoſtoile rediſoit leur, qu'il n'étoit pour autre
» choſe venu, fors pour excommunier le Roi & les Evêques,
» s'ils étoient de rien contraires à ſes fils, & inobédiens à lui.
» Mais quand les Prélats ouirent ce, ils répondirent, que jà au
» cas ils ne lui obéiroient pour eux excommunier. Car l'autorité
» des anciens canons (ce diſoient) ſentoit tout autrement. Et
» quand ce vint à la Fête de Saint Jean-Baptiſte, le Roi & ſes
» fils d'autre part vinrent en un lieu, qui, puis icelle heure, fut
» toujours appellé Champment, ou Champ de menſonges,
» pource qui au Roi promettoient foi & loïauté, l'y mentirent

» en cette place. Quand l'en dit au Roi que l'Apostoile venoit
» à lui, & quant le Roi le vit venir, qui jà étoit ordonné en sa
» bataille, il le reçut: toutesfois ce fut en moins de reverence
» qu'il ne dût. Et lui dit qu'il ne venoit pas à lui en la maniere
» qu'il devoit. C'étoit grand soupçon contre lui. Aux Auberges
» fut mené, là parla au Roi, & lui afferma pour vérité, qu'il
» n'étoit pour autre chose venu, fors pour mettre paix & con-
» corde entre lui & ses fils ».

Thegan (1), lors Doïen Rural de l'Archevêché de Treves,
écrivant la Vie du même Louis, & parlant de ce fait, dont il
charge principalement Ebo, Archevêque de Rheims (2) ajoute:
*Tunc impletum est logium Jeremiæ Prophetæ dicentis, Servi do-
minati sunt nostri: s'écriant, O qualem remunerationem reddidisti
ei! Fecit te liberum, non nobilem, quod impossibile est. Post libertatem vestivit te purpura & pallio, & tu eum induisti cilicio.
Ille pertraxit te immeritum ad culmen episcopale. Tu eum falso judicio voluisti expellere à solio patrum suorum. Crudelis, cur non
intellexisti præcepta Domini, Non est servus supra dominum
suum? Quamobrem contempsisti præcepta apostolica illius, qui ad
tertium cœlum raptus erat, ut inter angelos disceret, quòd hominibus sic præciperet. Omnibus potestatibus sublimioribus subjecti
estote. Non est potestas nisi à Deo. Et iterum alius dicit, Deum
timete, Regem honorificate. Servi subditi estote in omni timore,
non tantùm bonis & modestis, sed etiam discolis, &c. Tibi vatici-
navit Zacharias Propheta. Non vives, quia mendacium locutus
es in nomine Domini. Deus manifestavit malitiam tuam, &
conservavit illi regnum & gloriam suam.* C'est-à-dire, alors a
été accompli le témoignage du Prophete Jérémie, disant: les
serfs ont dominé sur nous: s'écriant, O quelle récompense lui
as tu rendue! Il t'a affranchi (non pas ennobli, car il n'eut pu)
étant libre, il t'a vêtu de pourpre & du manteau Archiepiscopal:
& tu lui fais porter la haire. Il t'a poussé au Siege Episcopal,
toi indigne; & tu l'as, par faux jugemens & iniques procédures,
voulu déjetter du Trône de ses peres. Cruel, comme n'as-tu
point pensé aux commandemens de Dieu? le Serviteur n'est pas
par-dessus le Maître. Pourquoi as-tu méprisé les préceptes apos-

(1) Thégan, Co-Evêque de Treves, vivoit dans le IXe. Siecle, du temps de Louis
le Débonnaire, dont il écrivit l'Histoire.
Nous avons cet Ouvrage.

(2) Ebon fut fait Archevêque de Reims,

après Vulfar, en 817. Il étoit Allemand de
naissance, fils de la Nourrice de l'Empereur. Voiez l'Histoire de Reims, par M.
Anquetil, Chan. Regul. de Ste. Genev. T. I,
p. 95, & suiv.

toliques

toliques de celui qui fut ravi au troifieme Ciel, pour apprendre
entre les Anges ceci, qu'il devoit enfeigner aux hommes?
Soïez fujets à toutes Puiffances fupérieures: car il n'y a point de
Puiffance, finon de par Dieu. Et comme derechef, dit un autre, craignez Dieu, & honorez le Roi. Serviteurs, foïez fujets
en toute crainte, non-feulement aux bons & modeftes, mais
auffi aux dévoïés. C'eft de toi que prophétife Zacharie, tu ne
vivras point, car tu as prononcé menfonge au nom du Seigneur: Dieu a manifefté ta malice, & lui a gardé le Roïaume, & confervé fa gloire.

Auffi peu de jours après, les Evêques, fans avoir égard à ce
qui avoit été fait, & fans appeller autre, comme témoigne
l'Hiftoire de l'Eglife Métropolitaine de Reims, *figillatim libellos de reftitutione Regis, communi confilio atque confenfu, édide-
runt, & propriis manibus fubfcripferunt, cum quibus & Ebo,
Rhemorum Archiepifcopus, libellum manu fua fcriptum edidit,
in quo profeffus eft quicquid in ipfius Imperatoris dehonorationem
geftum fuerat, injufte factum effe. Et poft datos libellos venien-
tes Epifcopi cum Rege, & quamplurimis ejus fidelibus ac regni
primoribus in urbem Metenfium, publicè à Drogone Epifcopo
relectum eft, quod de reftitutione Regis omni unanimitate geftum
fuerat,* publierent, d'un commun avis & confentement, chacun un Ecrit à part, touchant le rétabliffement du Roi, &
les fignerent de leurs propres mains. Et Ebo, même Archevêque de Rheims, préfenta avec iceux auffi un Ecrit de fa
main, par lequel il confeffoit que tout ce qui avoit été fait
au deshonneur & abaiffement de l'Empereur, étoit injuftement
fait; & après que lefdits Ecrits furent préfentés, les Evêques
vinrent avec le Roi, accompagné de plufieurs de fes loïaux &
principaux hommes du Roïaume, en la Cité de Mets, où fut
publiquement relu, par Drogo, Evêque, ce qui avoit été fait
en toute union & concorde, pour la reftitution & rétabliffement du Roi.

Après laquelle lecture ledit Ebo, qui avoit été l'auteur &
porte-enfeigne de la faction contraire, montant au même lieu,
protefta, devant toute l'affemblée, que le Roi avoit été injuftement dépofé, & que tous les attentats, menées, & machi-
nations contre Sa Majefté, étoient iniques, *& contra totius
autoritatis tramitem,* fans aucune autorité.

Quant à l'excommunication fulminée contre le Roi Lothaire, par Nicolas I, pour le contraindre de quitter Wal-

drade, & reprendre Thetberge, combien que lui-même par ses lettres, desquelles une partie est inférée au Decret de Gratian, dit avoir connu de cette cause, comme Arbitre accordé par les Parties, & de leur consentement ; & que le Roi, par celles qu'il écrivit depuis à Hadrian II, son successeur, reconnoisse qu'il l'avoit commis *ad tempus & in parte*, à temps & en partie : toutefois les articles qui furent lors dressés par les François, & qui se peuvent voir entre les écrits de Hincmar, Archevêque de Reims, contiennent, entr'autres, ces mots : *Dicunt sapientes, quia iste Princeps nullorum legibus, vel judiciis subjacet, nisi solius Dei : qui eum in regno, quod suus pater illi dimisit, Regem constituit. Etsi voluerit pro hac, vel pro alia causa, ibit ad Placitum, vel ad Synodum : & si noluerit, liberè & licenter dimittet. Et sicut à suis Episcopis quicquid egerit, non debet excommunicari : ita ab aliis Episcopis non potest judicari, quoniam solius Dei Principatui debet subjici, à quo solo potuit in Principatu constitui. Et quod facit, & qualis est in Regimine, divino fit nutu, sicut scriptum est. Cor Regis in manu Dei, quocumque voluerit vertet illud.* Les sages ou savans disent, que ce Prince n'est sujet aux loix ni aux jugemens d'aucun, fors que de Dieu, qui l'a constitué Roi au Roïaume à lui délaissé par son pere. Et que si sa volonté est pour une, ou autre occasion, d'aller au Parlement, ou Synode, il y peut aller ; & s'il ne lui plaît, il lui est libre & loisible de le laisser. Et comme il ne doit être excommunié, quoiqu'il fasse, par ses Evêques, aussi ne peut-il être par autres Evêques jugé ; car il n'a sujétion qu'à la Souveraineté de Dieu, lequel seul l'a pu constituer en Souveraineté. Et tout ce qu'il fait, & quel qu'il se montre en son Gouvernement, cela est selon la volonté de Dieu ; car il est écrit : le cœur du Roi est en la main de Dieu, il le tournera ou adressera où il lui plaira.

Ce qui se voit encore par les Lettres que le Clergé de son Roïaume écrivit au Pape, rapportées par Aventin, en ses Annales de Baviere, dont je réciterai seulement une partie, laissant le reste, parcequ'il m'a semblé trop aigre & piquant contre le Pape. *Nos cum fratribus nostris & collegis, neque Edictis tuis stamus, neque vocem tuam agnoscimus, neque tuas Bullas, tonitruaque timemus. Tu eos qui Decretis tuis non parent, impietatis condemnas, iisdem sacrificiis interdicis. Nos tuo te ense jugulamus, qui Edictum Domini Deique nostri conspuis, con-*

cordiam difcindis, &c. (1) C'eft-à-dire, Nous, avec nos freres & compagnons, ne nous arrêtons point à tes Edits, & ne connoiffons point ta voix, ni ne craignons tes Bulles ni tes tonnerres. Tu condamnes d'impiété ceux qui n'obéiffent à tes Décrets, & leur interdis les facrés exercices. Mais nous te coupons la gorge de ton même couteau, vu que tu rejettes l'Edit du Seigneur notre Dieu, & romps la paix.

Mais la réfolution faite par les Etats, lorfque le même Hadrian voulut entreprendre de commander à Charles-le-Chauve, fur peine d'Interdit, de délaiffer l'entiere jouiffance du Roïaume de Lothaire à fon fils Louis, femble encore plus forte, étant témoignée par les Lettres du même Archevêque Hincmar, duquel les Ecrits font canonifés & inférés ès Recueils des anciens Décrets, auquel le Pape avoit particuliérement écrit pour cet effet. Je rapporterai ici au vrai fes propres mots, pour en laiffer le jugement libre à un chacun.

DOMINO SANCTISSIMO ET REVERENDISSIMO Patrum Patri Hadriano, Primariæ Sedis Apoftolicæ, ac Univerfalis Eccleſiæ Papæ; Hincmarus nomine, non merito, Rhemorum Epifcopus, ac plebis Dei famulus (2).

DE hoc quod fcripfiftis, ut fi ipfe Rex Carolus in obftinationis fuæ perfidiæ poft meam conventionem perfiftere maluerit, quàm juxta veftra monita refipifcere, ab illius me communione & confortio fequeftrem, & fecundùm Apoftolicum nec avè ei dicam, fi veftræ communionis volo effe particeps, præfentiam ejus modis omnibus devitem : cum magno cordis dolore ac gemitu dico, quoniam & Ecclefiaftici & Secularis Ordinis viri, qui de diverfis regni partibus Rhemis plurimi convenerant, quos mandatum veftrum ibidem mihi delatum, quia non debuit, latere non potuit, exiguitati meæ, qui quantum fcivi & potui femper Apoftolicæ Sedis Privilegium extuli, improperando dixerunt & dicunt : Nunquam hujufmodi præceptionem ab illa fede ulli prædeceſſorum meorum miffam fuiffe, cùm inter Reges Sacramentis

---

(1) Cette Lettre fe lit en entier dans les Annales de Baviere, par Aven'in.

(2) Cette Lettre fe lit auffi dans le Recueil des Ouvrages d'Hincmar, réunis en deux vol. in-fol. Hincmar l'écrivit au nom de la Nation, lorfque le Pape Adrien II voulut, fous peine d'interdit, obliger Charles le Chauve à mettre Louis, fils de Lothaire, en poffeffion du Roïaume de fon pere.

etiam confœderatos, sed inter patrem & filios, ac inter fratres praelia & seditiones eorum temporibus fuisse noscantur, &c. Nec etiam ab Haereticorum, vel Schismaticorum, sive Tyrannorum Imperatorum, ac Regum, quales fuerunt Constantius Arrianus, ac Apostata Julianus, & Maximus tyrannus, praesentia & salutatione, sive collocutione, Sedis Apostolicae Pontifices, vel alii magnae auctoritatis, atque sanctitatis Episcopi, cùm locus & ratio ac causa exegit, se substraxisse leguntur, &c. Et dicunt secularem scripturam dicere, quia omne regnum seculi hujus, bellis quaeritur, victoriis propagatur, & non Apostolici, vel Episcoporum excommunicationibus obtinetur: & scripturam divinam proponunt dicere, quia Domini nostri est regnum, per quem Reges regnant, & cui voluerit dat illud ministerio Angelorum & hominum. Quibuscum verba Beati Jacobi Apostoli opponimus dicentis: unde bella & lites inter vos? &c. Et cum potestatem à Christo Sancto Petro, primo Apostolorum, & in eo suis successoribus datam, sed & Apostolis, & caeteris Episcopis Pontificium ligandi, & solvendi collatum insinuare volumus, respondent: Et vos ergo solis orationibus vestris regnum contra Nortmannos, & alios impetentes defendite, & nostram defensionem nolite quaerere. Et si vultis ad defensionem habere nostrum auxilium, sicut volumus de vestris orationibus habere adjutorium, nolite quaerere nostrum dispendium: Et petite Dominum Apostolicum, & quia Rex & Episcopus simul esse non potest, & sui antecessores Ecclesiasticum Ordinem, quod suum est, & non Rempublicam, quod Regum est, disposuerunt: non praecipiat nobis habere Regem, qui nos in sic longinquis partibus adjuvare non possit contra subitaneos & frequentes Paganorum impetus. Et nos Francos non jubeat servire, cui nolumus servire; quia istud jugum sui antecessores nostris antecessoribus non imposuerunt, & nos illud portare non possumus: quia scriptum esse in sanctis Libris audimus, ut pro libertate & haereditate nostra usque ad mortem certare debeamus. Et si aliquis Episcopus aliquem Christianum contra legem excommunicat, sibi potestatem ligandi tollit. Et nulli vitam aeternam potest tollere, si sua peccata illi eam non tollunt. Et non convenit ulli Episcopo dicere, ut Christianum, qui non est incorrigibilis, non propter propria crimina, sed pro terreno regno alicui tollendo vel acquirendo, nomine Christianitatis debeat privare, & cum Diabolo collocare, quem Christus sua morte & suo sanguine de potestate Diaboli venit redimere, & Christianos pro fratribus suis animas docuit ponere. Propterea si Dominus Apos-

tolicus vult pacem quærere, sic pacem quærat, ut rixam non moveat: quia nos non credemus, ut aliter ad regnum Dei pervenire non possimus, si illum quem ipse commendat terrenum Regem non habuerimus. Et alia de juramentis & perjuriis & de tyrannide, de quibus scripsistis, nobis dicunt, quæ vestræ auctoritati mandare nobis non convenit. Sed & alias comminationes in vos sunt jaculati, quas adhuc nolo proferre, quasque scio, si Dominus illis permiserit, ut jam in deliberatione, ita sine retractatione comminantes, in opere monstrare curabunt. Et ut mihi experimento videtur, propter meam interdictionem, vel propter linguæ humanæ gladium, nisi aliud eis obstiterit, Rex noster, vel regni ejus Primores, non dimittent, ut quod cœperunt, quantum potuerint, non exequantur.

Ce qui est ainsi interprété en François.

AU TRES SAINT ET TRES REVEREND SEIGNEUR, *Père des Peres, Hadrian, Pape du premier Siege Apostolique, & de l'Eglise Universelle ; Hicmarus, indignement nommé Evêque de Reims, & Serviteur du petit Peuple de Dieu.*

SUR ce que vous avez écrit, si le Roi Charles, après que j'aurai parlé à lui, aime mieux perseverer en l'obstination de son infidélité, que se repentir, jouxte votre admonition, que je me sépare de la compagnie & communication d'icelui, que même je ne le salue, jouxte ce que dit l'Apôtre, & que si je veux participer à votre Communion, je me détourne en toutes les manieres de sa préfence. Je vous dis avec grande douleur en mon cœur & avec larmes, que gens de l'Etat Ecclésiastique & autres Séculiers, qui de divers endroits du Roïaume étoient assemblés à Reims, auxquels le Mandement, que vous m'avez envoïé, n'a pu, ni du être caché, ont dit & disent avec reproches adressantes à ma petitesse, qui ai toujours essaïé en tout ce que j'ai eu de pouvoir & de savoir, d'exhalter les privileges du Siege Apostolique, que semblable Mandement n'avoit onques été adressé de la part de ce Siege, à aucuns de mes Prédecesseurs ; lorsqu'entre Rois confederés, voire sous mêmes Sacremens, entre le pere & les enfans, & entre les freres, ont été demenées en leurs temps guerres & séditions comme on fait ; & qu'on ne lit point que les Papes du Siege Apostolique, ni autres Evêques de grande autorité & sainteté, se soient onques soustraits de la préfence, ou aient refufé fe faluer ou parler aux Hérétiques, ou Schifmatiques, Tyrans, Empereurs, ou Rois, quels qu'ils aient été; comme Conftantius Arrien, Julien l'Apoftat, & Maximus Tyran, lorfque l'occafion, le lieu & la caufe l'ont re- quis, &c. Et difent que l'Ecriture de ce fiecle dit, que tout Roïaume de ce monde eft pourchaffé par armes, & amplifié par victoires, & non qu'il fe puiffe obtenir par les excommunica- tions du Pape, ou des Evêques, & propofent que la fainte Ecriture dit : que le Roïaume eft de Dieu, par lequel les Rois regnent, & qu'il le donne, par le miniftere des Anges & des hommes, à qui il lui plaît. Auxquels fi nous voulons oppofer les paroles de l'Apôtre Saint Jacques difant, d'où viennent les guer- res & les querelles entre vous, &c? & que nous effayions de leur faire comprendre la puiffance que Jefus-Chrift a donnée à Saint Pierre premier des Apôtres, & en la perfonne d'icelui à fes Succeffeurs, ou leur mettions en avant le droit Pontifical conféré aux Apôtres, & aux autres Evêques, de lier & délier, ils répondent : donc défendez avec vos feules oraifons le Roïau- me contre les Normands, & autres qui l'affaillent, & ne cher- chez pas notre aide & défenfe. Que fi vous requerez avoir notre fecours pour défenfe, comme nous voulons bien être aidés par vos prieres, ne demandez pas notre dommage. Et avertiffez le Saint Apoftolique, que puifqu'il ne peut être Roi & Evêque tout enfemble, & que fes Prédéceffeurs ont difpofé & ordonné du Clergé & Ordre Eccléfiaftique, qui eft à lui, & non pas de la République, qui eft la Charge des Rois, qu'il ne nous enjoigne point d'avoir un Roi, qui ne nous puiffe (étant en terre fi éloi- gnée) aider contre les foudains & fréquens affauts des Païens. Et qu'il ne commande point à nous François, de fervir à qui nous ne voulons pas fervir. Car tel joug n'a point été mis par fes Prédéceffeurs à nos devanciers, & quant à nous, nous ne le faurions endurer. Nous entendons qu'il eft écrit ès faints livres, que nous devons combattre pour notre liberté, & pour notre héritage, jufqu'à la mort. Que fi aucun Evêque excommunie quelque Chrétien contre la loi, il fe prive de la puiffance de lier, & ne peut ôter à aucun la vie éternelle, fi fes péchés mê- mes ne l'en privent. Et ne convient point à Evêque aucun de dire, qu'il doive priver du nom de Chrétienté, un Chrétien non incorrigible, & non pas encore à caufe des propres pé- chés d'icelui, mais pour ôter ou acquérir à quelqu'un Roïaume terrien, ni qu'il doive livrer au Diable celui que Jefus-Chrift

eft venu racheter par fa mort & par fon fang, de la puiffance
du Diable, enfeignant aux Chrétiens de mettre leurs vies pour
leurs freres. Partant fi le Saint Apoftolique veut pourchaffer la
paix, qu'il la pourchaffe, enforte qu'il n'émeuve point de noi-
fe : car nous ne croirons pas que nous ne puiffions autrement
parvenir au Roïaume de Dieu, qu'en recevant le Roi terrien
qu'il approuve. Et fi difent autres chofes touchant les fermens &
parjuremens, & la tyrannie dont nous vous avez écrit, lefquelles
il n'eft pas convenable à nous de mander à votre autorité. Et
ont proferé autres paroles de menaces contre vous, que je ne
veux pas encore dire, & lefquelles je fais comme ils menacent
de cette heure, fans aucunement foi rétracter en leur confeil,
qu'ils effaïeront auffi d'exécuter par effet, fi Dieu le permet. Et
felon que je puis connoître par expérience, pour mon interdit,
& nonobftant le glaive de la langue humaine, notre Roi ou les
Princes de fon Roïaume, ne lairront de pourfuivre & effectuer
ce qu'ils ont commencé, fi autre chofe ne les empêche.

Ce qui approche de certain article d'un autre Synode tenu
quelque temps après au Diocèfe de Reims, qui porte. *Duo funt
quibus principaliter mundus hic regitur : autoritas facra Pontifi-
cum, & Regia poteftas. Solus autem Dominus nofter Jefus Chriftus verè fieri potuit Rex & Sacerdos poft incarnationem. Poft re-
furectionem verò atque afcenfionem ejus in cœlum, nec Rex Pontificis dignitatem, nec Pontifex Regiam poteftatem fibi ufurpare
præfumpfit. Sic actionibus propriis dignitatibufque ab eo diftinctis,
ut & Chriftiani Reges pro æterna vita Pontificibus indigerent,
& Pontifices pro temporalium rerum curfu Regum difpofitionibus
uterentur, quatenus fpiritualis actio à carnalibus diftaret incur-
fibus. Et ideo militans Domino, minimè fe negotiis fecularibus
implicaret : ac viciffim non ille rebus divinis præfidere videretur,
qui effet negotiis fecularibus implicatus.* C'eft-à-dire, le monde
eft régi principalement par deux puiffances, à favoir, l'autorité
facrée des Evêques, & la puiffance Roïale. Mais notre Seigneur Jefus-Chrift feul a pu vraiment être fait Roi & Prêtre,
après l'incarnation. Icelui étant réffufcité, & monté au Ciel ;
le Roi ne fe peut attribuer la dignité de Pontife, ni l'Evêque
ne doit ufurper à foi la puiffance Roïale. Aïant été tellement
par lui diftinctes les propres actions & dignités que les Rois
Chrétiens auroient befoin pour le regard de la vie éternelle des
Evêques, & les Evêques uferoient des difpofitions des Rois pour

1593.

DROITS, &c.
DES ROIS DE
FRANCE.

le cours des chofes temporelles , en tant que les exercices fpi-
rituels font féparés des empêchemens charnels , & afin que
celui qui fert au Seigneur ne s'empêtrât point ès affaires féculieres, & pareillement que celui qui eft empêché aux négoces du
monde , ne femblât point préfider aux chofes divines.

Le même Charles le Chauve ne fe trouva beaucoup étonné,
de ce que le Pape Adrien lui avoit écrit en faveur d'un autre
Hincmar Evêque de Laon (1) , mait lui fit une réponfe qui fe
lit entre les Epîtres dudit Archevêque, dont nous avons extrait
ce qui s'enfuit.

SANCTISSIMO AC REVERENDISSIMO PATRI
Hadriano, Summo Pontifici & Papæ; Carolus Dei gratia
Rex , & fpiritualis filius vefter.

*SCRIPTUM eft etiam in præfatis litteris nobis ex nomine vef-
tro directis , de Hincmaro , hoc modo : Volumus & autoritate
Apoftolica jubemus ipfum Hincmarum Laudunenfem Epifcopum
veftra fretum potentia , ad limina Sanctorum , noftramque venire
clementiam , &c. Quæ relegentes , contra morem deceſſorum ac
prædeceſſorum veftrorum , hoc dictum invenimus umbrofum feculi
typhum inducere in Ecclefiam , quæ lucem fimplicitatis & humi-
litatis , diem Domini videre defiderantibus præfert. Tamen de vo-
luntate non dubitavimus ; quia humano animo facile fubripi poteft , quod ex deliberatione conveniat immutari. Sed valde mirati
fumus , ubi hoc Dictator Epiftolæ nobis per Actardum Epifcopum
delatæ fcriptum invenerit , effe Apoftolica autoritate præcipien-
dum , ut Rex , corrector iniquorum , & diftrictor reorum , ac fecundum leges Ecclefiafticas atque mundanas ultor criminum , reum
legaliter ac regulariter pro exceſſibus fuis damnatum , fua fretum
potentia Romam dirigat , &c. Unde ficut vobis refcripfimus , &
nunc iterum vobis fcribere non piguit , fed exigente caufa neceſſa-
rium eft: quia Reges Francorum ex Regio genere nati , non Epifcoporum vice Domini , fed terræ Domini hactenus fuimus compu-
tati : & ut Leo , ac Romana Synodus fcripfit , Reges & Impe-
ratores , quos terris divina potentia præcepit præeffe , jus diftin-
guendorum negotiorum Epifcopis fanctis juxta divalia conftituta
permiferunt , non autem Epifcoporum villici extiterunt. Et Sanc-
tus Auguftinus dicit , per jura Regum poſſidentur poſſeſſiones , non
autem per Epifcopale imperium , Reges villici fiunt , actorefque*

(1) Il étoit neveu de l'Archevêque de Reims , du même nom.

Epifcoporum.

Episcoporum. Et Dominus, quæ sunt Cæsaris, Cæsari : & quæ sunt Dei, Deo, reddi præcipit, qui etiam censum regi reddidit. Et Apostolus serviri Regibus voluit, honorari & non conculcari Reges. Regem, inquit, honorificate. Et iterum, omnis, inquiens, anima potestatibus sublimioribus subdita sit. Reddite ergo omnibus debita. Et paulo superius. Ideo necessitate subditi estote, non solum propter iram, sed & propter conscientiam. Et si revolveritis regesta decessorum ac prædecessorum vestrorum, talia mandata, sicut habentur in litteris ex nomine vestro nobis directis, decessores nostros à decessoribus vestris accepisse nullatenus invenietis, &c. Quis igitur hanc inversam legem Infernus evomuit ? Quis Tartarus de suis abditis & tenebrosis cuniculis eructavit ? Contra quam sacris litteris ostensa nobis est via, quam sequamur, apposita forma, cui imprimimur, &c. Tandem quia vos non legisse, vel audisse collegimus, ex litteris ab Adardo Episcopo nobis delatis, quæ antea per illum paternitati vestræ direximus, iterato scribimus ea, quæ tunc scripseramus, deprecantes vos in omnipotentis Dei honore, & sanctorum Apostolorum veneratione, ut tales inhonorationis nostræ epistolas, taliaque mandata, sicut hactenus ex nomine vestro suscepimus, nobis & regni nostri Episcopis ac primoribus de cætero non mandetis ; & non compellatis nos mandata, & epistolas vestras inhonorandas contemnere, & missos vestros dehonorare.

Ce qui est ainsi interprété en François, &c.

AU TRES SAINT ET TRES REVEREND PERE

Hadrian, Souverain Evêque & Pape ; Charles par la grace de Dieu, Roi, & votre fils spirituel.

IL est aussi écrit esdites Lettres que vous nous avez adressées de Hincmar en ces termes : Nous voulons, & d'autorité Apostolique commandons, que ce même Hincmar Evêque de Laon, garni de votre pouvoir (c'est-à-dire, en bonne & sûre compagnie) se présente aux portes des Saints, par devant notre clémence. Lesquels mots, non accoutumés par vos devanciers & prédecesseurs, aïant relu, il nous semble que telle maniere de parler amene un obscur tourbillon du siecle en l'Eglise, laquelle porte un flambeau de simplicité & d'humilité, devant ceux qui desirent voir le jour du Seigneur.

Nous ne mettons toutesfois en doute votre volonté : car il

peut aifément échapper à l'Efprit de l'homme , ce qu'après y avoir penfé , on trouve bon de corriger. Mais nous nous fommes grandement ébahis, en quel endroit celui qui a dicté ces lettres, qui nous ont été apportées par l'Evêque Actard, a trouvé écrit , qu'il faille commander d'autorité Apoftolique , que le Roi , auquel felon les loix Eccléfiaftiques & du monde il appartient de punir les iniques, réprimer les coupables , & châtier les crimes , doive envoïer à Rome un coupable, légitimement & régulierement condamné pour fes excès , garni du pouvoir & forces d'icelui. Partant (comme ja par ci-devant nous vous avons écrit) nous vous voulons bien réiterer par celle-ci, comme chofe requife & néceffaire en cette affaire ; que les Rois de France , extraits du Sang Roïal, ne font point Vi-Seigneurs ou Seigneurs fubalternes aux Evêques , ains que nous avons été jufqu'à préfent tenus pour vrais Seigneurs de la terre: & (comme Leon & le Synode Romain ont écrit) que les Rois & Empereurs , lefquels Dieu a ordonnés pour régir & gouverner la terre, ont bien permis aux faints Evêques , jouxte les Conftitutions divines, le droit de faire diftinction des Charges , mais qu'ils n'ont onques été leurs Métaïers ou Grangers. Saint Auguftin auffi , dit que les héritages & poffeffions font te-nus fous droits & loix Roïales; mais que les Rois ne font point faits pour être Grangers, ni Facteurs des Evêques , fous l'empire ou domination Epifcopale. Il eft commandé par le Seigneur de rendre à Céfar ce qui eft à Céfar, & à Dieu ce qui eft à Dieu , & lui-même a païé au Roi le tribut. L'Apôtre auffi à voulu que l'on rendît le fervice aux Rois, & qu'iceux fuffent honorés & non foulés aux pieds. Honorez le Roi , dit-il. Et de rechef, toute perfonne foit fujette aux puiffances fupérieures. Rendez donc à chacun ce qui lui eft dû. Et peu avant ; & pourtant, dit-il , il faut être fujets non-feulement pour l'ire , mais pour la confcience. Et vous, recherchez donc les Actes & Regiftres de vos Prédéceffeurs , vous ne trouverez point que nous aïons reçu commandemens d'aucuns d'iceux , tels que ceux qui font contenus ès lettres que vous nous avez adreffées. Quel enfer donc eft-ce qui a vomi cette loi contrefaite ? Quel abîme la pouffée hors de fes profonds & ténébreux clapiers ? Or la fainte Ecriture nous enfeigne la voie que nous devons fuivre contre icelle , aïant donné le Formulaire felon lequel nous fommes repréfentés & empreints. Finalement , d'autant que par les lettres qui nous ont été rendues par l'Evêque Actard , nous comprenons que vous n'avez lu ou entendu ce que par ci-devant, nous avons par icelui adreſſé à votre paternité ; nous vous écrivons de rechef, ce que pour lors nous vous avions écrit. Vous priant, en l'honneur de Dieu tout puiſſant, & pour la révérence des Saints Apôtres, que deſormais vous n'envoïez plus ſemblables lettres à nous injurieuſes, ni tels commandemens que ceux que nous avons reçus de votre part juſqu'à préſent, à nous, ni à aucuns des Evêques, ni des Princes & Seigneurs de notre Roïaume, & que vous ne nous contraigniez point de mépriſer vos nullement honorables reſcrits & mandemens, & de déshonorer les porteurs d'iceux.

Si qu'à bon droit Otthon, Evêque de Frinſinghen (1), en la Vie de l'Empereur Henri IV (2), au trente unieme Chapitre du quatrieme Livre de ſa Chronique, dit : *Lego & relego Romanorum Regum & Imperatorum geſta, & nuſquam invenio quemquam eorum ante hunc à Romano Pontifice excommunicatum, vel regno ejeɛ̃tum.* C'eſt-à-dire, je lis & relis les faits des Rois & Empereurs Romains ; mais je ne trouve point qu'aucun d'iceux, avant celui-ci, ait été excommunié, ou privé de ſon Roïaume par le Pape de Rome.

Et Godefroi de Viterbe (3) en ſon Panthéon, parlant dudit Henri : *Ante hunc Imperatorem, non legimus aliquem à Romano Pontifice excommunicatum, aut Imperio privatum.* C'eſt-à-dire, Nous ne liſons point qu'aucun Empereur, avant celui-ci, ait été excommunié, ou déjetté de ſa dignité Impériale par le Pape de Rome.

Mais ſi nos Rois de cette Race ne ſe ſont laiſſés aller aux entrepriſes, contre leurs droits, prérogatives, & prééminences pour ce regard, leurs ſucceſſeurs, depuis Hugues Capet juſqu'à préſent, n'en ont pas été moins ſoigneux & jaloux. Je laiſſerai ici à part la Harangue d'Arnulphe, Evêque d'Orléans, reputé le plus ſage & le plus éloquent de tous les Prélats de France, au Synode de Reims, ſous le regne dudit Capet & de ſon fils. Si ne puis-je obmettre en cet endroit, qu'après ce Synode, le Pape n'étant bien content de ce qui s'y étoit paſſé

(1) Friſinghen, ou Friſingue.
(2) L'Empereur Henri IV eſt le premier Souverain ſur lequel la puiſſance Eccléſiaſtique ait uſurpé, avec quelque ſuccès, un droit juſqu'alors inoüi.
(3) Geofroi ou Godefroi, Prêtre, natif de Viterbe, dans le douzieme ſiecle. Son *Pantheon* eſt une Chronique univerſelle, partie en Proſe & partie en Vers, qui comprend l'Hiſtoire de tous les Princes. Elle eſt dédiée au Pape Urbain III, & finit en l'année 1186.

fans lui, & aïant menacé le Roi, & quelques Prélats de ce Roïaume, de les excommunier, Gerbert, lors Archevêque de Reims, & depuis Pape, de très grand renom (1), écrivit à Seguin, Archevêque de Sens, qui avoit préfidé audit Concile, une Epître, qui fe trouve entre les autres fiennes, de cette teneur.

GERBERTUS SIGUINO,
SENONENSI ARCHIEPISCOPO.

OPORTUIT quidem prudentiam veftram callidorum hominum verfutias devitaffe, & vocem Domini audire, dicentis: Si dixerint vobis, ecce hîc Chriftus, aut effe illic, nolite fectari. Romæ dicitur effe, qui ea quæ damnata funt, juftificet, & quæ jufta putatis, damnet. Et nos dicimus, quia Dei tantum, & non hominis eft, ea quæ videntur jufta, damnare, & quæ mala putantur, juftificare. Deus, inquit Apoftolus, eft qui juftificat, quis eft qui condemnet? Confequitur ergo, fi Deus condemnet, ut non fit qui juftificet. Deus dicit: Si peccaverit in te frater tuus, vade & corripe eum, &c. Quomodo igitur veftri æmuli dicunt, quia in Arnulphi dejectione Romani Epifcopi judicium expectandum fuit? Poteruntne docere Romani Epifcopi judicium, Dei judicio majus effe? Sed primus Romanorum Epifcopus, immo ipforum Apoftolorum Princeps clamat: Oportet obedire Deo magis quàm hominibus. Clamat & ipfe orbis terrarum magifter Paulus: Si quis vobis annuntiaverit præter quod accepiftis etiam Angelus de cœlo, anathema fit. Num quia Marcellinus Papa Jovi thura incendit, ideo cunctis Epifcopis thurificandum fuit: Conftanter dico, quia fi ipfe Romanus Epifcopus in fratrem peccaverit, fæpiufque admonitus Ecclefiam non audierit, is, inquam, Romanus Epifcopus, præcepto Dei habendus eft ficut Ethnicus & Publicanus. Quantò enim gradus altior, tantò ruina gravior. Quòd fi propterea fua Communione nos indignos ducit, quia contra Evangelium fentienti nullus noftrûm confentit, non ideo à Communione Chrifti feparare nos poterit: cùm etiam præsbyter nifi confeffus, aut convictus, ab officio removeri non debeat, &c. Non eft ergo danda occafio noftris æmulis, ut Sacerdotium quod ubique unum eft, ficut Ecclefia Catholica una eft, ita uni fubjici videatur, ut eo, pecunia, gratia, metu, vel ignorantia, cor-

---

(1) Sous le nom de Sylveftre II. On a le Recueil de fes Lettres, mifes au jour par Papire le Maffon, in-4°.

DE LA LIGUE. 733

rupto, nemo Sacerdos esse possit, nisi quem sibi hæ virtutes commendaverint. Sit lex communis Ecclesiæ Catholicæ Evangelium, Apostoli, Prophetæ, Canones spiritu Dei conditi, & totius mundi reverentia consecrati, Decreta Sedis Apostolicæ, ab his non discordantia. Et qui per contemptum ab his deviaverit, per hæc judicetur, per hæc abjiciatur. Porrò hæc servanti, & pro viribus exequenti, sit pax continua, & continuo sempiterna. Vos bene valere optamus. ¶ VV. Iterùm valete, & à sacrosanctis & mysticis suspendere vos nolite. Qui enim accusatus ante judicem, tacet, confitetur. Et qui judice judicante pœnæ se addicit, confitetur. Confessio autem fit aut salutis, aut proditionis causa: salutis, cùm quis de se confitetur vera: proditionis, cùm falsa de se confingit, vel in se patitur confingi. Tacere ergo homicidæ est. Quia omnis qui sibi mortis causa fuerit, major homicida est. Et Dominus dicit: Ex ore tuo te judico. Repellenda igitur falsa accusatio, & contemnenda inlegalis judicatio: ne dum volumus videri innocentes, coram Ecclesia efficiamur nocentes.

GERBERT A SEGUIN,
ARCHEVESQUE DE SENS.

IL falloit que votre prudence évitât les rufes des hommes cauts & malicieux, & ouît la voix du Seigneur; disant, s'ils vous disent voici le Christ, ou il est là, ne les suivez pas. L'on dit celui être à Rome, qui justifie les choses qui sont condamnées, & qui condamne ce que vous estimez être juste. Et nous disons que c'est à faire à Dieu seul, & non à l'homme, de condamner ce qui semble être juste, & approuver les choses que l'on pense être mauvaises. Dieu (dit l'Apôtre) est celui qui justifie; qui est-ce qui condamnera? Il s'ensuit donc, que si Dieu condamne, il n'y a aucun qui justifie. Dieu dit, si ton frere t'offense, va, & le reprend, &c. Pourquoi donc, disent vos adversaires, qu'en la déposition d'Arnulphe, l'on devoit attendre le jugement de l'Evêque de Rome? Pourroient-ils bien montrer, que le jugement de l'Evêque de Rome soit plus grand que celui de Dieu? Si est ce que le premier des Evêques de Rome, voire le Prince des Apôtres même, crie qu'il faut plutôt obéir à Dieu qu'aux hommes. Le Maître ou Docteur de la Terre universelle aussi (à savoir Paul) crie, si aucun vous annonce autrement que ce que vous avez reçu, & fût-il un Ange du Ciel, qu'il soit maudit. Savoir mon, si

parceque le Pape Marcellin a donné de l'encens à l'Idole de
Jupiter, il s'enfuit que tous les Evêques aient dû encenfer ainfi
que lui? Je veux bien affirmer en toute affurance, que fi le Pape
de Rome a offenfé un de fes freres, & qu'étant fouvent admonefté, il ne veuille ouir l'Eglife, icelui (je dis le Pape de
Rome) doit être, par le Commandement de Dieu, réputé
comme un Païen & un Publicain; & que d'aütant que le dégré eft plus haut, plus lourde en eft la chute. Que fi parcequ'aucun de nous ne confent avec lui (qui fent contre l'E-
vangile) il nous eftime indignes de fa Communion, il ne nous
peut pourtant féparer de la Communion de Chrift. Car même
un Prêtre, s'il ne confeffe, ou qu'il ne foit convaincu, ne
doit être privé de fon Office, &c. Il ne faut donc point donner occafion à nos adverfaires, de penfer que l'Office Sacer-
dotal, qui n'eft qu'un par tout le monde, ainfi que l'Eglife
n'eft qu'une, foit foumis à l'appétit d'un feul, lequel poffible,
corrompu par argent, faveur, crainte, ou ignorance, ait cette
autorité, qu'aucun ne puiffe être Prêtre, finon celui que ces
belles vertus lui rendront agréables. Que la Loi, & le droit
commun de l'Eglife Catholique, foit donc l'Evangile, les
Apôtres, les Prophetes, les Canons ordonnés par l'efprit du
Seigneur, & confacrés par l'approbation & révérence de tout
le monde; voire les Décrets du Siege Apoftolique qui ne font
difcordans à ces chofes. Et que celui qui par mépris fe dévoiera
de ces regles, par icelles foit jugé & rejetté: mais que paix
continuelle, & promptement perpétuelle foit à celui qui les
gardera, & à fon pouvoir les exécutera. ¶ V V. Derechef je
vous defire fanté, & exhorte que vous ne vous veuillez retirer
des très faints & myftiques exercices; car celui qui eft accufé
devant le Juge, & fe tait, confeffe; & qui fous le Jugement
du Juge fe livre à la peine, confeffe. Or la confeffion fe fait,
ou pour le falut, ou pour fe vouloir perdre & trahir. Pour le
falut, c'eft quand quelqu'un confeffe la vérité de fon fait.
Pour fe trahir, l'on teint de foi-même chofes fauffes, ou l'on
fouffre que l'on les feigne. C'eft donc être homicide que de
fe taire; car quiconque eft caufe de fa mort eft plus grief homicide; & le Seigneur dit: Je te juge par ta bouche. Il faut
donc repouffer la fauffe accufation, & méprifer le Jugement
illégitime, afin qu'en cuidant fembler innocens, nous ne foïons
trouvés coupables devant l'Eglife.

Quelque temps après, les Cenfures Eccléfiaftiques fulminées par Urbain II, contre Philippe I, n'empêcherent pas l'Archevêque de Tours de lui mettre fur la tête la Couronne Roïale, en pleine affemblée d'Evêques, le propre jour de Noël, ni les Évêques de la Gaule Belgique à la Pentecôte enfuivant; ce qui fe peut voir clairement par les Epîtres d'Ives, Evêque de Chartres, lequel, à la vérité, étant fort particulierement affectionné audit Urbain, ne s'y voulut trouver. Mais il en reçut tel traitement, comme lui même récite, *ut bona Epifcopalia adverfariis expofita fuerint, damnaque ufque ad penuriam panis inflicta*: ajoutant que *Clerici Belvacenfes adverfus litteras Domini Papæ, ad contemptum Sedis Apoftolicæ irriforia & contemptibilia verba protulerunt.* C'eft-à-dire, que les biens de l'Evêché aient été expofés aux adverfaires, & des dommages portés jufqu'à n'avoir pas de pain: ajoutant que les Clercs de Beauvais ont prononcé paroles de mépris, & mocquerie, contre les lettres du Pape, & au deshonneur du Siege Apoftolique, & que fes Paroiffiens mêmes tenoient peu de compte de fes remontrances; avertiffant, au furplus, fa Sainteté de fe comporter envers la France autrement qu'elle n'avoit fait, *propter crebras invectiones ac murmurationes adverfus Romanam Ecclefiam, quibus quotidie aures tinniebant. Nimirum* (comme dit Sigebert, Abbé de Gemelard (1)) fe plaignant du même temps) *hæc fola novitas, non dicam hærefis, necdum in mundo emerferat, ut Sacerdotes illius qui dixit Regi Apoftata, & qui regnare facit hypocritam propter peccata populi, doceant populum, quod malis Regibus nullam debeant fubjectionem; & licet eis facramentum fidelitatis fecerint, nullam tamen debeant fidelitatem, nec perjuri dicantur, qui contra Regem fenferint. Imo qui Regi paruerit, pro excommunicato habeatur; qui contra Regem fecerit, à noxa injuftitiæ & perjurii abfolvatur.* C'eft-à-dire, à caufe des fréquentes invectives & murmures contre l'Eglife Romaine, dont tous les jours l'on avoit les oreilles battues; car, comme dit Sigebert, Abbé de Gemelard, fe plaignant du même temps, cette feule nouveauté (pour ne la point nommer héréfie) n'étoit point encore apparue au monde. Que les Prêtres de celui qui dit au Roi Apoftat, & qui fait régner l'hypocrite à caufe des péchés du peuple, enfei-

_____
(1) C'eft de Gembloux ou Gemblours. Il rapporte ce fait dans fa Chronique, fur l'an 1088.

gnent les peuples, & leur font accroire qu'ils ne doivent aucune subjection aux mauvais Rois, & que nonobstant qu'ils
aient ferment de fidélité à tels Princes, néanmoins ils ne
leur doivent aucune fidélité, & ne font point parjures ceux qui
s'opposent au Roi : mais que celui qui obéit au Roi est tenu
pour excommunié, & qui résiste au Roi, soit absous de la coulpe d'injustice & du parjurement.

Et d'autant que Paschal I I, successeur d'Urbain, sembla
vouloir user de pareilles rigueurs & façons de faire contre
Louis le Gros, que ses prédécesseurs & lui même avoient pratiquées contre Henri I V, pour le déposséder de l'Empire, le même
Ives, Evêque de Chartres, l'admonesta par Lettres. *Ut statum
Ecclesiarum inconcussum manere concederet, ne hac occasione schis-
ma, quod erat in Germanico regno adversus Sedem Apostolicam,
in Galliarum regno suscitaret.* Qu'il laissât l'état des Eglises en
son entier, & n'éveillât point à cette occasion aux Gaules ce
schisme qui étoit au Roïaume de Germanie, contre le Siege
Apostolique, qui fut lorsque les habitans de Liége, excommuniés par Sa Sainteté, dressèrent l'Apologie qui se trouve dedans
le second Tome des Conciles, imprimés à Cologne l'an 1551,
où elle peut être lue par ceux qui en voudront être mieux
éclaircis.

Quand Célestin I I I envoïa deux Légats en France, à la
poursuite du Roi de Danemarck, pour traiter de la réconciliation du mariage de Philippe Auguste, & de la sœur dudit
Roi, laquelle il tâchoit faire reprendre à Sa Majesté Très Chrétienne, comme sa femme & épouse légitime, à peine d'interdit : l'ancienne Chronique de S. Denis, tournée de mot à mot,
d'un Auteur Ecclésiastique du même temps, dit : qu'après qu'ils
se furent trouvés en l'Assemblée & Conseil général de tous les
Prélats du Roïaume de France, qu'ils furent faits ainsi comme
un chien qui ne peut aboïer, si qu'ils ne menerent pas la besogne à perfection, parcequ'ils avoient peur de leurs peaux;
comme aussi eut quelque temps depuis le Cardinal de Capoue,
qui n'osa mettre ce Roïaume en interdit, qu'après qu'il en fut
sorti, ainsi que reconnoît le Pape Innocent I I I par sa Décretale (1) dont toutesfois le Roi irrité (pour rapporter les pro-

---

(1) Cette Décretale est intitulée : *Inno-
centii III, Pontificis Maximi , Epistola De-
cretalis, pro Jure Regis & Regni Galliæ :*
Elle est imprimée dans Goldast, au Tome II
de sa Monarchie de l'Empire, p. 86, *in-fol,*
à Francfort, 1611. Innocent III est mort en
1216.

pres mots de cette Chronique) bouta hors de leurs Sieges les Prélats de son Roïaume qui s'y étoient consentis, tollit tous leurs biens , & à leurs Chanoines & leurs Clercs, toutes leurs Rentes & Fiefs qu'ils tenoient de lui , & commanda qu'ils fussent tous chassés de sa Terre. Les Prêtres mêmes , qui manoient aux Paroisses, fit-il bouter hors , & les fit dépouiller de tous leurs biens ; & , comme récite ledit Innocent, *possessiones , tam ad mensam Archiepiscopi Senonensis , quàm Canonicorum , ut valuit & voluit , occupavit : & personas etiam , quæ suspenderant organa sua, compulit exulare.* C'est-à-dire , il occupa à son pouvoir & volonté les possessions, tant de la table de l'Archevêque de Sens, que des Chanoines : voire bannit & chassa ceux qui avoient suspendu & entrelaissé le son de leurs orgues. Tenant pour tout résolu, qu'il ne tenoit son Roïaume, ni de Pape, ni de Prince qui fût sur terre , ainsi qu'il manda au Pape par lettres qui se trouvent encore au Trésor des Chartes.

Ce qui approche fort de ce qu'en écrit frere Matthieu Paris, Religieux de Saint Alban-lés-Londres, racontant qu'après que le Cardinal Johan de Agnania (1) eut dénoncé à Sa Majesté , *quod nisi cum Rege Anglorum ad plenum componeret, omnes terras ejus sub interdicto concluderet.* Il fit réponse , *Se ipsius sententiam nullatenus formidare , cùm nulla æquitate fulciretur. Addidit etiam ad Ecclesiam Romanam minimè pertinere in Regem , maximè Francorum, per sententiam animadvertere.* C'est-à-dire , que s'il n'accordoit entierement avec le Roi d'Angleterre, il mettroit toutes ses Terres en interdit. Il fit réponse, qu'il ne craignoit aucunement sa sentence, attendu qu'elle n'avoit fondement aucun équitable ; & ajoute, qu'il n'appartient point à l'Eglise Romaine de châtier les Rois , & notamment ceux de France.

Ce que Maître Jean du Tillet, Protenotaire (2) & Greffier en Parlement, témoigne avoir été fait par le conseil des Barons de France ; par l'avis desquels le même Roi , comme témoigne ledit Frere Matthieu , répondit au Nonce qui lui fut envoïé, pour le prier de divertir Louis son fils d'accepter le Roïaume d'Angleterre : *Nullus Rex vel Princeps potest dare Regnum suum sine assensu Baronum suorum , qui Regnum illud*

(1) Jean d'Anagnie.
(2) Pour Protonotaire. Jean Du Tillet est très connu : ce qu'il a fait sur les Droits de nos Rois , &c. est très estimé.

tenentur defendere. Et ſi Papa hunc errorem tueri decreverit, perniciofiſſimum Regnis omnibus dat exemplum. C'eſt-à-dire, aucun Roi ou Prince ne peut donner ſon Roïaume ſans le conſentement de ſes Barons, leſquels ſont tenus de défendre icelui. Et ſi le Pape veut ſoutenir cette erreur, il donne un très dangereux exemple pour tous les Roïaumes. Dont enfin le Pape ſe raviſa, & en écrivit aux Prélats de France, mettant grande peine à s'excuſer de ces entrepriſes, & légitima les enfans procréés du Roi & de ſa ſeconde femme; reconnoiſſant néanmoins que le Roi lui-même pouvoit légitimer, comme Roi, ſes Sujets, & qu'il n'avoit connoiſſance ni Juriſdiction ſur le fait de Sa Majeſté, ſinon par ſa ſoumiſſion & conſentement.

Ce qui fut auſſi maintenu par Philippe le Bel contre Boniface VIII, comme témoignent les Hiſtoriens du temps (1); l'ancienneté deſquels m'occaſionnera de rapporter leurs propres mots. » L'an mil trois cent un, (dit la Chronique ſaint Denis, tournée d'un auteur qui vivoit lors) l'Evêque de Pamiers
» paroles contentieuſes pleines de blâmes & diffames en plu-
» ſieurs lieux avoit ſemées, ſi que comme l'on diſoit avoir fait
» émouvoir contre la Majeſté. Pour ce, fut appellé à la Cour
» du Roi, & juſqu'à tant qu'il ſe fût purgé, ſous le nom de
» l'Archevêque de Narbonne, fut de ſa volonté en ſa garde
» détenu. Et jaçoit que contre cet Evêque les amis du Roi fuſ-
» ſent grievement émus; toutefois le Roi de ſa bénignité ne
» ſouffrit pas celui en aucunes choſes être moleſté, ni mal
» mis, ſachant & entendant de grand courage être injurié en
» ſa ſouveraine poeſte (2) ſouffrir. Et au mois de Février,
» l'Archevêque de Narbonne, envoïé par le Pape Boniface,
» vint en France de par icelui Pape, dénonçant au Roi de
» France qu'il lui rendît celui homme ſans délai. Et il lui mon-
» tra les lettres eſquelles le Pape mandoit au Roi de France,
» qu'il vouloit qu'il fût lui tant ès temporelles choſes, comme
» ès ſpirituelles, être ſoumis en la dition du Pape de Rome.
» Et enſement (3) mandoit au Roi, ſi comme eſdires lettres

---

(1) Par les détails que nous donne François Pithou, ſur le Démêlé de Philippe le Bel avec Boniface VIII, on voit juſqu'à quelle profondeur cet habile homme avoit pouſſé ſes recherches ſur ce morceau ſi important de notre Hiſtoire: Hiſtoriens contemporains, François, Italiens, Anglois,
Bulles, Décrétales, Lettres, Actes publiques & particuliers, il a tout mis à contribution pour la diſcuſſion de ce fait & de ſes circonſtances.

(2) Puiſſance, autorité.

(3) Ainſi, en conſéquence.

» étoit contenu , que des Eglises deformais en avant , ni des
» Prébendes vaquantes en fon Roïaume (jaçoit ce qu'il eut la
» garde d'eux) les fruits , profits , ou les rentes à lui ne pen-
» sît (1) , ne préfumât de tenir , & tout fe gardât aux fucceffeurs
» des morts. Et avec ce , rappelloit icelui Pape de Rome , tou-
» tes les faveurs , graces , indulgences , lefquelles par l'aide du
» Roïaume de France , ou au Roi avoit octroïé pour la raifon
» de la guerre. En dévoïant lequel , aucune collation de Pré-
» bendes ou de Bénéfices , n'entreprît à lui ufurper , pourfuivir,
» ne détenir : laquelle chofe fi deformais le faifoit , le Pape le
» tènoit pour vain & pour faux. Et tenoit l'on & difoit , que
» tous ceux qui ce confentans feroient , il les réputoit pour
» Hérétiques. « *Mira hominis impudentia fuit* (dit Meffire Jehan du Tillet Evêque de Maux en fon abrégé de Chronique)
*qui regnum Galliæ Pontificiæ Majeftatis beneficium afferere au-
fus eft. Verùm multo ftolidiores effe puto , qui difceptant an tantum liceat Pontifici.* C'eft-à-dire , grande fut l'impudence du
perfonnage , dit Meffire Jehan du Tillet , Lequel ofa maintenir
que le Roïaume de France étoit un Fief & bienfait de la Majefté Papale. Mais j'eftime encore plus foux ceux qui difputent ,
s'il eft loifible au Pape jufques-là.

La teneur des lettres du Pape fe trouve encore à préfent
telle :

BONIFACIUS EPISCOPUS,
Servus Servorum Dei , Philippo Francorum Regi.

D E U M *time , & mandata ejus obferva. Scire te volumus quòd
*in fpiritualibus & temporalibus nobis fubes. Beneficiorum & Præ-
bendarum ad te collatio nulla fpeƈat : & fi aliquorum vacantium
cuftodiam habeas , fruƈus earum fucefforibus referves. Et fi quas
contulifti collationes tales irritas decernimus , & quantum de faƈo
procefferunt revocamus. Aliud credentes Hæreticos reputamus.
Datum Laterani* IIII *Nonas Decemb. Pontificatus noftri , anno* VI.

Boniface , Evêque , ferviteur des ferviteurs de Dieu , à Philippe Roi de France, Crains Dieu & obferve fes commandemens. Nous voulons que tu fachès que tu nous es fujet ès chofes

(1) Il y a dans l'original *reprefenfift*, qui veut dire, *ne prît , ne s'attribuât.*

740

spirituelles & temporelles. Il ne t'appartient nullement de conferer aucuns Bénéfices, ni Prébendes, & si tu as la garde de quelques vacants, réserve-en les fruits aux successeurs en iceux.

Que si tu en as conferé aucuns, nous déclarons telles collations nulles, & en ce qu'elles ont procédé de fait, nous les révoquons, & tenons pour Hérétiques ceux qui croient autrement. Donné à Latran le deux de Décembre, & de notre Pontificat le six.

Giouvan Villani (1), Citadin de Florence, qui vivoit lors, ajoute en ses Annales que *venendo il detto Legato nella Città di Parigi, il Re non li lasciò publicare le sue lettere, anzi glie le tolse la gente del Re, & accomiatarlo del Reame. Et venute le dette lettere Papali inanzi al Re & suoi Baroni, il Conte d'Artesse che ancora vivea, per dispetto le gittò il sul fuoco & arsele.* C'est-à-dire, ce Légat étant venu en la Cité de Paris, le Roi ne permit pas qu'il publiât ses lettres, ains lui furent ôtées par les Gens du Roi, & l'envoïerent hors du Roïaume. Les lettres Papales parvenues au Roi & ses Barons, le Comte d'Artois, qui vivoit encore, de dépit les jetta dans le feu, & les brûla. Ou bien, comme dit le continuateur de l'Archevêque de Cosenza, *fuerunt in Regis palatio coram pluribus concrematæ, & sine honore remissi Nuntii, qui portarant eas.* C'est-à-dire, furent au Palais Roïal en présence de plusieurs brûlées, & les Messagers qui les avoient portées, renvoïés sans aucun honneur : auxquels encore le Roi délivra sa réponse de cette teneur.

PHILIPPUS, DEI GRATIA, FRANCORUM REX,
Bonifacio, se gerenti pro summo Pontifice, salutem
modicam seu nullam. (2)

*S*CIAT *maxima tua fatuitas in temporalibus nos alicui non subesse. Ecclesiarum & Præbendarum collationem, ad nos jure Regio pertinere, & fructus earum, vacatione durante, nostros facere. Collationes à nobis hactenus factas, & in posterum faciendas, fore validas : & illarum vigore possessores contra omnes viriliter nos tueri. Secus autem credentes, fatuos & dementes reputamus. Dat. &c.*

(1) Jean Villani, Citoïen de Florence, fameux Historien.

(2) Voïez l'Histoire des Démêlés de Philippe le Bel avec le Pape Boniface VIII, par

M. Baillet, mise au jour par le Pere le Long, de l'Oratoire ; & les Pieces recueillies sur ce même sujet, par Pithou.

PHILIPPE, PAR LA GRACE DE DIEU, ROI
de France, à Boniface, soit disant Pape I, maigre salut
ou du tout nul.

SACHE ta très grande sotise, que quant aux choses temporelles, nous ne sommes sujets à aucun. Que les collations
des Eglises & Prébendes appartiennent à nous par droit de Régale, & qu'icelles vaquantes, nous faisons les fruits nôtres. Et
que ce qui a été jusqu'à présent par nous conféré, & le sera à
l'avenir, sera ferme & aura lieu, & que nous défendrons les
Possesseurs à ce titre hardiment contre tous. Estimant fols &
écervelés tous ceux qui croient autrement. Donné, &c.

Thomas Walsingham, Religieux de Saint Alban, dit que,
Papa talibus novis exasperatus in eumdem Regem cito post excom-
municationis Sententiam fulminavit, quam tamen Regi nemo au-
sus est nuntiare, vel in Regno Franciæ publicare. C'est-à-dire,
le Pape irrité de ces nouvelles, tôt après fulmina contre ce
Roi la Sentence d'excommunication : laquelle toutesfois aucun n'osa annoncer au Roi, ni publier au Roïaume de France.
Et néanmoins après ce, (dit la Chronique de Saint Denis)à
la mi-carême ensuivant, icelui Philippe, Roi de France, assembla à Paris tous les Barons & Chevaliers, & les Maîtres de tout
le Roïaume de France, avec tous les Prélats & tous les Me-
neurs : & premierement des personnes Ecclésiastiques cogneut
& demanda de qui leur temporel Ecclésiastique, & aux Barons
& Chevaliers leurs Fiefs appelloient, ne disoient à tenir. Et
comme tous les Prélats & Ecclésiastes disent avoir tenu du
Roïaume de France : lors le Roi promit, que son corps, & toutes ses choses qu'il avoit, exposeroit & mettroit pour la liberté
& franchise du Roïaume de France en toutes manieres garder. Et
aussi en toutes manieres les Barons & les Chevaliers, par la bouche du noble Comte d'Artois, répondirent après ce, disant que
de toutes leurs forces étoient prêts & appareillés pour la Couronne du Roïaume de France, encontre tous adversaires étriver &
défendre. *Opponendo à Papa Bonifacio* (dit Villani) *più accuse*
con più articoli d'eresia, & simonia, & homicidi, & d'altri vil-
lani peccati, onde di ragione dovea esser del Papato deposto. C'est-
à-dire, Opposant au Pape Boniface (dit Villani) plusieurs ac-
cusations & plusieurs articles d'hérésie, simonie, meurtres & au-

tres vilains crimes, pour lesquels il devoit être par droit démis du Papat. Ce qui se conforme à ce qu'en écrit Walsingham. Et ainsi (dit la Chronique saint Denis) quand icelui Concile fut fini, fit lors crier la Majesté Roïale, qu'or ni argent, ni quelconques autres marchandises ne fussent transportées hors du Roïaume. Et que quiconque feroit le contraire, il perdroit tout, & toutesfois à tout le moins, en grande amende & en grande peine de corps seroit puni. Et dès-lors en avant fit le Roi les issues & les païs & contrées du Roïaume de France en toute manieres garder. Si fut le Pape plus courroucé que devant ; & envoïa au Roi un solemnel Messager, qu'on appelloit Jaques des Normands, lequel le Roi ne voulut ouir, non plus que le Pape n'avoit fait les siens, commandant qu'il eût à sortir de son Roïaume dans trois jours. Et le Roi appella contre le Pape au Concile. Et fut ledit appel lu par un Chevalier appellé M. Pierre Flotte, & les articles publiés en l'Eglise Notre Dame de Paris : & les Prélats & les Colleges du Roïaume consentirent à l'appel. Ce Flotte est le même Conseiller du Roi, lequel au commencement de ces coleres de Boniface, aïant été envoïé vers lui en ambassade, sur ce que Sa Sainteté menaçoit son Maître de ce qu'il exécuta depuis, lui fit réponse : *S. P. gladius vester est verbalis, sed gladius Domini mei est realis.* C'est-à-dire, Saint Pere, votre glaive est verbal, mais celui de mon Maître est réel.

Dopo la detta discordia (dit Villani) *ciascuno di loro procacciò d'abattere l'uno l'altro, per ogni via & modo che potesse. Il Papa dagravare il Re di Francia di scomuniche, & altri processi per privarlo del reame, & con questo favorava i Fiaminghi suoi rubelli, & tenea trattato con loro. Alberto d'Allemagna studiava che passasse a Roma per la devotione Imperiale, & per fare elevare il Regno a Carolo consorte del Re di Francia, & al Re di Francia fare muovere guerra a confini del suo reame della parte d'Allemagna.* Qui est ce que veut dire un Religieux de Saint François en sa harangue rapportée pas Aventin au septieme livre des Annales de Baviere, en ces termes : *Quousque Collegæ charissimi, &c. Nuper Saxones atque Suevos inter se commiserunt, &c. Nunc nos adversus Galliæ atque Hispaniæ proceres, cognatos nostros, ex Germania quondam profectos, concitare nituntur. In memoriam habete quod ante xij annos ille sanè egregius Decimus cum decimis egerit. Idem Quartus cum quartis aget. Ut illas Gregorius vigilantissimus à nobis emungeret, Scythas, Arabes, Tur-*

cas in nos armavit. C'eſt un tableau de l'eſprit des Papes.

Lo Re di Francia (ajoute Villani) *da l'altra parte non dormiva, ma con grande follecitudine & confilio di Sciarra della Colonna, & d'altri favii Italiani, & di fuo Reame, mandò Meſſer Guiglielmo di Nogareto de Proenza, favio chierico & fottile,* (Walſingham dit qu'il étoit *Seneſcallus Regis Francorum*) *con Meſſer Mufciato de Franzeſi in Toſcana, forniti di molti danari contanti, &c. Et come fue trattato venne fatto, che eſſendo Papa Bonifacio con fuoi Cardinali, & con tutta la corte nella Città d'Anagnia in Campania ond' era nato, & in caſa fua, non penſando ne fentendo queſto trattato, ne prendendoſi guardia; & fe alcuna coſa ne fentì, per fuo gran cuore il miſſe à non calere: hora forſe come piacque à Dio, per li fuoi gran peccati, del meſe di Settembre 1303, Sciarra della Colonna, con genti à cavallo in numero di 300, & à piede aſſai, & Soldati del Re di Francia, una matina per tempo entrò in Anagnia con l'Infegne del Re di Francia, dicendo & gridando, Muoia Papa Bonifacio, & viva il Re di Francia, & corfono la terra fenza contraſto neſſuno, anzi tutto lo Popolo d'Anagnia, feguì le bandiere & la rubellatione, & giunta al Palagio Papale, fenza riparo, perſono il palagio, perchè il preſente aſſalto fu improviſo. Papa Bonifacio fentendo il romore, & vegendo ſi abandonare da tutti i Cardinali fugiti & naſcoſi per paura, ò chi da male parte, & quaſi da piu de fuoi familiari, & vegendo che fuoi nemici aveano preſa la terra el palagio dove era, ſi accusò morto; ma come magnanimo & valente diſſe: Da che per tradimento come Jeſu Chriſto voglio eſſere preſo, & conviemmi morire, almeno voglio morire come Papa. Et di preſente ſi fece parare della manto di fan Pietro, & con la corona di Conſtantino in capo, & con le chiavi & croce in mano, & poſeſi à federe fuſo la fedia Papale, & giunto à lui Sciarra, & altri fuoi nemici con villane parolle lo fchernirono, & areſtaro lui & la fua famiglia, che con lui erano rimaſi, & intra li altri lo fchernì Meſſer Gugielmo di Nogareto, che per lo Re di Francia avea menato il trattato ond' era preſſo, & minacciollo di menarlo Legato al Leone fopra Rhodano, & quivi in generale Concilio il farebbe deporre & condannare.*

Super ipfum itaque Bonifacium (dit l'hiſtoire du Comte de Monfort) *qui Reges & Pontifices, ac Religioſos plerumque, ac Populum horrende tremere fecerat & pavere, repente timor, tremor, ac dolor uno die pariter irruerunt, aurumque nimis fitientem, aurum perdidit: ut ejus exemplo diſcant Superiores Prælati, non superbè dominari in Clero & Populo, sed forma facti gregis ex animo, curam gerere subditorum, plusque amari appetant, quàm timeri.* L'auteur de l'histoire du même temps intitulée, *Delle cose avenute in Toscana dall' anno 1300, al 1348,* imprimèe à Florence, ajoute, que *gridavano contro à lui, che rifiutasse al Papato, si come egli havea fatto rifiutare à Papa Celestino. Ma rispondea: Mai non rifiuterò, peroche Papa sono, e Papa morrò:* ou comme dit Walsingham, *Ecco il collo: Ecco il capo,* qui remarque aussi, *quod cum primo Sciarra, & Capitaneus cum Senescallo Regis Franciæ apprehendissent Papam, in equum posuerunt effrenem, ad caudam versa facie, & sic discurrere ferè usque ad novissimum halitum coegerunt, & tandem penè fame necaverunt.*

E se non fosse (dit l'histoire de Toscane) *una feminella, che li diede quattro ova con uno poco di pane, sarebbe morte di fame, essendo abbandonato da tutti li suoi.* Et combien que quelques jours après il fût délivré, ce néanmoins (dit Villani) *per cio non si rallegrò niente: però ch'avea conceputo & indurato nell' animo il dolore della sua adversitade, ma come piacque à Dio il dolore penetrato nel cuore, per la ingiuria ricevuta li produsse giunto in Roma diversa malatia, che tutto si rodea come rabioso, & in questo stato passò di questa vita.* E così (dit l'histoire de Toscane) *fu adempiuto quello che si trovo scritto nella elezione de' Papi, che diceva così,* Intrabit ut Vulpes*, regnabit ut Leo, morietur ut Canis. E così seguio la storia profetica contro a lui; perochè con grande astuzia fece rifiutare il Papato a Papa Celestino, e fece chiamare se Papa. Regnò come Leone: perochè piu magnanimamente visse e regno, che mai regnasse signore del mondo. Morio come cane: perochè per quello che li fue fatto, arrabio di dolore, e di quello morio.* Dont son Successeur Benoît XI, comme Walsingham témoigne, *considerans pium esse etiam ovem errantem, licèt invitam, perducere ad ovile, Regem Francorum non petentem, à Sententia excommunicationis per Prædecessorem suum lata in eum, absolvit:* lesquels discours de Villani & autres, nous avons ainsi tournés en françois.

Après ce différend (dit Villani) chacun d'eux pourchassa de s'abaisser l'un l'autre, par tous les moïens & voies qu'il put. Le Pape chargeant le Roi d'excommunications, & autres procédures pour le priver du Roïaume, lequel avec ce, favorisoit les Flamands rebelles d'icelui, & s'entendoit avec eux: sollicitoit Albert d'Allemagne qu'il passât à Rome pour la dévotion

Impériale,

Impériale, & pour faire ôter le Roïaume à Charles allié du Roi de France, & émouvoit la guerre au Roi de France du côté de l'Allemagne, aux frontieres de son Roïaume. Qui est, ce que veut dire un Religieux de l'Ordre de Saint François, en sa harangue rapportée par Aventin, au huitieme livre des Annales de Baviere. Jusqu'à quand, mes compagnons très chers, &c. N'a gueres, ils ont bandé les Sueves & les Saxons entr'eux, &c. Maintenant ils s'efforcent de nous inciter contre les Princes de France & d'Espagne nos Cousins, jadis issus d'Allemagne. Souvenez-vous que ce que fit douze ans sont passés ce beau Dixieme avec ses dixmes, ce Quatrieme le fera avec ses quarts. Grégoire très vigilant, pour les arracher de nous, émut contre nous les armes des Scythes, des Arabes, & des Turcs.

Le Roi de France (ajoute Villani) d'autre part ne dormoit pas, mais avec grande sollicitude, & par le conseil de Sciarra Colonne, & d'autres sages Italiens, & des Conseillers de son Roïaume, envoïa Guillaume de Nogaret de Provence (Walsingham dit qu'il étoit Sénéchal du Roi de France) avec Musciato de Franczi, en Toscane, garnis d'argent comptant, &c. Et comme il avoit été avisé, il advint que le Pape Boniface, avec ses Cardinaux & toute la Cour, se trouva en la Cité d'Anagnia en la Campagne, lieu de sa naissance, & en sa maison, ne sachant, ni entendant rien de ce Traité, & ne se donnant de garde, ou bien s'il en avoit eu quelque avertissement, il le méprisa, tant étoit-il hautain. Or (comme il plût à Dieu, possible pour ses grands péchés) au mois de Septembre mil trois, Sciarra Colonne, accompagné de trois cens hommes de cheval & grand nombre de gens de pied, Soldats du Roi de France, entra dans Anagnia, un jour bien matin, avec les enseignes du Roi de France, disant & criant, meure le Pape Boniface, & vive le Roi de France, & coururent la Ville sans aucune résistance: ains furent suivies les Enseignes & cette rebellion par le Peuple d'Anagnia. Arrivés au Palais du Pape, ils le prirent sans obstacle; car cet assaut fut au dépourvu. Le Pape Boniface entendant le bruit, & se voïant abandonné de tous les Cardinaux, qui s'en étoient fuis de peur (ou qui s'étoient mis du mauvais parti) & presque de la plupart de ses familiers, & voïant que ses Ennemis avoient pris la Ville & son Palais, crut lors qu'il étoit mort; mais comme homme de grand cœur & assuré dit, puisque je suis pris par trahison, ainsi que Jesus-Christ, & qu'il

Tome V. Bbbbb

me convient mourir, je veux à tout le moins mourir comme
Pape. Et à l'inftant fe fit habiller du manteau de S. Pierre, &
aïant la couronne de Conftantin au chef, & les clefs & la croix
ès mains, s'affit fur le fiege Papal.

Sciarra Colonne & les autres Ennemis parvenus à lui, fe mirent à le brocarder avec deshonnêtes paroles, & le prirent, &
retinrent avec eux de fes ferviteurs qui étoient demeurés. Entre
autres, Guillaume de Nogaret, qui avoit conduit l'entreprife
pour le Roi de France, ufant de paroles aigres & de moquerie,
le menaça de le mener lié à Lyon fur le Rhône, & qu'illec il le
feroit dépofer & condamner en plein Concile.

Or donc, ce Pape Boniface (dit l'hiftoire du Comte de
Montfort) qui faifoit trembler horriblement de peur les Rois,
les Evêques & fouvent les Religieux & le Peuple, tomba foudainement un jour en crainte, trémeur & douleur tout enfemble. Et fut par l'or perdu & ruiné celui, qui avoit par trop dé-
firé l'or, afin que par l'exemple d'icelui, les grands Prélats Su-
périeurs apprennent de ne dominer point fur le Clergé, & fur
le Peuple en orgueil, mais d'avoir foin de bon cœur des Sujets,
ainfi que d'un faint troupeau, & qu'ils cherchent plus d'être aimés que craints.

L'hiftoire de Tofcane ajoute, qu'ils crioient contre lui qu'il
renonçât au Papat, ainfi qu'il avoit contraint Celeftin Pape d'y
renoncer. Mais il répondoit, je ne renoncerai point : car je fuis
Pape, & Pape je mourrai, ou (comme dit Walfingham) voici
le col, voici la tête. Qui remarque auffi, que dès que Sciarra &
le Capitaine avec le Sénéchal du Roi de France eurent faifi le
Pape, ils le mirent fur un cheval fans bride, la face tournée
vers la queue, & le firent ainfi galopper quafi jufqu'au dernier
foupir, & finalement le firent prefque mourir de faim. Et n'eut
été (dit l'hiftoire de Tofcane) une femmelette qui lui donna
quatre œufs & un peu de pain, il feroit mort de faim, étant
abandonné de tous les fiens. Et combien que quelques jours
après il fût délivré, ce néanmoins (dit Villani) il ne s'en ré-
jouit point : car il avoit conçu & imprimé en fon efprit la douleur de fon adverfité. Mais comme Dieu voulut, la douleur
aïant pénétré au cœur, pour l'injure qu'il avoit reçue ; étant
arrivé à Rome, lui vint une étrange maladie, qui le faifoit tout
ronger foi-même ainfi qu'enragé, & en cette façon paffa de
cette vie. Ainfi (dit l'hiftoire de Tofcane) fut accompli ce qui
fe trouve écrit ès élections des Papes. Il entrera comme un Re-

nard, regnera comme un Lion, & mourra comme un Chien.
Ainſi eut lieu l'hiſtoire prophétique contre icelui : car par
grande ruſe, il fit renoncer le Papat au Pape Celeſtin. Il regna
comme un Lion : car il vêcut & regna avec plus de grandeur
& magnanimité de Prince, qui onques regnât au monde. Et
mourut comme un Chien, d'autant qu'outré de l'injure qu'on
lui avoit faite, il enragea de déplaiſir, & en mourut. Dont ſon
Succeſſeur Benoît XI (comme Walſingham témoigne) conſidérant que c'eſt choſe pie, de ramener une brebis errante à la
bergerie, or qu'elle y répugne, abſolut le Roi de France, qui
ne l'en requeroit point, de la Sentence d'excommunication pro-
noncée par ſon Prédeceſſeur, lui envoïant Bulles révocatoires
de tout ce qui avoit été fait, l'une deſquelles, du premier an de
ſon Pontificat, ſe trouvera dedans les Annales de Maître N.
Gilles (1). Comme auſſi par après Clément V, par ſa Décrétale, enregiſtrée par exprès au cinquieme livre des Extravagan-
tes communes, remit toutes choſes, pour le regard du Roi de
France, en tel état qu'elles étoient auparavant Boniface. *Re-
vocavitque* (comme dit l'hiſtoire du Comte de Montfort) *duas
Conſtitutiones Bonifacii : unam, quam direxerat Regi Franciæ,
in qua ſcribebat eidem ipſum Regem eſſe ſubjectum Romanæ Eccleſiæ in temporalibus & ſpiritualibus : aliam verò, quæ in ſexto
libro Decretalium eſt inſerta, quæ incipit, Clericos, &c.* Et a
révoqué les deux Conſtitutions de Boniface, l'une qu'il adreſ-
ſoit au Roi de France, par laquelle il lui écrivoit, que lui Roi
étoit ſujet de l'Egliſe Romaine ès choſes temporelles & ſpirituelles : l'autre qui eſt inſerée au ſixieme livre des Décrétales,
& commence, *Clericos*, &c.

Walſingham ajoute, que le Roi n'étoit encore content de
tout cela, mais requit *inſtantiâ importunâ à Domino Papa, oſſa
Prædeceſſoris ſui Bonifacii ad comburendum tanquam Heretici :*
C'eſt - à - dire, fit inſtance importune au Pape, de lui livrer
les os de ſon Prédéceſſeur Boniface, pour les brûler comme
d'un Hérétique.

La copie de tous les Actes, procédures & défenſes de la part
du Roi très Chrétien & de ce Chevalier François, ſe trouve encore, & n'eſt pas de moindre conſéquence, que le livre intitulé, le Songe du Vergier (2), qui parle de la diſpute entre le
Clerc & le Chevalier, mis en lumiere par le commandement
du Roi Charles V, ſous le fils duquel les Regiſtres de Parle-

___

(1) *Nicole* Gille.   (2) On a parlé ailleurs de cet Ecrit.

ment font encore foi de ce qui se passa contre le Pape Benoît, dont l'Extrait s'ensuit.

Du Lundi 21 Mai 1408.

Ce jour ont été assemblés en la Salle du Palais, & la Chambre de Parlement, & les grandes Galeries par bas, ou grand
Préau par terre, le Roi de Sicile, Duc de Berri, Duc de
Bourgogne, & plusieurs autres Seigneurs, Ducs, Comtes,
Barons, Chevaliers, Ecuïers, Bourgeois, Archevêques, Evêques, Abbés, Prélats, Religieux, Clergé, & par espécial l'U-
niversité de Paris; & proposa Maître J. Courtecuisse, Maître
en Théologie, publiquement, en prenant pour thême contre
le Pape Benedict, qui avoit envoïé une bien mauvaise Bulle,
par laquelle il excommunioit le Roi & les Seigneurs de son
Sang, & tous adhérans, pour occasion de ce que le Roi, son
Clergé & son Conseil, avoient peiné & peinoient, & pour-
suivoient l'union de l'Eglise, tant par substraction que pécu-
nes, & de non obéir à lui, ni à l'autre des contendans, *con-
vertetur dolor ejus in c. e.* Et après ce que ledit Maître eût
proposé douze raisons de la négligence dudit Benedict à l'u-
nion poursuivre & avoir, & du mal & vice desdites Bulles ex-
communicatoires, en mettant conséquemment six conclusions,
a été requis par l'Université, que lesdites Bulles fussent déchi-
rées; & à ladite requête a été pris & emprisonné Messire Guillaume de Gaudiac, Docteur, Conseiller du Roi céans, & le
Doïen de S. Germain l'Auxerrois.

Ces Conclusions & Requête de l'Université, mentionnées
en ce Registre, se trouveront insérées par Théodoric de Ni-
hem, en son Traité 6, du Livre intitulé, *Nemus Unionis,*
chap. 17.

Du Lundi 20 Août audit an.

Aujourd'hui, entre dix & onze heures, les Prélats & Clergé
de France assemblés au Palais, sur le fait de l'Eglise, ont été
amenés M. Claude Sanceloup, né du païs d'Arragon, & un
chevaucheur du Pape Benedict, qui fut né de Castille, en
deux tombereaux, chacun d'eux vêtu d'une tunique de toile
peinte, où étoit en bref effigiée la maniere de la présentation
des mauvaises Bulles, dont est mention le 21 de Mai ci-dessus, & les armes dudit Benedict renversées, & autres choses,
& mîtres de papier en leurs têtes, où avoit écritures du fait,

depuis le Louvre, où ils étoient prisonniers, avec plusieurs autres Prélats de ce Roïaume, & autres gens d'Eglise qui avoient favorisé auxdites Bulles, comme l'on dit, jusqu'en la Cour du Palais, en moult grande compagnie de gens à trompes, & là ont été échaffaudés publiquement, & puis ramenés audit Louvre par la maniere dessus dite.

Depuis, par l'Assemblée de l'Eglise Gallicane, tenue à Tours en 1510, fut arrêté que Louis XII se pourroit soustraire de reconnoître pour Pape Jules II, appellé par Messire J. du Tillet, Evêque de Meaux, *perfidiosus, sceleratus & vecors;* perfide, méchant & sot. Et que les Censures, qu'il pourroit prononcer contre Sa Majesté, étoient nulles, & de droit, ni autrement, en quelque maniere que ce fût, ne le pouvoient lier, comme récite Maître Nicole Gilles. Nonobstant lesquelles ce bon Roi retint & retient encore le surnom de Pasteur & de Pere du Peuple, quoiqu'il fît la guerre contre ledit Jules en toutes les façons qu'il pût; faisant battre monnoie d'or, qui eut cours par son Roïaume, portant d'un côté LUD. XII. D. G. REX FRANC. DUX MEDIOL. & de l'autre, PERDAM BABYLONEM. Ce seroit peine perdue de copier ici les Bulles de Martin III & IV, Grégoire VIII, IX, X, XI, Alexandre IV, Clément IV & V, Nicolas III, Urbain V, Boniface XII, qui se trouvent au Trésor des Chartes du Roi, pour tirer preuve que, même du consentement du S. Siege, nos Rois ni leur Roïaume ne peuvent être mis en interdit, puisque nous sommes assurés, par le Capitulaire de Charlemagne & de son fils, que (1), *Si quos culpatorum Regia Potestas, aut in gratiam benignitatis receperit, aut mensæ suæ participes fecerit, hos & Sacerdotum, & Populorum conventus suscipere Ecclesiastica Communione debebit, ut quod principalis pietas recipit, nec à Sacerdotibus Dei extraneum habeatur.* C'est-à-dire, si la Puissance Roïale a reçu en bénigne grace, ou à sa table, aucuns de ceux qui étoient coupables, ceux-là doivent être aussi reçus aux Assemblées des Prêtres & du Peuple, à la Communion de l'Eglise, à ce que celui ne soit réputé étranger par les Prêtres ou Ministres de l'Eglise, que la piété du Prince aura reçu.

Ce que l'on pourroit estimer supposé, n'étoit qu'il est rapporté par Ives, Evêque de Chartres, quand il dit, Ep. 123.

(1) Ce Capitulaire, quel qu'il soit, est conforme au troisieme Canon du douzieme Concile de Toléde.

*De Gervafio quoque non debet veftra fraternitas mirari vel indi-
gnari, quòd eum ad Communionem in Pafchali Curia fucepi.
Pro Regia enim honorificentia hoc feci, fretus autoritate legis,
in qua legitur; Si quos culpatorum, &c.* ajoutant en l'Epître
195. *Et quia difpenfationes rerum temporalium Regibus attri-
butæ funt & Bafilei, id eft fundamentum Populi & caput exif-
tunt, fi aliquando poteftate fibi conceffa abutuntur, non funt à
nobis graviter exafperandi: fed ubi Sacerdotum admonitionibus
non adquieverunt, divino judicio funt refervandi, unde habetur
in Libro Capitulorum Regalium auctoritate Epifcoporum confti-
tutorum; Si quos, &c.* C'eft-à-dire, vous ne devez trouver
étrange, ni vous indigner touchant Gervais, de ce que je
l'ai admis à la Communion à la folemnité de Pâques: car j'ai
ce fait pour l'honneur du Roi, fondé fur l'autorité de la loi,
où l'on lit; *Si quos culpatorum, &c.* ajoutant en l'Epître 195.
Et parcequ'aux Rois eft attribuée la difpenfation & diftribu-
tion des chofes temporelles, & qu'ils font dits *Bafilei*, c'eft-
à-dire qu'ils font le fondement & le chef du Peuple; fi quelquefois il leur advient d'abufer de la puiffance qui leur a été
baillée, il ne faut pas pourtant que nous les irritions trop
âprement: mais aïant été admoneftés par les Miniftres de l'E-
glife, s'ils n'acquiefcent, il convient les laiffer & réferver au
Jugement de Dieu. Partant il eft dit au Livre des Articles
Roïaux, ordonné par l'autorité des Evéques; *Si quos*, &c.

Voilà auffi pourquoi le Procureur Général maintint en plein
Parlement, les 19 & 26 Février 1410, en la Caufe des Archevêques & Archidiacres de Reims, qu'un Pair de France
ne pouvoit être excommunié, ni même un autre fimple Officier du Roi; & ainfi a toujours été jugé par la Cour, les
Arrêts de laquelle, des années 1388, 1399, 1509, ont été
rapportés par plufieurs Ecrivains, ce qui me gardera d'en dire
ici davantage. Seulement j'ajouterai, que toutes & quantesfois
que Sa Sainteté a de fon autorité voulu procéder par Cenfures, contre quelque Seigneur ou Communauté de France, l'on
a fait réparer cette entreprife, & la remettre au premier état
dû; ainfi Thibaut, Comte de Champagne, comme Promoteur de ce qui s'étoit paffé, fut contraint par Louis le Jeune,
après le fac de Vitri, *fub jurejurando promittere, quatenùs Sententiam excommunicationis à Magiftro Ivone, Romanæ Sedis
Legato datam, in Terram & perfonam Redulphi, Veromanduo-
rum Comitis, atque in Petronillam, non folùm quæreret, fed*

etiam efficeret amoveri. C'est-à-dire, de promettre par serment, non-seulement de s'enquérir de la Sentence d'excommunication, donnée par Maître Ives, Légat du Siége Romain, contre la Terre & personne de Rédulphe, Comte de Vermandois, & contre Pétronille, mais de procurer qu'elle fut biffée, selon que récite S. Bernard, qui se plaint des maux & travaux qu'à cette occasion, & de l'Archevêché de Bourges, les gens d'Eglise souffroient en France ; ajoutant ès Lettres qu'il écrivit au Roi : *At quicquid vobis de Regno vestro, de anima, & Corona vestra facere placeat, nos Ecclesiæ Dei filii, &c. Matris injurias dissimulare non possumus: Profecto stabimus & pugnabimus usque ad mortem, si ita oportuerit, pro Matre nostra, armis quibus licet, non scutis & gladiis, sed precibus fletibusque ad Deum.* C'est-à-dire ; mais quoiqu'il vous plaise de faire touchant votre Roïaume, votre ame, & votre Couronne : Nous enfans de l'Eglise de Dieu, &c. nous ne pouvons dissimuler les injures de notre Mere, & sans doute nous demeurerons fermes, & combattrons jusqu'à la mort, si besoin est, pour notre Mere, avec armes convenables, non point lances ni écus, mais larmes & prieres à Dieu, &c.

La Protestation aussi faite, l'an 1247, par la Noblesse & Tiers Etat de France, insérée en l'Histoire de Frere Matthieu Paris, porte ces mots : Que si aucun de leur Compagnie étoit excommunié, par tort connu par les Ducs de Bourgogne, Comtes de Bretagne, d'Angoulême, & de Saint Pol, il ne laisseroit aller son droit ni sa querelle pour l'excommuniement, ni pour autre chose qu'on lui fît, si ce n'étoit par l'accord de ces quatre, ou de deux d'eux, mais poursuivroit sa droiture ; ajoutans par autre écrit Latin cette raison fort animeuse, & se ressentant encore de leur colere : *Quia Clericorum superstitio non attendens quod bellis & quorumdam sanguine, Regnum Franciæ de errore Gentilium ad fidem Catholicam sit conversum, primo quadam humilitate nos seduxit, quasi vulpes se nobis opponentes, ex ipsorum Castrorum reliquiis, quæ à nobis habuerant fundamentum, Jurisdictionem secularium Principum sic absorbent, ut filios servorum secundum suas leges judicent liberos & filios liberorum, quamvis secundum leges Priorum triumphatorum deberent à nobis potius judicari, & per novas Constitutiones non deberet antecessorum nostrorum consuetudinibus derogari, cùm nos deterioris conditionis faciant, quàm Deus etiam voluit esse Gentiles, cùm dixerit : Reddite quæ sunt Cæ-*

MEMOIRES

1593.

DROITS, &c.
DES ROIS DE
FRANCE.

saris, Cæsari, & quæ sunt Dei, Deo. Nos omnes regni majores attento animo percipientes, quod Regnum non per jus scriptum, nec per Clericorum arrogantiam, sed per sudores bellicos fuerit acquisitum, &c. Et dit ledit Frere Matthieu, *Nec credebant jam multi, ipsum Dominum Papam, potestatem Beato Petro concessam cœlitus, videlicet ligandi & solvendi, obtinere, qui penitus Beato Petro dissimilis probabatur.* C'est-à-dire, d'autant que la superstition des Clercs, à qui peu chaut que le Roïaume de France ait été par guerre, & effusion de sang d'aucuns, converti de l'erreur des Païens à la foi Catholique, nous a premierement séduit, sous ombre d'une certaine humilité; & s'opposant à nous, ainsi que renards cauteleux, des Forts mêmes que nous leur avons dressés & Châteaux, attirent tellement la Jurisdiction des Princes séculiers à eux, qu'ils présument d'affranchir les enfans des serfs, selon leurs loix, & les mettent au rang de ceux qui sont nés de libre condition : jaçoit que selon les loix des premiers Princes victorieux & triomphans, ce seroit à nous d'en juger, & que l'on ne devroit déroger aux coutumes de nos prédécesseurs, par nouvelles Constitutions; attendu qu'en cela ils nous rendent de pire condition que Dieu n'a voulu être les Païens mêmes, vu qu'il a dit; Rendez à César ce qui est à César, & à Dieu ce qui est à Dieu. Partant, nous, tous les Princes & Grands du Roïaume, aïant connu, avec mûre délibération, que le Roïaume n'a point été acquis par le Droit-Ecrit, ni par l'arrogance des Clercs, mais par les travaux & sueurs des guerres, &c. Et dit ledit Frere Matthieu : Que déja plusieurs ne croïoient point, que le Pape eût plus cette puissance de lier & délier, donnée du Ciel à S. Pierre, d'autant qu'il se montroit du tout dissemblable à S. Pierre.

Ainsi, sur ce que Maître Jean Loyte avoit entrepris de faire mettre en interdit, par l'Official de Besançon, la Ville & Diocese de Nevers, en vertu de certaines Bulles du Saint Siege, fut dit, par Arrêt du 12 Décembre 1468, donné à la poursuite du Procureur Général du Roi, & de Maître Pierre Charres, Docteur-Régent en la Sacrée Faculté de Théologie en l'Université de Paris, que nonobstant tel interdit le Service Divin seroit continué; & à ce faire, seroient contraints les gens d'Eglise, par prise & saisie de leur temporel. Et fut décernée prise-de-corps contre lesdits Loyte & Official, lesquels la Cour condamna faire casser & révoquer lesdites Bulles

à

à leurs propres coûts & dépens; ainsi la Bulle fulminée contre les Habitans de Gand & de Bruges, en l'an 1488, fut par Arrêt déclarée abusive. Et pour approcher notre siecle de plus près, l'an 1580, au mois d'Octobre, aucuns, mal affectionnés à ce Roïaume, aïans fait imprimer & publier en quelques endroits d'icelui une Bulle, sous ce titre : *Litteræ processus S. D. N. D. Gregorii PP.* XIII, *lectæ die cœnæ Domini, anno 1580.*, encore que le Roi de France, ou ses Officiers & Sujets n'y fussent par exprès nommés : toutefois, sur la remontrance du Procureur Général, s'ensuivit Arrêt tel.

La Chambre ordonnée par le Roi au temps des vacations, sur la requête faite par le Procureur Général dudit Seigneur, a ordonné & ordonne, que commandement & injonction sera faite à tous les Baillifs & Sénéchaux de ce ressort, esquels il y a Siege Episcopal & Archiépiscopal, d'eux enquérir diligemment si les Archevêques & Evêques de leurs Bailliages & Sénéchauffées, ou leurs Vicaires, ont reçu une Bulle du Pape, ou vidimus d'icelle, intitulée *Litteræ processus*, & par qui elle leur a été envoïée, pour icelle faire publier. Et si aucune publication n'a encore été faite, pour leur faire expresses inhibitions & défenses de ne la publier, & retirer desdits Archevêques ou Evêques, ou leurs Vicaires, ce qui leur en a été envoïé pour être publié, & envoïer le tout pardevers ladite Chambre huit jours après que le présent Arrêt leur sera présenté. Et où aucune publication auroit été faite, enjoint ladite Chambre, auxdits Baillifs & Sénéchaux, ou leurs Lieutenans, de donner jour & assignation auxdits Archevêques, Evêques, ou leurs Vicaires, de l'ordonnance desquels ladite publication aura été faite, pour comparoir en ladite Chambre, pour répondre à telles demandes, fins & conclusions, que ledit Procureur Général voudra prendre contr'eux. Et néanmoins ordonne que le temporel des Archevêques ou Evêques de ce ressort, où la publication aura été faite, sera saisi & mis en la main du Roi. Ordonne qu'à ce que dessus sera vaqué diligemment par lesdits Baillifs & Sénéchaux, ou leurs Lieutenans, Enjoint aux Substituts dudit Procureur Général esdits Bailliages & Sénéchauffées, de faire exécuter le présent Arrêt huit jours après qu'il leur aura été présenté, & en certifier ladite Chambre, huitaine après ensuivant, à peine de privation de leurs Etats. Et sera à ce que dessus procédé par lesdits Baillifs, Sénéchaux, ou leurs Lieutenans, nonobstant

oppofitions ou appellations quelconques. A fait inhibitions &
défenfes à toutes perfonnes, de quelque état & qualité qu'ils
foient, de les empêcher à l'exécution du préfent Arrêt, fur
peine d'être déclarés rebelles au Roi, & criminels de leze-
Majefté. Et fera le préfent Arrêt imprimé, & à l'impreffion
d'icelui, fignée par le Greffier, ou l'un des quatre Notaires
de la Cour, foi fera ajoutée comme au propre original. Fait
en ladite Chambre, le quatrieme jour d'Octobre 1580.

J'ajouterois ici que par Lettres patentes du Roi Charles V,
de l'an mil trois cent foixante-neuf, inhibitions & défenfes
furent faites à tous Prélats & leurs Officiaux, de ne faire ou
prononcer interdit, cenfure, ou excommuniement, ès Villes &
lieux de fon obéiffance. Et par autres Lettres patentes de Charles VII, du deux Septembre mil quatre cent quarante, fut
mandé à la Cour, au Prevôt de Paris, & à tous autres Juges,
de ne permettre aucunes Bulles, citations, monitions, fufpenfions, privations, cenfures, publications & fulminations d'i-
celles, être publiées, ou exécutées contre les Sujets & Habitans
de ce Roïaume & du Dauphiné, & punir ceux qui s'efforce-
roient le faire, comme tranfgreffeurs des Ordonnances, violateurs & perturbateurs de la paix & repos public. Mais je penfe
avoir fuffifamment montré ailleurs, que non-feulement le païs
de France a toujours été tenu & réputé païs libre, & non d'obédience (qu'on appelle), mais auffi toutes les Terres & Seigneuries qui ont été annexées & jointes à la Couronne, encore que
de leur premiere qualité on les prétendît Obédienciaires. Ce
qu'autresfois l'Evêque de Mâcon remontra, de la part du grand
Roi François, au Pape Leon, à quoi volontairement le Pape
acquiefça.

De ces mêmes droits & prérogatives du Roi très Chrétien,
dépend ce qui s'obferve de tout temps & ancienneté en ce
Roïaume, qu'aucuns refcrits & mandemens du Siege de Rome n'y font reçus, fignamment quand ils ont quelque trait de
généralité, finon qu'il y ait attache des Lettres patentes du Roi,
portans fon confentement, & qu'ils aient été vus & examinés
avec connoiffance de caufe par fon Parlement. Comme auffi
(ainfi que fagement fut remontré en l'an mil quatre cent quatre-vingt, par Maître Guillaume Dauvet, Confeiller du Roi &
Maître des Requêtes de fon Hôtel) que les Légats envoïés par
les Papes en France, n'y ont accès, entrée, ni autorité d'ufer
de leurs facultés, fans avoir au préalable obtenu congé du Roi,

qui octroie à cet effet ses Lettres patentes de la reception de leur légation , & sans lui bailler déclaration par écrit , que tout ce qu'ils feront , sera de sa permission & licence , & pour tel temps qu'il lui plaira. Et outre sans être leurs facultés communiquées au Procureur Général du Roi , vues & vérifiées en la Cour de Parlement , qui les modifie & restreint aux choses qui ne sont contraires , dérogeantes , ni préjudiciables aux droits & prérogatives de Sa Majesté , ni du Roïaume , ni contre les Saints Conciles , droits des Universités , Libertés de l'Eglise Gallicane , & Ordonnances Roïaux : & à la charge qu'ils ne pourront user de leur pouvoir , sinon pendant & durant le temps qu'ils seront en ce Roïaume , & qu'ils laisseront ès mains de tel qu'il leur sera nommé les registres des expéditions faites durant leur légation. Ce qui se peut voir à l'œil plus particulierement par les Registres de ladite Cour , même par ceux des années 1451. 1456. 1476. 1477. 1509. 1519. 1529. 1547. 1551. 1556. 1557. Et contre cette ancienne forme , le Cardinal Balue étant entré en France en l'an mil quatre cent quatre - vingt - quatre , & y faisant actes de Légat , sans le congé & permission du Roi ; la Cour , sur la Requête du Procureur Général , décerna commission pour être informé contre lui par deux Conseillers d'icelle , & lui fit inhibitions & défenses , sur peine d'être declaré rebelle , d'user d'aucune faculté ou puissance de Légat du Pape : duquel néanmoins les François ont toujours volontairement & franchement reconnu l'autorité plus que nuls autres. Et de ma part , je supplie bien humblement le Pape , qu'il me pardonne , si le sujet m'a contraint d'entrer si avant en ce simple & nud récit. Car si m'aide Dieu en toute autre chose , de droit je le servirois volontiers : mais en cetui cas , convient que je fasse mon devoir. Car j'y suis tenu comme François (1).

---

(1) On voit , par les Lettres , les Actes , & les Faits rapportés dans cet Ecrit de François Pithou , de quel poids étoient les Libertés de l'Eglise de France dans les siecles mêmes les moins éclairés. Si l'on juge par cet *Extrait* du grand Traité dont il faisoit partie , nous regretterons , sans doute , qu'un Ouvrage de cette importance ne soit pas venu jusqu'à nous.

Avertiſſement.

PUISQUE nous ſommes ſur le fait des anciennes Libertés de l'Egliſe Gallicane, que le Roi promettoit maintenir par cette ſienne Déclaration du mois de Juillet, nous ajouterons encore le Traité qui s'enſuit, pour plus ample réſolution de telles matieres.

LES LIBERTÉS
DE L'EGLISE GALLICANE (1).

CE que nos Peres ont appellé Libertés de l'Egliſe Gallicane,

(1.) Cet Ecrit eſt de Pierre-Pithou, Avocat au Parlement de Paris, frere aîné de François Pithou: on a déja parlé de ces deux grands Hommes, & cité la Vie très curieuſe qui en a été donnée au Public en 1756, par M. Groſley, Avocat, réſidant à Troyes, ſa Patrie, & celle de MM. Pithou. Pierre Pithou mit ce Traité au jour en 1594. Il le dédia à Henri IV, par une Epître digne de l'Ouvrage qu'elle annonce, du bon Citoïen qui y parle, & du grand Prince auquel elle eſt adreſſée. L'Ouvrage eut long-temps à lutter contre l'eſprit de la Ligue, qui ne s'éteignit pas avec ce parti. Aïant été réimprimé en 1639, avec une partie des preuves qui parut alors pour la premiere fois, le Nonce du Pape & le Clergé de France, alors aſſemblé à Paris, en pourſuivirent la ſuppreſſion auprès du Cardinal de Richelieu, qui eut la foibleſſe d'y prêter les mains; mais qui en même temps, pour mettre à couvert le fond de l'Ouvrage, engagea M. de Marca a entreprendre le célebre Traité qui a paru long-temps depuis, ſur *la Concorde du Sacerdoce & de l'Empire.* L'orage élevé contre *les Libertés de l'Egliſe Gallicane étant appaiſé,* cet Ecrit fut réimprimé en 1651, par Cramoiſy, Imprimeur du Roi, avec Privilége, & avec un recueil de preuves plus complet. Pierre Dupuy y a fait auſſi un Commentaire très eſtimé; voïez le Tome I de la nouvelle édition des Libertés de l'Egliſe Gallicane, en 4 vol. *in-fol.* & la Vie de Pierre Pithou citée; Tome I, pag. 341 & ſuiv. La fortune de l'Ouvrage de M. Pithou étoit décidée avant cette édition du Recueil de nos Libertés, ſur-tout depuis le témoignage éclatant que lui a rendu le grand Boſſuet, à la tête du Clergé de France, dans l'Aſſemblée de 1682. Les quatre célebres Propoſitions adoptées & promulguées par cette Aſſemblée: Propoſitions, dit M. Groſley, qui ont irrévocablement fixé les limites des deux Puiſſances, & qui ſont aujourd'hui en France une des plus certaines Loix de l'Egliſe & de l'Etat, ſont preſque littéralement tirées de l'Ouvrage de M. Pithou, qui partage actuellement leur autorité. En effet, dit M. d'Héricourt, & après lui M. le Préſident Hénault, dans ſon Abrégé Chronologique de l'Hiſtoire de France, »l'Ecrit de M. Pithou a in-»ſenſiblement acquis force de Loi: les Ex-»péditionnaires en Cour de Rome en citent »les articles dans leurs Certificats: il eſt, »pour les plus célebres Juriſconſultes, & »pour tous les Tribunaux ſupérieurs du »Roïaume, un aſſemblage de principes »conſtans, ſur leſquels ils reglent leurs »avis & leurs déciſions. Le Roi lui-même »en a reconnu l'importance par ſon Edit de »1719, où l'Article cinquantieme eſt rap-»porté. «Et c'eſt parcequ'on y retrouve une partie des vérités qui y ſont conſtatées, qu'on a tant applaudi au Mandement de M. de Fitz-James, Evêque de Soiſſons, donné au mois de Mars 1757, pour rendre graces à Dieu de nous avoir conſervé le Roi actuellement régnant, contre l'horrible attentat du malheureux Damiens.

& dont ils ont été si fort jaloux, ne sont point passé-droits ou privileges exorbitans, mais plutôt franchises naturelles, & ingénuités ou droits communs, *quibus* (comme parlent les Prélats du grand Concile d'Afrique, écrivans sur pareil sujet au Pape Celestin) *nulla Patrum definitione derogatum est Ecclesiæ Gallicanæ:* ésquels nos Ancêtres se sont très constamment maintenus, & desquels partant n'est besoin montrer autre titre, que la retenue & naturelle jouissance.

Les particularités de ces Libertés pourront sembler infinies, & néanmoins, étant bien considerées, se trouveront dépendre de deux maximes fort connexes, que la France a toujours tenues pour certaines.

La premiere est, que les Papes ne peuvent rien commander, ni ordonner, soit en général ou en particulier, de ce qui concerne les choses temporelles ès Païs & Terres de l'obéïssance & souveraineté du Roi très Chrétien: & s'ils y commandent ou statuent quelque chose, les Sujets du Roi, encore qu'ils fussent Clercs, ne sont tenus leur obéir pour ce regard.

La seconde, qu'encore que le Pape soit reconnu pour Suzerain ès choses spirituelles: toutesfois en France la puissance absolue & infinie n'a point de lieu, mais est retenue & bornée par les Canons & regles des anciens Conciles de l'Eglise reçus en ce Roïaume: *& in hoc maximè consistit libertas Ecclesiæ Gallicanæ,* comme en propres termes l'Université de Paris (qui garde, comme dit l'ancien Roman François, la clef de notre Chrétienté, & qui a été jusqu'ici très soigneuse promotrice, & conservatrice de ces droits) fit dire & proposer en pleine Cour de Parlement, lorsqu'elle s'opposa à la vérification des Bulles de la légation du Cardinal d'Amboise.

De ces deux maximes dépendent ou conjointement ou séparément, plusieurs autres particulieres, qui ont été plutôt pratiquées & exécutées, qu'écrites par nos Ancêtres, selon les occurrences & sujets qui se sont présentés.

De la premiere semble principalement dépendre ce qui s'ensuit.

Le Roi très Chrétien oinct, premier fils & protecteur de l'Eglise Catholique, envoïant ses Ambassadeurs au Pape élu, pour lui congratuler sa promotion, & le reconnoître comme Pere spirituel & premier de l'Eglise militante, n'a accoutumé d'user de termes de si précise obéïssance que plusieurs autres Princes, qui d'ailleurs ont quelque spécial devoir ou obligation parti-

culiere envers le Saint Siege de Rome, comme Vaſſaux, Tri-
butaires ou autrement : mais ſeulement ſe recommande, & le
Roïaume que Dieu lui a commis en ſouveraineté, enſemble
l'Egliſe Gallicane, aux faveurs de Sa Sainteté. Et telle eſt la forme contenue ès plus anciennes inſtructions de telles Charges &
Ambaſſades, notamment ès lettres du Roi Philippe le Bel au
Pape Benedict XI, jadis envoïées par le ſieur de Mercueil,
Meſſire Guillaume du Pleſſis, Chevalier, & Maître Pierre de
Belle-perche, Chanoine en l'Egliſe de Chartre, ſes Conſeillers
& Ambaſſadeurs à cette fin : auxquels toutesfois il donne encore pouvoir de rendre à ſa Béatitude plus ample témoignage
de toute révérence & dévotion. Et plus grande ſoumiſſion que
le Roi Louis XI, à ſon avenement à la Couronne, voulut faire
par le Cardinal d'Albi au Pape Pie II, pour aucunes particulieres occaſions, dont ſe trouvent encore quelques remarques,
ne fut trouvée bonne par ſes Sujets, notamment par ſa Cour
de Parlement, qui lui en fit de fort grandes remontrances, &
de bouche, & par écrit dès-lors publié : & depuis encore tous
les trois Etats du Roïaume, aſſemblés à Tours, en firent unanimement plaintes, dont ſe peuvent voir le reſte ès caïers lors
préſentés par Maître Jean de Rely, Docteur en la Faculté
de Théologie, & Chanoine de l'Egliſe de Paris, député deſdits
Etats.

En ſomme, les Rois très Chrétiens aïant expoſé non-ſeulement leurs moïens, mais auſſi leurs propres perſonnes pour
mettre, rétablir, & maintenir les Papes en leur Siege, accroître
leur patrimoine de trés grands biens temporels, & conſerver
leurs droits & autorités par tout, les ont toujours reconnus pour
Peres ſpirituels, leur rendant, de franche volonté, une obéïſſance non ſervile, mais vraiment filiale, & (comme diſoient les
anciens Romains, choſe non du tout diſſemblable) *ſanctitatem
Apoſtolicæ ſedis ſic comiter conſervantes, quemadmodum Principes liberos decet, ſi non æquo jure* (comme il faut reconnoître
qu'ès choſes ſpirituelles, il y a prééminence & ſupériorité de
la part du Saint Siege Apoſtolique) *certé non ut deditilios, aut
fundos.*

Aucuns de nos Docteurs François ont auſſi dit & laiſſé par
écrit, que les Papes, à leur avenement, étoient tenus envoïer au
Roi très Chrétien la profeſſion de leur foi, telle qu'elle ſe trouve en l'ancienne collection du Cardinal Deus-dedit, & en quelque Regiſtre du Tréſor du Roi, ſous le nom de Benedictus ;

ajoutans que le Pape Boniface VIII l'envoïa *fub plumbo*, à l'exemple de celle de Pelagius au Roi Childebert, dont fe voient quelquefois échántillons au lecret de Gratian. Ce que je ne trouve avoir été continué par forme de coutume louable ou autrement : & femble que cela ait été fait par aucuns Papes à la priere des Rois de France, pour le devoir commun de tous Chrétiens, qui font admoneftés d'être toujours prêts à rendre compte de leur foi, quand ils en font requis, finon que quelqu'un voulût encore remarquer cela pour un refte de l'ancienne façon de faire qui fe pratiquoit lorfque les Papes avoient accoutumé d'envoïer leurs élections aux Rois de France pour les agréer & confirmer.

Les Rois très Chrétiens ont de tout temps, felon les occurrences & néceffités de leur païs, affemblé ou fait affembler Synodes ou Conciles Provinciaux & Nationaux, efquels, entr'autres chofes importantes à la confervation de leur état, fe font auffi traitées les affaires concernans l'ordre & difcipline Eccléfiaftique de leurs païs, dont ils ont fait faire Regles, Chapitres, Loix, Ordonnances, & Pragmatiques-Sanctions, fous leur nom & autorité, & s'en lifent encore aujourd'hui plufieurs ès recueils des Decrets reçus par l'Eglife Univerfelle, & aucunes approuvées par Conciles généraux.

Le Pape n'envoie point en France Légats *à latere* avec faculté de réformer, juger, conferer, difpenfer, & telles autres qui ont accoutumé d'être fpécifiées par les Bulles de leur pouvoir, finon à la poftulation du Roi très Chrétien ou de fon confentement, & le Légat n'ufe de fes facultés, qu'après avoir baillé promeffe au Roi par écrit fous fon fein, & juré par fes faints Ordres, de n'ufer defdites facultés ès Roïaumes, Païs, Terres & Seigneurie de fa fujétion, finon tant & fi longuement qu'il plaira au Roi ; & que fi-tôt que ledit Légat fera averti de fa volonté au contraire, il s'en défiftera & ceffera. Auffi qu'il n'ufera defdites facultés, finon pour le regard de celles dont il aura le confentement du Roi, & conformément à icelui, fans entreprendre ni faire chofe préjudiciable aux faints Decrets, Conciles généraux, franchifes, libertés & privileges de l'Eglife Gallicane & des Univerfités & Etudes publiques de ce Roïaume. Et à cette fin, fe préfentent les facultés de tels Légats à la Cour de Parlement, où elles font vues, examinées, vérifiées, publiées & regiftrées fous telles modifications que la Cour voit être à faire pour le bien du Roïaume : fuivant lefquelles modifications se jugent tous les procès & differens qui surviennent pour raison de ce, & non autrement.

Semblablement le Légat d'Avignon, quand ses facultés s'étendent outre le Comtat de Venixe & Terres dont le Pape jouit à présent, auparavant qu'user de ses facultés ès Païs de l'obéissance & souveraineté du Roi, fait pareil serment & baille semblable promesse par écrit, & notamment de n'entreprendre aucune chose sur la Jurisdiction séculiere, ni distraire les Sujets, interdire ou excommunier les Officiers du Roi, ou faire chose contre les Libertés de l'Eglise Gallicane, Edits, Coutumes, Statuts & Privileges du Païs. Et sous ces modifications & à la charge d'icelles, sont ses facultés & celles de ses Vice-Légats vérifiées en la Cour de Parlement de Dauphiné, & autres respectivement pour ce qui est de leur ressort, après qu'elles ont été présentées par eux avec placet, & lettres du Roi.

Les Prélats de l'Eglise Gallicane, encore qu'ils soient mandés par le Pape, pour quelque cause que ce soit, ne peuvent sortir hors le Roïaume sans commandement ou licence & congé du Roi.

Le Pape ne peut lever aucune chose sur le revenu du temporel des bénéfices de ce Roïaume, sous prétexte d'emprunt, impôt, vacant, dépouille, succession, déport, incompatibilité, commande, neuvieme, décime, annate, procuration, communs ou menus services, propine, ou autrement, sans l'autorité du Roi & consentement du Clergé: même ne peut, par ses Bulles de pardons & indulgences, charger les Sujets du Roi de donner deniers ou autres aumônes pour iceux gagner: ni en donnant dispenses, se réserver ou attribuer à sa chambre les deniers des amendes: & sont telles clauses réputées abusives.

Le Pape ne peut exposer en proie ou donner le Roïaume de France & ce qui en dépend, ni en priver le Roi ou en disposer en quelque façon que ce soit. Et quelques monitions, excommunications ou interdictions qu'il puisse faire, les Sujets ne doivent laisser de rendre au Roi l'obéissance dûe pour le temporel, & n'en peuvent être dispensés ni absous par le Pape.

Ne peut aussi excommunier les Officiers du Roi pour ce qui concerne l'exercice de leurs Charges & Offices: & s'il le fait, celui qui l'a poursuivi, est contraint par peines & amendes, & par saisie de son temporel, or qu'il fut Ecclésiastique, faire révoquer telles censures. Aussi ne sont lesdits Officiers censés compris
pris

pris ès termes des monitions générales pour ce qui concerne leurfdites Charges.

Les claufes inferées en la Bulle *Cæna Domini* , & notamment celles du temps du Pape Jules II , & depuis, n'ont lieu en France pour ce qui concerne les Libertés & Privileges de l'Eglife Gallicane & droits du Roi ou du Roïaume.

*Ne peut le Pape juger ni déléguer pour connoître de ce qui concerne les droits , prééminences & privileges de la Couronne de France & fes appartenances : & ne plaide jamais le Roi de fes droits & prétentions qu'en fa Cour propre.

Les Comtes , qui s'appellent Palatins , créés par le Pape , ne font reconnus en France pour y ufer de leurs pouvoirs ou privileges , non plus que ceux créés par l'Empereur.

Les Notaires Apoftoliques ne peuvent recevoir contrats de chofes temporelles & profanes entre les Sujets du Roi : & ne portent les Contrats par eux reçus , comme ventes , échanges , donations & tels autres , aucune hypotheque fur les biens affis en ce Roïaume , mais font réputés fans effet pour ce regard.

Le Pape ne peut légitimer bâtards & illégitimes pour les rendre capables de fucceder ou leur être fuccedé , ni pour obtenir Offices & Etats féculiers en ce Roïaume : mais bien les difpenfer , pour être pourvus aux Ordres facrés & Bénéfices ; ne faifant toutesfois préjudice pour ce regard aux Fondations Séculieres , ou privileges obtenus en faifant icelles par les Séculiers ou Eccléfiaftiques fur leurs patrimoines & biens féculiers , ni pareillement aux Statuts , Coutumes & autres Conftitutions féculieres.

Ne peut auffi aucunement reftituer les Laïcs contre l'infamie par eux encourue , ni les Clercs , finon aux fins d'être reçus aux Ordres , Offices & Actes Eccléfiaftiques , & non autrement.

Ne peut remettre en ce Roïaume l'amende honorable adjugée à un Laïc , encore que la condamnation fut de Juge Eccléfiaftique & contre un Clerc , comme faifant telle condamnation honorable partie de la réparation civile.

Ne peut proroger le temps donné aux exécuteurs de teftamens pour faire l'exécution d'iceux , au préjudice des Héritiers , Légataires , Créanciers , & autres y aïans intérêt civil.

Ne peut convertir aucuns legs , or qu'ils fuffent pitoïables , en autre ufage contre la volonté des défunts , finon ès cas efquels telle volonté ne pourroit être accomplie formellement ,

Tome V.

D d d d d

ou qu'il fût befoin de faire ladite commutation , pourvu encore qu'efdits cas , elle foit équipolente à ce qui avoit été ordonné par le teftament ou autre difpofition de derniere volonté ; dont néanmoins , outre le cas de confcience , la connoiffance appartient au Juge Laïc.

Ne peut bailler permiffion aux gens d'Eglife étant de l'obéiffance du Roi , ou à autres tenans bénéfices en ce Roïaume , même aux Réguliers & Religieux Profès , de tefter des biens & fruits de leurs bénéfices fitués en ce Roïaume, au préjudice des Ordonnances & droits du Roi & des Coutumes des Païs & Provinces d'icelui ; ni empêcher que les parens defdits Clercs décedés , ou Religieux faifans profeffion , ne leur fuccedent en tous leurs biens , même ès fruits de leurs bénéfices.

Ne peut auffi permettre ou difpenfer aucun de tenir & poffeder biens en ce Roïaume , contre les Loix , Statuts ou Coutumes des lieux , fans congé & licence du Roi.

Ne peut permettre aux Eccléfiaftiques d'aliéner les biens immeubles des Eglifes & Bénéfices affis en France , pour quelque caufe d'utilité évidente , ou urgente néceffité que ce foit , & par quelque forme de Contrat que ce puiffe être , comme par vendition , échange , infeudation , bail à cens ou à rente emphytéofe à longues années , encore que lefdits Bénéfices foient de ceux qui fe difent exempts , & immédiatement fujets au Saint Siége Apoftolique ; mais bien peut bailler refcrit ou délégation à Sujets & Habitans de ce Roïaume , afin de connoître , traiter & juger de l'utilité évidente ou urgente néceffité : & ce fait , fuivant la forme de droit , interpofer fa confirmation & fon decret, felon que la matiere le requiert , fans toutesfois entreprendre fur ce qui eft de la Jurifdiction Séculiere.

Moins encore peut-il ordonner ou permettre aucune aliénation defdits immeubles avec claufe *invitis Clericis.*

Ne peut déroger ni préjudicier par provifions bénéficiales ou autrement , aux Fondations laïcales , & droits des Patrons Laïcs de ce Roïaume.

Le Pape ne peut par lui , ni par fon Légat *à latere* , ou par fes Subdélegués exercer jurifdiction fur les Sujets du Roi , même de leur confentement , en matieres de petition de dot , féparation de mariés quant aux biens , crimes d'adultere , de faux, de parjure , facrilege , ufure , ou reftitution de bien mal pris par Contrats illicites & ufuraires , perturbation du repos public, foit par introduction de nouvelles Sectes féditieufes ou héréti-

ques, quand il n'eft queftion que de fait, ni autrement en quelque matiere que ce foit, ès cas dont la connoiffance appartient
au Roi & aux Juges Séculiers, ni pareillement abfoudre les Sujets du Roi defdits cas, finon quant à la confcience & jurifdiction pénitencielle feulement.

Ne peut ufer en France de féqueftration réelle en matiere bé-
néficiale ou autre Eccléfiaftique.

Ne peut connoître des crimes qui ne font purs eccléfiaftiques,
& non mixtes, à l'encontre de purs Laïcs : mais bien à l'encontre des gens d'Eglife feulement : contre lefquels il peut ufer
de condamnations, felon les Sanctions canoniques, Decrets
concilaires & Pragmatiques, conformément à iceux. Et quant
aux Laïcs, pour les crimes purs eccléfiaftiques, ne peut ufer
contr'eux de condamnations d'amendes pécuniaires, ou autres
concernant directement le temporel.

Encore que les Religieux Mendians ou autres, pour ce qui
concerne leur difcipline, ne puiffent s'adreffer aux Juges Séculiers, fans enfreindre l'obédience, qui eft le nerf principal de
leur profeffion : toutesfois en cas de fédition ou tumulte &
grand fcandale, ils y peuvent avoir recours par requifition de
l'impartition de l'aide du bras féculier : & pareillement à la
Cour de Parlement, quand il y a abus clair & évident par con-
traventions aux Ordonnances Roïaux, Arrêts & Jugemens de
ladite Cour, ou Statuts de leur réformation, autorifés par le
Roi & par ladite Cour, ou aux Saints Canons concilaires &
Decrets defquels le Roi eft confervateur en fon Roïaume.

Monitoires ou excommunications avec claufe fatisfactoire,
qu'on appelloit anciennement *fuper obligatione de nifi*, ou *figni-
ficavit*, comprennant les Laïcs, & dont abfolution eft réfervée
Superiori ufque ad fatisfactionem, ou qui font pour chofes immeubles ; celles qui contiennent claufes imprécatoires contre
la forme prefcrite par les Conciles, & pareillement celles dont
l'abfolution eft par exprès réfervée à la perfonne du Pape, & qui
emportent diftraction de la Jurifdiction ordinaire, ou qui font
contre les Ordonnances du Roi & Arrêts de fes Cours, font
cenfées abufives ; mais eft permis fe pourvoir pardevant l'Ordinaire par monitions générales *in forma malefactorum*, *pro rebus
occultis mobilibus, & ufque ad revelationem dumtaxat*. Et fi le
Laïc s'y oppofe, la connoiffance de fon oppofition appartient au
Juge Laïc, & non à l'Eccléfiaftique.

Pendant l'appel comme d'abus de l'octroi ou publication d'u-

ne monition, la Cour du Roi peut ordonner que, sans préjudice des droits des parties, le bénéfice d'absolution à cautelé
sera imparti à l'appellant, soit Clerc ou Laïc : & qu'à ce faire
& souffrir, l'Evêque sera contraint même par saisie de son
temporel, & son Vicegerent par toutes voies dûes & raison-
nables.

Un Inquisiteur de la Foi n'a capture ou arrêt en ce Roïaume,
sinon par l'aide & autorité du bras séculier.

Le Roi peut justicier ses Officiers Clercs, pour quelque faute
que ce soit, commise en l'exercice de leurs Charges, nonobstant
le privilege de cléricature.

Nul, de quelque qualité qu'il soit, ne peut tenir aucun Bénéfice, soit en titre ou à ferme, en ce Roïaume, s'il n'en est
natif, ou s'il n'a lettres de naturalité ou de dispense expresse
du Roi à cette fin, & que ses lettres aient été vérifiées où il appartient.

De la seconde maxime dépend ce que l'Eglise Gallicane a toujours tenu, que, combien que par la regle Ecclésiastique, ou
(comme dit Saint Cyrille écrivant au Pape Celestin) par l'ancienne coutume de toutes les Eglises, les Conciles généraux ne
se doivent assembler, ni tenir sans le Pape, *clave non errante*, reconnu pour Chef & premier de toute l'Eglise militante, &
pere commun de tous Chrétiens, & qu'il ne s'y doive rien conclure, ni arrêter sans lui, & sans son autorité : toutesfois il
n'est estimé être par-dessus le Concile universel, mais tenu aux
Decrets & Arrêts d'icelui, comme aux Commandemens de l'E-
glise, Epouse de Notre Seigneur Jesus-Christ, laquelle est principalement représentée par telle assemblée.

Aussi l'Eglise Gallicane n'a pas reçu indifféremment tous
Canons & Epîtres décretales, se tenant principalement à ce
qui est contenu en l'ancienne collection appellée *Corpus Cano-
num*, même pour les Epîtres décretales jusqu'au Pape Grégoire II.

Le Pape ne peut dispenser, pour quelque cause que ce soit, de
ce qui est de droit divin & naturel, ni de ce dont les saints Conciles ne lui permettent de faire grace.

Les regles de Chancellerie Apostolique, durant même le
Pontificat du Pape qui les a faites ou autorisées, ne lient l'E-
glise Gallicane, sinon en tant que volontairement elle en reçoit
la pratique, comme elle a fait des trois qu'on appelle *de publi-
candis resignationibus in partibus*, *de verisimili notitia obitus*,

& de infirmis refignantibus, autorifées par les Edits du Roi, & Arrêts de fon Parlement, auxquelles le Pape ni fon Légat ne peuvent déroger, fors à celle *de infirmis refignantibus*, de laquelle on reçoit leur difpenfe, même au préjudice des Gradués nommés en leurs mois.

Bulles ou lettres Apoftoliques de citation exécutoriales, fulminatoires, ou autres, ne s'exécutent en France fans *pareatis* du Roi ou de fes Officiers; & l'exécution qui s'en peut faire par le Laïc après la permiffion, fe fait par le Juge Roïal ordinaire de l'autorité du Roi, & non *autoritate Apoftolicâ*, pour éviter diftraction & mêlange de Jurifdiction : même celui qui a impetré Bulles, Refcrits, ou Lettres portans telle claufe, eft tenu déclarer qu'il entend que les Délégués ou Exécuteurs, foit Clercs ou Laïcs, en connoiffent *jure ordinario* : autrement y auroit abus.

Le Pape ou fon Légat *à latere*, ne peuvent connoître des caufes Eccléfiaftiques en premiere inftance, ni exercer Jurifdiction fur les Sujets du Roi & demeurans en fon Roïaume, Païs, Terres & Seigneuries de fon obéiffance, foit par citation, délégation ou autrement, pofé, or qu'il y eut confentement du fujet : ni entre ceux-mêmes qui fe difent exempts des autres Jurifdictions Eccléfiaftiques, & immédiatement fujets quant à ce au Saint Siege Apoftolique, ou dont les caufes y font légitimement dévolues; pour le regard defquels, en ce qui eft de fa Jurifdiction, il peut feulement bailler Juges délégués *in partibus*, qui eft à dire ès parties defdits Roïaumes, Terres & Seigneuries, où lefdites caufes fe doivent traiter de droit commun, & au dedans des mêmes Diocèfes; defquels Juges délégués les appellations (fi aucunes s'interjettent) y doivent auffi être traitées jufqu'à la finale décifion d'icelles, & par Juges du Roïaume à ce délégués. Et s'il fe fait au contraire, le Roi peut décerner fes lettres inhibitoires à fa Cour de Parlement, ou autre Juge, où fe peut la partie y aïant interêt pourvoir par appel comme d'abus.

Semblablement pour les appellations des Primats & Métropolitains en caufes fpirituelles qui vont au Pape, il eft tenu bailler Juges *in partibus & intra eandem Diœcefim*.

Quand un François demande au Pape un Bénéfice affis en France, vacant par quelque forte de vacation que ce foit, le Pape lui en doit faire expédier la fignature du jour que la requifition & fupplication lui en eft faite, fauf à difputer par après de la validité ou invalidité par devant les Juges du Roi, auxquels la connoiſſance en appartient; & en cas de refus fait en Cour de Rome, peut celui qui y prétend intérêt préſenter ſa Requête à la Cour, laquelle ordonne que l'Evêque Dioceſain ou autre en donnera proviſion, pour être de même effet qu'eut été la date priſe en Cour de Rome, ſi elle n'eut été lors refuſée.

Le Pape ne peut augmenter les taxes de proviſions qui ſe font en Cour de Rome des Bénéfices de France, ſans le conſentement du Roi & de l'Egliſe Gallicane.

Le Pape ne peut faire aucunes unions ou annexes des Bénéfices de ce Roïaume à la vie des Bénéficiers, ni à autre temps, mais bien peut bailler reſcrits délégatoires à l'effet des unions qu'on entendra faire ſelon la forme contenue au Concile de Conſtance, & non autrement; & ce avec le conſentement du Patron & de ceux qui y ont intérêt.

Ne peut créer penſions ſur les Bénéfices de ce Roïaume aïans charge d'ames, ni ſur autres, or que ce fut du conſentement des Bénéficiers, ſinon conformément aux ſaints Décrets conciliaires & Sanctions canoniques, au profit des Réſignans, quand ils ont réſigné à cette charge expreſſe, ou bien pour pacifier Bénéfices litigieux; & ne peut permettre que celui qui a penſion créée ſur un Bénéfice, la puiſſe transférer en autres perſonnes, ni qu'aucun Réſignant retienne, au lieu de penſion, tous les fruits du Bénéfice réſigné, ou autre quantité deſdits fruits excédans la tierce partie d'iceux, or que ce fut du conſentement des Parties, comme dit eſt.

Ne peut compoſer avec ceux qui auroient été vrais intrus ès Bénéfices de ce Roïaume, ſur les fruits mal pris par eux, ni les leur remettre, pour le tout ou en partie, au profit de ſa Chambre, ni au préjudice des Egliſes ou perſonnes au profit deſquelles tels fruits doivent être convertis.

Les Collations & Proviſions des Bénéfices, réſignés ès mains du Pape ou de ſon Légat, ne doivent contenir clauſe, par laquelle ſoit ordonné que foi ſera ajoutée au contenu des Bulles, ſans qu'on ſoit tenu d'exhiber les Procurations, en vertu deſquelles réſignations ſont faites, ou ſans faire autre preuve valable de la Procuration, au préjudice du Réſignant, s'il dénie ou contredit telle réſignation.

Auſſi ne ſe peut, ès Collations & Proviſions de Bénéfices, mettre clauſe *anteferri*, ou autre ſemblable, au préjudice de ceux auxquels paravant, & lors de telle Provision, seroit acquis droit pour obtenir le Bénéfice.

Mandats *de providendo*, graces expectatives, générales ou spéciales, réservations, regrez, translations, même de Prélatures, Dignités, & autres Bénéfices, étans à la nomination du Roi, ou présentation de Patrons Laïcs, & telles autres usances de Cour de Rome, déclarées abusives par les Edits du Roi, & Arrêts de son Parlement, ne sont reçues & n'ont lieu en France.

Et quant à la prévention, le Pape n'en use que par souffrance, au moïen du Concordat publié, du très exprès commandement du Roi, contre plusieurs remontrances de sa Cour de Parlement, oppositions formées, protestations & appellations interjettées. Et depuis encore, toùs les trois Etats du Roïaume assemblés en firent plainte, sur laquelle furent envoïés Ambassadeurs à Rome, pour faire cesser cette entreprise, qu'on a par fois dissimulée & tolérée en la personne du Pape, mais non d'autre, quelque délégation, Vicariat ou Faculté qu'il eut de sa Sainteté; & si l'a t-on restreint tant qu'on a pu, jusqu'à juger que la Collation nulle de l'ordinaire empêche telle prévention.

Résignations ou Procurations, portans clause *in favorem certæ personæ, & non alias, aliter, nec alio modo*, & les Collations qui s'en ensuivent sont censées illicites & de nulle valeur, comme ressentans simonie, & ne tiennent, même au préjudice des Résignans, encore que les Collations eussent été faites par le Légat *à latere*, en vertu de ses facultés; toutefois celles faites par le Pape même, s'exceptent de cette regle & maxime.

Le Pape ni son Légat ne peuvent dispenser les Gradués des temps & cours de leurs études, ni autrement, pour les rendre capables de nominations de Bénéfices, & tels autres droits & prérogatives.

Le Légat *à latere* ne peut députer Vicaires, ou subdéléguer pour l'exercice de sa Légation, sans le consentement exprès du Roi; mais est tenu exercer lui-même son pouvoir, tant qu'il dure.

Et si ne peut user de la puissance de conférer les Bénéfices de ce Roïaume, quand il est en païs hors l'obéissance du Roi.

Et à son partement, est tenu laisser en France les Registres des Expéditions faites du temps de fa Légation, pour ce qui concerne le Roïaume de France, enfemble les fceaux d'icelle, ès mains de quelque fidele perfonnage que le Roi députe, pour expédier ceux qu'il appartiendra. Et font les deniers procédans defdites Expéditions, convertis en œuvres pitoïables, felon qu'il plaît à Sa Majefté en ordonner.

Le Pape ne peut conférer ni unir Hôpitaux, ou Léprofe-ries de ce Roïaume, & n'a lieu en iceux la regle *de Pacificis*.

Ne peut créer Chanoines d'Eglife Cathédrale ou Collégia-le, *fub expectatione futuræ Præbendæ*, *etiam* du confentement des Chapitres, finon à fin feulement de pouvoir retenir en icelles Dignité, Perfonat, ou Office.

Ne peut conférer les premieres Dignités des Eglifes Cathé-drales, *poft Pontificales majores*, ni les premieres Dignités des Eglifes Collégiales, efquelles fe garde la forme d'election, prefcrite par le Concile de Latran.

Ne peut difpenfer, au préjudice des louables Coutumes & Statuts des Eglifes Cathédrales ou Collégiales de ce Roïaume, qui concernent la décoration, entretenement, continuation & augmentation du Service Divin : fi fur ce il y a approbation, privilége & confirmation Apoftolique, octroïée pour la fufdite caufe auxdites Eglifes, à la requête du Roi, Patron d'icelles : encore que lefdits privileges, ainfi octroïés, fuffent fubféquens les fondations defdites Eglifes.

On peut en France prendre poffeffion d'un Bénéfice, en vertu de fimple fignature, fans Bulles expédiées fous plomb.

Le droit qu'on appelle de Régale, approuvé par aucuns faints Décrets, femble fe pouvoir mettre entre les Libertés de l'E-glife Gallicane, comme dépendant du premier chef de la ma-xime générale ci-deffus. Car encore qu'aucuns grands perfon-nages aient voulu faire deux fortes ou efpeces de Régales, dif-tinguans le temporel du fpirituel : ce néanmoins, le confidé-rant de plus près, il ne fe trouvera qu'un procédant de mê-me fource, & fe pourra dire droit, non à la vérité de rachat ou relief, mais plutôt de bail, garde, protection, main-bour-nie, ou Patronage, & emporter la Collation des Prébendes, Dignités & Bénéfices, non Curés vacans de droit & de fait enfemble, ou de fait, ou de droit tant feulement, comme faifant à préfent telle Collation aucunement partie des fruits de l'Evêché ou Archevêché, lefquels fe partagent au refte, entre le Roi & les Héritiers du défunt Prélat, au prorata de

l'année,

l'année, même pour le regard déja perçu auparavant le décès. Mais outre, a ce droit quelques singularités & priviléges particuliers, comme de durer trente ans, d'être-ouvert par la promotion au Cardinalat ou Patriarchat, de n'être clos par souffrance ni autrement, jusqu'à ce que le successeur, Evêque ou Archevêque, ait fait & prêté au Roi le serment de fidélité, & présenté & fait registrer les Lettres d'icelui en la Chambre des Comptes, après avoir baillé les siennes adressantes au Roi, & que le Receveur, ou Commissaire de la Régale, ait reçu mandement de ladite Chambre pour lui délaisser la pleine jouissance de son Bénéfice. Aussi a la Régale cette prééminence de ne se cumuler d'autres droits que du Roi, non pas de ceux du Pape même ; de n'être sujette à la Jurisdiction & connoissance d'autre que du Roi, & de sa Cour de Parlement, ni pareillement aux regles de la Chancellerie de Rome, même à celles *de verisimili notitia obitus*, ni encore à celle *de pacificis*, sinon quand le différend est entre deux Régalistes, qui s'aident de leur possession, ni aux facultés de Légats, dispenses, dévoluts, nominations, & pareilles subtilités de Droit Canon.

Se peut aussi mettre en ce même rang le droit de donner licence & congé de s'assembler pour élire, & celui de confirmer l'élection duement faite, dont les Rois de France ont toujours joui, tant que les élections ont eu lieu en ce Roïaume, & en jouissent encore à présent en ce qui reste de cette ancienne forme.

Mais on pourroit douter si le droit de Nomination doit être mis entre les libertés, plutôt qu'entre les privileges, d'autant qu'il peut sembler tenir quelque chose de passe-droit, attendu même ce que Loup, Abbé de Ferrieres, Prélat fort sage, & des plus savans, du temps du Roi Charles le Chauve, témoigne que les Mérovingues & Pepin eurent encore sur ce le consentement du Pape Zacharie, en un Synode, à ce que le Roi, pour maintenir son Etat en repos, pût nommer aux grandes & importantes Dignités Ecclésiastiques, personnes de son Roïaume, ses sujets, dont il s'assurât dignes néanmoins de la Charge ; & toutefois ce droit se voit indifféremment pratiqué par les moindres Patrons Laïcs, ce qui le doit faire trouver plus légitime & tolérable en la personne du Roi Très Chrétien, premier & universel Patron & Protecteur des Egli-

fes de fon Roïaume, pour le regard duquel on a tenu & pratiqué cette maxime, même depuis les derniers Concordats.

Qu'en tous Archevêchés, Evêchés, Abbaïes, Prieurés, &
autres Bénéfices vraiment électifs, foit qu'ils aient privilege
d'élire ou non, réfignés en Cour de Rome *in favorem*, ou bien
caufa permutationis, eft requife & néceffaire la nomination du
Roi, fous peine de nullité, finon qu'il y eut poffeffion trien-
nale paifible depuis la provifion; & que lefdits droits de Régale & Nomination ont lieu, encore que le Bénéficié foit mort
à Rome, & que le Bénéfice ait vaqué *in Curia Romana*.

Je compterai plutôt entre les Privileges les Indults d'aucunes Cours Souveraines, encore qu'ils foient plus anciens qu'aucuns ne penfent, & qu'il s'en trouve quelques remarques dès
le temps du Pape Sixte IV, voire & fous le regne de Philippe
le Bel.

Et pareillement plufieurs autres Privileges octroïés particulierement aux Rois & Reines de France, à leurs Enfans, Princes du Sang, & à leurs Serviteurs familiers & domeftiques,
dont le rapport n'a femblé être de ce Mémoire.

Mais je n'y obmettrai les Exemptions d'aucunes Eglifes,
Chapitres, Corps, Colleges, Abbaïes & Monafteres, de leurs
Prélats légitimes & ordinaires, qui font les Diocéfains & Métropolitains, lefquelles Exemptions ont autrefois été octroïées
par les Rois & Princes mêmes, ou par les Papes à leur pourfuite, & pour très grandes & importantes confidérations, depuis débattues & foutenues ès Conciles de Bafle & de Conftance, dont furent dès-lors publiés quelques Mémoires; tant
y a qu'on peut dire avec vérité, pour ce regard, que nul Monaftere, Eglife, College, ou autre Corps Eccléfiaftique, ne
peut être exempté de fon ordinaire, pour fe dire dépendre
immédiatement du Saint Siege, fans licence & permiffion du
Roi.

Je ne puis auffi obmettre en ce lieu ce que le Pape Alexandre troifieme, en une fienne Epître Décrétale, remarque
pour une coutume ancienne de l'Eglife Gallicane, de pouvoir
tenir enfemble plufieurs Bénéfices; ce qu'il dit toutefois être
contre les anciennes regles Eccléfiaftiques, notamment pour
le regard des Bénéfices qui ont charge d'ames, & requierent
réfidence perfonnelle & actuelle.

Et néanmoins la vérité eft, que la même Eglife Gallicane
a tenu, & la Cour de France jugé, que le Pape ne peut

DE LA LIGUE. 771

conférer à une même perfonne plufieurs Bénéfices *fub eodem tecto*, foit à vie ou à certain temps, même quand ils font uniformes, comme deux Chanoinies, Prébendes, ou Dignités en même Eglife Cathédrale ou Collégiale, & a modifié les facultés d'aucuns Légats pour ce regard.

J'oferai encore mettre entre les Privileges, mais non Eccléfiaftiques, le droit de tenir Dixmes en Fief, par gens pour Laïcs; ce qu'on ne peut nier avoir pris fon origine d'une licence & abus commencé fous Charles Martel, Maire du Palais, continué principalement fous les Rois de fa Race, & néanmoins toleré par aucunes confidérations, mais avec tel tempérament fous les derniers, que le Laïc peut rendre ou donner tels Fiefs à l'Eglife, & l'Eglife les recevoir & retenir fans permiffion du Prince; & qu'étans retournés en main Eccléfiaftique, ils ne font fujets à retrait de perfonne laïque, fous prétexte de lignage, feudalité, ni autrement; & dès-lors en appartient la connoiffance au Juge Eccléfiaftique, pour le regard du pétitoire.

Or pour la confervation de ces Libertés & Privileges (que nos Rois Très Chrétiens, qui portent la Couronne de franchife fur tous autres, jurent folemnellement à leur Sacre & Couronnement de garder & faire garder inviolables) fe peuvent remarquer plufieurs & divers moïens, fagement pratiqués par nos ancêtres, felon les occurrences & les temps.

Premierement, par conférences amiables avec le Saint Pere, ou en perfonne, ou par Ambaffadeurs. Et à cet effet fe trouve que les anciens Rois de France (même ceux de la Race de Pepin, qui ont eu plus de fujet de communication avec le Saint Siege que leurs prédéceffeurs) avoient comme pour marche commune la ville de Grenoble, où encore le Roi Hugues, pere de Robert, invita le Pape par forme d'ufance & coutume, par une Epître écrite par Gerbert, lors Achevêque de Reims, depuis Pape, fur le différend de l'Archevêché de Reims.

Secondement, obfervans foigneufement que toutes Bulles & Expéditions, venans de Cour de Rome, fuffent vues, pour favoir fi en icelles il y avoit aucune chofe qui portât préjudice, en quelque maniere que ce fût, aux Droits & Libertés de l'Eglife Gallicane, & à l'autorité du Roi, dont fe trouve encore Ordonnance expreffe du Roi Louis onzieme, fuivie par les prédéceffeurs de l'Empereur Charles cinquieme, lors vaffaux

Eeeçc ij

de la Couronne de France, & par lui-même, en un sien Edit, fait à Madrid, & pratiqué en Espagne, & autres païs de son obéissance, avec plus de rigueur, & moins de respect qu'en ce Roïaume.

Troisiemement, par appellations interjettées au futur Concile, dont se trouvent plusieurs exemples, même ès derniers temps de celles interjettées par l'Université de Paris, des Papes Boniface huitieme, Benedict onzieme, Pie deuxieme, Leon dixieme, & autres; qui fut aussi le moïen que Maître Jean de Nanterre, Procureur Général du Roi, pratiqua contre les Bulles du Cardinal de Balue, appellant d'icelles *ad Papam melius informatum, aut ad eos ad quos pertinebat,* & pareillement Maître Jean de S. Romain, contre certaines censures, avec protestations de nullité & de recours *ad illum, seu ad illos: ad quem, seu ad quos, &c.*

Quatriememenent, par appellations précises comme d'abus, que nos peres ont dit être quand il y a entreprise de Jurisdiction, ou attentat contre les saints Decrets & Canons reçus en ce Roïaume, Droits, Franchises, Libertés, & Privileges de l'Eglise Gallicane, Concordats, Edits & Ordonnances du Roi, Arrêts de son Parlement: Bref, contre ce qui est non-seulement de droit commun, divin ou naturel, mais aussi des prérogatives de ce Roïaume, & de l'Eglise d'icelui.

Lequel remede est réciproquement commun aux Ecclésiastiques pour la conservation de leur autorité & Jurisdiction: si que le Promoteur ou autre aïant intérêt, peut aussi appeller comme d'abus de l'entreprise ou attentat fait par le Juge Laïc sur ce qui lui appartient.

Et est encore très remarquable la singuliere prudence de nos Majeurs, en ce que telles appellations se jugent, non par personnes pures Laïques seulement, mais par la grande Chambre du Parlement, qui est le lit & siege de Justice du Roïaume, composée de nombre égal de personne, tant Ecclésiastiques, que non Ecclésiastiques, même pour les personnes des Pairs de la Couronne.

Qui est un fort sage tempérament, pour servir comme de lien & entretien commun des deux puissances, si que l'une & l'autre n'ont juste occasion de se plaindre, & beaucoup moins que des inhibitions & autres moïens qui se pratiquent ailleurs, même par ceux qui se vantent d'extrême obéissance, plus de parole que de fait.

Au furplus, tous ceux qui jugent droitement des chofes, peuvent affez reconnoître de quelle importance a été, & eft encore autant & plus que jamais, la bonne & entiere intelligence d'entre notre Saint Pere le Pape & le Roi de France, lequel pour très juftes caufes & très grands mérites, a emporté fur tous autres le titre de très Chrétien, & premier Fils & Protecteur de l'Eglife. Et pour cè, doivent-ils en général & en particulier être d'autant plus foigneux d'entretenir les liens de cette concorde par les mêmes moïens qui l'ont fait durer jufqu'ici, fupportans plutôt les imperfections qui y pourroient être, que s'efforçans de roidir outre mefure les cordes d'un nœud fi franc & volontaire : de peur que par trop ferrer & étreindre, elles ne fe relâchent, ou (qui pis feroit, ce que Dieu ne veuille permettre) rompent tout-à-fait au danger & dommage certain de toute la Chrétienté, & particulierement du Saint Siege, duquel un de fes plus Sages Prélats (1) a très prudemment reconnu & témoigné par écrit, que la confervation des droits & prérogatives de la Couronne de France étoit l'affermiffement.

TANDIS que la treve duroit, le Roi délibéra d'affembler à Mante quelques-uns des principaux du Roïaume pour y avifer aux divers affaires qui fe préfentoient ; le Duc de Nevers (2) aïant auparavant été depêché pour aller vers le Pape, afin de l'adoucir, & anéantir de plus en plus les pratiques de la Ligue. Entr'autres, les Députés de ceux de la Religion fe trouverent à Mante fur la fin de Novembre, lefquels le Roi fit affembler le douze du mois fuivant, & leur aïant donné audience, & ouï les plaintes & requêtes qu'ils lui firent fur infinies contraventions à fes Edits, & injuftices étranges qui leur étoient faites par toutes les Provinces, il leur dit en préfence de plufieurs Seigneurs & du Chancelier :

Meffieurs, je vous ai mandé pour trois raifons. La premiere, pour vous faire entendre de ma propre bouche, que ma con-

(1) Le Pape Innocent III.
(2) Louis de Gonzague, Duc de Nevers, Seigneur né en Italie, qui y avoit beaucoup d'Alliances & de Terres. Il avoit d'ailleurs toutes les qualités néceffaires pour s'acquitter de l'importante commiffion dont Henri IV le chargeoit ; c'étoit en 1593. Henri lui joignit Claude d'Angennes, Evêue du Mans, & Louis Séguier, Doïen de l'Eglife de Paris. Davy du Perron, nommé à l'Evêché d'Evreux, & Claude Gouin, Doïen de l'Eglife de Beauvais, connu par fa probité & par fon habileté dans le Droit Canon, eurent auffi ordre de faire ce voïage ; mais le dernier s'en défendit fur fon grand âge, & le premier allégua d'autres raifons de fon refus. Voïez l'Hiftoire de M. de Thou, Liv. 107 & 108.

verſio n n'a apporté aucun changement à mon affection envers tous. La ſeconde, pource que mes Sujets rebelles faiſoient convenance de vouloir entendre à quelque paix, je n'ai voulu que ce fût ſans vous appeller, afin que rien ne ſe fît à votre préjudice, comme vous en avez été aſſurés par la promeſſe que firent lors les Princes & Officiers de ma Couronne, leſquels jurerent en ma préſence, qu'il ne feroit rien traité en la conférence de paix contre ceux de la Religion. La troiſieme, qu'aïant été averti des plaintes ordinaires touchant la miſere des Egliſes de pluſieurs Provinces de mon Roïaume, je les ai voulu entendre volontiers pour y pourvoir.

Au reſte, vous croirez, que je n'ai rien plus à cœur, que de voir une bonne union entre tous mes bons Sujets tant Catholiques que de la Religion. Je m'aſſure que perſonne ne l'empêchera; il y aura bien quelques brouillons malicieux qui le voudront empêcher : mais j'eſpere les châtier. Je vous aſſure que les Catholiques, qui ſont auprès de moi, maintiendront cette union; & je ſerai caution que vous ne vous deſunirez point d'avec eux. J'ai ce contentement en mon ame, qu'en tout le temps que j'ai vêcu, j'ai fait preuve de ma foi à tout le monde. Nul de mes Sujets ne s'eſt fié en moi, que je ne me ſois encore plus fié en lui. Je reçois donc vos cahiers, & vous ordonne de députer quatre d'entre vous, pour en traiter avec ceux que je choiſirai de mon Conſeil, auxquels je baillerai cette charge. Cependant, ſi quelques-uns d'entre vous ont à faire à moi, ils pourront me venir trouver en toute liberté.

Depuis, le Conſeil du Roi tira les affaires en longueur, & les Chefs de la Ligue aïant embrouillé & plongé la France en nouvelles miſeres, ceux de la Religion demeurerent en leur condition accoutumée, c'eſt-à-dire ſous la croix, comme autres écrits en pourront faire foi.

Au reſte, ce volume étant parvenu à ſa juſte groſſeur, nous ajouterons pour clôture quelque mot de la guerre contre le Duc de Savoie en Piémont, & du côté de Geneve, au nom du Roi, avec un brief diſcours de l'état des Païs-Bas, & des choſes plus remarquables qui y ont été exécutées en ces deux années 1592, & 1593.

BRIEF RECIT

Des Exploits de Guerre du Sieur Desdiguieres, Commandant en l'Armée du Roi, contre le Duc de Savoie, depuis la journée de Pontcharra (1), sur la fin de Septembre 1591, jusqu'au dernier de Décembre 1592.

LE reste de l'année mil cinq cent quatre-vingt-onze, après la journée de Pontcharra, décrite au volume précédent, fut employé par le sieur Desdiguieres à faire fortifier Grenoble, & à laisser rafraîchir ses Troupes, qui n'avoient fait tant de voïages, & tant de grands & beaux exploits en ce même an, sans avoir beaucoup souffert. Il n'avoit gueres jouï d'un tel quel repos, qu'il eût nouvelles de la mort de Monsieur de la Valette (2) devant Roquebrune, d'un coup d'arquebusade qui lui donna par la tête. Cette mort l'affligea merveilleusement, tant pour l'amitié singuliere & bonne correspondance qu'ils avoient toujours eu par ensemble, que principalement pour la grande perte qu'avoit faite toute la France en général, & la Provence en particulier en un Chef si prudent & valeureux, & affectionné au service du Roi. Pour empêcher donc que le Duc de Savoie ne se prévalût par trop (comme il y avoit apparence qu'il feroit) de cette mort, & que les Villes & Forteresses qui étoient sous l'obéissance du Roi, ne fussent ébranlées par un si sinistre accident : il s'achemina encore une fois en Provence pour joindre ses troupes avec celles du sieur de Montaut cousin germain dudit sieur de la Valette (à qui les autres Gentilshommes & Capitaines avoient déféré le commandement) & ce pour maintenir toujours les affaires de ladite Province en bon état, attendant que le Roi y donnât ordre, & la pourvût d'un Gouverneur. Le sieur Desdiguieres ne résista seulement cette derniere fois aux efforts de l'Ennemi, mais il le contraignit de se mettre sur la

(1) La Bataille de Pont-Charra fut gagnée, le Mercredi 18 de Septembre 1591, par François de Bonne, Duc de Lesdiguieres, Pair & Maréchal de France, Maréchal des Camps & Armées du Roi, & Lieutenant Général pour Sa Majesté en Dauphiné. Elle a été décrite en Prose & en Vers, par Claude Expilly, Conseiller du Roi en son Conseil d'Etat, & Président au Parlement de Grenoble. Cette double description se lit dans les Poësies de ce Magistrat, de l'édition de Grenoble, 1624, grand in-4°. pag. 177 & suiv.

(2) Bernard de Nogaret, Seigneur de la Valette.

défensive, prit de rechef Draguignan que ledit Ennemi avoit regagné, prit Dignes, & cinq ou six autres bonnes Places; & passant plus outre, donna jusque près de Nice, où le Duc se resserra. Antibe & beaucoup d'autres Places, qui font sur cette Frontiere, portent bon témoignage des beaux exploits qu'il y fit pour lors, tout durant le printemps & l'esté de l'an mil cinq cent quatre-vingt-douze.

Cependant les Ennemis ne dormoient pas de leur côté; ils tâchoient encore de faire une nouvelle révulsion des forces dudit sieur Desdiguieres qui pressoit par trop le Duc en Provence. Pour cet effet, on fit un gros de six ou sept mille hommes en Savoie, près du Lac du Bourget. Leur délibération du commencement, étoit de rebâtir des Forts, tant à Versoi qu'ailleurs, pour boucler la Ville de Geneve. C'étoit le conseil mêmement de Dom Olivarès; mais le Duc de Nemours qui avoit à cœur l'entreprise de Vienne, que le sieur de Maugeron (contre son devoir & fidélité promise, & qu'il devoit à son Roi, aïant même oublié tant de bon accueil qu'il avoit peu auparavant reçu de Sa Majesté), lui devoit vendre & livrer, rompit ce coup, & fit tant que ladite armée prit la brisée de Vienne, pour s'y trouver le jour assigné de l'exécution. Ce fut là que ladite armée se joignit avec les forces dudit Duc de Nemours, avec lesquelles ils faisoient leur compte de subjuguer le Dauphiné, qu'ils prenoient à l'impourvu. Vienne aïant été vendue & livrée audit Duc de Nemours, comme dessus, & après qu'il eut pourvu à la sureté de cette Ville, il partit avec toute cette armée, qui pouvoit être composée d'environ dix mille hommes de pied & de mille ou douze cens Maîtres, pour faire progrès plus avant en Dauphiné; prit d'abord Saint Marcelin par composition; s'approcha bien près de Grenoble, & donna un très grand épouvantement à toute cette Province, qui s'étoit dégarnie des gens de guerre, à cause des treves qu'elle avoit un peu auparavant faites avec le Lyonnois & Ville de Lyon, & qui avoient été jurées de part & d'autre solemnellement.

Les Gouverneurs pourtant des Villes & Places plus importantes tinrent ferme, & eurent en telle horreur un tel acte, que leur bonne volonté au service du Roi en fut raffermie & leur courage de beaucoup accru, délibérés de se bien défendre s'ils étoient attaqués.

Le Duc de Nemours voïant que rien n'ébranloit comme il avoit projetté, s'étant quelque temps promené par le Dauphiné sans fans autre grand effort , enfin pour contenter l'armée de Sa- voie , qui lui avoit fait efcorte en fadite entreprife de Vienne , vint attaquer les Echelles que le fieur Defdiguieres avoit aupara- vant prifes fur l'ennemi (comme il a été dit) pour avoir un paf- fage à Chamberi. Cette Place fut affiégée ; mais elle leur cou- ta bon avant que l'emporter : car outre qu'elle fe défendit long-temps , & jufqu'à l'extremité , ils y perdirent beaucoup d'hommes & des meilleurs. Elle fe rendit enfin par compo- fition.

Sur la nouvelle de la prife de Vienne & entrée du Duc de Nemours en Dauphiné , le fieur Defdiguieres , qui étoit au fin fond de la Provence , aïant pourvu aux affaires de cette Pro- vince , prit en toute diligence avec fes troupes la route de Dau- phiné , pour s'oppofer de fon côté aux forces du Duc de Ne- mours. Pendant le fiege defdites Echelles , les fieurs Colonel Alphonfe & Defdiguieres eurent loifir de ramaffer leurs forces , & fe joindre avec icelles au devant de Saint Marcellin , qu'ils emporterent d'abord par compofition. Ils penfoient inciter par là le Duc de Nemours à quelque fecours , & à quitter le pont de Beauvoifin pour les venir voir. Ce que n'étant pas arrivé , ils marcherent à lui , & prirent le logis de la côte Saint André. Monfieur de Nemours au contraire , reculant de combattre , laiffa le Dauphiné , & alla prendre pour logis Saint Genis , & les retranchemens que Dom Olivarès y avoit faits l'année précé- dente en trois femaines qu'il y féjourna , pendant lequel temps toutes fes troupes avoient remué force terre. Alphonfe & Def- diguieres voïant la difficulté qu'il y avoit de venir à un combat , vu le lieu où l'Ennemi s'étoit retiré , & l'incommodité que c'é- toit de tenir fi grandes troupes enfemble & les nourrir , fans efpérance de les emploïer , prirent pour confeil de fe féparer ; le fieur Alphonfe pour faire gros à Moras & le fortifier , com- me il fit auffi Beaurepaire & Setem : Defdiguieres pour fe retirer aux garnifons , en attendant quelque meilleure occafion. L'ar- mée du Duc de Nemours féjourna quelque temps audit Saint Genis fans bouger. Enfin elle fit femblant de prendre le chemin de Seteme , comme fi elle eut voulu affieger cette Place. Mais tôt après cette grande armée fe débanda & ruina d'elle-même fans autre effet , & le Duc de Nemours fe retira à Lyon. En ce même temps le Duc d'Epernon , qui fut pourvu par le Roi du Gouvernement de Provence , y arriva avec de très belles forces qu'il amena de Gafcogne. A fon arrivée , il gratifia & embraffa

Tome V. F f f f f

très étroitement tous les bons Sujets & fideles ferviteurs du Roi ;
traita rigoureufement les Ligueurs & les François efpagno-
lifés felon leurs mérites : fortifia la foibleffe des uns, affura la
pufillanimité des autres ; eut recours tantôt à la force, & tantôt à la douceur, & bref trouva (auffi-tôt qu'il eut déploïé le
pouvoir que lui avoit donné Sa Majefté) une fi grande inclination, affection, & obéiffance en la Nobleffe, Gens de Juftice,
& de tout le Peuple en général, qu'il faut efperer, que ce
fera à ce coup que l'Efpagnol en fera chaffé, & que cette
Province fera du tout réunie avec la France comme auparavant.

Nous le lairrons, felon fa prudence, donner bon ordre à
toutes les affaires de fon Gouvernement, pour revenir au Sieur
Defdiguieres, qui (comme nous avons dit) à fon départ d'a-
vec le Colonel Alphonfe, s'étoit retiré avec fes Troupes aux
Garnifons ; mais ce ne fut pour y être long-temps oifif, car
il avoit donné affignation à fefdites Troupes de fe trouver trois
femaines après à Briançon, pour l'exécution d'une entreprife
fi haute & fi difficile, que chacun jugera qu'elle excédoit la
portée de tout Gentilhomme. Ce ne fut auffi qu'il n'y eut bien
penfé, voire de longue main, & qu'il ne l'appréhendât beaucoup, pour une infinité de grandes confidérations ; principalement, d'autant qu'il favoit affez Sa Majefté être enveloppée
& couverte de tant d'affaires & néceffités ailleurs, qu'il ne
s'en ofoit promettre fi-tôt l'affiftance & fecours qu'il en eut
tiré en quelqu'autre faifon. Néanmoins la juftice de fa caufe,
l'utilité qu'il prévoïoit en redonder à toute la France, & fur-
tout l'efpérance qu'il avoit en Dieu, lui firent paffer par-deffus toutes ces difficultés.

L'Armée donc du Roi, fous la charge & conduite dudit
Sieur Defdiguieres, fon Lieutenant Général en icelle, paffa
le Mont Genevre le 26 Septembre, & fe mit en gros à Se-
zanne, & autres lieux circonvoifins. Le même jour, fur le matin, cette Armée fe fépara en deux, dont une partie prit le
chemin, à main droite, vers Pragela, tirant à la Peroufe &
à Pignerol, pour faire entreprife fur ces deux Places ; l'autre
vers Suze, où il y avoit efpérance de faire quelque fervice au
Roi. De ces trois entreprifes, l'une feule fuccéda, qui fut celle
de la Peroufe ; car la Ville fut prife la nuit d'entre le Samedi
26 & le Dimanche 27 dudit mois, environ une heure après minuit : & quant à Pignerol, l'efcalade fut préfentée au Châ-

teau, & de quatre échelles n'en furent dreffées que deux, dont l'une fe trouva courte, & l'autre fut renverfée & rompue. Les Fauxbourgs de Suze furent pris, mais la Garde d'iceux apportoit fi peu de commodité au fervice du Roi, qu'ils furent quittés; & les Troupes qui y étoient, joignirent le refte de l'Armée, en la ville de Peroufe, le dernier jour de Septembre, afin de s'attacher à bon efcient à l'expugnation du Château de la Peroufe, qui tenoit encore depuis la prife de la Ville. Pendant ce Siege fut faite une courfe jufqu'à Aufafq, qui eft un Bourg en la Plaine, où il y a Château, une lieue au - deffus de Pignerol, qui fut pris, & Garnifon y établie. Ce même jour le Capitaine Francifque Cacherano, qui commandoit au Château de la Peroufe, voïant le Canon prêt en batterie, rendit la Place, & en fortit vie & bagues fauves le lendemain. Et après avoir pourvu à la garde & fûreté de la Place, l'Armée partit de la Peroufe le 3 d'Octobre, & fit logis à Briquerats, & autres lieux proches, en la Plaine de Piémont.

A l'abord de cette Armée, & dès le premier jour d'Octobre, la Tour de Luzerne fe rendit à l'obéiffance du Roi, par le moïen de la Troupe envoïée en la Vallée de Luzerne, qui effraïa ceux qui étoient dedans ce Fort. Le lendemain, à la pointe du jour, quelque Infanterie s'avança jufqu'au Fort de Mirebouc, faifant femblant de préfenter le pétard, ce que ceux de dedans ne voulurent attendre, mais fe rendirent la vie, armes & bagues fauves. Ces deux Forts de Luzerne & de Mirebouc, donnent libre le paffage du Dauphiné, par la Vallée de Queiras, jufqu'à la Plaine de Piémont, & la Ville & Château de la Peroufe eft un très beau chemin, & de bonne conféquence pour le charroi du Canon, en quelque temps que ce foit.

Or étant ladite Armée audit Briquerats, le troifieme jour d'Octobre, le Sieur Defdiguieres eut avis que l'Ennemi faifoit un gros à Vigon, & qu'il y pouvoit déja avoir treize cens Infantaffins barriqués audit lieu, où étoit encore attendu le Régiment de Purpurat, & autres forces, tant de cheval que de pié. Dès le lendemain quatrieme, ledit Sieur marche droit audit Vigon, avec environ trois cens Maîtres & fix cens Arquebufiers, tant à cheval qu'à pié, arriva audit lieu environ les neuf heures du matin, & avec la Cavalerie fit environner le lieu; cependant l'Infanterie venue gagna d'abord les pre-

Fffff ij

mieres barricades, réduifant les Ennemis dedans la Place, où ils mettoient toute leur affurance, & à la vérité ils s'y étoient très bien accommodés. Le combat de main à main dura l'efpace de deux heures; mais enfin, quelque réfiftance que les Ennemis puffent faire, lefdites barricades furent forcées, & eux taillés en pieces, fauf quelques hommes de commandement, qui font demeurés prifonniers: leur réfiftance fut grande, parcequ'ils eurent loifir de fe réfoudre. Cette Troupe étoit commandée par le Colonel Branqueti, qui y eft mort: dix Drapeaux y furent gagnés, que le Sieur Defdiguieres envoïa depuis au Roi, par le Baron de Jous. Des François il y eut feulement fix Capitaines ou Hommes de commandement bleffés, deux Chevaux-Légers, & une douzaine de Soldats morts; cette défaite apporta grande terreur à tout le Piémont. Beaucoup de lieux fi éloignés, qu'on n'en pouvoit efpérer affiftance, venoient de jour en jour s'offrir: vivres & commodités abondoient de tous côtés; & les affaires profpererent, de forte, pour le commencement, qu'on s'en promît dès-lors une heureufe fin. Ce ne fut peu de gagner d'abord les paffages inacceffibles defdites Vallées de Lucerne, Angrongne, & la Peroufe, & lefquelles toutes prêterent le ferment de fidélité en corps, & ceux des trois Ordres en particulier, comme d'un Peuple & Païs nouvellement conquis: à la charge que Sa Majefté confirmeroit leurs Privileges, qui avoient été altérés en mainte forte.

Le Duc fe trouva étonné à ce premier abord, & non fans caufe, tant parceque le Piémont étoit dégarni de forces, qu'il avoit fait defcendre quelque temps auparavant en Provence, fous la conduite du Comte de Martinengo, qui y devoit commander en fon abfence, que pour fe voir attaqué dans fa propre maifon, au lieu qu'auparavant il affailloit celle d'autrui; cela fut caufe qu'il fit naître dextrement quelque apparence de Traité, par l'entremife du Comte Moret, offrant de remettre Berre, Grace, Sallon de Craux, Antibes, & ce qu'il tenoit en Provence. On jugea foudain que c'étoit feulement pour gagner un peu de temps, & prendre le logis de Saluces, de quoi on l'eut bien prévenu, fi on n'eut réfolu de fortifier Briqueras, l'affiette duquel étoit belle, en la Plaine, & meilleur lieu de Piémont; joint qu'on ne vouloit pas entreprendre tant de befogne à la fois, ledit Sieur Defdiguieres aïant cela pour maxime, qu'il veut voir clair, & marcher pié à pié aux affaires.

Cette Fortification de Briqueras fut continuée avec une diligence incroïable, & telle, que la Place fut mise en défenſe tôt après. Nul n'étoit auſſi exempt du travail, les Chefs montroient l'exemple à porter les gaſons, & l'Infanterie, au lieu d'autres vicieuſes occupations, y travailloit inceſſamment, & comme par émulation l'un de l'autre. Les Pionniers des Vallées de Lucerne, d'Angrongne, Ours, Pragela, & la Peroufe, y accoururent d'une allegreſſe incroïable, tant ils aſpirent après la liberté Françoiſe : cette Fortereſſe auſſi les devoit couvrir pour l'avenir, & ſervir de boulevart & défenſe. Bref, dans moins de trois ſemaines, ou un mois, cette Place fut revêtue de ſix ou ſept Baſtions, grands & forts, pour réſiſter à une grande Armée; & on ne peut nier que ce ne ſoit une grande hardieſſe, & gloire audit Sieur Deſdiguieres, qu'avec quatre ou cinq cens chevaux, & trois mille hommes de pié, François, il ait entrepris un ſi grand ouvrage, à la vue d'un ſi grand Prince qu'eſt le Duc de Savoie, aſſiſté d'un ſi grand Monarque que le Roi d'Eſpagne, ſon beau-pere, & ce dans le cœur de ſon Païs. Voilà à quoi on emploïa le temps, depuis le vingt-ſixieme Septembre, qu'on commença d'entrer, juſqu'environ le dixieme de Novembre : pendant le temps de ladite Fortification, la Cavalerie Françoiſe alla ſouvent à la guerre bien avant dans le Païs; mais ce fut ſans obſtacle, & ſans trouver à qui parler.

Le Duc cependant faiſoit ſon gros à Saluces, aïant appellé ſes forces de toutes parts : le Milanois arma ſoudain; une partie des Troupes de Provence repaſſa le Col de Tende pour le joindre, comme firent auſſi toutes les forces qu'il avoit deçà les Monts, que Dom Olivarès & autres Chefs lui amenerent en toute diligence. Dom Amedée même y alla en perſonne, & en ſon lieu le Marquis de Tréfort fut pourvu du Gouvernement de Savoie. Tandis que le Duc apprêtoit ces forces, ceux de l'Armée du Roi faiſoient toujours quelques courſes ſur le Païs de l'Ennemi. Et même aïant eu avis que ceux de Dormeſan ſe barriquoient, & vouloient diſcontinuer de païer leur contribution, advint que le onzieme dudit mois de Novembre, le Sieur du Poët y fut envoïé avec deux cens chevaux, le Régiment de Bearnon, arriere fils du feu Capitaine Bayard, & ſix Compagnies de Languedoc. Auſſi-tôt qu'il y fut arrivé, il les envoïa ſommer, avant que d'attaquer les barricades, pour n'expoſer ce pauvre Peuple au pillage. Comme ils se virent investis par les Troupes, prêtes à donner, ils mirent les armes bas, & se rendirent à discrétion, qui fut telle que pour éviter le désordre & les excès que les Soldats eussent pu commettre, il fit battre aux champs, après les avoir laissés repaître deux heures seulement. Les Soldats étrangers qui étoient dans le Bourg se retirerent à Rivalte, à un mille de là, sans qu'on leur fît aucun dommage.

Le Sieur Desdiguieres, ne voulant demeurer en un si beau chemin, avoit donné ordre de faire venir de l'Artillerie, que ja dès long-temps il avoit mise aux Eschilles, ancienne Frontiere de la France, du côté du Pas de Suze, Place qu'il avoit prise quelques années auparavant, afin qu'avec les ouverture qu'il feroit avec si fortes clés, il pût porter plus avant le nor & les armes de Sa Majesté. La conduite dudit Canon est chos remarquable, aïant été transporté à force de bras par le che min de la Perouse, & à mesure qu'il arrivoit dans une Val lée ou Paroisse, tout le Peuple y accouroit d'un grand cou rage, pour le traîner jusqu'à la prochaine, & se décharger de la dépense de l'escorte. Ceux de la Vallée ou Paroisse voisine, dès qu'ils oïoient le bruit de la descente du Canon, l'alloient recevoir sur leurs limites, avec une diligence extrême, le convoïoient sur leurs voisins, & ainsi de main en main acheva de passer les Monts, le 13 de Novembre. Ledit Sieur l'alla recevoir avec toute l'Armée, au-dessus de Pignerol. Il fut dans une Abbaïe, prochaine d'une harquebusade de ladite Ville; il y prit la collation, avec quelque Noblesse qui l'accompagnoit, sans que les Moines, ni en leurs personnes, ni en leurs biens, reçussent nul dommage par ses Troupes. Le même jour 13, ledit Canon arriva dans Briqueras, ce qui donna une extrême allegresse à toute l'Armée, de voir encore un coup les Fleurs de Lis en bronze de-là les Monts. On fit tirer la volée à toutes ces pieces, qui étoient trois Canons & deux Coulevrines, calibre de Roi: le bruit en put être entendu jusques dans Turin, & autres lieux bien éloignés, donnant terreur aux uns, & en réjouissant beaucoup ceux qui ont encore le cœur François.

Le même jour on eut avis que le Duc s'étoit venu loger, avec son Armée, à Villefranche. En même instant on reçut nouvelles aussi que les Sieurs de Gouvernet & de Buous avoient passé le Mont Genevre, ledit Sieur de Gouvernet conduisant 200 Maîtres, & 100 Arquebusiers à cheval, que le Sieur Co-

lonel Alphonſe envoïoit du Dauphiné, & le Sieur de Buous
200 Maîtres, 50 Carabins, & 400 Arquebuſiers à cheval, que
le Duc d'Eſpernon envoïoit auſſi de Provence, pour renfort
audit Sieur Deſdiguieres, deſireux de continuer (pour le ſervice du Roi) la même intelligence & correſpondance qu'avoit
feu M. de la Valette, ſon frere, avec lui; au lieu qu'ils avoient
porté les armes autrefois l'un contre l'autre, pour le fait de la
Religion, reconnoiſſant bien qu'il y alloit maintenant de l'E-
tat, & qu'on ne le pouvoit ſoutenir que par la ferme union
des cœurs, & des volontés de l'un & l'autre Parti.

Le 16 du même mois le Sieur Deſdiguieres étant monté à
cheval, avec partie de l'Armée, alla reconnoître le logis de
Cavours, qu'il délibéroit prendre le lendemain; c'eſt une petite Villette, cloſe de murailles de brique, au pié d'une petite Montagne, laquelle il ſemble que nature ait voulu planter tout au milieu de la Plaine de Piémont, pour ſervir comme de Guette, ou de Citadelle, à tout le Païs des environs.
Sur le haut du Rocher il y a un Château preſque inacceſſible,
dans lequel ceux de la Maiſon de Raconis (à un puîné de
laquelle Maiſon ledit Cavours étoit échu en partage) ſouloient
tenir leurs titres, & ce qu'ils avoient de plus précieux, pour
l'aſſurance qu'ils avoient en cette Place, où de tout temps y
avoit une païe morte de dix ou douze Soldats. La Ville eſt
ſituée au bas de ladite Montagnette, fermée de muraille de
brique, & où y peut avoir environ trois cens Maiſons. On peut
faire le tour, tant de ladite Montagnette, que de la Ville,
dans une petite heure, en ſe promenant, & allant le pas:
voilà ſa grandeur; ſa hauteur eſt d'environ demi mille. La Ville
regarde la deſcente des Alpes, droit à Briqueras, qui eſt ſitué
au pié d'icelles, & en eſt diſtant d'environ quatre milles, qui
font deux petites heures; diſtant auſſi de Pignerol de quatre
milles, trois milles d'Auſaſq, autant de Barge & de Lucerne,
qui eſt plus avant (que Briqueras) dans la Vallée d'Angrongne; & n'approche Cavours, ladite Montagne, de plus près
que de deux milles, qui eſt à l'endroit de Bubiano. Cette lieue
de Plaine eſt garnie d'Utins, Prairies, & Terres labourables,
des plus fertiles de tout le Païs. De l'autre côté, tirant vers
le Pô, & la grande Plaine de Piémont, eſt Vigon & Ville-
franche tout joignant le Pô, où nous avons dit le Duc avoir
logé avec ſon Armée, étant éloignée ladite Ville de Ville-
franche de Cavours d'environ quatre milles.

Au départ de Briqueras, qui fut le 17, on résolut de marcher en Bataille, si d'avanture le Duc vouloit venir aux mains,
comme il y avoit apparence, à cause du voisinage du logis
qu'on alloit occuper, & importance d'icelui, si d'avanture il
étoit forcé; joint que son Armée surmontoit en nombre d'Infanterie & Cavalerie celle du Roi. L'ordre de l'Armée du Roi
fut donc tel; c'est que l'on feroit quatre Escadrons de Cavalerie, & deux Bataillons de gens de pié. Les Sieurs de Gouvernet & de Buous étoient à l'avant-garde, aïant chacun un Escadron de deux cens Chevaux & plus, & un Bataillon de gens
de pié au milieu, composé des Regimens de la Vilette, le
Montmorin, & de six Compagnies de Languedoc, lequel Bataillon étoit commandé par M. d'Auriac, qui disposeroit les
enfans perdus selon l'occasion & assiette des lieux. A la Bataille marchoit ledit Sieur Desdiguieres, avec la Cornette blanche, sa Compagnie de Gendarmes, qui étoit grande & forte,
& celles des Sieurs de Morges & de Mures. Le Sieur du Poët
à la main gauche, & dans son Escadron, sa Compagnie,
celles du Baron de Briquemaut, de Blagnieu, de la Buisse,
& trois autres. Entre les deux Escadrons, un gros Bataillon de
gens de pié, garni de grande quantité de Piques & Mousque-
taires, commandé par le Sieur de Pravault. L'Armée en telle
ordonnance, approchant dudit Cavours, eut avis que le Duc
s'avançoit avec ses forces. Il n'est pas croïable combien cette
nouvelle haussa le cœur, & accrut l'ardeur de combattre à un
chacun.

On logea tard audit Cavours : car on demeura long-temps
en la place de bataille sur les fausses allarmes qu'on eut. On attendoit aussi le retour du Lieutenant du sieur de Poët, qu'on
avoit envoïé prendre langue jusqu'aux portes de Villefranche,
dont le Duc partit ce jour même pour aller droit à Vigon. Le
dix-huit fut emploïé à reconnoître la Place de plus près : sur-
tout on jugea que ce seroit un grand avantage de se loger sur
un croupe de roc opposé à une Tour qui défend ledit Château,
bien qu'elle en soit séparée de cent ou six vingt pas. Ce logis
fut gagné avec une très grande difficulté, & fallut apporter
(par un chemin très âpre & très rude) grande quantité de sacs
pleins de terre & de fumier, sur ladite croupe de roc : à quoi
furent taxés par billets, tant les gens de cheval que de pied,
qui tous firent si grande diligence, & s'y emploïerent de si bon
courage, que l'exécution fut presque aussi prompte que le commandement.

1593.
EXPLOITS DU
SIEUR DESDI-
GUIERES.

mandement. L'artillerie arriva dudit Briqueras le dix-neuf ; ce
même jour on eut divers avis comme le Duc se remuoit, pour
ne laisser perdre cette Place à sa vue. Le vingt on mit, non sans
très grandes difficultés, lesquelles néanmoins on surmonta à la
fin, le canon en batterie contre ladite tour, nommée Brame-
fan, que ceux du Païs disent avoir été construite pour occuper
un endroit qui se trouve seul le long de la crête de ladite montagne, dont on peut regarder le Château à droite ligne, le reste
n'étant que roc taillé en forme de croissant. Après beaucoup de
coups perdus, on effleura seulement les marchecoulis de ladite
tour, & pour ne rien perdre, à faute de n'entreprendre, on essaïa
à l'entrée de la nuit de s'y loger, mais on trouva qu'il n'étoit encore temps.

Le vingt-un, on eut certain avis que le Duc devoit paroître
pour secourir les assiégés, comme à vrai dire, la batterie du jour
précédent sembloit l'y avoir convié. De fait, le sieur Desdiguieres y voïant beaucoup d'apparence, assembla dès le matin
les Chefs de l'armée, pour aviser si on devoit continuer le siege,
ou aller au-devant de l'Ennemi pour le combattre. Cette question, qui n'étoit petite, fut néanmoins bientôt vuidée par une
rencontre d'opinions, de continuer l'un, & ne laisser échapper
l'autre : & pour cet effet chacun prit sa tâche, qui à choisir la
place de bataille, qui à faire clorre les avenues, de palissades,
qui à la batterie : bref la journée fut si bien emploïe, qu'après
avoir battu ladite tour, depuis les deux heures du matin jusqu'à
cinq heures du soir, on l'emporta de bravade, nonobstant le
voisinage du Château. Le vingt-deux à cinq heures du matin,
les sentinelles qui étoient en garde sur le haut du rocher (d'où
l'on peut voir à clair le Fort de Briqueras) rapporterent d'avoir
ouï une grande salve d'arquebusades de ce côté-là. C'étoit le
Duc qui étant parti de Vigon à l'entrée de la nuit, y étoit allé
donner une camisade, & sans flatter il tint à peu qu'il n'empor-
tât la Place : car ses gens avoient déja rompu les palissades, &
étoient montés jusques sur la pointe d'un des bastions, dont
ils furent chassés & renversés à coups de main, de crosse d'ar-
quebuses, à coups de pierres, & contraints de laisser les morts
en grand nombre, & les échelles dans le fossé.

Sur cet avis, ledit sieur Desdiguieres monta à cheval avec sa
Cavalerie, qui alla prendre sa place de bataille à deux arquebusades de ladite Ville de Cavours, sur le chemin de Briqueras, incertain de ce qu'on rapporteroit dudit Briqueras. Il s'avança, &

ledit ſieur du Poët quant & lui, au-devant de ceux qu'on y avoit envoïés à toute bride. Et dès qu'on ſut la faillite, ledit ſieur Deſdiguieres jugea que les Ennemis ſe retirant, après cette défaveur, pourroient faire beau jeu. Il ſe mit donc à les ſuivre le grand pas, ſur le chemin de leur retraite, avec ſadite Cavalerie, & environ trois cens Arquebuſiers à cheval, laiſſant M. d'Auriac pour commander le reſte de l'armée qui étoit demeurée au ſiege. On aborda les Ennemis ſur les neuf heures du matin à un Village nommé Gréziliane, dans un Païs ſi couvert d'utins, qu'il étoit très malaiſé d'y dreſſer les eſcadrons. Et c'eſt la principale raiſon qui empêcha de cueillir le fruit que l'occaſion avoit aprêté. Les Ennemis donc ſe trouverent dans ledit Village aïant un ruiſſeau devant eux, une chauſſée, & à l'une & à l'autre main des jardins & chemins couverts & très propres pour eux qui avoient toute leur Infanterie: & au contraire le ſieur Deſdiguieres n'avoit que trente ou quarante Carabins, & environ deux ou trois cens Arquebuſiers à cheval. Ceux de l'avant-garde ſe hâtent, ſe preſſent, portés de l'ardeur de combattre: on fait des charges, on reçoit celles des Ennemis, qui donnerent juſque ſur le bord du ruiſſeau. Et en même-temps ledit ſieur du Poët s'avançant avec ſon eſcadron, ſe mêla parmi leurs lances, & fit une belle exécution; le Chevalier de la Mante, qui menoit la troupe des Ennemis, y fut pris & quelques morts demeurerent ſur le champ. Le ſieur du Poët retourna en ſa place, n'aïant commandement de paſſer outre, ce qui montre comme le Chef eſt heureuſement obéi. Ceux de nos Arquebuſiers à cheval qui s'étoient avancés, aïant mis pied à terre, furent commandés diverſement, & à vrai dire, un peu chaudement; car au lieu de les faire loger à meſure qu'ils entroient dans le Village, ils coururent à travers champs après les Ennemis, cuidant que toute la Cavalerie ſuivît: mais l'ordre de l'avant-garde n'étoit pas entierement diſpoſé; cela provoqua les Ennemis à faire encore une autre demie charge, pour toujours donner temps à leur Infanterie de tirer Païs. Ledit ſieur Deſdiguieres ſe trouva lors de ladite charge ſur le bord du ruiſſeau, où il fit un tourne bien à temps & à propos, avec fort peu de gens qui le ſuivoient. Comme il alloit départant les commandemens de lieu à autre, on ramena les Ennemis d'où ils étoient venus, & en chemin faiſant, ledit ſieur Deſdiguieres fit placer quelques Arquebuſiers dans les clôtures des jardins du Village, que les Ennemis abandonnerent du tout ſans oſer donner la bataille ; il y eut bon nombre de morts abandonnés auffi. Après que ledit fieur Defdiguieres eut féjourné quelque temps dans le Village , & confideré la contenance des Ennemis , qui fe retiroient par un Païs avantageux pour leur infanterie , il s'en retourna audit lieu de Cavours pour continuer fon fiege.

Les affiégés avoient pû aifément voir une partie du combat, & jugeant , par la contenance du retour des affiégeans , quelle en avoit été l'iffue , firent quelque démonftration de vouloir parlementer ; on y envoïa un Trompette qui les trouva affez ploïables , mais divifés entr'eux , de forte qu'ils remirent à faire réponfe le lendemain. Depuis le vingt-trois Novembre , les Ennemis s'étant réaffurés, rompirent le parlement du jour précédent. On fe tint clos & couvert ; mais de telle forte qu'on fit revivre à ce fiege l'ancienne forme des Romains. Car chaque Maître de camp , chaque Capitaine , & prefque chaque Soldat , ne paliffa feulement les avenues des chemins , mais toutes les clôtures des jardins , afin que fon Alteffe connût qu'on ne vouloit pas démordre qu'à bonnes enfeignes. Ce même jour on continua à battre une partie du corps de logis du Château qui regarde vers la Ville. Le vingt-fix , on entreprend de mettre fur le plus haut de la montagne deux canons , pour faire la fommation de plus près. Quiconque verra le lieu , le trouvera incroïable : auffi y a-t-il fallu beaucoup de façon. Les Soldats les tirerent à force de bras depuis le pied de la montagne , jufqu'autant qu'il fe trouva de terre pour affermir leurs pas. Ce fut la premiere ftance. On alla après affeoir fur le roc vif, à demi montagne , deux argus ou autrement deux tours , avec lefquelles on tira avec deux cables les deux canons l'un après l'autre avec leur affût. Mais la difficulté fe trouva à les placer à cette moitié de chemin , attendant que les argus fuffent remués à la fommité du roc , pour leur faire faire le faut entier , & qu'on eût dreffé les appants comme des rabats de jeu de paulme , pour fuppléer à l'inégalité du rocher dentelé & creufé en maints endroits , par où le canon devoit paffer , lequel fe fut indubitablement caverné & accroché en chemin , fans ce remede. On s'emploïa depuis ledit jour vingt-fix Novembre , jufqu'au premier Décembre , à mettre les pieces en batterie fur le haut de ladite montagne, dont on battit à plomb une terraffe qui couvre l'entrée dudit Château , & effleura-t-on quelques tours , fans autrement faire brèche qui fût fuffifante.

Le Mercredi deuxieme Décembre , au poinct du jour , le Duc

effaïa de jetter environ cent cinquante hommes de fecours dans
le Château, portans chacun un fachet de douze à quinze livres
de farine. Le commencement & le milieu de l'entreprife lui
fucceda : car il faut confeffer qu'avec une réfolution bien grande, ledit fecours fut conduit jufques dans le milieu de l'armée
du Roi, monta une partie du rocher ; mais ils crierent trop tôt,
vive Efpagne. Les corps de garde François s'étant étendus &
entrefecourus l'un l'autre, les rencontrerent comme ils paffoient une pointe de roc. Il en demeura de morts fur la place
foixante-fix & vingt-deux de prifonniers, entr'autres deux Capitaines, l'un Arragonois, & l'autre Milanois ; le refte s'en
retourna, ou s'il y en entrerent quelques-uns, ils furent bleffés,
& quitterent ce qu'ils portoient, jufques même à leurs armes ;
de forte que ce furent autant de gens inutiles. Hierôme de
Verfel, Maître de camp qui commandoit dans ladite Place,
demanda à parlementer ce jour même, tandis qu'on continuoit
la batterie, montrant n'avoir faute d'affurance & de courage,
mais appréhendant fur tout le reproche, & le rigoureux châtiment de fon Maître. Enfin, la néceffité où il fe vit réduit,
& la difficulté d'être fecouru, lui firent paffer par deffus ces confidérations.

Le Lundi deuxieme Décembre, ils firent faire une chamade
pour retirer leurs morts, auxquels on voulut rendre ce charitable office de leur donner fépulture. C'étoient la plupart Soldats d'élite, tirés cinq pour Compagnie de toute leur Infanterie ;
favoir, cinquante Efpagnols, cinquante Milanois, & cinquante
Néapolitains ; lefquels le Duc & Dom Olivarès conduifirent
environ deux milles par deçà Vigon, fur le chemin de Ravel,
comme les Prifonniers l'affurerent. Le Vendredi quatrieme, les
Ennemis fe fentant obligés du foin qu'on avoit voulu avoir de
leurs morts, envoïerent un Alfier Efpagnol pour en remercier
le fieur Defdiguieres, & le prier de plus, de permettre audit
Alfier de faire faire les cérémonies funébres à fes compagnons,
même à un Capitaine Efpagnol qui conduifoit leur fecours : ce
que ledit fieur octroïa volontiers, & reconnut-on deux chofes,
qu'ils étoient proches de leur fin, & que Hierôme de Verfel, &
le Comte de Luferne, qui commandoient dedans ledit Château,
étoient bien aifes de faire jetter la première planche du parlement à un Efpagnol.

Le Samedi cinq au matin, ils envoïerent leur capitulation
par écrit, qu'on leur accorda avec toutes les cérémonies qu'ils

fequirent. Le Dimanche fix, ladite capitulation fut accomplie.
Le Comte Emanuel de Lucerne, & Hierôme de Verfel fortirent
avec quatre à cinq cens hommes de guerre, aïant enduré fix
cens cinquante & tant de coups de canon. Ils paflerent tout à
travers l'Infanterie du Roi, laquelle étoit en bataille, fans qu'ils
reçuflent difcourtoifie aucune, & furent conduits par les fieurs
de Villars, & d'Hercules avec la Compagnie du fieur Defdiguieres, jufques fur le chemin de Vigon où étoit le Duc, qui vit
perdre cette Place à fa vue, n'y aïant que deux lieues Françoifes. Cette Place, très forte d'elle-même, après avoir foutenu
vingt jours le fiege, fut enfin remife en l'obéiffance du Roi.
Le Duc d'Epernon ne dormoit pas de fon côté : car il mit, environ le vingt Novembre, une armée en campagne, compofée
d'environ huit mille hommes de pied, huit cens chevaux & dix
ou douze canons, avec laquelle il marcha droit à la frontiere
vers Antibe, où il fit de beaux exploits, aïant regagné beaucoup de Places, & fermé par ce moïen les paflages au Duc de
ce côté-là.

Environ ce même temps, le Marquis de Tresfort (qui fut,
après le départ de Dom Amedeo, pourvu du Gouvernement
de Savoie) aïant affemblé fes forces, & étant bien informé de
la mauvaife garde que faifoient ceux de Moreftel, furprit cette
Place, cuidant par ce moïen fervir de quelque révulfion, &
attirer les forces du fieur Defdiguieres, qui pourtant ne s'en
étonna beaucoup, ains donna ordre à tout ce qui fut expédient, tant pour la garde dudit Cavours, que des autres Places
qu'il avoit prifes dans le Piémont. Et voïant qu'il ne pourroit
attirer le Duc à un combat, vu qu'il en avoit laiffé échapper de
fi bonnes occafions, qui fembloient l'y convier en toute forte,
il retira fon armée aux hivers de Briqueras, Cavours, & de fix
ou fept autres petites Places. Il diftribua en outre cinquante
Compagnies de gens de pied fur la frontiere du Dauphiné & du
Piémont. Quoi fait, il repaffa en Dauphiné avec partie de fa
Cavalerie, pour la laiffer rafraîchir, & pour préparer fes deffeins pour le printemps. Le Duc même fépara fon armée (qui
de jour en jour s'amoindriffoit) aux garnifons, fe difpofant
auffi pour le printemps, de fa part, de faire quelque grand
effort, même du côté de la Savoie.

Avertissement.

LE Sieur Desdiguieres ne fut pas assisté de gens, d'argent, ni de munitions convenables pour garder son avantage en Piémont. Ce que n'ignorant le Duc fit un puissant amas en l'année suivante, assiégea, battit, assaillit, & reprit par composition Briqueras, puis Cavours : tellement que les François perdirent en peu de temps ce qu'ils avoient conquis en Piémont, dont les discours furent divers. En ces Siéges là, les Assaillis firent merveilleux devoir; mais surmontés du grand nombre d'Ennemis, privés des principales commodités pour bien soutenir assiégemens, destitués de secours, & les passages clos, ils furent contraints de plier sous la nécessité : tandis que ledit Sieur Desdiguieres étoit détenu d'infinies affaires dedans le Dauphiné même, & que plusieurs, qui ne devoient être éblouis de ses beaux Exploits, mais lui tendre la main pour aider au soulagement de la France, & à faire tête à l'Espagne sur la Frontiere d'Italie, le laissoient au besoin, ou même traversoient en toutes sortes ses desseins, pour les rendre inutiles, comme ils firent lors, & qu'il lui fut impossible de renouer, que jusqu'en l'Eté de l'an 1597, qu'il attaqua derechef le Duc dedans la Morienne & Savoie, en la façon & avec les succès qui seront déclarés en l'Histoire de notre temps.

RECIT

Des choses plus mémorables avenues en la Guerre du Duc de Savoie contre Geneve, depuis le quinzieme jour de Mai 1590, jusqu'à la fin d'Août 1593. (1)

AU quatrieme volume du recueil des affaires de la Ligue, a été parlé de la reddition du Fort de la Cluse à ceux de Geneve, dont ils furent tôt après mis hors, & contraints se retirer vitement par les troupes du Duc de Savoie, le Lundi onzieme jour de Mai. De cette retraite s'ensuivit l'extrême désolation de tout le Bailliage de Gez, que les Païsans laisserent en proie à l'Ennemi, lequel y fit de terribles saccagemens, partie desquels a été représentée sur la fin du précédent volume. Les troupes de Savoie firent grands triomphes du recouvrement de leur Fort de la

---

(1) On a déja parlé de presque tous les Faits contenus dans ce *Récit*. On peut consulter l'Histoire de M. de Thou, & l'His- toire de Geneve, par Spon, augmentée des Notes de M. Gaultier, en 2 vol. *in-4°*.

Clufe , lequel ils redrefferent & remirent en même état que devant ; la reprife leur aïant auffi peu couté , qu'elle avoit jetté en
grands frais l'armée du Roi recueillie dedans Geneve, d'où puis
après fe firent quelques legeres forties , efquelles toujours on at-
trappoit & tuoit quelques Savoïards. Mais telles revenches n'é-
toient rien à comparaifon des pertes reçues : au moïen de quoi
l'armée du Duc pourfuivant fa pointe , s'épandoit ès environ de
Geneve, en intention de la réduire à l'extremité.

Le Jeudi vingt de Mai , les garnifons de Thonon & autres
lieux voifins pour le Duc , averties que trois barques parties de
Morges , chargées de marchandifes , vivres , & de quelque
quantité de monnoie , le tout valant plus de cent mille florins ,
non compris les carnets , livres de compte , paquets & papiers
de conféquence appartenans à plufieurs particuliers de Geneve,
peu auparavant retournés de Francfort , voguoient lentement
fans efcorte , réfolurent de les attrapper entre Rolle & Nyon ,
à cinq lieues du Port de Geneve. Embarqués en deux Frega-
tes & cinq petits Bateaux , au nombre de cent trente hommes ou environ , ils parurent en plein jour à demi-lieue du
rivage. Découverts par le Seigneur Baillif de Nyon , on courut incontinent aux armes , & le Colonel Diefpach , fuivi de
quelques Cavaliers & Fantaffins , s'avança vers Rolle ; mais
ni lui , ni les autres de Nyon , qui couroient au fecours , ne
furent arriver fi-tôt , que les Savoïards plus habiles n'euffent
déja faifi l'une des Barques , s'apprêtans pour avoir les deux
autres , où ils euffent trouvé petite ou nulle réfiftance. Pour
exécuter plus fûrement , ils mirent en terre trente Arquebufiers , à la faveur defquels ils prétendoient butiner à loifir ;
mais voïans accourir de tous côtés gens à la refcouffe , ils
quitterent la proie , contens d'emporter quelques fromages &
vivres , à la valeur de trente écus , & laiffans pour gages deux
de leurs Soldats tués fur terre. Ils fe retirerent en effroi ; mais
on ne put les pourfuivre , faute de Bateaux propres. Geneve
remercia fes Alliés de Nyon , du prompt fecours par eux donné à ce befoin.

Le Samedi vingt-deux , fut décapité à Geneve , par Arrêt
du Confeil des deux Cens , le Capitaine N.... lequel , pour avoir
mal gardé le paffage de la Montagne , & commis autres grandes fautes en fa Charge , avoit été occafion principale de l'entrée des Savoïards au Bailliage de Gez , dont s'étoit enfuivie
la perte du Fort de la Clufe , & la défolation du Païs. Il avoit

demandé grace audit Confeil, & quelque perfonnage, de grande autorité, s'emploïa pour lui faire fauver la vie ; mais ce fut en vain.

Le Vendredi vingt-neuf, celui qui commandoit dans le Château du Creft, au Bailliage de Thonon, pour Geneve, étant allé avec quelques Chevaux & Piétons à Douvaine, & Villages voifins, pour le recouvrement des contributions impofées aux Païfans, iceux commencerent à fonner le tocfin, & à s'amaffer jufqu'au nombre de trois cens, qui envahirent & affaillirent, à coups de pierres & de léviers, cette Troupe, compofée de dix-huits Piétons & fept hommes de cheval. Après avoir été écartés diverfes fois, par la vaillance de deux Cavaliers, néanmoins ils fe rallient, & en un détroit attrappent & terraffent ce Chef mal monté, lequel ils tuent, avec trois Soldats, & en emmenent trois bleffés. Sur les neuf-heures du foir de ce jour, les tonnerres & éclairs furent ouïs & vus, autant terribles que de mémoire d'homme. Tôt après les nuées creverent, & y eut des ravines d'eaux qui creuferent des foffes nouvelles en plufieurs endroits. La foudre tombée en deux endroits, proche du principal boulevard de Geneve, y laiffa des marques. Il tomba des grains de grêle en quantité, gros comme des œufs, qui fracafferent le vignoble ès environs de la Ville, du côté du Pont d'Arve, & gâterent les blés. Ceux qui revenoient de Douvaine, à l'approcher donnerent quelque allarme, & trois d'iceux ne pouvans, à caufe de la grande obfcurité, remarquer le chemin ordinaire, s'allerent jetter avec leurs chevaux dedans une profonde foffe que la foudre avoit creufée, où l'un d'eux fut accablé, les deux autres s'étans dégagés à toute peine.

Le Lundi premier jour de Juin, quelques Argoulets de Geneve firent une courfe vers Douvaine, où ils tuerent l'un des Chefs de la Bande fufmentionnée, avec quatre ou cinq de fa fuite, & amenerent un prifonnier, de qui l'on fut tout l'état des forces du Duc deçà l'Arve. La nuit du Mercredi trois, les Troupes de Geneve s'acheminerent pour furprendre la Garnifon du Château de Branth au Bailliage de Thonon ; mais cette Garnifon avertie les attendit de pié coi, & les contraignit de fe retirer, aïans perdu deux Soldats, & remenans treize ou quatorze bleffés.

Le Vendredi cinq, fur les quatre heures du matin, quelques Païfans accoururent vers la Ville donner l'allarme, à caufe des
             Troupes

Troupes de Savoie qui fourageoient le Bailliage de Gez, où ils avoient mis le feu en quelques endroits, & chaffoient devant eux force bétail, ramaffé de quelques Villages. Une heure après, quelques Piétons & Cavaliers y coururent, & trouverent ces Troupes à moitié chemin de leur retraite ; c'étoient cent cinquante Lances & quatre cens Piétons. Les Argoulets de Geneve commencent à les tournoïer : l'Infanterie étant demeurée affez loin en arriere pour favorifer la retraite, l'intention du Sieur de Lurbigni, Commandant pour le Roi à ces forces de Geneve, n'étant pas de hafarder le Combat. Les Savoïards, voïant l'impoffibilité d'emmener leur butin (qui étoit de trois cens piéces de bétail, & quelques hommes, femmes & enfans, refcous & ramenés faufs) qu'avec grande perte, attendu qu'on leur tuoit de moment à autre quelqu'un en queue, quitterent la proie, & fe ferrerent. Lurbigni, confidérant leur contenance, & les voïant haraffés, fait une rude charge à leurs Lanciers, qui, étonnés de fi brufque réfolution, aïant perdu des plus affurés, renverfés morts fur le champ, fe fauverent à bride abbattue, aïant bons chevaux & meilleurs éperons. Ils laifferent leur Infanterie en arriere, la plupart de laquelle, retirée dans le village de Fargès, penfant échapper en gros, effaïa de gagner païs vers le Fort de la Clufe, à une grande lieue de là ; mais inveftie, & afinée par Lurbigni, lequel feignit reculer pour les faire décocher, après leur avoir laiffé faire leur falve, les fit charger de toutes parts, fon Infanterie y étant accourue, tellement que dedans Farges & ès environs, fix vingts Efpagnols & Italiens furent tués, plufieurs fuïans bleffés, leurs compagnons gagnans la Montagne, les autres écartés par les Bois ; bref, le refte de cette bande de Picoreurs mife en merveilleufe déroute, d'autant que les Cavaliers & Piétons de Geneve avoient fait cette courfe de trois groffes lieues à jeun, & qu'il faifoit fort chaud, tellement qu'ils défailloient de travail. Ils cefferent la pourfuite, & après avoir dépouillé les tués, rentrerent dedans la Ville fur les fix heures du foir, rapportans trois Tambours, deux Guidons, quelques Lances, douze ou quinze Hallebardes, grand nombre d'Epées, de Poignards, de Moufquets, d'Arquebufes, quelques Corfelets, & force habillemens. Ils amenerent auffi quelques Bidets, & quatre ou cinq Prifonniers feulement, dont l'un étoit Sergent de Compagnie. Lurbigni n'y perdit qu'un Argoulet ; mais comme il pourfuivoit les fuïards, & vouloit dégager un de fes Cavaliers, qu'il voïoit

Tome V. Hhhhh

s'être trop avancé, il tomba de son cheval en terre, & pour être
de grande stature, & fort gras, il se froissa le corps en divers
endroits, & en garda depuis longuement le lit. Toutefois il ne
voulut revenir lors en Ville qu'avec toutes ses Troupes.

Deux jours après, Dom Amédée, bâtard de Savoie, & Lieutenant du Duc, son frere, envoïa un Tambour, avec Lettres,
pour savoir le nombre des Prisonniers. Icelui confessa qu'on
avoit trouvé en l'Armée défaut de sept vingts hommes, & que
plusieurs blessés étoient morts incontinent après leur arrivée au
logis. Il se plaignoit, entr'autres articles, qu'on avoit fait trop
rude guerre, n'aïant pas même épargné ses Tambours ; la réponse fut qu'iceux avoient combattu l'Epée au poing, & fait
tous actes de Soldat ; puis on lui ramentut les cruautés, plus que
barbares, exercées par ses Troupes, sur les vieillards, malades,
femmes & enfans, en lui reprochant qu'il faisoit la guerre à nature & à l'infirmité humaine, au lieu de se prendre à ceux qui
pouvoient lui résister. D'autre côté les Espagnols se plaignans
d'avoir été trahis, s'attaquerent aux Savoïards, & en tuerent
quelques-uns, continuerent à saccager & à brûler des Villages
du Duc, de-là le Fort de la Cluse, & à faire toutes sortes d'ex-
torsions aux pauvres Païsans qui leur adhéroient. Les Monta-
gnards de Cheiseri, Sujets du Duc, se donnoient garde de ces
Espagnols, comme d'Ennemis découverts.

Depuis le neuvieme jusqu'au vingtieme jour du même mois,
se sont faites diverses courses de part & d'autre. Les Savoïards
en cet intervalle de temps, brûlerent plusieurs Villages au Bailliage de Gez, jusqu'à plus de deux cens cinquante Maisons,
tuerent autant de Païsans qu'ils en purent attrapper, conti-
nuans leurs menaces de réduire le Païs en désert, selon le commandement exprès qu'ils publioient en avoir du Duc & de l'Infante. Le Samedi, vingt du mois, entre sept & huit heures du
soir, les Gendarmes & Argoulets sortirent, pour aller à trois
grandes lieues loin de la Ville, vers le Wache, avec une Compagnie de gens de pié, & quelques Volontaires, qui espéroient
de faire une grosse picorée. Etans à demi-quart de lieue près
d'un Village, nommé Vourban, où étoient logés cent ou six-
vingts Lanciers du Duc, couverts de quatre Corps de Garde,
un des Chefs de la Cavalerie de Geneve ne voulant attendre
qu'on fût plus près, fit sonner la Trompette, tellement que
plusieurs Gendarmes & Argoulets de bonne volonté commencent à donner à toute bride, forcent les Corps de Garde, met-

tent en fuite tous ces Lanciers. Mais au lieu de pourſuivre leur pointe, & d'écarter totalement ces fuïards, ce qui étoit très aiſé; celui qui avoit fait trop tôt ſonner la charge, fit encore plus ſoudain ſonner la retraite, s'étant donné peur de quelques arquebuſades lâchées un peu loin de là, comme ſi quelque Armée eut été proche. Aïant donc pluſieurs fois crié tourne-viſage, cette voix effraïa tellement Argoulets, Cavaliers & Piétons, que tous ſe mirent ſur une retraite confuſe. Le jour commençoit à poindre; & les Lanciers voïans qu'on leur tournoit le dos, ſe rallierent, & commencerent à ſuivre ceux de Geneve. En l'eſpace de deux lieues, ou environ, depuis Vourban juſqu'à Bernai, les uns & les autres firent pluſieurs pauſes, ceux de Geneve marchans au large, & en gens étonnés. Néanmoins les autres n'oſerent les attaquer, ſinon près du Village de Bernai, où appercevans la Cavalerie ſe jetter devant l'Infanterie, qu'elle laiſſoit dénuée, encore qu'on eût lors beau moïen de la diſpoſer à couvert par les haies & prés foſſoïés, commodes pour endommager gens de cheval: ils donnerent deſſus les Piétons, la plupart deſquels ſe ſauverent à la faveur des buiſſons & maiſons proches. Le mal tomba ſur dix-ſept ou dix-huit, demeurés derriere, leſquels furent renverſés morts en l'ardeur de la charge. Le Capitaine & environ quarante Soldats, furent pris, dévaliſés, & emmenés priſonniers au Wache, & faute d'envoïer promptement leur rançon, menés tôt après à Chamberri, où ils ſouffrirent beaucoup, & après longue détention furent délivrés par divers moïens. Les gens de cheval, & le reſte des Piétons, regagnerent Geneve, quelques couards aïans été cauſe de cette déroute, laquelle apporta de l'étonnement, qui eut été plus-grand ſi les victorieux euſſent pourſuivi encore demi-lieue les fuïards, une partie deſquels n'eut prêté aucun combat, tant ils étoient chargés de peur & de honte.

Cette perte enfla merveilleuſement les Savoïards, tellement que les pourparlers avec eux en divers endroits, pour adoucir les affaires, ne ſervirent qu'à les enaigrir, dont s'enſuivirent forces menaces contre le Païs, nommément le Bailliage de Gez. Les Argoulets de Geneve voulans radouber la route de Bernai, continuerent depuis icelle, juſqu'à la fin du mois, à faire courſes de ce côté-là, tuans tous les Ennemis qu'ils pouvoient attrapper, & qui faiſoient réſiſtance, amenans auſſi des Priſonniers; ſi que dans quelques ſemaines après il s'en trouva plus de quarante dans la Priſon publique de Geneve, nommée l'Evêché.

Le commencement du mois de Juillet se passa de côté &
d'autre en courses & picorées, & quelques jeunes Cavaliers de
Geneve firent de braves Exploits sur les Savoïards, jusques-là
qu'un seul en assaillit quatre, auxquels il ôra leur butin, tuant
les uns, & contraignant les autres de se sauver. Un autre, seul
aussi, se rua sur 6, qui mangeoient des cerises, en blessa deux,
les mit tous en fuite, & apporta plusieurs piéces de leurs armes.
Le Lundi 6, Dom Amédée, avec cinq cens Chevaux, & deux
mille cinq cens Fantassins d'élite, entra, par le Fort de la Cluse, dedans le Bailliage de Gez, où ses Troupes s'épandirent
pour faire moissons. Il posa ses Corps de Garde à une lieue de
Geneve, en divers Villages, sur les avenues, pour avoir tout
le reste libre, où les Bourguignons & les Cheiserans étoient accourus, moissonnans sans empêchement. Le Sieur de Lurbigni
étoit encore détenu au lit, de sa chûte de Farges; celui qui
paravant avoit fait la charge de Sergent Major, avoit une jambe
rompue. Plusieurs Capitaines s'étoient retirés de la Ville à
Nyon, où ils faisoient amas pour aller plus loin. Quant à ceux
qui restoient, quelques-uns avoient du courage, mais peu d'expérience au fait de la guerre. Les Savoïards n'ignoroient pas
ce désordre, & surent bien empoigner l'occasion. Ils vinrent
donc le Lundi sept, avec plusieurs Escadrons de Cavalerie &
d'Infanterie, s'embusquer ès environs de Chastellaine & du
Bouchet, qui sont Maisons ramassées, à demi-quart de lieue
l'une de l'autre, & à même distance de la Ville, y aïant une
très grande Plaine entre deux, très favorable à gens de cheval.
Ces embûches avoient investi une Compagnie de Piétons, laquelle, dès la pointe du jour, s'étoit jettée trop avant de ce
côté-là. Pour attirer ceux de Geneve, quelques Cavaliers d'A-
médée approcherent à découvert, enleverent quelque bétail,
& tuerent deux ou trois Païsans. L'allarme se donne incontinent, & sur le midi gens de pié & de cheval sortent à la file,
à la débandée, mi-armés, sans armes, sans conduite, pour
aller (disoient-ils) au secours des investis, lesquels avoient
moïen, à la faveur des halliers & bons & grands fossés, de se
sauver pour la plupart. Toutes ces Troupes arrêtées à l'entrée
de la Plaine, sans considérer la difficulté & le danger du retour
poussent jusqu'au bout, où la plupart courans d'ardeur se trouverent presque hors d'haleine, & furent chargés par la Cavalerie de Savoie, suivie de quelques Compagnies de Fantassins.
Là il y eut une furieuse escarmouche, qui dura près de trois

quarts d'heures. Enfin la Cavalerie de Savoie se renforçant, vint fondre sur celle de Geneve, qui pour être foible, sans Chef bien respecté, commence à reculer. D'autre côté les Piétons, voïans plusieurs Païsans là accourus s'écarter & fuir, commencerent aussi à tourner le dos, poursuivis en cette Plaine, où plusieurs laissèrent la vie, transpercés à coups de lance, ou abbattus par les coutelas & mousquetades. Geneve perdit ce jour près de six-vingts de ses Citoïens, Bourgeois & Habitans : pareil nombre de Païsans, dont aucuns portoient les armes, y demeura aussi. Ceux qui furent ramenés blessés, moururent presque tous puis après, à cause de la multitude de leurs plaies, ou pour être transpercés à coups de lances. Beaucoup d'hommes d'âge, d'honnête qualité, qui paravant ne faisoient état de la guerre, y furent tués, à cause que l'allarme, le tocsin, & les cris de quelques particuliers effraïés, donnoient à penser que l'ennemi étoit aux Portes. Il en approcha, & fut salué, mais trop tard, de quelque coup de piéce, où le désordre parut, ne s'étant trouvé Canonier ni munition à point. Ceux qui ont considéré depuis cette perte & déroute, se sont mainte fois émerveillés, comme un seul des Cavaliers & Piétons sortis de Geneve, rentra sauf dedans la Ville. Quant aux Savoïards, ils ne firent trop grand bruit de cette journée, y aïans perdu bon nombre des meilleurs de leurs Troupes. Ils demeurerent jusqu'à la nuit ès environs de cette Plaine, estimans qu'on iroit enlever les morts, & qu'ils feroient une seconde charge ; mais l'étonnement en la Ville, le dueil en plusieurs familles, & la prudence du Sieur de Lurbigni, qui en cette nécessité fit effort à son mal, & sortit de la porte, pour empêcher plus grande confusion, fit qu'on n'entreprit davantage. Quant à la Compagnie de Piétons, investie dès le matin, s'étant valeureusement dégagée, elle revint sur les cinq heures du soir, aïant perdu toutefois sept ou huit Soldats. Les Espagnols, irrités de leurs pertes, tuerent ce soir une partie des Prisonniers ; quelques autres échapperent, & furent rachetés par rançon. Cette défaite donna moïen aux Troupes de Savoie d'achever moissons à leur aise, & s'accommoder comme bon leur sembla. Trois jours après, leurs Commis commencerent à mettre le feu dans les Villages du Bailliage de Gez, tuans hommes, femmes & enfans, sans épargner même ceux qui pendoient aux mammelles de leurs meres, avec des cruautés si brutales, que c'est horreur de s'en souvenir.

Le Mardi quatorze, les Savoïards parurent du côté d'Arve,
de Bonne, & de Chaftelaine, brûlerent quelques blés & maifons vers Lanci. Leur plus grand effort fut du côté de Chaftelaine, qui regarde la Porte de Saint Gervais, furnommée de
Corna-vin. Sur le midi on les découvrit en groffes troupes, qui
mirent le feu en plufieurs Villages, notamment au petit Saco-
nai, à demi-quart de lieue de Geneve, lequel fut prefque tout
brûlé. Ils approcherent jufqu'à la portée du Canon, & mirent le
feu en une affez belle maifon, proche de la Ville. On les écarta
par feize ou dix-huit coups d'une Coulevrine; mais on ne fit
fortie de conféquence contr'eux, crainte qu'une feconde perte
ne caufât quelque trouble & danger dedans la Ville. Depuis ce
jour ils continuerent de mettre le feu dans les autres Villages du
Bailliage de Gez, qui étoient encore entiers, & continuerent
jufqu'à la fin du mois, n'oublians pas ni près ni loin les Villages de la Seigneurie de Geneve, & meurtriffans cruellement
autant de pauvres Païfans qu'ils en pouvoient attraper.

D'autre côté, ceux de Geneve, ès forties continuelles faites
en ce refte de mois, tuerent quelques Efpagnols, Italiens & Savoïards, çà & là, jufqu'au nombre de trente ou trente-cinq;
mais ils prirent & amenerent trois fois autant de Prifonniers,
tandis que leurs Ennemis diffipoient la moiffon, continuoient
leurs faccagemens, & ne parloient que de fe rendre bientôt
maîtres affurément de Geneve, & de tout le Païs circonvoifin,
les Habitans duquel étoient réduits à fraïeurs, difettes & morts
continuelles.

Au mois d'Août, plufieurs Capitaines & Soldats quitterent
Geneve, en intention de fe jetter en la Bourgogne, pour y
être plus au large: la plupart y firent depuis pauvre fin. Un autre,
après avoir beaucoup tournoïé, finalement quitta le fervice du
Roi, prit le parti du Duc, fit rude guerre à Geneve, qui l'avoit
trop fupporté en fes méchancetés, & pour reconnoiffance des
biens qu'il y avoit reçus, enleva d'icelle Ville une femme mariée, & depuis traîna une très méchante ame, jufqu'à l'an 1597,
qu'en la guerre de Savoie il périt malheureufement. Somme, de
ceux qui eurent alors honte de Geneve en fon affliction, & qui
ouvertement ou couvertement la perfécuterent, la plupart terminerent leurs jours au lit de déshonneur & de confufion; ce
qu'une Hiftoire générale pourra fpécifier quelque jour en faveur
de la Poftérité.

Un notable perfonnage de Geneve, lequel faifoit travailler

aux forges de fer du mont Jura vers la Franche-Comté, & se
tenoit près desdites forges, à lui & aux siens appartenantes, fut
tué de nuit en sa maison le troisieme jour du mois, en un quartier de montagne nommé le Braßu, assailli par une cinquan-
taine de meurtriers, qui sur un bruit incertain se donnerent
l'allarme, faisant prompte retraite sans prendre loisir de piller
la maison, ni faire mal aux domestiques d'icelle, comme portoit la commission qui leur avoit été donnée de venir là. Le
cinquieme jour, sur les deux heures après minuit, les troupes
d'Amedée campées au milieu du Bailliage de Gez, à Thoiri &
à Alamogne, Villages conservés en leur entier, se donnerent
un allarme, & se disposerent à la retraite dès le grand matin,
tournant visage en grand désordre vers le Fort de la Cluse, &
laissant une étendue de quatre grandes lieues de Païs en longueur, & deux en largeur, bordé du Rhône & du mont Jura,
si dénué de gens, de vivres, & si défiguré du feu, que ceux qui
l'avoient vu devant la guerre, n'osoient plus le regarder, ou s'ils
jettoient l'œil dessus, c'étoit pour gémir & s'effraïer d'une telle
désolation.

Le lendemain de cette retraite, & les jours suivans, les pauvres Païsans sortirent de la Ville pour aller voir leurs masures,
& trouverent encore en divers endroits du blé debout; tellement qu'en trois ou quatre jours, ils charroïerent dedans la Ville plus de trois mille coupes (ce sont mesures de blé du poids
de cent livres) de blé battu & en gerbe, outre autre graines &
légumes. Les troupes d'Amedée aïant passé le Rhône assez bas
au dessous du Fort de la Cluse, vinrent se loger en l'autre étendue de païs entre Seisel & Geneve, où aïant commodité de vivres, plusieurs qui avoient souffert beaucoup au Bailliage de
Gez, y étant destitués de toutes douceurs, creverent d'abondance, & en mourut un fort grand nombre, nommément d'Espagnols & d'Italiens. Alors les Argoulets de Geneve commencerent à réveiller les garnisons du Duc vers Fossigni, Chablais
& le mont de Sion. Pour les brider, ceux du Fort de Sonvi,
renforcés de Pietons, firent venir cinquante Lanciers logés à
Viri, Village prochain. Cinq d'iceux, venus se promener vers
Saint Julin, Village à une lieue de Geneve, de-là l'Arve,
n'aïant pour toutes armes que leurs coutelas, rencontrerent
trois Bouchers de Geneve, lesquels sans marchander, ni reconnoître, chargerent ces Lanciers, & tuerent un sur le champ,
blesserent un autre à mort, & contraignirent le reste de se sau-

ver à bride abattue. Un des Bouchers y fut bleſſé en deux endroits ſur la tête, ce nonobſtant , il revint avec ſes compagnons
dedans la Ville , où l'on amenoit vivres de toutes parts. Tôt
après y fut faite revue , & les Compagnies reglées , les meilleurs Soldats furent retenus , les autres congédiés , pour ſoulager le public , lequel ne pouvoit porter un ſi peſant fardeau , ni
fraïer à tant de dépenſes , qu'en foulant les particuliers , entre
leſquels ſe trouverent pluſieurs de bonne volonté. Mais ils ne
purent pas continuer , y aïant grande différence entre ce qui
ſort de la bourſe & qui découle des fontaines vives , au regard
de la continuation.

Le Mardi dix-huit , deux Compagnies de Gendarmes &
une d'Argoulets , partis le ſoir précédent pour aller charger les
Savoïards du côté de Branth & Saint Sergue , donnerent l'é-
pouvante par-tout , tellement que le Baron d'Armanſſe & autres
penſoient à ſe débander , quand un traître aïant trouvé moïen
de s'écarter , alla ſignifier au Baron , que ſes Ennemis étoient
en petit nombre , & ſans Infanterie. Alors il rallie ſes Piétons ,
les place en lieux avantageux de vignobles & bocages. Néanmoins , ceux de Geneve firent une charge juſques dedans le Village de Branth , & mirent en roûte la Cavalerie du Baron. Mais
ſe ſentant engagés trop avant firent retraite , ſur laquelle ces
Piétons les acueillirent d'un millier de mouſquetades , qui tuerent un des plus aſſurés Gendarmes , & un bon cheval de ſervice. Le Baron y perdit douze ou quinze hommes , entre leſquels ſe trouverent quelques Cavaliers , & un Capitaine. Ceux
de Geneve ſe retirerent ſans être pourſuivis ; pour les conduire
avec plus d'adreſſe & de ſuccès , arriva en la Ville le Dimanche vingt-troiſieme jour du même mois , ſur le ſoir , Guillaume
de Clugni , Baron de Conforgien , guerrier renommé. Une
heure après qu'il fut deſcendu de cheval , trois Compagnies
d'Infanterie furent aſſignées à ſe trouver prêtes avec leurs armes devant le logis de leurs Capitaines , incontinent après ſou-
pé. Sur les neuf heures , ils s'embarquerent prenant la route de
Rolle , pour tirer ſoudain vers le rivage oppoſite du Lac , leur
deſſein regardant Eſvian , Villette de la Thonon , ſous l'obéïſſance du Duc. Le lendemain matin , les Genſdarmes & Argoulets firent une cavalcade juſqu'à trois lieues de Geneve vers Lan-
gin , pour tenir en cervelle les Savoïards , ou les attirer au combat. Mais ils ſe tinrent fort au couvert des haies , ſans vouloir
ſortir en campagne raſe , tellement que force fut aux provo-
quans

quans se retirer sans combattre. On estimoit que les piétons embarqués exécuteroient cependant quelque chose ; mais dès le Jeudi précédent, ceux d'Esvian avoient été avertis qu'on vouloit leur donner une camisade : au moïen de quoi ils s'étoient renforcés d'un secours de cinq Compagnies ; ce qu'étant découvert à temps par les embarqués, ils se remirent à la voile, & revinrent au port de Geneve le Mardi vingt-cinq environ midi, sans aucune perte.

Le Jeudi troisieme de Septembre, les gens de cheval sortis de grand matin hors de la Ville, & se trouvant auprès de Branth, le Lieutenant d'un des Capitaines, aïant charge d'aller reconnoître les Savoïards, & essaïer de les faire joindre & attirer en une embuscade dressée à propos, exécuta résolument sa commission, & voïant que les Savoïards branloient, passa outre, leur faisant une rude charge, mais suivi de petit nombre. Eux se renforçans, & ne marchans qu'à la faveur de leur Infanterie, lui courent sus, tuent son cheval, sous lequel il demeuré engagé, le desarment, aïant mis en route ceux qui l'accompagnoient, au rapport desquels tous les autres accourent & chargent brusquement les Savoïards, lesquels ne pouvant garder, ni ne voulant lâcher prise, firent tous leurs efforts de meurtrir ce prisonnier, & lui donnerent plusieurs coups ; mais aïant un pourpoint bien étoffé, nul estoc ne put l'offenser. Ne pouvant pis, ils le blesserent de deux coustillades à la tête, d'une estocade à la joue, & d'une taillade sur la main droite. Ce nonobstant il fut recoux & revint à cheval dedans la Ville, tout blessé qu'il étoit. Ceux de Geneve n'aïant point d'Infanterie, & molestés par deux cens Arquebusiers ennemis qui soutenoient la Cavalerie, si-tôt qu'on vouloit l'attaquer, se retirerent au pas & en gros, suivis une grande lieue durant par les Savoïards, qui n'y gagnerent que des coups, avec perte des plus échauffés, & furent contraints se retirer avec plusieurs blessés. En cette semaine, comme ès précédentes, les frégates de Geneve continuerent leurs courses sur le Lac, écumant toujours quelque proie, & assurant le commerce aux barques & bateaux d'ordinaire. Tôt après, on commença à faire vendanges en plusieurs endroits autour de Geneve, sans aucun empêchement, & continua-t-on ainsi plusieurs jours.

Le Mardi quinze, les Savoïards, qui paravant se montroient, ne parurent nullement, ains semerent un bruit, apporté puis après dedans la Ville, qu'ils s'étoient retirés plus avant, à cause

qu'ils ne se sentoient pas assez forts. Sur le soir, les troupes re-
tournées alaigrement en la Ville, quelques Païsans (ou apos-
tés, ou trop crédules) assurerent les Seigneurs de Geneve,
qu'en tout le quartier de Fossigni & de Thonon, n'y avoit pas
trois cens Fantassins, ni cent chevaux. Sur cet avis, fut résolu
d'aller vendanger à demi lieue près de Bonne. Mais pour ce que
les troupes étoient un peu harassées, on arrêta de differer le
voïage jusqu'au deuxieme jour suivant.

　　Le Mercredi seize, certain espion, sorti de la Ville, courut
avertir le Baron d'Ermansse, Lieutenant du Duc en ce quartier
de Thonon & de Chablais, que ceux de Geneve s'apprêtoient
pour vendanger. Lui, dépêche promptement vers toutes les
garnisons, tellement que la nuit suivante, cinq Cornettes de
Cavalerie, & six Compagnies de Fantassins, se rendirent ès environ de Branth, étant au nombre de deux cens chevaux, compris quelques Argoulets, & cinq cens piétons, tous gens de
combat. Leur dessein fut de laisser faire vendanges à ceux de
Geneve ès endroits où ils prétendoient : & cependant barrer le
passage au dessous de Monthou, puis les ruiner par les embusca-
des qui seroient favorisées d'un Moulin, (lequel commande
au chemin étroit par où il faudroit repasser) comme aussi des
vignes & des haies de tous les côtés : disposant au reste la Cavalerie sur les côteaux, pour fondre là où il seroit besoin. Ceux
des garnisons de la Bonneville & de Bonne furent aussi avertis
d'heure de venir donner d'autre côté. Par tel moïen, ceux de
Geneve s'avançoient pour avoir en un détroit leurs ennemis en
tête, à dos, à l'un des flancs, & à l'autre la riviere d'Arve,
aux bords de laquelle le Baron d'Ermansse ordonna qu'on dis-
posât quelques Argoulets, pour attraper ceux qui voudroient
se sauver à la nage. Quant à ceux de Geneve, ils pensoient autant à leurs ennemis, comme s'ils eussent été à trente lieues de
là. Néanmoins, le Baron de Conforgien, Gentilhomme avisé,
résolut d'y aller fort, afin qu'en tout évenement il combatît
ceux qui voudroient l'empêcher. Mais la facilité que plusieurs
imaginoient en ces vendanges, fut cause que plusieurs Cavaliers
& Fantassins dormirent à leur aise toute la nuit, sans se soucier
de pourvoir à leur équipage ; tellement que le lendemain matin,
le son de la trompette & du tambour, ne pût en tirer hors des
lits qu'une partie, les autres prenant excuse sur divers accidens
controuvés, & se levant le plus tard qu'ils purent.

　　Le Jeudi dix-sept, les Compagnies ne sortirent de la Ville

qu'entre fix ou fept heures du matin, conduifans force charrettes & tonneaux en grande allegreffe, fans penfer à combat quelconque ; auffi allerent-ils fans aucune rencontre jufqu'au vignoble à demi lieue de Bonne, où ils commencerent à vendanger,
aïant pour cet effet conduit force Païfans, & des domeftiques
de l'Hôpital de Geneve. Etant paffés & occupés ainfi, le Baron d'Ermanffe marchant à couvert avec fes troupes, fe faifit
des avenues, loge quatre-vingt Moufquetaires & Arquebufiers
des plus affûrés dedans le Moulin, fe place fur les côteaux, dif-
pofe force embufcades ès vignes, & attend de pied quoi ceux
de Geneve, qui aïant empli leurs tonneaux, & chargé les charrettes, commencent à fe difpofer à la retraite ; c'étoit lors midi. Tout foudain, le Baron de Conforgien eft averti que fes
ennemis paroiffoient en trois efcadrons de Lanciers, & force
troupes éparfes de piétons. Lui, fans beaucoup s'émouvoir,
commence à encourager fes troupes, compofées d'environ cent
cinquante Fantaffins, & cent trente Cavaliers, compris les Argoulets, puis aïant lui-même fait une ardente priere à Dieu,
& fait reconnoître les ennemis, au plus près que faire fe peut,
& entendant qu'ils étoient maîtres du Moulin ferrant l'avenue,
envoïa d'un côté quelques Compagnies pour efcarmoucher, &
& les fit fuivre par quarante ou cinquante bons Soldats, afin de
donner à ce Moulin. Il dépêche promptement trente Armés,
pour ouvrir le chemin & gagner un des côteaux, afin d'ébranler la Cavalerie de Savoie, & felon leur contenance difpofer de
fon refte. Les pietons vont à tête baiffée vers le Moulin, à travers les arquebufades ennemies ; mais finalement ils enfon-
cerent tout, tuerent les uns, bleffterent & emmenerent les autres, de ceux qui étoient embufqués. Cependant le Capitaine
des trente armés, fuivi de dix feulement, gagne le deffus, &
en laiffe vingt derriere, pour faifir une avenue ; mais appercevant une troupe de Lanciers qui venoit fondre fur lui, il s'avance vers Bonne. Les Lanciers tenans ces trente comme perdus,
donnent à toute bride fur une Compagnie d'Argoulets, que les trente armés joints à leur Chef enfoncent par les flancs un efcadrons de Lanciers, & le renverfent. Un autre efcadron, falué
par une embufcade de Moufquetaires que le Baron de Conforgien leur avoit promptement dreffée, aïant vu tomber dix ou
douze des principaux, s'écarte ; le refte venant aux Argoulets,
le Chef fait large, puis leur court fus en flanc & à dos. Le gros

de la Cavalerie de Geneve, qui cependant avoit gagné chemin, donne à la tête de ces Lanciers, & les met du tout à vau de route. Par même moïen charge les Fantaſſins qui étoient à découvert en deçà, puis ſecondé de l'Infanterie, lors courageuſe à merveilles, fait vendange en divers endroits de la plaine, des vignes & côteaux, d'un grand nombre des ennemis jurés de Geneve. Ce combat dura depuis midi juſqu'à trois heures. Les Savoïards firent peu d'effort, & la plupart furent tués à coups de main. Ils y perdirent, de tués ſur la place, plus de trois cens hommes, entre leſquels ſe trouverent plus de quarante Lanciers. Ceux de Geneve y perdirent un Cavalier, dix piétons, & ramenerent quinze bleſſés, qui pour la plupart furent guéris. Le cheval du Baron de Conforgien fut tué entre ſes jambes, mais, remonté promptement ſur un autre, il pourvut prudemment & courageuſement à tout. Celui d'Ermanſſe y aïant laiſſé preſque toute ſa Compagnie de caſaques rouges, ſe ſauva, non ſans grande difficulté, ſur un cheval d'Eſpagne. Deux Capitaines Savoïards, pluſieurs Lieutenans, Enſeignes, Sergens & autres membres des Compagnies demeurerent étendus par terre, & rapporta-t-on plus de trente halebardes. On amena cent Soldats priſonniers avec quelques Capitaines, Sergens & Caporaux. Pluſieurs de ces Captifs étoient grievement bleſſés, & furent panſés ſoigneuſement; la Seigneurie aïant toujours montré beaucoup d'humanité à ſes ennemis après la chaleur des combats. Les troupes de Geneve rapporterent ſoixante lances entieres, dont pluſieurs avoient ſervi de guidons, comme paroiſſoit aux banderolles; plus de trois cens arquebuſes & mouſquets, trente ou trente-cinq cuiraſſes, force bagage; entr'autres pieces, trente caſaques rouges, dont y en avoit de velours paſſementées d'or & d'argent, & quelques-unes d'écarlate. Outre plus, ils amenerent dix-ſept ou dix-huit bons chevaux. J'oubl'ois à dire, que le traître mentionné en l'aventure du Mardi dix-huit Août précédent, reçut lors le ſalaire de ſa perfidie, pour avoir lâchement quitté le partì Roïal pour ſe ranger à celui du Duc : car il fut tué des premiers, & le cheval gagné le jour de ſa révolte regagné, & ramené dedans Geneve.

Après la victoire, le Baron de Conforgien rendit graces à Dieu au milieu de toutes les troupes, & tous furent de retour ſur les ſept heures du ſoir. Le Baron fit, avant partir, lâcher trente des ennemis rudement bleſſés, qui allerent finir leurs jours dedans Bonne & ès environs. On donna congé auſſi à un

Goujat, & le fit·on conduire delà l'Arve vers le Fort de Sonvi,
pour y porter les nouvelles de la rencontre. J'ajouterai, qu'entre les Capitaines conduisans l'Infanterie de Geneve, celui qui
fit la première pointe, tua de sa main cinq Italiens & Savoïards, avant qu'ils eussent bien découvert qui c'étoit, tant
il étoit dispos des pieds & des mains. Aïant percé de part en
part un Sergent, comme il vouloit retirer son épée, la garde
& le pommeau se démonterent, tellement que la seule allumelle
lui demeura dans la main. S'étant fait donner une autre épée
par le premier Soldat ennemi qu'il rencontre, & ne l'aïant trouvé aigüe, ni tranchante à son gré, il se tint à sa lame, avec
laquelle il combattit un autre Sergent, lui fit tomber sa hallebarde, puis lui sautant à la gorge, le tua à coups de poignard.
Quoi fait, il se jette dedans les vignes, gagne un cheval, &
poursuit les Savoïards avec une nouvelle épée. Ses Soldats le
seconderent valeureusement ; tous les autres firent très bien,
combien que du commencement quelques-uns eussent plus
d'envie de faire retraite, que d'aller à la charge; mais la nécessité survenue & la résolution des uns enflamma les autres. Il
se trouva dans les troupes vaincues un Moine portant une masse ; mais quoiqu'il fît du mauvais, on le mit au rang des trépassés. Les Prisonniers lui rendirent ce témoignage, que c'étoit
un des plus vicieux & cruels de toutes leurs bandes. Certain
Cavalier de Geneve avoit quelques semaines paravant perdu son
cheval en une charge; aïant en celle-ci reconnu son cheval entre les jambes d'un Capitaine ennemi, le suit courageusement,
tue de sa main ce Capitaine, gagne ses armes, & ramene son
cheval. Les Prisonniers (dont j'ai ouï plusieurs à diverses fois)
confessoient que la terreur de Dieu étoit tombée sur eux, dès
le commencement du combat, & que l'instrument d'icelle terreur fut la prompte résolution du Baron de Conforgien, &
l'allegresse de ceux qui lui obéissoient. Que l'intention de celui
d'Ermansse & des autres Chefs (lesquels avoient trop tôt chanté
le triomphe) étoit de ne prendre aucun de Geneve à rançon ;
ains que tous seroient tués sur le champ, reservé le Chef, dont
l'on feroit un présent à la Duchesse de Savoie. Mais incontinent après la première charge, leurs Lanciers se jettoient de
leurs chevaux à bas, pour se fourrer dedans les vignes parmi les
gens de pied, où presque tous furent tués, n'aïant autres cuirasses que leurs casaques : car ils présumoient si avant de leur
bonne avanture pour ce jour-là, que de vingt il n'y en avoit pas

deux qui euffent cafquet en tête ; & leurs Capitaines portoient des mandilles de velours fans cuiraffes, comme s'ils fuffent
allés à nôces ; leurs Carabins ne firent du tout rien. En fomme
Dieu vendangea leurs cœurs & leurs bras, ne leur laiffant que
les jambes, qui leur vinrent à propos, & fi on leur eut coupé
chemin vers Bonne & Thonon, il ne s'en fut pas fauvé une
vingtaine.

Le Vendredi dix-huit, quelques Cavaliers de Geneve allerent reconnoître les morts ennemis, en trouverent, affez près
les uns des autres, deux cens foixante deux, puis tuerent dix
ou douze Cavaliers venus de Bonne pour reconnoître auffi, &
mirent leurs compagnons en fuite. Les Païfans découvrirent
d'autres tués çà & là le long des buiffons, dans les vignes &
par les côteaux, tellement que le nombre fut eftimé monter à
plus de trois cens cinquante, & plus de quatre-vingt bleffés,
qui ne valurent rien depuis. Le Samedi dix-neuf, en une autre courfe vers Monthou, quatre Savoïards furent tués & trois
amenés prifonniers. Tout le refte du mois fe paffa en quelques
courfes & picorées de part & d'autre, au dommage des Païfans.
Ceux du Bailliage de Gez mouroient de deuil & de difette;
quelques-uns réchapperent, qui depuis ont maintenu cette
étendue de païs des plus belles & commodes que l'on fauroit
trouver.

Environ le douze d'Octobre, le Baron de Conforgien entendant que quelques nouvelles Compagnies approchoient, & voulant reconnoître le païs, effaïa de les rencontrer, & avec toutes les Compagnies de cheval fit une cavalcade jufques de-là
Chaumont en Genevois, à quatre lieues de la Ville, fans rencontrer perfonne. Ces Compagnies qui en fentirent le vent fe
retirerent plus loin, tellement que le Baron, aïant tout à l'aife
découvert & remarqué tout ce que bon lui fembla, revint fur
le foir avec toutes les troupes, qui marcherent tout ce jour en
ordre de bataille, dont tout le païs ennemi fe donna l'allarme.
Quelques jours après, les Châteaux de Boufavan & la Rochette
au Bailliage de Thonon, & de Bemont du côté de Sonvi, furent brûlés, deux par ceux de Geneve, & la Rochette par la
garnifon du Fort des Alinges, retraite du Baron d'Ermanffe.
Quelques Ennemis furent tués ou amenés en la Ville, ès prifons de laquelle fe trouvoient lors plus de fept vingts Soldats, defquels les Capitaines du Duc tenoient peu de compte.
Autres courfes fe firent à divers jours au dommage des garnifons
de Savoie.

Le Jeudi vingt-neuf, sur les six heures du soir, toutes les Compagnies de pied & de cheval sortirent par la porte neuve, passerent l'Arve, & prirent le chemin de Crusilles, Villette foible, à trois grandes lieues de Geneve, entre Midi & Occident. Illec étoient logées trois Compagnies d'Espagnols, Néapolitains & Italiens ramassés, boutefeux & saccageurs du Bailliage & de la Ville de Gez. Si-tôt que les troupes de Geneve furent à moitié chemin, les Païsans, qui les sentirent, commencerent à donner l'allarme par tout le Païs, à son de cloches, cornets, & huées étranges; bruit porté jusqu'à Crusilles environ une heure après minuit. Ces garnisons estimant tout cela rien, se remirent au repos. Deux heures après, l'allarme recommença; les moins étourdis de ces trois Compagnies commencent à traîner sur certaine plateforme, qui y est, une partie de leur bagage. Peu avant jour, ceux de Geneve arrivent auprès, & les prieres faites, le Baron de Conforgien commande aux Tambours & Trompettes de sonner, fait présenter l'escalade en quelques endroits, & le pétard à la porte. Les assaillis firent quelque résistance; mais se confiant au Château & à la plateforme, leur gros s'y retira. Les assaillans entrés mirent le feu en une maison pour se faire claireté attendant le jour, & aïant tué quelques uns de leurs Ennemis çà & là, quittant la poursuite, les Fantassins & quelques armés descendus, se mirent à enfoncer les portes des maisons pour tuer ceux qui n'avoient voulu ni su faire retraite, & en tuerent & brûlerent grand nombre, sans prendre aucun prisonnier. Car outre ce que jamais pas un d'eux ne parla de se rendre, l'on étoit plus content aussi de les laisser là étendus, que de les amener ès prisons de Geneve, lesquelles étoient ja pleines. Or, d'autant que le Baron craignoit une déroute, étant si loin de retraite, en païs très fâcheux pour le chemin, environné d'Ennemis de tous côtés, & que la plupart de ses Soldats, chargés de picorée, se débandoient; joint que les assaillis retirés, sur la plateforme, au nombre de cent cinquante, avoient essaïé de faire une sortie qui leur eut été avantageuse, aïant à faire à gens écartés; item que l'allarme sonnoit de toutes parts, joint qu'il n'y avoit presque point de vivres en cette bicoque-là, qu'il y auroit du hasard au conflit, à cause de plusieurs volontaires peu exercés, mêlés parmi ces troupes; après un séjour de six heures dedans icelle Place qui fut pillée, & partie brûlée, des assaillis tués & brûlés au nombre de cent ou six vingts, fit sonner la retraite, & se rendit dedans Geneve sur les six heures du soir, aïant perdu le Lieutenant d'une des Compagnies d'Infanterie, & trois autres Soldats. Le lendemain, quelques armés allerent châtier les Païsans, qui au branle de leurs cloches, avoient donné le premier allarme, & mis tous les autres en train. Le reste du mois se passa en courses & butin, comme aussi le commencement de l'autre, & furent enlevées quelques cloches, pour ôter aux Savoïards le moïen de sonner le tocsin.

Quelques Compagnies de Geneve monterent au Jura, & traverserent jusqu'à Arban, petite Bourgade limitrophe de la Franche-Comté & de Savoie; le quatrieme jour de Novembre, en enleverent un grand butin, & revinrent deux jours après. Le seizieme jour se fit une entreprise pour chasser la garnison du Duc hors du Château de Couldrée au Bailliage de Thonon. Mais tout cela aïant été commencé par une querelle, où un soldat fut tué par un des Chefs, aussi l'issue en parut malheureuse; car un des Capitaines fut si rudement blessé devant cette Place, que quelques semaines après il fallut lui couper l'une des jambes. Les Savoïards perdirent en cette course cinq Soldats attrappés hors du Château. Depuis ce jour jusques sur la fin du mois ne se firent que picorées; il y avoit grande cherté dedans la Ville, néanmoins on assista aux pauvres Païsans pour les sauver de la rigueur du froid. Le Dimanche vingt-neuf, toutes les Compagnies de pied & de cheval s'acheminerent sous la conduite du Baron leur Chef, jusques vers Chaumont en un Village nommé Thioles, où se faisoit le pain de munition pour le Fort de Sonvi, ruinerent les fours & moulins, dissiperent ce qu'ils trouverent de munition, & brûlerent le Village, & un autre nommé Frangin. Le Baron sachant qu'il y avoit cinq ou six cens Espagnols à Aneci, & environ deux cens Lances, aima mieux se retirer que les attendre en païs desavantageux, ramena toutes ses troupes en la Ville, où elles entrerent environ une heure après minuit.

Le premier jour de Décembre, en une course vers Bonne, dix Savoïards furent tués, & dix jours après les Compagnies sortirent de la Ville, allerent ès environs du Fort de Sonvi, brûlerent, à la vue des Savoïards, les granges de la Perriere avec tout le fourage qui étoit dedans, démolirent un moulin & quelques fours, puis se retirerent. Depuis jusqu'au vingt-unieme jour du mois, on continua de molester en diverses sortes la garnison du Fort de Sonvi, travaillée de froid, de disette &
d'autres

d'autres miferes. Nicolas de Harlai, Seigneur de Sanci, Lieu-tenant pour le Roi en la guerre de Savoie, étant arrivé le vingt-deux en la Ville où l'attendoit une Cornette d'Albanois, il y trouva deux Cornettes de Gendarmes, trois Compagnies d'Ar-goulets, neuf Compagnies d'Infanterie. Les Confeils de guer-re remis fus; le Jeudi dernier jour du mois , toutes les troupes fortirent au foir, prenant la route de Foffigni , une partie deçà, l'autre delà d'Arve , avec trois pieces de canon. Cette petite armée étoit compofée d'environ deux mille combattans ; fur le foir l'artillerie approcha du Château de Buringe, au bas duquel y a un pont , fur lequel on paffe l'Arve , pour venir de Gene-vois en Foffigni. Paravant les troupes de Geneve avoient gagné le Village, & pris logis ès lieux plus proches. Les Lieutenans du Duc en cette guerre , avertis d'heure de toute cette entre-prife , firent démarcher de Rumilli & d'Aneci, environ trois cens Lances de Néapolitains & Milanois avec quelques Arque-bufiers à cheval , & cinq ou fix Compagnies de piétons , dont les uns s'acheminerent vers la Roche , Villette non éloignée de Buringe , les autres conduifirent quelques vivres au Fort de Sonvi : où aïant entendu que le fieur de Sanci tournoit la tête vers Foffigni, s'acheminerent promptement vers leurs compa-gnons à travers les neiges & les glaces : réfolution louable & néceffaire alors. Ceux de Buringe montrerent auffi beaucoup de courage au commencement , tandis que l'on accommodoit la batterie.

Le Vendredi premier jour de Janvier mil cinq cens quatre-vingt-onze, les Lanciers Savoïards , Néapolitains & Milanois s'étant rendus à la Roche , & fe doutant qu'on ne lairroit pas dormir ceux de Buringe ; preffés auffi des Habitans de la Ro-che , & entendans qu'on avoit découvert quelques picoreurs , fans beaucoup confulter , & plufieurs ne prenant le loifir de s'armer , monterent à cheval, & fuivirent la pifte des Coureurs de Geneve. Les fieurs de Sanci , Lurbigni, Conforgien, étoient lors à la batterie, prefque tous leurs gens defarmés. Si ces Lan-ciers n'euffent fait tant de bruit & huées , ils pouvoient aifé-ment venir à couvert jufque dedans Buringe , & faire une étran-ge exécution, étant fuivis de leurs piétons. A l'approcher , ils font une charge dans un quartier où ils penfoient furprendre les Albanois & quelques Compagnies d'Argoulets de Geneve. Iceux entendans le bruit , montent à cheval fort promptement , fans cuiraffes , pour la plupart , à caufe que les Lanciers ne leur en

Tome V. K k k k k

donnoient pas le loifir. Combien que lors ils ne fuffent pas gué-
res plus de dix-huit ou vingt, tant Argoulets qu'Albanois, fi
donnerent-ils, guidés par deux Chefs courageux, à toute bride
à travers les Lanciers, le conducteur defquels, & un autre des
principaux aïans été renverfés morts à coups de main, dès le
commencement, les autres aïans prêté quelque combat, voïans
étendus par terre foixante de leurs compagnons, & plufieurs
griévement bleffés, commencerent à reculer, puis tournerent
les épaules, & fuirent à vau de route vers la Roche, jufqu'aux
Portes de laquelle ils furent pourfuivis. Quelques Piétons, qui
étoient accourus au bruit du combat, & avoient donné en flanc
à ces Lanciers, aiderent beaucoup à la défaite. Les victorieux
perdirent deux hommes au combat, & environ douze Fantaffins, & quelques Goujats picoreurs. Mais ils eurent pour butin
quarante bons Chevaux, des Armes, de l'Argent, des Cafa-
ques, & autres bons habillemens; plus, trois Cornettes.

    Le Samedi deux, dès le grand matin, la Batterie recommen-
ça contre le Château de Buringe, battu de foixante-douze coups
jufques fur les huit heures, que les Affiégés, qui paravant fe
montroient fort échauffés, demanderent compofition avantageufe, qui leur fut refufée. Sommés de fe rendre à difcrétion,
& menacés d'être taillés en piéces s'ils attendoient l'affaut, gagnerent de vîteffe, par une porte de derriere, le Pont qui leur
étoit tout proche, & que les Affiégeans ne pouvoient bonnement garder, pour être commandé trop à découvert du Château. Ils fe fauverent en grand défordre dedans Bonne, près
de là, fuivis de quelques Cavaliers, qui en tuerent huit, en prirent trois, dont l'un tôt après fervit de bourreau pour attacher
au gibet les deux autres. Cette fuite vint à propos aux Affiégeans, lefquels euffent perdu beaucoup d'hommes, & des meilleurs, s'ils euffent trouvé réfiftance à la bréche, très avantageufe
pour les Affiégés, auxquels le cœur devint foie; car icelle bréche étoit à une picque haut de terre; outre plus, fauvée d'un ra-
velin, d'une fauffebraie, & d'un terreplein derriere, le lieu étant
très fort d'affiette & de main. Tout le refte du mois fe paffa en
courfes, picorées & faccagemens, l'effrenée licence des gens
de guerre endommageant de façon étrange les pauvres Païfans,
furtout au Bailliage de Gez, dont les reftes fembloient être
échus en partage aux Picoreurs, tant de part que d'autre. Buringe aïant été gardé quelques jours, durant lefquels les deux
Compagnies de Geneve qu'on y avoit logées tuerent en une fortie

vingt-cinq ou trente des Troupes du Duc, qui approchoient trop près, fut finalement démoli & abandonné ; mais depuis terraffé, raccommodé par le commandement du Duc, & rendu tenable comme devant. En ce temps, l'Angleterre, l'Ecoffe, la Hollande, & autres Provinces-Unies des Païs-Bas, témoignerent beaucoup de bienveillance envers la République, l'Eglife, & l'Ecole de Geneve, felon le fidele rapport qu'en fit l'un des Confeillers, lequel y avoit été en Ambaffade, & l'effet qui s'en enfuivit.

Le Vendredi vingt-neuf, le Sieur de Quitri entra dans la Ville avec Autricourt, fon Lieutenant, fuivis de trois cens Chevaux, & d'environ quinze cens Piétons, en quatre ou cinq Régimens. Les Suiffes, au nombre de mille ou douze cens, délogerent du Bailliage de Gez, & entrerent au Bailliage de Thonon, où ils exercerent toute hoftilité, fors les violences & embrafemens. La plupart des Compagnies Françoifes, remplies de gens halerans après la proie, logerent hors la Ville ; & le premier jour de Février, toutes les Troupes, tant Etrangeres que de la Ville, fe rangerent autour du Sieur de Quitri, lequel fit charroïer par terre les cinq piéces d'Artillerie gagnées fur le Duc, à Verfoi. Le Mercredi trois, en un froid très âpre, les Troupes arriverent près de Thonon, où la Garnifon, qui avoit fermé les avenues, fit tête ; c'étoient environ deux cens cinquante hommes de guerre, qui, après quelques arquebufades, voïans qu'on alloit les forcer, quitterent leurs barricades, incontinent enfoncées par les François, fuivis du refte ; tellement que cette inutile réfiftance des Savoïards fut caufe du fac de Thonon, où à la chaude quelques Soldats infolens commirent des cruautés & vilainies, non châtiées, parceque tels méchans fe tirerent un peu à l'écart, & n'en fut faite grande recherche. Quant aux Soldats de la Garnifon, les uns, au nombre d'environ quatre-vingts ou nonante, fe jetterent & enfermerent dedans le Château, avec le Sieur de Compois, leur Chef ; les autres fe fauverent de vîteffe à Efvian : les François y perdirent deux hommes. Le lendemain, parceque Compois & les fiens ne répondoient que moufquetades, (dont ce jour & le lendemain furent bleffés neuf ou dix Soldats) on commença de les battre du côté qui regarde l'Orient d'Eté, & en tout le Siége furent tirés huitante deux coups de Canon. Mais en confidération que la muraille du Château, bâtie de forte pierre de taille & de brique, avoit ès moindres endroits fept piés d'épaiffeur, les Affiégeans commencerent à miner la Place, rompant les cannonieres & meurtrieres, puis ferrant de si près les Affiégés, qu'ils n'osoient plus paroître. Le Samedi six, sur le matin, deux mines jouerent, qui firent quelque ouverture, & fut dit qu'en la ruine, & des coups tirés le jour précédent, avoient été tués environ trente des Affiégés. Les autres, qui avoient beau moïen de repousser une pointe, redoutant une autre plus furieuse mine, & enfin d'être forcés, demanderent composition, que Quitri leur accorda. Environ le midi, Compois & trois autres sortirent avec la dague & l'épée seulement, suivis de cinquante Soldats, qui n'emporterent ni armes ni bagages, & prirent le chemin de Bonne, laissans un butin de blé, de vin, d'armes & autres munitions, à la valeur de six ou sept mille écus.

Le huitieme jour de Février, l'avant-garde alla se loger, ès environs d'Esvian, Villette au bord du Lac, avec un vieil Château. Là dedans commandoit le Sieur de Bon-Villars, autrefois Capitaine de Montmellian, à trois cens Soldats choisis, qui avoient fortifié toutes les avenues de la Place, même le Fauxbourg, du côté de Thonon, d'où cette Villette est éloignée de deux lieues. Le Mardi neuf, ils furent sommés de se rendre au Roi; mais leur réponse n'étant composée que de huées & mousquetades, les piéces furent placées, qui, le Mercredi au soir & le Jeudi matin, tirerent quelques coups en courtine au long de ce Fauxbourg, qui foudroïerent trente-cinq ou quarante des Soldats affiégés, à qui plusieurs du lieu aidoient courageusement, quoiqu'ils eussent souffert mille & mille outrages de cette Garnison. Les Affiégeans perdirent trois bons Soldats, avant que d'être maîtres de ce Fauxbourg, entr'autres l'un des Lieutenans d'une Compagnie d'Infanterie de Geneve, qui courant sus à un Capitaine Savoïard, ils s'enferrerent l'un l'autre, & moururent tous deux sur le champ. Le Fauxbourg pris, on posa le pétard à la porte, qui enfoncée, & certains autres passages gagnés, les Troupes entrerent dans la Ville, laquelle ils saccagerent, & y exercerent tous actes d'hostilité, nommément les Régimens François. Grands & petits s'y chargerent de butin, aucuns enlevans jusqu'aux travaisons, poutres, soliveaux, planchers, dégrés de pierre, huisseries, fenestrages & ferrures de quelques maisons. Outre plus, la communauté fut composée à deux mille écus de rançon, pour empêcher le feu, & dix-huit ôtages donnés pour assurance. Après la prise de la Ville, Bon-Villars & le reste de ses gens firent contenance de vouloir se

défendre, fur l'efpérance d'être fecourus par Dom Amédée &
le Sieur de Sonnas, qui amaſſoient toutes leurs forces en grande diligence. Au reſte ce Château avoit été par eux tellement
terraſſé, qu'il étoit malaiſé de les forcer à coups de Canon:
davantage, les vivres leur abondoient pour quelques mois,
la Place étant hors de ſappe & malaiſée à miner, parcequ'il eſt
bâti en lieu marécageux & près du Lac. Néanmoins on leur
donna tant d'allarmes, que trois ou quatre jours après la priſe
de la Ville, ils accepterent compoſition aſſez favorable, ſortan
armes & bagues ſauves. Ils furent conduits en toute ſûreté.

L'Armée aïant fouragé ces Bailliages d'Eſvian & de Thonon,
retourna devers Bonne ſur la fin du mois de Février, traînant
avec grandes difficultés (à cauſe des pluies & chemins rompus)
deux piéces juſqu'au Pont de Buringe, & de-là au Château de
Polinge, qui fut incontinent rendu. Sur ces entrefaites l'avertiſſement vint qu'Amédée, Sonnas, Olivarès, Eſpagnols & autres, joignoient leurs Troupes, pour venir faire un grand effort, qui fut cauſe qu'en diligence on ramena les piéces dedans
l'Arcenal de Geneve. Tandis que les Chefs de l'Armée Roïale
conſultoient ès environs de Bonne, la Ducale, compoſée de
huit cens Maîtres, Lanciers pour la plupart, & de quatre mille
Piétons de divers Païs, déçà & delà les Monts, ſe vint rendre
à la Roche au commencement de Mars. Olivarès, vieil Capitaine, étoit d'avis qu'on ne s'avançât, mais que l'on vît le mouvement des François, pour ne les prendre qu'avec avantage,
s'aſſurant que la néceſſité les feroit retirer, ou que s'ils entroient
dans le Païs, la défaite en étoit certaine & facile. Dom Amédée inclinoit à cet avis; mais Sonnas & autres Chefs, qui
avoient plus de feu que de plomb en tête, & qui ſavoient l'état
du Camp de Quitri, l'incommodité des logis, que la plupart
des forces étoit retirée dedans Geneve, conſeillerent qu'on s'a-
vançât, alléguant qu'il y avoit plus d'honneur & d'avantage à
chaſſer & châtier les François, qu'attendre qu'ils s'amendaſſent
ou ſe retiraſſent de leur plein gré. Une autre cauſe mouvoit
Sonnas, à ſavoir le petit nombre des Troupes de Quitri, qu'il
n'ignoroit être compoſées de grands Picoreurs, leſquels, chargés de butin, aimeroient mieux jouer des piés que des mains;
conſidérant auſſi l'état de ſes propres Troupes, qui ne touchoient
ſolde quelconque, & ſe débanderoient aiſément, ſi l'on demeuroit ſans combat, jugeoit expédient de leur donner curée,
& que comme la guerre ſe fait à l'œil, un beau moïen ſe pré-

fentoit à ce coup pour faire quelque fignalé fervice au Duc &
à l'Infante.

Les fieurs de Sanci, Quitri, & le Baron de Conforgien, entendans que cet amas d'ennemis branloit pour venir à eux, retirerent promptement les forces qu'ils avoient logées ès Châteaux de Poulinge & de Viferi, où l'on mit le feu. Le lendemain dixieme jour de Mars, ils envoïerent reconnoître de plus
près l'armée Ducale, & furent pris quelques Gentilshommes &
Soldats, lefquels affurerent que Dom Amédée étoit à la Roche
avec Olivarès, le Marquis de Tresfort, le Comte de Château-
neuf, Sonnas, & toutes les forces de Savoie, Breffe & Lyonnois. Pour ce jour, l'armée Roïale ne voulut quitter fon logis
de Buringe, pour ne faire penfer aux Savoïards qu'elle fût en
effroi. Mais le lendemain, quittant fon premier projet, qui
étoit de s'avancer en Foffigni, elle vint fe loger deçà la Meno-
ge, tant pour fe garder de furprife en ce quartier de Buringe
où les Villages font écartés & de fort difficile accès, que pour
empêcher l'armée Ducale de fe venir loger fur le bord de cette
riviere, entre Geneve & les François. Ainfi donc, les troupes
furent logées à Ville-la-grand, Anemaffe, & autres Villages
circonvoifins à une lieue de Geneve. Le Vendredi douze,
Dom Amédée (lequel incontinent après le départ de l'armée
Roïale arriere du Buringe, avoit fait redreffer le pont) paffa
toute fon Infanterie fur ce pont, & la Cavalerie au gué de
Contamine. Leur logis furent à la Beigue, Cranves, Luffinge
& autres Villages au tour de Bonne. Environ midi, l'armée
Roïale s'avança en la place de bataille choifie fur le haut de
Monthou, & fur les trois heures, non plutôt, les bataillons
furent dreffés. Les Chefs n'eftimoient pas que de ce jour-là fe
pût faire aucune chofe, ains que feulement les uns feroient
montre aux autres de leurs forces; joint que leurs troupes étoient
fi avantageufement logées, qu'ils ne pouvoient penfer que Dom
Amédée voulût rien entreprendre, encore qu'il fût deux fois
plus fort, tant en Cavalerie qu'en Infanterie, aïant cinq mille
Fantaffins, fix cens Lanciers, & quatre cens Arquebufiers à
cheval. Mais tout foudain parurent cinq cens Arquebufiers &
Moufquetaires, choifis en tous les Régimens de l'armée Ducale,
qui vinrent attaquer un Régiment François, placé environ à
mille pas de tout le gros, pour la garde d'un taillis au bas du
côteau, tirant de Monthou à la Beigue, item de quelques haies
& maifons, où partie de ce Régiment s'étoit barricadée. Ces Ar-

quebufiers & Moufquetaires vinrent fi brufquement à l'efcarmouche, qu'en peu de temps, ils chafferent les François hors
du taillis. Quant aux haies , barricades & maifons, elles ne furent gueres difputées. A la queue de ceux-là marchoient huit
cens autres, qu'Olivarès conduifit jufqu'aux haies , puis fe retira en fon gros. En même temps Quitri envoïa trois à quatre
cens Arquebufiers, tirés des Régimens de Chantal & Saint Cheron, pour foutenir les premiers, & les trois Compagnies du
Baron de Saint Remi. Mais cela ne fut fuffifant pour foutenir
ce gros d'Infanterie que Dom Amédée & Olivarès avoient fait
avancer, & qui gagnerent tous les bois, foffés & barricades,
jufqu'au plus proche bataillon des Suiffes. Là-deffus, Sonnas,
Tresfort & autres Chefs, s'avancerent pour foutenir leurs gens
de pied, & paffer outre à mefure qu'ils verroient leurs Fantaffins
faire progrès, lefquels aïant gagné jufqu'à la derniere haie,
Sonnas & autres s'affurerent tant de la victoire, qu'ils paffèrent
la haie, pour entrer en la plaine. Si-tôt que le Baron de Conforgien les vit à demi paffés (étant contraints d'aller à la file, le
chemin étant étroit) fuivi de Cavaliers courageux, il les charge fi à props, que Sonnas & les plus affurés de fa fuite aïant
été renverfés morts par terre , les autres furent mis en route,
& pourfuivis de-là les haies, où le gros, qui devoit les foutenir, ne repartit, ni ne fe foucia de tenir ferme, ains quitta
la place. Ils furent fuivis jufqu'au principal gros, où étoient
Amédée & Olivarès, couverts d'un grand foffé, d'un heurt,
& d'une haie ; leur arquebuferie fit une grande falve aux pour-
fuivans ; il y en mourut deux, & fix chevaux furent tués.
   Au temps de cette charge, les Régimens de Chantal & Saint
Cheron donnerent dedans ces treize cens Arquebufiers &
Moufquetaires fufmentionnés. D'entrée, le conflit fut âpre ;
mais quand les Efpagnols & Néapolitains apperçurent leur Cavalerie en route, ils commencerent à branler, & furent pouffés
dedans la plaine, où la Cavalerie en tua quelques-uns. Mais, à
la faveur de leur gros qui étoit proche, & fur ce petit heurt,
qui va de Cranves à la Beigue , la plupart fe fauva dedans le
foffé qui eft fur le bord du heurt, là où ils étoient tellement en-
taffés, que le foffé en regorgeoit. Les plus haut de ftature n'y
avoient pas l'avantage, & qui favoit mieux baiffer la tête, recevoit le moins de coups. Ce qui les garantit fut leur arquebuferie proche du foffé, joint que leur gros, compofé de trois mille piétons & de trois cens lances, n'avoit encore bougé. Les

victorieux s'étant ralliés, non sans peine, se retirerent & joignirent en un corps, après avoir entierement dépouillé les morts,
qui se trouverent au nombre de trois cens ou environ, entre
lesquels y avoit près de cent Gentilshommes avec Sonnas leur
Chef; ils emmenerent grand nombre de blessés. Les deux armées demeurerent puis après l'espace d'une demie heure à s'en-
tre-regarder; sur quoi la nuit survint qui ôta la vue des uns aux
autres. Si les François eussent reçu la perte des Savoïards, Geneve étoit en danger, & cette secousse, mêlée parmi la nécessité
des vivres & d'argent qui défailloient, eut entierement dissipé
leur armée. Dès la minuit, les Savoïards commencerent à déloger, repassans l'Arve, & allerent loger à la Roche & à la Bonne Ville, aïant rompu le pont de Buringe après eux en se retirant, avec beaucoup de fraïeur & de mécontentement en leurs
troupes. Mais du côté des François, leur pauvreté étoit si grande, qu'ils ne pouvoient s'aider de cette victoire, & furent contraints, pour éviter la totale dissipation de leurs troupes, se retirer
le vingt-troisieme jour du même mois, prenans le chemin de la
Franche-Comté par Roman-Montier. En lieu du Baron de Conforgien, furent laissés à Geneve le sieur de Chaumont, & le Capitaine Caron.

Tout le reste de cette année se passa en courses, en l'une desquelles, le dix-sept de Mai, fut pris dedans Thonon & amené
prisonnier à Geneve le Baron d'Ermansse, d'où il essaïa se sauver au mois de Décembre ensuivant, détenu en une chambre de la Maison de Ville. Mais il fut rattrapé incontinent
& resserré; tellement qu'il ne put échapper que l'an suivant,
moïennant rançon de laquelle il se fit rembourser au quadruple,
par diverses exactions sur les Païsans des Bailliages de Gez,
Thonon & Ternier. Et autres courses faites en Chablais, Fossigni, & vers le Fort de Sonvi, furent tués à diverses fois environ cent hommes du parti Ducal, la plupart piétons, plusieurs
blessés & amenés prisonniers. Les Païsans, faute de païer leurs
contributions, virent emmener leur bétail, vendu puis après
au plus offrant. Ceux de Geneve firent diverses sorties avec peu
d'effet, & en quelques-unes trouverent empêchement & résistance. Au commencement de Novembre, le sieur de Chaumont se
retira gracieusement hors de Geneve.

En l'année mil cinq cens quatre vingt-douze, les courses
continuerent de part & d'autre; ceux de Geneve firent perte de
neuf ou dix bons Arquebusiers à cheval, en une charge à demi
lieue

lieue loin de la Ville du côté de Bonne ; & en Octobre suivant, cinq ou six autres de ce même côté. On leur prit aussi quelques prisonniers, dont les uns se sauverent des prisons, les autres échapperent par rançon. Quant aux Savoïards, ils perdirent en divers endroits vingt-cinq ou trente hommes, tant de cheval que de pied. On leur pilla deux Châteaux en la Michaille dès le commencement de l'année. Quoi qu'ils entreprissent, ceux de Geneve, aidés du Baron de Conforgien, retourné vers eux au commencement d'Octobre, firent vendanges même du côte de Bonne ; sans que celui d'Ermansse, suivi de cinq Compagnies de cheval & trois cens piétons pût, ou osât, leur donner empêchement. Nous ne remarquons point les accidens particuliers, qui sont toujours presque infinis en ces affaires. Ceux de Geneve, pour avoir trop petit nombre de Soldats, & n'être secourus de France, ni d'ailleurs, étoient contraints ménager, & se contenter des contributions qu'ils tiroient avec peine & danger.

Au commencement de l'an mil cinq cent quatre-vingt treize, le Baron de Conforgien retourna en Ville, & continua par quelques courses de molester les Savoïards. En Février, un certain Capitaine traître, lequel l'an précédent avoit fait rude guerre à ceux de Geneve, qui l'avoient élévé, & trop épargné en ses maléfices, revenant de Chamberi, fut chargé par quelques Cavaliers : mais il se sauva de vîtesse, en telle sorte que sa bougette étant chute par terre, fut trouvée pleine de papiers qui découvrirent ses menées. On lui rendit tôt après le tout avec bonnes paroles, & tâcha-t-on de l'attrapper, mais aïant découvert la mêche, il se tint sur ses gardes, son loïer lui étant réservé jusqu'à l'an 1597, qu'il fut exterminé ; je n'ai voulu souiller le papier du nom d'une ame si malheureuse.

Au commencement de Mars, le Baron de Conforgien suivi d'environ cent Cavaliers & cent cinquante piétons, s'achemina jusqu'à la Roche en Fossigni, & au point du jour surprit trois corps-de-garde ès Fauxbourg, tua environ trente hommes, & emmena quatre prisonniers. Douze jours après, il conféra avec le Baron d'Ermansse du consentement de la Seigneurie. Cet abouchement n'empêcha Joachim de la Rie, Marquis de Tresfort, de jetter le vingt-trois du même mois trois cens chevaux & quatre cens piétons dedans le Bailliage de Gez, & de faire porter nombre de longues échelles. Lui passa de l'autre côté, vint à Cholex & à Chologni fort près de la Ville du côté de Bon-

ne, le vingt-trois du mois, & demeura là campé jusqu'au vingt-
sept, aïant eu intention de faire quelque effort le vingt-cinq;
mais ceux de Geneve étoient sur leurs gardes.

En Avril, le Baron de Conforgien, mal content de quelques
procédures qu'il jugeoit trop précises contre lui & contre aucun de ses gens, demanda, & finalement obtint son congé,
se départant le dix-septieme jour du mois après dîné. Trois jours
après, dix Cavaliers venus à couvert de Bonne, approcherent jusqu'auprès des fossés de la porte de Rive, tuerent sur la place un jeune Citoïen, & en blesserent à mort un autre, non mariés, qui
se promenoient sans armes, & furent enterrés tous deux le lendemain. Tôt après le Capitaine de cette bande tua par mégarde d'un coup de pistole son Lieutenant, nommé Saint Sergue,
lequel avoit tué de sa main l'un de ces jeunes hommes. Le mois
de Mai se passa en courses & prises de gens de part & d'autre,
item en ventes de bétail des Païsans de Fossigni qui ne vouloient pas contribuer. Le même continua tout le mois de Juin,
le vingt-cinquieme jour duquel, Jean Chaudet Capitaine, autrefois Sergent major, & qui avoit bien fait à la prise de Versoi, pour avoir pris argent du Baron d'Ermansse, & promis lui
donner une porte pour entrer dedans la Ville, eut la tête tran-
chée en la place de Planpalais.

Le neuvieme jour de Juillet, le Marquis de Tresfort vint avec
trois cens chevaux & huit cens Fantassins se camper à Lanci &
lieux voisins du Fort d'Arve. Il y eut quelques escarmouches
près du Fort, où il perdit quelques Cavaliers & piétons, mais
entr'autres son Maître de camp. Aïant là tournoïé quelques
jours, il fut contraint rebrousser vîte chemin en Savoie, laissant ceux de Geneve achever leurs moissons & lever leurs contributions. Deux mois après, le Baron de Conforgien revint
encore en Ville; au mois d'Octobre suivant, treves furent ac-
cordées pour quelques mois entre le Duc & Geneve, lesquels
depuis ont continué jusqu'au mois de Février 1598, que nous
remarquions ce que dessus. Durant ces treves, les Soldats &
Chefs furent peu à peu congédiés, le Fort d'Arve finalement
esplané, le trafic remis sus, les contributions supprimées par
succession de temps. Mais le faix tomba sur les Païsans des
Bailliages de Ternier & de Thonon, foulés d'étrange sorte par
les garnisons Ducales. Quant à ceux de Gez, ils demeurerent
par accord en la main de Geneve sous le nom du Roi.

BRIEF RECUEIL

Des Exploits de Guerre ès Païs-Bas, ès années 1592 & 1593.

ES mois de Janvier & Février, les garnisons du Païs-Bas firent plusieurs courses; on entreprit sur la Ville de Slus en Flandre. Les Garnisons de Brabant firent quelques courses sur les Terres de Cologne, en faveur de la Comtesse de Murs, qui pour cet effet fournit quelque somme d'argent. Aussi le Comte Maurice, accompagné du Comte de Hohenlo, nouvellement retourné d'Allemagne, fit une secrette entreprise sur la Ville de Mastrick, pour la surprendre par escalade; mais ne pouvant exécuter cela tout à coup, à cause de la longueur du chemin, & l'obscurité de la nuit lui étant contraire, il fut aisé aux Habitans, qui en avoient senti le vent, de se tenir sur leurs gardes, de sorte que les Troupes du Comte Maurice étant découvertes, & chargées de quelques arquebusades par ceux de dedans, furent contraintes de s'en retourner.

Au mois de Mai lesdites Troupes, pour mieux continuer leurs courses, s'emparerent de quelques Places & Châteaux, près d'Anvers, lesquels depuis furent recouvrés par Mondragon, qui reprit aussi les Places de Turnhaut & Westerloo; mais son entreprise sur la Ville de Breda ne lui succéda pas de la même façon. Au même temps le Duc de Parme & ses Troupes, poursuivies par le Roi, furent contraints de passer Marne, & s'en retourner au Païs-Bas; comme aussi fut force aux autres Troupes qu'il avoit, de Suisses & Italiens, de s'en retourner en leurs Païs, étans fort mal en conche.

L'Empereur avoit tâché l'année auparavant de remettre sus le Traité de Paix, entre le Roi d'Espagne & les Provinces-Unies, à quoi les Etats n'avoient voulu entendre. Mais espérant que le Roi d'Espagne accorderoit davantage qu'auparavant, il envoïa une magnifique Ambassade aux Païs-Bas, au mois de Décembre, à laquelle les Etats ne pouvant donner réponse, & les Ambassadeurs voulant se retirer, il fut ordonné que le Baron de Rhede s'achemineroit en Hollande, pour y poursuivre cette affaire, où il fut arrêté jusqu'au mois d'Avril. Les Etats lui firent réponse, que voirement ils n'avoient rien plus à cœur qu'une bonne paix, & anéantissement des troubles & guerres qui avoient continué si long-temps: toutefois qu'aïant considéré les choses qui s'étoient passées ès pacifications précédentes, & ce qui s'en étoit ensuivi, il ne leur sembloit autre chose, sinon, que tous les Traités de paix des Espagnols étoient pleins de supercheries & d'embuches, & qu'ils voïoient bien quelles étoient leurs prétentions, témoins leurs méchantes pratiques, leurs cruautés, & leur maxime ordinaire qu'il ne faut point garder la foi à ceux qu'ils appellent faussement hérétiques & rebelles : pourtant qu'ils ne pouvoient faire aucun accord en bonne conscience, sans le su & aveu, tant de la Reine d'Angleterre, que du Roi de France, & autres Princes & Républiques, avec lesquels ils étoient alliés. Cette réponse fut conclue à la Haie, en l'Assemblée des Etats, le dix-sept d'Avril.

Le mois suivant ils armerent une Flotte, sous la conduite du Comte Maurice, laquelle on pensoit avoir été dressée pour le Siége de Groningue; mais elle fut menée à Steinwik, devant laquelle le Siége fut planté le vingt-huit de Mai. Cette Place est sur le chemin de Frise, & avoit été auparavant en la puissance des Etats, qui l'avoient délivrée & défendue lorsque Renneberg l'assiégea, par le commandement du Duc de Parme : mais depuis elle fut réduite à l'obéissance du Roi d'Espagne. Lorsque le Comte Maurice mit le Siége devant, il y avoit dedans seize Enseignes de Piétons, & quelques Gens de Cheval. Ceux de dedans firent au commencement grande résistance, mais ils furent si rudement attaqués, que force leur fut d'entrer en composition, le Comte Maurice refusant les conditions qu'ils proposoient. Le vingt-neuf de Juin, le Siége fut poursuivi si rudement, qu'ils furent contraints derechef de parler de reddition ; toutefois ils ne furent ouis que pour la troisieme fois, qu'ils se rendirent à Merci, de maniere qu'ils quitterent la Place le cinq de Juillet.

De là le Comte fit marcher son Armée vers la Ville de Couverde, & s'empara premierement de Ottmars, petit Bourg, où commandoit Alphonse de Mendoze, à quelques Gens de Cheval. Le Siége de Couverde fut commencé avec grand effort. Cependant les Etats entendans que le Duc de Parme s'apprêtoit pour venir en Frise, du côté de Berk, firent dresser un Régiment de Soldats, qui étoient encore au Païs. Ils furent aussi renforcés par la venue du Comte Philippe, qui ramenoit ses Troupes de France.

Sur ces entrefaites Verdugo, Gouverneur de Frise, entendant que secours lui venoit du côté de Berk, s'achemina vers Hardenberg, en intention d'y poser son Camp; mais il changea d'avis, & s'en vint à Emlich, Place distante de Couverde du chemin d'une heure. Le Comte Maurice, averti de son entreprise, se tint sur ses gardes. Verdugo voulant s'avancer est repoussé & chassé à coups de Canon, dont il laissa sur la place plusieurs Soldats & quelques Chevaux, traînant avec soi grand nombre de blessés & de morts. En somme il y perdit bien trois cens Hommes, sans que du côté du Comte il y eut aucun de tué, sinon un Soldat.

Ceux de Couverde voïans leur secours reculer, furent contraints de se rendre, quelque empêchement que Verdugo tâchât d'y donner, l'Armée duquel, depuis étant mal contente, se débanda pour la plupart; de l'autre partie il en fournit les Garnisons voisines. Quant au Comte Maurice, il s'achemina avec ses Troupes à Arnhem, attendant l'occasion d'exploiter quelque entreprise.

En ce même temps, à savoir ès mois d'Août & Septembre, les Nautonniers des Navires de guerre d'Anvers, en nombre de quatre cens, émurent quelque tumulte, à cause de la pension de quarante-quatre mois, qu'ils disoient leur être dûe, & menaçoient de se ranger du parti contraire, jusques-là qu'ils en avertirent les Zélandois, qui, voïans cette occasion, tâcherent de les attirer à eux, mais on y remédia par quelque récompense qui leur fut faite.

Les Païs de Luxembourg & de Limbourg, & autres deçà la Meuse, étoient fort molestés, tant par les Troupes que levoit le Duc de Parme, que par les Garnisons de Gueldre, de Hollande & Brabant.

Le Roi d'Espagne se mécontentant du Duc de Parme, lui fit commandement de déloger de Bruxelles, où il s'étoit retiré, ce qu'il lui convint faire sans être oui en ses excuses, parquoi il s'en alla à Arras, où il mourut d'une mort soudaine, le vingt-deux de Novembre; & la plupart estimoient qu'il avoit été empoisonné par commandement apporté d'Espagne.

Après la mort du Duc, le Gouvernement des Païs - Bas fut réfigné par provifion à Pierre Erneft, Comte de Mansfeldt, & autres grands Seigneurs à lui adjoints, jufqu'à la venue de l'Archiduc Erneft.

La premiere chofe qui fut faite fous ce nouveau Gouvernement, ce fut la publication de la mauvaife guerre; car le cinq de Janvier un Edit fut publié par le commandement du Comte de Mansfeldt, par lequel il étoit défendu de païer aux Ennemis les rançons, contributions, & fauvegardes, ou de s'en fervir, fur peine de la vie, mais que les Prifonniers, tant d'un côté que d'autre, fuffent remis entre les mains du bourreau pour être mis à mort, eftimant que par ce moïen fes Soldats feroient rendus plus vaillans. D'autre côté les Etats firent un Edit, par lequel ils remontroient que les Efpagnols ne cherchoient autre chofe que la perte & ruine du Païs, & puiffance fur la vie & biens des perfonnes, prians & exhortans un chacun d'avoir égard à cela; de façon que la rigueur du premier Edit fut un peu ralentie, & les anciennes coutumes obfervées.

Pour lors le Comte Mansfeldt fit amaffer quelques Troupes par fon fils Charles, pour courir fur les limites de France. D'autre part les Etats envoïerent le Comte Philippe de Naffau avec quatre mille, tant Piétons que Gens de Cheval, au Païs de Luxembourg, pour y conquêter quelques Places; mais ils ne firent point d'éxécution, finon qu'ils pillerent & ravagerent le Païs, faifans des courfes jufques fur les Terres du Diocefe de Triers; après le retour defquels la Ville de S. Gertrudenberg, en Brabant, fut affiégée par le Comte Maurice, tant par Navires fur Mer, que par Baftions & Tranchées fur Terre. Les Efpagnols tenoient un Fort diftant de ladite Ville d'une moufquetade, lequel fut affiégé par le Comte de Hohenlo, puis réduit en fa puiffance par la compofition que fit le Capitaine de cette Place, pour laquelle raifon il fut depuis mis en prifon par le commandement du Marquis de Varambon. La prife de ce Fort fervit grandement à l'Armée de fon Excellence, car on y dreffa deux Ponts, par le moïen defquels les Soldats, d'un côté & d'autre fe pouvoient fecourir aifément les uns les autres. Leur Camp étoit tellement difpofé, qu'ils avoient moïen de tirer vivres & fecours, tant qu'ils voudroient, d'Hollande & Zélande. Et combien que le lieu fut fort marécageux, toutefois on l'avoit rendu aifé & commode par le moïen des fagots, des palissades, & autres telles choses qu'on y mettoit : & les principaux passages & avenues furent bien closes & munies, & non-seulement les Païsans étoient emploïés à cette besogne, mais aussi les Soldats travailloient volontairement aux Tranchées & Fossés, de quoi aussi ils étoient salariés. La discipline militaire étoit quant & quant si soigneusement observée, que nul tort n'étoit fait aux Païsans. Les Assiégés espérans secours, se défendoient vaillamment, & comme on les avertissoit du secours qui leur venoit par lettres attachées à un Pigeon, retournant vers ses petits, s'arrêtant dans le Camp, les lettres furent surprises, & d'autres controuvées envoïées au lieu des premieres. La plupart des Bâtimens de la Ville furent fort endommagés par le Canon, & entr'autres une Tour, qui servoit d'échauguette à ceux de dedans, en laquelle le Gouverneur, & quelques siens Officiers, furent tués, y étant accourus, pensant voir arriver le secours.

Et de fait le Comte de Mansfeldt, environ le six de Mai, mit en campagne toutes ses forces, composées de Lorrains retournés de la guerre de Strasbourg, de Suisses, d'Allemans, d'Italiens, & Espagnols. Il y eut quelques escarmouches, où les gens du Comte de Mansfeldt furent repoussés. Après cela l'Assaut fut donné à un des Bastions, & ceux de dedans furent contraints de le quitter, & se retirer en la Ville, avec perte de plusieurs ; ce qui les incita à entrer en composition, & de quitter la Place à son Excellence, qui y fit son entrée le vingt cinq de Juin.

Le Comte de Mansfeldt se voïant frustré, délibéra de surprendre le Fort de Crevecœur, en Brabant, sur le chemin de Bosleduc ; mais ceux de Gorcom ouvrirent l'écluse, & couvrirent tout l'environ d'eaux, dont force lui fut de rebrousser chemin ; & n'aïant moïen de nuire à son Excellence, s'avisa de mettre Garnison à Bosleduc, ce que les Bourgeois du lieu ne voulurent endurer ; par quoi le Comte se retira à Bruxelles, envoïant une partie de son Armée en Frise. Ces vains efforts obscurcirent beaucoup sa réputation.

Le Comte Maurice, après ces exécutions, donna ordre que toutes ses Garnisons fussent bien munies. D'autre côté le Comte de Solmes fut envoïé en Flandre, à la venue duquel les Espagnols quitterent un Fort qu'ils tenoient, & s'enfuirent à Anvers. Pourſuivis, trente Cavaliers d'entr'eux furent pris Priſonniers. Les Gens de Cheval venans à rencontrer huitante Lanciers Lorrains, près de Saint Nicolas, en taillerent une partie en piéces, & prirent le reſte. Les Gens de pié emporterent avec le Canon le Fort de Saint Jacques, & celui de Saint Jean par compoſition. Puis entendant que Mondragon levoit quelques Troupes pour les ſuivre, ſe retirerent, après avoir couru tout le Païs, raſé les Places de défenſe, impoſé des Tailles, & amené force butin. D'autre côté les Eſpagnols & Italiens firent dix mille extorſions ès Païs d'Artois & Hainaut, depuis le retour de France, ſous la conduite de Charles, fils du Comte de Mansfeldt. Semblablement ceux de Berk chaſſerent leurs Officiers, & élurent un autre Gouverneur, qui laiſſoit le paſſage du Rhin libre, moïennant un grand impôt, diſtribué de mois en mois aux Soldats.

Ceux de Nuſs, réduits en la puiſſance du Duc de Parme, avoient été fort moleſtés de leur Garniſon. Comme donc, le vingt-neuf de Juillet, la plus grande partie des Soldats fuſſent ſortis pour aller au fourage, quelques-uns des principaux de la Ville, deſirant ſe défaire de cette Garniſon, firent ſemblant de faire la ronde, & ſur ce prétexte prirent Priſonniers les Soldats qui étoient en garde, les uns après les autres, excepté dix ou douze, placés auprès d'une des Portes: là-deſſus les autres Bourgeois mirent la main aux armes, ce qu'entendant les Soldats, qui étoient demeurés de reſte, firent dévaler un d'entr'eux par les murailles, pour aller avertir le Gouverneur (qui étoit en ſa Maiſon hors la Ville) de tout ce qui ſe paſſoit. Icelui fit rappeller ſes Soldats, ſortis de la Ville pour butiner, & les aïant ramaſſés, ſe préſenta le lendemain de grand matin devant la Ville, en eſpérance de la recouvrer. Mais les Bourgeois ſe moquans, répondirent qu'ils ſe garderoient bien eux-mêmes; au moïen de quoi, les Soldats qui reſtoient furent contraints de ſe rendre aux Bourgeois. Semblablement ceux de Werden & de Venloo, chaſſerent à coups d'épée leurs Garniſons.

En ce temps, le Roi de France ſe rangea à l'Egliſe Romaine; mais nonobſtant ce changement, la Reine d'Angleterre & les Etats demeurerent fermes en l'alliance contractée avec les François.

Les Gens de Cheval de Breda étans ſortis à la picorée, au mois d'Août, furent chargés, mis en route, & pluſieurs d'entr'eux tr'eux tués par les Espagnols. Un peu de temps après, quelques Cavaliers de Berg sur Zoom, venans à rencontrer deux Enseignes d'Allemands, les attaquerent & mirent en fuite, & en amenerent plusieurs Prisonniers.

En ce temps le Roi Philippe, cassé de vieillesse, rappella de Portugal Albert, Cardinal d'Autriche, Viceroi, auquel il commit ses plus importantes affaires, attendant que son fils Philippe, désigné Roi d'Espagne, & successeur ès Etats de son Pere, fût parvenu à plus grand âge. Outre plus, il envoïa commission à Ernest, Archiduc d'Autriche, frere de l'Empereur & d'Albert, pour s'acheminer ès Païs-Bas, afin d'y commander.

C'est ce que nous avons pû ramasser de plus remarquable pour ce Recueil, concernant la Hollande & Provinces circonvoisines. La suite s'en verra au Volume suivant.

FIN.

TABLE

DES PIECES CONTENUES EN CE VOLUME.

TABLE.

Fin de la Table.